漢詩鑑賞事典

石川忠久 編

講談社学術文庫

はしがき

漢詩は世界最高の詩歌《しいか》である。人類の宝と言ってもよい。今から三千二百年も昔、『詩経』の歌声が起こってから、川の流れに譬《たと》えれば、絶え間なく流れ続け、いくつもの支流を併せ、さまざまな養分を溶かしこんで、八世紀初頭、唐の完成に至る。

この間およそ二千年。五言（一句の字数が五字）、七言の絶句（四句の詩）、律詩（八句）、古詩（句数自由）と形式も整い、押韻《おういん》や平仄《ひょうそく》といった規則も定まり、題材も広がり、修辞も練られて、およそ〝言語芸術〟としては究極の発展を遂《と》げたのであった。音楽性に富む中国語の特色と古典を重んずる民族性が、その基盤となっているであろう。

唐の初めに完成した詩は、雄大な流れとなり、李白、杜甫を始めとする詩人が雲の如く現れ、やがて流れは広がると同時に勢いも緩《ゆる》やかになって行くが、その末流は今日に及んでいる。

わが国は、唐の最盛期に遣唐船を往来させてこの高級芸術に積極的に取り組んだ。その成果は早くも七五一年、日本最初の漢詩集『懐風藻《かいふうそう》』となって現れるも、その水準は当時の唐の詩と較べれば大きな隔たりがあった。何しろ外国の、しかも究極の詩歌を学ぶのであるから容易なことではなく、それは当然の姿であった。

この高級芸術に接した、わが国の貴族を始めとする知識人たちは、すっかり魅力に取り憑《つ》かれ、以後弛《たゆ》まず学んで江戸時代に至るや、徳川文治政策の下、その力量、水準は爆発的に高まる。

石川丈山《じょうざん》を皮切りに、新井白石、荻生徂徠《おぎゅうそらい》、服部南郭《なんかく》、江戸中期から後期へは、菅茶山《かんちゃざん》、頼《らい》山陽《さんよう》、梁川星巌《やながわせいがん》等々、中国の本場に劣らぬ漢詩人が輩出するようになる。思えば遣唐船の往来よりちょうど千年を閲《けみ》したのである。外国の詩歌をわが物としてここまでになるのは、〝世界の奇蹟〟に違いない。

江戸から明治へと、漢詩はもはや外国の詩歌に非ず、和歌や俳句と並び日本の詩歌の一つとなったが、やがて西洋式学校教育制度の普及と、役に立たないものを切り捨てる富国強兵的思想の抬頭とによって、漢詩文の比重は次第に下がり続けて戦後に至る。戦後の漢字制限、漢文教育の軽視が〝漢詩文〟に壊滅的打撃を与えたことは周知の通りであろう。

ただ、書道、茶道や詩吟など、伝統芸術乃至《ないし》は民衆芸能の分野では、なお愛好者は多く、ことに生活にゆとりのできた昨今では、この道を再認識、再評価する動きも見える。この道は決して廃《すた》ることはない。廃らせてはならないものなのである。

漢詩は高級な詩歌であり、内容は豊かで汲《く》めども尽きない。今さら言うまでもなくわが国の文化に大きな影響を与えているものである。だが、漢字や漢詩文の基礎の衰えている今日、一見取り付きにくい印象を与えているのは否めないだろう。だとすれば、ちょうど果物の固い殻を取り除いて中のおいしい実が出るようにする必要がある。

本書は、この目的に沿い、読者に漢詩の味わいをすべて尽くしてもらうように、内容を吟味し、わかりやすく説いたつもりである。「事典」と称するものの、「読み物」として工夫したつもりであるから、是非楽しく読んでいただきたい。

実は、この書は昭和五十四年に旺文社より出版された『漢詩の解釈と鑑賞事典』が基になっている。旧版は当時好評を得、中国より海賊版も出た（『中国古詩名篇鑑賞辞典』楊松濤訳、銭仲聯序、江蘇古籍出版社、一九八七）ぐらいだったが、一度重版しただけに終ったのであった。常々遺憾に思っていたところ、この度講談社の勧めで学術文庫に入れ、再び日の目を見ることができた。まことに喜びに勝《た》えない。

文庫に入れるに当っては、体裁、内容とも大幅に改編した。旧版では故前野直彬氏と共編の形を取ったが、諸般の事情や経緯により、ご遺族のご了解を得て、このように改めた。

なお、旧版の協力者十二名の方々の氏名と現職を附記し、改めて謝意を表する次第である。

石川三佐男（秋田大学教授）、市川桃子（明海大学教授）、宇野茂彦（中央大学教授）、菊地隆雄（都立小石川高校教諭）、齋藤茂（大阪市立大学教授）、成瀬哲生（山梨大学教授）、野口一雄（元熊本大学教授）、松岡榮志（東京学芸大学教授）、矢嶋美都子（亜細亜大学教授）、故山崎純一（元桜美林大学教授）、吉崎一衛（二松学舎大学教授）、渡部英喜（盛岡大学教授）（五十音順）

終りに、この書を成すに当って切っ掛けを作ってくださった講談社の福田信宏、実際の面倒な仕事を担当された阿佐信一の両氏に御礼申し上げて筆を擱《お》く。

平成二十一己丑《つちのとうし》の年春節の日

正陶室主人　石川忠久

目次

唐（初唐）618～710

唐（初唐）618～710

唐（盛唐）711～766

唐（盛唐）711〜766

唐（盛唐）711〜766

唐（盛唐）
711〜766

唐（盛唐）
711〜766

唐（中唐）767～826

唐（中唐）767〜826

唐（中唐）767〜826

唐（晩唐）827〜907

唐（晩唐）
827～907

北宋
960～1127

北宋
960〜1127

南宋
1127〜1279

南宋	金	明	清	現代
1127～1279	1115～1234	1368～1644	1644～1911	1912～

付　録

索　引

コラム

凡例

1. この事典には、上代の『詩経』から現代までの歴代中国詩二百五十編を収録した。取り上げた詩人の数は八十八人である。また、日本人による漢詩二十四編も併せて収録した。その詩人の数は二十一人である。

2. 読者の理解の便を図り、「本文」と「訓読」と「口語訳」の三つを、三段組みにして対照させた。

3. 配列は、中国詩の流れに沿って、時代別・詩人別に作品をまとめ、各詩人の生年順あるいは、不明の者は常識的なものに従った。詩人で複数編収載する場合は、各詩の制作年代順とした。また、無名氏の作品は、便宜上、収録詩集別にして、『詩経』をはじめ、最後においた。これにより、巻末の「作品索引」「詩形別索引」などとの併用で、目的の詩人、詩を容易に検索し、鑑賞しやすくした。

4. 詩人ごとに「作者小伝」を、各詩ごとに「訓読」「口語訳」「語釈」《鑑賞》《補説》の項を設けた。「作者小伝」は、伝説やエピソードを織り込み、詩人の人生観、詩の評価なども記載した。「本文」はすべて活字を大きくし、訓点を付して読者の便宜を図った。「語釈」で解説する語は、本文中の当該語の右肩に通し番号をつけ、対照を容易にした。《鑑賞》は、詩全体の印象をつかみ、細部の分析を図り、より深く味わうための解説をほどこした。《補説》は、《鑑賞》だけでは描ききれなかった詠詩事情、また日本古典との関連などについてもふれ、さらに、収載詩に関連する他の作品も紹介した。とくに連作その他関連の深い作品は、詩と訓読を併せて掲げ、巻末の「作品索引」にも収録して検出の便を図った。

5. 本事典中における表記は、「本文」は原則としてすべて旧字体の文字を使用し、「訓読」「口語訳」「語釈」その他は常用漢字体を用いた。「本文」の送りがなは文語文法に従って歴史的かなづかいとし、「訓読」は常用漢字体を用いたので現代かなづかいによった。

6. 押韻は、一韻到底の詩では●印を用いて表し、換韻される詩では●▲○印の三種類を繰り返し用いて表した。また、絶句・律詩・換韻される詩については代表詩各五例、起承転結についても代表詩五例を選んで、解説末に▽印を付けて掲げ、本文中のコラムを参照できるようにした。

漢詩鑑賞事典

高《こう》祖《そ》 〔漢〕（前二五六?～前一九五）

姓は劉《りゅう》、名は邦《ほう》、字《あざな》は季《き》。死後、諡《おくりな》して高祖と称される。生年には、ほかに前二五七年と前二四七年説がある。

沛《はい》の豊邑《ほうゆう》（江蘇省豊県《こうそしょうほうけん》）に農民として生まれ、ついには天下を取り漢帝国の始祖となった人である。若いころは無頼《ぶらい》な生活を送る遊侠《ゆうきょう》の徒であったが、のち泗水《しすい》（江蘇省沛県《はいけん》付近）の亭長《ていちょう》（県の下級役人）となり、秦末の陳勝《ちんしょう》・呉《ご》広《こう》の乱に乗じて挙兵する。四十八歳の時といわれる。以後楚《そ》の名族項梁《こうりょう》の軍と連合し、秦軍と戦い、いち早く関中《かんちゅう》（秦都咸陽《かんよう》のある所）に入って有利な位置を占める。秦滅亡後は、項梁の甥項羽《こうう》（23頁）とすさまじい戦いを繰り広げ、幾度かの壊滅的な打撃を受けるが、配下の機転に助けられついに項羽を破り天下を取る。人を使うのがうまく、酒色を好む豪傑肌《ごうけつはだ》であった。鼻高く面長《おもなが》の竜のような顔、美しい髭《ひげ》、左股《また》に七十二個の黒子《ほくろ》があったという。

世に有名な「鴻門《こうもん》の会《かい》」（前二〇六年）は、項羽との初めての対決であった。他に「鴻鵠《こうこくの》歌《うた》」一編が残る。

大風ノ歌（大風《たいふう》の歌《うた》） 高祖《こうそ》 〈雑言古詩〉

大[1]風起リテ[2]兮雲飛揚ス●
威[3]加ハリテ二海[4]内ニ一兮帰ル二故[5]郷ニ一●

大風《たいふう》起《お》こりて雲《くも》飛揚《ひよう》す
威《い》海内《かいだい》に加《くわ》わりて故郷《こきょう》に帰《かえ》る

激しい風が吹いて雲が舞い上げられるかのように、各地で力のある者が立ち上がった。
幾多の戦いを勝ち抜き、わが威光は国

安[6]ニカ得二テ猛[7]士一ヲ兮守ラシメン二四[8]方一ヲ

安《いずく》にか猛士《もうし》を得《え》て四方《しほう》を守《まも》らしめん

中に及んでいる。そして今、懐かしい故郷に帰って来た。さあ、これからは武勇に長じた勇士を捜し出し、この国を無事に治めていこうぞ。

1. 大風起兮雲飛揚　この一句全体を秦末の乱の例えとする説、大風を劉邦《りゅうほう》、雲を群雄として劉邦が起こって群雄がけ散らされ乱が治まったとする説がある。ここでは前者をとり、劉邦をも含めて群雄が各地で兵を起こしたことの例えと解釈した。**2. 兮**　『楚辞《そじ》』によく見られる助字。特に意味はなく調子を整えるものである。**3. 威**　高祖の威光を指す。**4. 海内**　天下。**5. 故郷**　高祖の故郷、沛を指す。**6. 安**　場所を表す疑問詞。「何処《いずこ》にか」の意。「いずくんぞ」と読んで「何とかして」という願望の意に解する説もある。**7. 猛士**　勇猛な兵士。**8. 四方**　四方の国々、つまり天下。

《鑑賞》「兮」の助字からも察せられるように、楚辞風の歌である。項羽の「垓下《がいか》の歌《うた》」（23頁参照）と同じ系列に考えてよい。

歌は劉邦が黥布《げいふ》を平らげて都（長安）に帰る途中、故郷の沛に立ち寄って作ったものである。『文《もん》選《ぜん》』ではこの歌に序がついていて、それによると、酒席を設け、昔馴染《なじ》みの友人や土地の長老・若者などを招き、無礼講《ぶれいこう》の大宴会が催された。その折、劉邦は沛の若者百二十人を集めて、その前で自ら筑《ちく》（琴の一種）を撃《う》ち、この歌を歌ったという。さらに劉邦は若者たちにこの歌を習わせ、彼らが歌うのに合わせて舞っている。その時の劉邦の模様を『史記《しき》』は「慷慨《こうがい》して懐《むね》を傷《いた》ましめ、泣数行下《なみだすうこうくだ》る」と伝える。感極まって泣いたというのである。十余日して故郷を後にする時、置き土産《みやげ》を残して行く。この地に住む人々は賦役《ふえき》を免ぜられることになったのである。

さて、この歌には天下を掌中《しょうちゅう》におさめて故郷に凱旋《がいせん》した得意と、これからの守勢における不安とが述べられている。第一句・二句が得意、第三句が不安に当たる。

戦乱をようやくのことで鎮《しず》め、「威海内に加わる」と誇らかにうたいはしたが、「威」は必ずしも浸透していない。

ライバル項羽は倒したが、己《おのれ》とともに悪戦苦闘してくれた功臣の動きが不穏である。今回の遠征も黥布の反乱を鎮めるためのものであった。その上この戦では流れ矢に当たり手創《てきず》まで負っている。さて、先のことを考えると並大抵にはいかぬぞ。こうした思いが、ふと劉邦の頭を掠《かす》めはしなかっただろうか。自分は年もとったし、跡継ぎの皇子（孝恵帝《こうけいてい》）は年も若くひ弱だ、こう考えると第三句が生きてくる。この句は故郷の若者に対する単なる激励ではない。もっと切実なものがこめられている。わしが本当に欲しいのは決して裏切らない忠誠なる猛士なのだ。それを同郷のお前たちの中から得たいのだ。劉邦はこう言っているのではないだろうか。

《補説》『文選』では、これを「歌一首　七言幷序（歌一首《うたいっしゅ》　七言幷《しちごんならび》に序《じょ》）」として載せる。つまり「兮」の字を無視して七言詩とみなしているのである。

テキストによっては、第二句の「海内」を「四海」とするものがある。

項《こう》　羽《う》　〔漢〕（前二三二〜前二〇二）

姓は項《こう》、名は籍《せき》、字《あざな》は羽《う》。下相《かそう》（江蘇省《こうそしょう》宿《しゅく》遷県《せんけん》）に生まれる。項氏は代々楚《そ》の将軍の家柄であった。やがて項羽も季父《おじ》項梁《こうりょう》と共に兵を起こし、項梁の死後は、討秦軍《とうしんぐん》の総帥《そうすい》として活躍する。秦を倒してからは「西楚《せいそ》の覇王《はおう》」と称して諸侯を牛耳《ぎゅうじ》った。これは弱冠二十七歳の時である。次いで、劉邦《りゅうほう》（高祖《こうそ》）（20頁）と天下をかけた熾烈《しれつ》な戦いを繰り広げる。軍事的な優位、幾度かの圧倒的な勝利にもかかわらず、劉邦の巧《たく》みな計略に落ちて壮烈な最期《さいご》を遂《と》げる。三十一歳であった。

少年のころの項羽は「書《しょ》は以《もっ》て名姓《めいせい》を記《き》するに足《た》るのみ」として学問もせず、ただ兵法にのみ興味を示した。しかし、兵法もおおよその要領をのみ込むと、それ以上学ぼうとしなかったという。「長八尺余《たけはっしゃくよ》、力《ちから》能《よ》く鼎《かなえ》を扛《あ》げ、才気《さいき》、人《ひと》に過《す》ぐ」という恵まれた素質を、十分に鍛《きた》えて生かしきれなかったところに、項羽の悲劇がある。

垓[1]下ノ歌（垓下《がいか》の歌《うた》）　項羽《こうう》　〈七言古詩〉

力抜[2]キレ山ヲ兮氣蓋[3]フレ世ヲ●
時不レ利アラ兮騅[4]不レ逝[5]カ●

力《ちから》山《やま》を抜《ぬ》き気《き》世《よ》を蓋《おお》う
時利《ときり》あらず騅逝《すいゆ》かず

わが力は山をも引き抜き、意気は世界を蓋い尽くすに足るものだ。ところが、どうしたことだろう。時勢が急に悪くなってしまった。おまけに愛馬の騅も進まぬ。

騅ノ不ル㆑逝カ兮可[6]キ㆓奈何▲ス㆒ 騅《すい》の逝《ゆ》かざる奈何《いかん》すべき

虞[7]ヤ兮虞ヤ兮奈㆑若[8]ヲ何▲セン 虞《ぐ》や虞《ぐ》や若《なんじ》を奈何《いかん》せん

騅が進まなければ、どうしようもない。

虞よ虞よ、愛(とい)しいおまえをどうしよう……。

1.垓下 安徽省霊璧県《あんきしょうれいへきけん》の東南。 **2.抜㆑山** 山を引き抜くほどの強大な力をいう。 **3.蓋㆑世** 世間をすっぽりと蓋うこと。意気高いことのたとえ。 **4.騅** 白に蒼《あお》のまじった馬、つまりあし毛をいう。馬の毛色の名を、そのまま馬の呼び名としている。 **5.逝** 「往」と同じ。 **6.可㆓奈何㆒** 何としたらよいであろうか、どうしようもない、という反語。第四句の「奈若何」も同じ用法。 **7.虞** 項羽の愛人。『史記《しき》』には「虞美人《ぐびじん》」と記されている。 **8.若** 「汝《なんじ》」と同じ。

《鑑賞》 項羽と劉邦の対決は、若者と中年、毛並《けな》みのよい坊ちゃんと素性《すじよう》の知れぬならず者の親分とのケンカである。坊ちゃんは、時に人の目を驚かすようなすばらしい勝ち方をするが、負けん気で人を信用しない。親分は退却の途中、車からわが子を蹴落《けお》として恥じることがないが、じっくり辛抱して機をうかがう。時勢は親分に味方したようである。垓下に追いつめられた坊ちゃんは、四面楚歌《しめんそか》（取り囲んでいるのが自分の楚の国の人だった）を聞いてガックリきた。

歌はこうした背景の下でうたわれる。負けん気の天才は、現実を認めたくない。こんなことがあってよいものか。「時利あらず」にはこうした驚きがこめられる。俺が悪いのじゃない。天が味方してくれないのだ。おまけに騅も進まない。キー・ワードは「騅逝かず」である。数々の戦いにおいて真っ先に駆けた愛馬騅がもはや動こうとしない。ここには過去の栄光と現在の不利な状況、そして来たるべき滅亡のいっさいが暗示されている。最後に、けなげにもここまでついてきた虞美人に向かって、「お前をどうしよう」と泣くのは、英雄涙あり、の一コマとして知られるが、この期《ご》に及んで未練がましい、と後世の歴史家は叱《しか》る。

　歌は楚辞体《そじたい》のもので、「兮」の音がリズミカルに響く。反語の畳《たた》みかけは絶望的な気分を強めるのに効果がある。

《補説》高祖のところでもふれたが、後世、晩唐の詩人に「劉（邦）、項（羽）、元来書を読まず」（章《しょう》碣《けつ》「焚書坑《ふんしょこう》」）と言われるように、両人とも知識人ではなかった。彼らは、戦うために生まれて来たような人たちである。

　両者の言動を比較してみよう。一つは、秦《しん》の始皇帝《しこうてい》の行列を前にした時のことである。むろん、時と所を異にしての見物である。劉邦は「ああ、男と生まれたからには、あのようになりたいものだ」と溜《ため》息《いき》をつく。項羽は「やつに、取ってかわってやろう」という言葉を吐《は》き、項梁をあわてさせている。また広武山《こうぶさん》（河南省河陰県《かなんしょうかいんけん》の北）で二人が相対した時のことである。数ヵ月間対峙《たいじ》したままで、戦線が動かなかった。あせった項羽は、人質にしていた劉邦の父を大きなまな板にのせて、「降伏しないと釜《かま》ゆでにするぞ」と劉邦に迫る。劉邦は「わしにも、そのスープを一杯くれんかね」と応じる。短気な項羽、駆け引きの巧みな劉邦、両雄の面目躍如《めんもくやくじょ》というべきか。

　わが国に伝わるテキストには、「時不レ利兮騅不レ逝」を「時不レ利兮威勢廃／威勢廃兮騅不レ逝（時利《ときり》あらず威勢廃《いせいおとろ》う、威勢廃《いせいおとろ》えて騅逝《すいゆ》かず）」として、五句からなる七言古詩とするものがある。

武《ぶ》帝《てい》　〔漢〕（前一五六〜前八七）

姓は劉《りゅう》、名は徹《てつ》、漢王朝七代目の天子。武帝は諡《おくりな》である。在位期間は史上第三位、足かけ五十五年の長きにわたった。文帝《ぶんてい》・景帝《けいてい》時代に蓄《たくわ》えられた財力を基盤とし、大胆な政策を強力に推し進め、中国の歴史に一大画期を与えたことで知られる。

その第一は、領土の拡張であろう。朝鮮・南《なん》越《えつ》（広東《カントン》・広西《こうせい》）を降《くだ》し外藩としたこと、宿敵匈奴《きょうど》を破り長城外に朔方《さくほう》郡を立てたことがそれである。また、内においては、秦《しん》の始皇帝《しこうてい》にならって、泰山《たいざん》で封禅《ほうぜん》（天の神の祭）をし、数々の壮麗な宮殿を建て、皇帝の権力を誇示した。さらに、知識人の重用がみられる。儒教の国教化ばかりでなく、楽府《がふ》（音楽を司《つかさど》る役所）を興《おこ》して音楽を盛んにし、司馬相如《しばしょうじょ》らを登用して文学を重んじた。

武帝は神仙《しんせん》世界に強烈な憧《あこが》れを持った人でもあった。不老不死の薬を求めて東海に使者を出したり、あやしげな術を信じたり、それから生じる弊害《へいがい》も無視できぬものがあった。他に「瓠《こ》子歌《しのうた》」等がある。

秋風ノ辭[1]（秋風《しゅうふう》の辞《じ》）　武帝《ぶてい》　〈七言古詩〉

秋風起リテ兮白雲飛ビ●
草木黄バミ落チテ兮雁南ニ歸ル●

秋風《しゅうふう》起《おこ》りて白雲《はくうん》飛《と》び
草木《そうもく》黄《き》ばみ落《お》ちて雁《かり》南《みなみ》に帰《かえ》る

秋風が立った。白い雲がサッサッと飛んで行く。
草木は黄ばみ枯れ落ち、雁の群れが南に渡って行く。

蘭[2]有秀[3]兮菊有芳
懷佳[4]人兮不能忘
汎樓[5]船兮濟汾[6]河
橫中[7]流兮揚素[8]波
簫[9]鼓鳴兮發棹[10]歌
歡樂極兮哀情多
少壯幾時兮奈老何

蘭《らん》に秀《はな》有《あ》り菊《きく》に芳《かお》り有《あ》り
佳人《かじん》を懐《おも》いて忘《わす》るる能《あた》わず
楼船《ろうせん》を汎《うか》べて汾河《ふんが》を済《わた》り
中流《ちゅうりゅう》に横《よこた》わりて素波《そは》を揚《あ》ぐ
簫鼓《しょうこな》鳴りて棹歌《とうか》を発《はっ》す
歓楽極《かんらくきわ》まりて哀情《あいじょうおお》 多し
少壮幾時《しょうそういくとき》ぞ老《お》いを奈何《いかん》せん

ふと、わが胸に神女（しんにょ）の面影が忍び入り、しだいに大きくなった。蘭の花のような美しさ、菊の香りのような清々（すがすが）しさ、いずれも世にまれな美女の姿である。

今しも汾河にきらびやかな屋形船を浮かべ、流れの中ほどに船を横たえる。船ばたに白波が揚がる。

笛や太鼓の華麗な音色が響く。水夫（かこ）たちの威勢のいい船歌もわき起こる。

ああ、何という楽しさ、何という喜び――と、突然心の中に悲しみが芽生え、またたく間に広がってゆく。

若い日々がいつまで続くというのだ！やがてやって来る老いをどうしよう。

1.辞　文体の名。『楚辞《そじ》』の流れを引いていることを示す。**2.蘭**　フジバカマのこと。キク科の多年草。秋、淡紅紫色の小さな花が集まって一つの花のように咲く。日本では秋の七草の一つである。いわゆるラン科の花を指すものではない。**3.秀**　花のこと。**4.佳人**　『楚辞』の湘君《しょうくん》や湘夫人《しょうふじん》の連想から神女《しんにょ》を指す。あるいは群臣とする説、都に残して来た後宮の美女たちとする説もある。**5.楼**

船 やぐらを組んだ二階造りの船。遊興に用いたものである。**6. 汾河** 山西省《さんせいしょう》をほぼ東北から西南に流れて、黄河に入る。**7. 中流** 川の中ほどの意。上流中流の別ではない。**8. 素波** 白い波。**9. 簫** 小管を組み合わせた管楽器。**10. 棹歌** 船頭が舟を漕《こ》ぎながら歌う歌。船歌《ふなうた》。

《鑑賞》 武帝が山西省に行幸《ぎょうこう》し、后土《こうど》（地の神）を祠《まつ》った折の詩である。前一一三年、武帝四十四歳の時という。武帝は西方の都を顧《かえり》みて上機嫌であったと『文選《もんぜん》』には序を付す。しかし、この詩のポイントは最後の二句にある。様々な歓楽を列挙して徐々に盛り上げて行き、最高潮に達したところでストンと落とす。落差は歓楽の大きさに比例する。歓楽が大きければ大きいほど哀情は強いものとなる。皇帝というこの世の権力をほしいままにした人であるだけに、その哀情は読者を驚かせる。哀情は抽象的なものではない。老いへの恐れである。ここで、はじめの二句が生きてくる。人生の秋の訪れに、さすがの武帝もなすすべがないのである。第一句は、曾祖父高祖《そうそふこうそ》（20頁）の詩句「大風起《たいふうお》こりて雲飛揚《くもひよう》す」を意識しているのだろう。

《補説》 「歓楽極まりて哀情多し」の句はことに有名である。『文選』では第四句の「懐」を「攜《たずさえる》」に作る。

班婕妤《はんしょうよ》 〔漢〕（生没年未詳）

姓は班、名は伝わらない。婕妤は后妃《こうひ》の位の一つである。成帝《せいてい》（前五一～前七）の即位（前三二）後まもなく後宮に入り、成帝の死後もしばらくは生きていたことから、その生存期間をほぼ前一世紀の後半と推定できる。

父は班況《はんきょう》、越騎校尉《えつきこうい》（外人騎兵部隊長）であった。甥《おい》に班彪《はんぴょう》がいる。『漢書《かんじょ》』は、この班彪、その子の班固《はんご》・班昭《はんしょう》（女）によって書かれたものである。

ある時、成帝は班婕妤と輦《てぐるま》を共にしようとしたことがあった。彼女は、「昔の名君の絵を見ますと、かたわらには賢臣がおります。ところが、暴君のかたわらには女が侍《はべ》っています。わたくしは、陛下を暴君にしたくありません」と辞退した。やがて帝の愛は趙飛燕《ちょうひえん》とその妹に移って行く。趙飛燕姉妹が嫉妬《しっと》深く驕慢《きょうまん》であることを知った彼女は、自分から帝に請うて、皇太《こうたい》后《ごう》づきとなり、長信宮《ちょうしんきゅう》にさがった。成帝死後は帝を葬《ほうむ》る延陵を守る。彼女も死後、その陵に葬られたという。『漢書』（外戚伝《がいせきでん》）に賦《ふ》一編が残る。

怨[1]歌行　（怨歌行《えんかこう》）　班婕妤《はんしょうよ》　〈五言古詩〉

新ニ裂ケバ二斉ノ紈[2]素ヲ一
皎[3]潔ニシテ如シ二霜雪ノ一

新《あらた》に斉《せい》の紈素《がんそ》を裂《さ》けば
皎潔《こうけつ》にして霜雪《そうせつ》の如《ごと》し

新しく練り絹を下ろしますと、やはり世に聞こえた斉の国の生地（きじ）。その白さ、その清らかさといったら、まるで霜か雪かと思われました。

裁《チテ》爲《セバ》合[4]歡扇《ト》
團[5]團《トシテ》似《タリ》明月《ニ》
出入《シ》君《ノ》懷袖《ニ》
動搖《シテ》微風發《ス》
常《ニ》恐《ル》秋節至《リ》
涼風奪《ヒ》炎熱《ヲ》
棄捐《セラレ》篋[6]笥《ノ》中《ニ》
恩情中[7]道《ニテ》絕《エンコトヲ》

裁《た》ちて合歡扇《ごうかんせん》と為《な》せば
団団《だんだん》として明月《めいげつ》に似《に》たり
君《きみ》の懐袖《かいしゅう》に出入《しゅつにゅう》し
動揺《どうよう》して微風《びふう》発《はっ》す
常《つね》に恐《おそ》る秋節《しゅうせつ》至《いた》り
涼風炎熱《りょうふうえんねつ》を奪《うば》い
篋笥《きょうし》の中《うち》に棄捐《きえん》せられ
恩情《おんじょう》中道《ちゅうどう》にて絶《た》えんことを

型紙に合わせて裁ち、両面張りの合わせ団扇（うちわ）としますと、まんまるな面（おもて）は満月のように輝きます。

暑い夏には、あなたの懐（ふところ）や袖（そで）に入ってどこにでもお供しました。

そして時折、ユラユラゆれて、いい風を呼びました。

でも、夏が過ぎて秋が来たら……と考えると私はたまらなくなるのです。

涼しい風が燃えるような熱気を追い払ってしまい、
やがて団扇もたんすの中にうち捨てられて、顧みられなくなりましょう。

せっかくのあなたの恩愛も、中途で冷えてしまうのではないかしら。

1．怨歌行　愛されない嘆きを主題とする楽府《がふ》の題名である。行は、歌の意。楽府題《がふだい》であることを示す。**2．紈素**　白い練り絹。斉（山東省《さんとうしょう》）の名産。**3．皎潔**　白くて汚れのないこと。**4．合歡扇**　両面に布や紙を張ってある合わせ団扇《うちわ》をいう。**5．団団**　円い様。**6．篋笥**　衣裳箪笥《いしょうだんす》。**7．中道**　中途。

《鑑賞》 この楽府にはどんな曲がついていたのであろう。きっと切ないほど哀《かな》しいメロディーであったに違いない。その哀しさにはべとつきがない。すなわち、この詩のおもしろさは、失われようとしている愛を団扇に託してさらりと言ってのけたところにある。

一・二句は団扇の素材がすばらしいこと、つまり班婕妤の美しさが天性のものであることをいう。仕立てられた団扇の見事さを描く三・四句は、彼女の美しさに磨《みが》きがかかったことを示す。五・六句は、成帝のおそばで寵愛《ちょうあい》をほしいままにしたことを指す。それ以後の句は、成帝の愛が趙飛燕姉妹に移り、やがては棄《す》てられるであろう自らの運命に対する恐れを述べている。

内容の深刻さとは裏腹《うらはら》に、機知に富んだ着想には一種の軽快ささえ窺《うかが》える。

《補説》 この詩は劉勰《りゅうきょう》の『文心雕竜《ぶんしんちょうりょう》』以来、班婕妤の作でないとする偽作説が有力である。

テキストによっては第一句の裂を製とするもの（『古詩賞析《こししょうせき》』）、第二句の皎潔を鮮潔とするもの（『玉台新詠《ぎょくだいしんえい》』）がある。

王《おう》粲《さん》　〔魏〕（一七七〜二一七）

姓は王、名は粲《さん》、字《あざな》を仲宣《ちゅうせん》という。山陽郡高《さんようぐんこう》平《へい》（山東省鄒県《さんとうしょうすうけん》）の人である。曾祖父《そうそふ》（王《おう》龔《きょう》）、祖父《そふ》（王暢《おうちょう》）ともに後漢王朝の高官であった。

一九〇年、後漢最後の皇帝献帝《けんてい》が董卓《とうたく》によって長安に移されると、王粲も新都に移住する。大学者蔡邕《さいよう》が、少年王粲の訪問を聞き、下駄《げた》をさかさにつっかけて走り迎えた、というほど早熟な少年であった。数年ののち、混乱の長安を後にして荊州《けいしゅう》（湖南・湖北）に移る。やがて曹《そう》操《そう》に召され、その側近となった。曹操の下では「建安七子《けんあんしちし》」の第一人者として文学史上重要な役割をになっている。道ばたの石碑《せきひ》を一度読んで暗唱したり、ごちゃまぜになった碁石《ごいし》を、もと通りに並べることができたという。記憶力がすばらしかったのであろう。他に「登楼賦《とうろうふ》」が有名である。

七[1]哀ノ詩（七哀《しちあい》の詩《し》）　王粲《おうさん》　〈五言古詩〉

西[2]京亂レテ無クレ象[3]　　西京《せいけい》乱《みだ》れて象《みち》無《な》く
豺[4]虎方ニ遘スレ患ヲ●　　豺虎《さいこ》方《まさ》に患《わざわい》を遘《な》す
復タ棄テテ二中[5]國ヲ一去リ　　復《ま》た中国《ちゅうごく》を棄《す》てて去《さ》り

西の都長安はもはや乱れて正道も廃(すた)れてしまった。今は狂暴な軍閥どもが、山犬や虎のように荒らし回っている。

私が東都洛陽(らくよう)をすててこの新都にやって来たのは、ほんの数年前であっ

遠《ザケテ》身《ヲ》適《ク》荊[6]蠻《ニ》
親戚對《ヒテ》我《ニ》悲《シミ》
朋友相追《ヒテ》攀[7]《ル》
出《ヅレドモ》門《ヲ》無《ク》所見《ル》
白骨蔽《フ》平原《ヲ》
路《ニ》有《リ》飢《エタル》婦人
抱《イテ》子《ヲ》棄《ツ》草間《ニ》
顧《ミテ》聞《クモ》號泣《ノ》聲《ヲ》
揮《ツテ》涕《ヲ》獨《リ》不還《ラ》
未《ダ》知《ラ》身《ノ》死《スル》處《ヲ》

身《み》を遠《とお》ざけて荊蛮《けいばん》に適《ゆ》く
親戚《しんせき》我《われ》に対《むか》いて悲《かな》しみ
朋友《ほうゆう》相《あい》追《お》いて攀《すが》る
門《もん》を出《い》づれども見《み》る所《ところ》無《な》く
白骨《はっこつ》平原《へいげん》を蔽《おお》う
路《みち》に飢《う》えたる婦人《ふじん》有《あ》り
子《こ》を抱《いだ》いて草間《そうかん》に棄《す》つ
顧《かえり》みて号泣《ごうきゅう》の声《こえ》を聞《き》くも
涕《なみだ》を揮《ふる》って独《ひと》り還《かえ》らず
未《いま》だ身《み》の死《し》する処《ところ》を知《し》らず

た。ところが、もう荒れ果てて見る影もない。意を決して再び都をすてよう。落ちゆく先は荊州(けいしゅう)、蛮地である。

別れにあたって、親戚の者たちは私の顔を見て悲しみ、

友人たちは追いかけて来て車にすがる。

城門を出ても見るべきものは何もなく、

白骨だけがごろごろと平原にころがっているばかり。

しばらく道を行くと、一目で飢えているとわかる女に出会った。

女は子どもを抱いていたが、その子を草むらにすてると歩き出す。

火のついたような泣き声。女は振り返って、しばし茫然(ぼうぜん)と立ちつくしていた。

だが、あふれる涙を手で払うと、また歩き出し、もう立ち止まることさえしなかった。あとには女のつぶやきのみが残った。

何ゾ能ク兩ナガラ相完カラント●
驅ツテレ馬ヲ棄テテレ之ヲ去ル
不レバナリレ忍ビレ聽クニ二此ノ言ヲ一●
南ノカタ登リ二霸[8]陵ノ岸ニ一
廻ラシテレ首ヲ望ミ二長安ヲ一●
悟ル彼ノ下[9]泉ノ人ヲ
喟[10]然トシテ傷マシム二心[11]肝ヲ一●

何《なん》ぞ能《よ》く両《ふたり》ながら相完《あいまった》からんと
馬《うま》を駆《か》って之《これ》を棄《す》てて去《さ》る
此《こ》の言《げん》を聴《き》くに忍《しの》びざればなり
南《みなみ》のかた霸陵《はりよう》の岸《きし》に登《のぼ》り
首《こうべ》を廻《めぐ》らして長安《ちょうあん》を望《のぞ》む
悟《さと》る彼《か》の下泉《かせん》の人《ひと》を
喟然《きぜん》として心肝《しんかん》を傷《いた》ましむ

「あたし一人の死に場所も知れないのに、どうして二人で生きて行けよう……」

私は馬に鞭(むち)をくれその場所を急いで離れた。

女の言葉が聞くに堪えなかったからである。

南へ南へと進むと、霸陵にたどりついたので、その陵の高台に登ってみた。

そして振り返り、はるか彼方の長安をながめた。

すると、霸陵に眠る文帝の平和な御世がしのばれ、善政を慕ってやまなかった「下泉」の作者の心がしみじみと胸に入り、
切なくなってため息をつくのであった。

1. 七哀詩　哀《かな》しさをうたう詩、の意味であるが、「七」については解釈が分かれている（七つの哀しみとする説、七首の連作とする説等）。**2. 西京**　長安のこと。東京《とうけい》（洛陽）に対する言い方。**3. 象**道のこと。**4. 豺虎**　山犬と虎、転じて悪者のたとえ。この詩では、董卓の死後、覇権《はけん》を求めて争っ

た軍閥李《り》傕《かく》と郭《かく》汜《し》を指す。**5.中国**　黄河《こうが》中流域、いわゆる中原《ちゅうげん》をいう。**6.荊蛮**　荊州のこと。後の楚《そ》。当時、南方は蛮地《ばんち》と見なされた。**7.攀**　車のかじ棒にすがりついて、引きとめる。**8.覇陵**　前漢の文帝《ぶんてい》（在位前一七九〜前一五七）の陵。**9.下泉人**　下泉は『詩経《しきょう》』曹風《そうふう》にある編名と黄泉《こうせん》の意と、二つをかねて指す。ゆえに、苦しい生活の中で周代の善政を慕《した》った「下泉」の作者と、覇陵に葬《ほうむ》られている文帝をいう。**10.喟然**　嘆息《たんそく》する様。**11.心肝**　心臓と肝臓、転じて心のこと。

《鑑賞》　この詩は、後漢末の乱れた時世を嘆《なげ》くものである。荊州に下ったのは、兵火が及ばず、そのうえ祖父王暢の弟子劉《りゅう》表《ひょう》が、荊州刺史《しし》（長官）であったことによる（だが、劉表は、王粲の容貌《ようぼう》には品格がなく、また体も虚弱であるとして彼を重く用いなかった）。

この詩の新しさは、なんといっても描写の生々しさであろう。親戚や友との別れ、平原にころがる白骨、飢えた母子、それらの場面が異様な臨場感を伴って読者に迫ってくる。詩のクライマックスは飢えた女との出会いである。詩人は、この場面をリアルに描くことによって、時世を鋭くえぐり出しているのである。兵火に荒らされ、食べものもなく、日々餓死に怯《おび》えることこそ民衆の現実であった。時世は、母が子を捨てねば生きていけないほど厳しいものとなっていた。この詩に三度も使われる「棄」という言葉が、「象」の廃れた都を後にする詩人の心情を象徴している。

《補説》　建安の詩人たちは、生き生きとした叙情を、五言という新しい形にのせてうたったが、それはリアルな詩の起こりでもあった。この詩と共に孔融《こうゆう》の「雑詩《ざつし》」などがその典型といえる。それは、遠く唐の杜《と》甫《ほ》へと流れてゆく。王粲には「七哀詩」と題するものが三首残り、本詩はその一である。

曹《そう》植《ち》 〔魏〕（一九二～二三二）

姓は曹《そう》、名は植《ち》（植はショクともいう）、字《あざな》は子建《しけん》。魏《ぎ》の太祖《たいそ》曹操《そうそう》の第三子である。父が植を寵愛《ちょうあい》し、彼を太子《たいし》に、と考えたことから跡目をめぐって兄曹丕《そうひ》と対立した。丕《ひ》が文帝になると、封地《ほうち》を転々と替えられ、不遇な生活を送る。文帝の死後、甥《おい》の明帝（曹叡《そうえい》）にしきりに上表し、重用してくれるよう願うが容《い》れられず、絶望のうちに生を終えた。最後に陳王《ちんおう》に封ぜられ、死後思《し》と諡《おくりな》されたことから陳思王《ちんしおう》ともいわれる。

劉宋《りゅうそう》の謝霊運《しゃれいうん》は、「天下の才をみんなで一石《こく》とすれば、曹子建《そうしけん》は一人で八斗をしめる」と称賛する。六朝《りくちょう》第一の詩人の評を得ている。詩は、内容・形式ともに多彩で、スケールも大きく、新しい詩の世界を開いた。作品は「白馬王《はくばおう》彪《ひょう》に贈《おく》る」、「名都篇《めいとへん》」など七十首ほどが残る。コラム「三曹《さんそう》と建安七子《けんあんしちし》」（44頁）参照。

白馬篇（白馬篇《はくばへん》） 曹植《そうち》 〈五言古詩〉

白馬飾リ二金[1]羈●ヲ一　　白馬《はくば》金羈《きんき》を飾《かざ》り

連[2]翩トシテ西北ニ馳●ス　　連翩《れんぺん》として西北《せいほく》に馳《は》す

借[3]問ス誰ガ家ノ子ゾ　　借問《しゃもん》す誰《た》が家《いえ》の子《こ》ぞ

金のおもがいをつけた白馬が、
飛ぶような勢いで西北に駆けて行く。
手綱（たづな）を握る者に、どこのだれか、
とたずねてみると、

幽[4]并遊[5]俠兒
少[6]小去鄉邑
揚聲沙漠垂[7]
宿[8]昔秉[9]良[10]弓
楛[11]矢何參[12]差
控弦破左的
右發摧月[13]支
仰手接飛[14]猱
俯身散馬[15]蹄
狡[16]捷過猴[17]猨

幽并《ゆうへい》の遊俠児《ゆうきょうじ》
少小《しょうしょう》にして郷邑《きょうゆう》を去《さ》り
声《な》を沙漠《さばく》の垂《ほとり》に揚《あ》ぐ
宿昔良弓《しゅくせきりょうきゅう》を秉《と》り
楛矢《こし》何《なん》ぞ参差《しんし》たる
弦《げん》を控《ひ》きて左的《さてき》を破《やぶ》り
右《みぎ》に発《はっ》して月支《げっし》を摧《くだ》く
手《て》を仰《あ》げて飛猱《ひどう》を接《むかえう》ち
身《み》を俯《ふ》して馬蹄《ばてい》を散《さん》ず
狡捷《こうしょう》なること猴猨《こうえん》に過《す》ぎ

「幽并の命知らずさ」とのこと。
少年のころから故郷を離れ、
砂漠の彼方(かなた)で名声をあげた。
昔からいつも、強い弓を離さず、
背には、楛の矢を無造作につっこんでいる。
弦(つる)を引きしぼって左の的を破り、
振り向きざまに右の月支の的を射抜いたりもする。
手を上げて、枝から枝へと飛ぶ手なが猿を迎え撃ち、
身をかがめて馬蹄の的をこなごなに撃ちくだく。
そのすばやさは猿にもまさり、

勇[18]剽《ナルコト》若《シ》豹[19]螭《ノ》●
邊[20]城多《ク》警[21]急
胡[22]虜數遷移《ス》●
羽[23]檄從《リ》北來《リ》
厲[24]《マシテ》馬《ヲ》登《ル》高堤《ニ》●
長驅《シテ》蹈《ミ》匈[25]奴《ヲ》
左顧《シテ》凌《ガン》鮮[26]卑《ヲ》●
棄《ツ》身《ヲ》鋒[27]刃《ノ》端《ニ》
性命安《ンゾ》可《ケンヤ》懐《フ》●
父母《スラ》且《ツ》不顧《ミ》

勇剽《ゆうひょう》なること豹螭《ひょうち》の若《ごと》し
辺城《へんじょう》 警急《けいきゅう》 多《おお》く
胡虜《こりょ》 数《しばしば》 遷移《せんい》す
羽《う》檄《げき》北《きた》より来《きた》り
馬《うま》を厲《はげ》まして高堤《こうてい》に登《のぼ》る
長駆《ちょうく》して匈奴《きょうど》を蹈《ふ》み
左顧《さこ》して鮮卑《せんぴ》を凌《しの》がん
身《み》を鋒刃《ほうじん》の端《たん》に棄《す》つ
性命《せいめい》安《いず》くんぞ懐《おも》う可《べ》けんや
父母《ふぼ》すら且《か》つ顧《かえり》みず

荒々しく、しかも身軽なことといったら豹や螭（ちみず）のようだ。
今や、辺境の要塞（ようさい）のあたりでは、非常事態がひっきりなしに伝えられる。
北のえびすどもが移動をやめないのだ。
今しも、北から「急ぎ兵をたのむ」の早馬が着いたという。
まずは、馬に激しく鞭（むち）を打って高い堤に登り、辺境の方をながめやる。
長城の外に、奥深く踏み込んで匈奴を抑え、
その勢いで左の方の鮮卑も打ち破ってやるんだ。
わが身は刃（やいば）の前に棄てたもの、
命なんぞ惜しくはない。
父や母をさえ顧みないこの身、
どうして子や妻のことを口にしよう。

何《ゾ》言《ハン》二子《ト》與《ヲ》レ妻●
名《ハ》編《セラルレバ》二壯[28]士《ノ》籍《ニ》一
不レ得二中《ニ》顧《ミルヲ》レ私《ヲ》●
捐《テテ》レ軀《ヲ》赴《キ》二國難《ニ》一
視《ルコト》レ死《ヲ》忽《チ》如《シ》レ歸《スルガ》●

何《なん》ぞ子《こ》と妻《つま》とを言《い》わん
名《な》は壮士《そうし》の籍《せき》に編《へん》せらるれば
中《うち》に私《わたくし》を顧《かえり》みるを得《え》ず
軀《み》を捐《す》てて国難《こくなん》に赴《おもむ》き
死《し》を視《み》ること忽《たちま》ち帰《き》するが如《ごと》し

わが名が栄えある壮士の名簿にのっているからには、私事などに心を奪われておれないのだ。

ただ、身をなげうって国難にあたれば、それでよい。

死ぬことなどは、帰るべきところに、ふと帰るようなもので、何でもないことだ。

1. 金羈　黄金製のおもがい。おもがいは、馬の頭から轡《くつわ》にかけて飾りつけた組紐《くみひも》のこと。**2. 連翩**　飛ぶように駆ける様。**3. 借問**　ちょっと、おたずねします。質問の語として詩ではよく使われる。**4. 幽并**　幽州《ゆうしゅう》（遼寧省《りょうねいしょう》と河北省《かほくしょう》北部）と并州《へいしゅう》（山西省《さんせいしょう》北部）。勇者の出身地として名高い。**5. 遊侠**　男だて。**6. 少小**　少年。**7. 垂**　他国に接する辺境の地。**8. 宿昔**　昔。**9. 秉**　手に握ること。**10. 良弓**　強い弓。**11. 楛矢**　楛《こ》という赤い木を幹とした矢。**12. 参差**　長短そろわない様。**13. 月支**　布《ふ》帛《はく》に描いて的としたもの。**14. 飛猱**　木の枝から枝へ飛ぶ手長猿《てながざる》。**15. 馬蹄**　月支と同じく的の一種。**16. 狡捷**　巧みですばやい。**17. 猴猨**　猿。**18. 勇剽**　勇猛で身軽。**19. 豹螭**　豹《ひょう》と螭《みずち》。螭は伝説中の動物で、竜《りゅう》に似て黄色なものという。**20. 辺城**　辺境のとりで。**21. 警急**　急に起こった変事。**22. 胡虜**　北方の異民族を罵《ののし》る語。**23. 羽檄**　急に兵を召集する場合に用いる檄文《げきぶん》。木簡《もっかん》に書き、これに鳥の羽をつけて急ぎの意を示した。**24. 厲レ馬**　馬に鞭をあてて急がせる。**25. 匈奴**　北方の遊牧騎馬民族。

26・鮮卑　モンゴル系遊牧民族。**27・鋒刃**　武器の鋭い刃。**28・壮士**　血気盛んなますらお。

《鑑賞》　この詩は男だての若者を題材にし、「勇壮」という観念を詩にしてみせたものである。こういうテーマの詩は今までにないものであった。曹植の中編「名都篇」「美女篇《びじょへん》」など、この詩も含めて、新しい分野を開拓したものであり、こういう才はたしかに六朝第一の名に恥じない。

　この詩のモデルを并州出身の張遼《ちょうりょう》（曹操の臣）とし、随所に作者植の体験を交えるという説がある。その真偽のほどは定かでないが、植自身に「遊侠」への憧《あこが》れや、何とかして自分の力を実戦で試してみたい、という願望があったことは確かであろう。詩は、いかにも血気盛んな青年期の作を思わせる。弓の巧みさをうたう前半のスピード感、後半の死をも恐れぬダイナミックな心意気、のちの植の詩に見られる暗い影がない。

　冒頭の「白馬」や「金羈」は、後世も遊侠をうたう際にしばしば用いられる語である。

《補説》　曹植は若いころ、博学な邯鄲淳《かんたんじゅん》を前に、諸肌《もろはだ》ぬぎになって白粉《おしろい》をぬり、様々な踊りや曲芸、はては小咄《こばなし》までやり出した。さすがの邯鄲淳が驚いていると、今度は衣冠《いかん》を正して現れ、古今の人物や文学・政治を論じて、話は天地万物にまで及んだ。その場に居合わせた者は声もなく、ただ、あきれ果て、邯鄲淳は「天人なり」と溜息《ためいき》をついたという。植の博学と多才ぶりを伝えるものであろう。『三国《さんごく》志《し》』によると、植は十歳あまりで『詩経《しきょう》』『論語《ろんご》』、辞賦《じふ》（文体の一種）など数十万言を暗誦《あんしょう》できた。大変な早熟だが、曹家の人々は頭の切れが鋭いばかりでなく、無類の勉学好きでもあった。戦場でも書物を手放さなかったという曹操をはじめ、丕・植の「三曹」父子はこの時代きっての知識人であった。テキストによっては、第十六句の「胡虜《こりょ》」を「虜騎《りょき》」、第二十一句の「棄」を「寄」、第二十五句の「編」

を「在」にするものがある。

七歩詩[1]（七歩《しちほ》の詩《し》）　曹植《そうち》　〈五言古詩〉

煮豆持作羹[2]
漉豉[3]以為汁
萁[4]在釜下燃
豆在釜中泣
本是同根生
相煎[5]何太急

豆《まめ》を煮《に》て持《もっ》て羹《あつもの》と作《な》し
豉《し》を漉《こ》して以《もっ》て汁《しる》と為《な》す
萁《まめがら》は釜《かま》の下《した》に在《あ》って燃《も》え
豆《まめ》は釜《かま》の中《なか》に在《あ》って泣《な》く
本《もと》は是《こ》れ同《おな》じ根《ね》より生《しょう》ぜしに
相《あい》煎《に》ること何《なん》ぞ太《はなは》だ急《きゅう》なるや

豆を煮てスープを作り、
みそをこしてみそ汁とする。
豆がらは、釜の下でパチパチ燃え、
豆は釜の中でグツグツと泣く。
豆がらも豆も、もとは同じ根からできたものなのに、
豆がらよ、どうしてそんなに激しく煮たてるのだ。

1．七歩詩　兄の文帝に、七歩あるく間に詩を作れなければ死刑にする、と言われて作った詩。**2．羹**　あつもの。濃いスープ。**3．豉**　豆に塩を混ぜ、ねかして作るもの。みそや納豆《なっとう》の類。**4．萁**　豆がら。**5．煎**　煮つめて汁をなくすこと。

《鑑賞》 この詩は、兄の文帝の圧迫を批判したものである。最も一般的な穀物と思われる豆を題材とし、軽妙にうたってみせたところにおもしろさがある。

　全体は、二句ずつ、三つに分けることができる。初めの二句は、豆の料理法とでもいうべきもので、「羹」や「汁」は、豆の食べ方として広く行きわたったものだったのだろう。次の二句は豆を煮ることをいうが、ここがこの詩の中心になる。もちろん、釜《かま》の中で煮られる豆は曹植《そうち》、釜の下で燃える豆がらは曹丕《そうひ》（文帝）である。豆がらが激しく燃えるにしたがって、釜の中の豆はグツグツと音を立てる。この「グツグツ」という音を、まるで泣き声のようだ、とする表現は、何ともおもしろい擬人法である。兄が太子《たいし》となり、やがて即位して文帝となる。つまり兄の勢いが増すにつれて、曹植の立場は厳しいものになり、泣き声も高くなる。この泣き声が、なぜ、そんなにいじめるの、という最後の二句を導き出す。丕と植は、実の兄弟である。権力者の子弟は、往々にして母を異にするが、この二人は同じ母から生まれた、まさに正真正銘の「同根」より「生」じた者であった。豆は豆がらに煮られるもの、と相場は決まっている。弟は兄に従うものである。そうした運命は甘受しよう。しかし、どうしてそんなにぎゅうぎゅうといじめるのだ。「何ぞ太だ急なるや」には、そうした思いが込められている。

　詩としてはもとより即興的なもので、一種の戯歌《ざれうた》にすぎないが、素材に豆を選ぶことによって意外な効果を生んでいるといえよう。この詩を聞いて、文帝も深く恥じ、顔を赤らめたという。

《補説》 この詩の由来（七歩あるくうちに詩を作らないと死刑にするという話）が、どうも小説じみていて信じ難いため、これを曹植の作である、とすることには否定的な見解が多い。それは、この詩を最も早く載せるのが、五世紀半ばの逸話集『世《せ》説新語《せつしんご》』であり、曹植の作品集には収められていないことにもよる。

しかし、いずれにしても丕が文帝になるや、植の生活は一転して暗いものとなった。次の植の詩は、楊修《ようしゅう》・丁儀《ていぎ》・丁廙《ていよく》らの側近が殺されたのを悲しみ作ったものとされる。

「高樹多二悲風一／海水揚二其波一／利剣不レ在レ掌／結レ友何須レ多／不レ見籬間雀／見レ鷂自投レ羅／羅家得レ雀喜／少年見レ雀悲／抜レ剣捎二羅網一／黄雀得二飛飛一／飛飛摩二蒼天一／来下謝二少年一（高樹悲風多《こうじゅひふうおお》く、海水其《かいすいそ》の波《なみ》を揚《あ》ぐ。利剣《りけん》掌《たなごころ》に在《あ》らずんば、友《とも》を結《むす》ぶに何《なん》ぞ多《おお》きを須《もち》いん。見《み》ずや籬間《りかん》の雀《すずめ》、鷂《たか》を見《み》て自《みずか》ら羅《あみ》に投《とう》ず。羅《あみ》する家雀《ひとすずめ》を得《え》て喜《よろこ》び、少年雀《しょうねんすずめ》を見《み》て悲《かな》しむ。剣《けん》を抜《ぬ》きて羅網《らもう》を捎《はら》えば、黄雀《こうじゃく》飛《と》び飛《と》ぶを得《え》たり。飛《と》び飛《と》んで蒼天《そうてん》を摩《ま》し、来《きた》り下《くだ》りて少年《しょうねん》に謝《しゃ》す）」〈野田黄雀行（野田黄雀《やでんこうじゃく》行《こう》）〉

自分もこの「少年」のように、「利剣」を持っていればなあ、とする無念の思いを込めたものであろう。第一・二句の「高樹悲風多く、海水其の波を揚ぐ」には、次の正始《せいし》（二四〇〜二四九）の詩人阮籍《げんせき》（45頁）を思わせる暗さ、不気味さがある。

「七歩の詩」は、テキストによって、毎句といってよいほど文字の異同が見られ、そのうえ句数を異にするものさえある。第一・二句、あるいは第二・三句を欠き、全部で四句とするもの、第一句を「煮レ豆燃二豆萁一」（豆《まめ》を煮《に》るに豆萁《まめがら》を燃《も》やす）、第二句の「豉」を「菽《まめ》」、第三句の「釜下」を「竈下」、同じく第三句の「萁在」を「萁向」、第五句の「本是」を「本自」とするものがある。

三曹《さんそう》と建安七子《けんあんしちし》

漢末から魏初にかけての暗黒時代は、詩の歴史からすれば、きわめて興味深い時代である。漢代に民間から起こった五言詩が、ようやく文人・インテリたちの注目を集め、第一級の文学としての第一歩を踏み出し始める。その担い手が、「三曹」父子と「建安七子」であった。

魏の建国者である曹操（一五五〜二二〇）、その長男の文帝・丕《ひ》（一八七〜二二六）、三男の陳思王・植《ち》（一九二〜二三二）を「三曹」と呼ぶ。

曹操は文人としても第一級の、文武兼備の人物であった。曹丕の名は、その『典論』論文で、「文章は経国の大業、不朽の盛事」と述べたことによって知られる。彼らは文学に対して興味を示したばかりではなく、自らも作品を作り、文人たちとその出来ばえを競った。〝文芸至上主義〟といわれる時代の幕開きである。詩人として最も優れるのは植であるが、これについては本文（36頁）を参照されたい。

孔融・王粲《おうさん》・陳琳・徐幹・阮瑀《げんう》・応瑒《おうよう》・劉楨《りゅうてい》、これらの七人の詩人を、「建安七子」と呼ぶ。孔融（一五三〜二〇八）は剛直で、曹操に対して遠慮なしに直言したので、憎まれて殺された。王粲（一七七〜二一七）については、本文（32頁）を参照。陳琳（?〜二一七）は、「飲馬長城窟行」で有名だが、檄文《げきぶん》の名手で、かつて袁紹のために曹操の先祖の罪状を並べたてる檄文を書いたが、その才能を愛され、とがめられなかったという。徐幹（一七〇〜二一七）は辞賦の作者としても知られる。阮瑀（?〜二一二）も陳琳と同じく文書や檄文に優れ、曹操の下で活躍した。「駕出北郭門行」は、まま母が孤児を虐待するという、社会詩的な題材を扱っている。「竹林《ちくりん》の七賢《しちけん》」の領袖阮籍《げんせき》（45頁）の父である。応瑒（?〜二一七）は、今日ではほとんど作品が残されていないが、弟の応璩《おうきょ》（一九〇〜二五二）と並び称せられる。劉楨（?〜二一七）は、五言詩の作者として、その骨太く重厚な作風をもって知られていた。王粲・陳琳・徐幹・応瑒・劉楨は建安二十二（二一七）年、都を襲った流行病の犠牲となって死ぬ。華やかな〝建安七子〟の時代は、ここに幕を閉じた。

阮《げん》籍《せき》　〔魏〕（二一〇〜二六三）

姓は阮《げん》、名は籍《せき》、字《あざな》は嗣《し》宗《そう》。陳留《ちんりゅう》（河南省《かなんしょう》）尉《い》氏《し》県《けん》の人。父は「建安七子《けんあんしちし》」の一人として名高い阮瑀《げんう》である。

籍は、竹林《ちくりん》の中で清談を交わしたとされる、いわゆる「竹林の七賢《しちけん》」（他に山濤《さんとう》・嵆康《けいこう》・向《しょう》秀《しゅう》・劉伶《りゅうれい》・阮咸《げんかん》・王戎《おうじゅう》）の領袖《りょうしゅう》である。礼を無視したふるまいが多く、大酒飲みであったが、人におもねらず、世を超越したおもむきがあった。俗物には白眼、同志には青眼（くろめ）をして対した話は有名である。老荘を好み、琴をよくし、本を読み出すと、戸を閉じて何ヵ月も現れなかったり、山野を歩きまわると、何日も帰って来なかったという。

こうした奇行は、もちろん籍自身の気質にもよるが、そこに時代の影を見ることもできる。魏《ぎ》が晋《しん》にとって代わられる時代は、名士が次々と権謀術策《けんぼうじゅつさく》に落ちて命を失う時でもあった。籍は、奇行と放逸との中に生きる道を求めたのである。やみくもに車を走らせ、行き止まりにぶつかると慟哭《どうこく》して帰ったという話に、籍の内面が窺《うかが》える。

詠懐詩（詠懐詩《えいかいし》）　阮籍《げんせき》　**〈五言古詩〉**

夜中不ㇾ能ハㇾ寐ヌル　　夜中《やちゅう》寐《い》ぬる能《あた》わず

[1]起坐シテ弾ズ二鳴琴ヲ一●　　起坐《きざ》して鳴琴《めいきん》を弾《だん》ず

夜もすっかり更(ふ)けてしまったが、どうにも寝つかれない。起きて床の上に座り、琴を弾いてみる。

薄[2]帷ニ鑑[3]リ二明月一
清風吹ク二我ガ襟ヲ一●
孤[4]鴻號[5]ビ二外[6]野ニ一
朔[7]鳥鳴ク二北林ニ一●
徘[8]徊シテ將タ何ヲカ見ル
憂思シテ獨リ傷マシムレ心ヲ●

薄帷《はくい》に明月《めいげつ》鑑《て》り
清風《せいふう》我《わ》が襟《えり》を吹《ふ》く
孤《こ》鴻《こう》外野《がいや》に号《さけ》び
朔鳥《さくちょう》北林《ほくりん》に鳴《な》く
徘徊《はいかい》して将《は》た何《なに》をか見《み》る
憂思《ゆうし》して独《ひと》り心《こころ》を傷《いた》ましむ

薄いカーテンに、明るい月の光が差し込み、清々(すがすが)しい風が、私の襟のあたりを吹き過ぎてゆく。外の荒れ野では、一羽の大きな雁(かり)が、悲しげな鋭い声をあげた。北の林では、おびただしい雁の群れが、騒がしく鳴きわめく。外へ出て歩きまわって、何を見ようか。語るべき友もいない。憂いの思いに沈み、ひとり悲しくなるのだ。

1.起坐 起きて座ること。**2.薄帷** 薄いとばり。**3.鑑** 照と同じ。**4.孤鴻** 連れのない一羽の大雁《かり》。**5.号** 大声で鳴くこと。**6.外野** 野原。**7.朔鳥** 北方から飛んで来る雁。「翔鳥」とするテキストもある。**8.徘徊** さまよい歩くこと。

《鑑賞》 高士の孤独と憂愁をうたう。

前半の四句では、高士の姿が描かれる。人の寝静まった夜中に、ひとり琴を爪《つま》びく人物、窓からは月の光、清らかな風、孤高のこの人物が、作者の分身であることはいうまでもない。

後半は、その憂愁をうたう。「孤鴻」―「朔鳥」の対句《ついく》は、象徴の景だ。「孤鴻」を魏の王室に見れば、「朔鳥」は司馬《しば》氏の晋になる。「孤鴻」を作者に見れば、「朔鳥」は権力に群がる連中になる。いずれにせよ、危機をはらんだ世の様を、不気味な光景にとらえてみせた。その中にあって、自分はどうすればよいのか。語るべき友もない。

阮籍の父、瑀《う》は、曹操《そうそう》の側近で「建安七子」の一人に数えられる人物であった。いわば、阮籍は魏の王室側に属する人間だ。当時、司馬氏の専横は目に余り、王朝の交代は避けがたい勢いにあったので、王室側の俊才は、身の処し方に慎重にならざるを得ない。司馬氏が阮籍に対し、婚姻《こんいん》関係を結ぼうとした時、話を切り出させないため六十日間も酔い続けたという逸話があるが、苦衷《くちゆう》は察するに余りある。「詠懐詩」八十二首の連作は、その苦悩をひそやかにうたったものとされる。中には、何をうたうか、真意をくらましてわかりにくいものもある。冒頭のこの詩は、比較的理解しやすい方だ。

《補説》「詠懐」の連作は、詩に深さと厚みを加えた点、画期的なものであり、慷慨《こうがい》の心をうたう詩の先駆けとなった。陶潜《とうせん》の「飲酒《いんしゆ》」二十首、庾信《ゆしん》の「詠懐」二十七首、陳子昂《ちんすごう》の「感遇《かんぐう》」三十八首、李白《りはく》の「古風《こふう》」五十九首など、この流れを受け継ぐものである。

陶《とう》 潜《せん》 〔東晋〕（三六五～四二七）

字《あざな》は淵明《えんめい》。一説には淵明を諱《いみな》（本名）とし、字を元亮《げんりょう》とする。潯陽《じんよう》（江西省《こうせいしょう》九江《きゅうこう》）の人。字と諱について二説あるのは、確実な伝記を残されるような家柄でなかったためと考えられる。陶潜の曾祖父《そうそふ》は晋《しん》の名将陶侃《とうかん》であり、母方の祖父は風流人の呼び名の高い孟嘉《もうか》であるが、いわば成り上がり者で、当時の北人中心に考えられた貴族社会ではあまり尊敬されなかった。だが陶潜は陶侃の功績を誇りに思い、自分も何とか活躍の場を得たいと願っていた。二十九歳になって、ようやく江州祭酒《こうしゅうさいしゅ》（県の教育長）に仕官し、以後十三年間、断続的にではあるが役人生活を続けることになる。その間、長江《ちょうこう》上流の荊州《けいしゅう》へ使いに赴いたり、都（建康《けんこう》）にのぼったり、戦争に従軍したりしている。しかしこのころは、東晋《とうしん》王朝末期にあたり不安定な社会情勢であったし、三流貴族陶潜の官位昇進もはかばかしくなかった。しだいに役人生活に希望を失った陶潜は田園に帰ろうと考えるようになり、隠退の費用を得るため格は低いが実入りのよい県令（彭沢県《ほうたくけん》）になった。四十一歳の時である。しかしある日、役人生活に決別を告げる決定的な事件が起こった。県の上級にあたる郡から査察官が来るので、衣冠束帯で出迎えよ、という。しかも、その査察官が郷里の若僧であったため陶潜の屈辱感は頂点に達した。「われ五斗米《ごとべい》（県令の俸給《ほうきゅう》）の為《ため》に膝《ひざ》を屈《くっ》して郷里《きょうり》の小人《しょうじん》に向《む》かう能《あた》わず」と、即刻辞職して田園に帰った。八十日余りの勤めであった。この時の心境を述べたのが「帰去来《ききょらい》の辞《じ》」である。

その後死ぬまでの二十年余りは、州の都潯陽を中心に隠逸詩人として活躍する。州や郡の役人と交際したり、田園に遊んだりしながら、静かな隠者の暮らしぶりを、素朴《そぼく》なタッチで、深い趣をもってうたい続けた。隠者の詩人としての評判はしだいに高まり、五十四歳ころ朝廷にも聞こえて、高名な隠者に与えられる著作佐郎《ちょさくさろう》の官が授けられた。これは名目的なもので、むろん就職はしない。一種の名誉職である。かくして陶潜は江州という地方ではあるが、隠逸詩人としての名を残したのである。その詩は地味なもので、貴族社会では高い評価を受けなかったが、唐代になって真価が見直されている。

飲[1]酒（飲酒《いんしゅ》）　陶潜《とうせん》　〈五言古詩〉

結廬[2]在人[3]境
而[4]無車[5]馬喧
問[6]君何[7]能爾[8]
心遠地自偏[9]
采菊東籬下
悠然見南山
山[10]氣日[11]夕佳

廬《いおり》を結《むす》んで人境《じんきょう》に在《あ》り
而《しか》も車馬《しゃば》の喧《かまびす》しき無《な》し
君《きみ》に問《と》う何《なん》ぞ能《よ》く爾《しか》るやと
心《こころ》遠《とお》ければ地《ち》自《おのず》から偏《へん》なり
菊《きく》を東籬《とうり》の下《もと》に采《と》り
悠然《ゆうぜん》として南山《なんざん》を見《み》る
山気《さんき》日夕《にっせき》に佳《よ》く

自分は隠者の暮らしをしていて、粗末な家を人里の中に構えている。

人里に住んでいれば、車や馬の往来がやかましいはずだが、やかましくないのである。

君に聞くが、なんでそんなことができるのか？

心が人里から遠ければ（心が俗から遠ければ）、地は自然とへんぴになるからだ。

折しも晩秋の季節で、ちょうど菊の花が咲いている。その菊の花を東の籬（まがき）のもとでとり、
悠然として南の山〈廬山（ろざん）〉を見る。

山の方では、夕暮れの靄（もや）がたなび

飛鳥相與ニ還ル●
12 此ノ中ニ有リ二眞意一
13 欲スレバレ辨ゼント已ニ忘ルレ言ヲ●

飛鳥《ひちょう》相与《あいとも》に還《かえ》る
此《こ》の中《うち》に真意《しんい》有《あ》り
弁《べん》ぜんと欲《ほっ》すれば已《すで》に言《げん》を忘《わす》る

いており、その靄の中に吸い込まれるように、鳥が連れだってねぐらへ帰ってゆく。このなにげない情景、この中にこそ人生の真意がある。この真意とは何ぞやなどと、説明しようとすると、途端に説明すべき言葉を忘れてしまう。

1. 飲酒　全体は二十首の連作で、これはその五首目の詩。初めに序がある。題は飲酒であるが必ずしも酒がテーマではない。酒を飲んで陶然とした気持ちになった折々の作、と思われる。**2. 廬**　粗末な家。**3. 人境**　人里。**4. 而**　逆接の接続詞。それなのに。**5. 車馬喧**　俗世間との交渉をたとえること。**6. 問レ君**　自問自答する。**7. 何能**　疑問を表す。どうして……できるか。**8. 爾**　そうである、の意。**9. 偏**　偏る、の意。**10. 山気**　嵐気ともいう。山にたなびく靄《もや》のこと。**11. 日夕**　日之夕《ひのゆう》、の意で、夕方のこと。**12. 此中**　五句から八句までに示した世界。**13. 欲レ弁已忘レ言**　『荘子《そうじ》』の「魚《うお》を得《え》て筌《せん》（魚をとる道具）を忘《わす》れ、意《い》を得《え》て言《げん》を忘《わす》る」を踏まえている。『老子《ろうし》』にも「言《い》う者《もの》は知《し》らず、知《し》る者《もの》は言《い》わず」とある。

《鑑賞》　陶潜が役人を辞し故郷の田園に隠居の生活をしている時の作であり、陶潜の代表的作品である。

初めの四句で隠者暮らしの前置き、説明をしている。隠者は山の中ばかりに住むものではなく、俗世界ででも隠者暮らしはできる。なぜかと言えば、自身の心が俗から遠いので、住む所は自然にへんぴになるからなのだ、と。

次の四句は、前の四句で述べた俗から遠い隠者の暮らしを具体的に示している。隠者の暮らしにも春夏秋冬、朝昼晩、いろいろな場面があるが、陶潜は、季節は晩秋、時刻は夕暮れ、籬《まがき》の下の菊の花を摘《つ》み、やおら見上げる目に南の山、たなびくもやに吸われるように、連れだち帰る鳥の姿……といった場面を切り取って見せた。なにげないようであるが、悠然《ゆうぜん》たる奥深いものが胸にシックリ落ち着く心地がする。うまい情景描写である。これがすなわち陶潜のセンスで、隠者詩人の面目躍如《やくじょ》、というところ。

最後の二句。俗世を低しと見、自分を高しと見る、隠者の態度をうたう。つまり、物事の本当に奥深いところを悟ったものは、人に説明すべき言葉を忘れてしまう。だから真意（真実の人生とは何か）については説明不可能で、わかりたかったら俺さまと同じ暮らしをしてみろ、と、こう傲然《ごうぜん》とうそぶいているのである。

《補説》 語釈でもふれたが「飲酒」の序を紹介する。「自分は閑居していて歓《よろこ》びが少なく、それに秋の夜ははなはだ長い。たまたまうまい酒があれば飲まない晩とてない。自分の影を振り返っては一人で壺《つぼ》を傾け尽くして酔う。酔えば何句か作って楽しみとする。書き付けた紙ばかり多くなり、順序次第もない。友人にこれを書き写させては一時の歓びとするばかりだ」とある。

次に「悠然見南山」の句についてふれてみよう。古いテキストでは「見」の字が「望」になっているのがある。これについて宋《そう》の蘇軾《そしょく》が、菊を採っていて、ふと山の姿が目に入ったのであり、わざわざ「望む」のではない、と「見」の字を良しとして以来、「望南山」は影をひそめた（「望」は小手でもかざして意識的に見ること。「見」は目を開けていると目に入ってくること）。しかし「望南山」を良しとする考え方もある。理由の一つは、「悠然」の語を、南山にかかる修飾語とする、つまり「悠然たる南山を望む」と読むのである。「飲酒その八」に「卓然見高枝（卓然《たくぜん》たる高枝《こうし》を見《み》る）」とあるのが例証となる。理由の二つは、「菊を東籬の下に采り」は菊を観賞するのではなく、食べるために摘むこと。魏《ぎ》晋《しん》の時代、菊は長命の薬と考えられていた。また「南山」の語も『詩経《しきょう》』に「南山《なんざん》の寿《じゅ》の如《ごと》く、騫《か》けず崩《くず》れず」とあり、長寿の象徴とされている。従って菊の花を摘むことと、南山とは関連し、「悠然たるこの長寿の象徴である南山を望む」の方が筋が通るわけである。もちろん長生きしようという願望を直接表したとみるのではなく、あくせくした人の世に対して悠然たるものを対比させ、菊酒を飲んで長生きをはかる、ということである。こうみてくると、陶潜の詩の元の姿は望南山のように思われるが、詩として見た時は、蘇軾のいうように取る方が、奥深い趣があるかもしれない。

この詩句は、夏目漱石《なつめそうせき》が『草枕《くさまくら》』の中で、東洋の心のゆとりの詩境を説明するのに引用している。「うれしい事に東洋の詩歌にはそこを解脱《げだつ》したのがある。採菊東籬下、悠然見南山。只《ただ》それぎりの裏《うち》に暑苦しい世の中を丸で忘れた光景が出てくる。垣《かき》の向ふに隣りの娘が覗《のぞ》いてゐる訳でもなければ、南山に親友が奉職して居る次第でもない。超然と出世間的に利害損得の汗を流し去つた心持ちになれる」

責[1]レ子ヲ（子《こ》を責《せ》む）　陶潜《とうせん》　**〈五言古詩〉**

白髪被ヒ二兩鬢ニ一　白髪《はくはつ》両鬢《りょうびん》に被《おお》い

肌膚不[2]二復タ實タ一　肌膚《きふ》復《ま》た実《み》たず

白髪が両の鬢のあたりにかぶさってくるような年になって、

肌(はだ)はもはやみずみずしくはりきることはない。

雖有五男兒
總不好紙[3]筆
阿[4]舒已二[5]八
懶[6]惰故[7]無匹
阿宣行志[8]學
而[9]不愛文[10]術
雍[11]端年十三
不[12]識六與七
通[13]子垂九齡
但覓梨與栗

五男児《ごだんじ》有《あ》りと雖《いえど》も
総《すべ》て紙筆《しひつ》を好《この》まず
阿舒《あじょ》は已《すで》に二八《にはち》
懶惰《らんだ》故《もと》より匹《たぐ》い無《な》し
阿《あ》宣《せん》行《ゆ》く志学《しがく》にして
而《しか》も文術《ぶんじゅつ》を愛《あい》せず
雍端《ようたん》は年十三《としじゅうさん》
六《ろく》と七《しち》とを識《し》らず
通子《つうし》九齢《きゅうれい》に垂《なんなん》として
但《た》だ梨《なし》と栗《くり》とを覓《もと》むるのみ

五人の男の子がいるけれども、
そろいもそろって紙や筆（勉強）が好きでない。
長男の舒ちゃんは、もう十六歳にもなるが、
全く比べもののないくらいの怠け者。
次男の宣ちゃんは、孔子が十五歳で学問に志をたてたというその年に、もうすぐなろうとしているが、
それなのに学問が大きらいである。
三男・四男の雍、端は、どちらも十三歳だが、
六と七も知らないのだ。
五男の通ちゃんは九歳になろうとしている。
求めるものは梨やら栗やらばかりでたわいもない。

天[14]運苟[15]クモ如レクンバ此ノ
且[16]ク進二メン杯[17]中ノ物一ヲ●

天運《てんうん》苟《いやし》くも此《か》くの如《ごと》くんば
且《しばら》く杯中《はいちゅう》の物《もの》を進《すす》めん

天が私に与えた運命が、もしもこのようであるならば、まあまあ仕方がないから杯の中の物（酒）でも飲もうかい。

1. 責レ子　わが子の不肖《ふしょう》を嘆き責める。陶潜《とうせん》には五人の男の子がおり、上から儼《げん》・俟《し》・份《ふん》・佚《いつ》・佟《とう》と名付けられた。子どもに関する作品は他に「子《こ》の儼《げん》らに与《あた》うる疏《そ》」と「子《こ》に命《な》づく」がある。**2. 不二復実一**　実は充実の意。皮膚が衰えてかさかさになる（この詩を作った時、陶潜は四十四歳）。**3. 紙筆**　勉強道具。**4. 阿舒**　長男儼の幼名。「阿」は名前の上につける愛称、日本語の「お」に似る。「おくに」とか「おふみ」、あるいは何々ちゃん、に当たる。**5. 二八**　十六歳。**6. 懶惰**　怠惰に同じ。**7. 故**　強調を示す。全く。**8. 志学**　『論語《ろんご》』の「吾《わ》れ十有五《じゅうゆうご》にして学《がく》に志《こころざ》す」から出た語で十五歳をいう。**9. 而**　逆接。それなのに。**10. 文術**　文章学問。**11. 雍端**　この二人はどちらも十三歳とされるため、双生児であるとか、一方は妾腹《しょうふく》であるとかいわれる。六と七は足して十三になる。彼らの年が十三であることから戯れに言ったものだろう。**12. 不レ識二六与一レ七**　六と七　**13. 通子**　幼名が通。子は愛称。**14. 天運**　天が与えた運命。**15. 苟**　仮定。もしも。**16. 且**　まあまあしばらく……でもすることにしよう。**17. 杯中物**　酒。

《鑑賞》　古来中国の詩に、わが子を詠《えい》じたものというと、西晋《せいしん》の左思《さし》に、二人のやんちゃ娘を詠じた「嬌女《きょうじょ》」がある。この詩は、その流れを引くが、五人の息子の不出来、ぼんくらを嘆いているのは変わっている。浮世を離れて悠々《ゆうゆう》としているはずの哲人陶潜にもこの泣きどころがあったか、と愉快《ゆかい》な詩である。特に三男、四男、末っ子のぼんくらぶりはおもしろい。

この詩が作られたのは陶潜四十四歳ころ。当時としては、もう中年を過ぎ老年にさしかかった年代だ。この年で長男が十六といえば、遅い子持ちである。幸い恵まれた五人の子の成長にずいぶん期待をかけていたのであった。あにはからんや、五人の息子はそろいもそろってぼんくらとは。ここに描かれた子どもの様子が、余りにもひどいから、これは事実ではない、ふざけただけだ、とか後世いろいろに言う。しかし、冗談めかしてはいるが、これが本当ではなかったろうか。

長男が誕生した時に作った「命子（子《こ》に命《な》づく）」を見ると、家系の由緒正しいことから物々しくうたい起こし、先祖の栄光を継承できない自分のふがいなさを嘆き、生まれた子に家運を興す期待をかけていることがよくわかる。孔子《こうし》の孫の子思《しし》にあやかって求思と字《あざな》をつけたその子が、十五年後にこの有様とすれば、酒でも飲まずにいられない、という最後のつぶやきも、よくわかるというものである。

下の三人の様子がこれほどかどうか、いかにもひどいが陶潜の伝記をみるかぎり、陶潜が晩年に足を悪くしたので、子どもがかごをかいたとあるだけで、どうもパッとしなかったのは事実のようだ。

《補説》　のちに杜甫《とほ》がこの詩を読んで、「陶潜《とうせん》は俗《ぞく》を避《さ》けし翁《おきな》なるに、未《いま》だ能《よ》く道《みち》に達《たっ》せず、……子《こ》あり賢《けん》と愚《ぐ》と、何《なん》ぞ其《そ》れ懐抱《かいほう》に掛《か》けんや。（自分の子について賢とか愚とか言っているが、そんなこと気にかける必要はないではないか）」〈興《きょう》を遣《や》る〉と、からかっている。杜甫の子も期待したほどではなかったので、身につまされたのかもしれない。

なお、雍《よう》と端《たん》が二人とも十三だ、というのを双子《ふたご》ととるか、腹違いととるか、もちろん決め手はないが、自然な見方からすれば後者になるだろう。当時の社会では、妾《めかけ》がいるのは当然のことで、陶潜だけが例外とは考えにくい。子に与える文にも、お前たちは腹違いだが仲良くしろ、と言っている。

死後、友人の顔延之《がんえんし》の書いた誄《るい》(追悼文)に「僕妾《ぼくしょう》なし」(召し使いも妾もいなかった)と言うが、有名な「帰去来《ききょらい》の辞《じ》」に「僮僕《どうぼく》歓《よろこ》び迎《むか》え」と見える。召し使いが出迎えてくれたというのである。死後の追悼文であるということを考慮に入れると、この文は妾がいなかったという証拠にはならない。

雑詩[1](雑詩《ざつし》)　陶潜《とうせん》　**〈五言古詩〉**

人[2]生無根[3]蔕
飄[4]如陌[5]上塵
分散逐風轉
此已非常[6]身
落[7]地爲兄弟
何必骨肉親
得歡當作樂

人生根蔕無《じんせいこんていな》し
飄《ひょう》として陌上《はくじょう》の塵《ちり》の如《ごと》し
分散《ぶんさん》して風《かぜ》を逐《お》いて転《てん》ず
此《こ》れ已《すで》に常《つね》の身《み》に非《あら》ず
地《ち》に落《お》ちて兄弟《けいてい》と為《な》る
何《なん》ぞ必《かなら》ずしも骨肉《こつにく》の親《しん》のみならん
歓《よろこび》を得《え》ては当《まさ》に楽《たのしみ》を作《な》すべし

人の命はしっかりとつなぎ留めておく根も蔕(たへ)もなく、その定めない様は、フワッとしていてまるで風に舞う路上の塵のようだ。ちりぢりに風にしたがってまろびゆく。

これは一定不変の身ではない。

この世に生まれ落ちればだれでも兄弟、どうして肉親の間だけが親しいものであろうか。

憂き世に生きる我らであるから、歓楽の時を得たら楽しむのは当然であろう。

斗[8]酒聚ム二比[9]隣ヲ一●
盛年不二重ネテ來ラ一
一日難シ二再ビ晨ナリ一●
及[10]ンデレ時ニ當ニシ二勉[11]勵ス一
歳月ハ不レ待タレ人ヲ●

斗《と》酒《しゆ》比《ひ》隣《りん》を聚《あつ》む
盛《せい》年《ねん》重《かさ》ねて来《きた》らず
一日《いちじつ》再《ふたた》び晨《あした》なり難《がた》し
時《とき》に及《およ》んで当《まさ》に勉励《べんれい》すべし
歳月《さいげつ》は人《ひと》を待《ま》たず

一斗の酒で隣り近所を集め、大いに飲もうではないか。
若い時は二度とは来ないし、
一日のうちに朝は二回来ないのだ。
よい時を得たら逃（のが）すことなく精いっぱい楽しむのだ。
年月はどんどん流れていって、人を待ってはくれないのだから。

1．雑詩　一種の無題詩。十二首ありテーマも様々である。これはその一。**2．人生**　人の一生、人の生命と二つの意味がある。ここでは両方の意を含む。**3．根蔕**　草木の根や果実のヘタのように、しっかりとつなぎ留めておくもの。**4．飄**　風に散る様。**5．陌**　街路。**6．常身**　永遠に変わらない身。**7．落レ地**　この世に生まれ落ちる。この句は、『論語《ろんご》』に「子夏《しか》曰《いわ》く、君子《くんし》敬《けい》して失《うしな》うこと無《な》く、恭《うやうや》しくして礼有《れいあ》らば、四海皆兄弟《しかいみなけいてい》たり、君子《くんし》何《なん》ぞ兄弟《けいてい》なきを憂《うれ》えんや」とあり、また、蘇武《そぶ》の「李《り》陵《りよう》に与《あた》うる詩《し》」に「四海皆兄弟《しかいみなけいてい》たり、誰《たれ》か行路《こうろ》の人《ひと》たらん」とあるのを踏まえる。**8．斗酒**　斗はもと酒をくむ器。量は不明。**9．比隣**　近所の人々。**10．及レ時**　よい時を逃さず。**11．勉励**　努め励む。

《鑑賞》　この詩ほど人々に誤解され愛唱（?）された詩も珍しい。もっとも、それはこの詩の最後の二句あるいは四句だけ切り離しているのであるが。つまり、「時に及んで当に勉励すべし」を、「若い時に勉強しなさい」と取るのである。原作はごらんのとおり、「チャンスを逃さず遊べ」というのだから、全く反対だ。陶潜《とうせん》先生もさぞ草葉の陰で驚いているだろう。このような、楽しむべき時に楽しもうという発想は中国の詩歌に伝統的なものである。『古詩十九首《こしじゅうきゅうしゅ》』にも、「生年《せいねん》は百《ひゃく》に満《み》たざるに、常《つね》に千歳《せんざい》の憂《うれ》いを懐《いだ》く、昼《ひる》は短《みじか》くして夜《よる》の長《なが》きに苦《くる》しむ、何《なん》ぞ燭《しょく》を秉《と》って遊《あそ》ばざる、楽《たの》しみを為《な》すは当《まさ》に時《とき》に及《およ》ぶべし、何《なん》ぞ能《よ》く来茲《らいし》を待《ま》たん」（723頁参照）とか「人生忽《じんせいこつ》として寄《よ》するが如《ごと》し、寿《じゅ》に金石《きんせき》の固《かた》き無《な》し――中略――美酒《びしゅ》を飲《の》み、紈《がん》と素《そ》とを被服《ひふく》するに如《し》くはなし」とか「人生天地《じんせいてんち》の間《かん》、忽《こつ》として遠行《えんこう》の客《きゃく》の如《ごと》し、斗酒《としゅ》もて相《あ》い娯楽《ごらく》し」など、この詩に影響を及ぼしている句が随所にある。

ただ陶潜の雑詩には、古来のテーマを詠《えい》じつつも隣り近所の人々を集めて共に楽しもう、平和に田園の中で暮らしていこうという、人間愛の暖かさがある。

最後の四句のみを絶句であるかのように切り離しては、この作品の価値は台なしである。

讀ム㆓山[1]海經ヲ㆒（山海経《せんがいきょう》を読《よ》む）　陶潜《とうせん》　〈五言古詩〉

孟[2]夏草木長ジ
孟夏草木長《もうかそうもくちょう》じ

繞リテ㆑屋ヲ樹扶[3]疏●タリ
屋《おく》を繞《めぐ》りて樹扶疏《きふそ》たり

衆鳥欣ビ㆑有ルヲ㆑託スル
衆鳥託《しゅうちょうたく》する有《あ》るを欣《よろこ》び

初夏のころ、草や木は生長し、家の周りの木々も、枝がのび葉がふさふさと茂った。鳥どもは身を寄せる塒（ねぐら）ができたのを喜び、

吾亦愛吾廬
既耕亦已種
時還讀我書
窮[4]巷隔深[5]轍
頗[6]回[7]故[8]人車
歡言酌春[9]酒
摘我園中蔬[10]
微雨從東來
好風與之倶
汎[11]覽周[12]王傳

吾《われ》も亦《また》吾《わ》が廬《いおり》を愛《あい》す
既《すで》に耕《たがや》して亦《また》已《すで》に種《う》え
時《とき》に還《ま》た我《わ》が書《しょ》を読《よ》む
窮巷深轍《きゅうこうしんてつ》より隔《へだ》たり
頗《すこぶ》る故人《こじん》の車《くるま》を回《めぐ》らす
歓言《かんげん》して春酒《しゅんしゅ》を酌《く》み
我《わ》が園中《えんちゅう》の蔬《そ》を摘《つ》む
微雨《びう》東《ひがし》より来《きた》り
好風之《こうふうこれ》と倶《とも》なう
汎《あまね》く周王《しゅうおう》の伝《でん》を覧《み》て

私は私で、この自分の廬が気に入って楽しく暮らしている。
畑を耕したり、植えたり、
時にはわが愛蔵の書『山海経』を読むのである。
奥まった狭い露地裏は重いわだちとは無縁、
ただ友人の車だけが、よく訪ねて来てくれる。
友人と談笑し、春にかもした酒を共にくみかわし、
畑の野菜を摘んで、酒の肴（さかな）にする。
折しも東の方から小雨が降ってきて、
気持ちの良い風もそよいで来る。
周の穆王（ぼくおう）の物語を拾い読みしたり、

流[13]ク観ル二山[14]海ノ圖ヲ一。
俯[15]仰シテ終フ二宇[16]宙ヲ一。
不シテレ樂シカラ復何如ゾヤ。

流《あまね》く山海《さんかい》の図《ず》を観《み》る
俯仰《ふぎょう》して宇宙《うちゅう》を終《お》う
楽《たの》しからずして復何如《またいかん》ぞや

山海の草木や鳥獣の図をあちこちながめたりしていると、
またたくまに、無限の空間と時間を一巡りする。
これが楽しくなくてどうしようぞ。

1.山海経　中国古代の地理書。単に各地の山川の姿を載せるだけでなく、奇怪な鳥獣草木、仙人の生活など空想的な事柄も多い。神仙思想の流行により、当時の知識人たちに読まれたらしい。**2.孟夏**　初夏、陰暦四月。**3.扶疏**　樹木がのび茂る様。**4.窮巷**　狭い露地。窮は貧窮の意味も含む。**5.深轍**　深くめりこんだ車のわだち。立派な車、の意。昔、楚《そ》国の隠者楚狂接輿《そきょうしょうよ》の家に、楚王の使いが車にたくさんの金を積んで仕官を勧めに来た。接輿はこれを拒否したが、門前にはわだちの跡が深くしるされていたという。**6.頗**　時々、よく。**7.回ニ……車一**　車の方向をかえる、わざわざ訪問して来ること。**8.故人**　気の合う友人。**9.春酒**　春じこみの酒。**10.蔬**　野菜。**11.汎覧**　広く目を通す。**12.周王伝**　『穆天子《ぼくてんし》伝《でん》』。周の穆王が名馬に乗って諸国を歴遊し、その見聞を記した書物。**13.流観**　あちこちながめること。**14.山海図**　『山海経《せんがいきょう》』に付されたさし絵。**15.俯仰**　上を見たり、下を見たりする、ちょっとの間に。**16.宇宙**　時間空間の広がりを尽くす。宇は空間、宙は時間。

《鑑賞》　この詩は隠居暮らしの良さ、真髄《しんずい》といったものを具体的な描写でもって示している。「飲酒」に通ずる世界であるが、こちらは季節は初夏。草や木々はその緑の葉をふさふさと茂らせている、この葉は真夏の濃い緑ではなく、新緑の柔らかい緑。これまでは枝がすけて見えたが、ようやく葉が茂ってこんもりしてきた。それで、鳥たちも、身を託することができ、喜んでいる。わが輩もわが家が大好きじゃ、と。ここに、自然に溶け入った真の隠居生活の喜びがある。それにしても、「吾も亦吾が廬を愛す」とは、何という句だろう。中国の詩に、新しい世界が開けたのである。以下、中間の八句は、晴耕《せいこう》雨読《うどく》の生活をうたうが、酒のさかなに畑の青いものを摘むところ、気持ちのよい風が小雨をはこんでくるところは、何気ない描写だが、いかにもしみじみしている。杜甫《とほ》の「衛八処士《えいはちしょし》に贈《おく》る」（312頁）の中で、夜の雨の中に、畑の韮《にら》を摘み、黄色い粟《あわ》の入ったご飯を炊《た》く、という場面が描かれているが、この詩に通うものがある。

気に入った書物を読む態度も、陶潜らしい。好きなところをパラパラめくっては、想像の世界に心を遊ばせる。彼の自伝といわれる『五柳先生伝《ごりゅうせんせいでん》』にも、「書《しょ》を読《よ》むを好《この》めども、甚《はなは》だしくは解《かい》せんことを求《もと》めず（あまり解しなくてもよい）、意《い》に会《かい》するあるごとに（気に入ったところがあると）、すなわち欣《きん》然《ぜん》として食《しょく》を忘《わす》る」とある。

帰[1]ルニ**園田**ノ**居**ニ　（園田《えんでん》の居《きょ》に帰《かえ》る）　陶潜《とうせん》　**〈五言古詩〉**

少ニシテ無ク二適スル[2]レ俗ニ韻一　少《しょう》にして俗《ぞく》に適《てき》する韻《いん》無《な》く
若いころから俗世間とはなじめず、

性[3]本愛ス二邱[4]山●ヲ一　性《せい》本《もと》邱山《きゅうざん》を愛《あい》す
生まれつき、山や丘といった自然が好きだった。

誤ツテ落チ二塵[5]網ノ中ニ一　誤《あやま》って塵網《じんもう》の中《うち》に落《お》ち
まちがって、役人生活に入って、

一去十[6]三年•
羈[7]鳥ハ戀ヒ二舊林ヲ一
池魚ハ思フ二故淵ヲ一•
開キ二荒[8]ヲ南野ノ際ニ一
守[9]ツテレ拙ヲ歸ル二園田ニ一•
方[10]宅十[11]餘畝
草[12]屋八[13]九間•
楡[14]柳蔭ヒ二後簷ヲ一
桃李羅ル二堂[15]前ニ一•
曖[16]曖タリ遠人ノ村

一去十三年《いっきょじゅうさんねん》
羈鳥《きちょう》は旧林《きゅうりん》を恋《こ》い
池魚《ちぎょ》は故淵《こえん》を思《おも》う
荒《こう》を南野《なんや》の際《さい》に開《ひら》き
拙《せつ》を守《まも》って園田《えんでん》に帰《かえ》る
方宅十余畝《ほうたくじゅうよほ》
草屋八九《そうおくはっく》間《けん》
楡柳後簷《ゆりゅうこうえん》を蔭《おお》い
桃李《とうり》堂前《どうぜん》に羅《つら》なる
曖曖《あいあい》たり遠人《えんじん》の村《むら》

あっという間に十三年たってしまった。
かごの鳥は古巣の林を恋しくおもい、
池の魚はもとの淵をなつかしむ。
南の野原で荒地を開拓しようと、
世渡りべたの分を守って故郷の田舎に帰った。
四角な宅地は十畝(ぼ)ほど。
部屋数八、九の草ぶきの家。
楡(にれ)や柳の木が裏庭に面した軒端に影を落とし、
桃や李(すもも)は母屋の前に並べて植えてある。
はるか向こうに村々はかすみ、

依[17]依《タリ》墟[18]里《ノ》煙[19]●
狗《ハ》吠《エ》二深[20]巷《ノ》中《ニ》一
雞《ハ》鳴《ク》二桑樹《ノ》顚《ニ》●一
戸[21]庭《ニ》無《ク》二塵[22]雑一
虚[23]室《ニ》有《リ》二餘[24]閑●一
久《シク》在《ツテ》二樊[25]籠《ノ》裏《ニ》一
復得《タリ》レ返《ヘルヲ》二自[26]然《ニ》●一

依依《いい》たり墟里《きより》の煙《けむり》
狗《いぬ》は深巷《しんこう》の中《うち》に吠《ほ》え
鶏《にわとり》は桑樹《そうじゅ》の顚《いただき》に鳴《な》く
戸庭《こてい》に塵雑《じんざつ》無く
虚室《きょしつ》に余閑《よかん》有り
久《ひさ》しく樊籠《はんろう》の裏《うち》に在《あ》って
復《また》自然《しぜん》に返《かえ》るを得《え》たり

里の煙に心ひかれる。
犬は路地の奥でほえ、
鶏は桑のいただきで鳴く。
庭先にはちりひとつなく、
がらんとした部屋は、ゆったりと静か。
長い間鳥かごにとじこめられていたが、
やっと、本来の自分に帰ることができた。

1.帰二園田居一　四十一歳の秋、彭沢県《ほうたくけん》の県令をやめて故郷に帰った。これ以後隠逸生活に入るが、これはその翌年の春の作品。全部で五首の連作。これはその一。**2.適レ俗韻**　俗世間に適する調子。韻は響き。調子。**3.性**　生まれつき。**4.邱山**　丘や山。ここでは田園の自然。**5.塵網**　汚れた網。俗世間や役人生活、自由を拘束するものを例える。**6.十三年**　陶潜が最初に官途についたのが二十九歳。最後の官職である彭沢の県令をやめたのが四十一歳。その間ちょうど十三年。テキストによっては三十年に作る。**7.羈鳥**　つながれた鳥。羈は、つなぐ意。**8.荒**　草の生い茂った荒地。**9.守レ**

拙　拙は世渡りべた。世事に処するのにへたな性質を大切にして。**10・方宅**　方は四角、宅は宅地。**11・十余畝**　畝は面積の単位。小ぢんまりした広さのニュアンス。**12・草屋**　草ぶきの粗末な家。**13・八九間**　部屋数が八つか九つの家。間は家の柱と柱の間をいう。**14・楡柳**　にれと柳の木。**15・堂**　座敷。母屋。**16・曖曖**　遠くかすんで見える様。**17・依依**　したわしげな、懐かしげな様。**18・墟里**　村落、村里。**19・煙**　炊事《すいじ》か何かの煙。**20・深巷**　奥まった路地。**21・戸庭**　門の内。**22・塵雑**　ほこりやごみごみした雑多なもの。**23・虚室**　雑物のないがらんとした部屋。**24・余閑**　ゆったりとした静けさ。**25・樊籠**　鳥かごの類。束縛された生活を例える。**26・自然**　自主自由で拘束されない状態をいう。

《鑑賞》「園田の居に帰る」は五首連作で、いずれも田園の日々の暮らしぶり、そこから得る感慨などが気取らないタッチで描かれている。これはその一。同時期の「帰去来《ききょらい》の辞《じ》」と併せて読むとよい。

前半八句で田園に帰る次第を述べる。自分は自己の本性に忠実な生き方を見つけたぞ、という伸びやかな心のハリが看取される。後半はほとんど対句《ついく》仕立て、この詩の見どころもこの対句の味わいにある。

とりわけすばらしいのは、村里の情景を描き出した「曖曖たり遠人の村、依依たり墟里の煙、狗は深巷の中に吠え、鶏は桑樹の顚に鳴く」の部分である。平和な故郷のたたずまい、犬と鶏の鳴く情景。これは単なる実景描写ではなく、陶潜にとって、何のいさかいもないユートピアの象徴なのである。薄汚い俗世間と決別して帰ってきた陶潜を迎えた世界、それは村人たちが静かに平和に暮らしている穏やかな田園であった。立ちのぼる炊事の煙さえ懐かしげに迎えてくれる。ここに帰った陶潜に迷いはない。

他の対句も、技巧らしい技巧をこらさず、素朴な句作りで、詩の調子を滑らかにし、田園に帰った安らぎをただよわせている。

《補説》狗と鶏の句は、漢代の古詩に「鶏《にわとり》は鳴《な》く高樹《こうじゅ》の巓《いただき》、狗《いぬ》は吠《ほ》ゆ深宮《しんきゅう》の中《うち》」とあるのをもじったもので、もとづくところは『老子《ろうし》』である。老子の理想社会を描いた「小国寡民《しょうこくかみん》」の章に「隣国《りんこく》相《あ》い望《のぞ》み、鶏犬《けいけん》の声《こえ》相《あ》い聞《き》こえ、民《たみ》老死《ろうし》に至《いた》るまで相《あ》い往来《おうらい》せず」とある。

諸人ト共ニ游[1]ブ二周[2]家ノ墓ノ柏ノ下ニ一（諸人《しょじん》と共《とも》に周家《しゅうか》の墓《はか》の柏《はく》の下《もと》に游《あそ》ぶ）　陶潜《とうせん》　〈五言古詩〉

今日天氣佳シ
清[3]吹ト與二鳴[4]彈一●
感ジテハ二彼ノ柏[5]下ノ人ニ一
安クンゾ得ンヤレ不ルヲレ爲サレ歡ヲ●
清歌ニ散[6]ジ二新聲ヲ一
綠[7]酒ニ開ク二芳顏ヲ一●
未ダレ知ラ明日ノ事

今日《こんにち》天気《てんき》佳《よ》し
清吹《せいすい》と鳴弾《めいだん》と
彼《か》の柏下《はくか》の人《ひと》に感《かん》じては
安《いず》くんぞ歓《かん》を為《な》さざるを得《え》んや
清歌《せいか》に新声《しんせい》を散《さん》じ
緑酒《りょくしゅ》に芳顔《ほうがん》を開《ひら》く
未《いま》だ知《し》らず明日《みょうにち》の事《こと》

今日は天気もよいし、
すがすがしい笛と、美しい琴の音も奏されている。
あの柏の木の下にねむる人々のことを思えば、
どうして、今生きているこの瞬間を充実させて楽しみをなさないだろうか。
澄んだ歌声で新曲をあたりに響かせ、
緑の酒に若やいだはればれした顔をほころばす。
明日の事などわからぬが、

余ガ襟[8]ハ良[9]ニ以ニ殫●キタリ

余《よ》が襟《むね》は良《まこと》に以《すで》に殫《つ》きたり

今の私の胸の内は、充分発散させて、もはや何も思いわずらうことはない、すっきりした気分である。

1. 游 行楽する。ピクニックへ行く。**2. 周家墓柏下** 周家は未詳だが、一説に周訪《しゅうほう》の家とされる。柏は、ヒノキの一種。墓に植える樹。**3. 清吹** 吹は笛の類。**4. 鳴弾** 弾は琴の類。**5. 柏下人** 死者。**6. 散二新声一** 新声は作られたばかりの曲。あるいは即興の詩。散は四方にまきちらすこと。**7. 緑酒** 美酒。六朝《りくちょう》の詩人謝朓《しゃちょう》の詩に「緑蟻《りょくぎ》」とある。「緑蟻」とは、酒をかもした時、表面に粒が浮かぶのを蟻《あり》に見立てたもの。**8. 襟** 心の中。**9. 良以殫** 良は誠に。以は已と同じ。殫は尽と同じ。

《鑑賞》 故郷の田園に帰って隠逸生活をしている陶潜の生活の一コマ、墓地へピクニックに行った時の感慨を詠じたもの。楽しみをなすことができる時は大いに楽しむべし、といった発想は中国古来のもので、前掲の「雑詩《ざつし》」(56頁)もその一つである。ただこの詩は墓地へ行った時の作であるだけに、限りある生命、人間が持ちうる短い一生、はかない時間、その束《つか》の間《ま》のいとおしさが強く感じられる。遠い将来のことはむろん、明日のことすら予知できないのなら、せめてこの一瞬を、悔いの残らぬよう充実させていたい、幸い天気も上々、すがすがしい音楽、気の合った仲間、旨《うま》い酒、お膳立《ぜんだ》ては揃《そろ》っている。存分に酔い、あれこれ憂えたり思い煩《わずら》ったりといったことはもはやない。すっきりした気分である。

第三・四句に見られる陶潜の「人生無常」の感慨がずいぶん深いことが、八句でより明確になる。無常感を底の底まで知り尽くしてはじめて、緑酒に没入できる。中途半端な酔い方はしないのである。心の中をさっぱりさせるほどにこの楽しむべき時を楽しんだ。人生の達人といえよう。

謝霊運《しゃれいうん》 〔六朝〕（三八五～四三三）

南朝宋《そう》、陳郡陽夏《ちんぐんようか》の人。晋《しん》の将軍謝玄《しゃげん》の孫。謝氏は六朝《りくちょう》を代表する超一流の大貴族である。その家系に生まれた霊運は、政治権力に大いなる志を持ったが、王朝交代期に会い、果たせなかった。その不満から常識はずれの行動に出たため、世人の誤解と誣告《ぶこく》とを受け、最後は死刑に処せられた。霊運は志を得ぬまま山水の間に遊んだが、その様子はけた外れに豪勢なものであった。祖父の代からの資産にあかして、従者数百人をつれ景色のよい所にいくつも別荘を建て、湖を深くしたり険しい峰を造ったり大規模なことをした。始寧《しねい》の南山に道を開いていた時、山賊に間違えられたという話もある。山に登る時、前歯と後歯の取りはずし自由なゲタを履いたとか、奇抜な生活であった。

石[1]壁精舎ヨリ還ル二湖[2]中ニ一作 （石壁精舎《せきへきしょうじゃ》より湖中《こちゅう》に還《かえ》る作《さく》）

昏[3]旦ニ變ジ二氣[4]候一　昏旦《こんたん》に気《き》候《こう》変《へん》じ
山水含ム二清[5]暉●ヲ一　山水《さんすい》清暉《せいき》を含《ふく》む
清暉能ク娯マシムレ人ヲ　清暉《せいき》能《よ》く人《ひと》を娯《たの》しましむ

謝霊運《しゃれいうん》 〈五言古詩〉

石壁精舎の辺りは夕暮れと朝とでは、空の様子、日の光の自然の情景が違う。
山も水も清らかな光を帯びている。
この清らかな日の光、その微妙な変化はよく人を楽しませる。

遊子憺[6]ンジテ忘ルレ歸ルヲ
出デテレ谷ヲ日尚蚤ク
入リテレ舟ニ陽已ニ微ナリ
林壑斂メ二瞑[7]色ヲ一
雲霞收ム二夕[8]霏ヲ一
芰[9]荷迭ニ映[10]蔚シ
蒲[11]稗相因依ス
披[12]拂シテ趨キ二南徑ニ一
愉[13]悅シテ偃ス二東扉ニ一
慮[14]澹カニシテ物[15]自カラ輕ク

遊子《ゆうし》憺《やす》んじて帰《かえ》るを忘《わす》る
谷《たに》を出《い》でて日《ひ》尚《なお》蚤《はや》く
舟《ふね》に入《い》りて陽《ひ》已《すで》に微《び》なり
林壑瞑色《りんがくめいしょく》を斂《おさ》め
雲霞《うんか》夕霏《せきひ》を収《おさ》む
芰荷《きか》迭《たが》いに映蔚《えいい》し
蒲稗《ほはい》相因依《あいいんい》す
披払《ひふつ》して南径《なんけい》に趨《おもむ》き
愉悦《ゆえつ》して東扉《とうひ》に偃《ふ》す
慮澹《りょしず》かにして物自《ものおのず》から軽《かろ》く

だからここに遊ぶ私はうっとりとして、帰るのも忘れてしまう。

谷を出て遊びに出かけたのは、日も昇らないまだ朝も早い時刻だったが、舟に入って帰ろうとする時分には、夕暮れの太陽が、もうかすかになっている。

林や谷が夕暮れの色をすうーっと吸い込むようにだんだん暗くなってゆく。

雲や霞は夕焼けの輝きを吸い込むように消えてゆく。

残照の中で、岸辺のひしやはすといった水草は互いに照り映え、

がまやひえは互いに寄りかかっている。

舟を下りて、草や木をかぶったり払ったりしながら南の小道を走ってゆき、楽しい思いで家に帰り、東の扉のところで身を横たえた。

思いは澹々(たんたん)として世間をどうでもよいと思う気分になり、

意愜ヒテ理[16]無レシ違●フ
寄[17]レス言ヲ摂[18]生ノ客
試ミニ用ニテ此[19]ノ道ヲ一推●セ

意《い》愜《かな》いて理《り》違《たが》う無《な》し
言《げん》を寄《よ》す摂生《せっせい》の客《かく》
試《こころ》みに此《こ》の道《みち》を用《もっ》て推《お》せ

わが心はすっかり満足して自分の本性に違うものはない。
道を楽しんで長生きしようとする、そういう人にちょっと言ってやろう。
このような生き方をためしにしてごらんと。

1. 石壁精舎　謝霊運《しゃれいうん》の故郷（今の浙江省《せっこうしょう》上虞県《じょうぐけん》の辺り）の始寧《しねい》にある書斎。石壁は岩石の絶壁。**2. 湖中**　湖は巫湖《ふ》。三方を山に囲まれ、五つの谷川が注ぎ込むという。名勝として知られる。**3. 昏旦**　昏は夕暮れ、旦は朝。**4. 気候**　現在使われている意味と少し異なり、空気や周りの様子の意。**5. 清暉**　清らかな日の光。**6. 憺忘レ帰**　憺は落ち着く。なお、三・四句は、『楚辞《そじ》』の「ああ声色《せいしょく》人《ひと》を娯《たのし》ましむ、観《み》る者《もの》、憺《やすし》として帰《かえ》るを忘《わす》る」による。**7. 瞑色**　暮色。**8. 夕霏**　夕焼けの輝き。**9. 芰荷**　水草の類。芰はヒシ、荷はハス。**10. 映蔚**　映え合う。**11. 蒲稗**　水草の類。蒲はガマ、稗はヒエに似た水草で水稗《すいはい》といわれるもの。**12. 披払**　披はかぶる、払ははらう。**13. 愉悦**　愉も悦も喜ぶこと。**14. 慮澹**　心に欲がなく静かなこと。**15. 物**　外物、世間の煩わしい事や物。**16. 理**　自分の持ち前の性、本性。**17. 寄レ言**　ちょっと一言する、の意。**18. 摂生客**　道を楽しみ、長生きしようと努力している人。**19. 此道**　ここでは霊運の行っている生き方。

《鑑賞》　この詩は前半が自然描写で後半が理屈、という構成（謝霊運の作品にはこの型が多い）。しかし謝霊運の詩の見どころは何といっても自然描写の妙である。そこにはいくら年月を経ても光のあせない清らかな輝きがある。同時にそれは従来の詩に見られない、新しい世界の発見でもある。

例えば、「林壑暝色を斂め、雲霞夕霏を収む」の句がそれである。夕暮れの林や谷の奥深いところから、だんだん暗くなってゆくのを、暝色《めいしよく》（夕暮れの色）をおさめる、という。「斂」の字が、味わい深い。スーッと黒い闇《やみ》の中に吸い込まれるような感じをとらえている。また、雲霞の方は、夕焼けの赤い輝きがチラチラと降るように注いでいたのが、やがて消えてゆく情景である。「夕霏」の語は他に用例を見ないが、細かいものがたくさんひろがる、という語感を持つ「霏」の用法が奇抜である。これによって、刻一刻変化する夕焼けの色が、生き生きと、見事に描かれている。謝霊運の自然を見つめる目の鋭さ、美をあくまでも追求する心が、このような世界を発見したのだ。いうなれば、日の光の微妙な変化に初めて気づいた詩人、それが謝霊運である。

後半は「景」から導き出された「情」の部分。このような自然の中に生きるのが、最も人間らしいのだ、うらやましかったらまねをしてみろ、とうそぶく。これは形は違うが、陶潜《とうせん》の「飲酒《いんしゆ》」（49頁）の、「此《こ》の中《うち》に真意《しんい》有《あ》り、弁《べん》ぜんと欲《ほつ》すれば已《すで》に言《げん》を忘《わす》る」と通うものがある。ただし、霊運自身、いうとおりの生き方を貫けなかったのは悲劇であった。

《補説》 謝霊運の自然描写の妙句をいくつか紹介する。「白雲幽石《はくうんゆうせき》を抱《いだ》き、緑篠《りよくじよう》清漣《せいれん》に媚《こ》ぶ」「池塘《ちとう》春草生《しゆんそうしよう》じ、園柳《えんりゆう》鳴禽《めいきん》変《へん》ず」「雲日相輝《うんじつあいき》映《えい》し、空水共《くうすいとも》に澄鮮《ちようせん》たり」「密林余《みつりんよ》清《せい》を含《ふく》み、遠峰半規《えんぼうはんき》を隠《かく》す」「崖傾《がけかたむ》きて光留《ひかりとど》め難《がた》く、林《はやし》深《ふか》くして響《ひび》き奔《はし》り易《やす》し」「石《いし》に憩《いこ》いて飛泉《ひせん》を掬《く》み、林《はやし》を攀《よじ》りて落英《らくえい》を搴《と》る」

謝《しゃ》朓《ちょう》　〔斉〕（四六四～四九九）

姓は謝《しゃ》、名は朓《ちょう》、字《あざな》は玄暉《げんき》。宣城《せんじょう》（安徽省《あんきしょう》宣城県）の太守《たいしゅ》であったため「謝宣城」とも呼ばれる。陳郡陽夏《ちんぐんようか》（河南省太康《かなんしょうたいこう》付近）の人。謝霊《しゃれい》運《うん》と同族で八十年の後輩にあたり、霊運の「大《たい》謝《しゃ》」に対して「小謝《しょうしゃ》」と言われる。

武帝のとき中書郎《ちゅうしょろう》、明帝のとき尚書吏部《しょうしょりぶ》郎《ろう》など中央の高官を務めたが、始安王遥光《しあんおうようこう》を即位させようとする江祐《こうゆう》などの誘いに乗らず、遥光の怒りを買い、捕らえられて獄中で死んだ。

竟陵王《きょうりょうおう》（蕭子良《しょうしりょう》）のサロンに出入りし、「竟陵王の八友」の一人に数えられる。詩は、同じサロンのメンバー沈約《しんやく》が「二百年来此《こ》の詩無し」とたたえたほど秀句に富み、特にセンスの良さには目をみはらせるものがある。

詩風は、謝霊運の山水詩の流れをくみ、清新、秀麗であるが、前時代に流行した哲学詩（玄言詩《げんげんし》）の影響も認められる。また、南宋《なんそう》の厳羽《げんう》が「謝朓の詩、已《すで》に全篇《ぜんぺん》唐人に似る者有り」（『滄浪詩話《そうろうしわ》』）というように、音律に対しても鋭い感覚を持ち、時代を先取りしている。『謝宣城集《しゃせんじょうしゅう》』五巻がある。

玉[1]階怨　（玉階怨《ぎょくかいえん》）　謝朓《しゃちょう》　〈五言古詩〉

夕[2]殿下ロス㆓珠[3]簾ヲ㆒
流[4]螢飛ンデ復タ息フ。

夕殿珠簾《せきでんしゅれん》を下《お》ろす
流《りゅう》蛍《けい》飛《と》んで復《ま》た息《いこ》う

夕暮れの宮殿は、美しい真珠（しんじゅ）のすだれを下ろして、ひっそりと静まり返っている。
すだれの内では、蛍（ほたる）が時折スーッ

長[5]夜縫フ二羅[6]衣ヲ一

思ツテレ君ヲ此ニ何ゾ極マラン●

長夜《ちょうや》羅衣《らい》を縫《ぬ》う

君《きみ》を思《おも》って此《ここ》に何《なん》ぞ極《きわ》まらん

と光って流れるが、またいつしか消えてしまう。秋の夜長は、ひとり薄絹の着物を縫って過ごすばかり。でも、あなたを思う切なさは、どうしようもないのです。

---

1. 玉階怨 玉《ぎょく》の階《きざはし》、つまり宮殿に住む女性の悲しみ。**2. 夕殿** 夕暮れの御殿《ごてん》。**3. 珠簾** すそを真《しん》珠《じゅ》で飾ったすだれ。**4. 流蛍** 夏を過ぎて、一匹二匹流れるホタル。**5. 長夜** 秋の夜長。**6. 羅衣** 薄絹の衣。

《鑑賞》 この詩は、失われた愛を思い、宮殿でひとり、ため息をつく女性をうたったものである。

女が男を思って作った詩、いわゆる「閨怨《けいえん》」の詩だが、中でも宮中の女性をうたったものなので、「宮詞《きゅうし》」といわれる。こうした詩は、六朝《りくちょう》の半ばごろから盛んにうたわれるが、その源は遠く漢代の『古詩十九首《こしじゅうきゅうしゅ》』（720頁参照）、あるいは班婕妤《はんしょうよ》の「怨歌行《えんかこう》」（29頁）などに求めることができる。女性の悲しむ姿を「美しい」と感じたことは、やはり、新しい美の発見であった。

第一句の宮中の夕暮れはいかにもひっそりとしている。宮殿にかかるすだれが並みのものでなく、キラキラ光る豪華なものであるだけに、異様な静けさが読者の胸に迫ってくる。夕日が赤々と真珠のすだれを照らしている、ととってもよいだろう。宮女はひとり、すだれの内で憂いに沈んでいる。やがて、あたりは薄墨《うすずみ》を流したような闇《やみ》に覆《おお》われる。

第二句の蛍が、流れる光となって見えるのは、室内に明かりがともされていないからである。暗い部屋の中で、明かりもつけずに、放心したようになっている宮女の姿が想像されよう。飛んだかと思うと、力なくなにかにとまる蛍は、秋口までようやく生き残ったあわれな蛍である。これには、愛を失って傷心の日々を送る宮女が象徴されている。以上の二句だけで、十分悲しい雰囲気《ふんいき》が出ているが、第三句はそれに追い討ちをかける。

本来ならば、お呼びがかかるのだろうが、秋の夜長を縫いもので過ごす。秋の夜長を眠られもせず、しょうことなしに羅衣《らい》を縫うが、おそらく涙で針を持つ手は進まないことだろう。

宮女が愛を捧《ささ》げる対象は、宮中であるからにはもちろん天子である。しかし、当時、こういった詩のテーマは、すでに特殊なものではなくなっていたから、第四句の「君」にことさら天子を思い浮かべなくともよかろう。

この詩は、また、要所（二字目と四字目）の平仄《ひょうそく》も法則にかなっており（第四句は、二字目の平《ひょう》に対して四字目も平《ひょう》だが、下三字が仄平仄《そくひょうそく》となるものは平仄仄《ひょうそくそく》と同等にみなせるので許される）、唐の絶句のさきがけをなすものといわれる。

《補説》 唐の李白《りはく》は、六朝の詩を評価しなかったが、謝朓にだけは一目おいたという。その李白に、同題の詩がある。

「玉階生二白露一／夜久侵二羅襪一／却二下水晶簾一／玲瓏望二秋月一（玉階《ぎょくかい》に白露《はくろ》生《しょう》じ、夜久《よひさ》しくして羅《ら》襪《べつ》を侵《おか》す。水晶《すいしょう》の簾《れん》を却下《きゃつか》して、玲瓏秋月《れいろうしゅうげつ》を望《のぞ》む）」〈玉階怨（玉階怨《ぎょくかいえん》）〉

「羅襪」は、薄絹の靴下《くつした》。秋の夜、物思いに沈み、いつまでも階段に立ちつくす宮女の姿、水晶のすだれ越しにみる月の清澄さ、などが美しくうたわれている。

王《おう》績《せき》　〔初唐〕（五八五～六四四）

姓は王《おう》、名は績《せき》、字《あざな》は無功《ぶこう》。絳州《こうしゅう》竜門《りゅうもん》（山《さん》西省河津県《せいしょうかしんけん》）の人。隋《ずい》の王通《おうつう》・王度《おうど》の弟。

隋の大業《たいぎょう》の末年に秘書正字《ひしょせいじ》になったが、堅苦しい生活に耐えきれず、揚州《ようしゅう》（江蘇省《こうそしょう》）六合県《りくごうけん》の次官に転じた。しかし、この地方官も、酒好きで奔放な彼には窮屈であったらしく、辞して竜門に帰っている。唐になって門下省《もんかしょう》の待詔《たいしょう》に召されたのも、役所から配給される酒が目あてだった。一時、官を退くが、貧乏に苦しめられ再び官を求めた。その際も、酒造家出身の者がいる役所を懸命に頼みこんでいる。晩年は「老《ろう》荘《そう》」を好み、酒屋に何日も泊まりこむことがあったという。

酒を求めて官につくところは阮籍《げんせき》を思わせるが、生活だけでなく、詩も阮籍や陶潜《とうせん》の風を慕い、隠逸的な傾向が強く、質朴《しつぼく》で平淡である。『東皐子集《とうこうしし》』三巻がある。

野望（野望《やぼう》）　王績《おうせき》　〈五言律詩〉

東[1]皐薄暮ニ望ミ　　東皐《とうこう》薄暮《はくぼ》に望《のぞ》み

徙[2]倚シテ欲スル二何クニカ依●ラント一　　徙倚《しい》して何《いず》くにか依《よ》らんと欲《ほっ》する

樹樹皆秋色　　樹樹《じゅじゅ》皆《みな》秋《しゅう》色《しょく》

東の丘に立ち、夕暮れの野をながめやる。

あたりをさまよったとて、どこに身を寄せるところがあろう。

木々はすべて秋の色となり、

山山惟ダ落[3]暉●
牧人驅ツテレ犢[4]ヲ返リ
獵[5]馬帶ビテレ禽[6]ヲ歸ル●
相[7]顧ミルニ無シ二相[8]識一
長[9]歌シテ懷フ二采[10]薇ヲ一●

山山惟《さんさんた》だ落暉《らっき》
牧人《ぼくじん》犢《とく》を駆《か》って返《かえ》り
猟馬禽《りょうばきん》を帯《お》びて帰《かえ》る
相顧《あいかえり》みるに相識《そうしき》無《な》し
長歌《ちょうか》して采薇《さいび》を懐《おも》う

山々は、落日に赤々と染められている。
牧夫が、子牛を駆り立ててもどって来た。
狩人も、獲物を馬にくくりつけ帰ってくる。
こうして家路を急ぐ人々をながめまわしても、見知らぬ人ばかり。
声を長くひいて歌い、昔、首陽山で薇（わらび）をとった人をしのぶ。

1. **東皐**　東方の丘。陶潜《とうせん》の「東皐に登《のぼ》りて以《もっ》て舒嘯《じょしょう》し、清流《せいりゅう》に臨《のぞ》んで詩《し》を賦《ふ》す」〈帰《き》去来《きょらい》の辞《じ》〉を意識した語。 2. **徙倚**　うろうろすること。 3. **落暉**　沈みかかっている太陽の光。 4. **犢**　子牛。 5. **猟馬**　狩りに行く時に用いる馬。 6. **禽**　鳥獣の総称。 7. **相顧**　まわりを見ること。「相」は語勢を添える助字で、互いに、の意ではない。 8. **相識**　知り合い。 9. **長歌**　声を長くひいて歌うこと。 10. **采薇**　周《しゅう》の粟《ぞく》を食《は》まず、首陽山で薇《わらび》を食べ、ついには餓死した伯夷《はくい》・叔斉《しゅくせい》の兄弟を指す。彼らは、周の武王《ぶおう》が武力をもって殷《いん》の紂王《ちゅうおう》を討つことを諫《いさ》めたが、聞き入れられなかった。

《鑑賞》　この詩は、世の人と生き方を異にする人間の寂しさをうたっている。

隋から唐へと歴史の歯車は大きく動くが、それはとりも直さず混乱の時期であった。この詩は、そのころの作と思われる。彼の作品中、最も有名なものだが、隠逸的な趣と、優れた自然描写を合わせもつ、という点でも、この詩は王績《おうせき》の詩風を代表するものといえる。最初の二句と最後の二句が隠逸、その間の四句が自然、という構成になっている。

語釈でも述べたが、第一句目の「東皐《とうこう》」とは、陶潜の詩句を踏んだものである。績は、ことのほか陶潜の生き方にひかれ、自ら「東皐子」と号したほどであった。最後の二句も、志を同じくする友を得られぬ寂しさを、伯夷・叔斉を思うことによって昇華しようとしている。いずれも、古《いにしえ》の隠者を強く意識した句である。

頷聯《がんれん》と頸聯《けいれん》は、きれいな対句《ついく》。「樹樹皆秋色」と「山山惟落暉」は、近景と遠景の対比だが、目もあやな錦秋の夕景を、わずか十字にとらえて余すところがない。しかも高い風格が漂う絶唱である。頸聯も何気ない夕暮れの点景を写しているが、こちらの方はやや六朝《りくちょう》風の平板さが残るようだ。

一人孤高を守る王績の心境が、夕暮れの景に移り、あたかも風景が詩人の心を語るような感さえある。

《補説》「劉伶《りゅうれい》に逢《あ》い与《とも》に戸《と》を閉じて轟飲《ごういん》せざるを恨《うら》む」というのが、王績の口ぐせであった。劉伶は竹林《ちくりん》の七賢《しちけん》の一人、酒豪で知られる。また王績には俗語を用いた一類の作品がある。

王《おう》勃《ぼつ》 〔初唐〕（六四九～六七六）

字《あざな》は子安《しあん》。絳州《こうしゅう》竜門《りゅうもん》（山西省河津県《さんせいしょうかしんけん》）の人。王績《おうせき》（74頁）の兄王通《おうつう》の孫である。

六歳のころからすばらしい文章をつづる天才であった。若くして沛王《はいおう》の修撰《しゅうせん》（史書《ししょ》の編述をつかさどる役人）になったが、諸王の闘鶏《とうけい》を非難する檄文《げきぶん》を書き、高宗《こうそう》の怒りにふれて職を免ぜられた。しばらくして虢州《かくしゅう》（河南省霊宝県《かなんしょうれいほうけん》）の参軍（部長）になるが、才能をひけらかし傲《ごう》慢《まん》であったので、同僚には評判がよくなかった。折しも罪を犯した官奴《かんど》をかくまい、しまいには露見するのを恐れて殺してしまう、という事件を起こす。事が発覚して死刑の判決が下るが、大赦《たいしゃ》をもって救われる。この事件によって、父も交趾《こうち》（今のベトナムのハノイ付近）の知事に左遷され、それを見舞う途中、南海の海中に落ちて死んだ。二十八歳（諸説あり）であった。

勃《ぼつ》は「初唐の四傑《しけつ》」の筆頭として文名が高く、その書きぶりも、まず数升の墨をすり、大酒を飲んで一寝入りし、目ざめて筆をとると一字も直すところがなかったので、「腹稿《ふっこう》」（腹の中に原稿がある）といわれた。『王子安集《おうしあんしゅう》』十八巻が伝わる。

蜀中九日（蜀中九日《しょくちゅうきゅうじつ》）　王勃《おうぼつ》　〈七言絶句〉

九[1]月九日望[2]郷臺●

九月九日望郷台《くがつここのかぼうきょうだい》

九月九日、望郷台に登る。

他[3]席他郷送客杯
人[4]情已[5]厭南[6]中苦
鴻[7]雁那従北[8]地來

他席他郷客《たせきたきょうかく》を送《おく》るの杯《はい》
人情《にんじょう》已《すで》に厭《いと》う南中《なんちゅう》の苦《く》
鴻雁《こうがん》那《なん》ぞ北地《ほくち》より来《きた》る

この、よその土地での重陽（ちょうよう）の宴会に、今日は友人の送別会が重なり、杯が飛びかう。私はもう、あきあきしたのだ、この蜀（しょく）でのつまらない暮らしに。それなのになぜ、あの雁はわざわざ北からこの地にやってくるのだろう。

1. 九月九日　重陽《ちょうよう》の節句《せっく》。高台に登って酒を飲み、災いを除く習俗がある。**2. 望郷台**　玄武山《げんぶさん》（蜀《しょく》の東部にあるという）にある高台の名。一説に、隋《ずい》の蜀王秀《しょくおうしゅう》が築いた成都北部の高台をいう。**3. 他席他郷**　よその土地での宴会。**4. 人情**　作者自身の気持ちを指す。**5. 已厭**　もうあきあきした。**6. 南中**　南方。ここでは蜀をいう。**7. 鴻雁**　ガンのこと。鴻は大きな雁《がん》。**8. 北地**　都の長安、あるいは作者の故郷山西省を指す。

《鑑賞》この詩は、重陽の節句に、望郷の念にかられて作ったもの。沛王の修撰を首《くび》になったのち、勃は蜀（四川省《しせんしょう》）に旅した。その地で友人の盧照鄰《ろしょうりん》・邵大震《しょうだいしん》と共に重陽の節句を迎え、酒をくみかわしたのであった。旅立つ「客」は邵大震だったらしい。

この詩は絶句であるが、前半二句と後半二句が対句《ついく》仕立ての、いわゆる全対格《ぜんついかく》である。第一句の「九月九日」、第二句の「他席他郷」、どちらも九と他を畳みかけ、言葉のあやを実にうまく使っている。後半の二句も、「北地」を思う自分の心境を、北に帰る鳥に託するのではなしに、逆に北からやって来る鳥に対して「どうして、こんないやな南へ……」と問うところに機知の冴《さ》えがあり、作者の望郷の念が強く迫ってくるのである。

《**補説**》「九月九日」と平仄《ひょうそく》を無視して、むしろ言葉のあやをとった表現、しゃれた言いまわしなどは、いわゆる初唐風というところだが、その中にも一種の格調が伴う。

盧照鄰にも重陽の節句にうたったものがあるが、次の詩は、おそらくこの時のものであろう。

「九月九日眺二山川一／帰心帰望積二風煙一／他席共酌金花酒／万里同悲鴻雁天（九月九日山川《くがつここのかさんせん》を眺《なが》む、帰心《きしん》帰望《きぼう》風煙《ふうえん》積《つ》む、他席《たせき》共《とも》に酌《く》む金花《きんか》の酒《さけ》、万里《ばんり》同《おな》じく悲《かな》しむ鴻雁《こうがん》の天《てん》）」〈九月九日登二玄武山一（九月九日玄武山《くがつここのかげんぶさん》に登《のぼ》る）〉

滕[1]王閣（滕王閣《とうおうかく》）　王勃《おうぼつ》　**〈七言古詩〉**

滕王ノ高閣臨ミ二江[2]渚一●　　滕王《とうおう》の高閣江渚《こうかくこうしょ》に臨《のぞ》み

佩[3]玉鳴[4]鸞罷ミタリ二歌舞一●　　佩玉《はいぎょく》鳴鸞《めいらん》歌舞《かぶ》罷《や》みたり

畫[5]棟朝ニ飛ブ南[6]浦ノ雲　　画棟《がとう》朝《あした》に飛《と》ぶ南浦《なんぽ》の雲《くも》

滕王の高殿は、贛江（かんこう）のみぎわに建っている。

かつては、滕王を乗せた馬車の鈴、それに従う臣下の帯玉が、美しい音を響かせ、あでやかな美女たちの歌や踊りがくりひろげられたであろうに、今はもうみな消えてしまった。

見事に彩色した棟木（むなぎ）の上を、南浦の雲がよぎっていきもしたであろう。

珠[7]簾暮ニ捲ク西[8]山ノ雨●
閑[9]雲潭[10]影日ニ悠[11]悠▲
物換リ星移リ幾度ノ秋▲ゾ
閣中ノ帝[12]子今何クニカ在ル
檻[13]外ノ長江空シク自カラ流▲ル

珠簾《しゅれん》暮《くれ》に捲《ま》く西山《せいざん》の雨《あめ》
閑雲潭影《かんうんたんえい》日《ひ》に悠悠《ゆうゆう》
物換《ものかわ》り星移《ほしうつ》り幾度《いくたび》の秋《あき》ぞ
閣中《かくちゅう》の帝子《ていし》今何《いまいず》くにか在《あ》る
檻外《かんがい》の長江空《ちょうこうむな》しく自《おのず》から流《なが》る

夕方には、真珠のすだれをまき上げて、西山に降る雨を望んだのであろうか。

今は、のどかな雲、深い淵(ふち)のにぶい緑だけが、日々変わらない姿をみせている。

もの換わり、星移り、いったい幾度の秋が過ぎ去っていったのか。

高殿におられたあの皇子は、今いずこ。

手すりの外を贛江がむなしく滔滔(とうとう)と流れているばかり。

1. **滕王閣** 唐の太宗《たいそう》の弟、滕王李元嬰《とうおうりげんえい》が洪州《こうしゅう》(江西省南昌《こうせいしょうなんしょう》)都督《ととく》の時に建てた高殿。2. **江渚** 贛《かん》江《こう》のなぎさ。3. **珮玉** 腰にさげて飾りとした玉《ぎょく》。歩くとふれ合ってよい音をたてる。4. **鳴鸞** 天子の車につける鈴。5. **画棟** 彩色した棟木《むなぎ》。6. **南浦** 南の入り江。南昌の西南には、この名の入り江が実際にあるという。7. **珠簾** すそを真珠で飾ったすだれ。8. **西山** 南昌の西にあり、一名、南昌山。9. **閑雲** 静かに流れる雲。10. **潭影** 深い淵の色。11. **悠悠** のどかな様。12. **帝子** 帝《みかど》の子。滕王李元嬰をいう。13. **檻外** 手すりの外。

《鑑賞》 滕王李元嬰によって建てられた高殿は、このころ荒廃してしまったので、時の洪州都督閻伯嶼《こうしゅうととくえんはくしょ》がこの高殿を修復した。詩は、その落成記念の宴会でうたわれたものである。詩には駢文《べんぶん》の長い序がある。そのできばえには、宴会の主人閻伯嶼はじめ、満座のものすべてが驚嘆したという。

詩は往時の滕王閣をしのぶものだが、この格調の高さは従来の詩には見られない。中には「画棟朝に飛ぶ南浦の雲、珠簾暮に捲く西山の雨」のように、繊細な美しさを追う六朝《りくちょう》のなごりも見られるが、「閑雲潭影日に悠悠」とか「檻外の長江空しく自ら流る」の句は、対象の核となる部分を失わないように気をつけつつ大胆にうたったもので、そこにはやはり唐詩の風格が感じられる。

《**補説**》王勃が滕王閣の宴会に出席したのは、ベトナム北部の知事に左遷された父を訪ねる途中のことであった。

駱賓王《らくひんのう》 〔**初唐**〕（六四〇？～六八四？）

婺州義烏《ぶしゅうぎう》（浙江省義烏県《せっこうしょう》）の人。父は履元《りげん》といって山東省の県令であったという。王勃《おうぼつ》（77頁）・楊炯《ようけい》・盧照鄰《ろしょうりん》とともに「初唐の四傑《しけつ》」と称される。七歳で早くも詩を作り、ことに五言詩に優れる。都長安をうたった「帝京篇《ていけいへん》」（七言古詩）は、当時絶唱ともてはやされた。しかし、一面では素行修まらず、博徒とのつきあいを好む、というところもあった。

官は、初め道王（高祖の第三子）の府の属官となり、ついで武功《ぶこう》（陝西省武功県《せんせいしょう》）の主簿《しゅぼ》（秘書・書記）となった。高宗の末年、長安（陝西省長安県）の主簿となって、しばしば天子に文書を差し出したが採用されず、臨海《りんかい》（浙江省臨海県）の丞《じょう》（判官）に左遷され、不満を抱いて官を辞した。

光宅《こうたく》元（六八四）年、徐敬業《じょけいぎょう》が則天武后《そくてんぶこう》討伐の兵を挙げるとその幕僚となり、武后を指弾する檄文《げきぶん》を書く。これを読んだ武后は、「宰相《さいしょう》安《いず》くんぞ此《こ》の人を失うを得ん」と言ってその才を惜しんだという。徐敬業が敗れると、行方知れずになった。『駱臨海集《らくりんかいしゅう》』十巻がある。なお、駱賓《らくひん》が姓で王《おう》が名だが、自分では賓王《ひんのう》と称している。

易水送別[1] （易水送別《えきすいそうべつ》） 駱賓王《らくひんのう》 〈**五言絶句**〉

此ノ地別ル二燕[2]丹一ニ● 此《こ》の地《ち》燕丹《えんたん》に別《わか》る

荊軻（けいか）は、この易水のほとりで燕の太子丹と別れた。

壮[3]士髪[4]衝クレ冠ヲ●
昔時人已ニ没シ
今日水猶ホ寒[5]シ●

壮士《そうし》髪《はつ》冠《かんむり》を衝《つ》く
昔時《せきじ》人《ひと》已《すで》に没《ぼっ》し
今日《こんにち》水《みず》猶《な》お寒《さむ》し

行く者も送る者も慷慨（こうがい）して、怒髪は冠をついたという。その時の人々は、もういない。しかし、今日の別れにも、易水の水だけは変わることなく寒々と流れている。

1.易水　河北省易県《かほくしょうえきけん》を源とする川。東南に流れて大清河に合流する。**2.燕丹**　戦国時代の燕《えん》の国の太子、丹《たん》のこと。丹は幼いころ趙《ちょう》の国の人質となっていたが、その地で、政《せい》（のちの秦《しん》の始皇帝。彼は趙の生まれであった）と仲よく遊んだ。政が秦王になると、丹は秦の人質となる。秦王は、丹が幼なじみであるにもかかわらず、よい待遇をしなかった。そこで丹は怨《うら》みを抱いて逃げ帰り、秦王の暗殺を荊軻《けいか》に託す。話は『戦国策《せんごくさく》』や、『史記』の刺客列伝に詳しい。**3.壮士**　荊軻とする説と、彼を送る太子及び太子の食客《しょっかく》とする説がある。ここでは、その両者を指すものととった。**4.髪衝レ冠**　激しく怒る様。**5.寒**　冷たい。

《鑑賞》　この詩は、易水のほとりで人を送った時のものである。易水で人を送れば、思い出すのは言わずと知れた荊軻の故事。食客として燕にあった荊軻は、太子丹の頼みを受けて秦王を暗殺することになった。荊軻を送るに際し、丹をはじめ丹の食客の面々は、白装束であったという。喪服で送ったのは、暗殺が失敗しても成功してもおそらく生きてはもどれまい、とする思いが、暗黙のうちにも皆の心にあったからであろう。やがて高漸離《こうぜんり》が筑《ちく》（琴に似た楽器で、竹べらで弦をはじく）を奏すると、荊軻がそれに和して歌い、その悲愴なメロディーに皆涙を流した。荊軻はさらに次の歌を作り、心を高ぶらせるメロディーをとったという。「風《かぜ》蕭《しょう》蕭《しょう》として易水《えきすい》寒《さむ》く、壮士《そうし》一《ひと》たび去《さ》って復《ま》た還《かえ》らず」「士、皆目を瞋《いか》らし、髪《はつ》尽《ことごと》く上《のぼ》りて冠《かん》を指《さ》す」と、その場の情景を『史記』は記す。

こうした、ほぼ九百年前の故事を思い浮かべながら、人を送る詩人の心には厳粛なものがある。もう後には引けない、といった決意を見てとってもよいだろう。送られる人が徐敬業であるという説が立てられるのも、なるほどと思わせる。わずか二十字の中にこれほどの内容を盛り込めるのは、やはり典故《てんこ》の持つ力に負うところが大きい。

《補説》 徐敬業が敗れると賓王は行方知れずになったといわれるが、殺されたという説もある。また、このとき逃れて銭塘《せんとう》（浙江省《せっこうしょう》）の霊隠寺《りょういんじ》の僧となり、折から左遷を許されて帰る宋之問《そうしもん》に詩句を教えたという話もある。

賓王は、「秦塞《しんさい》の重関《ちょうかん》一百二、漢家の離宮三十六」のように数字の対句《ついく》を好んだので、人は算博士と呼んだ。ちなみに「帝京篇」一編中、数字の対句は十ヵ所以上もある。

彼は七歳にして詩を作ったといわれるが、今その詩が残る。「鵝鵝鵝／曲項向レ天歌／白毛浮二緑水一／紅掌撥二清波一」（鵝《が》鵝《が》鵝《が》、曲項《きょくこう》天《てん》に向《む》けて歌《うた》う。白毛緑水《はくもうりょくすい》に浮《う》かび、紅掌《こうしょう》清波《せいは》を撥《は》ぬ）」〈詠レ鵝（鵝《が》を詠《うた》う）〉（ガチョウさん、曲がった首をお空に向けて歌います。緑の水に白い姿がポッカリコ。赤いお手々できれいな波を立ててます）。かわいい詩である。

六朝《りくちょう》の民歌

六朝の初め、東晋王朝が建康に都を定めた四世紀ごろから、五言四句の短い「民歌」が起こってきた。この歌が、都の町中や長江沿いの港町などで歌われるようになり、やがて貴族たちの関心と注意を引くようになる。貴族の邸宅には、妓女をはじめ多くの召し使いたちがいるから、直接耳に入っていったものと思われる。

そのころ、子夜という女性によって歌われ出した「子夜歌《しやか》」という歌もある。男女の愛情を主題としたなまめかしいものである。その「子夜歌」が発展して、「子夜四時歌」となり、「大子夜歌」となる。宴席などで妓女に歌わせたり、またそれに合わせて舞わせたりしたものであろう。「読曲歌」というものもある。こうした、かつての呉の地を中心に歌われた歌を呉歌（呉声歌）というのに対して、西の荊州《けいしゅう》を中心とするかつての楚の地方で歌われた歌を西曲《せいきょく》という。この地方は、運河などによる水利が整ったことによって商業経済が発達し、歌の内容も船上の旅びとや港の女性の別離の情を主題とするものが多い。呉歌のなよなよしたあでやかさに比べ、力強く情熱的である。「三洲歌」「莫愁楽《ばくしゅうがく》」などがある。概して南方の民歌は明るく自然な調子で、隠語を多く使うことが特色となっている。

一方、同じ形式のものが北方でも歌われ、「企喩歌」「折楊柳歌辞」「瑯琊王歌《ろうや》」として伝えられている。北方の黄河流域を中心とする地方は、遊牧民の立てた王朝が支配することになり、いきおい民歌も素朴で骨太な調子になる。四句の形式ではないが、長編の民間叙事詩に「木蘭詩《もくれんのし》」がある。娘が男装して戦争に行くという、いかにも北方らしい女性の歌である。

こうした民歌のスタイルや題材は、名のある文人や皇帝・貴族などによっても用いられるようになり、詩の世界にも大きな影響を与えることとなった。のちに、『玉台新詠集』（陳、徐陵の編）や『楽府《がふ》詩集』（宋、郭茂倩《かくもせん》の編）に収められるものは、このようなものである。唐末から宋代にかけて盛んになる「詞」（671頁参照）も、もとより民歌と大いに関係をもっている。

劉希夷《りゅうきい》

〔**初唐**〕（六五一～六七九？）

名は希夷《きい》とも、庭芝《ていし》あるいは挺之《ていし》ともいう。また、名を希夷、字《あざな》を廷之《ていし》とする説もある。出身地も汝州《じょしゅう》（河南省臨汝県《かなんしょうりんじょけん》）、潁川《えいせん》（河南省許《きょ》昌市《しょうし》）と二説あり、定まらない。三十歳前に死んだ、というだけで没年もはっきりしない。二十五歳で進士に及第。美男子で談笑を好み、琵琶《びわ》をよくし、大酒を飲んでも酔わなかった。実生活では意のままにならず落ちぶれ、世のならいを無視し、ついには「志行修《しこうおさ》まらず」、悪者に殺されてしまったという。街のゴロツキにでも殺されたのであろうか（他説は補説参照）。

詩は、従軍詩や閨情詩《けいじょうし》が得意で、哀怨《あいえん》なものが多いが、時の人に重んじられることもなかった。のちに孫翌《そんよく》の『正声集《せいせいしゅう》』に収められ、高い評価を受けた。

代[1]ル下悲シム二白頭ヲ一翁ニ上（白頭《はくとう》を悲《かな》しむ翁《おきな》に代《かわ》る）　劉希夷《りゅうきい》　〈**七言古詩**〉

洛[2]陽城[3]東桃李ノ花●
洛陽城《らくようじょう》　東桃李《とうとうり》の花《はな》

飛ビ來リ飛ビ去ツテ落ツ二誰ガ家ニカ一●
飛《と》び来《きた》り飛《と》び去《さ》って誰《た》が家《いえ》にか落《お》つ

洛陽ノ女[4]兒惜シミ二顏[5]色ヲ一▲
洛陽《らくよう》の女児《じょじ》顔色《がんしょく》を惜《お》しみ

洛陽の街の東に咲く花は、うす紅（くれない）のモモ、スモモ。
飛び来り、また飛び去って、どなたの家に落ちるのか。
洛陽の娘たちは、容色の美しさが失われるのを惜しみ、

行逢落花長歎息
今年花落顔色改
明年花開復誰在
已見松[6]柏摧爲薪
更聞桑[7]田變成海
古人無復洛城東
今人還對落花風
年年歳歳花相似
歳歳年年人不同
[8]寄言全盛紅[9]顔子

行《ゆ》くゆく落花《らっか》に逢《あ》いて長歎息《ちょうたんそく》す
今年花落《こんねんはなお》ちて顔色《がんしょく》改《あらた》まり
明年花開《みょうねんはなひら》いて復《ま》た誰《たれ》か在《あ》る
已《すで》に見《み》る松柏《しょうはく》の摧《くだ》かれて薪《たきぎ》と為《な》るを
更《さら》に聞《き》く桑田《そうでん》の変《へん》じて海《うみ》と成《な》るを
古人《こじん》復《ま》た洛城《らくじょう》の東《ひがし》に無《な》く
今人還《こんじんま》た対《たい》す落花《らっか》の風《かぜ》
年年歳歳花相似《ねんねんさいさいはなあいに》たり
歳歳年年人同《さいさいねんねんひとおな》じからず
言《げん》を寄《よ》す全盛《ぜんせい》の紅顔子《こうがんし》

街を歩いてハラハラと散る花びらに出会うと、長いため息をつく。

今年も花が散って春が去り、娘の美しさもおとろえてゆくのだ。

明年花が咲くころには、だれが元気でいるだろう。

私は見たことがある、墓場に植えてあるあの松や柏(はく)でさえ、切りくだかれて薪となってしまったのを。

また、聞いたこともある、桑畑も、いつしか海になってしまうんだということを。

散りゆく花を惜しんだ昔の人は、この街の東から、もう姿を消してしまった。

しかし、今もやはり、花を散らす風の中に立つ人がいる。

くる年くる年、花は同じ。

ゆく歳(とし)ゆく歳、人のみが変わりゆく。

聞きたまえ、青春のまっただ中にいる少年たちよ。

應ニ憐ム半死ノ白頭翁
此ノ翁白頭眞ニ可シ憐ム
伊[10]昔紅顔ノ美少年
公[11]子王孫芳[12]樹ノ下
清[13]歌妙舞ス落花ノ前
光[14]祿ノ池臺開[15]キ錦繡ヲ
將[16]軍ノ樓閣畫ク神仙ヲ
一[17]朝臥シテ病ニ無ク相[18]識
三[19]春ノ行樂在ル誰ガ邊リニカ
宛[20]轉タル娥眉能ク幾時ゾ

応《まさ》に憐《あわれ》むべし半死《はんし》の白頭翁《はくとうおう》
此《こ》の翁白頭真《おうはくとうまこと》に憐《あわれ》むべし
伊《こ》れ昔 紅顔《むかしこうがん》の美少年《びしょうねん》
公子《こうし》王孫芳樹《おうそんほうじゅ》の下《もと》
清歌《せいか》妙舞《みょうぶ》す落花《らっか》の前《まえ》
光禄《こうろく》の池《ち》台錦繡《だいきんしゅう》を開《ひら》き
将軍《しょうぐん》の楼閣神仙《ろうかくしんせん》を画《えが》く
一朝 病《いっちょうやまい》に臥《ふ》して相識無《そうしきな》く
三春《さんしゅん》の行楽誰《こうらくた》が辺《ほと》りにか在《あ》る
宛転《えんてん》たる娥眉《がび》能《よ》く幾時《いくとき》ぞ

この、今死にかけているしらが頭の年寄りの心中を察してやりたまえ。

このおじいさんのしらが頭には、まったく同情せずにおられないのだ。

この人こそは、その昔、ほんものの紅顔の美少年だった。

王公の若様たちにまじって、花咲く木の下で春を楽しみもした。

花吹雪の中で、美しい歌を聞いたり、見事な舞を見たりしたこともあった。

池の中に高殿を造り、それに錦(にしき)や縫いとりの絹で幕を張りめぐらしたという光禄大夫(こうろくたいふ)王根(おうこん)の庭園。

いくつもの建物に、長生きを願う神仙の絵を描かせたという大将軍梁冀(りょうき)の豪壮な館。この老人の青春時代は、それらの庭や家に優るとも劣らない所で遊んだものだ。

ところが、ある日病に倒れると、友達もいつしか寄りつかなくなってしまった。

春の行楽は誰のところに行ったのか。

若い娘の美しい眉(まゆ)も、いつまでそ

須臾鶴髮亂如絲○
但看古來歌舞地
惟有黄昏鳥雀悲○

須臾《しゅゆ》にして鶴髪《かくはつ》乱《みだ》れて糸《いと》の如《ごと》し
但《た》だ看《み》る古来《こらい》歌舞《かぶ》の地《ち》
惟《た》だ黄昏鳥雀《こうこんちょうじゃく》の悲《かな》しむ有《あ》るのみ

のままでいられるものか。あっという間に、しらがふり乱したおばあさんになるのだ。
見よ、昔から歌舞でにぎわっていた所を。
今はただ、たそがれに小鳥どもが悲しげに鳴き騒ぐばかりじゃないか。

1．代悲白頭翁　「代」は、既存の楽府題《がふだい》になぞらえて作詩する場合、その題の初めにつける語である。したがって、この詩以前に「悲白頭翁」という詩がなければならないが、今は伝わらない。「代」を一応「代《かわ》る」と読み慣らわしているが、その意はない。**2．洛陽**　唐の副都で東都といわれた。**3．城東**　東側の街。**4．女児**　若い女。**5．顔色**　容色。**6．松柏摧為薪**　『古詩十九首《こしじゅうきゅうしゅ》』中の「古墓《こぼ》は犂《す》かれて田《た》と為《な》り、松柏《しょうはく》は摧《くだ》かれて薪《たきぎ》と為《な》る」（721頁）を踏まえたもの。松柏（カシワではなく、ヒノキに似た常緑樹）は墓地によく植えられた。**7．桑田《そうでん》変成海**　麻姑《まこ》という仙女が王方《おうほう》平《へい》という仙人に会った時「この前あった時から、東の海が桑田に変わるくり返しを三度も見ましたよ」と言った故事を踏む。「松柏摧為薪」の句と同じく世の変転の激しさをいう。**8．寄言**　聞きなさい。**9．紅顔子**　少年。**10．伊**　下のものを強調する語。これぞ。**11．公子王孫**　貴人の子弟。**12．芳樹**　花の咲いている木。**13．清歌妙舞**　澄んだ歌とみごとな舞。**14．光禄池台**　漢の光禄大夫《こうろくたいふ》（天子の顧問）王根《おうこん》は、ぜいたくを極め、庭の池の中に楼台を築いたという故事。**15．開錦繡**　錦《にしき》や縫いとりをした絹を幕とすること。**16．将軍楼閣画神仙**　後漢の大将軍梁冀《りょうき》が豪華な屋敷を造り、内部に神仙の絵を描かせたこと。**17・一朝** ある日。**18・相識** 友人。**19・三春** 陰暦の春、一・二・三月の三ヵ月。**20・宛転娥眉** 女性の曲線をなした美しい眉《まゆ》。

《鑑賞》 まず、舞台は洛陽《らくよう》の都、時は晩春、さんさんたる陽光のもと、花吹雪を浴びながら、美女の登場。美女のため息とともに舞台はうす暗くなって、無常の響きが起こる。その響きにさそわれながら、スポットライトに白髪の老人が照らし出される。音楽は甘美なメロディーに変わり、回想場面となる。そのメロディーに酔ううちに、鳥が悲しく鳴いて、幕。というように、万事芝居がかった趣向になっている。

この詩の主題は、人の生のはかなさを嘆くものなのだが、落花・美少女・美少年といったものが、たとえようもない美しいイメージを湧《わ》き立たせ、むしろこちらの方に読者は強く引きつけられる。つかの間の青春時代のみが放《はな》つ眩《まぶ》しいばかりの光、その圧倒的な勢いの前で、さしもの空しさも色あせて見える。青春のすばらしさをうたった詩としても読める。

三好達治《みよしたつじ》は、最初の二句を「映画の一シーンのようである」といったが、確かにどの句も、ただちに映像になるほど鮮明な印象を与えてくれる。

まず目につくのは対句《ついく》の妙である。また、一字一字を追ってみると、「花」と「落」が多く使用されているのに気がつく。つまり、「落花」の場面が至る所に挿入《そうにゅう》されているのである。だから、どの部分を読んでいても、花びらの散る場面がオーバーラップされる仕掛けになっている。まるで絢爛《けんらん》たる絵巻物である。人生無常がテーマではあるが、読者はその甘美な調子にただ酔えばよいのだ。

《補説》 「年年歳歳花相似たり、歳歳年年人同じからず」の対句は、同じ語を反復する意外性が、深い無常観をたくみに表現した絶唱だが、希夷の舅《しゅうと》の宋之問《そうしもん》が非常に気に入り、それを譲ってくれるよう頼んだ。希夷はいったん受けたが、約束を破ったため、怒った之問が人をやって土嚢《どのう》で圧殺させた、という話がある。

テキストによっては、第三句の「洛陽女児」を「幽閨児女」、「惜」を「好」、第四句の「行逢」を「坐逢」とするものがある。

▽●▲○印は換韻を示す。付録「漢詩入門」参照。

沈佺期《しんせんき》

〔初唐〕（?～七一三）

字《あざな》は雲卿《うんけい》。相州内黄《しょうしゅうないこう》（今の河南省内黄県《かなんしょうないこうけん》）の人。高宗の上元《じょうげん》二（六七五）年進士に及第。同期に劉希夷《りゅうきい》（86頁）、宋之問《そうしもん》がいる。

官は、協律郎《きょうりつろう》（章律の技術官）から考功員外郎《こうこういんがいろう》（百官の勤務評定をする）、給事中《きゅうじちゅう》（起草された政令や命令書を直接審議する）へと昇進するが、賄賂《わいろ》をとって訴えられる。

折しも、後ろだての張易之《ちょうえきし》が失脚し、神竜《しんりょう》元（七〇五）年驩州《かんしゅう》（今のベトナム北部）に流された。翌年八月に赦免《しゃめん》され、台州《たいしゅう》（浙江省《せっこうしょう》臨海県《りんかいけん》）の録事参軍事《ろくじさんぐんじ》（総務部長格）となる。帳簿を中央政府に届けるために上京し、中宗に召され、起居郎《ききょろう》（天子の行動を記録する）を与えられ、修文館直学士《しゅうぶんかんちょくがくし》（宮中の学問所の教師）を兼任した。やがて、中書舎人《ちゅうしょしゃじん》（天子の詔勅を執筆する）を経て、太子少詹事《たいししょうせんじ》（東宮府の高官）に至った。

詩風は、初唐の則天武后《そくてんぶこう》朝の宮廷詩人として、前代からの斉梁体《せいりょうたい》を色濃く残し、美しい詩が多い。

宋之問と並び称されて、「沈《しん》・宋《そう》」と言われるが、彼らの最も大きな功績は、律詩の形式を確立したことであり、後世「律詩の祖」といわれる。

現在、百五十余首の詩が残る。

邙[1]山（邙山《ぼうざん》）　沈佺期《しんせんき》　〈七言絶句〉

北邙山上列ヌ二墳[2]塋●ヲ一

北邙山上《ほくぼうさんじょう》　墳塋《ふんえい》を列《つら》ぬ

北邙山の上には、累々（るいるい）と墓が並んでいる。

萬[3]古千秋對ス洛[4]城ニ●
城中日[5]夕歌[6]鐘起ル●
山上惟聞ク松[7]柏ノ聲●

万古《ばんこ》千秋《せんしゅう》　洛城《らくじょう》に対《たい》す
城中《じょうちゅう》　日夕《にっせき》歌鐘《かしょう》起《お》こる
山上《さんじょう》　惟《た》だ聞《き》く松柏《しょうはく》の声《こえ》

それらは、はるかな昔から洛陽（らくよう）の町と向かい合って、永遠に変わることがない。
夕暮れになると、洛陽の町はにぎやかな歌や鐘の音でわき立つが、
この山上では、松や柏の寂しい葉音が響きわたるばかりだ。

1. 邙山　第一句の「北邙山」と同じ。洛陽《らくよう》の東北十里、孟津《もうしん》・偃師《えんし》・鞏《きょう》の三県境にある山。単に「北山」ともいう。後漢の城陽王祉《し》が葬られて以後、王侯公卿《おうこうこうけい》をはじめ多くの人々が葬られた。わが国でいえば、京都の鳥辺山《とりべやま》のようなところ。**2. 墳塋**　墳は土饅頭《どまんじゅう》。塋は周囲をまるく区切って普通の土地と区別した墓、つまり墓地のこと。**3. 万古千秋**　万、千は修辞上の言葉で、永遠に、の意。**4. 洛城**　洛陽。**5. 日夕**　夕方。**6. 歌鐘**　歌と伴奏の鐘《かね》の音。**7. 松柏**　マツとコノテガシワ（ヒノキに似た常緑樹）。どちらも墓地によく植えられる木。

《鑑賞》　この詩は、生と死の世界を対比したものである。洛陽の町と北邙山上《ほくぼうさんじょう》。それが相対している姿には、まさに永遠に変わることのない生と死の対決を見る思いがする。

承句の「対」の字が一編の眼目である。いかなる生も死で終わる。北邙山上の死の世界は、ただ、ひたすら待っているにすぎない。つかの間の生を終えて、人々が山上にやって来るのを。それが定めなのだ。

その定めを知らぬげに大唐の副都洛陽の夕《ゆうべ》は、美しい音楽と人々の笑い声がうずまき、賑《にぎ》やかな酒宴が、ここかしこで繰り広げられている。

ゴォーという松柏《しょうはく》の音には、妥協のない死の厳しさをひしひしと感じさせられる。

韻律には、まだ整わない点（第三・四句の平仄《ひょうそく》）もあるが、承句と転句とを「城」の繰り返しでつなぎ、滑らかなリズム感を出している。また、転句と結句は、厳密ではないが、一応対句《ついく》と見ることができる。初唐の風を示すと同時に、この詩の場合、言い放つような感じになっていて効果的である。

《補説》沈佺期は、修文館直学士になると、中宗の宴会に出るのを許される。佺期は、その席で回波《かいは》の舞いを舞わせられると、この時とばかり巧みな歌詞で天子に取り入り、牙笏《がこつ》（象牙《ぞうげ》の笏《しゃく》）と緋衣《ひい》（赤い絹の服）を賜った。牙笏と緋衣は五品《ごほん》にならないと身につけることができないから、当時六品《ろっぽん》であった佺期にとって、これはいわば五品の官の約束手形であった。

事実、彼は間もなく中書舎人（正五品上《しょうごほんじょう》）になることができた。

また、冒頭で述べたように、則天武后朝の宮廷詩人であった沈佺期は、そのために長い旅を強いられることにもなった。ベトナムに流された時は、「夜《よる》は則《すなわ》ち饑《う》えを忍《しの》びて臥《が》し、朝《あさ》は則《すなわ》ち病《やまい》を抱《いだ》きて走《はし》る。首《こうべ》を搔《か》きて南荒《なんこう》に向《む》かい、涙《なみだ》を拭《ふ》いて北斗《ほくと》を看《み》る」〈初《はじ》めて驩州《かんしゅう》に達《たっ》す〉という苦しい長旅であった。

張敬忠《ちょうけいちゅう》 〈初唐〉（生没年未詳）

　生没年及び出身地については伝わらないが、監察御史《かんさつぎょし》（地方を巡回し、地方官の非法の摘発や裁判・刑罰の監督をする）の時、大将軍張《ちょう》仁愿《じんげん》にスカウトされ、北辺で突厥《とっくつ》との戦いに従軍している。張仁愿の相手は黙啜《もくせつ》であった。黙啜は、天授《てんじゅ》二（六九一）年カパガン可汗《かかん》（君主）となり中国に侵入して来た突厥の長で、開元四（七一六）年に死んでいる。また、張仁愿は則天武后によって重んじられて、武将としてだけでなく中央の高官をも歴任した人物で、開元二（七一四）年に没している。これらのことから張敬忠の活躍した時期が察せられよう。

　敬忠は、のちに吏部郎中《りぶろうちゅう》（人事を扱う）に進み、開元七（七一九）年には平盧節度使《へいろせつどし》（現在の遼寧省朝陽県《りょうねいしょうちょうようけん》に本拠を置く藩鎮《はんちん》の長）となり室韋《しつい》と靺鞨《まっかつ》（いずれもツングース系民族）の鎮撫《ちんぶ》にあたった。敬忠は、生涯の大部分を辺境での戦いに投じた詩人といえよう。二首の詩が残る。

邊詞[1]（辺詞《へんし》）　張敬忠《ちょうけいちゅう》　〈七言絶句〉

五[2]原ノ春色舊[3]來遲●シ
五原《ごげん》の春色《しゅんしょく》旧来《きゅうらい》遅《おそ》し

二[4]月垂楊未ダ㆑掛[5]ケ㆑絲●ヲ
二月《にがつ》垂楊《すいよう》未《いま》だ糸《いと》を掛《か》けず

五原はもともと春の訪れが遅いところだという。
しかし、もう二月なのに、しだれ柳は芽ぶきもしない。

即[6]今河畔冰開ク日
正[7]ニ是レ長安花落ツル時●

即今河畔《そくこんかはん》氷《こおり》開《ひら》く日《ひ》
正《まさ》に是《こ》れ長安花落《ちょうあんはなお》つる時《とき》

今日はようやく黄河のほとりの氷がとけたが、長安では、ちょうど花が散るころなのだ。

1．辺詞　辺境をよんだ歌。**2．五原**　現在の内蒙古《うちもうこ》自治区五原県《ごげんけん》の付近（鑑賞参照）。寧夏回族《ねいかかいぞく》自治区の塩池《えんち》付近とする説もある。**3．旧来**　もともと。**4．二月**　陰暦の二月であるから、花（桃）が咲き、そして散る、春も盛りの時節。**5．掛レ糸**　芽のふいた柳の枝が垂れること。**6．即今**　ただいま。**7．正是**　ちょうど……である。

《鑑賞》　この詩には、辺地にあって都への思いを禁じえない詩人の心情がにじみ出ている。

景竜《けいりょう》元（七〇七）年ごろ、将軍張仁愿は、現在の内蒙古自治区五原県のあたりに三つの受降城《じゅこうじょう》（夷《い》狄《てき》の降服を受け入れる城）を築き、突厥の南下を防いだ。それまで中国は黄河を隔てて突厥と対峙《たいじ》し、絶えず敵の侵入におびやかされていたのである。突厥は、黄河の北側にあった払雲祠《ふつうんし》というほこらに参拝してから南下するのをつねとしていたが、将軍は突厥の虚をついて黄河を渡り、わずか六十日ほどで、この払雲祠に中受降城を、その西と東にそれぞれ西受降城と東受降城を築いたのであった。城造りには兵も駆り出され、逃げる者は斬《き》り捨てられたという。当時、張敬忠は、この張仁愿の軍中で重きをなしていたものと思われる。この詩も、その時のものであろう。

第一句がこの詩の主題である。いつまで待っても春はやってこない。「春色旧来遅し」という言葉が、いかにも辺地であることを証明している。都を離れてこんなにも遠くまで来てしまった、という詩人の驚きと困惑、そして一抹《いちまつ》の哀《かな》しみがこの句には窺《うかが》える。この五原のあたりは、いわゆる典型的な大陸性気候で、気温の日較差・年較差が極めて大きい。冬の寒さは厳しく、長く、夏はアッという間に過ぎてしまう。雨も少ない。

春になって、最初に目に飛び込むのは柳の緑である。芽ぶいた枝が糸のように垂れ、まるで緑のカーテンの趣さえあるが、この北辺の地ではその兆しも見えない。この前半の二句の工夫は、待ち焦がれているものをいったん提示して、読者の想像力をふくらませておき、それを否定してゆくところにある。これによって「春色」や「垂楊糸を掛く」季節を待つ気持ちが、いっそう切実なものとなっている。

後半の二句は、「氷」と「花」という極端なものを対比することによって、辺地の春の訪れの遅さを強調している。都で花が散る時に、ここではようやく氷がとけたという表現の裏には、単なる驚きではなく絶望的な気分さえ感じられる。また、そこに、都の春を懐かしむ切なる望郷の気分も漂うのである。辺地にふれた詩人の、生き生きとした感受性が余すところなく発揮された詩といえる。

《補説》　初唐から盛唐にかけて、すぐれた辺塞詩《へんさいし》が続出してくるが、それ以前にこうした詩が全くなかったわけではない。ただ、詩人が直接従軍して辺地の生活を経験し、その新鮮な感動を詩に作った、という点で注目される。

この詩は、後半の対句《ついく》の構成など、詩の趣が沈佺期《しんせんき》の「邙山《ぼうざん》」（92頁参照）などと通うものがある。初唐風の味わいといえよう。

蘇《そ》 頲《てい》 〔初唐〕（六七〇〜七二七）

字《あざな》は廷碩《ていせき》、諡《おくりな》は文憲《ぶんけん》。雍州武功《ようしゅうぶこう》（陝西省《せんせいしょう》武功県）の人。武功は長安の西隣である。代々宰《さい》相《しょう》を出した名家に生まれ、少年のころから優れた才能を示した。進士に及第したのは調露《ちょうろ》二（六八〇）年、わずか十一歳の時である。

官は烏程《うてい》（浙江省呉興県付近《せっこうしょうごこうけん》）の尉《い》（警察と税務の責任者）から監察御史《かんさつぎょし》（地方を巡回し、地方官の非法の摘発や裁判・刑罰の監督をする）に進み、神竜《しんりょう》年間（七〇五〜七〇七）には給事中《きゅうじちゅう》（皇帝の命令書や政令を直接審議する）となり、修文館学士《しゅうぶんかんがくし》（宮中学問所の教師兼研究員）を兼ねている。やがて、中書舎人《ちゅうしょしゃじん》（天子の詔勅・法令を起草する）になるが、当時、父の蘇瓌《そかい》は同中書門下三品《どうちゅうしょもんかさんぼん》（宰相《さいしょう》）であり、親子ともども枢要な地位にあったことになる。このころの詔勅・法令はほとんどが頲《てい》の手に依《よ》っており、中書令《ちゅうしょれい》の李嶠《りきょう》をして「舎人の思い湧泉《ゆうせん》の如《ごと》くして、嶠《きょう》の及ばざる所なり」と言わしめるほど卓抜な文才を示した。

以後、太常少卿《たいじょうしょうけい》（国家の祭祀《さいし》を担当）から工部侍郎《こうぶじろう》（農林・土木・工業などをつかさどる）へと移るが、玄宗によって取り立てられて中書侍郎《ちゅうしょじろう》（中書省《ちゅうしょしょう》の次官）となり、開元四（七一六）年には宰相に上る。宰相時代は宋璟《そうけい》と絶妙のコンビを組み、私心のない政治は玄宗の強い支持を受けた。

こうして官歴を見てみると、ほぼエリート・コースをまっしぐらに駆け登った人といえようが、生活はつましく潔白で、俸禄《ほうろく》は諸弟や親族に分け与え、財産を残さなかったという。

父蘇瓌の後を継いで許《きょ》国公であった頲は、燕《えん》国公の張説《ちょうえつ》とともに「燕許《えんきょ》の大手筆《だいしゅひつ》」と、その文名を称《たた》えられた。詩の方面では、七言律詩の形成に一役かっており、現在九十九首の詩が残る。

汾[1]上ニテ驚レク秋ニ（汾上《ふんじょう》にて秋《あき》に驚《おどろ》く）　蘇《そ》頲《てい》　〈五言絶句〉

北風吹ク二白雲ヲ一
萬里渡ル二河[2]汾ヲ一
心[3]緒逢ヒ二搖[4]落ニ一
秋[5]聲不レ可カラレ聞ク

北風《ほくふう》白雲《はくうん》を吹《ふ》く
万里《ばんり》河汾《かふん》を渡《わた》る
心緒揺落《しんしょようらく》に逢《あ》い
秋声《しゅうせい》聞《き》くべからず

北風が白い雲を吹き飛ばしてゆく。私は万里の旅路の途上にて、いま汾河を渡る。旅はただでさえ物悲しいもの。草木の葉が散るのを前にして、心の糸がふるえる時、とても秋のわびしい物音を平気で聞いてはいられない。

1.汾上　汾河《ふんが》のほとり。汾河は、山西省《さんせいしょう》を北東から南西に流れて黄河に注ぐ川。**2.河汾**　汾河と同じ。**3.心緒**　心の糸。心からは「緒」（糸のはし）にあたるものが出ており、その部分でものごとを感じる、と考えたもの。**4.揺落**　草や木の葉が枯れ落ちること。**5.秋声**　秋の物音。風の音や、それによって散ったり舞ったりする木の葉の音などをいう。

《鑑賞》　この詩は、旅の途中秋の到来に気づき、ますます気が滅入《めい》るというものである。詩題の中の「驚レ秋」は、

秋来《き》ぬと目にはさやかに見えねども風の音にぞ驚かれぬる　藤原敏行《ふじわらのとしゆき》〈『古今和歌集』〉

と日本の歌人によってうたわれた、あの「驚」くである。

歌は、都から北方に向かった時のものであろうが、いつのことであるか定かではない。監察御史として地方を巡回していた若いころであろうか。それはさておき、汾河の秋、というと直ちに思い出されるのは、武帝の「秋風《しゅうふう》の辞《じ》」(26頁参照)である。もちろん、蘇頲もその詩を頭に置いて作っている。「秋風起《しゅうふうおこ》りて白雲飛《はくうんと》び、草木《そうもく》黄《き》ばみ落《お》ちて雁南《かりみなみ》に帰《かえ》る……楼船《ろうせん》を汎《うか》べて汾河《ふんが》を済《わた》り……歓楽極《かんらくきわ》まりて哀《あい》情多《じょうおお》し……」風に飛ばされる白い雲、船を浮かべる汾河(一方は船遊びで、一方は旅という違いはあるが)、秋の落葉、蘇頲の詩は素材のすべてを「秋風の辞」に負っている。では、この詩は「秋風の辞」の焼き直しか。いや、そうではない。後半に蘇頲の独創がある。

後半の二句、とりわけ第三句の「心緒」という言葉に詩人の鋭い感覚を見る。心のはしは糸のようになっていて、そこで刺激をキャッチすると心が激しく震える。まるで、優れた科学者によって心のメカニズムを解き明かされたような感じがする。この詩は、「秋風の辞」を基盤とし、その上に新しい感覚をよみ込んだ秀作といえよう。

《補説》 蘇頲は開元八(七二〇)年、礼部尚書《れいぶしょうしょ》から益州《えきしゅう》(四川省《しせんしょう》成都)の長史《ちょうし》(副知事)に移る(左遷と思われるが、詳しいことはわからない)。その地で若き李《り》白《はく》と会い、「この男はずばぬけた才能を持っている。もう少し勉強すれば、司馬相如《しばしょうじょ》に匹敵するようになろう」といっている。司馬相如は前漢の賦《ふ》の名手で、成都出身でもある。

盧《ろ》　僎《せん》　〔初唐〕（生没年未詳）

臨漳《りんしょう》（河北省《かほくしょう》臨漳県）の人。生没年は、はっきりしないが、孟浩然《もうこうねん》（六八九〜七四〇）と交際があり、開元《かいげん》二十九（七四一）年冬十一月の出来事をうたった作品「譲帝挽歌詞《じょうていばんかし》」が残るので、おおよその年代は推測できよう。はじめ聞喜《ぶんき》（今の山西省《さんせいしょう》聞喜県）の尉《い》（一県の検察・警察を統轄《とうかつ》する）となり、ついで中央の集賢院《しゅうけんいん》学士《がくし》（図書の蒐集《しゅうしゅう》と校訂にあたる）に移り、吏部員外郎《りぶいんがいろう》に至っている。ほぼ同時代の一族に、吏部尚書《りぶしょうしょ》（人事を担当する吏部の長官）の盧従愿《ろじゅうげん》がいる。現在、詩十四首が残る。

南[1]樓ノ望　（南楼《なんろう》の望《ぼう》）　盧《ろ》僎《せん》　〈五言絶句〉

去ツテ㆑國[2]ヲ三[3]巴遠ク
登レバ㆑樓ニ萬里春ナリ●
傷[4]心ス江[5]上ノ客
不㆓是レ故鄕ノ人㆒ナラ●

国《くに》を去《さ》って三巴《さんぱ》遠《とお》く
楼《ろう》に登《のぼ》れば万里《ばんり》春《はる》なり
傷心《しょうしん》す江上《こうじょう》の客《かく》
是《こ》れ故郷《こきょう》の人《ひと》ならず

都に別れを告げ、遠く三巴の地まで流されて来た。
町の南楼に登りながめやれば、見わたすかぎりの春景色。
だが、長江のほとりにたたずむ私の心は痛むのだ。
私は、この春景色を楽しむにふさわしい、この土地の者ではないのだから。

1．**南楼望**　南楼は、町を囲む城壁の南門の上にある楼。町は、詩の内容からみて四川省《しせんしょう》のある町。

望は、南楼からのながめ。テキストによっては「南望楼」となっているが、それならば町の南門の上にある望楼ということになる。**2.国**　国都長安のこと。故郷と解する説もある。**3.三巴**《さんば》　四川省のこと。後漢の末に、巴《は》・巴東《はとう》・巴西《はせい》の三郡に分けられたので、それを総称して「三巴」という。**4.傷心**　心を痛めること。**5.江上客**　「江上」は長江のほとり。「客」は旅人。この「江上客」は作者自身と解釈した。

《鑑賞》　この詩は、望郷のうたである。

とある一日、町の南楼に登ると、眼下には一面の春景色が広がる。「万里春なり」は、今や春が盛りであることを示す。目を細めてずっと向こうまで見渡せば、木々の緑と花の紅《くれない》で埋まっている。だが、春の証《あかし》は視覚によってのみ支えられるものではない。頬《ほお》を吹き過ぎる軽《かろ》やかな風、鼻に飛び込む甘い香り、……いわば体全体で感じるものなのであろう。こうした春がはるか向こうまで続いているからには、きっと都長安も春のまっ盛りであるにちがいない。「万里」には、こうした気持ちも託されていよう。

しかし、詩人は楽しめない。目の前の花や木々が美しければ美しいほど、彼の心はますます切なくなる。「私はこの土地の者ではないのだから、この美しさを手放しで楽しむわけにはいかない」という気持ちが詩人の胸に一つのタガをはめている。それは裏を返せば、「この春景色を故郷で見ることができれば、どんなにかすばらしいことであろう」という思いである。

後半の二句は、さりげない調子で深い心の痛みをうたっている。「故郷の人」ではない、ということの重みが、ずっしりと感ぜられるのだ。ここで、前半の「国を去って」と「万里」の語が響いてくるのである。

第三句の「江上の客」を作者自身とせず、江のほとりや江の上を行く旅人とする説がある。もしそうならば、次の句は、「私の故郷の人ではなく、皆見知らぬ人ばかりだ」の意になり、第一句の「国」も「故郷」ととった方がよくなる。しかし、「江上の客」を他者とするこの解釈は、楼上からの高みの見物ということであり、望郷の念をうたうのにもう一つ迫力に欠け、この詩をどこにでもある平凡な詩にしてしまう。やはり、「江上の客」を作者自身である、としてこそ、「傷心」の重みも数倍増し、後半の二句を斬新《ざんしん》なものにするのである。以上のような理由で、ここでは「江上の客」を作者ととった。

前半の二句は対句《ついく》、後半の二句も対句的な構成である。

《補説》 盧僎の事績はほとんどわかっていないが、この詩の舞台「三巴」には確かに行っている。「君不レ見巴郷気候与レ華別／年年十月梅花発／土苑今応雪作レ花／寧知此地花為レ雪／自三従遷播落二黔巴一／三見三江上開二新花一……（君見《きみみ》ずや巴郷《はきょう》の気候華《きこうか》と別《こと》なるを。年年十月梅花《ねんねんじゅうげつばいか》発《ひら》く。土苑今応《どえんいままさ》に雪花《ゆきはな》と作《な》るも、寧《いずく》んぞ知《し》らん此地《このち》の花雪《はなゆき》と為《な》るを。遷播《せんぱ》せられて黔巴《けんぱ》に落《お》ちしより、三《み》たび江上《こうじょう》に新花《しんか》の開《ひら》くを見《み》る……）」〈十月梅花書贈（十月梅花《じゅうげつばいか》に書《しょ》して贈《おく》る）〉という七言古詩があり、黔巴に遷播（左遷）されていたことがわかる。ただし、「南楼望」がこの時この黔巴で作られたものであるかどうかは、にわかには定め難い。

陳子昂《ちんすごう》 〔初唐〕（六六一〜七〇二？）

字《あざな》は伯玉《はくぎょく》。梓州射洪県《ししゅうしゃこうけん》（四川省射洪県《しせんしょう》）の人。代々の豪族であった。子昂は背が高くがっしりした体軀で、血気にまかせた生活を送り、十七、八歳になっても書物には縁がなかった。郷学《きょうがく》（村の学校）に入って初めて自分の無学を骨身に感じ、志を新たにして猛勉強を始めたという。

二十一歳の時上京し、やがて進士に及第する。上奏文が則天武后《そくてんぶこう》に認められて麟台正字《りんだいせいじ》（文書係）に抜擢《ばってき》され、右拾遺《うしゅうい》となったが、歯に衣きせない子昂の論はとりあげられなかった。武后の万歳通天元《ばんざいつうてん》（六九六）年、契丹《きったん》が攻めてくると、武攸宜《ぶゆうぎ》将軍の参謀となる。しかし、ここでも率直な言が用いられず、かえって参謀から属官に下されている。

戦後、故郷に帰るが、県令に財産をねらわれ、ついには捕らえられて獄中で死んだ。

子昂の詩は、力強い風格をもち、斉梁《せいりょう》のなごりをとどめない革新的なものであった。また、文章においても漢魏《かんぎ》の古文に帰れと叫び、韓《かん》愈《ゆ》、柳宗元《りゅうそうげん》の古文復興の先がけをなしている。著書に『陳伯玉集《ちんはくぎょくしゅう》』十巻がある。

薊[1]丘覧[2]古贈[3]ル二盧居士藏用ニ一（薊丘《けいきゅう》覧古《らんこ》、盧居士蔵用《ろこじぞうよう》に贈《おく》る）　陳子昂《ちんすごう》　〈五言古詩〉

南ノカタ登リ二碣[4]石坂ニ一
南《みなみ》のかた碣石坂《けっせきはん》に登《のぼ》り
薊丘(けいきゅう)の南、碣石坂に登り、

遥カニ望ム二黄[5]金臺ヲ一●
遥《はる》かに黄金台《おうごんだい》を望《のぞ》む
はるか彼方(かなた)の黄金台をながめる。

丘陵盡《ク》喬[6]木　　丘陵《きゅうりょう》尽《ことごと》く喬木《きょうぼく》
昭[7]王安《クニ》在《リ》哉●　　昭王《しょうおう》安《いず》くに在《あ》りや
覇[8]圖悵[9]《トシテ》已《ンヌルカナ》矣　　覇図《はと》悵《ちょう》として已《や》んぬるかな
驅《ツテ》レ馬《ヲ》復《タ》歸《リ》來《ル》●　　馬《うま》を駆《か》って復《ま》た帰《かえ》り来《きた》る

しかし、あたりの丘陵は、背の高い樹木でおおいつくされてしまっている。賢者を重用したという昭王は、どこへ行ってしまったのか。

天下を掌中に入れようとした昭王の願いも、もはや昔のことである。

私はたまらなくなり、馬に鞭(ちむ)あて、もと来た道を帰るのだ。

1.薊丘　北京市徳勝門《ペキンしとくしょうもん》の西北、今は土城関という。戦国時代、燕《えん》の都があったところ。**2.覧古**　古跡をたずねて当時をしのぶ。**3.盧居士蔵用**　居士《こじ》は官に仕えない人のこと。のちに盧蔵用《ろぞうよう》は、子昂の遺文を集め、それに序と詳しい伝記を付している。**4.碣石坂**　薊丘《けいきゅう》の東南、今の北京市大興県《たいこうけん》にある丘。燕の昭王《しょうおう》はここに碣石館《けっせきかん》を築き、大学者鄒衍《すうえん》を住まわせ、教えを受けた。**5.黄金台**　碣石《けっせき》坂《はん》付近にある台。燕の昭王は、この台の中に千金をおいて賢者を集めたという。**6.喬木**　高い木。**7.昭王**　燕《えん》の王（前三一一～前二七九在位）。昭王が、斉《せい》を破るため、郭隗《かくかい》に賢者を推薦してくれと言ったところ、「先《ま》ず隗《かい》より始《はじ》めよ」と言われた話は有名。隗を優遇したため、楽毅《がっき》、鄒衍などの有能な人々が集まり、ついに斉を破った。**8.覇図**　天下の覇者《はしゃ》になろうとする望み。**9.悵**　嘆く様。

《鑑賞》　この詩は、七首連作の第二首目にあたるもので、「燕の昭王」という小題がついている。連作のはじめには序がある。「丁酉《ていゆう》の歳《とし》、吾北征《われほくせい》す。薊門《けいもん》より出《い》で、燕《えん》の旧都《きゅうと》を歴観《れきかん》するに、其《そ》の城池覇業《じょうちはぎょう》、跡已《あとすで》に蕪没《ぶぼつ》せり。乃《すなわ》ち慨然《がいぜん》として仰歎《ぎょうたん》し、昔《むかし》の楽生《がくせい》、鄒子《すうし》、群賢《ぐんけん》の遊《ゆう》の盛《さか》んなるを憶《おも》う。因《よ》りて薊《けい》丘《きゅう》に登《のぼ》り、七詩《しちし》を作《つく》りて以《もっ》て之《これ》を志《しる》し、終南《しゅうなん》の盧居士《ろこじ》に寄《よ》す。亦軒轅《またけんえん》の遺跡《いせき》有《あ》り」。詩は、武攸宜の作戦参謀として契丹討伐に参加した時のものであることがわかる。「丁酉」は、武后の神功《しんこう》元（六九七）年。子昂は、不利な戦況を好転させるため、短期決戦を主張し、その先がけを自分に命じてくれるよう建言したが用いられなかった。失意のうちに、古《いにしえ》の燕の旧跡を見てまわり、賢臣を厚遇したといわれる昭王を偲《しの》ぶが、かつての黄金台の跡もなく、慷慨《こうがい》の心はいや増すばかり。つき上げるように、「昭王はいずこ」と叫ぶ。

思えば、その間に千年の月日が流れているのだ。放心したように、また馬を返して行く。

この詩は、魏《ぎ》の阮籍《げんせき》（45頁）の「詠懐詩《えいかいし》」の影響が強い。「馬を駆《か》って復《ま》た来《きた》り帰《かえ》る」〈その五〉、「梁王安《りょうおういず》くに在《あ》りや」〈その三十一〉など、語句の類似も見られる。

《補説》 子昂は、都に出て十年ほど無名であったが、ある時、百万もする胡琴《こきん》を市で購《あがな》い、びっくりする人々に、明日これを弾《ひ》いて聞かせよう、という。翌日、酒肴《しゅこう》を整え集まった名士をもてなし、席上、胡琴などは賤《いや》しい芸人の具であると言って、こなごなに砕《くだ》いてしまった。そうして自分の詩文を配ったので、詩文は一日にして都中に広まり、彼の名も知れ渡ったという。

登ル二幽[1]州ノ臺一ニ歌 （幽州《ゆうしゅう》の台《だい》に登《のぼ》る歌《うた》） 陳子昂《ちんすごう》 **〈雑言詩〉**

前ニ不レ見二古人一ヲ　　前《まえ》に古人《こじん》を見《み》ず

ずっと前に生まれた昔の人に会うことはできない。

後ニ不レ見二來者ヲ一●
念ヒ二天地之悠[2]悠タルヲ一
獨リ愴[3]然トシテ而涕下ル●

後《しりえ》に来者《らいしゃ》を見《み》ず
天地《てんち》の悠悠《ゆうゆう》たるを念《おも》い
独《ひと》り愴然《そうぜん》として涕下《なみだくだ》る

はるか後に生まれる未来の人にも会うことはできない。
ただ、天地がいつまでも絶えることなく続いてゆくのを思う時、人の一生の短さを思い知らされ、胸がいっぱいになって涙が流れる。

1．幽州台　幽州《ゆうしゅう》は、現在の北京市のあたりを指す。台は、薊丘《けいきゅう》（105頁語釈参照）にあるものと思われる。盧蔵用《ろぞうよう》の『陳氏別伝《ちんしべつでん》』では「薊北《けいほく》の楼《ろう》」という。**2．悠悠**　長くゆったりと続く様。**3．愴然**　悲しみいたむ様。

《鑑賞》　この詩は、前の「薊丘覧古《けいきゅうらんこ》」の連作を賦《ふ》した後に、感きわまってうたわれたものである。字数も一定していない。「薊丘覧古」と同じく、慷慨《こうがい》の歌であるが、五言二句、六言二句という異常な形式を取っている点、より激しく深いものが感ぜられる。

時間と空間のただ中に、一人立ち尽くして、あふれる涙を払《はら》おうともしない詩人の姿。一読して、名状しがたい感慨の湧《わ》き起こるのを覚える。骨太な、ますらおぶりの歌である。

なお、この詩には、『楚辞《そじ》』遠遊《えんゆう》の、「天地《てんち》の無窮《むきゅう》を惟《おも》い、人生《じんせい》の長《なが》く勤《つと》むるを哀《かな》しむ。往者《おうしゃ》は余及《われおよ》ばず、来者《らいしゃ》は吾聞《われき》かず」の句が影響を与えている。

張《ちょう》説《えつ》 〔初唐〕（六六七～七三〇）

字《あざな》は道済《どうさい》、または説之《えつし》ともいう。洛陽《らくよう》（河南《かなん》省《しょう》洛陽市）の人。微賤《びせん》の出身であるが、二十三歳の時進士に及第し、則天武后《そくてんぶこう》の人材登用政策によって昇進して鳳閣舎人《ほうかくしゃじん》（中書舎人《ちゅうしょしゃじん》のこと）となる。長安三（七〇三）年、権臣張易之《ちょうえきし》・張昌宗《ちょうしょうそう》兄弟の反感をかって欽州《きんしゅう》（広西壮族自治区《こうせいチワンぞくじちく》欽州県《きんしゅうけん》）に流され、一年余りをその地で送る。

張易之・昌宗兄弟が殺され中宗が即位すると、兵部員外郎《へいぶいんがいろう》として都に召還され、工部侍郎《こうぶじろう》・兵部侍郎《へいぶじろう》（兼弘文館学士《こうぶんかんがくし》）を歴任し、睿宗《えいそう》の時には同中書門下平章事《どうちゅうしょもんかへいしょうじ》（宰相《さいしょう》）となった。

やがて玄宗《げんそう》が即位し太平公主《たいへいこうしゅ》が誅《ちゅう》されると、中書令《ちゅうしょれい》（上位の宰相）に任ぜられるが、政敵姚崇《ようすう》の企《たくら》みによって相州《しょうしゅう》（河南省安陽県《あんようけん》）刺史《しし》、さらに岳州《がくしゅう》（湖南省岳陽県《こなんしょうがくようけん》）刺史、幽州《ゆうしゅう》（河北省北京市《かほくしょうペキンし》）都督《ととく》に左遷された。以後、北方異民族の慰撫《いぶ》に功があり、姚崇死後は中央に召され、開元十一（七二三）年には中書令にもどっている。

のちに宇文融《うぶんゆう》・李林甫《りりんぽ》などに弾劾され、官を失い隠居するが、玄宗の信任厚く尚書左丞相《しょうしょさじょうしょう》に復帰し、開元十八（七三〇）年、生を終えた。諡《おくりな》は文憲《ぶんけん》。

張説は、以上のように起伏の多い一生を送ったが、それは、門閥をもたず科挙官僚として位人臣を極めた者の運命とも見ることができる。また、彼は宮廷詩壇の大立者でもあったが、度重なる左遷を優れた叙情詩に結実させ、盛唐詩の先駆者となった。文にもすぐれている。『張説之文集《ちょうえつしぶんしゅう》』二十五巻が残る。

還リテ至ル二端[1]州驛ニ一前ニ與ニ二高[2]六一別レシ處ナリ

（還《かえ》りて端州駅《たんしゅうえき》に至《いた》る、前《さき》に高六《こうろく》と別《わか》れし処《ところ》なり）

張説《ちょうえつ》

〈五言律詩〉

舊[3]館分[4]江ノ口
凄[5]然トシテ望ム二落[6]暉ヲ一
相逢ウテ傳[7]ヘ二旅食ヲ一
臨ンデハレ別レニ換[8]フ二征衣ヲ一
昔記[9]セシ山川ハ是ナルモ
今傷ム人[10]代ノ非ナルヲ
往來皆此ノ路ナルニ

旧《きゅう》　館分江《かんぶんこう》の口《ほとり》
凄然《せいぜん》として落暉《らっき》を望《のぞ》む
相逢《あいお》うて旅食《りょしょく》を伝《つた》え
別《わか》れに臨《のぞ》んでは征衣《せいい》を換《か》う
昔《むかし》　記《しき》せし山川《さんせん》は是《ぜ》なるも
今傷《いまいた》む人代《じんだい》の非《ひ》なるを
往来皆此《おうらいみなこ》の路《みち》なるに

かつて高君と泊まった宿は、西江の川筋が分かれるあたりに今も変わらず立っている。
私はその宿から、もの悲しい思いで真っ赤に燃えて沈んでゆく夕日をながめる。
そういえば、流される道すがら、君と出会い、一つの弁当を回し食いしたものだった。
この端州での別れに際しては、お互いの旅の衣をとり換えたりもした。
ああ、目の前の山川のみは昔のままだが、
人の世のはかなさには胸がしめつけられる。
行きも帰りも、同じこの道を通るのに、

生死不レ同ジウセレ帰●ルヲ　・　生死《せいし》帰《かえ》るを同《おな》じうせず

私は生きながらえ、君は死に、いっしょに帰ることもかなわない。

1.端州駅　端州は今の広東省高要県《カントンしょうこうようけん》。駅は宿場。**2.高六**　司礼丞《しれいじょう》（礼部の次官）であった高戩《こうせん》。六は六番目の男子、の意。**3.旧館**　以前高六と泊まった旅館を指す。**4.分江口**　端州付近を流れる西江の川筋が分かれるあたり。**5.凄然**　もの悲しい様。**6.落暉**　落日。**7.伝二旅食一**　旅先で、一つの弁当をまわして食べること。**8.換二征衣一**　旅の衣を別れの記念に交換すること。**9.記**　記憶する。**10.人代**　人の世。唐代では太宗李世民《たいそうりせいみん》の諱《いみな》を避けて、「世」の代わりに「代」を用いた。

《鑑賞》　この詩は、罪が許されて都にもどる途中、以前いっしょに泊まった宿で友人をしのんだもの。罪とは、則天武后の長安三（七〇三）年九月、武后のお気に入りであった張易之・張昌宗兄弟の怒りに触れたことによる。時に張易之兄弟は、かねてからけむたく思っていた宰相魏元忠《ぎげんちゅう》を失脚させようと謀《はか》り、魏元忠が司礼丞の高戩と謀叛《むほん》をたくらんでいると訴えた。事の決着は武后の前でつけられることになるが、その際、張易之兄弟は張説をおどし、高官を約束する代わりに自分たちに有利な証言をするよう言い渡す。ところが張説は証人になると、「元忠《げんちゅう》は実《じつ》は反《そむ》かず、此《こ》れは是《こ》れ、易之《えきし》の誣構《ぶこう》（でっちあげ）のみ」と言い切ってはばからない。その結果、魏元忠は命びろいし、高戩・張説らと共に南方の各地に流されたのであった。

一読してわかるのは、従来の宮廷詩に見られない率直な感情の表白である。わずか一年ほど前、失意のうちに別れた友人が、今はもうこの世にいないという悲しさ。やっと許されて都にもどることができるのに、来た時のように二人で帰れない口惜《くや》しさ。こうした詩人の思いが、読者に直接ひしひしと伝わってくる。余分な修飾をそぎ落とし、詩人の感情がそのまま文字になったようなこの詩は、盛唐の叙情詩の行方を予見させる。人事（人代）はめまぐるしく変化するが、自然（山川）は変わらないという構図も、盛唐の詩にはしばしば見られるものである。第三句と第四句の、「一つの弁当を分《わ》かち食べ、旅の衣を交換し合う」風習は興味深く、また、旅の苦労をともにする情景としていかにも切実で、この詩に生彩をそえている。

《補説》　張説は、単なる文弱の徒ではなく、胆《きも》のすわったところがあり、時には勇敢な武人でさえあった。権臣張易之兄弟のおどしをつっぱねたことはすでに述べたが、開元八（七二〇）年、ウイグル族の中にたった二十騎を率いて入り、慰撫に成功している。翌九年には、突厥《とっくつ》と党項《タングート》との連合軍を一万の兵で不意打ちし、輝かしい武勲を立てた。

　第一句の「口」を「日」とするテキストがあり、それならば「江日《こうじつ》を分《わ》かち」と読むことになるが、第二句の落暉と重複するようである。

送ル二梁[1]六ヲ一　（梁六《りょうろく》を送《おく》る）　張説《ちょうえつ》　**〈七言絶句〉**

巴[2]陵一望洞[3]庭ノ秋●　　巴陵一望洞庭《はりょういちぼうどうてい》の秋《あき》

日ニ見ル孤[4]峰ノ水上ニ浮カブヲ●　　日《ひ》に見《み》る孤峰《こほう》の水上《すいじょう》に浮《う》かぶを

巴陵から一望のもとにながめわたす洞庭湖の秋。
日ごと目に映るのは、湖上にただひとつ、すつくとそびえる君山（くんざん）の姿。

聞[5]道《ク》神[6]仙不《ト》レ可《カラ》レ接《ス》
心《ハ》随《ツテ》二湖水《ニ》一共《ニ》悠[7]悠●

聞道《きくなら》く神仙《しんせん》接《せつ》すべからずと
心《こころ》は湖水《こすい》に随《したが》って共《とも》に悠悠《ゆうゆう》

聞くところによると、神仙は近づくことができないものという。あなたは今、神仙の住む君山に入ってゆくが、私にはまだそれができない。しかし、神仙を思う私の心は、湖水とともに、いつまでも尽きることがないのだ。

1. 梁六 梁知微《りょうちび》。六は六番目の男子、の意。梁《りょう》は中宗の嗣聖《しせい》元（六八四）年に進士に及第し、潭州《たんしゅう》（湖南省長沙市《こなんしょうちょうさし》）の長官になった人物。張説《ちょうえつ》と唱和した詩が一首残り、張説にも梁をうたった詩が三首ある。**2. 巴陵** 山名。湖南省岳陽市《がくようし》の西南隅にあり、洞庭湖《どうていこ》に臨む。洞庭山《どうていざん》、巴丘山《はきゅうざん》などともいう。**3. 洞庭** 湖南省北部にある中国第二の湖。湖中には小島が多い。**4. 孤峰** 洞庭湖中の君山《くんざん》（湘山《しょうざん》ともいう）を指す。**5. 聞道** 聞くところによれば。**6. 神仙** 仙人。君山には、洞庭湖の女神が住むといわれた。**7. 悠悠** 長くゆったりと続く様。ここでは、湖水がどこまでも広がる様と、尽きない思慕の情をかけている。

《鑑賞》 この詩は、張説が岳州《がくしゅう》（湖南省岳陽市）刺史《しし》時代、梁知微の旅立ちを送ったものである。

張説が岳州刺史であったのは、開元三（七一五）年から一年前後のこととみられる。中央にあって宰《さい》相《しょう》の地位に就いていた張説は、先輩格の宰相姚崇《ようすう》と確執を生じ、開元元（七一三）年相州《しょうしゅう》（河南省安陽県《かなんしょうあんようけん》）刺史に左遷され、そこでまた事件に連座して岳州刺史に移されたのであった。

ところで、ここで問題にしたいのは、梁六《りようろく》の行き場所である。従来の解釈では、梁六は君山のあたりに隠棲して神仙の道を求めようとしたのだろう、とされている。しかし、張説には「岳州にて梁六の入朝《にゆうちよう》するに別《わか》る」という詩があり、梁六にも「入朝するに張燕公《ちようえんこう》（張説）に別る」と応じた詩が残っている。梁六は参内《さんだい》する時、つまり潭州から長安に向かう途中、岳州に立ち寄り張説と別れを惜しんだのであった。この「梁六を送る」の詩も、この時のものと思われる。

張説は梁六と巴陵《はりよう》に登り、洞庭《どうてい》の秋を眺《なが》め、湖中の君山に託して胸の内を述べる。「梁さん、あなたが都に上るのは、ちょうどあの君山に行くようなものですよ。私はいろいろ事情があって君山には行けませんし、そこに住んでおられる神仙にお会いすることもできません。しかし、神仙を思う気持ちは、いつまでも尽きることがないのです」。都に帰りたい、玄宗にお目にかかりたい、という思いが、この詩の裏にある主題である。「神仙」が皇帝、「孤峰」すなわち君山が都長安にあたる。梁六は都に向かったのである。

洞庭の秋といえば、『楚辞《そじ》』の「九歌《きゆうか》」の湘夫人《しようふじん》が連想されるが、先にあげた「岳州にて梁六の入朝するに別る」も湘夫人の歌を下敷きにしている。

《補説》　張説は蘇頲《そてい》（98頁）が宰相になるや詩を送り、その意にかなって荊州《けいしゆう》（湖北省江陵県《こほくしようこうりようけん》）長史に栄転するので、岳州時代は一年前後であった。しかし、この時期の詩作は、「既《すで》に岳州《がくしゆう》に謫《たく》せられて、詩益《しま》ます悽婉《せいえん》なり。人《ひと》は江山《こうざん》の助《たす》けを得《え》たるなりと謂《い》えり」と言われるほど目を瞠《みは》らせるものがある。洞庭湖あたりの風物が、詩人の感覚をいっそう鋭く鍛《きた》えていったというのである。

蜀[1]道後期（蜀道《しょくどう》にて期《き》に後《おく》る）　張説《ちょうえつ》　〈五言絶句〉

客[2]心争[3]日月　　客心日月《かくしんじつげつ》と争《あらそ》う
來往預期[4]程●　　来往《らいおう》預《あらかじ》め程《てい》を期《き》す
秋風不相待　　秋風《しゅうふう》相待《あいま》たず
先至洛[5]陽城●　　先《ま》ず至《いた》る洛陽城《らくようじょう》

旅人の心は、日月の流れと速さを競うかのようにせきたてられる。というのも、往復の日程を前もって決めておいたからなのだ。ところが、秋風は旅人を待たず、ひと足先に洛陽の町に着いてしまった。

1. 蜀道　蜀《しょく》の桟道《さんどう》ともいわれる険しい道。都の長安から蜀（四川省《しせんしょう》）へ通ずる。**2. 客心**　旅人（作者）の心。**3. 争日月**　日月の流れと先を争うこと。**4. 期程**　日程を立てる。**5. 洛陽城**　洛陽《らくよう》の町。

《**鑑賞**》　この詩は、蜀に出張した作者が、何かの理由によって予定の期日にはもどれなかったことをうたう。予定の期日とは、洛陽に秋風が吹く直前である。秋風は西から東へ、つまり蜀から洛陽へ吹くものとされているから、作者は秋風よりひと足先に洛陽に入っていなければならなかったのである。

この詩のおもしろさは、機知の巧みさにある。旅人のあせる気持ちと、流れゆく日月との競争。「客心」は熱くなって必死だが、「日月」は、そ知らぬ顔をして過ぎてゆく。この対比が実におもしろい。

そして、とうとう秋風が勝ってしまったというのである。
　どんな使命をおびて、いつ蜀にいったのかがわからないので、この詩の制作時期は定めることができない。ただ、洛陽に帰っていることから、洛陽が神都と称されて事実上の首都であった則天武后期のころであろうか。

《補説》　張説《ちようえつ》には、「蜀道《しよくどう》の山《やま》を過《す》ぐ」、「蜀路《しよくろ》」、「再《ふた》たび蜀道《しよくどう》に使《つかい》す」などの詩が残り、少なくとも二回は蜀に出張したことがわかる。

張《ちょう》 九齢《きゅうれい》 〔初唐〕（六七八?～七四〇）

字《あざな》は子寿《しじゅ》、韶州《しょうしゅう》曲江《きょくこう》（広東省《カントンしょう》曲江県）の人。少年のころから優れた文才を現し、広州（広東省）刺史の王方慶《おうほうけい》をして「こいつはきっと出世するぞ」と言わしめている。

長安二（七〇二）年進士に及第し、門下省の校書郎《こうしょろう》（宮中の蔵書整理を担当）から左拾遺《さしゅうい》・左補闕《さほけつ》（天子の過失を指摘し諫《いさ》める）に進み、司勲員外郎《しくんいんがいろう》（武官の勲等に関する事務）を経て中書舎人《ちゅうしょしゃじん》（直接詔勅《しょうちょく》や法令の起草にあたり、皇帝の侍従も務める）となる。当時宰相《さいしょう》であった張説《ちょうえつ》の腹心として活躍するが、張説の失脚とともに一時地方に出、のちに玄宗に抜擢《ばってき》されて秘書少監《ひしょしょうかん》（宮中の書庫の管理）になり、やがて中書侍郎同中書門下平章事《ちゅうしょじろうどうちゅうしょもんかへいしょうじ》（宰相）、ついで中書令（上位の宰相）に至る。しかし、牛仙客《ぎゅうせんかく》の宰相就任をめぐって玄宗と意見を異にし、それに乗じた李林甫《りりんぽ》に陥れられ失脚する。晩年は荊州《けいしゅう》（湖北省江陵県《こほくしょうこうりょうけん》）長史であったが、過去のいきさつを恨んだり悲しんだりすることはなく、文学と歴史を楽しんだという。開元二十八（七四〇）年に亡くなり、文献《ぶんけん》と諡《おくりな》された。

張九齢《ちょうきゅうれい》は宰相になると、たとえ天子に対してでもはばかることなく、善悪をずばりと指摘する人間であった。ここには、科挙官僚として自らの力によって出世してきた者の、政治に対する厳しさが窺《うかが》える。

彼は、張説以後の文壇では中心的な人物だが、連作詩「感遇《かんぐう》」十二首は、阮籍《げんせき》（「詠懐《えいかい》詩」）や陳子昂《ちんすごう》（「感遇」）を承《う》け、李白《りはく》（「古風」）の連作詩に連なるものとして注目される。『曲江張先生集《きょくこうちょうせんせいしゅう》』二十巻が残る。

照[1]ラシテ㆑鏡ニ見ル㆓白髪ヲ㆒（鏡《かがみ》に照《て》らして白髪《はくはつ》を見《み》る）　張《ちょう》九齢《きゅうれい》　〈五言絶句〉

宿[2]昔青[3]雲ノ志
蹉[4]跎タリ白髪ノ年●
誰カ知ラン明[5]鏡ノ裏
形[6]影自ラ相憐レマントハ●

宿昔青雲《しゅくせきせいうん》の志《こころざし》
蹉跎《さた》たり白髪《はくはつ》の年《とし》
誰《たれ》か知《し》らん明鏡《めいきょう》の裏《うち》
形影《けいえい》自《みずか》ら相憐《あいあわ》れまんとは

昔は、功名をあげて出世する大志をいだいていた。

しかし、志を得ないうちに、いつのまにか白髪の年になってしまった。

だれが予想したであろう。鏡の中で、私と私の影とが互いにあわれみ合うはめになろうとは。

1. 照㆑鏡　鏡に映すこと。**2. 宿昔**　むかし。**3. 青雲志**　青雲は、高い身分の象徴。立身出世をしようという志。**4. 蹉跎**　失敗して思いどおりにならないでいるうちに、時機を逸すること。**5. 明鏡**　みがいたよく映る鏡。当時は銅鏡である。**6. 形影**　鏡の前にある当人の肉体と、鏡に映っている映像。

《鑑賞》　この詩は、老年になって志はたさず、鏡に映る己の白髪を悲しむことをうたう。

　しかし、だからといって、これを作者自身の感慨と取るのは早計である。張九齢は、「作者小伝」にもあるとおり、むしろ立身出世を遂げた人物だ。青雲の志をはたしたわけであるから、一時左遷の逆境にあったとしても、こういう詩を自分の感慨としてうたうことはあるまい。

つまり、これは「補説」でふれるように、こういうテーマをうたう、という作品なのである。若いころには大志を抱くが、はたせぬままに年老いる、というのは、万人に共通する、いわば人生の普遍的テーマの一つである。

　そういう詩として見た場合、どのような点に見どころがあるのかというと、一つは前半のしゃれた言いまわしである。青雲と白髪は色の対比であり、しかも全く逆の内容を持つので、うまい使い方になっている。音声の上でも、「宿昔」（シュクセキ）とどちらも語尾にKの子音がつく（入声《にっしょう》という）語と、「蹉跎」（サタ）とどちらも同じ響きの語（畳韻《じょういん》という）が相対している。もう一つは、後半の、形と影、つまり自分と自分の映像が憐《あわ》れみ合うという着想の妙である。おどけたような調子の中に深い悲しみがこめられていて、実に鋭いものがある。

《補説》　この詩は、『曲江集《きょくこうしゅう》』に「照鏡見白髪聯句」と題してあり、『全唐詩《ぜんとうし》』にはおさめない。聯句《れんく》とは本来一人一句、あるいは二句ずつ作って詩を完成させるものであり、張九齢がどの句を受け持ったのかはわからないが、この詩もそうしてでき上がった可能性がある。だが、宋《そう》の洪邁《こうまい》の『唐人万首絶句《とうじんまんしゅぜっく》』では、この詩の四句全部を張九齢のものとする。この場合の聯句とは、あるテーマの下に一人四句ずつ何人かで連作した意であろう。いま、これに従って、四句すべてを張九齢の作としておく。

　玄宗は九齢を退けた後も、彼の才能を高く買っていたらしく、人を採用する時には「ものごし態度は、張九齢みたいになれるかね」と聞くのが常であったという。生年には六七三年説もあるが、墓碑銘によって六七八年とした。

賀知章《がちしよう》

〔盛唐〕（六五九〜七四四）

字《あざな》は季真《きしん》。越州永興《えつしゅうえいこう》（浙江省《せっこうしょう》蕭山県《しょうざんけん》）の人。李白《りはく》を見いだした人として知られる。天宝の初めごろ、長安に上った李白が、推挙《すいきょ》を頼みに賀知章を訪れたところ、李白の文章を見て「君は天上からこの世に流された仙人（謫仙《たくせん》人《にん》）だな」と感嘆し、玄宗に言上《ごんじょう》したという。天宝の初めごろというのは、八十いくつになった賀知章が道士になりたいといい出し、官をやめて故郷へ帰ったころでもある。故郷へ帰るに際し、玄宗が「長年ご苦労だった。褒美《ほうび》に何がよいか」と望みを問うた。賀知章は、「私の故郷にいい湖がありますからそれをください。他の物はいりません」と、湖を一つもらった。この湖は李白が「子夜呉歌《しやごか》その二　夏の歌」（212頁参照）で詠じている鏡湖《きょうこ》であるが、いかにも賀知章の無欲で磊落《らいらく》な人柄を思わせる話である。

杜甫《とほ》の「飲中八仙歌《いんちゅうはっせんか》」（282頁）で筆頭に数えられるほどの酒飲みで、故郷にある四明山《しめいざん》に由来をとる「四明狂客《しめいきょうかく》」と自ら号し、酒を飲んで詩を書けばたちどころに巻を成すといった調子であった。李白とうまがあったのも、むべなるかなである。

回[1]リテ レ郷ニ偶[2]マ書ス　（郷《きょう》に回《かえ》りて偶《たまた》ま書《しょ》す）　賀知章《がちしよう》　〈七言絶句〉

少[3]小離レテ レ家ヲ老[4]大ニシテ回ル●　少小《しようしよう》家《いえ》を離《はな》れて老大《ろうだい》にして回《かえ》る　若いころ故郷の家を離れて、年をとって帰って来た。

郷[5]音無クレ改マル鬢[6]毛衰[7]フ●
児[8]童相[9]見ルモ不ニ相識ラ一
笑ッテ問フ客従リ二何處一來ルト●

郷音改《きょうおんあらた》まるなく鬢毛衰《びんもうおとろ》う
児童相見《じどうあいみ》るも相識《あいし》らず
笑《わら》って問《と》う客何処《かくいずこ》より来《きた》ると

お国なまりはいっこう改まらないが、鬢のあたりの毛は白くなったり抜け落ちたりしてしまった。子どもたちが私と顔をあわせても、私のことを子どもたちは知らないし、私も子どもたちのことを知らない。子どもはにこにこしながら、お客様はどちらからいらっしゃいましたかと尋ねた。

1.回レ郷 故郷へ帰る。**2.偶書** 思いつくままに書きつける。**3.少小** 年の若いこと。年少。**4.老大** 年をとること。老年。**5.郷音** お国なまり。**6.鬢毛** 耳ぎわの髪の毛。**7.衰** おとろえる。ここでは鬢《びん》のあたりの毛が抜けたり白くなったりすることをいう。テキストによっては摧《さい》に作る。**8.児童** 子ども。ここでは作者の一族の子どもとおもわれる。**9.相** 相見・相識の相はここではおたがいに、の意。

《鑑賞》 作者が官をやめて故郷へ帰った感慨をのべた作。賀知章の進士及第は、則天武后《そくてんぶこう》の証聖《しょうせい》の初め(六九五)。したがって約半世紀も宮仕えしていたことになる。

作者自身は、髪の毛のおとろえた老大の姿ではあるものの、若いころ国を出た時のままのつもりで、お国なまりも改まらず故郷へ帰ってきた。ところが、故郷で迎えてくれた子どもの目には、作者はどうしてもよそ者だ。そして子どもだから、無邪気に、にこにこしながら、「お客様はどこから来たの」と聞いたのである。この無邪気にという感じが笑問であるが、年とって帰郷した作者には、そこに胸をつかれるものがある。ああ、私はいつの間にかよそ者になっていたんだ、と。無邪気な子どもの笑顔と、年とった作者の対比、このところに何ともいえない深い悲哀が漂う、という詩である。全体に言葉遣いは平易であり、ユーモラスなうたいぶりであるが、深い心をうたっている。

《補説》「回レ郷偶書（郷《きょう》に回《かえ》りて偶《たま》ま書《しょ》す）」は二首連作なので、その二を紹介する。

「離二別家郷一歳月多／近来人事半銷磨／唯レ有二門前鏡湖水一／春風不レ改二旧時波一（家郷《かきょう》に離別《りべつ》せし歳月多《さいげつおお》し、近《ちか》ごろ来《き》たれば人事《じんじ》半《なか》ば銷磨《しょうま》す、唯《た》だ門前《もんぜん》に鏡湖《きょうこ》の水有《みずあ》るのみ、春風《しゅんぷう》は旧時《きゅうじ》の波《なみ》を改《あらた》めず）」

（故郷を離れて随分長い間役人生活を送ってきたが、最近やっとお役ご免になり、懐かしい古巣へ戻《もど》った。家の前は以前と変わらぬ鏡湖があり、春風に吹かれたさざ波は昔のままの姿を見せてくれる）

この詩は功成り名を遂げて引退生活に入るために帰郷した賀知章の、しみじみとした郷愁が詠じられている。今浦島風《いまうらしま》になりがちな賀知章に、ああ故郷へ戻ったのだと、安堵《あんど》させる鏡湖。「東風《こち》吹かば匂《にお》ひおこせよ梅の花主《あるじ》なしとて春な忘れそ」と一脈通じよう。

賀知章の詩は十九首残っているが、中から賀知章らしい飄逸《ひょういつ》さのある「題二袁氏別業一（袁氏《えんし》の別業《べつぎょう》に題《だい》す）」をもう一首紹介してみる。

「主人不二相識一／偶坐為二林泉一／莫二謾愁一レ沽レ酒／嚢中自有レ銭（主人相識《しゅじんあいし》らず、偶坐林泉《ぐうざりんせん》の為《ため》なり、謾《まん》に酒《さけ》を沽《か》うを愁《うれ》う莫《な》かれ、嚢中《のうちゆう》 自《おのず》から銭有《せんあ》り）」

（ここのご主人とは一面識もないが、座りこんでいるのはこの庭園を拝見したいが故、どうぞご主人、お酒を買わねば、などと心配してくださるな。お金なら財布にちゃんとありますから）

崔《さい》　顥《こう》

〔**盛唐**〕（七〇四〜七五四）

字《あざな》は不詳。汴州《べんしゅう》（河南省開封市《かなんしょうかいほうし》）の人。開元十一（七二三）年、進士に及第。才能はあったが人物は軽薄で、賭《と》博《ばく》と酒を好み、妻も美人をえらび、飽きると棄《す》てて、数回もとりかえたという。

若いころはなまめかしい詩を作ったが、晩年は風格の高い詩境に達した。この詩は李《り》白《はく》も絶賛したもので、李白は黄鶴楼《こうかくろう》に登ったが、崔顥以上の詩はできない、と作らなかった。

黄[1]鶴楼（黄鶴楼《こうかくろう》）　崔顥《さいこう》　**〈七言律詩〉**

昔人已ニ乗リテ二黄鶴ニ一去リ
此ノ地空シク餘ス黄鶴楼
黄鶴一タビ去ッテ不二復タ返一ラ
白雲千[2]載空シク悠[3]悠
晴[4]川歴[5]歴タリ漢[6]陽ノ樹

昔人《せきじんすで》已に黄鶴《こうかく》に乗《の》りて去《さ》り
此《こ》の地《ち》空《むな》しく余《あま》す黄鶴楼《こうかくろう》
黄鶴一《こうかくひと》たび去《さ》って復《ま》た返《かえ》らず
白雲千載空《はくうんせんざいむな》しく悠悠《ゆうゆう》
晴川歴歴《せいせんれきれき》たり漢陽《かんよう》の樹《じゅ》

昔の伝説の中の仙人は黄色い鶴に乗って去ってしまい、
今、この地には、その伝説を伝える黄鶴楼だけがとり残されたようにあるばかり。

黄鶴は仙人を乗せて、一たび去ったらもう再び返って来ることはない。

ただ白雲だけが千年の昔も今も変わらぬ姿で何のかかわりもなげに、はるかな大空にポッカリ浮かんでいる。

晴れわたった長江の向こう岸には、く

芳[7]草萋萋タリ鸚[8]鵡洲●
日暮郷[9]關何レノ處カ是ナル
煙[10]波江上使ム二人ヲシテ愁ヘ一

芳草萋萋《ほうそうせいせい》たり鸚鵡洲《おうむしゅう》
日暮《にちぼ》郷関《きょうかん》何《いず》れの処《ところ》か是《これ》なる
煙波《えんぱ》江上《こうじょう》人《ひと》をして愁《うれ》えしむ

つきりと漢陽の街の木々が見える。長江の中洲にはかぐわしい花の咲く草がおい茂っている、あそこは後漢の文人禰衡（でいこう）にちなむ鸚鵡洲。昔をしのぶうちにもやがてたそがれて、ふとわが故郷は、と見やれば、川面に夕靄（ゆうもや）がたちこめ、望郷のうれいは胸をひたす。

1. 黄鶴楼　湖北省武昌市《こほくしょうぶしょうし》の西南にあり、長江《ちょうこう》を臨む楼。この楼には次のように種々の伝説がある。酒店の辛氏《しんし》の所へ来た奇妙な老人が、酒代の代わりに壁に黄鶴を描いた。この黄鶴が、手をたたくと舞いをまうので、評判が立ち、辛氏の店は大繁盛。十年後老人が来て、黄鶴に跨《またが》り白雲に乗って飛び去った。辛氏は楼を建て黄鶴楼とした、と。また、仙人子安が黄鶴に乗ってこの地を過ぎた。また、蜀《しょく》の費禕《ひい》が仙人になり黄鶴に乗ってここに息《やす》んだ、など。**2. 千載**　千年。長い間。**3. 悠悠**　他と係《かかわ》りのない様。**4. 晴川**　晴れわたって遠くまで見渡せる川。**5. 歴歴**　一つ一つがはっきり明らかな様。**6. 漢陽**　江を隔てて武昌の西岸にある街。現在、武昌、漢口《かんこう》とで武漢市《ぶかんし》となる。**7. 芳草萋萋**　芳草は花をつけた草。萋萋《せいせい》は草が勢いよく茂る様。『楚辞《そじ》』招隠士《しょういんし》に、「王孫遊《おうそんあそ》びて帰《かえ》らず、春草生《しゅんそうしょう》じて萋萋《せいせい》たり」とある。**8. 鸚鵡洲**　武昌の西南にある長江の中洲《なかす》の名。後漢の末、魏《ぎ》の黄祖が、江夏の大守だった時、「鸚鵡《おうむ》賦《ふ》」を作って有名であった文人禰衡《でいこう》をここで殺したのにちなみ名づけられた。禰衡は二十六歳であった。**9. 郷関**　故郷。**10. 煙波**　江上にたちこめるもや。

《鑑賞》 前半三句で黄鶴を三度繰り返す。心地よいリズムが生まれ、読者はそのリズムに乗って伝説の幻想世界へとひきこまれてゆく。ひきこんでおいてフッと白雲を提示する。白雲は人の世のできごと、栄枯盛衰、そんなものとまるで無関係にポッカリ浮かんでいる。なんとなくはかない気分。そして目を転ずると、くっきりと漢陽《かんよう》の街（遠景）や鸚鵡洲《おうむしゅう》（近景）が見える。

自然に禰衡やら『楚辞』の王孫やらがオーバーラップして甘い感傷が漂う。あたりはいつのまにかたそがれ時、たちこめるもやの向こう、西の空を眺《なが》めるうち、甘い感傷が望郷の念《おも》いに変わる。読者を心にくいまでに時空の間に遊ばせる詩である。

《補説》 この詩では「黄鶴」が三回使われ、リズム感を出している。先例となる作品を挙げておく。初唐の沈佺期《しんせんき》（92頁）の「竜池篇《りようちへん》」である。

「竜池《りようち》竜《りよう》を躍《おど》らせて竜《りよう》已《すで》に飛《と》べり、竜徳天《りようとくてん》に先《さき》だって天違《てんたが》わず、池《いけ》は天漢《てんかん》を開《ひら》いて黄道《こうどう》を分《わか》ち、竜《りよう》は天門《てんもん》に向《むか》って紫微《しび》に入《い》る、邸第楼台《ていだいろうだい》気色《きしよく》多《おお》し、君王《くんのう》の鳧雁光輝《ふがんこうき》有《あ》り、為《ため》に報《ほう》ぜん寰中《かんちゆう》百川《ひやくせん》の水《みず》、此《こ》の地《ち》に来《きた》り朝《ちよう》して東帰《とうき》する莫《な》かれ」

竜池《りようち》は長安市街の東端、興慶里《こうけいり》にあった池。

竜という字が五回、天という字が四回使われており、繰り返しによるリズム感や、しりとりのおもしろさをねらっている。

孟浩然《もうこうねん》

〔**盛唐**〕（六八九～七四〇）

湖北省襄陽《こほくしょうじょうよう》の人。科挙に及第できず、各地を放浪したり、鹿門山《ろくもんざん》に隠棲《いんせい》していたりという生活をしていた。四十歳ごろ、都へ出て、王維《おうい》や張九齢《ちょうきゅうれい》らと親交を結んだ。次のような話がある。王維が宮廷にいるある日、私的に浩然《こうねん》を招いて文学論をたたかわしていると、突然玄宗皇帝のお出があった。浩然はあわててベッドの下に隠れたが、王維が玄宗に告げたので、浩然は玄宗にお目通りすることになった。早速「詩を見せよ」とのお言葉で、「歳暮《さいぼ》南山《なんざん》に帰《かえ》る」と題する詩を献上したのだが、詩中の、「不才明主棄（不才《ふさい》にして明主《めいしゅ》に棄《す》てられ）」の句を聞くと、玄宗は「君は仕官を求めず、私は君を棄てたことはない」と大変不機嫌《ふきげん》になり、浩然は宮仕えのチャンスを失った、と。のち、張九齢が荊州《けいしゅう》に左遷された時、招かれて属官になったが、九齢の退官とともに浩然も辞任した。開元《かいげん》二十八（七四〇）年襄陽にいて、背中におできができた。治りかけていたころ、王昌齢《おうしょうれい》が訪ねて来たので嬉《うれ》しくなり、はめをはずして容態がぶりかえし、死んだという。のち、王維が襄陽に来た時浩然を悼《いた》み「孟浩然《もうこうねん》を哭《こく》す」の詩を作っている。「故人《こじん》見るべからず。漢水《かんすい》日《ひ》に東流《とうりゅう》す。襄陽《じょうよう》の老《ろう》に借問《しゃもん》すれば、江山《こうざん》空《むな》しく蔡洲《さいしゅう》あるのみ」

春暁　（春暁《しゅんぎょう》）　孟浩然《もうこうねん》　〈**五言絶句**〉

春[1]眠不[2]レ覚エ暁ヲ●

春眠《しゅんみん》暁《あかつき》を覚《おぼ》えず

春の眠りは心地よく、うつらうつらと
夜の明けたのも気づかずに寝ている。

處[3]處聞ク二啼[4]鳥ヲ一●　　処処《しょしょ》啼鳥《ていちょう》を聞《き》く
夜[5]來風雨ノ聲　　夜来風雨《やらいふうう》の声《こえ》
花落ツルコト知[6]ンヌ多少ゾ●　　花落《はなお》つること知《し》んぬ多少《たしょう》ぞ

外ではあちらでもこちらでもいかにも
春が来ましたとばかりピイチクとなく
小鳥の声が聞こえてくる。
そういえば、ゆうべは風雨の音がして
いたが、
花はいったいどれほど散ったことやら。

1. 春眠　春の眠り。**2. 不レ覚レ暁**　覚は気づく、の意。朝になったのに気づかない。**3. 処処**　あちらこちら。いたる処《ところ》。**4. 啼鳥**　鳥の鳴く声。**5. 夜来**　当時の俗語で、ゆうべ、昨夜、の意。来は助字で意味はない。**6. 知多少**　どれほどかわからない。多少は、ここでは疑問詞。「知」は疑問詞の上につくと「不知」（しらず）の意になる。

《鑑賞》　この詩のテーマを、後半二句から、「惜春の情」と解釈することが多いが、そうだろうか。キーポイントは、実は起句にある。「春眠暁を覚えず」の句は、人口に膾炙《かいしゃ》しすぎて感激が薄くなってしまったが、この句が表そうとしているのは、春のヌクヌクとした眠りを貪《むさぼ》る人物のありよう、つまり「高士の世界」なのである。当時の詩人を含めたインテリはおおむね官僚であって、彼らは朝早く宮仕えに出る。まさに星を戴《いただ》いて宮中に参内《さんだい》しなければならない。そういう中に夜が明けたのも知らず春の眠りを貪っているのは、宮仕えを拒否した、つまり世俗の巷《ちまた》を低く見ている、「高士」と称する人物なのである。彼らは立身だ出世だとコセコセする俗人の世界の向こうにある、悠然《ゆうぜん》たる世界にいて、そこで自然に融け入って傲然《ごうぜん》と嘯《うそぶ》いている。「菊《きく》を東籬《とうり》の下《もと》に采《と》り、悠然《ゆうぜん》として南山《なんざん》を見《み》る」とうたった、かの陶《とう》潜《せん》の世界と同じである。

「春暁」の詩における世俗を超えた自然の世界、その象徴が、結句の、庭に散り敷く花びらなのである。

《補説》 この詩とよく似たものに友人王維の「田園楽《でんえんらく》その六」がある（166頁参照）。

孟浩然が自然詩人、隠逸詩人として六朝《りくちょう》の陶潜を慕っていたことは「春暁」の詩に見られる高士の世界からうかがえるが、それを明言した詩があるので紹介する。

「我《われ》は愛《あい》す陶家《とうか》の趣《しゅ》、園林《えんりん》俗情《ぞくじょう》無《な》し、春雷《しゅんらい》百卉《ひゃっき》坼《ひら》き、寒食《かんしょく》四隣《しりん》清《きよ》し、……」〈李子《りし》の園林《えんりん》にて病《やまい》に臥《が》す〉

一句目の陶家の趣とは陶潜の風流である。

また、孟浩然の代表的な自然詩には次に示す「建徳江《けんとくこう》に宿《しゅく》す」がある。

「舟《ふね》を移《うつ》して煙渚《えんしょ》に泊《はく》す、日暮《にちぼ》客愁《かくしゅう》新《あら》たなり、野《の》曠《ひろ》くして天《てん》樹《き》に低《た》れ、江《こう》は清《きよ》くして月《つき》人《ひと》に近《ちか》し」

建徳江は今の浙江省《せっこうしょう》にある川の名。日暮れ時の江上の風景を詠じている。後半二句は対句《ついく》になっており、結句の「月人に近し」の表現は斬新である。旅の愁《うれ》いを新たにしている目でふと見上げると、月が随分近くにあった。月が近いということで故郷の遠さが強調される心地である。

▽「起承転結」については132頁参照。

洛陽ニテ訪二ウテ袁[1]拾遺一ヲ不レ遇ハ

（洛陽《らくよう》にて袁拾遺《えんしゅうい》を訪《と》うて遇《あ》わず）　孟浩然《もうこうねん》　**〈五言絶句〉**

洛[2]陽ニ訪二ヘバ才子一ヲ

洛陽《らくよう》に才子《さいし》を訪《と》えば

洛陽の町へ、才子の袁拾遺（えんしゅうい）をたずねて行ったところ、

江[3]嶺ニ作ル二流[4]人ト一
聞[5]ク説ラク梅花早シト
何[6]二如ゾ此[7]ノ地ノ春ニ一

江嶺《こうれい》に流人《りゅうじん》と作《な》る
聞《き》くならく梅花《ばいか》早《はや》しと
此《こ》の地《ち》の春《はる》にいかんぞ

江嶺のあたりへ流罪の身になって行かれたという。あちらは気候が暖かいので梅の花が咲くのも早いということを聞くが、この洛陽の春とくらべて、どんなものであろうか。

1. 袁拾遺 袁《えん》は姓。名は不明。拾遺《しゅうい》は官名。左拾遺《さしゅうい》の略。**2. 洛陽訪二才子一** 潘岳《はんがく》の「西征賦《せいせいふ》」に「賈生《かせい》は洛陽《らくよう》の才子《さいし》」とある（賈生すなわち賈誼《かぎ》は漢の時代、洛陽の人で非凡な才能を持っていたが、長沙《ちょうさ》に流された）。賈誼になぞらえてここでは袁拾遺を才子と呼んだ。**3. 江嶺** 江は長江、嶺は五嶺《ごれい》（大庾《たいゆ》、始安《しあん》、臨賀《りんが》、桂陽《けいよう》、掲陽《けいよう》）すなわち江西・湖南地方を指す。**4. 流人** 流罪《るざい》の人。**5. 聞説** きくところによると。**6. 何如** どのようであるか。比較してどうか、の意。**7. 此地** 洛陽を指す。

《鑑賞》 この詩の見どころは前半二句の対句《ついく》にある。まず洛陽と江嶺《こうれい》の対比。洛陽は長安と並ぶ唐の大都会（東都あるいは副都といわれる）、みやびな華やかな文化の香りが漂う地だ。対する江嶺は、南方の未開発の、いわば蛮地《ばんち》のイメージ。また、才子も、才子佳人、風流才子などといった語に熟しているように、およそ流人の語が持つ暗く冷たい語感とは無縁の言葉である。このように、洛陽と江嶺、才子と流人、くっきりとした対比を示すことにより、袁某を訪ねたら左遷されていた、という作者の驚き、意外の感が鮮明になってくる。結句の何如を、「何ぞ此《こ》の地《ち》の春《はる》に如（し）かん」と読み、「洛陽の春はおそいけれど、この春に及ばないだろう」と解するのもあるが、「いかん」と読む方が穏やかで含みが多く、作者の袁某をおもいやる心境の複雑さがよく看取できよう。

臨[1]洞庭（洞庭《どうてい》に臨《のぞ》む）　孟浩然《もうこうねん》　〈五言律詩〉

八[2]月湖水平
涵[3]虚混太[4]清
氣[5]蒸雲[6]夢澤
波撼岳[7]陽城
欲[8]濟無舟楫
端[9]居恥聖[10]明
坐[11]觀垂[12]釣者

八月湖水《はちがつこすい》平《たいら》かなり
虚《きょ》を涵《ひた》して太清《たいせい》に混《こん》ず
気《き》は蒸《む》す雲夢沢《うんぼうたく》
波《なみ》は撼《ゆる》がす岳陽城《がくようじょう》
済《わた》らんと欲《ほっ》するに舟楫《しゅうしゅう》無《な》し
端居聖明《たんきょせいめい》に恥《は》ず
坐《そぞろ》に釣《ちょう》を垂《た》るる者《もの》を観《み》て

空気の澄みきった仲秋八月の洞庭湖は増水期にあたり、ふだんの渚(なぎさ)や洲(す)が姿をかくし、湖面は平らにはてしもなく広がる。

湖の水は大空をひたし、最も高い太清天までとどき、天空と湖水がまじりあう。

湖面からたち上る雲や霧は、雲・夢の大湿地帯いちめんにたちこめ、湖面に立つ波は、ここ岳陽の町全体をゆり動かさんばかりである。

かくも広大な湖面を渡ろうと思っても、舟もかじもみあたらない。かといって、何もせずにいれば天子の恩徳に対して自らの不明を恥じいるばかりだ。

徒ラニ有リ㆓羨[13]ムノ㆑魚ヲ情㆒●

徒《いたず》らに魚《うお》を羨《うらや》むの情《じょう》あり

見るともなく釣り糸を垂れている人をながめては、ただ魚を得たい気持ちを起こすばかりである。

1. 臨㆓洞庭㆒ テキストによっては「臨㆓洞庭㆒上㆓張丞相㆒（洞庭《どうてい》に臨《のぞ》み張丞相《ちょうじょうしょう》に上《たてまつ》る）」とあり張丞相は張九齢《ちょうきゅうれい》、または九齢と前後して丞相《じょうしょう》となった張説《ちょうえつ》を指すという。洞庭は洞庭湖《どうていこ》。長江の中流に臨む中国第二の湖。**2. 八月** 陰暦の八月。仲秋。**3. 涵㆑虚** 虚は虚空《こくう》、すなわち空のこと。空と湖水の境が不明瞭な様をいう。**4. 太清** 天のこと。道教では天を玉清《ぎょくせい》、上清《じょうせい》、太清《たいせい》と三つに分ける。**5. 気蒸** 水蒸気がたちこめる。**6. 雲夢沢** 雲沢《うんたく》、夢沢《ぼうたく》など湖北省南部、長江沿岸の大湿地帯の総称。**7. 岳陽城** 洞庭湖の東北端、長江へとつらなる水路にある町。**8. 欲㆑済無㆓舟楫㆒** 湖面を渡《わた》ることになぞらえて、官職につくにもつてがないことを暗示する。『書経《しょきょう》』説命《えつめい》編に、「もし巨川《きょせん》を済《わた》らば、汝《なんじ》を用《もち》いて舟楫《しゅうしゅう》となさん」とあるのにもとづく。**9. 端居** 閑居。何もしない生活。**10. 聖明** 天子あるいは天子の徳をいう。**11. 坐** ただなんとなく。**12. 垂㆑釣者** 釣《つ》り糸を垂れている者。**13. 羨㆑魚情** 魚をほしがる気持ち。『漢書《かんじょ》』董仲舒伝《とうちゅうじょでん》に、「淵《ふち》に臨《のぞ》んで魚《うお》を羨《うらや》むは、退《しりぞ》いて網《あみ》を結《むす》ぶに如《し》かず」とある。ここでは官職を得たい気持ち。

《**鑑賞**》 洞庭湖畔の岳陽楼《がくようろう》からの風光は天下の絶景とされ、古来多くの詩人が詩材にしている。この詩は、杜甫《とほ》の「岳陽楼《がくようろう》に登《のぼ》る」（343頁参照）と並ぶ傑作といわれる。

作者はまず秋の日の洞庭湖の湖面を、「平《たいらか》なり」と巨視的にとらえ、それを虚・太清といった天に対比させて、増水期に満々と水をたたえた湖面の広大さを際立たせた。次に有名な聯《れん》がくる。この聯は、杜甫の「呉楚東南《ごそとうなん》に坼《さ》け、乾坤日夜浮《けんこんにちやう》かぶ」の聯と並び、洞庭湖の絶唱とされる。湖面には、水蒸気がたち上り、それは雲沢や夢沢にたちこめている。洞庭湖の持つ無限の奥深さ、霊妙さとともに、気が蒸し上る激しい縦《たて》の動き。そして足元に打ち寄せる波は割れて砕けて、岳陽の町をゆり動かさんばかりの激しい横の動きがとらえられる。実にダイナミックな対句《ついく》である。

後半四句は「景」より触発された「情」を述べる。この雄大な洞庭の大自然を前にして、舟《ふね》も楫《かじ》も無い。そして聖明に恥じつつ端居している作者は、孤独で不遇なのである。前半四句の自然描写が、スケールが大きくダイナミックであればあるほど、今の自分が情けないのだ。才を抱きつつ世にいれられない悔しさが胸をつく。しかし、後半の「情」は自分の不満を述べるのにややむき出しの感は否めず、この詩の味わいをそこねているようだ。

《補説》「作者小伝」にふれた「歳暮《さいぼ》南山《なんざん》に帰《かえ》る」の詩を紹介する。

「北闕《ほっけつ》に上書《じょうしょ》を休《や》め、南山《なんざん》敝廬《へいろ》に帰《かえ》る、不才《ふさい》にして明主《めいしゅ》に棄《す》てられ、多病《たびょう》にして故人《こじん》疏《うと》ざかる、白髪《はくはつ》は年《とし》の老《お》ゆるを催《うなが》し、青陽《せいよう》は歳《とし》の除《くれ》に逼《せま》る、永《なが》く懐《おも》いて愁《うれ》いて寐《い》ねず、松《まつ》の月《つき》は夜《よる》の窓《まど》に虚《むな》し」

北闕は上奏謁見《じょうそうえつけん》する者が出入りする宮殿の北に建てられた門。南山は鹿門山《ろくもんざん》を指す。青陽は春をいう。

仕官を志したがうまくゆかず、南山の貧しいわが家に帰って来た。才能がないから天子様にも認められず、病気がちであるから友人との関係も疎遠になってしまった。歳の暮れに、白髪は老いをせきたてるようだし、春は冬をおいたてるようだ。あれこれ愁《うれ》い悩んで眠れない。窓にうつる松間の月さえうつろに感じることだ。

起承転結

孟浩然の「春暁」（125頁）の詩は絶句の構成法である「起承転結」の典型としてよく引き合いに出される。「起承転結」とは、うたい起こして（起）→それを承《う》けて発展させ（承）→場面を転換させ（転）→それをうけつつ全体をしめくくる（結）という構成法である。これはだれが作り出したというものではなく、こうすることが四句の構成にもっとも効果的だということから長年かかって自然にいわれるようになったのである。

「起承転結」で最も肝要とされるのが転句であり、これが平凡だと、作品のしまりがなくなってしまう。わが国では頼山陽が、この要諦《ようてい》を次のような端唄《はうた》によって門弟に示したといわれる。

起　大坂本町　糸屋の娘
承　姉は十六　妹は十四
転　諸国諸大名　弓矢で殺す
結　糸屋の娘は　目で殺す

転句で、大名が弓矢で殺すなどぶっそうなことを言う。糸屋の娘に一見関係のないことを持ち出し、殺すということにひっかけて、糸屋の娘が媚《こび》を含んだ目で人を悩殺すると結ぶ。これが転換の妙になっているのである。

「起承転結」の構成法を念頭に置いて「春暁」を見ると、まず起句で、春の眠りの心地良さを、朝になったのに気づかない、という。いかにもヌクヌクしたのびやかな気分が的確にとらえられている。長く辛い寒い冬は過ぎ去り、気持ちのよい春になったぞ、という気分。承句は起句を承けて、のどかに囀《さえず》る鳥の声、明るい春の情景を描いてみせ、作者は依然寝床の中にいて、ああ外は晴れだなあ、今日はとてもよい天気らしいぞ、と想像している。次は一転して、昨夜は吹き降りだったな、と回想に入る。夜、風雨という語が暗いムードをかきたてる。前半の明るいムードと全く違う。

そしてその風雨によって、花がどれほど散ったことやら、と結ぶ。すると読者の眼前には、庭に散り敷いた、水にぬれた赤い花が印象づけられる。それが余韻となって、春の朝のけだるい気分と、悠々閑々たる趣が漂うのである。みごとな収束である。

（付録「漢詩入門」参照）

王《おう》翰《かん》　〔盛唐〕（六八七？〜七二六？）

字《あざな》は子羽《しう》、山西省太原《さんせいしょうたいげん》の人。景雲《けいうん》元（七一〇）年の進士。若いころから豪放で、酒を飲み、名馬を飼い、妓女《ぎじょ》や楽人を蓄え、才をたのんで奔放自由に生きていた。その言動は王侯のようであったという。宰相《さいしょう》の張説《ちょうえつ》に招かれ秘書《ひしょ》正字《せいじ》となり駕部員外《がぶいんがい》に抜擢《ばってき》されたが、張説の失脚後は飲酒と放蕩《ほうとう》が過ぎて中央から河南・湖北へと左遷され、そこで没した。王翰の詩人としての名声は天下にとどろいており、文士杜華《とか》の母親は孟母三遷《もうぼさんせん》の故事にならって杜華を王翰の隣に住まわせたという。王翰は塞外《さいがい》の地へ行った経験はないが、高適《こうせき》・岑参《しんじん》らと同様、辺塞詩人の名がある。

涼州詞[1]　（涼州詞《りょうしゅうし》）　王翰《おうかん》　〈七言絶句〉

葡[2]萄ノ美酒夜[3]光ノ杯

欲スレバレ飲マント琵[4]琶馬上ニ催[5]ス

醉ウテ臥ストモ二沙[6]場ニ一君[7]莫カレレ笑フコト

古來征[8]戰幾人カ回ル

葡萄《ぶどう》の美酒《びしゅ》夜光《やこう》の杯《はい》

飲《の》まんと欲《ほっ》すれば琵琶《びわ》馬上《ばじょう》に催《もよお》す

酔《よ》うて沙場《さじょう》に臥《ふ》すとも君笑《きみわら》うこと莫《な》かれ

古来征戦幾人《こらいせいせんいくにん》か回《かえ》る

血のように真っ赤な葡萄のうま酒を、夜星の光でもひかるという美しい杯で飲む。

飲もうとすると、琵琶を馬上でだれやらジャラジャラジャラジャラ早いテンポでかきならしている。

したたか飲んで酔いつぶれ、そのままへべれけになって砂漠の上に倒れふしてしまった私を、諸君どうか笑わないでくれたまえ。昔からこんな辺地に出征して、無事生還できた人がどれだけいるだろうか。

1. 涼州詞　王之渙《おうしかん》の「涼州詩《りょうしゅうし》」（136頁）を参照。**2. 葡萄美酒**　西域産の葡萄酒《ぶどうしゅ》。葡萄はギリシアから西域に伝わり、周の穆王《ぼくおう》の時、西の胡人《こじん》が伝えた、という伝説がある。漢の武帝のころ中国へ入ってきた。**3. 夜光杯**　白玉の杯、またガラスのコップともいう。**4. 琵琶**　西域の楽器。『釈名《しゃくみょう》』に、「琵琶《びわ》は本胡中《もとこちゅう》に出《い》づ、馬上《ばじょう》に鼓《こ》する所《ところ》なり」とある。**5. 催**　せきたてるようにひく。うながすと読んでもよい。**6. 沙場**　砂漠の戦場。**7. 君**　広く読者に向かっていう。**8. 征戦**　戦争に征《ゆ》くこと。

《鑑賞》　起句で葡萄酒を夜光の杯で飲むという。葡萄酒は今日では普通の飲み物であるが、当時は西方から伝わって来た珍しい物。だから葡萄の美酒といった時すでに、中国ではない西の方であるぞという雰囲気《ふんいき》が出てくる。しかも、夜光の杯は白玉にしてもガラスのコップにしても西方のものであるから、まず、異国情緒たっぷりの宴会の様子になる。ところが、承句で、馬の上で琵琶をひいているという。しかもうながすようにというのであるから、何やらあわただしい雰囲気。花むしろにどっかりと腰をすえて悠然《ゆうぜん》と酒を飲む宴会ではない。寝ころがって酒を飲んでいる者もあれば、馬に乗って琵琶をひいている者もいる。殺伐《さつばつ》とした何かせきたてられるような寸暇の気晴らし。

転句。沙場という語が出て、ここが砂漠の戦場だということが明らかになる。そこへ、へべれけに酔っ払った兵士の姿。人に向かってどうかこの酔態を笑わないで下さい、と言う。なぜか。「昔から戦争へ出て、一体何人が無事に帰れましたか」と。最後の句で読者は冷や水を浴びせられたような厳粛さにうたれるのである。明日をも知れぬ命、その苛酷な運命を紛らわそうと、つかの間の歓楽。笑って下さるな、といってだれが笑えるものだろうか。笑うどころの話ではない。「笑」の一字、千鈞《せんきん》の重みがある。戦場のやりきれないような気分がこれほどうまく表現されている詩はそう多くないだろう。辺塞詩の最高傑作の一つである。

《補説》　この詩は二首連作なので、もう一首紹介する。

「秦中花鳥已応レ闌／塞外風沙猶自寒／夜聴二胡笳折楊柳一／教三人意気憶二長安一（秦中《しんちゅう》の花鳥《かちょう》已《すで》にまさに闌《たけなわ》なるべし。塞外《さいがい》の風沙《ふうさ》猶自《なおおのず》から寒《さむ》し。夜《よる》に胡笳《こか》の折楊柳《せつようりゅう》を聴《き》けば、人《ひと》の意気《いき》をして長安《ちょうあん》を憶《おも》わしむ）」〈涼州詞其二（涼州詞《りょうしゅうし》その二）〉

秦中は、都長安をいう。今ごろ都長安は春の盛りで、花咲き鳥うたう中を人々は楽しく浮かれているだろう。それなのに自分のいるこの塞外の地は、春が来るどころか寒いのである。気候は寒いし、まして戦場でもある。明日をも知れぬ命の兵士が寒さに耐え、切なさに耐えている夜に、北方の異民族があしの葉で作った笛で吹く別れの歌が聞こえてくる。ああ、その音色《ねいろ》、調べはなんと兵士の心を都恋しい気持ちにさせることだろう。

ここで長安を思うのは単純なノスタルジアではない。第一首で「古来征戦幾人か回る」といっているように生きて帰れないことの方が多いのである。厳しい自然条件、苛酷《かこく》な運命であればあるほど、見果てぬ夢、都長安の華やかさが浮き彫りにされ、兵士のやるせないわびしさが強く印象づけられるのである。

▽●印は押韻を示す。140頁参照。

王之渙《おうしかん》

〔**盛唐**〕（六八八～七四二）

字《あざな》は季陵《きりょう》、絳郡《こうぐん》（山西省《さんせいしょう》）、あるいは薊門《けいもん》（河《か》北省《ほくしょう》）の人という。侠気《きょうき》に富み、若いころは都の若者たちと剣をふりまわしたり、酒を飲んだり、でたらめな生活をしていたが、のちに行いを改めて詩文の道に励み、十年にして名声を揚げた。だが、試験勉強に汲々《きゅうきゅう》とするのを潔しとせず、名士と交際した。作品ができると楽師らがすぐに曲を付けたという。王昌齢《おうしょうれい》（141頁）、高適《こうせき》（255頁）と親交を結び、辺塞詩《へんさいし》に優れるが、現在六首しか残っていない。役人としては出世せず、在野の詩人として活躍したようである。

涼州詞[1]（涼州詞《りょうしゅうし》）　王之渙《おうしかん》　〈**七言絶句**〉

黄河遠[2]ク上ル白雲ノ間
一[3]片ノ孤城萬[4]仞ノ山
羌[5]笛何[6]ゾ須ヒン怨[7]ムヲ二楊柳ヲ一
春光不レ度ラ玉[8]門關

黄河《こうが》遠《とお》く上《のぼ》る白雲《はくうん》の間《かん》
一片《いっぺん》の孤城万仞《こじょうばんじん》の山《やま》
羌笛《きょうてき》何《なん》ぞ須《もち》いん楊柳《ようりゅう》を怨《うら》むを
春光《しゅんこう》度《わた》らず玉門関《ぎょくもんかん》

黄河をずっとさかのぼってはるか上流の白雲のたなびく辺り、そそり立つ山の所に、ポツンと一つあやうげな砦（とりで）がある。折から吹く羌族の笛の音は、「折楊柳」の曲を悲しげに奏でているが、そんな笛は吹くことはないぞ（それを聞いても悲しくなんかないのだから）。なぜなら、ここ西の果ての玉門関までは春の光がやって来ないのだから。

1．涼州詞　楽府《がふ》の題名。涼州《りょうしゅう》は唐の西北の国境にあり、今の甘粛《かんしゅく》省《しょう》武威《ぶい》県《けん》。玄宗の開元年間に西涼都督郭知《かくち》運《うん》が塞外《さいがい》の楽府を集めて献上した時の曲譜を涼州宮調曲と言った。辺地の風景や征役の苦しさを主題にするものが多い。この詩、テキストによっては「出塞《しゅっさい》」に作る。**2．遠上**　黄河は崑崙《こんろん》山脈に源を発し、上流を西にさかのぼって行くにつれ地勢が高くなる。**3．一片**　一つの意。一片にはある広がりを持つ物を指す場合（「長安《ちょうあん》一片《いっぺん》の月《つき》」〈李白《りはく》「子夜呉歌《しやごか》」〉）と、取るに足らない物を指す場合がある。ここでは後者で、ポツンと心細げな砦《とりで》の一つ、の意。**4．万仞**　一仞は八尺（約二メートル）。万仞は実数でなく非常に高いこと。**5．羌笛**　羌《きょう》は西方の異民族の部族名。その羌族が吹く笛。哀切な音色を帯びる。**6．何須**　反語。どうして……する必要があろうか、いやない、の意。**7．怨㆓楊柳㆒**　楊柳は「折楊柳《せつようりゅう》」という曲のこと。別離の時、柳の枝を手折《たお》って餞《はなむけ》にする習慣があることから別れの曲をいう。怨は哀調を帯びた調子で吹く。**8．玉門関**　王昌齢《おうしょうれい》、「従軍行《じゅうぐんこう》」（144頁）参照。

《鑑賞》　この詩の見どころは、後半二句の一ひねりした悲哀の表現にある。前半二句はそのための舞台装置といえよう。黄河上流の遠く遥《はる》かな西の果て、そこにポツンと立つ砦。ここに表出されるのは途方もない距離感と荒涼たる世界の孤独感、そしてこれをバックに、涙もかれつきた兵士の姿が浮き彫りにされる。遠い遠い中国の最前線へ来ている兵士が別れの曲を聞けば、普通なら悲しいはずであるが、少しも悲しくないという。なぜか。春の光は玉門関からこっちの方へは渡って来ないから。つまり春が来ないのだから、楊柳が芽吹くこともない。したがって柳の枝が芽吹くころ、その枝を手折って別れに餞にする主題の歌なんかを聞いても少しも何ともない、というわけである。

しかしこれは表面のこと。都は今ごろは春だろう、草木は萌《も》えて人々は浮かれているだろう……だがこっちは見捨てられたも同然の、遠い砂漠の前線だ。なに悲しくなんかないぞ、と力むほどその悲しみは伝わってくるのである。前半二句に、気の遠くなるような天の果てのポツンとした砦、とあるからこそ、後半の涙もかれた兵士の悲しみがつき上げてくるのである。すなわち、舞台装置の周到さである。この兵士はもう泣く涙なんか持っていない。「折楊柳」の曲を聞いて悲しいと感ずるのはまだいい方だ、ここは春の光もやって来ない所なのだから、という絶望的な心境である。

以上のようにこの詩は、一ひねりした手法で、悲哀を強烈にうたい上げているのである。「怨楊柳」の怨の字がことに効いている。

登[1]鸛鵲楼（鸛鵲楼《かんじゃくろう》に登《のぼ》る）　王之渙《おうしかん》　**〈五言絶句〉**

白[2]日依[3]山尽　　白日《はくじつ》山《やま》に依《よ》りて尽《つ》き
黄[4]河入[5]海流　　黄河《こうが》海《うみ》に入《い》って流《なが》る
欲窮[6]千里目　　千里《せんり》の目《め》を窮《きわ》めんと欲《ほっ》し
更上一[7]層楼　　更《さら》に上《のぼ》る一層《いっそう》の楼《ろう》

この鸛鵲楼からながめると、いましも真っ赤に輝く太陽が、黒々とした山脈に沿いながら沈んでゆき、眼下にはとうとうたる黄河が北から流れて来て、ここを屈曲点にしてグーッと東の方へまるで海へ流れ込まんばかりの勢いで流れてゆく。この雄大な眺望(ちょうぼう)をさらに遠く千里の向こうまでも窮めようと、もう一階上に上った。

1．鸛鵲楼　黄河が北から流れて大きく東に曲がる、その屈曲点にある三層の高殿。今の山西省永済《さんせいしょうえいさい》県《けん》の西南に位置する。鸛鵲（コウノトリ）がここに巣を作ったことから名付けられたという。東南に中条山、眼下に黄河を望む名勝で、昔から詩人や文人が多くここに遊んだ。**2．白日**　太陽。白という字に特別の意味はない。**3．依レ山尽**　落日が山脈に沿いながら沈んでゆく。**4．黄河**　単に「河」ともいう。この楼の辺りで北から流れて来た黄河がほぼ直角に東に向きを変え、遠く渤海《ぼっかい》に注ぐ。**5．入レ海流**　この楼から海が見えるはずもないが、黄河の勢いのいかにも滔々《とうとう》たる様を、こう形容したもの。**6．千里目**　千里四方を見渡す眺望《ちょうぼう》。**7．一層楼**　楼の一階上。層は階のこと。

《鑑賞》　これは前半も後半も対句《ついく》になっている、全対格《ぜんついかく》の詩であるが、その技巧を感じさせない力強さがある。起句で、輝く太陽が山に沿いながら沈んでゆく、という。西の方の黒々とした山脈、その向こうに真っ赤な太陽。読者の眼前に黒と赤のくっきりとした色の対照が鮮やかに示される。これが遠景。承句は近景。楼の下には滔々と流れる黄河が、ここを屈曲点にして東へ転回している。その様子を海へ入り込んで流れる、といった。河口から二千キロもあるのだから、どんなに高い所へ登っても海が見えるはずはない。当時の中国人にとって海は地の果て、その地の果てへと流れる黄河。いかにも力感にあふれた、スケールの大きい描写である。前半二句は、表現の上で白日と黄河が色の対比になっている。

　後半は雄大な景色に眺《なが》め入るうちに心広がり、さらに大きな景色を、千里も見はるかす眺めをと、いやが上にも調子は高まっていく。全体わずか二十字で、力感といい、強烈な印象といい、技巧といい、これだけのものが盛り込めるのであるから、大変なものである。

絶句《ぜっく》の押韻《おういん》・平仄《ひょうそく》

一首が四句からなるものを「絶句」と呼ぶ。そして一句ずつを一単位とし、初めから順に**起句・承句・転句・結句**と称する。

押韻は、必ず偶数番目の句末でほどこす。ただし七言詩では起句末で押韻するのが通例であり、逆に五言詩では起句末では押韻しないのが通例である。「涼州詞」(133頁)を例にとると、起句末の「杯《ハイ》」、承句末の「催《サイ》」、結句末の「回《カイ》」が韻字となっている。

平仄は声律上のきまりであって、近体詩を音声の面から規定するものである。中国語には声調(音の高低の変化)があり、これを適当に配列し、耳に心地よく響く効果をねらった規則なのである。声調はおよそ次の四つになり、**四声**《しせい》と呼ぶ。

平声《ひょうせい》―高く平らな調子　平声(○は平声●は仄声《そくせい》)
上声《じょうせい》―低い所から上がる調子　仄声
去声《きょせい》―高い所から下がる調子　仄声
入声《にっしょう》―語尾がつまる調子　仄声(現在は消滅)

平仄の規定はまず一句のうちの偶数番目の文字に適用される。五言の詩なら二字目と四字目であってこの二つは平仄を逆にしなければならない。七言の詩ならさらに六字目も問題となり、四字目と平仄を逆にしなければならない。「涼州詞」の起句を例にとると、萄は平声、酒は仄声、光は平声。これを「二四不同、二六対」という。

また、起句の二・四・六字目は、●○●としたら承句の二・四・六字目を○●○としなければならない。「涼州詞」の承句は、飲は仄声、琶は平声、上は仄声である。これを反法《はんぽう》という。反対に、承句と転句の平仄は一致するのを「粘法」という。「涼州詞」の承句が●○●であるから転句も、臥は仄声、場は平声、莫は仄声、となっている。これに違反することを「失粘《しつねん》」という。

「涼州詞」の平仄法を整理すると、左のようになる。

反法(葡萄美酒夜光杯―杯が韻字
粘法(欲飲琵琶馬上催―催が韻字
　　　酔臥沙場君莫笑
反法(古来征戦幾人回―回が韻字

(付録「漢詩入門」参照)

王昌齢《おうしょうれい》〔盛唐〕（七〇〇?～七五五?）

字《あざな》は少伯《しょうはく》。陝西省西安《せんせいしょうせいあん》付近の人といわれる。開元《かいげん》十五（七二七）年の進士。秘書郎《ひしょろう》となり、二十二年宏辞《こうじ》の科に及第し、すぐ汜水《はんすい》（河南《かなん》）の尉《い》を授けられた。しかし素行が悪く、江寧《こうねい》（江蘇省《こうそしょう》）の丞《じょう》に左遷された。それで王江寧とも呼ばれる。最後は竜標《りゅうひょう》（湖南省《こなんしょう》）の尉におとされた。この時、友人の李白《りはく》が「王昌齢《おうしょうれい》が竜標《りゅうひょう》に左遷《させん》せらると聞《き》き、遥《はる》かに此《こ》の寄有《きあ》り」という、七言絶句の詩を送っている。やがて「安禄山《あんろくざん》の乱」が起こり、そのどさくさに王昌齢は郷里に逃げ帰ったが、刺史《しし》の閭丘暁《りょきゅうぎょう》に憎まれて、殺されてしまった。この事件には後日談がある。至徳《しとく》二（七五七）年宰相《さいしょう》の張鎬《ちょうこう》が河南に軍を進めた時、閭丘暁が軍律違反をして死刑に処されることになった。閭丘暁は「自分には年老いた親があり他に養う者がいないので命だけは助けてほしい」と嘆願したが、張鎬は「それならば王昌齢の親はだれに養わすつもりだったのか」と言ったので、閭丘暁は返す言葉がなかったという。

　王昌齢は七言絶句に優れ、「七言絶句の聖人」とも「詩家《しか》の夫子《ふうし》王江寧」とも称される。「出塞《しゅっさい》」など辺塞《へんさい》詩に名作を残す一方、閨怨詩《けいえんし》にも巧みであった。また、「別れ」の詩人でもあって「送別」の詩も多い。

閨怨[1]（閨怨《けいえん》）　王昌齢《おうしょうれい》　〈七言絶句〉

閨中ノ少[2]婦不レ知ラレ愁ヒヲ●

閨中《けいちゅう》の少婦《しょうふ》愁《うれ》いを知《し》らず

部屋の中の若い妻、なにも愁いを知らない。

春日凝ラシテレ粧ヒヲ上ル三翠[3]楼[●]ニ一
忽[4]チ見ル陌[5]頭楊[6]柳ノ色
悔[7]ユラクハ教メシヲ三夫[8]壻ヲシテ覓メ二封[9]侯[●]ヲ一

春日《しゅんじつ》粧《よそお》いを凝《こ》らして翠楼《すいろう》に上《のぼ》る
忽《たちま》ち見《み》る陌頭楊柳《はくとうようりゅう》の色《いろ》
悔《く》ゆらくは夫壻《ふせい》をして封侯《ほうこう》を覓《もと》め教《し》めしを

その愁いを知らない妻が春のうららとした日に、お化粧を念入りにして、美しい高殿へ上ってゆく。彼女はうきうきした気分で二階から外を見る。と、ふと目に入ったのは大通りのほとりのうっすらと芽吹いている柳の色。柳の色を見ているうちに去年の今時分のことを思い出した。ああ悔やまれてならない、戦争へ行って手柄をたて大名になってよ、と夫を送り出したことが。

1. 閨怨　閨は女性の部屋、閨怨は女性が部屋の中で怨み悲しんでいること。**2. 少婦**　若い妻。**3. 翠楼**　朱楼《しゅろう》と同じく美しい二階をいう。一説に青楼《せいろう》つまり花柳街《いろまち》を意味し、彼女は妓女《ぎじょ》であるとするが、今はとらない。**4. 忽見**　ふと目に入る。**5. 陌頭**　陌は道、頭はほとり。道端。**6. 楊柳**　別れの象徴。**7. 悔**　以下のことを後悔するという意味。**8. 夫壻**　夫。**9. 封侯**　大名になること。

《鑑賞》「閨怨」詩とは愁いに沈む、泣き濡《ぬ》れた女性を描くのが一般的であるが、この詩は起句で愁いを知らず、と言う。これは逆手にとった言い方で、おやと思わせる。これがこの詩の眼目になる。承句では、翠楼《すいろう》ということによって、この若妻が、金持ち階級であることがわかる。若妻は春のうららした日に、念入りに化粧しうきうきと二階へ上って行く。何をしに行くかというと、二階の窓からチラチラ顔でものぞかせ、下を通る若者たちの関心を惹《ひ》こうというところなのである。都大路を往来する若者たちは彼女の美しい姿を見て口笛でも吹いてからかう。彼女もそれを期待している、といった、なまめいた賑《にぎ》やかな春の都の気分が漂っている場面。起・承句には閨怨の影もない。

ところが後半、その柳の色が目につくところから、場面が転換する。柳で別れを思い出し、そして夫を思い出した。結句の、悔ゆらくは、ああ夫は戦争に行ってしまった。今となっては大名なぞにはならなくてもよい、そばにいてほしい……という甘い感傷、心の疼《うず》きがうたわれている。この転換がおもしろい。起句で「愁いを知らず」とあるように、彼女は柳を見るまでは夫を思い出さなかったのだ。というのは、彼女はまだ十三、四歳の若さで、結婚生活とか人生とかが本当にわかる年ではない。だから春になるとうきうきお化粧をせずにはいられず、お化粧をすれば人に見てもらいたくなる。それで二階へ上ったりもするわけで、何気なしに外を見ると、柳が目に入る。そこで初めて夫の不在に気づくというのである。これがこの詩の狙《ねら》いになる。

さらに考えてみると、彼女は功名を夢みて景気よく夫を戦場へ送り出したが、戦争とは苛酷なものであるから、彼女の夫は戦死するかもしれない。とすると彼女は十五にもならぬ若い身空で後家になるわけだ。自分の背負っている苛酷な運命にも気づかず、春の日に浮かれている美しく若い妻。幼稚ななまめかしさといたましさがないまぜになった、閨怨詩の傑作である。

《補説》 この詩と表裏をなす作品に、晩唐の陳陶《ちんとう》の「隴西行《ろうせいこう》」がある。

「誓掃二匈奴一不レ顧レ身／五千貂錦喪二胡塵一／可レ憐無定河辺骨／猶是春閨夢裏人（誓《ちか》って匈奴《きようど》を掃《はら》って身《み》を顧《かえりみ》ず、五千《ごせん》の貂錦《ちようきん》胡塵《こじん》に喪《うしな》う、憐《あわ》れむ可《べ》し無定河辺《むていかへん》の骨《ほね》、猶《な》お是《こ》れ春閨夢裏《しゆんけいむり》の人《ひと》）」

こちらの方は、若妻の夫の方を主題にしている。「誓って匈奴をやっつけるぞ、と命をかえりみないで勇ましく出征したが、あわれ五千人の若武者の軍服は砂漠の塵《ちり》にまみれてしまった。かわいそうな、無定河のほとりに散らばる骨こそ、都で留守を守る若妻の悩ましい夢に出てくる人なのだ」。

つまり、「閨怨」で若妻に送り出された夫は、砂漠の骨になっていた、という趣向である。作者は、王昌齢の傑作を意識して作ったと思われる。

▽「起承転結」については132頁参照。

従軍行[1]（従軍行《じゅうぐんこう》）　王昌齢《おうしょうれい》　**〈七言絶句〉**

青[2]海長雲暗ラシ二雪[3]山一●
孤城遙ニ望ム[4]玉門關●
黄[5]沙百戰穿ツモ二[6]金甲ヲ一
不ンバレ破ラ二樓[7]蘭ヲ一終ニ不レ還ラ●

青海長《せいかいちょう》 雲雪山暗《うんせつざんく》らし
孤城《こじょう》遥《はるか》に望《のぞ》む玉門関《ぎょくもんかん》
黄沙《こうさ》百 戦金甲《ひゃくせんきんこう》を穿《うが》つも
楼蘭《ろうらん》を破《やぶ》らずんば終《つい》に還《かえ》らじ

青海に長くたなびく雲がたれこめ雪をいただく山脈は暗く見える。

平原にポツンと立つ前線のとりでから、はるか東方、故郷のかたにある玉門関を望み見る。

黄色い砂塵(さじん)の飛ぶこの砂漠で、数えきれぬほどの戦いを重ねて、さしもの堅いよろいやかぶとも穴があいてしまった。

しかしあの楼蘭を破らぬかぎり、死んでも故国へは帰らぬつもりだ。

1．従軍行　遠征兵士の辛苦をテーマにうたう楽府題《がふだい》。**2．青海**　湖の名。庫庫淖爾《ココノール》湖。青海省《せいかいしょう》にあり、塩水で水の色が青い。**3．雪山**　一年中、夏でも雪が積もっている山を、雪山、白山などという。**4．玉門関**　甘粛《かんしゅく》省《しょう》敦煌《とんこう》の西にある関所。中国と西域（異民族）との国境にあたる交通の要路。**5．黄沙**　西北塞外《さいがい》の砂漠。砂が黄色味を帯びている。**6．金甲**　鉄製のよろい。獣皮《じゅうひ》製の物に対してその美しさ堅固さを示すためこう呼ぶ。**7．楼蘭**　漢代に、玉門関の西方、今の新疆《しんきょう》ウイグル自治区のロブノール湖付近にあった異民族の独立国。

《鑑賞》戦争をテーマとする詩を「辺塞詩《へんさいし》」という。これは、涙もかれる戦争の悲哀をうたうという、反戦・厭戦《えんせん》の詩とは異なり、威勢よく気張ってみせる兵士の心意気をうたう、いわゆる戦争美の詩である。むろんよろいに穴があくまで戦っても、なおかつ敵を破るまでは帰らないぞ、というところに兵士の悲哀もあり、この詩の深みもあるわけだが、表面はキッとばかり敵地をにらんで力《りき》む兵士の姿、勇壮美が描かれている。つまりこれは戦場の深刻さというより、むしろ非日常世界の、美意識のようなものが狙《ねら》いになっている詩なのである。その効果をそそるのが、青海、雪山、玉門関、黄沙、金甲、楼蘭などの視覚に訴える美的表現である。青海、玉門関、楼蘭などの固有名詞の字面が生かされているのに気づくであろう。パッと見た瞬間、青・白・黄・玉・金・蘭といった色彩がキラキラと目に映る。その色彩効果が、気張る兵士の姿と相まって、読者を一幅の武者絵を見る心地にさせるのである。こういった詩は、必ずしも作者自身の体験をうたうものではない。従来はむしろ戦争などとは無縁な貴族たちが、サロンで戦争の非日常性に詩心をそそられて作った。唐代になると、戦争を実際に体験した詩人も増えてくるが、王昌齢は戦争体験を全く持っていなかった、ということである。

《補説》視覚に訴える美をうたった辺塞詩に、中唐の詩人柳中庸《りゅうちゅうよう》の「征人怨《せいじんえん》」がある。

「歳歳金河復玉関／朝朝馬策与刀環／三春白雪帰二青冢一／万里黄河繞二黒山一（歳歳金河《さいさいきんか》復《ま》た玉関《ぎょくかん》、朝朝《ちょうちょう》馬策《ばさく》と刀環《とうかん》と、三春《さんしゅん》の白雪青冢《はくせつせいちょう》に帰《き》し、万里《ばんり》の黄河黒山《こうがこくざん》を繞《めぐ》る）」、印をつけたのがキラキラした形容語である。金河は黒河《こくが》ともいい、綏遠《すいえん》地方にある地名。黒河としなかったのは、結句の黒山と黒が重複するのを避けたのと、玉関（玉門関）との対比から金河のほうがピッタリするからであろう。刀環はつかに環《わ》のついた刀。三春は春三カ月をいう。ここでは季節はずれの雪であるから晩春の意。青冢《せいちょう》は漢の王昭君《おうしょうくん》の墓のこと。王昭君は匈奴《きょうど》の族長に嫁がされて砂漠の地に死んだが、そのなきがらを葬った冢《つか》は、不思議なことに年中青い草が生えていたので青冢といわれた。

詩の意味は、毎年毎年、金河や玉門関と戦争をし、毎朝毎朝、馬の鞭《むち》や刀を持って駆けめぐる。晩春なのに、ここは北地のこととて雪が降る。その白い雪が王昭君のお墓、青冢に積もる。万里の流れの黄河が、ここ黒山をぐるっとめぐって流れている。

この詩は前半二句、後半二句とも対句《ついく》になっていて、いっそう技巧的である。戦場の深刻さではなく、対句の構成や語の印象を第一にした、美意識のようなものが主題になっている詩である。

出塞[1]（出塞《しゅつさい》）　王昌齢《おうしょうれい》　〈七言絶句〉

秦[2]時ノ明月漢時ノ關●

秦時《しんじ》の明月漢時《めいげつかんじ》の関《かん》

秦のころにも照っていた明月、漢の時代からおかれている関所。今も昔も変

萬里長征シテ人[3]未ダレ還ラ●
但[4]ダ使メバ二龍[5]城ノ飛[6]將ヲシテ在ラ一
不[7]レ教メ二胡[8]馬ヲシテ度ラ二陰[9]山ヲ一●

万里《ばんり》長征《ちょうせい》して人未《ひといま》だ還《かえ》らず
但《た》だ竜 城《りゅうじょう》の飛将《ひしょう》をして在《あ》らしめば
胡馬《こば》をして陰山《いんざん》を度《わた》らしめず

わりがない。
万里も遠く長征して夫はまだ帰れない。
ただ漢代に、竜城の飛将軍とおそれられた、かの李広（りこう）将軍のような名将がいたならば、
えびすの敵兵に、陰山山脈をこえて侵入するようなことはさせないものを。

1. 出塞　テキストによっては「従軍行《じゅうぐんこう》」に作る。楽府題《がふだい》。**2. 秦時明月漢時関**　秦《しん》の時代にも照っていた明月や、漢の時代からある関所。明月関という関所の名を二つに分けて表現したという説もあるが、明月関の所在は未詳。**3. 人未レ還**　人を出征兵士自身とすると、「私は戦争に来てまだ帰れない」となる。兵士の妻の立場でうたったとみる方が、楽府題のこの詩にふさわしい。**4. 但使**　ただ……でありさえすれば。仮定の語。**5. 竜城**　陰山《いんざん》山脈の向こう、塔末爾《タミール》河のほとりにある匈奴《きょうど》の根拠地。今の内蒙古《うちもうこ》自治区《じちく》に属する。ただ李広《りこう》が竜城を攻めたことはない。**6. 飛将**　前漢の将軍李広のこと。匈奴におそれられた。『史記《しき》』の伝に「広《こう》、右北平《うほくへい》に居《い》る。匈奴之《きょうどこれ》を聞《き》き、号《ごう》して飛将軍《ひしょうぐん》と曰《い》い、之《これ》を避《さ》く。数歳《すうさい》、敢《あ》えて右北平《うほくへい》に入《い》らず」とある。**7. 不レ教**　……させない。使役《しえき》の語。**8. 胡馬**　胡は漢民族が北方の異民族を呼んだ言葉。胡馬はその地方の馬で、この場合は敵兵を意味する。**9. 陰山**　山西省《さんせいしょう》の北方から内蒙古に広がる山脈。万里の長城とゴビ砂漠にはさまれた所にあって、漢と匈奴の自然の国境の役割をした。

《**鑑賞**》北方モンゴルを舞台にした風刺性を含む辺塞詩である。また、この詩は唐代五大絶句に数えられ、特に起句は絶唱とされている。

唐の詩人が唐王朝のことをいうとき、時代を漢にとるのが通例であった。ここでも、漢の時代に匈奴の守りに築かれた関所――唐代の今も、万里を遠征してきた兵士が守っている――、そこには千年を経た今も前王朝と変わらない月の光が皓々《こうこう》とさえわたって照っている――その光に照らされて、古来幾人の兵士が戦争に駆り出され死んでいったことか――。

ただ七字の中に時間・空間の広がりをとらえ、そこに高い風趣をただよわすのに成功している。「秦時の明月漢時の関」と言い放った時、なんともいえない感情が湧《わ》き起こるのを覚える。後世「盛唐の格調」と仰がれるゆえんだ。ただこの詩の場合、前半より後半に作者のうたいたい力点があるようだ。

おそらく作者の時代、すぐれた将軍がいないため、北方異民族の脅威に十分な効果を上げえない状態であったので、出征兵士の妻の口吻《こうふん》を借り、それに対する風刺の意味をこめて作ったと思われる。

芙[1]蓉楼ニテ送ル二辛[2]漸ヲ一（芙蓉楼《ふようろう》にて辛漸《しんぜん》を送《おく》る）　王昌齢《おうしょうれい》　〈**七言絶句**〉

寒[3]雨連ナッテレ江ニ夜入[4]ルレ呉ニ●　寒雨《かんう》江《こう》に連《つら》なって夜呉《よるご》に入《い》る

平[5]明送レバレ客ヲ楚[6]山孤ナリ●　平明客《へいめいかく》を送《おく》れば楚山孤《そざんこ》なり

寒々とした雨が、川に雨脚を注ぐ中を、私たちは夜になって呉の地へ入って来た。

やがて別れの夜も明けるころ、旅立つ君を見送ると、夜来の雨もやんで、朝

洛[7]陽ノ親友如[8]シ相問ハバ
一片ノ冰[9]心在リ二玉[10]壺ニ一

洛陽《らくよう》の親友《しんゆう》如《も》し相問《あいと》わば
一片《いっぺん》の氷《ひょう》心《しん》玉壺《ぎょくこ》に在《あ》り

もやのはれゆく中にポツンと楚の山が見える。君が洛陽に行けば、友達がきっとこう尋ねるだろう。王昌齢はどうしている、と。そうしたら君、王昌齢は一片の澄みきった氷が玉壺の中にあるような心境でいる、と答えてくれたまえ。

1. 芙蓉楼　旅館の名。今の江蘇省鎮江《こうそしょうちんこう》の町にあった。鎮江は長江の舟路の宿場だった。**2. 辛漸**　作者の友人。伝記未詳。**3. 寒雨**　寒々しい雨。晩秋のころの雨。**4. 入レ呉**　呉は鎮江を含めて江蘇省一帯を指す。なお、夜呉に入るの主語を雨とする解釈もあるが、今はとらない。**5. 平明**　夜明け前のうす明るい時。**6. 楚山**　楚《そ》は長江・中下流地域一帯を指す。ここでは鎮江の対岸に見える山。**7. 洛陽**　唐の副都。かつて作者がいた所であり、これから辛漸《しんぜん》が行く所。**8. 如**　もし。仮定の語。**9. 氷心**　氷のように清らかな心。**10. 玉壺**　白玉で作った壺《つぼ》。この句は六朝宋《りくちょうそう》の詩人鮑照《ほうしょう》の「清《きよ》きこと玉壺《ぎょくこ》の氷《こおり》の如《ごと》し」の句にヒントを得ている。

《鑑賞》　前半の二句は送別の情景、「寒雨」という語がこの場の雰囲気《ふんいき》を支配すると同時に、この詩全体の象徴的な語になっている。いかにも寒々とした情景。季節は晩秋かと思われる。夜来の雨も上がり、白々明けにわが友辛漸君を見送ると、ボーッとした朝もやのだんだんはれ上がってゆく中に、行く手に楚の山が「孤《ポツン》」としてある。この景は、いわゆる作者の心象風景でもあるのだが、「孤」の字が起句の「寒」の字と呼応してきわめて印象的である。前半二句は、寒々とした寂寥感《せきりょうかん》、孤独感をうたって後半二句の深い味わいを導き出す用意をしているのである。

そして、この詩は後半二句が実にすばらしい。辛漸は洛陽《らくよう》へ行くと思われるが、洛陽は作者が左遷される前にいた所なので、なじみの友人がたくさんいる。彼らはきっと辛漸に「王昌齢は左遷されて、江南の地でさぞくさっているだろうな」と聞くだろう。「だがおあいにくさま、私はくさってなんかいませんよ。玉の壺に入っている氷のように澄みきった心境でいるよ。そう答えておくれ」という。悟ったような口ぶりである。しかし読者は、この言葉の裏にある、左遷されたやりきれなさ、みんなのいる洛陽へ帰りたいという痛いほどの思いを感じ取るのである。前半の「寒」と「孤」のかもし出す気分が、ここへきて効《き》いていることがわかるだろう。強がってみせて、その裏にどうしようもない悲哀がある。それが作者の狙いであり、この詩の見どころになっている。

この詩のもう一つの見どころは、結句の、「氷心玉壺に在り」にある。王昌齢は、鮑照が「清らかさ」という抽象的なものを「玉壺の中の氷」という具体的なものでもって表したその奇抜な着想を、さらにもう一つ突っ込んで「氷の如き心境」の形容として用いた。しゃれた、スパッとした表現、いかにも澄みきった心境をうまくとらえている。

《補説》 この詩は二首連作になっているので、その二を挙げておく。

「丹陽城南秋海陰／丹陽城北楚雲深／高楼送レ客不レ能レ酔／寂寂寒江明月心（丹陽《たんよう》――鎮江のこと――の城南《じょうなん》秋《しゅう》海《かい》陰《くら》く、丹陽《たんよう》の城北《じょうほく》楚《そ》雲《うん》深《ふか》し。高楼《こうろう》に客《かく》を送《おく》りて酔《よ》う能《あた》わず、寂寂《せきせき》たる寒江明月《かんこうめいげつ》の心《こころ》）」

王《おう》維《い》　〔盛唐〕（六九九～七五九）

字《あざな》は摩詰《まきつ》、太原《たいげん》（山西省《さんせいしょう》）の人。生没年については、七〇一～七六一、とする説もある。

早熟で、一つ違いの弟縉《しん》と共に子どもの時から聡明《そうめい》をうたわれた。十五歳の時、科挙の準備のため都へ出た。すでに優れた詩を作り、画にも書にも、おまけに音楽の才にもめぐまれていた少年王維は、たちまち都の王侯貴族たちの寵《ちょう》児《じ》となった。彼の音楽の才を物語るエピソードがある。ある時ある人が一幅の奏楽図《そうがくず》を手に入れたが、題名がわからなかった。王維がそれを見て「霓裳羽衣《げいしょううい》の曲の第三畳《だいさんじょう》の第一拍《だいいっぱく》です」と答えたので、楽師を呼んでその曲を演奏させたところ、はたしてそのとおりであった。

詩では、十五歳、十七歳、十八歳など制作年代の記入のあるものがあり、十代の王維がすでに詩人として名を成していたことが知られる。これは他の詩人には見られない例外的なことである。貴族社会の名残をとどめていた当時にあって、王維の多才な資質はもてはやされ、やがて二十一歳という若さで進士に及第する。

役人になった王維は、官僚生活の合間に心を休める別荘を、都の南藍田山《らんでんざん》の麓《ふもと》に求めた。そこは初唐の詩人宋之問《そうしもん》の所有していたもので、土地の名をとって「輞川荘《もうせんそう》」と名づけた。山も森も谷川も湖もあり、その間にいくつも館《やかた》が点在する広大な別荘である。王維はここで気の合った友人たちと閑適の暮らしを楽しんだ。こういった生活を「半官半隠」（半分官吏で半分隠者）という。

順調に過ごしてきた王維であったが、晩年になって、思わぬ波乱が起こった。七五五年に勃《ぼっ》発《ぱつ》した安禄山《あんろくざん》の乱のさい賊軍につかまって、むりやり官につけられたのである。それが乱の平定後問題になり、裁判にかけられることになった。しかし賊中で天子を思う詩を作っていたのと、刑部侍郎《けいぶじろう》（法務次官）の要職にあった弟の縉の嘆願によって、官を下げられただけでことなきを得た。その後、尚書右丞《しょうしょゆうじょう》（書記官長）にまで進んだ。最後の官によって、王右丞と呼び、その集を『王右丞集』という。

熱心な仏教信者で、字を摩詰というのも、名と続けて読めば維摩詰《ゆいまきつ》になるというしゃれである。母親の影響もあるが、三十歳ころ、妻を失ったのも原因とされる。終生、後添いをもらわず、また、なまぐさを食べなかったという。

雑[1]詩（雑詩《ざつし》）　王維《おうい》　**〈五言絶句〉**

君自リ二故郷一來ル
應[2]ニシレ知ル二故郷ノ事ヲ一
來日綺[3]窗ノ前
寒梅著ケシヤレ花ヲ未[4]ダシヤ

君故郷《きみこきょう》より来《きた》る
応《まさ》に故郷《こきょう》の事《こと》を知《し》るべし
来日綺窓《らいじつきそう》の前《まえ》
寒梅花《かんばいはな》を著《つ》けしや未《いま》だしや

あなたは私の故郷からやって来られた。

きっと私の故郷の消息などをご存知でしょう。

あなたがこちらへおいでになる日、私の妻の飾り窓のある部屋の前の、寒梅は、もう花をつけていただろうか。

1.雑詩　古くからある詩題で、特定の題材に内容を限定されないことを意味する。楽府《がふ》的内容が多い。この詩は三首連作の二番目の詩。**2.応レ知**　応は推量を表す。知っているだろう。**3.綺窓**　あや絹などを張った美しい飾りのある窓。女性の部屋に使用される。ここでは妻の部屋の窓。**4.未**　疑問を表す。

《鑑賞》　この詩は三首連作になっており、連作としての工夫が凝らされているので、その一とその三も掲げて鑑賞の一助とする。

「家《いえ》は住《じゅう》す孟津河《もうしんか》、門《もん》は対《たい》す孟津口《もうしんこう》、常《つね》に江南《こうなん》の船有《ふねあ》り、書《しょ》を家中《かちゅう》に寄《よ》するや否《いな》や」〈雑詩《ざつし》その一〉

「已《すで》に寒梅《かんばい》の発《ひら》くを見《み》、復《ま》た啼鳥《ていちょう》の声《こえ》を聞《き》く、愁心春草《しゅうしんしゅんそう》を視《み》、玉階《ぎょくかい》に生《しょう》ずるを畏《おそ》る」〈雑詩《ざつし》その三〉

その一は、旅に出ている夫を思う妻の立場からうたわれている。六朝《りくちょう》の民歌の調子でここに登場するのは、庶民の夫婦である。民歌では、舞台は長江沿いの町になるが、ここでは、黄河の渡し場である孟《もう》津《しん》（河南省孟県《かなんしょうもうけん》）で、渡し場に出入りするのは、江南からの船である。一つひねったかっこうになっている。

その二が本文である。これはその一とは逆に、旅に出ている夫の立場からうたわれる。登場人物は庶民ではなく、知識階級（士大夫《したいふ》という）だろう。「綺窓」という語が、それを暗示する。また同時に、この語は、梅の花とともになまめいた美しさをも漂わし、民歌の調子を受けてもいる。「寄するや否や」と「花を著けしや未だしや」の句の類似もある。

その三は、その二で詠じた寒梅が開いたという女性の答えの趣向になっているが、「玉階」の語によって、登場する女性は貴族か宮女であることがうかがわれる。つまり、「宮怨」の体になっている。こうしてみると、女・男・女の立場から、庶民・士大夫・宮女の階層の変化を組み合わせる趣向の連作とみることができる。

山居秋暝[1]（山居秋暝《さんきょしゅうめい》）　王維《おうい》　〈五言律詩〉

空山新[2]雨ノ後
天[3]氣晩[4]來秋ナリ
明月松間ニ照リ
清泉石上ニ流ル
竹喧シクシテ歸リ二浣[5]女一
蓮動イテ下ル二漁舟一
隨[6]意ナリ春[7]芳ノ歇ムコト
王[8]孫自ラ可シレ留マル

空山新雨《くうざんしんう》の後《のち》
天気《てんき》晩来《ばんらい》秋《あき》なり
明月《めいげつ》松間《しょうかん》に照《て》り
清泉《せいせん》石上《せきじょう》に流《なが》る
竹《たけ》喧《さわ》がしくして浣女《かんじょ》帰《かえ》り
蓮《はす》動《うご》いて漁舟《ぎょしゅう》下《くだ》る
随意《ずいい》なり春芳《しゅんぼう》の歇《や》むこと
王孫《おうそん》自《みずか》ら留《とど》まる可《べ》し

秋の静かなもの寂しい山に、サアーッと雨が降り、そして上がったばかり。
雨上がりのあと、澄んだ気配は夕暮れにいよいよ清らかに、秋らしくなる。
松の葉ごしに照る月の光、
石の上をサラサラ流れる清らかな泉の流れ。
竹林の向こうに何やらにぎやかに話し声が聞こえて浣女が帰ってゆき、
入江の蓮が動いて、漁舟が川を下ってゆく。
（この山居の様はかくのごとくすばらしいから）春の花は勝手に散ってしまうがよい。
王孫は春の草花が枯れ尽きようと、そんなことにはかまわずここに留まるだろう。

1．山居秋暝　山居は山荘、秋暝は秋の夕暮れ。**2．新雨**　雨上がり。「新」は……したばかり、の意。**3．天気**　澄みわたった気象、気配。**4．晩来**　暮れ方。**5．浣女**　川で洗濯《せんたく》をする娘の意だが、ここでは「浣紗女《かんしやじょ》」すなわち中国の代表的美女西施《せいし》の連想があろう。**6．随意**　勝手に、御自由に。**7．春芳歇**　春の花が散り尽きる。**8．王孫**　若さま。この句、『楚辞《そじ》』招隠士《しょういんし》の「王孫遊《おうそんあそ》んで帰《かえ》らず、春草生《しゅんそうしょう》じて萋萋《せいせい》たり」を踏まえて、それを裏返したもの。

《鑑賞》　王維《おうい》は宮仕えの傍ら、都の郊外の輞川荘《もうせんそう》で隠逸の生活を楽しみ、隠者の歌をうたった。これはその一つで、輞川荘での秋の夕暮れの情景を描いたもの。わびの中につやを織り込んだ王維独自の世界。

　この詩の見どころの一つはまず最初の句にある。雨上がりの山荘の実景を描写した句であるが、空山と新雨の取り合わせが絶妙である。空山というのは、何もない山、秋の木の葉を落とした山、寂しい秋の静かな山、だれもいない山、といった抽象的雰囲気《ふんいき》を表す場合に使われるが、王維は、これらを踏まえつつ実際の場面に使っている。そしてそこに新雨を配した。自然の物に「新」の修飾語を付けるのは当時としては目新しい用法である。「新」には、初々しい、さらな、鮮やかな、晴れやかななどの語感がある。空山の「空」と逆の方向の語感を持つ新雨を組み合わせることによって、末枯《すが》れた山の奇妙な晴れやかさと、さびた世界の清澄さが浮き出ている。この清澄さの感覚は第二句の天気の語で的確にとらえられ、この山荘の秋の気分が描き出される。

　頷聯《がんれん》の対句《ついく》は、前の二句を承《う》けて秋の清らかさを展開し、さらに美しさを加えて、この詩の舞台装置を整え、次の句を呼び起こす。

　頸聯《けいれん》の対句は、浣女《かんじょ》なり漁舟なりが見えないのがおもしろいのである（この手法は六朝《りくちょう》の謝朓《しやちょう》の詩にヒントを得ている)。漁舟は漁父《ぎょふ》(りょうし)の乗る舟である。漁父は隠者の友であるから、頷聯で松が出てきたのと同様、隠逸世界にふさわしい道具立てになる。浣女はどうか。実はこの語が、詩中最大のポイントを占める。これは、「洗濯女《せんたくおんな》」などという語の漂わす無粋な感じとはまるで違う、艶《なまめ》かしい語なのである。浣女とはこの場合、川で洗濯する娘を指すが、語のイメージとして「浣紗《かんしゃ》」(絹をさらす)と関連し、さらには春秋《しゅんじゅう》時代の美女西施へと連想が進む。したがってここでは、美しくうら若い娘たちがさざめきながら竹の向こうを通るということになる。これが山居の中の色彩であり、わびの中のつやであって、この詩の核をなすものなのである。

《補説》 謝朓の句は次のとおり、「魚戯《うおたわむ》れて新荷《しんか》動《うご》き、鳥散《とりさん》じて余花《よか》落《お》つ」〈東田《とうでん》に遊《あそ》ぶ〉。水面には蓮《はす》が動いて、魚が水に戯れているのがわかり、ハラハラと花が落ちて、鳥が飛び立ったのが知れる、という意味である。

過フ二香[1]積寺ヲ一 (香積寺《こうしゃくじ》を過《と》う) 王維《おうい》 **〈五言律詩〉**

不レ知ラ香積寺　　知《し》らず香積寺《こうしゃくじ》

數里入ル二雲[2]峯ニ一●　　数里《すうり》雲峰《うんぽう》に入《い》る

香積寺はどこなのだろうか。

数里ほど雲つく峰の奥へと分け入った。

古木無ク㆓人[3]逕㆒
深山何處ノ鐘ゾ●
泉聲咽ビ㆓危[4]石ニ㆒
日[5]色冷ヤヤカナリ㆓青松ニ㆒●
薄暮空[6]潭ノ曲
安[7]禪制ス㆓毒[8]龍ヲ㆒●

古木《こぼく》人径《じんけい》無《な》く
深山《しんざん》何処《いずこ》の鐘《かね》ぞ
泉声《せんせい》危石《きせき》に咽《むせ》び
日色《にっしょく》　青松《せいしょう》に冷《ひ》ややかなり
薄暮《はくぼ》空潭《くうたん》の曲《ほとり》
安禅《あんぜん》毒竜《どくりゅう》を制《せい》す

あたりには年を経た木々が生い茂るばかり、人の通う道もない。
するといずこよりか鐘の音が深山に響きわたる。
泉の水は高くそそり立つ岩にあたって、むせぶようにひびき、
日の光は青い松にさして、冷ややかに輝く。
人気(ひと)のない淵のほとりで、
座禅を組んで雑念をしずめているうちに、いつしかあたりはたそがれ時。

1.香積寺　長安の東南、終南山《しゅうなんざん》の山すそにあった寺。あるいは長安から終南山を越えて南へ通ずる街道にあった寺、とも伝えられる。**2.雲峰**　雲のかかる峰。謝霊運《しゃれいうん》の「従弟恵連《じゅうていけいれん》に酬《むく》ゆ」詩に「跡《あと》を滅《めっ》して雲峰《うんぽう》に入《い》る」とある。**3.人径**　人が踏みならして作った道。**4.危石**　切り立った岩。**5.日色**　太陽の光。**6.空潭曲**　空潭は人気《ひとけ》のない淵《ふち》。曲はほとり、かたすみ。**7.安禅**　座禅を組み瞑《めい》想《そう》に入ること。この句の主語について、作者自身とする説と、そこで見かけた一人の僧とする説がある。今、前者をとる。**8.毒竜**　人間を害する竜《りゅう》。心中の煩悩《ぼんのう》、欲望をたとえた。

《鑑賞》　これは終南山にある名刹《めいさつ》香積寺《こうしゃくじ》を訪れた時の作。香積寺の持つ高遠な趣を讃《たた》えた詩。

前半四句にみられる周到な構成が、まず見どころである。初句で「知らず香積寺」と簡潔な言い放ったような表現をして、読者を何やら不可思議な世界へと引き込む。そうしておいて、二・三句と、雲峰の中、人径もなく奥深い山、と順次場面を設定してゆく。いかにも世俗の人間が通うのを拒否しているかのような、奥深い気分が伝えられる。こういった雰囲気《ふんいき》が盛り上がったところで、第四句、突如ゴーンゴーンと深い山奥に響く鐘の音を出す。ここで香積寺はその実体をかいま見せる仕組み。つまり、二・三・四句と、香積寺の持つ高い境地へ次第に入り込む。それは、世俗の世界からは手の届かない、俗人の知らない世界なのだ、ということが納得されるわけである。「知らず」は第四句の「何処」と呼応関係にあって、前半四句の要《かなめ》の語になっている。ここを、初めて訪問するので道がわからないとか、知らず知らず道に踏み迷った意味に取ってはつまらない。

頸聯《けいれん》の対句《ついく》は、音と色の対比である。特に「日色青松に冷ややかなり」の「冷」の字。この字を配した感覚は鋭い。日の光が暖かいとか麗しいというのは普通の発想であるが、青々とした高い松に射《さ》す日の光を「冷」と言ったのである。「冷」にはヒンヤリとした、という意に、清浄な感じを含み持つ。香積寺の俗世間を超える高い境地にふさわしい形容といえよう。

最後は、香積寺に対するあいさつ、というべきもの。時のたつのも忘れて、この寺で座禅を組めば、知らず知らず煩悩を忘れますというわけである。

《補説》 香積寺と同じく長安郊外にあった寺、青竜寺で詠《よ》んだ詩を紹介する。

「陌上新別離／蒼茫四郊晦／登㆑高不㆑見㆑君／故山復雲外／遠樹蔽㆓行人㆒／長天隠㆓秋塞㆒／心悲㆓宦遊子㆒／何処飛㆓征蓋㆒（陌上《はくじょう》新《あらた》に別離《べつり》し、蒼茫《そうぼう》四郊《しこう》晦《くら》し。高《たか》きに登《のぼ》るも君《きみ》を見《み》ず、故山《こざん》復《ま》た雲外《うんがい》なり。遠樹《えんじゅ》は行人《こうじん》を蔽《おお》い、長天《ちょうてん》秋塞《しゅうさい》を隠《かく》す。心《こころ》に宦遊《かんゆう》の子《し》を悲《かな》しむ。何処《いずこ》にか征蓋《せいがい》を飛《と》ばせる）」

〈別二弟縉一後登二青竜寺一望二藍田山一〉（弟縉《ていしん》と別《わか》れし後《のち》青竜寺《せいりゅうじ》に登《のぼ》り藍田山《らんでんさん》を望《のぞ》む）〉

観[1]猟詩（猟《りょう》を観《み》る詩《し》） 王維《おうい》 〈五言律詩〉

風勁[2]角弓鳴
将軍猟渭[3]城
草枯鷹眼疾
雪尽馬蹄軽
忽過新[4]豊市
還帰細[5]柳営
廻看射[6]鵰処

風勁《かぜつよ》くして角弓《かくきゅうな》鳴り
将軍渭城《しょうぐんいじょう》に猟《りょう》す
草枯《くさか》れて鷹眼疾《ようがんと》く
雪尽《ゆきつ》きて馬蹄《ばていかろ》軽し
忽《たちま》ち新豊《しんぽう》の市《いち》を過《す》ぎ
還《ま》た細柳《さいりゅう》の営《えい》に帰《かえ》る
鵰《ちょう》を射《い》し処《ところ》を廻看《かいかん》すれば

きびしい風が張りつめた角弓の弦に吹きつけて鋭い音をひびかせ、
将軍は渭城でたか狩りをする。
草が枯れているのでたかの眼は獲物を見のがさず、
雪が消えた一面の大草原に獲物を追う馬のひづめも軽やかだ。
あっという間に新豊の町を通り過ぎ、
また、細柳の兵営へと帰ってゆく。
さきほど鵰を射たあたりをふりかえってみると、

千里暮雲平●カナリ

千里《せんり》暮《ぼ》雲《うん》平《たいら》かなり

千里のかなたまで続く平原に、夕暮れの雲が静かにたなびいている。

1.観レ猟 テキストによっては「猟騎」と題し、また、はじめの四句だけを取って絶句とし「戎《じゅう》渾《こん》」という楽府《がふ》題《だい》をつけているのもある。**2.角弓** 動物の角を装飾に使ってある弓。**3.渭城** 長安の西北にある町。**4.新豊** 長安の東にある町。酒の産地として名高い。**5.細柳** 長安の西北の町。漢の名将周亜夫《しゅうあふ》がここに駐屯《ちゅうとん》したことから兵営の代表的なものとしてしばしば詩にうたわれる。**6.射レ鵰** 鵰《ちょう》はワシ、タカなどの大型の肉食鳥。北斉《ほくせい》の名将斛律光《こくりつこう》が狩猟に行き、雲の上を飛ぶ大鳥を射たところ、首に命中し旋回しながら落ちて来た。見れば鵰だったので射鵰《しゃちょう》の名人とたたえられた故事を踏まえる。ここでは狩りをしている将軍の武術を斛律光になぞらえてたたえている。

《鑑賞》 これはある武将の猟に同行してその様子を描いた詩である。

動きの早い、大変生き生きとした情景が展開されている。強く激しい風がビュービューと吹きすさぶ吹きさらしの中、ピーンと張った弦も鋭い音をたてる。荒々しくもはりつめた空気が伝わってくる。

この詩は頷聯《がんれん》の対句《ついく》が絶妙《ぜつみょう》である。冬枯れの大草原、あたり一面薄茶色の乾いた草が広がる。そこへ鷹《たか》を放って獲物を追うのである。鋭い、きつい鷹の目。この「鷹眼疾く」の句が、力強い緊張感を盛り上げる。雪尽きて、とあるのは、山すその雪の深いところからけものを追い出して、広い草原へ出ることをいう。草原の雪は消えやすく、雪がなければ馬の蹄《ひづめ》も早くかける。手足もかじかむような寒気の中を、騎馬武者の一団は、軽やかに馬を進める。若々しく雄々しい姿。

彼らは勢いよく新豊《しんぽう》の町へくり出してゆく。新豊という町は名高い美酒の産地である。「忽ち過ぎ」、とあるからかけつけ三杯といった風に酒をあおり、サッと引き上げる。帰り行く先は勇名轟《とどろ》く細柳《さいりゅう》の営である。

最後の二句は、故事を用いつつ、気宇壮大《きうそうだい》に結ぶ。漠々《ばくばく》たる夕暮れの雲の広がりとともに、緊張は解け、こころよい疲労に身をゆだねる心地。

なんとも男っぽい豪快な詩だ。王維の一面を示す珍しい詩趣である。

《補説》 王維の生きのいい作品を紹介する。

「新豊美酒斗十千／咸陽遊俠多㆓少年㆒／相逢意気為㆑君飲／繋㆑馬高楼垂柳辺（新豊《しんぽう》の美酒《びしゅ》は斗《と》に十《じっ》千《せん》、咸陽《かんよう》の遊俠《ゆうきょう》は少年多《しょうねんおお》し、相《あ》い逢《あ》える意気《いき》よ君《きみ》が為《ため》に飲《の》まん。馬《うま》を繋《つな》げり高楼《こうろう》の垂柳《すいりゅう》の辺《ほと》りに）」

〈少年行其一（少年行《しょうねんこう》その一《いち》）〉

詩題の「少年行」とは楽府題の一つであり、生を軽んじ義を重んずる勇《いさ》み肌《はだ》のいなせな若者をテーマにうたう。

斗十千とは一斗一万銭の意。咸陽は、秦《しん》の都。長安の西北にある。時代を漢に借りたので長安の代わりに咸陽といった。意気は、意気投合すること。高楼は妓女《ぎじょ》のいる酒楼のことである。

新豊の銘酒は一斗について一万銭といっていいほどおいしいし、都には気風《きっぷ》のいい若者がたくさんいる。街で出会ってさっそく意気投合し、まずは一杯飲もうじゃないか、と酒楼の二階に上がりこむ。酒楼の店先には小意気な風情《ふぜい》の柳の木。そこに乗り捨てた馬が所在なさそうにつながれている。

送秘[1]書晁監還日本國　（秘書晁監《ひしよちようかん》の日本国《にっぽんこく》に還《かえ》るを送《おく》る）　王維《おうい》　〈五言排律〉

積[2]水不可極
安知滄[3]海東
九[4]州何處遠
萬里若乘空
向國惟看日
歸帆但信風
鰲[5]身映天黑
魚眼射波紅

積水《せきすい》極《きわ》むべからず
安《いず》くんぞ知《し》らん滄海《そうかい》の東《ひがし》
九州《きゅうしゅう》何《いず》れの処《ところ》か遠《とお》からん
万里《ばんり》空《くう》に乗《じょう》ずるが若《ごと》し
国《くに》に向《む》かって惟《た》だ日《ひ》を看《み》
帰帆《きはん》但《た》だ風《かぜ》に信《まか》すのみ
鰲身《ごうしん》天《てん》に映《えい》じて黒《くろ》く
魚眼《ぎょがん》波《なみ》を射《い》て紅《くれない》なり

ひろびろした海の果てはきわめようもない。
東の海のさらに東、君の故国のあたりのことなど、どうしてわかろうか。
中国の外の九大州のうちでどこが一番遠いだろうか。
君の故国へ帰る万里の道は、空中を飛んで行くようなものだろう。
故国へ向かって行くにはただ太陽を見るばかり。
帰国の航海は、ただ風にまかせて進むのみ。
途中では、波間に大海亀(おおうみがめ)の甲が大空を背景に黒々とみえ、
大魚の眼の光は波頭を射るように輝いて紅にひかる。
君の故郷の木々は、扶桑の国の外にしげり、

郷樹扶[6]桑ノ外
主[7]人孤島ノ中●
別離方ニ異[8]域
音[9]信若[10]爲シテカ通ゼン●

郷樹扶桑《きょうじゅふそう》の外《そと》
主人孤島《しゅじんことう》の中《うち》
別離《べつり》方《まさ》に異域《いいき》
音信若為《おんしんいかん》してか通《つう》ぜん

その故郷の家のあるじである君は孤島の中に住む。
互いに別れてしまえば別々の世界の人となるのだ。
便りもどうして通わせたらよいことだろうか。

1. 秘書晁監　阿倍仲麻呂《あべのなかまろ》。秘書監は官名で、宮中の蔵書を管理する秘書省の長官。晁《ちょう》は朝の古い字体で、阿倍仲麻呂が中国で官僚となった時の名。晁衡《ちょうこう》と称した。**2. 積水**　海。**3. 滄海**　青海原。中国の東方の海。仙人の住む島があると伝えられた。**4. 九州**　ここでは中国の外にあると考えられた中国に匹敵するほどの九つの世界。**5. 鰲**　海中に住むと考えられた巨大な亀《かめ》。**6. 扶桑**　中国の東方、太陽の出るところに生えているといわれる大木、あるいはそれの生えている土地。のちに日本を指すようになる。**7. 主人**　仲麻呂を指すとする説、仲麻呂の主人つまり日本国天皇を指すとする説がある。ここでは、前者にとる。**8. 異域**　中国から遠く離れた地方。**9. 音信**　たより。**10. 若為**　どのようにして。

《鑑賞》　阿倍仲麻呂は遣唐使に従って中国に渡ったまま帰国せず、唐の官僚となった。この詩は、その仲麻呂が日本へ帰ることになり、百官が送別の宴を開いた時の作。儀礼的な作品である。

王維は、異国人の同僚の送別に際して、しみじみとした別れの感傷を詠ずるより、その友人の帰って行く先、そこにおどろおどろしい想像の世界を構築してみせることによって、仲麻呂の旅路を気遣う友情としたのである。これが、はしなくも、当時の中国人の日本観、ひいては世界観をうかがい知る材料を提供することになった。

王維にとって日本の所在地は滄海《そうかい》の東、すなわち黒々とした得体の知れない海、そのさらに東にあると認識されており、そこへ行くことは、万里の道をただ太陽の昇る方向を目指し風まかせに進むだけの心細い旅。途中には見たこともないような大亀や奇怪な魚がいる。考えるだけで空恐ろしい行く手である。

ここに描き出された情景、これは素朴《そぼく》な『山海経《せんがいきょう》』（中国古代の地理書で、空想的な事柄が多い）的世界といえるだろう。例えば、「滄海」、「九州」、「鰲」、「扶桑」などの語はすべて神話伝説、空想上の世界に出てくる言葉ばかりである。

《補説》仲麻呂の船は帰国の途中嵐のため消息を絶ち、遭難が伝えられた。李白《りはく》はこの知らせに「晁《ちょう》卿衡《けいこう》を哭《こく》す」（237頁参照）の詩を作った。なお仲麻呂の船は今のベトナムのあたりに漂着し、彼はまた長安に戻《もど》って仕え、かの地で没した。

鹿[1]柴　（鹿柴《ろくさい》）　王維《おうい》　〈五言絶句〉

空[2]山不レ見レ人ヲ　空山《くうざん》人《ひと》を見《み》ず

シーンとした山に、人の姿がみえない。

但ダ聞ク二人語ノ響ヲ一
返[3]景入リ二深林ニ一
復タ照ラス青苔ノ上ヲ

但《た》だ人語《じんご》の響《ひびき》を聞《き》く
返景深林《へんけいしんりん》に入《い》り
復《ま》た照《て》らす青苔《せいたい》の上《うえ》

ただ人の言葉の響きだけが聞こえる。夕日の光が、深い林の中にさしこんできて、木々の根もとの苔(こけ)を青々と照らし出す。

1. 鹿柴　輞川《もうせん》二十景の一つ。鹿の柵《さく》の意味。ただ当時鹿を実際に飼っていたか否かは不明。**2. 空山**　人気《ひとけ》のない山。秋になってすっかり木の葉を落とした山の意味もあるが、ここは違う。**3. 返景**　夕日の光。景は光。

《鑑賞》　これは王維の広い別荘の中での自適の生活の一コマを詠じた詩である。

前半二句は静寂さを強調する。その工夫は、人の姿は見えないが、どこからか人の声だけが聞こえてくる、といった何気ない表現にある。つまり、何も物音がしないというよりも、わずかに声だけが聞こえるという方が、いかにも深閑とした様子を際立たせるのである。例えば静かな部屋の中に時計の音がカチカチと聞こえるというのと同じ手法である。

この詩は後半二句がすばらしい。夕方になると太陽の光は低い所から斜めに照らす。だから深い林の中にも光が入り込んでくるのである。真上から照らす時は深林に光は入らない。普段は日の光に照らされることのない青苔《せいたい》がその斜めの夕日に照らし出されるわけである。シーンとした深林、そこで残照が偶然に見せたつかの間の美的現象である。間もなく日が沈めば、深林は闇《やみ》に包まれてしまう。いわばこの詩は、夕日と苔《こけ》の秘密の出会い、をとらえたもので、夕日の赤と苔の緑が印象的である。王維の画家としての才能が光る情景ともいえよう。わずか二十字の中で、人の知らぬあやしい世界を描き出している。

なお、この詩に唱和したものとして、裴迪《はいてき》に同名の作品（272頁参照）がある。

田園樂（田園楽《でんえんらく》）　王維《おうい》　〈六言絶句〉

桃ハ紅ニシテ復[1]タ含ミ二宿[2]雨ヲ一
柳ハ緑ニシテ更ニ帯ブ二春煙ヲ一●
花落チテ家[3]僮未ダレ掃ハ
鶯啼イテ山[4]客猶ホ眠ル●

桃《もも》は紅《くれない》にして復《ま》た宿雨《しゅくう》を含《ふく》み
柳《やなぎ》は緑《みどり》にして更《さら》に春煙《しゅんえん》を帯《お》ぶ
花落《はなお》ちて家僮《かどう》未《いま》だ掃《はら》わず
鶯啼《うぐいすな》いて山客猶《さんかくな》お眠《ねむ》る

桃は赤く咲き、そしてゆうべの雨をしっとりと含んでいる。
柳は緑に芽吹き、さらに春の霞（かすみ）を帯びている。
花びらがはらはらと落ちて積もっているが、召し使いはまだ掃除もしない。
鶯が高らかに鳴いているのに、隠者先生はまだ眠っている。

1.復　そして、というほどの軽い意味の助字。**2.宿雨**　昨夜からの雨。**3.家僮**　召し使い。**4.山客**　隠者。ここでは作者自身と考えてもよい。

《鑑賞》「田園楽」の詩は七首連作で、これはその六である。形式は六言絶句。六言絶句というのは作例が少なく、王維のこの作品が最も有名である。これにならった作品はまだいくつかあるが、一般的な形式にならなかったのは、中国人のリズム感覚の中で、六言というのが五言や七言に比べて落ち着きが悪かったからと思われる。

この詩、前半二句も後半二句も対句《ついく》、全対格《ぜんついかく》である。六言絶句は全対格の体をとる。前半は、桃と柳の紅と緑のつややかな絵のような情景を詠じている。赤く咲いた桃の花は夜来の雨をしっとり含んでいる。このあたり孟浩然《もうこうねん》の「春暁《しゅんぎょう》」の「夜来風雨《やらいふうう》の声《こえ》、花落《はなお》つること知《し》んぬ多少《たしょう》ぞ」が連想される。柳は芽吹くころ、それ自体ボーッとかすんだ霞《かすみ》のように見えるが、その柳の枝にさらに春の霞がかかっているのである。薄いベールに包まれたような春霞《はるがすみ》の中の淡い緑と、みずみずしく映える桃の花の赤さ。上品な色香さえ漂いそうな色彩豊かな場面である。

後半は、山の住まいで鶯《うぐいす》が高鳴く中に悠々《ゆうゆう》と眠りを貪《むさぼ》っている主人。召し使いの方も落ちた花を払おうともせず、春の情景の中にひたり込んでいる、という趣。おおらかにゆったりと、いかにも中国らしい情緒をうたっている。

王維的隠者の世界、と言ったらよいのであろうか、高雅な境地である。高士、隠者の世界とはいっても、枯れたわびやさびではなく、あるつやを含んでいるのが王維の特色といえよう。

なお、この詩について、今はもう亡くなられたが、王維の専門家の小林太市郎氏が、おもしろい説を出しておられる。これは王維の新婚の時の作品だとして、「桃は紅にして復た宿雨を含む」というのは微妙ななまめかしいことをいっているので、後半のところは召し使いも気をきかせてわざと起きてこないし、掃除をしないのだ、と。奇抜な解釈である。

使[1]至[2]塞上　（使《つかい》して塞上《さいじょう》に至《いた》る）　王維《おうい》　**〈五言律詩〉**

單[3]車欲問[4]邊●　単車《たんしゃ》辺《へん》を問《と》わんと欲《ほっ》して
屬[5]國過居[6]延●　属国《ぞくこく》居延《きょえん》を過《す》ぐ
征[7]蓬出漢塞　征蓬《せいほう》漢塞《かんさい》を出《い》で
歸[8]雁入胡[9]天●　帰雁《きがん》胡天《こてん》に入《い》る
大[10]漠孤[11]烟直　大漠《たいばく》孤烟《こえん》直《す》ぐに
長河落日圓●　長河《ちょうが》落日《らくじつ》円《まど》かなり
蕭[12]關逢候[13]騎　蕭関《しょうかん》候騎《こうき》に逢《あ》えば
都[14]護在燕[15]然●　都護《とご》は燕然《えんぜん》に在《あ》りと

ただ一人、辺境を巡察しようと、典属国を拝命した私は、匈奴（きょうど）の地、居延のあたりにさしかかった。

風に吹かれてころがっていく蓬（よもぎ）は中国のとりでを出発し、北国へ帰る雁は異国の空の下に入って行く。

大砂漠の彼方（かなた）には、ただひとすじの煙がまっすぐに立ちのぼり、はるかに流れゆく大河のはてに、まんまるい大きな太陽が沈んでいく。

蕭関で斥候（せっこう）の騎馬兵にあったら、都護どのは燕然山まで前進しておられるとのことだ。

1. 使　役人が天子の命を受けて出かけることをいう。**2. 塞上**　辺境の防塞《ぼうさい》のあたり。**3. 単車**　たった一台の車。漢の李陵《りりょう》が蘇武《そぶ》に答えた手紙に、「足下《そくか》、昔《むかし》、単車《たんしゃ》を以《もっ》て使《つかい》して万乗《ばんじょう》の虜《りょ》に適《ゆ》く」とあるのにもとづき、北方の蛮地へ行くことを暗示する。**4・問レ辺**　辺境を視察する。**5・属国**　ここでは典属国という漢代の属国に関することを扱う官名の略称。かつて漢の蘇武が任ぜられた。涼州《りょうしゅう》（甘粛《かんしゅく》省武威《しょうぶい》）の節度《せつど》判官《はんがん》となって辺境に使いする作者自身をいう。**6・居延**　内蒙古《うちもうこ》自治区《じちく》にある。漢代に匈奴《きょうど》のいた地方で、さきの李陵が匈奴と最後の戦いをして敗れた所である。**7・征蓬**　さすらいの旅人の象徴。作者自身を指す。**8・帰雁**　北方へ帰る雁《かり》。**9・胡天**　胡《こ》は異民族の総称。異国の空。**10・大漠**　大砂漠。**11・孤烟**　一筋立ち上る煙。のろしの煙とする説と、炊煙とする説がある。**12・蕭関**　いまの甘粛省固原《こげん》の付近にあった関所。西域交通の要地。**13・候騎**　諜報《ちょうほう》・連絡にあたる騎馬兵。**14・都護**　官名。軍隊をもって辺境の政治および軍事を司《つかさど》る長官。**15・燕然**　匈奴の領域内の山の名。後漢の竇憲《とうけん》が匈奴を大いに破ったゆかりの地。その功績を石碑に刻んで残してあった。

《鑑賞》　この詩は開元二十五（七三七）年、作者が節度判官に転任となり、初めて塞外《さいがい》へ出た時の印象を詠じた一種の辺塞詩《へんさいし》である。したがって、通例のごとく、漢代に時代を借りている。

さてこの詩の見どころは、なんといっても王維の画家としての抜群のセンスにあろう。広大な砂漠地帯の風物を、一幅の近代的かつモダンな幾何学《きかがく》模様の絵画に構成している、頷聯《がんれん》と頸聯《けいれん》の対句《ついく》部分である。

頷聯では、地上を転がる蓬《よもぎ》と、天空を飛ぶ雁《かり》の上下の対比。同時に「出」と「入」の対比により、奥行きがとらえられる。

頸聯は、まず際限もなく広がる砂漠と、まっすぐに上る一筋の煙。面の広がりと直線の構図。この句「直」の字が、絵でいえば画面の中央にスーッと描かれるように、この詩のアクセントになる。次は長河とまんまるい落日。幅のある横の線と円である。そしてこれはモノクロームではない。原色画の世界でもある。黄色というより黄金色の砂漠、真っ赤な夕日、青い煙、白い河。こういった組み合わせは、強烈な印象を持つ立体的幾何学模様の極致を示すといえよう。雄大にして迫力あるパノラマを見る心地がする。王維の情熱の一端を垣間《かいま》みる作品でもある。

竹里館[1]（竹里館《ちくりかん》）　王維《おうい》　〈五言絶句〉

獨リ坐ス幽[2]篁ノ裏
彈ジテレ琴ヲ復タ長[3]嘯ス●
深林人[4]不レ知ラ
明月來ツテ相[5]照ラス●

独《ひと》り坐《ざ》す幽篁《ゆうこう》の裏《うち》
琴《きん》を弾《だん》じて復《ま》た長嘯《ちょうしょう》す
深林人知《しんりんひとし》らず
明月来《めいげつき》たって相照《あいて》らす

ただ独り奥深い竹の林の中に座っている。
その竹の林の中で琴を弾じたり、長嘯したりしている。
深い林の中であるからだれもこの楽しみを知らない。
やがて日が暮れて、そこへ月がさし上る。

1. 竹里館　王維の別荘（輞川別業《もうせんべつぎょう》）の中にある名勝二十景の一つ。竹林の中にある館。**2. 幽篁裏**　奥深く静かな竹藪《たけやぶ》の中。「裏」はうちと読み、中の意味。**3. 長嘯**　嘯《しょう》は元来養生法《ようせいほう》の一つであるが、胸いっぱい空気を吸って口をすぼめて吐き出す、その時大きな声がする。ここでは、口をすぼめて声を長く引いて詩をうたうこと。長吟と同じ。**4. 人不レ知**　他の人は知らない。裏に、自分と明月だけが知っている、のニュアンスがある。**5．相照**　相は互いに、の意味はなく、一つの動作が他に及ぶ時に使われる軽い意味の接頭語。

《鑑賞》　この詩は『輞川集《もうせんしゅう》』に収められている一つで、人里離れた竹林《ちくりん》の奥の自然の楽しさをうたっている。

人知れず竹林の奥深く独り静かに琴を奏《かな》でたり、詩を吟じたりしている。前半二句から、二つのイメージが呼び起こされる。まず三世紀中ほどの「竹林の七賢《しちけん》」の一人、阮籍《げんせき》が蘇門山《そもんざん》に棲《す》む隠者孫登《そんとう》を訪ねての帰り道、峰を半分下りると後から孫登の嘯の声がして、山いっぱいにとどろいたという。「蘇門《そもん》の嘯《しょう》」の故事である。それに、「詠懐詩《えいかいし》」（45頁参照）の、「起坐《きざ》して鳴琴《めいきん》を弾《だん》ず」のイメージも重なる。もう一つは、琴を弾じて、だれもいないところで静かに楽しんでいる姿からの連想で、陶潜《とうせん》のおもかげが見える。陶潜の琴は弦の張っていない無弦琴であったが、王維は彼自身音楽の才に秀でていたから、琴にはむろん弦が張ってあったはず。清らかに響く琴の音《ね》、だれに聞かせるためのものでもない、自分独りの楽しみ。前半二句で、稜々《りょうりょう》たる反俗の精神、悠々《ゆうゆう》たる高尚の志、といった境地を出して後半の幽玄の世界へと導いてゆく。

阮籍、陶潜ら先人を慕う奥深い竹林の静かな世界を知る者はだれもいない。竹の葉ごしに皓々《こうこう》と輝く満月だけなのだ。月と自分だけの世界に遊ぶ高士の姿。傲然《ごうぜん》として深遠な味わいがある。

結句には時間の経過が暗示されている。昼間からずっと座ってここで静かに楽しんでいるうちに、日が暮れて、やがて満月が上ってきたということであろう。これまた、二十字で描き出した奥深い世界である。

《補説》 この「竹里館」に唱和した裴迪《はいてき》の詩を紹介する。

「来《きた》り過《よ》ぎる竹里館《ちくりかん》、日日道《ひびみち》と相親《あいした》しむ、出入《しゅつにゅう》するは惟《た》だ山鳥《さんちょう》、幽深世人《ゆうしんせじん》無《な》し」

夏目漱石の『草枕《くさまくら》』に、東洋詩人の代表的な境地として、陶潜の「飲酒《いんしゅ》」と王維の「竹里館」をあげている。漱石はこの詩について、「只《ただ》二十字のうちに優に別乾坤《べつけんこん》（別天地）を建立して居る。此乾坤《このけんこん》の功徳《くどく》は『不如帰《ほととぎす》』や『金色夜叉《こんじきやしゃ》』の功徳ではない。汽船、汽車、権利、義務、道徳、礼儀で疲れ果てた後、凡《すべ》てを忘却してぐっすりと寝込む様な功徳である」と言っている。

辛夷塢[1] （辛夷塢《しんいお》） 王維《おうい》 **〈五言絶句〉**

木[2]末芙蓉ノ花
山中發ク二紅[3]萼ヲ一●
澗[4]戸寂トシテ無シレ人
紛[5]紛トシテ開キ且ツ落ツ●

木末芙蓉《ぼくまつふよう》の花《はな》
山中《さんちゅう》 紅萼《こうがく》を発《ひら》く
澗戸《かんこ》寂《せき》として人無《ひとな》し
紛紛《ふんぷん》として開《ひら》き且《か》つ落《お》つ

木末（こずえ）の蓮（はす）の花とみまごうばかりのこぶしの花が、
山の中であかい花をつけた。
谷川沿いの家はシーンとして人の気配もない。
そこでこぶしの花は盛大に咲きほこり、ハラハラ、ハラハラと散りつづける。

1. 辛夷塢 辛夷《しんい》の植わっている土手。辛夷はコブシ。モクレン、ハクモクレンという説もあるが、ここではコブシにとっておく。 **2. 木末芙蓉花** 『楚辞《そじ》』九歌《きゅうか》の「芙蓉《ふよう》を木末《ぼくまつ》に搴《と》る」を踏まえる。木末はこずえ。芙蓉は蓮《はす》の花。**3.紅萼**　赤い花。**4.澗戸**　谷川沿いの家。**5.紛紛**　多くのものが入り乱れる様。

《鑑賞》この詩は、王維の「輞川二十景《もうせん》」の中の一つ、ひっそり閑とした山あいの谷川沿いに、人知れず咲き、散ってゆく辛夷の風情《ふぜい》を詠じたものである。

早春の山奥、谷川のせせらぎだけが聞こえるだれもいない静寂《せいじゃく》の世界、そこに大きな辛夷《こぶし》の木がある。こずえには、もったいないほどたくさんに辛夷の花が咲いている。芙蓉のごとく気高く優雅に。起句は『楚辞』を踏まえて大変しゃれた表現である。山中の木々は薄緑の新芽を付け、春浅い陽春の日差しに輝いている。辛夷もまばゆく赤い花を付けている。すばらしく印象的な絵画的な情景である。ここに人家はあるが、人間はいない。日常的喧騒《けんそう》から隔絶しているばかりか、まるで異次元の世界である。時の静止した世界。「澗戸《かんこ》」とあるから、そばに谷川が流れているはずで、そのせせらぎがこの静けさをさらに増幅する。「静」の雰囲気《ふんいき》を出しておいて、最後に音もなく散る花の「動」を置く。辛夷の花は、愛《め》でる人もなく散ってゆくのであるが、そんな感傷とは無縁である。気高く盛大に咲き誇り、惜しげもなく、自《みずか》らハラハラ、ハラハラと舞うように、天女が赤い衣を着て地上に下りてくるように散り続けているのである。見る人もいない山の中で……。王維だけの不思議な世界というべきか。

《補説》王維の「辛夷塢」に和した裴迪《はいてき》の作品をあげておく。

「緑堤春草合《りょくていしゅんそうがっ》し、王孫自《おうそんみずか》ら留翫《りゅうがん》す、況《いわ》んや辛夷《しんい》の花有《はなあ》り、色《いろ》は芙蓉《ふよう》と乱《みだ》る」

裴迪の詩の前半二句は、『楚辞』招隠士《しょういんし》の「王孫遊《おうそんあそ》んで帰《かえ》らず、春草生《しゅんそうしょう》じて萋萋《せいせい》たり」を踏まえる。裴迪の詩の王孫は王維を指す。

送別（送別《そうべつ》）　王維《おうい》　〈五言古詩〉

下リテ㆑馬ヨリ飲マシム㆓君ニ酒ヲ㆒　馬《うま》より下《お》りて君《きみ》に酒《さけ》を飲《の》ましむ
問フ㆑君ニ何ニカ所ゾト㆑之ク●　君《きみ》に問《と》う何《いず》くにか之《ゆ》く所《ところ》ぞと
君ハ言フ不シテ㆑得㆑意ヲ　君《きみ》は言《い》う意《い》を得《え》ずして
帰[1]臥セント㆓[2]南山ノ陲ニ●㆒　南山《なんざん》の陲《ほとり》に帰臥《きが》せんと
[3]但ダ去レ[4]莫カラン㆓復タ問フコト㆒　但《た》だ去《さ》れ復《ま》た問《と》うこと莫《な》からん
白雲無シ㆓尽クル時●㆒　白雲《はくうん》尽《つ》くる時《とき》なし

馬からおりて君に酒をついでさしあげる。
ところでおたずねいたしますが、君はいったいどこへいかれるのか。
君は言う、志を得ないから、
南山のほとりに隠退してしまうつもりだと。
そうか、では行きたまえ、もうこれ以上何も聞くまい。
君の行く南山には白雲が永遠に絶えることなく浮かんでいるだろう。

1. 臥　東晋《とうしん》の名宰相謝安《しゃあん》が会稽《かいけい》の東の山に引っ込み、自然とともにある生活を送ったことを、当時の人が「東山《とうざん》に高臥《こうが》す」といった所から隠遁《いんとん》のことを臥《が》という。（178頁補説参照）　**2. 南山**　ここでは終南山《しゅうなんざん》。長安の南にある。　**3. 但去**　但は去を強めた言い方。　**4. 莫**　ない。否定の助字。

《鑑賞》　この詩の題は「送別」となっているが、具体的にだれかを送ったのではない。隠逸の世界をうたっているのである。古詩の中でも一番短い六句の形式を採っている。こういった形式は絶句でも律詩でも出せない味わい、つまり人工を排した古拙《こせつ》な味わいを出すのに効果的である。王維は六句古詩という形式を用いて古拙な隠逸世界をうたおうとした。

第二句の、君に問う、という問いかけの表現、読者は四句目の南山をヒントに陶潜《とうせん》の「飲酒《いんしゅ》その五」（45頁）を意識するだろう。王維のねらいもそこにある。読者を陶潜的隠逸に誘っておいて、最後に白雲を配した。白雲は隠逸世界の象徴である。世俗のうす汚れたものの対極に位置する、高く遠いものである。もはや何を聞く必要もない。作者とともに永遠に尽きることのない白雲を仰ぎ、縹渺《ひょうびょう》たる趣にひたればよいのである。

《補説》 王維の輞川荘《もうせんそう》での生活をうたった作品に、陶潜的世界と白雲が描かれているものがあるので、それを挙げておく。

「谷口疎鐘動《こくこうそしょううご》き、漁樵《ぎょしょう》稍《ようや》く稀《まれ》ならんと欲《ほっ》す。悠然《ゆうぜん》たり遠山《えんざん》の暮《くれ》、独《ひと》り白雲《はくうん》に向《むか》って帰《かえ》る。菱《ひし》の蔓《つる》は弱《よわ》くして定《さだま》り難《がた》し。楊《やなぎ》の花《はな》は軽《かる》くして飛《と》び易《やす》し。東皐春草《とうこうしゅんそう》の色《いろ》、惆悵《ちゅうちょう》して雲扉《うんぴ》を掩《おお》う」〈輞川《もうせん》に帰《かえ》りての作《さく》〉

酌ンデ㆑酒ヲ與フ[1]㆓裴迪ニ㆒（酒《さけ》を酌《く》んで裴迪《はいてき》に与《あた》う）　王維《おうい》　**〈七言律詩〉**

酌ンデ㆑酒ヲ與フ㆑君ニ君自ラ[2]寛ウセヨ●　酒《さけ》を酌《く》んで君《きみ》に与《あた》う君自《きみみずか》ら寛《ゆる》うせよ

お酒をついで君にさしあげる。まあ一杯飲んで、ゆったりした気分になりな

人情飜[3]覆似波[4]瀾
白[5]首相知猶按[6]剣
朱[7]門先[8]達笑弾[9]冠
草色全経細雨湿
花枝欲動春風寒
世事浮雲何足問
不如高[10]臥且加[11]餐

人情《にんじよう》の翻覆《はんぷく》は波瀾《はらん》に似《に》たり
白首《はくしゆ》の相知《そうち》すら猶《な》お剣《けん》を按《あん》じ
朱門《しゆもん》の先達《せんだつ》は弾冠《だんかん》を笑《わら》う
草色《そうしよく》は全《まつた》く細雨《さいう》を経《へ》て湿《うるお》い
花枝《かし》は動《うご》かんと欲《ほつ》して春風《しゆんぷう》寒《さむ》し
世事《せじ》浮雲《ふうん》何《なん》ぞ問《と》うに足《た》らん
如《し》かず高臥《こうが》して且《しばら》く餐《さん》を加《くわ》えんには

さい。

人間の感情なんて、いい時も悪い時もあって、まるでうち寄せる波のようにくるくる変わるものさ。

とも白髪の友人同士だって、利害のためには剣を取って争うこともあるし、先に出世した人たちは、うだつが上がらず、引きを待つ者を冷笑しているのさ。

つまらない雑草は恵みの雨を受けてしっとりとつややかに湿っているのに、高雅な枝の花は、つぼみが開こうとしてもそこに吹く春風は冷たいのだ。

人の世の事なんぞは、まるで浮き雲のようにあてどもないし、はかないものだから、とやかく言うに足りないよ。

そんなことはもうあれこれ考えず、超然として自愛することだ。

1．**裴迪**　字《あざな》不詳。王維《おうい》の若い友人（272頁参照）。2．**自寛**　自ら気分をゆったりさせること。3．**翻覆**　ひっくりかえること。4．**波瀾**　波。5．**白首相知**　互いに白髪《しらが》の友人。6．**按レ剣**　剣のつかを握り相手を斬《き》る構えになること。**7.朱門**　朱塗りの門。貴顕《きけん》の邸宅をいう。**8.先達**　自分より先に出世した者。**9.弾冠**　冠のほこりを払う、つまり官途に就く準備をすること。漢の王吉《おうきつ》が出世すると、親友の貢禹《こうう》は、王吉が自分を推薦《すいせん》してくれることを期待して、冠のほこりを払って待っていた、という故事にもとづく。**10.高臥**　世俗を避けて隠れ住む。**11.加レ飡**　飡は食の意。『古詩十九首《こしじゅうきゅうしゅ》』の「努力《どりょく》して餐飯《さんぱん》を加《くわ》えよ」にもとづく。

《鑑賞》　この詩は王維が若い友人裴迪《はいてき》を慰め励ました詩である。裴迪は後、尚書郎《しょうしょろう》にまでなるが、このころは、おそらく科挙の試験にも受からず、くさっていた失意の時代であったと思われる。その裴迪に対し王維が同情して一緒になって人の世を憤慨してやっているのである。したがって、王維にしては珍しく感情が激した作品になっている。

　さて、この詩の眼目は第一句にある。これは六朝《りくちょう》の鬱屈《うつくつ》詩人鮑照《ほうしょう》の「行路難《こうろなん》に擬《ぎ》す」に「酒《さけ》を酌《く》んで以《もっ》て自《みずか》ら寛《ゆる》うし、杯《はい》を挙《あ》げて断絶《だんぜつ》せよ、路《みち》の難《かた》きを歌《うた》うを」とあるのを踏まえている。試験に失敗して、青菜《あおな》に塩の如《ごと》く、しょんぼり憂鬱《ゆううつ》そうな顔で王維の前に現れた裴迪に、「くよくよしなさんな、まあ一杯お飲みよ」と人生の先輩王維が肩のひとつもたたきながら酒を勧めているのである。格式を重んじる律詩の冒頭に口語調のくだけたうたいぶりを配したのはおもしろい。

　以下裴迪の自信を回復させるように、「お前がだめだったのではない。世間の人間がどいつもこいつもだめなのだ」とうたう。ここには王維自身の実感も含まれよう。抑えてはいるが人間不信が率直に詠じられている。頸聯《けいれん》の対句《ついく》、唐突に自然描写が出てくるが、全体の流れから見て心理を描写したものと考えて差し支えない。

《補説》 この詩は典故が多用されているので語釈にふれたもの以外を紹介する。二句目、晋《しん》の陸機《りくき》の「君子行《くんしこう》」に「天道《てんどう》は夷《い》にして且《か》つ簡《かん》なれども、人道《じんどう》は険《けん》にして難《なん》なり、休咎《きゅうきゅう》（吉凶）は相《あ》い乗《の》り躡《ふ》み、翻覆《はんぷく》すること波瀾《はらん》の若《ごと》し」とあるのを踏まえて、人の心が貧賤富貴《ひんせんふうき》によってころころ変わることをいう。

三句目、『史記《しき》』鄒陽伝《すうようでん》に「諺《ことわざ》に曰《いわ》く白頭《はくとう》も新《あたら》しきが如《ごと》く、傾蓋《けいがい》も故《ふる》きが如《ごと》き有《あ》り」とある故事を踏まえる。つまり心を許し合わねば、とも白髪になるまで交際しても日の浅い付き合いと同じだし、偶然路上で出会い、車のホロを傾けて話し合っても意気投合すれば旧友と同じだ、の意。

八句目、『晋書《しんじょ》』謝安伝《しゃあんでん》に、「累《かさ》ねて朝旨《ちょうし》に違《たが》い、東山《とうざん》に高臥《こうが》す」とある。晋《しん》の謝安《しゃあん》が青年時代政界を離れて会稽《かいけい》の東の山に引っ込み、自由な自然とともにある生活を送った故事を踏まえる。世俗に超然としていることを言う。

送元[1]二使安[2]西 （元二《げんじ》の安西《あんせい》に使《つかい》するを送《おく》る）　王維《おうい》　〈七言絶句〉

渭[3]城朝雨浥[4]軽[5]塵●　渭城《いじょう》の朝雨軽塵《ちょううけいじん》を浥《うる》おす
客[6]舎青[7]青柳[8]色新●　客舎青青柳色《かくしゃせいせいりゅうしょく》 新《あらた》なり
勧君更尽一杯酒　君《きみ》に勧《すす》む更《さら》に尽《つ》くせ一杯《いっぱい》の酒《さけ》

別れの朝、渭城の町に夜来の雨が上がって、軽い土ぼこりをしっとりとうるおしている。宿屋の前には青々とした柳の芽が芽吹いたばかり、それが塵を洗い落とし、水を含んでよりいっそう青々と見える。いよいよ旅立つ元二君、どうぞもう一杯酒を飲みたまえ。

西ノカタ出ヅレバ二陽[9]關ヲ一無カラン二故[10]人一

西《にし》のかた陽関《ようかん》を出《い》づれば故人《こじん》無《な》からん

西の方、陽関という関所を出たならば、もう一緒に酒をくみかわす友達もいないだろう。

1．元二　元が姓、二は排行で、二番目の男、の意。伝記は未詳。**2．安西**　中国の西、甘粛省《かんしゅくしょう》のはずれにある。唐代に安西都護府《あんせいとごふ》という前線の司令部が置かれ、西域の守護に当たった要地。**3．渭城**　都長安の渭水《いすい》をはさんだ向かい側の町。咸陽《かんよう》の別名。当時、西の方へ旅する人をここまで見送って別れる習慣があった。**4．浥**　ぬらす、うるおす。**5．軽塵**　軽い土ぼこり。**6．客舎**　宿屋、旅館。**7．青青**　柳の葉の色が青々として鮮やかなこと。テキストによっては「依依」とするものもある。**8．柳色新**　柳の葉が雨にぬれていっそう鮮やかになったこと。あるいは、柳の新芽の色。中国では昔から旅人に柳の枝を折って餞別《せんべつ》にするならわしがある。**9．陽関**　敦煌《とんこう》の近くにある関所。唐帝国の西のはずれにある。**10．故人**　友人、知人。

《鑑賞》　これは送別の詩の代表ともいうべき作品である。元二《げんじ》は使者の役目を帯びて安西へ旅立つのである。安西は地図を開けば一目瞭然《りょうぜん》、西北のすみにある。長安、渭城《いじょう》からの距離を想像すれば、思わずため息が出そうなほど遠い、砂漠の果てだ。

前半二句はすがすがしい雨上がりの朝の情景。昨夜、長安から元二を送ってこの渭城の町へ来た。一晩別れの宴を催して、今朝《けさ》はいよいよお別れ。軽い土ぼこりもしっとりうるおっている。宿屋の前には青柳。春浅い時分の青々とした柳の芽。しかも雨に洗われていっそう鮮やかである。目にしみるような青さ。中国では昔から別れの場面に柳がつきものだが、ここでも印象的に使われている。秋の夕暮れの寂しい雰囲気《ふんいき》も別れにふさわしいが、この詩は逆をいった。春の朝の、雨上がりの落ち着いたくっきりした情景。これが一つの趣向であり、後半のやるせない送別の情を際立たせる効果を持つのである。

　後半二句。昨夜は遠くへ旅立つ元二と心ゆくまで酒を飲んだ。だが、いよいよ出発の今となれば、またこみ上げてくるものがある。だから、せめてもう一杯と。この句「更」の字が非常によく効いている。西の方へ行き陽関を出たら、そこは砂漠の広がる未知の世界。一緒に酒を飲む友達もいないだろう。更に尽くせ一杯の酒。「もう一杯」の重みが迫ってくる。尽きせぬ名残が朝の情景の中に余韻となって嫋々《じょうじょう》として漂ってくる。

《補説》 この詩は『楽府詩集《がふししゅう》』では「渭城曲《いじょうきょく》」という題になっている。唐代を通じて送別の席で歌われた。三度繰り返して歌うことから、陽関三畳《ようかんさんじょう》といわれる。

▽●印は押韻を示す。140頁参照。

九[1]月九日憶[2]山中兄弟（九月九日《くがつここのか》山中《さんちゅう》の兄弟《けいてい》を憶《おも》う）　王維《おうい》　**〈七言絶句〉**

獨リ在ツテ[3]異郷ニ為ル[4]異客ト　　独《ひと》り異郷《いきょう》に在《あ》って異客《いかく》となる

毎ニ逢フ[5]佳節ニ倍ス思フ親[6]●ヲ　　佳節《かせつ》に逢《あ》うごとに倍《ますま》す親《しん》を思《おも》う

自分ひとりが故郷を離れ、よその国で旅人となっている。めでたいお節句に出会うたびに、いよいよ故郷の親兄弟を懐かしく思うのである。

遙カニ知ル[7]兄弟登ル[8]レ高キニ処
遍ク挿シテ[9]二茱萸ヲ一少クヲ[10]二一人ヲ一●

遥《はる》かに知《し》る兄弟《けいてい》高《たか》きに登《のぼ》る処《ところ》
遍《あまね》く茱萸《しゅゆ》を挿《さ》して一人《いちにん》を少《か》くを

兄弟たちが高いところに登ってその折に、皆そろって茱萸を挿している中に、自分一人が欠けている情景を、はるかに想像する。

1. 九月九日　重陽《ちょうよう》の節句。**2. 山中**　テキストによっては「山東」とするものもある。山東は、華山《かざん》の東をいう。**3. 異郷**　よその国、他郷。ここでは長安。**4. 異客**　故郷を離れて旅をしている者。**5. 佳節**　めでたい節句。**6. 親**　おやという意味でなく、親兄弟を含めた、はらから、一族の意。**7. 知**　次の句の最後までかかる。**8. 登レ高処**　「高きに登る処《ところ》」と読む。高き処に登るではない。処は、……する折、場合。**9. 挿二茱萸一**　茱萸《しゅゆ》は、和名をカワハジカミといい、赤い実が生《な》る。邪気《じゃき》払いの力があると信じられていた。九月九日の節句には、茱萸を挿し、高所に登って菊酒を飲み、悪気を避け疫病を防ぐ風習があった。**10. 少二一人一**　少は足りない、欠けている。一人は王維自身のこと。

《鑑賞》　この作品は王維の自注で、時に年十七とある。王維は山西省《さんせいしょう》のいなかから、十五歳のころ都の長安へ出てきた。今でいう受験準備のためである。といって、ただ勉強ばかりしていたのではない。上流階級の人たちに名を知られ、認められることも必要であった。絵に詩に音楽にと豊かな才能に恵まれた王維は、たちまち王侯貴族の間で評判になり、サロンの寵児《ちょうじ》となった。年十七とか十八とかの自注のある詩がいくつか残っているが、当時の王維のもてはやされぶりがしのばれる。唐代の詩人で十代の作品が伝わっている例はあまりない。王維が若いころから社交場で才能をふるったことがうかがえよう。

この詩は九月九日、重陽の節句に故郷を懐かしんで作ったものである。重陽の節句には、「登高」といって高い所へ登って邪気払いをする風習があった。異郷にある者が高い所に登れば、故郷を懐かしく思うのも人情の自然。十七歳の少年王維も、故郷にいれば家族そろって登高していただろう。が、今は、異郷の都長安で、異客（仮住まいの身）となっているのである。起句の異郷異客は語呂《ごろ》のおもしろさをねらった。この句は、初唐の詩人王勃《おうぼつ》の「九月九日望郷台《くがつここのかぼうきょうだい》、他席他郷客《たせきたきょうかく》を送《おく》るの杯《はい》」の詩句（77頁参照）を連想させる。時は佳節《かせつ》、都長安の人々も一族連れだって賑《にぎ》やかに、登高に出かけている。王維は一人ぼっちで重陽の節句を過ごすのである。逢《あ》う毎《ごと》に、と言っているのは、王維は十五歳の時上京しているので、去年もそうだった、おととしも……という気持ちを含む。

後半二句は、兄弟たちは赤い茱萸の実を挿して登高し、たった一人欠けている長兄の自分のことをしのんでいるだろうなあ、と遥《はる》かに思いやっているのである。この後半は自分が故郷を思うというストレートな言い方でなく、故郷の兄弟たちが私を思ってくれているだろうなあという、ひとつひねった言い方になっている。そこにかえって強い望郷の念というものが読者に伝わってくるのである。「少一人」、それは自分のことなのである。

日常王侯貴族の間でいっぱしに交際していたであろうけれども、まだなんといっても十七歳。その寂しさは、ついこういったところに出てしまう。いかにも少年らしい素直な感情がよく出た作品である。

《補説》 異郷にあって望郷の念を覚えた、というテーマの屈折した表現で、王維のこの詩に近似している作品には、盛唐の詩人高適《こうせき》の「除夜《じょや》の作《さく》」（258頁）がある。

王維は十代の時の作品が残っている数少ない詩人の一人である。今、王維の自注に、時に年十五とある詩を一首紹介する。十五歳の作というのは、それらの詩の中でも稀有《けう》な例といえよう。

「君家雲母障／持向二野庭一開／自有二山泉入一／非下因二彩画一来上（君《きみ》が家《いえ》の雲母《うんも》の障《しょう》を、持《じ》して野庭《やてい》に向《むか》って開《ひら》けば、自《おのず》から山泉《さんせん》の入《い》る有《あ》り。彩画《さいが》に因《よ》って来《きた》れるには非《あら》ず）」〈題二友人雲母障子一（友人《ゆうじん》の雲母《うんも》の障子《しょうじ》に題《だい》す）〉

雲母の障子とは、雲母製のついたて・びょうぶの類。友人の家から雲母の障子を拝借して来て、自分の家で庭に向かって開く。野庭の「野」は謙遜《けんそん》の語。そうすると庭の築山やら泉水やらといった自然の風物が、きらきら輝く雲母の障子に映り、一幅の絵画ができた。でもこれは絵をかいたから描写されたのではない。偶然に支えられた二次元の美、なのだ。

絵画の才にもすぐれた少年王維の新鮮な感動が、素直な筆致で表現されている。また、王維は自然詩人として後世に名を残しているが、この詩からもその萌芽《ほうが》が看取されよう。

ちなみに王維の少年の日の作として知り得る詩を列挙すると（自注に拠《よ》る）、「題二友人雲母障子一（友人《ゆうじん》の雲母《うんも》の障子《しょうじ》に題《だい》す）」―十五歳、「過二秦始皇墓一（秦始《しんし》皇《こう》の墓《はか》を過《と》う）」〈五言律詩〉―十五歳、「洛陽女児行（洛陽《らくよう》の女児《じょじ》行《こう》）」〈七言古詩〉―十六歳、「九月九日憶二山中兄弟一（九月九日《くがつここのか》山中《さんちゅう》の兄弟《けいてい》を憶《おも》う）」〈七言絶句〉―十七歳、「哭二祖六自虚一（祖《そ》六自《ろくじ》虚《きょ》を哭《こく》す）」〈五言排律〉―十八歳、「賦得三清如二玉壺冰一（賦《ふ》して清《きよ》きこと玉壺《ぎょくこ》の氷《こおり》の如《ごと》きを得《う》）」〈五言排律〉―十九歳、「李陵詠（李陵詠《りりょうえい》）」〈五言古詩〉―十九歳、「桃源行（桃源行《とうげんこう》）」〈七言古詩〉―十九歳、「息夫人（息夫人《そくふじん》）」〈五言絶句〉―二十歳、「燕支行（燕支《えんし》行《こう》）」〈七言古詩〉―二十一歳……など、都合十首ある。

このなかで、自然詩の傾向をもつのは、この作品と「桃源行」である。

排律《はいりつ》について

　排律は近体詩の一形式で、律詩に含まれる。律詩は八句を原則とするが、時には十二句・十六句ないし五十句といった長いものが作られることもある。この八句より句数の多い律詩を、長律または排律と称する。排律は、句の総数が必ず偶数でなければならず、しかも八句に四を足していった数にするのが大多数である。また、一句の字数は、五言が最も普通の形である。七言は中唐以後に作られた例はあるが、全体の数から見れば問題にならないほど少ない。したがって詩の規則はすべて五言律詩に準じて考えればよい。例えば排律における対句は、律詩の首聯《しゅれん》と尾聯《びれん》にあたる聯以外はすべて対句《ついく》になっていなければならない。「秘書晁監《ちょうかん》の日本国に還るを送る」（162頁参照）の詩でも、三・四句、五・六句、七・八句、九・十句は対句になっている。また押韻も、五言律詩と同じく偶数句末に踏む。この詩の場合は、東、空、風、紅、中、通である。押韻の数は全句数の半分になる。きちんと偶数句末で押韻することから、排律の句数を数える時、例えば五言十二句の排律ならば、**五言六韻の排律**と呼ぶのが通例になっている。六韻とは押韻の場所が六つあることを意味する。五言十韻の排律といえば二十句、五言五十韻といえば百句あることになる。ただ、五言排律の一般的な長さは六韻、または八韻である。また、平仄《ひょうそく》も律詩と同じく厳重に守られた。

　唐では科挙で詩を作らせたが、通常六韻以上の五言排律と決められていた。答案として作られた詩を「**詩帖詩**《しじょうし》」という。その例として中唐の銭起《せんき》の詩を紹介する。「善鼓㆓雲和瑟㆒／常聞帝子霊／馮夷空自舞／楚客不㆑堪㆑聴／苦調凄㆓金石㆒／清音入㆓杳冥㆒／蒼梧来怨慕／白芷動㆓芳馨㆒／流水伝㆓瀟浦㆒／悲風過㆓洞庭㆒／曲終人不㆑見／江上数峯青（善《よ》く雲和《うんわ》の瑟《しつ》を鼓《こ》するは、常に聞く帝子の霊と。馮夷《ふうい》は空しく自から舞い、楚客《そかく》は聴くに堪えず。苦調《くちょう》は金石より凄《かな》しく、清音は杳冥《ようめい》に入《い》る。蒼梧《そうご》より来《きた》りて怨慕《えんぼ》し、白芷《はくし》は芳馨《ほうけい》を動かす。流水瀟浦《しょうほ》に伝わり、悲風洞庭を過ぐ。曲終って人見えず、江上《こうじょう》数峰《すうほう》青《あお》し）」〈湘霊鼓㆑瑟（湘霊瑟を鼓す）〉（付録「漢詩入門」参照）

李《り》白《はく》　〔盛唐〕（七〇一〜七六二）

字《あざな》は太白《たいはく》。蜀《しょく》（四川省《しせんしょう》）の人とも、山東《さんとう》（山東省）の人とも、隴西成紀《ろうせいせいき》（甘粛省《かんしゅくしょう》）の人ともいうが、蜀の青蓮郷《せいれんきょう》（綿陽《めんよう》県）とするのが通説である。号は青蓮居士《せいれんこじ》、酒仙翁《しゅせんおう》または詩仙《しせん》と称せられた。父は西域との通商に従事していた富裕な商人であったらしく、李白は西域の砕葉《スヤブ》で生まれたという。その出生のとき、母が太白《たいはく》星《せい》（宵《よい》の明星《みょうじょう》）を夢にみて生んだという伝説がある。その後、五歳の時に蜀の綿州《めんしゅう》に移住。二十歳の半ばころまで、この地で生活した。

五歳のころには六甲《りくこう》（干支《えと》）をそらんじ、十歳では老荘をはじめ諸子百家を読みあさった。十五歳のころは、奇書を読み、詩を作っては司《し》馬相如《ばしょうじょ》をもしのいだと自負している。このように早くから、文学の方面には、その才能を発揮していた。二十歳の冬、礼部尚書蘇頲《れいぶしょうしょそてい》（98頁）が益州《えきしゅう》（四川省）刺史《しし》となってきた時、李白は面会に出かけた。蘇頲は李白をみて、「天才である。司馬相如と比肩しうるだろう」と、その才能を認めた。一方、十五歳ころから剣術を好んで、十九歳ころ任侠《にんきょう》の仲間に入り、人を殺したこともあったと、後年いっている。峨眉山《がびさん》や岷山《びんざん》にこもって、東巌子《とうがんし》という隠者とともに、めずらしい鳥を相手に暮らした。二十五歳のころ長江を下り、蜀の地を出、江陵《こうりょう》・長沙《ちょうさ》・金《きん》陵《りょう》など各地に遊び、安陸《あんりく》（湖北省《こほくしょう》）にきて、元宰相《さいしょう》の許圉師《きょぎょし》の孫娘と結婚し、この地に十年間とどまった。その後、安陸をはなれ、山東に行き魯郡兗州《ろぐんえんしゅう》に寓居《ぐうきょ》する。

孔巣父《こうそうふ》・裴政《はいせい》・張叔明《ちょうしゅくめい》・韓準《かんじゅん》・陶沔《とうべん》らの五人とともに徂徠山《そらいざん》で会合し、酒をほしいままに飲み、「竹谿《ちくけい》の六逸《りくいつ》」と呼ばれる隠逸の生活を送った。四十二歳、道士呉筠《ごいん》と剡中《せんちゅう》（浙江省《せっこうしょう》）にいた時に、たまたま呉筠が宮中に召された。その時、呉筠は李白を朝廷に推挙。朝廷から召されて長安に出た李白は翰林供奉《かんりんぐぶ》となる。李白を一見した賀知章《がちしょう》（119頁）は、「天上の謫仙人《たくせんにん》なり」と賞賛した。翰林院《かんりんいん》では詔勅《しょうちょく》や詩文などを草していたが、高力士《こうりきし》や張均《ちょうきん》らに讒言《ざんげん》され朝廷を追放された。都《と》長安での生活の一面は杜甫《ほ》の「飲中八仙歌《いんちゅうはっせんか》」（282頁）や「清平調詞《せいへいちょうし》」（213頁）にうかがい知ることができる。

長安を追われた李白は、東都洛陽《らくよう》で杜甫（275頁）に逢《あ》う。時に李白四十四歳、杜甫は十一歳年少の三十三歳であった。この出会いを、中国の学者聞一多《ぶんいった》は「四千年の歴史の中で、これほど重大で、これほど神聖で、これほど記念的な出会いはない。それは青天で太陽と月とが衝突したようである」と評している。その後、高適《こうせき》（255頁）を加えて、酒を飲み、詩を賦《ふ》し、愉快な日々を送った。李白と杜甫の交友は深く厚いものであった。だが、その交友にも別れの時がきた（221頁参照）。杜甫と別れた李白は各地（江東《こうとう》・会稽《かいけい》・金陵・尋陽《じんよう》・南陽《なんよう》・邯鄲《かんたん》・幽《ゆう》州《しゅう》・宣城《せんじょう》・広陵《こうりょう》など）を放浪して歩いた。これ以降は不遇の生活であった。

天宝十四（七五五）年の十一月に安禄山《あんろくざん》が反乱をおこす。その翌年の至徳元（七五六）年の冬、五十六歳の李白は、安禄山討伐と称する玄宗皇帝の子、永王璘《りん》に招かれ、その幕僚として政治の舞台に復帰したのであったが、永王璘と兄の粛宗《しゅくそう》との仲たがいから、永王璘の軍は反乱軍とみなされ、官軍と戦って敗れた。李白は彭《ほう》沢《たく》まで逃げたが、捕らえられて尋陽《じんよう》（江西省《こうせいしょう》）の獄につながれる。夜郎《やろう》（貴州省《きしゅうしょう》）に流され、長江をさかのぼって、巫山《ふざん》まで来た時、乾元《けんげん》二（七五九）年の大赦《たいしゃ》によって釈放された。

その後長江を下り、金陵（南京）に遊び、さらに宣城・歴陽《れきよう》のあたりを往来し、当塗《とうと》（安徽《あんき》省《しょう》）の県令であった李陽冰《りようひょう》のもとに身を寄せていたが、腐脇疾《ふきょうしつ》という病にかかり、宝応元（七六二）年の十一月乙酉《きのととり》の日に死んだ。時に六十二歳であった。一説には、長江上に舟を浮かべて遊んでいたところ、舟中《しゅうちゅう》で酔って江上の月をとろうとして溺死《できし》したともいわれている。いかにも李白らしい逸話である。

出生にしても、死亡に際しても、エピソードのいろいろある李白であるが、こんな話も残されている。李白が長安を追放されて、放浪の旅をつづけていたある時、酔って驢馬《ろば》に乗り、県令の門前を通りすぎようとしてとがめられたので、「自分の反吐《へど》を天子に拭《ふ》いてもらい、御製《ぎょせい》の羹《あつもの》をたべ、貴妃《きひ》の持つ硯《すずり》で詩を賦し、高力士に靴《くつ》を脱がさせた。天子の門前でも馬に乗って通ったのに、驢馬にも乗れないのか」と言った。県令は驚いて、あやまった。代宗が即位した時、左拾遺《さしゅうい》の官をもって召されたが、すでに死亡した後であった。

李白は杜甫と並んで中国を代表する大詩人であったが、その作風は相反していた。杜甫の「詩聖」に対して「詩仙」と称され、長編の古詩を得意とし、また、絶句に秀でていた。豪放であって、天馬《てんば》空《くう》を行くがごとく、筆の運ぶにまかせて、句ができあがるという天才詩人であった。『李太白詩集《りたいはくししゅう》』三十巻がある。

峨[1]眉山月ノ歌（峨眉山月《がびさんげつ》の歌《うた》）　李白《りはく》　〈七言絶句〉

峨眉山月半[2]輪ノ秋●
影[3]ハ入ッテ二平[4]羌江水ニ一流ル●
夜發シテ二清[5]溪ヲ一向フ二三[6]峽ニ一●
思ヘドモレ君[7]ヲ不レ見エ下ル二渝[8]州ニ一●

峨眉山月半輪《がびさんげつはんりん》の秋《あき》
影《かげ》は平羌江水《へいきょうこうすい》に入《い》って流《なが》る
夜清渓《よるせいけい》を発《はっ》して三峡《さんきょう》に向《む》かう
君《きみ》を思《おも》えども見《み》えず渝州《ゆしゅう》に下《くだ》る

峨眉山上に半輪の秋の月がかかり、その月の光が平羌江の水の上に映って、ちらちらと流れていくように見える。

私は夜中に清渓を舟出して三峡に向かっていく。

やがて山がせまり、岸がそびえるにつれて、月はいつしかかくれ、あの月を見たいと思ったが、ついに見ることができず、渝州に下っていく。

1. 峨眉山　四川省《しせんしょう》の西部にある、標高三〇九九メートルの高い山。四川省の名山として知られ、月の名所でもある。**2. 半輪**　半円。**3. 影**　光。**4. 平羌江**　別名青衣江《せいいこう》といい、峨眉山《がびさん》の北を流れ、大渡河《だいとか》に注ぎ、その大渡河が岷江《びんこう》に合流している。岷江とは、この辺りを流れる長江のことである。**5. 清渓**　宿場の名。大渡河と岷江との合流点から下流へ少し下ったところにある。峨眉山の東南。今の四川省内江県《ないこうけん》にあたる。**6. 三峡**　長江が四川省から湖北省にはいる付近は、両岸に山がせまって、峡谷を形成している。急流でけわしい瞿塘峡《くとうきょう》・巫峡《ふきょう》・西陵峡《せいりょうきょう》を三峡《さんきょう》という。**7. 君**　月を指す。**8. 渝州**　今の重慶《じゅうけい》。

《鑑賞》　李白、二十五歳ころの作。李白が蜀の清渓《せいけい》の地から希望と不安を抱きながら舟出した時の作品である。この詩は後出の「早《つと》に白帝城《はくていじょう》を発《はっ》す」（次頁）の詩とともに、李白の傑作中の傑作といわれている。その理由の一つは、峨眉山・平羌江《へいきょうこう》・清渓・三峡それに渝州《ゆしゅう》という固有名詞を五つも使っているものの、それらがめざわりとならずに、却《かえ》って、詩のイメージを作り出していること。例えば、峨眉山といえば、高山を想像し、平羌江といえば、ゆったりとした流れを連想させる。清渓はといえばすがすがしい雰囲気《ふんいき》が漂っている。また眉・平・清の文字が、月の縁語にもなっていることも注目しなければならない。つまり、固有名詞の文字の効果を巧みに生かしているのである。

《補説》　この詩を明《みん》の王世貞《おうせいてい》は「後人《こうじん》をして之《これ》を為《な》さしめば、恐《おそ》らくは痕跡《こんせき》に勝《た》えざらん」と賞賛している。また、宋《そう》の詩人蘇軾《そしょく》（615頁）に、「峨眉山月半輪《がびさんげつはんりん》の秋《あき》、影《かげ》は平羌江水《へいきょうこうすい》に入《い》って流《なが》る。謫仙《たくせん》の此《こ》の語《ご》誰《たれ》か解《よ》く道《い》わん、請《こ》う君月《きみつき》を見《み》て時《とき》に楼《ろう》に登《のぼ》れ」〈張嘉州《ちょうかしゅう》を送《おく》る〉という詩がある。蘇軾も蜀の人で、李白に傾倒していた。

日本の俳句にも、この「峨眉山月《がびさんげつ》の歌《うた》」詩に着想を得ているものがある。

月曇り信濃は大き山こぞる　水原秋桜子《みずはらしゅうおうし》

早[1]發白[2]帝城（早《つと》に白帝城《はくていじょう》を発《はつ》す）　李白《りはく》　〈七言絶句〉

朝辭白帝彩[3]雲間●　朝《あした》に辞《じ》す白帝彩雲《はくていさいうん》の間《かん》
千[4]里江陵一[5]日還●　千里《せんり》の江陵《こうりょう》一日《いちにち》にして還《かえ》る
兩岸猿[6]聲啼[7]不住　両岸《りょうがん》の猿声《えんせい》啼《な》いて住《や》まざるに
輕舟已過萬[8]重山●　軽舟《けいしゅう》已《すで》に過《す》ぐ万重《ばんちょう》の山《やま》

朝早く朝焼け雲のたなびく白帝城に別れをつげて、三峡を下ると、千里もの距離がある江陵に、たった一日でついてしまう。切りたつ両岸では、群れをなす猿のなき声が絶え間なく続いている。そのなき声が続いているうちに、私の乗った軽い舟は、いくえにも重なった山の間を通り抜けてゆく。

1. 早　朝早く。**2. 白帝城**　四川省奉節県《しせんしょうほうせつけん》の東十三里にある。切り立つがけの中腹に立って、瞿塘峡《くとうきょう》に臨んでいる。漢末に公孫述《こうそんじゅつ》（?〜三六）が築いたとりで。述がここへ来た時、白竜が井戸の中から出た。また、五行相剋説《ごぎょうそうこくせつ》によれば、漢《かん》は土徳《どとく》で、これに勝つには金徳《きんとく》でなければならない。そこでその象徴の色の白にちなんで、自ら白帝《はくてい》と称し、とりでを白帝城と呼んだ。のちに、蜀《しょく》の劉備《りゅうび》（一六一〜二二三）がここを居城としたこともある。**3. 彩雲**　朝焼け雲。**4. 千里江陵**　江陵《こうりょう》まで千里の舟旅の意味。江陵は湖北省江陵県。一名荊州《けいしゅう》と呼ぶ。白帝城と江陵との間は千二百中国里。約六百キロある。『荊州記《けいしゅうき》』に「朝《あした》に白帝《はくてい》を発《はっ》し、暮《くれ》に江陵《こうりょう》に宿《やど》る。およそ一千二百余里《より》、飛《ひ》雲迅雨《うんじんう》と雖《いえど》も過《す》ぐる能《あた》わざるなり」とあり、杜甫《とほ》（275頁）にも、「朝《あした》に白帝《はくてい》を発《はっ》し暮《くれ》に江陵《こうりょう》、頃来目撃《このごろもくげき》するに信《まこと》に徴《しるし》有《あ》り」〈最能行《さいのうこう》〉とある。**5. 一日還**　実際には一日では江陵までは行かない。三日ぐらいはかかるらしい。これは川の速さ（最大流速一時間二十四キロ）をいう慣用語になっている。なお「還」は必ずしも、「かえる」意ではない。韻にあたっているためにこの字を用いたか、また、江陵と白帝の間を往復する舟便のかえり舟とも考えられる。**6. 猿声**　中国の長江ぞいの地方にいる猿は、毛が黒く、手足が長いもので、なき声は「キーッ、ケォーッ」とつんざくように長くなく。中国では猿は悲しい動物として、詩や文章にでてくる。当時の民謡に「巴東三峡巫峡長《はとうさんきょうふきょうなが》し、猿鳴《さるな》いて一声涙《いっせいなみだ》裳《もすそ》を沾《うるお》す」（巴《は》東三峡《とうさんきょう》の一帯、巫峡《ふきょう》が最も長い難所だ。そこでは猿が一声なくともう悲しくて涙が衣をぬらす）というのがある。**7. 啼不レ住**　絶え間なしになく。「啼不尽」に作るテキストもある。**8. 万重山**　幾重にも重なる山々のこと。

《鑑賞》　二十五歳ころの作。一説には五十九歳の時、夜郎《やろう》に流される途中、恩赦《おんしゃ》にあって引き返す時の作というが、その根拠は「還」の字である（語釈参照）。しかし、全体の味わいを考えてみると、はじめて蜀の山国を出て行く二十五歳の作とみたい。

この詩は古来李白の傑作とされ、清《しん》の王士禎《おうしてい》（687頁）は唐代七絶の随一と称している。第一句、白帝の「白」と彩雲の「赤」の対比。この彩りは、早朝のさわやかさを印象づける効果がある。また、この朝焼け雲といえば、宋玉《そうぎょく》の「高唐賦《こうとうふ》」にうたわれた、巫山《ふざん》の神女の故事「楚《そ》の懐王《かいおう》が昼寝の夢に神女と枕を交わし、神女が立ち去る時に『私は巫山の峰に住み、朝には雲、夕には雨となりましょう』といった」という恋の物語が連想される。ここでは直接巫山の故事が詩に影を落としているのではないが、色の対比とともに浮き立つような旅情をかもし出している。第二句は「千里」と「一日」とを対応させて、舟旅のスピード感をだしている。またラ行音の「千里《り》の江陵《りょう》」とのびやかに発音し、次に「一日《いちにち》」というつまる音を使っていることの音声上の効果にも注意しなければならない。第三句、この詩の大きなポイントがここにある。それは猿のなき声である。語釈でも少しふれたように、中国では猿の声を聞くと、悲しくて腸が断ち切れるというような表現の詩が多くみうけられる。謝霊運《しゃれいうん》の詩に「嗷嗷《きょうきょう》として夜猿《やえん》啼《な》く」という句があり、嗷嗷という猿のなき声の形容からみても、キーッ、ケォーッとつんざくようななき声がわかろう。日本の猿のキャッキャッというなき方とは違うようである。この猿の声が両岸のこだまを呼び、蜀の地よサヨナラという郷愁や感傷をよびおこしている。つまり、ここから先は中国の中心部へ出ていくことへの感傷が、猿声によってより効果をあげている。第一句の視覚の世界に対して、ここでは聴覚の世界である。結句は軽舟の「軽」と万重の「重」の対比でどっしりとした山と重量感を出し、軽舟をもって軽快な気分をかもしてしめくくっている。李白らしい力感にあふれた、しかも細かい心配りのこらされた作品である。

《補説》　猿が悲しい動物の例証として、「断腸」の語がある。「断腸」とは腸《はらわた》がちぎれるほど悲しむことをいう。『世説新語《せせつしんご》』黜免編《ちゅつめんへん》からでた故事成語である。それによると、「桓温《かんおん》将軍が三峡にさしかかった時、部下の一人が子猿を捕らえた。母猿は岸で悲しげになき、百余里もついて離れず、最後には舟の上に飛びこみ、そのまま息たえた。その腹をさいてみると、腸はズタズタに断ち切れていた」とある。
なお、日本の俳句にもこの詩に着想を得たと思われるものがある。

声かれて猿の歯白し峰の月　榎本《えのもと》其角《きかく》

静夜思[1]（静夜思《せいやし》）　李白《りはく》　**〈五言絶句〉**

牀[2]前看[3]ル二月光ヲ一　牀前月光《しょうぜんげっこう》を看《み》る
疑フラクハ是レ地[4]上ノ霜カト　疑《うたが》うらくは是《こ》れ地上《ちじょう》の霜《しも》かと
擧レゲテ頭ヲ望[5]ミ二山月ヲ一　頭《こうべ》を挙《あ》げて山月《さんげつ》を望《のぞ》み
低レテ頭ヲ思フ二故郷ヲ一　頭《こうべ》を低《た》れて故郷《こきょう》を思《おも》う

秋の静かな夜、寝台の前に月の光が白くさしこむのを見て、地上に降った霜かと疑うほどであった。だが、よくよく見ると、霜ではなかった。そこで、光をたどって頭をあげてみると、山の端(は)に月がかかっている。その月をながめているうちに、故郷のことが思いおこされ、頭は知らず知らずうなだれて、私はいつかしみじみと望郷の念にひたっている。

1．静夜思　静かな夜の思い。楽府《がふ》であるが、唐以前にはなく、李白の創作になる楽府である。**2．牀**　寝台。**3．看二月光一**　テキストによっては「明月光」に作る。「看」は目の上に手をかざしてみる意であるが、ここでは月の光をながめるぐらいの意。**4．地上霜**　寝台近くを照らす月光を地上に降った霜かと疑った。梁《りょう》の簡文帝《けんぶんてい》に「夜月似二秋霜一（夜月秋霜《やげつしゅうそう》に似《に》たり）」〈玄圃納涼《げんぼのうりょう》〉とある。**５・望二山月一**「望明月」に作るテキストもある。

《鑑賞》 李白三十一歳の時、安陸《あんりく》（湖北省安陸県）の小寿山にいたときの作。静かな月光にさそわれて、おのずと湧《わ》き出る望郷の念をしみじみとうたったものである。この詩の第一句と第二句は叙景を、後半の第三句と第四句は叙情をよんだものといわれ、前二句は無心、後二句は有心《うしん》の句であるといわれる。語句の点からみると、三句と四句が対句《ついく》の形と見てよい。

この詩は、寝台の前の月光を霜かと疑い、月の光を認め、それが山の端《は》にかかるのを見、見ているうちに故郷がしのばれてうなだれる、というように、動きが自然に流れている。そこに、月の光に照らし出された作者の姿がおのずからありありと現れてくる。素朴《そぼく》なタッチで、深い心をうたった作品である。

《補説》 月光をみて、望郷の念や悲愁の感情をいだく表現は、漢詩では、数多く見られる。例えば、月夜夫を思って感傷にひたる情を詠じた『古詩十九首《こしじゅうきゅうしゅ》』の「明月何皎皎／照二我羅牀幃一／憂愁不レ能レ寐／攬レ衣起徘徊／客行雖レ云レ楽／不レ如二早旋帰一／出レ戸独彷徨／愁思当レ告レ誰／引レ領還入レ房／涙下霑二裳衣一（明月何《めいげつなん》ぞ皎皎《こうこう》たる、我《わ》が羅《ら》の牀幃《しょうい》を照《て》らす。憂愁《ゆうしゅう》して寐《い》ぬる能《あた》わず、衣《ころも》を攬《と》りて起《た》って徘《はい》徊《かい》す。客行楽《かくこうたの》しと云《い》うと雖《いえど》も、早《はや》く旋帰《せんき》するに如《し》かず。戸《こ》を出《い》でて独《ひと》り彷徨《ほうこう》し、愁思当《しゅうしまさ》に誰《たれ》にか告《つ》ぐべき。領《くび》を引《ひ》いて還《かえ》りて房《ぼう》に入《い》れば、涙下《なみだくだ》りて裳衣《しょうい》を霑《うるお》す）」〈古詩十九首其十九（古詩十九首《こしじゅうきゅうしゅ》その十九《じゅうきゅう》）〉などである。悲愁の情をいだく歌は『古今集《こきんしゅう》』にもみられる。

月見れば千々《ちぢ》にものこそ悲しけれわが身一つの秋にはあらねど　大江千里《おおえのちさと》

「静夜思」と同趣の歌としては、次の歌がある。

あさぼらけ有明《ありあけ》の月と見るまでに吉野の里にふれる白雪　坂上是則《さかのうえのこれのり》

春夜洛[1]城《ニ》聞《ク》レ笛《ヲ》（春夜洛城《しゅんやらくじょう》に笛《ふえ》を聞《き》く）　李白《りはく》　**〈七言絶句〉**

誰《ガ》家《ノ》玉[2]笛《カ》暗[3]《ニ》飛《バス》レ聲《ヲ》●
散《ジテ》入《ツテ》二春風《ニ》一滿《ツ》二洛城《ニ》一●
此《ノ》夜曲中聞《ク》二折[4]柳《ヲ》一
何人《カ》不《ラン》レ起《サ》二故[5]園《ノ》情《ヲ》一●

誰《た》が家《いえ》の玉笛《ぎょくてき》か暗《あん》に声《こえ》を飛《と》ばす
散《さん》じて春風《しゅんぷう》に入《い》って洛城《らくじょう》に満《み》つ
此《こ》の夜《よ》曲中《きょくちゅう》折柳《せつりゅう》を聞《き》く
何人《なんぴと》か故園《こえん》の情《じょう》を起《おこ》さざらん

どこの家で、だれが吹く笛の音（ね）であろうか、どこからともなく聞こえてくる。

その笛の音は春風に乗って洛陽（らくよう）の町のすみずみまで響きわたる。

この夜、吹く曲の中で、別離をうたう折楊柳の曲を聞いたが、この曲を聞いて、いったいだれが故郷を思う切ない気持ちを起こさないだろうか。

1．洛城　洛陽城《らくようじょう》。城は町。今の河南省《かなんしょう》洛陽市で、唐代は西都長安に対して東都（副都ともいう）といった。**2．玉笛**　美しい笛。**3．暗**　どこからともなく、の意。一説に、夜の暗がりの中に、と解する。**4．折柳**　「折楊柳《せつようりゅう》」という曲名。別離の時に奏《かな》でる曲の名。古来、旅立つ人を見送る時、楊柳の枝を折ってはなむけとする習慣があった。**5．故園情**　故郷を思う心。

《鑑賞》李白、三十四、五歳ころの作。この詩は、山西《さんせい》の太原《たいげん》に遊んでの帰途、洛陽に滞在している時、折楊柳の曲を聞いて、望郷の念を起こしたことを述べたものである。

この詩の用字法は寸分の隙《すき》もないといわれる。すなわち、「誰」は「暗」と応じ、「飛」と「散」とは「春風」を呼び起こす、「春風」は題の「春夜」の春に応じ、一方で転句の「柳」を呼び起こす。また、転句の「此夜」は題の春夜の夜と応じ、「折柳」は別離の曲であるから結句の「故園の情」を呼び起こす。承句の「満」の字は、結句の「何人不起」と応ずる、という具合である。

こうした文字の照応だけにとどまらず、目では見ることができない文字を連ねて（例えば、暗・散・飛など）、不安な感情を呼び起こしている。平易な文字の使用の中にも、無限の懐郷の情が漂っている。飄逸《ひょういつ》とか豪放とか評せられる李白の一面を見る作品である。

客中作[1]（客中《かくちゅう》の作《さく》）　李白《りはく》　〈七言絶句〉

蘭[2]陵ノ美酒鬱[3]金香●
玉[4]椀盛リ來ル琥[5]珀ノ光●
但[6]ダ使ムレバ二主[7]人ヲシテ能ク醉ハ一レ客[8]ヲ

蘭陵《らんりょう》の美《び》酒鬱金香《しゅうつこんこう》
玉椀盛《ぎょくわんも》り来《きた》る琥珀《こはく》の光《ひかり》
但《た》だ主人《しゅじん》をして能《よ》く客《かく》を酔《よ》わしむれば

蘭陵の美酒は、鬱金香のような芳香を放っており、
美しい杯に盛れば、琥珀の色に光りかがやく。
ただこの宿のあるじが、旅人の私を十分に酔わせてくれさえすれば、

不㆑知ラ何レノ処カ是レ他郷●

知《し》らず何《いず》れの処《ところ》か是《こ》れ他郷《たきょう》

いったいどこが、他国なのであろうか、故郷にいるのと少しも変わらない。

1.客中作 テキストによっては「客中行」に作る。客中とは旅の途中、の意。**2.蘭陵** 今の山東《さんとう》省《しょう》嶧《えき》県《けん》の東で、酒の産地である。**3.鬱金香** 西域に産する香草で香料に用いる。ここでは、鬱金香《うっこんこう》のような芳香を放つ酒のことである。**4.玉椀** 美しい杯。**5.琥珀** 植物樹脂が地層にうもれて化石化したもの。透明または半透明で、赤・黄・褐色《かっしょく》などの色彩がある。ここでは黄色を示している。**6.但使** ただ……しさえすれば。**7.主人** 宿のあるじ。**8.客** 旅人のことであるが、ここでは李白自身を指していう。

《鑑賞》 この詩は三十四、五歳ころの作。他郷に流浪している李白の多感なるところを感じとることができよう。

起句の「蘭陵」は固有名詞だが、「蘭」の字が香草を意味するので、「鬱金」と応じてうまい用法になっている。起句の酒の香に対し、承句は酒の色だ。「玉椀」と「琥珀」が相応じて美しい。

前半の、酒の香と色から、転句の「酔」が呼び起こされ、結句の「不知」が出てくる。かくして、いつか陶然とした気分になるのである。

《補説》 李白は生来《せいらい》の酒好きであった。次の詩は名酒大春（老春）を醸《かも》した戴《たい》（紀《き》）という老人の死を哭《こく》して作ったものである。

「戴老黄泉下／還応レ醸二大春一／夜台無二李白一／沽レ酒与二何人一（戴老黄泉《たいろうこうせん》の下《もと》、還《ま》た応《まさ》に大春《たいしゅん》を醸《かも》すべし。夜台《やだい》に李白《りはく》無《な》し、酒《さけ》を沽《う》りて何人《なんびと》にか与《あた》うる）」〈題二戴老酒店一（戴老《たいろう》の酒店《しゅてん》に題《だい》す）〉

右の詩は、テキストによっては次のようにも作られている。

「紀叟黄泉裏／還応レ醸二老春一／夜台無二暁日一／沽レ酒与二何人一（紀叟黄泉《きそうこうせん》の裏《うち》、還《ま》た応《まさ》に老春《ろうしゅん》を醸《かも》すべし。夜台暁日《やだいぎょうじつな》無し、酒《さけ》を沽《う》りて何人《なんびと》にか与《あた》うる）」〈哭二宣城善醸紀叟一（宣城《せんじょう》の善醸《ぜんじょうき》 紀叟《そう》を哭《こく》す）〉

黃[1]鶴樓ニテ送ル三孟[2]浩然ノ之クヲ二廣[3]陵ニ一

（黄鶴楼《こうかくろう》にて孟浩然《もうこうねん》の広陵《こうりょう》に之《ゆ》くを送《おく》る）　李白《りはく》　**〈七言絶句〉**

故[4]人西[5]ノカタ辭シ二黄鶴樓ヲ一
烟[6]花三[7]月下ル二揚州ニ一
孤[8]帆ノ遠影碧[9]空ニ盡キ
唯[10]見ル長[11]江ノ天[12]際ニ流ルルヲ

故人《こじん》西《にし》のかた黄鶴楼《こうかくろう》を辞《じ》し
烟花《えんか》三月《さんがつ》揚州《ようしゅう》に下《くだ》る
孤帆《こはん》の遠影《えんえい》碧空《へきくう》に尽《つ》き
唯《ただ》見《み》る長江《ちょうこう》の天際《てんさい》に流《なが》るるを

わが親友、孟浩然（もうこうねん）君は、この西の黄鶴楼に別れを告げて、春、花がすみの三月に、揚州へ舟で下ってゆく。
楼上からながめると、たった一つの帆かけ舟のかすかな姿が、青い空に吸い込まれて消え、あとにはただ長江の流れが天の果てへと流れてゆくばかりである。

1. 黄鶴楼　湖北省の武漢市（昔の武昌《ぶしょう》）の蛇山《じゃざん》という長江《ちょうこう》のほとりの丘にたつ高楼。**2. 孟浩然**　李白の親友。李白より十二歳年長。「春暁《しゅんぎょう》」（125頁参照）は有名である。**3. 広陵**　揚州《ようしゅう》（江蘇省《こうそしょう》）の別名。揚子江《ようすこう》（長江）の下流にあり、繁華な商業都市であった。**4. 故人**　ふるなじみの友人、ここでは孟浩然《もうこうねん》を指す。**5. 西辞**　西にあたる黄鶴楼《こうかくろう》に別れをつげて、の意で、黄鶴楼は揚州からみて西にあるのでこういった。**6. 烟花**　春の花にかすみが立ちこめている風景。「烟」は「煙」と同じ。**7. 三月**　旧暦の三月。晩春である。**8. 孤帆**　一隻《いっせき》の帆《ほ》かけ船《ぶね》。孟浩然の乗った船を指す。**9. 碧空尽**　真っ青な空の中に、遠影が消えてつきる。「碧山尽」に作るテキストもある。**10. 唯見**　それだけが見える。**11. 長江**　揚子江。**12. 天際**　空の果て。

《鑑賞》　李白二十八歳以前の作とする説と四十歳以前、ことに、三十七歳の作とする説がある。孟浩然（125頁）が五十二歳で没した時が開元二十八（七四〇）年であることから、後者が有力であるとされている。李白は孟浩然を敬慕し「吾《われ》は愛《あい》す孟夫子《もうふうし》、風流《ふうりゅう》天下《てんか》に聞《きこ》ゆ」〈孟浩然《もうこうねん》に贈《おく》る〉とうたっている。

この詩は揚州に赴く親友孟浩然が、長江を下ってゆくのを見送ったもの。

別離の悲しみと残された寂しさをうたっている。

前半の二句は親友孟浩然が、春がすみの中を、風景もよく、酒も女もよいという揚州へ舟で下る情景を述べていて、何やら華やかなムードが漂っている。第三句では、去りゆく孤帆を前面にクローズ・アップし、それが青空のかなたへ消え去る瞬間をとらえ、無限の惜別の情を尽きることのない長江の流れに託して結んでいる。送別の詩の絶唱である。前半の、「揚州」といい、「烟花三月」といい、明るい華やかさと裏腹に、後半は孟浩然の乗る白帆の小さな姿がとらえられる。孟浩然は生涯仕官できなかった。この旅もどうせ景気のよいものではないだろう。五十に近く、うだつの上がらない孟浩然、そのみじめさが明るい春の光の中にいっそう印象づけられる。それを、いつまでも首をのばして見送る李白も中年になってまだ放浪の身の上なのだ。

なお、この詩を解するためには、長江の大きさを知らなければならない。河口から黄鶴楼のある武昌まででは千五百キロもあり、一万トンクラスの船の出入りが可能な川である。瀬戸内海や東京湾を航行するような気分である。

《補説》 揚州は歓楽の地である。それにまつわる故事や物語がある。

○揚州の夢……むかしの豪遊を夢にたとえていうことである。杜牧《とぼく》が揚州の歓楽街にて遊び楽しんだところから、このことばがでた。「懐《おも》いを遣《や》る」（540頁）の詩を参照。

○揚州の鶴……多くの楽しみを合わせ持つことを願うことをいう。その物語は、「昔、四人の男がそれぞれ希望を述べあった。一人は揚州の刺史《しし》（地方官）になりたい、一人は財貨を多く持ちたい、一人は鶴に乗って空を飛びたい、といった。最後の一人は、腰に十万貫をぶらさげ、鶴に乗って揚州に赴任したい、と」。三人の欲望を一人で兼ねたという話である。

次は、黄鶴楼についての伝説についてふれる。伝説には諸説があるが、ここでは『武昌志《ぶしょうし》』の説をとりあげる。

昔、江夏郡《こうかぐん》（武昌）の酒屋辛《しん》の家に、ボロをまとった男がおとずれ、酒を所望《しょもう》した。この男は半年ばかりも代金を払わないまま飲みつづけた。辛はいやな顔もせず飲ませてやった。男は酒代のかわりに壁に黄色い鶴を描いて立ち去った。この鶴は酒屋に来た客が歌をうたい手拍子《てびょうし》をとると、壁から抜け出て舞う。それが評判になり、辛の店は大繁昌《だいはんじょう》をして巨万の富を得た。十年後、ふたたび現れた男は、笛を取り出して吹きならすと、白雲が降ってき、壁からは黄鶴を呼び出した。男はその鶴に乗って空のかなたへ飛び去った。辛氏はこのことを記念して楼を建て、黄鶴楼と名づけた。

長[1]干行　（長干行《ちょうかんこう》）　李白《りはく》　〈五言古詩〉

妾[2]髪初覆額　　妾《しょう》が髪《かみ》初《はじ》めて額《ひたい》を覆《おお》うとき
折花門前劇[3]　　花《はな》を折《お》って門前《もんぜん》に劇《たわむ》る
郎騎竹[4]馬來　　郎《ろう》は竹馬《ちくば》に騎《の》って来《きた》り
遶牀弄青梅　　牀《しょう》を遶《めぐ》って青梅《せいばい》を弄《ろう》す
同居長干里　　同《おな》じく長干《ちょうかん》の里《さと》に居《お》り
兩小無嫌[5]猜　　両《ふた》つながら小《おさ》なく嫌猜《けんさい》無《な》し
十四爲君婦　　十四《じゅうし》君《きみ》が婦《ふ》と為《な》り

わたしの前髪がやっと額を覆うようになった少女のころ、
わたしは花を折って門前で無心に遊んでいました。
あなたは竹馬にまたがってやって来て、
二人は井戸の囲いの柵のまわりで青梅の実をもてあそび、おままごとをしたものでした。
わたしたちはこの長干の里に住んでいていつも一緒、
二人ともまだ幼かったので、疑うこともなく無邪気なものでした。
十四の歳にわたしはあなたの嫁になりましたが、

羞顔未嘗開
低頭向暗壁
千喚不一回
十五始展[6]眉
願同塵[7]與灰
常存抱[8]柱信
豈上望[9]夫臺
十六君遠行
瞿[10]塘灩[11]澦堆
五[12]月不可觸

羞顔《しゅうがん》未《いま》だ嘗《かつ》て開《ひら》かず
頭《こうべ》を低《た》れて暗壁《あんぺき》に向《むか》い
千喚《せんかん》するも一《いつ》も回《めぐ》らさず
十五《じゅうご》始《はじ》めて眉《まゆ》を展《の》べ
願《ねが》わくは塵《ちり》と灰《はい》とを同《とも》にせん
常《つね》に抱柱《ほうちゅう》の信《しん》を存《そん》し
豈《あ》に望夫台《ぼうふだい》に上《のぼ》らんや
十六君遠行《じゅうろくきみえんこう》し
瞿塘《くとう》の灩澦堆《えんよたい》
五月《ごがつ》触《ふ》る可《べ》からず

ただもう恥ずかしさが先にたって、一度として笑うこともありませんでした。
うなだれて、暗い壁の方を向いたまま、
千回呼ばれても、一回も振りむきません。
十五歳になるとはじめて明るい顔になり、
塵や灰になった後までも、あなたと一緒に暮らしたいと願いました。
あなたの変わらぬ愛は、あの尾生（びせい）の信のようであり、
夫の帰りを待ちわびる望夫台に登ることなど、考えられもしませんでした。
十六の年、あなたは遠いところに旅に出かけ、
あの瞿塘峡の灩澦堆をさかのぼっていきました。
仲夏五月、長江は増水していて、とても近づけません。

猿聲天上哀
門前遲[13]行跡
一一生綠苔
苔深不能掃
落葉秋風早
八[14]月胡蝶來
雙飛西[15]園草
感此傷妾心
坐[16]愁紅[17]顏老
早[18]晩下三[19]巴

猿声天上《えんせいてんじょう》に哀《かな》し
門前行跡遅《もんぜんこうせきおそ》く
一一緑苔《いちいちりょくたい》を生《しょう》ず
苔深《こけふか》くして掃《はら》う能《あた》わず
落葉秋《らくようしゅう》 風早《ふうはや》し
八月胡蝶来《はちがつこちょうきた》り
双《なら》び飛《と》ぶ西園《せいえん》の草《くさ》
此《これ》に感《かん》じて妾《しょう》が心《こころ》を傷《いた》ましむ
坐《そぞ》ろに愁《うれ》う紅顔《こうがん》の老《お》ゆるを
早晩三巴《そうばんさんぱ》を下《くだ》らん

両岸になく猿の声だけが、悲しげに大空に響いているでしょう。
わが家の門前には、あなたの帰りが遅いので、
あなたの残した足跡のひとつひとつに、もう緑の苔(こけ)がついてしまいました。
苔はびっしりと深く生え、掃(はら)うこともできません。
早くも秋風が吹いて、木の葉が落ちています。
もう仲秋の八月、胡蝶が飛んで来ました。
それはつがいで、仲よく西の庭園の草の上をひらひらと飛んでいます。
それを見るにつけても、私の心はいたみます。
何となく悲しくなります、この女盛りの若々しい紅顔がふけてゆくのが。
あなたが三巴から長江を下ってお帰りになるのはいつなのでしょう。

預《メ》将《ツテ》レ書《ヲ》報《ゼヨ》レ家《ニ》●
相迎《ヘテ》レ不レ道《ハ》レ遠《キヲ》
直《チニ》至《ラン》長風沙●

預《あらかじ》め書《しょ》を将《も》って家《いえ》に報《ほう》ぜよ
相迎《あいむか》えて遠《とお》きを道《い》わず
直《ただ》ちに至《いた》らん長風沙《ちょうふうさ》

その時は前もって手紙で知らせてくださいね。
遠いなどとはいいません。お迎えにいきます。
このまま、まっすぐに長風沙までまいりましょう。

1.長干行　楽府題《がふだい》。長干は地名で、今の南京市《ナンキンシ》の長江流域の下流地帯。江岸ぞいの町。干はみぎわの意。当時長江を往来する商人たちの居住した町であった。**2.妾**　婦人の卑下した自称。**3.劇**　あそびたわむれる。戯と同じ。**4.竹馬**　中国の竹馬は日本の竹馬とは違う。一本の竹をまたにはさんで走る。頭の部分にたてがみをあらわす房《ふさ》がついており、片端は地面にひきずって走る遊びの道具。**5.嫌猜**　疑い憎む。**6.展レ眉**　明るい表情になる。**7.塵与レ灰**　陸機《りくき》（晋《しん》の詩人）の「挽歌《ばんか》」に「今灰《いまはい》と塵《ちり》と成《な》る」とある。塵や灰になった後でも、一緒に暮らしたい。つまり、仲のよい夫婦になりたいことをいう。**8.抱柱信**　信義を守ること。尾生《びせい》が橋下で会う約束をした女を待つうち、水かさが増してきたので橋の柱にだきついていたが、ついにおぼれ死んだという故事（『荘子《そうじ》』盗跖編《とうせきへん》）。尾生の信《しん》ともいう。**9.望夫台**　旅に出た夫を待ちわびた妻が、毎日高台へ登って夫のいる方角をながめているうちに石になったという伝説。この伝説は中国各地に残っており、望夫石とか望夫山という。**10.瞿塘**　長江の三峡の一つ。四川省奉節県《しせんしょうほうせつけん》の東十三里にあり、両岸が迫り、流れのはげしい難所。**11.灎澦堆**　瞿塘峡《くとうきょう》の入り口にある大岩。冬の減水期には三十メートルも露出しているが、夏の増水期には水に没している。その形は馬のようで、舟人《ふなびと》はあえて進まないという。**12.五月不レ可レ触**

仲夏五月は増水時であるので、瞿塘峡には近づけない。**13・遅㆓行跡㆒** テキストによっては「遅」を「旧」に作る。**14・八月胡蝶来** 八月は陰暦では仲秋。胡蝶来はテキストによっては「胡蝶黄」に作る。秋になると黄色い蝶《ちょう》が多くなるという。**15・西園** 西の庭。秋は方位でいうと西の方角にあたる。だから西園とした。**16・坐愁** 坐は「そぞろに」と訓読する。なんとなく、の意。**17・紅顔** 若々しい血色のよい顔。ここでは女盛りの年ごろ、という意。**18・早晩** いつか。**19・三巴** 巴《は》郡《ぐん》（今の巴《は》県《けん》）、巴《は》東《とう》（今の奉節県）、巴《は》西《せい》（今の閬中県《ろうちゆうけん》）の三地区。つまり蜀《しよく》の東部（今の四川省の東部）一帯を三巴《さんぱ》とよんだ。**20・長風沙** 地名。『太平寰宇記《たいへいかんうき》』によると、長風沙《ちようふうさ》は舒州懐寧県《じよしゆうかいねいけん》（今の安徽省《あんきしよう》懐寧県）の東百九十里にあり、陸游《りくゆう》の『入蜀記《にゆうしよくき》』によると、金陵《きんりよう》（今の南京）から長風沙まで七百里（約四百キロ）という。

《鑑賞》 李白、三十歳の後半の作らしい。詹鍈《せんえい》によれば、開元《かいげん》二十七（七三九）年三十九歳の作であるという。また、黄錫珪《こうしやくけい》は三十七歳とする。いずれも根拠にとぼしい。

この詩は、夫を行商に出した若い人妻の気持ちをうたったものである。詩はすべて妻の独白で貫かれていて、少女時代の回想からはじまって、やがて人妻となり、夫を商用で旅に出した留守をまもる空閨《くうけい》のわびしさを訴えている。やさしい語句を使用しながら、巧みに女性の心理を写しだしている。

李白は、古い歌謡をもとにして、新しい歌行を多く作った。いわば、古い皮袋に新しい酒を盛るように、もとの歌の調子をふまえながら、奔放《ほんぽう》に歌の世界を広げていったのである。この「長干行」も、もとは六朝《りくちよう》時代、五世紀ごろうたわれた、五言四句の歌謡から出たものである。下町娘のような、快活で色っぽい女性をうたう、都々逸《どどいつ》に類する歌謡が、みごとに、情緒纏綿《てんめん》たる、しっとりとした趣の歌になっている。ことに、最初の、幼なじみのおままごとの場面、中ほどで、新婚早々の羞《は》じらい、一転して新婚生活の幸せ、最後の、遠くまでも迎えに行きます、という結びは、女心をうたって余すところがない。李白は、女性をうたわせても天下一品なのである。

《補説》『楽府遺声《がふいせい》』によれば「三十四曲中に長干行有り」といい、『楽府詩集《がふししゅう》』第七十二巻には「雑曲歌辞」として載っている。『楽府詩集』に見える「長干曲」の最初は「古辞《こじ》」であり、つづいて崔顥《さいこう》の作品があり、その後に、この「長干行」が掲載されている。李白のこの作品は三十行、次のその二は二十四行からなる長編の古詩であるが、「古辞」にしても、崔顥の詩にしても、四句の短い歌である。ここでは、「長干曲」（古辞）と崔顥の「長干曲」を掲載する。まず「古辞」の「長干曲」を、

「逆浪故相邀／菱舟不レ怕レ揺／妾家二揚子一住／便弄二広陵潮一（逆浪《げきろう》は故《もと》より相邀《あいむか》え、菱舟《りょうしゅう》は揺《ゆ》れるを怕《お》それず。妾《しょう》は揚子《ようす》に家《か》して住《す》めば、便《すなわ》ち広陵《こうりょう》の潮《うしお》を弄《ろう》す）」〈古辞（古辞《こじ》）〉

次は、崔顥（122頁）の「長干曲」の二編を紹介しておく。

「君家住二何処一／妾住在二横塘一／停レ船暫借問／或恐是同郷（君《きみ》の家《いえ》は何処《いずく》にか住《す》む。妾《しょう》は住《す》んで横《おう》塘《とう》に在《あ》り。船《ふね》を停《とど》めて暫《しばら》く借問《しゃもん》す、或《あるい》は恐《おそ》らくは是《こ》れ同郷《どうきょう》ならん）」〈其一（その一）〉

「家臨二九江水一／去二来九江側一／同是長干人／生小不二相識一（家《いえ》は九江《きゅうこう》の水《みず》に臨《のぞ》み、九江《きゅうこう》の側《かたわら》に去来《きょらい》す。同《おな》じく是《こ》れ長干《ちょうかん》の人《ひと》、生小《せいしょう》相識《あいし》らず）」〈其二（その二）〉

越中[1]覧古[2]（越中《えっちゅう》 覧古《らんこ》）　李白《りはく》　〈七言絶句〉

越王句[3]践破ツテレ呉ヲ帰ル
義[4]士還ルニレ家ニ尽ク錦衣ス
宮女ハ如クレ花ノ満ツ二春殿ニ一
只今惟ダ有ルノミ二鷓[5]鴣ノ飛ブ一

越王句践《えつおうこうせんご》呉を破《やぶ》って帰《かえ》る
義士《ぎし》家《いえ》に還《かえ》るに 尽《ことごと》く錦衣《きんい》す
宮女《きゅうじょ》は花《はな》の如《ごと》く春殿《しゅんでん》に満《み》つ
只今惟《ただいまた》だ鷓鴣《しゃこ》の飛《と》ぶ有《あ》るのみ

越王の句践が、呉の国を打ち破って凱旋(がいせん)してきた。忠義な勇士たちは、それぞれ恩賞として賜った錦(にしき)の衣服を着かざって故郷へ帰ってきた。宮中の女性たちは、美しい花のように、春の宮殿に満ちあふれていた。しかし、今はただ栄華のあとの廃墟(はいきょ)に、鷓鴣がわびしく飛びまわっているばかりである。

1．越中　越の都、会稽《かいけい》（今の浙江省《せっこうしょう》 紹興県《しょうこうけん》）を指す。**2．覧古**　古跡をたずねて思いを述べる。**3．句践**　勾践とも書く。春秋《しゅんじゅう》時代の越の王（?～前四六五）のこと。はじめ呉王《ごおう》の夫差《ふさ》にとらえられて屈辱を受けたが、のちに、二十年の苦節の末、忠臣范蠡《はんれい》と力を合わせて、呉をほろぼし、会稽での恥をすすぐのである。**4．義士**　越王とともに戦った勇士たち。**5．鷓鴣**　キジ科の鳥である。ウズラに似ているが、ウズラよりやや大きめである。褐色で胸に白い斑点《はんてん》がある。越雉《えっち》ともいい、鳴き声が悲しげに聞こえるという。

《鑑賞》李白四十二歳ころの作。この詩は、李白が越の地で古跡を覧《み》て当時のおもかげをしのんだものであり、後出の「蘇台覧古《そだいらんこ》」（208頁）と同じころの作とみられている。詩の構成は、「越中覧古」では、錦衣《きんい》の義士や花のごとく春殿に満つる宮女たちをとりあげ、句践《こうせん》の全盛をのべた前三句と、最後の一句で現在のわびしい様子をのべている。「蘇台覧古」は「越中覧古」とはまったく反対の構成で、前三句では荒涼たる様の現在の様子をのべ、最後の句で、昔の栄華の様を詠じている。詩中の会稽も姑蘇台《こそだい》も人の世のはかなさを感じさせる古跡である。

呉越《ごえつ》の興亡は後世に「臥薪嘗胆《がしんしょうたん》」とか「会稽の恥《はじ》を雪《すす》ぐ」とかの有名な故事を残しながら、父子二代にわたる抗争であって、約三十年にわたって打ち続けられた。両国の争いは越の勝利で幕を閉じ、句践は春秋時代の最後の覇者《はしゃ》となった。この呉越の抗争は源平の盛衰と同じように、執拗《しつよう》であり、凄絶《せいぜつ》である反面、絶世の美女西施《せいし》のいろどりもあって、後世語りつがれ、多くの詩文に描かれている。

《補説》呉越の抗争は『十八史略《じゅうはっしりゃく》』等にみられる。そのストーリーは次のようである。

呉王闔廬《こうりょ》は伍員《ごうん》を挙げ国の政治のいろいろをつかさどらせ、その後呉は越を攻めたが、そのとき闔廬は負傷し、それがもとで死んだ。そこで夫差が王位につき、伍員はひきつづき夫差に仕えることになった。子の夫差は父のために仇討《あだう》ちをしたいと心がけ、臥薪（薪《まき》をつんだ中で寝起きすること）して復讐《ふくしゅう》を計り、ついに夫椒《ふしょう》で越を打ち破った。越の句践は、敗残兵をひきつれて会稽山《かいけいさん》にたてこもり和睦《わぼく》を嘆願した。伍員は反対したが、賄賂《わいろ》を受けとった伯嚭《はくひ》は夫差を口説いた。句践は許されて国に帰ると、嘗胆（苦《にが》い胆《きも》を座右において嘗《な》めること）して、国政は家老職にまかせて、范蠡と呉を滅ぼす計画を練った。

一方戦勝におごった夫差は、伯嚭の讒言《ざんげん》を信じ、伍員に属鏤《しょくる》の名剣を与え、自殺せよと命じた。伍員は死に臨んで、「墓には檟《ひさぎ》を植えよ。呉王の棺桶《かんおけ》の材料にするがよい」、また「わしの目玉をえぐり取って城の東門にかけておいてくれ。越の軍隊が、呉の国を滅ぼすのを見物しよう」と言い残して自ら頸《くび》をはねた。夫差は大いに怒り伍員の屍《しかばね》を取って、馬の皮の袋につめこみ長江《ちょうこう》に投げこんだ。

二十年後、人民を育成し、国力を充実させた越は呉を攻めた。呉は連戦連敗、夫差は姑蘇台で和睦を願い出たが、范蠡が聞きいれなかった。夫差は「伍員に合わせる顔がない」といって、目隠しの布で顔をおおって死に、ここに呉は滅びた。

句践は苦心のすえ会稽の恥を雪いだのである。

蘇[1]臺覧古　（蘇台覧古《そだいらんこ》）　李白《りはく》　〈七言絶句〉

舊[2]苑荒臺楊柳新《タナリ》
菱[3]歌清[4]唱不[5]レ勝《ヘ》レ春《ニ》
只今惟《ダ》有《ッテ》二西[6]江《ノ》月《ノミ》一
曾《テ》照《ラス》呉[7]王宮裏《ノ》人

旧苑荒台楊柳《きゅうえんこうだいようりゅう》　新《あら》たなり
菱歌清唱《りょうかせいしょう》　春に勝《た》えず
只今惟《ただいまた》だ西江《せいこう》の月《つき》のみ有《あ》って
曾《かつ》て照《て》らす呉王宮裏《ごおうきゅうり》の人《ひと》

古い庭園、荒れはてた高台に、ただ楊柳だけが新しい芽をつけている。菱（ひし）の実をとりながら歌う娘たちの清らかな歌声が聞こえてくる。その歌声をきいていると、春の感傷にたえられない。

今も昔も変わらないものは、西江の水面にのぼる月の光だけだ。この月がかつて呉王の宮殿の絶世の美女西施（しせい）を照らしたのだった。

1．蘇台　姑蘇《こそ》台《だい》の略。江蘇省《こうそしょう》蘇州市《そしゅうし》の西一五キロの姑蘇山《こそさん》上にある。紀元前五世紀、春秋《しゅんじゅう》時代の呉《ご》の国王、夫差《ふさ》の築いた宮殿。**2．旧苑**　ふるい庭。**3．菱歌**　娘たちが菱の実をとりながら歌う民謡。**4．清唱**　澄んだ声で歌う。**5．不㆑勝㆑春**　春の深い感慨を催さざるを得ない。**6．西江**　姑蘇台の西を流れている川。テキストによっては「江西」に作る。**7．呉王宮裏人**　西施《せいし》を指す。

《鑑賞》　この作品は前出の「越中覧古《えっちゅうらんこ》」（206頁）と同じく、李白四十二歳ころの作。詩は姑蘇《こそ》の荒れ果てたさまを詠じているが、その内容は人生の無常をうたっている。この詩の後半の二句は、初唐の詩人衛万《えいばん》の「呉宮怨《ごきゅうえん》」の句と同じである。その意図は、この衛万の二句が気にいって、これを用いて一編の詩を構成しようとした試みであろう。一種の本歌取りの形式とも考えられる。

第一句で、「旧苑荒台楊柳新たなり」と詠じたのは、一編の着目である。第二句で、土地の娘たちの菱つみ歌がどこからともなく聞こえて、もう懐古の情はいっぱいだ。ここは、杜《と》牧《ぼく》の「商女《しょうじょ》は知《し》らず亡《ぼう》国《こく》の恨《うらみ》、江《こう》を隔《へだ》てて猶《な》お唱《とな》う後庭花《こうていか》」〈秦淮《しんわい》に泊《はく》す〉（549頁）にかようムードである。第三句に至って、月が出る。月こそは、昔も今も変わらぬ唯一のもの。ここで、はるかに西施への回想になって結ぶ。つまり、「越中覧古」が、初めから三句、過去を詠じて、結句で現実にもどるのと、ちょうど対照的に、この詩は初めから三句が現実の景で、最後が過去への回想になっている。この両作は、着想も用語も似ており、組み作品として合わせて読まれることを期待したものだろう。

《補説》　この詩の第三句と第四句と同じ句のある、初唐の詩人の衛万の「呉宮怨」を参考までにあげておく。

「君不レ見呉王宮閣臨レ江起／不レ捲二珠簾一見二江水一／暁気晴来双闕間／潮声夜落千門裏／勾践城中非二旧春一／姑蘇台下起二黄塵一／祇今惟有二西江月一／曾照呉王宮裏人（君見《きみみ》ずや呉王《ごおう》の宮閣江《きゅうかくこう》に臨《のぞ》んで起《お》こるを。珠簾《しゅれん》を捲《ま》かずして江水《こうすい》を見《み》る。暁気晴《ぎょうきは》れ来《きた》る双闕《そうけつ》の間《かん》。潮声夜落《ちょうせいよるお》つ千門《せんもん》の裏《うち》。勾践《こうせん》の城中旧春《じょうちゅうきゅうしゅん》に非《あら》ず。姑蘇台下《こそだいか》黄塵起《こうじんお》こる。祇今惟西江《ただいまただせいこう》の月《つき》のみ有《あ》って、曾《かつ》て照らす呉王宮裏《ごおうきゅうり》の人《ひと》）」〈呉宮怨（呉宮怨《ごきゅうえん》）〉

子[1]夜呉歌（子夜呉歌《しやごか》）　李白《りはく》　**〈五言古詩〉**

長[2]安一[3]片ノ月
萬[4]戸擣[5]ツノレ衣ヲ聲●
秋風吹[6]イテ不レ盡キ
總[7]ベテ是レ玉[8]關ノ情●
何[9]レノ日ニカ平ラゲテ二胡[10]虜ヲ一

長安一片《ちょうあんいっぺん》の月《つき》
万戸《ばんこ》衣《ころも》を擣《う》つの声《こえ》
秋風《しゅうふうふ》吹いて尽《つ》きず
総《す》べて是《こ》れ玉関《ぎょくかん》の情《じょう》
何《いず》れの日《ひ》にか胡虜《こりよ》を平《たい》らげて

長安の空には満月が一つさえざえと出ている。

その月光に照らされた町のあちらこちらの家々から、衣を打つ砧（きぬた）の音が聞こえてくる。

秋風が後から後から吹きやまない。

月や砧や秋風などのすべてが、遠い西方の玉門関に出征している夫を思う心をかきたてる。

いつになったら、夷（えびす）どもをやっつけて、

良[11]人罷《メン》二遠征一ヲ●

良人遠征《りょうじんえんせい》を罷《や》めん

夫は、遠征をやめて帰って来ることだろう。

1．子夜呉歌　楽府《がふ》の題名。東晋《とうしん》の時代に、子夜《しや》という女性が歌い始めた民謡である（85頁コラム参照）。その歌は哀調があって人々の心をひいた。後人がその体裁にならって作った歌を子夜呉歌という。李白もこの体裁にならって作った。ここにとりあげた詩は秋の歌にあたる。李白の時代には、本来の子夜呉歌のメロディーは滅んでいたが、李白はその原歌になぞらえ、そこから自身の作品を作り出したものである。**2．長安**　唐の都。今の陝西省西安市《せんせいしょうせいあんし》。当時の人口は百万を越える大都会であった。**3．一片月**　一つの月であり、片われ月ではない。次の万戸の語と対応する。**4．万戸**　すべての家々で。**5．擣レ衣声**　秋になると、冬の衣を仕立て直そうとして解いて洗濯するが、その布を砧《きぬた》にのせて、木づちでたたいてやわらげ、つやを出した。寒衣の用意をする砧の音。**6．吹不レ尽**　吹きやまない。**7．総是**　長安の月、擣衣《とうい》の声、秋風の全部をひっくるめて。「是」は……である。**8．玉関情**　玉門関に遠征している夫を思う妻の情。玉門関は甘粛省敦煌《かんしゅくしょうとんこう》の西にあり、長安から千五百キロ離れたところで、西域に往来する要所にあたる。**9．何日**　何はいずれと訓読する疑問詞で、いつになったら、の意。**10．胡虜**　北方のえびすども。匈奴《きょうど》を指す。漢民族からみて異人であり、それゆえ卑《いや》しんで「虜」と言っている。**11．良人**　夫。婦人がその夫を呼ぶことば。

《鑑賞》　この詩は、長安に滞在中に作ったものならば、天宝二（七四三）年、四十三歳の秋の作ということになる。

もともと「子夜歌」は南方の民歌である。江南の明るい風土の中での、なまめかしい恋の歌、時にはそれが失恋の悲しみになることもあるが、甘美なムードがまつわる歌だ。それを李白は、舞台を北方の都に移し、玉門関へ遠征する夫の留守をまもる女の歌に仕立てた。時は秋の夜、皓皓《こうこう》たる満月（視覚）、哀切に響く砧の音（聴覚）、吹きやまぬ秋風（触覚）、とあくまでも寂しい道具立てだが、その底に、もとの「子夜歌」の持つ、なまめいたようなやるせない感情がひそんでいる。そのため息を表すのが終わりの二句である。「いったい、いつになったら、あの憎いえびすどもをやっつけて帰ってらっしゃるの、早く帰ってね」と、纏綿《てんめん》たる情緒が、ここに流露する。前の四句で意は尽きたり、として二句を蛇足とする説があるが、それは李白の意図を知らないものだ。

《補説》 春夏秋冬四首で一組みをなす、この子夜呉歌の他の三首を参考までに掲載する。

「秦地羅敷女／採レ桑緑水辺／素手青条上／紅粧白日鮮／蚕飢妾欲レ去／五馬莫二留連一（秦地《しんち》の羅敷《らふ》女《じよ》、桑《くわ》を採《と》る緑水《りよくすい》の辺《へん》。素手《そしゆ》青条《せいじよう》の上《うえ》、紅粧《こうしよう》白日《はくじつ》鮮《あざ》やかなり。蚕《かいこう》飢えて妾《しよう》去《さ》らんと欲《ほつ》す、五馬《ごば》留《りゆう》連《れん》する莫《なか》れ）」〈子夜呉歌其一　春歌（子夜呉歌《しやごか》その一　春《はる》の歌《うた》）〉

「鏡湖三百里／菡萏発二荷花一／五月西施採／人看隘二若耶一／回レ舟不レ待レ月／帰去越王家（鏡湖三《きようこさん》百里《びやくり》、菡萏《かんたん》荷《はす》の花《はな》を発《ひら》く。五月《ごがつ》西施《せいし》採《と》り、人《ひと》は看《み》て若耶《じやくや》隘《せま》し。舟《ふね》を回《めぐ》らして月《つき》を待《ま》たず、帰《かえ》り去《さ》る越《えつ》王《おう》の家《いえ》）」〈子夜呉歌其二　夏歌（子夜呉歌《しやごか》その二　夏《なつ》の歌《うた》）〉

「明朝駅使発／一夜絮二征袍一／素手抽レ針冷／那堪レ把二剪刀一／裁縫寄二遠道一／幾日到二臨洮一（明《みよう》朝《ちよう》駅使《えきし》発《た》つ、一夜《いちや》征袍《せいほう》に絮《じよ》す。素手《そしゆ》針《はり》を抽《ぬ》くこと冷《ひや》やかに、那《なん》ぞ剪刀《せんとう》を把《と》るに堪《た》えんや。裁縫《さいほう》して遠道《えんどう》に寄《よ》す、幾日《いくじつ》か臨洮《りんとう》に到《いた》らん）」〈子夜呉歌其四　冬歌（子夜呉歌《しやごか》その四　冬《ふゆ》の歌《うた》）〉

なお、日本の詩歌《しいか》にも砧をうたう同じ趣のものがある。いくつかをあげると、

みよし野の山の秋風小夜《さよ》ふけてふるさと寒く衣打つなり　藤原雅経《ふじわらのまさつね》

たがためにいかに打てばか唐衣《からごろも》ちたびやちたび声のうらむる
藤原基俊《ふじわらのもととし》

声澄みて北斗にひびくきぬたかな　松尾芭蕉《まつおばしょう》

きぬた打ちて我に聞かせよや坊が妻　松尾芭蕉

夕月やきぬたきこゆる城のうち　正岡子規《まさおかしき》

清[1]平調詞（清平調詞《せいへいちょうし》）　李白《りはく》　〈七言絶句〉

雲[2]《ニハ》想《ヒ》二衣裳《ヲ》一花《ニハ》想《フ》レ容《ヲ》●
春風拂《ツテ》レ檻[3]《ヲ》露[4]華濃[5]《カナリ》●
若《シ》非《ズンバ》二羣[6]玉山頭《ニテ》見《ルニ》一
會[7]《ズ》向《イテ》二瑤[8]臺月下《ニ》一逢《ハン》●

雲《くも》には衣裳《いしょう》を想《おも》い花《はな》には容《かんばせ》を想《おも》う
春風檻《しゅんぷうかん》を払《はら》って露華《ろか》濃《こまや》かなり
若《も》し群玉山頭《ぐんぎょくさんとう》にて見《み》るに非《あら》ずんば
会《かなら》ず瑶台月下《ようだいげつか》に向《お》いて逢《あ》わん

雲を見れば楊貴妃（ようきひ）の美しい衣裳が目にうかび、牡丹（ぼたん）の花を見れば貴妃の美貌（びぼう）が連想される。春風は沈香亭の手すりを吹きぬけ、牡丹をぬらす美しい露は、月光を受けてあでやかに輝いている。これほどの美しい人は、もしも群玉山の上で見かけるのでなければ、きっと仙女の世界、瑶台の月光のもとでしかめぐりあえないだろう。

1. 清平調　青木正児《あおきまさる》『李白《りはく》』注に、「唐代の燕楽《えんがく》二十八調のうちに正平調《せいへいちょう》・高平調《こうへいちょう》は有るが清平調《せいへいちょう》は無い。清とは音の高いことであるから、清平調は高平調のことかも知れぬ」とある。あるいは、「平《へい》調《ちょう》、清調《せいちょう》、瑟調《しつちょう》は皆周の房中《ぼうちゅう》の遺声」とあり、「漢世、これを三調といい、すべて相和調《そうわちょう》という」とある。この清調と平調の二つをあわせた曲とも考えられる。この曲にあわせて作った歌が清平調詞《せいへいちょうし》である。**2. 雲想二衣裳一花想レ容** 想は連想する意。容は容貌《ようぼう》の意。この表現は「衣裳《いしょう》は雲《くも》の如《ごと》く、容《かんばせ》は花《はな》の如《ごと》し」という発想を逆にしたもの。**3. 檻** 宮殿の手すり。おばしま。**4. 露華** 美しい露。**5. 濃** あでやかで美しい。**6. 群玉山** 玉山《ぎょくざん》ともいい、『山海経《せんがいきょう》』や『穆天子伝《ぼくてんしでん》』などにみられる伝説上の山の名。美しい西王母《せいおうぼ》の住む所。**7. 会** きっと……だろう。**8. 瑶台** りっぱなたかどの。仙人のいる所。

《鑑賞》 李白、四十三、四歳ころの作。この詩は三首の連作であり、ここにとりあげたものは、その第一首目である。

この連作は、牡丹《ぼたん》の花の美しさと楊貴妃《ようきひ》の美しさが二重写しのようになってうたわれているのが見どころである。花をうたっているのがいつのまにか貴妃になってしまう。このころの楊貴妃は二十四、五歳、妖艶《ようえん》のきわみだったのだろう。思うに李白は、その美しさを間近に見て、ボーッとなったにちがいない。「露華濃かなり」とか、「紅艶露香を凝らす」(補説第二首参照)とか、花にことよせて、かなり濃厚な表現をしている。そして全体に、上っ調子な形容がめだつのもふだんの李白らしくない、というと言い過ぎであろうか。今と違って、昔は、宮中の奥深くいる人の姿など見ることのできる人はごく数少ない。楊貴妃が美人だ、美人だといっても、じかに顔を拝めるなど、夢にも考えられないことだったろう。それが、今宵《こよい》は、牡丹の美しさと貴妃の美しさを詠じてみよ、とのご沙汰《さた》であるから、それこそそばへ寄って拝むことになったのだからドギマギするのも無理はない。二首目では調子にのって貴妃を趙飛燕《ちょうひえん》になぞらえたものだから、飛燕のごとき素性《すじょう》のいやしい者に比すとは何ごと、と告げ口されて、失脚するに至った、という。事の真偽はとにかく、李白が貴妃をほめそやそうと大わらわになっているのはうかがわれる。

《補説》 この詩についての事情は、一番詳しいといわれている韋叡《いえい》の『松窓録《しょうそうろく》』には次のように見える。

開元年間、宮中で木芍薬《もくしゃくやく》が重んじられた。これは今の牡丹である。それには紅と紫と浅紅と純白の四種があり、それを玄宗は興慶池《こうけいち》の東の沈香亭《ちんこうてい》の前に移植した。たまたまその花が盛りの時、玄宗は照夜《しょうや》白《はく》という馬に乗り、太真妃《たいしんひ》は歩輦《ほれん》で御供《おとも》に従った。詔《みことのり》して、特に梨園《りえん》の弟子（宮廷で養成した楽人）の中から優れたものを選んで、十六部の楽を得た。李亀年《りきねん》は歌によって一時の名をほしいままにしていたが、手に紫檀《したん》の柏板を捧《ささ》げ、楽人たちを引きつれて進みいで歌い出そうとした時に、玄宗は「名花《めいか》を賞《しょう》し、妃子《ひし》に対《むか》いあっているのに、どうして旧《ふる》い歌詞《かし》が用《もち》いられよう」といわれた。そこで亀年《きねん》に命じ、金花箋《きんかせん》を持って翰林供奉《かんりんぐぶ》李白《りはく》に宣賜《せんし》して、たちどころに清平調の辞《じ》三首を進めよとのことである。李白《はく》は喜んで旨を承《う》けたが、なおまだ宿酲《ふつかよい》がさめずに苦しんでいた。苦しみながら、筆をとってこれを賦《ふ》した。その辞に〝云々《うんぬん》と〟とある。亀年が歌詞を捧げて進めると、玄宗は梨園の弟子に命じて、その歌にあわせて管弦をかなでさせ、亀年を促して歌わせた。太真妃は玻璃七宝《はりしっぽう》の盞《さかずき》を持ち、西涼州《せいりょうしゅう》の蒲桃酒《どうしゅ》を酌《く》み、笑って歌詞の意味を解せられた。玄宗は玉笛を吹いて曲に合わせた。曲遍（一首の曲）が次へかわろうとするたびに、その音を遅くして、これにつやをつけた。太真妃は飲みおわり、繡巾《しゅうきん》をおさめて、再び玄宗を拝した。（下略）これより、玄宗の李白に対する扱いは他の学士と異なるようになった。

なお、「清平調詞」は三首連作なので、他の二首の詩を次に掲載しておく。

「一枝紅艶露凝レ香／雲雨巫山枉断腸／借問漢宮誰得レ似／可憐飛燕倚二新粧一」（一枝《いっし》の紅艶《こうえん》露《つゆ》香《こう》を凝《こ》

らす、雲雨《うんう》巫山《ふざん》枉《むな》しく断腸《だんちょう》。借問《しゃもん》す漢宮《かんきゅう》誰《た》れか似《に》るを得《え》たる、可憐《かれん》の飛燕《ひえん》新粧《しんしょう》に倚《よ》る）」〈清平調詞其二（清平調詞《せいへいちょうし》その二）〉

「名花傾国両相歓／長得ニ君王帯レ笑看一／解ニ釈春風無限恨一／沈香亭北倚ニ闌干一（名花《めいか》傾国《けいこく》両《ふた》つながら相歓《あいよろこ》ぶ、長《なが》く君王《くんのう》の笑《わら》いを帯《お》びて看《み》るを得《え》たり。春風無限《しゅんぷうむげん》の恨《うら》みを解釈《かいしゃく》し、沈香亭北闌干《ちんこうていほくらんかん》に倚《よ》る）」〈清平調詞其三（清平調詞《せいへいちょうし》その三）〉

金[1]陵ノ酒[2]肆ニテ留[3]別ス（金陵《きんりょう》の酒肆《しゅし》にて留別《りゅうべつ》す）　李白《りはく》　**〈七言古詩〉**

白[4]門ノ柳[5]花満店香●シ
吳姫壓[6]シレ酒ヲ喚ビテレ客ヲ嘗[7]●メシム
金陵ノ子[8]弟來リテ相送リ
欲シテレ行カントレ不レ行カ各盡[9]スレ觴●ヲ
請フ君問[10]取セヨ東[11]流ノ水ニ

白門《はくもん》の柳花満店香《りゅうかまんてんかんば》し
呉姫《ごき》酒《さけ》を圧《あっ》し客《かく》を喚《よ》びて嘗《な》めしむ
金陵《きんりょう》の子弟《してい》来《きた》りて相送《あいおく》り
行《ゆ》かんと欲《ほっ》して行《ゆ》かず　各觴《おのおのさかずき》を尽《つく》す
請《こ》う君問取《きみもんしゅ》せよ東流《とうりゅう》の水《みず》に

白門の柳絮（りゅうじょ）は店いっぱいに、そのよい香りをただよわせ、呉の地方の美女は、醸（か）したての酒をしぼっては客を呼んで味見させている。金陵の若者たちがここに集まってきて、私を送別してくれる。行こうとしながらも、心ひかれて旅立ちかねる私、たがいに別れを惜しんで杯を飲みほす。どうか君たち、東に流れゆくこの水に聞いておくれ、

別意與ト之[12]誰カ短長ト●

別意《べつい》と之《これ》と誰《いずれ》か短長《たんちょう》と

この別れの心情とこの長江の流れと、いったいどちらが長いかと。

1. 金陵　今の江蘇省南京市《こうそしょうナンキンし》。長江に臨む風光明媚《めいび》な六朝《りくちょう》の古都。**2. 酒肆**　居酒屋。**3. 留別**　旅立つ人が詩を書き残して別れること。この場合は李白が旅立つのである。**4. 白門**　金陵城《きんりょうじょう》の西門。テキストによっては、「風吹」と作る。**5. 柳花**　柳絮《りゅうじょ》のこと。柳絮とは柳の種子の上に生じる白い毛状のもの。熟すと、綿のように乱れ飛び、晩春を代表する景物である。日本ではあまり見られない。**6. 圧レ酒**　新しく醸《かも》した濁酒をしぼり出して清酒にすること。**7. 嘗**　味見をさせる。**8. 子弟**　若者たち。**9. 尽レ觴**　さかずきを飲みほす。**10. 問取**　たずねる。テキストによっては「試問」と作る。**11. 東流水**　長江を指す。**12. 之**　東流水を指す。

《鑑賞》　李白四十三歳の作という。この詩は、晩春の古都金陵の居酒屋で若者たちと別れの宴席上での惜別の情を述べたものである。いかにも、若者たちに慕われて、人気のあった李白の風貌《ふうぼう》を髣髴《ほうふつ》させる。柳の花飛ぶ古都金陵の、むせるような晩春、江南美人が、サアいらっしゃい、とにぎやかに呼びこむ店の中で、ワーワー言いながら酒を飲む、若者たちと李白先生の心暖まる交遊、それゆえに別れはひとしおつらいのだ。結びの二句での発想は「汪倫《おうりん》に贈《おく》る」（245頁参照）の趣向と似ている。いかにも李白らしい作品である。

月下獨酌 （月下独酌《げつかどくしゃく》）　李白《りはく》　〈五言古詩〉

花[1]間一壺酒
獨酌無相親
擧杯邀[2]明月
對影成三[3]人
月既不[4]解飲
影徒隨我身
暫伴月將[5]影
行[6]樂須及春
我歌月徘[7]徊

花間《かかん》一壺《いっこ》の酒《さけ》
独《ひと》り酌《く》んで相親《あいした》しむ無《な》し
杯《さかずき》を挙《あ》げて明月《めいげつ》を邀《むか》え
影《かげ》に対《たい》して三人《さんにん》と成《な》る
月既《つきすで》に飲《いん》を解《かい》せず
影徒《かげいたず》らに我《わ》が身《み》に随《したが》う
暫《しばら》く月《つき》と影《かげ》とを伴《ともな》いて
行楽須《こうらくすべか》らく春《はる》に及《およ》ぶべし
我歌《われうた》えば月徘徊《つきはいかい》し

春の夜咲きにおう花の中で、一壺の酒をかかえ、
お互いに語り合う親しい人もいないので、独りで酒を酌んだ。
そこで、杯を高くあげてのぼってきた明月を迎え、
これで、月と我とわが影と三人となった。
しかし、月はもともと酒を飲むことができないし、
影は影で、ただわが身につき従うばかりでつまらない。
まあしばらくはこのヤボな友の月と影とをつれにして、
春のよき季節をのがさずに楽しみを尽くしておこう。
わたしが歌うと月はふらふらと天上をさまよい、

我舞ヘバ影凌[8]亂▲ス
醒[9]時ハ同ニ交歡シ
醉後ハ各[10]分散▲ス
永ク結ビ二無[11]情ノ遊ヲ一
相[12]期シテ邈[13]ナリ二雲[14]漢▲一

我舞《われま》えば影凌乱《かげりょうらん》す
醒時《せいじ》は同《とも》に交歓《こうかん》し
酔後《すいご》は各《おのおの》分散《ぶんさん》す
永《なが》く無情《むじょう》の遊《ゆう》を結《むす》び
相期《あいき》して雲漢邈《うんかんはるか》なり

わたしが舞うと影も地上で乱れ動く。さめている時には、われら三人は喜びをたのしみ合うが、酔って独り寝た後は、それぞれ別れ別れになってしまう。いつまでも、世俗を離れた交遊を結ぼうと、はるかな天（あま）の川で再会を約束する。

1. 花間　花の咲いている中。テキストによっては「花下」「花前」に作る。**2. 邀**　迎える。**3. 三人**　月と自分と自分の影。一説に、明月を迎え、杯中にも自分の影がうつり、地上にも自分の影がうつり、杯をあげている現実のわが身を合わせて三人とする。**4. 不レ解レ飲**　飲むことができない。「解」は当時の俗語で、可能を示す語である。**5. 将**　「与」と同じ。**6. 行楽**　楽しみをなすこと。『古詩十九首』の第十五首に「楽《たの》しみを為《な》すは当《まさ》に時《とき》に及《およ》ぶべし」とある。**7. 徘徊**　さまよう。**8. 凌乱**　乱れ動く様。テキストによっては「零乱」に作る。**9. 醒時同交歓**　まだ酒に酔っていない時には、三人が喜びをかわす。**10. 各分散**　酔って独り眠って、月とも影とも別れてしまうこと。**11. 無情遊**　月も影も人間でないので、世俗の人情を離れた交遊。**12. 相期**　約束する。**13. 邈**　はるかに遠いこと。**14. 雲漢**　天《あま》の川《がわ》。「相期《あいき》す雲漢《うんかん》の邈《はるか》なるを」と訓読するのもあるが、習慣的な訓《よ》みをとった。

《鑑賞》 この詩は「月下独酌」と題する四首の連作であり、これはその第一首である。その第三首に、「三月咸陽城《さんがつかんようじよう》、千花《せんか》昼錦《ひるにしき》の如《ごと》し」とあるところから、李白が長安に滞在中のものと推定されている。とすると李白四十四歳の時の作である。

花の都の春の夜、月の光のさす下に、ひとり酒を酌《く》みながら、月と影とを相手にしている様を述べたものである。

この詩は、陶潜《とうせん》の「杯《さかずき》を揮《ふる》って孤影《こえい》に勧《すす》む」〈雑詩《ざつし》その二〉にヒントを得て作ったものだろうが、さながら一幕の芝居を見るような趣がある。ことにおもしろいのは、月は飲まないし、影も、自分のあとばかりついてくる、ヤボな友だが、仕方がないから一緒に飲もう、と飲んでいるうちに、月と影も酔っぱらって、李白と三人、飄々《ひようひよう》とたわむれ合うところだ。酒仙李白ならではの作である。

酒を題材にした李白の詩には、「将進酒《しようしんしゆ》」（232頁）「山中《さんちゆう》にて幽人《ゆうじん》と対酌《たいしやく》す」（249頁）「酒《さけ》を把《と》って月《つき》に問《と》う」などよく知られたものがたくさんある。

先輩の陶潜、後輩の白居易《はくきよい》と共に、飲酒三大詩人といったところだ。

《補説》 参考までに、他の三首の古詩も掲げておく。

「天若不レ愛レ酒／酒星不レ在レ天／地若不レ愛レ酒／地応レ無二酒泉一／天地既愛レ酒／愛レ酒不レ愧レ天／已聞清比レ聖／復道濁如レ賢／賢聖既已飲／何必求二神仙一／三盃通二大道一／一斗合二自然一／但得二酒中趣一／勿下為二醒者一伝上 （天《てん》若《も》し酒《さけ》を愛《あい》せざれば、酒星天《しゆせいてん》に在《あ》らず。地《ち》若《も》し酒《さけ》を愛《あい》せざれば、地《ち》応《まさ》に酒《しゆ》泉《せん》無《な》かるべし。天地《てんち》既《すで》に酒《さけ》を愛《あい》す。酒《さけ》を愛《あい》して天《てん》に愧《は》じず。已《すで》に聞《き》く清《せい》の聖《せい》に比《ひ》するを、復《ま》た道《い》う濁《だく》は賢《けん》の如《ごと》しと。賢聖既《けんせいすで》に已《すで》に飲《の》む、何《なん》ぞ必《かなら》ずしも神仙《しんせん》を求《もと》めん。三盃大道《さんぱいたいどう》に通《つう》じ、一斗自然《いっとしぜん》に合《がっ》す。

但《た》だ酒中《しゅちゅう》の趣《おもむき》を得、醒者《せいしゃ》の為《ため》に伝《つた》うる勿《なか》れ)」〈其二（その二）〉

「三月咸陽城／千花昼如錦／誰能春独愁／対此径須飲／窮通与修短／造化夙所稟／一樽斉死生／万事固難審／酔後失天地／兀然就孤枕／不知有吾身／此楽最為甚（三月咸陽城《さんがつかんようじょう》、千《せん》花《か》昼錦《ひるにしき》の如《ごと》し。誰《たれ》か能《よ》く春独《はるひと》り愁《うれ》うるを、此《これ》に対《たい》して径《ただ》ちに須《すべか》らく飲《の》むべし。窮通《きゅうつう》と修短《しゅうたん》と、造化《ぞうか》夙《つと》に稟《ひん》する所《ところ》。一樽《いっそん》死生《しせい》を斉《ひと》しくし、万事《ばんじ》固《もと》より審《つまびら》かにし難《がた》し。酔後天地《すいごてんち》を失《うしな》い、兀然《こつぜん》として孤枕《こちん》に就《つ》く。吾身《わがみ》有《あ》るを知《し》らず、此《こ》の楽《たのし》み最《もっと》も甚《はなはだ》しと為《な》す)」〈其三（その三）〉

「窮愁千万端／美酒三百杯／愁多酒雖少／酒傾愁不来／所以知酒聖／酒酣心自開／辞粟臥首陽／屢空飢顔回／当代不楽飲／虚名安用哉／蟹螯即金液／糟邱是蓬莱／且須飲美酒／乗月酔高台（窮愁千万端《きゅうしゅうせんまんたん》、美酒三百杯《びしゅさんびゃっぱい》。愁《うれ》い多《おお》くして酒少《さけすくな》しと雖《いえど》も、酒傾《さけかたむ》けば愁《うれ》い来《きた》らず。酒《さけ》の聖《せい》なるを知《し》る所以《ゆえん》なり、酒酣《さけたけなわ》にして心自《こころおのず》から開《ひら》く。粟《ぞく》を辞《じ》して首陽《しゅよう》に臥《が》し、屢《しばしば》空《むな》しくして顔回《がんかい》を飢《う》えしむ。当代飲《とうだいいん》を楽《たの》しまず、虚名安《きょめいいずく》んぞ用《もち》いんや。蟹螯《かいごう》は即《すなわ》ち金液《きんえき》、糟邱《そうきゅう》は是《こ》れ蓬莱《ほうらい》。且《しばら》く須《すべか》らく美酒《びしゅ》を飲《の》み、月《つき》に乗《じょう》じて高台《こうだい》に酔《よ》うべし)」〈其四（その四）〉

221　李　白

魯[1]郡ノ東石[2]門ニテ送ル杜[3]二甫ヲ（魯郡《ろぐん》の東《ひがし》石門《せきもん》にて杜二甫《とにほ》を送《おく》る）　李白《りはく》　**〈五言律詩〉**

酔別復タ幾日ゾ　　酔別復《すいべつま》た幾日《いくにち》ぞ

登[4]臨偏シ池[5]臺ニ　　登臨池台《とうりんちだい》に偏《あまね》し

別れを惜しんで酒に酔うことを、もう幾日くりかえしたことか。

あちこちの山に登り水に臨み、池のほとりの高台をめぐりつくした。

何[6]《ゾ》言《ハン》石門《ノ》路
重《ネテ》有《ラント》二金樽《ノ》開《クコト》一●
秋波落《チ》二泗[7]水《ニ》一
海色明《カナリ》二徂[8]徠《ニ》一●
飛[9]蓬各自遠《シ》
且《ク》盡《サン》二林[10]中《ノ》盃《ヲ》一●

何《なん》ぞ言《い》わん石門《せきもん》の路《みち》
重《かさ》ねて金樽《きんそん》の開《ひら》くこと有《あ》らんと
秋波《しゅうは》泗水《しすい》に落《お》ち
海色《かいしょく》徂徠《そらい》に明《あき》らかなり
飛蓬《ひほう》各自《かくじ》に遠《とお》し
且《しばら》く林中《りんちゅう》の盃《はい》を尽《つ》くさん

どうして言えよう、石門の路で、ふたたび、金樽の開かれることがあろうなどと。
秋のさざ波は水量の減った泗水にたち、
はるかな東海の海原(うなばら)の色は、明るく徂徠山に照りはえて美しい。
秋風に飛ぶ根無し草のように、それぞれが遠く離れてしまうのだから、
今はともかくも、林の中の杯を尽くして、大いに飲もうではないか。

1.魯郡　『旧唐書《くとうじょ》』地理志によると、天宝元（七四二）年に兗州《えんしゅう》を改めて魯郡《ろぐん》となすとある。今の山《さん》東省滋陽県《とうしょうじようけん》。**2.石門**　今の山東省曲阜県《きょくふけん》の東北にある山。石峡が対峙《たいじ》して門のようになっているので、石門山と名づけられたという。**3.杜二甫**　杜甫《とほ》のこと。「二」は排行《はいこう》で杜甫が兄弟のなかで二番目の男子ということである。**4.登臨**　山に登って水に臨むこと。**5.池台**　池の中、またはほとりの高台。**6.何言**　反語。どうして……と言えよう、の意。テキストによっては「何時」に作る。**7.泗水**　山東省を流れる川。山東省泗水県《しすいけん》に源を発して、江蘇省《こうそしょう》の淮水《わいすい》に注いでいる。**8.徂徠**　山東省泰安県《たいあんけん》の東南にある山。曲阜《きょくふ》からは東北にある。テキストによっては「徂来」に作る。**9.飛蓬**　風に吹きとばされて、地上を転がり飛ぶよもぎ。**10.林中盃**　テキストによっては「手中盃」に作る。

《鑑賞》 李白、四十六歳の時の作。天宝三（七四四）年四月、東都洛陽《らくよう》で李白と杜甫が初めて出会った。この時、李白は四十四歳、杜甫は十一歳年少の三十三歳。この詩は、杜甫と山東省一帯をめぐった後、魯郡の東にあたる石門山で、杜甫と別れる時に作ったものである。

中国文学の歴史を通じても、秀でたる李白と杜甫、この偉大なる詩人の遭遇《そうぐう》を、中国の学者聞一多《ぶんいった》は「我が中国四千年の歴史の中で、これほど重大で、これほど神聖で、これほど記念的な出会いはない。それは青天で太陽と月とが衝突したようである」と述べている。この時李白は翰林供奉《かんりんぐぶ》の職をうばわれ、首都長安を追放され、山東《さんとう》の道士高天師を訪ね「道籙《どうろく》」を受けるため、途中洛陽に立ちよったのである。一方の杜甫は二十四歳の時、科挙の試験に落第し、放浪の生活をしたのち、洛陽に滞留して李白に出会ったのである。すでに名声を博している李白を見て、その風采《ふうさい》の非凡なところにひとたまりもなく心酔して、石門で別れるまで、行動をともにする杜甫である。

杜甫がいかに李白に傾倒し、尊敬していたかは、李白に言及した詩が十五首もあることからもわかる。その十五首の詩は、「李白《りはく》に贈《おく》る」「李十二《りじゅうに》白《はく》と同《とも》に范十《はんじゅう》の隠居《いんきょ》を尋《たず》ぬ」「冬日《とうじつ》李白《りはく》を懐《おも》う有《あ》り」「春日《しゅんじつ》李白《りはく》を憶《おも》う」「孔巣父《こうそうふ》の病《やまい》を謝《しゃ》して帰《かえ》り江東《こうとう》に遊《あそ》ぶを送《おく》る、兼《か》ねて李白《りはく》に呈《てい》す」「飲中八仙歌《いんちゅうはっせんか》」（282頁）「蘇《そ》端薛復《たんせつぷく》の筵《えん》にて薛華《せつか》に簡《かん》する酔歌《すいか》」「李白《りはく》を夢《ゆめ》む」などである。一方の李白は杜甫に言及した詩は四首であるが、信頼できるのは、「沙邱城下《さきゅうじょうか》より杜甫《とほ》に寄《よ》す」とこの「魯郡の東石門にて杜二甫を送る」の二首にすぎない。

杜甫は十五首の詩を通じて、一貫して敬慕の情を抱き続けていると同時に、「白也《はくや》詩《し》敵無《てきな》し」〈春日李白を憶う〉（279頁）や「李侯《りこう》佳句《かく》有《あ》り」〈李十二白と同に范十の隠居を尋ぬ〉などに見られるように、李白の才能を高く評価している。李白は杜甫の才能に言及してはいないが、対等に遇し、親愛の情をこめて詠じている。

この詩はひときわ真情のこもった作品である。別れを惜しみ酒を酌《く》み交わす日が続く、李白と杜甫は別れ難く、寂しさを酒で紛らわしている。君は君で、私は私で行く手を定めない旅路につく、しばらく、黙して酒を飲みつくそう。思いは互いに限りなく脳裏を駆け巡る。

この当時の、二人の年齢と経歴の差を考えると、対等に付き合ったのは、もっぱら年長であり上位である李白の方が杜甫を受け入れたからだ、と言えるだろう。李白には、年若い者をあたたかく迎える包容力《ほうようりょく》があった。だれとでも気軽に酒を飲み、気焔《きえん》をあげる。もちろん杜甫の才を認めていたからこそ、相当長い期間、一緒に旅までしているのだ。杜甫にはそれがうれしかったに違いない。いつまでも李白のことを忘れずに、詩を作っている。一方李白は、また新しい友と付き合って、杜甫のことは思い出さなかったようだ。磊落《らいらく》な人柄の典型ではあるが、これが時には人に誤解もされることになる。しょせんは野人であるから、宮仕えをしくじったのも無理はない。

なお、杜甫の「春日李白を憶う」（279頁）と合わせ読むとよい。

《補説》 李白が、杜甫に贈ったもう一つの詩「沙邱城下より杜甫に寄す」を掲げる。

「我来竟何事／高臥沙邱城／城辺有㆓古樹㆒／日夕連㆓秋声㆒／魯酒不㆑可㆑酔／斉歌空復㆑情／思㆑君若㆓汶水㆒／浩蕩寄㆓南征㆒（我来《われきた》る竟《つい》に何事《なにごと》ぞ、高臥《こうが》す沙邱城《さきゅうじょう》。城辺《じょうへん》に古樹《こじゅ》有り、日夕秋声《にっせきしゅうせい》を連《つら》ぬ。魯酒《ろしゅ》酔《よ》う可《べ》からず、斉歌《せいか》空《むな》しく情《じょう》を復《かさ》ぬ。君《きみ》を思《おも》えば汶水《ぶんすい》の若《ごと》く、浩蕩《こうとう》として南征《なんせい》に寄《よ》す）」〈沙邱城下寄㆓杜甫㆒（沙邱城下《さきゅうじょうか》より杜甫《とほ》に寄す）〉

戰[1]城南（城南《じょうなん》に戦《たたか》う）　李《り》白《はく》　〈雑言詩〉

去年戰桑[2]乾源
今年戰葱[3]河道●
洗兵[4]條[5]支海[6]上波
放馬天[7]山雪中草●
萬里長征戰
三[8]軍盡衰老●
匈[9]奴以殺戮爲耕作
古來惟見白骨黄沙田▲

去年《きょねん》は桑乾《そうかん》の源《みなもと》に戦《たたか》い
今年《こんねん》は葱河《そうが》の道《みち》に戦《たたか》う
兵《へい》を洗《あら》う条支海上《じょうしかいじょう》の波《なみ》
馬《うま》を放《はな》つ天山雪中《てんざんせっちゅう》の草《くさ》
万里《ばんり》長《なが》く征戦《せいせん》し
三軍《さんぐん》尽《ことごと》く衰老《すいろう》す
匈奴《きょうど》殺戮《さつりく》を以《もっ》て耕作《こうさく》と為《な》す
古来《こらい》惟《た》だ見《み》る白骨黄沙《はっこつこうさ》の田《でん》

去年は桑乾河の源で戦い、
今年は葱嶺河（そうれいが）の道で戦った。
遠い西域の条支の海辺で、兵器についた血のりを洗い落とし、
天山山脈の雪におおわれた草原に疲れた馬を休ませた。
万里のかなたでいつまでも戦争をし、
全軍の将兵はみな衰え、老いこんだ。
好戦的な匈奴は、人殺しを耕作と同じように心得ているのだ。
昔から、ただ白骨が黄沙の田の上にごろごろ散らばっているばかり。

秦[10]家築イテレ城ヲ備フルレ胡ニ処
漢家還タ有リ二烽[11]火ノ燃▲ユル一
烽火燃エテ不レ息マ
征戦無シ二已ム時一○
野戦格[12]闘シテ死ス
敗[13]馬號[14]鳴向ツテレ天ニ悲シム○
烏[15]鳶啄ミ二人ノ腸ヲ一
銜ミ飛ンデ上ニ挂ク枯樹ノ枝○
士卒塗レ二草[16]莽ニ一
将軍空シク爾カ為ス○

秦家《しんか》城《しろ》を築《きず》いて胡《えびす》に備《そな》うる処《ところ》
漢家《かんか》還《ま》た烽火《ほうか》の燃《も》ゆる有《あ》り
烽火《ほうか》燃《も》えて息《や》まず
征戦《せいせん》已《や》む時《とき》無《な》し
野戦格闘《やせんかくとう》して死《し》す
敗馬《はいば》号鳴《ごうめい》天《てん》に向《むか》って悲《かな》しむ
烏鳶《うえん》人《ひと》の腸《はらわた》を啄《ついば》み
銜《ふく》み飛《と》んで上《うえ》に挂《か》く枯樹《こじゅ》の枝《えだ》
士卒《しそつ》草莽《そうもう》に塗《まみ》れ
将軍《しょうぐん》空《むな》しく爾《し》か為《な》す

秦の始皇帝は万里の長城を築いて、匈奴の南下を防いだのに、
漢代になっても、また辺塞(へんさい)ではのろしが燃えて警告を発している。
のろしは燃え続けて絶えることがない。
戦争も終わる時がなく、
野に戦って、格闘をして敗れ、やがて討ち死にする。
あるじを失った馬は天に向かって悲しそうにはげしくいななき、
からすやとびは討ち死にした兵士にむらがり、人の腸(はらわた)をついばみ、
その腸を口にくわえて飛びあがり、枯れ木の枝にひっかける。
兵士たちは草むらに死に、
将軍のやったことは、まったく空しく無意味なことであった。

17 乃《チ》知《ル》兵《ナル》者《ハ》是《レ》凶器
聖人《ハ》不《シテ》レ得《ムヲ》レ已而用《ヒタルヲ》レ之

乃《すなわ》ち知る兵《へい》なる者《もの》は是《こ》れ凶器《きょうき》
聖人《せいじん》は已《や》むを得《え》ずして之《これ》を用《もち》いたるを

それで「武器は不祥の道具」ということがわかった。聖人はやむをえない時にだけ、それをしかたなしに使用するのだ。

1.戦二城南一　漢の楽府《がふ》題《だい》。短簫鐃歌《たんしょうどうか》の十八曲中の一つ。同じ楽府題を使用しながら、六朝《りくちょう》時代には、兵士や将軍の奮戦をたたえる「戦城南」が作られているが、もとの漢の鐃歌の「戦城南」は、軍楽《ぐんがく》とはいえ士気を鼓舞するものではなく、戦死者の屍《しかばね》が野ざらしのまま葬られず、烏《からす》がその人肉をついばむという歌である（740頁参照）。**2.桑乾**　桑乾河《そうかんが》。山西省馬邑県《さんせいしょうばゆうけん》に源を発し、金竜水《きんりゅうすい》と合流し東南に流れ永定河に入る。**3.葱河**　葱嶺河《そうれいが》。葱嶺つまりパミール高原から新疆省《しんきょうしょう》を流れる河。**4.兵**　兵器。**5.条支**　地中海東岸のシリア。**6.海上**　地中海を指す。**7.天山**　天山《てんざん》山脈。春夏にも雪がある。**8.三軍**　全軍。**9.匈奴**　中国の西北の異民族。遊牧騎馬民族で、野蛮《やばん》で凶暴な民族と意識されていた。**10.秦家築レ城**　秦《しん》の始皇帝《しこうてい》が、万里《ばんり》の長城を築いて匈奴《きょうど》の南下を防いだことをいう。**11.烽火**　のろし。辺塞《へんさい》警備のため、土台を築いて、薪草《しんそう》を燃やして敵襲を知らせる。**12.格闘死**　魏《ぎ》の陳琳《ちんりん》の「飲馬長城窟行《いんばちょうじょうくつこう》」に、「男児《だんじ》は寧《むし》ろ格闘《かくとう》して死すべし、何《なん》ぞ能《よ》く怫鬱《ふつうつ》として長城《ちょうじょう》を築《きず》かん」とある。**13.敗馬**　あるじを失った馬。**14.号**　悲しんで、大声で叫ぶようにはげしくなく意。**15.烏鳶**　からすととび。**16.草莽**　くさむら。**17.乃知兵者是凶器　聖人不レ得レ已而用レ之**　この二句は『老子』第三十一にもとづく。「兵は不祥《ふしょう》の器にして、君子の器にあらず。已《や》むを得ずして之《これ》を用うれば、恬淡《てんたん》を上となし、勝ちて美とせず。しこうしてこれを美とする者は、是《こ》れ人を殺すを楽しむなり。夫《そ》れ人を殺すを楽しむ者は、則《すなわ》ち以《もっ》て志を天下に得可《うべ》からず……」とある。太公望《たいこうぼう》の『六韜《りくとう》』

（兵法書）に「聖人兵を号して凶器となし、已むを得ずして之を用う」ともある。

《鑑賞》 天宝六（七四七）年、李白、四十七歳の作。

戦争を題材とする詩、「辺塞詩《へんさいし》」は、源を遠く『詩経《しきょう》』に発する、大きな詩の流れの一つである。漢代に至って、「戦城南」をはじめとする、民衆の生き生きした作品が、楽府《がふ》に採録され、その歌声は活発になったが、魏晋《ぎしん》のころになると、やや下火になった。この時代は貴族の時代であるから、貴族詩人の関心は、宴遊や贈答の方へ向かっていったのである。ところが、六朝の末になると、戦争には行ったこともない貴族詩人の間から、辺塞詩に対する関心が高まってきた。彼らは、見もせぬ砂漠の戦場の悲惨なさまを好んで描き、兵士の口を借りて、明日をも知れぬ運命を嘆いた。思うに六朝の末ごろは、詩が爛熟《らんじゅく》した結果、新しい題材を求める風潮が興り、辺塞詩の持つ新奇性、非日常性が再認識されたのであろう。一種の戦争美のように、冷たい月の光にきらめく刃《やいば》や、よろいに吹きつける黄色い砂などが競ってうたわれた。

李白のこの詩は、言うなれば、辺塞詩の復古を目指したものであろう。本来の辺塞詩の精神を忘れた六朝の歌を捨て、漢代に帰れ、と叫んでいるのだ。いきなり六字（三字プラス三字）で出だし、五字・七字のほかに、八字と九字の組み合わせ、七字と八字の組み合わせも出てくるなど、漢の原作の形を踏まえて、さらに展開をはかっている。原作の力強さを失わずに、新しい時代の新しい歌としての工夫をしよう、というのである。桑乾《そうかん》だの、葱河《そうが》だの、条支海《じょうしかい》だのという地名もふんだんに取り入れて、スケールはいよいよ大きい。パッと変わる場面、ジグザグに転換するリズム、最後は、『老子』の名言をもってしめくくる、心憎いばかりの構成だ。

この詩を李白の唐朝批判（天宝年間の戦争を風刺した）とするのは、的を射ていない。もっと大きく、漢代の詩精神の復権をはかるもの、と見るべきだ。読者は、この詩のリズムと力に酔えばそれでよい。
▽●▲○印は換韻を示す。付録「漢詩入門」参照。

登ル二金[1]陵ノ鳳[2]凰臺一ニ（金陵《きんりょう》の鳳凰台《ほうおうだい》に登《のぼ》る）　李白《りはく》　〈七言律詩〉

鳳凰臺上鳳凰遊ビ●　鳳凰台上《ほうおうだいじょう》　鳳凰遊《ほうおうあそ》び
鳳去リ臺空シクシテ江[3]自カラ流ル●　鳳去《ほうさ》り台空《だいむな》しくして江自《こうおのず》から流《なが》る
呉[4]宮ノ花草ハ埋モレ二幽徑一ニ　呉宮《ごきゅう》の花草《かそう》は幽径《ゆうけい》に埋《うず》もれ
晉代ノ衣[5]冠ハ成ル二古丘一ト●　晋代《しんだい》の衣冠《いかん》は古丘《こきゅう》と成《な》る
三[6]山半[7]バ落ツ青天ノ外　三山半《さんざんなか》ば落《お》つ青天《せいてん》の外《そと》
二[8]水中分ス白鷺洲●　二水中分《にすいちゅうぶん》す白鷺洲《はくろしゅう》
總[9]テ爲ニ二浮[10]雲ノ能ク蔽フガ一レ日ヲ　総《すべ》て浮雲《ふうん》の能《よ》く日《ひ》を蔽《おお》うが為《ため》に

昔、この鳳凰台の上に鳳凰が遊んだというが、
今は鳳凰は飛び去って、台だけが空しく残り、台の下の長江は昔と変わることなく悠々(ゆうゆう)と流れている。
呉の宮殿を彩った花や草は、今は荒れた小道の中に埋もれてしまい、
晋代の衣冠の貴族たちも古い丘の土となってしまった。
見渡せば、三山は青空の外側へ半ば落ちたように見え、
秦淮河(しんわいが)の二つの流れは、白鷺洲をはさんで分かれている。
結局のところ、あの浮き雲が太陽の光をおおいかくしているために、

長[11]安不ㇾ見ェ使ム二人ヲシテ愁ヘ一●

長安《ちょうあん》見《み》えず人《ひと》をして愁《うれ》えしむ

帝都長安を見ることができない。それが私の心を愁いにしずませているのである。

1. 金陵　今の江蘇省南京市《こうそしょうナンキンし》。呉《ご》が都して建業《けんぎょう》と称し、晋《しん》が建康《けんこう》と呼んだ。**2. 鳳凰台**　六朝《りくちょう》の宋《そう》の元《げん》嘉《か》年間に、三羽の鳥が飛んできた。その鳥は五色の色彩を持ち、形は孔雀《くじゃく》のようで、鳴き声は整い、多くの鳥が群がり集まっていた。時人《じじん》はこれを鳳凰《ほうおう》だとして、その山の上に台を築き、鳳凰台と名づけ記念とした。**3. 江自流**　長江《ちょうこう》が悠々《ゆうゆう》と変わらずに流れる。**4. 呉宮**　三国呉《ご》の宮殿。**5. 衣冠**　衣《い》冠《かん》をつける身分。貴族。**6. 三山**　金陵《きんりょう》の郊外、西南五十七里のところにある三つの山。三つの峰が南北に連なっている。**7. 半落青天外**　半ば青空のかなたに落ちたように見える。**8. 二水**　秦淮河《しんわいが》が、白鷺洲《はくろしゅう》という中洲《なかす》で二つに分かれている。**9. 総**　いつも。**10. 浮雲**　漢の陸賈《りくか》の『新語《しんご》』に「邪《じゃ》臣《しん》の賢《けん》を蔽《おお》う、猶《な》お浮雲《ふうん》の日月《じつげつ》を蔽《おお》うがごとし」とある。高力士《こうりきし》などの讒言《ざんげん》によって追放された李白の気持ちの表現であろう。**11. 長安不ㇾ見**　尾聯《びれん》の二句には、「長安の日」という故事が背景にある。東晋《とうしん》の初め、長安からお使いが来た時、まだ子どもだった明帝に、父の元帝が、長安と日とどちらが遠いか、と尋ねたところ、明帝は、日が遠い、日から人が来た話は聞いたことがないから、と答えた。おもしろい答だと思い、翌日、群臣の前でもう一度同じ質問をすると、今度は日が近い、という。色を失った元帝に、明帝は、目をあげれば日は見えるが、長安は見えないから、と答えた〈『世《せ》説新語《せつしんご》』夙慧篇《しゅつけいへん》〉。ここではこれを踏まえつつ、たくみに長安の消息を知りたい気持ちをうたっている。

《鑑賞》　李白の四十七歳の作。六十一歳説もある。

この詩は、鳳凰台に登り、都長安の方角を望んで、感慨にふけったもの。

四十七歳の作とすれば、都を追放になって三年余りになる。李白にとって、あしかけ三年の宮廷生活は、夢のような一時《ひととき》であったろう。玄宗・楊貴妃《ようきひ》に間近く仕えて、飛ぶ鳥も落とす勢いだったのだから、忘れようにも忘れられまい。晩年に至るまで、この思いは続いたようだ。この詩でも、最後の二句に、その未練がこめられている。

この作品は、崔顥《さいこう》の「黄鶴楼《こうかくろう》」（122頁参照）にひそかにならったものであることは、古来からよくいわれている。その崔顥も沈佺期《しんせんき》の「竜池篇《りょうちへん》」の七言律詩の影響を受けている。

例えば、首句の字を畳用《じょうよう》していること。「鳳凰台上鳳凰遊」の一句、続いて「鳳去台空江自流」と、鳳《ほう》の文字が三回繰り返されており、詩題の「登㆓金陵鳳凰台㆒」を含めると四度も使用されている。この技巧は沈佺期の「竜池篇」にも「竜池躍竜竜已飛」とか「竜徳先天天不違」とあり、第四句の竜と詩題を加えると、竜の文字が六字も使用されている。李白が直接的に影響を受けた崔顥の「黄鶴楼」には、冒頭の三句のうちに黄鶴の言葉が三回も繰り返されている。こうした畳字《じょうじ》の技巧は、詩を読むにあたって、鮮明なイメージを描かせて、そして音声としての余韻を残す効果をもつであろう。なお、『唐《とう》詩紀《しき》事《じ》』によると、李白は崔顥の「黄鶴楼」という唐代の律詩中の第一の作と称せられている詩と競って、この詩を作ったとある。三山—二水の頸聯《けいれん》の秀抜さは李白ならではと感じさせるが、崔顥の詩に漂う風韻には、やはり及ばないのではないだろうか。

將[1]進酒（将進酒《しょうしんしゅ》）　李白《りはく》　〈七言古詩〉

君[2]不見
黄河之水天上來
奔[3]流到海不復回
君不見
高[4]堂明[5]鏡悲白髪
朝如青[6]絲暮成雪
人生得[7]意須盡歡
莫使金[8]樽空對月
天生我材[9]必有用

君見《きみみ》ずや
黄河《こうが》の水天上《みずてんじょう》より来《きた》るを
奔流《ほんりゅう》 海《うみ》に到《いた》って復《ま》た回《かえ》らず
君見《きみみ》ずや
高堂《こうどう》の明鏡《めいきょう》 白髪《はくはつ》を悲《かな》しむを
朝《あした》には青糸《せいし》の如《ごと》きも暮《くれ》には雪《ゆき》と成《な》る
人生《じんせい》の得意《とくい》須《すべか》らく歓《かん》を尽《つ》くすべし
金樽《きんそん》をして空《むな》しく月《つき》に対《たい》せしむる莫《な》かれ
天我《てんわ》が材《ざい》を生《しょう》ずる必《かなら》ず用《よう》有《あ》り

君よ見たまえ、
黄河の水は、天上から流れ下ってくるのを。

その黄河のはげしい流れは、海に流れこむと再びもどってはこないのだ。

君よ、また見たまえ、
立派な家で明るい鏡にうつった白髪を悲しんでいるその姿を。

朝には黒糸の様につやつやだった髪も、夕方には雪の様に白くなってしまうのだ。

人生は楽しめるうちに、思いのままに喜びを尽くしておくことだ。

立派な酒樽(さかだる)をいたずらに月に向けておくことはないだろう。

天がわたしという人間に才能を与えてくれたのは、必ず何らかの役に立てさせるためだ。

千金散《ジ》盡《クセバ》還《タ》復《タ》來《ラン》
烹[10]羊《ヲ》宰[11]《シテ》牛《ヲ》且《ク》爲《サン》樂《シミヲ》
會[12]《ズ》須《ラク》一[13]飲三百杯《ナル》
岑[14]夫子　丹[15]邱生
進《ム》酒《ヲ》君莫《カレ》停《ムル》
與《ニ》君《ガ》歌《ハン》一曲《ヲ》
請《フ》君爲《ニ》我《ガ》傾《ムケテ》耳《ヲ》聽《ケ》
鐘[16]鼓饌[17]玉不足《ラ》貴《ブニ》
但《ダ》願《ハクハ》長醉《シテ》不《ルヲ》用《ヒ》醒[18]《ムルヲ》
古來聖賢皆寂[19]寞

千金《せんきん》散《さん》じ尽《つ》くせば還《ま》た復《ま》た来《きた》らん
羊《ひつじ》を烹《に》牛《うし》を宰《さい》して且《しばら》く楽《たの》しみを為《な》さん
会《かなら》ず須《すべか》らく一飲三百杯《いちいんさんびゃっぱい》なるべし
岑夫子《しんぷうし》　丹邱生《たんきゅうせい》
酒《さけ》を進《すす》む君停《きみとど》むる莫《な》かれ
君《きみ》が与《ため》に一曲《いっきょく》を歌《うた》わん
請《こ》う君我《きみわ》が為《ため》に耳《みみ》を傾《かた》むけて聴《き》け
鐘鼓饌玉《しょうこせんぎょく》　貴《たっと》ぶに足《た》らず
但《た》だ願《ねが》わくは長酔《ちょうすい》して醒《さ》むるを用《もち》いざるを
古来聖賢皆寂寞《こらいせいけんみなせきばく》

たとえ、千金を使い果たしても、いつかはめぐりめぐってもどってくるものだ。
羊や牛を料理して、まあ大いに飲もう。
飲むからには、必ず三百杯は飲まなくてはならない。
岑先輩、丹邱君よ、
さあ酒を飲もう。君、杯を置いてはいけない。
君たちのために、一曲歌おう。
君たちは、わたしのために耳を傾けて聴いてほしい。
鐘や太鼓の美しい音楽、玉のような美食、こんなものは大したことではない。
ただ願わしいのは、いつまでも酔って醒めないことだ。
昔から、聖人とか賢人とかも死んでしまえばひっそりだ。

惟有飲者留其名
陳王[20]昔時宴平樂[21]
斗[22]酒十千恣歡[23]謔
主[24]人何爲言少錢
徑[25]須沽取對君[26]酌
五[27]花馬　千[28]金裘
呼兒將出換美酒
與爾同銷[29]萬[30]古愁

惟《た》だ飲《の》む者《もの》のみ其《そ》の名《な》を留《とど》むる有《あ》り
陳王昔時《ちんのうせきじ》平楽《へいらく》に宴《えん》し
斗酒十千《としゅじっせん》歓謔《かんぎゃく》を恣《ほしいまま》にす
主人何《しゅじんなんす》為れぞ銭《ぜに》少《すく》なしと言《い》わん
径《ただ》ちに須《すべか》らく沽《か》い取《と》って君《きみ》に対《たい》して酌《く》むべし
五花《ごか》の馬《うま》　千金《せんきん》の裘《きゅう》
児《じ》を呼《よ》び将《ひ》き出《いだ》して美酒《びしゅ》に換《か》え
爾《なんじ》と同《とも》に銷《け》さん万古《ばんこ》の愁《うれ》いを

ただ酒飲みだけが、後世にその名をとどめている。

昔、魏(ぎ)の王子、陳思王曹植(そうち)は、洛陽(らくよう)の平楽観で盛大な宴会を開き、

一斗一万銭の高価な美酒を飲み、歓楽の限りをつくしたということだ。

今夜の宴席の主人たるわたしは、どうして金がたりないなどといおうか。

ただちに酒を買い入れて、君たちに飲んでもらおう。

青と白との斑(まだら)模様のある名馬でも、天下に二つとない狐の皮衣でも、

小僧を呼んで持っていかせ、美酒に換えてこさせよう。

そして、今宵(こよい)こそ、君たちとともに痛飲して、胸中に積もった無限の憂愁をきれいに消すことにしよう。

1. 将進酒　楽府題《がふだい》。もとは漢の「鼓吹鐃歌《こすいどうか》」十八曲の一である。題の意味は、酒を酌《く》んで客にささげることである。**2. 君不レ見**　君は見ないか、知っているだろう、の意。楽府体《がふたい》の詩語としてしば

しば用いられる。**3. 奔流**　はやい流れ。**4. 高堂**　高く立派な建物。**5. 明鏡**　よくみがかれているため、はっきりとうつる鏡。**6. 青糸**　黒い髪。**7. 得意**　思いのままに行動する。鮑照《ほうしょう》に「人生意《じんせいい》を得《う》るを貴《とうと》ぶ」〈学古《がくこ》〉とある。**8. 金樽**　立派な酒樽《さかだる》。**9. 材**　才能。**10. 烹レ羊**　烹は煮《に》る。**11. 宰レ牛**　牛を殺して料理する。**12. 会**　かならず。**13. 一飲三百杯**　後漢末の儒者、鄭玄《じょうげん》の故事。牛肉や羊肉は最上の美食であった。袁紹《えんしょう》が鄭玄を餞別《せんべつ》した時、三百余人が、鄭玄に杯をささげた。鄭玄は朝から暮れまでに三百杯を飲んだが乱れなかったという。**14. 岑夫子**　岑徴君《しんちょうくん》（隠者）という。夫子《ふうし》は先輩に対する敬称。**15. 丹邱生**　道士《どうし》の元丹邱《げんたんきゅう》。李白の親友の一人で、李白の詩にしばしば登場してくる。生は後輩に対する称。**16. 鐘鼓**　鐘と太鼓。美しい音楽。**17. 饌玉**　王のような美食。饌は飯。**18. 醒**　酒の酔いがさめる。**19. 寂寞**　ひっそりと寂しい様。**20. 陳王**　魏《ぎ》の曹植《そうち》（一九二～二三二）。曹操《そうそう》の子であり、曹丕《そうひ》（文帝）の弟。陳王《ちんのう》に封ぜられ、思《し》と諡《おくりな》されたので、陳思《ちんし》王《おう》と呼ばれる。その詩「名都篇《めいとへん》」に「帰《かえ》り来《き》たって平楽《へいらく》に宴《えん》し、美《び》酒《しゅ》斗《と》十千《じっせん》」とある。**21. 平楽**　平楽観《へいらくかん》という建物。洛陽《らくよう》にあった。**22. 斗酒十千**　一斗の酒の価が一万銭。高価な酒の意。曹植の句を踏まえる。一斗は現在の約二リットル。**23. 歓謔**　喜び戯れる。**24. 主人**　酒席の主人であり、李白の自称。**25. 径**　ただちに、と訓読し、須を強める。**26. 君**　岑夫子《しんぷうし》や丹邱生《たんきゅうせい》を指す。**27. 五花馬**　青と白との斑《まだら》紋のある馬。五花驄《ごかそう》と同じ。たてがみを五つの花紋（たてがみの飾り方）の形に切るという説もある。**28. 千金裘**　価千金の皮衣。戦国時代の孟嘗君《もうしょうくん》が持っていた、という狐白裘《こはくきゅう》は、千金の値がつけられていて、天下無二のしろものであった。**29. 銷**　けす。消と同じ。**30. 万古愁**　胸中に積もる無限の愁い。李白には「千古愁」という詩語もある。

《鑑賞》　制作時期には諸説（四十五歳説・五十二歳説等）がある。確実な根拠にとぼしい。

この詩は、酒の賛歌である。大いに酒を飲み、人間の背負う無限の憂愁を忘れようという。

「将進酒」の題の意味を、青木《あおき》正児《まさる》著『李白』（漢詩大系〈集英社〉）の注に、〈「将」は『詩経《しきょう》』大雅《たいが》・既酔篇《きすいへん》「爾《なんじ》の殽《さかな》既《すで》に将《おこな》う」の毛伝《もうでん》に「将は行《おこな》う也《なり》」と曰《い》い、集伝《しゅうでん》には「将は行《おこな》う也《なり》。亦《ま》た奉持《ほうじ》して進《すす》むるの意《い》」と有《あ》る。当《まさ》に此《こ》の用法を以て解すべく、然《しか》らば「将進酒《しょうしんしゅ》」とは普通に謂《い》う所の「行酒《こうしゅ》」に等しい。行酒《こうしゅ》とは酒を酌《く》んで客に奉《ささ》げることである〉と。

起句の「君見ずや黄河の水天上より来るを」の着想は奇抜であるとともにスケールが大きい。このような奇想天外な着想は李白の特性であり、「飛流直下三千尺《ひりゅうちょくかさんぜんじゃく》、疑《うたご》うらくは是《こ》れ銀河《ぎんが》の九天《きゅうてん》より落《お》つるかと」〈廬山《ろざん》の瀑布《ばくふ》を望《のぞ》む〉とか、「白髪三千丈《はくはつさんぜんじょう》」〈秋浦《しゅうほ》の歌《うた》〉など随所に見ることができる。

李白は六十余年の生涯を酒とともに過ごしていた。「三百 六十日《さんびゃくろくじゅうにち》、日日《ひび》酔《よ》うて泥《どろ》の如《ごと》し」〈内《つま》に贈《おく》る〉と言う。なぜ酒に浸ったのかというと、この詩の最後に「爾と同に銷さん万古の愁いを」とある。試みに李白詩、一千余首中に「愁」の字を探すと、百五個を見いだすことができる。李白にとって万古の愁いとはどういうことを指しているのであろうか。李白には、二つの大きな理想があった。その一つは、天子を補佐して天下に太平をしくこと。もう一つは文学によって、後世に名を残すことであった。この詩の第七句「天我が材を生ずる必ず用有り」はまさにその表白である。だが、それを十分に生かし切れない拘束の多い世界である。人生は一度きり、それも短い。だから「人生の得意須らく歓を尽くすべし」と呼びかけ、そして酒を飲み、万古の愁いを消そうというのである。酒が醒《さ》めるとさらに愁えることになるので、「但だ願わくは長酔して醒むるを用いざるを」と詠じた。

じつに、李白らしい性格がにじみでた作品ということができる。

《補説》 李白の飲酒について述べたものが、杜甫《とほ》の「飲中八仙歌《いんちゅうはっせんか》」（282頁）にみられるが、『開元天宝遺《かいげんてんぽうい》事《じ》』にも、「李白は酒を飲むと、こまかいところにはこだわらなかった。しかし、酔った時に書いた文には誤りのあったためしがない。しかも、酔っていない人と議論をするにしても、李白が考える以上の意見は出てこなかった。当時の人々は、李白を〝酔聖《すいせい》〟と呼んだ」とある。

哭ス[1]二晁[2]卿衡ヲ一（晁卿衡《ちょうけいこう》を哭《こく》す）　李白《りはく》　**〈七言絶句〉**

日本ノ晁卿辭シ二帝都●ヲ一　日本《にほん》の晁卿《ちょうけい》帝都《ていと》を辞《じ》し
征[3]帆一片遶ル二蓬[4]壺●ヲ一　征帆一片《せいはんいっぺん》蓬壺《ほうこ》を遶《めぐ》る
明[5]月不レ歸ラ沈ミ二碧[6]海ニ一　明月《めいげつ》帰《かえ》らず碧海《へきかい》に沈《しず》み
白雲愁色滿ツ二蒼[7]梧●ニ一　白雲愁色《はくうんしゅうしょく》蒼梧《そうご》に満《み》つ

日本の晁卿は、唐の都長安を辞去し、一片の去りゆく帆かげは、蓬壺の島をめぐっていった。明月のように輝かしかった君は、深いみどり色をした大海原に沈み、白い雲と深いかなしみの色が蒼梧の空に満ちわたる。

1．哭　大声をあげて悲しみ泣くこと。**2．晁卿衡**　阿倍仲麻呂《あべのなかまろ》の中国名。テキストによっては「朝衡《ちょうこう》」に作る。卿《けい》は官職名（衛尉寺卿《えいいじけい》――朝廷の儀式の器具類を取り扱う役）の略。**3．征帆**　去りゆく帆。**4．蓬壺**　東の海上にある仙人の住む島。蓬莱山《ほうらいさん》の別名。仙界《せんかい》の島（蓬壺《ほうこ》）の連想から月を取りあげたもの。**5．明月**　阿倍仲麻呂のことをひそかに擬している。**6．碧海**　深いみどり色の大海原《おおうなばら》。**7．蒼梧**　中国東南方の海岸地帯の地名。広西省の地。この場合は、漠然と東南方の海岸を意味する。

《鑑賞》李白五十三歳の作。長安での宮廷生活の時、李白は仲麻呂と交際があったのだろう。その死の知らせは、実は誤報だったのだが、これだけの詩を作っているところを見ると、かなり親密につき合っていたのかもしれない。ちなみに、二人は同い年だった。こうして悲しんだ李白だったが、実は、仲麻呂はまた都に戻り、李白より十年近くも長生きしたのだった。

　後半の二句は、明月に青い海、白い雲と、幻想的な描きかたで、そこに悲しみの真情が、かえって強く感じられるのだ。

《補説》阿倍仲麻呂（七〇一～七七〇）は、十七歳の時に遣唐《けんとう》留学生にあげられ、翌年、吉備真備《きびのまきび》らとともに入唐した。入唐後、朝臣仲満《あそんなかまろ》と称していたが、やがて晁衡《ちょうこう》（朝衡）と唐風に改名した。唐において大学に学び、科挙《かきょ》に応じて進士に及第した。左補闕《さほけつ》などを歴任して、衛尉少卿《えいいしょうけい》、従三品《じゅさんぼん》まで出世した。天宝十二（七五三）年、遣唐使《けんとうし》の藤原清河《ふじわらのきよかわ》に従って帰国の途についた。蘇州《そしゅう》から四船に分乗して出発したが、仲麻呂の乗った船は、沖縄《おきなわ》を経て奄美《あまみ》大島に向かう途中暴風雨にあい、安南（ベトナム）に漂着した。いろいろな迫害を受けながらも、難をのがれて、再び長安に戻り、玄宗・粛宗・代宗の三代の皇帝に仕えたが、帰国できぬままに没した。死後、潞州大都督《ろしゅうだいととく》の官を贈られた。

　在唐中は、李白・王維《おうい》・儲光羲《ちょこうぎ》・趙驊《ちょうか》・包佶《ほうきつ》・劉長卿《りゅうちょうけい》らの文人と交わった。『全唐詩』のなかに、仲麻呂をめぐって、次の作品が残されている。

　王維「送㆔秘書晁監還㆓日本国㆒（秘書晁監《ひしょちょうかん》の日本国《にっぽんこく》に還《かえ》るを送《おく》る）」（162頁参照）

　儲光羲「洛中貽㆓朝校書衡㆒　朝即日本人也（洛中《らくちゅう》にて朝校書衡《ちょうこうしょこう》に貽《おく》る　朝《ちょう》即《すなわ》ち日本人《にっぽんじん》なり）」

　趙驊「送㆔晁補闕帰㆓日本国㆒（晁補闕《ちょうほけつ》の日本国《にっぽんこく》に帰《かえ》るを送《おく》る）」などである。また、晁衡の「銜ㇾ命還レ国作（命《めい》を銜《うけたまわ》りて国《くに》に還《かえ》る作《さく》）」と題した作品が、『全唐詩』巻七百三十二に収められている。

なお、天宝十二（七五三）年十一月十五日の夜、船上で出発を待っていた時に詠じた歌が、小倉百人一首にも収める次の歌である。

あまの原ふりさけ見れば春日《かすが》なる三笠《みかさ》の山に出でし月かも　阿倍仲麻呂

山中問答（山中問答《さんちゅうもんどう》）　李白《りはく》　〈七言古詩〉

問[1]フレ余ニ何[2]ノ意アリテカ棲ムト二碧山[3]ニ一
笑ツテ而不レ答ヘ心自カラ閑[4]ナリ
桃[5]花流水窅[6]然トシテ去ル
別ニ有リ三天[7]地ノ非ザル二人[8]間ニ一

余《よ》に問《と》う何《なん》の意《い》ありてか碧山《へきざん》に棲《す》むと
笑《わら》って答《こた》えず心《こころ》 自《おのず》から閑《かん》なり
桃花流《とうかりゅう》 水窅然《すいようぜん》として去《さ》る
別《べつ》に天地《てんち》の人間《じんかん》に非《あら》ざる有《あ》り

ある人が、私に、どんな考えで緑の山の中などにとじこもるのかとたずねても、
笑って答えず、私の心は落ちついて、のどかである。
桃の花びらが水に散って、はるかに流れ去っていくが、
ここには俗世間と違う別の世界がある。

1．問レ余　ある人が私にたずねた。テキストによっては「問我」に作る。**2．何意**　どういう考えで。テキストによっては「何事」に作る。**3．碧山**　緑の濃い山。**4．閑**　のどか。テキストによっては「間」に作る。**5．桃花流水**　桃の花が流れる水に散る。陶潜《とうせん》の『桃花源記《とうかげんき》』にもとづく句であり、理想郷の象徴として用いた。**6．窅然**　はるかな様。テキストによっては「宛然《えんぜん》」に作る。**7．天**

地　世界。**8. 人間**　「じんかん」と読み、俗世間のこと。

《鑑賞》　李白の五十三歳の作。天宝十二（七五三）年にできた『河岳英霊集《かがくえいれいしゅう》』にこの詩が収められているので、おそくもこの年までの作。問答体を用いて、悠然《ゆうぜん》とした人生観をうたっている。質問を設けて答を引き出す、という趣向は、形は少し違うが、陶潜の「飲酒《いんしゅ》」（49頁参照）にヒントを得てのものだろう。この詩では、笑って答えない、というところに新味がある。つまり、陶潜が、「此《こ》の中《うち》に真意《しんい》有《あ》り、弁《べん》ぜんと欲《ほっ》すれば已《すで》に言《げん》を忘《わす》る」と言った、と同様に、この境地は俗人に説明できない。それで笑っているのである。後半も陶潜。桃の花びらによって、理想郷を暗示している。隠逸生活の真髄をうたって、味わい深い作である。

李白は、東巌子《とうがんし》という隠者と、岷山《びんざん》で鳥を相手にした生活を送ったり、孔巣父《こうそうふ》や裴政《はいせい》らと山東の徂徠《そらい》山《ざん》にこもり、「竹谿《ちくけい》の六逸《りくいつ》」といわれたりしたが、結局、仙人にも、隠者にもなりきれなかった。しかし、生涯こうした世界にはあこがれていたのである。

この詩題が「山中《さんちゅう》にて俗人《ぞくじん》と対《たい》す」とか「山中《さんちゅう》にて俗人《ぞくじん》に答《こた》う」となっているテキストもある。

獨リ坐ス㆓敬[1]亭山ニ㆒　（独《ひと》り敬亭山《けいていざん》に坐《ざ》す）　李白《りはく》　**〈五言絶句〉**

衆[2]鳥高ク飛ンデ盡キ　　衆鳥《しゅうちょう》高《たか》く飛《と》んで尽《つ》き

あたりにいたたくさんの鳥も、空高く飛んで、残らず去っていき、

孤[3]雲獨リ去ツテ閑[4]ナリ
相[5]看テ兩[6]ツナガラ不ルハ㆑厭ハ
只ダ有ルノミ㆓敬亭山㆒

孤雲《こうん》独《ひと》り去《さ》って閑《かん》なり
相看《あいみ》て両《ふた》つながら厭《いと》わざるは
只《た》だ敬亭山《けいていざん》有《あ》るのみ

空に浮かんでいたひとひらの離れ雲も、いつしかどこかへ流れ去り、あたりはひっそりと静かになった。私とじっと見合って、互いに厭(ぁ)くことのないのは、ただ敬亭山だけである。

1. 敬亭山　安徽省宣城県《あんきしょうせんじょうけん》の北にあり、一名昭亭山《しょうていざん》とか査山《さざん》ともいう。風景のよい山で、高さ約一千メートル。**2. 衆鳥**　多くの鳥。陶潜《とうせん》の「詠貧士《えいひんし》」の第一首に「衆鳥《しゅうちょう》 相与《あいとも》に飛《と》ぶ」の句がある。**3. 孤雲**　陶潜の「詠貧士」の第一首に「孤雲《こうん》独《ひと》り依《よ》る無《な》し」とあるのを踏まえる。**4. 閑**　しずかな。**5. 相**　互いに。李白と敬亭山が互いにという意であり、山を擬人化している。**6. 両不㆑厭**　両とは、李白と敬亭山。李白も山も互いに見あきないという意。

《鑑賞》　李白、五十三、四歳ころの作。ひとり敬亭山に向かってすわり、山の景色をながめて楽しみ、自然と一体となった心境をうたっている。この詩の自然を楽しんで、自然に無限の親しみをよせているところは、陶潜(48頁)と相通じるものがある。陶潜の「飲酒《いんしゅ》」その五の「菊《きく》を東籬《とうり》の下《もと》に采《と》り、悠然《ゆうぜん》として南山《なんざん》を見《み》る。山気《さんき》日夕《にっせき》に佳《よ》く、飛鳥相与《ひちょうあいとも》に還《かえ》る」(49頁)と詩境が非常によく似ている。また語釈でも触れたように「詠貧士」詩をも踏まえている。

また、前半の二句は、陶潜の「帰去来辞《ききょらいのじ》」に、「雲は無心《むしん》にして以《もっ》て岫《しゅう》を出で、鳥は飛《と》ぶに倦《う》みて還《かえ》るを知《し》る」とあるのを意識するだろう。

なお、この詩を、「胸中《きょうちゅう》事無《ことな》く眼中《がんちゅう》人無《ひとな》し」と、後世の批評家は評している。

《補説》 李白と一体となった敬亭山は六朝《りくちょう》の詩人謝朓《しゃちょう》（71頁）の愛した山でもある。「敬亭山に遊ぶ」という長編の詩がある。李白は、この謝朓を敬慕している。その一つの表れでもあろうか、李白が、謝朓にふれた詩は二十首以上もある。その中でも「我敬亭《われけいてい》の下《もと》に家《いえ》し、輒《すなわ》ち謝公《しゃこう》の作《さく》に継《つ》ぐ。相去《あいさ》ること数百年《すうひゃくねん》。風期《ふうき》宛《さなが》ら昨《きのう》の如《ごと》し」〈敬亭《けいてい》に遊《あそ》び崔侍御《さいじぎょ》に寄《よ》す〉の詩のように、謝朓を敬慕する心情を率直にうたっているものがある。

▽●印は押韻を示す。140頁参照。

望天門山[1]（天門山《てんもんざん》を望《のぞ》む）　李白《りはく》　**〈七言絶句〉**

天門中斷[2]楚江開●
碧水東流[3]至北廻●
兩岸青山相對出
孤帆一片日[4]邊來●

天門中断《てんもんちゅうだん》して楚江《そこう》開《ひら》く
碧水東流《へきすいとうりゅう》して北《きた》に至《いた》って廻《めぐ》る
両岸《りょうがん》の青山相対《せいざんあいたい》して出《い》で
孤帆一片日辺《こはんいっぺんじっぺん》より来《きた》る

天門山は真ん中から二つに断ち切られ、その間に長江の流れが開けている。
みどりの水は東に流れて来たが、ここで北へ向かって流れをかえる。
両岸には青い山が向きあってつきでており、
その間を一片の白帆が、はるかかなた、西の方、沈む太陽の辺りから流れ下って来た。

1．天門山　安徽省《あんきしょう》にある二つの山の総称。東の当塗《とうと》県《けん》の博望山《はくぼうさん》と西の和《か》県《けん》の梁山《りょうざん》とが、長江をはさんで門のように向かい合ってそびえている。**2．楚江**　長江のこと。このあたりの長江を楚江《そこう》とよぶ。戦国時代に楚《そ》の国の領土であった。**3．至レ北廻**　『全唐詩《ぜんとうし》』の注に「一《いつ》に直北廻に作る」とあり、宋《そう》版の『李太白集《りたいはくしゅう》』にも「直北廻」と作る。またテキストによっては「至此廻」に作る。東流してきた長江はこのあたりで北へ向かって流れている。**4．日辺**　太陽のあたり。太陽が沈みかけている西の方から。

《鑑賞》　李白、五十三、四歳ころの作。舟中から天門山《てんもんざん》を望み見た風景を詠じたもの。

李白好みのスケールの大きな世界が展開している詩である。起句、天門といい、中断といい、楚江といい、骨太な歌い出し。承句も、ここよりグーッと向きを変える長江をとらえて、あくまでも雄大である。さらに、「孤帆一片日辺来」の結句は「孤帆遠影碧空尽、唯見長江天際流」〈黄鶴楼《こうかくろう》にて孟浩然《もうこうねん》の広《こう》陵《りょう》に之《ゆ》くを送《おく》る〉（197頁）の表現の逆の発想で、天空と長江の大を表現している。「日辺」を長安の縁語と見て、都を望む情を暗示するという説もあるが、ここは天門の景が中心であるから、素直に情景描写と取るのがよい。「日辺」は、起句の「天門」と応じているのである。また、碧水・青山に孤帆の白、さらに孤帆の白に落日の赤と、色彩の効果をもたらしている。

秋[1]浦《ノ》歌（秋浦《しゅうほ》の歌《うた》）　李《り》白《はく》　〈五言絶句〉

白髪三[2]千丈
縁[3]《リテ》レ愁《ニ》似[4]《ク》レ箇《ノ》長《シ》●
不レ知《ラ》明[5]鏡《ノ》裏[6]
何《レノ》処《ニカ》得《タル》二秋[7]霜《ヲ》●一

白髪三千丈《はくはつさんぜんじょう》
愁《うれい》に縁《よ》りて箇《かく》の似《ごと》く長《なが》し
知《し》らず明鏡《めいきょう》の裏《うち》
何《いず》れの処《ところ》にか秋霜《しゅうそう》を得《え》たる

鏡に照らしてわが姿を見れば、白髪は三千丈もあろうかと思われるほどに長い。
つもりつもった愁いのために、こんなにも長くのびたのだろう。
澄んだ鏡の中にうつる白髪の姿をみるにつけても、
この秋の霜のような白髪は、いったいどこからやってきたものだろうか。

1.秋浦　安徽省貴池県《あんきしょうきちけん》の西南の水郷地帯。李白の「秋浦歌」は全部で十七首あり、これはその第十五首めである。**2.三千丈**　実数ではない。非常に長い様。**3.縁**　因と同じ。……のために。**4.似レ箇**　「如此」の俗語的ないい方で、このように、という意。**5.明鏡**　澄んだ鏡。**6.裏**　うち。**7.秋霜**　白髪をたとえた。

《鑑賞》　李白、五十四、五歳ころの作。李白が秋浦《しゅうほ》の地に客となっていた時、自分の老いたのを嘆いたもの。人生の晩年にさしかかって、その名もさびしい秋浦にやってきて、連作で十七首の詩を作った。その詩全体に哀愁の情が満ちている。ことにこの十五首めは、まさに千古の絶唱である。

まず、第一句「白髪三千丈」という。この句は古来有名な句であって、誇大表現のたとえとしてよく引用されるが、けっして誇張などではない。「白髪三千丈」こそは、李白自身の驚きの表現であり、実感を率直に表現したものである。読者はこの奇抜な表現に打ちのめされ、やがて、この裏にある李白の悲しみを共感する。第二句以下は、第一句の補足に過ぎない。意はこの句に尽きているのである。

三千という数は多いという意を表す慣用語であって、弟子三千・宮女三千・食客三千などとその例も多い。この起句の「千」を「十」に作るものもあるが、論外である。

《補説》「秋浦歌」の第四首も、同趣の歌であるので、併せて味わってほしい。

「両鬢入二秋浦一／一朝颯已衰／猿声催二白髪一／長短尽成レ糸（両鬢《りょうびん》秋浦《しゅうほ》に入《い》り、一朝《いっちょう》颯《さつ》として已《すで》に衰《おとろ》う。猿声《えんせい》白髪《はくはつ》を催《もよお》し、長短《ちょうたん》尽《ことごと》く糸《いと》と成《な》る）」〈秋浦歌其四（秋浦《しゅうほ》の歌《うた》その四）〉

なお、和歌にも着想の類似したものがあるので次に紹介しておく。

暮れてゆく秋の形見に置くものはわが元結いの霜にぞありける　平兼盛《たいらのかねもり》

贈《ル》二汪[1]倫一（汪倫《おうりん》に贈《おく》る）　李白《りはく》　**〈七言絶句〉**

李白乗《ツテ》レ舟《ニ》将《ニ》欲《ス》レ行《カント》。　李白《りはく》舟《ふね》に乗《の》って将《まさ》に行《ゆ》かんと欲《ほっ》す

忽[2]《チ》聞《ク》岸上踏[3]歌《ノ》聲。　忽《たちま》ち聞《き》く岸上《がんじょう》踏歌《とうか》の声《こえ》

わが輩李白が小舟に乗って、今から出発しようとしたとき、ふと聞こえたのは、岸のほとりで足を踏みならしながらうたう歌声だ。

桃[4]花潭水深サ千尺
不[5]㆑及バ汪倫送㆑ルノ我ヲ情ニ

桃花《とうか》潭水《たんすい》深《ふか》さ千尺《せんじやく》
及《およ》ばず汪倫《おうりん》我《われ》を送《おく》るの情《じよう》に

ここ桃花潭の淵(ふち)の水の深さは千尺もあるが、それでもその深さは、汪倫君がわたしを見送ってくれる情の深さには及ばない。

1. 汪倫 汪倫《おうりん》は名もない村人で、桃花潭《とうかたん》の近くで酒造りをしていた人である。**2. 忽** ふと。思いもかけず。**3. 踏歌** 足で地を踏みならし調子をとって歌う。**4. 桃花潭** 固有名詞で、汪倫の住んでいた村の名所である。安徽省涇県《あんきしようけいけん》の西南一里にある。潭《たん》とは水が深くよどむ所をいう。**5. 不㆑及** 桃花潭の千尺の水深も、汪倫が見送ってくれる心の深さには及ばない、という意。

《鑑賞》 李白五十五歳の作。どこへ行っても人気のある李白先生の様子がよくわかる。村人が、みんなそろって、足を踏みならしながら歌をうたって送りに来たのだ。ほほえましい情景である。第一句に、他人《ひと》ごとのように「李白」と自分のことを本名で言っているところ、つまり、とぼけた味わいをだしているところがおもしろい。次に、汪倫の心情の深さを、桃花潭という地名を当意即妙に用いて、人の意表をついている。李白らしい機知に富んだ作品である。全体の感じはやさしいが、物にこだわらない気性《きしよう》が自然に表現されている。なお、汪倫の子孫はこの詩を家宝として保存していたといわれている。

《補説》 日本の和歌にも、この「贈㆓汪倫㆒」詩に着想を得ているものがある。

棹《さお》させどそこひも知らぬわたつみの深き心を君に見るかな　紀貫之《きのつらゆき》

望《ム》廬[1]山《ノ》瀑[2]布《ヲ》（廬《ろ》山《ざん》の瀑布《ばくふ》を望《のぞ》む）　李白《りはく》　〈七言絶句〉

日《ハ》照《ラシテ》香[3]爐《ヲ》生《ズ》紫[4]烟《ヲ》●
遙《カニ》看《ル》瀑布《ノ》挂《クルヲ》長[5]川《ヲ》●
飛流直下三[6]千尺
疑[7]《フラクハ》是《レ》銀[8]河《ノ》落《ツルカト》九[9]天《ヨリ》●

日《ひ》は香炉《こうろ》を照《て》らして紫烟《しえん》を生《しょう》ず
遥《はる》かに看《み》る瀑布《ばくふ》の長川《ちょうせん》を挂《か》くるを
飛流直下三千尺《ひりゅうちょっかさんぜんじゃく》
疑《うたご》うらくは是《こ》れ銀河《ぎんが》の九天《きゅうてん》より落《お》つるかと

太陽が、さんさんと香炉峰を照らしていて、山は紫色にけぶって美しい。はるか彼方に一大瀑布が、長い川をたてかけたように流れ落ちているのが見える。

その滝の勢いは飛ぶようにものすごく、まっすぐに三千尺も流れ落ちる。まるでそれは天(あま)の川が、天空から流れ落ちるのではないかと思われるばかりである。

1. 廬山　江西省《こうせいしょう》九江県《きゅうこうけん》の南にある名山。景色のよい所で、多くの峰や滝がある。**2. 瀑布**　大きな滝。**3. 香炉**　廬山《ろざん》の峰の一つ。形が香炉《こうろ》に似ているところからこの名がある。**4. 紫烟**　山気が日光に映じて紫色にかすんでいること。**5. 長川**　テキストによっては「長泉」や「前川」に作る。「挂長川」は、落下する滝が川をたてかけたように見える様。**6. 三千尺**　非常に長い例え。一尺が三十センチ、三千尺は約一千メートルになる。**7. 疑是**　……かと見まごうという意味。「静夜思《せいやし》」（192頁）にもある。**8．銀河**　天《あま》の川。**9．九天**　九天は天の最も高いところ。テキストによっては「半天」に作る。

《鑑賞》　李白、二十六歳の作とする説と、五十六歳で廬山の屛風畳《へいふうじよう》に隠居した時の作とする説がある。李白が夜郎《やろう》に流されて、途中で大赦《たいしや》に遇《あ》って帰る時、江夏《こうか》（武昌《ぶしよう》）の韋良宰《いりようさい》に贈った五言古詩に、「僕臥二香炉頂一／湌レ霞漱二瑶泉一／門開九江転／枕下五湖連（僕《ぼく》は香炉《こうろ》の頂《いただき》に臥《が》し、霞《かすみ》を湌《さん》して瑶泉《ようせん》に漱《すす》ぐ。門《もん》は開《ひら》いて九江転《きゆうこうてん》じ、枕下《ちんか》に五湖《ごこ》連《つら》なる）」と、永王璘《りん》に招かれるまで廬山の香炉峰《こうろほう》の近くに隠居していたことをうたう。このことから五十六歳説が有力であると考えたい。

前半の二句は瀑布《ばくふ》の様子を遠望している。起句では「香炉」と「烟」との縁語を用いて、廬山の美しさと深さを写しだしている。承句では、雄大さを表現し、後半の二句では、瀑布そのものに焦点を合わせて、躍動感と着想の奇抜さを発揮している。

この詩の見どころは何といってもこの後半にある。一千メートルの滝など、あるはずがない。それをあえて、「飛流直下三千尺」と言った。いかにも李白らしい豪快な表現である。また結句の、「天の川が空から落ちたかのよう」というのは、李白でなくては言えない、文字どおり奇想天外の表現である。

《補説》　日本の俳句にも、この「望二廬山瀑布一」詩に着想を得ているものがある。

ところてん逆《さかさま》に銀河三千尺　　与謝蕪村《よさぶそん》
天《あめ》ゆ落つ華厳《けごん》日輪かざしけり　　臼田亜浪《うすだあろう》

なお、この詩「望二廬山瀑布一」が、後世の山水画の題材としてよく描かれるようになる。「廬山観瀑図《ろざんかんばくず》」（相阿弥《そうあみ》の作）は代表作の一つである。

山中ニテ與ニ二幽[1]人一對[2]酌ス（山中《さんちゅう》にて幽人《ゆうじん》と対酌《たいしゃく》す）　李白《りはく》　**〈七言絶句〉**

兩[3]人對酌シテ山花開ク●
一杯一杯復タ一杯●
我醉ウテ欲スレ眠ラント卿[4]且[5]ク去レ
明朝有[6]ラバレ意抱イテレ琴[7]ヲ來タレ●

両人《りょうにん》対酌《たいしゃく》して山花《さんか》開《ひら》く
一杯一杯《いっぱいいっぱい》復《ま》た一杯《いっぱい》
我《われ》酔《よ》うて眠《ねむ》らんと欲《ほっ》す卿《きみ》且《しばら》く去《さ》れ
明朝《みょうちょう》意《い》有《あ》らば琴《こと》を抱《いだ》いて来《き》たれ

二人は向かいあって酒をくみかわす。そのまわりには山の花が咲いている。
一杯、一杯、また一杯と杯をかさねるうちに、
おれは酔って眠くなったぞ、君はまあ、ちょっとあっちへ行けよ。
明朝気がむいたなら、琴を持って来ておくれ。

1．幽人　隠者。**2．対酌**　向かいあって酒をくみかわすこと。**3．両人**　李白《りはく》と幽人《ゆうじん》を指す。**4．卿**　自分と同等以下の者に用いる二人称。**5．且**　まあちょっと。時間的なしばらくではなくて、気分的なしばらくである。**6．有レ意**　気が向いたなら。**7．琴**　中国の琴は手軽に持ち運べるくらいの大きさであった。

《鑑賞》　李白五十六歳の作というが確証はない。山の中で、幽人と対酌《たいしゃく》して、いい気分になって眠くなったので幽人に帰れ、というところはいかにも李白の天衣無縫の放逸さをうたっている。この作品も前

出の「山中問答《さんちゅうもんどう》」（239頁）と同じように、眼前の風景をそのまま詩に詠じているようで、作為のない技巧が感じられ、李白の絶句への本領が発揮されている。承句の「一杯一杯復一杯」は型破りの表現であるが、単純なこの語句の中に、自然と一体になって、いかにも隠者らしく、世の中を離れてのんびりと酒を飲んでいる境地が描かれている。

第三句及び第四句は、陶潜《とうせん》（48頁）の話を典故としている。この詩題を「山中対酌」とするものもある。

《補説》第三句及び第四句の典故を、参考までに掲載しておく。

陶淵明伝《とうえんめいでん》に「潜若先酔、便語レ客、我酔欲レ眠、卿可レ去（潜若《せんも》し先に酔《よ》わば、便《すなわ》ち客《かく》に語《つ》げて、我酔《われよ》うて眠《ねむ》らんと欲《ほっ》す、卿《きみさ》去るべし）」〈宋書《そうじょ》〉とあり、また、「蓄二素琴一張一、無レ弦、毎レ有レ酒、適輒撫弄以寄二其意一（素琴一張《そきんいっちょう》を蓄《たくわ》え、絃無《げんな》し。酒有《さけあ》るごとに、適《てき》すれば輒《すなわ》ち撫弄《ぶろう》して以《もっ》て其《そ》の意《い》を寄《よ》す）」〈宋書〉とにもとづく。

與二史[1]郎中欽一聴ク二黄鶴樓上ニ吹クヲレ笛ヲ

（史郎中欽《しろうちゅうきん》と黄鶴楼上《こうかくろうじょう》に笛《ふえ》を吹《ふ》くを聴《き》く）　李白《りはく》　**〈七言絶句〉**

一タビ爲ツテ二遷[2]客一ト去ル二[3]長[4]沙ニ一●　　一《ひと》たび遷客《せんかく》と為《な》って長沙《ちょうさ》に去《さ》る

このたび遠い夜郎に流される身となり、長沙の地に来た。

西ノカタ望メドモ二長安ヲ一不レ見レ家ヲ
黄鶴楼中吹ク二玉[5]笛ヲ一
江[6]城五月落[7]梅花

西《にし》のかた長安《ちょうあん》を望《のぞ》めども家《いえ》を見《み》ず
黄鶴楼中《こうかくろうちゅう》　玉笛《ぎょくてき》を吹《ふ》く
江城《こうじょう》　五月落梅花《ごがつらくばいか》

西のかた長安の方角を望んでも、わが家は見えない。黄鶴楼の上で望郷の念にかられていると、楼中で笛を吹いているものがある。耳をすまして聴くと、「落梅花」の曲である。この長江流域のこの武昌(ぶしょう)の町で、五月というのに、あの「落梅花」の曲を聞こうとは。

1.史郎中欽　郎中《ろうちゅう》は尚書省《しょうしょしょう》の官吏。史欽《しきん》は名前であるが、どういう人かは不明。**2.遷客**　罪によって遠方に流される人。この時は遠隔の地、夜郎《やろう》に流された。**3.去**　ゆく。**4.長沙**　湖南省洞庭湖《どうていこ》の南にある町。ここでは、広く黄鶴楼《こうかくろう》の地を指している。**5.玉笛**　美しい笛。**6.江城**　長江流域の城。ここでは、黄鶴楼のある武昌《ぶしょう》の町。**7.落梅花**　笛曲の名。晋《しん》の桓伊《かんい》の撰《せん》した曲である。なお、これは曲が流れるのを花が落ちると見立て、「梅花落つ」と読むべきだ、という説もある。

《鑑賞》　李白、五十八歳の作。安禄山《あんろくざん》の乱ののち、永王璘《りん》の水軍に加わった罪により、夜郎に流されていく途中、郎中の史欽と黄鶴楼に登り、落梅花の曲を聞いて作ったもの。

結句に「江城五月落梅花」とあるが、仲夏の五月の暑い時に梅花が落ちるはずがない。ここでは「落梅花」という笛曲の名をとりあげて、やるせない望郷の念を表現している。もちろん、ここでいう故郷とは、懐かしい長安の都である。長沙と長安の語呂《ごろ》合わせにも悲しみがこもる。追放以来、思い暮らした都長安、今や罪を得て、遠く夜郎に流される身となっては帰ることなどはかない夢に過ぎない。後半は、黄鶴楼といい、玉笛といい、甘酸《あまず》っぱい感傷をそそる句作りになっている。

　この詩は、やさしい詩語を使用してさらりと詠じてはいるが、梅花が散るような感じのするしみじみとした情趣があり、晩年の李白の人間味を感じさせる。

送ル二友人ヲ一（友人《ゆうじん》を送《おく》る）　李《り》白《はく》　〈五言律詩〉

青[1]山横タハリ二北[2]郭ニ一　　青山北郭《せいざんほっかく》に横《よこ》たわり
白[3]水遶ル二東[4]城ヲ一　　白水東城《はくすいとうじょう》を遶《めぐ》る
此[5]ノ地一[6]タビ為シレ別レヲ　　此《こ》の地《ち》一《ひと》たび別《わか》れを為《な》し
孤[7]蓬萬[8]里ニ征ク　　孤蓬万里《こほうばんり》に征《ゆ》く
浮[9]雲遊[10]子ノ意　　浮雲遊子《ふうんゆうし》の意《い》
落日故[11]人ノ情　　落日故人《らくじつこじん》の情《じょう》

青い山なみが郭（まち）の北側に横たわり、日に白く輝く川は、城の東側をめぐって流れている。

いま、この土地に別れを告げてしまうと、ひとりぼっちの君は、風にちぎれた根無し草のように、万里のかなたをさすらうのだ。

定めなく空に浮かぶ雲は、旅人である君の心のようだ。

西の端（は）に落ちるあかあかとした日は、別れを惜しむわたしの気持ちをあらわすようだ。

揮[12]《ツテ》レ手《ヲ》自[13]《リ》レ茲去《レバ》
蕭[14]蕭《トシテ》班[15]馬鳴《ク》●

手《て》を揮《ふる》って茲《ここ》より去《さ》れば
蕭蕭《しょうしょう》として班馬《はんば》鳴《な》く

たがいに、手を高くふって、ここから去っていこうとするとき、別れゆく馬も、さびしげにいないた。

1. 青山　青々と草木の茂った山。**2. 北郭**　まちの北方。中国の都市は城郭で囲まれている。**3. 白水**　日に白く輝いて見える川。一説に清らかな川。**4. 東城**　城東と同じ。まちの東方。**5. 此地**　送別の場所を指す。**6. 一**　いったん。**7. 孤蓬**　ただ一つ風に吹きとばされてころがっていくヨモギ。さすらいの旅人にたとえる。蓬はヨモギと訓読するが、キク科のヨモギとは違い、アカザの一種である。北方の砂漠地帯などに多く産し、秋になって強い風で、根こそぎ吹きちぎられ、丸くなってころがっていくので、飛蓬《ひほう》・転蓬《てんぽう》などと呼ばれる。**8. 万里征**　万里もへだったかなたへ旅行する。漢代の『古詩十九首』の第一首に「行《ゆ》き行《ゆ》きて重《かさ》ねて行《ゆ》き行《ゆ》き、君《きみ》と生《い》きながら別離《べつり》す。相去《あいさ》ること万《ばん》余里《より》、各《おのおの》天《てん》の一涯《いちがい》に在《あ》り」とある（728頁参照）。**9. 浮雲**　ふんわりと空に浮かぶ雲。旅に出る友人の心を象徴するもの。**10. 遊子**　旅人。送られる友人を指す。『古詩十九首』の第十一・十二句に「浮雲白日《ふうんはくじつ》を蔽《おお》い、游子顧返《ゆうしこへん》せず」とある。**11. 故人**　むかしなじみの友。ここでは李白を指す。**12. 揮レ手**　別れのあいさつの動作で、手をあげ円を描く手ぶりである。一説に握手していた手をふりきって別れるとの解釈もある。**13. 自レ茲去**　ここから去っていく。ここは三句の此地を指す。**14. 蕭蕭**　ものさびしい馬の鳴き声。『詩経《しきょう》』小雅《しょうが》・車攻《しゃこう》に「蕭蕭《しょうしょう》として馬鳴《うまな》く」とある。**15. 班馬**　別れゆく馬。班は別れる意。なお、班については、『左伝《さでん》』の「班馬《はんば》」の杜預《どよ》の注に、「班《はん》は別《わか》るるなり」とあり、別れ別れになって鳴く、の意。

《鑑賞》 制作年代は不明であり、どこで、いつ、だれを送別したものか、わかっていないので、李白の最後に置いておく。

この詩は五言律詩である。律詩のきまりは、第三句と第四句、第五句と第六句とが対句《ついく》でなければならない。しかし、この詩をみると、第一句と第二句が対句をなし、第三句と第四句で対《つい》の形をとっていない。律詩では、借春対《しゃくしゅんつい》と称して変体に属する。第一・二句の青山と白水の句はきわめて整った対句をなし、色彩の対照で鮮明さを強調しているとともに、山と川、直線と曲線を配して立体的に構成している。第三・四句では句調が単調になるのをきらって、わざと対句をくずし、第五・六句に至って、また力強い対句を構成している。とくにこの聯《れん》は、浮雲・落日という実景をかりて別離の情を述べており、いわゆる心象風景になっている。送る李白、送られる友の心情が短い言葉でくっきりと表現され、人の心を強く打つ。第七・八句は別れのシーンである。馬まで悲しげに鳴き、別れを惜しんで進みかねている情景は、無限の余韻がある。

また、孤蓬・浮雲・遊子・落日それに班馬などの詩語は、六朝《りくちょう》以来、旅や別れの詩にうたわれてきた。李白はこれらの詩語の古典詩での伝統的なイメージを巧みに活用して、表現効果を高めている。つまり、個々の材料は伝統的な古典に拠《よ》るが、その配合に李白ならではの新しさがあるのである。たとえば、「秋の夕暮れ」のただよわす暗さ、寂しさとは全く逆に、青い山、白く光る水の設定によって、澄明さを出す。そして、その澄明さが、夕日の赤さを呼び、別離の情を鮮明に浮き上がらせるのだ。この詩が、王維《おうい》の「元二《げんじ》の安西《あんせい》に使《つかい》するを送《おく》る」(178頁)と並んで、送別詩の代表と称されるのも、むべなるかな。

高《こう》適《せき》　〔盛唐〕（？～七六五）

滄州渤海《そうしゅうぼっかい》（山東省《さんとうしょう》浜州《ひんしゅう》）の人。字《あざな》は達夫《たつぶ》。またの字、仲武《ちゅうぶ》と伝えられているのは、唐代の人で『中興間気集《ちゅうこうかんきしゅう》』を編集した高仲武《こうちゅうぶ》と混同したのかもしれない。生年については、六九六年とする説、七〇七年とする説などがあって一定しない。

若い時は気ままで正業に就かず、任俠《にんきょう》をこととして博徒《ばくと》などと交わっていた。『唐才子伝《とうさいしでん》』に「年五十にして始めて詩を作ることを学び」たちまち名声を揚げた、と書いてある。もっとも実際には五十歳以前の作品が相当数残っているので、これは誇張された伝説といえる。おそらく、官吏登用試験のためにだれもが勉学に没頭し詩作に励んだ当時にあって、高適が若い時代には政界での出世を気にかけず、自由な生活を好んで晩学であったところから、このような伝説が生まれたのであろう。天宝三（七四四）年には、李白《りはく》、杜甫《とほ》とともに梁《りょう》・宋《そう》（河南省《かなんしょう》）地方を遊歴し、酒と詩作にふけって肝胆あい照らした。

天宝八（七四九）年ごろ、有道科に及第。封《ほう》丘《きゅう》（河南省封丘県）の尉《い》（属官）に任命されたが気に入らず、間もなくやめた。河南省淇水《きすい》のほとりに遊び、甘粛《かんしゅく》省を遊歴していて天宝十一（七五二）年ごろ、河西《かせい》節度使哥舒翰《かじょかん》に認められ、掌書記《しょうしょき》となった。

安禄山《あんろくざん》の乱が起こると哥舒翰を助けて潼関《とうかん》を守り、その時の功績によって侍御史《じぎょし》から諫議《かんぎ》大《たい》夫《ふ》にまで出世した。しかし高適は気位が高く、ずけずけものを言うので権力者に嫌《きら》われ、乾元《けんげん》元（七五八）年、太子詹事《せんじ》に左遷された。二年後、蜀《しょく》の乱の時、蜀州（四川省崇寧県《しせんしょうすうねいけん》）刺史《しし》となり、さらに彭州《ほうしゅう》（四川省彭県）刺史となり、その翌年は成都（四川省成都市）の尹《いん》（長官）、西川節度使となった。広徳二（七六四）年都にもどり、刑部侍郎《けいぶじろう》（法務次官）となり、銀青光《ぎんせいこう》禄大夫《ろくたいふ》の称号を加えられ、渤海《ぼっかい》県侯に封ぜられて、翌永泰元（七六五）年に没した。
盛唐時代には、官吏登用試験を通っても、詩人たちはなかなか政界で高い地位を得られなかった。そこで『旧唐書《くとうじょ》』本伝《ほんでん》は「有唐已来《いらい》、詩人の達する者、唯《た》だ適《せき》のみ（唐王朝が起こって以来、詩人として栄達した者はただ高適だけである）」と結んでいる。いま『高常侍集《こうじょうじしゅう》』八巻が伝えられている。

田家ノ春望（田家《でんか》の春望《しゅんぼう》）　高適《こうせき》　**〈五言絶句〉**

出デテレ門ヲ何ノ所ゾレ見ル
春色満ツ二平[1]蕪ニ一●
可シレ歎ズ無キヲ二知[2]己一
高[3]陽ノ一酒徒●

門《もん》を出《い》でて何《なん》の見《み》る所《ところ》ぞ
春色《しゅんしょく》平蕪《へいぶ》に満《み》つ
歎《たん》ず可《べ》し知己《ちき》無《な》きを
高陽《こうよう》の一酒徒《いちしゅと》

門を出て外を見ると、あたりには見るべきものは何も無く、ただ広々とした平原に春の若草がみちみちているばかり。残念なことだ。高陽にいる一個の酒飲みである、この私を理解してくれる人がいないとは。

1．平蕪　雑草の生い茂った平原。**2．知己**　自分を理解してくれる人。**3．高陽一酒徒**　『史記《しき》』酈生《れきせい》伝《でん》に見える漢の酈食其《れきいき》の故事による。高陽（河北省保定県《かほくしょうほていけん》の東南）の人、酈食其は、漢の高祖《こうそ》に初めて面会を求めたところ、取り次ぎの者が儒者には会わぬことになっていると断った。そこで食其が剣を押さえて「吾《われ》は高陽《こうよう》の酒徒《しゅと》なり、儒生《じゅせい》に非《あら》ざるなり（私は高陽の酒飲みだ。論語読みなどではない)」とどなりつけると、すぐ奥に通され、高祖の信用を得て重用されるに至ったという。のちに、一兵をも用いないで斉《せい》の国を下すという働きをしたことは有名である。

《鑑賞》「門を出ると、……を見る」という句法は、漢《かん》・魏《ぎ》のころによく用いられた。『古詩十九首』では、「郭門《かくもん》を出《い》でて直視《ちょくし》すれば、ただ丘《きゅう》と墳《ふん》(墓)とを見《み》るのみ」という。村の門を出てみるとお墓が見えるだけ。王粲《おうさん》の「七哀《しちあい》の詩《し》」(32頁)では、「門《もん》を出《い》づれども見《み》る所無《ところな》く、白骨平原《はっこつへいげん》を蔽《おお》う」という。これは、都の荒れ果てたさまで、白骨が野原にごろごろしているという、ものすごい情景。阮籍《げんせき》の「詠懐《えいかい》その十七」では、「門《もん》を出《い》でて永《なが》き路《みち》を見《み》るに、行《ゆ》く車馬《しゃば》を見《み》ず」という。どこまでも続く路に、往来するものはない。

漢・魏のころの、この句法のパターンでは、いずれも目の前に広がるのは暗い世界である。ところが、この詩では、目の前にはどこまでも、春の野原が広がるのである。浅緑の草がいっせいに生い茂る春の野、それは尽きることのない生命力を感じさせるものだ。広がりの中に立つ孤独感は昔の詩と共通するが、この詩には内から衝《つ》き上げるような焦燥感《しょうそうかん》がそれに伴う。まぶしいばかりの春の光を浴びて、俺を認めてくれるものはいない、と叫ぶ作者の姿が、目に浮かぶようだ。

このように、この詩は何といっても「春色平蕪に満つ」の句がポイントになる。「高陽の一酒徒」、と言い放つように結ぶ句も、ここから出てくる。酔いどれ、というと少し言い過ぎだが、春の日中《ひなか》に酒をくらって大言壮語している感じが、どうしても出てくる。今はこうして、鬱勃《うつぼつ》たるものを胸に秘めて酒にひたっているが、かの酈食其のように、俺はただの儒生ではない。車によりかかったまま、斉の七十余城を下すほどの大功を立ててやるぞ、とこういう調子である。言葉が短いだけに、内なる力が感ぜられる、風格の高い詩になっている。

高適は、実際、安史《あんし》の乱をきっかけにして、またたくまに立身出世した風雲児となった。

除夜作　（除夜《じょや》の作《さく》）　高適《こうせき》　**〈七言絶句〉**

旅館寒燈獨不眠●　旅館《りょかん》の寒灯《かんとう》独《ひと》り眠《ねむ》らず
客[1]心何事轉[2]凄[3]然●　客心何事《かくしんなにごと》ぞ転《うた》た凄然《せいぜん》たる
故郷今夜思千里　故郷今夜《こきょうこんや》千里《せんり》を思《おも》う
霜[4]鬢明[5]朝又一年●　霜鬢明《そうびんみょう》 朝《ちょう》 又一年《またいちねん》

旅館の寒々としたともしびのもと、ひとり眠られぬ夜を過ごせば、どうしたことか、旅の思いはいよいよ寂しさを増すばかり。今夜は大晦日（おおみそか）、故郷では家族が、遠く旅に出ている私のことを思っていることだろう。夜が明けると、白髪の老いの身に、また一つ年をとるのだ。

1. 客心　旅人の心、思い。**2. 転**　いよいよ、ますます。**3. 凄然**　ものさびしいこと。**4. 霜鬢**　白髪。「愁鬢」とするテキストもある。それなら愁いによって白くなった髪、となる。**5. 明朝又一年**　数え年なので、年が明けると一つ年をとる。

《鑑賞》　旅先で大晦日《おおみそか》を迎え、その夜、眠れぬままに旅愁《りょしゅう》をうたった作品である。制作の時期も場所も明らかではないが、中年を過ぎてからの作品であろう。

旅の身で大晦日を迎える、人生の晩年にさしかかる年齢になっていれば、その愁いはいうをまたない。寒々としたはたご、その中で、一人ポツンと灯をつけてじっと憂いに沈む作者の孤独感が迫ってくる。

第三句の意味を、「故郷今夜千里に思う（私は今夜、千里のかなたから故郷を思っている）」と解する説もあるが、今夜故郷では千里離れたわたしのことを思っていてくれるだろう、と取る方が屈折していて味わい深い。王維《おうい》の十七歳の時の作という「九月九日憶ニ山中兄弟一（九月九日《くがつここのか》山中《さんちゅう》の兄弟《けいてい》を憶《おも》う）」（180頁）、の「遥知兄弟登レ高処／遍挿ニ茱萸一少ニ一人一（遥《はる》かに知《し》る兄弟《けいてい》高《たか》きに登《のぼ》る処《ところ》、遍《あまね》く茱萸《しゅゆ》を挿《さ》して一人《いちにん》を少《か》くを）」という句の、今ごろは故郷の兄弟が、山の上で、一人欠けている自分のことを思っているだろうなあ、というのと同じ手法だと見ることができる。ストレートに故郷を思うというより、かえって強い望郷の念が伝わってくる。

そして、第三句までにうたわれた旅愁、望郷の念に、結句の年老いてなお志を遂げられぬ恨みと、そうした境遇のままになお時ばかりが過ぎ去っていく悲しみが加えられて、作者の心情はいよいよ深められていく。

この詩、遠い旅の空で大晦日にあった、その孤独な心がよくとらえられているが、「寒」「独」「客」「凄」「霜」など一連の悲しみをそそる方向の語が多く感じられ、やや表現過多になっているようにも思われる。

別《ル》二董[1]大《ニ》一（董大《とうだい》に別《わか》る）　高適《こうせき》　〈七言絶句〉

千里《ノ》黄[2]雲白[3]日曛[4]《シ》
北風吹《イテ》レ雁《ヲ》雪紛紛
莫《カレ》レ愁《フル》前路無《キヲ》二知[5]己一
天下誰人《カ》不《ラン》レ識《ラ》レ君《ヲ》

千里《せんり》の黄雲白日曛《こううんはくじつくら》し
北風雁《ほくふうかり》を吹《ふ》いて雪紛紛《ゆきふんぷん》
愁《うれ》うる莫《な》かれ前路知己《ぜんろちき》無《な》きを
天下誰人《てんかたれびと》か君《きみ》を識《し》らざらん

千里のかなたまで黄色い雲が一面にたれこめ、太陽も淡く薄れている。雪の下を行く雁に、冷たい北風が吹きつけ、雪が千々に乱れてふりしきる。悲しみたもうな、これからの旅先に自分を理解してくれる人がいないと。この天下に、琴の名手の君を知らぬ者などいはしない。

1．董大　音楽家の董庭蘭《とうていらん》という人物と思われる。同時代の詩人、李頎《りき》に「董大《とうだい》の胡笳《こか》を弾《だん》ずる声《こえ》を聴《き》く」という詩がある。のちに宰相《さいしょう》となった房琯《ぼうかん》に愛された琴の名手で、収賄《しゅうわい》事件にかかわった後、音楽を演奏しながら流れ歩いていたようである。「大」は排行《はいこう》で一番目の男であることを示す。**2．黄雲**　巻き起こった黄塵《こうじん》によって黄色みを帯《お》びた雲、または、たそがれ時の雲をいう。ここでは、前者に取る。**3．白日**　太陽。**4．曛**　淡い日の光、特にたそがれ時の淡い光をいう。**5．知己**　自分を理解してくれる人。真価を知ってくれる人。

《鑑賞》　董大《とうだい》が董庭蘭であるとすれば、作者が琴を抱いて放浪の旅に出る身の上を慰める歌である。

起句では、鬼気迫るようなものすごい情景。起承の二句は、辺境の冬の風景の描写のように推測されるが、この索漠《さくばく》とした光景はそのまま心象風景ともなっている。黄色い雲が重くたれこめる下を、淡い日の光を頼りに南の国に向かって飛び続ける雁《かり》。その雁に北風が容赦《ようしゃ》なく吹きつけ、雪が降りかかる。それは華やかな都《みやこ》の楽師の境遇を追われ、冷たい心を抱きながら北国をさすらう音楽家を象徴するかのようである。

前半の、いかにももの寂しい光景、その中を見知らぬ土地を訪ねていくさすらい人の心は不安に満ちている。心配するな、どこへ行っても君は暖かく迎えられるよ、と呼びかける転結二句は、それだけにかえって董大の旅の心細さを、読者に訴えかけるのだ。同じ流浪の身であれば、こう言って慰めるほかに何ができるだろう。身につまされる悲しみが、そくそくと読者の胸を打つ。

《補説》 この詩の第一首をあげる。

「六翮飄颻私自憐／一離二京洛一十余年／丈夫貧賤応レ未レ是／今日相逢無二酒銭一（六翮飄颻《りくかくひょうよう》私《ひそか》に自《みずか》ら憐《あわ》れむ。一《ひと》たび京洛《けいらく》を離《はな》れしより十余年《じゅうよねん》、丈夫貧賤《じょうふひんせん》応《まさ》に未《いま》だ是《ぜ》ならざるべし、今日相逢《こんにちあいあ》うも酒銭《しゅせん》無《な》し）」〈別二董大一其一（董大《とうだい》に別《わか》る　その一）〉

▽「起承転結」については132頁参照。

塞上聞ニテ二吹笛ヲ一ク（塞上《さいじょう》にて吹笛《すいてき》を聞《き》く）　高適《こうせき》　〈七言絶句〉

雪浄ク胡天牧[1]シテレ馬ヲ還レバ●　雪浄《ゆききよ》く胡天馬《こてんうま》を牧《ぼく》して還《かえ》れば

雪の清らかに降り積む北の異国の地に、放牧した馬を追って帰れば、

月ハ明ラカニ羌[2]笛戍[3]樓ノ間●
借[4]問ス梅[5]花何レノ處ヨリカ落ツル
風吹イテ一夜滿ツ二關[6]山ニ一●

月《つき》は明《あき》らかに羌笛戍楼《きょうてきじゅろう》の間《かん》
借問《しゃもん》す梅花《ばいか》何《いず》れの処《ところ》よりか落《お》つる
風《かぜ》吹《ふ》いて一夜《いちや》関山《かんざん》に満《み》つ

月が明るく照る中、物見の楼のあたりに、えびすの笛の音が鳴りわたる。辺塞(へんさい)に梅の花は咲かぬのに、はて、この梅の花はどこから散ってくるのだろう。風の吹く一夜のうちに、梅の花びらは(梅花落の笛の音は)関所をなす山々の間に満ちわたる。

1. 牧レ馬　馬を放し飼いにすること。**2. 羌笛**　西方の異民族が用いる竹笛。**3. 戍楼**　物見のやぐら。**4. 借問**　ちょっと尋ねたい。**5. 梅花**　笛の曲名「梅花落」に梅の花をかけたもの。**6. 関山**　関となっている山。笛の曲名「関山月」にかけたもの。

《鑑賞》 辺塞《へんさい》の夜半に聞く笛の音をうたった作品である。辺境で聞く笛の音は格別深く心にしみて感興を誘ったものらしく、辺塞の笛を題材にした詩は多く書かれている。このときも、かまびすしい戦場で殺気立って暮らしている兵士たちは、懐かしい雅《みや》びた調べにしみじみと耳を傾けたであろう。

こうして型通り辺塞の笛をうたってきて、転句になり、おや梅の花びらがどこから落ちてくるのだろう、と不思議そうに問いかけてくる。ここのところ、北方のこの地に梅の花など咲いているわけはなく、おやと首をかしげるような意外性がある。まさに起承転結の転句の法を十二分に発揮しているといえよう。そしてそれは、今、竹笛が奏《かな》でている「梅花落」という曲名に梅花をひっかけたものなのであった。関山に満ちているのは梅の花びらではなく、笛の調べと、そしておそらく梅の花びらのように真っ白な雪なのであろう。梅花や関山に笛の曲名をひっかけているところ、なかなか技巧的な作品であるが、この手法は、例えば李白《りはく》の七言絶句「史郎中欽《しろうちゅうきん》と黄鶴楼上《こうかくろうじょう》に笛《ふえ》を吹《ふ》くを聴《き》く」（250頁）にも用いられている。

《補説》　この作品はテキストによって大きな異同がある。本書に掲載したのは『唐詩選』の通行本によるものである。『国秀集《こくしゅうしゅう》』では、詩題を「王七《おうしち》の『玉門関《ぎょくもんかん》にて吹笛《すいてき》を聴《き》く』に和《わ》す」としている。これに従えば笛の音を聴いたのは王七ということになる。『河岳英霊集《かがくえいれいしゅう》』では詩題を「塞上《さいじょう》に笛《ふえ》を聞《き》く」とする。また『国秀集』では詩を次のように作る。「胡人吹笛戍楼間／楼上蕭条明月閑／借問梅花凡幾曲／従風一夜満関山」

唐代では紙が貴重品で、しかもまだ印刷の手段がなく、手写に頼っていた。また、口伝えで広められ、記憶によって保存されることも多かった。そこでこのように異なった文字や句が別々に伝わっている例は多い。

人[1]日寄ス㆓杜[2]二拾遺ニ㆒（人日《じんじつ》杜《と》二《じ》拾遺《しゅうい》に寄《よ》す）　高適《こうせき》　〈七言古詩〉

人日題シテ㆑詩ヲ寄ス㆓草[3]堂ニ㆒●
人日詩《じんじつし》を題《だい》して草堂《そうどう》に寄《よ》す

遙カニ憐レム故人ノ思フヲ㆓故郷ヲ㆒●
遥《はる》かに憐《あわ》れむ故人《こじん》の故郷《こきょう》を思《おも》うを

今日、正月人日の節句に、この詩を作り成都の浣花草堂（かんかそうどう）にいる君に送ろう。

そして、旧友が故郷を思っているだろ

柳條弄色不忍見
梅花滿枝空斷腸●
身在[4]南蕃無所預▲
心懷百憂復千慮▲
今年人日空相憶
明年人日知何處▲
[5]一臥東山三十春○
豈知書劍老[6]風塵○
[7]龍鍾還忝[8]二千石
愧爾東[9]西南北人○

柳条《りゅうじょう》は色《いろ》を弄《ろう》して見《み》るに忍《しの》びず
梅花《ばいか》は枝《えだ》に満《み》ちて空《むな》しく断腸《だんちょう》
身《み》は南蕃《なんばん》に在《あ》りて預《あずか》る所《ところな》無く
心《こころ》に懐《おも》う百《ひゃくゆうま》憂復た千慮《せんりょ》
今年《こんねん》の人日《じんじつ》空《むな》しく相憶《あいおも》う
明年《みょうねん》の人日《じんじつ》知《し》んぬ何《いず》れの処《ところ》ぞ
一《ひと》たび東山《とうざん》に臥《ふ》して三十春《さんじつしゅん》
豈《あ》に知《し》らんや書剣風塵《しょけんふうじん》に老《お》いんとは
竜《りょうしょうま》鐘還た忝《かたじ》けなくす二《に》千石《せんせき》
愧《は》ず爾《なんじとうざいなんぼく》東西南北の人《ひと》

うその心にはるか遠くから同情を寄せよう。
柳のしなやかな枝が、早春の美しい浅緑色をゆれ動かしているのも、憂いに満ちた心には見るに忍びず、
梅の花が枝いっぱいに咲き誇っているのも、ただ腸（はらわた）がちぎれるように悲しく感ぜられるばかり。
わが身は今南方の蕃国にあって、中央の政治にあずかることもなく、
心に抱くのは百の憂い、また千のおもんぱかり。
今年の人日には、君に会えずただ空しく君のことを思いやっているのだが、
来年の人日には、お互いにいったいどこにいることやら。
かつて私は、晋（しん）の謝安のように東山で悠悠（ゆうゆう）自適の日を送ったが、あれからもう三十年。
あのころは思いもしなかった、私の学問も武芸も俗世間のしがらみの中に朽ちるとは。

老いさらばえて、私はまだ地方長官の地位をいただいている。東西南北に自由に放浪している無位無官の君に恥ずかしく思う。

1．人日　陰暦正月七日。民間の風習で、正月元日を鶏の日、二日を狗《いぬ》、三日を豚、四日を羊、五日を牛、六日を馬、七日を人の日とし、それぞれの日に該当《がいとう》するものの一年中の豊凶を占う。人日には七種の菜を羹《あつもの》にして食べたり（七草粥《ななくさがゆ》のもとであろう）、布や金箔で人形《ひとがた》を切り抜いて飾ったり、親しい間で宴会を開き贈り物をするなどの行事があった。**2．杜二拾遺**　杜甫《とほ》を指す。「二」は排行。兄弟中二番目の意。これを付けて呼ぶのは親戚《しんせき》や友人などの間である。拾遺《しゅうい》は官名。政治や天子の言動に欠陥があったとき、それを天子に進言する官職。杜甫はかつて左拾遺《さしゅうい》であった。**3．草堂**　杜甫はこの時成都《せいと》（四川省《しせんしょう》成都市）西郊の浣花渓《かんかけい》のほとりの草ぶきの家に住んでいた。**4．南蕃**　南方異民族の国。蜀《しょく》はそれほど辺鄙《へんぴ》なところではないが、南方に左遷された作者が誇張したもの。**5．一臥二東山一**　『世説新語《せせつしんご》』排調編にある晋《しん》の謝安《しゃあん》の故事による。謝安は会稽《かいけい》（浙江省《せっこうしょう》）の東山で悠々《ゆうゆう》自適の生活をし、官職にはつきたがらなかったという。高適《こうせき》はその「封丘県《ほうきゅうけん》」に、「我《われ》本と孟諸《もうしょ》の野《の》に漁樵《ぎょしょう》し、一生《いっしょう》自《おのず》から是《こ》れ悠悠《ゆうゆう》たる者《もの》」とうたっていて、若いころ自由な境涯を志していた（補説参照）。**6．風塵**　旅の苦労。転じて、世の中の苦労。**7．竜鐘**　老いさらばえた様。**8．二千石**　漢代の郡守の禄高。後世、刺史《しし》、太守《たいしゅ》などの地方長官を指す。**9．東西南北人**　『礼記《らいき》』檀弓《だんぐう》編に、孔子《こうし》が自分を「今《いま》、丘《きゅう》や東西南北の人なり」というとある。家も地位もない自由人。

《鑑賞》 権臣李輔国《りほこく》に中央を追われたのち、上元元《じょうげん》（七六〇）年、高適は蜀州刺史《しょくしゅうしし》となった。一方の杜甫は秦州《しんしゅう》で飢饉《ききん》にあって官職を捨て、流浪《るろう》した末にこのころ成都の郊外の草堂に住んでいた。

蜀州と成都は近く、お互いに訪問しあってもいる。この作品はそのころに作られたのであろう。

高適と杜甫に李白《りはく》も加わって梁《りょう》・宋《そう》（河南省）を愉快に旅したのは十数年も昔のこととなった。当時大いに気炎をあげていただろう二人は、今、年をとり、刺史と無官の違いはあるが、ともに不遇をかこっていた。その、互いの境遇に寄せる憂いの念が、この詩全体に流れている。

まず初めに、高適の思いは友、杜甫の上に飛ぶ。今ごろはきっと故郷をなつかしんでいるだろうな、と。故郷を思う情は高適とて変わらない。そこで、戸外の楽しげな柳や梅にわが身を引き比べて悲しむ、その悲しみははたして高適の悲しみか杜甫の悲しみか、判然としなくなる。南蕃《なんばん》にあり千回となく憂えるのもまた二人の共通した心である。しかし、と高適は後半に述べる。友の無官の自由に比べて、私は二千石を与えられているために、おかみの命令一つでどこにでも移り住まなければならないのだ、と。

仁俠《にんきょう》を好み自由を愛した高適は官吏となって官界に身をしばられていた。一方、政治家となって理想国家を作ることを夢見続けていた杜甫は、ついにこのまま流浪の身に終わった。思えば皮肉なことである。

《補説》 この詩の最後にもあるように、高適は仁俠を好む気ままな人間であった。はじめ封丘県《ほうきゅうけん》の尉《い》に任命されたが、次のような詩を作ってやめてしまった。もっとも、詩には書かれていないが、思ったほど高い地位につけなかった、という不満も辞任の一つの理由だったかもしれない。

「我本漁㆓樵孟諸野㆒／一生自是悠悠者／乍可狂㆓歌草沢中㆒／寧堪㆑作㆑吏㆓風塵下㆒／秖言㆓小邑無㆑

所レ為／公門百事皆有レ期／拝二迎官長一心欲レ砕／鞭二撻黎庶一令二人悲一／帰二来向家一問二妻子一／挙レ家尽笑今如レ此／生事応レ須二南畝田一／世情付二与東流水一／夢想旧山安在哉／為レ銜二君命一日遅廻／乃知梅福徒為レ爾／転憶陶潜帰去来（我《われ》本《もと》と孟諸《もうしょ》の野《の》に漁樵《ぎょしょう》し、一生《いっしょう》自《おのず》から是《こ》れ悠々《ゆうゆう》たる者《もの》。乍可《むしろ》草沢《そうたく》の中《うち》に狂歌《きょうか》するも、寧《いずくん》ぞ風塵《ふうじん》の下《もと》に吏《り》と作《な》るに堪《た》えん。秖《た》だ小邑《しょうゆう》の為《な》す所《ところ》無《な》きを言《い》うも、公門《こうもん》の百《ひゃく》事《じ》は皆《みな》期《き》有《あ》り、官長《かんちょう》を拝迎《はいげい》するは心《こころ》砕《くだ》けんとし、黎庶《れいしょ》を鞭撻《べんたつ》するは人《ひと》をして悲《かな》しましむ。家《いえ》に帰《かえ》り来《きた》りて妻子《さいし》に問《と》えば、家《いえ》を挙《あ》げて尽《ことごと》く笑《わら》う今《いま》此《かく》の如《ごと》しと。生事《せいじ》応《まさ》に南畝《なんぽ》の田《た》を須《もち》うべし、世情《せじょう》東《とう》流水《りゅうすい》に付与《ふよ》す。夢想《むそう》す旧山《きゅうざん》安《いずくん》ぞ在《あ》るやと。君命《くんめい》を銜《ふく》むが為《ため》に日《ひ》に遅廻《ちかい》す。乃《すなわ》ち知《し》る梅福《ばいふく》の徒《いたずら》にかくのごときを。転《うた》た憶《おも》う陶潜《とうせん》の帰《き》去来《きょらい》を）」〈封丘県（封丘県《ほうきゆうけん》）〉

（私は元来官吏などにならず、野でくらそうと思っていた。ただ小さな町なのですることもなかろうと来たが、長官を拝迎したり民衆を鞭《むち》打ったりしなければならない。この有様を家族にも笑われてしまった。故郷の山を夢想し、陶潜《とうせん》の「帰《かえ》りなんいざ、田園《でんえん》まさに蕪《あ》れなんとす」という「帰《き》去来《きょらい》の辞《じ》」を思う）

▽●▲○印は換韻を示す。付録「漢詩入門」参照。

李《り》華《か》 〔盛唐〕（七一五?〜七六六?）

字《あざな》は遐叔《かしゆく》。趙《ちよう》州《しゆう》賛皇《さんこう》（河北省《かほくしよう》賛皇県）の人。開元二十三（七三五）年に進士に、天宝二（七四三）年に博学宏詞《はくがくこうし》に首席で及第し、天宝十一（七五二）年、監察御史《かんさつぎよし》となったが、権臣楊国忠《ようこくちゆう》に逆らって右補闕《うほけつ》に左遷された。「弔㆓古戦場㆒文（古戦場《こせんじよう》を弔《とむら》う文）」などの優れた古文を書き、親交のあった蕭穎士《しようえいし》（七一七〜七六八）とともに古文家の第一人者と評されていた。兄事していた元徳秀《げんとくしゆう》が死んだ時、徳秀の人柄をたたえた文を華《か》が作り、顔真卿《がんしんけい》が書き、篆《てん》書《しよ》に巧みな李陽冰《りようひよう》が刻んで墓碑を建てた。これは当時「四絶碑」と呼ばれて称《たた》えられたという。

安禄山《あんろくざん》の乱の時、母をつれて逃げようとして賊軍に捕らえられ、迫《せま》られて賊の官である鳳閣《ほうかく》舎人《しやじん》（侍従職《じじゆうしよく》）を受けた。乱の平定後、その罪によって杭州司戸参軍《こうしゆうしこさんぐん》に遷《うつ》され、恥じて江南に蟄居《ちつきよ》した。粛宗《しゆくそう》の上元《じようげん》年間にまた召されたが、病気と称して任につかず、晩年は山陽《さんよう》（江蘇省《こうそしよう》淮安県《わいあんけん》）で農耕生活をして終わった。今に伝わる詩は全部で二十九首だけである。

春[1]行《シテ》寄[2]《ス》㆑興《ヲ》（春行《しゆんこう》して興《きよう》を寄《よ》す）　李華《りか》　**〈七言絶句〉**

宜[3]陽城下草萋[4]萋●　　宜《ぎ》陽城下草萋萋《ようじようかくさせいせい》

澗[5]水東流《シテ》復《タ》向《カフ》㆑西《へ》●　　澗水東流《かんすいとうりゆう》して復《ま》た西《にし》へ向《む》かう

宜陽の郊外には草が盛んに生い茂り、谷川の水が東にまた西にと流れていく。かぐわしい木々の辺りには人影もな

芳樹無《ク》レ人花自《カラ》落《チ》
春山一路鳥空《シク》啼《ク》●

芳樹《ほうじゅ》人《ひと》無《な》く花《はな》自《おのず》から落《お》ち
春山《しゅんざん》一路《いちろ》鳥《とり》空《むな》しく啼《な》く

く、ただ花がひとりでに散っていくばかり。
美しい春の一筋の山路に、聞く人もなく空しく鳥のさえずる声がする。

1. 春行　春の行楽。**2. 寄レ興**　感興を詩にこと寄せること。**3. 宜陽**　河南省洛陽《かなんしょうらくよう》の西南、洛水《らくすい》の沿岸にある町。**4. 萋萋**　草木が盛んに生い茂る様。『楚辞《そじ》』招隠士《しょういんし》に「王孫遊《おうそんあそ》んで帰《かえ》らず、春草生《しゅんそうしょう》じて萋萋《せいせい》たり」とあり、行った人は帰って来ない、という悲傷のイメージによく用いられる。**5. 澗水**　谷川の水。

《鑑賞》　その伝記に照らして見ると、作者が宜陽《ぎよう》にいたのは安禄山の反乱軍に捕らえられ、偽《にせ》の官を受けていた時だと思われる。とすると、宜陽の郊外に出た作者の目には、燃え立つような若草も、喜びに満ちた花も鳥も、それらが美しいだけにいっそう寂しく感じられたことだろう。

春になったので、若草が勢いよく伸びて辺りは草いきれでいっぱいだ。しかし、このように草が茂っているのは宜陽が反乱軍に占領されて以来荒れるにまかされていたからかもしれない。さらに中国では、〝春の草が生い茂る〟という表現の中には、それだけで感傷のイメージが感じられるのである。その草の間を、谷川の水は昔と変わりなく涼しげな音をたてて西へ東へと気の向くままに流れていく。甘い香りの木々からは、去年と変わりなく満開の花がこぼれ落ちてくる。緑の中に続く山路にはいつものように鳥のさえずる声がする。

しかし、花びらを浴びて、鳥の鳴き声を訪ねて、春の到来を喜ぶ人々は今はいない。花の色も、鳥の声も、感動する人もないままに、ただ空《むな》しく自然の中に消えていくばかりである。

この作品は、音と香りと色彩の豊かな春景の描写であるが、川の水や鳥や花に象徴される不変の自然の中にあって、移ろいやすい人間の持つ寂しさ、もしくは反乱軍に膝《ひざ》を屈してしまった作者自身の持つ寂しさが、特に「自」と「空」の二字に感じられるのではなかろうか。

《補説》　李華と並称される古文家の蕭穎士の詩を一首紹介しよう。

「綿連滍川迴／杳渺鴉路深／彭沢興不レ浅／臨レ風動二帰心一（綿連《めんれん》として滍川《ちせん》迴《はる》かに、杳渺《ようびょう》として鴉《あ》路《ろ》深《ふか》し、彭沢《ほうたく》興《きょう》浅《あさ》からず、風《かぜ》に臨《のぞ》んで帰心《きしん》を動《うご》かす）」〈九日、陪二元魯山一登二北城一留別（九日《きゅうじつ》、元《げん》魯山《ろざん》に陪《ばい》して北城《ほくじょう》に登《のぼ》り留別《りゅうべつ》す）〉

この詩は兄とも師とも仰いでいた元魯山《げんろざん》と別れて旅に出る時、作者がはなむけに留《とど》めていったもので、『唐詩選』にも採られている。

元魯山とは元徳秀《げんとくしゅう》のことである。当時高潔をもって名が高かった。李華の文などによると、元徳秀を中心として李華、蕭穎士、顔真卿、房琯《ぼうかん》、蘇源明《そげんめい》といった人々が互いに共感を持って集まっていたことがわかる。彼らは古代を尊び、人の踏み行うべき道を重んじたので、尚古載道《しょうこさいどう》派と呼ばれる。

こうした考えを持ちながら、母のため（孝）とはいえ、天子を裏切り（不忠）、反乱軍に仕えなければならなかった李華の心の内は察して余りある。

律詩について

近体詩には絶句と律詩の二つの体があり、四句からなるものを絶句、八句からなるものを律詩という。律詩の八句は各々二句一組で一聯《れん》とし、四聯の構成をとる。各聯は以下のように呼ぶ。

孟浩然の「洞庭《どうてい》に臨《のぞ》む」（129頁）でみてみよう。

八月湖水平●
涵虚混太清●　首聯《しゅれん》
気蒸雲夢沢
波撼岳陽城●　頷聯《がんれん》（対句《ついく》）
欲済無舟楫
端居恥聖明●　頸聯《けいれん》（対句）
坐観垂釣者
徒有羨魚情●　尾聯《びれん》

律詩の重要なきまりに、頷聯と頸聯は必ず対句にする、というのがある。首聯と尾聯はその必要はないが、四聯とも対句の構成をとるものもある（全対格《ぜんついかく》と称する）。

対句というのは、句と句が向かいあって、お互いに釣り合った状態になっているもので、対になるものは等質でなければならない。たとえば、

①「花「鳥　②「春風「秋雨　③「白水「青山　④「三五夜中「二千里外

字数、品詞がそろうのは当然だが、さらに季節なら季節（②参照）、色なら色（③参照）、数字なら数字（④参照）、と相対する形に作る。

律詩の見どころは、対句を中心とする、がっちりと組み上げ、練り上げた、均斉美にある。ことに、対句の巧拙が詩の価値を決定するといっても過言ではない。すぐれた対句は引用した詩の頷聯のように、それだけでもてはやされる。

律詩は、絶句とちがい、即興的に作るというわけにはいかない。従って、公式の場での応酬や、あらたまった贈答などに用いられることが多い。

押韻についてみると、五言律詩は、二・四・六・八句末（第一句の末に踏むこともある）、七言律詩は、一・二・四・六・八句末（第一句の末に踏まないこともある）で押韻するのがきまりである。引用した詩は第一句にも踏んでいる。すなわち、平《へい》・清《せい》・城《せい》・明《めい》・情《せい》で押韻している（●印）。

（付録「漢詩入門」参照）

裴迪《はいてき》　〈盛唐〉（七一六～？）

字《あざな》は不詳。関中《かんちゅう》（陝西省《せんせいしょう》）の人。王維《おうい》の無二の親友で、終南山《しゅうなんざん》の王維の輞川荘《もうせんそう》に近い所に山荘があり、いつも王維と行ったり来たりしながら酒を飲んだり詩を作りあったりしていた。王維を語るときには忘れてはならない人物である。のちには杜甫《とほ》とも親しくなり、詩をやりとりした。しかし、これらの天才たちの陰となって、その詳しい経歴はほとんど伝わっていない。安禄山《あんろくざん》の乱ののち、蜀州刺史《しょくしゅうしし》、尚書郎《しょうしょうろう》になったという。今残っている詩は、全部で二十九首ある。

鹿[1]柴　（鹿柴《ろくさい》）　裴迪《はいてき》　〈五言絶句〉

日[2]夕見ル二寒[3]山ヲ一
便チ爲ル二獨[4]往ノ客ト一
不レ知ラ二松林ノ事ヲ一
但有リ二麏[5]麚ノ跡一

日夕寒山《にっせきかんざん》を見《み》る
便《すなわ》ち独往《どくおう》の客《かく》と為《な》る
松林《しょうりん》の事《こと》を知《し》らず
但麏麚《ただきんか》の跡《あと》有り

日暮れに落日に染まった冬枯れの山を見て、
すぐさま私は一人山中に分けいった。
松林の奥には何があるのだろうか。
ここにはただ、鹿の足跡が残っているばかり。

1. **鹿柴**　王維の輞川荘の名勝の一つ。柴《さい》は木を組みあわせて作った柵《さく》。または生け垣《がき》。鹿《しか》を飼うためにめぐらしたとも、野鹿が作物を荒らしに来るのを防ぐ柵だともいう。**2.日夕**　夕方。**3.寒山**　秋から冬にかけての山。**4.独往客**　ただ一人往《い》く旅人。『荘子《そうじ》』に「独往独来、是謂二独有一（独往《どくおう》独来《どくらい》、是《こ》れを独有《どくゆう》と謂《い》う）」とあり、自由に行き来する、というニュアンスを含む。**5.麏麚**　『楚《そ》辞《じ》』招隠士《しょういんし》に、深い山の中の描写として、「白鹿麏麚《はくろくきんか》、或《ある》いは騰《のぼ》り或《ある》いは倚《よ》る」とある。「麏」はノロという動物、「麚」は雄鹿《おじか》のこと。ここでは二字で、鹿の意味に用いている。

《鑑賞》　王維は、初唐の詩人宋之問《そうしもん》の山荘を買い取り、その自然の美しさをこよなく愛した。なかでも名勝の地を二十選んでそれぞれに五言絶句を詠《えい》じて『輞川集《もうせんしゅう》』という詩集を作った。その輞川二十景のすべてに、裴迪《はいてき》が唱和している。王維の詩が、ときには幻想の中に遊び、ときには未来や過去を自由に往来するのと対照的に、それに唱和した裴迪の詩は、輞川荘の情景を素直にうたっている。ちょうど王維の詩の世界を意識的に補足しているかのようである。その中には愛すべき佳作が少なくない。この作品もそうした唱和の詩の中の一つである。王維の「鹿柴」（164頁）と合わせて鑑賞されたい。

葉を落とした冬枯れの木々の細い梢《こずえ》に夕日がすけて見えるとき、赤々と燃える空に木々が黒く繊細に浮かび上がって、それは美しいことがある。「便」の字には、とたんに、即座に、というニュアンスがあるから、そんな景色に吸い寄せられるように裴迪は山の中に分け入っていったのであろう。この情景描写は、「返景深林《へんけいしんりん》に入《い》り、復《ま》た照《て》らす青苔《せいたい》の上《うえ》」と、王維の「鹿柴」が、夕暮れの幽遠な林の美と静寂を一瞬のうちに凝縮させて、一幅の絵画のように写し出しているのとは違い、平淡《へいたん》な表現によって、ことさらにものさびた山中の趣をうたおうとしている。

山の夕暮れの深い趣にさそわれて来た裴迪は、松林の前でふと立ち止まった。「独往の客」、という表現によって作者は自在の境地に遊ぶことをあらわす。ここから先、松林の奥深くにはどんな世界があるのだろうか。あたりを見まわせば鹿の足あとがある。ここには、『楚辞』の語のイメージから、奥深い山中、のムードがいっそうたちこめる。

裴迪は、王維より二十歳近くも年少であり、王維の裴迪に寄せる愛情は細やかなものがあるので、裴迪は王維の隠し子である、という人もいる（王維研究家小林太市郎氏）ほどである。詩風は似ているが、裴迪の方に六朝《りくちょう》詩のにおいがあり、年長の王維の方に新しい感覚が見られる。

《補説》次の手紙は終南山から王維が裴迪にあてた愛情あふれる手紙である。

「近頃《ちかごろ》臘月《ろうげつ》の下《うち》、景気《けいき》は和《やわ》らぎ暢《の》び、故山《こざん》殊《こと》に過《と》うに可《よ》し。足下《そっか》は方《まさ》に経《けい》を温《たず》ぬるによって、猥《みだ》りに敢《あ》えて相《あ》い煩《わずら》わさず。輒《すなわ》ち便《すな》わち山中《さんちゅう》に往《い》く。……当《まさ》に春《はる》の中《なか》ばを待《ま》つべし。草木《そうもく》は蔓発《まんはつ》し、春山《しゅんざん》は望《のぞ》むに可《よ》く、……儻《も》し能《よ》く我《われ》に従《したが》って遊《あそ》ばん乎《か》。子《きみ》のごとく天機清妙《てんきせいみょう》なる者《もの》に非《あら》ざれば、豈《あ》に能《よ》く此《こ》の不急《ふきゅう》の務《つとめ》を以《もっ》て相邀《あいむか》えん……」〈山中《さんちゅう》より裴秀才迪《はいしゅうさいてき》に与《あた》うる書《しょ》〉（近ごろ十二月になると陽気は和《やわ》らぎ、故里《ふるさと》の山は訪れるのによい。君は勉強中なので邪魔《じゃま》してはいけないと、そのまま山中に来た。……いまに春半《なか》ばになれば草木は芽ぶき春山のながめはよい。私と遊びませんか。君のようなすぐれた天性の者でなければ、こんなどうでもよいことで誘ったりできようか）

杜《と》甫《ほ》　〔盛唐〕（七一二〜七七〇）

字《あざな》は子美《しび》。襄州《じょうしゅう》襄陽《じょうよう》（湖北省襄陽県《こほくしょうじょうようけん》）の人。少陵《しょうりょう》と号し、のちにはその役名から杜工《とこう》部《ぶ》とも呼ばれた。東都洛陽《らくよう》に近い鞏県《きょうけん》（河南《かなん》省《しょう》）で生まれた。杜甫《とほ》の家は代々官吏であり、遠い祖先には晋《しん》の名将杜預《どよ》をもつ。杜預はまた、『春秋左氏伝《しゅんじゅうさしでん》』に注釈を加えた学者としても名高い。祖父は初唐の優れた詩人である杜審《としん》言《げん》である。父は杜閑《とかん》といい、長く地方官をしていた人である。このような家系が、杜甫に早くから政治と文学への希望を抱かせたといっても過言ではない。

三十歳ごろまでの杜甫については不明な点が多い。幼くして文才があり、七歳のころから詩作を始めたという。その後、だいたい二十歳から三十五歳ころまでの間、呉《ご》（江蘇省《こうそしょう》）・越《えつ》（浙江省《せっこうしょう》）・斉《せい》（山東省《さんとうしょう》）・趙《ちょう》（河北省《かほくしょう》）の間を遊歴していた。この間に、李白《りはく》（185頁）や高適《こうせき》（255頁）らと交わりをもち、詩を賦《ふ》したりしている。また官吏登用試験である科挙《かきょ》を何度か受験し、及第せずに「落第の高才長安に苦しむ」と評されながら、長安で困窮生活を送ったのもこのときである。

天宝六（七四七）年、玄宗皇帝は一芸に秀《ひい》でた者を広く天下に募《つの》った。杜甫もこれに応ずるが、宰相李林甫《さいしょうりりんぽ》はこの時、一人の合格者も出さなかった。天宝十（七五一）年に、「三大礼の賦《ふ》」三編を奏上《そうじょう》し中書省《ちゅうしょしょう》集賢院《しゅうけんいん》の待制《たいせい》（命令を待つ）となったが、官位は与えられなかった。

天宝十四（七五五）年、杜甫四十四歳の時、ようやく太子右《う》衛率府冑曹参軍《えいそつぶちゅうそうさんぐん》に任ぜられる。この官は武器の管理と門の出入りを取り締まるという低いものであった。杜甫はこの仕官を喜び、さっそくこれを家族に知らせるべく、その疎開地である奉先県《ほうせんけん》（陝西省蒲城県《せんせいしょうほじょうけん》）に赴《ふ》いた。そこで安禄山《あんろくざん》の乱に遭い、家族をさらに鄜《ふ》州《しゅう》（陝西省鄜県）の羌村《きょうそん》へ避難させた。翌至徳《しとく》元（七五六）年、霊武《れいぶ》（寧夏省《ねいかしょう》寧夏県）で、玄宗の皇子であった粛宗《しゅくそう》が即位した。そこに仮の朝廷を設けたことを知った杜甫は、さっそく霊武へ参じようとしてその途中賊軍に捕らえられ、長安に軟禁されることとなる。

軟禁されること九ヵ月、至徳二（七五七）年かろうじて賊軍の手中から脱出した杜甫は、鳳《ほう》翔《しょう》（陝西省鳳翔県）の行在所《あんざいしょ》で粛宗に拝謁《はいえつ》し、左拾遺《さしゅうい》を授けられる。この官は天子の落ち度などを諫《いさ》めることを仕事とする、位は高くはないけれども気のきいたものであった。やっと四十六歳で宿願を果たし、この後、官軍によって回復された長安で、中央の廷臣として官吏生活を送ることとなったのである。しかし、この生活は長続きはせず、乾元《けんげん》元（七五八）年、張り切りすぎて、職を越えて宰相房琯《さいしょうぼうかん》の罪を弁護したことから、天子の不興《ふきょう》を買い、華州《かしゅう》（陝西省華県）の司功参軍《しこうさんぐん》に左遷されることとなる。翌年には華州地方が大飢饉《ききん》に遭い、食うこともできず、その官を捨て、妻子をつれて流浪《るろう》の旅に出る。

上元《じょうげん》元（七六〇）年、成都尹剣南節度使《せいといんけんなんせつどし》の厳《げん》武《ぶ》の招きにより、成都（四川省《しせんしょう》成都市）へ赴き、厳武の推薦により工部員外郎《こうぶいんがいろう》となり、成都郊外にある浣花渓《かんかけい》に草堂を建てて住んだ。浣花《かんか》草堂《そうどう》がこれである。家の周囲には竹や桃、その他の果樹を植え、畑を耕したりもした。また、農民たちとも往来し、酒を飲み、詩をうたうといった生活を送った。この成都での生活が、杜甫の一生のうちで最も平穏な日々であった。

この生活も長くは続かず、永泰《えいたい》元（七六五）年、杜甫に保護を与えていた厳武の死と、その後の蜀《しょく》 地方の乱れのため成都を離れ、家族とともに船で長江《ちょうこう》を下ることとした。忠州《ちゅうしゅう》（四川省忠県）を経て夔州《きしゅう》（四川省奉節県《ほうせつけん》）に着き、ここで二年間生活した。その後貧困と病苦に悩まされながら江陵《こうりょう》（湖北省江陵県）、公安《こうあん》（湖北省公安県）、岳州《がくしゅう》（湖南省岳陽県《がくようけん》）と流れた。大暦五（七七〇）年、衡州《こうしゅう》（湖南省衡陽《こうよう》市《し》）から郴州《ちんしゅう》（湖南省郴県）へと向かう途中、耒陽《らいよう》（湖南省耒陽県）で五十九歳の生涯を終える。

た。

杜甫の詩は「杜甫一生憂《いっしょううれ》う」と評されるように沈痛・憂愁《ゆうしゅう》を基調とし、雄渾《ゆうこん》・忠厚《ちゅうこう》の意に満ちている。詠ずる内容は多種多様であり、特にヒューマンな正義感、人間愛にもとづいて暗黒な現実社会を直視し、それを客観的に描写したことから「詩史」と評され、のちの白居易《はくきょい》（419頁）・元稹《げんじん》（506頁）など、社会派詩人に多大な影響を与えた。また、音調は非常に鍛練《たんれん》されている。杜甫はあらゆる詩形に通じ、中でも古詩と律詩とを得意とした。特に、対句《ついく》を重んずる律詩には定評があり、「李絶杜律《りぜつとりつ》（李白は絶句に、杜甫は律詩に優れている）」と称される。

また、李白の「詩仙」に対し、「詩聖」と称され、杜牧《とぼく》（537頁）と区別して、杜甫を「老《ろう》杜《と》」、杜牧を「小杜《しょうと》」と呼ぶ。

詩集に『杜工部集《とこうぶしゅう》』二十巻があり、その詩千四百五十余首、文三十余編を収めている。

房[1]兵曹ノ胡馬　（房兵曹《ぼうへいそう》の胡馬《こば》）　杜甫《とほ》　〈五言律詩〉

胡[2]馬大[3]宛ノ名●
鋒[4]稜瘦[5]骨成ル●
竹[6]批イデ雙耳峻ク
風入ツテ四蹄輕シ●

胡馬《こば》大宛《だいえん》の名《な》
鋒稜《ほうりょう》　瘦骨《そうこつ》成る
竹批《たけそ》いで双耳《そうじ》峻《するど》く
風《かぜ》入《い》って四蹄《してい》軽《かろ》し

この西域産の馬は、大宛国の名にそむかぬ名馬であり、
その馬体はほこのようにかどばった、やせた骨組みをしている。
竹をそいだような二つの耳は、するどく立っていて、
風が四つの蹄（ひづめ）の間に吹き入り、軽々と、

所向無空[7]闊
眞堪託死生●
驍[8]騰有如此
萬里可橫[9]行●

向《むか》う所《ところ》 空闊《くうかつ》無《な》く
真《しん》に死生《しせい》を託《たく》するに堪《た》えたり
驍騰《ぎょうとう》此《かく》の如《ごと》き有《あ》り
万里《ばんり》横行《おうこう》すべし

この馬の向かう所、まるで空間がないかのように速く走る。
まことにこのような名馬こそ生死を託するのに十分な馬といえるのだ。
馬の勇ましく強いことはこのようであるから、
この馬に騎（の）って、万里の彼方（かなた）までも、思いのままに行くことができよう。

1. 房兵曹　房《ぼう》は姓、兵曹《へいそう》は兵事をつかさどる役名。**2. 胡馬**　西域えびすの馬。**3. 大宛**　西域の国名。中央アジアのフェルガナ盆地にあり、葡萄《ぶどう》とともに良馬も産した。**4. 鋒稜**　ほこのようにかどばっていること。**5. 痩骨**　騎馬は肉が落ち、骨ばった馬体のものを良馬とした。**6. 竹批**　竹をそぐことで、馬の耳の形容。**7. 空闊**　空間。**8. 驍騰**　馬が勇ましく強いこと。**9. 横行**　思いのままに行くこと。

《鑑賞》　杜甫三十歳ごろの作品である。馬の優秀性と持ち主への賛辞をも、そつなく詠じている。大宛《だいえん》は古く『史記《しき》』や『漢書《かんじょ》』にまで記録があるほどの名馬の産地である。その定評のある大宛産の名馬を見てその姿とその足の速さを前半でうたう。「向う所空闊無く」とはそのスピード感を余すところなくわれわれの目の前に再現してくれる。

後半は、このような名馬だからこそ「死生を託す」ことができると受ける。死生を託して自由に行く、つまり戦場を自由に駆けめぐり武功を立てるであろうと、馬の持ち主である房兵曹へのお世辞にもなっているのである。

詠物の詩は、その物の特性を鋭くとらえるのが、最も肝要である。この詩では、駿馬《しゅんめ》の特性を骨格と耳とにとらえた。少しのムダ肉もないキリッとした骨格を「鋒稜」と言い、敏捷《びんしょう》な性質を「竹批」の耳と詠じた。杜甫初期の作品に見られるデッサンのたしかさがここにもうかがわれるのである。

《補説》 杜甫はよく馬をうたった詩人である。その詩は直接馬をうたったものだけでも古詩八首、律詩四首を数えることができる。このほかに馬の絵をうたったものも含めるとその数はさらに増える。他の詩人がほとんど馬はうたっていないことを考えれば、それは異常ともいえる。この理由として、馬が絵画や唐三彩《とうさんさい》などの対象として入ってきたことなど考えられるが、やはり、杜甫自身馬が好きであり、その上、射騎《しゃき》が得意であったということは無視できない点であろう。

春日憶《フ》㆓李白《ヲ》㆒（春日《しゅんじつ》李白《はく》を憶《おも》う）　杜甫《とほ》　**〈五言律詩〉**

白[1]也詩無《シ》㆑敵　　白也《はくや》詩《し》敵《てき》無《な》し
飄[2]然《トシテ》思不㆑群《セ》●　　飄然《ひょうぜん》として思《おもい》群《ぐん》せず

李白よ、あなたは詩にかけては天下に敵がなく、
その詩想は、凡俗を超越し、なみはずれている。

清新ハ庾[3]開府
俊[4]逸ハ鮑[5]参軍●
渭[6]北春天ノ樹
江[7]東日暮ノ雲●
何ノ時カ一樽ノ酒
重ネテ與ニ[8]細カニ論ゼンレ文ヲ●

清新《せいしん》は庾《ゆ》開府《かいふ》
俊逸《しゅんいつ》は鮑参軍《ほうさんぐん》
渭北《いほく》春天《しゅんてん》の樹《き》
江東日暮《こうとうにちぼ》の雲《くも》
何《いず》れの時《とき》か一樽《いっそん》の酒《さけ》
重《かさ》ねて与《とも》に細《こま》かに文《ぶん》を論《ろん》ぜん

その詩の新鮮なことはちょうど北周の庾信(ゆしん)のようで、
詩才の優れてずばぬけていることは、ちょうど宋の鮑照(ほうしょう)のようです。
今、私は渭水(いすい)の北で、春空の木の下で、あなたのことを思っているが、
あなたは揚子江の東で、日暮れの雲に都を思っていることでしょう。
いつの日にか、あなたと二人で、樽の酒をくみかわしながら、
再び、いっしょにつぶさに文学について語りあえるだろうか。

1. 白也　李《り》白《はく》よ。名で呼びかけるのは親しい気持ちを表す。 **2. 飄然**　世俗を超越してとらわれない。 **3. 庾開府**　北周の詩人庾信《ゆしん》（五一三〜五八一）。徐陵《じょりょう》とともに徐庾体《じょゆたい》と称せられ、艶麗な詩を作ったが北周に仕えてから清新な風を開いた。開府は官名。 **4. 俊逸**　詩才が優れてずばぬけている。 **5. 鮑参軍**　南朝宋《そう》の詩人鮑照《ほうしょう》（四一二〜四六五）のこと。臨海王の参軍であった。 **6. 渭北**　渭水《いすい》の北。長安を指す。長安は渭水の南側に位置するが、ここは「江東」に対していったものである。 **7. 江東**　長江《ちょうこう》下流東側の地で、当時李白は、この地を漂泊していた。 **8. 細論レ文**　細かに文学について論ずる。

《鑑賞》　天宝五（七四六）年、杜甫三十五歳の作。当時、杜甫は長安にあり、ここで先輩詩人である李白に寄せる敬慕の気持ちをうたったものである。

冒頭、「白也」と年長者を名で呼びかける。これは当時の習慣にはない。年長者は字《あざな》で呼ぶのが普通であった。あえて慣習を破って呼びかけたところに杜甫の李白への並々ならぬ思いが認められるのである。次の頷聯《がんれん》は、李白の文学批評になっている。清新と俊逸《しゅんいつ》こそ李白の特質で、庾信と鮑照の比擬《ひぎ》も適切である。

後半は二人の距離をうたい、それをこえて再会への期待で結んでいる。最後の「何の時か一樽の酒、重ねて与に細かに文を論ぜん」の句には、李白が杜甫と魯《ろ》の石門で別れた時の詩（221頁）の、「何《なん》ぞ言《い》わん石門《せきもん》の路《みち》、重《かさ》ねて金樽《きんそん》の開《ひら》くこと有《あ》らんと」の句が意識されているだろう。杜甫にとって、大先輩李白との交わりは、夢のように楽しいものだったろう。この句には、李白への敬愛の情がにじみ出ている。

《補説》　杜甫と李白が初めて会ったのは、天宝三（七四四）年、杜甫三十三歳、李白四十四歳の時であった。当時、杜甫は科挙に落第し、李白も宮廷から遠ざけられ、二人とも失意の中で、東都洛陽《らくよう》で出会ったのである。その後二人は放浪の旅に出た。その旅は二年あまりであったが、この、世間で認められていた先輩詩人李白から大きな影響を受けた。以後最後まで再会がかなわなかったにもかかわらず、杜甫は一生李白の身を案じ、再会を念じながら、李白を思う詩を十五編残している。

飲中八仙歌（飲中八仙歌《いんちゅうはっせんか》）　杜甫《とほ》　〈七言古詩〉

知[1]章ガ騎ルハレ馬ニ似タリレ乗ルニレ船ニ●
眼[2]花落チテレ井ニ水底ニ眠ル●
汝[3]陽ハ三[4]斗ニシテ始メテ朝シレ天ニ●
道ニ逢ヘバ二麴[5]車ニ一口ニ流スレ涎ヲ●
恨ムラクハ不ルコトヲ三移[6]シテレ封ヲ向ハ二酒[7]泉ニ一●
左[8]相ノ日興費ス二萬銭ヲ一●
飲ムコト如ク三長鯨ノ吸フガ二百川ヲ一●
銜ミレ杯ヲ樂[9]シミレ聖ヲ稱スレ避クトレ賢ヲ●

知章《ちしよう》が馬《うま》に騎《の》るは船《ふね》に乗《の》るに似《に》たり
眼花《がんか》井《い》に落《お》ちて水底《すいてい》に眠《ねむ》る
汝陽《じよよう》は三斗《さんと》にして始《はじ》めて天《てん》に朝《ちよう》し
道《みち》に麴車《きくしや》に逢《あ》えば口《くち》に涎《よだれ》を流《なが》す
恨《うら》むらくは封《ほう》を移《うつ》して酒泉《しゆせん》に向《むか》わざることを
左相《さしよう》の日興《にっきよう》 万銭《ばんせん》を費《つい》やす
飲《の》むこと長鯨《ちようげい》の百川《ひやくせん》を吸《す》うが如《ごと》く
杯《はい》を銜《ふく》み聖《せい》を楽《たの》しみ賢《けん》を避《さ》くと称《しよう》す

賀知章が酔って馬に乗っている様子は、ゆらゆらと揺れてまるで船に乗っているようだ。目はちらちらして、井戸に落ちても気がつかず、そのまま水底で眠ってしまう。

汝陽王は三斗の酒を飲んでから、朝廷に出仕する。出仕の途中で麴車に会えば、飲みたくて口からよだれを流す。いつも残念に思っているのは、酒泉に領地がえをしてもらえないことなのだ。

左相李適之(りてきし)は、日々の遊興に一万銭もの大金をつかってしまう。その酒の飲み方は、大きな鯨が百もの川の水を吸いつくすように飲む。杯を手にしては、清酒を楽しみ、どぶ

宗[10]之瀟[11]灑美少年●
擧觴白[12]眼望青天●
皎[13]如玉[14]樹臨風前●
蘇[15]晉長[16]齋繡[17]佛前●
醉中往往愛逃[18]禪●
李白一斗詩百篇●
長安市[19]上酒家眠●
天子呼來不[20]上船●
自稱臣是酒中仙●
張[21]旭三杯草聖傳●

宗之《そうし》は瀟灑《しょうしゃ》たる美少年《びしょうねん》
觴《さかずき》を挙《あ》げ白眼《はくがん》にして青天《せいてん》を望《のぞ》めば
皎《きょう》として玉樹《ぎょくじゅ》の風前《ふうぜん》に臨《のぞ》むが如《ごと》し
蘇晋《そしん》は長斎《ちょうさい》す繍仏《しゅうぶつ》の前《まえ》
酔中《すいちゅう》往往《おうおう》逃禅《とうぜん》を愛《あい》す
李白《りはく》は一斗《いっと》詩《し》百篇《ひゃっぺん》
長安市上酒家《ちょうあんしじょうしゅか》に眠《ねむ》る
天子《てんし》呼《よ》び来《きた》れども船《ふね》に上《のぼ》らず
自《みずか》ら称《しょう》す臣《しん》は是《こ》れ酒中《しゅちゅう》の仙《せん》と
張旭《ちょうきょく》は三杯草聖伝《さんばいそうせいつた》う

ろくは飲まないと自らいっている。

宗之はすっきりしてあかぬけた美少年である。

杯をあげて、世の中を白眼視して、青空を見ると、
その様子はすばらしく美しい木が風を受けて立っているようだ。

蘇晋は仏教に深く帰依(えき)していて、刺繍した仏像の前で長い間精進潔斎をするが、
酔っては往々にして座禅を逃げ出している。

李白は一斗の酒を飲めば、詩を百編もつくってしまう。

長安市中の酒場で酔って眠ってしまい、
天子からお召しがあっても、船に乗ることもできない。

自分のことを「私は酒飲みの中の仙人です」と称している。

張旭は三杯の酒を飲むと見事な草書体で書を書く。

脱ギレ帽ヲ露ハスレ頂ヲ王公ノ前●
揮ヒレ毫ヲ落セバレ紙ニ如シ二雲煙ノ一●
焦[22]遂五斗方ニ卓[23]然●
高談雄辯驚カス二四[24]筵ヲ一●

帽《ぼう》を脱《ぬ》ぎ頂《ちょう》を露《あら》わす王公《おうこう》の前《まえ》
毫《ごう》を揮《ふる》い紙《かみ》に落《おと》せば雲煙《うんえん》の如《ごと》し
焦遂《しょうすい》五《ご》斗《と》方《まさ》に卓然《たくぜん》
高談雄弁《こうだんゆうべん》四筵《しえん》を驚《おどろ》かす

帽子を脱ぎ、頭をむき出しにするなど、王公の前でも礼儀をわきまえない。しかし筆をふるい、墨を紙に落とせば、その文字は雲煙の飛ぶように見事である。

焦遂はふだん話し下手であるが、五斗の酒を飲んではじめて、意気があがってくる。そのとうとうたる雄弁で、声高く話し、周囲の人々を驚かすほどである。

1．知章　賀知章《がちしょう》（119頁）のこと。**2．眼花**　目がちらちらすること。**3．汝陽**　汝陽《じょよう》（河南省商水《かなんしょうしょうすい》県《けん》）郡王に封ぜられた李璡《りしん》のこと。李璡は玄宗の兄寧王李憲《ねいおうりけん》の子である。**4．三斗**　三斗の酒のこと。唐代の一斗は約六リットル。**5．麴車**　酒の原料である麴《こうじ》を積んだ車。**6．移レ封**　他へ領地がえすること。**7．酒泉**　酒泉（甘粛省粛州《かんしゅくしょうしゅくしゅう》）に金泉があり、その水が酒のようであったのでこの名がつけられたといわれる。**8．左相**　皇族で左丞相《さじょうしょう》の李適之《りてきし》。李適之は一斗の酒を飲んでも、乱れなかったといわれる。**9．楽レ聖・避レ賢**　聖は清酒、賢は濁酒。**10．宗之**　崔宗之《さいそうし》。重臣崔日用《さいじつよう》の子。侍御《じぎょ》史《し》となつた。**11．瀟灑**　すっきりして、あかぬけしていること。**12．白眼**　冷淡な目つきのこと。魏《ぎ》の阮籍《げんせき》（45頁）が、俗世の人が訪ねてくると白眼で、親友が訪ねてくると青眼（くろめ）で応対したという故事による。**13．皎**　いさぎよいこと。**14．玉樹**　すぐれて美しいもののこと。**15．蘇晋**　重臣蘇《そ》頲《てい》（98頁）の子。中書舎人《ちゅうしょしゃじん》となり、玄宗の詔《しょう》勅《ちょく》などを起草した。**16．長斎**　長期にわたって物忌《ものい》みすること。つまり、長期間肉食をしないこと。**17・繍仏**　刺繍《ししゅう》した仏像。**18・逃禅**　座禅を逃げてしないこと。**19・市上**　町中。**20・不レ上レ船**　天子からの迎えの船に乗らないこと。**21・張旭**　草書を得意とし、草聖と呼ばれた。酔うと自分の髪の毛に墨をつけて書をかいたという。文帝の時に、張旭の草書、李白の詩、裴旻《はいびん》の剣舞を三絶と称した。**22・焦遂**　一生無冠のまま終わった人らしくその伝記は不明である。ふだんは口がどもり、よく話ができなかったが、酔えば雄弁になったという。**23・卓然**　意気が高くあがる様。**24・四筵**　宴席などの四方、周囲のこと。

《鑑賞》　この詩の制作年代には諸説あり、特定しがたい。八仙《はっせん》と杜甫が直接交わって詩作したのではなく、その見聞したところのものをうたった詩であることは、李適之や蘇《そ》晋《しん》のように早く死んで、杜甫とのかかわりがないと思われる者を含むことからわかる。杜甫が都へ出て来た時、これらの酒仙《しゅせん》の評判が高かったのだろう。

八仙を一人二、三句または四句に各人の酔態と、その個性を巧みによみこんだ詩である。それでいて一つの詩として全体の統一を失っていない。皇族・貴族が四人、野人が三人、野人ふうの高官で、大物の賀知章を筆頭にすえて構成されている。注目されるのは、李白のみに四句をさいた点である。ここにも杜甫の李白に対する敬慕の念を見ることができる。

《補説》　第八句の「聖を楽しみ、賢を避く」は、『魏志《ぎし》』の徐邈《じょばく》伝にみえるものである。当時、禁酒令をおかして徐邈が泥酔し、「聖人にあてられた」と、とがめた役人に答えた。それを聞いた太祖（曹《そう》操《そう》）は怒ったが、鮮于《せんう》輔《ほ》が「平時、酒客は清《す》んだ酒を聖人といい、濁った酒を賢人と呼んでいる」と弁解したため、やっとその怒りがとけたという故事である。

この故事をふまえて李適之が官を退けられた時、「賢《けん》を避《さ》けて初《はじ》めて相《しょう》を罷《や》め、聖《せい》を楽《たの》しんで且《しばら》く杯《さかずき》を銜《ふく》む。為《ため》に問《と》う、門前《もんぜん》の客《かく》。今朝《こんちょう》幾箇《いくたり》か来《き》たる」〈相《しょう》を罷《や》めて作《つく》る〉とうたった。杜甫はこの詩をふまえている。

貧交行（貧交行《ひんこうこう》）　杜甫《とほ》　〈七言古詩〉

翻[1]セバレ手ヲ作リレ雲ト覆[2]ヘバレ手ヲ雨●トナル
紛[3]紛タル輕薄何ゾ須[4]ヒンレ數●フルヲ
君[5]不ヤレ見管[6]鮑貧時ノ交ハリ
此ノ道今人棄テテ如シレ土●ノ

手《て》を翻《ひるがえ》せば雲《くも》と作《な》り手《て》を覆《おお》えば雨《あめ》となる
紛紛《ふんぷん》たる軽薄《けいはく》何《なん》ぞ数《かぞ》うるを須《もち》いん
君《きみ》見ずや管鮑貧時《かんぽうひんじ》の交《まじ》わり
此《こ》の道今人《みちこんじん》棄てて土《つち》の如《ごと》し

手のひらを上に向ければ雲となり、下に向ければ雨となる。このようにくるくると様子が変わるのが世間の人情の常である。

このような軽薄な者が多くて、数えたてて問題にするまでもない。

管鮑の貧しい時の交わりを、諸君見ませんか。

この交わりの道を今の人は泥のように捨てているではありませんか。

1.翻レ手　手のひらを上に向けること。**2.覆レ手**　手のひらを下に向けること。**3.紛紛**　物が入り乱れるさま。**4.須レ数**　数える必要もないほど（多い）。**5.君不レ見**　楽府体《がふたい》で多く用いられる用法で、読者に呼びかける言い方である。**6.管鮑**　春秋《しゅんじゅう》時代の斉《せい》の人で非常にその仲がよかったことで有名（補説参照）。

《鑑賞》 天宝十一（七五二）年、杜甫四十一歳の作。当時杜甫はまだ就職できずに悪戦苦闘し、生活も苦しかった。貧交行という題名は楽府体のもので、貧しい時の交わりの歌という意味である。

手のひらを返すということばがあるが、このような世間の不人情はいくらでもあるとうたうのが前半である。後半はあなた見ませんかと、有名な管鮑《かんぽう》の交わりを出し、それを世間の人は忘れてはいませんかと結ぶ。ここには長安の町に人を訪ねては門前払いを食わされた杜甫の、腹から出たような叫びがある。

この詩は張謂《ちょうい》の「長安《ちょうあん》の主人《しゅじん》の壁《へき》に題《だい》す」（360頁）とともに、当時の人情の薄いことをうたった詩として有名である。

《補説》 第三句は「管鮑の交わり」という故事をふまえている。管鮑とは、春秋時代の管仲《かんちゅう》と鮑叔《ほうしゅく》のことである。二人は貧乏書生であったころから仲がよく、二人で商売し、その分け前を管仲が多くとったが、鮑叔は管仲が自分より貧しいことを理解していたので、欲ばりとも思わず、また怒ることもなかった。また、管仲は三度戦争に行って三度とも逃げ帰ったが、鮑叔は管仲を臆病と思わなかった。管仲に老《お》いた母がいるのを知っていたからである。その後、管仲が宰相《さいしょう》となった時に「私を生んだのは父母だが、私を本当に知っているのは鮑叔である」といい、この貧しい時からの交友が生涯変わらなかったという。

兵[1]車行（兵車行《へいしゃこう》）　杜甫《とほ》　〈七言古詩〉

車轔[2]轔　馬蕭[3]蕭●
車轔轔《くるまりんりん》　馬蕭蕭《うましょうしょう》

行[4]人弓箭各在腰●
行人《こうじん》の弓箭《きゅうせん》各《おのおの》腰《こし》に在《あ》り

耶[5]嬢妻子走相送
耶嬢妻子《やじょうさいし》走《はし》りて相送《あいおく》る

塵埃不見咸[6]陽橋●
塵埃《じんあい》にて見《み》えず咸陽橋《かんようきょう》

牽衣頓[7]足攔道哭
衣《ころも》を牽《ひ》き足《あし》を頓《とん》して道《みち》を攔《さえぎ》りて哭《こく》す

哭聲直上干雲[8]霄●
哭声《こくせい》直《ただ》ちに上《のぼ》りて雲霄《うんしょう》を干《おか》す

道旁過者問行人▲
道旁《どうぼう》を過《す》ぐる者《もの》行人《こうじん》に問《と》う

行人但云點[9]行頻▲
行人《こうじん》但《た》だ云《い》う点行頻《てんこうしき》りなりと

車がゴロゴロときしみ、馬が寂しげに鳴く。

出征兵士たちは、弓矢をそれぞれ腰につけて行進してゆく。

父母や妻子が、その隊列のわきを走って見送る。

それらのあげるちりぼこりで、あれほど大きな咸陽の大橋も見えなくなるほどだ。

見送りの家族たちは、出征兵士の着物を引っ張り、足をバタバタして、行かせまいとして道をさえぎって泣く。

その泣き声が、真っすぐに立ち上って、大空をおかすばかりだ。

道ばたを通りかかった者が、出征兵士に聞いてみた。

出征兵士は、ただ「徴兵がしきりに行われているのです」と言うばかり。

或從十五北[10]防河
便至四十西營[11]田▲
去時里[12]正與裹[13]頭
歸來頭白還戍[14]邊▲
邊[15]庭流血成海水○
武[16]皇開邊意未已○
君不聞漢[17]家山[18]東
二百州
千邨萬落生荊[19]杞○
縱有健[20]婦把鋤[21]犂●

或《あ》るいは十五《じゅうご》より北《きた》　河《か》を防《ふせ》ぎ
便《すなわ》ち四十《しじゅう》に至《いた》って西《にし》　田《でん》を営《いとな》む
去《さ》る時《とき》里正《りせい》与《ため》に頭《こうべ》を裹《つつ》み
帰《かえ》り来《きた》って頭《こうべ》白《しろ》きに還《ま》た辺《へん》を戍《まも》る
辺庭《へんてい》の流血《りゅうけつ》　海水《かいすい》と成《な》るも
武皇《ぶこう》辺《へん》を開《ひら》く意《い》未《いま》だ已《や》まず
君《きみ》聞《き》かずや漢家《かんか》山東《さんとう》の二百州《にひゃくしゅう》
千村万落《せんそんばんらく》荊杞《けいき》を生《しょう》ずるを
縦《たと》い健婦《けんぷ》の鋤犂《じょり》を把《と》る有《あ》るも

「ある出征兵士の場合には、年わずか十五で北方の黄河の守りに連れてゆかれ、
そのままずっと出たまま、四十歳になると、今度は西の方の屯田兵にされてしまいます。

出征する時には、村長さんが元服だということで頭を頭巾でつつんでくれ、帰って来てみると、髪の毛はもう白くなっているのに、また国境の守りに連れてゆかれるのです。

その国境の辺りには血が流れて、まるで海水のよう。

それにもかかわらず、武皇様は国境の辺りを開拓していく気持ちをおやめになりません。

諸君聞きませんか。漢の国家の山東の二百州の、
その多くの村々は荒れ果てて茨やくこが生い茂っているということを。

たとい留守を守るけなげな妻たちが、すきやくわをとって耕しても、

禾[22]ハ生ジテ二隴[23]畝ニ一無シ二東西一●
況ンヤ復タ秦[24]兵耐フルヲヤ二苦戰ニ一
被ルコトレ驅ラ不レ異ラ二犬ト與ニ一レ雞●
長[25]者雖モレ有リトレ問フ▲
役[26]夫敢ヘテ伸ベンヤレ恨ミヲ▲
且ツ如キハ二今年ノ冬ノ一
未ダルニレ休メ二關[27]西ノ卒ヲ一○
縣[28]官急ニ索ムルモレ租ヲ
租税從リレ何クニカ出デン○
信ニ知ル生ムハレ男ヲ惡シク

禾《か》は隴畝《ろうほ》に生《しょう》じて東西無《とうざいな》し
況《いわ》んや復《ま》た秦兵《しんぺい》苦戦《くせん》に耐《た》うるをや
駆《か》らるること犬《いぬ》と鶏《にわとり》とに異《こと》ならず
長者問《ちょうじゃと》う有《あ》りと雖《いえど》も
役夫《えきふ》敢《あ》えて恨《うら》みを伸《の》べんや
且《か》つ今年《こんねん》の冬《ふゆ》の如《ごと》きは
未《いま》だ関西《かんせい》の卒《そつ》を休《や》めざるに
県官《けんかん》急《きゅう》に租《そ》を索《もと》むるも
租《そ》税何《ぜいいず》くより出《い》でん
信《まこと》に知《し》る男《おとこ》を生《う》むは悪《あ》しく

稲は、うねやあぜに雑然と生えて、西も東もありません。
まして、この地方の兵隊は強く、苦戦に耐えるということで、
まるで犬や鶏をおいやるように徴兵していきます。
あなた様は、私にお尋ねになりますが、
出征兵士である私ごときが、何で恨みなど申しましょうか。
まず、今年の冬のような場合を見てみると、
まだ、この地方の兵を駆り立てることをやめないのに、
県の役人が、早く早くとせっついて租税を求めても、
租税がいったいどこから出てくるというのでしょうか。
本当によくわかりました。男の子を生むのは悪く、

反是生女好

生女猶得嫁比鄰

生男埋沒隨百草

君不見青海[29]頭

古來白骨無人收

新[30]鬼煩[31]冤舊[32]鬼哭

天陰雨濕聲啾[33]啾

反《かえ》って是《こ》れ女《おんな》を生《う》むは好《よ》きを

女《おんな》を生《う》まば猶《な》お比隣《ひりん》に嫁《か》するを得《う》るも

男《おとこ》を生《う》まば埋没《まいぼつ》して百草《ひやくそう》に随《したが》う

君見《きみみ》ずや青海《せいかい》の頭《ほとり》

古来白骨人《こらいはっこつひと》の収《おさ》むる無《な》きを

新鬼《しんき》は煩冤《はんえん》し旧鬼《きゅうき》は哭《こく》す

天陰《てんくも》り雨湿《あめけぶ》るとき声啾啾《こえしゅうしゅう》

かえって女の子を生む方がいいということが」

女の子を生めばそれでもなお、近隣に嫁にやることができる。

男の子を生めば、戦死して、死骸は埋もれて雑草が生えるにまかせるだけだ。

諸君、ごらんよ、あの青海のほとりを。

昔から白骨が散らばって、だれも収める人はない。

幽霊になったばかりのものは、もだえ恨み、古い幽霊は大声で泣いている。

天が曇り、雨がしとしと降る時には、幽霊の泣き声が悲しげに聞こえるではないか。

1. **兵車行**　戦車の歌。 2. **轔轔**　ゴロゴロと車のきしむ音。 3. **蕭蕭**　馬の鳴き声。 4. **行人**　出征兵士。 5. **耶嬢**　父母の俗語。 6. **咸陽橋**　長安の北側の渭水《いすい》にかけられた橋。 7. **頓足**　足をバタバタして地団駄《じだんだ》をふむ。 8. **雲霄**　雲と青空で大空。 9. **点行**　徴兵。徴兵名簿に点を打っていったことからこのようにいう。 10. **北防河**　北方の黄河《こうが》で防衛する。 11. **営田**　屯田兵《とんでんへい》となる。 12. **里正**　村長。 13. **裏頭**　頭巾《ずきん》で頭をつつむことから、元服すること。 14. **戍辺**　国境のまもり。 15. **辺庭**　国境付近の広い場所。**16・武皇**　漢の武帝、実は唐の玄宗を意味する。**17・漢家**　これも唐の国家を指す。漢を出して唐を指す表現は唐詩によく見る表現方法である。**18・山東**　華山《かざん》の東側の地方で中原《ちゅうげん》地方を指す。現在の山東省《さんとうしょう》ではない。**19・荊杞**　イバラとクコ。ともに荒れた地にのみ生じる植物。**20・健婦**　けなげな妻。**21・鋤犂**　すきとくわ。**22・禾**　稲。**23・隴畝**　うねとあぜ。**24・秦兵**　長安付近出身の兵士。この地方の兵士は勇敢で強いといわれる。**25・長者**　年長者。杜甫を指す。**26・役夫**　出征兵士。**27・関西**　函谷関《かんこくかん》の西、つまり都の地方。この句は、「この地方の兵卒を駆り立てるのをやめない」という意。**28・県官**　州県の役人。**29・青海**　現在の青海省《せいかいしょう》東部にある大湖。**30・新鬼**　新しく死んだ人の幽霊。**31・煩冤**　もだえ恨むこと。**32・旧鬼**　昔死んだ人の幽霊。**33・啾啾**　亡霊の泣くさびしい声。

《鑑賞》　天宝十一（七五二）年、杜甫四十一歳の作。当時唐の国境付近には、北方の異民族の侵入があいつぎ、その討伐のため政府は重税や徴発をたびたび課したので、国民はしだいに疲弊していった。この様子をうたったのがこの詩である。

　この詩は通行人と兵士との会話、という形でうたわれている。第八句の「行人但だ云う」から、二十八句の「反って是れ女を生むは好きを」までの二十一句は、すべて兵士のことばで、兵士の口を借りて実情を訴えている。七言を基調とするが、時に、「君聞かずや」と字余りで呼びかけたり、沈鬱《ちんうつ》な調子のところでは五言に変化したりして、内にひそむ憤りを表している。

　ことに、五言に変わるところの、「わたくしごとき一兵卒が何で恨みをのべましょう」といって、実は恨みをぶつけているあたり、すご味さえ感ずる。

これが、中ほどの見どころで、初めの方には、足をバタバタして兵士を行かせまいとする家族の泣き声が天をつく場面、終わりの方には新旧の亡霊がシュウシュウとすすり泣く場面と、すさまじいばかりの迫力である。安禄山《あんろくざん》の乱の三、四年前だが、当時、玄宗・楊貴妃《ようきひ》の華やかな時世のかげに忍び寄る黒い影を詩人は敏感にかぎつけていたのかもしれない。

《補説》 中国では『詩経《しきょう》』の昔から、男を生むのは玉を生むこと、女を生むのは瓦《かわら》を生むことと言われるように、これまでの社会通念では、男の子が生まれるのを喜んだ。それが、男はどうせ戦争で死ぬのだからと、その通念が逆転したわけである。「長恨歌《ちょうごんか》」でも同じようなことをうたっているが（423頁参照）こちらの方は、女を生めば玉のこし、という理由である。

月夜　（月夜《げつや》）　杜甫《とほ》　〈五言律詩〉

今夜鄜[1]州ノ月
閨[2]中只[3]ダ獨リ看ルナラン●
遙カニ憐レム小[4]兒女ノ
未ダルヲレ解セレ憶フヲ二長安ヲ一●

今夜《こんや》鄜州《ふしゅう》の月《つき》
閨中《けいちゅう》 只《た》だ独《ひと》り看《み》るならん
遥《はる》かに憐《あわ》れむ小児女《しょうじじょ》の
未《いま》だ長安《ちょうあん》を憶《おも》うを解《かい》せざるを

今夜の鄜州に輝くこの月を、妻は寝室の中から、ただ一人でさびしくながめていることであろう。はるかにいとおしく思うのは、幼い子どもたちが、長安に捕らわれの身のこの父を思うことすら知らないことだ。

香[5]霧ニ雲[6]鬟濕ヒ
清輝ニ玉[7]臂寒カラン
何レノ時カ倚リ㆓虚[8]幌ニ㆒
雙[9]ニ照ラサレテ涙痕乾カン

香霧《こうむ》に雲鬟《うんかん》湿《うるお》い
清輝《せいき》に玉臂《ぎょくひ》寒《さむ》からん
何《いず》れの時《とき》か虚幌《きょこう》に倚《よ》り
双《とも》に照《て》らされて涙痕《るいこん》乾《かわ》かん

寝室に流れ入る夜霧に、妻のあの美しい髪の毛はしっとりとうるおい、清らかな月光に、妻の玉のような腕は冷たく照らされていることだろう。ああ、いつになったら静かな部屋のカーテンにより添って、妻と私と二人ともに月光に照らされることができるだろう。その時には別離の涙のあとも乾くであろう。

1. 鄜州　現在の陝西省鄜県《せんせいしょうふけん》。**2. 閨中**　寝室、女性のいる部屋の中。**3. 只**　ひたすら。**4. 小児女**　幼い子どもたち。当時杜甫には二人の男の子と何人かの女の子があった。**5. 香霧**　夜霧。香は美しくいったもの。**6. 雲鬟**　雲のように豊かに結い上げられたまげ。**7. 玉臂**　玉のようにつややかなひじ。**8. 虚幌**　静かな部屋のカーテン。**9. 双**　妻と杜甫の二人を指す。

《鑑賞》　至徳《しとく》元（七五六）年、杜甫四十五歳の作。当時杜甫は、安禄山《あんろくざん》の乱の中、霊武《れいぶ》（甘粛《かんしゅく》省霊武県）で即位した粛宗《しゅくそう》のもとにはせつけようとして捕らえられ、その賊軍の手で長安に幽閉されていた。おりからの満月を見て、北方の疎開先にいる妻子のことを思い、うたったもの。

今、長安の空に満月が出ていて、それを杜甫が一人で見ているのだが、詩は、鄜州《ふしゅう》に出る月を、妻が一人で見ているだろう、とうたう。そこにまず、杜甫の妻を思う切ない心が表れる。妻のかたわらには、幼い子どもがスヤスヤ眠っている。父のいない悲しみなど知らぬ子どもだけに、かえって不憫《ふびん》だ、と子を思いやることは、つまり、その幼い子をかかえて一人いる妻を思うことなのだ。そして、次の聯《れん》に至って、杜甫の妻をいとおしむ心は、頂点に達する。「雲鬟」といい、「玉臂」といい、霧にさえ「香霧」といって、美しく美しく妻をうたう。四十五歳の杜甫のつれ合いだから、そんなに若いはずはない。それをまるで宮女《きゅうじょ》のように形容している。妻を思う杜甫の心は、それだけに切なく伝わってくる。高潮した思いは、最後に、月の光に二人ならんで照らされる場面を夢想する。読者はここで、首聯《しゅれん》の「独」と、尾聯《びれん》の「双」が見事に照応していることに気づくのだ。

《補説》頸聯《けいれん》の、妻を美しくうたう形容語は、もともと六朝《りくちょう》時代の宮詞などによく用いられたものである。これについて、唐の詩人は妻をうたうことが少なく、さすがの杜甫も、妻を形容するのに困って、陳腐《ちんぷ》な六朝の語を使ってしまったという説がある。（高島俊男《たかしまとしお》『李白《りはく》と杜甫《とほ》』）

春望[1]（春望《しゅんぼう》）　杜甫《とほ》　〈五言律詩〉

國[2]破レテ山[3]河在リ　　国破《くにやぶ》れて山河《さんが》在《あ》り
城[4]春ニシテ草木深シ●　　城春《しろはる》にして草木深《そうもくふか》し
感ジテハレ時[5]ニ花ニモ濺ギレ涙ヲ　　時《とき》に感《かん》じては花《はな》にも涙《なみだ》を濺《そそ》ぎ

国都長安の町は、賊軍のためにすっかり破壊され、あとには山と川が昔のままにある。
荒れ果てた町にも春がやってきて、草や木が深々と生い茂った。
この戦乱のなげかわしい時節を思うと、花を見ても涙が落ち、

恨ンデハレ別レヲ鳥ニモ驚カスレ心ヲ●
烽[6]火連ナリ二三[7]月ニ一
家[8]書抵[9]ル二萬金ニ●一
白頭搔ケバ更ニ短ク
渾ベテ欲スレ不ランレ勝ヘレ簪[10]ニ●

別《わか》れを恨《うら》んでは鳥《とり》にも心《こころ》を驚《おどろ》かす
烽火《ほうか》三月《さんげつ》に連《つら》なり
家《か》書《しょ》万金《ばんきん》に抵《あた》る
白頭《はくとう》搔《か》けば更《さら》に短《みじか》く
渾《す》べて簪《しん》に勝《た》えざらんと欲《ほっ》す

家族との別れを悲しんでは、鳥の声にも心が痛む思いがする。
戦いののろしは三ヵ月もの長い間続いており、
家族からの手紙はなかなか来ないので、万金にも値するほど貴重だ。
たび重なる心痛のため、白髪をかけばかくほど短くなり、
全く冠をとめるピンもさせなくなりそうである。

1. 春望　春のながめ。**2. 国破**　国都が破壊されること。**3. 山河在**　山や川が昔のままの姿で存在すること。**4. 城**　長安の町を指す。中国の都市は城壁に囲まれている。**5. 時**　時世、時節。**6. 烽火**　のろし。**7. 三月**　三ヵ月。つまり長い年月。他に春三月の現在を指すという説もある。**8. 家書**　家族からの手紙。**9. 抵**　相当する。値《あたい》する。**10. 簪**　男が冠をつけた時、その上から髪にさし、冠を固定するピンのこと。

《鑑賞》　至徳《しとく》二（七五七）年、杜甫四十六歳、二年目を迎えた長安での幽閉中の作。

この詩は、杜甫の代表作として、だれ一人知らぬものがないほどである。ことに首聯《しゅれん》は、古今の絶唱といわれる。やれ滅びたの興《おこ》ったのと、人の世は転変するが、自然の山や川は少しも変わらない。また、草木も春が来れば、ちゃんと葉が茂り花が咲く。そこが、悲しいのだ。当時、人口二百万、世界最

大の都市を誇った長安も、今は瓦礫《がれき》と化してペンペン草が茂っている。

頷聯《がんれん》は、時世を悲しみ（公）、家族や友との別れを恨み（私）、頸聯《けいれん》は、戦争のやまないこと（公）、手紙の来ないこと（私）をうたって、尾聯《びれん》では肉体が衰え（私）、宮仕えできそうにない（公）と結ぶ。

公と私の二本の柱がより合わさって構成されているというのも、杜甫らしい。

《補説》 松尾芭蕉《まつおばしょう》が『奥《おく》の細道《ほそみち》』の平泉《ひらいずみ》の条の冒頭に、「国破れて山河あり、城春にして草青みたり」と引いているのは有名。

芭蕉が杜甫の詩集を携《たずさ》えていつも旅をしていたことはよく知られている。

哀[1]江頭（江頭《こうとう》に哀《かな》しむ）　杜甫《とほ》　**〈七言古詩〉**

少[2]陵野[3]老吞聲哭●　少陵《しょうりょう》の野老《やろう》声《こえ》を呑《の》んで哭《こく》し

春日潛行曲江曲[4]●　春日《しゅんじつ》潜行《せんこう》す曲江《きょくこう》の曲《くま》

江頭宮殿鎖千[5]門　江頭《こうとう》の宮殿《きゅうでん》千門《せんもん》を鎖《とざ》し

細柳新蒲爲誰綠●　細柳《さいりゅう》新蒲《しんぽ》誰《た》が為《ため》にか緑《みどり》なる

少陵のいなかおやじである私は声をしのんで泣きながら、この春の日に、人目をさけて曲江のほとりを行く。

江のほとりに建つ宮殿は、多くの門を閉ざしたまま人の出入りも絶えている。

それなのに、柳の細い枝やがまの新芽はだれに見せようとして、青々と伸びているのだろうか。

憶昔霓[6]旌下[7]南[8]苑
苑中萬物生[9]顏色
昭[10]陽殿裏第一人
同[11]輦隨君侍君側
輦前才[12]人帶弓[13]箭
白馬嚼[14]齧黃[15]金勒
翻身向天仰射雲
一[16]箭正墜雙[17]飛翼
明[18]眸皓齒今何在
血汚遊[19]魂歸不得

憶《おも》う昔《むかし》霓旌《げいせい》の南苑《なんえん》に下《くだ》りしを
苑中《えんちゅう》の万物《ばんぶつ》顔色《がんしょく》を生《しょう》ず
昭陽殿裏第一人《しょうようでんりだいいちにん》
輦《れん》を同《おな》じうして君《きみ》に随《したが》い君側《くんそく》に侍《じ》す
輦前《れんぜん》の才人《さいじん》弓箭《きゅうせん》を帯《お》び
白馬《はくば》嚼齧《しゃくけつ》す黄金《おうごん》の勒《くつわ》
身《み》を翻《ひるがえ》して天《てん》に向《むか》い仰《あお》いで雲《くも》を射《い》る
一箭正《いっせんまさ》に墜《おと》す双飛翼《そうひよく》
明眸皓歯《めいぼうこうし》今何《いまいず》くにか在《あ》る
血《ち》は遊魂《ゆうこん》を汚《けが》して帰《かえ》り得《え》ず

思えばその昔、天子の虹の色をした旗がこの南苑に行幸して来たときには、苑中のすべての物はみな生き生きとかがやいたものであった。

その中にあって、昭陽殿の第一のお方は、天子の車に同乗し、天子にしたがって、かたわらにはべっていた。

み車の前の女官たちは、弓と矢を持ち、白馬は、黄金づくりの勒(くつわ)をかみ切らんばかりに勇みたつ。

女官たちが身をひるがえして、天を仰いで雲を射ると、一本の矢でまさに二羽の鳥をおとすのであった。

今や、あの美しいお方はどこにおられるのだろうか。血に汚されたさまよえる魂は、帰れないままにさまよっているのだ。

清[20]渭東[21]流剣[22]閣深
去[23]住彼此無消息
人生有情涙沾[24]臆
江水江花豈終極
黄昏胡[25]騎塵満城
欲往城[26]南忘[27]南北

清渭《せいい》は東流《とうりゅう》し剣閣《けんかく》は深《ふか》し
去住《きょじゅう》　彼此《ひし》消息《しょうそく》無《な》し
人生情《じんせいじょう》　有《あ》り涙《なみだ》　臆《おく》を沾《うる》おす
江水江花《こうすいこうか》豈《あ》に終《つい》に極《きわ》まらんや
黄昏胡騎《こうこんこき》塵《ちり》城《しろ》に満《み》つ
城南《じょうなん》に往《ゆ》かんと欲《ほっ》して南北《なんぼく》を忘《わす》る

清らかな渭水（いすい）の水は東に向かって流れ、剣閣山は奥深いところにある。去った者（玄宗）と、ともに行けなかった者（楊貴妃）とは、たがいに消息が絶えた。

人生は多情だ。このことを思うと涙が私の胸をぬらす。

無情の曲江の水や岸に咲く花はつきることはない。

たそがれ時、賊の騎兵のたてる塵埃（じんあい）が長安市内にたちこめる。

町の南に行こうとして、方向がわからなくなってしまった。

1．哀江頭　曲江のほとりで悲しむ、の意。楽府《がふ》体《たい》である。**2．少陵**　長安の南にある漢の宣帝《せんてい》の皇后の陵《りょう》の名をいう。この付近の土地もあわせて指す。杜甫の家があった。**3．野老**　田舎《いなか》おやじ。**4．曲**　まがっているところ。**5．千門**　多くの門。**6．霓旌**　虹の色をした旗。天子の旗で、その行列に立てる。**7．下**　行幸する。**8．南苑**　曲江の南の芙《ふ》蓉苑《ようえん》のこと。**9．生顔色**　生き生きとしてくること。**10．昭陽殿裏第一人**　昭陽殿《しょうようでん》は漢の成帝の寵姫趙飛燕《ちょうきちょうひえん》のいた宮殿で、表向き飛燕をいうが実は楊貴妃《ようきひ》を指す。**11．同輦**　天子の車に同乗すること。**12．才人**　女官の官名。**13．弓箭**　弓と矢。**14．嚙齧**　かみ砕くこと。**15．黄金勒**　黄金づくりの勒《くつわ》。**16．一箭**　一本の矢。**17．双飛翼**　二羽並んで飛んでいる鳥。**18・明眸皓歯**　明るい瞳《ひとみ》と白い歯で美人を形容する語。ここは楊貴妃についての形容。**19・遊魂**　さまよう魂。**20・清渭**　清らかな渭水《いすい》の流れ。**21・東流**　楊貴妃の死んだ馬嵬《ばかい》の方から、長安に向かって東に流れることをいう。**22・剣閣**　山の名。蜀《しょく》（四川省《しせんしょう》）の入り口にある要衝。**23・去住彼此**　蜀に逃れた玄宗と、ともに行けなかった楊貴妃のこと。**24・沾臆**　胸をぬらすこと。**25・胡騎**　胡（えびす）の騎兵。**26・城南**　長安の南側の地で、杜甫の住居のあるところ。**27・忘南北**　どちらが南か北か方向がわからなくなる。

《鑑賞》　至徳《しとく》二（七五七）年、杜甫四十六歳の作。長安での幽閉中、曲江を訪れ、華やかな過去を思い、人の世の移り変わりの激しさを悲しんでうたった詩である。

玄宗と楊貴妃の事をうたった詩は、これと白居易《はくきょい》の「長恨歌《ちょうごんか》」（423頁）が双璧《そうへき》とされる。もとより長さが違うので（「長恨歌」は百二十句）、一概に比較はできないが、「長恨歌」があくまで悲恋の物語としてうたい上げているのに対し、「江頭に哀しむ」は、人生無常のはかなさを主題としてうたう。

考えてみれば、杜甫がこの詩を作ったのは、楊貴妃の死から、わずか九ヵ月しかたっていない。玄宗は、まだ蜀の地に逃げたままである。つまり、世紀の大事件のなまなましさが、色濃くただよっているのだ。かつて、四年前に、杜甫はこの曲江の地で、楊氏《ようし》一族の栄耀栄華《えいようえいが》を目撃し、「麗人行《れいじんこう》」を作っている。それだけに、今見る曲江のさびれように、ひとしお感慨なきを得ない。幽閉中ゆえに「声を呑んで哭し」と抑えた調子にうたうのが、かえって激する胸のうちを伝えるのだ。

羌村（羌村《きょうそん》）　杜甫《とほ》　〈五言古詩〉

崢[1]嶸タル赤[2]雲ノ西
日[3]脚下ル二平地ニ一。
柴[4]門鳥雀噪ギ
歸[5]客千[6]里ヨリ至ル。
妻[7]孥ハ怪シミ二我ノ在ルヲ一
驚キ定リテ還タ拭フレ涙ヲ。
世亂レテ遭ヒ二飄[8]蕩ニ一
生還偶然ニ遂グ。

崢嶸《そうこう》たる赤雲《せきうん》の西《にし》
日脚《にっきゃく》平地《へいち》に下《くだ》る
柴門《さいもん》鳥雀《ちょうじゃく》噪《さわ》ぎ
帰《き》客千里《かくせんり》より至《いた》る
妻孥《さいど》は我《われ》の在《あ》るを怪《あや》しみ
驚《おどろ》き定《さだ》まりて還《ま》た涙《なみだ》を拭《ぬぐ》う
世《よ》乱《みだ》れて飄蕩《ひょうとう》に遭《あ》い
生還偶然《せいかんぐうぜん》に遂《と》ぐ

高くそびえている夕焼け雲の西の方から、
日あしが平地に射しこんでくる。
わが家の粗末な柴の門では、雀などの鳥がさわぎ、
旅に出ていた私は、千里もの遠方から帰ってきたのだ。
妻や子は、私の無事な姿を見て、不思議に思い、
信じられない驚きが落ち着くと、嬉し涙をぬぐうのであった。
世の中が乱れたために、漂泊する破目におちいり、
今、生きて家族のもとへ帰ってこられたことは、まったく偶然のようなものだ。

鄰人滿チ㆓牆[9]頭ニ㆒
感歎シテ亦歔[10]欷●ス
夜[11]闌ニシテ更ニ秉[12]リ㆑燭ヲ
相對スレバ如シ㆓夢[13]寐●ノ㆒

隣人牆頭《りんじんしょうとう》に満《み》ち
感歎《かんたん》して亦歔欷《またきょき》す
夜闌《よるたけなわ》にして更《さら》に燭《しょく》を秉《と》り
相対《あいたい》すれば夢寐《むび》の如《ごと》し

いつのまにか、隣近所の人々が、土塀の付近に集まってきて、わが家の奇跡の再会に感嘆して、すすり泣きをしている。

夜が更けてから、またさらに、ろうそくに火をつける。

妻と向かい合ってみると、今ここにいるのが、まるで夢をみているかのようである。

1. 崢嶸 高くそびえる様。**2. 赤雲** 夕焼け雲。**3. 日脚** 日あし。雲間から地上へと射《さ》し込む太陽光線。**4. 柴門** 柴《しば》で作られた粗末な門。**5. 帰客** 帰って来た旅人。ここは杜甫自身を指す。**6. 千里至** 千里も遠方から来る。**7. 妻孥** 妻と子。**8. 飄蕩** あちらこちらと漂泊する。**9. 牆頭** 土塀《どべい》の付近。**10. 歔欷** すすり泣く。**11. 夜闌** 夜が更《ふ》ける。**12. 秉㆑燭** ろうそくをつけかえる。**13. 夢寐** 夢。寐は寝ること。

《鑑賞》 至徳《しとく》二（七五七）年、杜甫四十六歳の作。この年の四月、賊軍の手から逃れた杜甫は、鳳翔《ほうしょう》（陝西省《せんせいしょう》鳳翔県）の行在所《あんざいしょ》に行き、五月に左拾遺《さしゅうい》の官を授けられる。ところが、房琯《ぼうかん》を弁護したかどで粛宗《しゅくそう》の怒りにふれ、八月にひまを賜って羌村《きょうそん》（陝西省鄜県《ふけん》）の家族のもとに帰る。この詩はそのおりの三首連作の第一首。

この詩は、劇的な再会の様子をうたうが、リアルな描写が実に見事である。そこにいるのが信じられないという妻子の驚き、そしてあふれる涙。いつの間にか、近隣の人が集まって、塀《へい》の外でもらい泣き。夜になって、妻と向かい合っての語らい。幽閉中に、月を見ながら夢想していたのが、今、現実となったのだ。「相対すれば夢寐の如し」の句は万感の思いを伝える。それにしても、このような歌がかつてあっただろうか。まさしく杜甫の開いた世界である。

詩の冒頭に、そそり立つ赤い雲がうたわれる。不気味な感じ。これは、三部作全体をおおう、自己の身の上や、唐朝の命運への不安な気分を象徴するかのようだ。

《補説》「羌村」三首の構成をみると、第一首はこの連作の総論にあたり、再会の場面と、妻・子・隣人とすべてが出てくる。主題はやはり妻との語らいであろう。第二首は「嬌児《きょうじ》は膝《ひざ》を離《はな》れず（愛児は私の膝から離れようとしない）」と子どもが中心にうたわれ、最後に「如今斟酌《じょこんしんしゃく》するに足《た》る且《か》つ用《も》って遅暮《ぼ》を慰《なぐさ》めん（今は酒を飲むのに十分である。その酒を飲んで晩年を慰めることとしよう）」と憂さを晴らす酒が出てくる。第三首は「父老四五人《ふろうしごにん》、我《わ》が久《ひさ》しく遠行《えんこう》せしを問《と》う（近隣の父老四、五人が、私が長い間遠方に行っていたことの見舞いに来てくれた）」と隣人が酒を携《たずさ》えて来、最後には「歌罷《うたや》んで天《てん》を仰《あお》いで嘆《なげ》けば、四座《しいざ》涕《なみだ》は縦横《じゅうおう》たり（歌が終わって天を仰いで嘆息する、と一座の人々は皆涙をやたらと流すのだった）」と一同、戦乱を悲しんで泣く。やはりこの詩にも、個人的な事（私）から発して世の乱れ（公）に及ぶ、杜甫のパターンが見られる。

曲江《きょくこう》（曲江）　杜甫《とほ》　〈七言律詩〉

朝[1]回日日典[2]春衣
毎日江[3]頭盡醉歸
酒[4]債尋[5]常行處有
人生七十古來稀
穿[6]花蛺[7]蝶深深見
點[8]水蜻[9]蜓款[10]款飛
傳[11]語風光共[12]流轉
暫時相賞莫相[13]違

朝《ちょう》より回《かえ》りて日日《ひび》春衣《しゅんい》を典《てん》し
毎日江頭《まいにちこうとう》に酔《よい》を尽《つく》して帰《かえ》る
酒債《しゅさい》は尋常《じんじょう》　行《ゆ》く処《ところ》に有《あ》り
人生七十《じんせいしちじゅう》　古来稀《こらいまれ》なり
花《はな》を穿《うが》つの蛺蝶《きょうちょう》　深深《しんしん》として見《み》え
水《みず》に点《てん》ずるの蜻蜓《せいてい》款款《かんかん》として飛《と》ぶ
伝語《でんご》す風光共《ふうこうとも》に流転《るてん》して
暫時相賞《ざんじあいしょう》して相違《あいたが》うこと莫《な》かれと

朝廷の勤務からさがってくると、毎日毎日春の衣服を質入れして、曲江のほとりで酒を飲み、酔ってから帰る。

酒の借金は普段行くところ、どこにでもあるものなのだ。

そんなことより、人生は短く、七十まで生きた者はこれまでめったにいない。せめて生きている間、酒でも飲もうではないか。

花の間に蜜を吸うあげはちょうは、奥深いところに見え、

水面に尾をつけているとんぼは、ゆるやかに飛ぶ。

風光に伝えよう、わたしとともに、流れていこうと。

しばらくの間お互いに賞して、互いにそむきあうことのないようにしよう。

1.朝回　朝廷より下がる。**2.典**　質入れする。**3.江頭**　曲江のほとり。**4.酒債**　酒代の借金。**5.尋常**　平常、普段。常ひごろ。**6.穿㆑花**　花の間に入りこむ。**7.蛺蝶**　あげはちょう。**8.点㆑水**　水に尾をつける。**9.蜻蜓**　とんぼ。**10.款款**　緩緩と同じで、ゆるやかな様。**11.伝語**　伝言。**12.共流転**　風光とともに流れてゆく。**13.相違**　互いにそむきあう。

《鑑賞》　乾元《けんげん》元（七五八）年、四十七歳の作。房琯《ぼうかん》を弁護したため、粛宗《しゅくそう》の怒りにふれ、その後朝廷に出仕しても快快《おうおう》として楽しまない日が続いていた。そのような晩春の思いをうたう。

せっかくついた左拾遺《さしゅうい》の官だったが、天子にうとまれてはどうしようもない。おもしろくない心を、毎日酒でいやしている。どうせ七十まで生きられない人生だ、という口ぶりにはデカダン的な気分が見える。

頸聯《けいれん》の、晩春の景が、何気《なにげ》ないようで、深い味わいを持つ。深々と花の間に蜜《みつ》を吸う蝶《ちょう》、ゆっくりゆっくり飛ぶとんぼ、それは、〝時よ止まれ〟という杜甫の願望の表象だ。できれば、このゆっくり動く時の流れにたゆたっていたい。だから、風光よ、ともに流転しよう、と呼びかけるのだ。

なお、有名な「古稀《こき》」の語は第四句の「人生七十古来稀なり」という一句から出たもので、杜甫も古稀は迎えられず五十九歳でその生を閉じている。

《補説》　「曲江」は二首連作であり、この詩は第二首にあたる。第一首もよく似た気分がうたわれている。

「一片花飛減㆓却春㆒／風飄㆓万点㆒正愁㆑人／且看欲㆑尽花経㆑眼／莫㆑厭傷㆑多酒入㆑脣／江上小堂巣㆓翡翠㆒／苑辺高塚臥㆓麒麟㆒／細推㆓物理㆒須㆓行楽㆒／何用浮名絆㆓此身㆒（一片《いっぺん》の花《はな》飛《と》びて春《はる》を減却《げんきゃく》す、風《かぜ》

は万点《ばんてん》を飄《ひるが》えして正《まさ》に人《ひと》を愁《うれ》えしむ、且《か》つ看《み》る尽《つ》きんと欲《ほっ》するの花《はな》の眼《め》を経《ふ》るを、厭《いと》う莫《な》かれ多《おお》きを傷《いた》む酒《さけ》の脣《くちびる》に入《い》るを。江上《こうじょう》の小堂《しょうどう》に翡翠《ひすい》巣《す》くい、苑辺《えんぺん》の高塚《こうちょう》に麒麟《きりん》臥《が》す。細《こま》かに物理《ぶつり》を推《お》すに須《すべか》らく行楽《こうらく》すべし、何《なん》ぞ用《もち》いん浮名《ふめい》の此《こ》の身《み》を絆《ほだ》すを)」〈曲江二首其一（曲江二首《きょくこうにしゅ》その一《いち》）〉

九[1]日藍[2]田ノ崔氏ノ荘[3]（九日藍田の崔氏の荘《きゅうじつらんでんのさいしのそう》） 杜甫《とほ》

〈七言律詩〉

老[4]イ去ッテ悲[5]秋強ヒテ自ラ寛ウス●
興來ッテ今日盡クス二君ガ歡ヲ一●
羞ヅラクハ將ッテ二短髮ヲ一還タ吹[6]カルヲレ帽ヲ
笑ッテ倩ンデ二傍人ヲ一為ニ正サシムレ冠ヲ●
藍[7]水ハ遠ク從リ二千[8]澗一落チ
玉[9]山ハ高ク並ンデ二兩峰ト一寒シ●

老《お》い去《さ》って悲秋《ひしゅう》強《し》いて自《みずか》ら寛《ゆる》うす
興《きょう》来《きた》って今日《こんにち》君《きみ》が歓《かん》を尽《つ》くす
羞《は》ずらくは短髪《たんぱつ》を将《も》って還《ま》た帽《ぼう》を吹《ふ》かるるを
笑《わら》って傍人《ぼうじん》を倩《たの》んで為《ため》に冠《かん》を正《ただ》さしむ
藍水《らんすい》は遠《とお》く千澗《せんかん》より落《お》ち
玉山《ぎょくざん》は高《たか》く両峰《りょうほう》と並《なら》んで寒《さむ》し

年老いて、ひときわ悲しみをそそられるこの秋に、つとめて自ら胸の思いを和らげようとし、
興味のわくままに、今日はあなたのこの歓待を十分お受けいたしましょう。
恥ずかしいことには、短い髪であるために、風で帽子を吹き飛ばされてしまい、
笑いながら、かたわらの人に頼んで、冠を正しくなおしてもらいました。
目をみやると、藍水は遠く、多くの谷川の水を集めて流れ落ちてくるし、
玉山は高く、二つの峰と並んで、寒々とそびえ立っている。

明年此[10]ノ會知ンヌ誰カ健ナル
醉ツテ把ツテ二茱[11]萸一ヲ仔[12]細ニ看ル●

明年此《みょうねんこ》の会《かい》知《し》んぬ誰《たれ》か健《けん》なる
酔《よ》って茱萸《しゅゆ》を把《と》って仔細《しさい》に看《み》る

来年のこの重陽の会には、はたしてだれが健在でしょうか。
私は酔って、かわはじかみを手に取り、これをしげしげとながめています。

1. 九日　陰暦九月九日、重陽《ちょうよう》の節句。この日は山や丘などへ登り、酒宴《しゅえん》を開き、茱萸《しゅゆ》を頭にさして邪気《じゃき》を払った。**2. 藍田**　地名。現在の陝西省藍田県《せんせいしょうらんでんけん》。**3. 荘**　別荘。**4. 老去**　年老いること。**5. 悲秋**　もの悲しい秋。**6. 吹ㇾ帽**　帽子が風で吹き飛ばされること。**7. 藍水**　藍田《らんでん》の東から流れる川の名。**8. 千澗**　多くの谷川。**9. 玉山**　藍田にある山で、美玉を産するのでこの名がある。**10. 此会**　重陽の節句の会。**11. 茱萸**　カワハジカミ。重陽の節句に頭にさして邪気を払った。**12. 仔細**　しげしげと。

《鑑賞》　乾元元《けんげん》（七五八）年、杜甫四十七歳の作。粛宗《しゅくそう》の怒りにふれてからというもの怏怏《おうおう》として楽しまない生活を送っていた杜甫は、この年六月に華州《かしゅう》（陝西省華県《せんせいしょうかけん》）の司功参軍《しこうさんぐん》に左遷される。この詩は、その秋、崔氏《さいし》の別荘に招かれてその感懐をうたったものである。

この詩の主意は、第一句に尽くされている。年老いて悲しい秋の季節にあえば、どうしても心は沈みがちになるのを、しいてくつろごうとする。「強」の字が効果的に置かれている。頷聯《がんれん》は、故事を用いて、おどけた調子。頸聯《けいれん》は、別荘の秋景、いずれも、崔氏の好意を喜ぶ気持ちを表出するもの。しかしながら、季節の晩秋ともなれば、人生の迫り来る老いを、いやでも意識してしまう。はたして、来年の重陽に元気でいられるか。ここで、第一句と照応して、最後の句が用意される。手に取って、しげしげと見る邪気払いの茱萸の枝、「仔細」の字がきいている。「酔って」というが、酒を飲んでも酔えない杜甫なのである。

《補説》 第三句の「帽を吹く」とは、東晋《とうしん》の孟嘉《もうか》の故事である。桓温《かんおん》将軍の催す重陽の節句の宴で、風に帽子を吹き落とされた孟嘉はそれを気付かずにいた。桓温が名文家孫盛《そんせい》に命じてこれを嘲笑《ちょうしょう》する文を書かせたが、嘉《か》はこれに即座に名文を書いてこたえたので、ここに同席していた者は皆感嘆した。風流の故事として知られる。

石[1]壕ノ吏（石壕《せきごう》の吏《り》） 杜甫《とほ》 **〈五言古詩〉**

暮ニ投[2]ズレバ二石壕邨ニ一●
暮《くれ》に石壕村《せきごうそん》に投《とう》ずれば

有リレ吏夜ニ捉[3]フレ人ヲ●
吏《り》有《あ》り夜《よる》に人《ひと》を捉《とら》う

老翁踰エテレ牆[4]ヲ走[5]リ
老翁《ろうおう》牆《かき》を踰《こ》えて走《はし》り

老婦出デテレ門ヲ看ル●
老婦《ろうふ》門《もん》を出《い》でて看《み》る

吏ノ呼ブコト一[6]ニ何ゾ怒レル▲
吏《り》の呼《よ》ぶこと一《いつ》に何《なん》ぞ怒《いか》れる

日暮れ時、石壕の村に投宿すると、
役人が、徴発で人をつかまえにやってきた。
その宿のおじいさんは、土塀をこえて逃げ去り、
おばあさんが、戸口を出て役人と応対している。
役人のどなり声の何と怒りにみちていることか。

婦啼一何苦
聴婦前致[7]詞
三[8]男鄴[9]城戍
一男附[10]書至
二男新戦死
存[11]者且[12]偸生
死者長[13]已矣
室中更無人
惟有乳[14]下孫
孫有母未去

婦《ふ》の啼《な》くこと一《いつ》に何《なん》ぞ苦《くる》しめる
婦《ふ》の前《すす》んで詞《し》を致《いた》すを聴《き》くに
三男《さんだん》は鄴城《ぎょうじょう》の戍《まも》り
一男《いちだん》は書《しょ》を附《ふ》して至《いた》り
二男《にだん》は新《あら》たに戦死《せんし》す
存《そん》する者《もの》は且《しばら》く生《せい》を偸《ぬす》み
死《し》せる者《もの》は長《とこし》えに已《や》みぬ
室中《しっちゅう》更《さら》に人《ひと》無《な》く
惟《た》だ乳下《にゅうか》の孫有《まごあ》り
孫《まご》に母《はは》の未《いま》だ去《さ》らざる有《あ》るも

老婆の泣き声の何と苦しそうなことか。
老婆はやがて役人の前にすすみ出て、申しひらきをする。それを聞くと、
「私の三人の息子たちは、すべて鄴城の守備についています。
一人の息子が手紙をことづけてよこし、その手紙が着きましたが、
二人の息子は最近、戦死してしまいました。
いまいる者も、しばらくの間生きているというだけのこと、
死んでしまった者は、もう永遠におしまいです。
家の中にはもうだれもいません。
ただ、まだ乳ばなれしていない孫がいるだけです。
孫には、夫の戦死後もまだこの家を去らずにいる母がおりますが、

出入ニ無シ二完[15]裙●一

出入《しゅつにゅう》に完裙無《かんくんな》し

老[16]嫗力雖ドモレ衰▲ヘタリト

老嫗《ろうおう》力《ちから》 衰《おとろ》えたりと雖《いえ》ども

請フ従ツテレ吏ニ夜帰▲セン

請《こ》う吏《り》に従《したが》って夜帰《よるき》せん

急ニ應ゼバ二河[17]陽ノ役ニ一

急《きゅう》に河陽《かよう》の役《えき》に応《おう》ぜば

猶ホ得ンレ備フルヲ二晨[18]炊▲ニ一

猶《な》お晨炊《しんすい》に備《そな》うるを得《え》ん

夜久シウシテ語聲絶○エ

夜久《よるひさ》しうして語声《ごせい》絶《た》え

如シ[19]レ聞クガ二泣イテ幽[20]咽○スルヲ一

泣《な》いて幽咽《ゆうえつ》するを聞《き》くが如《ごと》し

天[21]明登リ二前途ニ一

天明前途《てんめいぜんと》に登《のぼ》り

獨リ與二老翁一別○ル

独《ひと》り老翁《ろうおう》と別《わか》る

家の出入りに、満足にはけるスカートもないありさまです。
この老婆は、年をとり、力は衰えておりますが、
どうぞお役人に従って、今夜にも参りましょう。
いそいで河陽で労役につくことができれば、
これでもまだ、朝の炊事の支度ぐらいはできるでしょう」と。
夜もすっかり更(ふ)けて、話し声もとだえ、
かすかにむせび泣くのが聞こえてきたようだ。
夜明け方に、私はまた旅路についたが、
ただ一人、おじいさんと別れをしただけだった。

1. **石壕** 現在の河南省陝県《せんけん》にあった村。 2. **投** 投宿する。 3. **捉レ人** 徴発する。 4. **牆** 土塀《どべい》。 5. **走** 逃げる。 6. **一何** なんと……ではないか。詠嘆。 7. **致レ詞** ことばを申し上げる。 8. **三男**

三人の息子。**9・鄴城戍**　鄴城《ぎょうじょう》の守備。鄴城は現在の河南省臨漳県《りんしょうけん》。ここで乾元《けんげん》二（七五九）年、安《あん》慶緒《けいしょ》と史思明《ししめい》の軍と官軍が戦い、官軍は大敗した。**10・附ㇾ書至**　手紙をことづけて、それが着いたこと。**11・存者**　生きている者。**12・且偸ㇾ生**　今のところどうにか生きている。**13・長已矣**　それでおしまい。**14・乳下孫**　乳離れをしていない孫。**15・完裙**　満足なスカート。**16・老嫗**　老婆《ろうば》。**17・河陽**　現在の河南省孟県《もうけん》。**18・晨炊**　朝の炊事。**19・如ㇾ聞**　聞こえたような気がした。**20・幽咽**　声を忍んでむせび泣く。**21・天明**　夜明け。

《鑑賞》　乾元《けんげん》二（七五九）年、杜甫四十八歳の作。当時華州《かしゅう》（陝西省華県《せんせいしょうかけん》）の司功参軍《しこうさんぐん》であった杜甫は、前年の冬から春にかけて洛陽《らくよう》に旅した。その帰途石壕村《せきごうそん》での見聞をうたったもの。

この詩は、ただ客観的に見聞したままをうたっているのみで、作者の主張や感情は一切表面に出ていない。だが、これが逆に強く読者を動かすのである。

この詩の主役は、老婆である。荒々しい役人の威嚇《いかく》に、苦しげに泣いていたのが、七句目、急に居直って、役人の前に進み出て、長々と申しひらきをする。そして、逃げた夫の代わりに、役人について行きましょう、という。ここにおいつめられた庶民《しょみん》のしたたかさが、うかがわれるのだ。

この詩は「新安《しんあん》の吏《り》」「潼関《どうかん》の吏《り》」「新婚の別《わか》れ」「垂老《すいろう》の別れ」「無家《むか》の別れ」とともに三吏《さんり》三別《さんべつ》と呼ばれる。

《補説》　正岡子規《まさおかしき》の『竹《たけ》の里歌《さとうた》』の中にこの詩がよまれている。なお、三首目は子規の誤読と思われる。

石壕《せきごう》の村に日暮れて宿借れば夜更けて門を敲《たた》く人誰《た》ぞ

牆踰《かきこ》えてをぢは走りぬうば一人司《つかさ》の前にかしこまり泣く

三郎は城へ召されぬいくさより太郎文こす二郎死にきと
生ける者命を惜しみ死にすれば又かへり来ず孫一人あり
おうなわれ手力《たぢから》無くと裾《すそ》かかげ軍《いくさ》にゆかん米炊《かし》ぐべく
うつたふる宿のおうなの声絶えて咽《むせ》び泣く声を聞くかとぞ思ふ
暁のゆくてを急ぎひとり居るおきなと別れ宿立ち出でつ

贈衛[1]八處[2]士（衛八処士《えいはちしょし》に贈《おく》る）　杜甫《とほ》　〈五言古詩〉

人生不相見　人生《じんせい》相《あ》い見《み》ざること
動[3]如参[4]與商　動《やや》もすれば参《しん》と商《しょう》との如《ごと》し
今夕復何夕　今夕《こんせき》復《ま》た何《なん》の夕《ゆうべ》ぞ
共此燈燭光　此《こ》の灯燭《とうしょく》の光《ひかり》を共《とも》にす
少壮能幾時　少壮《しょうそう》能《よ》く幾時《いくとき》ぞ

人の世ではお互いに顔を合わせないことは、
どうかすると、あの参星と商星のようにかけ隔たってしまうものだ。

ところが、今晩はまた、なんという夕だろうか。

お互いにこの灯火の光を一緒にすることができようとは。

若くて盛んな時、いったいそれはどれほどの長さがあるだろうか。あっという間に年をとるのをどうしようもない。

鬢髪各已蒼[5]
訪[6]舊半爲[7]鬼
驚呼熱中腸
焉知二十載[8]
重上君[9]子堂[10]
昔別君未婚
男女忽成行
怡然敬父[11]執
問我來何方
問答未及已

鬢髪《びんぱつ》各《おのおの》已《すで》に蒼《そう》たり
旧《きゅう》を訪《と》えば半《なか》ばは鬼《き》と為《な》る
驚《おどろ》き呼《よ》んで中腸《ちゅうちょう》熱《ねっ》す
焉《いずく》んぞ知《し》らん二十載《にじっさい》
重《かさ》ねて君子《くんし》の堂《どう》に上《のぼ》らんとは
昔《むかし》別《わか》れしとき君《きみ》未《いま》だ婚《こん》せざりしに
男女《だんじょ》忽《たちま》ち行《こう》を成《な》す
怡然《いぜん》として父執《ふしつ》を敬《うやま》い
我《われ》に問《と》う何《いず》れの方《かた》より来《き》たれるかと
問答《もんどう》未《いま》だ已《や》むに及《およ》ばざるに

髪の毛は、二人ともにごま塩になってしまった。
昔なじみのことをあれこれ問い尋ねてみれば、半分はもう死者となっている。
驚き叫ぶたびに、はらわたの中までかあっと熱くなる。
思いもかけないことであった。二十年たって、
再び、こうしてあなたの座敷に上ることができようとは。
昔別れた時には、君はまだ独身であったけれども、
今は息子、娘がぞろぞろと列をなしている。
子どもたちはにこにこして父の友人である私のことを敬って挨拶し、
私に向かって、どこからおいでになりましたか、と尋ねた。
まだ挨拶が全部すまないうちに、

驅ツテレ兒ヲ羅ヌ二酒[12]漿ヲ一
夜雨ニ剪リ二春[13]韮ヲ一
新炊ニ間フ二黄粱ヲ一
主ハ稱ス會面難シ
一擧ニ累ネヨト二十觴[14]ヲ一
十觴モ亦タ不レ醉ハ
感ズ二子ガ故[15]意ノ長キヲ一
明日隔ツレバ二山岳ヲ一
世[16]事兩ツナガラ茫[17]茫タリ

児《じ》を駆《か》って酒漿《しゅしょう》を羅《つら》ぬ
夜雨《やう》に春韮《しゅんきゅう》を剪《き》り
新炊《しんすい》に黄粱《こうりょう》を間《まじ》う
主《しゅ》は称《しょう》す会面《かいめん》難《かた》し
一挙《いっきょ》に十觴《じっしょう》を累《かさ》ねよと
十觴《じっしょう》も亦《ま》た酔《よ》わず
子《し》が故意《こい》の長《なが》きに感《かん》ず
明日《みょうにち》山岳《さんがく》を隔《へだ》つれば
世事《せいじ》両《ふた》つながら茫茫《ぼうぼう》たり

君は子どもをうながして、酒や飲み物を並べる。

夜の雨の中を、はたけの春の韮(にら)を切ってきた。

そして、炊きたてのごはんには、黄色い粟(あわ)がまじっている。

主人である君はいう。顔を合わせるのはなかなかむずかしいから、一飲みで十杯の酒を飲んでくれたまえ、と。

十杯飲んでも、私は酔わない。君のいつまでも変わらない深い友情にもう胸がいっぱいだ。

明日になってまた別れ、二人の間は山で隔てられる。そうなってしまえば、世の中のことも、人の運命もどうなることかわからない。

1. **衛八**　衛は姓、八は排行《はいこう》(兄弟の順序を示す番号)で八番目のこと。 2. **処士**　士の身分ではあるが、役人になっていない人。 3. **動**　どうかすると。 4. **参与レ商**　参はオリオン座。商はサソリ座の星。天空に同時に出ることがないので、会えないことをこのようにたとえる。**5. 蒼** 白髪まじりの様。ごま塩頭。**6. 訪㆑旧** 旧友の消息をたずねる。**7. 為㆑鬼** 鬼籍に入る意から、死亡すること。**8. 載** 年。**9. 君子** 教養と人徳とを兼ね備えている人。ここでは衛八を指す。**10. 堂** 座敷。**11. 父執** 父の友人。**12. 酒漿** 酒とその他の飲み物。**13. 春韮** 春の韮《にら》。**14. 觴** 杯《さかずき》。**15. 故意** 友情。昔と変わらない友情。**16. 世事** 世の中のことと個人のこと。**17. 茫茫** はかり知れないこと。

《鑑賞》 乾元《けんげん》二（七五九）年、杜甫四十八歳の作。当時杜甫は司功参軍《しこうさんぐん》として華州《かしゅう》（陝西省華県《せんせいしょうかけん》）にあった。そこで衛八と二十年ぶりの再会を果たし、その感慨をうたったもの。

二十年ぶりで会った嬉《うれ》しさは、また、すぐに別れなければならない悲しさでもある。動乱の世に生きる人間の定めとはいえ、作者のもらすため息に、胸がふさがる思いだ。共通の友人の名を挙げて、あ、彼も死んだか、と驚いて腸《はらわた》を熱くするところは、ことに印象深い。また、この詩に描かれた衛八の人柄は、何とも好ましい。しつけのよい子ども、粗末ながらも心のこもったもてなし、世の片隅で実直に生きている人間像がよく出ている。この乱世にどう流されていったのだろうか。

《補説》 第十七、八句の「夜雨に春韮を剪り、新炊に黄粱を間う」という句は、なにげない夜景の表現であるが、この句によって、その場の具体的イメージが湧《わ》き、しみじみした味わいを添えているのに気づく。これは陶潜《とうせん》の「山海経《せんがいきょう》を読《よ》む」（58頁）の第九句目からの四句、「歓言《かんげん》して春酒《しゅんしゅ》を酌《く》み、我が園《えん》中《ちゅう》の蔬《そ》を摘《つ》む。微雨《びう》東《ひがし》より来《きた》り、好風《こうふう》之《これ》と倶《とも》なう」という句からの連想があるものと思われる。

蜀[1]相 （蜀相《しょくしょう》） 杜甫《とほ》 〈七言律詩〉

丞[2]相祠[3]堂何處尋
錦[4]官城外柏[5]森森
映階碧草自春色
隔葉黄[6]鸝空好音
三[7]顧頻繁天下計
兩[8]朝開[9]濟老臣心
出師未捷身先死
長使英雄涙滿襟

丞相《じょうしょう》の祠堂《しどう》何《いず》れの処《ところ》にか尋《たず》ねん
錦官城《きんかんじょう》 外柏森森《がいはくしんしん》たり
階《かい》に映《えい》ずる碧草《へきそう》自《おのず》から春色《しゅんしょく》
葉《は》を隔《へだ》つる黄鸝《こうり》空《むな》しく好音《こういん》
三顧《さんこ》頻繁《ひんぱん》なり天下《てんか》の計《けい》
両朝《りょうちょう》 開済《かいさい》す老臣《ろうしん》の心《こころ》
出師《すいし》未《いま》だ捷《か》たざるに身《み》は先《ま》ず死《し》し
長《とこしえ》に英雄《えいゆう》をして涙《なみだ》 襟《えり》に満《み》たしむ

蜀（しょく）の丞相諸葛孔明（しょかつこうめい）を祭ったお堂はどこに尋ねたらよいだろうか。成都城外の柏（はく）の木々がこんもりと茂っている所がそれだ。

祠堂の階段にみどり色を映じている草は春がくれば春のよそおいをこらす。葉かげで鳴くうぐいすは、空しく美しい声でさえずるばかり。

昔、劉備（りゅうび）は、三度も頻繁に孔明を尋ねて、天下を治める策をたずねた。孔明はこれに心を動かされて、劉備、劉禅（りゅうぜん）の二代にわたって仕え、創業、守成して老臣のまことを尽くした。

しかし、魏討伐軍（ぎとうばつぐん）を出して、まだ戦いに勝たないうちに、その身は先に死んでしまい、
とこしえに後世の英雄たちのえりを、哀痛の涙でぬらすのである。

1. 蜀相　蜀《しょく》の宰相《さいしょう》 諸葛亮《しょかつりょう》（一八一～二三四）、字《あざな》は孔明《こうめい》。**2. 丞相**　宰相。**3. 祠堂**　ほこら。諸葛《しょかつ》武《ぶ》侯祠《こうし》のこと。**4. 錦官城**　成都を指す。錦官《きんかん》は錦《にしき》を司《つかさど》る官の名。成都が錦の産地であるのによる。**5. 柏**　ヒノキの一種。コノテガシワ。**6. 黄鸝**　コウライウグイス。**7. 三顧**　劉備《りゅうび》が孔明の草堂を訪れて出馬を求めたこと。**8. 両朝**　先主劉備と後主劉禅《りゅうぜん》の二代の朝廷。**9. 開済**　創業と守成。劉備とともに国の基礎を開き、劉禅を補佐してよく国を治めたことをいう。

《鑑賞》　上元《じょうげん》元（七六〇）年、杜甫四十九歳の作。この前年に華州《かしゅう》（陝西省華県《せんせいしょうかけん》）地方の飢饉《ききん》のため、杜甫は官を捨てて旅に出た。その放浪の後、友人を頼って成都（四川省《しせんしょう》成都市）に来、郊外に草堂を建てて住むことになった。そういう春の一日、諸葛孔明の廟《びょう》に参拝し、その人を懐かしんでうたったもの。

七言律詩の典型たる、整然とした句作りである。前半は廟の景、後半は景より発した感慨がうたわれる。

杜甫は、孔明を尊敬することひとかたならぬものがある。その生き方に理想の像を見たのだろう。いくつも詩がある。

《補説》　第五句の「三顧」とは三顧の礼のことで、有名な成語である。三国時代に諸葛孔明は隆中《りゅうちゅう》（湖北省襄陽《こほくしょうじょうよう》）に隠れ住んでいた。彼の才能に目をつけた蜀の劉備は、彼が一介の書生でしかないのにもかかわらず、三度訪問してついに軍師として招くことができたという故事から出たもので、礼をつくして招くときに使われる。

こうして招かれた孔明は、曹操《そうそう》を赤壁《せきへき》（湖北省華県《かけん》）で破ったり、成都を平定したりした。劉備の死後はその子劉禅に仕え、魏《ぎ》を攻め、五丈原《ごじょうげん》で魏の将軍司馬懿《しばい》と対戦中に陣中で病死した。その夜大きい流れ星が落ちたという。その死を知らない司馬懿が逃げたことから、「死せる孔明、生ける仲達《ちゅうたつ》（懿の字）を走らす」の諺《ことわざ》が生まれた。

江村（江村《こうそん》）　杜甫《とほ》

〈七言律詩〉

清江一[1]曲抱イテレ村ヲ流ル●
清江一曲《せいこういっきょく》 村《むら》を抱《いだ》いて流《なが》る

長[2]夏江村事[3]事幽ナリ[4]●
長夏江村事事《ちょうかこうそんじじ》幽《ゆう》なり

自[5]カラ去リ自カラ来ル梁上ノ燕
自《おの》から去《さ》り自《おの》から来《きた》る梁 上《りょうじょう》の燕《つばめ》

相[6]親シミ相近ヅク水中ノ鷗●
相親《あいした》しみ相近《あいちか》づく水中《すいちゅう》の鷗《かもめ》

老妻ハ畫イテレ紙ニ為リ二棊[7]局ヲ一
老妻《ろうさい》は紙《かみ》に画《えが》いて棊局《ききょく》を為《つく》り

稚[8]子ハ敲イテレ針ヲ作ル二釣[9]鉤ヲ一●
稚子《ちし》は針《はり》を敲《たた》いて釣鉤《ちょうこう》を作《つく》る

清らかな川がひと曲がりして、村を抱くように流れている。
この長い夏の日、川辺の村はすべての事が静かに落ち着いている。
家の梁（はり）の上に巣をかけている燕は、自由に出たり入ったり、
水の中を泳いでいる鷗は、私になれ親しんで、近づいてくる。
老いた妻は、紙に線を引いて碁盤（ごばん）をつくっているし、
幼い子どもは、針をたたいて釣り針を作っている。

多病所ㇾ須ハツ唯ダ薬物
微軀此ノ外ニ更ニ何ヲカ求メン●

多病《たびょう》須《ま》つ所《ところ》は唯《た》だ薬物《やくぶつ》
微軀《びく》此《こ》の外《ほか》に更《さら》に何《なに》をか求《もと》めん

病気がちの私に必要なものは薬だけである。
つまらない私の身はこのほかに何を求めることがあろうか。

1．一曲　ひとまがり。**2．長夏**　長い夏の日。**3．事事**　すべての事。**4．幽**　静かに落ち着いている。**5．自去自来**　自由に出たり入ったりする。**6．相親相近**　親しみ近づいてくる。**7．棊局**　碁《ご》盤《ばん》。**8．稚子**　幼い子ども。**9．釣鉤**　釣り針。**10．微軀**　とるに足らない身。

《鑑賞》　上元《じょうげん》元（七六〇）年、杜甫四十九歳の作。長い漂泊の旅の後であったので、成都での生活は、杜甫はもとより家族にもしばし落ち着いた平和な日常をもたらした。この詩は浣花草堂《かんかそうどう》での生活の一コマをうたっている。

杜甫の生涯の中で、もっとも安定した生活を送ったのは、浣花渓《かんかけい》の時代だった、という。まず、川に囲まれた静かな村のたたずまい、梁《はり》の燕《つばめ》も水の鷗《かもめ》も好ましい姿だ。前半は戸外の景。次の頸聯《けいれん》がおもしろい。夫の杜甫と打とうというのか、妻が紙に線を引いて碁盤を作っている。子どもは子どもで、前の川で釣りをしようというのだろう。いかにも平和な、いなかの暮らしがよく出ていてほほえましい。

しかし、この生活も三年で終わり、また放浪の旅に出るのであった。

《補説》　第四句は『列子《れっし》』にみえる故事である。海辺に住む鷗好きの男が毎日鷗と遊んでいた。ある日、父親から鷗を捕らえることを命じられて海辺に出てみると、その男の真意を知ってか鷗は一向に下りてはこなかったという。邪心《じゃしん》がなければ、鷗は人に近づいてくる、ということで、ここでの心境を表白しているのである。

客至（客至《かくいた》る）　杜甫《とほ》　〈七言律詩〉

舎南舎北皆春水
但見群鷗日日來
花[1]徑不曾緣客掃
蓬[2]門今始爲君開
盤[3]飧市遠無兼[4]味
樽酒家貧只舊[5]醅
肯與隣翁相對飲

舎南舎北皆春水《しゃなんしゃほくみなしゅんすい》
但《た》だ見《み》る群鷗《ぐんおう》の日日《ひび》に来《き》たるを
花径《かけい》曾《かつ》て客《かく》に縁《よ》って掃《はら》わず
蓬門《ほうもん》今《いま》始《はじ》めて君《きみ》が為《ため》に開《ひら》く
盤飧《ばんそん》市《いち》遠《とお》くして兼味《けんみ》無《な》く
樽酒《そんしゅ》家《いえ》貧《ひん》にして只《た》だ旧醅《きゅうばい》あり
肯《あ》えて隣翁《りんおう》と相対《あいたい》して飲《の》まんや

わが家の北も南もみな春の水が流れ、春たけなわとなった。
この季節に毎日毎日ただ鷗の群れて来るのを見るだけである。
花咲く小道も来客のために掃き清めることはかつてなかったが、
あなたを迎えるにあたって、わが家のよもぎでふいた門を今日初めて開きました。
皿に盛ったごちそうは、市場まで遠いので二種類はなく、
樽酒も、家が貧しいため、ただ古いどぶろくがあるだけです。
粗末な酒食ではありますが、どうぞ隣のおじいさんと一緒に飲みませんか。

隔テテ籬[6]ヲ呼ビ取リテ盡クサシメン餘杯ヲ●

籬《かき》を隔《へだ》てて呼《よ》び取《と》りて余杯《よはい》を尽《つ》くさしめん

垣根ごしに呼び寄せて、残りの酒を飲み尽くしましょう。

1. 花径　花の咲いている小道。**2. 蓬門**　よもぎでふいた門。粗末な門。**3. 盤飧**　皿に盛られた食物。**4. 兼味**　二種以上のおいしいごちそう。**5. 旧醅**　ふるいどぶろく。**6. 籬**　垣根《かきね》。

《鑑賞》　上元《じょうげん》二（七六一）年、杜甫五十歳の作。成都郊外の浣花草堂《かんかそうどう》の平和な日々の中に来客を迎えたことをうたう。前の「江村」と同じく、無心の鷗《かもめ》が群れ飛ぶ、気持ちのよい浣花渓《かんかけい》の春景色、頷聯《がんれん》は、客を迎えて浮き立つ心。頸聯《けいれん》は、精いっぱいのもてなしを謙遜《けんそん》していった。最後に、隣家の翁《おきな》が出て来て、ここでも、杜甫の村人との平生の交友が顔をのぞかせる。オーイ、と呼べばやってくる村人との心の交わり、それは陶潜《とうせん》の詩の世界でもある（48頁参照）。

《補説》　この詩の原注に「崔明府《さいめいふ》が相過《あいよ》ぎるを喜《よろこ》ぶ」とある。明府《めいふ》とは県令《けんれい》の雅称であるから、この詩は、崔《さい》という県令の訪問を迎えて作った詩ということになる。

春夜喜ブレ雨ヲ（春夜雨《しゅんやあめ》を喜《よろこ》ぶ）　杜甫《とほ》　**〈五言律詩〉**

好雨知リ二時[1]節ヲ一

好雨《こうう》時節《じせつ》を知《し》り

よい雨は、その降るべき時節を知っており、

當春乃發[2]生
春《はる》に当《あた》って乃《すなわ》ち発生《はっせい》す

隨風潛入夜
風《かぜ》に随《したが》って潜《ひそ》かに夜《よる》に入《い》り

潤物細無聲
物《もの》を潤《うるお》して細《こま》やかにして声無《こえな》し

野[3]徑雲倶黑
野《や》径《けい》雲《くも》は倶《とも》に黒《くろ》く

江[4]船火[5]獨明
江船火《こうせんひ》は独《ひと》り明《あきら》かなり

曉看紅濕處
暁《あかつき》に紅《くれない》の湿《しめ》れる処《ところ》を看《み》れば

花重錦[6]官城
花《はな》は錦官城《きんかんじょう》に重《おも》からん

春になると降り出して、万物が萌えはじめる。
雨は風につれて、ひそかに夜中まで降り続き、
万物をこまやかに、音もたてずに潤している。
野の小道も、たれこめる雲と同じように真っ黒であり、
川にうかぶ船のいさり火だけが明るく見える。
夜明け方に、赤いしめったところを見たならば、
それは錦官城に花がしっとりぬれて咲いている姿なのだ。

1．時節　雨の降るべき時節。**2．発生**　万物が生ずること。**3．野径**　野の小道。**4．江船**　川の上の船。**5．火**　いさり火。**6．錦官城**　成都（四川省《しせんしょう》成都市）の町。

《鑑賞》　上元《じょうげん》二（七六二）年、杜甫五十歳の作。成都郊外の浣花《かんか》草堂《そうどう》で春の雨をうたった詩である。

　前半は、春雨《はるさめ》のやわらかく降るさまをうたう。小ぬか雨が、風とともにやってくる、というのは、やはり陶潜《とうせん》の「山海経《せんがいきょう》を読《よ》む」（58頁）の、「微雨《びう》東《ひがし》より来《きた》り、好風之《こうふうこれ》と倶《とも》なう」をふまえるものだろう。

ここでは、雨を擬人化し、そのひそやかな到来を歓迎している。

後半は、夜の景と明朝の景をうたう。頸聯《けいれん》は、天も地も真っ黒な中に、いさり火の一点の赤をとらえ、その赤のイメージが、尾聯《びれん》の、朝の明るい光の中のぬれた花びらへと拡散してゆく。それは成都の町いっぱいに咲き満ちる花だ。詩中には「喜」の語一つないが、おのずから、あふれるような喜びがにじみ出るのである。

《補説》浣花草堂は成都の西七里、錦江《きんこう》にかかる万里橋の西、浣花渓《かんかけい》のほとりに位置する。また、ここからは遠く西北に万年雪をいただく西嶺《せいれい》も眺《なが》められた。杜甫はその漂泊の生活に終止符をうち、ここにようやく落ち着くべき草堂を得たのである。この草堂を営むと杜甫は多くの友人たちに詩を送り、桃やすももなどの果樹や竹などの苗木をもらいうけたりしている。

当時、関中《かんちゅう》（今の陝西省《せんせいしょう》の地方）では、飢饉《ききん》におそわれており、その経済生活は極度の混乱に陥っていた。その上中原《ちゅうげん》の戦乱や辺境の侵略も続いていた。成都はこれらのものから隔絶し、また物資も豊富であった。

この恵まれた地で、杜甫は草堂のまわりの荒れ地を開き、耕したり、子どもたちと釣りに興じたり、自然を楽しみ自然の中へ入りこんでいった。

それゆえにこの時期の詩に陶潜の影響が多く見られるのであろう。

茅[1]屋為秋風所破歌

（茅屋秋風《ぼうおくしゅうふう》の破《やぶ》る所《ところ》と為《な》る歌《うた》）

杜甫《とほ》 〈七言古詩〉

八月秋[2]高風怒[3]號●
卷我屋上三[4]重茅●
茅飛渡江灑[5]江[6]郊●
高者挂[7]罥長[8]林梢●
下者飄[9]轉沈塘[10]坳●
南村群童欺[11]我老
無力▲
忍[12]能對[13]面為盜賊▲

八月《はちがつ》秋《あき》高《たか》く風《かぜ》怒《ど》号《ごう》し
我《わ》が屋上《おくじょう》の三重《さんじゅう》の茅《かや》を巻《ま》く
茅《かや》は飛《と》んで江《こう》を渡《わた》り江郊《こうこう》に灑《そそ》ぎ
高《たか》き者《もの》は長林《ちょうりん》の梢《こずえ》に挂罥《かいけん》し
下《ひく》き者《もの》は飄転《ひょうてん》して塘坳《とうおう》に沈《しず》む
南村《なんそん》の群童《ぐんどう》我《わ》が老《お》いて力《ちから》無《な》きを欺《あなど》り
忍《しの》んで能《よ》く対面《たいめん》して盗賊《とうぞく》を為《な》し

八月の高い空に、風は怒りさけび、わが家の三重にふいた茅の屋根をまき上げて、飛ばしてしまった。茅は飛んで川を渡り、岸辺の野原に散らばって落ち、高く飛んだ茅は、高い林のこずえにひっかかり、低く飛んだ茅は、くるくると回りながら水たまりに落ち沈んでしまった。南村の子どもたちは、私が年老いて力がないとみくびって、むごいことにも、私の眼の前で泥棒をはたらいて、

公然抱茅入竹去
脣焦口燥呼不得▲
歸來倚杖自嘆息▲
俄頃風定雲墨色▲
秋天漠[14]漠向昏[15]黑▲
布[16]衾多年冷似鐵○
嬌[17]兒惡[18]臥踏[19]裏裂○
牀[20]頭屋[21]漏無乾處
雨脚如[22]麻未斷絕○
自經喪[23]亂少睡眠

公然《こうぜん》茅《かや》を抱《いだ》いて竹《たけ》に入《い》り去《さ》る
唇《くちびる》は焦《こ》げ口《くち》は燥《かわ》きて呼《よ》べども得《え》ず
帰《かえ》り来《きた》り杖《つえ》に倚《よ》って自《みずか》ら嘆息《たんそく》す
俄頃《がけい》風《かぜ》は定《さだま》って雲《くも》は墨色《ぼくしょく》
秋天漠漠《しゅうてんばくばく》として昏黒《こんこく》に向《むか》う
布衾《ふきん》多年《たねん》冷《つめた》きこと鉄《てつ》に似《に》たり
嬌児《きょうじ》悪臥《あくが》して裏《うら》を踏《ふ》んで裂《さ》く
牀頭《しょうとう》屋《おく》漏《も》りて乾処《かんしょ》無《な》く
雨脚《うきゃく》麻《あさ》の如《ごと》く未《いま》だ断絶《だんぜつ》せず
喪乱《そうらん》を経《へ》てより睡眠《すいみん》少《すく》なく

公然とその茅を抱いて、竹林の中に逃げ去ってしまう。
私が唇が焦げ、口がからからに乾燥するほど呼んでも追いつかない。
帰って来て、杖にすがって、一人でためいきをつくばかりだ。
しばらくして、風がやんで、雲がまるで墨を流したように真っ黒に出て、
秋の空はしだいに暗くなり、日が暮れていく。
木綿（もめん）のふとんは長年使ったので、
その冷たさは鉄のよう、
やんちゃな息子はねぞうが悪く、ふとんの裏側をけって破いてしまった。
ベッドの付近は雨もりがして、乾いた
場所もなく、
雨は麻糸のように細かく降って、まだやまない。
私は世の乱れに遭ってからというもの
睡眠時間が少なく、

長夜沾[24]湿何由徹
安[25]得廣[26]廈千[27]萬間●
大庇[28]天下寒[29]士俱[30]歡顔●
風雨不動安如山●
嗚呼何時眼前突[31]兀見此屋▲
吾廬獨破受凍死
亦足[32]▲

長夜沾湿《ちょうやてんしつ》して何《なに》に由《よ》ってか徹《てっ》せん
安《いず》くんぞ得《え》ん広廈千万間《こうかせんまんげん》
大《おお》いに天下《てんか》の寒士《かんし》を庇《かば》いて倶《とも》に歓顔《かんがん》せん
風雨《ふうう》にも動《うご》かず安《やす》きこと山《やま》の如《ごと》し
嗚呼《ああ》何《いず》れの時《とき》か眼前《がんぜん》に突兀《とっこつ》として此《こ》の屋《おく》を見《み》ん
吾《わ》が廬《いおり》は独《ひと》り破《やぶ》れて凍死《とうし》を受《う》くるも亦《また》足れり

この秋の夜長を濡れたままで、どうして夜を明かすことができようか。

どうにかして、柱と柱との間の数が、千も万もあるような大きな家を手に入れて、
大いに世の中の貧乏人たちを、覆いまもって、一緒に喜びの顔をしあいたいものだ。

その家は、風雨にビクともせず、山のように安定しているのだ。

ああ、いったいいつになったら、目の前に高くそびえるこの家を見ることができるだろうか。

この家を見ることができるならば、私のいおりだけが破壊されて凍死してしまっても、私はそれで満足なのだ。

1. 茅屋 茅《かや》でふいた屋根。 **2. 秋高** 秋空の高いこと。 **3. 怒号** 怒りさけぶ。 **4. 三重茅** 三重にふいた茅。 **5. 灑** 散らす。 **6. 江郊** 岸辺の野原。 **7. 挂罥** ひっかかる。 **8. 長林** 高い木々の林。

9．飄転　くるくると回る。**10．塘坳**　水のたまったくぼ地。**11．欺**　みくびる。**12．忍**　むごいことにも。**13．対面**　面とむかって。**14．漠漠**　暗い様。**15．昏黒**　日が暮れて暗くなる。**16．布衾**　木綿《もめん》でできたふとん。**17．嬌児**　やんちゃな息子。**18．悪臥**　ねぞうが悪い。**19．踏レ裏裂**　ふとんの裏を踏み裂《さ》く、つまり、足でけって裂く。**20．牀頭**　ベッドの付近。**21．屋漏**　雨もりする。**22．如レ麻**　麻のように雨が切れ目なく降る。**23．喪乱**　世の乱れ。安禄山《あんろくざん》の乱を指す。**24．沾湿**　濡《ぬ》れうるおう。**25．安得**　どうにかして……したいものだ。**26．広廈**　大きな家。**27．千万間**　間は柱と柱との間の意味で、それが千も万もある、とてつもなく大きな家。**28．庇**　おおいかばう。**29．寒士**　貧乏な人。**30．倶歓顔**　一緒に喜びの顔をしあう。**31．突兀**　高くそびえる様。**32．足**　満足する。

《鑑賞》　上元《じょうげん》二（七六一）年、杜甫五十歳の作。浣花草堂《かんかそうどう》で暴風に屋根を吹き飛ばされたことをうたう。ちょっと変わった詩である。大風に屋根の茅を吹き飛ばされてひどい目にあった、という題材も風変わりだが、村の悪童に茅を持って行かれ、口がカラカラになるほどどなるところ、家のやんちゃ坊主《ぼうず》がねぞうが悪くてふとんをけ破るところなど、深刻な出来事をユーモラスに描写しているのが、ことにおもしろい。このへんにも、陶潜《とうせん》が、自分の子どもの出来が悪いという深刻な問題を、ユーモラスにうたった「子《こ》を責《せ》む」（52頁）に通うものがある。

ただ、杜甫の場合、ユーモラスな暮らしの一コマは、それで終わらない。例によって、雨もりで寝られないことから天下の問題へと広がって行く。最後には、激した心が抑えられないで、九字、十一字の句をたたみかけ、みんなが安らかに住める大きな家が眼の前に出現したら、死んでもよい、とまで言い放つ。

ヒューマニズムという言葉が妥当かどうか、隣家の老翁《ろうおう》と酒をくみ、農村の父老と戦争を嘆き、権力にしいたげられる人民と悲しむ杜甫の心、それを歌にうたう詩人魂、いったいどういう人なのだろう、杜甫という人は。

《補説》 郭沫若《かくまつじゃく》は『李白《りはく》と杜甫』の中で「われわれをびっくりさせるのは、杜甫が貧しい群童を〝盗賊〟と罵《ののし》っていることだ。群童が風に飛ばされた茅を拾ったところで、いったいどれほど拾えるだろう。それなのに詩人は声がかれるほど大声を出して制止している。貧しい群童は〝盗賊〟であり、自分の子どもは〝嬌児《きょうじ》〟である。彼は自分の貧しさを訴えているが、農民たちは彼より百倍も貧しいことを忘れている」とか「まだ功名富貴《こうみょうふうき》を手に入れない、あるいは功名は立てたが富貴にはなれないでいる読書人だけをあたまにおいているのだ。どうしてそれを〝民〟または〝人民〟に拡大解釈できよう。農民の群童は風に飛ばされた茅を拾っただけで〝盗賊〟とよばれるのだから、そんな〝広い邸《やしき》〟に住むことをどうして農民たちが期待できよう。しかもそんな〝千万間の広い邸〟を建てるにはどれほどの人民の労役が必要か、詩人は想像したことがあるだろうか。気前がよいといえば気前がよい。〝天下の寒士〟がみんな喜びさえするなら、自分は破れ家で凍《こご》え死んでもかまわぬと言うのだから」などと評している。

登楼 （登楼《とうろう》） 杜甫《とほ》 **〈七言律詩〉**

花ハ近クシテ㆓高楼ニ㆒傷マシム[1]㆓客心ヲ㆒●

花《はな》は高楼《こうろう》に近《ちか》くして客心《かくしん》を傷《いた》ましむ

花が高楼の近くに咲き乱れている。しかし、それは喜びをもたらすものではなく、かえって私の旅心をいたませる。

萬[2]方多難此登[3]臨
錦[4]江春色來天地
玉[5]壘浮雲變古今
北[6]極朝廷終不改
西山寇[7]盜莫相侵
可憐後[8]主還祠廟
日暮聊爲梁[9]父吟

万方《ばんぽう》多難《たなん》此《ここ》に登臨《とうりん》す
錦江《きんこう》の春色《しゅんしょく》天地《てんち》に来《きた》り
玉塁《ぎょくるい》の浮雲《ふうん》古今《ここん》に変《へん》ず
北極《ほっきょく》の朝廷《ちょうてい》終《つい》に改《あらた》めず
西山《せいざん》の寇盗《こうとう》相侵《あいおか》すこと莫《な》かれ
憐《あわ》れむべし後主《こうしゅ》も還《また》廟《びょう》に祠《まつ》らる
日暮《じつぼ》聊《いささ》か為《な》す梁父吟《りょうほぎん》

あちらこちらとどこも多難であるこの時に、この楼に登ってながめている。錦江付近の春景色は、今を盛りと天地に満ちてきた。玉塁山付近に浮かぶ雲は、今も昔もいつも変化している。だが、北極星のように動かないわが朝廷は、結局変わることはないのだ。西山の泥棒よ。私の国を侵略するな。昔、蜀（しょく）の後主は亡国の君であったが、それでもなお廟にまつられている。これも諸葛孔明（しょかつこうめい）がいたからだ。この夕暮れに、孔明が愛唱した「梁父吟」を口ずさめば、その人がらがしのばれて感にたえない。

1. 客心　旅心。**2. 万方**　あちらこちら、至る所。**3. 登臨**　高い所に登りながめる。**4. 錦江**　成都を流れる川。蜀《しょく》の錦《にしき》はこの川でさらしたものである。**5. 玉塁**　成都の西北にある山。この山が吐蕃《とばん》との国境となっていたので、その侵略が絶えなかった。**6. 北極朝廷**　北極星が不動であるところから、唐王朝の不変であることをいう。**7. 寇盗**　泥棒《どろぼう》、ここは吐蕃を指す。**8. 後主**　蜀の劉禅《りゅうぜん》。諸葛《しょかつ》孔明《こうめい》の死後、魏《ぎ》の国に亡ぼされた。**9. 梁父吟**　諸葛孔明が愛唱した歌。

《鑑賞》 広徳《こうとく》二（七六四）年、杜甫五十三歳の作。この前年の十月、吐蕃（チベット）が長安に侵入し、占領するという事件が起こった。幸い代宗《だいそう》は陝州《せんしゅう》に難を逃れた。その後、郭子儀《かくしぎ》によって長安は回復された。この事件を半年遅れて耳にした杜甫が成都の高楼に登り、その感懐をうたった詩である。

前半は楼上からの景色をうたう。頷聯《がんれん》の「錦江の春色天地に来り、玉塁の浮雲古今に変ず」は杜詩《とし》の中でも名句として名高い。尾聯《びれん》の二句が、この詩の主眼である。堂々たる唐王朝に望まれるのは、諸葛孔明のような偉人の出現である。

《補説》 諸葛孔明が愛唱した「梁父吟《りょうほぎん》」とは「歩《ほ》して斉《せい》の城門《じょうもん》を出《い》で、遥《はる》かに蕩陰里《とういんり》を望《のぞ》む。里中《りちゅう》に三《さん》墳《ぶん》有《あ》り、累累《るいるい》として正《まさ》に相似《あいに》たり。問《と》う是《こ》れ誰《た》が家《いえ》の墓《はか》ぞ、田彊《でんきょう》 古冶子《こやし》。力《ちから》は能《よ》く南山《なんざん》を排《はい》し、文《ぶん》は能《よ》く地紀《ちき》を絶《た》つ。一朝《いっちょう》 讒言《ざんげん》を被《こうむ》り、二桃《にとう》三士《さんし》を殺《ころ》す。誰《たれ》か能《よ》く此《こ》の謀《はかりごと》を為《な》す、国相《こくしょう》 斉《せい》の晏子《あんし》なり」という詩である。

絶句（絶句《ぜっく》） 杜甫《とほ》 〈五言絶句〉

遅[1]日江山麗《ハシク》　遅日江山麗《ちじつこうざんうる》わしく
春風花草香《シ》●　春風花草香《しゅんぷうかそうかんば》し

暮れるのが遅い春の日に、川も山もうるわしく、春の風にのって、花や草の芳香が匂ってくる。

泥[2]融ケテ飛ビ二燕子一　　泥融《どろと》けて燕子《えんし》飛《と》び

沙暖カニシテ睡ル二鴛[3]鴦一●　　沙暖《すなあたた》かにして鴛鴦《えんおう》睡《ねむ》る

泥がとけたので、燕（つばくろ）は巣作りのため飛び交い、川べりの砂も暖かくなったので、おしどりがその上で眠っている。

1．遅日　暮れるのが遅い春の日。**2．泥融**　春になり、凍った土がとけること。**3．鴛鴦**　おしどり。

《鑑賞》広徳《こうとく》二（七六四）年、杜甫五十三歳の作。成都の郊外の草堂で春を迎え、その感懐をよんだ二首連作の第一首目である。杜甫は、この翌年には成都を去ってまた放浪の旅にでる。

この詩は春の景物を写実的にうたっている。前半は春景を、後半は自由に飛ぶ燕《つばくろ》、暖かい砂に眠る鴛鴦《おしどり》をうたう。この南国の春の中に、しばし没入して、安らぎを楽しもうとする杜甫の様子がうかがわれる。

絶句（絶句《ぜっく》）　杜甫《とほ》　〈五言絶句〉

江[1]碧[2]ニシテ鳥逾白ク　　江碧《こうみどり》にして鳥逾白《とりいよいよしろ》く

錦江（きんこう）の水は深いみどり色に澄み、そこに遊ぶ水鳥はますます白くみえる。

山青《クシテ》花欲《ス》レ然《エント》●
今春看[3]又過《グ》
何《レノ》日《カ》是《レ》帰年《ナラン》●

山青《やまあお》くして花然《はなも》えんと欲《ほっ》す
今春《こんしゅん》看《みすみす》又過《またす》ぐ
何《いず》れの日《ひ》か是《こ》れ帰年《きねん》ならん

山の木は緑に映（は）え、花は燃え出さんばかりに真っ赤である。今年の春もみるみるうちに過ぎ去ってしまおうとしている。いったい、いつになったら故郷に帰れるときが、やってくるのであろうか。

1. 江　錦江《きんこう》。**2. 碧**　濃いみどり。**3. 看**　手をつかねてどうしようもない感じをあらわす。

《鑑賞》　二首連作の第二首である。

前半では、目にもあざやかな春景色を十字の中に見事にとらえている。この異郷の自然が美しければ美しいほど、故郷への思いはつのる。これを後半でうたう。今年の春も過ぎようとしているのに、どうすることもできない今の境遇を深く悲しむのである。

「看」の字は、あれよあれよという間に今年も去ってしまうという杜甫の気持ちをうたい、千鈞《せんきん》の重みを持っている。

絶句　（絶句《ぜっく》）　杜甫《とほ》　〈七言絶句〉

兩[1]箇黄[2]鸝鳴翠柳
一[3]行白鷺上青天●
牕含西[4]嶺千[5]秋雪
門[6]泊東[7]呉萬里船●

両箇《りょうこ》の黄鸝《こうり》翠柳《すいりゅう》に鳴《な》き
一行《いっこう》の白鷺《はくろ》青天《せいてん》に上《のぼ》る
窓《まど》には含《ふく》む西嶺《せいれい》千秋《せんしゅう》の雪《ゆき》
門《かど》には泊《はく》す東呉《とうご》万里《ばんり》の船《ふね》

二羽のうぐいすが、緑の柳で鳴き、一列になって白鷺(しらさぎ)が青空を飛んで行く。
窓には西嶺の万年雪が、まるではめこんだように見え、
門には、東方の呉からはるばる万里もの航海をしてきた船が泊まっている。

1.両箇　二つ。**2.黄鸝**　コウライウグイス。**3.一行**　一列。**4.西嶺**　成都の西方にある雪山。**5.千秋雪**　万年雪。**6.門泊**　杜甫の草堂の東側に万里橋があり、ここは船泊まりで、東方へ向かう船はすべてここに集まった。**7.東呉**　東方の呉《ご》の地方。現在の江蘇省《こうそしょう》。

《鑑賞》　広徳《こうとく》二（七六四）年、杜甫五十三歳の作。四首連作の第三首に当たる。

この詩は前半、後半ともにきれいな対句《ついく》で構成されている。しかも数字と、色と、方角を表す修飾語が五ヵ所で十字もはめ込まれており、まるで一幅の絵画を見るような心地がする。

これは、あるいは律詩の中の二聯《れん》として作られたものかもしれない。「絶句」という題も、ここではそれを暗示しているようである。細かに見ると第一句は地上の景で近景、第二句は空の景で遠景、第三句は横に広がる山の遠景、第四句は一筋の川の近景、という具合に組み合わされて、立体感をかもし出しているのに気付く。

《補説》李《り》絶《ぜっ》杜《と》律《りつ》といわれるように杜甫の絶句は少ない。現存する絶句は百三十八首であり、約千五百首ある杜《と》詩《し》の中では一割にも満たない数である。

また、その絶句もほとんどが連作で占められていることを考える時、「詩史」といわれるように、社会の現実や主張をうたうには、やはり四句しかない絶句では無理であったのである。

倦夜（倦夜《けんや》）　杜甫《とほ》　**〈五言律詩〉**

竹涼ハ侵シ二臥[1]内ヲ一
野月ハ満ツ二庭隅ニ一●
重[2]露成シ二涓[3]滴ヲ一
稀星乍[4]チニ有無●
暗キニ飛ブ螢ハ自ラ照シ
水ニ宿ル鳥ハ相ヒ呼ブ●

竹涼《ちくりょう》は臥内《がだい》を侵《おか》し
野月《やげつ》は庭隅《ていぐう》に満《み》つ
重露涓滴《ちょうろけんてき》を成《な》し
稀星《きせい》乍《たちま》ち有無《うむ》
暗《くら》きに飛《と》ぶ蛍《ほたる》は自《みずか》ら照《てら》し
水《みず》に宿《やど》る鳥《とり》は相《あ》い呼《よ》ぶ

竹林の涼しさが、この寝室の中まで入ってきて、
野の月の光は、わが家の庭のすみずみまで満ちている。
葉に結んだ露は、やがてしずくとなって落ち、
空にまばらに出た星は、光ったり消えたりしている。
暗いところを飛ぶ蛍は、自分で光を放って照らし、
水辺に宿る鳥は、互いに呼びあっている。

萬[5]事ハ干[6]戈ノ裏
空シク悲シム清[7]夜ノ徂●クヲ

万事《ばんじ》は干戈《かんか》の裏《うち》
空《むな》しく悲《かな》しむ清夜《せいや》の徂《ゆ》くを

これらすべてのことは戦争の中で行われていることを思うと、この清らかな夜がすぎてゆくことを悲しく思うのである。

1. 臥内　寝室。**2. 重露**　露を結ぶこと。**3. 涓滴**　しずく。**4. 乍有無**　ここは星が輝いたり消えたりすること。**5. 万事**　すべての事。**6. 干戈**　戦争。**7. 清夜**　清らかな夜。

《鑑賞》 広徳《こうとく》二（七六四）年、杜甫五十三歳の作。成都の草堂で寝つかれぬ夜の思いをうたった詩である。第一句から第六句まで夜景をうたう。ここで注目すべきことは、各句ごとに竹・月・露・星・蛍《ほたる》・鳥とうたわれていることである。このような美しい自然に囲まれていながら戦乱を起こしている、とうたい出すのが最後の二句である。「干戈」と「清夜」の語が対照的に置かれており、杜甫の戦乱を嘆く心が強く訴えられるのである。

《補説》 頸聯《けいれん》の蛍・鳥はどちらも杜甫の象徴としてうたわれているようだ。あるかなきかの光を放って飛ぶ蛍、水辺でひっそりと連れを呼ぶ鳥、それは、杜甫の無力で孤独な姿にほかならない。杜甫がこのような動物などをうたう時には、そこに何らかの感懐をこめ、象徴的にうたうことが多い。

旅夜書[1]レ懐ヲ（旅夜《りょや》懐《おもい》を書《しる》す）　杜甫《とほ》　〈五言律詩〉

細草微風ノ岸
危[2]檣獨[3]夜ノ舟●
星垂レテ平野濶ク
月湧イテ大[4]江流ル●
名ハ豈ニ文[5]章ニテ著ハレンヤ
官ハ應ニ二老[6]病ニテ一休ム[7]●
飄[8]飄何ノ所レゾ似タル
天[9]地ノ一沙[10]鷗●

細草微風《さいそうびふう》の岸《きし》
危檣独夜《きしょうどくや》の舟《ふね》
星《ほし》垂《た》れて平野《へいや》濶《ひろ》く
月《つき》湧《わ》いて大江《たいこう》流《なが》る
名《な》は豈《あに》文章《ぶんしょう》にて著《あら》われんや
官《かん》は応《まさ》に老病《ろうびょう》にて休《や》むべし
飄《ひょう》飄《ひょう》何《なん》の似《に》たる所《ところ》ぞ
天地《てんち》の一沙鷗《いちさおう》

小さな草が、かすかな風にそよいでいるこの岸辺、
わたしは、帆柱が高くそびえた船で、独り眠られぬ夜をすごす。
星は広々とした平野に、低く垂れるように輝き、
月影は水面にわいて、波を輝かせながら長江は流れる。
人の名声というものは、文学などによってあらわれるものではない。
そうとはいえ、官吏としての勤めも、年老いては辞めるのが当然のことなのだ。
飄飄と漂泊の身はいったい何に似ているのだろうか。
果てない天地の間を飛び回る一羽の砂浜のかもめのようなものだ。

1.書懐　思いを書きつけること。述懐に同じ。**2.危檣**　高い帆柱。**3.独夜**　独り眠れずにいる夜。**4.大江**　長江《ちょうこう》。**5.文章**　文学。**6.老病**　年をとり病気がちのこと。**7.休**　辞職すること。永《えい》泰《たい》元（七六五）年正月、杜甫は節度《せつど》参謀検校工部《さんぼうけんこうこうぶ》員外郎《いんがいろう》の職を退いている。**8.飄飄**　風の吹くままにさまようこと。漂泊すること。**9.天地**　天と地の間。**10.沙鷗**　砂の上にいるかもめ。

《鑑賞》　永泰元（七六五）年、杜甫五十四歳の作。この年の五月、成都の草堂をあとにし、長江を下って渝州《ゆしゅう》（重慶）に向かったその途中の感慨をうたった詩である。

この詩は、よく人に知られた傑作である。「星垂」「月湧」の聯《れん》が、ことにすぐれている。満天の星を「垂」れる、といったところに、ただの広がりではなく、その星の下に押しつぶされるような作者の姿を感ぜしめる。月の光が「湧」く、といったところに、滾々《こんこん》として流れる長江の永遠の力が感じられ、それは、人間の小ささを浮き彫りにする。このようにこの聯は大きな自然をうたうと同時に、小さな人間をもとらえているのだ。そして、首聯《しゅれん》の何気ない旅夜の描写の中にも、「細」「微」の語が配せられて、後の「官は応に老病にて休むべし」の、己の姿と相応じ、「危」「独」の語が乱世の中の孤独を暗示して、結句の「天地の一沙鷗」に応じているのである。景と情が混然と溶け合った、見事な作である。

秋興　（秋興《しゅうきょう》）　杜甫《とほ》　**〈七言律詩〉**

玉[1]露凋[2]傷ス楓[3]樹ノ林●
玉露凋《ぎょくろちょう》傷《しょう》す楓樹《ふうじゅ》の林《はやし》

玉のような露が、かえでの林をしぼませ傷つける。

巫[4]山巫[5]峽氣蕭[6]森●
江[7]間ノ波浪ハ兼[8]ネテレ天ヲ湧キ
塞[9]上ノ風雲接シテレ地ニ陰ル●
叢菊兩[10]タビ開ク他[11]日ノ涙
孤舟一[12]ヘニ繫グ故園ノ心●
寒[13]衣處處催シ二刀[14]尺ヲ一
白[15]帝城高クシテ急ナリ二暮[16]砧一●

巫《ふ》山《ざん》巫《ふ》峡《きょう》気《き》蕭森《しょうしん》
江間《こうかん》の波浪《はろう》は天《てん》を兼ねて湧《わ》き
塞上《さいじょう》の風雲《ふううん》は地《ち》に接《せっ》して陰《くも》る
叢菊《そうぎく》両《ふた》たび開《ひら》く他日《たじつ》の涙《なみだ》
孤舟《こしゅう》一《ひと》えに繋《つな》ぐ故園《こえん》の心《こころ》
寒衣《かんい》処処《しょしょ》刀尺《とうせき》を催《もよお》し
白帝城《はくていじょう》 高くして暮砧《ぼちん》急《きゅう》なり

巫山や巫峡のあたりには、秋の気配が静かにものさびしくたちこめている。巫峡を流れる長江に立つ波は、天をもうつかのようにわき立ち、とりで付近の風雲は、地に接するほど低く垂れこめてあたりを暗くする。群れ菊の開花を見たのは、これで二度目である。これを見て過去の日々を思い、また涙を流す。乗ってきた小船を、岸につないでいるのは、私の望郷の心をつないでいるのだ。冬服の準備をする時となり、あちこちでその支度で裁縫に追われている。白帝城が高くそびえ、夕方のきぬたの音がせわしげに聞こえてくる。

1. 玉露　玉のような露。**2. 凋傷**　しぼませ傷つけること。**3. 楓樹林**　かえでの林。**4. 巫山**　夔州《きしゅう》（四州省奉節県《しせんしょうほうせつけん》）の東にある山。**5. 巫峡**　三峡の一つで、巫山《ふざん》の下にある峡谷。**6. 蕭森**　静かでものさびしいこと。**7. 江間**　江上と同じ。長江《ちょうこう》の流れ。**8. 兼レ天**　天に届くこと。**9. 塞上**　とりでの付近。**10. 両開**　二度開くこと。**11. 他日涙**　過去を思い、流す涙。**12. 一繫**　ひたすらつなぐこと。**13. 寒衣**　冬服。**14. 刀尺**　はさみとものさしで、裁縫のこと。**15. 白帝城**　夔州の白帝山の上にある城。李白《りはく》に「早《つと》に白帝城《はくていじょう》を発《はっ》す」（189頁参照）がある。**16・暮砧**　夕暮れのきぬたを打つ音。

《鑑賞》大暦《たいれき》元（七六六）年、杜甫五十五歳の作。前年、成都をあとにした杜甫は、長江を下り、結局夔州（四川省奉節県）に落ち着いた。杜甫はこれから二年間をこの地で暮らすこととなる。この地で秋を迎えて、その孤独を感じて作った八首連作の第一首である。

前半は夔州の秋景をうたう。首聯《しゅれん》はそれを水平な広がりで、頷聯《がんれん》は垂直な広がりでうたう。この前半の景色に触発されて頸聯《けいれん》の情がうたわれる。「孤舟」はとりも直さず孤独な杜甫自身であり、厳しい世の中にあって、異郷をさまよい続ける哀感がにじみ出ている。最後に冬支度《ふゆじたく》のきぬたの音がせわしく聞こえて、さらに孤独の寂寥《せきりょう》をかきたてるのである。

《補説》正岡子規《まさおかしき》は『竹の里歌《たけのさとうた》』の中で「秋興《しゅうきょう》八首《しゅ》」をよんでいる。

旅枕菊咲き楓《かえで》おとろへてをちこち城にころも擣《う》つなり
みやこ路を思へば猿の声すなり蘆《あし》のはな散る山川の月
時を得てむかしの友は栄ゆらん釣する翁見れば悲しも
秋ふかき都はありし様ならで見知らぬ人の車やるらん
御前近く立ちまじらひて仕へしは昔なりけり秋老いんとす
玉の殿錦の船もなかりけり秋かぜ白し大みやどころ
棚機《たなばた》の五百機《いおはた》朽ちて鯨浮く池の蓮《はす》散る鄙《ひな》に住むわれは
我昔みやこの春をうたひけん草摘《つ》むをとめ空を漕《こ》ぐ船

復愁《フ》（**復**《また》**愁**《うれ》**う**）　杜甫《とほ》　**〈五言絶句〉**

萬[1]國尚戎[2]馬　　万国《ばんこく》尚《なお》戎馬《じゅうば》
故[3]園今若何　　故園《こえん》今《いま》若何《いかん》
昔歸《リシトキ》相[4]識少《ナリ》　　昔《むかし》帰《かえ》りしとき相識《そうしき》少《まれ》なり
蚤[5]《ク》已《ニ》戰場多《シ》　　蚤《はや》く已《すで》に戦場《せんじょう》多《おお》し

どこの国でも今なお戦争が続いている。故郷はいまどうなっているだろうか。昔帰った時でさえも、皆徴兵されて知り合いの人はまれであった。その時からもう戦場が多くなっていたのだ。

1. 万国　すべての国。**2. 戎馬**　武器と軍馬の意から、戦争のこと。**3. 故園**　故郷。**4. 相識**　知り合いの人。顔見知りの人。**5. 蚤已**　その時すでに。

《鑑賞》　大暦《たいれき》二（七六七）年、杜甫五十六歳の作。夔州《きしゅう》での胸にわきおこる憂いをうたった詩で、十二首連作の第三首である。

この作品の前に、「解悶《かいもん》」（悶《うれ》いを解《と》く、の意）と題する詩十二首の連作があるので、「復愁う」としたものだろう。

前半が現在、後半が過去をうたう。杜甫が故園というのは長安か洛陽《らくよう》だが、ここでは、「昔帰りしとき」というので、乾元《けんげん》元（七五八）年、華州司功参軍《かしゅうしこうさんぐん》の時、洛陽へ立ち寄ったことを指しているのだろう。とすると、あれから十年、安史《あんし》の乱に引き続いて吐蕃《とばん》（チベット）、回紇《かいこつ》（ウイグル）の侵入と、戦乱の絶え間もない。迫りくる老いと病気（このごろ左耳が聞こえなくなった）に、すっかりまいってしまっていたのだ。

登[1]高（登高《とうこう》）　杜甫《とほ》　〈七言律詩〉

風[2]急ニ天[3]高クシテ猿[4]嘯哀シ●
渚清ク沙白クシテ鳥飛ビ廻ル●
無[5]邊ノ落[6]木ハ蕭[7]蕭トシテ下リ
不[8]盡ノ長[9]江ハ滾[10]滾トシテ來ル●
萬[11]里悲[12]秋常ニ作[13]レリ客ト
百年多病獨リ登ルレ臺ニ●

風急《かぜきゅう》に天高《てんたか》くして猿嘯《えんしょう》哀《かな》し
渚《なぎさ》清《きよ》く沙白《すなしろ》くして鳥飛《とりと》び廻《めぐ》る
無辺《むへん》の落木《らくぼく》は蕭蕭《しょうしょう》として下《くだ》り
不尽《ふじん》の長江《ちょうこう》は滾滾《こんこん》として来《きた》る
万里《ばんり》悲秋《ひしゅう》常《つね》に客《かく》と作《な》り
百年多病独《ひゃくねんたびょうひと》り台《だい》に登《のぼ》る

風は激しく吹き、空は高く澄みわたり、猿のなき声が悲しく聞こえる。
揚子江の渚は清く、砂はまっ白で、その上を鳥が輪をかいて飛んでいる。
果てしもない落ち葉は、さびしい音を立てながら散り、
尽きることのない長江の流れは、あとからあとからわきたつように流れてくる。
故郷を万里も離れた他郷の地で、もの悲しい秋にあい、またもかわらず旅人の身だ。
そのうえ生涯病気がちで、この重陽の節を迎え、一人でこの高台に登った。

艱[14]難苦ダ恨ム繁[15]霜ノ鬢
潦[16]倒新[17]タニ停ム濁酒ノ杯●

艱難苦《かんなんはなは》だ恨《うら》む繁霜《はんそう》の鬢《びん》
潦倒《ろうとう》新《あら》たに停《とど》む濁酒《だくしゅ》の杯《はい》

思えば、苦労を重ねたため、まっ白になってしまったびんの毛がとてもうらめしい。
老いぼれてしまったので、せめてもの慰めとしていた濁り酒を飲むことも、最近やめてしまった。

1. 登高　重陽《ちょうよう》の節句に高い所に登り、酒宴を開くこと。**2. 風急**　風が激しく吹く。**3. 天高**　青空が澄みわたる。**4. 猿嘯**　猿が声を長く引いて鳴く。**5. 無辺**　どこまでも果てしない。**6. 落木**　落ち葉する木。**7. 蕭蕭**　葉がものさびしく落ちる様。**8. 不尽**　尽きることのない。**9. 長江**　揚子《ようす》江《こう》。**10. 滾滾**　水がわきたつように盛んに流れる様。**11. 万里**　故郷から一万里も遠く離れている。**12. 悲秋**　もの悲しい秋。**13. 作レ客**　旅人となる。**14. 艱難**　困難と苦しみ。**15. 繁霜鬢**　すっかり白くなった鬢《びん》の毛。**16. 潦倒**　老いぼれる。**17. 新停**　酒をやめたばかり。

《鑑賞》　大暦《たいれき》二（七六七）年、杜甫五十六歳の作。夔州《きしゅう》（四川省奉節県《しせんしょうほうせつけん》）で重陽の節を迎え、台に登り自己の悲哀をうたったもの。

前半の景は、第一句が上、第二句が下、第三句が広がり、第四句が奥行き、といった構成になっており、台上の秋景が立体的に描かれている。首聯《しゅれん》は、耳をつんざく猿の声と、目に著《しる》き水鳥の姿が、はげしい風と、青い空の下にくっきりと印象づけられる。頷聯《がんれん》は、変化するものと変化しないものの対比である。見渡すかぎりの落ち葉とコンコンと流れる長江、大自然のただ中に、小さな老いた詩人の姿が浮かび上がる。そして後半の、哀痛《あいつう》をきわめる感慨が呼び起こされるのだ。ことに、この悲しみをはらすのに、せめて酒でも飲まずにはいられないものを、老いぼれてしまって、その酒も飲めなくなったという結句は、涙なしには読めないほどだ。

この詩は、四聯《れん》とも対句《ついく》になっている（全対格《ぜんついかく》）が、その形式からくるわずらわしさがなく、一息に流れている。明《みん》代の評論家胡応麟《こおうりん》は、古今七律の第一と賞賛しているが、まことにみごとな作品である。

登ル二岳[1]陽楼ニ一（岳陽楼《がくようろう》に登《のぼ》る）　杜甫《とほ》　**〈五言律詩〉**

昔聞ク洞[2]庭ノ水　昔《むかし》聞《き》く洞庭《どうてい》の水《みず》
今上ル岳陽楼●　今上《いまのぼ》る岳陽楼《がくようろう》
呉[3]楚東南ニ坼ケ　呉楚《ごそ》東南《とうなん》に坼《さ》け
乾[4]坤日[5]夜浮カブ●　乾坤日夜《けんこんにちや》浮《う》かぶ
親[6]朋無[7]ク二一字一　親朋一字《しんぽういちじ》無《な》く

昔から洞庭湖の壮大さについてうわさに聞いていたが、
今、岳陽楼に上って、眼前にその湖面をながめている。
呉の国と楚の国は、それぞれこの湖によって東と南に引き裂かれており、
その湖面には、天地宇宙すべてのものが昼夜の別なく影を落として浮動している。
さて今の私には、親類や友人から一字の便りさえなく、

老[8]病有リ二孤舟一●
戎[9]馬関[10]山ノ北
憑[11]レバ軒ニ涕[12]泗流ル●

老病《ろうびょう》 孤舟《こしゅう》有《あ》り
戎馬《じゅうば》関山《かんざん》の北《きた》
軒《けん》に憑《よ》れば涕泗《ていし》流《なが》る

この老いて病む身に、ただ一そうの船があるだけだ。
思えば、今なお戦乱が関所や山を隔てた北の故郷では続いている。
楼上の手すりに寄りかかっていると、涙が流れ落ちるばかりである。

1.**岳陽楼** 現在の湖南省岳陽県《がくようけん》にある岳陽城の西南に建てられた楼《たかどの》の名。洞庭湖《どうていこ》の東北に位置し、ここから眺望《ちょうぼう》する景観は名高い。 2.**洞庭水** 洞庭湖。湖南省北部にある中国第二の湖。 3.**呉楚** 春秋《しゅんじゅう》時代の国の名前で、呉《ご》は現在の江蘇《こうそ》・浙江《せっこう》省、楚《そ》は湖北・湖南省を指す。 4.**乾坤** 天と地。 5.**日夜浮** 昼夜の別なく浮かぶ。 6.**親朋** 親類と友人。 7.**無二一字一** 一字の音信もない。 8.**老病** 年をとって病気がち。 9.**戎馬** 戦争。戦乱。 10.**関山** 関所や山。 11.**憑レ軒** 手すりにもたれる。 12.**涕泗** 涙。

《鑑賞》 大暦《たいれき》三（七六八）年、杜甫五十七歳の作。この年の晩春に、長安に帰ろうと夔州《きしゅう》から長江《ちょうこう》を下るが、行けずに岳州《がくしゅう》（湖南省岳陽県）にとどまった。洞庭湖のながめはすばらしいと昔から聞いていて、一度来たいと思っていたが、今、はからずも流浪《るろう》の旅の末に来たのだった。なるほど、聞きしにまさる景色だ。頷聯《がんれん》は思い切った表現で、その感動をうたう。この聯《れん》は、孟浩然《もうこうねん》の「気《き》は蒸《む》す雲夢沢《うんぼうたく》、波《なみ》は撼《ゆる》がす岳陽城《がくようじょう》」〈洞庭《どうてい》に臨《のぞ》む〉（129頁）の聯と並んで、由来、洞庭湖をうたう代表の句となっている。

後半は、この大きな自然の中に、みじめな姿をとどめる己《おのれ》をうたう。ここでも、自己の悲傷から発して天下国家に及ぶという、杜甫の詩の特色が見られる。岳陽楼の手すりにもたれて、遠く都の空をしのびながらいつまでも泣いている老残の杜甫の姿が、深い感動をもって迫ってくる。

▽●印は押韻を示す。140頁参照。

江[1]南逢李[2]龜年（江南《こうなん》にて李亀年《りきねん》に逢《あ》う）　杜甫《とほ》　〈七言絶句〉

岐[3]王宅裏尋常見
崔[4]九堂前幾度聞●
正是江南好風景
落花時節又逢君●

岐王《きおう》の宅裏《たくり》尋常《じんじょう》に見《み》
崔九《さいきゅう》の堂前《どうぜん》幾度《いくたび》か聞《き》く
正《まさ》に是《こ》れ江南《こうなん》の好風景《こうふうけい》
落花《らっか》の時節《じせつ》又君《またきみ》に逢《あ》う

昔、岐王様のやかたでしょっちゅうお目にかかりましたし、崔九様の座敷の前では、何度もあなたの歌を聞きました。今はちょうど、都から遠く離れた江南地方の晩春の好風景の中にいます。ハラハラと花びらの散るこの時節に、またあなたに出会うとは思いもかけないことでした。

1. 江南　この詩では洞庭湖《どうていこ》の南の地方を指す。**2. 李亀年**　玄宗に仕えた楽人《がくじん》。**3. 岐王**　玄宗の弟李範《りはん》。**4. 崔九**　崔滌《さいてき》という貴族。

《鑑賞》 大暦《たいれき》五（七七〇）年、杜甫五十九歳の作。杜甫は流れて潭州《たんしゅう》（湖南省長沙市《ちょうさし》）に着いた。なお、杜甫はこの年の暮れ、このあたりでの舟中《しゅうちゅう》に死ぬ。

李亀年《りきねん》は、玄宗朝華やかなりし時代の、いわばスターだった。少年時代の杜甫は、父に連れられて出入りした貴族のサロンで、その姿をまぶしく見たのだろう。それが、尾羽《おは》うち枯らして老いた身でドサ回りの旅の途中ここ潭州に来ていた李亀年に、バッタリ会ったのだ。おりしも晩春の好時節、ハラハラと散る花の下で、思わず手を取り合って泣いたのだろう。明るい戸外の光景が、老いた身と裏腹に、いっそうの悲しみをそそる。

杜甫の死ぬ年の作品と思えば、感慨もまたひとしおのものがある。

《補説》 杜甫は大暦五（七七〇）年四月、潭州（湖南省長沙市）で乱が起きたため、この乱を避けて、湘江《しょうこう》を南にむけてさかのぼり、衡州《こうしゅう》（湖南省衡陽県《こうようけん》）に逃れた。ここからさらに郴州《ちんしゅう》（湖南省郴県）へ向かう途中、耒陽《らいよう》（湖南省耒陽県）で大水に遭った。この大水のため食糧を得ることができずにいるところへ、耒陽の県令《けんれい》（県の長官）から牛肉と白酒とを贈られ、これを食べすぎたために五十九歳の生を閉じたというのが、杜甫の死についての一般的な説である。

岑参《しんじん》

〔盛唐〕（七一五?～七七〇）

字《あざな》は不詳。荊州《けいしゅう》江陵《こうりょう》（湖北省江陵県《こほくしょうこうりょうけん》）の人。曾祖父《そうそふ》、祖父《そふ》のいとこ、伯父《おじ》の三人が宰《さい》相《しょう》となった名門の出身。幼い時に父を亡くしたため貧しく、苦学して、天宝三（七四四）年三十歳のころ、進士に二位で及第した。天宝八（七四九）年、安西節度使《あんせいせつどし》の掌書記《しょうしょき》となり、また、天宝十三（七五四）年には安西都護府《とごふ》の節《せつ》度判官《どはんがん》となって従軍し、新疆《しんきょう》方面を見聞した。この体験にもとづいた詩は、塞外《さいがい》のすさまじい風景に思う存分詩想をめぐらせており、七言歌《しちごんか》行《こう》にユニークな作品がある。高適《こうせき》（255頁）、王《おう》昌齢《しょうれい》（141頁）、王之渙《おうしかん》（136頁）などとともに辺《へん》塞《さい》詩人として知られている。

至徳《しとく》二（七五七）年、杜甫《とほ》などの推薦によって右補闕《うほけつ》（天子を諫《いさ》める官）となる。永泰《えいたい》元（七六五）年、嘉州《かしゅう》（四川省楽山県《しせんしょうらくざんけん》）刺史《しし》の任を受けたが、蜀《しょく》が混乱していたため、二年後にようやく赴任《ふにん》した。翌年その任期を終えて長安に帰ろうとし、群盗にはばまれて成都《せいと》（四川省成都市）に止《とど》まっているうちに、旅館で病気のため死んだ。『岑嘉州集《しんかしゅうしゅう》』七巻がある。

胡笳ノ歌送ル[1]三顔眞卿ノ使シテ赴クヲ二河隴一ニ

（胡笳《こか》の歌《うた》、顔真卿《がんしんけい》の使《つか》いして河隴《かろう》に赴《おもむ》くを送《おく》る）　岑参《しんじん》

〈七言古詩〉

君不ヤレ聞カ[2]胡笳ノ聲最モ悲シキヲ●

君聞《きみき》かずや胡笳《こか》の声最《こえもっと》も悲《かな》しきを

君聞きたまえ、胡笳の音のこの上もなく悲しい響きを。

紫髯緑眼胡人吹[3]
吹之一曲猶未了
愁殺樓蘭征戍兒
涼秋八月蕭關道
北風吹斷天山草
崑崙山南月欲斜
胡人向月吹胡笳
胡笳怨兮將送君
秦山遙望隴山雲
邊城夜夜多愁夢

紫髯緑眼《しぜんりよくがん》の胡人《こじん》吹《ふ》く
之《これ》を吹《ふ》いて一曲《いつきよく》 猶《な》お未《いま》だ了《おわ》らざるに
愁殺《しゆうさつ》す楼蘭征戍《ろうらんせいじゆ》の児《じ》
涼秋《りようしゆう》 八月蕭関《はちがつしようかん》の道《みち》
北風吹断《ほくふうすいだん》す天山《てんざん》の草《くさ》
崑崙山南月斜《こんろんさんなんつきなな》めならんと欲《ほつ》し
胡人月《こじんつき》に向《む》かいて胡笳《こか》を吹《ふ》く
胡笳《こか》の怨《うら》み将《まさ》に君《きみ》を送《おく》らんとす
秦山遥《しんざんはる》かに望《のぞ》む隴山《ろうざん》の雲《くも》
辺城《へんじよう》 夜夜《やや》愁夢多《しゆうむおお》し

赤いひげ、青い目の北方の異人が吹いているのだ。

胡笳を吹いて、その一曲がいまだ終わらぬうちに、

遠い楼蘭に出征している健児を、深い愁いに沈ませる。

今は仲秋の八月、君の赴く蕭関の道を思いやれば、

そこには激しい北風が天山の草をちぎらんばかりに吹きすさんでいることだろう。

はるかかなた、崑崙山の南には月が落ちかかろうとし、

北の異人はその月に向かって胡笳を吹くことだろう。

この胡笳の怨みのこもった音で、今君を見送ろうとし、

ここ秦の山々からはるかに君のゆく隴山の雲を見やる。

辺境の町では、毎夜旅愁に満ちた夢が多かろう。

向カヒテレ月ニ胡笳誰カ喜バンレ聞クヲ●

月《つき》に向《む》かいて胡笳《こか》誰《たれ》か聞《き》くを喜《よろこ》ばん

月に向かって吹く胡笳の音を、だれが喜んで聞くことだろうか。

1．顔真卿　（七〇九～七八五）　臨沂《りんぎ》（山東省《さんとうしょう》臨沂県）の人。字《あざな》は清臣《せいしん》。玄宗、粛宗《しゅくそう》、代宗、徳宗の四代につかえ、安禄山《あんろくざん》の乱（七五五）で大功を立てた忠臣である。常に節を曲げず、そのために権臣らに嫌《きら》われて、しばしば左遷された。最後は李希烈《りきれつ》の反乱（七八三）の際、帰順を勧めに行って殺された。書家としても知られる。**2．胡笳**　胡人《こじん》（北・西方異民族）が用いた笛。もと蘆《あし》の葉を巻いて作ったが、後には木や竹によったという。その音は悲愁の情が満ちていると感ぜられ、「悲笳《ひか》」という語がある。**3．紫髯緑眼**　赤ひげ、青い目。この胡人はペルシア系と思われる。当時、ササン朝ペルシアが滅びて、この地方に多く流れて来た。なお、ひげは染めたもの、という説もある。

《鑑賞》　この詩は天宝七（七四八）年、顔真卿《がんしんけい》が監察御史《かんさつぎょし》として河隴《かろう》に出張する時、まだ西域に行ったことのない岑参が、長安で彼を見送って作ったとされている。したがってこの詩は、岑参がまだ見ぬ西域をあこがれと想像でうたい上げたものということになる。長安付近の送別の宴で演奏された胡笳《こか》の悲しげな響きは、詩人の想像力を、寒々とした蕭関《しょうかん》の道に、北風の吹きすさぶ天山に、月の落ちかかる崑崙山《こんろんざん》にと自由にさまよわせる。そして、この巨大な西域の俯瞰《ふかん》図は、ちょうど八ミリのズームをしぼるように、画面がグッと近づいて、白々とした月の光を一面に浴びて山陰《やまかげ》に胡笳を吹く一人の胡人の姿となる。

岑参の想像力は胡笳の音に凝縮《ぎょうしゅく》して、その調べの中に、見渡す限り平原が続く西域に身を置いたときの、孤独の思いと望郷の念までを感じ取っている。

《補説》 岑参はこの詩を作った翌天宝八（七四九）年から二度にわたって節度使《せつどし》の幕僚《ばくりょう》として実際に西域に行き、エキゾチックな雰囲気《ふんいき》に満ちた独特《どくとく》の詩をいくつも書いた。その詩の中には、熱海《ねっかい》、火山、天山の雪、等の、中国本土では見られない風物を表す語がたくさん使われている。

その一つ「火山《かざん》を経《へ》る」を紹介する。

「火山今始見／突兀蒲昌東／赤焔焼㆓虜雲㆒／炎氛蒸㆓塞空㆒／不㆑知陰陽炭／何独燃㆓此中㆒／我来厳冬時／山下多㆓炎風㆒／人馬尽汗流／孰知造化功（火山今始《かざんいまはじ》めて見《み》る。突兀《とっこつ》たり蒲昌《ほしょう》の東《ひがし》。赤焔《せきえん》は虜雲《りょうん》を焼《や》き、炎氛《えんふん》は塞空《さいくう》を蒸《む》す。知《し》らず陰陽《いんよう》の炭《すみ》の、何《なん》ぞ独《ひと》り此《こ》の中《うち》に燃《も》ゆるを。我来《われき》たるは厳冬《げんとう》の時《とき》なるも、山下《さんか》に炎風多《えんぷうおお》く、人馬《じんば》尽《ことごと》く汗流《あせなが》る。孰《たれ》か知《し》らん造化《ぞうか》の功《こう》を）」〈経㆓火山㆒（火山《かざん》を経《へ》る）〉

（今始めて見る火山は、蒲昌の東にそびえている。赤い火炎は異国の雲を焼くほど高く吹き上がり、炎の熱気は辺塞《へんさい》の空を蒸すほど熱い。陰と陽の気はどうしてこの山の中だけで燃えているのだろうか。私は真冬に来たのだが、山のふもとには熱風が吹きつけて、人も馬も皆汗を流している。造化の働きをだれがはかりしることができよう）

この詩はいかにも雄大な、火を吐く山をうたっているようであるが、唐代にこの付近に活火山はなかった。作者が見たのはおそらく赤い山肌《やまはだ》の、炎の形をした山だったろうと言われている。

磧[1]中ノ作（磧中《せきちゅう》の作《さく》） 岑参《しんじん》 〈七言絶句〉

走ラセテ㆑馬ヲ西ヘ來タリ欲ス[2]㆑到ラント㆑天ニ●　馬《うま》を走《はし》らせて西《にし》へ来《き》たり天《てん》に到《いた》らんと欲《ほっ》す

馬を走らせて西へ西へと進み、天に行きつかんばかりである。

辭シテレ家ヨリ見ル二月ノ兩回圓カナルヲ一●
今夜不レ知ラ何レノ處ニカ宿セン
平[3]沙萬里絶ユ二人煙一●

家《いえ》を辞《じ》してより月《つき》の両回円《りょうかいまど》か
なるを見《み》る
今夜《こんや》知《し》らず何《いず》れの処《ところ》にか宿《しゅく》せん
平沙《へいさ》万里《ばんり》人煙《じんえん》絶《た》ゆ

家を出てから月がもう二回も満月となった。
今夜はどこに宿をとろうか、何のあてもない。
見渡す限りの砂漠は万里のかなたにまで続き、人家の煙はどこにも見えない。

1.磧　元来は水の中に石のある所を磧《せき》という。ここでは砂漠を指す。**2.欲レ到レ天**　「欲」は「そういう状態になろうとする」「ならんばかり」の意味。砂漠の地が西に向かうほど高く、地平線のかなたにまで続いているので、まるで天に向かって進んで行くように錯覚されるのである。**3.平沙**　平坦で広い砂漠。

《鑑賞》　節度使の幕僚として西域を旅していた時の、砂漠の果てしない広がりをうたった作品である。

西へ西へと馬を走らせて来たが、目の前に続く砂漠の道はなお地平線のかなた、天にまで続いている。今夜はちょうど満月で、砂漠一面に月の光が明るい。そういえば、旅に出てから二度目の満月であった。長安では暦《こよみ》をめくって予定をたてたりして暮らしているわけだが、ここ西域ではひたすら旅をし異民族と戦いをしているうちに、気がついたらもう二ヵ月もたっていたのだ。この二句目のなにげない表現の中に、西域での非日常的な雰囲気が表されている。

後半の二句では、果てしない大自然の中にポツンと置かれた寄辺《よるべ》ない人間の孤独と絶望とが、万里四方の砂漠に無限に広がっていくように感じられる。特に最後の「万里人煙絶ゆ」の部分は、作者の感情を直接表現する言葉はないのに、人間を拒絶する大砂漠の中にいる寂しさがひしひしと感じられて、すぐれたできばえである。

この詩は、王維《おうい》の五言律詩「使《つかい》して塞上《さいじょう》に至《いた》る」（168頁）と並ぶ辺塞詩《へんさいし》の名編と言われている。

逢フ二入ルレ京ニ使ニ一（京《けい》に入《い》る使《つかい》に逢《あ》う）　岑参《しんじん》　**〈七言絶句〉**

故[1]園東ニ望メバ路漫[2]漫タリ
雙袖龍[3]鐘トシテ涙不レ乾カ●
馬上相逢ウテ無シ二紙筆一
憑[4]ッテレ君ニ傳[5]語シテ報ゼン二平[6]安ヲ一●

故園《こえん》東《ひがし》に望《のぞ》めば路漫漫《みちまんまん》たり
双袖《そうしゅう》竜鐘《りゅうしょう》として涙《なみだ》乾《かわ》かず
馬上《ばじょう》相逢《あいお》うて紙筆《しひつ》無し
君《きみ》に憑《よ》って伝語《でんご》して平安《へいあん》を報《ほう》ぜん

ふるさとの方、東方を見やると、道ははるばると果てしなく遠い。それを思うと悲しくて、両袖（りょうそで）に涙がはらはらとこぼれ、乾くひまもない。
馬上で出会ったのだから、手紙を書くための紙と筆の用意もない。そこであなたにことづてを頼んで、無事でいることを家族に伝えよう。

1. 故園　故郷。作者の郷里は江陵《こうりょう》であるが、ここでは、家族のいる長安を指す。**2. 漫漫**　果てしない様。**3. 竜鐘**　年老いた様子や失意の形容によく用いられるが、ここでは涙があふれ落ちる形容として用いた。**4. 憑**　頼むこと。**5. 伝語**　伝言に同じ。**6. 平安**　無事なこと。

《鑑賞》　まず前半二句に抑《おさ》え難い望郷の念をうたう。飛行機も汽車もなかった時代に故郷から何万里も離れた、人跡まれな辺境にいる寂しさは、現代では想像もつかないことだろう。ただもう、東の故郷の方へ向かって、ビショビショに泣いているという。悲しみを表す手法として、悲しくないぞ、といったり（王之渙《おうしかん》「涼州詞《りょうしゅうし》」136頁）、悲哀を示す語を一切用いず、かえって「笑」という語をあしらったり（王翰《おうかん》「涼州詞」133頁）と、いろいろ詩人は工夫をこらすが、ここでは逆手をいって、手放しで大泣きに泣いている。ことに、「竜鐘」の語は効果的だ。袖《そで》もしとどに、の感じがよく出ている。

前半の大泣きが、後半を盛り上げる用意になっている。ちょうど、故郷の方へ行く、という人がいる。さあ、もうどうしていいかわからぬ、といった気分が湧《わ》いてくるのも、前半の効果だ。とにかく、この機会に手紙でも託したいがあいにく、こちらも向こうも馬の上。それで、ただ無事だよ、との言伝《ことづ》てを頼むだけ、と。ここが、工夫のあるところ。つまり、馬上のあわただしさがあるほど、望郷の念が読者に強く迫るのである。この点、張籍《ちょうせき》の「秋《あき》の思《おも》い」（389頁）に相通ずるところがある。

《補説》　杜甫《とほ》に、「岑参兄弟皆奇を好む《しんじんけいていみなきをこのむ》」〈渼陂行《びひこう》〉という句がある。杜甫と岑参は年も近く、境遇も似ていたので、よく一緒に遊んだ。長安の名所、慈恩寺《じおんじ》の大雁塔《だいがんとう》に上って、二人とも詩を作っている。のちに、杜甫が左拾遺《さしゅうい》の時、岑参を右補闕《うほけつ》に推薦した。そのころの宮仕えの詩もある。岑参は、杜甫と最も交遊のある詩人の一人であった。

常《じょう》 建《けん》

〔盛唐〕（七〇八〜？）

字《あざな》不詳。長安（陝西省西安市《せんせいしょうせいあんし》）の人。開元十五（七二七）年に王昌齢《おうしょうれい》らとともに進士に及第した。しかし仕官は思うようにならなかったようで、大暦《たいれき》年間（七六六〜七七九）にようやく盱眙《くい》（江蘇省《こうそしょう》盱眙県）の尉《い》になったということだけが伝えられている。

昇進が遅いのに不満を抱《いだ》いた常建は、琴や酒に気をまぎらせ、太白《たいはく》、紫閣《しかく》といった名山を訪ね歩いていた。あるとき、とある谷の中に薬草を取りにはいると、体中緑色の毛が生えている女性に出会った。彼女は「私は秦《しん》の時代の宮女《きゅうじょ》ですが、山に逃げ込んで松葉を食べているうちに、とうとう飢《う》えや寒さを感じなくなりました」と言って、常建にその奥義《おうぎ》を授けてくれた。実行してみると常《つね》ならぬ効き目が表れたという。

晩年は鄂渚《がくしょ》（湖北省武昌《こほくしょうぶしょう》の西）に隠棲《いんせい》し、王《おう》昌齢《しょうれい》、張僨《ちょうふん》といった人々を招いて自由に暮らし、ともに名声を挙げた。

常建は、孟浩然《もうこうねん》や王維《おうい》と同様に、山水の美をうたうことにすぐれていた。思いをつづることが精密で言葉は奇抜であり、「一度うたうと三度慨嘆する」というような詩だといわれた。詩集四巻が残っており、五十八首の詩が伝わっている。

塞[1]下曲（塞下曲《さいかきょく》）　常建《じょうけん》　**〈七言絶句〉**

北[2]海ノ陰[3]風動カシテ地ヲ來ル●

北海《ほっかい》の陰風地《いんぷうち》を動《うご》かして来《きた》る

北海の方から陰鬱な北風が地をとどろかせて吹いて来る。

明[4]君祠上望ム龍[5]堆ヲ
髑髏盡ク是レ長[6]城ノ卒
日暮沙[7]場飛ンデ作ル灰ト

明君祠上《めいくんしじょう》竜堆《りょうたい》を望《のぞ》む
髑髏《どくろ》尽《ことごと》く是《こ》れ長城《ちょうじょう》の卒《そつ》
日暮《にちぼ》沙場《さじょう》飛《と》んで灰《はい》と作《な》る

王昭君のほこらのあたりから白竜堆の方を望むと、
そこかしこにころがっているどくろはすべて、万里の長城を築き、また異民族との戦いで死んでいった兵士たちだ。
暮れゆく砂漠の上を、それらは灰となって舞い飛んでいく。

1．塞下曲　唐になってから新しく作られた新楽府題《しんがふだい》の一つ。辺塞《へんさい》における戦闘や出征兵士の感慨などをうたうものが多く、李白《りはく》などにもその作品がある。**2．北海**　北方の塞外《さいがい》にある湖。実際にはバイカル湖だといわれるが、たぶんに伝説的な意味を含む。**3．陰風**　北風。**4．明君祠**　漢の元帝の後《こう》宮《きゅう》にいた王嬙《おうしょう》、字《あざな》は昭君《しょうくん》（生没年未詳）をまつったほこら。元帝の後宮には宮女がたくさんいたので、一人一人の肖像を絵師に描かせ、肖像の中から美しい女性を選んで召《め》し出していた。そこで宮女たちは絵師に賄賂《わいろ》を贈って競《きそ》って美しく描いてもらっていた。ところが王昭君は非常な美人だったので自分の美貌《びぼう》をたのんで毛延寿《もうえんじゅ》という絵師に賄賂をやらなかった。そこで延寿は王昭君の肖像をたいそうみにくく描いた。ある時、匈奴《きょうど》の王が入朝し漢の美人を王妃にしたいと希望した。元帝は後宮の肖像の中から最もみにくい者を選んで匈奴の王に与えることにした。王昭君が匈奴の地に出発する時になって元帝は昭君が後宮随一の美人だったことを知って後悔したが、もうその時はあとのまつりで、王昭君は泣く泣く匈奴にとついでいったという。この悲劇は歌や物語となってさまざまな風に伝えられている。昭君という名は晋代《しんだい》になって建国の祖司馬昭《しばしょう》の名をはばかり、明君《めいくん》と呼びかえられたので、唐になっても明君とか明妃《めいひ》と呼ばれることが多い。その墓はオルドスの原野にあり、墓の上だけ常に草が青々と茂っているというので「青冢《せいちょう》」と呼ばれる。**5．竜堆**　白竜堆《はくりょうたい》の略称。今の新疆《しんきょう》省《しょう》の東部、ロブノール湖の東にある砂漠。**6．長城卒**　秦《しん》の始皇帝が万里の長城をきずいた時に、人夫として使われ死んでいった兵卒。その後も異民族との戦いのために大勢の兵卒が徴集され、ここで倒れた。この句は魏《ぎ》の陳琳《ちんりん》の「飲馬長城窟行《いんばちょうじょうくつこう》」に「君独《きみひと》り見《み》ずや長城《ちょうじょう》の下《もと》、死人《しにん》の骸骨相撐拄《がいこつあいとうしゅ》する（おりかさなる）を」とあるのを踏まえる。**7．沙場**　砂漠。

《鑑賞》　四首の連作のうちの第二首目。第一首が、異民族との戦いの終わったあとの勝利の祝いを述べているのに続いて、第二首目では塞外の凄惨な風景をうたう。
まず第一句目。北方の大きな湖の方から地をどよもして陰惨な北風が吹いてくる。戦場の悲惨さを思わせる、ものすごい光景を暗示する。第二句目。今いる所は、異民族との政治的かけひきのために犠牲となって一生を寂しく送った女性の墓の上である。第三句目。そこから望むのは権力者に駆りたてられ、苦役や戦争で殺されて野ざらしになった男たちのがいこつである。第四句目には、そうした情景に対する悲嘆の情も批判の言葉もなく、ただ北方の激しい風に吹き散らされてどくろが空しく灰となっていく日暮れの寂しい様子を描写しているにすぎない。砂漠にころがる白いどくろ、吹きつける暗い風、ドキッとするものすごさである。感情をあらわにする語は一つもない。それだけにいっそう戦争の悲惨さが迫ってくるのだ。

《補説》　連作のその一を紹介しておく。
「玉帛朝回望㆓帝郷㆒／烏孫帰去不㆑称㆑王／天涯静処無㆓征戦㆒／兵気銷為㆓日月光㆒（玉帛朝《ぎょくはくちょう》より回《かえ》っ

て帝郷《ていきょう》を望《のぞ》む。烏孫《うそん》帰《かえ》り去《さ》って王《おう》を称《とな》えず。天涯《てんがい》静《しず》かなる処《ところ》征戦《せいせん》無《な》し。兵気《へいき》は銷《き》えて日月《じつげつ》の光《ひかり》と為《な》る)」〈塞下曲其一（塞下曲《さいかきょく》その一《いち》）〉

(烏孫王《うそんおう》は玉帛をささげて入朝し、朝廷から退出して帰国する途中でも、わが天子の徳を慕《した》ってはるか都の方を望んでいる。そして国にかえってからはもう王という称号は用いなくなった。こうして空の果てまで静まって、いくさは無くなり、戦乱の気は消えて日月の光り輝く世界となったのである)

送宇文六[1]（宇文六《うぶんろく》を送《おく》る）　常建《じょうけん》　〈七言絶句〉

花映垂楊漢[2]水清●
微風林裏一枝輕●
即[3]今江[4]北還如此
愁[5]殺江[6]南離別情●

花《はな》は垂楊《すいよう》に映《えい》じて漢水《かんすい》清《きよ》し
微風林裏《びふうりんり》一枝《いっし》軽《かろ》し
即今江北還此《そくこんこうほくまたかく》の如《ごと》し
愁殺《しゅうさつ》す江南離別《こうなんりべつ》の情《じょう》

くれないの花はしだれ柳の緑に映じ、
漢水の流れは清らかに澄んでいる。
そよ風が林の中を吹き過ぎていけば、
しなやかな枝が軽々とゆれている。
今、江北の地もまたこのような春景色だが、
あなたが春の最中の江南へ旅立っていくことを思うと、別れの思いに、深い悲しみがわいてくる。

1. 宇文六　宇文は人の姓、六は六番目の子。宇文六という人については何もわからない。**2. 漢水**　湖北省を縦断し、漢口《かんこう》で長江に合流する大河。**3. 即今**　現在。**4. 江北**　長江の北。ここでは漢水の

流域をいう。**5. 愁殺**　深い憂いに沈める。殺は程度が激しいことをあらわす語。**6. 江南**　長江の南。

《鑑賞》　この詩が江北で書かれたのか、江南で書かれたのかで、解釈に微妙な違いがでてくる。

江北、漢水の近くで書かれたとすると、前半二句は目前の実景をうたい、漢水を下《くだ》って江南に旅して行く宇文六《うぶんろく》を見送る詩、ということになる。作者が晩年鄂渚《がくしょ》に隠棲《いんせい》していたころの作となろうか。紅《くれない》の花、緑したたる柳、清らかな漢水、軽やかなそよ風。江北は今こんなに透明な美しい春。でも君の行く江南はもっと暖かくもっと花も咲き乱れていることだろう。その喜ばしい春の最中にあって、私たちは悲しみを抱いて別れていかなければならない。

江南で書かれたとすると、長江から漢水を北上して旅して行く宇文六を見送って、その旅先の様子を想像によって前半二句にうたった、と解釈できる。これは唐詩によく見られる手法である。とすれば作者が名山を訪ねて歩いていたころの作品だろうか。第三句は、「即今《そくこん》江北《こうほく》還《また》此《かく》の如《ごと》し」と読む。漢水を船で行けば岸辺には緑の柳の陰に紅の花が見えがくれに咲いていることだろう。木々の若いしなやかな枝はそよ風に軽やかにゆれていることだろう。きっといま江北の地はこんなふうな春景色に違いない。あなたが江北を旅して行くころ、私は江南に残ってあなたとの別れの悲しみに耐えかねているだろう。

後者のように解釈するとき、早く進士の試験に及第していながら、いつまでも不遇で下級の役人から抜けられなかったという作者が、漢水を北上して行く宇文六を見送りつつ、そのさらに北にある主都長安を遥《はる》かな憧憬《しょうけい》と淡い悲しみの目で見つめている、というふうにも読めるだろう。

いずれにしても、前半二句の春景色の描写は透明感があって美しく、この別れの詩全体を春にふさわしい軽やかなタッチに仕上げていて余韻《よいん》の残る佳作である。

《補説》 常建は、辺塞詩《へんさいし》にもすぐれるが、風景の中にひたった作品に佳作が多い。『唐詩選』にも載せる五言古詩「西山《せいざん》」は、純粋の写景詩として名高いが、それは長いので、ここでは五言律詩一首を紹介しておこう。

「清晨入二古寺一／初日照二高林一／曲径通二幽処一／禅房花木深／山光悦二鳥性一／潭影空二人心一／万籟此倶寂／惟聞二鐘磬音一（清晨古寺《せいしんこじ》に入《い》れば、初日高林《しょじつこうりん》を照《て》らす。曲径幽処《きょくけいゆうしょ》に通《つう》じ、禅房花木《ぜんぼうかぼく》深《ふか》し。山光《さんこう》は鳥性《ちょうせい》を悦《よろこ》ばしめ、潭影《たんえい》は人心《じんしん》を空《むな》しうす。万籟此《ばんらいここ》に倶《とも》に寂《しず》まり、惟《た》だ鐘磬《しょうけい》の音《おと》を聞《き》くのみ）」

〈破山寺後禅院（破山寺後《はざんじご》の禅院《ぜんいん》）〉

（清らかな朝、古寺の門をはいると、朝日が高い林の梢《こずえ》を照らしていた。曲がりくねった小道が幽邃《ゆうすい》な所へ通じ、奥の禅房を花咲く木々が深く取り巻いている。山の光に鳥はその本性を喜ばせ、淵《ふち》の光に人の心も雑念がなくなる。すべての物音は一様に静まり、ただ鐘《かね》と磬《けい》の音が聞こえるだけ）

張《ちょう》謂《い》　〈中唐〉（七二一〜七八〇？）

字《あざな》は正言《せいげん》。河内《かだい》（河南省沁陽《かなんしょうしんよう》）の人。若いころは嵩山《すうざん》にこもって勉学に励んだ。権勢にこびず、自ら気骨のあることを誇っていたという。天宝二（七四三）年、進士に及第し、節度使の幕僚となって北方に従軍した。十年の間に多少の手柄もたてたが、あるとき罪に問われ、薊門《けいもん》（北京《ペキン》付近の土城関）のあたりを放浪することとなった。そうしているうちに無実を証明する者が現れて疑いが晴れ、再び官職につくことができた。いくつかの官を経て大暦《たいれき》年間（七六六〜七七九）に礼部侍郎《れいぶじろう》となり、大暦七〜九（七七二〜七七四）年の三年間は知貢挙《ちこうきょ》（科挙の試験の総裁）になったりした。しかしほどなくしてまた左遷され、潭州《たんしゅう》（湖南省長沙《こなんしょうちょうさ》）の刺史《しし》となったという。

酒の好きな淡泊な性格の人で、湖や山を訪ねるのを楽しみにしていた。詩を作ることに巧《たく》みで、「格律《かくりつ》が厳密で言葉遣いが精《くわ》しく深い」というふうに評価されている。

題[1]長安主人壁（長安《ちょうあん》の主人《しゅじん》の壁《へき》に題《だい》す）　張謂《ちょうい》　〈七言絶句〉

世人結交須[2]黄金●
世人《せじん》交《まじわ》りを結《むす》ぶに黄金《おうごん》を須《もち》う
世間の人は交際を結ぶ時に金の力を必要とする。

黄金不多交不深●
黄金《おうごん》多《おお》からざれば交《まじわ》り深《ふか》からず
金が多くなければ、交際も深くならない。

縦[3]令然[4]諾シテ暫ク相[5]許ストモ
終ニ是レ[6]悠悠タル[7]行路ノ心●

縦令《たとい》然諾《ぜんだく》して暫《しばら》く相許《あいゆる》すとも
終《つい》に是《こ》れ悠悠《ゆうゆう》たる行路《こうろ》の心《こころ》

たとえ友達となることを承知して、しばらく親しくつきあっていても、結局は行きずりの人のような無関心となってしまう。

1.題ニ――壁ニ　壁に詩を書きつけること。**2.須**　……を必要とする。**3.縦令**　……である（する）としても。譲歩の仮定。**4.然諾**　承知すること。引き受けること。**5.相許**　親しく交際すること。「相」は動詞の上について「相手に対して」の意味を示す。**6.悠悠**　無関心な態度を形容する言葉。**7.行路心**　道行く人が路傍の人に対して抱くような冷たい心。無関心な気持ち。

《鑑賞》　詩題に、「長安の主人の壁に題す」と言っているからには、この詩は作者が首都長安のどこかの家に身を寄せていた時、その家の主《あるじ》の部屋の壁に黒々と墨書したものであろう。内容から見て故郷から長安に出てきて、まだ科挙の試験に及第していないころの作、とするのが妥当である。進士に及第したのは二十二、三歳ごろと推定されるから、若い時代の作品である。

「金の切れ目は縁の切れ目」という意味のことを、詩としては随分あからさまに、露骨に述べている。杜甫《とほ》の「貧交行《ひんこうこう》」（286頁）も世の中の交友関係の軽薄さを述べた詩であるが、それと似た激しさがある。若い張謂がこういう考えを持ち、それを詩に表現し、身を寄せている家の壁に書き付けたというのはどういうことだったのだろう。若い時代の潔癖さから、世間の仕組みがおぞましく見えたのか。あるいはひどい裏切りを体験したのか。いずれにしても、若い時に、このような多少被害者意識の感じられる考え方を持っていたことは、才能がありながらとかくつまずくことが多かった、と見える張謂の人生にもかかわっていることだろう。

これは人間不信の詩である。裏を返せば黄金に左右されない友情を渇望《かつぼう》している詩とも言える。この詩は古来広く知れわたっている。千年以上もの間、多くの人々がこの詩を口ずさんで、世人の薄情を恨み、世間から受けた痛手を慰めてきたのだ。

詩形は一応七言絶句の形をとっているが、第一、二句とも絶句の韻律には合わない、いわゆる「拗《おう》体《たい》」の詩である。

《補説》 この詩のうたいぶりに通う作を、もう一首紹介する。七言古詩の形式である。

「去年上レ策不レ見レ収／今年寄食仍淹留／羨君有レ酒能便酔／羨君無レ銭能不レ憂／如今五侯不レ待レ客／羨君不レ入二五侯宅一／如今七貴方自尊／羨君不レ過二七貴門一／丈夫会応レ有二知己一／世上悠悠安足レ論（去年《きょねん》策《さく》を上《たてまつ》って収《おさ》められず。今年《こんねん》寄食《きしょく》して仍《な》お淹留《えんりゅう》す。羨《うらや》む君《きみ》が酒《さけ》有《あ》らば能《よ》く便《すなわ》ち酔《よ》うを。羨《うらや》む君《きみ》が銭《ぜに》無《な》きも能《よ》く憂《うれ》えざるを。如今《じょこん》五侯《ごこう》客《きゃく》を待《ま》たず。羨《うらや》む君《きみ》が五侯《ごこう》の宅《たく》に入《い》らざるを。如今《じょこんしちき》七貴方《まさ》に自《みずか》ら尊《たっと》くす。羨《うらや》む君《きみ》が七貴《しちき》の門《もん》に過《よ》ぎらざるを。丈夫《じょうふ》会《かなら》ず応《まさ》に知己《ちき》有《あ》るべし。世上《せじょう》の悠悠《ゆうゆう》安《いずく》んぞ論《ろん》ずるに足《た》らん）」〈贈二喬琳一（喬琳《きょうりん》に贈《おく》る）〉

（去年君は科挙を受けて及第せず、今年もまだ居候《いそうろう》で都に滞在している。君が酒さえあればよく酔うこと、銭がなくても心配しないことが羨《うらや》ましい。当今、権力者は賓客《ひんきゃく》を大切にせず、貴族たちは偉ぶっているが、君がそういう所に出入りしないことが羨ましい。男一匹、きっと理解してくれる人があるものだ。世間の無関心など気にすることはない）

戴叔倫《たいしゅくりん》 〔中唐〕（七三二?〜七八九?）

字《あざな》は幼公《ようこう》。潤州金壇《じゅんしゅうきんだん》（江蘇省《こうそしょう》金壇県）の人。蕭穎士《しょうえいし》（268頁李華《りか》の項参照）に師事して、門人の筆頭となった。曹王《そうおう》の李皐《りこう》が湖南《こなん》や江西《こうせい》を治めていた時、その幕府に招かれ、政治の手腕を認められて撫州《ぶしゅう》（江西省臨川県《こうせいしょうりんせんけん》）刺史《しし》となった。その後さらに容管経略使《ようかんけいりゃくし》に任じられて治績をあげたので威名が聞こえ渡った。『全唐詩』には徳宗《とくそう》の「中和節《ちゅうわせつ》に群臣《ぐんしん》に宴《えん》を賜《たま》うの賦《ふ》七韻《いん》」が見え、それには「貞元《ていげん》五年初製、中和《ちゅうわ》節《せつ》に帝詩を製し、本《もと》を写して戴叔倫に容州《ようしゅう》に賜《たま》う」と注がついている。天子から詩を賜《たまわ》るという名誉を受けたのである。道士になろうと辞職して、ほどなくして死んだ。

温雅な性格で態度もていねい、清談をよくし、どんな人にも心を尽くして接した。また政治的手腕にも優れていたので善政をしいて民衆から慕われていた。撫州刺史の代理をしていたころ、そこの民は毎年灌漑《かんがい》用水をめぐっていざこざを繰り返していた。そのために水を平等に使う均水法《きんすいほう》を作ったところ、たいそう便利で収穫は年ごとに増え、獄につながる者もいなくなったという。

その詩には幽遠な趣があり、一首作るたびに人々を感心させたといわれる。今、詩集二巻が残っており、伝わる詩は全部で三百首ある。

湘[1]南卽[2]事（湘南即事《しょうなんそくじ》）　戴叔倫《たいしゅくりん》　〈七言絶句〉

盧[3]橘花開《キテ》楓葉衰《フ》●　盧橘花《ろきつはな》開《ひら》きて楓葉《ふうよう》衰《おとろ》う

盧橘の花が開き、楓（かえで）の紅が色あせていくころ、

出デテ㆑門ヲ[4]何レノ處ニカ望マン㆓京師ヲ㆒
[5]沅湘日夜東ニ[6]流レ去ル
不㆘爲㆓[7]愁人ノ㆒住マルコト少時モセ㆖

門《もん》を出《い》でて何《いず》れの処《ところ》にか京師《けいし》を望《のぞ》まん
沅湘《げんしょう》日夜《にちや》東《ひがし》に流《なが》れ去《さ》る
愁人《しゅうじん》の為《ため》に住《とど》まること少時《しばし》もせず

門を出て都のかたをながめるが余りに遠くて見ることはできない。沅水（げんすい）と湘水（しょうすい）は昼も夜も東の方に流れ去り、悲しみ憂える者に心を寄せて、しばらくもとどまってくれるようなことはしない。

1．湘南　湖南省《こなんしょう》を流れて洞庭湖《どうていこ》に注ぐ湘江《しょうこう》の流域一帯をいう。**2．即事**　事にふれて即興的に作った詩。**3．盧橘**　果樹の名。柑橘類《かんきつるい》の一種で、給客橙《きゅうかくとう》、金橘《きんきつ》ともいう。いろいろな説があるが、だいたい次のようなものらしい。タチバナに似ていてユズのように香りが高い。初冬に花が咲いて実を結び、春から夏にかけて実が青黒になり、とてもおいしい。**4．何処**　場所を聞く疑問詞。ここでは反語。**5．沅湘**　沅江《げんこう》と湘江。いずれも洞庭湖に注ぐ。**6．東流**　東帰とするテキストもある。**7．愁人**　心に憂いを抱く人。ここでは作者自身を指す。

《鑑賞》　建中元（七八〇）年に湖南観察使《こなんかんさつし》に任命された曹王李皐《そうおうりこう》の幕府に招かれて、作者が潭州《たんしゅう》（湖南省長沙《ちょうさ》）にいたころの作品と推定される。とすれば作者は五十歳前後だったろうか。毎日湘江のほとりに出て、豊かに流れる水をじっとながめていると、様々な思いが胸をよぎる。水は無情である。故郷から離れた孤独の思い、望んでも見えぬ長安への渇望の気持ちも知らぬ気にひたすら流れていく。

水は無常である。季節が移りかわって木々の葉が落ち、人が容赦なく老い衰えていくのを象徴するかのように、一瞬のやむこともなく流れ去っていく。

「子《し》、川《かわ》の上《ほとり》に在《あ》りて曰《いわ》く、逝《ゆ》く者《もの》は斯《か》くの如《ごと》き夫《か》。昼夜《ちゅうや》を舎《お》かず」（『論語《ろんご》』子罕《しかん》）と孔子《こうし》が言って以来、川の流れに時の推移を見ることは詩文に多く書かれている。「水泉東流《すいせんとうりゅう》し、日夜《にちや》休《やす》まず」（『呂氏春秋《りょししゅんじゅう》』季春紀《きしゅんき》）という表現もあるように、中国の河は常に東に向かって流れていく。

湘江のほとりに立って、戴叔倫もまた多くの先人たちと同じように、水の流れに様々な感慨を抱いていたのだ。

《補説》　同じころの、似た趣の詩を二首紹介しよう。

「日日河辺見㆓水流㆒／傷㆑春未㆑已復悲㆑秋／山中旧宅無㆓人住㆒／来㆓往風塵㆒共白頭（日日《ひび》河辺《かへん》に水《みず》の流《なが》るるを見《み》る、春《はる》を傷《いた》み未《いま》だ已《や》まざるに復秋《またあき》を悲《かな》しむ。山中《さんちゅう》の旧宅《きゅうたく》人《ひと》の住《す》む無《な》く、風塵《ふうじん》に来往《らいおう》して共《とも》に白頭《はくとう》）」〈贈㆓殷亮㆒（殷亮《いんりょう》に贈《おく》る）〉

（毎日、川のほとりで水の流れるのを見入る。春のうつろいやすさに心を傷《いた》めたかと思うと、もう秋の気配を悲しむころになってしまった。山の中の昔の家には住む人もなく、俗世間をうろうろしているうちに君も私も年をとったなあ）

「沅湘流不㆑尽／屈子怨何深／日暮秋風起／蕭蕭楓樹林（沅湘《げんしょう》流《なが》れて尽《つ》きず、屈子《くつし》怨《うら》み何《なん》ぞ深《ふか》き、日暮《にちぼ》秋風《しゅうふう》起《お》こり、蕭蕭《しょうしょう》たり楓樹《ふうじゅ》の林《はやし》）」〈三閭廟（三閭廟《さんりょびょう》）〉

（沅水《げんすい》と湘水《しょうすい》は流れ流れて永遠に尽きることはない。屈原《くつげん》の怨《うら》みは何と深いことか。日暮れに秋風が起こった。うら悲しい音をたてる楓《かえで》の林）

耿《こう》湋《い》 〈中唐〉（七三四～?）

字《あざな》は洪源《こうげん》。河東《かとう》（山西省永済県《さんせいしょうえいさいけん》）の人。宝応二（七六三）年に進士に及第した。官は初め大理司法（司法官）となり、江淮《こうわい》地方に使して山水の勝景を窮めたという。左拾遺《さしゅうい》（天子の過失をいさめる官）に終わった。詩は全部で百三十首。今『耿拾遺集《こうしゅういしゅう》』一巻が残る。銭起《せんき》、盧綸《ろりん》、司空曙《しくうしょ》らと共に大暦十才子《たいれきじっさいし》と呼ばれている。盧綸は詩の中で耿湋《こうい》を評して「拾遺興《しゅういきょう》は侔《ひと》しくし難《がた》く、逸調 曠《いっちょうこう》として程《てい》なし（耿拾遺の詩興は並ぶのが難しく、優れた調子は広々としてかぎりがない）」という。

秋日《しゅうじつ》（秋日） 耿湋《こうい》 〈五言絶句〉

返[1]照入ル二閭[2]巷ニ一
憂[3]ヒ來タリテ誰[4]ト共ニカ語●ラン
古道少[5]ニ二人ノ行クコト一
秋風動カス二禾[6]黍●ヲ一

返照《へんしようりよこう》 閭巷に入《い》る
憂《うれ》い来《き》たりて誰《たれ》と共《とも》にか語《かた》らん
古道人《こどうひと》の行《ゆ》くこと少《まれ》に
秋 風禾黍《しゆうふうかしよ》を動《うご》かす

夕日の照り返しが冷たく村里に差しこんでいる。
この静かな光景に憂いがわき起こってきたが、共に語って心を慰める者もいない。
荒れた古い道は、通る人もほとんどなくて、
ただ秋風がさわさわと稲やきびを騒がせるばかりである。

1．返照　夕日の照り返し。**2．閭巷**　村里。**3．憂来**　来は動きが起こることを示す助字。**4．誰共語**　だれと共に語ろうか、語る相手がいない。「与誰語」となっているテキストもある。**5．少**　ほとんどない。「無」となっているテキストもある。**6．禾黍**　稲ときび。『史記』に引く箕子《きし》の「麦秀歌《ばくしゅうか》」（殷《いん》の城跡の荒れ果てたことを嘆いた詩）の「麦秀漸漸兮／禾黍油油兮（麦秀《むぎひい》でて漸漸《ぜんぜん》たり、禾黍《かしょ》油油《ゆうゆう》たり）」を暗用して荒廃の状を述べる。

《鑑賞》　村里の秋の日暮れの、静まり返った寂しい情景をうたった詩。

　赤々と空を染める夕日の照り返し。それが、「閭巷に入る」ことによって、とある村里の露地の奥のような、一角を照らし出す。そこには、わび住まいする、憂愁に沈む人物がいる。『古詩十九首』や、阮籍《げんせき》の「詠懐詩《えいかいし》」（45頁）に描かれている人物像が、ここにも浮かび上がってくる。「詠懐詩」で、「徘《はい》徊《かい》して将《まさ》に何《なに》をか見《み》る」とうたうように、この人物も、共に語るべき友となく、憂いにたえかねて外へ出る。

　門を出てみると、道がズーッと続いているというのも、高適《こうせき》の「田家《でんか》の春望《しゅんぼう》」（256頁）で引いた、「詠懐その十七」のパターンだ。が、ここで見えるのは古い道である。この「古道」と「禾黍」の語によって、現実の世の荒廃が暗示され、この人物の憂愁の底にある過ぎし良き昔を懐かしむ心が表れてくる。

　こうみてくると、この作品は何かの乱のあとに詠《よ》まれた可能性が強い。ただの秋に感じての物思い、ではなさそうだ。いずれにせよ、短い詩形の中に、赤い夕日の照り返しと、稲やきびの上を吹きあとを印《しる》しつつ過ぎてゆく秋風とが鮮明な印象を与え、読み終わったあとに余韻を漂わす。宋《そう》の范晞文《はんきぶん》がこの詩を評して「荒寂の余感を抱く」（荒れ果てた寂しさが余韻となって人の胸を打つ）と述べているが、まさにそのとおりである。

なお、わが芭蕉《ばしょう》の、「この道や行く人なしに秋の暮」の句は、この詩にヒントを得たものだろう。

《補説》 代宗の大暦《たいれき》年間（七六六～七七九）のころ、都の貴族や高官のもとに出入りして、宴席で詩を作ったり、互いに詩を贈答し合ったりして、華やかな文人生活を送っていた一群の詩人たちがいた。「大暦十才子」と呼ばれる人々である。

　誰が大暦の十才子の中に入るかというのは諸説あるが、『新唐書《しんとうじょ》』盧綸伝《ろりんでん》によれば、吉中孚《きっちゅうふ》、司空《しくう》曙《しょ》、苗発《びょうはつ》、崔峒《さいどう》、耿湋《こうい》、李端《りたん》、銭起《せんき》、夏侯審《かこうしん》、韓翃《かんこう》、盧綸《ろりん》を挙げて「皆詩《みなし》を能《よ》くし、名《な》を斉《ひと》しくす。大暦十才子と号す」という。このうち、銭起は十才子の領袖《りょうしゅう》といわれ、玄宗の天宝十（七五一）年の進士で、当時すでにかなりの年配であったし、李端は大暦五（七七〇）年に進士になったばかりの新進の詩人であった。他の人々は、およそこの両者の間に入るものである。

　十才子は「捷麗《しょうれい》（軽快で美しい）」と評される五言律詩を多く作って、華やかに一世を風靡《ふうび》したが、この時代が去ると急速に忘れられていき、各々の詳しい伝記はほとんど伝えられていない。例えば唐王朝の正史である『新唐書』は、耿湋の伝に関して「湋、左拾遺」と書いてあるだけ。『旧唐書《くとうじょ》』の方では全く触れていない。

　盛唐の格調高い詩風から、美しく気がきいているが線が細い詩風への転換期を形成した人々なのである。

司空曙《しくうしょ》 〔中唐〕（七四〇～七九〇？）

字《あざな》は文明《ぶんめい》。広平《こうへい》（河北省《かほくしょう》広平県）の人。剣南《けんなん》節度使《せつどし》韋皐《いこう》の幕府に招かれたのち、洛陽《らくよう》（河南《かなん》省《しょう》洛陽県）主簿《しゅぼ》となり、ほどなくして長林県（湖北省荊門県《こほくしょうけいもんけん》）の丞《じょう》（次長）に移った。その後左拾遺《さしゅうい》となり、貞元《ていげん》年間（七八五～八〇五）に入ってから水部郎中《すいぶろうちゅう》（局長）となり、虞部郎《ぐぶろう》中《ちゅう》に終わった。

性格は磊落《らいらく》で潔癖、権力に媚《こ》びず、家に石のかめもないほど貧乏でも落ち着いていたという。長沙《ちょうさ》（湖南省《こなんしょう》長沙県）のあたりを流浪《るろう》したり、江右《こうゆう》（江西省《こうせいしょう》一帯）に流されたりしたこともある。耿湋《こうい》（366頁）などとともに大暦十才子《たいれきじっさいし》の一人に数えられる。『司空文明《しくうぶんめい》詩集』三巻が伝えられる。詩は全部で百七十五首が残っている。

江[1]村卽[2]事（江村即事《こうそんそくじ》）　司空曙《しくうしょ》　〈七言絶句〉

罷メレ釣ヲ帰リ來タッテ不レ繋ガレ船ヲ●
江村月落チテ正ニ堪[3]ヘタリレ眠ルニ●
縦[4]然一夜風吹キ去ルトモ

釣《つり》を罷《や》め帰《かえ》り来《き》たって船《ふね》を繋《つな》がず
江村月落《こうそんつきお》ちて正《まさ》に眠《ねむ》るに堪《た》えたり
縦然一夜《たといいちや》風吹《かぜふ》き去《さ》るとも

釣をやめにしてもどってきたが、ものうくて船をつなごうという気もしない。
川辺の村に月が落ちてちょうど眠るに気持ちがよい。
たとえ夜のうちに船を風が吹き流してしまったとしても、

只ダ在ラン㆓蘆[5]花浅水ノ邊ニ㆒　　只《た》だ蘆花《ろか》浅水《せんすい》の辺《へん》に在《あ》らん

どうせ蘆（あし）の花の咲く浅瀬にただよいつくだけのことだろう。

1.江村　川のほとりの村。**2.即事**　事にふれての作品、の意味。**3.堪**　もとの語義はたえしのぶ。転じて、ふさわしい、ちょうどよい、の意味。**4.縦然**　譲歩の仮定を示す。たとえ……であっても。**5.蘆花**　アシの白い花。秋に咲く。

《鑑賞》　あるいは長江のあたりを流浪していたというころの作品であろうか。風まかせ波まかせの漁師の生活に託して、悠々自適《ゆうゆうじてき》の心境をうたっている。

朝早くから一日中釣り糸を垂れ、日が落ちて江村に帰ってきた。ちょうど月が落ちて川も村も真っ暗。水の音が快く船をゆする。ままよ船をつなぐまでもない、このまま眠ってしまおう。もし夜のうちに風に吹き流されたとしても、心配なことなどありはしない。ただ蘆の花咲く浅瀬に吹き寄せられているだけのことさ。こう心の中でつぶやいている。その回りには、黒々と川の水が波打って星の光にキラキラと輝いていたことだろう。暗闇《くらやみ》の中で、釣り人は、目覚めたときに朝日に映《は》える真っ白い蘆の花に囲まれていることを心楽しく期待しているのかもしれない。

この詩の眼目は、「船を繫がず」にある、とされる。つまり、転句と結句の風に吹かれてただよう趣は、ここから導き出されるわけである。いかにも、飄々《ひょうひょう》とした味わい、日が出れば釣をし、日が沈めば蘆の花に囲まれて眠る。ここには世俗の、やれ出世だ、やれ宮仕えだ、という煩わしさはいっさいない。別の天地があるのである。

この詩、一説に、船をつながずに本人は岸に上がって、船だけが浅瀬にただよう、と解釈するが、それではおもしろみが半減してしまう。この世界に没入し、ひたりきったところに味がある。

《補説》 次の詩は晩唐の詩人、韓偓《かんあく》（八四四〜九二三）の詩であるが、やはり同じような趣がある。なお、韓偓は四十五歳のころ進士に及第して、左拾遺《さしゅうい》から翰林承旨《かんりんしょうし》にまでなって活躍した人だが、晩年は権臣・朱全忠《しゅぜんちゅう》に憎まれて左遷され、閩《びん》（福建省《ふくけんしょう》）で死んだ。

「万里清江万里天／一村桑柘一村煙／漁翁酔著無㆓人喚㆒／過㆑午醒来雪満㆑船（万里《ばんり》の清江《せいこう》万里《ばんり》の天《てん》。一村《いっそん》の桑柘《そうしゃ》一村《いっそん》の煙《けむり》、漁翁《ぎょおう》酔い著《つ》きて人《ひと》の喚《よ》ぶこと無《な》し。午《ひる》を過《す》ぎて醒《さ》め来《き》たれば雪船《ゆきふね》に満《み》つ）」〈酔著（酔著《すいちゃく》）〉

（船で川を行けば、川は万里のかなたまで清らかに続き、その向こうには万里の天が広がっている。こちらの村にはくわややまぐわが続き、向こうの村には人家の煙が見える。漁師のじいさん、酔っぱらって寝込んだがだれも起こさない。そのまま眠り続けて昼過ぎに目覚めてみるとどうだ、船には雪が降り積もって、一夜のうちに真っ白になっている）

漁師やきこりは実際には生活のために重労働をしているのだが、その浮き世離れした暮らしぶりがはた目には自然の中に溶け込んだ、物欲《ぶつよく》を断った生き方に見えた。そこで詩の世界では漁師やきこりは隠者の仲間と見なされている。この詩に現れている漁師はおそらく山水の世界にひたっている作者自身であろう。川をどこまでもさかのぼっていった。そこには桃源郷《とうげんきょう》を訪ねるような、自然の神秘へのあこがれがある。船が岸に着くとそのまま眠ってしまい、目覚めた時には、あたりは真っ白だった。雪の中に寝てさぞ寒かったろうなどと思うのはやぼなこと。目覚めたら本当に銀色の別世界にいた、そこが重要なところである。

張継《ちょうけい》　〈中唐〉（生没年未詳）

字《あざな》は懿孫《いそん》という。襄州《じょうしゅう》（湖北省襄陽《こほくしょうじょうよう》）の人。天宝十二（七五三）年に進士に及第。初め節度使の幕僚となり、また塩鉄判官となった。大暦《たいれき》年間（七六六〜七七九）になって朝廷に入り、検校祠部郎中《けんこうしぶろうちゅう》となった。博識で議論好きな性格。政治に明るくて郡を治めた時には立派な政治家だという名声があがった。清らかな風采《ふうさい》で道者の風があったという。

同時代の詩人、皇甫冉《こうほぜん》（七一四〜七六七）とは幼友達で、その詩は若いころから評判が高かった。特別に彫琢《ちょうたく》を施して飾らなくても、詩に自然な美しさが備わったという。『張祠部詩集《ちょうしぶししゅう》』一巻があり、四十七首の詩が伝わる。

楓[1]橋夜[2]泊　（楓橋夜泊《ふうきょうやはく》）　張継《ちょうけい》　**〈七言絶句〉**

月落チ烏[3]啼イテ霜[4]滿ツレ天ニ。
江[5]楓漁[6]火對ス二愁[7]眠ニ一。
姑[8]蘇城外ノ寒[9]山寺
夜半ノ鐘聲到ル二客船ニ一。

月落《つきお》ち烏《からす》啼《な》いて霜天《しもてん》に満《み》つ
江楓漁火愁眠《こうふうぎょかしゅうみん》に対《たい》す
姑蘇城外《こそじょうがい》の寒山寺《かんざんじ》
夜半《やはん》の鐘声客船《しょうせいかくせん》に到《いた》る

月は西に落ちて闇（やみ）の中に烏の鳴く声が聞こえる。厳しい霜の気配は天いっぱいに満ち満ちてもう夜明けかと思われた。

紅葉した岸の楓（かえで）、点々とともる川のいさり火が、旅の愁（うれ）いの浅い眠りの目にチラチラと映（うつ）る。

折りも姑蘇の町はずれの寒山寺から、

夜半を知らせる鐘の音が、わが乗る船にまで聞こえて、ああ、まだ夜中だったか、と知られた。

1.楓橋　江蘇省蘇州《こうそしょうそしゅう》の西郊、楓江《ふうこう》にかけられた橋。もと封橋と書いたが、この詩が有名になったので楓橋《ふうきょう》と改められたという。今でも名勝の地として知られ、また交通の要衝でもある。**2.夜泊**　夜、船の中で泊まることをいう。**3.烏啼**　この語の解釈には三つの説がある。烏《からす》が鳴くのは明け方の風物だとする説、やはり夜中だとする説、烏啼山《うていざん》という山の名だとする説の三つである。もっとも烏啼山という山の名はこの詩が有名になってから付けた名らしく、また「月《つき》は烏啼《うてい》に落《お》つ」という読み方にすると詩として趣がない。「烏夜啼《うやてい》」という楽府題《がふだい》があることからもわかるように、烏は夜にも鳴くことがある。この句は、夜半の風物の描写と取るのが優れているように思われる。**4.霜満天**　中国では、天に霜の気が満ちていて、それが地上に降って来る、と考えられていた。したがってここでは霜の降りる気配が大空に満ち満ちていることをいう。ほかに「霜気秋《そうきあき》に横《よこ》たわる」（孔稚珪《こうちけい》・北山移文）とか「霜天満《そうてんみ》ちて長望《ちょうぼう》す」（王昌齢《おうしょうれい》の詩）というような句もある。**5.江楓**　川岸の楓《かえで》。「江村」になっているテキストもある。**6.漁火**　漁船のいさり火。**7.愁眠**　旅愁のためにまどろんだり目が覚めたりする浅い眠り。愁眠を山名とする説があるが、やはり俗説である。**8.姑蘇**　春秋時代（前七七〇―前四〇三）の呉《ご》の都。今の蘇州。**9.寒山寺**　蘇州の郊外、楓橋に近い所にある寺。有名な寒山《かんざん》・拾得《じっとく》が住んでいたという言い伝えがある。

《鑑賞》　詩人としての張継はこの詩一首だけで有名なのである。この詩はいろいろ議論がやかましく起こったので人に知られているが、詩としても、しっとりとした旅愁をうたって非常に優れている。

第一句は色彩の全くない、ただ暗闇《くらやみ》に冷たく厳しい空気の感じられる出だしである。すると第二句で、霜枯れた岸の楓の赤と川のいさり火の赤とが点じられる。真っ暗な中にちらちら燃えるいさり火と、それに照らし出されたほのかな楓の色とが、黒の中の二つの赤として視覚に鮮明に訴える。これが印象づける一つの効果。だから、「江村」となっていると、この効果が薄れてしまうことになる。それから、夜気を震《ふる》わせて響く鐘の音は、第一句の烏の声とともに、聴覚に訴え、やるせない旅愁をかき立てるもう一つの効果になっている。

目にも耳にも異郷の風物がしみじみと感じられて、船に揺られている旅人の心の中には、故郷から遠く離れているという思いがいっそうつのってくるのである。


《補説》 宋《そう》の欧陽修《おうようしゅう》（593頁）が、「句は優れているが、夜中というのは鐘を打つ時ではない」という批判をしたため、一時にいろいろの議論が出た。しかしその後、「半夜鐘声後」（白居易《はくきょい》）、「応聴緱山半夜鐘」（于鵠《うこく》）など、夜中に鐘が鳴るとうたった唐詩の例がたくさんあるという反論が出た。どうも宋代とは違って唐代には夜中に時を知らせる鐘が撞《つ》かれることがあったようだ。

その他にも、南宋の陸游《りくゆう》や元の僧円至《えんし》など、歴代いろいろと議論する者が出て、この詩は非常に有名になり、後世、この地へ来て「楓橋夜泊」の詩を作らない詩人はないほどになった。清《しん》末の兪樾《ゆえつ》の筆になる石碑が寒山寺にある。

▽●印は押韻を示す。140頁参照。

李《り》益《えき》　〔中唐〕（七四八～八二七）

字《あざな》は君虞《くんぐ》。隴西姑臧《ろうせいこぞう》（甘粛省武威《かんしゅくしょうぶい》）の人。大暦四（七六九）年進士に及第、鄭県《ていけん》（陝西省《せんせいしょう》華県《かけん》）の尉《い》となったが、久しく昇進できず、河北地方を遊歴して幽州《ゆうしゅう》（河北省《かほくしょう》）節度《せつど》使《し》劉済《りゅうさい》の幕僚となり、さらに邠寧《ひんねい》（甘粛省東部）節度使の幕下に移った。やがて詩名が憲宗に聞こえ、召されて秘書少監《ひしょしょうかん》・集賢殿学士《しゅうけんでんがくし》に抜擢《ばってき》された。才能を自負して傲慢《ごうまん》な態度を取ったために一時降職されたこともあったが、間もなくもとに戻《もど》り、侍御史《じぎょし》から太子《たいし》賓客《ひんかく》、右《う》散騎常侍《さんきじょうじ》を歴任した。

太和年間の初め（八二七年ころ）礼部尚書《れいぶしょうしょ》（大臣）で隠退し、間もなく死んだ。

特に七言絶句の評判は高く、一首できるごとに楽人たちが買い求めて雅楽《ががく》の楽曲《がっきょく》に乗せたり、好事家《こうずか》たちが「早行篇《そうこうへん》」「征人《せいじん》の歌《うた》」などを屏風《びょうぶ》絵に描かせたりしたという。

李益は嫉妬《しっと》深い人で、妻や妾《めかけ》の部屋の前には灰をまいて出入りできないようにするというふうで、「妬痴尚書《とちしょうしょ》」（やきもち大臣）といわれた。次のような伝説がある。

進士になって間もないころ、霍小玉《かくしょうぎょく》という美しい芸妓《げいぎ》と知り合った。二人は二世を誓い合い、必ず迎えに来ると言って李益は故郷に帰った。ところが李益の母親が別に縁談を進めたので、李益は仕方なく結婚し、便りもやらなかった。ある春の日、李益が長安の牡丹《ぼたん》を見物していると、大男にむりやり小玉の家に連れていかれた。小玉は李益を慕って病気になり、暮らしにも困っていた。逃げようとする李益に小玉は恨みを述べ、病床から起き上がって李益の腕をつかんだまま息絶えた。こののち、李益の妻の身辺には怪しいことが続けて起こった。夜中、妻のベッドのそばに美しい青年が立っており、李益が近づくと消えてしまうのである。李益は嫉妬の病にとりつかれ、三度妻を取り換えたが、それでも霍小玉の祟《たた》りで安らぎを得ることができなかったという。（霍小玉伝）

従ツテレ軍ニ北征ス（軍《ぐん》に従《したが》って北征《ほくせい》す）　李益《りえき》　〈七言絶句〉

天[1]山雪後海[2]風寒シ●
横笛偏ニ吹ク行[3]路難●
磧[4]裏ノ征人三十萬
一時回ラシテレ首ヲ月中ニ看ル●

天山《てんざん》雪後《せつご》海風《かいふうさむ》寒し
横笛《おうてき》偏《ひとえ》に吹《ふ》く行路難《こうろなん》
磧裏《せきり》の征人三十万《せいじんさんじゅうまん》
一時《いちじ》首《こうべ》を回《めぐ》らして月中《げっちゅう》に看《み》る

天山に雪が晴れて、西方の湖をわたってきた風が冷たく吹きすさぶ。横笛がしきりに「行路難」を吹く。その調べを聞いて、はるばると砂漠に出征してきた三十万の兵士たちは、いっせいにふりかえって月の光の中でじっと見つめる。

1. 天山　新疆《しんきょう》ウイグル自治区を横断する山脈。青海省《せいかいしょう》と甘粛《かんしゅく》 省《しょう》との境の祁連山《きれんざん》を天山《てんざん》と呼ぶこともあるので、あるいはそれを指すのかもしれない。**2. 海風**　青海などの西方の湖から吹く風。**3. 行路難**　楽曲の名。旅路の苦難をテーマとする。**4. 磧**　砂漠。

《鑑賞》　李益はのちに礼部尚書にまでなった人だが、若いころは節度使の幕僚として辺塞《へんさい》を転々と従軍していた。その時に作った一連の辺塞詩には見るべきものが多い。

この詩は、後半の二句の、月を浴びて従軍していた兵士たちが三十万人も、笛の音《ね》にいっせいにあとをふりかえった、という情景描写に迫力がある。様々な人生を様々に生きてきた三十万人もの人々。それが過去からぷっつりと切り離されて、雪の後の、北風が吹きすさぶ砂漠を皆同じように黙々と行進していく。砂漠の風に乗って聞こえてきた笛の音に、人々がいっせいにふりかえると、それまで押し殺されてきた三十万もの胸の思いが、一気にほとばしり出て砂漠を照らす月の光の中に充満する。兵士たちは月の光の中に何を見ていたのだろう。もう帰れないかもしれない故郷の方か。かつて聞いたことのある笛の音の方角か。お互いに顔を見合わせて涙を流したのか。ここでは穿鑿《せんさく》しない。

夜上受[1]降城聞笛（夜《よる》、受降城《じゅこうじょう》に上《のぼ》りて笛《ふえ》を聞《き》く）　李益《りえき》　〈七言絶句〉

回[2]樂峯前沙似雪
受降城外月如霜
不知何處吹蘆[3]管
一夜征人盡望鄉

回楽峰前《かいらくほうぜん》沙《すな》雪《ゆき》に似《に》たり
受降城外《じゅこうじょうがい》月《つき》霜《しも》の如《ごと》し
知《し》らず何《いず》れの処《ところ》か蘆管《ろかん》を吹《ふ》く
一夜《いちや》征人《せいじん》尽《ことごと》く郷《きょう》を望《のぞ》む

回楽峰の前のあたり、砂漠の砂はまるで雪のよう。
受降城の城の外、月の光に照らされて、まるで霜が降りているよう。
どこから聞こえてくるのだろうか、悲しい蘆笛（ろてき）の音は。
一夜、そのしらべを聞いて、はるばる来た兵士たちは皆、故郷の空を眺めやる。

1. 受降城　漢の武帝の時、将軍公孫敖《こうそんごう》が今の内蒙古自治区包頭《パオトウ》の西北に築いた。唐初に将軍張仁愿《ちょうじんげん》がそれを再興し、東・中・西の三つの受降城にわけた。**2. 回楽峰**　旧寧夏省霊武《ねいかしょうれいぶ》の西南の廻楽県《かいらくけん》にある山ともいわれるが受降城からは遠い。山西省大同《さんせいしょうだいどう》の西にある山という説もあり、それは東受降城の西にあたる。**3．蘆管**　アシの葉を巻いて作った、異民族の笛。

《鑑賞》　この詩も前の詩と同じころに作られた、同じような着想の作品である。昼間の喧噪《けんそう》も砂ぼこりも、すべてが静まった夜、受降城の城壁に上ってしみじみとあたりを見回した時のこと、遠い回楽峰のあたりは砂漠が白く光って雪が積もっているよう。城のまわりは月の光が輝いて霜が降りているよう。その見渡す限りの静けさの中に異国の笛の音が通り過ぎていく。美しい情景である。故郷とは異なった全くの別世界に来たような思いに、兵士たちの旅愁《りょしゅう》はいやでもかきたてられるのである。この情景に似て、詩の音調もまた美しい。三字の固有名詞をうたいこみ、砂―雪、月―霜の対比も洒落《しゃれ》ている。

この作品は中唐期の七言絶句の傑作と言われ、明《みん》の王世貞《おうせいてい》はその著、『芸苑卮言《げいえんしげん》』の中で、「回楽峰《かいらくほう》の一章は、王昌齢《おうしょうれい》、李白《りはく》にもゆずらない」と述べている。

《補説》　李益は辺塞詩を多く書いて名を残したが、次の詩は、流れ去る川の水と吹き散る柳絮《りゅうじょ》との中に、滅び去った美しい宮殿の幻想をただよわせて、哀愁を帯びたすぐれた懐古の作品となっている。

「汴水東流無限春／隋家宮闕已成レ塵／行人莫下上二長堤一望上／風起楊花愁二殺人一（汴水東流《べんすいとうりゅう》す無限《むげん》の春《はる》、隋家《ずいか》の宮闕《きゆうけつ》已《すで》に塵《ちり》と成《な》る。行人長堤《こうじんちょうてい》に上《のぼ》って望《のぞ》むこと莫《な》かれ、風起《かぜお》こって楊花《ようか》人《ひと》を愁殺《しゅうさつ》せん）」

〈汴河曲《べんかきょく》（汴河《べんか》の曲《きょく》）〉

（汴河《べんか》は東へ東へと流れて、限りもない春の思い。隋《ずい》の煬帝《ようだい》がこの河のほとりに四十余ヵ所にも置いて行楽《こうらく》の地とした宮殿は、もはや、荒廃して塵《ちり》となってしまった。道行く人々よ、長い堤《つつみ》に上ってあたりを眺望《ちょうぼう》してはならない。風が起こって楊柳《やなぎ》の真っ白い綿毛をあたり一面に吹き散らす景色は、見る人を深い悲しみに沈ませるだろうから）

韋《い》応物《おうぶつ》 〔中唐〕（七三七？〜？）

字《あざな》は不詳。京兆長安《けいちょうちょうあん》（陝西省西安市《せんせいしょうせいあんし》）の人。名門の出身だが、若いころは任侠《にんきょう》を好み、玄宗の三衛郎《さんえいろう》（近衛兵《このえへい》）として仕えて肩で風を切る勢いだった。

安禄山《あんろくざん》の乱で職を失ってから心を入れかえて勉学に努めた。一時貧乏のため転々としたが、代宗の永泰年間（七六五〜七六六）京兆の功曹《こうそう》から洛陽《らくよう》の丞《じょう》となった。その後櫟陽《れきよう》（陝西省）の令《れい》となったが、病気のために辞去し、都の善《ぜん》福寺《ぷくじ》で静養した。建中二（七八一）年に召されて比部員外郎《ひぶいんがいろう》となり、さらに滁州《じょしゅう》（安徽省《あんきしょう》）刺《し》史、江州《こうしゅう》（江西省《こうせいしょう》）刺史を歴任して善政を施し、名をあげた。しばらくの間都に呼びもどされて左司郎中《さしろうちゅう》となっていたが、また貞元《ていげん》二（七八六）年蘇州《そしゅう》（江蘇省《こうそしょう》）刺史に転出した。そこでも民衆の人望を集め、引退してからもそのまま蘇州にとどまった。

その後、四十年ほどたって太和年間（八二七〜八三五）に韋応物が太僕少卿兼御史中丞《たいぼくしょうけいけんぎょしちゅうじょう》、諸道塩鉄転運江淮留後《しょどうえんてつてんうんこうわいりゅうご》となったという記録があるが、同名異人だろう。本当なら九十歳以上で官職にいたことになる。

韋応物は天性高潔で詩作に優れていた。詩風は王維《おうい》（151頁）、孟浩然《もうこうねん》（125頁）の流れをくみ、柳宗元《りゅうそうげん》（404頁）とあわせて「王孟韋柳《おうもういりゅう》」と呼ばれている。その詩は、清らかな山水の世界を写して、清冽《せいれつ》、閑寂《かんじゃく》の趣がある。詩を作るときは全く技巧を用いず、天衣無縫《てんいむほう》のようでいて、当時比肩するものがいなかった。白居易《はくきょい》（419頁）は「詩情《しじょう》亦《ま》た清閑《せいかん》なり」〈潯陽楼《じんようろう》に題《だい》す〉と述べて韋応物をとりわけ敬慕している。同時代の文人、僧皎然《そうきょうねん》は韋応物のスタイルをまねた詩を作って献じたことさえあるという。

最後に蘇州刺史をしたので韋蘇州と呼ばれている。いま『韋蘇州集』十巻が伝わり、詩は全部で五百六十五首。

秋夜寄《ス》二丘[1]二十二員外《ニ》一（秋夜丘二十二員外に寄す《しゅうやきゅうにじゅうにいんがいによす》）　韋応物《いおうぶつ》　〈五言絶句〉

懷《フハ》レ君《ヲ》屬[2]《シ》二秋夜《ニ》一　君《きみ》を懐《おも》うは秋夜《しゅうや》に属《ぞく》し

散歩《シテ》詠《ズ》二涼天●《ニ》一　散歩《さんぽ》して涼天《りょうてん》に詠《えい》ず

山空《シウシテ》松[3]子落《ツ》　山空《やまむな》しゅうして松子落《しょうしお》つ

幽[4]人應《ニシ》レ未《ダル》レ眠●《ラ》　幽人応《ゆうじんまさ》に未《いま》だ眠《ねむ》らざるべし

あなたのことを思っている今は、ちょうど秋の夜である。
そぞろ歩きをしながら涼しく広がる天に向かって詩を吟じている。
山の中には人気《ひと》《け》がなくて、松かさがカサリと落ちた。
ひっそりと住むあなたも、きっとまだ眠っていないだろう。

1. 丘二十二員外　丘丹《きゅうたん》のこと。作者の親友で、諸曁《しょき》（浙江省《せっこうしょう》）の令を経て戸部員外郎《こぶいんがいろう》（尚書省《しょうしょしょう》の属官）となったが、早くに辞職し、浙江省の臨平山《りんぺいざん》に隠棲した。二十二は二十二番めの男子。**2. 属**……である。ちょうど……にあたる。**3. 松子**　松かさ。**4. 幽人**　隠者、世捨て人。ここでは丘丹を指す。

《鑑賞》　作者が蘇州刺史のころの作品と推定される。臨平山に隠棲している友を懐かしんで作った作品である。

第三句は、静の中の微動を描いたもので、清《しん》の沈徳潜《しんとくせん》に「幽絶」と評された句である。秋の夜の、人《ひと》気《け》がなくシーンと静まりかえった中で、作者があれこれと友達のことを思い出していると、カサッとかすかな音がした。このわずかな音が聞こえたために、静けさはますます深まっていく。そして作者はそのかすかな音に、ふと足を止めて思うのである。友のいるあたりでも、葉が落ちてすっかり寂しくなった山の中で、松かさがカサとかすかな音をたてて落ちていることだろう。友はその山の中で、やはり私と同じように眠れずに物思いにふけっていることだろう、と。遠く離れたところで同じような情景が繰り広げられているに違いない。同じような秋の夜の、同じような涼しく寂しげな空のもとで。これは新鮮な感覚である。この新鮮な感覚が、松かさの落ちるかすかな音から導き出されたところに、詩人の鋭敏な心の働きを見るのである。

《補説》　韋応物と丘丹は幾度か詩を応酬した。この作品にも丘丹が唱和している。

「露滴梧葉鳴／秋風桂花発／中有㆓学㆑仙侶㆒／吹㆑簫弄㆓明月㆒（露滴《つゆしたた》りて梧葉《ごよう》鳴《な》り、秋風桂花《しゅうふうけいか》発《ひら》く。中《うち》に仙《せん》を学《まな》ぶ侶《ともがら》有《あ》り、簫《しょう》を吹《ふ》いて明月《めいげつ》を弄《ろう》す）」〈和㆓韋蘇州秋夜寄㆒（韋蘇州《いそしゅう》の秋夜《しゅうや》寄せらるるに和《わ》す）〉

（露がしたたり落ち、梧《きり》の葉がザワザワと音をたてるころ、秋風に誘われて桂〈もくせい〉の花が開きました。その花の中には仙術を学ぶ友がいて、一緒に明るい月を楽しみながら、簫《しょう》を吹いて遊んだのです）

こちらの方は、月光のもとに笛を吹く、という趣向で、秋の夜の澄明《ちょうめい》さをうたう。韋応物の「幽」に対し、こちらは「仙」で応《こた》えたのである。

幽居（幽居《ゆうきょ》）　韋応物《いおうぶつ》　〈五言古詩〉

貴賤雖異等[1]
出門皆有營[2]
獨無外[3]物牽
遂此幽居情
微雨夜[4]來過
不知春草生
青山忽已曙
鳥雀繞舍鳴

貴《き》賤《せん》等《とう》を異《こと》にすと雖《いえど》も
門《もん》を出《い》づれば皆営《みないとな》み有《あ》り
独《ひと》り外物《がいぶつ》の牽《ひ》く無《な》く
此《こ》の幽居《ゆうきょ》の情《じょう》を遂《と》ぐ
微雨《びう》夜来《やらい》過《す》ぐ
知《し》らず春草《しゅんそう》の生《しょう》ずるを
青山《せいざん》忽《たちま》ち已《すで》に曙《あ》け
鳥雀舎《ちょうじゃくしゃ》を繞《めぐ》りて鳴《な》く

身分の高い者と、低い者と、その階級は違ってはいても、
わが家を出れば皆あくせくと営利を求めて働いている。
私ひとりは、地位だの財産だのといった外の物にひかれることなく、
世俗の塵にそまないひっそりとした住まいでの心情を、わがものにして存分に味わっている。
しとしととした雨が、ゆうべから降っていた。
今朝はきっと春の草が萌(も)えでているることだろう。
青々とした山がサーッとあけてくると、
小鳥たちが家のまわりでにぎやかにさえずり始めた。
こうした生活の中で私は、ときには憎

時ニ與二道[5]人一偶[6]シ
或ハ隨ツテ二樵者一ニ行ク●
自ラ當レシニ安二ンズ蹇[7]劣一ニ
誰カ謂レフヤ薄[8]二ンズト世[9]榮一ヲ●

時《とき》に道人《どうじん》と偶《ぐう》し
或《ある》いは樵者《しょうしゃ》に随《したが》って行《ゆ》く
自《みずか》ら当《まさ》に蹇劣《けんれつ》に安《やす》んずべし
誰《たれ》か世栄《せいえい》を薄《うと》んずと謂《い》うや

侶といっしょに座ったり、またあるときはきこりにくっついて山の中に行ったりする。私には世渡りの才能がないのだが、それに満足すべきだと思っている。世俗の栄誉を軽蔑(けいべつ)してこうした生活をしているのだと、いったいだれがそんなことを思いましょうか。

1.等　等級、階級。**2.営**　いとなむ仕事。「経営」の営。**3.外物**　自分の外にある名声、地位、財産など。**4.夜来**　昨夜。**5.道人**　道を修行している人。**6.偶**　二人連れになること。**7.蹇劣**　愚鈍で拙劣なこと。**8.薄**　軽視する。**9.世栄**　世俗的な栄誉。

《鑑賞》　この詩は、陶潜《とうせん》の「飲酒《いんしゅ》その五」(49頁参照)を下敷きにし、それを裏返した形でうたっている。そこにこの詩のおもしろみと韋応物の機知とが感じられる。

最初の四句は、陶潜の「飲酒」のはじめの四句に相当する。世の人々は貴《たつと》きもいやしきも等しく門を出て奔走《ほんそう》する。その中で自分一人、内にいてあくせくすることなく、俗念を去ってひっそりと暮らしている。それは「心《こころ》遠《とお》ければ地《ち》自《おのず》から偏《へん》なり」という心持ちに由来するものである。

次の四句は、「飲酒」では秋の夕暮れの情景であるが、この詩では春の曙《あけぼの》の様子となっている。ここに「知らず」と言っているのは、まだ寝床の中で想像しているからである。といえば、ここの二句、例の孟浩然《もうこうねん》の「夜来風雨《やらいふうう》の声《こえ》、花落《はなお》つること知《し》んぬ多少《たしょう》ぞ」〈春暁《しゅんぎょう》〉(125頁)の句を思い出させる。また陶潜にも「微雨《びう》東《ひがし》より来《き》たり、好風之《こうふうこれ》と倶《とも》なう」〈山海経を読む〉(58頁)という句がある。夜が明けると鳥がにぎやかに鳴いているというところも、孟浩然の「処処啼鳥を聞く《しょしょていちょうをきく》」の趣《おもむき》である。陶潜の「飲酒」の情景には、人生の真実を蔵する奥深いものが感じられたが、韋応物のこの詩は、孟浩然の「春暁」にも通ういかにも悠々《ゆうゆう》たる高士の閑適のさまがゆかしく感じられるのである。

しかしそれにしても、その機知とセンスには全く感嘆させられる。

私は道士やきこりと一緒に暮らしている、という二句、きこりや漁師は隠者の仲間だから、この二句は隠者の生活を象徴している。このあたりまで、世俗から超越した生活を描いているが、最後の二句で、こんな自分を卑下してみせる。陶潜の「飲酒」は、真実の生き方は説明不能、わかりたくばおれにならえ、とうそぶくが、韋応物は、いや私がこのような幽居で暮らしているのは、出世や名誉を軽蔑して高潔ぶっているのではない、自分が無能なせいですよ、という。

しかし、最初の四句では、世間の人は皆外物に牽《ひ》かれてあくせくしている、私だけが閑々の生活をしていると言っているのである。とすると、これは痛烈な皮肉、風刺であり、実は、陶潜と同じような傲《ごう》然《ぜん》たる態度なのである。

王《おう》建《けん》　〔中唐〕（七七八?～八三〇?）

字《あざな》は仲初《ちゅうしょ》。潁川《えいせん》（河南省《かなんしょう》）の人。大暦《たいれき》十（七七五）年に進士及第後、渭南県《いなんけん》（陝西省《せんせいしょう》）尉《い》・秘書丞《ひしょじょう》・侍御史《じぎょし》を歴官。のち陝州《せんしゅう》（河南省）の司馬に転出。また数年間辺境にも従軍し、帰ってきてからは咸陽原上《かんようげんじょう》（陝西省）に住んだ。

韓愈《かんゆ》の門下で、白居易《はくきょい》・劉禹錫《りゅううしゃく》とも交際があった。詩風は韓愈と違い、彼の門下の張籍《ちょうせき》と近く、楽府《がふ》・歌行《かこう》にすぐれて一時の流行をリードし、「張・王の楽府」と併称された。宮詞《きゅうし》の名手でもあり、一族の枢密使《すうみつし》王守澄《おうしゅちょう》から宮中の事をもれ聞いては宮詞百編をつくったエピソードは有名。『王建詩集』十巻。なお、宮詞とは宮中の女性の心情・生活をうたった詩である。

十[1]五夜望月（十五夜《じゅうごや》月《つき》を望《のぞ》む）　王建《おうけん》　〈七言絶句〉

中庭地白樹棲鴉
冷[2]露無聲濕桂[3]花
今夜月明人盡望
不知秋[4]思在[5]誰家

中庭《ちゅうてい》地《ち》白《しろ》うして樹《き》に鴉《からす》棲《す》み
冷露《れいろ》声《こえ》無《な》く桂花《けいか》を湿《うる》おす
今夜《こんや》月明《げつめい》人《ひと》尽《ことごと》く望《のぞ》むも
知《し》らず秋思《しゅうし》の誰《た》が家《いえ》にか在《あ》る

中庭の地面は月の光を受けて白く輝き、樹上では鴉がねぐらについている。冷ややかな露がしのびやかに結んで、木犀（もくせい）の花をしっとりと濡らす。
こよい中秋のさえた満月の光を、人はだれしもながめてはいるだろうが、さて、秋の夜の物思いにふける人は、いったいどこの家にいるのだろうか。

1.十五夜望月　この題の下に「杜郎中《とろうちゅう》に寄《よ》す」という四字を加えるテキスト（『全唐詩《ぜんとうし》』）や、「時《とき》に琴客《きんかく》と会《かい》す」という原注を添えるテキスト（中華書局《ちゅうかしょきょく》『王建詩集』）もある。なお杜郎中の名はわからない。**2.冷露**　冷ややかな露。露は月光の雫《しずく》によって結ばれるという。**3.桂花**　木犀（モクセイ科の香木）の花、月世界にも生えているという伝説がある。**4.秋思**　秋の物思い。ただし楽府琴《がふきん》曲《きょく》の題ともなっている。（宋《そう》・郭茂倩《かくもせん》『楽府詩集』巻五十九）**5.在**　あるテキスト（『王建詩集』）では「落」となっており、それならば「秋思《しゅうし》」という琴曲がだれの家に届くかという意味になる。

《鑑賞》　満月の夜景の美しさをうたいながら、友を懐かしむ詩である。

起・承の二句は、秋の月夜のさわやかな夜景を描くが、月そのものをうたわず、地面に照りはえる白い光、木々と樹上にねぐらする鴉《からす》のシルエットをくっきりと浮かび上がらせて月の明るさを想像させ、しのびやかに花の上に結んだ夜露とあたりに漂う木犀の香りを写して、地上の世界があたかも月世界そのものに引きいれられたかのような感動をあたえている。

転・結の二句は、この清浄な月夜の景色によってひきおこされた友への慕情をうたう。転句の「だれもがみなこのさえた満月をながめているものを」という句は、いま夜景をともに楽しむ友がないという寂しさを告げている。結句は、わが友もきっと月をながめて物思いにふけっているのだろうと想像するのだが、「物思いにふける人はいったいどこのだれか」と疑問の形にしている。

自問とも友への問いかけともつかぬ、ため息まじりのこの言葉によって、友への慕情がしみじみした余韻《よいん》をつくりだしている。

《補説》　夜景をめでつつ友を懐かしむというテーマは、唐代詩人が好んでうたっており、傑作が多い。

韋応物の「秋夜丘二十二員外《しゅうやきゅうにじゅうにいんがい》に寄《よ》す」（380頁）もその一つ。月光を素材にうたった詩には、白居易の「八月十五日《はちがつじゅうごにち》の夜、禁中《きんちゅう》に独《ひと》り直《とのい》し、月《つき》に対《たい》して元九《げんきゅう》を憶《おも》う」（468頁）がある。この詩の題も「杜郎中《とろうちゅう》に寄《よ》す」という言葉を添えた方がよいかもしれない。なお「時《とき》に琴客《きんかく》と会《かい》す」という注や、「秋思」を固有名詞の琴曲の名とし、「在」を「落」と替えれば（語釈参照）、「私もうたう（または奏《かな》でる）秋思の曲は、どこの家にとどくものやら」という意味になり、別の味わいが生まれる。

新嫁娘[1]（新嫁《しんか》の娘《じょう》）　王建《おうけん》　〈五言絶句〉

三[2]日入厨[3]下
洗手作羹[4]湯●
未諳[5]姑食[6]性
先遣小[7]姑嘗●

三日《みっか》厨下《ちゅうか》に入《い》り
手《て》を洗《あら》いて羹湯《こうとう》を作《つく》る
未《いま》だ姑《こ》の食性《しょくせい》を諳《そら》んぜず
先《ま》ず小姑《しょうこ》をして嘗《な》めしむ

嫁いで三日目、いよいよ台所に入りかいがいしく新妻のしごとはじめ。
気を引き締め手を洗いきよめ、羹湯（あつもの）づくりにとりかかる。
まだ、お姑（しゅうと）さまの好みを知らないので、
まず小姑（こじゅうと）に味みをしてもらう。

1. 新嫁娘　嫁入ったばかりの若妻。にいづま。「娘」は既婚の女性。『全唐詩《ぜんとうし》』には「新嫁娘詩」とし、三首おさめる。第三首めがこの詩。**2. 三日**　嫁いで三日目。**3. 厨下**　台所。**4. 羹湯**　どろりとしたスープのたぐい。**5. 諳**　知りつくす。**6. 食性**　食事の好み。**7. 小姑**　夫の妹。

《鑑賞》　嫁いできたばかりの若妻が、まだ家風もわからぬまま、不安な気持ちを抱きつつ、かいがいしく働きはじめたいじらしい様子をうたっている。全編みな新妻のモノローグで語り、ひねりも気取りもないが、かえってその素朴《そぼく》さが、新妻のういういしさを印象づける効果をつくっている。

起・承の二句は仕事にとりかかった様子をのべるが、「洗手」という承句の二字、気を引き締め慎重に仕事にとりかかろうとする心を、さりげない動作によって表している。転句は心に兆《きざ》した不安をそのまま語る。家風をこしらえている絶対者の一人が主婦である姑。彼女に気に入られるかどうかで、新妻の夫の家での評価が違ってくる。姑の汁味《しるあじ》を覚えることが奥様学の第一課なのだ。だが姑の好みはどうしたらわかろうか。そこで、こっそり、小姑に味みをさせるのである。かつての日本もそうだったが、家族制度の中の新妻の位置、その気くばり、といったものを、実によくとらえている。

《補説》　この詩は、楽府体《がふたい》や宮詞《きゅうし》の作者としてすぐれた王建の面目《めんもく》を見事に発揮した愛すべき小品である。女のいじらしさをうたった佳作をもう一首紹介しておこう。題は「望夫石《ぼうふせき》」、楽府体の詩である。

「望レ夫処／江悠悠／化為レ石／不レ回レ頭／山頭日日風復雨／行人帰来石応レ語（夫《おっと》を望《のぞ》みし処《ところ》、江《こう》は悠悠《ゆうゆう》たり、化《か》して石《いし》と為《な》るも、頭《こうべ》を回《めぐ》らさず、山頭日日風《さんとうひびかぜ》復《ま》た雨《あめ》、行人帰《こうじんかえ》り来《き》たれば石応《いしまさ》に語《かた》るべけん）」

大意は「旅に出た夫を待っても、大河の流れのように日は過ぎ、女は夫を慕《した》う一念から石となり変わり、風雨に打たれつづける、夫がもし帰ってきたら、喜びのあまり、石はきっと語りだそう」というもの。このように女心を通俗的にやさしくうたう面にも、作者の詩の特徴があった。

張籍《ちょうせき》〔中唐〕（七六八～八三〇？）

字《あざな》は文昌《ぶんしょう》、和州烏江《かしゅううこう》（安徽省《あんきしょう》）の人とも蘇州《そしゅう》呉《ご》（江蘇省《こうそしょう》蘇州市）の人ともいわれる。汴州《べんしゅう》（河南省《かなんしょう》）における進士の予備試験で、才能を試験委員の韓愈《かんゆ》に認められて首席に選ばれ、翌貞《てい》元《げん》十五（七九九）年の本試験にも一度で及第。時に三十一歳、おく手であった。国子博士《こくしはかせ》・国《こく》子司業《しぎょう》・水部員外郎《すいぶいんがいろう》などを歴官している。

韓愈門下の詩人だが、詩風は白居易《はくきょい》・元稹《げんじん》に近く、元和体《げんなたい》という社会派の詩風を確立して、同じ韓愈の党人王建《おうけん》と楽府《がふ》に新機軸を出し、世に「張・王の楽府」と併称された。白居易からは「尤《もっと》も楽府《がふ》の詩《し》を工《たくみ》にす、代《よ》を挙《あ》げて其《そ》の倫《ともがら》少なり（広い世間にもこんな人はまれだ）」と讃《たた》えられている。王建のほか、孟郊《もうこう》・賈島《かとう》ら韓愈門下の詩人との親交があり、彼らとの贈答の詩が多い。

やさしい人柄となりふり構わぬ飄飄然《ひょうひょうぜん》たる風貌《ふうぼう》が伝わり、『張司業集《ちょうしぎょうしゅう》』七巻、徐澄宇《じょちょうう》撰《せん》『張王楽府』がある。

秋[1]ノ思ヒ（秋《あき》の思《おも》い）　張籍《ちょうせき》　**〈七言絶句〉**

洛[2]陽城[3]裏見[4]ル㆓秋風ヲ㆒●
欲シテ㆑作ラント㆓家[5]書ヲ㆒意[6]ヒ萬重●

洛陽城裏秋風《らくようじょうりしゅうふう》を見《み》る
家書《かしょ》を作《つく》らんと欲《ほっ》して意《おも》い万重《ばんちょう》

洛陽のまちに逗留（とうりゅう）するうちに、枝々の葉裏をひるがえし木々の葉を散らせ、秋風が渡るようすが見えるようになった。

郷里がむしょうに恋しくなり、手紙を書こうと思いたったが、つのる思いに

復タ恐ル[7]怱怱說[8]イテ不ルヲレ盡サ
行[9]人臨ンデレ發スルニ又開クレ封●ヲ

復《ま》た恐《おそ》る怱怱《そうそう》説いて尽《つ》さざるを
行人《こうじん》発《はつ》するに臨《のぞ》んで又封《またふう》を開《ひら》く

あれこれと書きたいことばかり。したためてはみたが、あわただしく書いたので、言い落としはないかと気がかりだ。ことづける旅人が出発するとき、もう一度封を開いて点検し直すのである。

1．秋思　秋の物思い。楽府・琴曲歌辞《きんきょくかじ》。六朝《りくちょう》以来の歌曲のテーマを継ぐ。旅情・別離などをうたう。**2．洛陽**　河南省洛陽市《らくようし》、唐代には東都とよばれ、長安に次ぐ都であった。**3．城裏**　まちのなか。**4．見二秋風一**　晋《しん》の張翰《ちょうかん》は洛陽で、吹きそめた秋風に呉《ご》の郷土料理が懐かしくなり「心にかなった生き方こそ大切。なんで遠い異郷に役人暮らしをし、名や地位を求めることがあろうか」といい、車をしたくさせ帰郷してしまった（『晋書』張翰伝）といわれる。語はこの故事を踏まえる。**5．家書**　家への手紙。**6．意万重**　つのる思いに、あれもこれも書きたくなること。**7．怱怱**　あわただしいこと。**8．説不レ尽**　いい残しがある。**9．行人**　旅人、ここでは手紙をことづける人。

《鑑賞》　作者が東都洛陽に勤めていた際、秋風の気配に望郷の念にかられ、手紙を書こうとしたときの感慨をうたった詩。故事の使用、情景・心理の描写がさえている。

木々の様子に秋風を見るという起句は心憎い。この句は、まず、作者と同じ洛陽勤務、同姓、しかも同郷人かもしれぬ晋の張翰の故事（語釈参照）を踏まえて、望郷の念にせかれる心中をたくみに想像させ、承句との間にも、心理の動きの自然な流れをつけている。

つのる思いに胸中をすっかり語りつくせない（転句）、語りつくせぬから気がかりになり、手紙をことづけるまぎわに、また封をひらいてみる（結句）。このように自然の流れの中に、あわただしさ、心残りが訴えられ、それが望郷の念を強める効果をあげているのに気づくだろう。

風に対する秋の気配の感覚をうたうとき、人はふつう聴覚的にとらえるであろう。劉禹錫《りゅううしゃく》の「秋風《しゅうふう》の引《いん》」（414頁）の転・結二句や、藤原敏行《ふじわらのとしゆき》の「秋来《あきき》ぬと目《め》にはさやかに見《み》えねども風《かぜ》の音《おと》にぞ驚《おどろ》かれぬる」という和歌にしてもそうである。だがこの詩は「秋風を見る」といい、木々や落葉の様子から、風を目でとらえるという発想をみせている。この句はむろん故事を連想させる技法から生まれているが、叙景《じょけい》面でも一生面《いちせいめん》を開いたものといえよう。

《補説》　張籍は古詩・楽府の作者として傑出、社会派の詩人として活躍した。その面影を律詩のうちにとどめた「蕃《ばん》に没《ぼっ》せし故人《とも》」という五言の非戦詩を全句あげておく。

「前年戍二月支一／城下没二全師一／蕃漢断二消息一／死生長別離／無三人収二廃張一／帰馬識二残旗一／欲レ祭疑二君在一／天涯哭二此時一（前年月支《ぜんねんげつし》を戍《まも》り、城下全師《じょうかぜんし》没《ほろ》ぶ、蕃漢消息《ばんかんしょうそく》を断《た》ち、死生《しせい》長《とこし》えに別離《べつり》す、人《ひと》の廃張《はいちょう》を収《おさ》むる無《な》し、帰馬《きば》残旗《ざんき》を識《し》る、祭《まつ》らんと欲《ほっ》して君在《きみあ》るかと疑《うたが》い、天涯此《てんがいこ》の時《とき》を哭《こく》す）」

（過ぐる年、月支《げつし》〈西域の国名〉の守りにつき、城下に軍は全滅した。以来蕃地《ばんち》と中国は途絶して、消息を知るよすがもなく、長い死生の別れとなった。棄てられた帳《テント》を収める人はなく、破れはてた軍旗を識《し》って馬のみが帰ってくる。君が魂を祭ろうとして、なお生きているかと疑い、とおく天の果てを望みやり、君をここに痛哭《つうこく》する）

漢の昔に託して唐朝の外戦をそしっているのである。

韓《かん》 愈《ゆ》 〔中唐〕（七六八～八二四）

字《あざな》は退之《たいし》。先祖の出身地を移して昌黎《しょうれい》（河北《かほく》省《しょう》）の人とするが、南陽《なんよう》（河南省《かなんしょう》）の出身。白《はく》居易《きょい》と対抗した中唐詩壇の一方の雄であり、散文作家としては、柳宗元《りゅうそうげん》とともに韓・柳と併称され、古文復興の運動を推し進め、また儒学の振興にも力を尽くした。

幼少より苦労し、父の死後世話になった長兄韓会《かんかい》が左遷されると、この兄に従い嶺南《れいなん》 韶州《しょうしゅう》（広東省《カントンしょう》）に下っている。二十五歳で進士に及第したが、博学宏詞科《はくがくこうしか》や銓試《せんし》には落第、一時は節度使《せつどし》の幕下を転々とする不遇な暮らしが続いた。三十五歳で四門博士《しもんはかせ》、ついで監察御史《かんさつぎょし》となり柳宗元と机をならべたが失脚、陽山《ようざん》（広東省）に流される。のち中央政界に復帰した彼は、河南軍閥呉元済《ごげんさい》の討伐に功を立て刑部侍郎《けいぶじろう》に進んだ。そのとき、皇帝憲宗《けんそう》が宮中において仏舎利《ぶっしゃり》供養を営んだのに反対、「仏骨を論ずる表」をささげて帝の激怒を買い、潮州《ちょうしゅう》（広東省）刺史《しし》として流された。元和十四（八一九）年五十二歳のときのことである。のち中央政界に復帰、京兆尹《けいちょういん》・兵部侍郎《へいぶじろう》・吏部侍郎《りぶじろう》を歴官。五十七歳で引退して亡くなり、礼部尚書《れいぶしょうしょ》（大臣）を贈られた。

彼の詩は平易・浮俗の詩風に反発した難解なものが多く、後世「有韻の文のみ」と酷評されもしたが、小品の中には、親しめる詩情をたたえた詩もある。散文作品「師の説」で師道を宣揚した彼はよく後進を導き、詩人孟郊《もうこう》・賈島《かとう》・張籍《ちょうせき》・王建《おうけん》・李賀《りが》、儒学者李翶《りこう》らを門下から輩出した。『韓昌黎集《かんしょうれいしゅう》』四十巻・『外集』十巻がある。

左[1]遷至藍[2]關示姪[3]孫湘

(左遷《させん》せられて藍関《らんかん》に至《いた》り、姪孫《てっそん》の湘《しょう》に示《しめ》す)　韓愈《かんゆ》

〈七言律詩〉

一[4]封朝奏九[5]重天
夕貶潮[6]州路[7]八千
欲爲聖[8]明除弊[9]事
肯將衰朽惜殘[10]年
雲橫秦[11]嶺家何在
雪擁[12]藍關馬不前
知汝遠來應[13]有意

一封《いっぷう》朝《あした》に奏《そう》す九重《きゅうちょう》の天《てん》
夕《ゆう》べに潮州《ちょうしゅう》に貶《へん》せらる路《みち》八千《はっせん》
聖明《せいめい》の為《ため》に弊事《へいじ》を除《のぞ》かんと欲《ほっ》す
肯《あえ》て衰朽《すいきゅう》を将《も》って残年《ざんねん》を惜《お》しまんや
雲《くも》は秦嶺《しんれい》に横《よこた》わりて家《いえ》何《いず》くにか在《あ》る
雪《ゆき》は藍関《らんかん》を擁《よう》して馬《うま》前《すす》まず
知《し》る汝《なんじ》の遠《とお》く来《き》たる応《まさ》に意《い》有《あ》るべし

朝、一通の上奏文を奥深い天子の宮殿にたてまつったところ、
夕べには八千里も南のかなた潮州の地に流されることになってしまった。
聖明なる天子のために、国家の弊害を除きたてまつらんとて、したことである。
この衰えはてた身で、いまさら老いぼれの余生を惜しむものか。
雲は秦嶺山脈にたちこめて、わが家がどこにあるかもわからず、
雪は藍田関(らんでんかん)をうずめて馬もすすもうとはせぬ。
おまえがはるばるやって来たのは、きっと何か心づもりがあってのことであろう。

好[14]シ收メヨ[二]吾ガ骨ヲ[一]瘴[15]江ノ邊ニ●

好《よ》し吾《わ》が骨《ほね》を収《おさ》めよ瘴江《しょうこう》の辺《ほとり》に

ならば私の遺骨を毒気たちこめる大川のほとりで拾いあつめるがよろしい。

1．左遷　官位を下げられること。元和十四（八一九）年の「仏骨を論ずる表」事件で、刑部侍郎（法務次官）から潮州刺史に落とされたことをいう。**2．藍関**　長安（陝西省《せんせいしょう》）東南の藍田関《らんでんかん》のこと。**3．姪孫湘**　姪孫《おいまご》は兄弟の孫、湘《しょう》は韓愈の次兄韓介《かんかい》の孫（七九四～？）で、「十二郎を祭る文」で知られた韓老成《かんろうせい》の子。韓愈の数少ない身内であったが、仙術使いであったという。**4．一封**　一通の上奏文。ここでは「仏骨を論ずる表」のこと。**5．九重天**　天子の奥深い宮殿を指す。**6．潮州**　潮陽《ちょうよう》となっているテキストもある。広東省潮州市。**7．路八千**　長安から潮州までの道のり。実は八千里はなく、五千六百二十五里（約三千キロ）だという。**8．聖明**　天子の徳をいう。ここでは皇帝憲宗を指す。**9．弊事**　仏舎利を宮中に迎え入れることによる弊害。**10．残年**　余生。**11．秦嶺**　長安の南の秦《しん》嶺《れい》山脈、またその首峰終南山《しゅうなんざん》を指すこともある。**12．擁**　抱え込む。雪が藍田関を押し包むように関所を埋め尽くしていること。**13．応レ有レ意**　応は確定推量を表す。「きっと心づもりがあるのだろう」**14．好収**　収めるがよかろう。**15．瘴江**　瘴《しょう》は毒気、マラリアなどの病気のもとと考えられた。毒気のたちこめる大川。

《**鑑賞**》皇帝への諫言《かんげん》がいれられず、左遷され都を逐《お》われることになった作者が、見送りにきてくれた姪孫に向かい、自己の固い信念を吐露した悲壮な遺言の詩である。

首聯《しゅれん》二句は「一封朝奏」「夕貶潮州」という語句の照応により、切迫感をもって運命の急変を告げ、「路八千」の語句により、今後に展開される苦しい旅のすべてを暗示している。頷聯《がんれん》二句は天子への忠誠と信念を貫こうとする固い決意を述べ、朝廷を惑わせる仏教の害を「弊事」として糾弾する。時に作者は死を数年後に控えており、五十二歳とはいえ、若いころの試験勉強で酷使した身体《からだ》はすでに老衰していた。この歳《とし》で、南の果てに流されるとは。頸聯《けいれん》二句は眼前の叙景《じょけい》だが、作者の万感が雪景色に投げかけられているのである。長安の町も俯瞰《ふかん》できぬまでに雲のたちこめた秦嶺、それは故郷に帰る道をふさがれたかのような不安を感じさせ、雪にうずもれた関所に行きなやむ馬は、ひるみがちになる作者の心を表している。馬が進まぬのは乗り手の心も重いからである。この頸聯の厳しい雪景色とそこに漂う不安感がかえって頷聯の崇高《すうこう》な精神にアクセントを添え、悲壮感を深める。尾聯《びれん》は遺言。死別を予想し、「好収」の二字を響かせ、キッパリと後事を託した。

硬骨漢《こうこつかん》韓愈の人柄を偲《しの》ばせる格調高い名吟といえよう。

《補説》この詩は一つの故事《ものがたり》を産んだ。唐の段成式《だんせいしき》の『酉陽雑俎《ゆうようざつそ》』によると、仙術を学んでいた韓湘《かんしょう》はかねてより事件を予言し、「雲横㆓秦嶺㆒家何在、雪擁㆓藍関㆒馬不㆑前」という頸聯十四字が、すでにその中に現れていたという。『太平記』巻一に引用され、古くより日本にも知られた有名な説話で、この詩の名をいっそう高めた。なお「馬不㆑前」の三字については、明治の将軍乃木希典《のぎまれすけ》の「金州城下《きんしゅうじょうか》の作《さく》」（835頁）の転句「征馬《せいば》前《すす》まず」も同じ発想を示している。

ゴリゴリの儒者であった韓愈は、日ごろより仏教・道教が嫌いであった。特に仏教は国風を乱すものと考え、国勢が衰える中で、免税の特権を持つ仏寺が盛んになるのを苦々しく思っていた。「仏骨を論ずる表」はその不満をぶつけた文章だが、勢い余って「仏教を信仰する天子の寿命は決まって短い」と極論し、憲宗の逆鱗《げきりん》に触れたのであった。

早春呈[1]水部張十八員外（早春《そうしゅん》、水部《すいぶ》張《ちょう》十八員外《じゅうはちいんがい》に呈《てい》す）　韓愈《かんゆ》　〈七言絶句〉

天[2]街小[3]雨潤如酥[4]
草色遥看近却[5]無
最是一年春好[6]處
絶勝煙[7]柳滿皇[8]都

天街小雨《てんがいしょうう》潤《うる》おうて酥《そ》の如《ごと》し
草色《そうしょく》遥《はる》かに看《み》るも近《ちか》づけば却《かえ》って無《な》し
最《もっと》も是《こ》れ一年春《いちねんはる》の好《よ》き処《ところ》
絶《はなは》だ煙柳《えんりゅう》の皇都《こうと》に満《み》つるに勝《まさ》れり

都大路は春雨（はるさめ）に濡れて、酥（あぶら）のようにつややかに光っている。遠目には青くかすんで萌（も）えているように見える若草が、近づいてみれば、まだいくらも芽を出してはいない。一年じゅうでもっともすばらしいのは、まさに春の今時分であろう。都長安の街一面に柳の緑がけむるころも好ましいが、それよりずっと風情があるのだ。

1. 呈水部張十八員外　「張籍《ちょうせき》に寄せる詩」という意味。水部張十八員外とは、韓愈の弟子張籍（389頁）、十八は兄弟の順番を示す排行《はいこう》による呼び方。彼は当時水部《すいぶ》員外郎《いんがいろう》であった。**2. 天街**　都大路。**3. 小雨**　春の小雨。**4. 酥**　牛や羊の脂肪分を煮《に》しめて作る白くなめらかなあぶら。**5. 却**　「かえって」。意外感を表す副詞。**6. 好処**　すばらしいとき。**7. 煙柳**　けむって見える柳の緑。**8. 皇都**　都長安のこと。

《鑑賞》　寒気に乾いた大地を潤《うる》おし、絶えかけた緑を蘇《よみがえ》らせて春雨が降る。

この詩は、その春雨がけむる中に、ささやかな春の訪れの兆候を見、春のやがて深まりゆくことを想像して喜ぶ作者の気持ちをうたった作品。

起・承の二句は、雨に濡れた都大路と遠くけむって見える若草のスケッチ。転・結の二句はその評語である。遠目には緑にかすむ若草も、実は枯れ草の間に点々と芽を出しただけのものだったというのがこの詩のさわりである。逆に言えば、まだ冬の枯れ草と思っていたのに、遠くをすかして見ると、もううっすらと青いのである。季節の微妙な変化をとらえた発見といえよう。

この季節こそが春の盛りそのもの以上にすばらしいという感覚も繊細であり、知の勝った作者の人柄をしのばせる作品である。

《補説》 この詩は二首連作の第一首。後の一首も紹介しておこう。

「莫レ道官忙身老大／即無二年少逐レ春心一／憑レ君先到二江頭一看／柳色如今深未レ深（道《い》う莫《な》かれ官忙《かんいそが》しく身《み》は老大《ろうだい》、即《すなわ》ち年少《ねんしょう》 春《はる》を逐《お》う心《こころ》 無《な》しと、君《きみ》に憑《よ》って先《ま》ず江頭《こうとう》に到《いた》りて看《み》ん、柳色《りゅうしょく》 如今《じょこん》深《ふか》きか未《いま》だ深《ふか》からざるかを）」

（官職が忙しいの年はとったの、若いときのように春を逐《お》いまわす気がしないなどと言いはせん。張籍よ、君はまず河《かわ》べに出かけ、柳の緑が深くなったかどうか見てきてほしい。――深ければ、老衰した私も出かけて見るぞ）

この詩は作者の死の前年の作品だが、体は衰えても気は若く、人生を楽しみ尽くそうとする心が溢《あふ》れている。

孟《もう》郊《こう》　〔中唐〕（七五一～八一四）

字《あざな》は東野《とうや》。湖州武康《こしゅうぶこう》（浙江省呉興《せっこうしょうごこう》）の人。一説に洛陽《らくよう》（河南省《かなんしょう》洛陽市）の人。はじめは嵩山《すうざん》に隠棲《いんせい》していた。科挙の試験を受けても受けても落第ばかりで、「棄《す》て置《お》かれ復《ま》た棄《す》てておかれ、情《おもい》は刀剣《とうけん》の傷《きず》の如《ごと》し」というふうに心境を述べていた。そこで貞元《ていげん》十二（七九六）年に進士に及第すると、「昔日《せきじつ》の齷齪嗟《あくせくさ》するに足《た》らず、今朝《こんちょう》曠蕩《こうとう》として恩《おん》は涯無《はてな》し、春風意《しゅんぷうい》を得《え》て馬蹄疾《ばていはや》く、一日《いちにち》にして看尽《みつく》す長安《ちょうあん》の花《はな》」と手ばなしの喜びをうたった。

四年後に溧陽《りつよう》（江蘇省《こうそしょう》溧陽）の尉《い》となったが、毎日郊外の川べりで酒を飲んでは詩を作っていたので、県令はその代理をおいて給料を折《せつ》半《ぱん》させた。そのために生活が苦しくなり、尉を退いた。二年後に元《もと》の宰相《さいしょう》、鄭余慶《ていよけい》に見いだされ、水陸転運判官《すいりくてんうんはんがん》に任ぜられた。やがて鄭余慶が興元《こうげん》（陝西省南鄭《せんせいしょうなんてい》）節度使《せつどし》となるとその幕僚《ばくりょう》に招かれたが、赴任する途中、にわかに病気にかかって死んだ。

孟郊は世わたりがへたな男で、かなり気むずかしく付き合いにくい人間であったようだ。しかし韓愈《かんゆ》とは意気投合して、生涯の親交を結んだ。韓愈はその文、「貞曜先生墓誌銘《ていようせんせいぼしめい》」の中で次のように述べている。

「詩を作る時になると、わがまなこを切りつけ、心臓に針をつき刺すようにして、剣に触れて糸のもつれが解けるように論断する。すると、かぎやいばらのように険難《けんなん》なその文章は、読む者の内臓をえぐり取るのである。そこには神秘不可思議なはたらきが、こもごもにかさなって現れ出てくる」

遊[1]子吟（遊子吟《ゆうしぎん》）　孟郊《もうこう》　〈五言古詩〉

慈母手中線[2]
遊子身上衣
臨行密密縫
意恐遅遅帰
誰言寸[3]草心
報得三[4]春暉

慈母《じぼ》手中《しゅちゅう》の線《せん》
遊子《ゆうし》身上《しんじょう》の衣《い》
行《ゆ》くに臨《のぞ》んで密密《みつみつ》に縫《ぬ》う
意《い》は恐《おそ》る遅遅《ちち》たる帰《かえ》りを
誰《たれ》か言《い》う寸草《すんそう》の心《こころ》の
三春《さんしゅん》の暉《き》に報《むく》い得《え》んとは

いつくしみ深い母の手の中にある糸、
旅に出る子が身につける衣服、
出発する時に、母は一針一針縫い目こまかく縫っていた。
そして心の中では、帰りがのびのびになることを心配していた。
一寸の草のように愛を受けて成長した子が、
春の日ざしのような母のいつくしみに報いることができると、だれがいうだろうか。

1．遊子吟　楽府題《がふだい》。故郷を離れている者のうた。**2．線**　糸。**3．寸草心**　一寸（三センチ）に伸びた草のように小さなわが心。親の慈愛で成長した子にたとえる。**4．三春暉**　孟春《もうしゅん》、仲春《ちゅうしゅん》、季春《きしゅん》の三つの時期の春の日ざし。母の慈愛にたとえた。

《鑑賞》　作者はこの詩に注をつけて、「母を溧水《りっすい》のほとりに迎えて作った」といっている。作者が年とってからようやく溧陽の尉となり、母親を呼び寄せた時の作品である。

第一・二句はきれいな対句《ついく》になっている。母の手の糸、旅立つ子の衣服、これだけで夜遅くまでたんねんに子の旅行着を仕立てている母親の背を丸くして黙々と仕事をする様子がありありと浮かんでくる。その次の二句の「密密」と「遅遅」の対《つい》もきいている。旅立ちの前に一針一針縫いあげた母親は、子の旅立ちの後には、ちょうど針の運びと同じように、一日一日と指折り数えていつまでもいつまでも子の帰りを待つのである。そのような母の愛のもとで育った子は、どのようにしても母の恩に報い切ることはできない。しかし作者はこの時、ようやく官吏となって母を呼び寄せ、喜ばせることができたのである。その喜びが、この詩編を暖かい感じのものにしている。

《補説》 この詩は暖かいおだやかな作品であるが、彼の本領はむしろ思考をとぎすまし、鬼気迫るふうにうたいあげた作品にある。そこで同時代の賈島《かとう》(522頁)とあわせて「郊寒島痩《こうかんとうそう》(郊《こう》の詩は寒々とし島《とう》の詩はやせこけている)」と批評されている。次にあげるのは孟郊の五言古詩「峡哀十首《きょうあいじっしゅ》」のうちの第四首の一部分である。

「破魄一両点/凝幽数百年/峡暉不レ停レ午/峡険多二饑涎一(破《は》魄一両点《はくいちりょうてん》、凝《ぎょう》 幽数百年《ゆうすうひゃくねん》。峡暉午《きょうきひる》に停《いた》らず。峡《きょう》 険饑《けんき》涎《ぜん》多《おお》し)」(険阻《けんそ》な三峡《さんきょう》には死者のこわれた魂が一点、二点と数百年もの間、ひそかに凝《こ》り固まっている。峡谷《きょうこく》にさす日の光はいつも薄暗くて昼になったことがないようだ。険しい峡谷は犠牲を待って飢えたよだれをたらしている)

楊巨源《ようきょげん》 〔中唐〕（七七〇?～?）

字《あざな》は景山《けいざん》。蒲中《ほちゅう》（山西省蒲県《さんせいしょうほけん》）の人。河中《かちゅう》（山西省永済県《えいさいけん》）の人だという説もある。貞元《ていげん》五（七八九）年進士に及第して張弘靖《ちょうこうせい》の従事となり、ついで虞部員外郎《ぐぶいんがいろう》に任ぜられた。その後太常博士《たいじょうはかせ》（礼楽《れいがく》、郊廟《こうびょう》、社稷《しゃしょく》などを管理する官）に抜擢《ばってき》され、さらに、礼部《れいぶ》員外郎を加えられた。やがて転出して鳳翔《ほうしょう》（陝西省《せんせいしょう》 鳳翔県）の少尹《しょういん》（府の副長官）となり、ふたたび召されて国子司業《こくししぎょう》（国立大学副学長）となった。太和年間（八二七～八三五）河中《かちゅう》の尹《いん》となり、また召されて礼部郎中《れいぶろうちゅう》をもって退任したという。めざましい出世をとげたというわけではないが、政治情勢が複雑だった当時において比較的順調な官僚生活を送った人だといえよう。元稹《げんじん》や白《はく》居易《きょい》ともつきあいがあった。

才能豊かな人で学力にも富み、声律《せいりつ》に力をいれて詩を作ったという。長編の詩は彫琢《ちょうたく》をこらしたものであり、絶句には清冷のおもむきがある、という風に批評されている。

折[1]楊柳（折楊柳《せつようりゅう》）　楊巨源《ようきょげん》　〈七言絶句〉

水邊ノ楊[2]柳麴[3]塵ノ絲●
立[4]メレ馬ヲ煩[5]ハシテレ君ヲ折ル二一枝ヲ一●

水辺《すいへん》の楊柳《ようりゅう》　麴塵《きくじん》の糸《いと》
馬《うま》を立《とど》め君《きみ》を煩《わずら》わして一枝《いっし》を折《お》る

岸辺の柳は若芽が萌(も)え出て、黄緑色の糸のよう。
馬をとめて君に一枝折ってもらう。すると、

惟ダ有リ二春風ノ最モ相惜シム一
殷[6]勤ニ更ニ向ツテ二手中ニ一吹ク

惟《た》だ春風《しゅんぷう》の最《もっと》も相惜《あいお》しむ有《あ》り
殷勤《いんぎん》に更《さら》に手中《しゅちゅう》に向《む》かって吹《ふ》く

春風は柳の枝との別れを惜しむかのように、手の中にまでねんごろに吹いてくるのであった。

1．折楊柳　楽府題《がふだい》。ふつう、別離を主題とする。中国では送別の時に、旅の無事を祈って楊柳の枝を折って輪にして贈る習慣があった。もっともこの作品が実際に送別の場で作られたかどうかは疑わしい。楽府題の詩では題名とテーマとがそれほど関係ないという場合は珍しくない。この詩は別離が一応の主題となっているが、それよりも春風を擬人化《ぎじんか》して、柳に吹きつける様を詠《えい》じることの方に重点がある。**2．楊柳**　やなぎ。楊はカワヤナギ、柳はシダレヤナギ、の意味であるが、ここでは「楊柳」でシダレヤナギの意味に使っている。**3．麴塵**　こうじのかび。かびの色が黄緑色をしているので柳の芽にたとえられる。別に「緑烟《りょくえん》の糸《いと》」としているテキストもある。緑烟《りょくえん》とは夕方のもやのことで、柳の細い枝に一面に芽が萌《も》え出てボーッともやでかすんでいるように見えることをいう。**4．立レ馬**　馬をとどめること。**5．煩レ君**　君の手を煩わして、……してもらう。**6．殷勤**　ねんごろに。ていねいに。

《鑑賞》　この詩は別離を主題にしてはいるが、後半の、春風を擬人化して、やさしく柳の枝を吹く、というところにおもしろみがある。

それまで春風がそよそよと暖かく柳の葉をそよがしていた。ところが柳の枝は人に手折られて、今春風と別れようとしている。春風は手折られた柳の枝を見捨てようとせず、別れを惜しむかのように、手の中の枝をやさしくゆすっている。今別れてゆく人々への惜別《せきべつ》の思いを、春風と柳の葉のおだやかで暖かい風情《ふぜい》にかけて表現しているのである。別れの情を直接表現せず春風に託したところに感情の奥行きがより深く感ぜられる。李白《りはく》の「友人《ゆうじん》を送《おく》る」という詩（252頁）に、「手《て》を揮《ふる》って茲《ここ》より去《さ》れば、蕭蕭《しょうしょう》として班馬《はんば》鳴《な》く」という句があるが、この詩はそれと似て、より気がきいているといえよう。

早春のやわらかいムードとよく合う、艶《えん》にやさしい詩である。

なお、柳の若芽が芽吹いたさまを「麴塵《きくじん》の糸《いと》」と表現したのは奇抜でおもしろい。「緑烟の糸」とするテキストもあるが、これもうまい表現である。緑のもやのような柳の枝が風にゆれている風情は中国の早春の欠かせない景色なのである。

《補説》 この詩の三・四句の意味をくんで、江戸時代の儒者である室鳩巣《むろきゅうそう》は「なれてふく名残《なごり》やをしき青柳《あおやぎ》の手折《たお》りし枝《えだ》をしたふ春風《はるかぜ》」と歌訳し「楊柳《ようりゅう》の人《ひと》にをられてはや木《き》を離《はな》れたるとて、春風《はるかぜ》のそれをよそにしてふきなば、いかに情《じょう》なかるべきを、なほ其《そ》の手折《たお》りし手《て》をさりやらで、をしみがほに吹《ふ》くこそ、いとやさしく覚《おぼ》え侍《はべ》る」（『駿台雑話《すんだいざつわ》』巻三、手折《たお》りし枝《えだ》にふく春風《はるかぜ》）と述べている。

なお、「練秀才《れんしゅうさい》の楊柳《ようりゅう》に和《わ》す」という題になっているテキストもある。またこの詩を戴叔倫《たいしゅくりん》（363頁）の作とする説もある。

柳宗元《りゅうそうげん》　〔中唐〕（七七三～八一九）

字《あざな》は子厚《しこう》、河東《かとう》（山西省《さんせいしょう》）の人と称するが、都長安（陝西省《せんせいしょう》）に生まれ育った。少年時代から神童の誉《ほまれ》高く、二十一歳の若さで進士に及第、五年後博学宏詞科《はくがくこうしか》にも合格。校書郎《こうしょろう》・藍田《らんでん》県《けん》（陝西省）尉《い》・監察御史裏行《かんさつぎょしりこう》を歴官、御史台《ぎょしだい》では、韓愈《かんゆ》や同期進士科及第者である劉禹錫《りゅううしゃく》と机を並べた。

永貞《えいてい》元（八〇五）年三十三歳のとき、王叔《おうしゅく》文《ぶん》・韋執誼《いしつぎ》らの引き立てで順宗《じゅんそう》の親任を得、礼《れい》部員外郎《ぶいんがいろう》となり、彼ら一党とともに減税・宦官《かんがん》勢力駆逐・宮女の解放などの政治改革に乗り出す。しかし、病身の順宗の退位とともに一年足らずで新政は挫折《ざせつ》。彼は得意の絶頂から突き落とされ、邵州《しょうしゅう》（湖南省《こなんしょう》）刺史《しし》、永州《えいしゅう》（同上）司馬《しば》、柳州《りゅうしゅう》（広西壮族自治区《こうせいチワンぞくじちく》）刺史と左遷され、転任させられ、中央に復帰することなく柳州の地で亡くなった。ともに政争に敗れ、老母の孝養にあたるべき身で南の果て播州《はしゅう》（貴州《きしゅう》省《しょう》）に流されることになった劉禹錫に同情、自分の任地と替えてほしいと願い出たエピソードは、彼の友情に厚い人柄を語っている。

散文作家としては韓・柳と併称され、韓愈とともに古文復興運動に力を尽くした。晩唐の司《し》空図《くうと》から「一唱して三嘆す」と絶賛された彼の詩は、山水詩に傑《すぐ》れており、散文作品の山水記『永州八記《えいしゅうはっき》』も名作である。王維《おうい》・孟浩然《もうこうねん》・韋《い》応物《おうぶつ》らと並んで、王・孟・韋・柳と称され、唐代自然派詩人の代表とされている。『柳河東《りゅうかとう》集《しゅう》』四十五巻がある。

漁翁　（漁翁《ぎょおう》）　柳宗元《りゅうそうげん》　〈七言古詩〉

漁翁夜傍《ウテ》二西巖《ニ》一宿《シ》●
暁《ニ》汲《ミ》二[1]清湘《ニ》一然《ク》二[2]楚[3]竹《ヲ》一●
煙[4]銷《エ》日出《デテ》不レ見レ人《ヲ》[5]
欸[6]乃一聲山水緑《ナリ》●
廻‐[7]看《シテ》二天際《ヲ》一下《レバ》二中[8]流《ヲ》一
巖上無[9]心雲相《ヒ》逐《フ》●

漁翁《ぎょおう》夜《よる》西巌《せいがん》に傍《そ》うて宿《しゅく》し
暁《あかつき》に清湘《せいしょう》に汲《く》み楚竹《そちく》を然《た》く
煙銷《もやき》え日《ひ》出《い》でて人《ひと》を見《み》ず
欸乃《あいだい》一声《いっせい》山水《さんすい》緑《みどり》なり
天際《てんさい》を廻看《かいかん》して中流《ちゅうりゅう》を下《くだ》れば
巌上《がんじょう》無心《むしん》雲《くも》相《あ》い逐《お》う

漁夫のおやじは西岸の岩のもとに舟をとめて夜をすごし、夜のあけそめるころ、清らかな湘水（しょうすい）の水をくみ楚の竹を燃やして朝餉（あさげ）のしたくをする。もやが晴れて日が昇ってくると、もはやその人影はなく、えいおうと舟こぐかけ声が一つ響けば、山も水も緑に染まる。はるか水平線のかなたを振り返りつつ川の中ほどをこぎ下れば、昨夜舟をとめた岩の上のあたりに、無心の雲がたがいに先になり後になりつつ流れていく。

1. 汲二清湘一　清らかな湘水《しょうすい》の水をくむ。湘水は広西壮族自治区《こうせいチワンぞく》に発して湖南省を北上、瀟水《しょうすい》と合流し洞庭湖《どうていこ》にそそぐ川。**2. 然**　燃に同じ。**3. 楚竹**　楚《そ》とは湖南省のあたりの古名。**4. 煙**　朝もや。**5. 人**　漁翁《ぎょおう》のこと。**6. 欸乃**　舟をこぐときのかけ声。「襖靄」ともしるされ、「おうあい」とも読まれるが、「あいだい」と読むのが正しい。**7. 廻看**　振り返る。**8. 中流**　川の中ほど。**9. 無心雲相逐**　陶潜《とうせん》の「帰去来の辞《ききょらいのじ》」の「雲《くも》は無心《むしん》にして以《もっ》て岫《みね》を出《い》で、鳥《とり》は飛《と》ぶに倦《う》みて還《かえ》るを知《し》る」の句にもとづく。

《鑑賞》 自然の懐《ふところ》に抱かれ、自然そのものになりきったような漁翁の暮らしを叙景詩の形で詠《よ》みあげた詩であり、そこには、人生の理想の姿に対する作者のひたぶるなあこがれの情が融《と》け込んでいる。永州左遷時代の作品。

渓谷《けいこく》の夜のしじま、岩かげに舟をとめて休む漁翁。空が白み、自然が一日の活動に目覚め始めると き、この漁翁は清らかな川の水をくみ、竹を燃やして朝餉のしたくにかかる。あたりはまだほの暗くもやに包まれている。やがて夜明け、朝もやが去り日が射《さ》しそめれば、漁翁の姿は、舟をとめていたあたりにはすでにない。遠くに響く舟をこぐかけ声が一つ。その声は周囲にこだましつつ渓谷の中に吸いこまれ、あとには、その声をのんだ山水の緑がひっそりと陽射《ひざ》しに輝いている。詩の前半四句は、このように深夜から朝日が照りそめるまでの、時の移ろいの中に、湘水流域の自然美と、そこに融け込み、景色の一部と化したかのような漁翁の姿を描いてゆく。漁翁の姿がすでに遠景に消え、声のみが響き、その声すらも景色の中に吸い込まれ、あとには緑のみが輝いてみえるという第四句。この絶唱によって、詩はすでに完結しているかのようである。

だが作者は、漁翁のかけ声のかすかな余韻の消えゆく寸前、なお反歌のごとく、舟の上から漁父《ぎよふ》がながめた雲の様子をうたう二句を添える。この二句は語釈に説いたように、陶潜の「雲無心以出」岫、鳥倦」飛而知」還」の句を踏まえている。陶潜の句は夕景をうたい、鳥も時が来れば飛行に飽きてねぐらに向かうという語の中に、生きとし生けるものは皆、自然の秩序に従って生きるべきだという感情を語っている。「漁翁」の後半二句は夕景ではないが、やはり、こうした感情を吐露《とろ》しているのであろう。無心に遊ぶかのごとき雲の流れに、自然に任せて生きる楽しみを見いだしているのである。作者の眼を通して客観的に景観を描写した前段に対し、後段は漁翁の眼を通して自然が詠まれている。漁翁の影には、作者がすでに乗り移っていよう。漁翁のごとき暮らしにあこがれる作者は、ここでは漁翁に自分を一体化させているのである。

《補説》 宋《そう》の恵洪《けいこう》の『冷斎夜話《れいさいやわ》』によると、蘇軾《そしょく》（615頁）は「この詩には奇趣《きしゅ》があるが、後の二句は不要だ」といっている。詩全体の精練度や各句の均質度から評を加えるならば、まさにそのとおりである。漁翁を一点景としてうたう客観的な叙景の詩として、前半四句は余りにも見事に完結している。漁翁が主体となり、彼の目を通して自然の心が語られる後半二句は付けたりの感を免れない。

しかし、作者はあえて後半二句をついだのではなかろうか。自然との一体が人生の理想の姿であるという主題を、彼は反復してうたったのである。無心に遊ぶ雲の姿は、左遷の失意をいやそうとする柳宗元にとり、詩中に取り込まねば済まされぬほどの、強いイメージであったのであろう。

江雪（江雪《こうせつ》）　柳宗元《りゅうそうげん》　**〈五言絶句〉**

千[1]山鳥飛ブコト絶エ●　千山《せんざん》鳥《とり》飛《と》ぶこと絶《た》え
萬[2]徑人[3]蹤滅ス●　万径《ばんけい》人蹤《じんしょう》滅《めつ》す
孤舟簑[4]笠ノ翁　孤舟《こしゅう》簑笠《さりゅう》の翁《おう》

どの山々にも飛ぶ鳥の影は絶え、
どの小みちにも人の足跡は消えた。
ただ一そうの小舟、簑笠（みのかさ）をつけた老人。

獨リ釣ル寒江ノ雪●

独《ひと》り釣《つ》る寒江《かんこう》の雪《ゆき》

老人は一人で雪の降りしきる川面に釣り糸を垂れている。

1.千山 多くの山々。**2.万径** 多くの小みち。径はあるテキストでは「逕」となっている。**3.人蹤** 人の足あと。蹤はあるテキストでは「踪」になっている。**4.簑笠** みのかさ。

《鑑賞》 この詩は、孤独な作者の境遇と、孤独にひたすら耐える作者の心とを一枚の画幅《がふく》に託してうたったもの。前の「漁翁《ぎょおう》」と同じく永州《えいしゅう》時代の作品である。

鳥影も見えず、人の足跡も消え、雪のみが舞う白一色の世界。その画面に点じた、ただ一点の黒い影、川面に浮かぶ舟と簑笠《みのかさ》着けて釣り糸を垂れる老人の姿。墨絵のように淡々とした情景である。

起・承の二句は千・万の数字対《つい》を生かしつつ、まず大きく山の場面を描き、次に山の小道を写し、森閑としたあたりの全景を対句《ついく》の画幅の中に取り込んでゆく。転・結二句は、目を転じ川面の景観をうたう。ただ一そうの小舟、舟の上の簑笠着けた老人、老人の垂れる釣り糸、作者は焦点を次第に絞ってゆく。雪を側面から描いていって、最後に「雪」の字を出す。二句の先頭に対置された孤・独の二字の印象も強い。動くものはといえば、降りしきる雪だけ、舟の上の老人も釣り糸の一点に目をすえたままじっとしている。厳しい静の世界がここにある。

冷えびえとした雪の山や川、それは作者の周囲を取り巻く環境にほかならず、雪の中に釣り糸を垂れて動かぬ老人の姿、それは孤独や失意に耐えて生きる作者の姿を表している。この画幅は、実は心象風景を描いたものなのである。

《補説》 この詩は超俗の名吟とされ、「寒江独釣《かんこうどくちょう》」という詩題やそれに基づく画題を生み、模倣の詩や絵、またそれらの変形《バリエーション》も作り出した。わが国の禅僧一休宗純《いっきゅうそうじゅん》（一三九四～一四八一）も「秋江独《しゅうこうどく》釣図《ちょうず》」という詩を残している。

「清時有レ味是漁舟／水宿生涯伴二白鷗一／蒲葉蘆花半零落／一竿帯レ雨暮江秋（清時《せいじ》味わい有《あ》るは是《こ》れ漁舟《ぎょしゅう》、水宿《すいしゅく》の生涯《しょうがい》白鷗《はくおう》を伴《ともな》う、蒲葉《ほよう》蘆花《ろか》半《なか》ばは零落《れいらく》、一竿《いっかん》雨《あめ》を帯《お》ぶ暮江《ぼこう》の秋《あき》）」

（太平の世に味わいあるのは漁夫の暮らし。一生舟に宿り鷗《かもめ》を友とし、半ば枯れ朽《く》ちた蒲《がま》や蘆《あし》の水辺で、雨に濡《ぬ》れつつ釣《つ》り竿《ざお》をもてあそべるのだから）

雪景色をむらさめの光景に移し、孤独や失意に耐える心を、自然と一体化し、孤高を持して暮らすよろこびに変えて、超俗の画幅を作り出している。

▽「起承転結」については132頁参照。

劉禹錫《りゅううしゃく》 〔中唐〕（七七二～八四二）

字《あざな》は夢得《ぼうとく》、中山《ちゅうざん》（河北省《かほくしょう》）の人。二十一歳の若さで柳宗元《りゅうそうげん》とともに進士に及第、のち博学宏《はくがくこう》詞科《しか》にも合格。一時は節度使《せつどし》の幕僚もつとめたが、中央政界にのりだすと王叔文《おうしゅくぶん》一党の朝政改革に参画、屯田員外郎《とんでんいんがいろう》・判度支塩鉄案《はんどしえんてつあん》となる。永貞元《えいてい》（八〇五）年の政変で、朗州《ろうしゅう》（湖南省《こなんしょう》）司馬《しば》に左遷（柳宗元・404頁）、のち中央に戻《もど》されたが、玄都観《げんとかん》の花見の宴で詠《よ》んだ詩が当局誹《ひ》謗《ぼう》の意ありとされ、またも連州《れんしゅう》（広東省《カントンしょう》）刺史《しし》に左遷された。極遠の地播州《はしゅう》（貴州省《きしゅうしょう》）に流されるところを、老母のいることに同情した柳宗元の任地変更の請願や、宰相裴度《さいしょうはいど》のとりなしで、この地にとどめられたのである。

和州《かしゅう》（安徽省《あんきしょう》）などの刺史を経て中央に復帰。裴度の推薦で礼部郎中《れいぶろうちゅう》・集賢院直学士《しゅうけんいんちょくがくし》となり、彼の死とともに地方へ転出、汝州《じょしゅう》（河南《かなん》省《しょう》）刺史などを歴官、検校礼部尚書《けんこうれいぶしょうしょ》（大臣代理）を加えられ、太子賓客《たいしひんかく》を兼ねた。死後礼部尚書を追贈された。

柳宗元と無二の親友であっただけでなく、白《はく》居易《きょい》とも親交があり、白居易は彼を「詩豪」と呼び、「彼の詩のある所には、神物《しんぶつ》の護持がある」と讃《たた》えたという。晩年は、互いに洛陽《らくよう》にあって、詩を唱和した。『劉夢得文集《りゅうぼうとくぶんじゅう》』三十巻・『外集』十巻がある。

烏[1]衣巷 （烏衣巷《ういこう》） 劉禹錫《りゅううしゃく》 〈七言絶句〉

朱[2]雀橋邊野草ノ花●

朱雀橋辺野草《すざくきょうへんやそう》の花《はな》

朱雀橋のほとりには、野の草々が花を咲かせ、

烏衣巷口夕陽斜ナリ
舊時王[3]謝堂[4]前ノ燕
飛ンデ入ル二尋[5]常百[6]姓ノ家ニ一

烏《う》衣《い》巷《こう》口《こう》夕《せき》陽《よう》斜《なな》めなり
旧時王謝堂前《きゅうじおうしゃどうぜん》の燕《つばめ》
飛《と》んで尋常百姓《じんじょうひゃくせい》の家《いえ》に入《い》る

烏衣巷の入口には夕陽が斜めにさしている。むかしは、あの王氏や謝氏の堂前に巣をかけた燕が、いまでは、ありふれた庶民の人家の軒に飛びこんでゆく。

1．烏衣巷　江蘇省南京市《こうそしょうナンキンし》が建康《けんこう》と呼ばれた昔、秦淮河《しんわいが》の南のあたりにあった街の名。東晋《とうしん》のころ、ここには王氏・謝氏などの大貴族の邸《やしき》が立ちならんでいた。子弟がみな黒い着物を着ていたので烏衣《うい》巷《こう》と呼ばれたという。**2．朱雀橋**　烏衣巷の入口、秦淮河にかかり、朱雀門《すざくもん》に向かいあっていた。**3．王謝**　東晋の王導《おうどう》・謝安《しゃあん》らの大貴族。**4．堂**　建物の中央の広間。**5．尋常**　ありふれた。**6．百姓**　ひゃくせいと読む。庶民。

《鑑賞》　作者は五十三歳のときから約二年、和州刺史に左遷されていた。その間に詠《よ》んだ「金陵《きんりょう》五題《だい》」という連作の一首。金陵とは建康（今の南京）の別名。短い絶句の詩幅の中に歴史をしのぶ、唐代の典型的な懐古の詩である。

昔の盛況《せいきょう》は今は見る影もない烏衣巷の入口。起・承二句は対句《ついく》をなし、作者がその前に立ってながめた夕景としてうたわれている。対置される朱雀橋《すざくきょう》・烏衣巷はともに有名な固有名詞。この地名の対《つい》には色彩の対も重ねられている。赤い夕陽に今は照らされているが、宵闇《よいやみ》がやがて忍びよる寂しいあたりの光景を、朱雀の朱《しゅ》と烏衣の烏（くろ）の対置によって、この句はクッキリと印象づけている。今は荒れ果て野の花の咲くあたり、かつては雅《みやび》やかな貴族の暮らしがあった。雅の反対語の野という語の配置。野の花という素朴《そぼく》な自然美の点景が、かえって人為の贅《ぜい》をつくした貴族生活を、せつなく連想させ、時の移りを感じさせる。

夕闇《ゆうやみ》せまる烏衣巷のあたりをスーイスーイと飛ぶ燕《つばめ》。転・結二句はその燕の影を追う。燕は棲《ねぐら》をめざしありふれた人家の中に飛びこんでゆく。作者の眼はこんな小さな点景も見のがさない。彼は思う、昔ならこの燕も豪勢な王氏・謝氏の堂前に飛びかったことだろうにと。人の世の栄枯《えいこ》盛衰《せいすい》を、作者は燕の飛影に見いだしているのだ。ちょっと気のつかない非凡な発想といえよう。

《補説》 なお「金陵五題」の第一首「石頭城《せきとうじょう》」も名吟である。ちなみに全句をあげておこう。

「山囲二故国一周遭在／潮打二空城一寂寞回／淮水東辺旧時月／夜深還過二女牆一来（山《やま》は故国《ここく》を囲《かこ》みて周遭《しゅうそう》として在《あ》り、潮《うしお》は空城《くうじょう》を打《う》ちて寂寞《せきばく》として回《めぐ》る。淮水東辺旧時《わいすいとうへんきゅうじ》の月《つき》、夜深《よるふか》くして還《ま》た女牆《じょしょう》を過《わた》って来《きた》る）」

（山は古い都をぐるりととり囲み、長江《ちょうこう》の潮はうつろな城に打ちよせ寂しく波立ちめぐり流れている、淮河《わいが》の東からは昔どおりの月が、夜ふけともなれば、城の女牆〈ひめがき〉を越えてまたのぼってくるのだ）

転・結二句は、王昌齢《おうしょうれい》の「出塞《しゅつさい》」（146頁）と同じ伝統的手法で、けれんみなく時の推移に対する感傷を誘いだす。なお作者自身のこの詩の序文によれば、友人白居易が承句の奇抜さをとくに絶賛したという。

秋思[1]（秋《あき》の思《おも》い）　劉禹錫《りゅううしやく》　〈七言絶句〉

自古逢秋悲寂寥[2]
我言秋日勝春朝
晴空一鶴排雲上
便[3]引詩情到碧霄

古《いにしえ》より秋《あき》に逢《お》うて寂寥《せきりょう》を悲《かな》しむ
我《われ》は言《い》う秋日《しゅうじつ》は春朝《しゅんちょう》に勝《まさ》れりと
晴空一鶴《せいくういっかく》雲《くも》を排《はい》して上《のぼ》る
便《すなわ》ち詩情《しじょう》を引《ひ》いて碧霄《へきしょう》に到《いた》る

人は昔から秋ともなれば寂しさをかこつが、
私は言おう秋の日は春の朝にまさっていると。
晴れた空に一羽の鶴が雲をおしわけてのぼってゆき、
たちまち詩情をひいて碧（あお）くすみわたる空のかなたに飛んでゆく、これこそ秋ではないだろうか。

1．秋思　秋の思い。楽府《がふ》・琴曲歌辞《きんきょくかじ》による題名。ふつうは旅情・別離の意を含むが、ここではたんに秋についての感想という意味。『全唐詩』をはじめ多くのテキストが「秋詩」としている。**2．寂寥**　さびしい様。**3．便**　たちまち。

《鑑賞》　秋といえば悲秋の語が連想され、秋思といえば旅情や別離のテーマが思いうかんでくる。この詩はそうした通念に対して一理屈批判をこころみ、新たな詩境をひらこうとした作品。作者にとって秋の詩情はさわやかさにこそあるのである。もと二首連作の一首。

詩句そのものは何の奇もないが、起・承二句では、ズバリと従来の季節感をひっくり返し、読者をハッとさせる。転・結二句は、その、ひっくり返した秋のイメージを、あざやかな一幅《いっぷく》の絵にして見せる。鶴《つる》が一羽白雲をかきわけ、紺碧《こんぺき》の大空のかなたに飛んでゆくとは、何とさわやかな光景ではないか。これが詩人のセンスというものだろう。一気に彼の理屈に乗せられ、彼の詩境に誘いこまれる気がしてくる。

《補説》 あとの一首をちなみに示しておく。

「山明水浄夜来霜／数樹深紅出二浅黄一／試上二高楼一清入レ骨／豈知春色嗾レ人狂（山明《やまあきら》かに水浄《みずきよ》し夜《や》来《らい》の霜《しも》、数樹深紅浅黄《すうじゅしんこうせんこう》を出《い》だす、試《こころ》みに高楼《こうろう》に上《のぼ》れば清《きよ》さ骨《ほね》に入《い》る、豈《あ》に知《し》らんや春色《しゅんしょく》の人《ひと》を嗾《そその》かして狂《くる》わしむるを）」

（澄んだ大気に山影はクッキリと浮かび水は浄《きよ》く、夜には霜さえ降りる。深紅色に燃える木の葉の間にひときわ鮮やかな浅黄《あさぎ》の葉が点じる、試みに高楼にのぼれば、清らかな冷気が骨にしみ入る、春景色が人を狂おしく悩ませるような風情《ふぜい》は一点も感じられない）

秋の情景を三面に展開し、骨にしみる冷気をうたって心に迫り、理屈に引きいれる。手法はますますさえている。

秋[1]風ノ引（秋風《しゅうふう》の引《いん》） 劉禹錫《りゅううしゃく》 〈五言絶句〉

何処ヨリカ秋風至ル　　何処《いずこ》よりか秋風《しゅうふう》至《いた》る

どこからか秋風が吹きそめ、さびしげに音をたてて雁（かり）の群を送

蕭[2]蕭トシテ送ル二雁群ヲ一●
朝[3]來入ル二庭樹ニ一
孤[4]客最モ先ンジテ聞ク●

蕭蕭《しようしよう》として雁群《がんぐん》を送《おく》る
朝来庭樹《ちようらいていじゆ》に入《い》るを
孤客最《こかくもつと》も先《さき》んじて聞《き》く

ってくる。
朝がた庭の木々の間をわたって枝々を
ざわつかせるその音を、
耳ざとく、いち早く聞きつけたのは孤客(たびびと)の私。

1.秋風引　秋風のうた。楽府《がふ》題《だい》の詩。引は「行」「曲」「吟」「歌」などと同じく詩歌を示す語。**2.蕭蕭**　さびしげな音。**3.朝来**　朝がた、来は助字、時間を表す語の後につき、そのころあいの意味を表す。**4.孤客**　孤独な旅人、ここでは作者自身を表す。

《鑑賞》　劉禹錫は、官僚生活の多くの時を、地方官として寂寥感《せきりようかん》にさいなまれながら送ったのであった。この詩のつくられた年代も状況もさだかではないが、おそらくは不遇な左遷生活の中でつくられたものであろう。むろん州の刺史《しし》や司馬《しば》の身であれば、部下をはじめ彼をとりまく人は多いが、心を許しあえる友人はいなかったのだろう。作者は都にひさしく帰りえぬ自らを、孤独な旅人——孤客として感じていたのである。

どこからともなく吹きそめた秋風に、雁《かり》の群れが飛んで来る。雁の姿には、漢《かん》の蘇武《そぶ》の故事（雁の足に手紙を結びつけて都へとどけた）以来ふるさとよりのおとずれを待ち望む、というイメージがかぶさる。また、雁群《がんぐん》の「群」の字が、最後の「孤」と照応して、作者の孤独をかきたてるはたらきをしている。朝がたの庭の枝々のざわめきに、いち早く秋風の音を聞きつけた（転・結二句）のは、憂いを含んだ孤独感のなせるわざである。蕭条《しようじよう》たる秋の気配に他の人よりも敏感に反応せざるを得ない。そこが、悲しくもまた痛々しいのである。

《補説》 この詩の転・結二句は、初唐の詩人蘇頲《そてい》の「汾上《ふんじょう》にて秋《あき》に驚《おどろ》く」（99頁）の「心緒揺落《しんしょようらく》に逢《あ》い、秋声《しゅうせい》聞くべからず」という転・結二句に比較される。秋風が悲しい、ということを、聞くにたえない、とうたうのよりは、人より先に聞きつけざるを得ない、とうたう方がいっそう悲しみは強いものがある。この詩に関連した和歌を紹介しておく。

秋来ぬと目にはさやかに見えねども風の音にぞ驚かれぬる　藤原敏行《ふじわらのとしゆき》

我が為《ため》に来る秋にしもあらなくに虫の音《ね》聞けば先《ま》づぞかなしき　読み人知らず

賞ス二牡[1]丹ヲ一（牡丹《ぼたん》を賞《しょう》す）　劉禹錫《りゅううしゃく》　**〈七言絶句〉**

庭前ノ芍[2]藥妖[3]トシテ無シレ格[4]
池上ノ芙[5]蕖淨クシテ少ナシレ情[6]●
唯ダ有リ二牡丹ノミ眞ノ國[7]色一
花開クノ時節動ガス二京[8]城ヲ一●

庭前《ていぜん》の芍《しゃく》薬《やく》妖《よう》として格《かく》無《な》し
池上《ちじょう》の芙《ふ》蕖《きょ》浄《きよ》くして情《じょう》少《すく》なし
唯《た》だ牡丹《ぼたん》のみ真《しん》の国色《こくしょく》有《あ》り
花開《はなひら》くの時節《じせつ》京城《けいじょう》を動《ゆる》がす

庭に咲く芍薬の花はあだっぽすぎて品がなく、
池に咲く蓮（はす）の花はきよらかすぎて、色気がない、
ただ牡丹のみは、真に国一番の美人ともいうべき美しさ。
花が開くころともなれば、都じゅうを騒がせるのだから。

1．牡丹　ボタン科の落葉低樹、春四～五月ごろに白・紅・紫などの大輪の花をつける。唐の中ごろから、観賞用として人気を呼ぶようになった。**2．芍薬**　ボタン科の多年生植物。花や葉がボタンと似て、クサボタンといわれる。六朝《りくちょう》時代の長江《ちょうこう》流域では、たんに牡丹といえば芍薬《しゃくやく》のことだった。**3．妖**　妖艶《ようえん》。あだっぽすぎる。**4．格**　品格。**5．芙蕖**　芙蓉《ふよう》とも書く。蓮のこと。スイレン科の多年草である。**6．情**　風情《ふぜい》。ここでは女性の色香《いろか》。**7．国色**　国一番の美人。「国容」「国香」「国姝《こくしゅ》」などの別称もある。**8．京城**　都長安のまち。

《鑑賞》「立てば芍薬、すわれば牡丹、歩く姿は百合《ゆり》の花」という美人評があるが、この詩は牡丹を中心に、芍薬・芙蕖《ふきょ》の三つの花を美人になぞらえて品評した粋《いき》な作品。ただし粋に戯れながら、ちと皮肉もきかせてある。

起・承の二句。「妖として格無し」という芍薬、じつの姿は牡丹とかわらない。だがこの花は『詩《し》経《きょう》』鄭風《ていふう》・溱洧《しんい》の詩で、春に男を野に誘い恋を楽しんだ女が、別れに男から贈られる花としてうたわれている。いわば触れなば落ちんという女を連想させる。「浄くして情少なし」という芙蕖も艶っぽい花。だが、この花は『楚辞《そじ》』離騒《りそう》で、「芙蓉《ふよう》を集めて以《もっ》て裳《も》を為《つく》る」とうたわれ、高潔で孤高に生きる君子の袴《はかま》とされた花。清らかで男を寄せつけぬ風情を連想させる。二句は連想を楽しみながら下された品評の語である。

転・結二句は核心。牡丹が連想させるものは、李白《りはく》の「清平調詞《せいへいちょうし》」（213頁）にうたわれて有名な、かの楊貴妃《ようきひ》である。友人白居易《はくきょい》の「長恨歌《ちょうごんか》」（423頁）にも傾国《けいこく》の美女という表現がある。真の国色《こくしょく》（国一番の美人）ゆえに、京城《けいじょう》をゆるがす、とは、楊貴妃の色香に迷う連想から、世間の上っ調子な牡丹狂いを揶揄《やゆ》したのである。

なお作者自身は大の牡丹ファンだった。「酒《さけ》を飲《の》み牡丹《ぼたん》を看《み》る」という詩では、老いの寂しさを冗談にまぎらわせて、

「今日花前飲／甘心酔㆓数杯㆒／但愁花有㆑語／不㆘為㆓老人㆒開㆖（今日花前《こんにちかぜん》に飲《の》み、甘心数杯《かんしんすうはい》に酔《よ》う、但《た》だ愁《うれ》う花《はな》に語《ご》有《あ》りて、老人《ろうじん》の為《ため》に開《ひら》かずというを）」

と、うたい、美人の牡丹にふられはせぬかと心配だなどと戯れている。

《補説》 唐代の牡丹ブームは異常だった。中唐のころともなれば、宮廷・寺院などのほか各家庭も競って植えたので、花市は盛況、シーズンの晩春には都じゅう花見客でゴッタ返し、高値をよんだ木は一本数万銭にもなったという。牡丹を詠《よ》む詩も流行した。中にはブームに眉《まゆ》をひそめる人もおり、韓令《かんれい》という人物は、自分の邸《やしき》の名木を切りたおして人々をいましめ、白居易は「花《はな》を買《か》う」（465頁）の詩をつくって、牡丹に利殖を求める人々を攻撃した。この詩は、こういう背景のもとにつくられている。のちに宋《そう》の周敦頤《しゅうとんい》（一〇一七～一〇七三）は、「愛蓮説《あいれんせつ》」をつくり、菊・蓮・牡丹の三つの花を品評し、牡丹を「花の富貴《ふうき》なるもの」と貶《おとし》めている。あるいは着想をこの詩に得ているかもしれない。

白居易《はくきょい》　〔中唐〕（七七二〜八四六）

字《あざな》は楽天《らくてん》。下邽《かけい》（陝西省渭南《せんせいしょういなん》）の人。自らは、先祖の出身地を称して太原《たいげん》（山西省《さんせいしょう》太原）の人という。その家は代々役人を出してはいるが、名望ある家柄ではなかった。父の白季庚《はくきこう》は地方の役人で生涯を終わり、白居易が生まれたころは経済的にも恵まれない状態であったという。

十五歳のころから科挙の受験勉強に励み、そのために目を悪くし、頭に白髪《しらが》がまじるほどであった。多年の努力の末、二十九歳の時、最初の受験で進士科に及第したが、十七人の及第者中最年少であった。次いで三十二歳の時、試判《しはん》抜萃《ばっすい》科に及第した。この時の及第者八人の中に元稹《げんじん》がおり、共に校書郎《こうしょろう》を授けられ、終生の友情を交わすきっかけとなった。さらに三十五歳の時、才識兼茂明於体用《さいしきけんもめいおたいよう》科に及第し、盩厔《ちゅうしつ》県の尉《い》に任ぜられ、官吏の道を歩みだした。その後、翰林学士《かんりんがくし》、左拾遺《さしゅうい》等の官を歴任し、このころすでに詩人としての名声が高かった。四十歳の時、母の喪に服するために辞職し、四十三歳の時、喪があけて太子《たいし》左《さ》賛善大夫《さんぜんたいふ》となった。翌年、宰相武元衡《さいしょうぶげんこう》の暗殺事件が起きた際に、犯人を捕らえるよう上奏したことが越権行為としてとがめられ、江州《こうしゅう》（江西省九江《こうせいしょうきゅうこう》）の司馬《しば》に左遷された。左遷の背景には、宦官《かんがん》、貴族出身の旧官僚、科挙出身の新官僚の三《み》つ巴《どもえ》の勢力争いという、当時の朝廷内部の事情がからんでもいたが、同時に、左拾遺在職中の三十八、九歳のころから作り始められていた、「新楽府《しんがふ》」「秦《しん》中吟《ちゅうぎん》」などの多くの諷諭詩《ふうゆし》が、その直截《ちょくせつ》な批判精神の故に、権力者たちの憎しみを買っていたことも大きな理由の一つであった。

江州司馬以後、この時の反省からか、努めて政争に巻き込まれることを避け、詩も諷諭詩から閑適・感傷の詩へと、その主流が移っている。四十九歳の時、都へ召還されたが、二年後には自ら外任を求めて、杭州《こうしゅう》（浙江省《せっこうしょう》杭州）、蘇州《そしゅう》（江蘇省呉県《こうそしょうごけん》）の知事となり、五十六歳の時、再び都に呼び戻《もど》されて、二年ほど朝廷の官に就いた後、副都洛陽《らくよう》での職を希望して洛陽に移り住んだ。朝廷という権力争いの場から退避しようとしたのである。洛陽では、太子賓客《たいしひんかく》、太子少傅《しょうふ》など、皇太子付きの閑職を主に歴任し、一方仏教への帰依《きえ》を深めて郊外の香山寺の僧らと親交を結び、香山居士《こうざんこじ》と称した。七十一歳の時、法務大臣に当たる刑部尚書《けいぶしょうしょ》の肩書で官を引退し、七十五歳の八月没して、尚書右僕射《しょうしょうぼくや》(宰相の官)を追贈された。

　白居易の生涯は、一度の左遷をはさみながらも、唐代の詩人の中では、珍しく安定した、恵まれたものであった。それは、安禄山《あんろくざん》の乱を契機に、低い階層からも高位高官に登れる体制が開けてきたという、時代の状況にもよるが、白居易自身の政治的能力、年少よりの努力、楽天という字のように「足《た》るを知《し》り分《ぶん》に安《やす》んず」を旨とした処世などがあって、初めて獲得されたものであろう。

　白居易は自分の詩を諷諭・閑適・感傷・雑律の四種に分類し、儒教的な文学観から、政治的社会的意義を持つ諷諭詩に最も重きを置いた。白居易の詩は、文字のわからぬ老婆に読んで聞かせて、わからない所はわかるまで書き直したという伝説があるように、時に散文的とも思えるほどの平易流暢《りゅうちょう》さを特徴とする。そのため王公から馬子《まご》、船頭までの広い読者を持ち、全国至る所の役所、寺院、宿屋の壁に彼の詩句が書きつけられるという流行ぶりを見せた。しかし、そうしてもてはやされた詩は、諷諭詩ではなく、主に「長恨歌《ちょうごんか》」や「琵琶行《びわこう》」などの感傷詩で、白居易自身は、不本意に思ったという。

　一方白居易の詩の流行は国外にも及び、特にわが国の平安朝文学に大きな影響を与えた。わが国には彼の生前すでに詩文集が伝えられており、それが貴族の間で読まれるようになるに従い、爆発的な流行となった。白居易の詩を知らなければ共に文学を語れないという風潮まで生じた。このように愛読された白居易の詩文を十分に吸収、活用して、独自の文学を作りあげたものに、菅原道真《すがわらのみちざね》の漢詩文や紫式部《むらさきしきぶ》の『源氏《げんじ》物語《ものがたり》』等がある。また藤原公任《ふじわらのきんとう》の『和漢朗詠《わかんろうえい》集《しゅう》』は白居易の秀句を大量に採り入れ、朗詠の風習の浸透と相まって、白居易の詩句をさらに一般に広める働きをした。しかし、わが国においても、白居易が最も価値あるものとした諷諭詩は、結局、本質的には受け入れられなかった。

白居易の詩は、友人元稹の詩と合わせて「元《げん》和《な》体《たい》」と呼ばれることがあるが、これは、一部の艶情的《えんじょうてき》な詩や風流な詩に見られる作風、及びその模倣作《もほうさく》に対する呼称である。元和は、二人の詩がもてはやされたころの年号である。また、後世「元軽白俗《げんけいはくぞく》」（元稹の詩は軽々しく白居易の詩は俗っぽい）と批評を受けてもいるが、対照的な詩風の韓愈《かんゆ》と並べ「韓白《かんぱく》」と称されるように、中唐期を代表する詩人と目するのが普通である。

詩文集に『白氏文集《はくしもんじゅう》』七十一巻があり、収載詩約二千八百。現存する唐の詩人集の中で最多である。

王[1]昭君　（王昭君《おうしょうくん》）　白居易《はくきょい》　〈七言絶句〉

満ツルレ面ニ胡[2]沙満ツルレ鬢[3]ニ風●　　面《おもて》に満《み》つる胡沙《こさ》鬢《びん》に満《み》つる風《かぜ》

眉ハ銷[4]エ二残[5]黛一臉[6]ハ銷ユレ紅●　　眉《まゆ》は残黛《ざんたい》銷《き》え臉《かお》は紅《べに》銷《き》ゆ

愁苦辛勤シテ顦顇シ尽[7]クレバ　　愁苦辛勤《しゅうくしんぎん》して顦顇《しょうすい》し尽《つ》くれば

漢を離れてはるばる来たえびすの地、顔は砂漠の塵(ちり)にまみれ、ほつれた鬢は風に流れる。美しい眉を描いたうすずみも、豊かなほおにさした紅も、いつしか色あせた。悲しみ、苦しみのため、げっそりとやせ衰えてしまい、

如[8]今ゾ却[9]ッテ似[二]タリ畫[10]圖ノ中[一]ニ●

如今《いま》ぞ却《かえ》って画図《がと》の中《うち》に似《に》たり

今の私の姿は、皮肉にもあの醜婦の肖像画そのものになってしまっている。

1.王昭君　昭君《しょうくん》は字《あざな》。漢の元帝《げんてい》の時の宮女。元帝は、宮廷画家に宮女たちの肖像画を描かせ、その中から気に入った者を寵愛《ちょうあい》した。そこで宮女たちはこぞって賄賂《わいろ》を贈り、美しく描かれようとした。だが王昭君だけは贈らなかった。そのため絶世の美人でありながら醜女に描かれ、元帝の寵愛を受けることなく、政略結婚の犠牲として匈奴《きょうど》の王、呼韓邪単于《こかんやぜんう》に嫁がされた。別れのあいさつに進み出た王昭君を見て、元帝は大いに悔やみ、その後事情を調べて画家を殺したという。**2.胡沙**　胡《こ》は北方の異民族の住んでいる地域。沙は砂漠。**3.鬢**　顔の左右側面の髪。**4.銷**　消える。**5.残黛**　褪《あ》せて消えかかったまゆずみ。**6.臉**　顔。**7.尽**　動詞の語尾に付き、その動作が極限の状態に達することを示す。**8.如今**　いま。**9.却**　逆に、反対に。**10.画図**　画家に醜く描かれた肖像画のこと。

《鑑賞》　匈奴に嫁がされた、王昭君の悲しみに沈む様をうたった作である。「補説」にも挙げるように、王昭君の故事は楽府題《がふだい》として古来幾度もうたわれてきた。白居易のこの詩は、題材が周知のものであることを強く意識して、奇抜な着想に才気を見せている。すなわち、後半の悲哀と苦痛のためにやせ衰えて、今や悪意で描かれたあの醜婦の肖像そっくりになってしまったという言い回しが、この絶句の趣向である。特に、却という逆転する気分を表す字が巧みに生かされている。この詩は白居易が十七歳の時の作である。着想、表現ともに非凡で、早熟の天才は遺憾《いかん》なく発揮されているといえよう。また白居易の詩の特徴である物語性が、すでに芽生えていることも注意される。

《補説》王昭君を題材とする詩歌は、王昭君自身が別れに当たってつづったとされる「怨詩《えんし》」が漢代の歌曲として記録されており、その後も少なくない。唐以前のものとしては、晋《しん》の石崇《せきすう》の「王明君詞《おうめいくんし》」が有名である。明君となっているのは、晋の文帝司馬昭《ぶんていしばしょう》の名を避けたのである。唐代では李白《りはく》の「王昭君」など数多い。白居易にも他に「昭君怨《しょうくんえん》」と題するものがある。

この詩はもともと二首連作なので、参考に「その二」を挙げておく。「漢使却回憑寄レ語／黄金何日贖二蛾眉一／君王若問二妾顔色一／莫レ道不レ如二宮裏時一（漢使《かんし》却回《きやくかい》す憑《よ》りて語《ご》を寄《よ》す。黄金《おうごん》何《いず》れの日《ひ》か蛾眉《がび》を贖《あがな》わんと。君王《くんのう》若《も》し妾《しょう》が顔色《がんしょく》を問《と》わば、道《い》う莫《な》かれ宮裏《きゅうり》の時《とき》に如《し》かずと）」〈王昭君其二〉

長[1]恨歌（長恨歌《ちょうごんか》）　白居易《はくきょい》　〈七言古詩〉

漢[2]皇重《ンジテ》レ色《ヲ》思《フ》二傾[3]國《ヲ》一●　漢皇《かんこう》色《いろ》を重《おも》んじて傾国《けいこく》を思《おも》う
御[4]宇多年求《ムレドモ》レ不レ得●　御宇《ぎょう》多《た》年《ねん》求《もと》むれども得《え》ず
楊[5]家《ニ》有《リ》レ女初《メテ》長[6]成《ス》　楊家《ようか》に女《むすめ》有《あ》り初《はじ》めて長成《ちょうせい》す

〔第一段〕
漢の国の皇帝は女の美しさを重んじ、国都を傾けるほどの絶世の美女はいないものかと思いをつのらせていたが、そうした美人は、皇帝の位についてから多くの年を経たけれども、なかなか探し求めることができなかった。この時、楊という家に娘が一人、ようやく大人になったばかりで、

養在深[7]閨人未識●
天[8]生麗質難自棄
一朝選在君王側●
廻眸一笑百媚生
六[9]宮粉[10]黛無顔[11]色●
春寒賜浴華[12]清池▲
温泉水滑洗凝[13]脂▲
侍兒扶起嬌無力
始是新承恩[14]澤時▲
雲[15]鬢花顔金[16]歩搖○

養《やしな》われて深閨《しんけい》に在《あ》り人未《ひといま》だ識《し》らず
天生《てんせい》の麗質《れいしつ》自《みずか》ら棄《す》て難《がた》く
一朝《いっちょう》選《えら》ばれて君王《くんのう》の側《かたわら》に在《あ》り
眸《ひとみ》を廻《めぐ》らして一笑《いっしょう》すれば百媚《ひゃくび》生《しょう》じ
六宮《りくきゅう》の粉黛《ふんたい》顔色《がんしょく》無《な》し
春寒《はるさむ》くして浴《よく》を賜《たま》う華清《かせい》の池《ち》
温泉《おんせん》水滑《みずなめ》らかにして凝脂《ぎょうし》を洗《あら》う
侍児《じじ》扶《たす》け起《お》こせば嬌《きょう》として力《ちから》無《な》し
始《はじ》めて是《こ》れ新《あら》たに恩沢《おんたく》を承《う》くる時《とき》
雲鬢《うんびん》花顔《かがん》金歩揺《きんぽよう》

奥深い女の部屋で育てられていたので、その存在を誰も知らずにいた。

しかし、天のつくりなした麗しさは、もともと埋もれさせておくことはできない。

ある日突然選ばれて、皇帝のおそばに召されることになった。

彼女がひとみをめぐらしてほほえむと、なまめかしさがあふれ、後宮の、おしろいや黛(まゆずみ)で化粧をこらした美しい女たちも、まるで影が薄くなった。

春はまだ寒く、皇帝は彼女に華清宮の温泉に湯浴(ゆあ)みするよう特別に仰せられた。

温泉の湯は滑らかで、白くむっちりとした肌を流れるように伝う。

侍女が抱きかかえて起こす、湯上がりの彼女の肢体(したい)は、あでやかに色っぽくぐったりとしている。

いよいよ皇帝の愛情に身をまかす時。

雲なす黒髪、花のような顔、そして歩

芙[17]蓉帳暖度春宵
春宵苦短日高起
従此君王不早[18]朝
承[19]歓侍宴無[20]閑暇
春従春遊夜専夜
後宮佳麗三千人
三千寵愛在一身
金[21]屋粧成嬌侍夜
玉楼宴罷酔和[22]春
姉妹弟兄皆列[23]土

芙蓉《ふよう》の帳《とばり》 暖《あたた》かにして春宵《しゅんしょう》度《わた》る
春宵《しゅんしょう》短《みじか》きに苦《くる》しみ日《ひ》高《たか》くして起《お》き
此《こ》れより君王早朝《くんのうそうちょう》せず
歓《かん》を承《う》け宴《えん》に侍《じ》して閑暇《かんか》無《な》く
春《はる》は春《はる》の遊《あそ》びに従《したが》い夜《よる》は夜《よる》を専《もっぱ》らにす
後宮《こうきゅう》の佳麗三千人《かれいさんぜんにん》
三千《さんぜん》の寵愛一身《ちょうあいいっしん》に在《あ》り
金屋粧《きんおくよそお》い成《な》って嬌《きょう》として夜《よる》に侍《じ》し
玉楼宴罷《ぎょくろうえんや》んで酔《よ》って春《はる》に和《わ》す
姉妹弟兄皆《しまいていけいみな》土《つち》を列《つら》ね

みとともに揺れる金の髪飾り。
芙蓉の花が刺繍(ししゅう)された帳の中は暖かく春の夜はふけていく。
愛をかわす春の夜はたちまちに過ぎていき、日が高く昇ってようやく目が覚める。
これよりのち、皇帝は早朝の政務を怠るようになってしまわれた。
彼女は皇帝の楽しもうとする心に気持ちを合わせ、遊宴に付き添って片時の暇もない。
春は春の遊びのお供をし、夜は夜の時間を彼女が独占してお相手をする。
後宮には、美しい女たちが三千人もはべっているが、
その三千人にあまねく配分されるべき皇帝の愛情が、彼女ひとりに注がれた。
金の宮殿で、化粧をしてよりあでやかになった身を、皇帝の夜の時間に捧げ、
玉のうてなの宴が終わると、ほんのりと酔って春の空気にとけこむような風情。

可[24]シレ憐ム光彩生ズ二門戸一ニ○
遂ニ令ム二天下ノ父母ノ心ヲシテ一
不レ重ンゼレ生ムヲレ男ヲ重ンゼレ生ムヲレ女ヲ○

憐《あわれ》むべし光彩門戸《こうさいもんこ》に生《しょう》ず
遂《つい》に天下《てんか》の父母《ふぼ》の心《こころ》をして
男《おとこ》を生《う》むを重《おも》んぜず女《おんな》を生《う》むを
重《おも》んぜしむ

彼女の姉妹兄弟たちは、それぞれ諸侯に封ぜられ、国土を連ねるありさまで、ああ、彼らの家の門口(かどぐち)には、まぶしい光が輝いているかのよう。かくて国中の父母たちの心に、男を生むより女を生む方が良いと思わせるまでとなった。

1．長恨歌　長くいつまでも尽きない恋の恨みの歌。**2．漢皇**　漢の皇帝。特に漢の武帝《ぶてい》のこと。しかし実は唐の玄宗《げんそう》を指す。白居易は唐代の人なので、遠慮してこういった。**3．傾国**　美人。漢の武帝の愛妾《あいしょう》李夫人《りふじん》をうたった「一顧《いっこ》すれば人《ひと》の城《しろ》を傾《かたむ》け、再顧《さいこ》すれば人《ひと》の国《くに》を傾《かたむ》く」にもとづく。**4．御宇**　御代《みよ》。**5．楊家有レ女**　蜀州《しょくしゅう》（四川省《しせんしょう》）の官吏であった楊玄琰《ようげんえん》の娘玉環《ぎょくかん》を指す。のちの楊貴妃《ようきひ》である。**6．長成**　大人になる。**7．深閨**　奥深い女の部屋。**8．天生麗質**　天の造り成した美形。**9．六宮**　天子の後宮。六つの宮殿があった。**10．粉黛**　おしろいとまゆずみ。ここは化粧をこらした美人。**11．顔色**　容貌《ようぼう》の美しさ。**12．華清池**　華清は長安の東郊驪山《りざん》にあった離宮の名。池は湯池、すなわち温泉。**13．凝脂**　白く固まった脂肪。『詩経《しきょう》』以来美人の肌の比喩《ひゆ》に用いられる。**14．恩沢**　天子の愛情。**15．雲鬢**　雲のようにふんわりとしたびんの髪。**16．金歩揺**　金の髪飾り。歩くとき揺れるのでいう。**17．芙蓉帳**　ハスの花を刺繡《ししゅう》した寝室のカーテン。芙蓉はハスのことをいう。**18．早朝**　朝早く朝廷で政務をとること。**19．承レ歓**　天子の楽しみに気持ちを合わせること。**20．無二閑暇一**　天子のそばに侍《はべ》って離れる片時の暇もない。**21．金屋**　金の家屋。**22．和レ春**　春の気分にとけ込むこと。

23・列レ土　諸侯となって領土を連ねること。楊貴妃の従兄《いとこ》楊国忠《ようこくちゅう》は宰相《さいしょう》にまでなった。24・可レ憐　深い感動を表すことば。ここは驚いたことに、の意。

驪[1]宮高處入青雲●
仙[2]樂風飄處處聞●
緩歌慢[3]舞凝[4]絲竹▲
盡日君王看不足▲
漁[5]陽鼙鼓動地來
驚[6]破霓[7]裳羽衣曲▲
九[8]重城闕煙塵生○

驪宮《りきゅう》高《たか》き処《ところ》　青雲《せいうん》に入《い》り
仙楽風《せんがくかぜ》に　飄《ひるがえ》りて処処《しょしょ》に聞《き》こゆ
緩歌《かんか》慢舞《まんぶ》糸竹《しちく》を凝《こ》らし
尽日《じんじつ》君王《くんのう》看《み》れども足《た》らず
漁陽《ぎょよう》の鼙鼓《へいこ》地《ち》を動《うご》かして来《き》たり
驚破《きょうは》す霓裳羽衣《げいしょううい》の曲《きょく》
九重《きゅうちょう》の城闕《じょうけつ》　煙塵《えんじん》生《しょう》じ

〔第二段〕
驪山(りざん)の離宮は高くそびえ、空に浮かぶ青雲にとどかんばかり、仙界の音楽のように妙(たえ)なる旋律が、ここかしこに聞こえてくる。ゆるやかなテンポの歌と静かな舞い、伴奏の管弦は余韻を残していつしか消えていく。一日中、皇帝はすばらしい舞楽を鑑賞していて飽きることがない。その時、突如として漁陽の地方から攻め太鼓の音が、大地を揺り動かして押し寄せ、演奏されていた霓裳羽衣の曲を驚かし吹き飛ばしてしまった。たちまち皇帝のおられる宮城も、戦火の煙と塵(ちり)が巻き上がり、

千乗萬騎西[9]南行
翠[10]華搖搖行復止
西出都門百餘里
六[11]軍不發無奈何
宛轉蛾眉馬前死
花[12]鈿委地無人收
翠[13]翹金[14]雀玉[15]搔頭
君王掩面救不得
回看血[16]淚相和流

千乗《せんじょう》 万騎《ばんき》西南《せいなん》に行《ゆ》く
翠華《すいか》揺揺《ようよう》として行《ゆ》きて復《ま》た止《とど》まり
西《にし》のかた都門《ともん》を出《い》づること百余里《ひゃくより》
六軍《りくぐん》発《はっ》せず奈何《いかん》ともする無《な》く
宛転《えんてん》たる蛾眉《がび》馬前《ばぜん》に死《し》す
花鈿《かでん》は地に委《す》てられて人《ひと》の収《おさ》むる無《な》し
翠翹《すいぎょう》 金雀《きんじゃく》 玉搔頭《ぎょくそうとう》
君王《くんのう》面《おもて》を掩《おお》いて救《すく》い得《え》ず
回《かえ》り看《み》れば血涙《けつるい》相和《あいま》じりて流《なが》る

皇帝の一行は、長安を捨てて、蜀（しょく）の成都（せいと）を目指して西南の方へと落ちていく。

皇帝の旗は、ゆらゆらと進んでは止まり、のろのろといく。

やがて、長安の城門から西へ百余里（約五十キロ）の、馬嵬（ばかい）の駅にたどり着く。

護衛の兵士たちが騒ぎだして、出発を拒み、皇帝はどうすることもできない。すんなりとした美しい眉（まゆ）をした楊貴妃は皇帝の馬の前で殺された。

花のかんざしは地に捨てられ、それを拾う者もいない。

かわせみの羽や金の孔雀の形の髪飾りも玉のこうがいも、無惨に散らばっている。

皇帝は手で顔をおおったまま、殺される楊貴妃を救うすべもない。

振り返る皇帝の顔には、悲しみのあまり、涙が血とまじりあって流れ落ちる。

1．**驪宮**　驪山《りざん》の離宮。華清宮のこと。2．**仙楽**　仙界の美しい音楽。宮中はしばしば仙界にたとえられる。3．**慢舞**　静かな舞。4．**凝二糸竹一**　余韻を残しながらいつしか消えていくような管弦の音。5．**漁陽鼙鼓動レ地来**　安禄山《あんろくざん》が乱を起こしたことをいう。漁陽《ぎょよう》は節度使であった安禄山の任地、今の北京付近。鼙鼓《へいこ》は馬上で打ち鳴らす攻め太鼓。動地来は大地を揺り動かして響いてくること。6．**驚破**　驚かす。破は強意の助字。7．**霓裳羽衣曲**　西域伝来の舞曲名。一説に玄宗《げんそう》が作曲したともいう。8．**九重城闕**　天子の居城。9．**西南行**　玄宗たちが蜀《しょく》の成都《せいと》に向けて、都落ちしたことを指す。10．**翠華**　カワセミの羽飾りを付けた天子の旗。11．**六軍**　天子の軍隊をいう慣用語。12．**花鈿**　螺鈿《らでん》作りの花の簪《かんざし》。13．**翠翹**　カワセミの羽の髪飾り。14．**金雀**　孔雀《くじゃく》の形の金の髪飾り。15．**玉掻頭**　玉の笄《こうがい》。16．**血涙**　悲しみのあまり涙が尽き果てて血が流れ出ること。

黄[1]埃散漫風蕭[2]索○
雲[3]桟縈[4]紆登ル二剣[5]閣ニ一○
峨[6]嵋山下少ニ二人ノ行クコト一
旌[7]旗無クレ光日色薄シ○
蜀江水ハ碧ニシテ蜀山ハ青ク●

黄埃散漫《こうあいさんまん》風《かぜ》蕭索《しょうさく》
雲桟縈紆《うんさんえいう》剣閣《けんかく》に登《のぼ》る
峨嵋《がび》山下《さんか》人《ひと》の行《ゆ》くこと少《まれ》に
旌旗《せいき》光《ひかり》無《な》く日色《にっしょく》薄《うす》し
蜀《しょく》江水《こうみず》は碧《みどり》にして蜀山《しょくざん》は青《あお》く

〔第三段〕
黄色の土ぼこりが一面に舞い上がり、
風はさわさわと寂しげに吹く。
雲の高みにまで届くかけ橋が曲がりくねり、剣閣山の難所を越え登る。
峨嵋山の麓（ふもと）には、道行く人も少なくて、
旗さしものも色あせて光彩なく、陽光すら弱く薄い。
蜀の流れは深みどりに、蜀の山は青々と茂っている。

聖主朝朝暮暮情●
行[8]宮見月傷心色
夜雨聞鈴腸斷聲●
天[9]旋日轉廻[10]龍馭▲
到此[11]躊躇不能去▲
馬嵬坡[12]下泥土中
不見玉[13]顏空[14]死處▲
君臣相顧盡霑衣
東望都門信馬歸○

聖主《せいしゅ》朝《ちょう》 朝《ちょう》 暮《ぼ》暮《ぼ》の情《じょう》
行宮《あんぐう》に月《つき》を見《み》れば傷心《しょうしん》の色《いろ》
夜雨《やう》に鈴《すず》を聞《き》けば腸断《ちょうだん》の声《こえ》
天《てん》旋《めぐ》り日《ひ》転《てん》じて竜馭《りゅうぎょ》を廻《めぐ》らし
此《ここ》に到《いた》りて躊躇《ちゅうちょ》して去《さ》る能《あた》わず
馬嵬坡下《ばかいはか》泥土《でいど》の中《うち》
玉顔《ぎょくがん》を見《み》ず空《むな》しく死《し》せし処《ところ》
君臣相顧《くんしんあいかえり》みて 尽《ことごと》く衣《ころも》を霑《うるお》し
東《ひがし》のかた都門《ともん》を望《のぞ》み馬《うま》に信《まか》せて帰《かえ》る

みかどは、朝に夕に楊貴妃を思って悲しみに沈む。

仮の皇居で月をながめれば、その月の色に悲しみを感じ、
夜の雨の中に鈴の音を聞けば、はらわたが断ち切られるような悲しい音色に思う。

天下の情勢が一変して、みかども長安の都に帰ることになった。

ここ馬嵬の駅をよぎるとき、足はためらい、立ち去ることができない。

馬嵬の坂道の下、泥土の中には、もはや楊貴妃の、玉のような美しい顔は見られず、ただ空しく殺された場所だけが残っている。

君臣ともに振り返りつつ、だれも彼も涙で上衣をぬらす。

東の方の長安の城門を目指して、馬の歩みにまかせて帰る。

1. 黄埃 黄色の土ぼこり。 **2. 蕭索** もの寂しい様。 **3. 雲桟** 雲の中に入るような高いかけ橋。 **4.**

縈紆　曲がりくねる様。**5. 剣閣**　山の名。長安から、蜀へ到る道中の難所。**6. 峨嵋**　山の名。成都の南にそびえる。**7. 旌旗**　天子を象徴する旗さしもの。**8. 行宮**　仮の皇居。**9. 天旋日転**　天下の情勢が一変することをいう。ここは官軍が賊軍を破って、長安が回復されたことを指す。**10. 廻二竜馭一**　玄宗が長安に帰ることをいう。竜馭《りゅうぎょ》は天子の乗り物。**11. 此**　楊貴妃が殺された所を指す。つまり馬嵬《ばかい》の駅。**12. 坡下**　坂道の下。**13. 玉顔**　玉のように美しい顔。楊貴妃のこと。**14. 空死処**　殺された場所だけが空しく残っている。

歸リ來レバ池苑皆依[1]ルレ舊ニ●
太[2]液ノ芙蓉未[3]央ノ柳●
芙蓉ハ如レク面ノ柳ハ如レシ眉ノ▲
對シテレ此ニ如何ゾ不ランニ涙ノ垂一レ▲
春風桃李花開ク日
秋雨梧桐葉落ツル時▲

帰《かえ》り来《きた》れば池苑《ちえん》皆《みな》旧《きゅう》に依《よ》る
太液《たいえき》の芙蓉《ふよう》未央《びおう》の柳《やなぎ》
芙蓉《ふよう》は面《おもて》の如《ごと》く柳《やなぎ》は眉《まゆ》の如《ごと》し
此《これ》に対《たい》して如何《いかん》ぞ涙《なみだ》の垂《た》れざらん
春風桃李花開《しゅんぷうとうりはなひら》く日《ひ》
秋雨梧桐葉落《しゅううごどうはお》つる時《とき》

〔第四段〕
長安に帰ってみると、宮中の池も苑(その)も昔のままで、
太液池のはすの花も未央宮の柳の緑も以前と同じく咲き、また茂っている。
はすの花は楊貴妃の顔のようだし、柳の枝は眉のようだ。
このように昔をしのばせる物を前にしては、どうして涙を流さずにおれようか。
春の風に桃や李(すもも)の花が咲き乱れる日や、
秋の雨に梧桐の葉が散る時には、わけても悲しみがつのる。

西宮[4]南内多秋草
落葉満階紅不掃
梨[5]園弟子白髪新
椒[6]房阿[7]監青[8]娥老
夕殿螢飛思悄[9]然
孤燈挑[10]盡未成眠
遅遅鐘[11]鼓初長夜
耿[12]耿星[13]河欲曙天
鴛[14]鴦瓦冷霜華重
翡[15]翠衾寒誰與共

西宮《せいきゅう》南内《なんだい》秋草《しゅうそう》多《おお》く
落葉《らくよう》階《きざはし》に満《み》ちて紅《くれない》掃《はら》わず
梨園《りえん》の弟子《ていし》白髪《はくはつ》新《あら》たに
椒房《しょうぼう》の阿《あ》監青娥《かんせいが》老《お》いたり
夕殿《せきでん》蛍《ほたると》飛《と》んで思《おも》い悄然《しょうぜん》たり
孤灯《ことう》挑《かか》げ尽《つ》くして未《いま》だ眠《ねむ》りを成《な》さず
遅遅《ちち》たる鐘鼓《しょうこ》初《はじ》めて長《なが》き夜《よる》
耿耿《こうこう》たる星河《せいが》曙《あ》けんと欲《ほっ》する天《てん》
鴛鴦《えんおう》の瓦《かわら》は冷《ひや》やかにして霜華《そうか》重《おも》く
翡翠《ひすい》の衾《しとね》は寒《さむ》くして誰《たれ》と共《とも》にせん

宮中の西の宮殿、南の宮殿には、秋の草が生い茂り、落葉が階段の上をおおい、散ったもみじの葉は掃除もされない。かつての楽人養成所の教習生たちも、今はしらがが目立つようになり、皇后の部屋の宮女取り締まりの女官も青い眉に老いを見せるばかりである。

夜の宮殿に蛍が飛んで入り、心の内はひたすら心細い物思いにとらわれる。ぽつんと一つともった灯火の芯(しん)をかきたてかきたて、いつまでも眠られない。

時刻を告げる鐘や太鼓の音は、じれったいほど間遠く、夜の長さを初めて思い知らされる。やがて明けようとする空に天の川がしらじらと輝く。

おしどりの形をした屋根の瓦は冷たく、霜の花が重く降り、かわせみの羽を縫い取りしたかけぶとんは寒く、共に寝る人はいない。

悠[16]悠タル生死別レテ經レタリ年ヲ
魂[17]魄不㆓曾テ來リテ入㆒㆑ラ夢▲ニ

悠悠《ゆうゆう》たる生死《せいし》別《わか》れて年《とし》を経《へ》たり
魂魄《こんぱく》曾《かつ》て来《きた》りて夢《ゆめ》に入《い》らず

生と死の世界は無情に遠く切り離されており、二人が別れてから久しく年が過ぎた。楊貴妃のたましいは、夢の中にさえ一度も訪れてこない。

1．依㆑旧　昔のまま。**2．太液**　宮中の池の名。**3．未央**　宮殿の名。**4．西宮南内**　帰京後の玄宗の居所。**5．梨園弟子**　玄宗が宮中に設けた楽人の養成所の教習生。**6．椒房**　皇后の居室。**7．阿監**　宮女を取り締まる女官。**8．青蛾**　黒い美しい眉。美貌をいう。**9．悄然**　しょんぼりする様。**10．挑**　灯芯《とうしん》をかきたてること。**11．鐘鼓**　時刻を告げる鐘や太鼓。**12．耿耿**　薄れながら光り輝く様。**13．星河**　天《あま》の川。**14．鴛鴦瓦**　オシドリをかたどった瓦。**15．翡翠衾**　カワセミの羽を縫い取りしたかけぶとん。**16．悠悠**　無情に遠くはなれている様。**17．魂魄**　死者の肉体から離れたたましい。ここでは、楊貴妃のたましいを指す。

臨[1]邛ノ道[2]士鴻[3]都ノ客○
能ク以テ㆓精[4]誠ヲ㆒致ス㆓魂魄○ヲ㆒

臨邛《りんきょう》の道士《どうし》鴻都《こうと》の客《かく》
能《よ》く精誠《せいせい》を以《もっ》て魂魄《こんぱく》を致《いた》す

〔第五段〕
蜀の臨邛出身の道士で、都の賓客と称する者がいて、精神を集中させて、死者の魂をよく招き寄せるとのこと。

爲感君王輾[5]轉思
遂教方[6]士殷[7]勤覓○
排空馭[8]氣奔如電●
昇天入地求之遍●
上窮碧[9]落下黄[10]泉
兩處茫茫皆不見●
忽聞海上有仙山▲
山在虚無縹緲間▲
樓閣玲[11]瓏五[12]雲起○
其中綽[13]約多仙[14]子○

君王《くんのう》が輾転《てんてん》の思《おも》いに感《かん》ずるが為《ため》に
遂《つい》に方士《ほうし》をして殷勤《いんぎん》に覓《もと》めしむ
空《くう》を排《はい》し気《き》に馭《ぎょ》して奔《はし》ること電《いなずま》の如《ごと》く
天《てん》に昇《のぼ》り地《ち》に入《い》って之《これ》を求《もと》むること遍《あまね》し
上《かみ》は碧落《へきらく》を窮《きわ》め下《しも》は黄泉《こうせん》
両処茫茫《りょうしょぼうぼう》として皆見《みなみ》えず
忽《たちま》ち聞《き》く海上《かいじょう》に仙山《せんざん》有《あ》り
山《やま》は虚無《きょむ》縹緲《ひょうびょう》の間《かん》に在《あ》りと
楼閣《ろうかく》は玲瓏《れいろう》として五雲《ごうん》起《お》こり
其《そ》の中《うち》綽約《しゃくやく》として仙子《せんし》多《おお》く

みかどの眠られぬ物思いに感動して、弟子の修験者（しゅげんじゃ）に命じて、楊貴妃の魂のありかを、ていねいに探し求めさせた。
空をかきわけるように押し開き、大気に乗って、稲妻のように疾駆（しっく）する。
天空に昇り地下にもぐり、楊貴妃のたましいをくまなく探し求めた。
上は大空の果てまで、下は死者の国まで探し求めたが、
どちらも、限りなく広がっているばかりで、見つからない。
その時、ふと聞きつけた、海上に仙山があり、
その山は何もないはるかな彼方（かなた）に存在すると。
高殿は玉のように美しく輝き、五色の雲がわき起こり、
その中には、しなやかな身のこなしの仙女が多数住んでいて、

中ニ有リ二一人一字ハ太眞[15]
雪膚花貌參[16]差トシテ是○ナラン

中《うち》に一人《いちにんあ》有り字《あざな》は太真《たいしん》
雪膚花貌《せつぷかぼうしんし》参差として是《これ》ならん

その仙女たちの中の一人は、字は太真といい、雪のような白い肌といい、花のような美しい顔といい、それは求める人のようである。

1. 臨邛　四川省《しせんしょう》の地名。　**2. 道士**　神仙の術を心得た修験者《しゅげんじゃ》。　**3. 鴻都**　長安を指す。　**4. 精誠**　集中させた精神力。　**5. 輾転**　眠れず寝返りを打つ様。　**6. 方士**　道士に同じ。ここでは道士の弟子とみる。　**7. 殷勤**　念入りに。　**8. 馭レ気**　大気に乗る。　**9. 碧落**　大空。　**10. 黄泉**　死後の世界。　**11. 玲瓏**　透明な輝き。　**12. 五雲**　五色の雲。　**13. 綽約**　しなやかな様。　**14. 仙子**　仙女《せんにょ》。　**15. 太真**　楊貴妃の女道士名。　**16. 参差是**　それらしい、の意。

金[1]闕ノ西[2]廂ニ叩キ二玉[3]扃ヲ一●
轉ジテ敎ム三小[4]玉ヲシテ報ゼ二雙成ニ一●
聞道ク漢家ノ天子ノ使ヒナリト
九華ノ帳裏夢魂驚ク●

金闕《きんけつ》の西廂《せいしょう》に玉扃《ぎょくけい》を叩《たた》き
転《てん》じて小玉《しょうぎょく》をして双成《そうせい》に報《ほう》ぜしむ
聞道《きくなら》く漢家《かんか》の天子《てんし》の使《つか》いなりと
九華《きゅうか》の帳裏夢魂《ちょうりむこん》驚《おどろ》く

〔第六段〕仙山の金で作られた宮殿の西の棟(ねむ)に至り、玉の門をたたき、まず小玉という名の侍女から双成という名の侍女に取り次いでもらった。漢の国からはるばると訪れた天子の使者だと聞いて、さまざまな花模様の豪華なカーテンの中で、太真はハッと夢から覚めた。

攬衣推枕起徘徊
珠[5]箔銀屏邐[6]迤開
雲鬢半偏新睡覺
花冠不整下堂來
風吹仙袂飄[7]颻舉
猶似霓裳羽衣舞
玉容寂寞涙闌[8]干
梨花一枝春帶雨

衣《ころも》を攬《と》り枕《まくら》を推《お》し起《た》ちて徘徊《はいかい》し
珠箔銀屏邐迤《しゆはくぎんぺいりい》として開《ひら》く
雲鬢半《うんびんなか》ば偏《かたよ》りて新《あら》たに睡《ねむ》りより覚《さ》め
花冠《かかん》整《ととの》えず堂《どう》を下《くだ》りて来《きた》る
風《かぜ》は仙袂《せんべい》を吹《ふ》いて飄颻《ひようよう》として挙《あが》り
猶《な》お霓裳羽衣《げいしようう い》の舞《まい》に似《に》たり
玉 容寂寞《ぎよくようせきばく》として涙 闌干《なみだらんかん》
梨花一枝春雨《りかいつしはるあめ》を帯《お》ぶ

上衣を手に取り、枕を押しやって起き上がり、行きつもどりつする。

真珠のすだれや銀の屏風(びようぶ)が、いくつも続いており、太真の歩みにつれて開く。

雲のようにふわりとしたびんの毛は起きがけのために半ばくずれており、花の冠も取り乱したかっこうで、奥の間から下りてきた。

風が仙衣のたもとを吹いて、ひらひらとひるがえす。

あたかもあの霓裳羽衣の舞い姿を思わせる。

その美しい顔は寂しげであり、涙がはらはらと流れ落ち、

春の雨にぬれた一枝の梨(なし)の花のような風情であった。

1. 金闕　金の宮殿。**2. 西廂**　西の棟《むね》の部屋。**3. 玉扃**　玉の扉。**4. 小玉・双成**　共に侍女の名。**5. 珠箔**　真珠のすだれ。**6. 邐迤**　つらなる様。**7. 飄颻**　ひるがえる様。**8. 闌干**　はらはらと落ちる涙の様。

含情凝睇謝君王
一別音容兩渺茫
昭[1]陽殿裏恩愛絶
蓬[2]萊宮中日月長
迴頭下望人[3]寰處[4]
不見長安見塵霧
唯將舊[5]物表深情
鈿[6]合金[7]釵寄將去
釵留一股[8]合一扇[9]
釵擘黄金合分鈿

情《じょう》を含《ふく》み睇《ひとみ》を凝《こ》らして君王《くんのう》に謝《しゃ》す
一別音容両《いちべつおんようふた》つながら渺茫《びょうぼう》
昭陽殿裏恩愛絶《しょうようでんりおんあいた》え
蓬莱宮《ほうらいきゅう》 中《ちゅう》 日月長《じつげつなが》し
頭《こうべ》を廻《めぐ》らして下人寰《しもじんかん》を望《のぞ》む処《ところ》
長安《ちょうあん》を見《み》ずして塵霧《じんむ》を見《み》る
唯旧物《ただきゅうぶつ》を将《も》って深情《しんじょう》を表《あら》わし
鈿合金釵《でんごうきんさ》寄《よ》せ将《も》ち去《さ》らしむ
釵《さ》は一股《いっこ》を留《とど》め合《ごう》は一扇《いっせん》
釵《さ》は黄金《おうごん》を擘《さ》き合《ごう》は鈿《でん》を分《わか》つ

〔第七段〕

思いを込め、じっとひとみをこらして、みかどに感謝のことばを述べた。お別れ以来、みかどのお声もお姿も、どちらもはるか彼方のものとなりました。

昭陽殿でみかどの愛情に包まれていましたが、それも断ち切られ、この仙山の蓬莱宮で長い長い月日を重ねております。

頭を振り向けて、地上の人間世界を望見しましても、あのなつかしい長安の都は見えず、ただ塵と霧がさえぎるばかりでございます。

せめてみかどに賜った思い出の品を差し上げて、切ない私の心を表したくと、螺鈿(らでん)の小箱と金のかんざしを使者の手にことづけた。

そしてかんざしを裂き、小箱のふたを離し、その片方ずつを自分の手元に留めた。

但教心似金鈿堅
天上人間會相見
臨別殷勤重寄詞
詞中有誓兩心知
七月七日長[10]生殿
夜半無人私語時
在天願作比[11]翼鳥
在地願爲連[12]理枝
天長地久有時盡
此恨綿[13]綿無盡期

但《た》だ心《こころ》をして金鈿《きんでん》の堅《かた》きに似《に》しむれば
天上《てんじょう》 人間《じんかん》会《かなら》ず相見《あいまみ》えん
別《わか》れに臨《のぞ》んで殷勤《いんぎん》に重《かさ》ねて詞《ことば》を寄《よ》す
詞中《しちゅう》に誓《ちか》い有《あ》り両心《りょうしん》のみ知《し》る
七月七日《しちがつなぬか》長生殿《ちょうせいでん》
夜半《やはん》人《ひと》無《な》く私語《しご》の時《とき》
天《てん》に在《あ》りては願《ねが》わくは比翼《ひよく》の鳥《とり》と作《な》り
地《ち》に在《あ》りては願《ねが》わくは連理《れんり》の枝《えだ》と為《な》らんと
天長《てんなが》く地《ち》久《ひさ》しきも時《とき》有《あ》りて尽《つ》く
此《こ》の恨《うら》みは綿綿《めんめん》として尽《つ》くる期《とき》無《な》からん

かんざしはその黄金の身を裂かれ、小箱はその螺鈿の身を離されましたが、二人の心が、本来一体であるこの金や螺鈿の堅固な結び付きのようであれば、
いつか天上世界であれ、人間世界であれ、お会いできる日がございましょう。
別れ際に、さらにねんごろに伝言を付け加えた。
この言葉の中の誓いは、二人の心だけが知っている、と。
それは、ある年の七月七日の、長生殿でのこと、
夜もふけて人の姿もなく、その時、みかどはこっそりとおっしゃいました。
天上にあっては、二人は比翼の鳥となって飛び、
地上にあっては、二人は連理の枝となって愛をかわしたいものだね、と。
天と地は長く久しいものだといっても、いつかは崩壊の時が訪れる。
しかし、この二人の恋の恨みは、いつ

までも長く絶え尽きることはないであろう。

1. 昭陽殿　漢の成帝が愛人の趙飛燕《ちょうひえん》姉妹に賜った宮殿。ここは楊貴妃が玄宗と愛を交わした宮殿を言う。**2. 蓬萊宮**　海上の、仙境にある宮殿。**3. 人寰**　人間世界。**4. 処**　……する時、の意。**5. 旧物**　玄宗から賜った記念の品を指す。**6. 鈿合**　螺鈿細工《らでんざいく》の小箱。合はふたのある器。**7. 金釵**　金のふたまたのかんざし。**8. 股**　かんざしの足を数える量詞。**9. 扇**　箱の蓋《ふた》、または身を数える量詞。**10. 長生殿**　驪山《りざん》の離宮にある宮殿。**11. 比翼鳥**　雌雄それぞれ一目一翼で、常に二羽一体となって飛ぶ鳥。**12. 連理枝**　幹は二本で、枝が一つになっている木。比翼の鳥と共に愛し合う男女の仲をたとえる。**13. 綿綿**　長く続いて絶えぬ様。

《鑑賞》　白居易三十五歳の作。作詩の動機は、陳鴻《ちんこう》の『長恨歌伝』に詳しい。時に長安の西の盩厔県《ちゅうしつけん》の尉《い》（事務官）であった白居易は、友人の陳鴻と王質夫《おうしつぷ》の三人で、近くの仙遊寺《せんゆうじ》に遊んだ。たまたま話が玄宗と楊貴妃のことに及び、王質夫がこの悲恋物語の、時と共に消滅してしまうことを惜しみ、白居易には歌を、陳鴻には伝を作ることを勧めた。こうして「長恨歌」と『長恨歌伝』が作られたのである。『長恨歌伝』は、「長恨歌」の解説の役割を果たし、「長恨歌」を読む上で参考になることが多いが、より教訓的色彩が強い。

「長恨歌」は、玄宗と楊貴妃の悲恋を幻想的に死後の世界にまで繰り広げるロマンチックな長編詩であり、便宜的に七つの段落に分けて、解説と鑑賞を試みる。

〔第一段〕深窓に育った楊貴妃が、玄宗の後宮に入り、たちまち愛を独占し、それに伴って楊氏一門が栄達する様子。「温泉水滑らかにして凝脂を洗う」「侍児扶け起こせば嬌として力無し」の描写などは、大変官能的である。このようなエロチシズムは、「長恨歌」の人気を形成する上で、大きな要素になったと思われる。

ところで、白居易は、楊貴妃が玄宗に初めて愛されたようにうたっているが、これは虚構である。実際は、皇子の妃《きさき》であったのを、玄宗が横取りして愛人としたのである。そのために世間体をつくろって、楊貴妃を女道士にして太真《たいしん》という名を与え、一度皇子との関係を断ってから、後宮に入れるというごまかしの方便まで取ったのである。これは周知の事実であり、にもかかわらず白居易が、初めてのようにうたったのは、かくあってほしいという婉曲《えんきょく》な批判を言外にこめたものと思われる。

〔第二段〕幸福の絶頂にあった二人が、突如として奈落《ならく》の底に突き落とされ、楊貴妃が悲劇的な死を迎える場面である。安禄山《あんろくざん》の反乱により、玄宗は着の身着のままで長安を捨て、蜀の成都《せいと》に向かって落ちのびた。乱の直接の原因は、安禄山と宰相楊国忠《ようこくちゅう》との反目にあった。長安から百余里（約五十キロ）の馬嵬《ばかい》の駅に至って、楊氏一門に対する不平が護衛の兵士たちの間で高まり、結局楊貴妃を兵士の手に渡すまで静まりようがなかった。「六軍発せず奈何ともする無く」からは、無力な存在となった玄宗の姿と、運命に押しつぶされた楊貴妃との悲惨な別れであり、この悲恋物語の山場である。

〔第三段〕前半は一人になってからの玄宗の旅の様子と、成都でのわびしい生活の描写である。すべての風物が玄宗の心を反映して孤独で悲しみを帯びている。後半は、回復された長安へ帰る玄宗の様子。馬嵬で新たな悲しみの涙にかきくれる。馬に任せて帰る姿は、悲しみのために無気力となった玄宗をよく表している。

〔第四段〕長安へ帰った玄宗の傷心をうたう。玄宗は、新皇帝の側近に煙たがられ、体《てい》よく宮中に軟禁された。昔のままの宮廷のありさまは、かえって楊貴妃をいたましく思い出させる。あたかも時間の経過が玄宗と楊貴妃だけにもたらされたかのように。一方梨園《りえん》の弟子《ていし》や椒房《しょうぼう》の阿監《あかん》の老いたる姿は、もはや取り返しのつかぬ年月の経過を思い知らせる。眠れぬ夜を過ごす玄宗。第一段の、夜も短く感ずる幸福な場面と好対照をなす。『和漢朗詠集《わかんろうえいしゅう》』にとられている「夕殿蛍飛んで思い悄然たり」からの四句は、玄宗の傷心の様を象徴的に描き出している。

〔第五段〕この段以後幻想的な死後の世界。神仙の術を体得した道士が、玄宗のために楊貴妃を求めてさまよう場面である。茫漠《ぼうばく》としてつかみどころのない状態から、しだいに目指すものがはっきりして、最後に一人の仙女、すなわち太真にピントが合うという手法が印象的である。

〔第六段〕道士の訪れに驚く楊貴妃の様子である。この段も第一段同様はなはだ官能的である。起きがけの楊貴妃の姿態「雲鬢半ば偏りて新たに睡りより覚め」からの四句には、しどけない女の色気が十分に感じられる。なお「梨花一枝春雨を帯ぶ」の句は、楊貴妃の涙にくれる様をうたった句として有名である。

〔第七段〕玄宗を恋い慕う楊貴妃のことば。切々と言づてを使者に頼む。二人で交わしたひそかな愛の誓い。だからこそ尽きることのない二人の恋の恨み。「天長く地久しきも時有りて尽く、此の恨みは綿綿として尽くる期無からん」この結句は、白居易の玄宗と楊貴妃の悲恋に対する評語であり、かつ「長恨歌」という題名の由来ともなっている。

《補説》「長恨歌」は、発表当時からその美しい物語性と平易さから大いに流行し、長安の妓女《ぎじょ》たちは「長恨歌」を暗唱できることを一つの売りものとしたという。また劇的要素に富む「長恨歌」は、特に後世の戯曲に大きな影響を与え、元《げん》の白樸《はくぼく》の「梧桐雨《ごどうう》」、清《しん》の洪昇《こうしょう》の「長生殿《ちょうせいでん》」などの名作を生んだ。「長恨歌」の流行は海外にも及び、わが国の文学にもあらゆるジャンルにわたって影響の跡が見られる。

特に『源氏物語』には構想表現の面で深い文学的影響を与えていることが知られている。また『和漢朗詠集』には、合計八句が引かれている。

▽●▲○印は換韻を示す。付録「漢詩入門」参照。

送王[1]十八歸[2]山寄[3]題[4]仙遊寺

(王十八《おうじゅうはち》の山《やま》に帰《かえ》るを送《おく》り仙遊寺《せんゆうじ》に寄題《きだい》す)　白居易《はくきょい》

〈七言律詩〉

曾於太[5]白峯前住
數到[6]仙遊寺裏來●
黑[7]水澄時潭[8]底出
白雲破處洞[9]門開●
林間煖酒燒紅葉
石上題詩掃綠苔●

曾《かつ》て太白峰前《たいはくほうぜん》に於《お》いて住《じゅう》し
数《しばしば》 仙遊寺裏《せんゆうじり》に到《いた》りて来《きた》る
黒水《こくすい》澄《す》む時《とき》潭底《たんてい》出《い》で
白雲《はくうん》破《やぶ》る処《ところ》 洞門《どうもん》開《ひら》く
林間《りんかん》に酒《さけ》を煖《あたた》めて紅葉《こうよう》を焼《た》き
石上《せきじょう》に詩《し》を題《だい》して緑苔《りょくたい》を掃《はら》う

かつて、太白峰の前に住んでいた時には、
しばしば仙遊寺に出かけた。
黒水の流れが澄むと、その時、淵(ふち)の底まで見え、
白雲が風に切れると、そこにほらあなが口を開けていた。
林の中で赤く色づいた落葉を焼いて酒の燗(かん)をしたり、
石の上に緑の苔(こけ)を払いのけて、詩を書き記したりして遊んだものだ。

惆[10]悵舊[11]遊無[12]復到
菊花時節羨君迴

惆悵《ちゆうちよう》す旧遊《きゆうゆう》復《また》到《いた》る無《な》きを
菊花《きくか》の時節《じせつ》君《きみ》の迴《かえ》るを羨《うらや》む

あの楽しかった旧遊の地へ、もう二度と訪れることがないかと思うと、ひたすらにさびしく悲しまれる。

菊の花も薫(かお)ろうとするこの時節、あなたはあの山へとお帰りになる。とてもうらやましいことです。

1. 王十八　白居易が、長安の西の盩厔県《ちゆうしつけん》の役人であった時、知り合った友人の王質夫《おうしつぷ》のこと。「長恨歌《ちようごんか》」(439頁)を参照。なお、十八は排行、一族の同世代における長幼の順番を表す。**2. 帰山**　山は太白峰《たいはくほう》を指す。一般に山は隠棲《いんせい》の地と意識されていた。その山に帰る。**3. 寄題**　その地にいないで、遠方から詩を寄せて書きつけること。**4. 仙遊寺**　盩厔県にあった寺。白居易は盩厔県在任中、しばしばこの寺に遊んだ。**5. 太白峰**　盩厔県の西にそびえる山の名。**6. 到来**　来は動詞の語尾に添えて、その動作が話題の中心の方へ近づくことを表す。目的語があるときは、目的語を中にはさんで「到——来」の形をとる。**7. 黒水**　盩厔県の東を流れる川の名。**8. 潭底**　潭《たん》は水が深くよどむ所。その底。**9. 洞門**　洞窟の入口。**10. 惆悵**　がっかりして悲しむさま。**11. 旧遊**　以前に遊んだこと。ここはその土地を指す。**12. 無復—**　二度と……ない。強い否定。

《鑑賞》　白居易が三十七、八歳ころの作。時に白居易は翰林学士《かんりんがくし》。友人が都から故郷の山へ帰っていくのを見送り、併せて、自分がその県の役人をしていた時に、この友ともしばしば連れ立って訪ねたことのある仙遊寺に思いをはせ、そこでの遊びを懐かしんで作った詩である。

首聯《しゆれん》は、思い出の導入部を成す。七言の句は、普通四・三、または二・二・三のリズムを持つが、この二句は七字全体でひとまとまりになっており、破格《はかく》の作りである。なお首聯は、原則的には対句《ついく》でなくともよいが、この詩のように対句であることも珍しくない。そのときは、この詩もそうであるが、第一句は押韻を踏み落としにするのが普通である。頷聯《がんれん》は仙遊寺付近の印象的風景。一字一字がきっちり対応し、句全体でも水と山という対応を見せ、対句の典型である。頸聯《けいれん》はこの詩の眼目である。酒を煖《あたた》めて紅葉を焼くというのは、紅葉を焼いて酒を温めるの意。詩を題して緑苔《りよくたい》を掃《はら》うも同じ。語句の順序を倒置して表現の勢いを強める修辞方法である。尾聯《びれん》は、風流な遊びにもってこいの秋の日に、旧遊の地へ帰ることができるあなたがうらやましいという送別の挨拶《あいさつ》であり、一編の締めくくりである。

この詩は、送別の詩でありながら、仙遊寺近辺のたたずまいや、そこでの遊びの描写に力が注がれている。一つには、仙遊寺に対する挨拶にもなっており、また朝廷の官吏として長安の都に住む現在、山水の自然とも風流な遊びからも遠ざかりがちな作者にとって、旧遊の地へ帰っていく友人を送ることが、そのまま懐かしい思い出につながったからでもある。同時にそれは、おそらくは都で志を得られないまま故郷へ帰るのであろう、この友人の心を励ます気持ちによるものであると思われる。

ところで、この詩には、白・遊・時の三字が、それぞれ二度ずつ用いられている。古詩の場合はともかく、字数や韻律《いんりつ》の上で厳しい制限がある近体詩の場合は、こうした重複は、一般には大きな欠点とされる。詩の密度が薄れ、平板になってしまうからである。ところが白居易の詩には、このような同字の重複がしばしば認められ、むしろひとつの特徴となっている。例えば前出の「王昭君《おうしようくん》」(421頁)も満と鎖の字が重複しており、用例には事欠かない。これは、詩は平易でなければならないという、白居易の主張を自ら実践した結果であろう。ただ、古体詩の場合はその主張が生かされて、平易な散文的表現により広汎《こうはん》な読者を持ったが、近体詩の場合には、やはり弛緩《しかん》した感じが欠点として残り、「白俗《はくぞく》」と批判される原因となっているようである。

《補説》 この詩は、頸聯の二句が特に知られ、中国ではこの聯をもとにした絵画もあり、わが国でも『和漢朗詠集《わかんろうえいしゅう》』（巻上・秋・秋興の部）に引かれるなど、人口に膾炙《かいしゃ》している。わけても、『平家物語』（巻六）のエピソードによって知られる。殿守《とのもり》の伴 造《とものみやつこ》が、野分《のわき》の吹き落とした紅葉を集めて燃やし、酒の燗《かん》をしたところ、時のみかどの高倉帝《たかくらてい》がお聞き及びになって、「林間に酒を煖めて紅葉を焼く」という詩の心を一体だれが教えたのか風流なことと、おとがめになるどころか、感心なさったという話である。

新豊折臂翁[1][2]　（新豊《しんぽう》の臂《うで》を折《お》りし翁《おきな》）　白居易《はくきょい》　〈七言古詩〉

新豊老翁八十八
新豊《しんぽう》の老翁《ろうおう》八十八《はちじゅうはち》

頭鬢[3]眉鬚[4]皆似雪
頭鬢《とうびん》眉鬚《しゅみ》皆《みな》雪《ゆき》に似《に》たり

玄[5]孫扶向[6]店[7]前行
玄孫《げんそん》に扶《たす》けられて店前《てんぜん》に向《む》かいて行《ゆ》く

左臂憑[8]肩右臂折
左臂《さひ》は肩《かた》に憑《よ》り右臂《うひ》は折《お》る

新豊のじいさんは、数え年で八十八。髪の毛も、びんの毛も、まゆも、あごひげも、どれもこれもすべて雪のように真っ白である。やしゃごに抱きかかえられて、茶店の前を行く。左の腕は肩にすがり、右の腕は折れ曲がっている。

問翁臂折來幾年
兼問致折何[9]因緣
翁云[10]貫屬新豐縣
生逢[11]聖代無征戰
慣聽[12]梨園歌管聲
不識旗槍與弓箭
[13]無何[14]天寶大徵兵
戶有三[15]丁點一丁
[16]點得[17]驅將何處去
五月萬里雲南行

翁《おう》に問《と》う臂《ひ》折《お》れてより幾年《いくねん》ぞと
兼《かね》て問《と》う折《お》るを致《いた》せしは何《なん》の因縁《いんねん》ぞと
翁《おう》は云《い》う貫《かん》は新豊県《しんぽうけん》に属《ぞく》し
生《う》まれて聖代《せいだい》に逢《あ》い征戦《せいせん》無《な》し
梨園《りえん》歌管《かかん》の声《こえ》を聴《き》くに慣《な》れ
識《し》らず旗槍《きそう》と弓箭《きゅうせん》とを
何《いくばく》も無《な》く天宝《てんぽう》大《おお》いに兵《へい》を徴《ちょう》し
戸《こ》に三丁《さんてい》有《あ》れば一丁《いってい》を点《てん》ず
点《てん》じ得《え》て駆《か》り将《も》て何処《いずく》にか去《さ》る
五月《ごがつ》万里《ばんり》雲南《うんなん》に行《ゆ》く

「じいさんよ、その腕を折ってから何年になるのかね。それにまた、どんなわけで折るはめになったのかね」

じいさんは答えていう。「わたくしの本籍は新豊県、よい時代に生まれあわせて、戦争などということはございませんでした。梨園の歌声と音楽を聴くことに耳は慣れ親しみ、旗や槍、弓矢のことなど知らずに過ごしてまいりました。しかし、まもなく天宝の時代になり、大規模な徴兵がございました。一家に三人の壮丁(そうてい)がおれば、一人が兵隊に取られたのでございます。兵隊に取られて駆りたてられ、どこへ行くのかと申しますれば、夏も五月、万里の彼方(かなた)の雲南まで行くとのこと。

聞[18]道雲南有瀘[19]水▲
椒[20]花落時瘴[21]煙起▲
大軍徒渉水如湯
未過十人二三死▲
村南村北哭聲哀○
兒別爺[22]孃夫別妻○
皆云前後征蠻者
千萬人行無一迴○
是時翁年二十四●
兵[23]部牒[24]中有名字●

聞道《きくならく》雲南《うんなん》に瀘水《ろすい》有《あ》り
椒花《しょうか》落《お》つる時《とき》瘴《しょう》　煙《えん》起《お》こり
大軍《たいぐん》徒渉《としょう》するに水《みず》は湯《ゆ》の如《ごと》く
未《いま》だ過《す》ぎざるに十人《じゅうにん》に二三《にさん》は死《し》すと
村南村北《そんなんそんぼく》哭声《こくせい》哀《かな》し
児《じ》は爺嬢《やじょう》に別《わか》れ夫《ふ》は妻《さい》に別《わか》る
皆《みな》云《い》う前後《ぜんご》蛮《ばん》を征《せい》する者《もの》
千万人《せんまんにん》行《ゆ》きて一《いつ》の迴《かえ》る無《な》しと
是《こ》の時《とき》翁《おう》の年《とし》二十四《にじゅうし》
兵部《へいぶ》の牒《ちょう》中《ちゅう》に名字《めいじ》有《あ》り

聞きますれば、雲南には瀘水とか申す川があり、
山椒（さんしょう）の花が落ちるころに、毒ガスが生じて、
大軍が歩いて渡っていると、川の水は湯のように熱くなり、
渡りきらないうちに、十人に二、三人は死んでしまいますそうで。
村の南からも北からも、悲しい泣き声がもれておりました。
息子は父母と、夫は妻と、それぞれ別れをかわしたのでございます。
だれもかれも言っておりました。あとにもさきにも、南方の蛮族を征伐に行って、
千人万人に一人すら帰ってこないと。
このとき、わたくしも二十四歳。
当然、兵部の徴兵カードに、わたしの名前が載っておりました。

夜深不敢使人知
偸將大石槌[25]折臂
張弓簸[26]旗俱不堪
從玆始免征雲南
骨碎筋傷非不苦
且[27]圖揀[28]退歸鄕土
臂折來[29]來六十年
一肢雖廢一身全
至今風雨陰寒夜
直[30]到天[31]明痛不眠

夜深《よふ》けて敢《あえ》て人《ひと》をして知《し》らしめず
偸《ひそか》に大石《たいせき》を将《もっ》て槌《つい》して臂《ひ》を折《お》る
弓《ゆみ》を張《は》り旗《はた》を簸《ふりあ》ぐ倶《とも》に堪《た》えず
玆《こ》れ従《よ》り始《はじ》めて雲南《うんなん》に征《ゆ》くを免《まぬか》る
骨砕《ほねくだ》け筋傷《すじやぶ》るは苦《くる》しからざるに非《あら》ず
且《か》つ図《はか》る揀退《かんたい》せられて郷土《きようど》に帰《かえ》らんことを
臂折《ひお》りてより来来六十年《このかたろくじゆうねん》
一肢《いっし》廃《はい》すと雖《いえど》も一身全《いっしんまった》し
今《いま》に至《いた》るまで風雨陰寒《ふううんかん》の夜《よる》
直《ただ》ちに天明《てんめい》に到《いた》るまで痛《いた》みて眠《ねむ》られず

人に知られないよう、夜がふけるのを待って、
こっそりと大きな石で、わが腕をたたき折りました。
弓を引くことも、旗を持つこともできなくなり、
それでやっと雲南に行く身を逃れたのでございます。
骨が砕け、筋肉が破れて苦痛でないはずもありませんが、
ともかく不採用になって、故郷に帰されるようもくろんだのでございます。
腕を折ってから六十年になりますが、
手の一本こそ役立たずになったものの、命の方は助かりました。
現在でも、天気の悪い寒い夜には、
ずっと夜が明けるまで、苦痛のため眠ることができません。

痛不眠
終不悔
且喜老身今獨在
不然當時瀘水頭
身死魂孤骨不收
應作雲南望郷鬼[32]
萬人冢上哭呦呦[33]
老人言
君聽取
君不聞

痛《いた》みて眠《ねむ》られざるも
終《つい》に悔《く》いず
且《か》つ喜《よろこ》ぶ老身今独《ろうしんいまひと》り在《あ》るを
然《しか》らずんば当時瀘水《とうじろすい》の頭《ほとり》
身死《みし》し魂《たましい》孤《こ》にして骨収《ほねおさ》められず
応《まさ》に雲南望郷《うんなんぼうきょう》の鬼《き》と作《な》りて
万人冢《ばんにんちょう》上《じょう》に哭《こく》して呦呦《ゆうゆう》たるべし
老人《ろうじん》の言《げん》
君聴取《きみちょうしゅ》せよ
君聞《きみき》かずや

しかし、苦痛のために眠られなくとも、
決して後悔はございません。
ともかく老いぼれの身ではありますが、現在までただ一人生き残れたのはうれしゅうございます。
そうでなかったならば、あのとき瀘水とか申す川のほとりで、
この身は死んで、魂は孤独にさまよい、骨も野ざらしのまま、
きっと僻遠(へきえん)の地である雲南で、故郷を恋いこがれる亡者(もうじゃ)となって、
万人塚の上で、哀れに泣いていたことでございましょう」
この老人のことばを、
君たちよ、しっかり耳を傾けて聞きたまえ。
君たちは聞いたことがないか、

開元ノ宰相宋[34]開府
不賞セ邊功ヲ防[35]ギシヲ黷スヲ武ヲ
又不ヤ聞カ
天寶ノ宰相楊[36]國忠
欲ス求メテ恩[37]幸ヲ立テント邊功ヲ
邊功未ダ立タ生ズ人ノ怨ミヲ
請フ問ヘ新豐ノ折リシ臂ヲ翁ニ

開元《かいげん》の宰相《さいしょう》 宋開府《そうかいふ》
辺功《へんこう》を賞《しょう》せず武《ぶ》を黷《けが》すを防《ふせ》ぎしを
又《また》聞《き》かずや
天宝《てんぽう》の宰相《さいしょう》 楊国忠《ようこくちゅう》
恩幸《おんこう》を求《もと》めて辺功《へんこう》を立《た》てんと欲《ほっ》す
辺功《へんこう》未《いま》だ立《た》たざるに人《ひと》の怨《うら》みを生《しょう》ず
請《こ》う問《と》え新豊《しんぼう》の臂《うで》を折《お》りし翁《おきな》に

あの開元の時代に宰相となって政治を取りしきった宋璟（そうけい）のことを。辺境での戦功を賞の対象とせず、みだりな戦争を防いだという。
また聞いたことがないか、
天宝の時代に宰相の地位についていた楊国忠のことを。
天子の恩寵（おんちょう）を求めて、みだりな辺境の戦争で功を立てようと企（くわだ）てたものの、
しかしその功を立てぬうちに、人々の怨みを買ったのだ。
無用の戦争がどんなに人々を苦しめるものか、新豊の腕の折れたじいさんに、まずは尋ねてみることだ。

1. 新豊 長安の東にあった県の名。 **2. 臂** 肩から手首までの称。うで。 **3. 鬢** 耳ぎわの髪の毛。 **4. 鬚** あごひげ。 **5. 玄孫** やしゃご。孫の孫、つまりひまごの子。 **6. 向** 於と同じ。場所を示す。……に、の意。 **7. 店** 茶店。 **8. 憑** 寄りかかる。 **9. 因縁** わけ。 **10. 貫** 本貫《ほんかん》のこと。本籍地。 **11. 聖代** めでたい御代《みよ》。ここでは玄宗の開元の治を指す。 **12. 梨園** 玄宗が、自ら養成した歌舞

団。宮中のなしの木の植えてある庭園で、子弟や宮女を集めて音楽・歌舞・演劇を学ばせたことによる。**13・無レ何**　間もなく。**14・天宝大徴レ兵**　天宝《てんぽう》十（七五二）年、楊国忠《ようこくちゅう》が今の雲南地方にいた異民族を討つために、臨時の徴兵を大規模に行ったことをいう。**15・丁**　壮丁《そうてい》。唐代の制度で、およそ二十一歳から五十九歳までの成年男子。**16・点得**　点は、チェックすること。得は動詞に付いて、その動作が終わった、できあがったことを表す。**17・駆将**　駆り立てる。将は動詞に付いて、その動作の具体性を補い表す。**18・聞道**　聞くところによれば。道は、言う、の意味。**19・瀘水**　川の名。今の名は金沙江《きんさこう》であるという。**20・椒花**　山椒《さんしょう》の花。**21・瘴煙**　毒気を含んだガス。マラリアなどの熱病を引き起こす原因と考えられていた。**22・爺嬢**　父と母。**23・兵部**　軍事行政を担当する役所。**24・牒**　公文書《こうぶんしょ》。ここでは徴兵名簿を指す。**25・槌**　打ちたたくこと。**26・簸**　旗を振り上げる。**27・且**　とにかく、の意。**28・揀退**　よりわけて選び出し失格者をはねること。**29・来来**　二字で、このかた、の意。**30・直**　そのままずっと。**31・天明**　夜明け。**32・鬼**　亡者《もうじゃ》。**33・呦呦**　人の泣き声の擬声語。**34・宋開府**　玄宗の治政の初期、玄宗を補佐して名宰相《めいさいしょう》といわれた宋璟《そうけい》のこと。守成の政治に優れた。開《かい》府は、開府《かいふ》儀同三司《ぎどうさんし》という勲官《くんかん》の名。**35・防レ黷レ武**　黷武は、武徳を汚す。無意味な戦争をすること。辺境に侵入してきた突厥《とっくつ》の可汗《かかん》の首が、都に伝送されてきたときに、宋璟は、武力至上主義の風潮が高まり、まだ年少であった玄宗に及ぶであろう悪影響を恐れ、論功行賞《ろんこうこうしょう》をしなかった。この句は、このことを指す。**36・楊国忠**　楊貴妃《ようきひ》の従兄《いとこ》。楊貴妃が寵愛《ちょうあい》されたことによって、玄宗治世の末、ならずものから宰相《さいしょう》にまでなった。功を立てることをあせって、雲南討伐を試みたが、六万の軍勢のうち、その大半が戦死するという失敗に終わった。**37・恩幸**　天子の恩寵《おんちょう》。このころから楊国忠と安禄山《あんろくざん》との間に、玄宗の恩寵をめぐって確執《かくしつ》があり、安禄山の乱へとつながっていった。

《鑑賞》 白居易三十八歳の作である。社会風刺の詩を連作して『新楽府《しんがふ》』と名付けた。五十首あり、その第九首。「戒二辺功一也」（辺功《へんこう》を戒《いまし》むるなり）」という小序が原詩には付いており、辺境で無用の戦争を起こし、人々に犠牲《ぎせい》を強《し》いて功を立てることを批判する。

一読すればわかるように、全体が小説的構成になっている。作者が休んでいる茶店の前に、若者の肩にすがって近づいてくる老人がいる。老人の右腕は折れて垂れ下がっている。訳を尋ねると、徴兵を忌《き》避《ひ》するために、若い時に、自分で折ったのだという。本来人間の不幸となすべき事態をあえて招くことが、むしろ幸福をもたらすという現実。老人の折れた腕が、具体的イメージを持てば持つほど、政治に対する批判も痛烈になる。眠られないほど痛くとも、むしろうれしい、とは何たる皮肉《ひにく》だろう。「老人の言　君聴取せよ」以下末句までの部分はこの詩の主旨を明らかにするが、人々の苦痛を思いやらず、権勢欲にかられて政治を私物化する権力者に対する、白居易の爆発するような怒りが感じられる。

ところで、新豊《しんぽう》の翁《おきな》のようなすさまじい徴兵忌避が行われたのは、当時の兵制と深く関係している。唐代の兵制の典型は、府兵制《ふへいせい》という、兵農一致の徴兵制である。府（役所）は、首都長安と副都洛陽《らくよう》を結ぶ地域に集中して設置され、兵力供給と治安の中心となった。地方行政の州県からは独立した機関である。二十一歳から五十九歳という長期間、兵役《へいえき》義務に拘束され、一年のうち一定期間、毎年駆り出された。食糧や弓矢なども自弁であった。戦死する危険も大きく、経済的にも苛酷《かこく》な負担であり、兵役は農民の生活を完全に破壊した。負担に耐え切れなくなり、移動が禁じられているにもかかわらず、故郷を捨てて逃亡する農民が後を絶たなかった。そのため府兵制は次第に維持できなくなり、募《ぼ》兵制《へいせい》に転換せざるをえなくなったのである。

この詩は、府兵制から募兵制に切り替わった後に臨時に行われた徴兵を忌避した話であるが、府兵制時代から、体を傷つけるという悲惨な忌避が、しばしば見られた。そのための禁止令も残っている。新豊の翁は、一人だけではなく、農村の荒廃と共に、何人もいたのである。

《補説》『新楽府』というのは、新しい楽府ということである。楽府は、もともと漢代の役所の名。民間の歌謡を採集し保管した。民間の歌謡には、政治に対する風刺が込められており、為政者の参考になると考えられたのである。このような考えは、『詩経《しきょう》』の時代にすでに発生しており、伝統的なものである。後にこの役所に採集された歌謡そのものを楽府と呼ぶようになり、またそれらの模倣の作をも同じく楽府と呼ぶようになった。ところが、しだいに男女の恋愛が楽府の主たるテーマとなり、政治に対する風刺など見られなくなってきたのである。このような傾向を反省し、楽府本来の主旨に立ち返ろうとする動きが唐代になって出てきた。杜甫《とほ》の「兵車行《へいしゃこう》」（288頁）などの社会詩がそれであり、白居易の『新楽府』は、その精神を継承するものである。「新」とは、恋愛をテーマとする旧楽府に対して言ったのであり、その改革の意図を鮮明にしているのである。

『新楽府』は、全部で五十首であるが、一首ごとに主題が異なり、各首に主題を説明する小序が付いている。また全体に付けられた総序は、『新楽府』の目的を次のように述べる。「序に曰《いわ》く、凡《すべ》て九千二《きゅうせんに》百五十二言《ひゃくごじゅうにげん》、断《さだ》めて五十篇《ごじっぺん》と為《な》す。篇《へん》に定句無《ていくな》く、句《く》に定字無《ていじな》し。意《い》に繋《か》けて文《ぶん》に繋《か》けず。首句《しゅく》其《そ》の目《もく》を標《しめ》し、卒章《そつしょう》其《そ》の志《こころざし》を顕《あき》らかにするは、詩三百《しさんびゃく》の義《ぎ》なり。其《そ》の辞質《じしつ》にして径《けい》なるは、之《これ》を見《み》る者《もの》の諭《さと》り易《やす》からんことを欲《ほっ》すればなり。其《そ》の言直《げんちょく》にして切《せつ》なるは、之《これ》を聞《き》く者《もの》の深《ふか》く誡《いまし》めんことを欲《ほっ》すればなり。其《そ》の事覈《ことたしか》にして実《じつ》なるは、之《これ》を采《と》る者《もの》をして信《しん》を伝《つた》えしめんとてなり。其《そ》の体順《たいじゅん》にして律《りつ》なるは、以《もっ》て楽章《がくしょう》歌曲《かきょく》に播《ほどこ》す可《べ》し。総《す》べて之《これ》を言《い》えば、君《きみ》の為《ため》、臣《しん》の為《ため》、民《たみ》の為《ため》、物《もの》の為《ため》、事《こと》の為《ため》にして作《つく》る。文《ぶん》の為《ため》にして作《つく》らざるなり」

このような政治批判、社会批判の詩、白居易自身の分類によれば、諷諭詩《ふうゆし》であるが、彼はこれを合計百七十余首書いている。

その中でこの『新楽府』や後出の『秦中吟《しんちゅうぎん》』は、彼の諷諭詩を代表する作品と見なされている。

賣ルレ炭ヲ翁 （炭《すみ》を売《う》る翁《おきな》） 白居易《はくきょい》 **〈七言古詩〉**

賣ルレ炭ヲ翁●
伐リレ薪ヲ焼クレ炭ヲ南[1]山ノ中●
滿[2]面ノ塵灰煙[3]火ノ色▲
兩[4]鬢蒼[5]蒼十指黑シ▲
賣リレ炭ヲ得テレ錢ヲ何ノ所ゾレ營[6]ム
身[7]上ノ衣裳口中ノ食▲
可シレ憐レム身上衣正ニ單[8]○ナリ

炭《すみ》を売《う》る翁《おきな》
薪《たきぎ》を伐《き》り炭《すみ》を焼《や》く南山《なんざん》の中《うち》
満面《まんめん》の塵灰煙火《じんかいえんか》の色《いろ》
両鬢蒼蒼十指《りょうびんそうそうじっし》黒《くろ》し
炭《すみ》を売《う》り銭《ぜに》を得《え》て何《なん》の営《いとな》む所《ところ》ぞ
身上《しんじょう》の衣裳口中《いしょうこうちゅう》の食《しょく》
憐《あわ》れむ可《べ》し身上衣正《しんじょういまさ》に単《ひとえ》なり

炭売りのじいさん、
長安の南の終南山（しゅうなんざん）の山の中で、
薪を切り、炭を焼く。
顔じゅうほこりと灰をかぶってすすけた色になり、
十本の指は、真っ黒に汚れている。
こうして炭を焼いて売り、銭を得て一体どうしようというのか。
もちろん身につける着物と口に入れる食物を手に入れるためである。
ところが気の毒なことに、この寒空に身につけているものといったら、夏に着るようなひとえもの一枚。

心憂炭賤[9]願天寒
夜[10]來城外一尺雪
曉駕[11]炭車輾[12]冰[13]轍
牛困[14]人飢日已高
市[15]南門外泥中歇[16]
翩[17]翩兩騎來是誰
黃[18]衣使者白[19]衫兒
手把文書口稱敕
廻[20]車叱牛牽向北

心《こころ》に炭《すみ》の賤《やす》きを憂《うれ》え天《てん》の寒《さむ》からんことを願《ねが》う
夜来城外一尺《やらいじょうがいいっしゃく》の雪《ゆき》
暁《あかつき》に炭車《たんしゃ》に駕《が》して氷轍《ひょうてつ》を輾《きし》らしむ
牛《うし》困《つか》れ人《ひと》飢《う》えて日《ひ》已《すで》に高《たか》く
市《いち》の南門外《なんもんがい》にて泥中《でいちゅう》に歇《やす》む
翩翩《へんぺん》たる両騎《りょうきき》来たるは是《こ》れ誰《た》れぞ
黄衣《こうい》の使者《ししゃ》と白衫《はくさん》の児《じ》
手《て》に文書《ぶんしょ》を把《と》って口《くち》に勅《ちょく》と称《しょう》し
車《くるま》を廻《めぐ》らし牛《うし》を叱《しっ》して牽《ひ》いて北《きた》に向《む》かわしむ

それでも、炭の値段の安いのを心配して、もっともっと寒くなってくれと願ってる。

願いがかなったのか、昨夜以来の雪は、城外では一尺の深さに積もった。

さあ商売だとばかり、夜が明けると、牛車に炭を積み込んで、氷の張りつめた道をゴロゴロと町へ向かう。

町へ着いたころには、牛は疲れきり、じいさんも腹ぺこ。日はもう高くなっている。

市場の南門の外の泥んこ道で一休み。

そのとき、威勢よく馳(は)せてきた騎馬の二人。だれかと見れば、
黄色い服を着た宮中の使いと白い上着を着た若者である。

手に文書をもって、「勅命だ」と口ばしるや、
車の向きを変えさせて、牛をしかって北の方へと向かわせる。

一車ノ炭重サ千餘斤[21]
宮使驅リ[22]將レバ惜シムモ[23]不レ得○ハ
半疋[24]ノ紅綃[25]一丈ノ綾[26]
繫ギテ向カヒテ[27]二牛頭ニ一充ツ二炭[28]ノ直○ニ一

一車《いっしゃ》の炭重《すみおも》さ千余斤《せんよきん》
宮使《きゅうしか》駆り将《さ》れば惜《お》しむも得《かな》わず
半疋《はんびき》の紅綃《こうしょう》一丈《いちじょう》の綾《あや》
繫《つな》ぎて牛頭《ぎゅうとう》に向《む》かいて炭《すみ》の直《あたい》に充《あ》つ

車いっぱいに積み込んだ炭の重さは、千余斤。
しかし宮中の使いに駆りたてられては、惜しんでみてもしかたがない。
半疋の赤いきぎぬと一丈のあやぎぬをくれただけ。
牛の頭にくくりつけて、炭の代金だと言う。何とひどい仕打ちであることか。

1.南山　長安の南にある終南山《しゅうなんざん》。**2.満面**　顔じゅう。**3.煙火色**　炭焼きの煙ですすけた色。**4.両鬢**　顔の左右側面の髪。**5.蒼蒼**　ごま塩色のこと。**6.営**　物を得てととのえる。**7.身上**　からだ。身につける、という意識から上の字が加わる。**8.単**　ひとえものだけ着ていること。薄着。**9.賤**　値段の安いこと。**10.夜来**　昨夜以来。**11.駕**　牛を、車のかじ棒につなぐこと。**12.輾**　車を転がすこと。**13.氷轍**　氷の張りつめた道に付いた車の跡。**14.困**　苦しみ疲れる。**15.市**　市場。長安には東西二つの市があった。**16.歇**　休憩する。**17.翩翩**　鳥が風に乗って身軽に飛ぶ様をいうが、ここは馬が勢いよく駆けてくる様。**18.黄衣使者**　黄色の服を着た宮中の使者。宦官《かんがん》である。**19.白衫児**　白い上着の若者。使者である宦官を護衛する兵士。**20.廻レ車**　くるりと、車の向きを変える。一説に、別の車に炭を積み替えることという。**21.斤**　重量の単位。唐代では、一斤が約六百グラム。**22.駆将**　駆り立てる。将は動詞の下に付き動作の具体性を示す。**23.惜不レ得**　惜しんでみてもどうにもならない。不得は動詞のあとに付いて、本質的に……することが許されないのだ、ということを示す。**24・疋**　反物四丈を一疋《ぴき》という。匹に同じ。一丈は約三メートル。**25・綃**　きぎぬ。**26・綾**　あやぎぬ。**27・向**　在とほぼ同じ意。場所を示す。**28・炭直**　炭の値段。直は値に同じ。あたい。

《鑑賞》『新楽府《しんがふ》』の三十二番目の詩。小序に「苦二宮市一也（宮市《きゅうし》に苦しむなり）」とある。宮中の必要物資調達機関の横暴なふるまいを批判し、額に汗して働いても生活が楽にならない人々に代わって抗議した詩である。宮市とは、宮中の必要物資を買い上げるために、徳宗の時に、設置された調達機関である。担当者に宦官が任命され、この詩にあるように、勅命と称して強制的に安値で買い上げたり、ときには強奪するなど、その横暴なふるまいによって人々は大いに苦しめられた。

この詩も「新豊《しんぽう》の臂《うで》を折《お》りし翁《おきな》」と同じく、小説的構想のもとに、細かく韻《いん》を換えながら場面を展開させていく組み立てになっている。

まず最初の二句で、主人公の炭焼きのじいさんが登場する。次の四句では、炭焼きであるから真っ黒になって働くじいさんの、貧しいが精いっぱい生きている生活を描写する。そして次の二句は、じいさんの貧しさゆえの悲しい心の矛盾。満足に着る物もない有様でありながら、炭を売って生活を立てているじいさんは、もっともっと寒くなってくれと祈らなければならない。ここのところが、この詩のさわりになる。一見、喜劇的な語り口で、社会の不条理をズバリとついている。次の四句は場面が一転して、じいさんの願いがかなって、大雪になった日、炭を売りに市場に出かけた時の様子。初めは固く凍っていた道が、日が高くなるにつれて泥んこになる、というところはリアルな描写である。苦労してやっと市場の門外で一休みする。寒波の襲来で、炭も少しは値が上がり、さばけるだろう、とじいさんは心の中で一安心していたに違いない。

この後が、宮市に苦しむなりという主題の場面となる。市場の門外で休んでいるじいさんの方へ、勢いよく駆けてくる騎馬の二人。「来是誰」というのは、強調の表現。この詩でのクライマックスである。二人は宮中の使者であり、最後の六句は勅命の名のもとに、ただ同然に炭を取られてしまう一部始終。しがない炭焼きのじいさんには、しかたがないと、つぶやくことしかできない。「宮使駆り将れば惜しむも得わず」というじいさんのあきらめは、宮中の調達機関の横暴に苦しむ庶民の、ものいわぬ憤《いきどお》りが込められている。またそれは、白居易自身の怒りでもある。

なお、この当時、絹織物一疋の値段が八百文で、米一斗（十八リットル）が千五百文だったという。そうしてみれば、車一杯に積んだ炭の代価が、半疋の紅綃《こうしょう》と一丈の綾絹《あやぎぬ》では概算六百文であり、四升の米代にすぎない。宮市の宦官にいかに安く買い取られたかがわかる。

《補説》 当時の記録で、韓愈《かんゆ》が徳宗の代の末年から順宗の代にかけての歴史を書いた『順宗実録《じゅんそうじつろく》』には、宮市の横暴について詳しく述べてあるが、中に次のような話が載っている。

あるとき、農夫がろばの背に柴《しば》をいっぱいに積んで城内の市場に売りに来た。その時、宮市の宦官に出会い、宮市の御用《ごよう》と称して、わずか数尺の絹織物で柴を取られそうになった。農夫は「父母妻子が、柴を売ったお金で食を得るのを待っている。これを取られてしまったのでは死ぬばかりだ」と言って、宦官になぐりかかって抵抗したが、逮捕されてしまった。

この話の結末は、事情により農夫は許され、絹織物十疋を賜ったとあるが、「炭を売る翁」のような話は、当時しばしば起こっていたのである。

「炭を売る翁」は、「新豊の臂を折りし翁」（445頁）と並んで、『新楽府』中の秀作とされているが、わが国の文学にもいくつかその引用を見ることができる。

林羅山《はやしらざん》の『丙辰紀行《へいしんきこう》』の大井川の条に「島田の民おのが家ゐただよひ流るれども旅客の裳《も》をむさぼる

ゆゑに洪水を喜ぶ。売炭翁《ばいたんおう》が単衣《ひとえ》にして年の寒きを待つが如《ごと》し」とあり、この詩の七・八句を踏まえている。また『平家物語《へいけものがたり》』の巻三の城南之離宮《せいなんのりきゅう》の条に「よる霜に寒き砧《きぬた》のひびき、かすかに御枕《みまくら》につたひ、暁《あかつき》氷《こおり》をきしる車の跡、遥《はる》かに門前によこだはれり」とこの詩の十句にもとづく表現が見られる。ちなみにこの句は、『源平盛衰記《げんぺいせいすいき》』の巻十二にも引かれている。

重[1]賦　（重賦《じゅうふ》）　白居易《はくきょい》　**〈五言古詩〉**

厚[2]地ニ植ウ二桑麻ヲ一
所ハレ要ムル濟ハントナリ二生[3]民ヲ一●
生民理[4]ム二布[5]帛ヲ一
所ハレ求ムル活カサントナリ二一身ヲ一●
身[6]外ハ充テ二征[7]賦ニ一
上以テ奉グ二君親ニ一●

厚地《こうち》に桑麻《そうま》を植《う》う
要《もと》むる所《ところ》は生民《せいみん》を済《すく》わんとなり
生民布《せいみんふ》帛《はく》を理《おさ》む
求《もと》むる所《ところ》は一身《いっしん》を活《い》かさんとなり
身外《しんがい》は征賦《せいふ》に充《あ》て
上《かみ》以《もっ》て君親《くんしん》に奉《ささ》ぐ

大地に桑や麻を植えるのは、
人民の生活を救うためであり、
人民が布や帛(きぬ)を織るのは、
自分の生活のためである。
生活に必要な分以外を税にあて、
上は天子や親にささげるものなのだ。

國家定《ム》二兩[8]税《ヲ》一
本意《ハ》在《リ》レ憂《フルニ》レ人《ヲ》●
厥[9]《ノ》初《メハ》防《ギテ》二其《ノ》淫[10]《グルヲ》一
明《ラカニ》勅《ス》二內[11]外《ノ》臣《ニ》一●
税外《ニ》加《フレバ》二一物《ヲ》一
皆《ナ》以《テ》二枉[12]法《ヲ》一論《ズト》[13]●
奈何《セン》歲月久《シウシテ》
貪[14]吏《ハ》得《タリ》二因[15]循《スルヲ》一●
浚[16]《ヘテ》レ我《ヲ》以《テ》求《メ》レ寵[17]《ヲ》
斂[18]索《スルコト》無《シ》二冬[19]春●一

国家《こっか》両税《りょうぜい》を定《さだ》む
本意《ほんい》は人《たみ》を憂《うれ》うるに在《あ》り
厥《そ》の初《はじ》めは其《そ》の淫《す》ぐるを防《ふせ》ぎて
明《あき》らかに内外《ないがい》の臣《しん》に勅《ちょく》す
税外《ぜいがい》に一物《いちぶつ》を加《くわ》うれば
皆《み》な枉法《おうほう》を以《もっ》て論《ろん》ずと
奈何《いかん》せん歳月《さいげつ》久《ひさ》しゅうして
貪吏《どんり》は因循《いんじゅん》するを得《え》たり
我《われ》を浚《さら》えて以《もっ》て寵《ちょう》を求《もと》め
斂索《れんさく》すること冬春《とうしゅん》無《な》し

国家が両税の法を定めた。

その本来の精神は、人民の苦しみを憂えることにある。

だから、初期には、規定以上の取り立てを防いで、
中央や地方の役人に明確に詔（みことのり）を賜った。

税額以外に一物でも余分に取り立てていれば、

「国法をまげたものとして処罰する」と。

だが困ったことに、月日のたつうちに、貪欲（どんよく）な役人が法をいい加減にごまかすようになってしまったのだ。

われわれ人民から税をしぼりとってお上の恩寵（おんちょう）を得ようとし、
納税期ではない冬も春も、無関係に取り立てにくる。

織絹[20]未成疋[21]
繰絲未盈斤
里[22]胥迫我納
不許暫逡[23]巡
歳暮天[24]地閉
陰[25]風生破[26]村
夜深烟[27]火盡
霰雪白紛[28]紛
幼者形不蔽
老者體無溫[29]

絹《きぬ》を織《お》りて未《いま》だ疋《ひき》を成《な》さず
糸《いと》を繰《く》りて未《いま》だ斤《きん》に盈《み》たざるに
里胥《りしょ》は我《われ》に納《おさ》めんことを迫《せま》り
暫《しばら》くも逡巡《しゅんじゅん》するを許《ゆる》さず
歳暮《としく》れて天地《てんち》閉《と》じ
陰風《いんぷう》破村《はそん》に生《しょう》ず
夜深《よふ》けて烟火《えんか》尽《つ》き
霰雪《さんせつ》白《しろ》くして紛紛《ふんぷん》たり
幼《おさな》き者《もの》は形《かたち》蔽《おお》わず
老《お》いたる者《もの》は体《たい》に温《あたたか》なる無《な》し

絹を織って、まだ一疋の長さにならず、
糸をくって、一斤の重さにもならないうちに、
村長(むらおさ)が納税の催促に来、
少しの猶予も許してくれない。
歳が暮れて天地の気がふさがり、
冬の冷たい風が荒れはてた村を吹く。
夜ふけには火種も尽きてしまい、
霰(あられ)や雪が、あたり一面真っ白に降りしきる。
幼い子は体をおおう着物もなく、
老人は体をあたためるものもない。

悲[30]喘與寒氣
併入鼻中辛
昨日輸殘稅
因窺官[31]庫門
繒[32]帛如山積
絲[33]絮似雲屯
號爲羨[34]餘物
隨[35]月獻至[36]尊
奪我身上煖
買爾眼前恩

悲喘《ひせん》と寒気《かんき》と
併《あ》わせて鼻中《びちゅう》に入《い》りて辛《から》し
昨日残《さくじつのこ》りの税《ぜい》を輸《はこ》び
因《よ》って官庫《かんこ》の門《もん》を窺《うかが》うに
繒帛《そうはく》は山《やま》の如《ごと》く積《つ》まれ
糸絮《しじょ》は雲《くも》の似《ごと》く屯《あつ》まる
号《ごう》して羨余《せんよ》の物《もの》と為《な》し
月《つき》に随《したが》って至尊《しそん》に献《けん》ず
我《わ》が身上《しんじょう》の煖《だん》を奪《うば》い
爾《なんじ》が眼前《がんぜん》の恩《おん》を買《か》う

悲しいあえぎと冷たい夜気が、
いっしょに鼻に入ってとてもつらい。
昨日納め残りの税をはこんで、
そのついでに政府の庫(らく)をのぞいてみたが、
絹織物は山のように積まれ、
生糸や綿は雲のように集められている。
これらのものが、税の使い残しという名目で、
毎月天子に献上される。
われわれ人民の体のぬくもりを奪いとって、
お前たち役人は、目先の恩寵を買おうとするのだ。

進メテ入ルルモ二瓊[37]林ノ庫一ニ
歳久シウシテ化シテ為ル塵ト

進《すす》めて瓊林《けいりん》の庫《くら》に入《い》るるも
歳久《としひさ》しゅうして化《か》して塵《ちり》と為《な》る

こんなに税を集めて、献上して天子の庫へ入れてみたところで、使いきれぬまま月日がたって、塵に変わってしまうだけだろうに。

1. 重賦　重い税。賦《ふ》は税として取り立てられる財物。**2. 厚地**　大地。大地の安定感からこういう。**3. 生民**　人民。**4. 理**　自分の管理下にきちんとおさめることを意味する。ここは織り上げる意。**5. 布帛**　麻の布と絹織物。第一句の桑麻に対応。**6. 身外**　自分の身に使う以外、の意。**7. 征賦**　税。征《せい》も賦も税。**8. 両税**　両税法。徳宗の建中《けんちゅう》元（七八〇）年に、宰相楊炎《さいしょうようえん》の建議によって制定された税法（鑑賞参照）。**9. 厥**　「其」と同じ。**10. 淫**　物事が度を過ぎた状態になる。ここでは規則以上に税を取り立てる意。**11. 内外**　朝廷の内と外。中央政府の官と地方官。**12. 枉法**　国法をまげる。**13. 論**　裁《さば》く。処罰する。**14. 貪吏**　貪欲《どんよく》な役人。**15. 因循**　本来は、慣習どおりにして進取《しんしゅ》の気のないこと。ここは、いい加減にごまかす意。**16. 浚**　さらえ取る。**17. 寵**　天子の恩寵《おんちょう》。**18. 斂索**　税を取り立てること。**19. 冬春**　規定の上では納税期ではない。**20. 綃**　きぎぬ。生糸《きいと》で織ったばかりの絹。**21. 疋**　織物の長さの単位。**22. 里胥**　村長《むらおさ》。村の税をまとめる責任がある。**23. 逡巡**　ぐずぐずすること。**24. 天地閉**　冬になること。天の気と地の気がふさがって、互いに通じ合わなくなることで、冬になると考えられていた。**25. 陰風**　冬の風。**26. 破村**　荒れ果てた村。**27. 烟火**　煮炊《にた》きのための火種。**28. 紛紛**　入り乱れてたくさん降ってくる様。**29. 温**　体をあたためるもの。**30. 悲喘**　悲しいあえぎ。**31. 官庫**　政府の倉庫。**32. 繒帛**　共に絹の織物。**33. 糸絮**　絹糸と綿。いずれも納税品。**34. 羨余物**　税のうち、使い残りの物。羨も余る意。実際は人民から別に取り立てたものを、恩寵を求めるために、この名目で天子に奉《たてまつ》った。**35・随㆑月** 毎月。**36・至尊** 天子。**37・瓊林庫** 天子の私財を収める倉庫の名。

《鑑賞》 白居易三十九歳ごろの作。重税に苦しむ庶民に代わって、その弊害《へいがい》を述べた詩である。

白居易が生まれたころ、つまり八世紀後半は、うち続く戦乱や、たび重なる税の徴収で、農民が流亡《りゅうぼう》し、農村の荒廃が進んでいた。そこで状況の打開のため、徳宗の建中《けんちゅう》元（七八〇）年に新たに制定された税法が、両税法であった。この法は、夏秋の二回、貧富に応じた税額を徴収するという趣旨のもので、その主目的は、農民の生活と、税収入との安定を計ることにあった。制定当初は、税の徴収がスムーズにゆき、財政が安定して、一応の成功をみた。しかし、やがて各地で節度使の反乱が頻発《ひんぱつ》し、国庫の出費がかさむに従い、結局農民は再び重い税負担に苦しめられたのである。この詩は、こうした背景をふまえて、「税外加㆓一物㆒／皆以㆓枉法㆒論」という両税法制定の精神に戻り、私利私欲を計る役人を厳しく罰するよう求めたものである。

白居易の詩は、平易な言葉遣いとともに、生き生きとした描写がその特色であり、広く人々の共感を得た一因でもあるが、この詩でも、「浚㆑我以求㆑寵」以下の六句などは、度重なる税の督促《とくそく》に息つく暇《ひま》のない農民の姿を描いて余すところがない。また、最後の十句は、人民の声を代弁し、貪吏《どんり》を厳しく批難しているが、特に「進㆓入瓊林庫㆒／歳久化為㆑塵」という末二句には、やり場のない人民の怒りが、つぶやきの中に伝えられていて、ドキッとするような迫力がある。

《補説》 白居易は、秘書省校書郎《ひしょしょうこうしょろう》や左拾遺《さしゅうい》などの官に就いていた、三十二歳から三十九歳ごろにかけて、長安近辺で見聞きした事柄に取材して、全部で十首の諷諭詩《ふうゆし》を作り、『秦中吟《しんちゅうぎん》』と名付けた。秦中とは、長安近辺の地の名称である。この「重賦」はその第二首であり、他に「婚《こん》を議《ぎ》す」「宅《たく》を傷《いた》む」「友《とも》を傷《いた》む」「不致仕《ふちし》」「立碑《りつぴ》」「軽肥《けいひ》」「上絃《じょうげん》」「歌舞《かぶ》」そして「花《はな》を買《か》う」の九首がある。

この『秦中吟』は、『新楽府』と並んで、彼の諷諭詩の代表作である。なお、『秦中吟』と『新楽府』には題材が共通するものが多い。この「重賦」は、税に苦しめられる農民の姿をうたうという点で『新楽府』の「杜陵叟《とりょうそう》」と共通している。

買花（花《はな》を買《か》う）　白居易《はくきょい》　**〈五言古詩〉**

帝[1]城春欲[2]暮　　帝城《ていじょう》 春《はる》暮《く》れんと欲《ほっ》し
喧[3]喧車馬度[4]　　喧喧《けんけん》として車馬《しゃば》度《わた》る
共道牡丹時　　共《とも》に道《い》う牡丹《ぼたん》の時《とき》
相随買花去　　相随《あいしたが》って花《はな》を買《か》いに去《ゆ》くと
貴[5]賤無常[6]價　　貴賤常価無《きせんじょうかな》く
酬[7]直看花數　　酬直《しゅうち》花《はな》の数《かず》を看《み》る

都の春も過ぎようとするころ、
騒がしく車馬が行きかう。
人々はだれも彼もいう、「牡丹の時だ、
そろって花を買いに行こう」と。
花の高い安いは一定しておらず、
花の数でおのずと値段が決まるのだ。

灼[8]灼百朶[9]紅
戔[10]戔五[11]束素
上張幄[12]幕庇
旁織笆[13]籬護
水洒復泥[14]封
移來色如故
家家習爲[15]俗
人人迷不悟
有一田舍翁
偶來買花處

灼灼《しゃくしゃく》たり百朶《ひゃくだ》の紅《こう》
戔戔《せんせん》たり五束《ごそく》の素《そ》
上《かみ》は幄幕《あくばく》を張《は》りて庇《おお》い
旁《かたわら》は笆籬《はり》を織《お》りて護《まも》る
水《みず》洒《そそ》ぎ復《ま》た泥封《どろも》り
移《うつ》し来《きた》りて色故《いろもと》の如《ごと》し
家家《かか》習《なら》いて俗《ぞく》を為《な》し
人人《ひとびと》迷《まよ》いて悟《さと》らず
一田舎翁《いちでんしゃおう》有《あ》り
偶《たまたま》花《はな》を買《か》う処《ところ》に来《きた》る

燃えるような、百もの赤い花を咲かせている牡丹もあれば、
一枝に五つの白い花を咲かせている牡丹もある。
上に日よけの幕を張り、
周囲は竹のかこいで守る。
水をそそぎ、泥をもり、
移植しても、花の色はもとのようにあざやか。
こういうことが、都中どの家でも習わしになって、
人々は流行におぼれたまま、だれも気がつかない。
一人の田舎のじいさんが、
偶然都の人々が牡丹の花を買いもとめるところに行きあわせ、

低頭獨長歎
此歎無人諭
一叢深[16]色花
十戸中[17]人賦[18]

頭《こうべ》を低《た》れて独《ひと》り長歎《ちょうたん》す
此《こ》の歎人《たんひと》の諭《さと》る無《な》し
一叢《いっそう》の深色《しんしょく》の花《はな》
十戸《じっこ》の中人《ちゅうじん》の賦《ふ》

うつむいて一人長くため息をついた。
このため息のわけを都の人々はだれも知らない。
ひとかたまりの深い色をたたえた牡丹の花の値段は、
中流階級の家十軒分の租税に匹敵するものを、と。

1．帝城　長安の都。**2．欲**　ある状況に近づきつつあることを示す。……になろうとする。**3．喧喧**　騒がしい様子。**4．度**　通過する。**5．貴賤**　値段の高低。**6．常価**　定まった価《あたい》。**7．酬直**　代金を支払う。直は値と同じ。**8．灼灼**　花がさかんに咲いている様子。**9．朶**　花のひとかたまり。**10．戔戔**　少ない様子。**11．五束素**　一ヵ所に五個の白い花が集まり咲いていること。素は白。**12．幄幕**　おおいの布。**13．笆籬**　まがき。**14．泥封**　土を根にもりあげること。土封とするテキストもある。**15．為俗**　ならわしとする。**16．深色**　色の濃いこと。**17．中人**　中流階級の人。**18．賦**　税金。

《鑑賞》『秦中吟《しんちゅうぎん》』の第十首。奢侈《しゃし》をいましめたものである。末二句に、その主旨が端的に示されている。なお、結句は『漢書《かんじょ》』の文帝紀《ぶんていき》の故事をふまえている。文帝が、かつて屋根のない楼台《うてな》を造ろうと思い、見積もらせたところ、その経費は百金であった。文帝は、「百金は、中流の民十家の財産である。どうしてそのような楼台を造れよう」と言って取りやめたという話である。

牡丹《ぼたん》の花の価を見て一人嘆息するじいさんの姿は、白居易が実際に都のどこかで見た光景だったのかもしれない。詩の前半の、牡丹に狂奔《きょうほん》する人々の生々しい描写と対比しておかれているだけに、このじいさんのため息が重々しい実感を伴ってよみがえってくるのを感じる。

《補説》牡丹の花は、玄宗《げんそう》の天宝《てんぽう》年間あたりから、観賞用の植物として楽しまれるようになり、中唐の貞元《ていげん》、元和《げんな》年間には長安を中心に、貴族や士大夫《したいふ》の間で異常なまでに愛好されていた。
この詩にあるように、見事な花をつけている株になると大変な高値がつき、それでも人々は、争って買い求めたのである。
なお、白居易には、『新楽府《しんがふ》』の二十八番目に、やはり牡丹をうたった「牡丹芳」詩があり、そこでは、牡丹に狂う貴族たちと、一人農事に心をくだく天子の姿とを対比させ、牡丹狂いの風潮を厳しく風刺している。

八[1]月十五日ノ夜禁[2]中ニ獨[3]リ直シ對[4]シテレ月ニ憶フ二元[5]九ヲ一

（八月十五日《はちがつじゅうごにち》の夜《よ》、禁中《きんちゅう》に独《ひと》り直《とのい》し、月《つき》に対《たい》して元九《げんきゅう》を憶《おも》う）　白居易《はくきょい》　〈**七言律詩**〉

銀[6]臺金闕夕[7]沈沈●　　銀台金闕夕《ぎんだいきんけつゆうべ》　沈沈《ちんちん》

宮中のあちこちにそびえる銀や金づくりの高殿が、ふけゆく夜のしじまの中に見える。

獨宿相[8]思在[9]翰林
三[10]五夜中新[11]月色
二千里外故[12]人心
渚[13]宮東面煙[14]波冷
浴[15]殿西頭鐘[16]漏深
猶[17]恐清[18]光不同見
江陵卑[19]濕足[20]秋[21]陰

独宿《どくしゅく》 相思《あいおも》いて翰林《かんりん》に在《あ》り
三五《さんご》夜中《やちゅう》新月《しんげつ》の色《いろ》
二千里《にせんり》外故《がいこ》人《じん》の心《こころ》
渚宮《しょきゅう》の東面《とうめん》煙波《えんぱ》冷《ひや》やかに
浴殿《よくでん》の西頭《せいとう》鐘漏《しょうろう》 漏深《ふか》し
猶《な》お恐《おそ》る清光《せいこう》同《おな》じく見《み》ざるを
江陵《こうりょう》は卑《ひ》湿《しつ》にして秋《しゅう》 陰《いん》足《おお》し

私はひとり翰林院に宿直しながら、君のことを思っている。

今宵十五夜、のぼったばかりの明月に、はるか二千里の彼方(かなた)にいる君の心がしのばれる。

君のいる渚宮の東の方では、もやにかすむ水面が月に冷たく光っているだろう。

私のいる宮中の浴殿の西側では、時を告げる鐘や水時計の音が、静寂の中、深々ときざまれている。

月を見て私が君を思うように、君も私を思っていてくれるだろうが、それでも心配なのは、君がこの清らかな月かげを見られないのではないかということだ。

なぜなら江陵の地は低く湿っぽくて、秋も曇りがちの日が多いというから。

1. 八月十五日夜　旧暦の八月十五日。すなわち中秋の明月の夜。**2. 禁中**　宮中。**3. 独直**　一人で宿直する。**4. 対**　まっすぐに顔を向けて見る。**5. 元九**　元稹《げんじん》。九は排行。この時、元稹は宦官《かんがん》の怒りを買って、湖北の江陵《こうりょう》へ左遷されていた。**6.銀台金闕** 台は高楼《こうろう》、闕は楼門《ろうもん》。銀、金は美的修飾語。宮中のあちこちにそびえ立つ高殿をいう。一説に、銀台は、翰林院《かんりんいん》の南にあった銀台門を指すという。**7.夕沈沈** 夜のふける様。夕は、夜。**8.相思** 相手のことを思う。相は相手のあることを示す語で、互いに、の意ではない。**9.翰林** 翰林院。翰林学士の詰め所。**10.三五夜** 十五夜。**11.新月** 出たばかりの月。一説に、新は月の輝きの形容で、清新な輝きの月の意という。**12.故人** ふるなじみの友。元稹を指す。**13.渚宮** 春秋時代楚王《そおう》の宮殿。江陵城内に故趾《こし》があった。この一句は元稹のいる江陵の景をうたう。**14.煙波** もやにけぶった水面。**15.浴殿** 大明宮にあった浴堂殿。太子の湯殿《ゆどの》。翰林院はこの西にあった。この句は作者のいる宮中の景。**16.鐘漏** 時を告げる鐘や水時計。**17.猶** それでもなお。**18.清光** 清らかな月光。**19.卑湿** 土地が低くて湿気の多いこと。長江《ちょうこう》流域の地の不健康さを表現する言葉。**20.足** 多と同じ。**21.秋陰** 秋のくもり。

《鑑賞》 白居易三十九歳の時の作。中秋の明月の夜、宮中に独り宿直した作者が、月を見ながらはるか遠くへ流されている親友を思って作った詩である。

元稹と白居易の交友は、恐らく、吏部《りぶ》の試験にともに合格した貞元十九（八〇三）年ごろから始まっていたらしい。そして太和《たいわ》五（八三一）年、元稹が五十三歳で死ぬまで続けられた。その間、多数の詩や手紙の応酬《おうしゅう》が行われている。それらの詩は、数多い中国の友情をうたった詩の中でも、傑出したできばえを見せ、友情の詩の伝統に、実りある成果を残したといえる。後に挙げる「舟中《しゅうちゅう》、元九《げんきゅう》の詩《し》を読《よ》む」（482頁参照）もその一つであるが、この詩も二人の友情をうたった詩の代表作である。

この詩の眼目は、やはり著名な頷聯《がんれん》（三句目と四句目）の対句《ついく》にある。月を見て遠くにある人を思うという発想は、中国の詩の伝統の中では珍しいものではない。しかし、平易な文字遣いで、一字一字をぴたりと対応させ、さらに鮮やかな月色と、しのばれる親友の心とを対比させた対句の作りは実に巧みである。そして遠く隔たった互いの居場所を点描する頸聯《けいれん》（五句目と六句目）を間に置いて、この月を友は見られないのではないかと気遣う尾聯《びれん》（七句目と八句目）へつながる詩の流れには、友の身の上を案ずる、深い友愛の情がこもっている。なお、尾聯には江陵の地のくもりがちなのを心配するだけでなく、卑湿な土地柄ゆえに、当時病気がちであった親友の健康をも気遣う心持ちが含まれているだろう。

《補説》 この詩は、頷聯の対句が『和漢朗詠集《わかんろうえいしゅう》』の秋の部に引かれるほか、『源氏物語』や謡曲などの文学作品にも引用されていて、わが国では特によく知られる。

燕詩示劉叟[1]（燕《つばくろ》の詩《し》、劉叟《りゅうそう》に示《しめ》す）　白居易《はくきょい》　〈五言古詩〉

梁[2]上有雙燕　梁上双燕《りょうじょうそうえん》有《あ》り　はりの上に二羽の燕（つばくろ）が住み、

翩[3]翩雄與雌。　翩翩《へんぺん》たり雄《おす》と雌《めす》と　身軽に飛びかいながら雄と雌が、

銜[4]泥兩椽[5]間　泥《どろ》を銜《ふく》む両椽《りょうてん》の間《かん》　泥をくわえてきて、二本のたるきの間に巣づくりをし、

一巣生四兒。　一巣四児《いっそうしじ》を生《う》む　中に四羽の雛（ひな）を生んだ。

四兒日夜長ジ
索メテレ食ヲ聲ハ孜[6]孜タリ●
青[7]蟲不レ易レカラ捕ヘ
黄[8]口無シ二飽クル期一●
觜[9]爪雖モレ欲[10]トレ皺[11]レント
心[12]力不レ知ラレ疲レヲ●
須[13]臾ニシテ十タビ來往シ
猶[14]ホ恐ル二巣中ノ飢ヲ一●
辛[15]勤三十日
母ハ痩セ雛ハ漸[16]ク肥ユ●

四児《しじ》日夜《にちや》長《ちょう》じ
食《しょく》を索《もと》めて声《こえ》は孜孜《しし》たり
青虫《せいちゅう》 捕《とら》え易《やす》からず
黄口《こうこう》飽《あ》くる期《とき》無《な》し
觜爪《しそう》皺《やぶ》れんとすと雖《いえど》も
心力《しんりょく》 疲《つか》れを知《し》らず
須臾《しゅゆ》にして十《と》たび来往《らいおう》し
猶《な》お巣中《そうちゅう》の飢《き》を恐《おそ》る
辛勤三十日《しんぎんさんじゅうにち》
母《はは》は痩《や》せ雛《ひな》は漸《ようや》く肥《こ》ゆ

四羽の雛は日ごとに成長し、
食物をほしがって、ピーピーと声をあげて鳴く。
えさの青虫は簡単にはつかまらないし、
雛たちの腹は満ちるときがない。
親鳥のくちばしとつめは、今にも傷つきやぶれそうだが、
雛鳥のために、心も体も疲れを忘れて一生懸命。
またたく間に十回も行き来してえさをはこび、
それでもまだ、巣の中の雛が腹をすかせはせぬかと心配する。
苦労に苦労をかさねて三十日。
母鳥はやせたが、雛はしだいに太ってきた。

喃[17]喃教言語
一一刷[18]毛衣
一旦羽[19]翼成
引上庭樹枝
擧翅不回顧
隨風四散飛
雌雄空中鳴
聲盡呼不歸
卻[20]入空巣裏
啁[21]啾終夜悲

喃喃《なんなん》言語《げんご》を教《おし》え
一一《いちいち》毛衣《もうい》を刷《は》く
一旦《いったん》羽翼《うよく》成《な》れば
引《ひ》きて庭樹《ていじゅ》の枝《えだ》に上《のぼ》らしむ
翅《はね》を挙《あ》げ回顧《かいこ》せずして
風《かぜ》に随《したが》いて四散《しさん》して飛《と》ぶ
雌雄《しゆう》空中《くうちゅう》に鳴《な》き
声《こえ》尽《つ》き呼《よ》べども帰《かえ》らず
却《かえ》って空巣《くうそう》の裏《うち》に入《い》り
啁啾《ちゅうしゅう》終夜《しゅうや》悲《かな》しむ

ピーチクパーチクと言葉を教え、
一枚一枚、羽をきれいにそろえてやる。
そうして、羽がすっかり生えそろうと、
飛び方を教えるため、庭の木の枝に雛をつれてのぼらせる。
ところが雛たちは、飛べるようになると羽をひろげてふりかえりもせず、風にのり四方へ飛んでいってしまった。

雌雄二羽の親鳥は空中で鳴き、
声をかぎりに子を呼んだが、とうとう帰ってこない。
仕方なく子鳥のいなくなった巣に戻り、
夜どおし悲しい鳴き声をあげる。

燕燕爾勿[22]悲
爾當[23]返[24]自思
思爾爲雛日
高飛背母時
當時父母念
今日爾應[25]知

燕《つばくろ》よ燕《つばくろ》よ爾《なんじ》悲《かな》しむこと勿《な》かれ
爾《なんじ》当《まさ》に返《かえ》って自《みずか》らを思《おも》うべし
爾《なんじ》の雛《ひな》為《た》りし日《ひ》
高《たか》く飛《と》びて母《はは》に背《そむ》きし時《とき》を思《おも》え
当時《とうじ》の父母《ふぼ》の念《ねん》
今日爾《こんにちなんじ》応《まさ》に知《し》るべし

燕よ燕よ、お前たち悲しんではいけない。
自分たちのことをふりかえって考えてごらん。
お前たちがまだ幼い雛だった日、
やはり高く飛び去って、母に背いたときのことを思い出してごらん。
あのときの父母の悲しい心のうちを、
今日こそお前たちも身にしみてわかったことだろう。

1. 劉叟 劉《りゅう》という姓の老人。 **2. 梁** 柱の上にわたすはり。 **3. 翩翩** 鳥が身軽に飛び回る様。 **4. 銜レ泥** 巣を作るために、泥をくわえて運ぶこと。 **5. 椽** たるき。 **6. 孜孜** 一生懸命にピーピー鳴くこと。ひなの鳴く擬声語。 **7. 青虫** あおむし。蝶《ちょう》類の幼虫。 **8. 黄口** ひな鳥の赤黄色のくちばし。 **9. 觜爪** くちばしとつめ。 **10. 欲** そういう状態になろうとしていることを示す助字。 **11. 敝** 傷つきぼろぼろになる。 **12. 心力** 精神と肉体の力。 **13. 須臾** 短い時間をいう。 **14. 猶** それでもなお。 **15. 辛勤** 苦労しながら努力を重ねること。 **16. 漸** しだいに。 **17. 喃喃** 燕《つばくろ》の鳴く声。ここは親鳥がさえずって言葉を教える様。 **18. 刷二毛衣一** 毛衣は鳥の羽。ひなの羽をきれいにそろえること。 **19. 羽翼成** 羽が生えそろって一人前になること。 **20. 却** 引き返す。 **21. 啁啾** 鳥や虫の細くしきりに鳴く声。ここは燕の悲しみ鳴く声の様。**22・勿**　禁止の助字。……するな。**23・当**　道理としてそうあるべきだ、の意。**24・返自思**　振り返って自分のことを考える。**25・応**　推量の助字。……したことだろう。

《鑑賞》白居易が長安で、翰林学士《かんりんがくし》や左拾遺《さしゅうい》等の職にいた三十六～四十歳の間の作品。テキストによっては「叟《おきな》に愛子《あいし》あり、叟《おきな》に背《そむ》いて逃《のが》れ去る、叟《おきな》甚《はなは》だ悲《かな》しんで之《これ》を念《おも》う。叟《おきな》少年《しょうねん》の時《とき》亦《また》嘗《かつ》て是《かく》の如《ごと》し。故《ゆえ》に燕《つばくろ》の詩《し》を作《つく》りて以《もっ》て之《これ》を諭《さと》す」という自注があり、この詩の意図が説明されている。子どもに捨てられて悲しんでいる劉という老人に、老人自身の年少のころを反省させ、同時に子どもが親の愛情を裏切る社会の風潮を、燕に例えてさとした作品である。

劉じいさんという、教養を持たない庶民に読み聞かせる目的で作られただけに、内容は極めて平明であり、特別な知識を必要とする語句も使われていない。同じ文字を何度も用いたり、擬態語・擬声語をしきりに利用している。これは白居易の詩の特徴の一つである。だが、この詩では特にそれが内容のわかりやすさ、あるいは、燕という身近な鳥に例えた親しみやすさという点に生かされている。

なお「燕燕爾勿悲」の「悲」は、本来韻字を置かなくても良い場所に、前句と同様、再び韻字として用いられている。これは、そこで詩の内容が転換するので、もう一度韻字をくり返して場面の転換を作ったのである。

《補説》白居易には、動植物に仮託して君臣の間のことや、世上の風潮を諷諭《ふうゆ》した詩が数多くある。のちの「慈烏夜啼《じうやてい》」（479頁）もそうであり、ほかに「蝦蟇《がま》詩」「有木《ゆうぼく》詩八首」「大きな觜《くちばし》の烏《からす》の詩《し》に和《わ》す」等がある。

動植物に仮託して諷諭するのは、『詩経《しきょう》』以来の手法ではあるが、それを積極的に用いて多くの詩を残したのは、やはり白居易の特色に数えることができる。

これらの作品は、『新楽府《しんがふ》五十首』『秦中吟《しんちゅうぎん》』等、世上の実際に取材した作品とともに、白居易の諷諭詩の中心部をなしている。

暮立（暮《くれ》に立《た》つ）　白居易《はくきょい》　**〈七言絶句〉**

黄[1]昏獨立佛堂前。

滿地槐[2]花滿樹蟬。

大[3]抵四[4]時心總苦[5]。

就[6]中腸[7]斷是秋[8]天。

黄昏《こうこん》独《ひと》り立《た》つ仏堂《ぶつどう》の前《まえ》
地《ち》に満《み》つる槐花《かいか》樹《き》に満《み》つる蟬《せみ》
大抵《たいてい》四時《しいじ》心《こころ》総《す》べて苦《くる》しけれど
就中《なかんずく》腸《はらわた》の断《た》たれるは是《こ》れ秋《しゅう》天《てん》

たそがれにひとり仏堂の前に立つ。舞い散ったえんじゅの花が地面を埋め尽くし、木という木には蟬が鳴きしきる。

およそ四季それぞれ心にかなしみをさそうものだが、とりわけ、はらわたがちぎれるほどに悲しいのは秋。

1. 黄昏　たそがれ時。　**2. 槐花**　エンジュの花。花は黄白色。　**3. 大抵**　おおむね。　**4. 四時**　四季。　**5. 苦**　ここはいたみ悲しむ意。　**6. 就中**　とりわけ。　**7. 腸断**　はらわたがちぎれる。はなはだしく悲しむときの形容。　**8. 秋天**　秋の空。季節としての秋の意にも用いる。

《鑑賞》 白居易は、元和《げんな》六（八一一）年、四十歳の時に母を亡《うしな》い、都から郷里の下邽《かけい》に帰って喪に服した。この詩は、そのころ郷里にあっての作。

この時期は、白居易の人生の上で、いわば最初の挫折《ざせつ》にあたる。母の死という最大の不幸の上に、当時の政治情況も、白居易とは相容《い》れない勢力の体制下にあった。政治家としての未来にも影がさしていたのである。郷里での日々も、それゆえ、平安とはいえ憂鬱《ゆううつ》で孤独なものであった。ひたすら憑《つ》かれたように読書にはげんでいる。

この詩の後半は、四季のうちで、もっとも悲しいのは秋だ、という。当たり前の感慨にすぎない。しかし、白居易の悲秋は一味ちがうのだ。

第一句は、いわばこの詩の舞台背景をなす。承句が実はこの詩の眼目である。満地の槐花《かいか》、満樹の蟬《せみ》と、調子よく、暗くなりつつある中にそこいら中に白い花が散らばっている情景を描く。樹《き》という樹に蟬の声。それは、盛大な、という形容詞がふさわしいような秋の景だ。ところが、この情景を目に浮かべる時、この中に立つ作者の孤独な姿が同時に鮮明にあらわれてくることに気づく。花びらの散乱と蟬の鳴き声、それは清浄世界の中の読経《どきょう》の大合唱にも聞こえてくるようだ。

このように見ると、むしろ平凡にも思われる結句が、ぐっと重みをもって迫る心地がする。

《補説》 この詩の転結二句は、『和漢朗詠集《わかんろうえいしゅう》』巻上、秋・秋興の部に引かれている。

村夜（村夜《そんや》）　白居易《はくきょい》　〈七言絶句〉

[1]霜草[2]蒼蒼蟲[3]切切
村南村北[4]行人絶
獨出門前望[5]野田
月明[6]蕎麥花如雪

霜草《そうそう》は蒼蒼《そうそう》として虫《むし》は切切《せっせつ》
村南村北行人《そんなんそんぼくこうじん》絶《た》ゆ
独《ひと》り門前《もんぜん》に出《い》でて野田《やでん》を望《のぞ》めば
月明《つきあき》らかにして蕎麦花《きょうばくはな》雪《ゆき》の如《ごと》し

霜枯れた草は、生気を失って青白く、虫はしきりにすだく。
村の南も村の北も、道行く人の姿はとだえた。
ひとり門前に出て、野中の田の方をながめると、
さやかな月明かりのもと、蕎麦（そば）の花が雪のように白い。

1．霜草　霜に打たれて枯れた草。**2．蒼蒼**　生気を失った青白い色。**3．切切**　虫の鳴き声の擬声語。**4．行人**　道を行く人。**5．野田**　野中《のなか》の田。**6．蕎麦**　ソバ。夏から秋にかけて白い花が咲く。

《鑑賞》　郷里の村での秋の夜の景をうたった詩。「暮《くれ》に立《た》つ」詩と同じく、母の死によって官を辞《や》め、下邽《かけい》に帰って喪に服していたころの作である。

この詩の眼目は、結句の蕎麦の花の発見とその描写にある。月の明かりの下《もと》、一面に降り敷いた雪のように、夜の中に浮かびあがった蕎麦《そば》の花、あたりには虫の声、というと「暮に立つ」詩と似かようが、こちらの方は、あくまでもひなびた風情《ふぜい》が全体に漂っている。大体、蕎麦の花などは観賞に堪える

ていのものではなく、従来、詩の世界に登場していない。しかし、うたわれてみると、いかにもいなかの風情があっておもしろい。ことに、このときの作者のように、沈んだ心にはよく映る、というものだ。夏から秋のころに咲くのも、他の花の間隙《かんげき》をついたところがある。

この花の登場を自然ならしめるために、霜草とか、村の南北とか、野田とかの語が用意されている。ここは、都から地理的にはそれほど離れていないが、作者の置かれた境遇からすれば、雅《みや》びた都とは遠い、ひなびた寂しいところなのである。

チッチッという虫の声、月明かりの下に立つ作者の孤独な姿が目に浮かぶ。

慈[1]烏夜啼（慈烏夜啼《じうやてい》）　白居易《はくきょい》　〈五言古詩〉

慈烏失其母　　慈烏《じう》其《そ》の母《はは》を失《うしな》い

啞[2]啞吐哀[3]音●　　啞啞《ああ》哀音《あいいん》を吐《は》く

晝夜不飛去　　昼夜《ちゅうや》飛《と》び去《さ》らず

經[4]年守故[5]林●　　経年《けいねん》故林《こりん》を守《まも》る

夜夜夜半啼　　夜夜《よよ》夜半《やはん》に啼《な》き

慈烏が母鳥を亡くし、
カアカアと、悲しそうな鳴き声をたてている。
昼も夜も飛び去ることなく、
母鳥と過ごした古巣の林を長いこと守っている。
毎夜、夜中すぎに鳴き、

聞者爲[6]霑[7]襟
聲中如告[8]訴
未盡反[9]哺心
百[10]鳥豈[11]無母
爾獨哀怨深
應[12]是母慈重
使爾悲不任[13]
昔有呉[14]起者
母歿喪不臨[15]
嗟[16]哉斯徒輩

聞《き》く者為《ものため》に襟《えり》を霑《うるお》す
声中《せいちゅう》告訴《こくそ》するが如《ごと》し
未《いま》だ反哺《はんぽ》の心《こころ》を尽《つ》くさずと
百鳥《ひゃくちょう》豈《あ》に母《はは》無《な》からんや
爾《なんじ》独《ひと》り哀怨《あいえん》深《ふか》し
応《まさ》に是《こ》れ母《はは》の慈《いつく》しみ重《おも》くして
爾《なんじ》をして悲《かな》しみ任《た》えざらしむるべし
昔《むかし》呉起《ごき》なる者《もの》有《あ》り
母没《はははぼっ》すれど喪《そう》に臨《のぞ》まず
嗟哉《ああ》斯《こ》の徒輩《とはい》

その声に、聞く者はもらい泣きして、衣の襟をぬらす。
鳴き声は、こう訴えているかのようだ。
「孝行の心を十分に尽くしてはいなかったのだ」と。
鳥たちに、どうして母鳥のないものがあろう。
だが、お前だけが母を思って深く悲しんでいる。
きっと母鳥の愛情が深かったので、お前をたえきれぬほどに悲しませるのだろう。
昔、呉起という者がいて、
母が死んでも、葬式にも帰らなかった。
ああ、こんなやからは、

其ノ心不レ如カ禽ニモ　　其《そ》の心《こころ》 禽《とり》にも如《し》かず　　その心ばせは、鳥にも劣るのだ。

慈烏復[17]タ慈烏　　慈烏《じう》復《ま》た慈烏《じう》　　慈烏よ、慈烏よ、

鳥中之曾[18]参タリ　　鳥中《ちょうちゅう》の曾参《そうしん》たり　　お前は鳥の中の曾参とも言うべき孝行ものだ。

1.慈烏　カラスの一種という。母鳥が子を六十日間養育すると、子は成長後六十日間餌《えさ》を運んで母鳥に恩返しをすると言い伝えられる。**2.唖唖**　カラスの鳴き声の形容。**3.哀音**　悲しげな鳴き声。音はこえ。**4.経年**　何年も経《た》つこと。**5.故林**　住み慣れた林。**6.為**　そのために。前句がその理由。**7.霑レ襟**　流す涙で、襟《えり》がぬれる。涙が多く流れるときの形容。**8.告訴**　訴えかける。**9.反哺心**　反哺は、子が母に餌を与えて養《やしな》うこと。孝行の心をいう。**10.百鳥**　鳥類一般をいう。**11.豈**　反語の助字。どうして……だろうか。**12.応是**　推量の助字。是は添え字。きっと……に違いない。**13.任**　耐え忍ぶ。**14.呉起**　戦国時代の衛《えい》の人。孫子《そんし》とともに兵法の大家として有名。志を立てて国を去る時に、宰相《さいしょう》にならなければ帰らないと母に誓った。その後曾参《そうしん》の門下で勉学中、母が死んだが、誓いどおり帰国しなかった。**15.臨**　葬式《そうしき》に列して大声で泣き、死者の霊を弔《とむら》うこと。**16.嗟哉**　嘆《なげ》きの声。**17.復**　重ねるときに用いる。そして、の意。**18.曾参**　春秋《しゅんじゅう》時代末の魯《ろ》の人。孔子《こうし》の弟子で、非常に孝行の志の厚い人であった。

《鑑賞》　名利に走り、孝行の心を忘れてしまっている世間の風潮を、慈烏《じう》を借りて風刺した作。前出の「暮《くれ》に立《た》つ」「村夜《そんや》」二詩と同じく、郷里で母の喪に服していた時の作である。

白居易自身が母親を亡くした後だけに、この慈烏の鳴き声には、白居易の悲しみと後悔が込められていよう。特に、「夜夜夜半啼」からの八句の「豈」「応是」といった反語や推量の語を巧《たく》みに使って畳みかける筆の運びには、詩の表現を超《こ》えた切実さがある。

もともとは、母を亡くした悲しみが、慈烏を題材とする詩を作らせたのだろう。だが、詩は最後に呉《ご》起《き》の話を取り上げ、慈烏を曾参に例えることによって、社会的な諷諭《ふうゆ》詩《し》として完結している。このように、個人的な事件から発想して、広く社会的な諷諭詩が作られるのは、いかにも諷諭詩を最高のものとした白居易の面目と言うべきだろう。

《補説》 白居易には、鳥などに仮託した諷諭詩が数多い。詳しくは「燕《つばくろ》の詩《し》、劉叟《りゅうそう》に示《しめ》す」詩（471頁）を参照。

舟中讀ム二元[1]九ノ詩ヲ一（舟中《しゅうちゅう》、元九《げんきゅう》の詩《し》を読《よ》む）　白居易《はくきょい》　**〈七言絶句〉**

把ツテ二君ガ詩巻ヲ一燈前ニ讀ム　君《きみ》が詩巻《しかん》を把《と》って灯前《とうぜん》に読《よ》む

詩盡キ燈殘[2]リテ天未ダレ明ケ　詩尽《しつ》き灯《ともしび》残《のこ》りて天《てん》未《いま》だ明《あ》けず

眼痛ミ滅[3]シテ燈ヲ猶ホ闇[4]坐スレバ　眼《め》痛《いた》み灯《ともしび》を滅《け》して猶《な》お闇坐《あんざ》すれば

君の詩集を手に取って、灯の前で読む。

詩を読み終えた時に、灯はわずかに消え残っていただけだが、空はまだ夜の暗さのまま。

眼に痛みを覚え、灯を消し、そのまま暗がりに座っていると、

逆[5]風吹イテ㆑浪ヲ打ツ㆑船ヲ聲●

逆風浪《ぎゃくふうなみ》を吹《ふ》いて船《ふね》を打《う》つ声《こえ》

聞こえてくるのは、逆風が波を吹きあげて、船にたたきつける音ばかり。

1.元九　元稹《げんじん》。九は排行。**2.残**　なくなりそうになって、わずかに残ること。**3.滅**　火を消す。**4.闇坐**　暗がりにすわる。**5.逆風**　向かい風。

《鑑賞》元和《げんな》十（八一五）年、江州《こうしゅう》の司馬《しば》に左遷《させん》され、長安から任地へ赴《おもむ》く途中の作。白居易四十四歳。

先の「八月十五日《はちがつじゅうごにち》の夜《よる》、禁中《きんちゅう》に独《ひと》り直《とのい》し、月《つき》に対《たい》して元九《げんきゅう》を憶《おも》う」詩（468頁）と同様、元稹との友情を背景とした作品のひとつ。この時、元稹は、通州《つうしゅう》（今の四川省達県《しせんしょうたつけん》）の司馬に出されており、当時の政界の状況からは、再会は絶望的とさえ思われた。白居易の手許《てもと》に残された元稹の詩集は、最悪の場合、遺稿にもなりかねなかったのである。

夜を徹して元稹の詩集を読み、未明の暗がりの中にうずくまる白居易の姿には、悲しみと孤独感が満ちている。結句の逆風と波の音は、二人の不安な前途を暗示するかのようである。

なお、この詩は二十八字の字数の中に、詩の字が二回、灯の字が三回使われている。これは、短詩形式の場合は、普通、詩の密度を下げるため避けるのであるが、この詩では逆手にとっている。つまり、激する胸のうちを、言葉が抑え切れないといった、生々しさがにじみ出るのだ。それに、「灯」の字は、「灯前」「灯残」「滅灯」と、時間と状況の深まりを示す効果を意図している。

《補説》この詩が作られたころ、元稹も通州にあって白居易を思う詩を作っている。「楽天《らくてん》の江州司馬《こうしゅうしば》を授《さず》けられしを聞《き》く」（508頁）参照。

[1]琵琶行并序（琵琶行《びわこう》、并《なら》びに序《じょ》）　白居易《はくきょい》　〈七言古詩〉

元和十年、予左遷[2]九江郡[3]司馬。明年秋、送客[4]溢浦口、聞舟中夜彈琵琶者。聽其音、[5]錚錚然有[6]京都聲。問其人、本長安倡女、嘗學琵琶於穆曹二[7]善才。年長色衰、[8]委身爲[9]賈人婦。遂命酒使快彈數曲。曲罷[10]憫默自敍少小時歡樂事、今[11]漂淪[12]憔悴[13]轉徙於[14]江湖間。予出官二年、[15]恬然

元和十年《げんなじゅうねん》、予《よ》九江郡《きゅうこうぐん》の司馬《しば》に左遷《させん》せらる。明年《みょうねん》の秋《あき》、客《きゃく》を溢浦《ぼんぽ》の口《ほとり》に送《おく》り、舟中《しゅうちゅう》に夜《よる》琵琶《びわ》を弾《ひ》く者《もの》を聞《き》く。其《そ》の音《おん》を聴《き》くに、錚錚然《そうそうぜん》として京都《けいと》の声《こえ》有《あ》り。其《そ》の人《ひと》を問《と》えば、本長安《もとちょうあん》の倡《うた》い女《め》、嘗《かつ》て琵琶《びわ》を穆《ぼく》と曹《そう》の二《に》善才《ぜんさい》に学《まな》ぶ。年長《としちょう》じ色衰《いろおとろ》え、身《み》を委《ゆだ》ねて賈人《こじん》の婦《つま》と為《な》ると。遂《つい》に酒《さけ》を命《めい》じて快《と》く数曲《すうきょく》を弾《ひ》かしむ。曲罷《きょくおわ》りて憫黙《びんもく》、自《みずか》ら少小《しょうしょう》の時《とき》の歓楽《かんらく》の事《こと》と、今《いま》は漂淪《ひょうりん》憔悴《しょうすい》して、江湖《こうこ》の間《かん》に転徙《てんし》することを叙《の》ぶ。予《よ》出《い》でて官《かん》たること二年《にねん》、恬然《てんぜん》として自《みずか》ら安《やす》んずるも、斯《こ》の人《ひと》の言《げん》に感《かん》じ、是《こ》の

元和十年、私は九江郡の司馬に左遷された。翌年の秋、旅立つ人を溢江の波止場に見送った時、どこかの舟の中で夜中に琵琶をひく音が聞こえてきた。その音は、高く澄んでいて、この田舎に似合わぬ都の調子がある。その琵琶の主を尋ねると、もとは長安の歌妓で、穆、曹という二人の師匠に琵琶を学んだが、年を取り容色が衰えて、今は商人の妻になっているとのこと。そこで酒の用意をさせて、すぐに数曲ひかせた。ひき終わると女は悲しげにうなだれて黙っていたが、やがて若いころの楽しかったことや、今は落ちぶれ、流浪に身もやつれはて、片田舎の大川と湖の間を転々と移り歩いていることなどを話した。私は地方へ出され

自安感斯人言、是夕始覺有遷[16]謫意。因爲長[17]句歌以贈之。凡六[18]百一十二言、命曰琵琶行。

夕《ゆう》べ始《はじ》めて遷謫《せんたく》の意《い》有《あ》るを覚《おぼ》ゆ。因《よ》りて長句《ちょうく》の歌《うた》を為《つく》りて以《もっ》て之《これ》に贈《おく》る。凡《すべ》て六百一十二《ろっぴゃくいちじゅうに》言《げん》、命《なづ》けて琵琶行《びわこう》と曰《い》う。

て二年、心の平静を失わずに暮らしてきたが、今夜この人の身の上話に心打たれ、初めて流され人の悲しみが起こるのを感じた。そこで七言の歌を作って女への贈り物とする。全部で六百十二字、名づけて琵琶の行(うた)という。

1. 琵琶行　琵琶のうた。「琵琶引」とするテキストもある。行も引も歌の意。**2. 九江郡**　今の江西《こうせい》省《しょう》九江市《きゅうこうし》。**3. 司馬**　各州に一人ずつ置かれ、州の長官を補佐する役。実務のほとんどない閑職で、朝廷から左遷された人物が就くことが多かった。**4. 湓浦**　湓江《ぼんこう》の波止場。湓江は九江郡を流れて揚《よう》子《す》江《こう》へ注ぐ川。**5. 錚錚然**　琵琶の高く澄んだ音の形容。**6. 京都声**　都の楽人が演奏するような音調。**7. 善才**　唐代に音曲《おんぎょく》の師匠をいう呼称。**8. 委身**　一生を託する意。**9. 賈人**　商人。**10. 憫黙**　悲しそうにうなだれ、黙っていること。**11. 漂淪**　落ちぶれて流浪する。**12. 憔悴**　やつれ衰える。**13. 転徙**　転々と移り歩く。**14. 江湖間**　川と湖の間。都に対して、田舎の意にも用いる。**15. 恬然**　心の平穏なさま。**16. 遷謫**　罪を得て流される。**17. 長句**　七言の詩。**18. 六百一十二言**　一字を一言という。実際は八十八句、六百十六字ある。

潯[1]陽江頭夜送客●

潯陽江頭夜客《じんようこうとうよるかく》を送《おく》る

〔第一段〕

潯陽江のほとりに、夜、旅立つ人を見送った。

楓葉荻花秋索[2]索《タリ》●
主[3]人《ハ》下《リ》レ馬《ヨリ》客《ハ》在《リ》レ船《ニ》▲
擧[4]《ゲテ》レ酒《ヲ》欲《スルモ》レ飲《マント》無《シ》二管絃▲一
醉《ウテ》不レ成《サ》レ歡《ヲ》慘[5]《トシテ》將《ニ》レ別《レント》○
別《ルル》時茫[6]茫《トシテ》江[7]《ハ》浸《ス》レ月《ヲ》○
忽[8]《チ》聞《ク》水上琵琶《ノ》聲
主人《ハ》忘《レ》レ歸《ルヲ》客《ハ》不レ發《セ》○
尋《ネテ》レ聲《ヲ》暗[9]《カニ》問《フ》彈《ク》者《ハ》誰《ゾト》●
琵琶《ノ》聲《ハ》停《ミ》欲[10]《スル》レ語《ラント》遲《シ》●
移《シテ》レ船《ヲ》相近《ツキ》邀[11]《ヘテ》相見《ル》▲

楓葉荻花《ふうようてきか》秋索索《あきさくさく》たり
主人《しゅじん》は馬《うま》より下《お》り客《かく》は船《ふね》に在《あ》り
酒《さけ》を挙《あ》げて飲《の》まんと欲《ほっ》するも管《かん》絃《げん》無《な》し
酔《よ》うて歓《かん》を成《な》さず惨《さん》として将《まさ》に別《わか》れんとす
別《わか》るる時茫茫《ときぼうぼう》として江《こう》は月《つき》を浸《ひた》す
忽《たちま》ち聞《き》く水上《すいじょう》琵琶《びわ》の声《こえ》
主人《しゅじん》は帰《かえ》るを忘《わす》れ客《かく》は発《はっ》せず
声《こえ》を尋《たず》ねて暗《ひそ》かに問《と》う弾《ひ》く者《もの》は誰《たれ》ぞと
琵琶《びわ》の声《こえ》は停《や》み語《かた》らんと欲《ほっ》する遅《おそ》し
船《ふね》を移《うつ》して相近《あいちか》づき邀《むか》えて相見《あいみ》る

楓(かえで)の葉は色づき、岸辺の荻(おぎ)の花は白く、ものさびしい秋の風景。

主人である私が馬から下りると、旅立つ人はすでに船の中。

なごりを惜しみ、酒杯を挙げて飲もうとしたが、興を添える音楽がない。

酒に酔っても楽しくなく、さびしい心のはれぬまま、別れをつげようとする。

この時、はてしなく広がる長江の水面に月が昇り、月影が波に浸(ひた)されていた。

ふと、水上どこからともなく聞こえてきた琵琶の音。

主人は帰るのを忘れ、旅立つ人も船を出すのをやめた。

琵琶の音をたよりに、しのびやかに弾き手はどなたかと尋ねると、

琵琶の音はやんだが、すぐには返事がかえってこない。

船を移動して相手の船に近づけ、呼びよせて会おうとした。

添[12]《ヘ》酒《ヲ》廻[13]《ラシ》燈《ヲ》重《ネテ》開《ク》宴《ヲ》
酒《さけ》を添《そ》え 灯《ともしび》を廻《めぐ》らし重《かさ》ねて宴《えん》を開《ひら》く
千[14]呼萬喚始《メテ》出《デ》來《タルモ》
千呼万喚《せんこばんかん》始《はじ》めて出《い》で来《き》たるも
猶《ホ》抱《キテ》琵琶《ヲ》半《バ》遮[15]《ル》面《ヲ》
猶《な》お琵琶《びわ》を抱《いだ》きて半《なか》ば面《おもて》を遮《さえぎ》る
酒を追加し、灯の向きをかえ、もう一度酒宴をやり直す。何度も声をかけて、やっと姿を現したが、それでもまだ琵琶を抱いて、袖(そで)で顔を隠している。

1.潯陽江頭　今の江西省九江市の付近を流れる長江《ちょうこう》をいう。頭はほとり。**2.索索**　もの寂しい様。「瑟瑟」とするテキストがあるが、押韻からは「索索」の方が良い。**3.主人**　作者自身。**4.挙レ酒**　酒杯を挙げる。**5.惨**　心が沈んで晴れない様。**6.茫茫**　果てしなく広がる様。**7.江浸レ月**　長江の流れに月影が落ちている。**8.忽聞**　ふと、耳にする。**9.暗**　しのびやかに。**10.欲レ語遅**　答えようとしてためらうこと。容易に返事が得られない状態。**11.邀**　呼び寄せる。**12.添レ酒**　酒を追加する。**13.廻レ灯**　あかりの向きを変える。一説に一度退けた灯を再び持ち出す。**14.千呼万喚**　何度も声をかける。**15.遮レ面**　着物の袖《そで》で顔を隠す。

轉[1]《ジ》軸《ヲ》撥[2]《ヒテ》絃《ヲ》三兩聲
軸《じく》を転《てん》じ絃《げん》を撥《はら》いて三両声《さんりょうせい》
〔第二段〕
やがて琵琶を持ち直し、音(ね)じめをして、バチで二、三度弦をかきならす。

未《ダ》成《サ》[3]曲調《ヲ》先《ヅ》有《リ》情
未《いま》だ曲調《きょくちょう》を成《な》さざるに先《ま》ず情《じょう》あり
まだメロディーになっていないのに、はや感情がこもっている。

絃絃掩[4]抑聲聲思●
似訴平生不得志●
低[5]眉信[6]手續續彈
說盡心中無限事●
輕攏[7]慢撚抹復挑▲
初爲霓[8]裳後六[9]幺▲
大[10]絃嘈[11]嘈如急雨○
小[12]絃切[13]切如私語○
嘈嘈切切錯[14]雜彈●
大珠[15]小珠落玉[16]盤●

絃絃《げんげん》に掩抑《えんよく》して声声《せいせい》思《おも》いあり
平生《へいぜい》志《こころざし》を得《え》ざるを訴《うった》うるに似《に》たり
眉《まゆ》を低《た》れ手《て》に信《まか》せて続続《ぞくぞく》と弾《ひ》き
説《と》き尽《つ》くす心中《しんちゅう》無限《むげん》の事《こと》
軽《かる》く攏《おさ》え慢《ゆる》く撚《ひね》り抹《な》でて復《ま》た挑《は》ね
初《はじ》めは霓裳《げいしょう》を為《な》し後《のち》は六幺《りくよう》
大絃《たいげん》は嘈嘈《そうそう》として急雨《きゅうう》の如《ごと》く
小絃《しょうげん》は切切《せつせつ》として私語《しご》の如《ごと》し
嘈嘈切切錯雑《そうそうせつせつさくざつ》して弾《ひ》き
大珠小珠玉盤《たいじゅしょうじゅぎょくばん》に落《お》つ

弾き始めると、一本一本の弦が低くおさえられた音を出し、その音々に深い思いがこめられている。
あたかも日ごろの、とげられぬ思いを訴えるかのように。
目を伏せ、手の動くまま自在奔放に次々と弾き、
心の中のありったけを言い尽くすかのよう。
琵琶の弦を軽くおさえ、ゆるやかにひねり、なでてははじく。
最初は霓裳羽衣(うい)の曲、次は六幺の曲。
太い弦は騒がしい音をたて、まるで夕立ちのごとく、
細い弦はか細く続いて、まるでささめごとのよう。
騒がしい音と、か細い音が入りまじって弾かれ、
大小の真珠を白玉の皿に落としたようにカラカラ、サラサラと澄んだ音がする。

閒[17]關鶯語花底滑
幽[18]咽泉流冰[19]下難●
冰泉冷[20]澁絃凝[21]絕▲
凝絕不通聲暫歇▲
別有幽[22]愁暗[23]恨生○
此時無聲勝有聲○
銀[24]瓶乍[25]破水[26]漿迸
鐵[27]騎突出刀槍鳴○
曲終收撥當[28]心畫●
四[29]絃一聲如裂[30]帛●

間関《かんかん》たる鶯語《おうご》花底《かてい》に滑《なめ》らかに
幽咽《ゆうえつ》せる泉流《せんりゅう》　氷下《ひょうか》に難《なや》めり
氷泉《ひょうせん》は冷渋《れいじゅう》して絃《げん》は凝絶《ぎょうぜつ》し
凝絶《ぎょうぜつ》して通《つう》ぜず声《こえ》暫《しば》らく歇《や》む
別《べつ》に幽愁《ゆうしゅう》と暗恨《あんこん》の生《しょう》ずる有《あ》り
此《こ》の時《とき》声無《こえな》きは声有《こえあ》るに勝《まさ》る
銀瓶《ぎんぺい》乍《たちま》ち破《やぶ》れて水漿《すいしょう》　迸《ほとばし》り
鉄騎《てっき》突出《とっしゅつ》して刀槍《とうそう》鳴る
曲《きょく》　終《おわ》り撥《ばち》を収《おさ》めて心《むね》に当《あた》りて画《えが》く
四絃《しげん》の一声《いっせい》裂帛《れっぱく》の如《ごと》し

ときには花の下にのびやかに鳴く鶯（うぐいす）の声のごとく、
また、ときには、氷の下をつかえながら流れる泉流の音のよう。
いつしか、流れが冷たく凍りつくように、弦の調べがこりかたまり、
こりかたまってとぎれとぎれになり、ひととき音がやむ。
その時、別に心中に秘めた悲しみと、人知れぬ恨みが生まれるが、
この時に、音のないのは、音のあるのにまさる。
再び静寂が破れると、銀の瓶（かめ）がサッとわれて水が吹き出すように、
また、鉄の甲冑（かっちゅう）の騎馬武者がとび出して刀や槍を打ち鳴らすように、音がほとばしる。
やがて一曲の演奏が終わり、撥をとって大きく胸のあたりでかきならすと、
四つの弦が一時に鳴り、鋭い帛（きぬ）を裂くような音をたてる。

東船西舫[31]悄[32]《トシテ》無《ク》レ言
唯《ダ》見《ル》江心《ニ》秋月《ノ》白●《キヲ》

東船西舫悄《とうせんせいほうしょう》として言《ことば》無《な》く
唯《た》だ見《み》る江心《こうしん》に秋月《しゅうげつ》の白《しろ》きを

いつの間にか集まって来た東の船も西の船も皆、感きわまって、沈黙して言葉もない。
秋の月が、中天にかかり、川の中心に白々と浮かぶのが目にうつるばかり。

1.転レ軸 軸は弦を巻くところ。転はそれを巻いて音《ね》を合わせる意。**2.撥レ絃** バチで弦を払う。**3.曲調** メロディー。**4.掩抑** 低く抑えられた音。一説に、手の指で弦を押さえる様子の形容。**5.低レ眉** 目を伏せること。**6.信レ手** 手の動くのに任せる。自在奔放《ほんぽう》に弾く様。**7.攏・撚・抹・挑** 皆、琵琶を弾く技法。「攏」は弦を押さえる。「撚」はひねる。「抹」はなでる。「挑」は指先ではねること。復は、そして、それから、の意。**8.霓裳** 霓裳羽衣《げいしょううい》の曲。「長恨歌《ちょうごんか》」(427頁)参照。**9.六幺** 琵琶の曲の名。緑腰《りょくよう》とも書く。**10.大絃** 不詳。太い弦の意か。**11.嘈嘈** 騒がしい音。**12.小絃** 細い弦の意か。**13.切切** 細く続く音の様。**14.錯雑** 入り混じる。**15.珠** 真珠。**16.玉盤** 白玉の大皿。**17.間関** なめらかにさえずる鳥の声の様。**18.幽咽泉流** かすかに咽《むせ》ぶような音で流れる流れ。**19.氷下難** 氷の下で、つかえがちになる。**20.冷渋** 水が凍りついて、滞《とどこお》る様。**21.凝絶** こりかたまって動かなくなる。**22.幽愁** 秘めた悲しみ。**23.暗恨** 人知れぬ恨み。**24.銀瓶** 銀のかめ。**25.乍** 突然。**26.水漿** 水。漿《しょう》は液状の物をいう。**27.鉄騎** 鉄の甲冑《かっちゅう》を付けた騎馬武者。**28.当レ心画** 胸の前で大きく手をまわして弦を払うこと。一説に、琵琶の真ん中のところをバチで払うこと。**29.四絃** 四弦の琵琶。**30.裂帛** きぬを引き裂くような鋭い音。**31.舫** 船。**32.悄** 沈黙して声を立てない様。

沈[1]吟放[2]撥插絃中▲
整頓衣裳起斂[3]容▲
自言本是京[4]城女○
家在蝦[5]蟇陵下住○
十三學得琵琶成[6]
名屬教[7]坊第一部○
曲罷曾教善才伏[8]
粧成毎被秋[9]娘妬○
五[10]陵年[11]少爭纏[12]頭
一曲紅綃不知數○

沈吟《ちんぎん》しつつ撥《ばち》を放《お》きて絃中《げんちゅう》に挿《はさ》み
衣裳《いしょう》を整頓《せいとん》し起《た》ちて容《かたち》を斂《おさ》む
自《みずか》ら言《い》う本是《もとこ》れ京城《けいじょう》の女《おんな》
家《いえ》は蝦蟇陵下《がまりょうか》に在《あ》りて住《す》む
十三琵琶《じゅうさんびわ》を学《まな》び得《え》て成《な》り
名《な》は教坊《きょうぼう》の第一部《だいいちぶ》に属《ぞく》す
曲《きょく》罷《おわ》っては曾《かつ》て善才《ぜんさい》をして伏《ふく》せしめ
粧《よそお》い成《な》っては毎《つね》に秋娘《しゅうじょう》に妬《ねた》まる
五陵《ごりょう》の年少《ねんしょう》　争《あらそ》って纏頭《てんとう》し
一曲《いっきょく》に紅《あか》き綃《きぎぬ》は数《かず》を知《し》らず

〔第三段〕

女は、物思いにふけりながら、撥を下において弦の中にはさみ、衣裳の乱れを直し、いずまいを正して、身の上話を始めた。

「私はもと都の女でございます。

家は蝦蟇陵のあたりにありました。

十三の時、琵琶を習って一人前になり、

教坊でも第一級の名手の中に名をつらねました。

曲を弾き終わって、師匠を感服させたこともありましたし、

化粧した美しさを、杜秋娘（としゅうじょう）のような美人からもねたまれたものでした。

そんなわけで、五陵の貴公子たちは、争ってかずけ物をくれ、

一曲終わるたびに、贈り物の紅い絹が、数えきれぬほどでした。

鈿[13]頭ノ銀篦撃[14]チテレ節ヲ碎ケ
血色ノ羅[15]裙翻[16]シテレ酒ヲ汚ル○
今年ノ歡笑復タ明年
秋月春風等[17]閑ニ度ル○
弟ハ走ッテ從ヒレ軍ニ阿[18]姨ハ死シ
暮去リ朝來ッテ顏色故ビヌ○
門前冷落シテ鞍[19]馬稀ニ
老[20]大嫁シテ作ル二商人ノ婦ト一○
商人ハ重ンジテレ利ヲ輕ンズ二別離ヲ一
前月浮[21]梁ニ買ヒニレ茶ヲ去ル○

鈿頭《でんとう》の銀篦節《ぎんぺいせつ》を撃《う》ちて砕《くだ》け
血色《けつしょく》の羅裙《らくん》酒《さけ》を 翻《ひるがえ》して汚《けが》る
今年《こんねん》の歓笑《かんしょう》 復《ま》た明年《みょうねん》
秋月春風《しゅうげつしゅんぷう》 等閑《とうかん》に度《わた》る
弟《おとうと》は走《はし》って軍《ぐん》に従《したが》い阿姨《あい》は死《し》し
暮《くれ》去《さ》り朝《あした》来《きた》って顔色《がんしょく》 故《ふる》びぬ
門前冷落《もんぜんれいらく》して鞍馬《あんば》稀《まれ》に
老大《ろうだいか》嫁して商人《しょうにん》の婦《つま》と作《な》る
商人《しょうにん》は利《り》を重《おも》んじて別離《べつり》を軽《かろ》んず
前月浮梁《ぜんげつふりょう》に茶《ちゃ》を買《か》いに去《さ》る

美しい螺鈿(らでん)細工の銀のくしも、歌の拍子をとるために割れてしまい、真紅の薄絹のスカートも、こぼれたお酒でよごしてしまいましたが、惜しがりもしませんでした。

今年は楽しい笑いのうちに過ぎ、また明年も同じこと。

秋の月、春の風、うかうかとながれて年を送りました。

そのうちに、弟は家を出て兵士となり、おっかさんは死んでしまいます。

時のたつうちに、いつしか容貌(ようぼう)は衰え、

門前はさびれはて、乗馬のお客の訪れもまれになってしまい、

年増(としま)になった私は、商人の妻となったのです。

ところで、商人は金儲けが大切で、別れて暮らす女の気持ちなど何とも思いません。

先月も、浮梁へ茶をしこみに旅立ちました。

去[22]リテヨリ來タ江口ニ守レバ二空[23]船ヲ一●
遶ルレ船ヲ明月江水寒シ●
夜深ケテ忽チ夢ム少年ノ事
夢ニ啼ケバ粧[24]涙ハ紅クシテ闌[25]干タリ●

去《さ》りてより来《この》た江口《かこうこう》に空船《くうせん》を守《まも》れば
船《ふね》を遶《めぐ》る明月江水寒《めいげつこうすいさむ》し
夜《よ》深《ふ》けて忽《たちま》ち夢《ゆめ》む少年《しょうねん》の事《こと》
夢《ゆめ》に啼《な》けば粧涙《しょうるい》は紅《あか》くして闌干《らんかん》たり

それ以来、川のほとりに一人寝の船を守っておりますが、船を包む明るい月の光も川の水も、ただただ冷たいばかり。夜ふけにふと夢にみるのは、若かったころのこと。夢の中で流した涙が、化粧の紅といっしょになり、赤くしとどに流れるのです」と。

1. 沈吟　物思いにふける。**2. 放**　下に置く。**3. 斂レ容**　いずまいを正す。**4. 京城**　都。長安をいう。**5. 蝦蟇陵**　長安の東部、常楽坊《じょうらくぼう》にあった地名。下はほとり。**6. 成**　一人前になる。**7. 教坊**　玄宗《げんそう》の時に設置された、禁中の楽人や歌妓《かぎ》の歌舞を訓練する官営の教習所。**8. 伏**　感服する。**9. 秋娘**　美女。謝秋娘《しゃしゅうじょう》、杜秋娘《としゅうじょう》という名妓《めいぎ》の名から転じて、広く美女を指していう。**10. 五陵**　長安郊外の、漢代の五代の皇帝の陵《みささぎ》のある地名。富豪の家が多くあった。**11. 年少**　若者。**12. 纏頭**　妓女《ぎじょ》に贈るかずけ物。頭にのせてやるところからこういう。**13. 鈿頭銀篦**　螺鈿細工《らでんざいく》の銀のくし。**14. 撃レ節**　歌の拍子《ひょうし》を取る。**15. 羅裙**　薄絹《うすぎぬ》のスカート。**16. 翻レ酒**　酒をこぼす。**17. 等閑度**　うかうかと日をすごす。**18. 阿姨**　本来は母親の姉妹をいうが、ここは養母のこと。**19. 鞍馬**　鞍《くら》をおいた馬の意だが、ここはそれに乗って訪れる上客《じょうきゃく》のこと。**20. 老大**　年をとる。**21. 浮梁**　今の江西省景徳鎮市《こうせいしょうけいとくちんし》。茶の名産地であった。**22. 去来**　去って以来。一説には「江口《こうこう》に去来《きょらい》して」と読み、行き来して、の意にとる。**23. 空船**　夫のいない一人寝《ひとりね》の船。**24. 粧涙**　頬紅《ほおべに》や口紅で美しく化粧した顔に流れる涙。

テキストによっては「妝涙《しょうるい》」に作る。意は同じ。25・闌干　涙がおびただしく流れる様。

我聞琵琶已歎息
又聞此語重喞喞[1]
同是天涯淪落[2]人
相逢何必曾相識
我從去年辭帝京
謫[3]居臥病潯陽城
潯陽地[4]僻無音樂
終[5]歳不聞絲[6]竹聲
住近湓江地低濕

我《われ》は琵琶《びわ》を聞《き》きて已《すで》に歎息《たんそく》し
又此《またこ》の語《ご》を聞《き》きて重《かさ》ねて喞喞《そくそく》たり
同《おな》じく是《こ》れ天涯淪落《てんがいりんらく》の人《ひと》
相逢《あいあ》う何《なん》ぞ必《かなら》ずしも曾《かつ》ての相識《そうしき》なるべき
我去年帝京《われきょねんていけい》を辞《じ》してより
謫居《たくきょ》して病《やまい》に臥《ふ》す潯陽城《じんようじょう》
潯陽《じんよう》は地《ち》僻《かたよ》りて音楽《おんがく》無《な》く
終歳糸竹《しゅうさいしちく》の声《こえ》を聞《き》かず
住《すま》いは湓江《ぼんこう》に近《ちか》くして地《ち》は低湿《ていしつ》

〔第四段〕
私は女の弾く琵琶を聞いて、すでに嘆息したが、
この話を聞いてさらにため息をもらした。
なぜなら、私も女と同じく、世界の果てにうらぶれさすらう身の上、
こうしてめぐり会ってみれば、昔なじみでなくとも、同じ境遇の人間のもつ感慨がわく。
私は去年都を離れてから、
この潯陽の町に流されて、病の身を横たえている。
潯陽は辺鄙(へんぴ)な地にあって、音楽らしい音楽もなく、
一年中、琵琶や笛の音なども聞くことがない。
住居は湓江に近く、土地は湿りがち、

黄[7]蘆苦[8]竹繞宅生
其間旦暮聞何物
杜[9]鵑啼[10]血猿哀鳴
春江花朝秋月夜
往往取酒還獨傾
豈無山[11]歌與村笛
嘔[12]啞嘲哳難爲聽
今夜聞君琵[13]琶語
如聽仙樂耳暫明
莫辭更坐彈一曲

黄蘆《こうろ》苦《く》竹《ちく》宅《たく》を繞《めぐ》りて生《お》う
其《そ》の間旦暮《かんたんぼ》何物《なにもの》をか聞《き》く
杜鵑《とけん》は血《ち》に啼《な》き猿《さる》は哀《かな》しく鳴《な》く
春江《しゅんこう》の花《はな》の朝《あした》 秋月《しゅうげつ》の夜《よる》
往往《おうおう》酒《さけ》を取《と》り還《ま》た独《ひと》り傾《かたむ》く
豈《あ》に山歌《さんか》と村笛《そんてき》と無《な》からんや
嘔啞嘲哳《おうあくちょうたつ》 聴《き》くを為《な》し難《がた》し
今夜《こんや》君《きみ》が琵琶《びわ》の語《ご》を聞《き》きて
仙楽《せんがく》を聴《き》くが如《ごと》く耳《みみ》暫《しば》らく明《あき》らかなり
辞《じ》すること莫《な》かれ更《さら》に坐《ざ》して一《いっ》曲《きょく》を弾《ひ》くを

黄色いあしと、大きな苦竹(にがたけ)の群が、家のまわり一面に生えている。
このあたりで朝な夕なに聞こえるものといえば、
血を吐いて鳴く杜鵑(ほととぎす)と、悲しげに鳴く猿の声。
それでも春の川べりに花咲く朝(あした)や、秋の明月が澄みわたる夜には、しばしば酒を取りよせて、独り杯を傾ける。
この辺にも、ひなびた民謡や笛の音がないわけではないが、
わめいたり、さえずったり、わけもわからず、まったく聞き苦しい。
だが、今夜あなたの思いをこめた琵琶の演奏を聞き、
仙人の音楽を聞いたように耳も澄んで心地よい。
どうか辞退されず、座り直してもう一曲弾いて下さい。

爲《ニ》レ君《ガ》翻[14]《ヘシテ》作《ラン》ニ琵琶《ノ》行《ヲ》一○
感《ジテ》ニ我《ガ》此《ノ》言《ニ》一良《ヤ》久《シク》立《チ》●
却《リ》レ坐《ニ》促[15]《ムレバ》レ絃《ヲ》絃轉[16]《タ》急《ナリ》●
凄[17]凄《トシテ》不レ似ニ向前《ノ》聲《ニ》一
滿座重《ネテ》聞《キ》皆掩[18]《フ》レ泣《ヲ》●
座中泣下《ルコト》誰《カ》最《モ》多《キ》
江州《ノ》司馬青[19]衫濕《フ》●

君《きみ》が為《ため》に翻《ひるが》えして琵琶《びわ》の行《うた》を作《つく》らん
我《わ》が此《こ》の言《げん》に感《かん》じて良《や》や久《ひさ》しく立《た》ち
坐《ざ》に却《かえ》り絃《げん》を促《し》むれば絃転《げんうた》た急《きゅう》なり
凄凄《せいせい》として向前《きょうぜん》の声《こえ》に似《に》ず
満座《まんざ》重《かさ》ねて聞《き》き皆泣《みななみだ》を掩《おお》う
座中泣《ざちゅうなみだ》下《くだ》ること誰《たれ》か最《もっと》も多《おお》き
江州《こうしゅう》の司馬青衫湿《しばせいさんうるお》う

あなたのために、今夜のことを琵琶の行(うた)に作り替えてあげましょう。
私の言葉に感動し、女はしばらく立ったままだったが、
やがてもとの座にかえり、弦をしめなおして急調子に弾きはじめた。
その音はものさびしく、先程の音とは比べものにならないほど痛ましい。
満座の人々は、再び琵琶の音を聞き皆顔をおおって涙にくれた。
その中で最も多く涙を流したのはだれだったか。
ほかならぬ、江州司馬の私だ。青い上着は涙でぐっしょりとぬれたのである。

1. 喞喞　ため息の声。**2. 淪落**　落ちぶれる。**3. 謫居**　左遷されての侘《わ》び住居《ずまい》。**4. 地僻**　土地が辺《へん》鄙《ぴ》なこと。**5. 終歳**　一年中。**6. 糸竹**　弦楽器と管楽器。**7. 黄蘆**　黄色い葦《あし》。**8. 苦竹**　竹の一種。筍《たけのこ》に苦《にが》みがあるのでいう。**9. 杜鵑**　ホトトギス。**10. 啼レ血**　血を吐いて鳴く。悲しげな鳴き声。**11. 山歌与ニ村笛一**　いなかびた歌と笛の音。**12. 嘔啞嘲哳**　「嘔啞」はわめく声。「嘲哳」は鳥のけたたましい鳴き声。山歌村笛の形容。**13. 琵琶語**　演奏に深い思いがこもっているので語と言った。**14.**

翻作　女の話を歌に作り替えること。**15・促レ絃**　弦をしめること。**16・転**　いよいよ。**17・凄凄**　物《もの》寂《さび》しく痛ましい様。**18・掩レ泣**　顔をおおって泣く。**19・青衫**　青い上着。

《鑑賞》　序に見えるように、江州司馬《こうしゅうしば》へ左遷された翌年の、元和《げんな》十一（八一六）年の作である。白居易四十五歳。同じく長編の叙事詩である「長恨歌《ちょうごんか》」（423頁）と並んで、白居易の詩の代表作であり、当時から広く人々に愛唱された。

　詩の内容は、ここに示したように、大きく四つの段落に分かれる。第一段は、潯陽江《じんようこう》のほとりに友人を見送る時、ふと聞きつけた琵琶の音《ね》から、この詩の主人公である琵琶ひきの女に出会う場面で、全体の導入部にあたる。第二段は、女の琵琶の演奏を聞く場面。様々な比喩《ひゆ》を用いながら、すばらしい演奏の様子を巧みに描写している。第三段は、女の身の上話を聞く場面。年少のころの幸福と、年長《た》けてからの落魄《らくはく》とが鮮やかに対照されて語られている。特に、かずけ物として、降るように頭に載せられる赤い絹《きぎぬ》と、夢に昔のことを見て流す赤い涙との対照は印象的である。第四段は、女の身の上話を聞いて作者が持った感慨を言い、この悲話を歌に作り替えることを約束し、もう一度演奏を聞いて涙を流す場面。全体の締め括《くく》りの段であり、「同是天涯淪落人、相逢何必曾相識」という、一編の主題ともいうべき感慨が示されている。このように詩は、琵琶の音を聞きつけた出会いから、女の情感こもる演奏、身の上話を聞くうちに、いつの間にかこの落ちぶれている女と、左遷されて失意の状態にある作者とが、境遇、感慨の上で一体感を持ってくる、という構成になっている。

　ところで、この詩にうたわれたできごとは、実は事実ではなく白居易の虚構である、とみなす説が古くから存在する。すなわち、白居易の意図は、天涯淪落《てんがいりんらく》の恨みを述べることにあり、実際にそういう女に会ったのではない、とする説である。また、元稹《げんじん》に琵琶の名手に贈った「琵琶歌《びわか》」という詩があり、これが「琵琶行」より先に作られていることから、その影響を受けて作られたとみる説もある。事実であるか、虚構であるかの判断は、結局は、読み手の主観に委《ゆだ》ねる以外にはない。ただ一つ言えることは、この詩も「長恨歌」や『新楽府《しんがふ》』の一部の作同様、小説的な要素の濃い構成になっているということである。中晩唐期は「伝奇文学」を頂点として、虚構の文学に対する意識が、知識人の間で非常に高まった時期であった。したがって、こうした小説的要素の濃い作品は、白居易の文学が、そうした時代の傾向と無縁ではないことを如実に示していよう。その意味でも、白居易の詩の特徴を考える上で、重要な作品の一つである。

《補説》「琵琶行」も「長恨歌」同様、後世の文学に与えた影響は大きく、特に小説や戯曲の素材として、多く用いられた。元《げん》代の馬致遠《ばちえん》の『青衫涙《せいさんるい》』、明《みん》代の顧大典《こだいてん》の『青衫記《せいさんき》』、清《しん》代の蔣士銓《しょうしせん》の『四絃秋《しげんしゅう》』等の戯曲は、その主なものである。

もちろん中国に限らず、わが国の文学にも、物語や謡曲を中心に、様々な影響を認めることができる。例えば、『源氏物語《げんじものがたり》』の明石《あかし》の巻には、明石の入道の娘の琵琶《びわ》を聞きたいといった源氏に向かって、明石の入道は次のように答える。「聞こしめさむには何のはばかりかはべらん。御前に召しても。商人の中にてだにこそ、古ごと聞きはやす人ははべりけれ。琵琶なむ、まことの音を弾《ひ》きしづむる人いにしへもかたうはべりしを、をさをさとどこほることなう、なつかしき手など筋ことになん。いかでたどるにかはべらん。荒き浪《なみ》の声にまじるは、悲しくも思うたまへられながら、かき集《つ》むるもの嘆かしさ、紛《まぎ》るるをりをりもはべり」。この明石の入道の答えぶりに、源氏が「をかし」と思うのだが、これからも、「琵琶行」が平安の貴族たちの間で、常識として知られていたことがわかる。

また、明治の薩摩藩《さつまはん》出身の歌人である高崎正風《たかさきまさかぜ》（一八三六〜一九一二）の、「琵琶行」を翻案した

「潯陽江《じんようこう》」という歌が、薩摩琵琶にのせて広く行われたことも特筆される。ちなみに高崎正風は、幕末維新に奔走し、歌は、桂園《けいえん》派の正統を継ぎ、明治期における桂園派復興に大きな力があった。宮中御歌《おうた》所《どころ》の初代所長となり、明治天皇の歌道における師でもあった。

香[1]爐峰下新タニ卜[2]シ二山居ヲ一草[3]堂初[4]メテ成リ偶[5]タマ題ス二東壁ニ一

（香炉《こうろ》峰下《ほうか》、新《あら》たに山居《さんきょ》を卜《ぼく》し、草堂初《そうどうはじ》めて成《な》り、偶《たま》たま東壁《とうへき》に題《だい》す）　白居易《はくきょい》　〈七言律詩〉

日高ク睡リ足リテ猶ホ慵シㇾ起クルニ
小[6]閣ニ重ネテㇾ衾[7]ヲ不ㇾ怕レㇾ寒サヲ●
遺[8]愛寺ノ鐘ハ欹[9]テテㇾ枕ヲ聴[10]キ
香爐峰ノ雪ハ撥[11]ゲテㇾ簾ヲ看ル●
匡[12]廬ハ便[13]チ是レ逃[14]ルルノㇾ名ヲ地

日《ひ》高《たか》く睡《ねむ》り足《た》りて猶《な》お起《お》くるに慵《もの》し
小閣《しょうかく》に衾《しとね》を重《かさ》ねて寒《さむ》さを怕《おそ》れず
遺愛寺《いあいじ》の鐘《かね》は枕《まくら》を欹《そばだ》てて聴《き》き
香炉峰《こうろほう》の雪《ゆき》は簾《すだれ》を撥《かか》げて看《み》る
匡廬《きょうろ》は便《すなわ》ち是《こ》れ名《な》を逃《のが》るるの地《ち》

日は高くのぼり、睡眠はもう十分なのだが、まだ起きるのはめんどう。小さな二階造りの高殿で、重ねたふとんにくるまっていれば、寒さなど感じない。

遺愛寺の鐘が響くと、ちょいと枕をたてにして耳をすまし、香炉峰の雪は、ふとんの中から簾をはねあげて、しばしながめ入る。

廬山は、俗世間から隠れ住むにふさわしい土地であり、

司[15]馬仍爲送[16]老官
心泰[17]身寧[18]是歸[19]處
故鄕何獨在長安

司馬《しば》は仍《な》お老《お》いを送《おく》るの官為《かんた》り
心《こころやす》泰く身《み》寧《やす》きは是《こ》れ帰《き》する処《ところ》
故郷《こきょうなん》何ぞ独《ひと》り長安《ちょうあん》にのみ在《あ》らんや

司馬という閑職も、まあ老人が余生を送るには悪くはない。
心がやすらかで身にさわりがなければ、それ以上何を望むことがあろうか。
長安ばかりへ帰りたがるのはおろかなこと、長安だけが故郷ではあるまい。

1．香炉峰下　盧《ろ》山《ざん》（今の江西省九江県《こうせいしょうきゅうこうけん》の西南）の北峰の名。形が香炉《こうろ》に似る。下はふもと。**2．卜山居**　住居を占い定めることを、卜居《ぼくきょ》という。山居《さんきょ》は山中の住居。**3．草堂**　かやぶきの粗末な家。**4．初**　……したばかり。**5．偶題**　たまたま思いがけなく詩ができて書きつける。**6．小閣**　小さな高殿。草堂《そうどう》をいう。**7．衾**　かけぶとん。**8．遺愛寺**　香炉峰の北方にあった寺。**9．欹枕**　枕を縦にして、頭を斜めにのせることか。**10．聴・看**　意識的に聴き、見ること。**11．撥簾**　手で簾《すだれ》をはね上げる。ここは、はね上げた簾をそのまま支え持つ姿勢も含まれていよう。**12．匡廬**　廬山のこと。昔、匡俗《きょうぞく》という隠者が廬《いおり》をむすんで住んでいたという伝説からこの名がある。**13．便**　とりもなおさず。**14．逃名**　名声や名誉心から逃避《とうひ》する。**15．司馬**　州の長官を補佐《ほさ》する役。「琵琶《びわ》行《こう》」484頁語釈参照。**16．送老**　余生を送る。**17．泰**　やすらかでのびのびしていること。**18．寧**　おだやかでさわりがないこと。**19．帰処**　おちつくべき所。最終目的。

《鑑賞》　元和《げんな》十二（八一七）年、江州司馬《こうしゅうしば》となって三年目の作。白居易四十六歳。題は「香炉峰のふもとに新しく山居を占って定め、草堂ができあがったばかりのときに、心ゆくまま東壁《とうへき》に書きつけた詩」の意。「重題（重《かさ》ねて題《だい》す）」の詩四首を含めて五首の連作で、この詩は「重ねて題す」の第三首。

　前半は、草堂で朝を迎えた作者の満ち足りた様子を述べる。草堂は、春に完成した。香炉峰にまだ雪が残っているころである。ある朝、日はすでに高く昇ってしまったのに、なかなかふとんから抜け出せない。役所に出向いたところで仕事があるわけじゃなし、とのんびり鐘の音を聞き、峰の雪をながめやる。自分に似合った住居を、気に入った土地に完成して、満ち足りた気分になっている様子が、怠惰《たいだ》なしぐさの中によく出ている。朝早く冠を正して宮仕えをする都の連中に対して、これ見よがしなところがあるのだろう。

　後半は、左遷の境遇にあっての自らの人生観――達観ともいうべき――を述べる。長安に帰りたがる人情の常を逆手にとって、心身ともにやすらかならどこだって故郷のようではないか、とうそぶく。こうした考え方の裏には、実際には左遷されたショックや、朝廷《ちょうてい》に対する意識がうず巻いていて、それをあえて乗り越えた、という面もあったであろう。だが、それにしても表面的にせよ、左遷の境遇を幸福感で語れるのは、白居易の楽天的な考え方と、ねばり強い性格の所産と思われる。

　なお、この詩も「是」字が重複したり、俗語的な表現が見られるなど、律詩としては練《ね》れていない面がある。


《補説》　この詩の頷聯《がんれん》は『和漢朗詠集《わかんろうえいしゅう》』（巻下・雑・山家の部）に引かれ、また『枕草子《まくらのそうし》』（二百八十二段）「雪のいと高う降りたるを」、『源氏物語』（総角《あげまき》の巻）などでもよく知られている。

商[1]山路有感 (商山《しょうざん》の路《みち》にて感《かん》あり)　白居易《はくきょい》　〈五言律詩〉

憶昨徵[2]還日
三人歸路同
此生都是夢
前[3]事旋[4]成空
杓[5]直泉[6]埋玉
虞[7]平燭[8]過風
唯殘樂天在
頭白向江[9]東

憶《おも》う昨《さく》徵《め》し還《かえ》さるるの日《ひ》
三人《さんにん》帰路《きろ》同《おな》じくす
此《こ》の生《せい》は都《すべ》て是《こ》れ夢《ゆめ》
前事《ぜんじ》は旋《たちま》ち空《くう》と成《な》る
杓直《しゃくちょく》は泉《せん》に玉《ぎょく》を埋《う》め
虞平《ぐへい》は燭《しょく》風《かぜ》を過《す》ぐ
唯《ただ》楽天《らくてん》を残《のこ》して在《あ》り
頭《こうべ》白《しろ》くして江東《こうとう》に向《むか》う

思えば昨年都に召還されたとき、
三人とも同じ道を通って帰った。
人生すべて夢のごとく、
過去はたちまち虚無となる。
李建(りけん)は、死者の地にその才能を埋め、
崔韶(さいしよう)は、ともしびが風に吹き消されるように、はかなく死んでしまった。
三人のうち、ただ私だけが寂しく生き残って、
白髪の老いの身を、新たに任ぜられた江東の地へと運ぶ。

1. 商山路　長安から秦嶺《しんれい》を越えて南へ出る道。商山は、陝西省《せんせいしょう》商県《しょうけん》の東にある山。**2. 徵還**　召《しょう》

還《かん》。**3.前事**　以前のこと。**4.旋**　変化の急激なこと。**5.杓直**　李建という人の字《あざな》。**6.泉埋レ玉**　泉は、黄泉《こうせん》。埋玉は、玉を地中に埋める意で、英才や美女の死をいう。**7.虞平**　崔韶《さいしょう》という人の字《あざな》。**8.燭過レ風**　灯が風に消されるように、生命がはかなく尽きること。**9.江東**　長江《ちょうこう》の下流一帯。今の江蘇《こうそ》・浙江《せっこう》両省の地。

《鑑賞》　長慶《ちょうけい》二（八二二）年白居易五十一歳の作。前々年、六年ぶりに戻った朝廷は、宦官《かんがん》の支配下にあり、大臣たちは政争に明け暮れていた。建議《けんぎ》をしても聞き入れられず、朝廷の有様《ありさま》に失望した白居易は、自ら外任を希望し、杭州《こうしゅう》（浙江省《せっこうしょう》）の刺史《しし》となった。この詩は杭州への赴任の途中、宿舎の壁に書き付けたものである。

詩には別に序があり、そこに作詩の事情が記されている。すなわち、詩中に出る二人の友、杓直《しゃくちょく》と虞平《ぐへい》は、白居易と同じころ、同時に地方から召還され、商山路《しょうざんろ》を通って長安へ戻った。ところが、二人は相次いで他界してしまった。今、杭州へ赴任のため、再び商山路を通ると、以前のことが思い起こされ、感慨に堪えず詩を作ったというのである。ところで白居易は、前々年召還された時に、すでに同じ題の詩を作っていた。その中で、わずかな年月のうちに人は移り変わってしまうという無常感をうたっている。「万里路長在／六年今始帰／所レ経多ニ旧館一／大半主人非（万里《ばんり》路《みち》長《とこ》しえに在《あ》り、六年《ろくねん》今始《いまはじ》めて帰《かえ》る、経《ふ》る所《ところ》旧館《きゅうかん》多《おお》きも、大半主人《たいはんしゅじん》は非《ひ》なり）」〈商山《しょうざん》の路《みち》にて感《かん》あり〉。それが、わずか二年のうちに、二人の友人が死に、前よりも、人の世の無常を痛感させられることとなったのである。「此生都是夢／前事旋成空」という頷聯《がんれん》は平凡な表白だけに、かえって白居易の感慨をよく伝えていよう。また、「唯残楽天在／頭白向江東」という尾聯《びれん》は、朝廷の状況に失望し、かつ友人を失った悲しみ、人の世の無常感にうちくだかれて、足どり重く任地へ向かう白居易の姿を想像させて、印象的である。

《補説》 同じく杭州へ赴任途中の作で、当時の白居易の心境を伝えている詩を挙げる。「日高猶掩二水窓一眠／枕簟清涼八月天／泊処或依二沽酒店一／宿時多伴二釣魚船一／退レ身江海応レ無レ用／憂レ国朝廷自有レ賢／且向二銭塘湖上一去／冷吟閑酔二三年（日《ひ》高《たか》くして猶《な》お水窓《すいそう》を掩《おお》いて眠《ねむ》れば、枕簟清涼《ちんてんせいりょう》なり八月《はちがつ》の天《てん》、泊《とま》る処《ところある》或いは沽酒《こしゅ》の店《みせ》に依《よ》り、宿《やど》る時多《ときおお》くは釣魚《ちょうぎょ》の船《ふね》に伴《とも》のう。身《み》を退《しりぞ》けては江海応《こうかいまさ》に用無かるべし、国を憂《うれ》うるは朝廷《ちょうてい》に自《おのず》から賢有《けんあ》り。且《しば》らく銭塘湖上《せんとうこじょう》に向《む》かいて去《さ》り、冷吟閑酔《れいぎんかんすい》せん二三年《にさんねん》）」〈舟中晩起（舟中《しゅうちゅう》に晩《おそ》く起《お》く）〉。朝廷には、国事を憂える賢い人々がいる、というのは逆説である。二、三年は、詩と酒で過ごそうというのは、杭州でほぼ実行された。

對レ酒 （酒《さけ》に対《たい》す） 白居易《はくきょい》 **〈七言絶句〉**

蝸[1]牛角上爭《フ》二何事《ヲカ》一
石[2]火光中寄《ス》二此身《ヲ》一●
隨《ヒ》レ富《ニ》隨《ヒ》レ貧《ニ》且[3]《ラク》歡樂《セン》
不《ルハ》二開[4]《イテ》レ口《ヲ》笑《ハ》一是《レ》癡[5]人●

蝸牛角上《かぎゅうかくじょう》 何事《なにごと》をか争《あらそ》う
石火光中《せっかこうちゅう》 此身《このみ》を寄《よ》す
富《とみ》に随《したが》い貧《ひん》に随《したが》い且《しば》らく歓楽《かんらく》せん
口《くち》を開《ひら》いて笑《わら》わざるは是《こ》れ痴人《ちじん》

世の人は、かたつむりの角の上のような小さな世界で、一体何を争うのか。火打ち石を打って発する火花のようにはかなく、人はこの世に生まれて死ぬ。富んでいようが貧しかろうが、それなりにとりあえずまあ楽しもう。大きく口を開けて笑わないなんて、そいつはこんこんちきの馬鹿野郎。

1.蝸牛角上争二何事一　この句は、『荘子《そうじ》』の則陽編《そくようへん》の寓話《ぐうわ》にもとづく。蝸牛《かぎゅう》はかたつむりの左右の角《つの》に、それぞれ国があり、互いに激しく争ったという。小さな世界にとらわれて、大局的見地を失うことのたとえ。2.石火光中　石火は、火打ち石を打って発する火。極めてわずかな時間のたとえ。3.且　とりあえず。4.開レ口笑　大きく口を開けて、愉快に笑う。『荘子』の盗跖編《とうせきへん》に、「人上寿《ひとじょうじゅ》は百歳《ひゃくさい》、中寿《ちゅうじゅ》は八十《はちじゅう》、下寿《かじゅ》は六十《ろくじゅう》。病痩《びょうそう》、死喪《しそう》、憂患《ゆうかん》を除《のぞ》き、その中《うち》に口《くち》を開《ひら》いて笑《わら》うは、一月《ひとつき》の中《うち》四五日《しごにち》に過《す》ぎざるのみ」とある。5.痴人　愚か者。

《鑑賞》　白居易五十八歳ころの作。五首連作の第二首である。人生は短いのだから、貧富によらず愉快に過ごすべきだという、一種の人生哲学をうたった詩。

　前半の二句は対句《ついく》で、起句は空間的に、承句は時間的に、人生の小ささ、はかなさを言う。ただこの『荘子』にもとづく思想も、ここは振りかざした主張というより、酒好きだった白居易の、酒を飲む理屈のような気楽さがある。後半は、漢代の古詩以来の歓楽主義の考え方を受けて、あくせく一生を過ごすことの愚かさを笑う。酔ったら愉快に笑うのが自然、という結句。白居易の明るい人柄がうかがえる。

《補説》　中国の詩人には酒を愛した人が多いが、白居易もその一人。自ら酔吟《すいぎん》先生と号したように、なかなかの酒豪であった。飲酒について詠《よ》んだ詩は数多く、中に朝酒をうたった詩も何首かある。「陶潜《とうせん》の体《たい》に効《なら》う詩十六首《しじゅうろくしゅ》」の第三首ではこう言う。「朝飲二一盃酒一／冥心合二元化一／兀然無レ所レ思／日高尚閑臥（朝《あした》に一盃《いっぱい》の酒《さけ》を飲《の》み、冥心元化《めいしんげんか》に合《あ》う。兀然《ごつぜん》として思《おも》う所《ところ》無《な》し、日《ひ》高《たか》くして尚《な》お閑臥《かんが》す）」。人が酒を持ってきたので、空《すき》っ腹《ばら》に朝酒をやってつぶれてしまった、とうたう詩である。やはり相当な酒好きだったようだ。なお、本詩の起承《きしょう》二句は、『和漢朗詠集《わかんろうえいしゅう》』巻下・雑・無常の部に引かれている。

元《げん》稹《じん》 〔中唐〕（七七九〜八三一）

字《あざな》は微之《びし》。河南《かなんしょうらくようけん》（河南省洛陽県）の人。九歳で巧みに詩文を作り、十五歳で明経科《めいけいか》に及第した俊才。しかし軽率なところもあった彼の官途は多難であった。左拾遺《さしゅうい》となっては鋭い時局批判を行い、河南の尉《い》に左遷され、監察御史《かんさつぎょし》となっては宦官《かんがん》の仇士良《きゅうしりょう》とけんかして、顔を傷つけられたうえ、江陵《こうりょう》（湖北省《こほくしょう》）に放逐《ほうちく》され、また通州《つうしゅう》（四川省《しせんしょう》）に左遷されている。のち宰相《さいしょう》職《しょく》の同中書門下平章事《どうちゅうしょもんかへいしょうじ》にまで栄進したが、人々の嘲笑《ちょうしょう》と反発を買い失脚、最後には、武昌《ぶしょう》（湖北省）の節度使として亡くなった。

元稹は白居易《はくきょい》とともに通俗的なわかりやすい新詩風を開いたが、「元軽《げんけい》・白俗《はくぞく》」（元稹は軽々しく、白居易は俗っぽい）と酷評もされた。一時はともに詩をもって社会救済の具としようと、諷諭詩《ふうゆし》の確立に力を合わせた。一方、感傷的な詩にも傑作を多数残している。元・白二人の交情は細《こま》やかで唱和の詩が多い。『元氏長慶集《げんしちょうけいしゅう》』六十巻があるほか、自分の恋愛体験を語った伝奇小説『会真記《かいしんき》』（別名『鶯々伝《おうおうでん》』）を残している。

行宮[1]（行宮《あんぐう》）　元稹《げんじん》　〈**五言絶句**〉

寥[2]落タリ古[3]ノ行宮●
宮花寂[4]寞トシテ紅ナリ●

寥落《りょうらく》たり　古《いにしえ》の行宮《あんぐう》
宮花寂寞《きゅうかせきばく》として　紅《くれない》なり

ひっそりとさびれはて、かつてのにぎわいも忘れた昔の行宮。庭に咲く花の紅い色がいっそう寂しさを感じさせる。

白頭ノ宮女在リ　　白頭《はくとう》の宮女《きゅうじょ》在《あ》り

閑[5]坐シテ説二ク玄[6]宗●ヲ一　　閑坐《かんざ》して玄宗《げんそう》を説《と》く

白髪の宮女がただ一人、静かに座って、玄宗のありし日のことをものがたる。

1. 行宮　離宮《りきゅう》のこと。**2. 寥落**　リョ○ウラ○ク　双声《そうせい》（子音が同じ語を重ねた語）。ひっそりと寂しい様。**3. 古**　「故」としているテキストもある。昔、の意。**4. 寂寞**　セキ▲バク▲　畳韻《じょういん》（母音が同じ語を重ねた語）。寂しい様。なお寥落《りょうらく》の落の字と同じ響《ひびき》になっていることに注意。**5. 閑坐**　静かに座る。**6. 玄宗**　唐の六代皇帝李隆基《りりゅうき》（六八五—七六二）。初めは、開元の治といわれる善政をしいたが、晩年は楊貴妃《ようきひ》との華やかな情痴《じょうち》の生活に溺《おぼ》れた。それからちょうど五十年後になる。

《鑑賞》絶句の短い詩幅《しふく》の中に歴史をよみがえらせ、感傷を述べる、唐代詩人好みの手法を踏襲《とうしゅう》した作品。白居易《はくきょい》の「長恨歌《ちょうごんか》」（423頁）をはじめ、当時は玄宗・楊貴妃の恋物語をうたい、語ることが流行した。この詩もその一つ。栄華のはかなさに対する甘い感傷をうたっている。

起・承の二句は廃園と化した行宮《あんぐう》のスケッチ。昔の行宮のあでやかな雰囲気《ふんいき》をとどめるかのように咲く赤い花。荒れ庭に、その色がかえって寂しさを漂わせる。双声・畳韻の寥落・寂寞の四字も、音感の面からひときわ寂しさの印象を深めている。転・結の二句では、幻《まぼろし》と見まがう白髪の宮女《きゅうじょ》を登場させる。かつてこの行宮に艶《えん》を競った彼女は、今静かに座って玄宗の昔を語りだす。話の内容には何一つふれぬがそれでよい。玄宗と楊貴妃の栄華と悲劇はだれしもが知っているのだから。結句の余韻の中に、人はそれぞれの空想を描き、それぞれの感慨にふければよいのである。

《補説》 元稹は、七言の楽府《がふ》「連昌宮詞《れんしょうきゅうし》」という作品によっても玄宗の遺事をうたった。彼はその詩中で、木々が茂り、落花の散りしくままに廃園と化した連昌宮の門前で、老翁《ろうおう》に過去の回想を語らせている。「連昌宮詞」は糾弾の詩、「行宮」は感傷の詩だが、語る事件と趣向は同じである。二首には創作上何か関係があるかもしれぬし、「行宮」の詩中にうたわれる行宮も連昌宮かもしれぬ。事実「連昌宮詞」では、連昌宮を行宮といっているのだから（連昌宮は、高宗時代河南省宜陽県《かなんしょうぎようけん》の西に建てられた離宮である）。

江戸の詩人藤井竹外《ふじいちくがい》（833頁）はこの詩を踏まえ、南朝、後醍醐《ごだいご》天皇の遺事を回想する「芳野懐古《よしのかいこ》」（833頁）を作り、今も人々に愛吟されている。その転・結二句は味わい深い。「眉雪老僧時輟帚／落花深処説南朝」（眉雪《びせつ》の老僧時《ろうそうとき》に帚《は》くを輟《や》めて、落花《らっか》深《ふか》き処《ところ》 南朝《なんちょう》を説《と》く）」恋物語を語る白髪の宮女に代え、男の覇業《はぎょう》を語るにふさわしい訳ありげな老僧を登場させ、一生面を開いている。

聞樂[1]天授江[2]州司馬（楽天《らくてん》の江州司馬《こうしゅうしば》を授《さず》けられしを聞《き》く）　元稹《げんじん》　**〈七言絶句〉**

殘[3]燈無焔影憧[4]憧●
残灯焔《ざんとうほのお》無く影憧憧《かげどうどう》

此夕聞君謫[5]九[6]江●
此《こ》の夕《ゆう》べ君《きみ》が九江《きゅうこう》に謫《たく》せらるるを聞《き》く

燃えつきかけた灯はもはや明るい焔もあげず、たよりなげに光をゆらめかせている。
この寂しい夜に、君が九江に流されたという知らせをきいた。

垂[7]死ノ病中驚[8]イテ坐起スレバ

暗風吹イテ雨ヲ入ル寒[9]窓ニ

垂死《すいし》の病中《びょうちゅう》驚《おどろ》いて坐起《ざき》すれば

暗風《あんぷう》雨《あめ》を吹《ふ》いて寒窓《かんそう》に入《い》る

明日をも知れぬ重い病の身を忘れ、驚いて起きあがり、いずまいを正すと、暗闇（くらやみ）の中から一陣の夜風が雨をまじえ、寒々とした窓に吹きこんでくる。

1. 楽天　作者の親友白居易《はくきょい》の字《あざな》。**2. 江州司馬**　江州《こうしゅう》は今の江西省《こうせいしょう》九江市《きゅうこうし》、司馬《しば》は州の属官、白居易は時に江州司馬に左遷された（484頁「琵琶行《びわこう》、幷《なら》びに序《じょ》」参照）。**3. 残灯**　燃え尽きかけた灯《ともしび》。**4. 憧憧**　ドウドウ、またはショウショウ、と読む。光が頼りなげにゆらめく様。**5. 謫**　僻遠《へきえん》の地に左遷されること。**6. 九江**　江州の別名。**7. 垂死**　死にかける。垂は近い将来ある状態になろうとすることを表す。**8. 驚坐起**　驚いて起きあがって、いずまいを正す。「仍《な》お悵望《ちょうぼう》す」とするテキストもある。**9. 寒窓**　さむざむとしたみすぼらしい窓。

《鑑賞》　元和《げんな》十（八一五）年白居易は宰相武元衡《さいしょうぶげんこう》の暗殺事件で正論を吐き、秋には権力者に憎まれ江州に逐《お》われた。その五年前に中央を逐われ、この年の春に通州（四川省《しせんしょう》）に司馬として赴任した元稹は病床に親友のこの悲報を聞いた。この詩はその沈痛の感情をうたっている。

頼りなげに火影《ほかげ》をゆらめかす残灯（起句）とは、病《やまい》あつき元稹の不幸な運命の暗示であり、また親友白居易の身に起こる左遷の予兆でもある。果たせるかな、この寂しい夜に作者は親友の悲報にふれる（承句）、重態の身を忘れ、ガバと起き、いずまいを正す作者の姿（転句）、おりしも闇の中から吹き込んできたゾッとするような雨まじりの夜風（結句）、この二句は実景のごとくに友人の悲報に動顚《どうてん》する作者の心を描き、暗澹《あんたん》たる心象風景をうたっている。

《補説》　白居易は二年後に、有名な「元微之《げんびし》に与《あた》うるの書《しょ》」で、「この詩は他人でも聞くにたえない。ましてや当人の私はなおさらだ。今も吟《ぎん》ずるたびに心が疼《うず》く」と元稹の友情に感謝し、絶賛した。「この詩は悲痛の語の度がすぎ、自然の情の発露ではない」（森槐南《かいなん》『唐詩選評釈』）という評もあるが、ためらいもなく過剰《かじょう》に感傷の語を重ねられる通俗性が元稹の持ち味なのである。長びく左遷と重病におびえていた作者の、これは偽《いつわ》らぬ感情表現であったろう。

李《り》賀《が》　〔中唐〕（七九〇～八一六）

字《あざな》は長吉《ちょうきつ》。福昌《ふくしょう》（河南省宜陽県《かなんしょうぎようけん》）の人。唐の王室と縁のある家系であり、隴西《ろうせい》（甘粛《かんしゅく》省南東部）の出身であると称したが、実際は昌谷《しょうこく》の中小地主にすぎなかった。彼の父の名である「晋《しん》粛《しゅく》」の「晋」と、科挙《かきょ》及第者を指す進士《しんし》の「進」とが同音であったため、その才能をねたむ者によって異議が出され、科挙を受験することすらできなかった。そこで、奉礼郎《ほうれいろう》という下級官に終わった。長安での生活を「長安に男児《だんじ》有《あ》り、二十《はたち》にして心已《こころすで》に朽《く》ちたり」〈陳商《ちんしょう》に贈る〉とうたい、志《こころざし》を得ぬまま二十七歳で他界した。

濃い眉に長い爪の、痩《や》せた男であった。いつもボロボロの錦囊《きんのう》（詩句を書きつけた紙を入れる布袋）を背負い、驢馬《ろば》に乗って出かけ、いい句ができると書きつけてはその袋の中にほうり込んだ。家に戻るとその紙を並べ、たちまちに一編の詩を作ったといわれる。その詩はすでに当時の詩壇の領袖《りょうしゅう》、韓愈《かんゆ》（392頁）をはじめ一流の詩人からも高く評価され、熱烈な支持を得て今日に至る。その身の不遇と、強い自負心、自意識とのせめぎあいの中で、鬱屈《うっくつ》した精神から生み出される幻想的な詩風は、時として美しくもこの世ならぬ幻想やおどろおどろしい鬼の世界へと飛翔《ひしょう》する。鬼才と呼ぶにふさわしい詩人といえよう。著に『李長吉集《りちょうきつしゅう》』四巻がある。

將[1]進酒　（将進酒《しょうしんしゅ》）　李賀《りが》　**〈雑言詩〉**

琉[2]璃ノ鍾●　琉璃《るり》の鍾《さかずき》

この世のものとは思えないほど美しい
ガラスの杯に、

琥[3]珀濃
小[4]槽酒滴眞[5]珠紅
烹[6]龍炮鳳玉脂泣[7]
羅[8]幃繡幕圍香風
吹龍[9]笛
擊鼉[10]鼓
皓[11]齒歌
細腰舞
況是青春日將暮
桃花亂落如紅雨

琥珀《こはく》濃し
小槽《しょうそう》酒《さけ》滴《したた》って真珠《しんじゅ》紅《くれない》なり
竜《りゅう》を烹《に》鳳《ほう》を炮《あぶ》りて玉脂《ぎょくし》泣《な》く
羅幃《らい》繡幕《しゅうばく》香風《こうふう》を囲《かこ》む
竜笛《りゅうてき》を吹《ふ》き
鼉鼓《だこ》を撃《う》つ
皓歯《こうし》歌《うた》い
細腰《さいよう》舞《ま》う
況《いわ》んや是《こ》れ青春《せいしゅん》日《ひ》将《まさ》に暮《く》れんとし
桃花《とうか》乱落《らんらく》すること紅雨《こうう》の如《ごと》し

そそがれた酒は深い琥珀色。
小さな酒入れからしたたる真珠のような酒のしずくは真っ赤に輝き、
竜や鳳のような珍味の肉を煮たりあぶったりすれば、玉のような脂(あぶら)がにじみ出て、まるで涙を流しているかのようである。
薄絹(うすぎぬ)のとばりや刺繡(ししゅう)を施したきらびやかな垂れ幕の中では、なんともよい香りの風がさっと巻き起こる。
竜の声の笛を吹き、
ワニ皮の太鼓を打ち、
白く輝く歯を見せて歌う女、
ほっそりと形のよい腰で舞う女。
それればかりじゃない。この春の日は今まさに暮れゆこうとして、
桃の花びらが、真っ赤な雨が降りそそぐかのように散っているではないか。

勧レム君ニ終日酩酊シテ酔ヘ
酒ハ不レ到ラ[12]劉伶墳上ノ土●

君《きみ》に勧《すす》む　終日酩酊《しゅうじつめいてい》して酔《よ》え
酒《さけ》は到《いた》らず　劉伶墳上《りゅうれいふんじょう》の土《つち》

君よ、日がな一日、酔って酔ってぐでんぐでんになるくらいに酔ってみたまえ。酒と心中するほど酒の好きだったあの劉伶でさえ、自分の墓土の上にまで酒が追いかけてきてくれるわけではないのだから。

1. 将進酒　楽府題《がふだい》の一。漢代の民謡の題を借りたもので、酒を飲んで放歌する楽しみをうたう。題意は、「酒を進める」。「将」も、進める、の意。**2. 琉璃鍾**　ガラスでできた杯。**3. 琥珀**　宝石の名。盛唐の岑参《しんじん》に「酒《さけ》の光《ひかり》は紅琥珀《こうこはく》」という句があり、ここでも美しい赤い色をいうのだろう。**4. 小槽**　酒を蓄える小さな容器。**5. 真珠紅**　したたり落ちる酒のしずくが真っ赤であること。あるいは赤葡萄酒のことか。一説では酒の名とする。**6. 烹レ竜炮レ鳳**　「烹」は湯気を立ててしんまで柔らかくなるように煮る。「炮」は油紙や葉で包み、鉄板の上で焼くこと。「竜・鳳」は珍味の例《たと》え。**7. 泣**　脂《あぶら》が涙のように浮き出すこと。**8. 羅幃繡幕**　薄絹《うすぎぬ》のとばりと刺繡《ししゅう》を施したきらびやかな垂れ幕。**9. 竜笛**　竜の鳴き声に似た音がするといわれる笛。**10. 鼉鼓**　長江《ちょうこう》ワニの皮を張った太鼓。**11. 皓歯**　白く輝く女性の歯。**12. 劉伶**　魏晋《ぎしん》の時代の「竹林《ちくりん》の七賢《しちけん》」の一人で、大変に酒好きだった。『酒徳頌《しゅとくしょう》』を著し、いつも車に酒がめを積んで、死んだら一緒に埋めるようにと言った。

《鑑賞》「将進酒」という題を持つ作品は、いずれも酒を飲み歌う楽しみをうたう。この詩もまたその例外ではないが、やはり李賀独特の雰囲気が色濃く漂《ただよ》っている。

前半九句は、酒宴のありさまをうたう。それはもう、絢爛豪華《けんらんごうか》きわまりないものである。琉璃《るり》・琥珀《こはく》といったエキゾチックで珍しい宝石。竜、鳳《ほう》、真珠《しんじゅ》、玉脂《ぎょくし》、羅幃《らい》、繡幕《しゅうばく》といった華麗な道具立て。そのむせるような部屋にはさらに「香風《こうふう》」がうず巻いている。笛と鼓、歌と踊りによって興奮はいやが上にも高められていく。そのめくるめくような楽しみの中で、せきこむように詩人は言う。この春の一日は崩れるように暮れゆき、桃の花も真っ赤な雨が降るように散っているではないか。人生がたちまちに過ぎゆくから、われわれは今こそ楽しみを窮《きわ》め尽くさねばなるまい、と。

この詩を印象づけるのは、何よりもその色彩である。とりわけ酒と桃の花の赤さ、歌う女性の歯の白さが鮮やかである。さらに一種の凄《すご》みさえ感じさせるのは、「桃花乱落すること紅雨の如し」の句である。深い悲しみの中で、詩人はだれに言うともなくつぶやく。酒を飲んで飲んでとことんまで酔《よ》いつくせ。あれほど酒好きであった劉伶《りゅうれい》の墓にだって、酒がやってきてくれることはないんだから。あふれんばかりの色彩と快楽の中での孤独と悲しみは、たとえようもないほどに暗く深い。あり余るほどの才能を持ちながら、文字どおり「二十《はたち》にして心《こころ》已《すで》に朽《く》ち」なければならなかった詩人の情熱と無念とが、からみつくようにしてにじみ出ている。

《**補説**》　この作品は『古文真宝《こぶんしんぽう》』に収められているせいもあって、わが国でも古くから親しまれ、特に芥川竜之介《あくたがわりゅうのすけ》が愛唱したことで有名である。また盛唐の詩人李白《りはく》にも同じ「将進酒《しょうしんしゅ》」（232頁）という題の作品がある。これはいかにも李白らしく、豪放で磊落《らいらく》なムードを漂わせている。この二つを読みくらべてみると、大変に興味深い。

▽●▲○印は換韻を示す。付録「漢詩入門」参照。

薛《せっ》濤《とう》 〔中唐〕（七六八〜八三一？）

字《あざな》は洪度《こうど》（宏度）。長安（陝西省《せんせいしょう》）の官僚の家の娘だったといわれるが、蜀《しょく》（四川省《しせんしょう》）に赴任した父が任地で死ぬと母とその地に留《とど》まり、寄る辺なき貧家の美女の常で妓女《ぎじょ》となり、詩の才によって一世を風靡《ふうび》した。今なお四川省の名産となっている薛濤箋《せっとうせん》という紙の考案者でもあり、書家としても傑出《けっしゅつ》した才女であった。

彼女を最初に引きたてたのは、風流人の節度《せつど》使《し》韋皐《いこう》。昔の中国では芸者を「女校書《ニュウジャオシュ》」といったが、それは、彼が薛濤の詩才を愛するあまり、校書郎《こうしょろう》という官職を彼女に与えようとして一騒ぎ起こしたことによっている。

その後、十代の節度使に仕《つか》えて社交界を取り持ち、元稹《げんじん》をはじめ、白居易《はくきょい》・張籍《ちょうせき》・杜牧《とぼく》・劉《りゅう》禹錫《うしゃく》らとも詩作を通して交わった。冗談・洒落《しゃれ》の名手としても評判が高く、数々の伝説を生んでいる。七言絶句を得意とし、即興の才や機知を衒《てら》った詩が多い。『錦江集《きんこうしゅう》』五巻がある（今は佚書《いっしょ》）。

海棠渓[1]（海棠渓《かいどうけい》）　薛濤《せっとう》　〈七言絶句〉

春教風景駐仙[2]霞
水面魚身總帶[3]花

春《はる》は風景《ふうけい》をして仙霞《せんか》を駐《とど》まらしめ
水面《すいめん》の魚身総《ぎょしんす》べて花《はな》を帯《お》ぶ

あたりは花の盛り。春の造化の神がこの地に海棠（かいどう）の花霞（はながすみ）をとどめて下さった。

澄んだ水面を泳ぐ魚は海棠の投げる影に染まって、どれもみな花模様をつけ

人世不レ思ハ[4]靈卉ノ異ヲ
[5]競ツテ將テ二[6]紅纈一ヲ染ム二[7]輕沙一ヲ●

人世《じんせい》思《おも》わず霊卉《れいき》の異《い》を
競《きそ》って紅纈《こうけつ》を将《もっ》て軽沙《けいさ》を染《そ》む

たように綺麗。

でも世間の人は自然の花の霊妙な美しさがわからない。

河岸の砂の上に、赤く染めたしぼりを干したりして、花と艶競（あでくら）べをしている。

1. 海棠渓　海棠《かいどう》（ハナカイドウ）はバラ科の落葉樹。春に海棠紅《ハイタンホン》といわれる濃いピンクの花をつける。薛濤が幼少から暮らした蜀（四川省）の地はこの花の名所で、各地にこの名で呼ばれる渓谷《けいこく》があったのだろう。特に有名な地は、重慶《じゅうけい》から長江《ちょうこう》を渡った対岸にあり、中年の一時期、薛濤が巫山《ふざん》に出かけた際、この地に立ち寄ったことが想像される。**2. 仙霞**　海棠は「花の中の神仙」といわれる（明《みん》・王象晋《おうしょうしん》『群芳譜《ぐんぽうふ》』）。咲き乱れる海棠がつくり出す花霞《はながすみ》。**3. 帯レ花**　魚鱗《ぎょりん》に海棠が投影し、花模様をつけたみたいになること。**4. 霊卉異**　卉《き》は草木、霊は霊妙。海棠の霊妙な美しさをいう。**5. 競**　海棠の色彩の美しさと染めもののそれとを競わせる。**6. 紅纈**　赤く染めたしぼり。**7. 軽沙**　河岸の砂原。

《鑑賞》　海棠が咲き乱れる渓谷の全景と、その花影を投影した水面、海棠と色彩を競う、河岸に干された赤く染めたしぼりの鮮やかさをうたいあげた詩である。

「春の造化の神が仙霞を風景に駐《とど》めた」という起句は凝っている。実は、渓谷の両岸一帯に花霞をなして海棠が咲き乱れている様子を、幻想の世界に誘うがごとく擬人法で描いている。全景をこう写しとった詩人は風景美をあくことなく追って、谷川の水面に目を落とす。河面に映る花模様、だが花模様だけが見えるのではない。澄んだ水は魚影をも見せてくれる。なんと投影された花影が魚影に重なり、さながら魚は花模様をまとっているように見えるではないか。承句の写生は繊細そのものである。

これだけでも風景美は十分だ。だが河岸に目をやると、近辺の人々が赤いしぼりの染めものを砂原の上に干している。海棠の薄紅と競うがごとく、陽を浴びて輝く紅の鮮やかさ。詩人は、しかし率直には感嘆してみせない。転句・結句はぐっとひねって一理屈。「自然の美の霊妙さを人はわからず、染めものなどという人工美を花の美と競《くら》べるとは愚かなことよ」と嘆いてみせる。無論この二句は非難の句ではない。実は自然美・人工美の競いつつ溶けあう情景を賞《ほ》めたたえているのである。

《補説》　薛濤は妓女《ぎじょ》であった。唐代の官僚・貴族たちの社交界に侍《はべ》る妓女は、舞や音曲《おんぎょく》の才だけでなく、詩文の創作能力も必要であった。男の知性を妖《あや》しく騒がす機知、可愛らしく、小憎《こにく》らしく理屈を並べる機知も、彼女たちには望まれたのである。薛濤の詩才は、そうした中で磨かれたのであった。即興の才や機知を衒《てら》う詩が多いのも当然であろう。

この詩は、そうした機知の衒いを典型的に示したものである。理屈っぽいが、その理屈が憎い。率直な感情の発露を抑制した中に、かえって風景美や色彩美に対する豊かな感受性（それは女性独特のものであろう）を満ちわたらせている。

寒山《かんざん》 〈中唐〉（生没年未詳）

森鷗外《もりおうがい》の小説『寒山拾得《かんざんじつとく》』や多くの図像によって親しまれている寒山。彼の作といわれる三百余編の詩がいまに残されている。だが彼は伝説上の人物にすぎない。詩も、特定個人としての寒山の作品とは考えにくい。

専制社会に背を向け、自然と一体となって暮らす隠者。彼らの中には、仏教や道教の影響を受けた者も少なくない。八〜九世紀ごろの唐朝は天台山《てんだいさん》（浙江省《せっこうしょう》）、そこは道教・仏教の聖地であった。その国清寺《こくせいじ》に寄寓《きぐう》し、近在の寒山に棲《す》んだ奇人とされる。寒山伝説は当時勃興《ぼっこう》しかけていた南宗禅《なんしゅうぜん》の思想の影響下に、そうした風貌《ふうぼう》をもって形成された隠者の像であり、寒山詩はその像に託《たく》して作られたものである。詩の内容その他から、一応、中唐の年代と見なしておく。

なお張継《ちょうけい》の「楓橋夜泊《ふうきょうやはく》」（372頁）で名高い蘇《そ》州《しゅう》寒山寺も、彼の寄寓地の跡という。『寒山子詩集《かんざんししゅう》』二巻がある。

人[1]ハ問フモ二寒山ノ道ヲ一（人《ひと》は寒山《かんざん》の道《みち》を問《と》うも）　寒山《かんざん》　〈五言律詩〉

人ハ問フモ二寒[2]山ノ道ヲ一　人《ひと》は寒山《かんざん》の道《みち》を問《と》うも
寒山ニハ路不レ通ゼ●　寒山《かんざん》には路通《みちつう》ぜず

世の人々は、寒山への道を尋ねるけれども、寒山へ通ずる道など、もともとありはせん。

夏[3]天冰未釋
日出霧朦[4]朦
似我何由屆[5]
與君心不同
君心若似我
還得到其[6]中

夏天《かてん》にも氷《こおり》未《いま》だ釈《と》けず
日出《ひい》づるも霧朦朦《きりもうもう》たり
我《われ》に似《に》るも何《なに》に由《よ》りてか届《いた》らん
君《きみ》と心《こころ》は同《おな》じからず
君《きみ》が心《こころ》若《も》し我《われ》に似《に》たれば
還《ま》た其《そ》の中《うち》に到《いた》るを得《え》ん

そこは夏でも氷は解けず、人をよせつけず、
日が差しても霧がモウモウとたちこめている。
この世界には、ただ私の形をまねただけで、どうして入ることができようか。もともと私と君とは心が違っているのだからな。
だがもし、君の心が私と同じようであるならば、
この世界にのりこむことはできるであろうが。

1. 人問寒山道 仮題である。もとは無題。**2. 寒山** 天台山（浙江省）近在の山、ただし地名としてよりも悟《さと》りの心境の名でつかわれている。**3. 夏天** 夏。**4. 朦朦** 霧がたちこめる様。**5. 届** 至（いたる）、に同じ。**6. 其中** このところ。禅語では究極のもの、本来的なものを意味することが多い。

《鑑賞》 寒山詩《かんざんし》の中には「寒山の道」のあり方やその道を楽しむ心をうたった「楽道歌」といわれる一群の詩がある。この詩もその「楽道歌」の一首。みずからの悟りの境地を誇り、えせ隠者を排斥《はいせき》するうたである。

首《しゅ》・頷《がん》二聯《れん》は、俗人には到底隠者の悟りは得られぬということを、夏にも解《と》けぬ氷や、モウモウたる霧に閉ざされるという象徴的な語句によって、いとも冷ややかに宣言する。頸《けい》・尾《び》二聯で作風は一変する。形象はすてられ、説諭《せつゆ》の論理がむきだしに語られる。ここではとくに、うわべだけのえせ隠者が排斥される。流行はとかく多数の偽者を生みだす。寒山詩はえせ隠者に対してしばしばあざけりを見せるのだ。

《補説》 この詩の味わいを深めるために、もう一首別の「楽道歌」を引いてみる。寒山の説く道がよくわかろう。

「自楽二平生道一／烟蘿石洞間／野情多二放曠一／長伴二白雲一閑／有レ路不レ通レ世／無レ心孰可レ攀／石牀孤夜坐／円月上二寒山一（自《みずか》ら平生《へいぜい》の道《みち》〈日常の行為の中にある道〉を楽《たの》しむ、烟蘿《えんら》〈もやに包まれたツタ〉石洞《せきどう》の間《かん》、野情《やじょう》〈自然人の心〉放曠《ほうこう》〈自由〉多《おお》く、長《つね》に白雲《はくうん》と伴《とも》に閑《かん》なり、路《みち》有《あ》れども世《よ》に通《つう》ぜず、心無《こころな》ければ孰《たれ》か攀《よ》ずべけん、石牀《せきしょう》に孤《ひと》り夜坐《やざ》せば、円月寒山《えんげつかんざん》に上《のぼ》る）」

（私にとっての道は日常のすべての行為の中にあり、いま烟《もや》に包まれた蘿《つた》と岩屋の間にやすらい、その道を楽しんでいる。自然人の心をもって自由に行動し、いつも白雲を友にのびやかに暮らしている。ここに道はある、しかしそれは俗世に通じる道ではない。無心でなければだれがのぼれよう。石の床にひとり静かに座っていると、円い月が寒山にのぼってきた）

えせ隠者の排斥《はいせき》を語らぬこの詩は、ほのぼのとのびやかだ。

詩《し》と韻書《いんしょ》

六朝《りくちょう》時代になると、仏教文化が盛んになり、その刺激もあって、詩人の「音」に対する関心が高まってくる。いわゆる「四声《しせい》」（平声《ひょうせい》・上声《じょうせい》・去《きょ》声《せい》・入声《にっしょう》）の発見と、その知識を駆使して、より美しい詩を生み出そうとする動きが生まれ、来たるべき唐詩の全盛時代への先がけとなるのである。その代表とされるのが、梁《りょう》の沈約《しんやく》（四四一～五一三）の手に成る『四声譜《しせいふ》』である。さらにそれが発展した形で、隋の仁寿《にんじゅ》元（六〇一）年に、陸法言《りくほうげん》と同好の士八人が集まって『切韻《せついん》』が作られる。この韻書が詩を作る時の基準となったため、同じころの他の韻書は、ほとんど亡《ほろ》んでしまった。

唐代になると、多くの写本として伝えられた『切韻』をもとに、『唐韻《とういん》』（唐・孫愐《そんめん》増訂）ができ、それが科挙の詩の試験において拠《よ》りどころとされたため、最も権威あるものとなった。

さらに、宋《そう》代になると、その『唐韻』をもとに、大中祥符《たいちゅうしょうふ》元（一〇〇八）年、陳彭年《ちんほうねん》などによって『広韻《こういん》』が勅《ちょく》を奉じて（天子の命によって）作られる。現在、まとまった形で見ることができるものは、この『広韻』である。韻目の立て方では、『切韻』が百九十三韻、『広韻』が二百六韻と若干異なるが、全体の体系は同じである。さらに、景祐《けいゆう》四（一〇三七）年には、丁度《ていたく》などによって『礼部韻略《れいぶいんりゃく》』が作られ、科挙用の韻書となる。

南宋《なんそう》の淳祐《じゅんゆう》十二（一二五二）年に作られた劉淵《りゅうえん》『壬子新刊礼部韻略《じんししんかんれいぶいんりゃく》』によって、『広韻』の二百六韻は併合されて百七韻となり、劉淵の出身が江北《こうほく》平水《へいすい》であったことから、「平水韻《へいすいいん》」とも呼ばれる。その後、元の陰時夫《いんじふ》により一韻を削って百六韻に改められ、以後の詩韻はこれによることとなった。現在の日本で出版されている漢和辞典の多くは、この「平水韻」を載せるが、唐代の詩を読む場合には、どうしても唐代の韻目を反映させたもので考えなければならない。その意味で、近年『広韻』の韻目を併記する（もしくは、それのみ示す）ものも出てきた。

（付録「漢詩入門」参照）

賈《か》島《とう》

〔**中唐**〕（七七九～八四三）

字《あざな》は浪《ろう》（閬《ろう》）仙《せん》。范陽《はんよう》（河北省《かほくしょう》）の人。毎年科挙《かきょ》に落第、出家して無本《むほん》と号したが、元和《げんな》年間（八〇六～八二〇）の元稹《げんじん》・白居易《はくきょい》らの平易・通俗的な詩風の流行に反発、奇僻《きへき》の句を求めて苦吟しつづけた。

ある時、「鳥《とり》は宿《やど》る池中《ちちゅう》の樹《き》、僧《そう》は推《お》す月下《げっか》の門《もん》」という対句《ついく》を得、「僧は推《お》す」がよいか、「敲《たた》く」がよいかと思いあぐね、推したり敲いたりするしぐさをして歩くうちに京兆尹《けいちょういん》（都の長官）韓愈《かんゆ》（392頁）の行列にぶつかったが、非礼をゆるされ、「敲《こう》の字がよい」と評された。この話は、「推敲《すいこう》」の故事として名高い。毎年晦日《みそか》には神前に一年分の自作の詩をささげ、「これが私の終年《いちねん》の苦心であります」と祭り祈ったとも伝えられる。

韓愈に認められ還俗《げんぞく》し、進士《しんし》にも及第したが、官途は恵まれず、地方の小官で終わった。死後には病気の驢馬《ろば》と古い琴を残すのみであったという。寒々とした詩風により、友人孟郊《もうこう》（398頁）と併称され、「郊寒《こうかん》・島瘦《とうそう》」と評されている。『賈浪仙長江集《かろうせんちょうこうしゅう》』十巻がある。

尋[1]ネテ二**隠者**ヲ一**不**レ**遇**ハ（隠者《いんじゃ》を尋《たず》ねて遇《あ》わず）　賈《か》島《とう》　〈**五言絶句**〉

松下問ヘバ二童[2]子ニ一
言フ師ハ採リニレ薬[3]ヲ去ルト●

松下童子《しょうかどうじ》に問《と》えば
言《い》う師《し》は薬《くすり》を採《と》りに去《さ》ると

松の木のもとで、隠者の世話をしている童子に、かの師のいらっしゃるところを尋ねた。わが師は薬草を摘みに出かけられたと

只在《ラン》二此《ノ》山中《ニ》一
雲深《クシテ》不レ知《ラ》レ處《ヲ》●

只此《ただこ》の山中《さんちゅう》に在《あ》らん
雲深《くもふか》くして処《ところ》を知《し》らず

の返事。おそらくは、この山中におられるにちがいなかろうが、雲が深く、どこに行かれたのやら見当もつきはしない。

1.尋二隠者一不レ遇 あるテキストでは「羊尊師《ようそんし》を訪《と》うの詩《し》」と題するという（『全唐詩《ぜんとうし》』の注）。**2.童子** 隠者の侍童《じどう》。**3.薬** 薬草。薬草を探すのが隠者のしごとである。

《鑑賞》 絶句の形式による「招隠詩《しょういんし》（隠者訪問をテーマとする詩）」の変形だが、孤高・自由に生きる隠者の生き方そのものの絵である。ただし凝《こ》っている。

山中に分けいり、旧知の隠者を訪ねたが、薬草を摘みにいって隠者はあいにく留守であったという内容。隠者はまったく登場しない。隠逸《いんいつ》世界の象徴である松の下で童子に問う（起句）とか、薬草を採りに隠者は出かけ、いつ帰ってくるともしれぬ（承句）とか、雲が深く立ちこめて隠者の行方がわからない（結句）とかいう情況の設定、これらが隠者の生き方や人格の孤高・自由・神秘性を漂わせ、枯淡《こたん》な味わいを出しているわけである。そばに近づきながらも、容易には会えぬ隠者であればこそ、人はより高い人格の体現者として隠者を憧憬《しょうけい》するのだ。

隠者抜きの隠者像。雲湧《わ》くかなたに消えた隠者を追慕させる結句に、この詩のおもしろみがある。

《補説》 隠者訪問のテーマは中国文学の世界には古くからあり、六朝《りくちょう》時代には、「招隠詩」というジャ

ンルを形成した。左思《さし》（?～三〇五?）のそれは特に名高い。その第一首は、

「杖レ策招二隠士一／荒塗横二古今一／巌穴無二結構一／丘中有二鳴琴一（策《つえ》を杖《つ》いて隠士《いんし》を招《たず》ぬれば、荒《あ》れし塗《みち》は古今《ここん》に横《ふさ》がれり、巌穴《がんけつ》〈隠者の住む岩屋〉には結構《けっこう》〈家らしいかまえ〉無《な》きも、丘中《きゅうちゅう》には鳴《めい》琴《きん》有り。〈下略〉）」

とあり、すでに隠者を表面から隠して、丘の一角から響く琴の音でその存在を示し、自然の中に溶けこんだ隠者の生き方を表すという手法をとっている。ただしこの詩は隠者に会えなかったということではなく、山中の隠者の世界に、自分も留《とど》まりたい、という主旨である。それが、次第に、隠者らしさ、隠逸世界の風韻《ふういん》を追求するようになって、ついに「隠者を尋ねたが会えなかった」というテーマを探り出すに至った。

中唐以後になると、詩人が競ってこのような詩を作るようになる。

度[1]ル二桑[2]乾ヲ一（桑乾《そうかん》を度《わた》る）　賈島《かとう》　**〈七言絶句〉**

客[3]舎シテ二[4]并州ニ一已ニ[5]十霜●　并州《へいしゅう》に客舎《かくしゃ》して已《すで》に十霜《じっそう》
帰心日夜憶フ二[6]咸陽ヲ一●　帰心日夜《きしんにちや》咸陽《かんよう》を憶《おも》う
無[7]クモレ端更ニ渡ル桑乾ノ水　端《はし》無《な》くも更《さら》に渡《わた》る桑乾《そうかん》の水《みず》

并州での旅暮らしも、すでに十年になった。
その間、日ごと夜ごとに帰心はつのるばかりで、都の長安を思いつづけてきたのだ。
ところが今、思いがけずまたもや桑乾

8 却ツテ望メバ二并州ヲ一是レ故郷

却《かえ》って并州《へいしゅう》を望《のぞ》めば是《こ》れ故郷《こきょう》

の流れをわたり、別の任地に旅立つことになった。
なんと并州を望みやれば、仮の宿りと思ったその町が、故郷のように懐かしまれる。

1. 度　渡る。**2. 桑乾**　桑乾河《そうかんが》のこと。山西省を流れ、東方の河北省に向かい、北京《ペキン》市郊外の永定河《えいていが》となる河。詩中、作者はこの河を都長安に背を向けて渡ってゆく。**3. 客舎**　旅さきの宿。ここでは「旅ずまいをする」という動詞。**4. 并州**　今の山西省太原《たいげん》市。**5. 十霜**　十年。**6. 咸陽**　長安（陝西《せんせい》省《しょう》）の西北にあり秦《しん》の都であった。ここでは近在の長安を指す。**7. 無レ端**　思いがけず。**8. 却**　「なんと」「ふりかえって」の二つの意味があるが、ここでは前者の意味にとっておく。

《鑑賞》　長年いといつづけた任地の町に別れを告げる時、その町にむしろ第二の故郷を感じたという心境をうたった詩。望郷の詩の一変形である。

　承句中の咸陽《かんよう》（長安）は作者の実の故郷ではない。しかし華やかな都の暮らしこそは彼の心の故郷なのだ。その都を追われて不本意にも十年の田舎《いなか》暮らし。その間都への思いをつのらせたと説く起・承二句は、「已十霜」（十年の冬をすごした）という寒々とした、その地での長い辛苦の経験を暗示する表現で、地方官づとめの惨めさを切なく感じさせる。転・結二句の、思いがけずこの町に別れを告げ、都ならぬ別の地に転勤する時、にわかに町への親しみの情がつきあげてきたという語は、この詩の生命である。

桑乾などという片田舎の川を、都に背を向けてトボトボ渡って行かねばならないやりきれなさ、無念さが、痛いほどに読者に迫ってくる。

「却望幷州」の結句の四字が、起句の「客舎幷州」と句を隔てて同位置におかれているのは印象深く、心憎いばかりの技巧になっている。

《補説》 この詩は、幷州が咸陽への望郷の念のスプリングボードになっている点と、幷州自体に十年の情を感ずるという点と、二つの意味を持つところに、新しい詩境があるわけだ。

中唐の銭起《せんき》の「江行無題《こうこうむだい》」に、

「江曲全縈レ楚／雲飛半自レ秦／峴山回レ首望／如レ別二故郷人一（江曲《こうめぐ》りて全《まった》く楚《そ》を縈《めぐ》り、雲《くも》飛《と》びて半《なか》ば秦《しん》よりす。峴山《けんざん》首《こうべ》を回《めぐら》せて望《のぞ》めば、故郷《こきょう》の人《ひと》に別《わか》るるが如《ごと》し）」

とあって、似た心情がうたわれている。

李《り》紳《しん》 〈中唐〉（?～八四六）

字《あざな》は公垂《こうすい》。潤州《じゅんしゅう》（江蘇省《こうそしょう》）の人。亳州《はくしゅう》（安徽《あんき》省《しょう》）の人というのは先祖の出身地を称したもの。

元和《げんな》元（八〇六）年進士に及第し、国子助教《こくしじょきょう》に補されたが辞退。一時は江西塩鉄運使《こうせいえんてつうんし》の幕僚をつとめたが、のち穆宗《ぼくそう》に召され、翰林《かんりん》学士となった。以後トントン拍子に出世、武宗《ぶそう》の会《かい》昌《しょう》二（八四二）年には、宰相《さいしょう》職の中書侍郎同門《ちゅうしょじろうどうもん》下平章事《かへいしょうじ》となり、のち尚書右僕射《しょうしょうぼくや》を加えられ趙《ちょう》郡公《ぐんこう》に封ぜられた。その身分のまま淮南《わいなん》節度使に転出して没している。

詩人としても有名。元稹《げんじん》・李徳裕《りとくゆう》と並んで三《さん》俊《しゅん》と称され、白居易《はくきょい》とも親交があり、紀行文の作家としてすぐれていた。背が低く精悍《せいかん》な感じで、人々は短李《たんり》と渾名《あだな》したという。『追昔遊《ついせきゆう》集《しゅう》』三巻がある。

憫[1]《ム》レ農《ヲ》 （農《のう》を憫《あわれ》む） 李《り》紳《しん》 〈五言絶句〉

鋤[2]《イテ》レ禾《ヲ》日[3]當《ル》レ午《ニ》　　禾《いね》を鋤《す》いて日午《ひご》に当《あた》る
汗《ハ》滴《ル》禾下《ノ》土　　汗《あせ》は滴《したた》る禾下《かか》の土《つち》
誰《カ》知《ラン》盤[4]中《ノ》餐[5]　　誰《たれ》か知《し》らん盤中《ばんちゅう》の餐《さん》
粒[6]粒皆辛苦《ナルヲ》　　粒粒《りゅうりゅう》皆辛苦《みなしんく》なるを

稲の手入れの雑草とりをしていると、
真昼どきの太陽が照りつける。
吹き出る汗が稲の下の地面にしたたり
落ちてゆく。
だれが知っていようか、この盤（はち）の
なかの飯の、
一粒一粒が皆厳しい農民の労苦の結晶
であることを。

1. 憫レ農　農民を憐《あわ》れむ。なお『全唐詩《ぜんとうし》』などの別のテキストには「古風」と題するものもある。もと二首連作の第二首目の詩。**2. 鋤レ禾**　鋤は動詞「すく」「たがやす」意。禾は稲。ここでは稲の生長の邪魔になる雑草をとること。**3. 日当レ午**　午は正午、太陽が中天にかかって頭の真上から照りつけること。**4. 盤**　はち。**5. 餐**　食事。**6. 粒粒**　飯の一粒一粒。

《鑑賞》 人が食事ができるのは、農民の苦しい労働の結果なのだという教訓の詩である。ジリジリ照りつける太陽、ポタポタしたたり落ちる汗。農民の汗を吸った土が稲を育てる。起・承二句は簡潔だが、土と格闘する農民の姿をカチッととらえた見事なデッサンになっている。転・結二句は、そのデッサンの画賛。日ごろ何げなく食べている飯の一粒一粒が、実は農民の汗の一滴一滴の化身ではないかという問いかけが鋭い。「粒粒皆辛苦」の五字は、耳にも目にも強烈、舌に滑らかに響く。いかにも教訓の詩らしく暗唱しやすい。

《補説》 「粒粒辛苦」（コツコツと苦労する）という言葉の出典として有名な詩だが、第一首とともに読むと、味わいがいっそう深刻になろう。

「春種一粒粟／秋収万顆子／四海無二閑田一／農夫猶餓死（春《はる》には種《う》う一粒《ひとつぶ》の粟《もみ》。秋《あき》には収《おさ》む万顆《ばんか》の子《み》。四海《しかい》閑田《かんでん》無《な》きも、農夫《のうふ》猶《な》お餓死《がし》す）」

（春に一粒のもみを播《ま》いておくと、秋には幾万粒もの実になる。国中のどこにも遊ばせている田はないが、それでもなお、農夫は餓死してしまうのだ）

農夫が餓死するのはなぜか。表向きには詩は何も語らない。だが重税のためなのは確かだし、重税は為政者の贅沢《ぜいたく》な暮らしのためである。中国には古くから為政者は贅沢をおさえ、農民をいたわり、その労苦を思うべきだという人道主義的な政治観があった。この詩もそうした人道主義をうたった詩である。

この新しい諷諭《ふうゆ》詩《し》の提唱は、元稹《げんじん》や白居易《はくきょい》の力作となってのちに実ったが、李紳自身の諷諭の作は、ほとんど伝わっていない。宋《そう》の計有功《けいゆうこう》の『唐詩紀事《とうしきじ》』には、のちに大官となった李紳が、初めこの詩をもって呂温《りょおん》という人に近づきを求めたところ、一読した呂温が、「この詩の作者は将来大政治家になるだろう」といったというエピソードを載せている。

なお、晩唐の皮日休《ひじつきゅう》（八三一？〜？）も「橡媼嘆《しょうおうたん》」（橡《とち》の実をあつめる媼《ろうば》の嘆《なげ》き）という詩を作り、草深い岡の一角で朝霜を踏みつつ背腰をかがめて橡の実を拾い集める老婆の哀れな姿を描いて、老婆が橡の実で飢えをしのがねばならぬのも、収穫した稲を役人に奪われるからだと糾弾している。

「細穫又精春／粒粒如㆓玉璫㆒／持㆑之納㆓於官㆒／私室無㆓倉箱㆒（細穫《さいかく》し又精春《またせいしょう》し、粒粒《りゅうりゅう》玉璫《ぎょくとう》の如《ごと》し。之《これ》を持《じ》して官《かん》に納《おさ》めては、私室《ししつ》に倉箱《そうそう》無《な》し）」

（細心に収穫し春《うす》でついた米、その一粒一粒が璫《みみだま》のように光る。この米をお上に納めると、自分の家には倉や櫃《ひつ》に貯える分はもはや無くなってしまう）

荊叔《けいしゅく》〔中・晩唐〕（生没年未詳）

生まれも生地も、官歴もいっさいわからぬ謎《なぞ》の人物。作品は明《みん》末に編纂《へんさん》された『唐詩選』の巻六に、あとにも先にもただ一首、この「慈恩《じおん》の塔《とう》に題《だい》す」という詩を遺《のこ》すのみである。ただ、この詩のうたいぶりからすると、彼はどうやら中・晩唐期の詩人らしい。理由は、鑑賞・補説で説明しよう。

題ス㆓慈[1]恩ノ塔ニ㆒

漢[2]國山河在リ
秦[3]陵草樹深シ●
暮[4]雲千[5]里ノ色
無シ㆓處トシテ不ルハ㆑傷メ㆒心ヲ●

（慈恩《じおん》の塔《とう》に題《だい》す）　荊叔《けいしゅく》　〈五言絶句〉

漢国山河《かんこくさんが》在《あ》り
秦陵《しんりょう》 草樹《そうじゅ》深《ふか》し
暮雲千里《ぼうんせんり》の色《いろ》
処《ところ》として心《こころ》を傷《いた》めざるは無《な》し

いまにのこる漢の国のものといったら、見わたすかぎりの山や河だけ。権勢と栄華のあとをとどめる秦（しん）の始皇帝の御陵も、草や木が生い茂り、人の世のはかなさを感じさせるだけ。はてしなく空をおおう夕雲、しだいに迫る宵（よい）の闇（やみ）。どこもかしこも目にふれる風景は、心をわびしくするものばかり。

1．慈恩塔　いまも西安市《せいあんし》（陝西省《せんせいしょう》）の南郊大慈恩寺《だいじおんじ》の境内《けいだい》にのこる七層の仏塔。大雁塔《だいがんとう》ともよばれる。西安が長安とよばれた唐のむかしは、市の規模ははるかに大きく、大慈恩寺は市内にあった。この寺は貞観《じょうがん》二十二（六四八）年に建立《こんりゅう》され、玄奘三蔵《げんじょうさんぞう》が初代の住職となった。科挙の及第者や文人が塔にのぼり、詩をつくり宴を張る行楽の地でもあった。**2．漢国**　唐代人は朝廷を憚《はば》かり、唐を漢に託して表現することが多い。ここも次の句の秦陵《しんりょう》と対《つい》をなし、文字どおり漢の国の意味を持つが、同時に唐朝の意をも含む。**3．秦陵**　秦《しん》の始皇帝の御陵。西安市の東郊驪山《りざん》の麓《ふもと》にある。**4．暮雲**　夕暮れの雲。**5．千里色**　果てしなく空をおおう雲の様子。

《鑑賞》国家の衰運をいたむ響きをこめた懐古の詩。大雁塔からながめた光景に、人の世のはかなさを思い、いまの世の行く末を案じる思いをうたっているようである。

　塔上から一望千里、あたりを埋めつくす緑の世界。草木の緑におしつつまれた秦陵に目をとめる起・承二句は、昼間の光景を対句《ついく》の中に描きとり、読者の心を悲哀感《ひあいかん》に誘いこむ。悠久《ゆうきゅう》の自然の前には、漢の時代に生きた人々のさまざまな生活も、始皇帝の栄華を死後の世界にまで運ぼうとした陵墓造営の事業も、すべてははかない努力でしかない。

　しだいに迫る夕刻、やがて夕空が空一面をおおって宵《よい》の闇《やみ》がおとずれる。南斉《なんせい》の劉絵《りゅうかい》の詩「謝文学《しゃぶんがく》の離夜《りや》に餞《せん》す」の「汀州千里《ていしゅうせんり》の芳《はな》、暮雲万里《ぼうんばんり》の色《いろ》」の句を下敷きにした転句「暮雲千里の色」は、それのみではや悲哀の情を喚起せずにはおかない。結句はその悲哀の情をさらに無限の空間に広げてゆく。

　さて、「どこもかしこも目にふれる風景は、心をわびしくするものばかり」とうたう作者の目には、何が映っていたのだろうか。たんに、あたりの山河の地形、草木におおわれた秦陵の姿だけではなかったろう。瞼《まぶた》にのこる昼間の景色に加え、日ごろ目にする荒廃した国土、退廃した世風が、宵闇の迫る空間に幻影となってちらついたのではなかろうか。懐古の情をうたう詩特有の甘美さやたゆたいが、この詩には欠けている。悲哀感はあまりにも痛切だ。起句の「漢国山河在り」の句も、じつは過去の漢王朝の運命をうたっているだけではない。漢と同様、唐もまた、やがてはその事業の一切を自然の中に埋没させるのではないか、という危惧《きぐ》をひそめているのであろう。詩の背景はまったく不明だが、安史《あんし》の大乱（七五五～七六三）以後の衰退した中・晩唐の世相、それも晩唐のそれを思うと、情趣がよく理解されるであろう。

《補説》 ところで、この詩の起・承の対句。だれしも一読して、杜甫《とほ》の「春望《しゅんぼう》」（295頁参照）の首聯《しゅれん》、「国破れて山河在り、城春にして草木深し」の二句を思い浮かべるであろう。作者が衰世の嘆きのテーマとども、詩句をここから借りたことは歴然としている。荊叔はやはり、中唐以後の詩人でなければならない。

許《きょ》　渾《こん》

〔**晩唐**〕（七九一〜八五四？）

字《あざな》は用晦《ようかい》、一説に仲晦《ちゅうかい》。潤　州丹陽《じゅんしゅうたんよう》（江蘇省《こうそしょう》丹陽県）の人。初唐の宰相《さいしょう》だった許圉師《きょぎょし》の子孫。太和六（八三二）年、進士に及第。当塗《とうと》（安徽《あんき》省《しょう》当塗県）、太平（同太平県）の県令となったが、若いころから積もり積もった心身の疲労によって病気となり罷免《ひめん》された。のちに潤　州司馬《じゅんしゅうしば》を経て、大中三（八四九）年、監察御史《かんさつぎょし》に任ぜられ、虞部員外郎《ぐぶいんがいろう》、睦州《ぼくしゅう》（浙江省建徳県《せっこうしょうけんとくけん》）、郢州《えいしゅう》（湖北省　鍾　祥県《こほくしょうしょうしょうけん》）の刺史《しし》（長官）となる。再び病を得て潤州の丁卯澗《ていぼうかん》付近の別荘に隠居し、大中四（八五〇）年、自作の新旧五百編の詩を選び、その地にちなんで『丁卯集《ていぼう》』と名付けた。

この集はすべて近体詩からなり、杜牧《とぼく》や韋荘《いそう》の最も尊び重んじるところとなった。南宋《なんそう》の陸游《りくゆう》は、晩唐の傑作として高く評価している。

許渾の詩の最も大きな特徴は、「水」の字を多く使うことで、そのために後世の人びとから「許渾　千首湿《しめ》れり」と評されている。この詩にも、「渭水《いすい》」の語が見える。

咸[1]陽城ノ東[2]樓（咸陽城《かんようじょう》の東楼《とうろう》）　許渾《きょこん》　〈**七言律詩**〉

一[3]タビ上レバ㆓高城ニ㆒萬里愁●ヒ
蒹[4]葭楊[5]柳似タリ㆓汀[6]洲●ニ㆒

一《ひと》たび高城《こうじょう》に上《のぼ》れば万里《ばんり》愁《うれ》い
蒹葭楊柳《けんかようりゅう》　汀洲《ていしゅう》に似《に》たり

なんとはなしに古き都咸陽（かんよう）の高殿に登ってみると、たそがれの遥かな景色は限りなき愁いに満ち満ちている。オギやアシが伸び、柳が生い茂った街のありさまは、まるで川の水際の砂地のようで、昔の栄華の面影すらない。

溪雲初《メテ》起《リテ》日沈《ミ》レ閣《ニ》
山雨欲《シテ》レ來《ラント》風滿《ツ》レ樓《ニ》●
鳥《ハ》下《ル》二綠[7]蕪《ニ》一秦[8]苑《ノ》暮
蟬《ハ》鳴《ク》二黄[9]葉《ニ》一漢[10]宮《ノ》秋●
行[11]人莫《レ》レ問《フ》當[12]年《ノ》事
故[13]國東[14]來渭[15]水流《ル》●

溪雲《けいうん》初《はじ》めて起《おこ》りて日《ひ》閣《かく》に沈《しず》み
山雨《さんう》来《きた》らんと欲《ほっ》して風楼《かぜろう》に満《み》つ
鳥《とり》は緑蕪《りょくぶ》に下《くだ》る秦苑《しんえん》の暮《くれ》
蟬《せみ》は黄葉《こうよう》に鳴《な》く漢宮《かんきゅう》の秋《あき》
行人《こうじん》問《と》う莫《なか》れ当年《とうねん》の事《こと》
故国《ここく》東来《とうらい》渭水《いすい》流《なが》る

谷間から今しがた雲が浮かび出たかと思うと、もう夕日が高殿の陰へ沈んでいく。

山あいから雨がやってくるのか、不気味な風がこの高殿を取り巻くように吹く。

鳥が荒れ果てた草地に舞い下りて、かつての秦の庭園に日が暮れていく。

蟬が黄葉した木々で鳴き出し、かつての漢の宮殿の辺りにも秋が忍び寄って来ている。

旅行く人よ、もうあの華やかなりし時代のことなど尋ねてくれるな。

この古い都に変わることのないのは、東へ向かって流れる渭水だけなのだから。

1.咸陽城　咸陽《かんよう》は秦《しん》の都があった所。現在の陝西省《せんせいしょう》咸陽市東窰店《とうようてん》公社にその跡がある。渭水《いすい》を隔てて都長安を望んでいた。**2.東楼**　テキストによっては題を「咸陽城西楼晩眺」とする。**3.一上**　たまたま登ってみると。**4.蒹葭**　川べりに生えるオギやアシなど。**5.楊柳**　カワヤナギとシダレヤナギ。**6.汀洲**　川の水際《みぎわ》の砂地。**7.緑蕪**　野草がはびこって荒れ果ててしまった草地。**8.秦苑**　秦の宮廷の庭園。**9・黄葉**　黄ばみ始めた葉。**10・漢宮**　漢の宮殿。渭水をはさんだ向こうに見える。**11・行人**　旅人。ここでは作者自身を指す。**12・当年事**　その当時のこと。秦・漢王朝の滅亡を指す。**13・故国**　古くからの都の地。**14・東来**　東へ向かって。「来」は助字。**15・渭水**　付録「地図」参照。黄河の支流で、水が澄んでいることで有名。

《鑑賞》　この詩は、かつては秦の都として栄華を極めながらも、今では全く荒れ果ててしまった咸陽の街と、古来変わることなくたゆとうて流れる渭水とを対照的に描き出した、「懐古」の作である。

詩人は、何気なく城楼に登ってみた。するとどうだ。そこから望まれる辺り一面に、愁いが満ち満ちているではないか。「一」と「万」の字は使い方に工夫があって、はっと気付いた胸のときめき、愁いの際限のない広がりが巧みに表現されている。「愁」は、詩全体に流れる主要なテーマである。

第二句は、一見何の変哲もない句のようだが、実は「蒹葭」（『詩経《しきょう》』秦風《しんぷう》）、「楊柳」（『詩経』小雅《しょうが》）、「汀洲」（『楚辞《そじ》』九歌《きゅうか》）は、それぞれ古くからの使用例を持っており、句全体が古典的な色彩を帯びている。古き都咸陽にふさわしい表現効果をねらったものと言える。

さて、遠くを眺めれば、谷間の辺りから今しも黒雲がわき起こり、夕日はそそり立つ城閣の陰に沈もうとしている。暴風驟雨《ぼうふうしゅうう》がやって来るのだろうか。不気味な風が自分のいる城楼を取り巻くようにして吹き込んでくる。これから何か大きな動乱が起こるという予感の中に、はちきれんばかりの緊張感をうたい込んだ「山雨来らんと欲して風楼に満つ」の句は、今日でも引用されることの多い名句である。

頷聯《がんれん》が遠景を描いたのに対し、頸聯《けいれん》は近景になる。しかも、目が上の方に向いていたのが、「鳥は緑蕪に下る」と、ここで下の方へいざなわれる。遠近・上下の組み合わせによって、楼からの眺《なが》めは立体的に浮かび上がってくる構成になっている。頸聯は、絵画的な描き方をしていて印象深い。「緑蕪」と

「黄葉」が彩りを成して、この中心を占める緑の草と黄ばんだ葉という植物の正反対の姿を描くこのどちらもが、ここでは、〝荒れた自然〟を表すタネになっている。うまいものだ。「秦苑」といい、「漢宮」といい、語はいかめしいが、今は往時をしのぶよすがもなく、それは荒れているわけである。

変わらぬものは、東へ流れる渭水のみ、と言えば、「問う莫《なか》れ」というまでもなく栄枯盛衰の思いはあふれ出るのである。

《補説》許渾は、懐古の詩に優れ、その作風は整密と評される。後々までその詩風を慕う者が多く、「驪竜《りりゅう》の照夜《しょうや》（貴重な得がたい宝玉）」に例えられた。「秋思（日）」「金陵懐古《きんりょうかいこ》」などの詩が有名である。

ある時、許渾は昼に山に登る夢を見た。どんどん登っていくと、そびえ立つ宮殿が現れた。尋ねてみると、崑崙山《こんろんざん》であるとのこと。しばらくすると、今度は数人の者が酒盛りをしていた。そこで日が暮れるまでともに酒をくみ交わし、一人の美人が紙を差し出して詩を求めたが、それにこたえられないうちに目が覚めてしまった。のちに、詩を吟じて言った。「暁《あかつき》に瑶台《ようだい》に入れば露気清《ろききよ》く、庭中《ていちゅう》惟《た》だ見《み》る許《きょ》飛瓊《ひけい》。塵心未《じんしんいま》だ断《た》たずして俗縁《ぞくえん》あり、十里山《じゅうりやま》を下《くだ》れば月明空《げつめいむな》し」。後日再び夢で山中に入ると、その美人が「どうしてわたしの名を人間世界のものに書き入れたのですか」と責めた。そこで第二句を改めて、「天風吹《てんぷうふ》き下《くだ》す歩虚《ほきょ》の声《こえ》」とすると、「よいですね」と答えたという。その美人こそ、崑崙山にすむ西王母の侍女、許飛瓊であった。

このようなエピソードが伝わるほど、許渾は仙人の世界にあこがれていたのである。

詩をもう一首紹介する。

「琪樹西風枕簟秋／楚雲湘水憶㆓同遊㆒／高歌一曲掩㆓明鏡㆒／昨日少年今白頭（琪樹《きじゅ》の西風枕簟《せいふうちんてん》の秋《あき》、楚雲湘水《そうんしょうすい》同遊《どうゆう》を憶《おも》う。高歌一曲《こうかいっきょく》明鏡《めいきょう》を掩《おお》う。昨日《さくじつ》は少年今《しょうねんいま》は白頭《はくとう》）」〈秋思（秋《あき》の思《おも》い）〉

杜《と》牧《ぼく》　〔晩唐〕（八〇三～八五二）

字《あざな》は牧之《ぼくし》。号は樊川《はんせん》。京兆万年《けいちょうばんねん》（陝西省《せんせいしょう》西《せい》安市《あんし》）の人。憲宗《けんそう》朝の宰相《さいしょう》で『通典《つてん》』の著者として有名な杜佑《とゆう》の孫にあたる。太和二（八二八）年、進士に及第、さらに上級試験である賢良《けんりょう》方正科《ほうせいか》にも及第してエリート官僚としての第一歩を踏み出した。弘文館校書郎《こうぶんかんこうしょろう》、左武衛兵曹参《さぶえいへいそうさん》軍《ぐん》を経て、江西観察使《こうせいかんさつし》であった沈伝師《しんでんし》に招かれ、その部下として洪州《こうしゅう》（江西省南昌市《なんしょうし》）へ赴く。太和四（八三〇）年、沈伝師の転任に従って宣《せん》州《しゅう》（安徽省宣城県《あんきしょうせんじょうけん》）へ移り、その地で三年間を過ごす。太和七（八三三）年、淮南節度使《わいなんせつどし》の牛《ぎゅう》僧孺《そうじゅ》の招きに応じて、節度推官《すいかん》・監察御史裏行《かんさつぎょしりこう》（見習い）として揚州《ようしゅう》（江蘇省《こうそしょう》揚州市）に赴く。当時、揚州は有数の大都会で、繁華を誇っていた。美男子で遊び好きで三十歳を過ぎたばかりの杜牧は、夜ごとに酒と女に酔いしれていた。これを心配した牛僧孺が、ひそかに三十人の見張り兼ガードマンをつけたほどであったという。太和九（八三五）年、三十三歳の若さで監察御史に抜擢《ばってき》され、洛陽《らくよう》にてその任に着く。

開成《かいせい》二（八三七）年、四歳年下の弟・杜顗《とぎ》が眼病にかかり退官しているのを見舞い、休暇の期限を越えたために免職となる。まもなく宣歙《せんきゅう》観察使《かんさつし》崔鄲《さいたん》に招かれ、その幕僚《ばくりょう》である団練判《だんれんはん》官《がん》・殿中侍御史内供奉《でんちゅうじぎょしないぐぶ》として、再び宣州に赴く。その際、弟一家もひきつれて行く。開成四（八三九）年、左補闕《さほけつ》・史館修撰《しかんしゅうせん》に転任し、都長安に戻る。会昌《かいしょう》二（八四二）年から会昌六（八四六）年にわたり、黄州《こうしゅう》（湖北省黄岡県《こほくしょうこうこうけん》）、池州《ちしゅう》（安徽省貴池県《きちけん》）、睦州《ぼくしゅう》（浙江省建徳県《せっこうしょうけんとくけん》）と、それぞれ二年ずつ刺史《しし》（長官）を務め、この間、外交軍事をはじめ長江の密貿易の取り締まりに至るまで、内外の政策について意見を上奏し、大いに採択された。大中二（八四八）年、都に戻り、司勲員外郎《しくんいんがいろう》、史館修撰となったが、弟一家を抱えた大世帯で生活が苦しいため、収入の多い刺史として地方に転出することを願い出る。許可を得て、大中四（八五〇）年、湖州《こしゅう》（浙江省呉興県《ごこうけん》）の刺史となる。約一年ののち、考功郎中《こうこうろうちゅう》、知制誥《ちせいこう》に任命され、長安に戻る。この年、弟が死ぬ。大中六（八五二）年、中書《ちゅうしょ》舎人《しゃじん》にすすみ、十一月に没した。五十歳。死ぬまぎわになって、それまでに作った詩文の大半を焼きすて、自分自身の墓碑銘を作った。

杜牧の詩は、軽妙洒脱《けいみょうしゃだつ》が持ち味である。センスがよい。特に、七言絶句にその才が遺憾《いかん》なく発揮された。盛唐から中唐へと洗練されてきた詩の、美しさ・うまさの感覚が、風流な貴公子杜牧の才をまって花開いた、と考えられる。もとより、晩唐第一の詩人である。杜甫《とほ》を「老《ろう》杜《と》」というのに対し、「小杜《しょうと》」と呼ばれる。『樊《はん》川詩集《せんししゅう》』四巻、別巻一巻、『外集』一巻、また『孫子《そんし》』の注もある。

[1]題ス二烏江亭一ニ　（烏江亭《うこうてい》に題《だい》す）　杜牧《とぼく》　**〈七言絶句〉**

勝敗ハ[2]兵家モ事[3]不レ期セ。　勝敗《しょうはい》は兵家《へいか》も事期《ことき》せず

[4]包ミレ羞ヲ忍ブハレ恥ヲ是レ男児。　羞《はじ》を包《つつ》み恥《はじ》を忍《しの》ぶは是《こ》れ男児《だんじ》

[5]江東ノ子弟多二シ[6]才俊一　江東《こうとう》の子《し》弟才俊《ていさいしゅん》 多《おお》し

[7]巻土重来[8]未ダレ可カラレ知ル。　巻土《けんど》重《ちょう》 来《らい》未《いま》だ知《し》るべからず

いくさの勝敗のゆくえは、戦略家でさえも、予測のつかないものである。恥をしのび肩身の狭い思いに耐え、再起を計ってこそ真の男子といえよう。項羽（こう う）の本拠地である江東の若者たちには、優れた人物が多いというから、もし江東の地に力をたくわえて、地面を巻き上げるような勢いで、再び攻め

のぼってきたなら、その結果はどうなっていたかわからない。

1．題二烏江亭一　烏江亭《うこうてい》は、安徽省和県《かけん》の東にあった渡し場。漢の劉邦《りゅうほう》と戦って敗れた楚《そ》の項羽《こうう》が、ここまで落ちのびてきて、ついに壮絶な最期をとげた。「題」は、自分で作った詩文を建物の柱や壁に書きつけること。詩題を「烏江廟《うこうびょう》」とするテキストもある。**2．兵家**　兵法家。軍事専門家。杜牧は兵家の経典とも言うべき『孫子』に注をつけている。**3．不レ期**　予測することができない。この句を「勝敗由来不レ可レ期」に作るテキストもある。**4．包レ羞忍レ恥**　「包二忍羞恥一」（羞恥《しゅうち》を包《つつ》み忍《しの》ぶ）の互文《ごぶん》。恥辱に耐えること。包を「雪」（雪《すす》ぐ）とするテキストもある。**5．江東**　長江は西から北へ、さらに東へと流れる。その東岸、南岸をふくめていう。江南地方を指し、「江左《こうさ》」ともいわれる。現在の江蘇省南部一帯。項羽の本拠地であった。**6．才俊**　優れた人材。「豪傑」に作るテキストもある。**7．巻土重来**　巻土は「捲土」（土《つち》を捲《ま》く）に同じ。一度敗れた者が再び力をたくわえて勢力を盛り返すこと。ケンドジュウライという読み方も一般になされているが、ここでは原則に従ってチョウライと読んでおく。**8．未レ可レ知**　その後どうなったか、その結果は知ることができない。

《鑑賞》烏江亭を訪れた時に項羽の最期をしのび、その死を惜しんだ詩である。

もし、源《みなもとの》義経《よしつね》があそこで死ななかったら、などと、歴史上の事実をひっくり返して、空想を楽しむことがよくある。特に義経のような人物には「判官《ほうがん》びいき」ということばができるくらい、さまざまな空想がなされている。楚の項羽は、まさに中国の義経である。長江を前にして、亭長《ていちょう》の勧めに従って江を渡っていたら、という空想譚《くうそうたん》は、おそらく中国の民衆の間ではよく語り合われていたものであろう。

それを項羽を叱《しか》るという着想で詠じたのはおもしろい。また、ここには『孫子』に注をした杜牧の、兵法家としての感慨をも見ることができる。

ところで、もう少し見方を変えると、この詩はいわゆる「あいさつの詩」と見ることができる。この地方に赴任する役人であれば、だれでも有名なこの場所を必ず訪れ、詩の一首も題してみるはずである。杜牧もやはり、歌まくらとでも呼ぶべきこの地で、おきまりのテーマで詩を作ったが、なかみは、これまでの詩とひと味違っていた。この作品によって、杜牧の評判はさらに高まったに違いない。

《補説》 項羽の最期についての故事は「垓下《がいか》の歌《うた》」(23頁)参照。垓下の敵の包囲を逃れ、烏江まで落ちのびてきた項羽に向かって、烏江の亭長(宿場の長官)は、長江を渡って再挙をはかることを勧める。しかし項羽は、天が自分を滅ぼすのであるから渡ってもむだである、それに、西征の時につれてきた江東の子弟八千人をすべて戦死させてしまったからには、父兄に合わせる顔がない、と言って自刃した。

遣[1]ル懐ヒヲ (懐《おも》いを遣《や》る)　杜牧《とぼく》　**〈七言絶句〉**

落[2]魄シテ江[3]湖ニ載[4]セテ酒ヲ行ク
江湖《こうこ》に落魄《らくはく》して酒《さけ》を載《の》せて行《ゆ》く
江南地方で遊び暮らした時には、どこへ行くにも舟に酒樽(さかだる)を乗せて行った。

楚[5]腰繊細掌[6]中ニ軽シ
楚腰繊細掌中《そようせんさいしょうちゅう》に軽《かろ》し
昔の楚の美女もかくやとばかり、ほっそりした腰の美女も抱いたものだ。

十年一覺[7]揚州ノ夢
[8]贏シ得タリ[9]青樓[10]薄倖ノ名●

十年一覚揚州《じゅうねんいっかくようしゅう》の夢《ゆめ》
贏《あま》し得《え》たり青楼薄倖《せいろうはくこう》の名《な》

それから十年、ハッと揚州の夢が覚めてみると、
残ったものは、青楼（いろまち）での浮気男の評判ばかり。

1.遣レ懐　心にわだかまっている思いを、解き放って自由にすること。**2.落魄**　心がすさみ、行いが乱れること。杜牧は若いころ、揚州《ようしゅう》で酒色におぼれる生活をしていたことがある。**3.江湖**　長江と洞庭湖《どうていこ》、およびその一帯。中央に対する「地方」の意もある。ここでは、江南地方というほどの意。**4.載レ酒**　酒樽《さかだる》を舟に積みこむこと。**5.楚腰**　腰の細い楚《そ》の国の美女。昔、楚王が細い腰の女性を好んだので、以後楚の国には腰の細い女性がふえたという。**6.掌中軽**　漢の成帝の愛妾《あいしょう》であった趙飛燕《ちょうひえん》はとても体が軽く、手のひらの上で舞うことができたといわれる。**7.揚州**　江蘇省江都《こうそしょうこうと》県《けん》。当時、都にくらべるべき南方第一の繁華な都会であった。**8.贏得**　結局得たのは、ただそれだけだった、の意。**9.青楼**　本来は、高貴な家の女性が住む高殿を意味したが、のちに妓楼《ぎろう》・遊女屋《ゆうじょや》を指すようになった。**10.薄倖**　薄情者。浮気男。

《鑑賞》　太和七（八三三）年、三十一歳の杜牧は、淮南節度《わいなんせつど》使《し》牛僧孺《ぎゅうそうじゅ》の招きに応じて揚州に赴く。南方物資の一大集積地であった揚州は、当時中国第一の商業都市として繁栄をきわめ、そこには数えきれないほどの妓楼が軒を並べていたといわれる。この揚州での数年間、杜牧は日々妓楼に入りびたり、歓楽の生活におぼれていた。どこへ出かけるにも酒を積み、腰のほっそりした美女を抱いたものだ、という第一・二句には、かつての揚州での楽しかった日々、自由奔放に生きた青春時代への甘美な追憶が読み

とれる。しかし、それから十年。思い返せば、その日々はまさに一瞬の夢であり、夢から覚《さ》めてみれば、自分に残されているのは薄情な浮気男という評判ばかり。追憶と悔恨《かいこん》とが甘酸っぱくこみ上げてくる。

いかにも軽妙な第四句には、杜牧らしいセンスのよさが十二分に表れている。

《補説》 同じく、青春を回想しての感傷をうたったものに、「酔後題二禅院一」〈酔後《すいご》禅院《ぜんいん》に題《だい》す〉という七言絶句がある。

「觥船一棹百分空／十歳青春不レ負レ公／今日鬢糸禅榻畔／茶煙軽颺落花風（觥船一棹百《こうせんいっとうひゃく》 分空《ぶんむな》し、十《じっ》歳《さい》の青春《せいしゅん》 公《こう》に負《そむ》かず。今日鬢糸《こんにちびんし》禅榻《ぜんとう》の畔《ほとり》、茶煙《ちゃえん》軽《かる》く颺《あが》る落花《らっか》の風《かぜ》）」

（大意——大杯になみなみとついだ酒をグイと飲み干し、青春十年したい放題《ほうだい》。今や白髪《しらが》のめだつ中年になって、禅寺のほとりにたたずめば、茶の葉を煎《い》る煙が花びらを散らす風に、ゆらゆらと立ちのぼる）

漢[1]江 （漢江《かんこう》） 杜牧《とぼく》 **〈七言絶句〉**

溶[2]溶漾[3]漾白鷗飛ブ●　　溶溶漾漾白鷗飛《ようようようようはくおうと》ぶ

緑浄ク春深ク好シレ染ムルニレ衣ヲ●　　緑《みどり》浄《きよ》く春深《はるふか》く衣《い》を染《そ》むるに好《よ》し

豊かにたゆたい流れる漢水、そのゆらゆらとゆれる水面を、真っ白な鷗が飛んでゆく。

川辺(かわべ)の緑はみずみずしく、春はようやくたけなわで、私の衣を染めてしまうかのようである。

南[4]去北來人自《カラ》老《ユ》
夕陽長《ク》送《ル》釣船《ノ》歸《ルヲ》●

南去北来《なんきょほくらい》人《ひと》自《おのず》から老《お》ゆ
夕陽《せきよう》長《なが》く送《おく》る釣船《ちょうせん》の帰《かえ》るを

南へ、また北へと行き来しているうちに、人はいつか年老いてしまうものだ。夕陽は見守るかのように、いつまでもいつまでも、家路につく釣り船を包んでいる。

1. 漢江　川の名。漢水ともいう。陝西省《せんせいしょう》西部に源を発して、東流して武漢《ぶかん》で長江に注ぐ。**2. 溶溶**　水量が豊かで、ゆったりとしている様。**3. 漾漾**　水面がゆらゆら動く様。**4. 南去北来**　南へ行ったり、北に行ったりすること。「南北去来」の互文《ごぶん》。

《鑑賞》　広々とした漢水のほとりにたたずみ、心中に湧《わ》き起こる感懐をうたった作品である。

まず、漢水の川べりの春景色をうたう。漢水は、詩の世界では、「花《はな》は垂楊《すいよう》に映《えい》じて漢水清《かんすいきよ》し」〈常建《じょうけん》「宇文六《うぶんろく》を送《おく》る」〉（357頁）というように、常に清らかなイメージでとらえられている。ここでも、あくまでも清く澄みきった川面《かわも》である。それが、陽《ひ》の光に映《は》えてゆらゆらと揺れる。「溶溶」と「漾漾」という畳語《じょうご》の形容詞を並べることによって、その感じをうまくとらえている。白い鷗、緑の川べりのみずみずしさが、漢水の春の風情を描き出す。だが、何よりも気のきいた表現は、「衣を染むるに好し」である。その春の深さは、自分の衣を染めてしまうかのようだ。いやそればかりではない、心の中までも染めてしまいそうだ。

川辺《かわべ》の春景色にくぎづけされたようにたたずみながら、やがて詩人は、そこにひたり切れない何かに気づく。それは、確実に訪れくる老いの思いである。南へ行ったり、北へ行ったりしているうちに、人はおのずと年老いていくものである。ふと気がつくと、夕日が、いつまでも漁舟《ぎょしゅう》を送るように、赤い光を投げかけている。それは、いつも変わることのない、春の夕暮れの一コマにすぎないが、それはまた、永遠に変わることのない自然の営みの姿でもある。大自然の大いなる営みの中で、ポツリと取り残されたような詩人の後ろ姿が印象的である。


《補説》 緑、白、そして夕日の赤と、ハッとするような色彩の対比がなされていて、読む者に深い印象を与える。以下の「江南《こうなん》の春《はる》」「山行《さんこう》」(547頁)と共に、杜牧の色彩感の鋭さには注意したい。

晩唐の詩人は、夕日に対する思い入れが深い。李商隠《りしょういん》の「楽遊原《らくゆうげん》」(568頁)もその例である。

江[1]南ノ春 (江南《こうなん》の春《はる》)　杜牧《とぼく》　**〈七言絶句〉**

千里鶯[2]啼イテ緑[3]映ズレ紅ニ●
千里《せんり》鶯《うぐいす》啼いて緑《みどり》紅《くれない》に映《えい》ず

水[4]村山[5]郭酒[6]旗ノ風●
水村山郭酒旗《すいそんさんかくしゅき》の風《かぜ》

南[7]朝四[8]百八十寺
南朝四百八十寺《なんちょうしひゃくはっしんじ》

見わたすかぎり広々とつらなる平野の、あちらからもこちらからも、うぐいすの声が聞こえ、木々の緑が花の紅と映じ合っている。

水辺の村や山ぞいの村の酒屋のめじるしの旗が、春風になびいている。

一方、古都金陵(きんりょう)には、南朝以来の寺院がたくさんたち並び、

多[9]少ノ楼[10]臺煙[11]雨ノ中●

多少《たしょう》の楼台煙雨《ろうだいえんう》の中《うち》

その楼台が春雨（はるさめ）の中に煙っている。

1. **江南**　長江下流の南の地方。江蘇省《こうそしょう》南部、安徽省《あんきしょう》の一部、および浙江省《せっこうしょう》北部にわたる一帯の地。杜牧がその青春時代を過ごした北の揚州あたりまでも含まれる。2. **鶯**　コウライウグイス。日本のウグイスよりも大きくて黄色い。高く澄んだ声で鳴く。3. **緑映レ紅**　木々の緑が花の赤に映《うつ》りあっている。柳の緑、桃花の紅《くれない》を考えればよい。4. **水村**　川のほとりにある村落。5. **山郭**　山すその村。中国では町も村も城郭をめぐらしている。城は内側の囲い、郭は外側の囲い。ここの郭は、その外側の囲いのことであるが、同時に村を指している。6. **酒旗**　酒屋が看板にしているのぼり。青または白の布を竹竿《たけざお》につけてある。酒旆《しゅはい》、酒帘《しゅれん》ともいう。7. **南朝**　この地方に国をたもち、建康《けんこう》（現在の江蘇省南京《ナンキン》市、唐代には金陵《きんりょう》といった）に都をおいた、宋《そう》・斉《せい》・梁《りょう》・陳《ちん》の王朝（四二〇～五八九）をいう。その前の呉《ご》・東晋《とうしん》の両王朝を加えて、六朝《りくちょう》ともいう。貴族が勢力を持ち、仏教が栄えた時代。8. **四百八十寺**　「十」をシンと読むのは、もし、ジュウ（入声《にっしょう》）と読むと、平仄《ひょうそく》の配列が「南朝四百八十寺」（○が平《ひょう》、●が仄《そく》）となり、下五字が連続して仄声《そくせい》になってしまい、望ましくない。そこで、「十」にはシン（諶《しん》・平声《ひょうせい》）の音があることから昔からシンと読んでいる。白居易《はくきょい》の詩にも「緑浪東西南北路、紅欄三百九十橋」という句例がある。その数については、『南史《なんし》』の「郭祖深《かくそしん》伝」に、「都下《とか》の仏寺《ぶつじ》五百余所《ごひゃくよしょ》……僧尼《そうに》十余万《じゅうよまん》……」という記述もあるが、だいたいの数をいったもので、実数ではない。当時七百余の寺院があった、とする説もある。9. **多少**　多くの。「多」に意味の重点がある。10. **楼台**　「楼」は二階以上の建物。「台」は、高く盛った土台の上に建てたもの。ここでは、寺院の塔や鐘楼《しょうろう》などの高い建物を指す。11. **煙雨**　もやのような春雨《はるさめ》。

《鑑賞》 江南地方の春をよみこんだ詩である。前半は晴天の農村風景。後半は雨の古都のたたずまい。

第一句は、まず、「千里鶯啼いて」と、大きな景色をとらえる。見わたすかぎりの緑と紅の世界。その広がりの中で、春告げ鳥といわれるコウライウグイスが、高らかに鳴く。視覚と聴覚の両面から、江南地方特有の明るい春をうたいこむ。

第二句は、近景である。そこかしこにはためく酒屋ののぼり―酒旗。この酒旗こそ、この詩のポイントである。村々のさまざまな春景色の中で、作者が着目したのが、このハタハタと春風にひるがえる青いのぼり。何気ないようでいて、実は鋭い着眼である。

後半は一転して、春雨にけぶる古都の風景である。唐代の人々にとって、「南朝」ということばには、古き良き時代というイメージがある。風流な貴族たちが、はなやかな文化を誇った時代、とくに梁代には絢爛《けんらん》たる仏教文化が栄えた。今はそれから三百年の歳月がたち、かつての繁栄はうたかたのごとく消え、ただ、今も残る多くの堂塔や伽藍《がらん》にそのおもかげをしのぶばかり。その楼台が、春雨の中にボーッとかすんでいる。

この詩は、前半と後半では天候も背景も大きく異なっているが、これは矛盾《むじゅん》なのであろうか。そうではない。ここで、あらためて「江南《こうなん》の春《はる》」という題に注目したい。つまり杜牧は、この二十八字の詩の世界に、「江南の春」ということばによって思い浮かべられる、すべてのイメージをうたいこんだのである。前半と後半はバラバラなのではない。明るい農村の風景と懐古のムードとが渾然一体《こんぜんいったい》となって、江南地方の春の情景を描き出して余すところがない。


《補説》 題は、「江南の春」として知られているが、「江南春《こうなんしゅん》 絶句《ぜっく》」、「江南道中《こうなんどうちゅう》にて春望《しゅんぼう》す」となっているものもある。

芭蕉《ばしょう》の高弟である服部嵐雪《はっとりらんせつ》に、「鯊《はぜ》つるや水村山郭酒旗《すいそんさんかくしゅき》の風《かぜ》」の句がある。この詩にもとづく。
▽●印は押韻を示す。140頁参照。

山[1]行（山行《さんこう》）　杜牧《とぼく》　〈七言絶句〉

遠ク上レバ二寒[2]山ニ一石[3]徑斜ナリ●
白[4]雲生ズル處有リ二人家●一
停メテレ車[5]ヲ坐[6]ニ愛ス楓林ノ晩
霜[7]葉ハ紅ナリ二於二[8]月ノ花●ヨリモ一

遠《とお》く寒山《かんざん》に上《のぼ》れば石径斜《せっけいなな》めなり
白雲生《はくうんしょう》ずる処《ところ》　人家《じんか》有《あ》り
車《くるま》を停《とど》めて坐《そぞろ》に愛《あい》す楓林《ふうりん》の晩《くれ》
霜葉《そうよう》は二月《にがつ》の花《はな》よりも　紅《くれない》なり

遠く、もの寂しい山に登っていくと、石ころの多い小道が斜めに続いている。そして、そのはるか上の白雲が生じるあたりに、人家が見える。車を止めさせて、気のむくままに夕暮れの楓（かえで）の林の景色を愛（め）でながめた。霜のために紅葉した楓の葉は、春二月ごろに咲く花よりも、なおいっそう赤いことであった。

1. 山行　山歩き。**2. 寒山**　秋になって木の葉が枯れ落ちたもの寂しい山。**3. 石径**　石の多い小道。「径」は小道。**4. 白雲**　山の峰のあたりに湧《わ》く白雲。**5. 車**　石の多い山道を登るのに、車を使うのはふさわしくない、として、「轎《きょう》（山かご）」ではないかとする説があるが、そんなに高い山を考えなければよい。**6. 坐** わけもなく。なんとはなしに。**7. 霜葉** 霜によって紅葉した楓《かえで》の木の葉。**8. 二月花** 二月は旧暦の二月で、現在の三、四月ごろ。桃の花などの盛りのころである。桃の花は紅《あか》い、とされている。「於」は、比較を表す。「二月」を漢音によって「ジゲツ」と読むこともある。

《鑑賞》 秋のもの寂しい一日、山を歩いて美しい紅葉を賞した作品である。

まず、俗世間を離れた高雅な境地をうたう。そのポイントとなるのは第二句の「白雲」である。この白雲は、ただの白雲ではない。例えば、王維《おうい》の「送別《そうべつ》」（174頁）の詩に「白雲《はくうん》尽くる時無《ときな》し」というように、隠逸《いんいつ》の世界を取りまく点景の一つである。山の峰あたりに湧く白雲を描くことによって、高尚な雰囲気《ふんいき》が漂うのだ。その白い雲をバックにして、点のように見える黒い人家（白と黒の色彩効果は、いかにも杜牧らしい巧みなものである）は、必ずや隠者の住まいであろう。白雲は、決して、谷から湧く雲や、人家から立ちのぼる炊事の煙などではない。このように考えてはじめて、後半の風流が生きてくるのである。

だが、何といってもこの詩の最大の妙味は、霜にうたれて色づいた楓の葉を、二月の春の盛りの花よりもさらに赤いと言い放った奇想天外さにある。この句が有名となった今だからこそ、当たり前のような気がするのだが、この句を見た当時の人々は、たぶんアッと驚いたであろう。春の盛りに咲く花の赤さと、夕日に照り映《は》える楓の葉の赤さという、全く異質なものを比較してみせたその意外性、いわれてみてはじめてわかるその対比の妥当性、これがこの詩の生命である。また、蕭条《しょうじょう》とした秋の山（寒山の寒の字がきいている）の、白雲と紅葉の対比のあざやかさも、まことに心にくいばかりである。

《補説》 この詩の第四句から、のちに楓のことを「紅於《こうお》」と呼ぶようになった。現代中国の小説家茅《ぼう》盾《じゅん》に、『霜葉紅似二月花（霜葉《そうよう》は二月《にがつ》の花《はな》よりも紅《くれない》なり）』という作品がある。また、芭蕉《ばしょう》の門人である風鈴軒《ふうりんけん》の「小車《おぐるま》やそぞろに愛《あい》す花《はな》の時《とき》」の句は、この詩にもとづく。

泊ス二秦[1]淮ニ一（秦淮《しんわい》に泊《はく》す） 杜《と》牧《ぼく》 **〈七言絶句〉**

煙[2]ハ籠[3]メ二寒[4]水ヲ一月[5]ハ籠ムレ沙ヲ●
夜泊シテ二秦淮ニ一近シ二酒[6]家ニ一●
商[7]女ハ不レ知ラ亡[8]國ノ恨
隔テテレ江ヲ猶ホ唱フ後[9]庭花●

煙《けむり》は寒水《かんすい》を籠《こ》め月《つき》は沙《すな》を籠《こ》む
夜《よる》秦淮《しんわい》に泊《はく》して酒家《しゅか》に近《ちか》し
商女《しょうじょ》は知《し》らず亡国《ぼうこく》の恨《うらみ》
江《こう》を隔《へだ》てて猶《な》お唱《とな》う後庭花《こうていか》

夕もやは、秦淮河の冷たい水の上にたちこめ、月の光は白々と川岸の砂を照らす。

この夜、秦淮河に舟泊まりをしたのだが、川の向こうは料亭であった。

妓女（ぎじょ）たちは、昔このあたりに都があった陳の国の亡国の恨みがこもる歌だとは知らずに、いまなお、玉樹後庭花の曲を歌ってさんざめいている。

1．**秦淮** 秦《しん》代に作られた運河の名。江蘇省句容県《こうそしょうくようけん》の北、および溧水県《りっすいけん》の東南に源を発し、南京《ナンキン》の東南で城中に入り、西方に流れ出て長江にそそぐ。昔、秦の始皇帝《しこうてい》が金陵《きんりょう》（今の南京）に天子の気があると聞いて、山を切り開き、淮水《わいすい》を通じたことから、この名がある。両岸には妓楼《ぎろう》があり、画舫《がぼう》（絵をかいたり、色をぬったりして美しく彩った酒宴用遊覧船）を浮かべて楽しんだりした、風流繁華《ふうりゅうはんか》の地であった。**2.煙**　もや、夜霧。**3.籠**　たちこめる。すっぽりと包む。**4.寒水**　冷たい水。寒々とした川の流れ。ここは、秦淮《しんわい》の河水を指す。**5.月籠レ沙**　月光が白く照らし、白い砂地と区別がつかないことをいう。**6.酒家**　料亭。**7.商女**　酒をすすめ、歌舞をして客の興《きよう》をたすける妓女《ぎじよ》。**8.亡国恨**　国を自ら亡ぼした陳《ちん》の後主《こうしゆ》の恨み。**9.後庭花**　「玉樹後庭花《ぎよくじゆこうていか》」という歌曲名の略。作者は陳の後主―陳叔宝《ちんしゆくほう》（五八三～五八九在位）で、歌辞《かじ》ははなはだ艶麗《えんれい》である（566頁補説参照）。陳の後主は、日夜酒色にふけり、政事をかえりみなかったため、ついに隋《ずい》に滅ぼされてしまった。

《鑑賞》　まず第一句のうたい出しが、印象的である。晩秋の一夜、寒々とした水面にもやがたちこめ、白々《しらじら》とした月の光が砂浜を照らしている。「籠」ということばを連用したことで、すっぽりとそこだけを包みこんだような、しっとりした雰囲気《ふんいき》がかもし出される。月の光は、もやのカーテンを通して砂に白く光る。さえざえとした、痛いような砂漠の戦場の月の光とは、あきらかに異なる。つまり、この句によって、後半のため息のムード作りがなされているのである。

詩人は今宵《こよい》、この秦淮河に画舫を浮かべて、一夜を過ごす。向こう岸の料亭では宴会をしているらしい。赤い灯の光がチラチラと水面にゆれ、管弦に合わせて歌声が聞こえてくる。やるせない心地。ふと、聞くともなしに聞いていると、聞こえてくるのは、かの陳の後主の「玉樹後庭花」ではないか。陳の後主といえば、六朝《りくちよう》最後の皇帝。詩歌音曲の才に恵まれ、きらびやかな宮廷の遊びにうつつをぬかし、ついには隋の軍隊に捕らわれの身となった。怒濤《どとう》のような隋の軍勢の襲来の前になすすべも知らず、ただ束《つか》の間の歓楽に酔いしれ、国を滅ぼした陳の後主、その亡国の恨みのこもる「後庭花」を、思いがけずも昔の都の地で、晩秋の夜に聞いている。なんともいえないため息。甘美な哀愁の詩である。陳が滅んでから、すでにおよそ二百五十年の歳月が流れている。

《補説》詩題を、単に「秦淮」とするものもある。陳の後主と後庭花をうたったものとしては、同じく晩唐の李商隠《りしょういん》の「地下《ちか》にて若《も》し陳《ちん》の後主《こうしゅ》に逢《あ》わば、豈《あ》に宜《よろ》しく重《かさ》ねて後庭花《こうていか》を問《と》うべけんや」〈隋宮《ずいきゅう》〉（563頁）の句が有名。

清[1]明（清明《せいめい》）　杜牧《とぼく》　〈七言絶句〉

清明ノ時節雨紛[2]紛●
路上ノ行[3]人欲ス㆑斷[4]タント㆑魂ヲ●
借[5]問ス酒[6]家ハ何レノ處ニカ有ル
牧[7]童遙カニ指サス杏[8]花ノ村●

清明《せいめい》の時《じ》節《せつ》雨《あめ》紛紛《ふんぷん》
路上《ろじょう》の行人《こうじん》魂《こん》を断《た》たんと欲《ほっ》す
借問《しゃもん》す酒家《しゅか》は何《いず》れの処《ところ》にか有《あ》る
牧童《ぼくどう》遥《はる》かに指《ゆび》さす杏花《きょうか》の村《むら》

春の盛りの清明節だというのに、折からこぬか雨がしきりに降っている。その雨は、道行く旅人であるわたしの心をすっかり滅入(いめ)らせてしまう。「すまんが、酒を売る店は、どちらの方にあるのかな」するると、牛飼いの子があっちの方だよ、と指さした。そのかなたには、白い杏(あんず)の花咲く村が。

1. 清明　季節を示す二十四節気《にじゅうしせっき》の一つ。春分から十五日目をいう。陽暦の四月五日ごろにあたる。墓参りなどをしに、野歩きをするのが習い。**2. 紛紛**　雨や雪などが、粉が舞うように入り乱れて降る様。**3. 行人**　道行く人。ここでは、作者自身を指す。**4. 断㆑魂**　心がひどく滅《めい》入ること。**5. 借**

問　ちょっとおたずねしたい、の意。唐詩でよく使われることば。**6．酒家**　酒を売る店。村々にある、ちょっとした居酒屋。**7．牧童**　牛などの世話をする子ども。**8．杏花**　アンズの花。三月ごろ、白あるいはピンクの花が咲く。

《鑑賞》　清明節《せいめいせつ》がやってくると、春はもう盛りである。中国の春景色といえば、たいていの場合、まず「柳は緑、花は紅《くれない》」である。つまり、詩の題としてうたわれるのは、柳の新芽のみずみずしい緑と、桃の花の目にも鮮やかな赤の取り合わせが多い。しかし、ここでは霧のように降る雨と、その中にボーッと浮かびあがる、やわらかな杏《あんず》の花をうたう。この着眼は、だれよりも杜牧のものである。

江南の春は雨が多い。その雨も、ザァーザァーと降るのではなく、音もなく、薄絹のカーテンをたらしたようにけぶるのである。清明のころにはよく雨が降るものだ。晴れていれば、浮き浮きする野歩きも、花もぬれそぼち、鳥も鳴かず、気が滅入るばかり。ここでは、色鮮やかなごくありふれた春景色がすべて、雨のカーテンの中にとざされている。

通りすがりに、ふと牛をつれてやってくる少年に出会う。牧童は、のどかな田舎の点景としてよくうたわれる。孟浩然《もうこうねん》にも、「鋤《すき》を荷《にな》いて牧童《ぼくどう》に随《したが》う」の句がある。トコトコとのんびり牛を追いながらやってきた。そういえば、のどもすっかり渇いている。体もすっかり冷えてしまった。呼びとめて酒屋のありかをたずねると、少年は黙って向こうの村を指さした。目をあげて見ると、たぶん杏の花だろう、ボーッとうす明るくなっている。その美しさに思わず見とれ、そしてその明るさに、身も心も少しずつ暖まっていくような気がしてきた。

前半が雨にとざされているだけに、最後の杏の花が救いになるのである。この花が桃のように濃い色では、気分はそこなわれる。あくまでも、淡い色の花でなければならない。これもまた、春のムードの一つであろう。この詩の見どころは、何といってもこの第四句「牧童遥かに指さす杏花の村」にある。

赤壁[1]（赤壁《せきへき》）　杜牧《とぼく》　〈七言絶句〉

折[2]戟沈ンデレ沙ニ鐵未ダレ銷セ[3]●
自カラ[4]將ツテ二磨洗ヲ一認ム二前[5]朝ヲ一●
東風不ンバ下與ニ二周[6]郎ガ一便ナラ上
銅[7]雀春深ウシテ鎖サン二二[8]喬ヲ一●

折戟《せつげき》沙《すな》に沈《しず》んで鉄《てつ》未《いま》だ銷《しょう》せず
自《おの》ずから磨洗《ません》を将《も》って前朝《ぜんちょう》を認《みと》む
東風《とうふう》周郎《しゅうろう》が為《ため》に便《べん》ならずんば
銅雀《どうじゃく》　春深《はるふこ》うして二喬《にきょう》を鎖《とざ》さん

折れたほこが、川岸の砂にうずもれて、その鉄がまだすりへっていない。そこで、その折れたほこを手にとって、水洗いしてみがくと、それはまさしくあのころのものであった。もし、東風が呉の周瑜（しゅうゆ）のために吹いてくれなかったならば、あの曹操（そうそう）のために、春も深いころ、絶世の美女である喬姉妹は、捕らえられて手ごめにされていたであろう。

1. 赤壁　古戦場。現在の湖北省蒲圻県《こほくしょうほきけん》西北にある。長江の南岸にあり、三国時代に呉の周瑜《しゅうゆ》、蜀《しょく》の劉備《りゅうび》が連合し、魏《ぎ》の曹操《そうそう》の百万の水軍を打ち破ったところとして有名である。蜀の諸葛孔明《しょかつこうめい》が、風乞《ご》いをしたところ、その効験《こうげん》があったのか、ちょうど東風が吹く。そこで油をかけた薪《まき》に火をつけて船に積み、上流から攻めて来る魏の水軍に突っこませて、全滅させたという。古来、さまざまな人々がこの地を訪れては、懐古の作品を残した。中でも、宋《そう》の蘇軾《そしょく》（615頁）の「赤壁《せきへき》の賦《ふ》」が有名だが、彼が遊んだところは、湖北省黄岡県《こうこうけん》にある景勝地で、ここよりもう少し下流にある。**2.折戟**　折れたほこ。「戟」はひっかけたり、突いたりすることのできるほこ。**3.銷**　少しずつ削られてすりへる。**4.将**　手で持つ。**5.前朝**　前の時代、ここでは六朝《りくちょう》時代を指す。**6.周郎**　呉の周瑜（一七五〜二一〇）。当時二十四歳の若大将だったので、周郎と呼ばれた。**7.銅雀**　台の名。建安十五（二一〇）年、曹操が、魏の都であった鄴《ぎょう》（河北省臨漳県《かほくしょうりんしょうけん》の西）に建てたもの。屋根の上に、銅製の孔雀《くじゃく》がのせてあったことから名付けられた。**8.二喬**　荊州《けいしゅう》の橋公《きょうこう》の二人の娘。二人とも絶世の美人で、姉を孫《そん》策《さく》（孫権《そんけん》の兄）が、妹を周瑜が手に入れて側室《そくしつ》とした。後に「橋」を誤って「喬」とし、「二喬」と呼ばれることになった。

《鑑賞》　まず、第一句のうたい出し「折戟沙に沈んで鉄未だ銷せず」が、人の意表をつく。赤壁を題材とする詩文は古来少なくない。普通それらは、まず赤い色をした崖《がけ》が連なる異様な風景に注目して、そこからうたい出し、日暮れにいにしえをしのぶ、という趣向が多いのである。そのマンネリズムを打ち破るかのように、砂にうずまる折れたほこから詩は始まる。

赤壁の戦いから、杜牧がこの詩を作った時代まで、すでに六百年近い歳月が流れている。しかし、その折れたほこは、まださびきっていない、という。これは、理屈からすれば不自然であろう。だが、この地に足を踏み入れたとたん、杜牧は六百年という歳月を遥《はる》かに飛び越えて、その場の人となり、ブルッと身震いをしたのである。そして、そのほこを手にとって水際《みぎわ》に行き、長江の水に洗い清めてみると、果たしてその時のものであった。第一・二句の鮮やかな臨場感を生み出す手ぎわは、やはり杜牧のものである。杜牧本人の心臓の高鳴りと、その空想の中でくり広げられる戦いの雄叫《おたけ》びとどよめきとが聞こえるかのようである。

後半は、いっそうおもしろい。あの魏の水軍を焼き打ちにした東風が周瑜の味方をしなかったならば……という仮定法が使われる。もし、東風が吹かなかったならば、きっと絶世の美人である喬の姉妹は、あの色好みといわれた曹操に手ごめにされていただろう。この発想は、当時の人々に人気の高かった周瑜を負けさせて悪玉の代表のような曹操に勝たせたらどうなるか、という一種サディスティックなおもしろみをねらったものである。それだけに、当時の人々は、これを読んでアッと驚いたに違いない。この歴史の事実をひっくり返す仮定法は、前出の「烏《う》江亭《こうてい》に題《だい》す」(538頁)にも使われているが、ふつうは、項羽《こうう》が負けなかったらとか、義経《よしつね》が生きていたら、というようによい方に想像する。この詩はその点、劇的なドンデン返しになっている。さらには、春風と美女、それに加えて、若くりりしい周瑜と色好みの狒々爺《ひひじじい》である曹操という取り合わせも、また絶妙である。

《補説》 赤壁の戦いの話は、後世に下るにつれてさらにふくらみ、ついには『三国志演義《さんごくしえんぎ》』という小説の一大見せ場となる(吉川英治《よしかわえいじ》の『三国志』はこの小説にもとづく)。杜牧は、こうした民衆の間に根をおろした伝承を、たくみに詩に取り入れているのである。通俗小説的な詩の世界、というところだ。

贈別　(贈別《ぞうべつ》)　杜牧《とぼく》　〈七言絶句〉

多[1]情ハ却[2]ッテ似タリ總テ無[3]情ナルニ●

多情《たじょう》は却《かえ》って似《に》たり総《すべ》て無情《むじょう》なるに

物事に、ひどく感じやすい心というものは、つまるところ、何事にも感じない心と同じようなもの。

惟ダ覺ユ罇4前笑ノ不ルヲ㆑成ラ●
蠟燭有5リテ㆑心還タ惜ミ㆑別レヲ
替6ツテ㆑人ニ垂7レテ㆑涙ヲ到ル㆓天8明ニ㆒●

惟《た》だ覚《おぼ》ゆ罇前《そんぜん》笑《わらい》の成《な》らざるを
蠟燭《ろうそく》心《こころ》有《あ》りて還《ま》た別《わか》れを惜《お》しみ
人《ひと》に替《かわ》って涙《なみだ》を垂《た》れて天明《てんめい》に到《いた》る

どうにか気づいたのは、別れの酒を前にして、自分の顔がこわばって、笑うことができないことだ。ろうそくにも、わたしの別れの悲しみがわかって、同情して別れを悲しみ、わたしのためにろうの涙を流して、とうとう夜明けになってしまったことよ。

1.多情　物事に感じやすいこと。**2.却**　かえって。驚いたことには。話し手の予想と、その結果としての現実とにズレがあることを確認する気持ちを表す。**3.無情**　物事に感じる心がまるでないこと。**4.罇**　やきもので作った酒樽《さかだる》。**5.有㆑心**　「心」とろうそくの「芯《しん》」とを掛けて言ったもの。**6.替**　身代わりとなって、という意味と、……のために、という意味があるが、ここではそのいずれでも通じる。**7.垂㆑涙**　ろうそくから、とけてつたわり落ちるろうの様子を、人が涙を流すことにたとえている。**8.天明**　夜明け。早朝。

《鑑賞》　ろうそくのたれたろうを涙にたとえる（蠟涙《ろうるい》という）ことは、すでに六朝《りくちょう》にも用例がある。杜牧の狙いは、巧みな比喩《ひゆ》が用いられている後半ではなく、むしろ前半二句にある。親しい人との別れに臨んでの悲しさを、どのように表現するか。これは古くて新しい永遠のテーマである。「多情は却って似たり総て無情なるに」。これまで、物事に感じる心が多いということは、限りなくどこまでも悲しみが深まるものだ、と信じて疑わなかった。しかし、今日この別れの宴に臨んで、初めて悟った。悲しみがありに深まって、ある極点を通り越してしまうと、それは一転して、全くの無感動状態に陥ってしまうのだ。だから、泣くことはおろか笑うことさえできないで、無表情のままに、ただボーッと座って、酒を口に運んでいるにすぎない自分がいる。この悲しみの表現は、杜牧の新しい発見である。

後半は、前半を巧みに受ける。この深い悲しみによって無感動状態にいる自分に代わって、ろうそくは泣いてくれているのだ。その証拠には、燃える芯からたれるろうが、まるで涙のように、少しずつ少しずつこぼれて、したたり落ちているではないか。そんなろうそくの炎を眺《なが》めながら、ただおし黙って向かい合い、とうとう夜を明かしてしまったのだ。

《補説》 杜牧の「贈別」の詩は二首残されており、ここでは第二首を採ったので、第一首を紹介しておく。ともに江南にいたころの作である。

「娉娉嫋嫋十三余／豆蔻梢頭二月初／春風十里揚州路／捲㆓上珠簾㆒総不㆑如（娉娉《へいへい》嫋嫋《じょうじょう》たり十三余《じゅうさんあま》り、豆蔻《とうこう》の梢頭《しょうとう》二月《にがつ》の初《はじめ》、春風十里《しゅんぷうじゅうり》揚州《ようしゅう》の路《みち》、珠簾《しゅれん》を捲《ま》き上《あ》げるも総《すべ》て如《し》かず）」

この詩からすれば、杜牧が別れを悲しんだ相手は、揚州で知り合った、まだ幼い表情の残る美しい少女の芸妓《げいぎ》であったと考えられる。若く楽しかった揚州の思い出と、とうとう別れなければならなかった少女との恋の甘酸っぱい記憶が、この二首の詩の中で交錯しあって、一種たとえようもなく美しい世界をつくり出している。これまた杜牧独特の世界に違いない。

于武陵《うぶりょう》

〔晩唐〕（八一〇～？）

名は鄴《ぎょう》。字《あざな》である武陵で呼ばれることが多い。杜曲《ときょく》（陝西省西安市《せんせいしょうせいあんし》の南郊）の人。

宣宗《せんそう》の大中《たいちゅう》（八四七～八六〇）年間に進士に及第したが、役人づとめが性に合わず、琴と書物をたずさえて諸国を歴遊した。そのために、残されている作品には、旅に出ている孤独、南の地方をさすらう悲しみなどをうたったものが多く見られる。

于武陵は、洞庭湖《どうていこ》、湘江《しょうこう》一帯をめぐり、その地の風物をこよなく愛した。のちに、嵩山《すうざん》（河《か》南省洛陽市《なんしょうらくようし》の南）にこもって隠遁《いんとん》した。

この詩は、『唐詩選』にも採られた傑作で、彼の名は、これによって伝えられる、といえよう（ただし、『全唐詩』には武瓘《ぶかん》の集にも入れられている）。いわば「漂泊《ひょうはく》の詩人」である作者が、どちらかといえば淡々と人生の一コマをうたった作品である。

勸《ム》レ酒《ヲ》（酒《さけ》を勧《すす》む）　于武陵《うぶりょう》　〈五言絶句〉

勸《ム》レ君《ニ》金[1]屈巵●
滿[2]酌不[3]レ須《ヒ》レ辭《スルヲ》●
花發[4]《ケバ》多《シ》二風雨一

君《きみ》に勧《すす》む金屈巵《きんくつし》
満酌《まんしゃく》辞《じ》するを須《もち》いず
花発《はなひら》けば風雨《ふうう》多《おお》し

さあ、この金色に輝く杯、心をこめて一献さしあげよう。
なみなみと注がれた酒。これを前にして、もう十分だとことわりなさるな。
花が咲いたら嵐が来るのは、この世のならい。

人生足[5]ル㆓別離㆒●

人生別離《じんせいべつり》足《た》る

ほんとうにまあ、人生というものは、別れにみちみちていることだ。

1. 金屈卮　黄金色をした酒杯。「屈」というのは、その把手《とって》が折れ曲がったように伸びているため。**2. 満酌**　なみなみと酒杯に注がれた酒。**3. 不ㇾ須**　……する必要がない。**4. 発**　花が開く。**5. 足**　十分にあること。「満」と同じ。

《鑑賞》　この詩を、別れの酒をすすめる詩とする説もあるが、ここでは採らない。むしろ、題に示されるように、酒をすすめること自体に重点があると見る。したがって、今、目の前にくりひろげられている酒宴は、あくまでも心楽しいものである。

「金屈卮」、ピカピカに光った、豪華な酒杯である。酒もたっぷりと注《つ》ぎこんである、さあ、飲み干したまえ。この「金」と「満酌」の「満」の字が、精一杯楽しもう、というこの酒盛りの雰囲気《ふんいき》をよく伝える。酒杯になみなみとたたえられた酒が、目に浮かんでくるようだ。

転句では、さらに、あたりに一面の色とりどりの花が出てくる。ここで歓楽は頂点に極まり、この快楽は永遠に続くものではない、という哀傷がきざす。漢の武帝の「秋風《しゅうふう》の辞《じ》」（26頁）の、「歓楽極《かんらくきわ》まりて哀情《あいじょう》 多《おお》し」と同じ趣向である。満開の花には嵐がつきもの、こうやって酒を飲む楽しさも、やがては別れ別れになって終わる、それが人生さ、と達観したような口ぶりの裏に、無限の哀愁《あいしゅう》がただようのである。

《補説》　わが国の頓阿《とんあ》法師《ほうし》に、「世の中はかくこそありけれ花ざかり山風吹きて春雨ぞ降る」の歌があるが、この詩にもとづいたものといわれている。

井伏鱒二《いぶせますじ》氏による訳詩が、その著『厄除《やくよ》け詩集《ししゅう》』に収められているので次に紹介する。〈コノサカヅキヲ受ケテクレ／ドウゾナミナミツガシテオクレ／ハナニアラシノタトヘモアルゾ／「サヨナラ」ダケガ人生ダ〉

晩年に湘江一帯をさすらう悲しみをうたった詩を、一首紹介しておく。題は、「夜泊㆓湘江㆒（夜湘江《よるしょうこう》に泊《はく》す）」

「北風吹㆓楚樹㆒／此地独先秋／何事屈原恨／不㆘随㆓湘水㆒流㆖／涼天生㆓半月㆒／竟夕伴㆓孤舟㆒／一作㆓南行客㆒／無㆑成空白頭（北風楚樹《ほくふうそじゅ》を吹《ふ》き、此地《このち》独《ひと》り先《ま》ず秋《あき》なり、何事《なにごと》か屈原《くつげん》の恨《うら》み、湘水《しょうすい》に随《したが》いて流《なが》れず、涼天半月生《りょうてんはんげつしょう》じ、竟夕孤舟《きょうせきこしゅう》を伴《とも》なう、一《ひと》たび南行《なんこう》の客《かく》と作《な》り、成《な》る無《な》くして空《むな》しく白頭《はくとう》）」

楚樹は、南方の楚の地方の樹木。屈原《くつげん》は、洞庭湖（湘江が流れこんでいる湖）のほとり、汨羅《べきら》に身を投じて死んだ。竟夕は、一晩中ずっと。最後の二句「一たび南行の客と作り、成る無くして空しく白頭」（南方をさすらう旅人となって、ついに何事もなしとげないままにしらが頭となってしまった）には、作者の万感の思いがこめられている。かつて、楚の朝廷を追われ、このあたりをさまよった屈原の姿に、自分の影を重ね合わせ、深い悲しみをうたっている。

▽「起承転結」については132頁参照。

李商隠《りしょういん》

〔晩唐〕（八一三〜八五八）

字《あざな》は義山《ぎさん》。号は玉谿生《ぎょくけいせい》。懐州河内《かいしゅうかだい》（河南省沁《かなんしょうしん》陽県《ようけん》）の人。若いころから、天平軍節度使《せつどし》であった令狐楚《れいこそ》の知遇《ちぐう》を得《え》、その巡官《じゅんかん》となったりしたが、進士に及第すると、こんどは楚《そ》の政敵である王茂元《おうもげん》の娘をめとった。そこで、楚の息子の令狐綯《れいことう》が権力を握ると、何かにつけて排斥された。当時朝廷では令狐父子《おやこ》を中心とする牛《ぎゅう》僧孺《そうじゅ》一派と、王茂元が属する李徳裕《りとくゆう》一派による「牛李《ぎゅうり》の党争」という対立抗争の最中であったが、どちらにも属さず不遇な生涯を送った。のち、桂管観察使《けいかんかんさつし》の鄭亜《ていあ》に従って広西《こうせい》へ行き、さらに四川《しせん》へ行ったりしたが、ついに滎陽《けいよう》（河南省）の地で客死した。

晩唐の詩人の中では温庭筠《おんていいん》と並び称される大きな存在で、近体詩の七言律詩に優れている。その作品はきらびやかなことばをつづり、典故のある語をつらね、独特の風格を持っている。それが難解なところから、「獺祭魚《だっさいぎょ》」（かわうそがその獲《と》った魚を並べるように、詩を作る時にやたらに参考書を広げる）と後世の人々に評された。

彼に影響を与えた詩人としては、庾信《ゆしん》・李《り》賀《が》・杜甫《とほ》・韓愈《かんゆ》をあげることができるが、前二者からは味わいを、後二者からは風格を学んだ。特に七言律詩については杜甫の格調がしのばれる。彼が一生涯ほとんど志を得ぬままにすごしたせいか、喜びの詩は少なく、悲しみの詩が多い。北宋《ほくそう》の詩人、楊億《ようおく》・銭惟演《せんいえん》などは彼の詩風を尊び、「西崑派《せいこんは》」と呼ばれた。彼らの詩風を「西崑体」という。『李義山《りぎさん》詩集』三巻、『樊南文集《はんなんぶんじゅう》』八巻などがある。

常娥[1]（常娥《じょうが》）　李商隠《りしょういん》　〈七言絶句〉

雲[2]母屏風燭影深
長[3]河漸落暁星沈
常娥應悔偸靈藥
碧海青天夜夜心

雲母《うんも》の屏風燭影深《へいふうしょくえいふか》く
長河漸《ちょうがようや》く落《お》ちて暁星沈《ぎょうせいしず》む
常娥応《じょうがまさ》に悔《く》ゆべし霊薬《れいやく》を偸《ぬす》みしを
碧海青天夜夜《へきかいせいてんよよ》の心《こころ》

美しくきらびやかな雲母をちりばめたびょうぶに、ともしびが深い影を落としている。夜は更けて、天の川もしだいにうすれ、明けがたの星も消えはじめた。夫に隠れて不老不死の薬を飲み、とうとう月世界へ行ってしまった常娥は、きっとそのことを悔やんでいることだろう。

澄みきった青い海、青い空。それを前にして夜ごと涙にくれていることよ。

1. 常娥　古代伝説中の女性。夫の羿《げい》が仙女《せんにょ》・西王母《せいおうぼ》からもらった仙薬《せんやく》を、こっそり飲んだために身が軽くなり、月世界まで飛んでいって月の女神《めがみ》となった（『淮南子《えなんじ》』覧冥訓《らんめいくん》）。嫦娥《じょうが》、姮娥《こうが》ともいう。**2. 雲母屏風**　表面に雲母《うんも》をちりばめた、きらびやかな屏風《びょうぶ》。**3. 長河**　天の川。長漢、天河、天漢ともいう。

《鑑賞》　難解な詩である。いろいろ説があるが、一応、素直に読んで、愛する男に裏切られた女性の心を古代の伝説上の女性、常娥に託してうたったものと、取っておく。

　雲母をちりばめた屏風。そんな屏風の飾られている部屋は、いうまでもなく女性の部屋である。ともしびをともして、ひっそりと恋人を待ちわびていたが、とうとう思う人はやって来なかった。空は、もう白みかけている。なげやりな気持ちのままに、空をながめると円い月。夫に隠れて薬を飲んだために月世界へ飛んでいったというあの常娥は、きっと今夜のわたしのように、狂おしい気持ちで夜を迎えているに違いない。一説に、この詩は、李商隠を裏切って、さる高官のもとに走った女性に対する恨みをうたったもの、という。そうだとすると、なおさら作中の女性は形をかえた李商隠ということになる。

　それにしても、「碧海青天夜夜心」の句は印象的である。長い長い夜の時間、青い海、青い空、その中に浮かぶ金色の月。人を幻想の世界に誘いこむ不思議な魅力が、ここにはある。

隋[1]宮　（隋宮《ずいきゅう》）　李商隠《りしょういん》　**〈七言律詩〉**

紫[2]泉ノ宮殿鎖シ二煙[3]霞●ニ一
紫泉《しせん》の宮殿煙霞《きゅうでんえんか》に鎖《とざ》し

欲ス下取ツテ二蕪[4]城ヲ一作サント中帝[5]家●ト上
蕪城《ぶじょう》を取《と》って帝家《ていか》と作《な》さんと欲《ほっ》す

玉[6]璽不レバレ縁ラレ帰スニ二日[7]角ニ一
玉璽日角《ぎょくじにっかく》に帰《き》すに縁《よ》らざれば

隋の暴君煬帝（ようだい）は、漢のころから栄華をきわめた地である長安の紫泉宮を捨てて、かすみやもやのたちこめるにまかせ、荒れた古い都の広陵（こうりょう）を、帝都としようとした。天子のみしるしである玉印が、もしも

錦[8]帆應ニシ三是レ到ル二天涯ニ一●
于レテ今ニ腐[9]草ニ無ク二螢[10]火一
終[11]古垂[12]楊ニ有リ二暮[13]鴉一●
地[14]下ニテ若シ逢ハバ二陳[15]ノ後主ニ一
豈ニ宜シクケンヤ三重ネテ問フ二後[16]庭花ヲ一●

錦帆《きんぱん》応《まさ》に是《こ》れ天涯《てんがい》に到《いた》るべし
今《いま》に于《おい》て腐草《ふそう》に蛍火《けいか》無《な》く
終古垂楊《しゅうこすいよう》に暮鴉《ぼあ》有り
地下《ちか》にて若《も》し陳《ちん》の後主《こうしゅ》に逢《あ》わば
豈《あ》に宜《よろ》しく重《かさ》ねて後庭花《こうていか》を問《と》うべけんや

額の中央が盛りあがった（天子の容貌をそなえた）唐の高祖の手にわたらなかったならば、
煬帝の放蕩三昧(ほうとうざんまい)はとどまる所を知らず、錦の帆をかけた船は天の涯(はて)までも走ったことだろう。
今となっては煬帝が蛍をいちめんに放して楽しんだというあたりにも雑草が茂るのみ。
昔と変わることなく、運河沿いのしだれ柳は枝を垂らし、そこに夕暮れの烏も鳴いている。
あの世で、もし煬帝が再び陳の後主に逢うことがあったとしても、
どうして、もう一度「後庭花」の歌と舞を所望(しょもう)することなどできようか。

1. 隋宮 隋《ずい》王朝の第二代皇帝煬帝《ようだい》（楊広《ようこう》）の宮殿。長安の紫泉宮《しせんきゅう》、洛陽《らくよう》の景華宮《けいかきゅう》をはじめとして、贅《ぜい》をきわめた。**2. 紫泉** 隋の都、長安にあった宮殿。かつては紫淵《しえん》と呼ばれたが、唐の高祖李淵《こうそりえん》の諱《いみな》を避けて紫泉とした。**3. 煙霞** かすみともや。**4. 蕪城** 広陵《こうりょう》（揚州《ようしゅう》）のこと。**5. 帝家** 煬帝は江都《こうと》（揚州）を都にしようと考え、長安から揚州までの間に、四十数ヵ所の離宮を置いた。**6. 玉璽**

皇帝の玉印。**7.日角**　額の中央の骨が盛りあがっていること。天子となる相。**8.錦帆**　贅沢《ぜいたく》な錦《にしき》で作った帆《ほ》。煬帝は、きらびやかな遊覧船を作って江都に遊んだ。**9.腐草**　くさった草。古くは、草がくさると蛍に化すと考えられていた。**10.蛍火**　煬帝は景華宮に蛍を数斗も集めさせ、夜中に谷中に光らせて楽しんだ。**11.終古**　年月の終わりがないこと。永遠に。**12.垂楊**　シダレヤナギ。垂柳《すいりゅう》。煬帝は、洛陽から江都まで運河を通し、さらえた土で堤を作り、その上に柳を植えた。「隋堤《ずいてい》の柳」として、唐の詩によくうたわれる。**13.暮鴉**　夕暮れのカラス。**14.地下**　冥土《めいど》。あの世。**15.陳後主**　南朝末の陳《ちん》の天子であった陳叔宝《ちんしゅくほう》（五五三〜六〇四）。亡国を目前にしながら、日夜遊びにふけっていた。**16.後庭花**　陳の後主《こうしゅ》が作ったとされる歌曲名。「玉樹後庭花《ぎょくじゅこうていか》」という。

《鑑賞》　荒淫《こういん》によって国を亡ぼした、隋の煬帝をうたったもの。故事をうたいこんだ精巧な句作りが、この詩の見どころとなっている。

頷聯《がんれん》は、いわゆる「流水対《りゅうすいつい》」で、二句の意味はひと続きになっている。さらに、おもしろいのは、「日角」と「天涯」の対である。これは、日の角《かど》と、天の涯《はて》であるから、語の構成はピタリと相対している。しかし、「日角」は、人相の一種で、額の中央が盛りあがった顔つきをいう。つまり、意味の上では、天涯とは全く類が異なる。こういうのを「借対《しゃくつい》」と呼ぶが、実にうまい用法で、まず人を驚かせる。

頸聯《けいれん》は、これに比べれば常識的だが、それでも「于今」と「終古」、「腐草」と「垂楊」、「無」と「有」、「蛍火」と「暮鴉」の対し方は、これ以上緊密なものはないほど、見事に構成されている。ことに蛍も、楊《やなぎ》も、煬帝に深くかかわりのある物であるから、単なる夕暮れの景色ではないのである。

最後の聯は、気のきいた結びになっている。煬帝が、江都で酒色に耽《ふけ》っていたころ、ある日、御殿で、陳の後主の亡霊と会った。後主は、数十人の美女を従えていたが、そのうちもっとも美しい女性が、愛妃《あいき》張麗華《ちょうれいか》であった。煬帝が舞を所望すると、麗華は、「玉樹後庭花」の曲に合わせて舞ったという。この句は、その話を踏まえて、煬帝は、えらそうに、亡国の天子、陳の後主に舞を所望《しょもう》したりしたけれど、自分だって、国を亡ぼしたじゃないか、どの面さげて、冥土で陳の後主に会えるのか、と皮肉を浴びせている。

《補説》『楽府詩集《がふししゅう》』巻四十七に、陳の後主の作った「玉樹後庭花」の歌詞が残されているので、紹介する。

「麗宇芳林対㆓高閣㆒／新粧艶質本傾城／映㆑戸凝㆑嬌乍不㆑進／出㆑帷含㆑態笑相迎／妖姫臉似㆓花含㆒㆑露／玉樹流光照㆓後庭㆒（麗宇芳林《れいうほうりん》高閣《こうかく》に対《たい》す、新粧《しんしょう》の艶質《えんしつ》本《もと》傾城《けいせい》、戸《と》に映《えい》じ嬌《きょう》を凝《こ》らして乍《たちま》ち進《すす》まず、帷《とばり》を出《い》でて態《たい》を含《ふく》み笑《わら》って相《あい》迎《むか》う、妖姫《ようき》の臉《かお》は花《はな》の露《つゆ》を含《ふく》むに似《に》たり、玉樹流光後庭《ぎょくじゅりゅうこうこうてい》を照《て》らす）」

▽●印は押韻を示す。140頁参照。

夜雨寄[1]ス㆑北ニ（夜雨《やう》北《きた》に寄《よ》す）　李商隠《りしょういん》　**〈七言絶句〉**

君ハ問フ㆓帰[2]期ヲ㆒未ダ㆑有ラ㆑期●　君《きみ》は帰期《きき》を問《と》う未《いま》だ期《き》有《あ》らず

あなたは手紙で、わたしにいつ帰ってくるのと言ってよこしたが、まだ帰る時はやってこないのだよ。

巴[3]山夜雨漲秋池
何[4]當共剪[5]西[6]窗燭
却[7]話巴山夜雨時

巴山《はざん》の夜雨《やう》秋池《しゅうち》に漲《みなぎ》る
何《いず》れか当《まさ》に共《とも》に西窓《せいそう》の燭《しょく》を剪《き》って
却《かえ》って巴山《はざん》夜雨《やう》の時《とき》を話《はな》すべし

ここ巴山のあたりには、今、夜の雨が降って、秋の池に水が満々とみなぎっている。
いっしょに西の窓べでともしびの芯を切りながら、かえって巴山に夜の雨が降り、寂しかったことを話すのは、いったいいつのことだろうなあ。

1. 寄レ北　北は都の方向。この時、作者は柳仲郢《りゅうちゅうえい》の幕下、四川《しせん》にいた。**2. 帰期**　都にもどってくる時期。**3. 巴山**　四川省にある山の名。都のある陝西省《せんせいしょう》を隔てている。**4. 何当**　いつになったら……だろう。**5. 剪**　黒くなって暗くなってきたともしびの芯を切って、明るくすること。**6. 西窓**　西の部屋の窓。**7. 却**　あとに述べることが、それまでの文の流れから予想される方向と異なることを表す副詞。

《鑑賞》　この詩のおもしろさは、都から遠い巴山《はざん》にあって、今降っている秋の夜の雨に、寂しい思いをしている現実を、いつの日か過去のこととして振り返ることを夢想する、という発想にある。

第一句の「君」は、一般には都にいる妻と考えられているが、むしろひそやかな恋人とした方が、いっそう味わいが増すようである。李商隠という人は、不倫の恋をしたりしたせいか、唐代の詩人にしては珍しく男女の恋愛を重視したらしい。「西窓の燭」という句には、そうした一種ひそやかな、なまめかしいムードが漂っている。

表現のしかたについていえば、「巴山夜雨」という四字句がわずか二十八字の中に、二度も使われていることが印象的である。賈島《かとう》の「桑乾《そうかん》を度《わた》る」（524頁）という詩にも、「幷州《へいしゅう》」という語が二度使われて効果をあげているが、こちらは「巴山夜雨」という四字句であるため、はるかに強烈である。

山深い「巴山の夜雨」であるから、冷たい雨だ。それに加えて、主人公が孤独であることから、その冷たさは骨の髄《ずい》までしみ通っているに違いない。

それだけに、いつの日か、暖かい部屋で二人してともしびの芯を切りながら、寝物語に今のことを過去のこととして楽しく話したいという願いが、屈折した表現のひだを通して、切なく胸に迫ってくる。恋愛の詩人としての李商隠の代表作といえよう。

樂遊原[1]（楽遊原《らくゆうげん》）　李商隠《りしょういん》　〈五言絶句〉

向《ントシテ》レ晩《ニ》二意不レ適《ハ》　晩《くれ》に向《なんな》んとして意《こころ》適《かな》わず
驅《ツテ》レ車《ヲ》登《ル》三古[2]原《ニ》二一●　車《くるま》を駆《か》って古原《こげん》に登《のぼ》る
夕陽無限《ニ》二好《シ》　夕陽無限《せきようむげん》に好《よ》し
只[3]《ダ》是《レ》レ近《シ》三黄昏《ニ》二一●　只《た》だ是《こ》れ黄昏《こうこん》に近《ちか》し

夕暮れがせまってくると、なぜか心が動き、じっとしていられなくなる。車を走らせて気がついてみると、長安の街を一気に駆けぬけ、古くからの行楽地である楽遊原の丘にのぼっていた。

目の前の夕日は、すべてを包みこむようにして、限りなく美しく輝いている。

だが、まてよ、この夕陽には、たそがれの闇(みや)が音もなく忍びよってくるのだ。

1．楽遊原　長安城の西南にある小高い原。長安の街の中から眺《なが》めることができるほど近くにあった。**2．古原**　楽遊原のこと。古くからの行楽地であった。**3．只是**　たしかにそうなのだが、しかし。

《鑑賞》ある日のたそがれ時の、胸にわきおこる理由のないいらだちと、とらえどころのない不安とを、直截《ちょくせつ》的にうたった作品である。

この詩の中で最も印象的なものは、大きく真っ赤な夕日である。それは、それを前にして立つ何者をも包みこんでしまう大きな力であり、人間のあらゆる悲しみを受けとめることのできるものである。

名状しがたい不安といらだちの中で、詩人は車に乗る。そして、どこへ行くあてもなく長安の街を一気に南へ駆けぬける。気がついてみると、そこは、古く、漢の時代から幾多の王朝の興亡を見てきた楽遊原の丘の上だ。北を向くと都が見え、また多くの王侯の墓も見える。西を向くと今しも夕日は赤々と燃えている。目にしみ入るような輝きの中で、詩人は、茫然《ぼうぜん》と立ちつくす。太陽は、たそがれ時ゆえに、赤々と美しい。しかし、たそがれ時ゆえにまもなく沈んでしまう運命にある。その危ういバランスの一瞬、そこに名状しがたい深い感動がある。

技巧を凝らさない、直截的なうたいぶりだけに、ふと詩人の心の奥底がのぞいたような、真実の響きがある。五言絶句の傑作である。

温庭筠《おんていいん》

〔**晩唐**〕（八一二〜？）

字《あざな》は飛卿《ひけい》。もとの名は岐《き》。太原祁《たいげんき》（山西省《さんせいしょう》 祁県）の人。

若いころから文才をうたわれていたが、名門貴族の子弟たちと遊里に入りびたり、酒とばくちにうつつをぬかすなど素行が悪く、何度科挙《かきょ》の試験を受けても失敗し、ついには落ちぶれて死んだ。随県《ずいけん》や方城県《ほうじょうけん》の尉《い》となったこともあったが、国子《こくし》助教で終わった。科挙の試験の時に、ほかの数人の受験生の答案を代作したり、答えを教えたり、とかく常軌《じょうき》を逸した行動が多かった。しかし、腕組みを八回すれば、たちまちのうちに八韻《はちいん》（十六句）の詩ができあがったところから、「温八叉《おんはつさ》」と呼ばれた。同じころの李商隠《りしょういん》（561頁）と並び称されるその詩風は、やや退廃的であるが清逸《せいいつ》な趣《おもむき》をもつ。詞の作者としても有名である。『温飛卿詩集《おんひけいししゅう》』七巻がある。

商[1]山ノ早[2]行（商山《しょうざん》の早行《そうこう》）　温庭筠《おんていいん》　〈**五言律詩**〉

晨ニ起キテ動カス二征[3]鐸ヲ一
客[4]行悲シム二故[5]郷ヲ一
雞聲茅[6]店ノ月

晨《あした》に起《お》きて征鐸《せいたく》を動《うご》かす
客 行故郷《きゃくこうこきょう》を悲《かな》しむ
鶏声茅店《けいせいぼうてん》の月《つき》

朝早く起き、馬の首につけた鈴を鳴らして、いよいよ出発する時、旅にあるこの身には、故郷のことがしきりに思い出されて、つらくさびしい。時をつげる鶏の声の中、沈みかけた月がわびしい茅(かや)ぶきの屋根の上に残

人迹板[7]橋ノ霜●
槲[8]葉落チ二山路ニ一
枳[9]花明ラカナリ二驛[10]牆ニ一●
因リテ思フ杜[11]陵ノ夢
鳧[12]雁満ツルヲ二回[13]塘ニ一●

人迹《じんせき》板橋《ばんきょう》の霜《しも》
槲葉《こくよう》山路《さんろ》に落《お》ち
枳花《きか》駅牆《えきしょう》に明《あき》らかなり
因《よ》りて思《おも》う杜陵《とりょう》の夢《ゆめ》
鳧雁《ふがん》回塘《かいとう》に満《み》つるを

っている。
板を渡しただけの粗末な橋の上に霜が降り、その上にはもうだれかが通ったのか、くっきりと足跡がついている。かしわの葉の降りしいている山道を進んでいくと、
からたちの花が、宿場の古びた土塀（どべい）を背景にして、白く明るく咲いている。
見はてぬ夢の名残（なごり）のように、故郷長安あたりの景色が目に浮かぶ。今ごろは、渡り鳥たちが池のあたりいっぱいに群れ浮かんでいることだろう。

1. 商山　陝西省《せんせいしょう》商県《しょうけん》の南東にある山。漢代のはじめに、「四皓《しこう》」（四人の老人）が隠れ住んだことで有名。長安から約百キロのところにあり、湖北・湖南方面への途上にある。**2. 早行**　朝早く旅に立つこと。**3. 征鐸**　旅人の馬の首につけた鈴。**4. 客行**　旅の途上にあること。**5. 故郷**　唐代の詩では都長安を指すことが多い。**6. 茅店**　粗末な茅ぶき屋根の宿屋。**7. 板橋**　板を渡しただけの橋。**8. 槲葉**　カシワの葉。冬の間は枝に残り、春になって新芽が出ると同時に落ちるもの。**9. 枳花**　カラタチの花。春、白い花が咲く。**10. 駅牆**　宿場の土塀《どべい》。**11. 杜陵**　長安城の南にある高台。当時有名な景勝地であった。**12. 鳧雁**　野鴨と雁。**13. 回塘**　曲がりくねった池。曲江《きょくこう》のことか。

《鑑賞》　山の宿場の早朝の旅立ちをうたった詩。

首聯《しゅれん》は、この旅が意に染まぬものであることを表す。商山《しょうざん》の宿場は、都からまだ遠く離れているわけでもないのに、もう、「故郷を悲しむ」という。白々明けのつらい旅立ち、春まだ浅いころとて、馬の鼻息も白く見えるだろう。

頷聯《がんれん》は、宿場の前の情景。屋根の上に落ちかかる月（視線は上へ）、橋の上に置く霜（下へ）、そして、鶏の鳴き声、茅ぶきの家、板の橋、いかにもわびしい山村のたたずまいは、視覚・聴覚に訴えて、余すところなく描かれる。名詞を並べただけの句作りは、深い印象を与えて見事である。

頸聯《けいれん》は、進み出した時の目にうつる情景。前につづく山路（視線は奥へ）、土塀に咲く花（横へ）、そして、枯れ落ちるかしわの葉と、ひなびたからたちの花、いよいよわびしく、都とかけ離れてゆく。ことに、からたちの花の明るさが、この詩にアクセントをつけ、効果的である。

以上、六句の情景によって、尾聯《びれん》の「夢」が出てくる。都の曲江あたりの春の野遊び、今の境遇と対極をなすうらうらした気分、鴨が池に「満」ちる、ことさらにうたうことによって、友人たちと離れた孤独を際立たせている。

《補説》　宋《そう》の欧陽修《おうようしゅう》（593頁）は、この詩の頷聯を愛唱し、自分もまねて、「鳥声《ちょうせい》　梅店《ばいてん》の雨《あめ》、野色《やしょく》　柳橋《りゅうきょう》の春《はる》」〈張至秘《ちょうしひ》校《こう》の荘《そう》に過《よぎ》る〉の句を作ったほどであった。

▽●印は押韻を示す。140頁参照。

魚玄機《ぎょげんき》　〔晩唐〕（八四三〜八六八）

字《あざな》は幼微《ようび》。一説では蕙蘭《けいらん》。長安（陝西省《せんせいしょう》 西安《せいあん》市《し》）の人。都にある北里《ほくり》（色街《いろまち》）の芸妓屋《げいぎや》の娘として生まれた。幼少のころから読書や詩文を作ることを好み、とりわけ詩を詠《よ》むことに熱中した。成長して弘文館学士《こうぶんかんがくし》の李億《りおく》と知りあい、その妾《めかけ》となった。のちに李億の愛が衰えると、長安東城にあった咸宜観《かんぎかん》（道教の寺院）に入って女道士となった。当時、温庭筠《おんていいん》（570頁）をはじめ都の名士たちと親交があり、作品をやりとりしている。最後は、恋人である李近仁《りきんじん》をめぐって、侍女の緑翹《りょくぎょう》を笞《むち》で打ち殺したため、捕らえられて処刑された。時に、わずかに二十六歳であった（他に二十五、二十八歳説もある）。蔡琰《さいえん》（字は文姫《ぶんき》・漢代の詩人）、薛濤《せっとう》（515頁）、李清照《りせいしょう》（易安居士《えきあんこじ》・北宋《ほくそう》の詞人）などと並んで、中国詩史の上でユニークな位置を占める女流詩人である。

秋[1]怨　（秋怨《しゅうえん》）　魚玄機《ぎょげんき》　〈七言絶句〉

自ラ歎ズ多[2]情ハ是レ足[3]愁●ナルヲ
況[4]ンヤ當ルヲヤ二風月滿ツルレ庭ニ秋●ニ一

自《みずか》ら歎《たん》ず多情《たじょう》は是《こ》れ足愁《そくしゅう》なるを
況《いわ》んや風月庭《ふうげつにわ》に満《み》つる秋《あき》に当《あた》るをや

つくづく悔やまれることは、自分に人を思う心が多いことだ。そのために、いつも愁いを抱いて悲しんでいるのです。ましてや、今や秋風が吹き、明月の光が庭一面に照りそそぐ季節。

洞[5]房偏[6]ヘニ與二更[7]聲一近シ
夜夜燈前欲二ス白[8]頭一ナラント●

洞房《どうぼう》偏《ひと》えに更声《こうせい》と近《ちか》し
夜夜《よよ》灯前《とうぜん》白頭《はくとう》ならんと欲《ほっ》す

ままならぬは、わたしの部屋のすぐ近くで聞こえる、時を告げる太鼓の音の近さ。
毎夜毎夜、わたしは、ともしびの前で太鼓の音を聞いているうちに、みどりの黒髪も今や白くなろうとするのです。

1. 秋怨 秋の夜の女性の思い悩み。**2. 多情** 人を思う心が多いこと。**3. 足愁** 多愁と同じ。**4. 況** ましてや。**5. 洞房** 女性の寝室。閨房《けいぼう》。**6. 偏** なんと。いやなことに。はなはだしくある状態に偏っていること。**7. 更声** 更《こう》は、夜を五つに区切る単位。一更ごとに太鼓を打って時を知らせた。**8. 白頭** しらが頭。

《鑑賞》 第一句、激情の、それゆえに身を滅ぼした女流詩人らしい、独白である。「多情は是れ足愁」には、杜牧《とぼく》の「多情《たじょう》は却《かえ》って似《に》たり総《すべ》て無情《むじょう》なるに」〈贈別《ぞうべつ》〉(555頁)を意識するものがあるようだ。馴《な》染《じみ》の若い芸妓《げいぎ》とのつらい別れに、多情なのはこの際無情にすら似ている、と血を吐くようにつぶやいたこの先輩詩人に対して、彼女はズバリ、多情は多愁なり、と言い放っているのだ。

この作品がいつ作られたかははっきりしないが、いずれにせよ二十六歳で死んだ魚玄機《ぎょげんき》の晩年のものだろう。数々の恋に身を灼《や》いてきたこれまでの人生をふと振り返る秋の夜。襟に吹く秋風と、顔を照らす満月に思わずもだえて、身をよじるような哀愁の情がつき上げる。彼女の熱いため息が聞こえるようだ。

第二句は、典型的な秋の「景」を描いて、第一句の「情」の背景を成しているのだが、「風月」の語は意味深長である。この語は、単なる清風と明月ではない。男女の色恋、の意を寓《ぐう》するのだ。遅くも、唐の中程からはこの意味に用いられてきた。とすると、この背景にも、あるなまめいた色が付いていることになる。したがって、これは、もの寂しい秋の夜ではなく、むせるような眠られぬ夜になってくるわけである。

後半は、眠られぬ夜の様をうたう。まず、「洞房」の語に意味がある。これは、女の部屋をいう語だが、新婚の部屋をいうこともあるように、用例から見ると「男のいるべき女の部屋」のニュアンスがある。だから、ここでは共に夜を過ごす男のいない部屋で、というやるせない響きが出てくることになる。

もう一つ、後半の、時を知らせる太鼓の音を聞くうち頭が白くなりそう、という着想には、白居易《はくきょい》の「夜砧《やちん》を聞《き》く」がヒントになっているだろう。ちょっと紹介しておこう。

「誰家思婦秋擣㆑帛／月苦風凄砧杵悲／八月九月正長夜／千声万声無㆓了時㆒／応㆘到㆓天明㆒頭尽白㆖／一声添得一茎糸（誰《た》が家《いえ》の思婦《しふ》ぞ秋帛《あききぬ》を擣《う》つ、月苦《つきさ》え風凄《かぜすさま》じく砧杵悲《ちんしよかな》し、八月九月正《はちがつくがつまさ》に長《なが》き夜《よる》、千声《せんせい》万声了《ばんせいや》む時無《ときな》し、応《まさ》に天明《てんめい》に到《いた》りて頭《かしらことごと》尽く白《しろ》かるべし、一声添《いっせいそ》え得《え》たり一茎《いっけい》の糸《いと》）」

（どこの家の物思う妻だろう、秋にきぬたを打っているのは。月は冴《さ》え風はすさまじくきぬたの音は悲しい。八月・九月は秋の夜長だ。その夜長にトントンたたいて止《や》む時もない。これを聞いていると、夜明けにはきっと頭がすっかり白くなる。きぬたの一声が、白髪を一本ふやすのだ）〈「聞㆓夜砧㆒」（夜砧《やちん》を聞《き》く）〉

きぬたも悲しいが、灯火の前で時を数えている彼女の姿は、ぞっとする凄艶《せいえん》さをたたえていっそう哀れである。

なお、森鷗外《もりおうがい》に、小説『魚玄機』がある。

高《こう》駢《べん》

〔**晩唐**〕（八二一～八八七）

字《あざな》は千里《せんり》。幽州《ゆうしゅう》（河北省涿県《かほくしょうたくけん》）の人。学問に優れ、多くの学者と交際したばかりでなく、先祖代々武門の家柄であったので、武芸にも優れていた。刺史《しし》（州の長官）であった朱叔明《しゅしゅくめい》に仕えてその司馬《しば》（幕僚《ばくりょう》）となった。侍御史《じぎょし》（秘書官）であった時、二羽の雕《ちょう》（おおわし）が人々の眼前をよぎると、それをただ一本の矢で射ぬいてみせたので、「落雕侍御《らくちょうじぎょ》」と称賛された。のちに安南《あんなん》（ベトナム）攻伐《こうばつ》に手柄をたて、渤《ぼっ》海郡王《かいぐんおう》となる。天平・剣南・鎮海・淮南《わいなん》節度使となり黄巣《こうそう》の乱で功をあげるも、出兵しなかったことがあって失脚。志を得ない毎日を過ごすうち、神仙《しんせん》思想に凝ったりもした。最後は謀反《むほん》を起こすのではないかと疑われ、部下に謀《はか》られて殺された。光啓《こうけい》三（八八七）年のことである。

山[1]亭夏日　（山亭夏日《さんていかじつ》）　高駢《こうべん》　〈**七言絶句**〉

緑樹陰[2]濃カニシテ夏日長シ
樓[3]臺倒ニシテレ影[4]ヲ入ル二池[5]塘ニ一●
水[6]精ノ簾動イテ微風起コリ

緑樹陰濃《りょくじゅかげこまや》かにして夏日長《かじつなが》し
楼台影《ろうだいかげ》を倒《さかしま》にして池塘《ちとう》に入《い》る
水精《すいしょう》の簾動《れんうご》いて微風《びふう》起こり

こんもりと生い茂った木々のかげは色濃く、夏の一日は長い。

池のほとりの高殿はその姿をさかさまにして、静かな水面に照りはえている。

水晶の玉かざりがついた簾《すだれ》が、かすかに吹いてくるそよ風に、涼しい音をたてて動いた。

一[7]架ノ薔[8]薇満[9]院香シ ●

一架《いっか》の薔薇満院香《しょうびまんいんかんば》し

棚いっぱいの薔薇(ばら)の花が、そよ風に乗って、その豊かな香りを庭じゅうにみたしている。

1.山亭　山の別荘。**2.陰濃**　木々の葉が生い茂って、色濃くなっていること。**3.楼台**　二階建て以上の高殿。**4.影**　水に映った姿。**5.池塘**　大きな池。**6.水精**　水晶。**7.一架**　棚いっぱいの。架《か》は、支柱の上に横木をわたした棚。**8.薔薇**　枝が細長くのびるバラ。**9.満院**　庭中。院は中庭。

《鑑賞》　山の別荘の、夏の一日をうたった詩である。暑さの中の涼味《りょうみ》が、どのようにとらえられ、表現されているかが見どころ。

第一句の「夏日長し」とは、日が長いという意味に加えて、いつまでも日差しが強い、とのニュアンスも含む。

ギラギラと焼けつくような夏の日差しに、緑の木かげはひとしお濃い、と、まずはじめに夏の全体的なイメージを強烈にとらえておいて、以下涼しさをうたう。

第二句は、目に見える、つまり視覚的な涼しさ。池に臨んだ高殿の姿が静かな水面に映っている。涼しげな戸外の風景である。

第三句は、理屈からいえば順序が逆だと思うかもしれない。たしかに、風が吹いてこそ簾《すだれ》が動くのである。しかし、実際の感じ方からすれば、やはりチリンチリンという水晶のかすかに触れあう音を聞いてはじめて、ああ風が動いたな、と気がつくのである。水晶の音は、耳できく聴覚の涼しさ。風が肌をなでる涼しさは触覚の涼しさ、といえよう。詩人らしい感覚的な表現である。

第四句は、風が運んでくる薔薇《ばら》の香り、つまり嗅覚に訴えた涼しさでしめくくる。このように、さまざまな感覚器官が総動員されて、暑さの中の涼しさが余すところなく描かれる。しかも、楼台《ろうだい》の影、水晶の簾、薔薇の香り、といったふうに、道具立てはあくまでも品がよく、優雅な趣があふれている。いわゆる王侯の優雅な生活を垣間《かいま》見るようである。

なお、第一・二句に、「かげ」と読む字が二つ使われている。「陰」の方は、「陽」の反対で、日の当たらないところという意味。「影」の方は、「実」の反対で、実像ではない、虚像の意味である。

《補説》 たまたま作った詩句が、将来のできごとを予言していることがある。これを「詩讖《ししん》」という。高駢《こうべん》の最期も、その典型として伝えられている。

光啓《こうけい》三（八八七）年三月、淮海《わいかい》地方に守備していた高駢は、ある時花見の宴を催して、部下たちともに酒をくみかわし、それぞれ詩を作った。彼の詩の結びにいう。「人間無㆑限傷心事／不㆑得㆔樽前折㆓一枝㆒（人間《じんかん》限《かぎ》り無《な》し傷心《しょうしん》の事《こと》、樽前《そんぜん》にて一枝《いっし》を折《お》るを得《え》ず）」これは、自分がまもなく部下の手によって殺されることを予言することになった。「人間《じんかん》」は、この世の中。「不㆑得」は、そうしてはいけない、の意。ただでさえこの世の中には悲しいことが多いのだから、たかが一本であっても花の枝を手折ってくれるな、という意味である。

高駢の死後、その家の地下を掘ったところ、身のたけ三尺余り、桎梏《しっこく》（手かせと足かせ）をつけられ、心臓に釘打たれ、胸に「高駢」と刻まれた銅人形が出てきたという。人にのろわれていたのである。

曹《そう》松《しょう》　〔晩唐〕（八三〇?～九〇一）

字《あざな》は夢徴《むちょう》。舒州《じょしゅう》（安徽省潜山県《あんきしょうせんざんけん》付近）の人。若いころには、洪都《こうと》（江西省南昌市《こうせいしょうなんしょうし》）の西山《せいざん》に隠棲《いんせい》していたが、のちに建州刺史《けんしゅうしし》（州の長官）の李頻《りひん》のもとへ移った。ただ、詩を作る以外はまるで無能で、特に実務能力をはなはだしく欠いていた。李頻が死ぬと、再び流浪の身となり、各地をさまよい、生活に長く苦しんだ。天復《てんぷく》元（九〇一）年、七十余歳で初めて進士に及第。ほかにも、七十すぎの合格者が四人いたので、「五老榜《ごろうぼう》（榜は、進士試験及第者の名前を書いて立てる札）」と呼ばれた。

詩を賈島《かとう》（522頁）に学び、一字一句に苦心し、同じころの詩人である釈斉己《しゃくせいき》・方干《ほうかん》たちと交わって、世間のしきたりやなりふりをかまわなかった。

己[1]亥ノ歳　（己亥《きがい》の歳《とし》）　曹松《そうしょう》　〈七言絶句〉

澤[2]國ノ江山入ル二戰[3]圖ニ一●
生[4]民何ノ計アツテカ樂マン二樵[5]蘇ヲ一●
憑[6]ツテレ君ニ莫レレ話スコト封[7]侯ノ事

沢国《たくこく》の江山《こうざん》戦図《せんと》に入《い》る
生民《せいみん》何の計《はからい》あってか樵蘇《しょうそ》を楽《たの》しまん
君《きみ》に憑《よ》って話《はな》すこと莫《なか》れ封侯《ほうこう》の事《こと》

ここ水郷の国々も、戦乱のためにすっかり荒らされてしまった。人々は、いったいどのようにしたら、きこりや草刈りをするといった生活ができるのだろうか。どうか、おねがいです。手柄をたてて出世をすることなど、口にしないでください。

一将功成ツテ[8]萬骨枯ル。

一将《いっしょう》功成《こうな》って万骨枯《ばんこつか》る

一人の将軍が手柄をたてるかげには、数多くの兵卒の命が失われるのですから。

1.己亥歳　「つちのとい」の年。ここでは僖宗《きそう》の乾符《けんぷ》六（八七九）年のこと。**2.沢国**　沢地の多い地方。水郷。**3.戦図**　戦争の行われている地域。**4.生民**　ひとびと。人民。**5.樵蘇**　樵はきこり、蘇は草刈り。最低限度の生活を指す。**6.憑レ君**　あなたにおねがいする。**7.封侯事**　戦争で手柄をたてて出世すること。大名にとりたてられること。**8.万骨**　数えきれないほど多くの兵卒の命。

《鑑賞》　この詩は、唐末に起こった〝黄巣《こうそう》の乱〟をうたったものと思われる。黄巣は、山東より起こって、この己亥《きがい》の年の前年、乾符五年に、南の方を荒らしまわった。その後、さらに長安の都を占領、結局この戦乱を契機に、唐王朝は滅亡の坂を一気に下ることになる。

沢国、とは、沢地の多い土地、の意で、この場合、長江の下流地域（江蘇《こうそ》・安徽《あんき》）と、中流地域（湖北・湖南）のどちらかを指すのだろう。いずれにせよ、ふつう戦場になどなる所ではないこの地方までもが、戦乱の範囲に入ってしまった、というのが第一句の意味である。その結果、人民は最低の生活さえも、営むことができない、とうたっておいて、後半が導き出される。

後半は、女性が夫に語りかけるという、いわゆる閨怨《けいえん》のスタイルがとられている。ここは、おそらく、王昌齢《おうしょうれい》の「閨怨」が意識されているだろう（141頁参照）。「閨怨」では、夫に、大名になってね、とすすめて送り出した若妻の嘆きがうたわれている。それを、この詩では、大名になるなんて言わないでね、と若妻に語らせているのである。

最後に、アッと驚くような句が用意される。この句は、これだけ独立して、格言として口ずさまれるほど有名である。「一将——万骨」の対比も絶妙で、パンチがきいている、とはこのことだろう。盛唐の詩人常建《じょうけん》に「髑髏《どくろ》尽《ことごと》く是《こ》れ長城《ちょうじょう》の卒《そつ》、日暮《にちぼ》沙場《さじょう》飛《と》んで灰《はい》と作《な》る」〈塞下曲《さいかきょく》〉（354頁）という句があるが、大名どころか、どくろを戦場にさらすのがオチ、なのである。

女性の口を借りる形をとっているが、この詩には、当時の、黄巣の乱をきっかけに、武将たちが割拠して、人民は塗炭の苦しみをなめている、という状況への鋭い風刺があるわけで、放浪のうちにこの時代を生きてきた詩人の、〝さめた眼〟がここにひそんでいる。

《補説》　第三句の「封侯の事」は、後漢の班超《はんちょう》の故事を踏まえている。班超は、若いころ貧しくて、わずかに筆耕で暮らしを立てていたが、ある日筆を投げすてて、「張騫《ちょうけん》は功を異域に立てて以て封侯を取る、安《いず》くんぞ能《よ》く久しく筆研の間に事とせんや」と嘆じた。張騫は前漢の武帝の時、西域を探険して帰り、博望《はくぼう》侯になった人物である。そこで、班超は西域に従事すること三十年、ついに定遠侯《ていえんこう》に封《ほう》ぜられた。

以来、国家の危急の時、筆を剣にかえて出征するとか、貧書生が一旗あげるとかの場合、必ず引き合いに出される故事になっている。初唐の楊炯《ようけい》は、「寧《むし》ろ百夫《ひゃっぷ》の長《ちょう》となるも、一書生《いちしょせい》となるに勝《まさ》る」〈従《じゅう》軍行《ぐんこう》〉（書生でいるより、小隊長になった方がよい、の意）とうたったが、曹松《そうしょう》のはこれを裏返した格好になっている。

韋《い》荘《そう》 〔晩唐〕（八三六～九一〇）

字《あざな》は端己《たんき》、京兆杜陵《けいちょうとりょう》（陝西省西安市《せんせいしょうせいあんし》）の人。若いころから才能・人格ともに抜きんでていたが、五十九歳になってようやく進士に及第した。官は校書郎《こうしょろう》。のちに蜀《しょく》の軍閥の王建《おうけん》が後蜀《こうしょく》をたてるに及び、その宰相《さいしょう》となった。

彼は、生まれつき大変なしまり屋であった。米は一粒一粒数えてから炊《た》き、薪《まき》は一本一本重さをはかっては燃やしたという。

黄巣《こうそう》の乱によって都が壊滅していく情景を描いた長編叙事詩「秦婦吟《しんぷぎん》」によって有名となり、「秦婦吟秀才《しゅうさい》」と呼ばれた。江南の地をさすらい、戦乱のありさまをつぶさに見て、多くの詩編を残したが、それらはいずれも晩唐の終わりを飾るにふさわしい深い抒情《じょじょう》をたたえている。また詞の作者としても名が知られる。

その著に、『浣花集《かんかしゅう》』十巻（六巻）と、杜甫《とほ》や王維《おうい》などの詩を選んだ『又玄集《ゆうげんしゅう》』三巻がある。

金[1]陵ノ圖（金陵《きんりょう》の図《ず》） 韋荘《いそう》 〈七言絶句〉

江[2]雨霏[3]霏トシテ江草齊シ●
六[4]朝如クレ夢ノ鳥空[5]シク啼ク●
無情ハ最モ是レ臺[6]城ノ柳

江雨《こうう》霏霏《ひひ》として江草《こうそう》斉《ひと》し
六朝《りくちょう》夢《ゆめ》の如《ごと》く鳥《とり》空《むな》しく啼《な》く
無情《むじょう》は最《もっと》も是《こ》れ台城《だいじょう》の柳《やなぎ》

長江にこまやかに降る春の雨に、川辺の草はどこまでも平らかに茂っている。六朝時代の栄華は夢のように消えさって、今は聞く人とてなく、小鳥がさえずっているばかり。いちばん無情を感じさせるのは、この台城にある柳である。

依[7]ッテレ舊[8]ニ烟ハ籠ム十里ノ堤●

旧《きゅう》に依《よ》って烟《けむり》は籠《こ》む十里《じゅうり》の堤《つつみ》

王朝の興亡をよそに、糸のように芽ぶいた柳の枝が、十里もつづく長い堤の上で、春雨にけぶっている。

1.金陵　現在の江蘇省南京市《こうそしょうナンキンし》。六朝《りくちょう》時代には建康《けんこう》とよばれ、代々南朝の都となった。**2.江雨**　長江《ちょうこう》（揚子江《ようすこう》）に降る雨。**3.霏霏**　雨や雪などが細かく降りしきる様子。**4.六朝**　呉《ご》・東晋《とうしん》・宋《そう》・斉《せい》・梁《りょう》・陳《ちん》の六つの王朝（二二二～五八九）のこと。いずれもこの地に都を置いた。華やかな文化が栄えた時代。**5.空**　むだに。**6.台城**　現在の南京市の北郊、玄武湖畔《げんぶこはん》にあった宮城。六朝時代に御所《ごしょ》のことを「台」といったところから、この名がある。**7.依レ旧**　昔のまま。昔ながらに。**8.烟**　もや。春がすみ。柳が芽ぶいた様子を例えたもの。

《鑑賞》「金陵《きんりょう》（江蘇省南京市）」の台城付近の景観を描いた一枚の絵を見て、それから受けた印象を詠《よ》んだ詩である。次から次へと興亡を繰り返した六朝時代と、その華やかなりし文化に対する懐古が主題となっている。

　はじめに、台城付近の長江の春景色をうたう。ボーッと煙るように降る雨。杜牧《とぼく》の「江南《こうなん》の春《はる》」（544頁）でもそうだったが、懐古には春雨がよく似合う。しっとりとした趣《おもむき》、その春雨にぬれて萋々《せいせい》と生い茂る草には、『楚辞《そじ》』以来の悲哀のイメージが重なる。かつては多くの王朝がこの地に興《おこ》り、そして滅んだ。今となっては、聞く人もないのに鳥がさえずるばかりである。杜甫《とほ》の「春望《しゅんぼう》」の「城春《しろはる》にして草木深《そうもくふか》し」、「時《とき》に感《かん》じては鳥《とり》にも心《こころ》を驚《おどろ》かす」（295頁参照）の境地。

　前二句で、たっぷりと感傷的な気分にひたされる。さらに、台城の柳によってその気分がいっそう強められる。

六朝が滅んではや三百年、かつての若木もいまや老柳となっているが、それでも春がやって来れば、相変わらず春のもやを作る。「無情」とは、人が「有情」であるゆえに、かく感ずるのだ。

金陵の春景色は、六朝の興亡をうちに秘め、唐王朝の運命すらも暗示しつつ、墨絵のごとく煙っている。春雨、鳥の声、柳といった、むしろありふれた題材を使いながらも、独特の深い抒情を生み出すことに成功している。韋荘のため息が聞こえるようだ。


《補説》 右の作品とともに、韋荘といえばやはり「秦婦吟《しんぷぎん》」にふれておかなければならない。「中和癸卯春三月／洛陽城外花如レ雪／東西南北路人絶／緑楊悄悄香塵滅（中和癸卯春三月《ちゅうわきぼうはるさんがつ》、洛陽城外花《らくようじょうがいはな》は雪《ゆき》の如《ごと》し。東西南北路《とうざいなんぼくみち》に人《ひと》は絶《た》え、緑楊悄悄《りょくようしょうしょう》として香塵滅《こうじんめつ》す）」で始まり、総句数二百三十八句に及ぶこの大長編叙事詩は、黄巣《こうそう》の乱によって崩壊していく唐王朝のありさまを、路傍の一婦人の口を借りて刻明に語らせたものである。人びとの驚愕《きょうがく》と混乱の状を流れるような調子で、切々と描いて余すところがない。

この「秦婦吟」は、当時の人びとに愛唱され、広く流布《るふ》したはずであるにもかかわらず、どういうわけか長く失われていた。近年になって、シルクロードの拠点として有名な敦煌《とんこう》の石室から発見されたのであった。韋荘の先祖（四代前）には、中唐の詩人として著名な韋応物《いおうぶつ》（379頁）がいる。韋荘が成都《せいと》（四川省《しせんしょう》成都市）の杜甫の故居をたずねて住んだりしたのも、このことと関係があろう。

林《りん》逋《ぽ》 〔北宋〕（九六七～一〇二八）

字《あざな》は君復《くんぷく》。諡《おくりな》して和靖《わせい》先生という。杭州《こうしゅう》銭塘《せんとう》（浙江省杭州市《せっこうしょうこうしゅうし》）の人。幼い時に父をなくし、苦学したが、出世のための学問をせず、一生仕官しなかった。はじめ江《こう》（江蘇省《こうそしょう》）、淮《わい》（安徽省《あんきしょう》）一帯を放浪し、のちに杭州へもどり西湖《せいこ》の孤山《こざん》に廬《いおり》を結んで、二十年もの間、町へ出てこなかった。妻をめとらず、梅の花と鶴をつれあいとしていたので、「梅妻鶴子《ばいさいかくし》」（梅の妻、鶴の子）と呼ばれた。

行書にすぐれ、詩にも奇句《きく》を多く作ったが、出来上がるとさっさと捨ててしまった。ある人がそのわけを尋ねると、「この世でも名を得るつもりがないのに、ましてや後の世に名を残すこともない」と答えたという。しかし、好事家《こうずか》がひそかに写しておいたので、三百編あまりが残っている。著には、『林和靖先生詩集《りんわせいせんせいししゅう》』四巻がある。

山園《ノ》小梅　（山園《さんえん》の小梅《しょうばい》）　林逋《りんぽ》　〈七言律詩〉

衆[1]芳揺落《スルモ》獨《リ》暄[2]妍●《タリ》
占[3]《メ》盡《シテ》風情《ヲ》向[4]《フ》小園●《ニ》
疎影横斜《シテ》水清浅

衆芳《しゅうほう》揺落《ようらく》するも独《ひと》り暄妍《けんけん》たり
風情《ふうじょう》を占《し》め尽《つく》して小園《しょうえん》に向《むか》う
疎影横斜《そえいおうしゃ》して水清浅《みずせいせん》

もろもろの花が散り落ちてしまったあとで、ひとり梅だけが美しく咲き、山中の小園の風情をひとりじめにしている。

小川の澄みきった浅瀬に、まばらな影を横ざまに落とし、

暗香浮動シテ月黄昏●
霜[5]禽欲シテレ下ラント先ヅ偸[6]ミレ眼ヲ
粉[7]蝶如シ知ラバ合[8]ニシレ断[9]ツレ魂ヲ●
幸ヒニ有リ三微[10]吟ノ可キ二相狎[11]シム一
不レ須ヒ檀[12]板ト共ニ二金[13]尊ヲ一●

暗香浮動《あんこうふどう》して月黄昏《つきこうこん》
霜禽下《そうきんくだ》らんと欲《ほっ》して先《ま》ず眼《め》を偸《ぬす》み
粉蝶《ふんちょう》も如《も》し知《し》らば合《まさ》に魂《こん》を断《た》つべし
幸《さいわ》いに微吟《びぎん》の相狎《あいした》しむべきあり
須《もち》いず檀板《だんぱん》と金尊《きんそん》とを

ほのかな香りがただよって、月の光も淡い、たそがれ時である。
霜にうたれた白い鳥は、地上に降りようとして、ひそかにあたりを見まわし、花のまわりに飛んでいるもんしろちょうが、もしそれを知ったならば、気が遠くなるほど驚くだろう。
ちょうどよいことには、詩をうたうひそやかなわたしの声が、梅の花ととけあって、
拍子木も酒だるもいらないくらい、よい気持ちなのだ。

1. 衆芳　たくさんのさまざまな花。芳は、花のよい香り。**2. 暄妍**　日の光があふれ、景色が美しいこと。ここでは、梅の花が、あざやかに美しく咲いていること。**3. 占₋尽**　十分、ひとりじめにする。**4. 向**　於・在と同じ意味で、そこにあること。**5. 霜禽**　霜の下りる季節に飛ぶ鳥。**6. 偸レ眼**　こっそりとあたりをうかがうこと。偸看《とうかん》に同じ。**7. 粉蝶**　おしろいのように白い色をしたちょうちょう。**8. 合**　応・当などと同じくマサニ……ベシと読み、当然そうであるはずだ、の意。**9. 断レ魂**　消魂《しょうこん》に同じ。驚きのあまり、生気を失ってしまうこと。**10. 微吟**　かすかな声で詩をうたう。**11. 狎**　うちとけること。**12. 檀板**　拍子木《ひょうしぎ》。歌の伴奏をするために用いる。檀《だん》は、マユミの木。これを材料にして作った。**13. 金尊**　酒の美称。尊は酒樽《さかだる》。

《鑑賞》　まずこの詩で注目に値するのは、梅を詠んだのにもかかわらず、梅という語を一つも使っていないことである。しかも、見事にさらりとうたい収めている。
見どころは、頷聯《がんれん》の三・四句である。さらさらと流れる川の浅瀬に映る影。淡い色をした月の出た夕もやの中に、ほのかに漂う香り。この二句は、後の明《みん》の詩人高啓《こうけい》（681頁）の「寒《かん》に疎影《そえい》に依《よ》るは蕭蕭《しょうしょう》たる竹《たけ》、春《はる》に残香《ざんこう》を掩《おお》うは漠漠《ばくばく》たる苔《こけ》」〈梅花《ばいか》九首その一〉などに影響を与えている。首聯《しゅれん》、頸聯《けいれん》もなかなか味がある。とくに、うたい出しがうまい。清楚《せいそ》で気高いイメージが漂い、隠士《いんし》として一生を過ごした作者の雰囲気《ふんいき》をよく伝えているといえよう。

《補説》　梅をうたった詩をもう一つ紹介する。
「吟懐長恨負二芳時一／為レ見二梅花一輒入レ詩／雪後園林纔半樹／水辺籬落忽横枝／人憐二紅艶一多応レ俗／天与二清香一似レ有レ私／堪レ笑胡雛亦風味／解下将二声調一角中吹上」（吟懐《ぎんかい》長《つね》に恨《うら》む芳時《ほうじ》に負《そむ》きしを、梅《ばい》花《か》を見《み》しために輒《すなわ》ち詩に入《い》る、雪後《せつご》の園林《えんりん》纔《わず》かに半樹《はんじゅ》、水辺《すいへん》の籬落《りらく》忽《たちま》ち横枝《おうし》、人《ひと》の紅艶《こうえん》を憐《あわ》れむ多《おお》く応《まさ》に俗《ぞく》なるべし、天《てん》の清香《せいこう》を与《あた》えしは私有《しあ》るに似《に》たり、笑《わら》うに堪《た》えたり胡雛《こすう》も亦風味《またふうみ》ありて、声調《せいちょう》を将《も》って角中《かくちゅう》に吹《ふ》くを解《かい》せんとは）〈梅花（梅花《ばいか》）〉
胡雛《こすう》とは、えびすの若者で、彼らが角笛《つのぶえ》で梅の曲を吹くのをいう。この詩も、頷聯がすぐれる。

梅堯臣《ばいぎょうしん》 〔北宋〕（一〇〇二〜一〇六〇）

字《あざな》は聖兪《せいゆ》。出身地の宣州《せんしゅう》宛陵《えんりょう》（現在の安徽《あんき》省《しょう》）にちなんで、その詩集は『宛陵先生集』（六十巻）とよばれる。当時の知識人階級の常として、官僚生活を送った。ちょうど、梅堯臣の生きた十一世紀前半は、科挙《かきょ》に合格して官僚になるルートが定着した時代でもあった。ところが彼は、叔父が高官であったため縁故採用（蔭《いん》補《ぽ》という）によって官僚コースを踏み出した。そのため一生うだつが上がらず、したがって官僚としての特記すべき活躍は少ないが、五十六歳の時、知貢挙《ちこうきょ》（試験委員長）欧陽修《おうようしゅう》（593頁）の推薦で科挙試験官をつとめた。この時合格したのが蘇軾《そしょく》（615頁）や曾鞏《そうきょう》（599頁）である。中国では試験官と受験生は師弟となるので、つまり梅堯臣は蘇軾の師になったわけである。

官界でうだつが上がらなかったため、自然、情熱のすべては詩作に注がれることになった。「貧《まず》しくてこその詩上手《しじょうず》」とは、同時期の蘇舜《そしゅん》欽《きん》と並べて彼の詩を称賛した欧陽修のことばである。日常生活の種々相をテーマにうたい、詩の分野を唐詩にくらべて一段と拡大し、また、平淡な表現をした事など、彼によって宋《そう》詩の特色が築かれたといってよい。

祭[1]ルレ**猫**ヲ（猫《ねこ》を祭《まつ》る）　梅堯臣《ばいぎょうしん》　**〈五言古詩〉**

自リレ有シテ二五[2]白ノ猫ヲ一　五白《ごはく》の猫《ねこ》を有《ゆう》して自《よ》り
鼠不レ侵サ二我ガ書ヲ一●　鼠《ねずみ》我《わ》が書《しょ》を侵《おか》さず

白ぶちの猫を飼ってからというもの、
鼠は私の本をかじらなくなった。

今朝五白死
祭與飯與魚
送之于中河[3]
呪[4]爾非爾疎
昔爾齧[5]一鼠
銜鳴遶庭[6]除
欲使衆鼠驚
意將清我廬
一[7]從登舟來
舟[8]中同屋居

今朝《こんちょう》五《ご》白死《はくし》し
祭《まつ》りて飯《めし》と魚《うお》とを与《あた》う
之《これ》を中河《ちゅうか》に送《おく》り
爾《なんじ》を呪《じゅ》するは爾《なんじ》を疎《そ》するに非《あら》ず
昔《むかし》爾《なんじ》一鼠《いっそ》を齧《か》み
銜《くわ》え鳴《な》きて庭除《ていじょ》を遶《めぐ》れり
衆鼠《しゅうそ》をして驚《おどろ》かしめんと欲《ほっ》し
意《い》は将《まさ》に我《わ》が廬《いおり》を清《きよ》めんとす
一《ひと》たび舟《ふね》に登《のぼ》り来《きた》りてより
舟中《しゅうちゅう》屋《おく》を同《おな》じうして居《お》る

今朝、その白ぶちが死んだ。
飯と魚とをそなえてほうむってやることとした。
お前を河の中程まで見送り、
お前がたたりをせぬようにとは祈ったけれど、これは決してお前によそよそしくしようとしてのことではない。
昔お前は一匹の鼠を嚙んでつかまえ、くわえながら庭中を鳴き回った事があった。
それは、鼠どもをおどかそうとしたのであり、
私の住居から鼠を一掃するつもりなのであった。
舟旅をはじめて以来、
舟の中でひとつ屋根の下に暮らしてきた。

糗[9]糧雖甚薄
免食漏[10]竊餘
此實爾有勤
有勤勝鷄猪
世人重驅駕
謂[11]不如馬驢
已[12]矣莫復論
爲爾聊欷[13]歔

糗糧《きゅうりょう》甚《はなは》だ薄《うす》しと雖《いえ》ども
漏窃《ろうせつ》の余《よ》を食《くら》うを免《まぬか》る
此《こ》れ実《じつ》に爾《なんじ》の勤《つと》むる有《あ》ればなり
勤《つと》むること有《あ》るは鶏猪《けいちょ》に勝《まさ》る
世人《せじん》は駆駕《くが》を重《おも》んじ
馬驢《ばろ》に如《し》かずと謂《い》う
已矣《やんぬるかな》 復論《またろん》ずること莫《な》けん
爾《なんじ》の為《ため》に聊《いささ》か欷歔《ききょ》す

旅中の食事は大変粗末ではあったけれども、鼠が小便をかけたり、鼠がひいていった残りを食べずにすんだ。これは実にお前の努力があったればこそである。努力のおかげという点では、自らの努力なしに、卵や肉を人に与えてくれる鶏や猪(ぶた)にまさっている。世の中の人は、車を走らせたり人を乗せたりすることを大切にして、猫の働きなどは馬や驢馬(ろば)に及ばないと考えている。ああ、もうどうしようもない。もうこれ以上論ずるのはやめよう。お前のためにいささかなりともむせび泣いてやることで、お前をおくることとしよう。

1. 祭猫　飼い猫を葬る法。中国の散文の一形式に、死者を哀悼《あいとう》してその霊をなぐさめるスタイルの文章があり、祭文《さいぶん》といわれる。ここではそれを詩の形式で作っている。そのためにこのような題をつけた。**2.五白猫**　意味ははっきりわからない。恐らく毛皮に白い斑《ふ》の入った動物を指して五白というのであろう。馬について言った例がある。**3.中河**　河のなかほど。**4.呪**　たたらぬようにまじないをする。**5.齧**　かむ。主に歯を使ってカリカリとかじるかみ方。音はゲツ。**6.庭除**　にわ。除とは堂屋から庭へ降りるときの階段。中国の邸宅は、寺の本堂のように地面から高くなっていて、階《きざはし》で上り降りするようになっている。そこで庭と除の二字で、庭全体を指すことになる。**7.一従**……以来。一従の二字でひとつの意味。このような場合の〝一〟は〝すべてひっくるめて〟という意味を表し、下につく語を強調する結果をもつ。ここでは、「乗船してからずっと例外なしに」の意味となる。**8.舟中同レ屋居**　この当時の旅行は水運を利用して舟で行く事が多かった。治安も悪く、旅行施設が不備な時代であったから、生活用具一切を積みこんで旅行する必要があった。積載能力の大きい舟が旅の主流となる訳である。今日の感覚でいうなら、旅行というよりは、引っ越しというべきかもしれない。それで、この時の舟行にもかかわいがっていた猫が一緒に連れていかれる事になったのである。**9.糗糧**　携帯用食糧。穀物を炒《い》って乾燥させ、くだいて粉末にしたものとそのままのものと二種類ある。**10.漏窃**　鼠が小便をかけることと、食物をぬすむこと。いずれにしても食物を食べられなくしてしまう。**11.謂**　おもう。考える。イウと訓じるが必ずしも発言する動作のみを指すのではない。**12.已矣**　もう、だめだ。絶望の表現。**13.欷歔**　すすりなく。

《鑑賞》　中国の伝統では、人がなくなると冥福《めいふく》を祈る文を作って送るならわしがあった。だれだれを祭る文と題されるスタイルの文章がそれである。例えば韓愈《かんゆ》（392頁）の「十二郎《じゅうにろう》を祭《まつ》る文《ぶん》」（『韓昌黎《かんしょうれい》集《しゅう》』巻二十三）は有名である。この祭文の伝統を詩の形式でこころみたのがこの詩である。当然、詩型には近体詩に比べてより音律の拘束の少ない古体詩が採用されることとなった。また、したがって、表現にも散文臭が加わっている。例えば第五句目、「送㆓之于中河㆒」などは散文表現そのものである。
宋《そう》詩の特徴として、唐詩には希薄であった題材の広さや日常生活に密着した作詩態度も指摘されている。この詩も宋詩の特色をよく示すものといえる。死んだ飼い猫に対する作者の愛情と同時に、馬や牛のごとく目立った労役をしない小さな愛玩《あいがん》動物にもそれなりの精勤と、ひいては存在価値のある事を訴えている。ことに「世人重㆓駆駕㆒、謂㆑不㆑如㆓馬驢㆒」の二句には、生涯うだつの上がらなかった作者の自懐がこめられていよう。

《補説》 梅尭臣は、宋代初期に流行していた西崑体《せいこんたい》と呼ばれる華麗な詩風に対して、〝平淡〟を主張した詩人であった。梅尭臣の果たした宋詩の詩風確立への貢献は非常に大きい。ただし、その〝平淡〟とは、平易の意味では決してなかった。欧陽修が彼の詩について、「オリーブの実を食べるように、初めはしぶいが時間がたつにつれて味わいが増してくる」と批評したのは有名である。

平淡をモットーとする詩人の観察眼は、ここに紹介した猫の詩のように、これまで詩の題材には考えられもしなかった小動物にまで及んでいる。蚊・蠅・虱《しらみ》・蛆《うじ》等々。これは激情に身をゆだねがちであった唐代の詩人たちのよくしなかったところである。

しかし、だからといって、梅尭臣が枯淡な感覚の詩人であったと考えてはならない。

死んだ猫に寄せる詩にみられたほのぼのとした愛情が、亡くなった先妻や愛娘に向けられるときは、いっそうその哀しみの度を強める。「哀《かな》しみを書《しょ》す」と題された次の詩をみよう。

「天既《てんすで》に我《わ》が妻《つま》を喪《ほろぼ》し、又復《またま》た我《わ》が子《こ》を喪《ほろぼ》せり。両眼未《りょうがんいま》だ枯《か》れずと雖《いえ》ども、片心将《へんしんまさ》に死《し》せんと欲《ほっ》す。
雨《あめ》は落《お》ちて地中《ちちゅう》に入《い》り、珠《たま》は沈《しず》みて海底《かいてい》に入《い》る。海《うみ》に赴《おもむ》けば珠《たま》は見《み》る可《べ》く、地《ち》を掘《ほ》れば水《みず》は見《み》る可《べ》し。
唯《た》だ人《ひと》は泉下《せんか》に帰《き》せば、万古《ばんこ》已矣《やみぬ》るを知《し》る。膺《むね》を拊《う》ちて当《まさ》に誰《たれ》に問《と》うべき。憔悴《しょうすい》せり鑑《かがみ》の中《なか》の鬼《われ》」

欧陽修《おうようしゅう》〔北宋〕（一〇〇七〜一〇七二）

　字《あざな》は永叔《えいしゅく》。吉州廬陵《きっしゅうろりょう》（現在の江西省《こうせいしょう》）出身。彼の号のつけ方はおもしろい。中年期、直言がたたって滁州《じょしゅう》（安徽省《あんきしょう》）に地方官として出された時には酔翁《すいおう》（人生を酔うて過ごすおいぼれ）と号した。また晩年には改めて六一居士《りくいっこじ》と号した。それは、一千巻の拓本《たくほん》、一万巻の蔵書、一張の琴、一局の碁、一壺《こ》の酒にかこまれて一人の居士《わたし》がいる、というところからこう号したのだと欧陽修自身で説明している。この二つの号ははっきりと欧陽修の生き方を示している。すなわち、古代史研究までも含む広い学問と読書、芸術・趣味を一身に兼ね、高位は極めながらも官位にしがみつく醜態はみせず、適当な時機に隠退して山水を楽しむ。このような余裕ある、人生を楽しむ態度こそ、以後の文人官僚の典型となったものであった。

　文学上でも欧陽修は散文の基礎を定め、梅尭《ばいぎょう》臣《しん》（588頁）や、蘇舜欽《そしゅんきん》らの詩才を高く評価して、彼らとともに宋《そう》詩の方向づけを完遂するなど、やはり典型を完成するのに功労があった。

　生まれて四歳で父と死に別れ、母親に育てられた。家が貧しかったため、筆が買えず地面に荻の茎《くき》で字を書いて勉強したという。出世したあとは、後進を養成しひきたてたことでも有名である。

豐[1]樂亭遊[2]春 三首（豊楽亭遊春 三首《ほうらくていゆうしゅんさんしゅ》）　欧陽修《おうようしゅう》〈七言絶句〉

紅[3]樹青[4]山日欲」ス斜メナラント●

紅樹青山日斜《こうじゅせいざんひなな》めならんと欲《ほっ》す

くれないにもえたつ木々と、春になり
いっせいに芽ぶく草木に包まれて青々

長[5]郊ノ草色緑無レ[6]涯シ●
遊[7]人ハ不レ[8]管セ春ノ將ニ老イントスルヲ
來二‐往シテ亭前一ニ踏ム二落花一ヲ●

長郊《ちょうこう》の草色《そうしょく》緑《みどり》涯《はて》無《な》し
遊人《ゆうじん》は管《かん》せず春《はる》の将《まさ》に老《お》いんとするを
亭前《ていぜん》に来往《らいおう》して落花《らっか》を踏《ふ》む

とした山なみをそめて、日が傾こうとしている。

ひろびろとひろがる野原も、若草におおわれて果てしなく緑がつづく。

この春もやがて過ぎゆこうとしているのに、そんなことを全く気にも止めず、春の行楽にいそしむ人々は、この豊楽亭の前をいったりきたりしては、散りしく花びらを踏みしだいてゆく。

1. 豊楽亭　欧陽修が滁州（現在の安徽省《あんきしょう》）で知事をつとめていた時、郊外の山中に築いたあずまや。人々が豊年を楽しんでつどうためにこの名をつけたという。**2. 遊春**　春三月には踏青《とうせい》といって、野山を散策するならわしが中国にはあった。一種のピクニックである。**3. 紅樹**　あかい花をつけている木々。春のことであるから、モモ・スモモの類を想像すればよいであろう。**4. 青山**　折から春とて芽ぶく草におおわれた山々。**5. 長郊**　広々とつらなる田野。**6. 無レ涯**　はてしなくどこまでもつづく。**7. 遊人**　春の行楽に出かけた人々。日本語の「アソビニン」のイメージはない。**8. 不レ管**　かまわない。気にかけない。

《鑑賞》　この詩は三首連作のうちの第三首である。

日本の古典と同様に、中国の古典文学においても季節のうつろいをいとおしむ心、ことにゆく春をいたむ情はしばしば詩のテーマとなってきた。この詩も、その伝統の延長線上にある作品である。惜春の情を表現するのに、青山に淡くうすれゆく日影、豊楽亭前に紅の雨かとまがうほど舞い散る花片、踏青にさんざめく人の群れなどを配して一幅の絵に仕立てたものである。この限りにおいては、これは普遍的な感情を、普遍的な道具立てで処理しただけの作品ともいえる。

しかしながら、このややもすれば常套《じょうとう》におちいりがちの題材と情景に、作者の味を加えて、作品としての完結性を与えたところは、さすがに欧陽修の詩人としての技量である。すなわち、第一・二句の、豊楽亭の上からながめ下ろした視点で情景を描写しているのが、その第一の点。ことに第二句目の「長郊」という語が、俯瞰《ふかん》的な広がりを詩に与えている。また、第三・四句で「春が、みすみすゆかんとしているのに、遊人は気づこうともせずに遊び呆《ほう》けており、作者一人かく春をいたむ心をやるせないままにいだいている」という逆転に、もう一つの新味がうかがわれる。

《補説》欧陽修は、なだらかな散文の名手としても著名であった。唐宋八大家《とうそうはちだいか》の一人でもある。

彼には「豊楽亭小飲《ほうらくていしょういん》」などの詩のほか、この亭の建立《こんりゅう》の始末を散文で書いた「豊楽亭記」（『欧陽文《おうようぶん》忠公文集《ちゅうこうぶんじゅう》』巻三十九）がある。

ここでは参考に、「豊楽亭遊春」三首の連作のうち、その一を掲げておこう。

「緑樹交加山鳥啼／晴風蕩漾落花飛／鳥歌花舞太守酔／明日酒醒春已帰（緑樹《りょくじゅ》交《まじ》わり加《くわ》わりて山鳥《さんちょう》啼《な》き、晴風蕩漾《せいふうとうよう》として落花《らっか》飛《と》ぶ。鳥歌《とりうた》い花《はな》舞《ま》い太守《たいしゅ》は酔《よ》えり。明日《みょうにち》酒醒《さけさ》めれば春《はる》已《すで》に帰《き》せん）」

その三と同じく、ゆく春をいたむ甘くせつない青春の歌といえよう。

邵《しょう》雍《よう》 〔北宋〕（一〇一一～一〇七七）

字《あざな》は尭夫《ぎょうふ》。道学者として著名で、後世からも高い尊敬を受けた。諡《おくりな》は康節《こうせつ》。三十代に洛陽《らくよう》に居を定めてからは、官位への抜擢《ばってき》をことわりつづけ、終世、在野《ざいや》の学者として過ごした。自分の住居を「安楽窩《あんらくか》」（のんびりと生を楽しむ穴ぐら）と名づけ、自らを安楽先生と号し、またその詩集は、天下が大いに治まった尭帝《ぎょうてい》の御《み》世《よ》に、一老人が壌（土くれ）を撃ちながら歌ったという撃壌歌《げきじょうか》にちなんで、『伊川撃壌集《いせんげきじょうしゅう》』と呼ばれるなどの点に、邵雍の処世態度をうかがうことができる。

その詩風は、あくまでも道学を中心としたために、詩の情趣に乏しく、声律をおろそかにしていると非難されるが、宋《そう》代初期に道学を詩にもちこんだ詩人として特記される。はなはだ奇怪な逸話《いつわ》に富む人で、一説によると父母が山中を旅していたとき、雲と霧のたちこめる間に一匹の大きな黒猿をみて、邵雍をはらんだという。

清[1]夜ノ吟（清夜《せいや》の吟《ぎん》）　邵雍《しょうよう》　**〈五言絶句〉**

月到ル二天[2]心ニ一處[3]　　月天心《つきてんしん》に到《いた》る処《ところ》

風來ル二水面ニ一時•　　風水面《かぜすいめん》に来《きた》る時《とき》

月が天空の真ん中にさしのぼったころおい、

そして、一陣の涼風が水面（みのも）を波立たせて渡り過ぎてゆく、そのとき、

このすがすがしい夜の景色は、当然、

一[4]般清[5]意味
料[6]リ得タリ少ナルヲ二人ノ知●ルコト一

一般清意味《いっぱんせいいみ》
料《はか》り得《え》たり人《ひと》の知《し》ること少《まれ》なるを

見る者の心にある種の味わいをもたらしてよいものなのだが、どうも世間の人々はこのすばらしい夜の景色をほとんど知っていないようである。

1．清夜吟　古体詩に属する「楽府《がふ》」と呼ばれるうたい物の中に、吟《ぎん》とか行《こう》とか引《いん》とか名づけられる作品がある。これらは楽府題《がふだい》と呼ばれて、あるメロディーを指定するものであった。例えば、白頭吟《はくとう》《ぎん》、梁父吟《りょうほぎん》などである。清夜吟《せいやぎん》という楽府題はもともとはなかったものであるが、邵雍が、いかにも古歌謡めかそうとして、内容から推して逆にこんな題を作ったものである。**2．天心**　天頂。頭の真上。**3．処**　詩句の最後に用いられた「処」は、しばしば単に空間的な一点を指定するだけの言葉ではない。その点で、日本語の「ところ」とはいささか異なり、もう少し幅広く、時間的な広がりをも示す働きをもっている。したがって場合によっては、ほとんど「時」と同じ意味になることがある。**4．一般**　ひとつの。「般」は、事柄・感情・色彩などについて、その量を計るときに用いられる言葉（量詞という）。「ひといろの」という意味から転じて、「同様の」の意味をもつこともあるが、ここでは「一種の」といったほどの意味。**5．清意味**　すがすがしい夜の景色がかもす興趣《きょうしゅ》。語のつながり方としては、清意《せいい》の味である。**6．料得**　いろいろと考えてみるに……と推量することができる。「得」は動詞のあとについて、その動作が可能であることを示す働きをもつ。

《鑑賞》　天の頂高く輝きわたる月。そのさやかな光に照りはえる水の面《おもて》。さざなみ立てて渡る涼風。題の「清夜の吟」にいかにもふさわしい光景である。それらすべてが、第三句目の「一般清意味」という表現に収束される。

四句目には、自然と一つになって楽しむ人間の希少なことが嘆かれる。つまりは、ここに描かれるのは〝高士《こうし》の世界〟である。彼の世人に対する嘆きはこの世界を知り楽しむ者の自負でもあるのだ。作者は、「作者小伝」でもふれたように、儒教を奉じながらも己の学問を直ちに経世《けいせい》のために結びつけようとはしなかった人である。結局は、安楽に一生を過ごした作者の自戒と、雑事に奔走《ほんそう》する世人に対する批判がよみとれるようである。

《補説》 邵雍の作品には、「自得《じとく》」（均衡がとれて充足した状態に自らをおくこと）の哲学が詩化されることが多い。そこで彼の詩には世俗の喧騒《けんそう》から逃れて幽棲《ゆうせい》する楽しみが多くうたわれている。「司馬君実《しばくんじつ》の天津居《てんしんきょ》を過《よ》ぎるに和《わ》す」と題された次の作品には、風景の中に無理なく融和している作者の感情がよみとれるであろう。

「風《かぜ》は河声《かせい》に背《そむ》きて近《ちか》く亦《ま》た微《び》なり、斜陽《しやよう》は淡泊《たんぱく》にして雲衣《うんい》に隔《へだ》てらる、一双《いっそう》の白鷺《はくろ》烟外《えんがい》に来《き》たり、将《まさ》に沙頭《さとう》に下《くだ》らんとして却《かえ》って背飛《はいひ》す」

司馬君実とは、司馬光《しばこう》（605頁）のことである。光は邵雍の詩を愛唱し、揮毫《きごう》してもらった詩を自分の部屋に飾っておいたという。

なお、『蕪村《ぶそん》句集』に、「月天心《つきてんしん》貧しき町を通りけり」という句があるが、同じ天心の月に取り合わせるに、貧しき町をもってくるところはやはり俳諧である。

曾《そう》 鞏《きょう》 〔北宋〕（一〇一九～一〇八三）

字《あざな》は子固《しこ》。建昌《けんしょう》南豊《なんぽう》（今の江西省《こうせいしょう》南豊県）出身。そのため、曾南豊と呼ばれる。司馬光《しばこう》（605頁）や王安石《おうあんせき》（608頁）と同じ世代に属す。

王安石との交際でこんな話がある。曾鞏と王安石とは若いころから付き合いがあり、王安石はまだ出世前であった。曾鞏は王安石を欧陽修《おうようしゅう》（593頁）に紹介し、これがきっかけで王安石はしだいに地位を固めるようになった。すると曾鞏は彼と仲たがいをするようになってしまった。ある時、神宗《しんそう》皇帝が王安石の人となりを曾鞏に尋ねると、曾鞏は、「安石の文学や行為は決して先人に劣るものではないが、ただもの惜しみする欠点があります」と答えた。重ねて神宗が「安石は富貴《ふうき》を軽んじているはずなのに、もの惜しみとはどういうわけか」と聞くと、「安石は勇《いさ》み足《あし》的な行動を取り、過《あやま》ちを改めるのにきっぱりとしていない。これがもの惜しみという意味です」と答えたという。この逸話には、二人の性格がよく浮き彫りにされていておもしろい。

曾鞏は幼少から文名は高かったが、仕官したのは遅く、三十九歳で進士に及第した。それから地方官を転任、治政の功はあげたものの、なかなか中央に戻れなかったので、世間では文才はありながらつまずいている、と評した。晩年、やっと中央に戻ったものの、母の死にあい、喪《も》に服しているままに自分も死んでしまった。

文学者としての評価は、詩人としてよりもむしろ名文家として知られている。唐宋八大家《とうそうはちだいか》の一人に数えられる。

虞美人草　（虞美人草《ぐびじんそう》）　曾鞏《そうきょう》　〈七言古詩〉

鴻[1]門玉[2]斗紛如雪
十[3]萬降兵夜流血
咸[4]陽宮殿三月紅
霸[5]業已隨煙燼滅
剛強必死仁義王
陰陵失道非[6]天亡
英雄本學[7]萬人敵
何用屑屑悲紅粧

鴻門《こうもん》の玉斗紛《ぎょくとふん》として雪《ゆき》の如《ごと》し
十万《じゅうまん》の降兵夜血《こうへいよるち》を流《なが》す
咸陽《かんよう》の宮 殿三月《きゅうでんさんげつ》 紅《くれない》 なり
覇業已《はぎょうすで》に煙燼《えんじん》に随《したが》いて滅《ほろ》ぶ
剛強《ごうきょう》なるは必《かなら》ず死《し》し仁義《じんぎ》なるは王《おう》たり
陰陵《いんりょう》に道《みち》を失《うしな》いしは天《てん》の亡《ほろ》ぼせるに非《あら》ず
英雄本学《えいゆうもとまな》ぶ万人《ばんにん》の敵《てき》
何《なん》ぞ用《もち》いん屑屑《せつせつ》として紅粧《こうしょう》を悲《かな》しむを

その昔、鴻門の会の折、劉邦（りゅうほう）がこっそり逃れ去ったのち、張良の手で范増（はんぞう）に贈られた玉斗は、地になげうたれこなごなにくだけた。破片は雪のように舞い散ったのである。

楚（そ）に降った秦（しん）の兵卒十万人は、夜、血を流しつつ殺された。

秦の都・咸陽の宮殿は、項羽（こうう）により火を放たれ、三ヵ月も消えることがなかった。

秦の始皇帝も、そしてこの項羽も、一時の覇者（はし）のなした事業は、とっくに阿房宮（あぼうきゅう）の煙とともにほろびてしまった。

ただ強いだけの者は滅び、慈しみと正義とを実践した者が王者となるのだ。

項羽が陰陵で道に迷い、農夫にだまされて誤った道をたどり、結局劉邦の軍勢に追いつかれてしまったのは、決し

三軍散盡旌旗倒○
玉帳佳人座中老○
香魂夜逐劍光飛
青血化爲原上草○
芳心寂寞寄寒枝●
舊曲聞來似斂眉●
哀怨徘徊愁不語
恰如初聽楚歌時●
滔滔逝水流今古▲
漢楚興亡兩丘土▲

三軍散《さんぐんさん》じ尽《つ》きて旌旗《せいき》倒《たお》れ
玉帳《ぎょくちょう》の佳人《かじん》座中《ざちゅう》に老《お》ゆ
香魂夜剣光《こうこんよるけんこう》を逐《お》いて飛《と》び
青血化《せいけつか》して原上《げんじょう》の草《くさ》と為《な》る
芳心寂寞寒枝《ほうしんせきばくかんし》に寄《よ》る
旧曲《きゅうきょく》聞こえ来《き》たりて眉《まゆ》を斂《おさ》むるに似《に》たり
哀怨徘徊愁《あいえんはいかいうれ》えて語《かた》らず
恰《あたか》も初《はじ》めて楚歌《そか》を聴《き》ける時《とき》の如《ごと》し
滔滔《とうとう》たる逝水今古《せいすいきんこ》に流《なが》る
漢楚《かんそ》の興亡両《こうぼうふた》つながら丘土《きゅうど》

て天が滅ぼそうとしてのことではない、自ら招いたことなのであった。

英雄たる者、もともと万人を敵に立ち向かう術を学んだのであれば、あかく粧(よそお)った美人のことなど、くよくよと悲しむ必要もないであろう。

項羽の軍勢はちりぢりとなり、旗も倒れてしまった。

玉をつらねたとばりの中で、麗人はいながらにして老いてゆく。

そのかぐわしい魂は、落城の夜、きらめく剣の光を追うように飛び去っていった。

あおい血は凝(こ)って、ここ眼前の、野原のひともとの草となってある。

虞姫(ぐき)の美しい魂は、もの寂しくひっそりと、寒々しい枝により憑(つ)き、風になびくその様は、あたかも項羽と和して歌ったあのときの別離のしらべが風に吹きおくられて来たのを聞いて、眉をひそめるかと思わせる。

哀しみ憂えて風に身をよじらせてはい

當年ノ遺事久シク成ル㆑空ト
慷㆓慨シテ樽前㆒ニ為ニカ㆑誰ガ舞ハン

当年《とうねん》の遺事《いじ》久《ひさ》しく空《くう》と成《な》る
樽前《そんぜん》に慷慨《こうがい》して誰《た》が為《ため》にか舞《ま》わん

るが何も語らず、四面に楚歌を聞いたばかりの驚きの様子と似ている。

ゆきゆく水はとうとうと昔も今も流れ、楚が滅び、漢がおこり、その漢もまた悠久のかなたにおし流され、残ったものはどちらも小高い墓丘でしかない。そのころの出来事は、とうに空となりはてた。

今、酒樽(さかだる)の前で感慨を発しても、一体だれのために舞ったものであろう。この虞美人草の舞いをめでる人がもういないのと同じに。

1.鴻門　今の陝西省《せんせいしょう》の黄河《こうが》の大屈曲部に渭水《いすい》が合流する地点にある。**2.玉斗**　玉で造った酒をくむ器。**3.十万**　この事件を伝える歴史書は司馬遷《しばせん》の『史記《しき》』であるが、それによると降兵は二十万とある。**4.咸陽宮殿**　秦《しん》の始皇帝は天下を平定した後、渭水の傍《かたわ》らに一大宮殿を造営して、阿房宮《あぼうきゅう》と名付けた。その規模の巨大なことは『史記』によると、二百里の敷地に、二百七十もの宮殿があったという。杜牧《とぼく》（537頁）にこの壮麗さをうたった「阿房宮賦」がある。**5.覇業**　天下を平定して実力により諸侯に君臨する事業。ここでは覇業《はぎょう》とは、炎上する阿房宮とともに壊滅した始皇帝の覇業を指すばかりでなく、作者である曾鞏の時点からみてすでに滅亡している項羽《こうう》の、また劉邦《りゅうほう》の、覇業をも含むであろう。であるから、次の「剛強なるは必ず死し仁義なるは王たり、陰陵に道を失いしは天の亡ぼせるに非ず」の句がなだらかに呼び起こされるわけである。前後の句を「已に煙燼に随いて滅ぶ」の句が結びつけつつ、場面転換の役割を果たしている。詩句の妙といえよう。**6.非㆓天亡㆒**　項羽は敗走に敗走を重ねて、長江《ちょうこう》の岸辺までたどりついたとき、江を渡って楚《そ》の地に逃げて再起を計るようすすめた渡し場の長《おさ》に向かって、事態がもはやこうなっては「天が私を亡《ほろ》ぼそうとしている（天之亡我）」のだから、悪あがきは無益なことであるといって謝絶した。詩句はこの言葉を逆に用いたものである。**7.学万人敵**　同じく項羽の言葉を用いている。項羽がまだ若いころのこと、叔父の項《こう》梁《りょう》が彼に書を教えてもものにならず、剣を教えても成就《じょうじゅ》しなかったので怒ったところ、項羽は叔父にこう答えた。「書なんてものは名前が書ければそれで十分、剣も一人を相手とするだけの技であるから学ぶ対象として不足である。万人を相手として闘う技を学びたいものだ」と。兵法を教えると喜んだという。

《鑑賞》　栄枯盛衰《えいこせいすい》、めまぐるしく交代する人事も、そのひとこまを取ってみれば山あり谷ありなのであるが、悠久の歴史に立ち返ってながめれば、いずれも盛者必衰《じょうしゃひっすい》の輪廻《りんね》を超えることはできない。これは、目前の可憐な草にことよせて、人事の転変を回顧した詩である。美人と草との二重写しは、当然、作者の意識下における過去と現在の二重写しを意味する。それゆえ、第十七句の、今も昔も流れる水は、昔を押し流したと同様、今をも押し流すのであろう。

詠史詩《えいしし》であるため、簡単に背景を知っておく必要がある。

紀元前二一〇年、始皇帝の死を契機に各地で蜂起《ほうき》した勢力は結局二人の領袖《りょうしゅう》に集約された。項羽と劉邦（二・三・四句）。一足先に咸陽《かんよう》に入った劉邦を追って、項羽は鴻門《こうもん》に陣した。両雄は鴻門で会する。圧倒的優勢を誇る項羽の前に劉邦は、参謀の張良《ちょうりょう》を残して脱出する。項羽の智臣、范増《はんぞう》は、玉斗を地になげうって嘆く、事終われりと（一句）。それから四年、形勢は逆転する。追われる立場の項羽は、四面楚歌《しめんそか》の中、虞姫《ぐき》と自作の詩をうたい合って（十四句）、名残を惜しんだ（九〜十二句）。さらに敗亡を続ける項羽は八百人余りの騎士を従えて、一路出身地の楚めざして南下を続ける。淮水《わいすい》を渡ろうとするときには、従者わずかに百人余りになっていた。陰陵では農民にあざむかれ、道に迷い、その間に漢軍に追いつかれてしまう（六句）。もはやこれまでと観念した項羽は自害し、虞姫のあとを追うのであった。

▽●▲○印は換韻を示す。付録「漢詩入門」参照。

司馬光《しばこう》 〔**北宋**〕（一〇一九〜一〇八六）

字《あざな》は君実《くんじつ》。陝州《せんしゅう》（山西省夏県《さんせいしょうかけん》）の出身。曾鞏《そうきょう》（599頁）と同年に生まれ、政策上の対立者であった王安石《おうあんせき》（608頁）と同年に亡くなっている。

幼時から神童ぶりをうたわれた。七歳の時すでに成人のようにきちんとしており、『春秋左《しゅんじゅうさ》氏伝《しでん》』の講義を喜んで聞き、帰ってから家人に講義の要旨を話したという。また幼少のころ、同年の子どもたちと庭で遊んでいた折、一人が水がめに落ち込み、他の子どもたちはなすすべもなかったのを、沈着にも水がめに石で穴をあけて救い出した故事は後世、絵にもよく描かれ、「小児撃瓮《しょうにげきおう》」図として知られる。

詩人としてよりはむしろ、歴史家として有名。編年体の史書『資治通鑑《しじつがん》』二百九十四巻は畢世《ひっせい》の大著である。司馬光は二十歳で進士に及第し、御史中丞《ぎょしちゅうじょう》にまで累進していたが、王安石が登用され、新法が実施されるのに反対して官界を辞し、洛陽《らくよう》に引きこもった。この書はその十五年間の産物である。

洛陽に隠居している間にも名声は高く、世間では彼を本当の宰相《さいしょう》と見なし、人々は司馬相《しょう》公《こう》（大臣の司馬さま）と呼んでいたという。哲宗《てっそう》の即位により再び官界に戻《もど》り宰相となったが、就任後わずか八ヵ月、六十八歳で亡くなった。太師《たいし》温国公《おんこくこう》の称号をおくられた。

客[1]中ノ初[2]夏 （客中《かくちゅう》の初夏《しょか》）　司馬光《しばこう》　〈**七言絶句**〉

四月清[3]和雨乍チ晴ル●

四月《しがつ》清和《せいわ》雨《あめ》乍《たちま》ち晴《は》る

夏に入ったばかりの、すがすがしく、それでいてやわらいだ四月のとある

南[4]山當[5]ッテレ戸ニ轉[6]タ分明●
更[7]ニ無ク二柳[8]絮ノ因[9]ッテレ風ニ起ル一
惟ダ有リ二葵花ノ向ッテレ日ニ傾ク一●

南山《なんざん》戸《こ》に当《あた》って転《うた》た分明《ぶんめい》
更《さら》に柳絮《りゅうじょ》の風《かぜ》に因《よ》って起《お》こる無《な》く
惟《た》だ葵花《きか》の日《ひ》に向《む》かって傾《かたむ》く有《あ》り

日。さっとあがった雨に洗われたようにすっきり晴れわたった空の色。
南にそびえたつ山塊が、部屋の戸口まぢかにあるかのように、はっきりと見える。
もはや柳のわたが、風に乱れ飛ぶこともなく、
ひまわりが日のさす方向に顔を傾けているのがあるばかりである。

1. 客中　旅先にて。この詩を作った時、司馬光は洛陽にしりぞいていたからこういったのである。自分の出身地以外の場所に住む場合には、その土地にどれほど長くいようとも仮住まいと表現するのが中国人の意識である。**2. 初夏**　詩の本文の第一句目に見えるように四月のことである。陰暦の初夏。**3. 清和**　天候の調和がとれていてさわやか。白居易《はくきょい》（419頁）に、「四月天気和且清／緑槐陰合二沙堤一平（四月《しがつ》天気《てんき》和《わ》にして且《か》つ清《きよ》し、緑槐《りょくかい》の陰《かげ》は沙堤《さてい》に合《がっ》して平《たいら》かなり）」という表現がある。それを短縮してここに用いている。**4. 南山**　作者のいる所からみて南方にそびえる山。〝南山〟という語の響きからは隠棲のイメージが呼び起こされる。陶潜《とうせん》（48頁）の詩に、「種豆南山下」また、「悠然見南山」などの句がある。**5. 当レ戸**　作者の部屋の入り口すぐまぢかな所まで。**6. 転**　いよいよ。**7. 更無**　まるで、全然……でない。二字で一語。「更」は「無」の意味を強める働き。**8. 柳絮**　柳の実が熟して、白い綿状の固まりとなって乱れ飛ぶもの。晩春の風物。**9. 因レ風起**　六朝《りくちょう》・東晋《とうしん》の謝道韞《しゃどううん》が、雪の舞い飛ぶ様を形容した有名な句「柳絮因風起」をそのまま用いている。

《鑑賞》司馬光が洛陽に引退していた十五年間、彼は独楽園と名づけた隠居に悠々自適《ゆうゆうじてき》の生活を独り楽しんでいた。王安石と政治上の意見が合わずに下野し、しかも人望は高かったとはいえ、在野中は政治活動から一切身を遠ざけて著述に励み、時事を論ずることはなかった。十五年間、沈黙をつらぬき通したところに作者の気骨を感じることができよう。この詩もまた、引退中の、おそらくは独楽園でののどかな一齣《ひとこま》をうたったものであろう。ところがどんな詩にでも寓意《ぐうい》を読みとり作者の境遇なり不満なりと結びつけて解釈する人はいるもので、ことに中国の伝統的な注釈態度にそれが多い。

この詩でも、第四句に「葵花向日傾」という表現のあるところから、作者の天子に対する忠誠心を寓したものとよみ、さかのぼって第一・二句で天子の有徳により天下が清和であることをほめたたえ、したがって、四句の無風状態は姦臣《かんしん》共が頭をもたげられぬ治安の様を指すのだとする解釈があるという。柳絮《りゅうじょ》が、小人の比喩《ひゆ》になっているとするのである。われわれは、このような解釈にとらわれることなく、素直に、初夏のすがすがしい戸外の様を味わえばよいのだ。

王安石《おうあんせき》 〔北宋〕（一〇二一～一〇八六）

字《あざな》は介甫《かいほ》、江西省《こうせいしょう》の臨川《りんせん》を本籍とする。そこで王安石の詩文集は『臨川先生文集《りんせんせんせいぶんじゅう》』（百巻）と呼ばれる。百巻のうち、詩は三十八巻を占める。詩人として名が高いばかりでなく、文章家としても著名で、唐《とう》と宋《そう》の名文家八人（唐宋八《はち》大家《だいか》）の一人に数えられている。

しかしながら、王安石の仕事は、それのみにはとどまらなかった。彼は政治家としても傑出していた。仁宗の慶暦《けいれき》二（一〇四二）年、二十二歳の若さで科挙《かきょ》に及第しながらも、自ら志願して地方回りの官僚を務めていた。地方官ぐらしは十余年もの長きにわたったのである。この時の農民生活の見聞が、神宗の目にとまって中央に呼びもどされ、政治を担当するようになってからの一連の革新的な諸施策に反映することになった。新法と総称される諸施策は、現代歴史家の再評価を受けるまではなはだ評判の悪いものであったが、今日では、そのころ目立ちはじめた社会矛盾が農民や零細商人にしわよせされていた不平等を是正しようとしたものとされる。しかし、現代の人でも、例えば林語堂《りんごどう》のように王安石に否定的評価を下す人もいる。

新法の実施もさることながら、問題は、このあと政界が新法党と旧法党の対立という形で動いてゆき、しだいに政策の対立を離れて個人的感情の対立で以降の宋の政治が運営されていったことである。これがひいては宋王朝の命脈を縮めることともなり、その責任まで王安石にかかって悪評につながるのである。

鍾[1]山即[2]事 （鍾山即事《しょうざんそくじ》） 王安石《おうあんせき》 〈七言絶句〉

澗水無ㇾク聲遶ㇾツテ竹ヲ流ル●
竹西ノ花草弄[3]二ス春柔ヲ一●
茅[4]簷相[5]對シテ坐スルコト終日
一鳥不ㇾ啼カ山更ニ幽ナリ●

澗水《かんすい》声《こえ》無《な》く竹《たけ》を遶《めぐ》って流《なが》る
竹西《ちくせい》の花《か》草《そう》春柔《しゅんじゅう》を弄《ろう》す
茅簷《ぼうえん》相対《あいたい》して坐《ざ》すること終日《しゅうじつ》
一鳥《いっちょう》啼《な》かず山《やま》更《さら》に幽《ゆう》なり

ここ、私の書斎に、谷川はせせらぐ音もなく、竹のまわりを流れている。竹のはえているあたりの西側、咲き乱れる花々、折から萌(も)えでた草々が、いかにも春らしい柔らかな気配を心ゆくまで表している。かやぶきの軒端(のきば)で、鍾山と向かい合って一日中座っていると、鳥一羽鳴くでなし、山はいっそうその奥深い静けさをますかのようである。

1.鍾山　南京《ナンキン》(江蘇省《こうそしょう》)の郊外にある山の名。王安石が晩年、半山と号したのは、この鍾山と南京市とのちょうど半ばに隠居を構えていたからである。北側に位置していたので北山ともいい、隠棲《いんせい》生活の楽しみをうたった王安石の詩中にしばしばうたわれている。**2.即事**　折にふれて。即事とは、目前の事柄に触発されてその景色をうたうものであるが、単なる小品のスケッチ詩を超えてしばしば作者のちょっとした情懐も読み込まれる。**3.弄二春柔一**　「弄」は、日本語の「もてあそぶ」とはやや語感を異にしている。「そのものの持つ特性を存分に発揮する」というほどの意味。ここでは、「春の特性としてある〝柔〟を、春花や春草が具現化して、そこに春柔がはっきりと認められる」という意味である。**4.茅簷**　かやぶきの軒。簡素な山斎のイメージである。**5.相対**　作者と山とが向かい合って。ここのところは、盛唐の李白《りはく》の「独《ひと》り敬亭山《けいていざん》に坐《ざ》す」(240頁)を意識するだろう。

《鑑賞》　この詩は末の一句がことに名高い。六朝《りくちょう》の梁《りょう》の王籍《おうせき》に「若耶渓《じゃくやけい》に入《い》る」と題する詩があり、その中に「蟬噪《せみさわ》ぎて林《はやし》逾《いよいよ》静《しずか》に、鳥鳴《とりな》いて山更《やまさら》に幽《ゆう》なり」という句がある。これはわが芭蕉《ばしょう》の、「岩《いわ》にしみいる蟬《せみ》の声《こえ》」と同様、静を際立たせる効果として声音を点出したものであった。王維《おうい》の「空山《くうざん》人《ひと》を見《み》ず、但《た》だ人語《じんご》の響《ひびき》を聞《き》く」〈鹿柴《ろくさい》〉（164頁）や、杜甫《とほ》（275頁）の「伐木丁丁《ばつぼくとうとう》、山更《やまさら》に幽《ゆう》なり」〈張氏《ちょうし》の隠《いん》居《きょ》に題《だい》す〉と同工異曲といえる。

それを王安石はさらにひとひねりさせて、「一鳥不啼山更幽」とやったわけである。先人の詩句をもじったりひねったりする手法は、もとになっている先人の句を読者が反射的に想起し、作者の仕かけた苦労がわかってニヤリとするという面が強く、その意味でははなはだ主知的な遊戯といえる。

ここでも王安石はもちろんその効果をねらっているわけであるが、しかし、よく考えてみると、「鳥が一羽も鳴かなくて、山が幽静」なのは当たり前である。元の句が静を破る動により静を強調していた、すでにひとひねり工夫した技巧の句であったのを、さらにひねったためにもとの平凡に戻ってしまったのである。情に走るよりは知に傾くのは、宋《そう》人一般の通例とはいえ、王安石のこの句の場合には、それが裏目に出て理に落ち、失敗してしまった例といえよう。とはいうものの、そういうことを考えさせ、読者をおもしろがらせれば、それでよいのかもしれない。

《補説》　王安石は、自身の立案した新法の諸政策が一通り実施されると、いさぎよく後事を部下に託して南京の郊外に隠居した。南京は、父親の最後の任地でもあり、彼自身もここに知事として赴任していたことがあり、生涯の多くを過ごした土地なのであった。

このように、中国の知識人の場合、自称する出身地（本貫《ほんかん》という）と、常の居住地とが違うことは珍しくない。王安石は二度の宰相《さいしょう》務めを辞任したのち、亡くなるまで鍾山の隠居で自適の生活を送ったのである。そこで鍾山、別名北山、は王安石の詩中に愛情をこめてしばしばうたわれることとなった。

初[1]夏即事（初夏《しょか》即事《そくじ》）　王安石《おうあんせき》　**〈七言絶句〉**

石[2]梁茅[3]屋有《リ》二彎[4]碕●一
流水濺[5]濺《トシテ》度《ル》二兩[6]陂●《ヲ》一
晴日暖風生[7]《ズ》二麥氣《ヲ》一
綠[8]陰幽草勝《レリ》二花時●《ニ》一

石梁《せきりょう》　茅屋《ぼうおく》彎碕《わんき》有《あ》り
流　水濺濺《りゅうすいせんせん》として両陂《りょうひ》を度《わた》る
晴日暖風《せいじつだんぷう》麦気《ばくき》を生《しょう》ず
緑　陰幽草《りょくいんゆうそう》花時《かじ》に勝《まさ》れり

石造りの橋がわたされ、かやぶきの小さな家、ぐるっと曲がった岸辺もある。小川の水はさらさらと両側の土手をすぎて流れてゆく。

心地よく晴れた初夏の日ざしにあたためられた風が吹きわたると、それにつれて、いきおいよく育った麦のかおりが生じる。

こんもりと茂った緑の木かげも下ばえの草々も、そのどれもが、あでやかな花どきの春よりもめでたく思われる。

1．初夏即事　初夏スケッチ。即事については609頁参照。**2．石梁**　「梁」は、例えば橋梁《きょうりょう》などというときの梁。端から端へさし渡すもの。ここでは石橋。**3．茅屋**　かやでふいた小屋。恐らく王安石が晩年築いた南京郊外の隠宅を指す。**4．彎碕**　彎曲《わんきょく》した岸。作者の隠宅の北側に曲がりくねった小川のあったことが、「彎碕《わんき》」と題された五言の古詩からわかる。**5．濺濺**　水が勢いよく流れる状態を形容する言葉。さらさら。**6．両陂**　「陂」はつつみ。土手のこと。両側に土手が築かれている部分。**7．生二麦気一**　麦気が生じる、の意。「風が吹き送ってくる香りによって、初夏になり麦が生育した気配がうかがわれる」という意味を詩的に、「暖風生麦気」と表現したのである。**8．緑陰幽草**　勢いよく繁茂《はんも》した緑の木かげと、その下生えの夏草。下生えであるため、人目につきにくいから幽といった。人気《ひとけ》の少ない場所に生えているわけではない。


《鑑賞》　南京郊外での作者晩年の閑静な暮らしぶりをスケッチしたものである。

第一句、「石梁」「茅屋」「彎碕」と、ポツンポツンとやや無愛想に並べられた邸内の景物は、第二句に入ると、その彎碕の間を勢いよくほとばしる水によって動きを与えられる。

さらに、その情景に、風によって麦秋の気配が伝えられるという第三句の描写は、初夏の雰囲気《ふんいき》をよく伝えて、まことに巧みな句である。初夏のかぐわしさを文字に定着させた、愛すべき小品といえるであろう。


《補説》　王安石は、鋭敏な言語感覚によって磨き抜かれた詩語を用いた詩人として定評がある。この詩や次にあげる「夜直《やちょく》」などの詩はその好例といえよう。この詩の第三句は、当時からすでに佳句として、人々に愛唱されていたという。

次に紹介するのは、王安石がやはり南京に隠退したのちの作品と考えられるものである。本文に掲げた「初夏即事」や「鍾山即事《しょうざんそくじ》」と同じく、閑適《かんてき》の生活を楽しむ作者の心境がよくうつされている。

「野水縦横漱二屋除一／午窗残夢鳥相呼／春風日日吹二香草一／山北山南路欲レ無（野水《やすい》縦横《じゅうおう》に屋除《おくじょ》を漱《すす》ぎ、午窓《ごそう》の残夢《ざんむ》に鳥相呼《とりあいよ》ぶ、春風日日《しゅんぷうひび》に香草《こうそう》を吹《ふ》き、山北山南《さんぼくさんなん》に路無《みちな》からんと欲《ほっ》す）」〈悟真院（悟

真院《しんいん》）〉

夜直[1]（夜直《やちよく》）　王安石《おうあんせき》　〈七言絶句〉

金[2]爐香盡キテ漏[3]聲殘[4]ス
翦[5]翦ノ輕風陣[6]陣ノ寒サ
春[7]色惱マシテ人ヲ眠[8]リ不得
月ハ移シテ花影ヲ上ラシム欄干ニ

金炉《きんろ》香尽《こうつ》きて漏声残《ろうせいざん》す
翦翦《せんせん》の軽風陣陣《けいふうじんじん》の寒《さむ》さ
春色《しゅんしょく》人《ひと》を悩《なや》まして眠《ねむ》り得《え》ず
月《つき》は花影《かえい》を移《うつ》して欄干《らんかん》に上《のぼ》らしむ

かすかにくゆる香の煙もつきて、私の宿直するこの学士院の部署にまで伝わってきた時を伝えるひびきも、次第次第にかすかになってゆく。

さらさら、さらさらと微風がわたってき、そのたびごとにうすら寒さが感じられる。

春景色は人をあれこれと物思いにふけらせて眠りつくことができない。

そのうちにも時は移り、月に映し出された花の影が欄干までのぼってきた。

1. 夜直　宮中にとのいすること。宋《そう》の沈括《しんかつ》の『夢渓筆談《むけいひつだん》』によると、宋代の制度では翰林学士《かんりんがくし》は毎晩一人ずつ学士院に詰めることになっていたという。**2. 金炉**　金炉といっても必ずしも黄金造りの香炉というふうに文字づらにとらわれる必要はない。金属製の香炉を美しくいったまでのことである。**3. 漏声**　水時計の音。漏壺《ろうこ》とよばれる銅製の器に漏箭《ろうせん》という目盛りの棒を立て、水位の減少により時刻を計り、太鼓で時刻を告げ知らせたという。**4.残** すたる。くずれる。「残」とは、事態が漸減《ぜんげん》傾向にあることを示す言葉である。日本語の「のこる」とはニュアンスを異にする場合がある。ここでは、時を告げる音が尾を引いて、次第次第に薄れてゆくことをいう。**5.翦翦** そよそよ。風がひとしきり、ひとしきりとそよいでくる様子。「剪剪」とも書く。なお、晩唐の韓偓《かんあく》の詩に「惻惻《そくそく》たる軽寒剪剪《けいかんせんせん》の風《かぜ》」〈夜深《やしん》〉の句がある。**6.陣陣寒** 「陣」とはある一区切りの時間的な経過を示す言葉。**7.春色** 春の景色、春の様子。**8.眠不レ得** どうしても寝つけない。眠と得の間に不がはさまって、その動作が不可能なことを示すいい方。口語的な語法である。散文と異なり詩には口語的な表現の入り込むことがある。

《鑑賞》 蘇軾《そしょく》の「春夜《しゅんや》」（636頁）と並んで、春のおぼろ夜をうたった詩である。

時刻は夜半、春とはいえまだうすら寒さの残るころ、宮中に宿直した作者の実体験がもととなった作品である。王安石は江寧《こうねい》（南京）の知事職から翰林学士に推薦され、熙寧《きねい》元（一〇六八）年に、当時の都、開封《かいほう》に着任したのであった。それは、前年の治平《ちへい》四（一〇六七）年、侍読学士《じどくがくし》兼任で再び翰林学士となった司馬光《しばこう》（605頁）と同じポストであった。

この詩の末句は、時間の推移を花影が欄干《らんかん》に上ることで表現し、まことに印象的である。王安石の洗練された言語感覚をよく示す句といえよう。王安石の詩に注釈を加えた、南宋の李壁《りへき》によると、この句は先行する二人の詩人の句を踏まえているという。それは、温庭筠《おんていいん》（570頁）の「風《かぜ》は檀煙《だんえん》を颺《あ》げて篆印《てんいん》消《き》え、日《ひ》は松影《しょうえい》を移《うつ》して禅床《ぜんしょう》を過《す》ぐ」と、晩唐の姚合《ようごう》の「月《つき》は花影《かえい》を移《うつ》して幽砌《ゆうせい》に横《よこ》たえ、風《かぜ》は松声《しょうせい》を掲《あ》げて半天《はんてん》に上《のぼ》らしむ」の両句である。たしかに発想は酷似している。

蘇《そ》軾《しょく》〔北宋〕（一〇三六～一一〇一）

字《あざな》は子《し》瞻《せん》。眉州眉山《びしゅうびざん》（四川省《しせんしょう》眉山県）の人。父の蘇洵《そじゅん》（一〇〇九～一〇六六）、字は明允《めいいん》、弟の蘇《そ》轍《てつ》（一〇三九～一一一二）、字は子《し》由《ゆう》と共に散文の大家として知られ、三人とも、唐《とう》宋八大家《そうはちだいか》に数えられる。だが詩においては、蘇軾が最も優れ、一般に、北宋《ほくそう》を代表する詩人とみなされている。また、新しい文学である詞や、書・画などにおいても大家であり、総じて、宋代第一級の才人であった。

家柄は低く、商人の出ともいわれる。少年のころは、士人の子としてより、むしろ町の子の一人として育ったらしい。蘇軾の生き方や文学の中に、庶民性や生活力を感じさせるものがあるのは、こうした出身にもよるだろう。二十一歳の時、父、弟と共に都へ上り、翌年欧陽修《おうようしゅう》（593頁）が試験委員長を務めた進士の試験に、弟と共に及第した。さらに二十六歳の時、官吏任用特別試験に、これも弟と共に及第し、鳳翔《ほうしょう》府《ふ》（陝西省《せんせいしょう》鳳翔県）の高等事務官として、官吏の道を歩み出した。神宗《しんそう》が即位し、王安石《おうあんせき》（608頁）の下で新法が施行されると、朝廷は新法党、旧法党に分かれての勢力争いの場となり、蘇軾も新法に批判的意見を示したことから、地方官の任が続いた。そして、四十四歳、湖州《こしゅう》（浙江省呉興県《せっこうしょうごこうけん》）の知事の時、彼の詩に朝廷の政治を誹謗《ひぼう》したものがあるとして捕らえられ、死刑をも覚悟せねばならぬほどの厳しい審問の末、黄州《こうしゅう》（湖北省黄岡県《こほくしょうこうこうけん》）へ流《る》罪《ざい》となった。この黄州での流《る》謫《たく》生活は、蘇軾の人生と文学における転換期であった。「赤壁《せきへき》の賦《ふ》」が作られたのがこの時期で、自ら耕作に従事した耕地にちなんで、東坡《とうば》居《こ》士《じ》と号したのもこの時期である。五十歳の年、神宗が崩《ほう》じて、旧法党が政権をとると、都へ召し還《かえ》され、翰林学士《かんりんがくし》や礼部尚《れいぶしょう》書《しょ》などの要職を歴任した。しかし、五十九歳の時、哲宗《てっそう》の親政によって新法党が復活すると、再び追放されて恵州《けいしゅう》（広東省恵陽県《カントンしょうけいようけん》）へ流罪となり、さらに六十二歳の時には、海を渡った海《かい》南島《なんとう》の儋州《たんしゅう》へ追いやられた。儋州は異民族の黎《れい》族が住む、熱帯の非文明地であったが、蘇軾はこの逆境にめげずに創作に励んだ。「東坡海外《とうばかいがい》の文章《ぶんしょう》」と呼ばれるこの時期の詩文は、澄明な心情を伝えて彼の文学の完成と評されている。三年後、哲宗が崩じると、三たび政局が変化し、蘇軾もその年の暮れには自由の身となった。翌、建中靖国元《けんちゅうせいこく》（一一〇一）年六月、都へ向かう途中病にかかって退職を乞い、七月に六十六歳で死んだ。南宋《なんそう》の孝宗《こうそう》の時、文忠という諡《おくりな》を賜り、それゆえ、蘇文忠公《そぶんちゅうこう》と呼ばれる。

　蘇軾の詩は、幾度の危難に遭《あ》いながらも、自然と人間に対する信頼を失わなかった彼の人間性をうけて、一般に明朗闊達《めいろうかったつ》である。また、談話の名手であり、天性のユーモリストでもあったから、ユーモアや警句にも富んでいる。さらに表現技術の上では、擬人法《ぎじんほう》と比喩《ひゆ》に優れるという特徴がある。宋の詩の一特徴でもあるが、蘇軾はまた、日常の平凡な事柄をも詩の題材とする。日々の小さな喜びに、人生の意味を認めてうたう。そこに、以前の詩人にない新しい詩境を開いた。

　蘇軾の詩集は、生前すでに印刷刊行され、多くの読者をもった。また、黄庭堅《こうていけん》（638頁）、秦《しん》観《かん》、張耒《ちょうらい》、晁補之《ちょうほし》のいわゆる蘇門四学士《そもんしがくし》や陳師《ちんし》道《どう》などの文学者が、その門下につめかけ、彼は文壇の中心的位置を占めた。こうした門弟たちを通じて、後世の詩文、詞に与えた影響は大きいが、一方、その人柄から、民衆にも大変人気があり、明《みん》の小説の中には、蘇軾にまつわる話が数多く見られる。

　わが国においても、黄庭堅とともに、その詩が、鎌倉から室町へかけての五山《ござん》の詩僧たちに、大きな影響を及ぼしている。

詩文集に『東坡七集《とうばしちしゅう》』がある。

和[1]子[2]由澠[3]池懷[4]舊（子由《しゆう》の澠池《べんち》懐旧《かいきゅう》に和《わ》す）　蘇軾《そしょく》

〈七言律詩〉

人生到[5]處知[6]何似
應似飛鴻[7]踏雪泥
泥上偶然留指爪
鴻飛那[8]復計東西
老[9]僧已死成新[10]塔
壞壁無由見舊[11]題
往[12]日崎[13]嶇還記[14]否
路長人困蹇[15]驢嘶

人生《じんせい》到《いた》る処《ところ》 知《し》んぬ何《なに》にか似《に》たる
応《まさ》に似《に》たるべし飛鴻《ひこう》の雪泥《せつでい》を踏《ふ》むに
泥上《でいじょう》に偶然《ぐうぜん》指爪《しそう》を留《とど》むるも
鴻飛《こうと》んで那《な》んぞ復東西《またとうざい》を計《はか》らん
老僧《ろうそう》は已《すで》に死《し》して新《あたら》しき塔《とう》となり
壊《くず》れたる壁《かべ》には旧題《きゅうだい》を見《み》るに由《よし》無《な》し
往日《おうじつ》の崎嶇《きく》たるを還記《なおき》するや否《いな》や
路《みち》は長《なが》く人《ひと》は困《くる》しみて蹇驢《けんろ》は嘶《いなな》けるを

人生のさすらいは、何に似ているだろうか。
それは舞いおりた雁(かり)が雪の泥土をひょいと踏むようなもの。
泥の上に、たまさかに爪のあとをのこしはするが、
飛び去った雁のゆくえは、東とも西とも知りようがない。
あの時の老僧は、もうすでに亡くなって、新しい石塔になっているし、
くずれた壁には、かつて私たちが書きつけた筆の跡をさがすすべもない。
あの日の苦しい旅路を君は今でもなお覚えているかしら。
道は遠く、人はつかれ、脚を引きずったロバがしきりにいないたことを。

1. 和　和韻《わいん》。すなわち、他人の詩と同じ韻を使用して詩を作ること。和韻には、依韻《いいん》、用韻《よういん》、次韻《じいん》の三種の方法があり、この詩は、原作の詩の韻字《いんじ》を、順序もそのままに用いる次韻の作。**2. 子由**　弟の蘇轍《そてつ》の字《あざな》。**3. 澠池**　河南省洛陽市《かなんしょうらくようし》の西約六十キロにある県の名。**4. 懐旧**　むかしをしのぶ。五年前、父の蘇洵《そじゅん》に従って弟と三人で上京した時、この地を通っている。旧はその時のことを指す。**5. 到処**　行く先ざき。**6. 知何似**　疑問詞の上にある「知」は、疑問の意味を強めて、「いったい……かしら」という気持ちを表す。この場合、「知んぬ」と読みならわしている。**7. 鴻**　雁《かり》に似ているが、より大きな水鳥。**8. 那**　「何」と同じ。反語の辞。**9. 老僧**　五年前にこの地を通った時、世話になった老僧で、名を奉閑《ほうかん》といった。伝記は未詳。**10. 新塔**　僧侶が死ぬと火葬にして、その骨や灰を石塔におさめた。**11. 旧題**　五年前に、この寺舎の壁に書きつけた筆跡。題は詩文を書きつけることだが、訪れた年月日と名前を記しただけとも考えられる。**12. 往日**　昔日。五年前の上京の旅にあった日のこと。**13. 崎嶇**　山路がけわしくて歩きづらい様。**14. 記**　記憶する。**15. 蹇驢**　脚のわるいロバ。自注に、その年の旅では、馬が死んだために、ロバに乗りかえて澠池《べんち》に至った、と見える。

《鑑賞》　嘉祐《かゆう》六（一〇六一）年、蘇軾二十六歳の作。この年、賢良方正能直言極諫科《けんりょうほうせいのうちょくげんきょくかんか》に弟の轍《てつ》と共に上位で及第し、鳳翔府（陝西省鳳翔県）の高等事務官に任じられ、都に残った父と弟に別れて赴任した。この詩は、その途上で、轍の「澠池《べんち》を懐《おも》いて子瞻兄《しせんけい》に寄《よ》す」詩に和したものである。なお、この鳳翔府の任は、蘇軾にとって、官吏の第一歩であったが、これ以後、軾と轍の兄弟は、任地を異にすることが多く、さらに、王安石の新法に起因する党派抗争に巻き込まれたこともあって、一緒に暮らす機会は、数えるほどしかなくなる。しかし、生涯仲の良い兄弟であり、二人の間で交わされた詩文には、かけがえのない愛情が一貫して通いつづけていたのを見ることができる。しかも、その愛情は、生命に対するやさしさという、蘇軾ならではの人間的深みと広がりとをもち、単なる肉親の愛にとどまらない、ヒューマニズムを感じさせるものであった。

首聯《しゅれん》と頷聯《がんれん》の四句では、人間の営みのはかなさを、雁が雪泥に残した跡にたとえる。その跡からは、何処《いずこ》から来て何処へ去ったのか確かめようもなく、その跡さえも、たちまちに消えてしまうだろう。意表をつく比喩《ひゆ》である。ここで蘇軾は、人生に対する懐疑をのべているように見える。事実、これに続く頸聯《けいれん》では、時間の推移がもたらす悲哀そのものというべき、眼前の景が語られる。五年前に世話になった老僧の墓と、かつてそこに題し、今は壊れてしまった壁と。時間の推移と共に、過去は形をなくしていく。こうした人生の無常に対して、ひたすら嘆き悲しみ、悲観的な人生論を述べるのが、これまでの詩の、一般的な型であった。しかし、蘇軾は違う。人生の無常を熟知し、それゆえにこそ、人生の意味を求めようとする。蘇軾は、彼の詩の中で、「人生寄《じんせいよ》するが如《ごと》きのみ」という表現をしばしば用いる。この考え方そのものは、古くからあり、この世に生きることを仮りの宿りに見なし、死のたちまち訪れることを意味する（『古詩十九首《こしじゅうきゅうしゅ》』その十三、「人生忽《じんせいこつ》として寄《よ》するが如《ごと》し」など）。しかし、蘇軾は同じ表現を用いながら、全く別の生き方の出発点として提示する。「はかない人生であるからこそ、人は幸福でなければいけないし、幸福にもなれるのだ」と。それが蘇軾の人生観であった。この詩でも、人生の無常を述べながら、尾聯《びれん》で、この地での記憶をとり出して、それに対比させている。決して楽しい記憶ではないが、それを共有していることを確かめれば、それが喜びともなるという意識である。時間の推移に逆らうすべもない人間の営みの中に、なおかつ意味を問おうとする口ぶりが、そこにある。「還」の字が悲観に傾きかねない心理の動きを逆流させており、また、人生を無常と見なしてしまうのにあきたらない、蘇軾の精神力をよく表している。

《補説》 この詩が次韻した、弟の轍の詩をあげておく。「相携《あいたずさ》えて別《わか》れを話《かわ》す鄭原《ていげん》の上《ほとり》、共《とも》に道《い》う長途雪泥《ちょうとせつでい》を怕《おそ》ると、帰騎《きき》還《ま》た尋《たず》ねん大梁《たいりよう》の陌《はく》、行人《こうじん》已《すで》に渡《わた》らん古崤《ここう》の西《にし》、曾《かつ》て県吏《けんり》為《た》り民《たみ》知《し》るや否《いな》や、旧《も》と僧房《そうぼう》に宿《しゆく》し壁《へき》に共《とも》に題《だい》せり、遥《はる》かに想《おも》う独遊《どくゆう》の佳味《かみ》少《すくな》きを、無言《むごん》の騅馬《すいば》但《た》だ鳴嘶《めいし》するのみ」〈澠池《べんち》を懐《おも》いて子瞻兄《しせんけい》に寄《よ》す〉

六月二十七日望[1]湖樓醉[2]書五絶

(六月二十七日《ろくがつにじゆうしちにち》、望湖《ぼうこ》楼《ろう》に酔《よ》うて書《しよ》す五絶《ごぜつ》)　蘇軾《そしよく》

〈七言絶句〉

黒雲翻[3]墨未遮山　黒雲《こくうん》墨《すみ》を翻《ひるが》えして未《いま》だ山《やま》を遮《さえぎ》らず
[4]白雨跳珠亂入船　白雨《はくう》珠《たま》を跳《おど》らせて乱《みだ》れて船《ふね》に入《い》る
[5]卷地風來忽吹散　地《ち》を巻《ま》き風来《かぜきた》って忽《たちま》ち吹《ふ》き散《さん》ず
望湖樓下水[6]如天　望湖《ぼうこ》楼下《ろうか》水天《みずてん》の如《ごと》し

黒い雲が墨をぶちまけたように広がってきたが、まだ山をすっかり隠してはいない。と見るまに、夕立ちの白い雨滴(うてき)が真珠をまいたように、ばらばらと船の中に降り込む。やがて、大地をまきあげるように風が来て、たちまち雲や雨を吹きはらい、望湖楼から見る湖の面(おも)は、大空の色をたたえて広がっている。

1．望湖楼　杭州《こうしゅう》（浙江省杭州市《せっこうしょうこうしゅうし》）の西湖《せいこ》のほとりにあった楼閣。**2．酔書**　酒の酔いにまかせて書きつける。**3．翻**　ひっくり返す。**4．白雨**　夕立ち。ここは黒雲の対《つい》で、白い雨滴《うてき》のイメージを示している。**5．巻**　まきあげる。むしろを巻くように、ひとまくりすること。**6．水如レ天**　湖面に、空が広く映っている様。唐の柳宗元《りゅうそうげん》の「舎弟《しゃてい》の宗一《そういつ》に別《わか》る」詩の「桂嶺瘴来《けいれいしょうき》たりて雲《くも》は墨《すみ》に似《に》、洞庭《どうてい》に春《はる》は尽《つ》きて水天《みずてん》の如《ごと》し」という詩句にもとづく。

《鑑賞》熙寧《きねい》五（一〇七二）年、三十七歳の作。蘇軾《そしょく》は治平《ちへい》三（一〇六六）年、父洵《じゅん》の死によって、いったん官をやめて帰郷し、熙寧二（一〇六九）年に再び都へ出たが、朝廷は王安石《おうあんせき》の新法をめぐって、二派に分かれての抗争が行われていた。蘇軾も、新法に対して批判的発言をしたことから、新法党ににらまれ、熙寧四年、自ら地方官を望んで、杭州の通判《つうはん》（副知事）となった。杭州では、この地方の文人と交わったり、名勝を訪ねて詩を作るなどし、この時期から、蘇軾の文学者としての本当の活躍が始まる。この詩は、夏の一日西湖に遊んで、事に触れて作った五首の絶句の連作の第一首。湖を夕立ちが通り過ぎるのを、湖を一望にする楼閣からながめて作った詩。

墨壺《すみつぼ》をひっくり返したような黒雲、真珠をばらまいたような白い雨。比喩《ひゆ》のおもしろさは、蘇軾の詩の大きな特徴だが、ここはそれが対としてぴたりと対応していて、いっそう見事である。さらに句全体でも、山と船という、遠景と近景の対応になっている。そして、これは同時に場面転換でもあって、墨を翻《ひるが》えす、珠を跳《おど》らす、という躍動的な描写に、時間的な速さを加える働きをしている。転句では、さらに勢いのよい風が描かれる。むしろを巻くように大地をひとまくりする強風が、それまでの雲や雨を一気に吹き払ってしまう。この転句で、起承句から続いてきた躍動的な自然の動きが頂点に達する。そして結句では、一転して、晴れわたった空が湖面に映った静かなたたずまいの描写となるのである。勢いよく通り過ぎていく夏の夕立ちの様が、あたかもスローモーションカメラでとらえたように生き生きと描かれている。

特に一編の眼目をあげれば、「水如天」の三字だろう。柳宗元の詩にもとづく表現だが、まさに「換《かん》骨奪胎《こつだったい》」の妙がある。動から静への転換、黒→白→青という色彩の変化、そうした一編のリズムを受けとめて、見事に収束している。画家としても名のあった蘇軾らしい詩である。

なお、押韻《おういん》について一言すれば、この詩は、上平声《じょうひょうせい》の刪韻《さんいん》（山）と、下平声《かひょうせい》の先韻《せんいん》（船・天）とが押韻されている。これを通韻《つういん》という。絶句形式としては変則である。

《補説》五首連作の第五首をあげる。結句に、西湖の風景を愛した蘇軾の、西湖への愛着が窺《うかが》える。「未レ成二小隠一聊中隠／可レ得三長間勝二暫間一／我本無レ家更安往／故郷無二此好湖山一（未《いま》だ小隠《しょういん》を成《な》さず聊《いささ》か中隠《ちゅういん》、長間《ちょうかん》の暫間《ざんかん》に勝《まさ》るを得可《うべ》けんや、我本家無《われもといえな》し更《さら》に安《いず》くにか往《ゆ》かん、故郷《こきょう》此《こ》の好湖山《こうこざん》無《な》し）」

飲ス[1]二湖上ニ一初メハ晴レ後ニ雨フル　二首　（湖上《こじょう》に飲《いん》す、初《はじ》めは晴《は》れ後《のち》に雨《あめ》ふる　二首《にしゅ》）　蘇軾《そしょく》　**〈七言絶句〉**

水光瀲[2]灩トシテ晴レテ方[3]ニ好シ　　水光瀲灩《すいこうれんえん》として晴《は》れて方《まさ》に好《よ》し
山色空[4]濛トシテ雨モ亦奇[5]●ナリ　　山色《さんしょく》空濛《くうもう》として雨《あめ》も亦奇《またき》なり

さざなみを浮かべた水の光は、晴れわたった今こそまさにすばらしい。一方、霧のように山をつつんだ雨の景色も、またひときわのながめだ。晴れても雨でも美しい西湖の姿を、い

欲《スレバ》下把《ツテ》二西湖《ヲ》一比《セント》中[6]西子《ニ》上
[7]淡粧[8]濃抹總《ベテ》[9]相宜《シ》●

西湖《せいこ》を把《と》って西子《せいし》に比《ひ》せんと欲《ほっ》すれば
淡粧《たんしょう》濃抹《のうまつ》総べて相宜《あいよろ》し

にしえの越の美女西施（せいし）にたとえてみるならば、
薄化粧、たんねんな化粧、なべてみな風情（ふぜい）がある。

1. 湖上　西湖《せいこ》のほとり。西湖は浙江省《せっこうしょう》杭州市《こうしゅうし》の西にある、風光明媚《めいび》な名勝地。**2. 瀲灎**　広々と、さざなみをたたえた様。**3. 方**　今こそ……である。「偏」になっているテキストもある。**4. 空濛**　細雨に視界がけむってぼやける様。**5. 奇**　きわだってすぐれていること。**6. 西子**　西施《せいし》。春秋《しゅんじゅう》時代の越の美人。呉王《ごおう》の夫差《ふさ》に愛され、呉の滅ぶ一因となった、という。**7. 淡粧**　薄化粧。**8. 濃抹**　たんねんな化粧。「抹」はなすりつけること。**9. 相宜**　ちょうど良い。相は相手または対象のあることを示す。

《鑑賞》　熙寧《きねい》六（一〇七三）年三十八歳の作。前の詩同様、杭州通判《つうはん》在任中、西湖に遊んで作った詩。二首連作の第二首。西湖の優美さを巧みに表現した詩として知られる。

前半の二句は、晴天と雨天によって変貌する西湖の美しさを対句《ついく》によって描き出す。「方」の字は、今こそまさに、と晴れている時の西湖の風光を指定し、その美しさを強調する。また「亦」の字は、同様に、の意味で、晴天の美に拮抗《きっこう》する雨天の美の価値を十分に主張する。起承二句の下三字は、そのように、晴天、雨天それぞれの美に対する作者の感動を伝える。しかし、作者の真の感動は対比される二つの美にとどまらず、一日のうちにも変貌をとげる西湖の、その変化の相に絶対的な美を発見していることによる。後半の二句で西湖を西施にたとえるのも、その感動があればこそである。西湖と西施は、語呂合わせとしても良く、地理的にも適切な組み合わせ（西湖のある杭州は、昔の越の地）であるが、ここでの連想は、そうした機知のみによるものではあるまい。胸の痛みのためにしかめた顔が、かえってますます美しかったという話がある。いかなる場合にもそこなわれることのない、絶世の美人の西施であればこそ、晴雨いずれの場合にも美しさのそこなわれない西湖の連想にふさわしいのである。

比喩《ひゆ》といい、構図のとらえ方といい、蘇軾の才能を十分に感じさせる作である。なお、起句は韻のふみ落としになっている。


《補説》 連作の第一首をあげる。「朝曦迎レ客艶二重岡一／晩雨留レ人入二酔郷一／此意自佳君不レ会／一杯当レ属二水仙王一（朝曦《ちょうぎ》は客《かく》を迎《むか》えて重岡《ちょうこう》に艶《かがや》き、晩雨《ばんう》は人《ひと》を留《とど》めて酔郷《すいきょう》に入《い》らしむ、此《こ》の意《い》自《おのず》から佳《か》なるに君会《きみかい》せずや、一杯《いっぱい》当《まさ》に水仙王《すいせんおう》に属《すす》むべし）」

この第一首によれば、湖上の宴は、朝から晩まで続けられたようである。なお、芭蕉《ばしょう》が「奥の細道」の旅で、象潟《きさかた》の雨に詠《よ》んだ句「象潟や雨に西施がねぶの花」は、この詩を意識の底において作られたものである。


和ス[1]二孔密州ノ五絶一ニ東[2]欄ノ梨花 （孔密州《こうみつしゅう》の五絶《ごぜつ》に和《わ》す東欄《とうらん》の梨花《りか》） 蘇軾《そしょく》 **〈七言絶句〉**

梨花ハ淡白ニシテ柳ハ[3]深青ナリ● 梨花《りか》は淡白《たんぱく》にして柳《やなぎ》は深青《しんせい》なり

梨（なし）の花はほんのりと白く、柳は深い緑色。

柳のわたが飛びかうころ、町はすっか

柳[4]絮ノ飛ブ時花ハ満ツレ城ニ●
惆[5]悵ス東欄一[6]株ノ雪ニ
人生看[7]二得ン幾タビノ清[8]明ヲカ一●

柳絮《りゅうじょ》の飛《と》ぶ時花《ときはな》は城《しろ》に満《み》つ
惆《ちゅう》悵《ちょう》す東欄《とうらん》一株《いっしゅ》の雪《ゆき》に
人生幾《じんせいいく》たびの清明《せいめい》をか看得《みえ》ん

り花でうずまってしまう。庭の東の欄干(らんかん)のそばに、雪のように白く咲いていた一本の梨の木があったことを思い浮かべつつ、私はものおもいにふける。はかない人の一生に、いったい何度このようなすばらしい清明の日と出会うことができるのだろうか。

1．孔密州　蘇軾の後任として密州《みっしゅう》（山東省《さんとうしょう》諸城県《しょじょうけん》）の知事となった孔宗翰《こうそうかん》のこと。字《あざな》は周翰《しゅうかん》。孔子《こうし》の子孫である。**2．東欄梨花**　この詩は五首連作のその三。それぞれに小題があり、これはこの詩につけられた小題。東欄《とうらん》は、密州の官舎の東側の欄干《らんかん》。その傍《かたわ》らに梨の木があったのである。**3．深青**　深みどり。青は柳の葉の生き生きとした色をいう。ブルーではない。**4．柳絮**　柳のわた。暮春のころ、実が熟して綿のように乱れ飛ぶ。**5．惆悵**　傷み悲しむ。**6．一株雪**　梨花《りか》の白さを雪にたとえていった。「二株雪」とするテキストもある。**7．看得**　見ることができる。得は動詞のあとについて、その動作が、さしさわりなく可能であることを示す。**8．清明**　二十四節気の一つ。春分から十五日目。陽暦の四月五、六日ころ。

《鑑賞》　熙寧《きねい》十（一〇七七）年、四十二歳の作。熙寧七（一〇七四）年からの密州知事の任期が満ち、この年の四月に徐州《じょしゅう》（江蘇省《こうそしょう》徐州市）の知事に着任した後、密州の後任知事である孔宗翰から示された詩に和したものである。清明の佳節に盛りと咲く梨花に触発されて、好事の続きがたい人生の無常に思い至った詩である。

蘇軾は多角的才能のあった人で、絵画にも嗜《たしな》みがあった。蘇軾の詩が色彩感覚に優れているのも、画家としての眼が生きているからであろう。この詩の起句の淡白と深青にも、微妙な色彩に対する配慮がうかがわれる。また承句の、飛びかう柳のわたと花に埋まった町は、鳥瞰図《ちょうかんず》的な構成で、いっせいに盛りへと向かう春を、華やかに描き出している。しかし転句で気分が一変する。清明の佳節に、とりわけ美しく咲きにおっていた、密州の官舎の東欄の梨花。そのすばらしさを思い浮かべているうちに、蘇軾の心は逆に悲しいものおもいに沈んでしまう。この転句は、前二句が華やかであっただけに、あたかも画面がポジからネガに転じるような効果がある。花があまりに美しく咲いていると、かえってそれが長く続かないはかなさ、無常といったものに思い至る心の機微は、だれしも経験したことがあるであろう。そんな心の機微に、結句はさりげなく触れている。

花・柳の二字の重複、看得という口語的表現などは、この詩が、即興的にすらすらと作られたことを感じさせる。

《補説》 この時期、黄庭堅《こうていけん》、秦観《しんかん》などの詩人が門下に集まり、蘇軾の名は、当時の詩壇にようやくゆるぎないものとなっていた。

題西林壁 （西林《せいりん》の壁《へき》に題《だい》す） 蘇軾《そしょく》 **〈七言絶句〉**

横看成[3]嶺側[4]成峰●
遠近高低無一同●
不識盧山眞[5]面目
只縁[6]身在此山中●

横《よこ》より看《み》れば嶺《れい》を成《な》し側《そば》よりは
峰《ほう》と成《な》る
遠近高低《えんきんこうていいつ》一も同《おな》じきは無《な》し
盧山《ろざん》の真面目《しんめんもく》を識《し》らざるは
只身《ただみ》の此《こ》の山中《さんちゅう》に在《あ》るに縁《よ》る

よこざまからながめれば連なる山々に、すぐそばから見れば独立してそびえる峰にと変わる。
盧山（ろざん）の山々は、遠近も高低もどれひとつとして同じものはない。
盧山が様々な姿を見せても、その本当の姿を知ることができないのは、
それは、ほかでもなく、私の身が盧山の山の中にあることによるのである。

1. 題　詩を書きつけること。**2. 西林**　寺の名。盧山《ろざん》（江西省《こうせいしょう》九江県《きゅうこうけん》の南）のふもとにあった寺で、古く晋《しん》代に開設されたという。**3. 成レ嶺**　連なった山となる。嶺《みね》の第一義は、峠の山道。峠は連山にあるものだから、連山の義を形成する。**4. 側成レ峰**　「側看成峰」と、「看」の字を補えばよい。峰は、独立した頂きを持つ山。**5. 真面目**　本来の姿。**6. 縁**　……の理由によって。由と同じ。

《**鑑賞**》　元豊《げんぽう》七（一〇八四）年、四十九歳の作。当時の革新政治家王安石《おうあんせき》（608頁）の新法を激しく攻撃した蘇軾は、元豊二（一〇七九）年に、朝廷を誹謗《ひぼう》するものとして御史台《ぎょしだい》の獄に拘禁《こうきん》された。御史台は、監察官の役所。この時、蘇軾は死を覚悟したが、百日余の後、黄州《こうしゅう》（湖北省黄岡県《こほくしょうこうこうけん》）へ流罪《るざい》となった。そしてこの元豊七年の三月に減刑されて、五年に及ぶ流罪人生活から自由の身となった。四月一日に黄州を離れ、筠州《いんしゅう》（江西省高安県《こうあんけん》）に向かった。蘇軾が流罪となった時に、連座して左遷された弟の蘇轍《そてつ》の居をたずねたのである。その途中に、盧山に立ち寄り、ふもとの西林寺《せいりんじ》の壁に書きつけたのが、

この詩である。

廬山は、江西省九江県の南にある名山。四世紀以来、南方仏教の一大中心地であり、名勝旧跡も数多く、かつてこの山を愛した詩人に、陶潜《とうせん》（48頁）があり、白居易《はくきょい》（419頁）がある。ともに蘇軾が尊敬の念をいだいた詩人である。また、蘇軾自身黄州にあって東坡居士《とうばこじ》と号したように仏教への深い関心があり、廬山の高僧との交わりがあった。居士は、在家《ざいけ》で仏道を志すものの称である。廬山に立ち寄ったのも、僧侶との交友関係があったからであろう。

前半の二句は、視点の移動による山容の変化。廬山に踏み入り、自分の眼でとらえた描写である。いかにも動的な印象をあたえる。山歩きをしたことのある人ならば、実感としてよくわかるであろう。しかし蘇軾の詩にあらわれる自然は、客観的自然そのものであることは少なく、自己を投影していることが多い。この前半の二句も、視点の移動による山容の変化から、人間の認識の限界を啓示的に感じとっているのである。後半の二句で、山中に身を置いているからこの廬山の本当の姿を知ることができないのだというとき、単に木を見て山を見ず式の処世をのべたわけではない。人間の視点によって、物の本質は様々な形態をとってみせ、ちょうどこの廬山のように、その全体像はつねに明らかにされがたい。なぜそうなのか。主観という山の中から抜け出るべきであると、蘇軾は主張しているかのようである。仏教的思索が、この詩の背後に色濃く感じられる。

この詩は、いわゆる「理《り》を以《も》って詩《し》と為《な》す」と評される宋《そう》詩の傾向をよく示している。この傾向は、詩的調和を破りさえするのだが、この詩にあっては、廬山のイメージが具体的に生動しているだけに、その認識論は説得力をもっているように思われる。

《補説》 廬山のふもとには、西林寺と並んで東林寺《とうりんじ》があった。蘇軾は東林寺においても詩を作っている。「渓声便是広長舌／山色豈非清浄身／夜来八万四千偈／他日如何挙似人（渓声《けいせい》便《すなわ》ち是《これ》広長《こうちょう》舌《ぜつ》、山色《さんしょく》 豈清《あにしょう》 浄身《じょうしん》に非《あら》ずや、夜来八万四《やらいはちまんし》千偈《せんげ》、他日如何《たじついかん》ぞ人《ひと》に挙似《こじ》せん）」〈贈東林総長老（東林《とうりん》の総長老《そうちょうろう》に贈《おく》る）〉。表現そのものにすでに仏教語が多いが、廬山の自然に仏身を感じ、仏教への帰依《きえ》を述べたものである。このような蘇軾の仏教に対する敬虔《けいけん》な態度は、実は幼児のころからはぐくまれたものである。母親が篤《あつ》く仏教を信仰して、殺生《せっしょう》をきらうやさしさが召し使いにまで感化をあたえ、草花が咲きみだれる庭に小鳥が群がっていたと、その家庭の雰囲気《ふんいき》が伝えられている。

恵[1]崇春[2]江暁景二首

（恵崇《えすう》の春《しゅん》 江暁《こうぎょう》 景《けい》 二首《にしゅ》）　蘇軾《そしょく》　〈七言絶句〉

竹[3]外桃花三[4]兩枝●
春江水暖鴨先知●
蔞[5]蒿滿地蘆[6]芽短
正是河[7]豚欲上時●

竹外《ちくがい》の桃花《とうか》三両枝《さんりょうし》
春《しゅん》江水暖《こうみずあたた》かにして鴨《かも》先《ま》ず知《し》る
蔞蒿《ろうこう》は地《ち》に満《み》ち蘆芽《ろが》は短《みじか》し
正《まさ》に是《こ》れ河豚《ふぐ》の上《のぼ》らんと欲《ほっ》する時《とき》

竹やぶの向こうに、花をつけた桃の枝が二本三本とのぞいている。春の川の水がぬるんできたのを、水面に浮かぶ鴨はいち早く知っている。よもぎがあたり一面に生い茂り、あしの芽が短く吹いている。そうだ、今ごろは、ふぐが川をのぼってくる時期。

1．恵崇　宋《そう》初の僧の名。画家として名があり、特に雁《かり》・鷺《さぎ》・鵝鳥《がちょう》などの絵に長じていた。**2．春江暁**

景　恵崇《えすう》の絵の題。なお「春江晩景」とするテキストもある。**3.竹外**　竹の生えている向こう側。**4.三両枝**　両三枝と同じ。三両とは普通の言い方ではないが、平仄《ひょうそく》の都合で逆にしたのであろう。**5.蔞蒿**　シロヨモギ。おひたしにすると河豚《ふぐ》の毒を消すという。**6.蘆芽**　アシの芽。スープにするとこれも毒消しになるという。**7.河豚**　フグ。日本のフグと同類の魚。淡水産で、豚肉のように美味なので、河豚という。

《鑑賞》　元豊《げんぽう》八（一〇八五）年、五十歳の作。恵崇の絵に題した詩で、画中の景を詠じながら、最後に、蘇軾らしい機知を加えている。

蘇軾は、前年、黄州《こうしゅう》（湖北省黄岡県《こほくしょうこうこうけん》）への流罪《るざい》を減刑され、汝州《じょしゅう》（河南省臨汝県《かなんしょうりんじょけん》）の属官に任じられていたが、この元豊八（一〇八五）年三月に、新法党の擁護者《ようごしゃ》であった神宗《しんそう》が崩《ほう》じ、十歳の哲宗《てっそう》を祖母の太皇太后《たいこうたいごう》が摂政《せっしょう》するに及び、政局が大きく転換して、司馬光《しばこう》（『資治通鑑《しじつがん》』の著者）などの旧法党の人々と共に、蘇軾も再び重用されることとなった。五月に登州《とうしゅう》（山東省蓬萊県《さんとうしょうほうらいけん》）の知事に任じられ、着任後五日で、礼部郎中《れいぶろうちゅう》として都へ召還された。この詩は、この年の暮れに都へ帰ってからの作。長い苦難を経て、再び中央政界へ戻《もど》った喜びが、この詩の満ち足りた調子にもうかがえるようである。

詩の初めの三句は、絵に描かれた景をうたっている。竹やぶから桃の枝が二、三本のぞき、水辺のよもぎやあしの中に鴨が浮かんでいるという、そんな絵であったのであろう。それを蘇軾は、絵の構図を的確に反映させつつ、実際の春の川辺を髣髴《ほうふつ》とさせるようにうたっていく。特に承句の「川の水がぬるんできたのをいち早く知って、それで鴨は心地よげに浮かんでいる」という、いわば絵の解釈を含ませたいいまわしには、ぬるむ水にのんびり浮かぶ鴨の姿態に親しさを感じさせ、暖かく落ち着いた春の気分を誘って、「春江暁景」という画題にふさわしい景を、詩の中に再現させている趣がある。結句が着想の妙。絵の構図とは関係なく、蘇軾らしい機知をもってしめくくっている。おひたしやスープにすれば毒消しになるという、転句のよもぎやあしの芽からたちまち連想されたのが、春の景物としてより、季節料理としての河豚であった。たわむれの気持ちもあろうが食うことにも人生の充実を感じる、幅広い人生哲学の持ち主ならではの発想で蘇軾の人柄を感じさせる詩である。

《補説》 連作の第二首をあげる。この絵には、北へ帰っていく鳥の群れも描かれていたのであろう。「両両帰鴻欲レ破レ群／依依還似二北帰人一／遥知朔漠多二風雪一／更待江南半月春（両両《りょうりょう》の帰鴻《きこう》群《ぐん》を破《やぶ》らんと欲《ほっ》す、依依《いい》として還《ま》た北帰《ほっき》の人《ひと》に似《に》たり、遥《はる》かに知《し》る朔漠《さくばく》の風雪《ふうせつ》多《おお》きを、更《さら》に待《ま》て江南半月《こうなんはんげつ》の春《はる》を）」〈恵崇春江暁景二首其二（恵崇《えすう》の春江暁景二《しゅんこうぎょうけいに》首《しゅ》その二《に》）〉

贈ル二劉[1]景文一（劉景文《りゅうけいぶん》に贈《おく》る）　蘇軾《そしょく》　〈七言絶句〉

荷[2]ハ盡キテ已ニ無ク二擎[3]グルノレ雨ニ蓋[4]一
菊[5]ハ殘ヘテ猶ホ有リ二傲[6]ルノレ霜ニ枝一●
一年ノ好[7]景君須クレ記ス

荷《はす》は尽《つ》きて已《すで》に雨《あめ》に擎《ささ》ぐるの蓋《かさ》無《な》く
菊《きく》は残《おとろ》えて猶《な》お霜《しも》に傲《おご》るの枝《えだ》有《あ》り
一年《いちねん》の好景君《こうけいきみ》須《すべから》く記《き》すべし

はすの葉は枯れつきて、もう雨に向かってさしひろげた傘のすがたはない。菊の花は咲きおとろえて、見る影もなくなったが、それでも霜の寒さにめげぬ一枝はある。一年のうちのよいながめを、あなたはぜひとも覚えておいてほしい。

最[8]モ是レ橙[9]ハ黄ニ橘[10]ハ緑ナル時●

最《もっと》も是《こ》れ橙《とう》は黄《き》に橘《きつ》は緑《みどり》なる時《とき》

何よりも、ゆずの実は黄色く、みかんはまだ緑色の、この時を。

1. 劉景文 名は季孫《きそん》。景文《けいぶん》は字《あざな》。タングート族の西夏《せいか》と戦った将軍劉平《りゅうへい》の子で、この時、杭州《こうしゅう》で民兵の部隊を率いていた。蘇軾は、その人物を高く評価し、中央へ推薦してもいる。**2. 荷尽** ハスの葉がすっかり枯れてしまったこと。**3. 擎** 高くさしあげること。**4. 蓋** かさ。**5. 菊残** 菊が盛りを過ぎて咲きおとろえたこと。**6. 傲レ霜** 霜にうたれても負けない。**7. 好景** このましいながめ。「好処」とするテキストもある。**8. 最是** 何よりまして。「正是」とするテキストもある。**9. 橙** ユズ。**10. 橘** ミカンの類。「橙黄橘緑《とうこうきつりょく》」は、晩秋から初冬の候。

《鑑賞》 元祐《げんゆう》五（一〇九〇）年、五十五歳の作。蘇軾は元豊《げんぽう》八（一〇八五）年に都へ召還されてより、弟の蘇轍《そてつ》とともに重用され、天子の秘書である翰林学士《かんりんがくし》などを歴任した。しかし旧法党の政治は、時代に逆行する面が多く、いたずらに混乱をまねき、司馬光《しばこう》（一〇一九～一〇八六）の死後、旧法党も内紛から分裂した。旧法党の有力者でありながら、その行きすぎにはつとめて公平に批判的意見を述べた蘇軾は、激しい勢力争いの中で格好の攻撃目標とされた。そのいとわしさから、元祐四（一〇八九）年、外任を求めて、杭州《こうしゅう》（浙江省《せっこうしょう》杭州市）の知事となった。劉景文《りゅうけいぶん》とは、この時初めて知りあった。

詩の前半二句は、対句《ついく》になっている。草木が枯れ衰えていく晩秋から初冬にかけての時節を、荷《はす》と菊の様子で描く。はすの葉をかさにたとえることは、ありふれた連想であり、霜にも負けない一枝をうたうことも、さほど珍しくはない。しかし、ここの擎・傲の二字の使い方は巧みである。擎は高くさしあげる意だが、弱々しくではなく、そそりたつような強さがなければならない。それは眼前の風景としては、すでに存在しないが、荷にひそむ生命力を十分に感じさせる表現である。傲は、ものともしないことであり、菊のエネルギーに対する共感が強くこめられている。荷にしろ菊にしろ枯れ衰えながらも、その生命の力強さを深く印象に残すのである。後半二句は、この凋落《ちょうらく》の季節にあって、まして盛りを迎えようとする、橙《ゆず》や橘《みかん》が織り成すながめは、忘れられるものではない、と相手に語りかける。結句は、黄と緑のユズとミカンの実を対比して、その体言止めの効果と相まってあざやかである。

《補説》「劉景文に贈る」という題と詩の内容が、どのように関連しているのか、あまりはっきりしない。そのためであろう、この詩に寓意《ぐうい》を読みとる解釈もある。清《しん》の注釈家である王文誥《おうぶんこう》の説によると、起承の二句は、劉景文の兄弟が皆早逝《そうせい》し、景文一人が生存していることを言い、転結の二句は、景文も年老いてきたが（この時五十八歳）、今こそ奮起して立派な勲功を立てるべき時である、という励ましの意を含むという。

澄[1]邁驛ノ通[2]潮閣（澄邁駅《ちょうまいえき》の通潮閣《つうちょうかく》）　蘇軾《そしょく》　**〈七言絶句〉**

餘生欲スレ老イント海[3]南ノ村●　余生《よせい》老《お》いんと欲《ほっ》す海南《かいなん》の村《むら》

帝[4]遣ム三巫陽ヲシテ招カ二我ガ魂ヲ一●　帝巫陽《ていふよう》をして我《わ》が魂《こん》を招《まね》かしむ

私は、もはや余生をこの僻遠（へきえん）の地である海南の村で過ごそうと心に思っていたのだが、天帝が巫陽に私の魂を呼びもどすようお命じになった。

杳[5]杳《トシテ》天低㆑鶻[6]没《スル》処
青[7]山一髪是㆑中[8]原•

杳杳《ようよう》として天《てん》低《た》れ鶻没《こつぼつ》する処《ところ》
青山一髪《せいざんいっぱつ》是れ中原《ちゅうげん》

はるかに遠く大空は水平線の彼方（かなた）にたれて、そこにははやぶさの姿がかき消える。

ひとすじの髪の毛のように細く連なる山なみ、あれこそ中国の地だ。

1．澄邁駅　海南島の北岸、つまり対岸に中国本土をのぞむ澄邁県《ちょうまいけん》の宿駅。**2．通潮閣**　澄邁駅にあった建物の名。**3．海南村**　海南島の村。配所は、海南島の西岸にあった。**4．帝遣㆔巫陽招㆓我魂㆒**　帝は天帝、実は時の皇帝である徽宗《きそう》を指す。遣は使役を表す。巫陽《ふよう》はみこの名。この句は、『楚辞《そじ》』の招魂《しょうこん》に、屈原《くつげん》の霊魂がさまよっているのをあわれんだ天帝が、巫陽に命じてその霊魂を呼びもどしたとあるのを踏まえ、中国本土に移るよう命じられたことをいう。**5．杳杳**　はるかなさま。**6．鶻**　ハヤブサ。**7．青山一髪**　ひとすじの髪の毛のように細く連なる山なみ。**8．中原**　中国の中心と意識された黄河《こうが》流域を指すことばであるが、ここでは海南島の地から中国本土を指していったもの。

《鑑賞》　元符《げんぷ》三（一一〇〇）年、六十五歳の作。元祐《げんゆう》八（一〇九三）年、太皇太后《たいこうたいごう》の死によって政局が逆転し始め、紹聖《しょうせい》元（一〇九四）年、哲宗《てっそう》が親政を行い、新法党の政治家が復活した。たちまち蘇軾は英州《えいしゅう》（広東省英徳県《カントンしょうえいとくけん》）へ左遷され、赴任の途中、恵州《けいしゅう》（広東省恵陽県《けいようけん》）へ流罪《るざい》との決定が追い討ちをかけた。二度目の流刑《るけい》である。さらに紹聖四（一〇九七）年、恵州から海南島へ移す処置があり、そしてこの元符三年、哲宗が崩《ほう》じて、再び政局に変動がおこり、廉州《れんしゅう》（広東省合浦県《ごうほけん》）へ移るよう命じられた。三年に及ぶ海南島の生活から中国本土へ渡ろうとする時に、万感の思いをこめて作ったのがこの詩である。
　起句の、余生をこの海南の村で過ごそうということばは、流罪の身ではあっても、人間の多様な生き方をそれぞれに価値のあるものとする蘇軾にとって、いつわりのない真情であったろう。過酷であったにちがいない海南島での生活も人生の充実させるべきひとこまであり、閑遊と見なすことすらできたのである。承句は、中国本土に呼びもどされることに対する感謝であるが、流罪は、屈原がそうであったように、忌《い》まわしい政争の犠牲であったと、婉曲《えんきょく》に主張する。いずれにせよ、起承の二句は、わが身のこのたびの変転をいいつつ、生きる場所が提供されれば、そこに生きるだけのことであるという、己《おのれ》の生き方に対する自信がほの見える。幾多の風波を経てのしたたかさ、というべきだろう。転句は、広がる大空から、視野の彼方《かなた》に消えんとするはやぶさの飛翔《ひしょう》へと焦点をしぼり、結句は、そのしぼりきった焦点がとらえた中国本土の姿になる。転句から結句への展開は、風景そのものより、ひとみをこらす感覚そのものがつたわり、蘇軾の心の底に隠れていた、中国本土に対する妄執《もうしゅう》にも似た思いがあふれている。青山一髪は、蘇軾の心情が凝縮されて極限的に投影されたもので、激しいエネルギーを秘めた表現である。

《補説》蘇軾が海南島で作った一連の詩は「海外の詩」と呼ばれ、彼の文学の完成を示すとも評されている。陶潜《とうせん》の文学に深く傾倒していた彼は、五十代の後半から陶潜の詩に次韻《じいん》して、いわゆる和陶詩《わとうし》を作り始めたが、海南島の生活の中でも数多く作られ、この期を代表する作品群となっている。

春夜（春夜《しゅんや》） 蘇軾《そしょく》 〈七言絶句〉

春[1]宵一刻直[2]千金●
花ニ有リ二清香一月ニ有リレ陰●
歌[3]管楼[4]臺聲細[5]細
鞦[6]韆院[7]落夜沈[8]沈●

春宵《しゅんしょう》一刻《いっこく》直《あたい》千金《せんきん》
花《はな》に清香《せいこう》有《あ》り月《つき》に陰《かげ》有《あ》り
歌《か》管《かん》楼台《ろうだい》声《こえ》細細《さいさい》
鞦韆《しゅうせん》院落《いんらく》夜《よる》沈沈《ちんちん》

春の夜は、ひとときが千金にあたいするほど。

花には清らかな香りがただよい、月はおぼろにかすんでいる。

たかどのの歌声や管絃の音は、先ほどまでのにぎわいも終わり、今はかぼそく聞こえるだけ。

人気のない中庭にひっそりとぶらんこがぶら下がり、夜は静かに更(ふ)けていく。

1. **春宵**　春の夜。 2. **直**　値に同じ。 3. **歌管**　歌声と管絃の音。 4. **楼台**　たかどの。 5. **細細**　かぼそい様。「寂寂」となっているテキストもある。 6. **鞦韆**　ぶらんこ。もっぱら女子の遊びとされた。 7. **院落**　中庭。 8. **沈沈**　夜が静かに更《ふ》けていく様。

《鑑賞》　千金は非常に高価なこと、しかし一笑千金というときは、美しい女を意味する。もはや物の値段の意味より女の美しさが極限であることに比重が移る。しかし、女はまだしも売買の対象であることもあるから、値段が高価である意味が実際にないわけではない。そしてこの詩のように春の夜のひとときを千金にあたいするというとき、そのひとときは売買不能であるからこそ、無形の価値がより主張されることになる。「月に陰有り」は、おぼろ月のように雲のかかった月と解されるが、月影つまり月光と解することも可能であると思われる。

起承二句は、春の夜の華やぎとその舞台装置といえる。そして転句によって歓楽の後に静けさがおとずれようとしていることが示され、結句の人気《ひとけ》のない中庭にひっそりとたれるぶらんこが、更けていく夜の静けさを象徴する。この夜の静寂にこそ、作者にとって本当の、千金に値するひとときが発見されているのである。

《**補説**》第一句によって知られた作品であるが、いわゆる集外の詩で、制作年は不詳。南宋《なんそう》に編集された『詩人玉屑《しじんぎょくせつ》』に引用されていて、若年の作品と推定される。

▽●印は押韻を示す。140頁参照。

黄庭堅《こうていけん》 〔北宋〕（一〇四五～一一〇五）

字《あざな》は魯直《ろちょく》。山谷道人《さんこくどうじん》と号した。三十三歳の時に舒州《じょしゅう》（今の安徽省《あんきしょう》）にある山谷寺《さんこくじ》を訪れ、その地が気に入ったのでつけた号である。のちに涪翁《ふおう》とも号した。江西省《こうせいしょう》の出身である。この江西省からは、北宋《ほくそう》詩に限ってみても、欧陽修《おうようしゅう》（593頁）、曾鞏《そうきょう》（599頁）、王安石《おうあんせき》（608頁）など多くの人材が輩出しており、文化水準の高い所であった。黄庭堅の文学を考える場合には、この背景も考慮する必要があるだろう。

　幼時はあまり恵まれた環境に育たなかったが、母方の叔父のもとで勉学に励み、二十三歳で科挙に及第した。官吏としての履歴にはさして目立ったものはなく、大方は地方の小官吏か、中央の政界に戻った場合でも歴史編纂や官吏登用試験の委員などの職務をつとめた。それにもかかわらず、黄庭堅の場合にはその生涯に二度も左遷の憂き目にあっている。つまり、彼は蘇軾《そしょく》（615頁）の門下生であったので、世間からは旧法党人と扱われ、政界が新旧交代する度にあおりをくらったのである。

　蘇軾と黄庭堅のつき合いは、彼が三十四歳の時、蘇軾に詩を贈って絶賛されたことからはじまる。黄庭堅・張耒《ちょうらい》・晁補之《ちょうほし》・秦観《しんかん》の四人を合わせて蘇門《そもん》四学士と呼んでいる。

　また、それまであまり高い評価を受けていなかった杜甫《とほ》（275頁）に対する評価を確定したのもこの詩人の功績のひとつである。

寄ス二黄[1]幾復一ニ（黄幾復《こうきふく》に寄《よ》す）　黄庭堅《こうていけん》　〈七言律詩〉

我居北[2]海君南[3]海
寄[4]鴈傳書謝不能
桃李春風一杯酒
江[5]湖夜雨十[6]年燈
持[7]家但有四[8]立壁
治[9]病不蘄三折肱
想得讀書頭已白
隔溪猿哭瘴[10]煙藤

我《われ》は北海《ほっかい》に居《お》り君《きみ》は南海《なんかい》
雁《かり》に寄《よ》せて書《しょ》を伝《つた》えんとするも能《あた》わざるを謝《しゃ》す
桃李《とうり》春《しゅん》風一杯《ぷういっぱい》の酒《さけ》
江湖《こうこ》夜《や》雨《う》十年《じゅうねん》の灯《ともしび》
家《いえ》を持《じ》して但《た》だ四《し》立《りつ》の壁《へき》有《あ》るのみ
病《やまい》を治《おさ》むるに三《み》たび肱《ひじ》を折《お》るを蘄《もと》めず
想《おも》い得《え》たり書《しょ》を読《よ》んで頭《かしら》已《すで》に白《しろ》く
渓《たに》を隔《へだ》てて猿《さる》は哭《こく》さん瘴煙《しょうえん》の藤《ふじ》に

私は北海の海辺、君は南海のはて、二人は離ればなれになっている。

私は古人にならって雁にたのんで君に手紙を託そうと思うのだが、それもできず、申し訳ないことだ。

思い出すね、昔二人がまだ若かったころ、春風に吹かれながら、咲き誇る桃や李（すもも）の花の下で酒をくみかわしたものだった。

あれ以来、さすらいの人生を送る二人であるが、故里（ふるさと）にそぼふる雨の夜に、あの日の灯は今もあのままにともっているだろうか。

私の現状といえば、生活は維持しているものの、かの司馬相如と同様、部屋の中はガランとして何もない有様。辛酸をなめつくさずとも、人は処世の名医になれてよさそうなものなのだが……。

ところで君はどうしておられる？　きっと川向こうで、瘴気こめる藤にすがってなき叫ぶ猿の声を聞きながら読書に励んでおられることだろう。頭にはすでに白いものをまじえて。

1. 黄幾復　名を介《かい》という。相手に贈る挨拶の詩に、直接名をいうのは失礼にあたるので字《あざな》で呼びかけた。黄庭堅《こうていけん》と同族で、同じく江西省《こうせいしょう》の出身。幼時から親しくつき合った仲で、黄庭堅はのちに彼のために墓誌銘を書いている。**2. 北海**　この詩の作られた元豊《げんぽう》八（一〇八五）年、黄庭堅は山東省《さんとうしょう》の徳平県《とくへいけん》で知事をしていた。中国北方の海、渤海湾《ぼっかいわん》に近いためこういったものだが、それだけではなく、『漢書《かんじょ》』の蘇《そ》武伝に記述された、蘇武の幽閉された所が北海（バイカル湖）という名であったこともひびかせている。**3. 南海**　黄幾復《こうきふく》が知事をしていた広東省四会県《カントンしょうしかいけん》は、南シナ海に近いためこういった。**4. 寄㆑雁伝㆑書**　雁《かり》に手紙を託す、というのは中国古典詩でしばしば用いられる表現である。匈奴《きょうど》により北海に幽閉された蘇武が故国に通信するため雁の脚に手紙を結んで飛ばし、それが武帝の手に入って故国に還る契機となったという。**5. 江湖**　湖沼地帯。二人の故郷、江西を指す。**6. 十年**　ながの年月。実数を指すのではない。**7. 持㆑家**　一家の生計を維持する。**8. 四立壁**　部屋の中に一切の家具がなくガランとしており、壁ばかりが目につく有様をいう。漢の司馬相如《しばしょうじょ》の伝記にある語。赤貧の形容。**9. 治㆑病不㆑蘄㆓三折㆒肱**　『春秋左氏伝《しゅんじゅうさしでん》』という歴史書に、「何回も錯誤を繰り返して初めて名医となれる」とある。ここではそれをもうひとひねりして、処世に拙《つた》ない病を治療するためには、自分で自分の肱《ひじ》を三度も折るようなつらい体験までしなくても十分なものなのに、自分は相変わらず貧乏ぐらしをしている、との意味。**10. 瘴煙**　中国の嶺南地方の沼地に立ちこめるというガス。有毒として恐れられた。

《鑑賞》作者自身の注によると、元豊八（一〇八五）年、作者四十一歳の時の作。六年前、蘇軾《そしょく》が惹《ひ》き起こした筆禍《ひっか》事件のまきぞえで、黄庭堅も地方官回りをさせられていた。

この詩では桃李《とうり》・江湖の二句が最大のヤマである。これは、名詞を並べただけの印象に訴える手法である。白居易《はくきょい》の「雲鬢花顔金歩揺《うんびんかがんきんぽよう》」〈長恨歌《ちょうごんか》〉（424頁参照）あたりに源を発し、杜牧《とぼく》の「水村山郭酒旗《すいそんさんかくしゅき》の風《かぜ》」〈江南《こうなん》の春《はる》〉（544頁参照）となって、しだいに展開してきたものである。この句の場合、語と語との間に飛躍があるので、どのようにその間を補うか、読者にゆだねられる部分が大きい。そこで「十年灯」を、二人が故郷にいた過去の灯ととるか、流離した現在の灯ととるか説が分かれるところである。ただ、このような、もともとが茫漠《ぼうばく》とした句は、一方にきめつけて解釈すると含蓄が失われ、作者のねらいからそれる結果ともなろう。「江湖」は一義的には大江《ちょうこう》と湖の意味だが、転じて、都を離れて各地を流浪する意味をも持つ。それゆえ、この二句の解釈としては、たつきに追われて江湖をさまよい、果ては南北に隔てられた二人をつなぐものとして一点の灯がともり続けている有様を想定すればよいであろう。

跋[1]子瞻和[2]陶詩（子瞻《しせん》の和陶詩《わとうし》に跋《ばつ》す）　黄庭堅《こうていけん》　〈五言古詩〉

子[3]瞻謫嶺[4]南　子瞻《しせん》は嶺南《れいなん》に謫《なが》され

時[5]宰欲殺之●　時宰《じさい》は之《これ》を殺《ころ》さんと欲《ほっ》す

子瞻先生、貴方（あなた）は未開の僻地（へきち）に流されておしまいになりました。あまつさえ、時の宰相は、貴方を殺そうとまで謀ったのでした。

飽《クマデ》喫《ヒ》恵[6]州《ノ》飯《ヲ》
細《カニ》和《ス》淵明《ノ》詩●《ニ》
彭[7]澤《ハ》千載《ノ》人《ニシテ》
東坡《ハ》百世《ノ》士▲《ナリ》
出處《ハ》雖《モ》不《ト》同《ジカラ》
風味《ハ》乃《チ》相《ヒ》似▲《タリ》

飽《あ》くまで恵州《けいしゅう》の飯《めし》を喫《くら》い
細《こま》かに淵明《えんめい》の詩《し》に和《わ》す
彭沢《ほうたく》は千載《せんざい》の人《ひと》にして
東坡《とうば》は百世《ひゃくせい》の士《し》なり
出処《しゅつしょ》は同《おな》じからずと雖《いえど》も
風味《ふうみ》は乃《すなわ》ち相《あ》い似《に》たり

しかし、そのような逆境にもめげず、貴方は恵州で満ち足りるまで食事をとられました。

そして、こまやかな気配りで陶潜（とうせん）の詩に和韻をなさった。

陶潜は千年後まで名の残る名士でした。

貴方もまた、百代の後まで人を奮い立たせる方であります。

それぞれの境涯に応じての振る舞いには違いがあったかも知れません。

とはいいながらしかし、陶潜その人の詩、またそれらに唱和した詩を作られた貴方。

このお二方の風格こそは、お互いに通い合うものがあるといえましょう。

1. 跋　文章の後ろにつけてしめくくりとするスタイルの文章。それをここでは古詩の体裁で作った。**2. 和陶詩**　陶潜《とうせん》（48頁）の原作詩にその脚韻の文字をそのまま用いて唱和の詩を作る事。蘇軾《そしょく》は全部で五十四首もの和陶詩を作っている。**3. 子瞻**　蘇軾の字《あざな》。尊称として用いた。**4. 嶺南**　今の広東《カントン》、広西《こうせい》、福建《ふくけん》地方一帯。中国の最南部で当時は瘴気《しょうき》（有毒ガス）たちこめる未開の地と思われていた。**5．時宰**　この時の宰相は章惇《しょうとん》。蘇軾と政治上の立場を反対にして争っていた。**6．恵州**　現在の広東省恵州市《けいしゅうし》。蘇軾が恵州に流されたのは紹聖《しょうせい》元（一〇九四）年、五十九歳の時である。**7．彭沢千載人**　彭沢《ほうたく》は江西省《こうせいしょう》にある県名。陶潜は彭沢令（県の長官）をしていたことがあった。

《鑑賞》　一見、何気なくさらりと書き流された印象の詩である。しかし、その平明さは黄庭堅一流の緻《ち》密《みつ》に計算された結果の産物であるかもしれない。第一句と第二句とで突如うたいおこされた、生命にもかかわるはなはだ異常な事態（流謫《るたく》）は、第三句での肩すかし（満喫《まんきつ》）により蘇軾の浮沈に動じない性格が強調される効果となっているのである。四句目でたかめられた読者の興味は、やがて、後の四句でしずめられる。なお、ここで韻が変わっている（之・詩、士・似）のにも注意を要する。後の四句はそのような剛毅《ごうき》な蘇軾は、古人のうちでは陶潜がよく該当するという賞賛の挨拶である。

反転に反転を重ねて読者を引っぱっていく、まことに巧みな構成の詩である。

陸《りく》游《ゆう》 〔南宋〕（一一二五～一二〇九）

字《あざな》は務《む》観《かん》。号は放翁《ほうおう》。越州山陰《えっしゅうさんいん》（浙江省《せっこうしょう》紹興市《しょうこうし》）の名門の出身。ほぼ同年配の范成大《はんせいだい》（一一二六～一一九三）、楊万里《ようばんり》（一一二七～一二〇六）とは友人で、この三人が南宋《なんそう》の三大詩人である。

陸游が生まれた翌年、北宋《ほくそう》の首都、汴京《べんけい》（河《か》南省開封《なんしょうかいほう》）は北方女真族《じょしんぞく》の国、金に占領され、その翌年には天子欽宗《きんそう》とその父徽宗《きそう》が金の捕虜となって連れ去られた。陸家はこの時の戦乱に追われて逃避行を続け、陸游が九歳の時にようやく故郷山陰に落ち着いた。このような運命に遭遇して、陸游は、一生の間失われた北方の国土の回復を夢見て、金に対する徹底抗戦を叫び、憂国の詩人と呼ばれることになったのである。陸游が十七歳の時、南宋は金との間に紹興の和議を結び、毎年多くの貢物《みつぎもの》を差し出すことで屈辱的な平和を得た。

二十歳のころ、陸游は結婚したが、その妻は母の気に入らず、母の命令でやむなく離婚した。三十歳の時には、好成績をあげたにもかかわらず、時の宰相秦檜《しんかい》の妨害で殿試《でんし》に落第した。青年陸游の、打ち続く挫折であった。

紹興二十八（一一五八）年、寧徳県主簿《ねいとくけんしゅぼ》となり、秦檜の死後進士の資格を得て枢密院編修《すうみついんへんしゅう》官《かん》となったが、朝廷での派閥争いを批判して左遷、さらに免職となった。乾道《けんどう》六（一一七〇）年、夔州通判《きしゅうつうはん》（副知事）となり、翌々年には四《し》川宣撫使《せんせんぶし》王炎《おうえん》の幕下に招かれ、興元《こうげん》（陝西省《せんせいしょう》南鄭《なんてい》）に赴き、遥《はる》かに金に占領された故地を望んで心をおどらせた。しかし間もなく司令部は解散され、陸游は四川《しせん》を転々として成都《せいと》（四川省）の范成大の幕下に至り、淳熙《じゅんき》三（一一七六）年に退官した。翌々年、今度は常平茶塩公《じょうへいさえんこう》事《じ》となって各地をめぐり、三年後、水害に遭って独断で官有米を農民に与え、免職となって帰郷した。淳熙十三（一一八六）年、再び召されて厳州（浙江省建徳《けんとく》）知事心得（代理）となって、今度は無事三年の務めを果たし軍器少監《ぐんきしょうかん》などに任ぜられたが、紹熙《しょうき》元（一一九〇）年、光宗が即位すると主戦論者が処分され、陸游も四度目の免職を味わった。その後の晩年の二十年間はほとんど故郷で貧困のうちに自ら畑を耕しつつ、恩給生活を送った。

　七十八歳の時、陸游の人生は最後に輝いたかに見えた。王室の外戚《がいせき》、韓侂冑《かんたくちゅう》が北伐を提唱して、陸游を招いたのである。しかし、結局政治とは無関係の国史編纂官を一年余り務めただけで故郷に帰った。さらに北伐の企ても失敗に帰して韓侂冑は殺され、陸游もその企てに加担したかどで、八十五歳の時、宝謨閣待制《ほうぼかくたいせい》という名誉称号を剥奪《はくだつ》された。その年に陸游は死んだのである。死ぬ時まで彼は北方領土の回復を熱望していた。しかしその願いも空しく、陸游の死後六十数年して、南宋は北方の蒙古族《もうこぞく》の国家元に亡ぼされたのである。

　自ら年代順に編修した詩集『剣南詩稿《けんなんしこう》』八十五巻を残した。作品数はおよそ一万首。空前の多作家であった。散文家、史家としても優れ、随筆集『老学庵筆記《ろうがくあんひつき》』がある。

遊《ブ》㆓山西《ノ》村《ニ》㆒（山西《さんせい》の村《むら》に遊《あそ》ぶ）　陸游《りくゆう》　〈七言律詩〉

莫《レ》㆑笑《フ》農家《ノ》臘[1]酒《ノ》渾《レルヲ》●
笑《わら》う莫《なか》れ農家《のうか》の臘酒《ろうしゅ》の渾《にご》れるを

豐年留《メテ》㆑客《ヲ》足《レリ》㆓雞豚㆒●
豊年客《ほうねんかく》を留《とど》めて鶏豚《けいとん》足《た》れり

農家の師走じこみの酒がどぶろくだなどと笑いなさるな。去年は豊年で、客をもてなすのに充分な鶏と豚があるではないか。

山重《ナリ》水複《シテ》疑《フ》レ無《キカト》レ路
柳暗《ク》花明《ラカニ》又一村●
簫[2]鼓追随《シテ》春[3]社近《シ》
衣冠簡朴《ニシテ》古風存《ス》●
従《リ》レ今若《シ》許《サバ》二閑[4]《カニ》乗[5]《ズルコトヲ》一レ月《ニ》
拄《イテ》レ杖《ヲ》無《ク》レ時《ト》夜叩《カン》レ門《ヲ》●

山重《やまかさ》なり水複《みずふく》して路無《みちな》きかと疑《うたが》う
柳《やなぎ》暗《くら》く花明《はなあき》らかに又一村《またいっそん》
簫鼓追随《しょうこついずい》して春 社《しゅんしゃ》近《ちか》し
衣冠簡朴《いかんかんぼく》にして古風存《こふうそん》す
今《いま》より若《も》し閑《しず》かに月《つき》に乗《じょう》ずることを許《ゆる》さば
杖《つえ》を拄《つ》いて時《とき》と無《な》く夜門《よるもん》を叩《たた》かん

山が幾重にもかさなりあい、川が方々に折れ曲がっていて、もう道も消えてしまうかと思った時、
こんもりと小暗く柳が茂り、明るく花が咲いていて、こんな所にもまた村があった。
笛と太鼓の音が追いかけあっている。春の祭りが近いのだ。
村人の服装は質素で、いにしえぶりがまだ残っている。
これからも、もし月が出た折にでものんびりと訪ねてきていいのなら、
杖をついてやってきて、時も定めずに、夜、あなた方の家の門をたたきますぞ。

1. 臘酒　十二月にしこみ、春になって飲む酒。**2. 簫鼓**　たて笛と太鼓。**3. 春社**　立春から数えて五度目の戊《ぼ》（つちのえ）の日に村社で祝う春の祭り。**4. 閑**　のんびりと。ひまにまかせて。**5. 乗レ月**　美しい月が出たのを良い機会として。

《**鑑賞**》　乾道《けんどう》三（一一六七）年、四十三歳の時の作品。初めて免職となって帰郷し、三山に住居を定めた翌年のことである。しかしこの作品には官途を追われた生活という暗さは感じられない。のんびり

と、田園の楽しみにひたっているという風で、全体の調子はのびのびとしていて風格がある。山深い中に美しい豊かな村を見つけ、そこで素朴で楽しげな人々に酒やごちそうのもてなしを受けた、というところ、桃源郷を尋ねあてたような気分である。

しかも、月の美しい折にでもまた来てみようか、と結ぶあたり、世俗を離れた文人の、悠々とした心持ちがうかがわれる。

この作品は第三・四句が名句として知られている。ことに「山重水複」に対して置いた「柳暗花明」という部分がきいている。方々でせせらぎの音が聞こえる清らかな山道は山深くて、もちろん人と行き会うこともない。細々と続く道も木々や草の間に途絶えがちで、いかにも奥まった世界へ踏み迷う心地、そこへぽっかりと目の前が開けて、こんもりとした柳、鮮やかな春の花々。それは、山路との対比で鮮明であり、また、人々の平和な暮らしを象徴している。この二句は一字も無駄にせずに、その時の状況と雰囲気《ふんいき》を余すところなく伝え、しかも美しい風景描写で、精巧な対句《ついく》となっている。

《補説》「柳暗花明」の語は陸游以前の詩人にも用いられている。

「柳暗百花明／春深五鳳城（柳《やなぎ》暗《くら》く百花《ひゃっか》明《あき》らかに、春《はる》は深《ふか》し五鳳城《ごほうじょう》）」〈早朝《そうちょう》（王維《おうい》）〉

「花明柳暗繞㆑天愁／上㆓尽重城㆒更上㆑楼（花明《はなあき》らかに柳《やなぎ》暗《くら》く天《てん》を繞《めぐ》って愁《うれ》う、重城《ちょうじょう》を上《のぼ》り尽《つ》くして更《さら》に楼《ろう》に上《のぼ》る）」〈夕陽楼《せきようろう》（李商隠《りしょういん》）〉

また、この二句と同じような作意の例もある。

「花落尋㆑無㆑径／鶏鳴覚㆑近㆑村（花落《はなお》ちて尋《と》うに径無《みちな》く、鶏《にわとり》鳴《な》いて村《むら》に近《ちか》きを覚《さと》る）」〈仙山行《せんざんこう》（耿《こう》湋《い》）〉

「青山繚繞疑㆑無㆑路／忽見千帆隠映来（青山《せいざん》繚繞《りょうじょう》して路無《みちな》きかと疑《うたが》う。忽《たちま》ち見《み》る千帆《せんぱん》の隠映《いんえい》して来《き》

たるを）」〈江上《こうじょう》（王安石《おうあんせき》）〉
しかし、これらのいずれの句も、陸游のこの二句には及ばない。闊達《かったつ》で明るい陸游の人生観をも反映している佳句である。
▽●印は押韻を示す。140頁参照。

剣[1]門道中遇微雨（剣門《けんもん》の道中《どうちゅう》にて微雨《びう》に遇《あ》う）　陸游《りくゆう》　**〈七言絶句〉**

衣上征[2]塵雑酒痕●
遠遊無処不消[3]魂●
此身合是詩人未[4]
細雨騎驢入剣門●

衣上《いじょう》の征塵酒痕《せいじんしゅこん》を雑《まじ》う
遠遊処《えんゆうところ》として消魂《しょうこん》せざるは無《な》し
此《こ》の身《み》合《まさ》に是《こ》れ詩人《しじん》なるべきや未《いな》や
細雨驢《さいうろ》に騎《の》って剣門《けんもん》に入《い》る

上衣は旅のほこりにまみれて酒のしみがつき、長い旅の間どこでも、私の心は激しく揺れていた。この私にとって、詩人になりきることこそがふさわしいのだろうか。小雨の降る中、驢馬(ばろ)に乗って剣門の道をはいっていく。

1. 剣門　四川省剣閣県《しせんしょうけんかくけん》の北にある山の名。左右から絶壁が迫っていて、門を開き剣を立てたように見える。北方から蜀《しょく》にはいる関門となっていた。**2. 征塵**　旅のほこり。**3. 消魂**　心を激しく動揺させること。**4. 未**　句末につけると疑問詞となる。否と同じ。

《鑑賞》「この身《み》合《まさ》に是《こ》れ詩《し》人《じん》なるべきや未《いな》や」。陸游はこの時人生の一つの転機を感じて、その感慨をこの詩に表したのであった。

　離婚と進士の試験の失敗、それに続く低迷の時期。そうした時、かつて金の軍を破ったことのある虞《ぐ》允文《いんぶん》が宰相となり、王炎《おうえん》が四川宣撫使《せんぶし》となって、乾道《けんどう》八（一一七二）年陸游を興元《こうげん》（陝西省南鄭《せんせいしょうなんてい》）に招いた。興元からはあこがれの長安が望める。「国家《こっか》、四紀《しき》のあいだ中原《ちゅうげん》を失《うしな》えり。師《いくさ》を江淮《こうわい》に出《い》ださば未《いま》だ呑《の》むに易《やす》からず。会《かなら》ず看《み》ん、金鼓《きんこ》の天《てん》より下《くだ》って却《かえ》って関中《かんちゅう》を用《もち》いて本根《ほんこん》と作《な》すを」〈山南行《さんなんこう》〉。長い間失っていた中原地方を、長安を本拠として奪回する時がきっとくる、と陸游は熱っぽくうたった。しかし、やがて司令部は解散し、陸游は成都の任に着くべく出発しなければならなかった。

　この作品は乾道八（一一七二）年十一月、興元から成都に赴く途中、まさに蜀の地にはいろうとした時のものである。驢馬《ろば》と詩人には密接な関係がある。李白《りはく》にも杜甫《とほ》にも驢馬で旅する詩があり、中唐の李賀《りが》は驢馬の上で詩を作ったという。唐の鄭綮《ていけい》は「詩思《しし》は灞橋風雪中《はきょうふうせっちゅう》の驢子《ろし》の上《うえ》に在《あ》り（詩想は吹雪《ふぶき》の中を驢馬で灞橋を渡る時にわきおこるものだ）」と述べている。しっぽりと小雨にぬれながら驢馬に乗って美しい蜀の地にはいっていく。それは詩人にふさわしい姿である。しかし興元からの旅は、酒とほこりと、そして失意とにまみれた長い長い旅であった。驢馬の背に揺られて黙々と旅を続けながら、四十八歳の陸游は考えこんでいたに違いない。政治の中枢に立って官軍を指揮し、金の軍を破って北方の地を取り返す、という望みは、もはや断たれた。これからの自分の人生は、詩人として生きることにあるのだろうか、と。この作品は詩人の自覚の表明とも、主戦論者、陸游の挫折の告白とも受けとれるのである。

▽「起承転結」については132頁参照。

登《ル》賞[1]心亭《ニ》（賞心亭《しょうしんてい》に登《のぼ》る）　陸游《りくゆう》　〈七言律詩〉

蜀[2]棧秦[3]關歳月遒《カナリ》●
今年乘《ジテ》興《ニ》却《ッテ》東遊《ス》●
全[4]家穩《カニ》下《ル》黄[5]牛峽
半醉來《リ》尋《ヌ》白[6]鷺洲●
黯黯《タル》江雲瓜[7]歩《ノ》雨
蕭蕭《タル》木葉石[8]城《ノ》秋●
孤臣老《イテ》抱《ク》憂《フル》時《ヲ》意
欲《スレバ》請《ハント》遷都《ヲ》涕已《ニ》流《ル》●

蜀桟秦関歳月遒《しょくさんしんかんさいげつすみや》かなり
今年《こんねん》興《きょう》に乗《じょう》じて却《かえ》って東遊《とうゆう》す
全家《ぜんか》穏《おだ》やかに下《くだ》る黄牛峡《こうぎゅうきょう》
半酔《はんすい》来《きた》り尋《たず》ぬ白鷺洲《はくろしゅう》
黯黯《あんあん》たる江雲瓜歩《こううんかほ》の雨《あめ》
蕭蕭《しょうしょう》たる木葉石城《もくようせきじょう》の秋《あき》
孤臣《こしん》老《お》いて抱《いだ》く時《とき》を憂《うれ》うる意《い》、
遷都《せんと》を請《こ》わんと欲《ほっ》すれば涕《なみだ》已《すで》に流《なが》る

蜀の桟道、秦の関門へと西への旅をした年月はすみやかに流れ去り、今年は興のおもむくままに、かえって東への旅をしている。

一家そろって平穏に黄牛峡を下り、ほろ酔いきげんで白鷺州を見物しにやってきた。

黒々と川の上には雲がたれこめて、対岸の瓜歩には雨が降り、ざわざわと木の葉が散って、石頭山は秋のけはい。

孤高の臣である私は、年老いた今も、時世を憂える気持ちをもっていて、この地への遷都を願い出ようとするのだが、それを思うだけでもう涙があふれ落ちてくる。

１．賞心亭　南京《ナンキン》城の西のあずまやの名。**２．蜀桟**　蜀《しょく》（四川省西部《しせんしょう》）のきり立った山々の中腹に木を組んで作った道。**３．秦関**　秦《しん》（長安地方）へ行く関所で、金との国境地帯。**４．全家**　家中。盛唐の杜甫《とほ》も家族を引き連れて長江《ちょうこう》を下った。**５．黄牛峡**　湖北省宜昌《ぎしょう》の西の早瀬。**６．白鷺洲**　南京の西南にある、長江の中洲《なかす》。**７．瓜歩**　地名。江蘇省六合県《こうそしょうりくごうけん》の東南、長江の北岸。**８．石城**　南京の長江岸にある石頭山。

《鑑賞》淳熙《じゅんき》五（一一七八）年秋、恩給生活を送っていた陸游は、詩友、范成大《はんせいだい》の口ききで都に召還され、長江を下った。その途中、南京での作。五十四歳。新たな官職につくために都に上る途中の作であるが、黯々《あんあん》たる江雲といい、蕭々《しょうしょう》たる木葉といい、詩全体の色調は暗い。この秋雨の景は、一方で心象風景を写している。

主戦論者陸游は保身を第一とする当時の政界の中で孤立した「孤臣」であった。彼は三十九歳の時「二府に上《たてまつ》って都邑《とゆう》を論ずる劄子《さつし》」を上奏して、金を撃退するために首都を臨安《りんあん》（杭州《こうしゅう》）から南京に遷《うつ》すべきだ、と論じた。今、南京に来て、改めて南京還都の計を思い起こしていた。孤立し年老いて、それでもこの時代を何とかしなければ、と思う。しかし自己の信念を主張するには、あまりに無力であった。こうした意識は陸游の生涯を貫いている。

この詩、地名を多く取り入れてうまく対《つい》にして使っている。蜀といい、秦という部分からは、作者がこれまで各地を転々としてきたことがうかがわれる。黄牛峡《こうぎゅうきょう》といい白鷺洲《はくろしゅう》というところには、長江をずっと旅して来た感じがあらわれている。頷聯《がんれん》の、「穏」と「酔」と、頸聯《けいれん》の、「黯」と「蕭」との対比が、非常に印象的である。

小[1]園（小園《しょうえん》）　陸游《りくゆう》　〈七言絶句〉

村南村北鵓[2]鴣《ノ》聲
水《ハ》刺《シ》[3]新秧《ヲ》漫漫《トシテ》平《カナリ》
行《イテ》遍《キコト》天涯《ニ》千萬里
却[4]《ッテ》從《リ》隣[5]父學《ブ》春耕《ヲ》

村南村北《そんなんそんぼく》鵓鴣《ぼつこ》の声《こえ》
水《みず》は新秧《しんおう》を刺《さ》し漫漫《まんまん》として平《たいら》かなり
行《ゆ》いて天涯《てんがい》に遍《あまね》きこと千万里《せんまんり》
却《かえ》って隣父《りんぽ》より春耕《しゅんこう》を学《まな》ぶ

村の北からも南からも、鵓鴣鳥の鳴く声が聞こえる。田の水は早苗（さなえ）がつき出て、どこまでも平らかに広がっている。私は空のはてまで、千万里も旅をしていたのだが、今はとなりのおやじさんについて、春の野良仕事を習っている。

1. 小園　陸游所有の小さな農園のこと。**2. 鵓鴣**　ハトの一種。カッコウのことともいう。**3. 新秧**　田に移されたばかりの稲の苗。**4. 却**　にもかかわらず、今度は。**5. 隣父**　となりのおやじ。父は父老の意。

《鑑賞》　淳熙《じゅんき》八（一一八一）年、五十七歳の時の作。この前年、常平茶塩公事《じょうへいさえんこうじ》という官職につき撫州《ぶしゅう》にいたところ、水害にあい民衆が食糧不足に困っているのを見かねて、独断で官有米を放出して人々を済《すく》った。ところが都でそのことを弾劾《だんがい》され、免官となってしまった。陸游はもう自分の農園で、世俗のことを離れて悠々とくらそうと思い定めて故郷に帰ってきた。そうした心境をうたったのがこの作品である。四首の連作のうちの第三首目。陸游はこれから六十二歳の春までずっと郷里にひきこもっていた。

最初の二句は平和で静かな、広々とした田園風景の描写である。「小園」第一首の初めの二句でも「小園《しょうえん》の煙草隣家《えんそうりんか》に接《せつ》し、桑柘陰陰《そうしゃいんいん》として一径斜《いっけいななめ》なり」と田園の様子をうたっている。第三句では一転して、今までの生涯が国中をまたにかけた波乱に満ちたものであったことをうたう。この第三・四句は、万里を流浪した末にようやく静かな平和を手に入れた、とも解せるし、また、縦横に活躍していたのに今では夢破れて片隅に蟄居《ちっきょ》するようになった、という不平の思いにもとれる。実は田園生活を愛するということと、政界で活躍できないことを不平に思うということとは、陸游にとってどちらも真実であり、陸游の表と裏の関係になっていたのである。別の詩にいう。「頽然《たいぜん》として辱《はずか》しめに耐《た》う、君笑《きみわら》うこと無《な》かれ。元《も》と是《こ》れ人間澹蕩《じんかんたんとう》の人《ひと》」〈春 晩風雨中《しゅんばんふううちゅう》の作《さく》〉（ながやりにして、官界からの非難に耐えている私はもともと世間の中では気ままにやっている男なのだ）

暮春（暮春《ぼしゅん》）　陸游《りくゆう》　**〈七言律詩〉**

數間ノ茅[1]屋鏡[2]湖ノ濱
萬巻ノ藏書不レ救ハ貧ヲ
燕ハ去リ燕ハ來リテ還タ過ゴシレ日ヲ

数間《すうけん》の茅屋鏡湖《ぼうおくきょうこ》の浜《ひん》
万巻《まんがん》の蔵書貧《ぞうしょひん》を救《すく》わず
燕《つばめ》は去《さ》り燕《つばめ》は来《きた》りて還《ま》た日《ひ》を過《す》ごし

手ぜまで粗末な私の家は、鏡湖のほとりにあって、
万巻の書物はあるけれど、貧乏を救う手だてとはならない。
秋去っていった燕が春になって帰ってきて、私はまた歳月を過ごしてしまったのだ。

花開花落即經春
開編喜見平生友
照水驚非[3]曩歳人
自笑滅胡心尚在
憑高慷慨欲忘身

花《はな》は開《ひら》き花《はな》は落《お》ちて即《すなわ》ち春《はる》を経《へ》たり
編《へん》を開《ひら》いては平生《へいぜい》の友《とも》を見《み》るを喜《よろこ》び
水《みず》に照《て》らしては曩歳《のうさい》の人《ひと》に非《あら》ざるに驚《おどろ》く
自《みずか》ら笑《わら》う胡《こ》を滅《めっ》せん心《こころ》尚《なお》在《あ》りて
高《たか》きに憑《よ》れば慷慨《こうがい》して身《み》を忘《わす》れんとするを

花が咲き、やがて散って、これで今年の春も過ぎた。
書物を開くと、その中に出てくる人々が日ごろの友人のような気がしてうれしくなり、
水鏡に顔をうつすと、昔のわが姿ではなくなっているのに驚く。
われながらおかしくなる。夷狄（いてき）を滅ぼそうと思う気持ちがいまだにあって、
高い所に登ると憤りがわき起こり、自分の身の上のことなど忘れてしまいそうになるのだ。

1．茅屋　かやぶきの粗末な家。**2．鏡湖**　唐の賀知章《がちしょう》が玄宗から賜った湖。それで賀鑑湖《がかんこ》ともいう。浙江省《せっこうしょう》紹興県《しょうこうけん》の南にある。陸游の家のすぐそばで、宋《そう》代には周囲に広大な水田があった。**3．曩歳**　久しい以前。昔。

《鑑賞》　慶元《けいげん》三（一一九七）年春、七十三歳の時の作。陸游は六十五歳の暮れに免官になって以来、ずっと故郷で貧乏ぐらしをしていた。

陸游の父は大変な蔵書家で、陸游自身も非常な読書家だったというから、万巻の書というのは誇張で

はない。しかし、いかに読書に励み詩作に努めても、それを生かして活躍するあてもないのであれば、熱情家陸游は空しさを感じざるを得なかっただろう。年をとればなおさらのこと、書斎の窓から見た花や燕に、過ぎ去っていく一年一年が貴重な時間に思われるのである。ここでは「滅胡心」を客観的に見て、ドン・キホーテのような自分自身を揶揄《やゆ》している。それにしても、この少し前の詩に、

「国《くに》に報《むく》いて死《し》せんと欲《ほっ》するも戦場《せんじょう》なし」〈隴頭水《ろうとうすい》〉

金の軍を破って祖国に恩返しをしようと思うが、その祖国は屈辱的な講和を結んで戦うこともできない、と述べている。老いてついに、陸游の憂国の情は枯れなかったのだ。

示《ス》レ兒《ニ》（児《じ》に示《しめ》す）　陸游《りくゆう》　**〈七言絶句〉**

死《シ》去《ラバ》元知《ル》萬事空《シト》●
但《ダ》悲《シム》不《ルヲ》レ見《ニ》九[1]州《ノ》同《ジキヲ》一●
王[2]師北《ノカタ》定《メン》二中[3]原《ヲ》一日
家祭無《カレ》レ忘《ルルコト》レ告《グルヲ》二乃翁一●

死《し》し去《さ》らば元《もと》知《し》る万事《ばんじ》空《むな》しと
但《た》だ悲《かな》しむ九州《きゅうしゅう》の同《おな》じきを見《み》ざるを
王師《おうし》北《きた》のかた中原《ちゅうげん》を定《さだ》めん日《ひ》
家祭乃翁《かさいだいおう》に告《つ》ぐるを忘《わす》るること無《な》かれ

死んでしまえば万事おしまいだ、ということなどはもとより知っている。ただ中国全土の統一した姿が、死んでしまって見られないのは残念なことだ。
天子の軍隊が北方の中原地帯を平定したならばその日には、先祖の祭りをしてお前たちの父に知らせることを、どうか忘れないでくれ。

1．九州 中国の別称。**2．王師** 天子の軍隊。**3．中原** 中国の中央部。古来ここに中国の中心があったが、南宋《なんそう》の時は金に占領されていた。

《鑑賞》 この詩には悲憤慷慨《こうがい》するような激情を示す言葉は見当たらない。むしろ淡々と、ひとりごとを述べているような作品である。しかし、これは嘉定《かてい》二（一二〇九）年、八十五歳の暮れに、死に臨んで子どもたちに遺《のこ》した辞世の句であり、およそ一万首に及ぶ彼の作品の最後の詩である。このことを知れば、読者はこの詩に秘められた陸游の思いの深さに感動せざるを得ないだろう。

まもなく死ぬことをさとった陸游は、死の向こうに透明な無の世界を感じている。死の前には、彼が愛した田園も肉親も、一生かけて残した詩も、すべては彼がよく詩にうたった夢のようにはかなく消え去ってしまう。しかし、それにしても、死でさえ消すことができないのは、彼が全生涯を通じて叫び続けてきた国家統一の悲願なのであった。陸游はついに一度も中原に足を踏み入れず、長安に触れることもできなかった。物心ついた時から八十年間、片時もなおざりにすることなく思い続けてきた中原回復の願いは、死の直前に、この詩の中に凝結した。この時、六十二歳の長男から三十三歳の末子まで、陸游の六人の息子たちは健在であった。しかし、だれも父の霊に、中原《ちゅうげん》平定の報告をすることはできなかった。宿敵の金ともども、宋が、蒙古《もうこ》の元に滅ぼされようなど、知る由もないことである。

范成大《はんせいだい》〔南宋〕（一一二六〜一一九三）

字《あざな》は至能《しのう》、石湖居士《せきここじ》と号した。故郷の呉県《ごけん》（江蘇省蘇州市《こうそしょうそしゅうし》）付近にある湖、石湖にちなんで号とした。

二十九歳で進士に及第、官吏としてのみちを歩みだした。地方の大官を務めることが多かったが、范成大の政治上の活躍としては、金国へ使いした時の働きが挙げられる。北宋《ほくそう》を亡ぼした金は南宋《なんそう》に対して臣下の礼をとらせていた。これを対等の立場にもどすことを要求するのが范成大の任務なのであった。交渉は不成功に終わったものの、金国皇帝・世宗の面前で、死を賭《と》して堂々と振る舞った范成大の豪胆さは賞賛のまととなった。この時の、金支配下の中国旧領土の見聞を、彼は詩と紀行文とに残している。

彼には、他にも、『呉船録《ごせんろく》』と名づけられた紀行文がある。宋代の文学者たちは、文学ジャンルにおいて二、三の新しいものを創《つく》り出した。紀行や詩話もそのひとつである。旅行遊覧記はこれから宋以降、続々と生み出されることになる。『呉船録』は、范成大が四川《しせん》で軍指揮官を務め、任を終えて蜀《しょく》から故郷の蘇州まで帰る途中の紀行である。四川で彼のもとで働いていた陸游《りくゆう》（644頁）にも范成大の逆コースを紀行した『入蜀記《にゅうしょくき》』の著がある。

晩春田園雑興[1]（晩春《ばんしゅん》 田園雑興《でんえんざつきょう》）　范成大《はんせいだい》　**〈七言絶句〉**

胡蝶雙雙入ル㆓菜花ニ㆒●　胡蝶双双菜花《こちょうそうそうさいか》に入《い》る

蝶々がつがいながらヒラヒラ菜の花ばたけに飛んでいった。

日長無客到田[2]家
雞飛過籬[3]犬吠竇[4]
知有行[5]商來買茶

日《ひ》長《なが》くして客《かく》の田家《でんか》に到《いた》る無《な》し
鶏《にわとり》飛《と》んで籬《まがき》を過《す》ぎ犬《いぬ》竇《あな》に吠《ほ》ゆ
知《し》んぬ行商《ぎょうしょう》の来《き》たりて茶《ちゃ》を買《か》うあるを

春の日永、農家を訪れる客もない。おや、鶏がバタバタと飛び騒いで垣根を越えていった。犬もくぐり穴のところで吠えたてている。だれかきたのかしらん。ああそうか、旅回りの商人が茶を買いにやって来たんだな。

1.雑興 景色から受けた感興をそのままに、雑然と叙述する体裁、の意。**2.田家** 田作をなりわいとする家。農家。**3.籬** まがき。竹や柴などで粗く編んだ垣根。音はリ。**4.竇** あな。門がしまっていても犬がくぐりぬけできるようにうがった通り穴。音はトウ。**5.行商来買レ茶** 宋《そう》代の制度では、行商人は官の許可を得て、茶園から茶を買いつけることが許されたという。

《鑑賞》 この詩は「四時田園雑興《しいじでんえんざつきょう》」と題された連作六十首の一つである。農村風景の種々相を絶句という短い形式を用い、各々のショットをつなげて一幅の絵に仕立てようというのが連作のねらいである。一首一首の作品は、そこで一枚の絵の拡大部分図ということになる。

連作の初めには「引《いん》」と呼ばれる序文がついていて、この連作の制作動機がうかがえる。「淳熙丙午《じゅんきへいご》、沈痾《ちんあ》少《すこ》しく紓《やわら》ぐ。復《ま》た石湖《せきこ》の旧隠《きゅういん》に至《いた》り、野外即時《やがいそくじ》、輒《すなわ》ち一絶《いちぜつ》を書《しる》す。歳《とし》を終《お》りて六十《ろくじっ》編《ぺん》を得《え》たり。四時田園雑興《しいじでんえんざつきょう》と号《ごう》す」すなわち、作者六十一歳の淳熙《じゅんき》十三（一一八六）年、すでに官吏をやめ、故郷の石湖の旧宅で恩給生活を楽しんでいた時、田野の景色を気の向くままにスケッチしたものである。もともと「春日」・「晩春」・「夏日」・「秋日」・「冬日」の五つのグループに分けられ、各グループ十二首の計六十首という均整のとれた構成となっている。この詩はそのうち「晩春」の第三首。晩春の農村の雰囲気《ふんいき》がよくとらえられている佳作である。

のんびりした昼下がりの農村を騒がす鶏と犬の鳴き声。村々を回っては茶を買い集めて歩く商人と農家の人たちとの長い間会わなかったことのあいさつをする話し声。それもまた、はたとやんで、ひとしきり破られた静寂は、声の収まったあと、いっそうひっそりと静まりかえる。けだるさを誘う農村の日永である。わが俳諧の世界と実によく通うものがある。

《補説》范成大は、農村および農民生活に深い共感と同情を持っていた人であった。ごく一般的に言って、中国の知識人は地主であり、取り立てる側としての眼しか持ちえなかった。そこで農村風景をうたう場合でも、自然を美しく楽しい、地主の眼からみて望ましい田園風景が描かれがちであった。范成大はその点、一頭地を抜きん出ている。彼には官吏の非道な租税取り立てを活写した「催租行」ほかの作品がある。范成大は単なる俳諧田園詩人では決してない。「田園雑興」のうち、「冬日その十」をあげておこう。

「黄紙《こうし》（減税の詔書）もて租《そ》を蠲《ゆる》し、白紙《はくし》もて催《もよお》す。皁《くろ》き衣《い》（官吏）は傍午《ひるちかく》に郷《むらざと》に下《くだ》り来《く》る。長《ちょう》官《かん》、頭脳《あたま》は冬烘《おろか》なること甚《はなはだ》し。汝《なんじ》に青銅《ぜに》を乞《こ》うて酒《さけ》を買《か》いて廻《まわ》らん」

楊万里《ようばんり》 〔南宋〕（一一二七～一二〇六）

字《あざな》は廷秀《ていしゅう》、号《ごう》は誠斎《せいさい》。吉州吉水《きっしゅうきっすい》（江西省吉《こうせいしょうきっ》安市《あんし》）の人。紹興《しょうこう》二十四（一一五四）年に進士に及第し、贛州《かんしゅう》（江西省贛県）の司戸《しこ》となり、永州零陵《えいしゅうれいりょう》（湖南省《こなんしょう》零陵県）の丞《じょう》に移った。そのころ、永州に流されていた張浚《ちょうしゅん》に師事し、一生の間その教えを守り、書斎を誠斎と名づけた。

朝廷に入り、国士《こくし》博士《はかせ》・太常博士《たいじょうはかせ》などを経たのち、漳州《しょうしゅう》（福建省《ふくけんしょう》漳州市）の知事となった。これ以後、中央、地方の官職を移るたびに一つの詩集を編んだ。『江湖集《こうこしゅう》』『荊渓集《けいけいしゅう》』『西《せい》帰集《きしゅう》』『南海集《なんかいしゅう》』『朝天集《ちょうてんしゅう》』『江西道院集《こうせいどういんしゅう》』『朝《ちょう》天続集《てんぞくしゅう》』『江東集《こうとうしゅう》』『退休集《たいきゅうしゅう》』など、九集に残る作品は四千二百余首にのぼる。この多作ぶりは、宋《そう》代では陸游《りくゆう》（644頁）につぐものである。

その人柄は、剛直でやや激しすぎたらしく、孝宗に初めは愛されたが、次第にうとんじられた。光宗《こうそう》が即位すると、召されて秘《ひ》書監《しょかん》となったが、次の寧宗《ねいそう》の時に、権臣の韓侂冑《かんたくちゅう》の横暴ぶりを憂えるうちに病気となり、韓侂冑による北伐の開始を耳にすると、慟哭《どうこく》してその罪状を書きつらね、妻子への別れのことばを書き終わると、筆をポトリと落として死んだ。その詩風は、自由豁達《かったつ》で、発想もしばしば奇抜であり、俗語なども多くとりいれている。

夏夜追[1]フレ涼ヲ（夏夜涼《かやりょう》を追《お》う）　楊万里《ようばんり》　〈**七言絶句**〉

夜熱依然トシテ午[2]熱ニ同ジ●　夜熱依然《やねついぜん》として午熱《ごねつ》に同《おな》じ

夜になってもまだ日中のうだるような暑さのままである。

開レ門小[3]立月明中
竹深樹密蟲鳴處
時有微涼不是風

門《もん》を開《ひら》いて小立《しょうりつ》す月明《げつめい》の中《うち》
竹深《たけふか》く樹密《きみつ》なり虫鳴《むしな》く処《ところ》
時《とき》に微涼《びりょう》有《あ》り是《こ》れ風《かぜ》ならず

そこで、門を出て、月明かりの下でしばらく立って涼んでいた。
あたりには竹がうっそうと生え、樹木が生い茂り、その根元では虫が鳴いていた。
すると、風もないのに、何とはなしにちょっと涼しさがしみ通ったような気がした。

1. 追涼　涼しさを求める。**2. 午熱**　正午ごろの暑さ。ここでは、夏のやりきれない暑さ。**3. 小立**　しばらくの間、立ったままでいる。

《鑑賞》　この作品のポイントは、第四句である。前の三句は、この句のための用意をしている、と見てよい。

起句では、夜に入っても昼と同じうだるような暑さだ、といって、「夜」の語がもたらす涼味を否定する。承句、暑さにたまらず外へ出るが、起句の用意によって、この月明かりは、秋のそれとは異なり、月に暈《かさ》でもかかっているような、ムーッとしたものを感じさせる。「小立」の「小」の語が、結句の「微」の伏線になっているのに注意を要する。

転句で、明から暗へ。竹が深く木が密だ、ということによって、月の光を通さない部分に目を注ぐ。その真っ暗な中で、チッチッと虫が鳴いた。その瞬間に、「微涼」、つまりほんのかすかな涼味を感じたのだ。それは無論、風ではない。心理的な涼味、といったところ。もしこれが、むせるような月の下の草むらかなんかで鳴いたのだったら、涼味など少しもない。その意味で、転句の暗部がきいていることになる。

風が涼味を運ぶのでは当たり前だ。この詩はその常套《じょうとう》を一ひねりした、機知の詩である。同時代の陸《りく》游《ゆう》にも、「此《こ》の地《ち》風《かぜ》無《な》く亦《また》自《おのず》から涼《すず》し」の句があり、常套を破り、機知をねらうのが、宋《そう》詩の特色の一つであるわけだが、この詩は、平易な表現の中にも、細かい工夫が生きていて、気のきいた小品となっている。

《補説》もう一首、細やかな観察力を示す作品を紹介する。

「路傍野店両三家／清暁無レ湯況有レ茶／道三是渠儂不二好事一／青瓷瓶挿紫薇花（路《ろ》傍《ぼう》の野《や》店《てん》両《りょう》三《さん》家《か》、清暁《せいぎょう》に湯《ゆ》無《な》し況《いわ》んや茶《ちゃ》有《あ》らんや。是《こ》れ渠《かれ》儂は好事《こうず》ならずと道《い》うならば、青瓷《せいじ》の瓶《へい》に挿《さ》す紫薇《しび》の花《はな》）」

〈道傍店（道傍《みちばた》の店《てん》）〉

（路のかたわらには二、三軒の粗末な茶店があるが、まだ夜明けのこととて、湯など所望《しょもう》しようにもなく、ましてや茶などあるはずがない。それでも、田舎者には風流がわからぬというのなら、見てみるがいい、青瓷《せいじ》のビンに、さりげなく活《い》けてあるさるすべりの紅《あか》い花を）

このように、楊万里の詩は、宋代の他の詩人の詩がそうであったのと同じく、スケッチであり日記であり、人生の一コマを、鮮やかにとどめるものであった。その積み重ねによって、その人生の折々の意味と美しさとを、新たに発見し直していくものであったといえよう。

家柄も低く、貧しい家に生まれ育ち、ついには中央の高官、地方の長官などを歴任しながらも、たえず詩人楊万里の眼は、庶民とその生活のすみずみにまで行きわたっていた、といえよう。

朱熹《しゅき》 〔南宋〕（一一三〇〜一二〇〇）

字《あざな》は元晦《げんかい》。また別に仲晦《ちゅうかい》とも字した。号も種々あるが、よく知られたものでは晦菴《かいあん》、晦翁《かいおう》がある。普通、人を尊称する時は、字か号で呼ぶものであるが、朱熹の場合にはそのどちらでも呼ばず、朱子《しゅし》と呼びならわしている。〝子〟とは男子の美称であるから、朱子とだけ呼んだのでは朱姓の男子すべてを指すことになるのだが、朱子の場合には朱熹しか指さない。これは儒教の始祖である孔丘《こうきゅう》を孔子《こうし》と呼ぶのと同じ扱いである。彼が後世、どれほど高い尊敬を受けていたかを、はっきりとこの呼び名が示していよう。

徽州婺源《きしゅうぶげん》（現在の江西省《こうせいしょう》婺源県）の出身。紹《しょう》興《こう》十八（一一四八）年、官吏登用試験に及第してより、四代の皇帝に仕えた。寧宗《ねいそう》の時、実権を握っていた韓侂冑《かんたくちゅう》の憎しみを買い、職を免ぜられた。その上、朱熹の学問は偽学と認定され、彼の著述は発禁の処分を受けるなど、非常な迫害を受けた。

朱熹は、今日では、詩人としてよりはむしろ哲学者として名を知られている。先輩の程顥《ていこう》・程頤《ていい》の学問を継承し、漢・唐代に盛んであった訓詁《くんこ》（注解）の学風を離れた新しい哲学体系を創り上げた。朱子学とか宋学《そうがく》とか呼ばれている。

江戸末期までの日本の思想界に与えた影響には、はかり知れないものがある。

詩風は、邵雍《しょうよう》（596頁）に始まる道学派の流れの上にはあるが、必ずしもそればかりではなく、ここに紹介されたような気骨に富む詩にも秀でていた。

偶[1]成 (偶成《ぐうせい》) 朱熹《しゅき》 〈七言絶句〉

少[2]年易老學難成
一[3]寸光陰不可輕
未覺池[4]塘春草夢
階前梧[5]葉已秋[6]聲

少年《しょうねん》老《お》い易《やす》く学《がく》成《な》り難《がた》し
一寸《いっすん》の光陰《こういん》軽《かろ》んず可《べ》からず
未《いま》だ覚《さ》めず池《ち》塘春草《とうしゅんそう》の夢《ゆめ》
階前《かいぜん》の梧葉《ごよう》已《すで》に秋声《しゅうせい》

若い時代はうつろいやすく、学問というものはなかなか成就しない。それ故、ほんのちょっとした時間すらも、おろそかにしてはならないのだ。池のほとりに春の草が萌え出した楽しい夢からいまださめきらぬうちに、庭先の青桐(あおぎり)の葉を落とす秋に驚くのだ。

1. 遇成 たまたまでき上がった作品。**2. 少年** 青年。日本語の「少年」よりは、もう一世代上の層を指す。遊興に明け暮れる富豪の子弟といった語感がある。李白《りはく》(185頁)の「少年行《しょうねんこう》」に「五陵《ごりょう》の年《ねん》少金市《しょうきんし》の東《ひがし》、銀鞍白馬《ぎんあんはくば》春風《しゅんぷう》を度《わた》る」という表現がある。**3. 一寸光陰** 光陰は時間。光と陰というふうに反対概念を組み合わせて一つの概念を合成する造語法がある。例えば、「長短」で「長さ」の意など。その光線の長さが一寸しかないということで、ほんのわずかな時間の意となる。**4. 池塘** 池のふちに築いた堤。少年の邸内にある池(補説参照)。**5. 梧葉** アオギリの葉。他の植物に先がけて秋の到来を感じるという。「梧桐一葉落、天下尽知秋」という俚言《りげん》がある。**6. 秋声** 秋風など秋の気がたてる物音。

《鑑賞》 道学派の面目躍如たる詩である。ほかに楽しいことがあり余る青年期の使いよういかんで、その人の学問が決まるのだから精励刻苦せよ、というのが一編の主題で、前二句ではその考えを直接の形でうたっている。ただ、この詩を単なる教訓の詩から救っているのが後の二句である。後二句は、前二句の趣旨を古人の詩句を踏まえた比喩《ひゆ》でうたいかえて平板を救っているわけである。

《補説》 この詩の後の二句にはいささか技巧がこらされている。第三句の「池塘春草夢」は、夢多き青春時代の比喩としてまことに美しい。この句は六朝《りくちょう》・宋《そう》の謝霊運《しゃれいうん》（67頁）が夢の中で得たという「池塘生春草」の句を下敷きにしている。第四句はすでに述べた俚言を踏まえている。

なお、この詩は近時、柳瀬喜代志氏の研究などにより、朱熹の作ではなく、日本人（江戸初期の五山の僧侶）の作という説が出て、有力になっている。

醉《ウテ》下《ル》祝[1]融峯《ヲ》（酔《よ》うて祝融峰《しゅくゆうほう》を下《くだ》る）　朱熹《しゅき》　**〈七言絶句〉**

我《レ》來《タツテ》萬里駕《ス》[2]長風《ニ》●　我《わ》れ来《き》たって万里《ばんり》長風《ちょうふう》に駕《が》す

絶[3]壑層[4]雲許《モ》[5]盪《ガス》胸《ヲ》●　絶壑層雲許《ぜつがくそううんかく》も胸《むね》を盪《ゆる》がす

私はこの祝融の峰にまでやって来た。峰を吹きぬけてゆく風に身をまかせていると、万里の向こうまでこの風に乗って飛んでゆけそうな気がする。切り立った谷、むらむらと重なる雲、これらはこんなにまで私の胸をゆり動かす。

濁酒三盃豪氣發[6]シ
朗吟シテ飛ビ下ル祝融ノ峯●

濁酒三盃豪気発《だくしゅさんぱいごうきはつ》し
朗吟《ろうぎん》して飛《と》び下《くだ》る祝融《しゅくゆう》の峰《みね》

濁り酒を三杯飲んだだけで、豪快な気分が胸の中に起こり、詩を朗詠しつつ私は、祝融の峰を風に乗じ一気に飛び下りるのであった。

1.祝融峰 湖南省の衡山《こうざん》にある峰の名。衡山に七十二ある峰のうちの最高峰。祝融は中国古代の神話伝説に登場する火の神である。南方を支配した関係で、衡山に祭祠《さいし》があったのであろう。**2.駕二長風一** 駕《が》とは馬車やかごなどに乗ること。長風はどこまでも吹き渡る風。長風に駕すとは詩的な表現。峰の上で風に吹かれていると、身が風に運ばれるように壮大な気分になることを、こう表現したのである。**3.絶壑** 壑《がく》は谷のこと。深く切り立ったようになって落ちこんでいる谷。**4.層雲** 幾重にも、積み重なってみえる雲。**5.許盪レ胸** 許は、程度の高いことを示す言葉。こんなにも。盪《とう》は、感動によって胸のうちが震盪《しんとう》する意。杜甫《とほ》の、泰山《たいざん》を詠じた詩に「盪レ胸生二曾雲一」（胸《むね》を盪《ゆる》がして曾雲生《そううんしょう》ず）とある。**6.発** 起こる。わきあがる。「オコる」と読んでもよい。

《鑑賞》 朱熹《しゅき》の父は朱松《しゅしょう》といって詩人として名を残した人である。父の血を引いてであろうか、朱熹もまた、単なる道学の詩のみを作った人ではなかった。彼が、初め朝廷に推薦されたのは、詩人としてであったという。

この詩でも朱熹は、山頂に登って涼風にさらされた心地よさをうたうのに、はなはだ雄大な詩に仕上げている。男性的なうたいぶりである。第一句で、やっとの苦労のあと頂上にたどりついて風に身をなぶらせる壮快さがまず表現される。さて人心地ついて見はるかす眼に入ってきたもの、それが絶壑・層雲であり、第二句に点出されたこれらは、第一句のスケールの大きい叙述をより増幅させる効果をあげている。末句の、「朗吟しつつ峰を飛び下りる」というおさめ方はまことに雄大、首尾よく対応したたいぶりである。

《補説》　朱熹は文学の方面でも業績の高い人であった。中国最古の民謡・歌謡集である『詩経《しきよう》』（696頁）については、それまでの教条主義的な忠信愛国の解釈にとらわれず、柔軟な新解釈を施して新しく注を書き直した。また、韓愈《かんゆ》の全集を校訂し、『朱文公校昌黎先生文集《しゆぶんこうこうしようれいせんせいぶんじゆう》』四十巻として残している。いずれの仕事も文学者としての見識なしには成しえぬものである。実作者としてよりは文学批評家としての方面に力量を発揮した朱熹である。

方《ほう》岳《がく》〔南宋〕（一一九九～一二六二）

字《あざな》は巨山《きよざん》、号は秋崖《しゅうがい》という。安徽省歙県《あんきしょうしょうけん》、祁《き》門《もん》の人である。紹定《しょうてい》五（一二三二）年、進士となった。淳祐《じゅんゆう》年間に趙葵《ちょうき》という人物の参議官となり、また移って南康軍《なんこうぐん》（江西省《こうせいしょう》星子県。軍は宋《そう》代の行政単位）の知事となったが、賈似道《かじどう》にさからい、官を退いた。のち袁州《えんしゅう》（江西省宜《ぎ》春《しゅん》）の知事となったが、また丁大全《ていたいぜん》にさからい、退いた。

才気は鋭く、詩文に秀れて、名言佳句がとび出す様は、天性のものであった。

方岳はもともと農家の出身で、農村の景物をうたう詩が多い。とくに駢体《べんたい》に巧みで劉克荘《りゅうこくそう》（南宋《なんそう》後期に輩出した詩人たちに江湖派《こうこは》といわれる一派があるが、その代表的詩人）と並び称せられたという。『秋崖集《しゅうがいしゅう》』四十巻がある。

雪梅（雪梅《せつばい》）　方岳《ほうがく》　〈七言絶句〉

有《リテ》レ梅無《ケレバ》レ雪不二精[1]神《ナラ》一
有《リテ》レ雪無《ケレバ》レ詩俗[2]-了《ス》二人《ヲ》一
薄[3]暮詩成《ツテ》天又雪《フル》

梅《うめ》有《あ》りて雪《ゆき》無《な》ければ精神《せいしん》ならず
雪《ゆき》有《あ》りて詩《し》無《な》ければ人《ひと》を俗了《ぞくりょう》す
薄暮《はくぼ》詩《し》成《な》って天又雪《てんまたゆき》ふる

梅が咲いても雪が降らなければ、生気ある佳景とはならぬ。
梅と雪とがそろっても、詩心が起こらぬようでは、俗物ということだ。
夕暮れには詩も出来上がり、ちょうど空に雪もちらつきだした。
梅と雪と詩と、三つがそろって、まこ

與レ梅併[4]セ作ス[5]十分ノ春●　梅《うめ》と併《あわ》せ作《な》す十分《じゅうぶん》の春《はる》

とに春を満喫できるというもの。

1．精神　生気があふれ、光彩があって美しいこと。**2．俗了**　凡俗にしてしまう。無学で無風流なものとしてしまう。**3．薄暮**　日暮。薄は迫（せまる）の意味、暮れに近づくというのが原義。**4．併**　合わせる。**5．十分春**　百パーセント、完全な春。

《鑑賞》　この詩は、いわゆる機知の詩である。宋《そう》の詩人らしく、一理屈こねているのだが、「精神ならず」とか「俗了す」などと、俗語臭のする語を使って、全体に軽妙な味わいで嫌みがない。

同じ字が何度も出てくる点、普通の絶句とは、一目して違うことがわかるが、それ以外の規則（押韻《おういん》や平仄《ひょうそく》）は、きちんと守っている。細かに見ると、起句に梅と雪、承句に雪と詩、転句に詩と雪、と連鎖的に出て、結句に梅を点じて起句につながる。そして、それら全部をひっくるめて、十分の春になるという趣向だ。

天地人三才というが、天にあっては雪、地にあっては梅、人においては詩という、三つのものがそろって初めて完全な春の趣を味わうことができるのである。

雪を梅と見、梅を雪と見る、という趣向は昔からある。高適《こうせき》の「塞上《さいじょう》にて吹笛《すいてき》を聞《き》く」（261頁）がそうだ。梅の、雪との違いは、香りがあることだ、という詩もある。宋《そう》の王安石《おうあんせき》（608頁）の「梅花《ばいか》」に、「墻角数枝梅／凌レ寒独自開／遥知不二是雪一／為レ有二暗香来一（墻角数枝《しょうかくすうし》の梅《うめ》、寒《かん》を凌《しの》いで独《ひと》り自《おのず》から開《ひら》く。遥《はる》かに知《し》る是《こ》れ雪《ゆき》ならずと。暗香《あんこう》の来《き》たる有《あ》るが為《ため》なり）」という。塀の角にパッと白く咲いた花、雪のようだが、よい香りがするので雪ではないとわかる、という意味である。方岳《ほうがく》の詩にも、「梅はすべからく遜《ゆず》るべし三分の白、雪は却《かえ》って梅に輸《ゆ》す（負ける）一段の香」の句がある。

こう見てくると、梅はほとんど白いものを指していうことがわかる。北方の梅は、白梅が常なのだろう。紅梅を詠じたものに、杜甫《とほ》の「沙村《さそん》の白雪《はくせつ》仍《な》お凍《こおり》を含《ふく》み、江県《こうけん》の紅梅《こうばい》已《すで》に春《はる》に放《はな》つ」があるが、これは湖南で作ったものだ。

《補説》 北宋《ほくそう》の蘇軾《そしょく》に「於潜僧緑筠軒《おせんのそうりょくいんけん》」と題する詩があるが、その中で「食《しょく》をして肉《にく》なからしむべきも、居《きょ》をして竹《たけ》なからしむべからず、肉《にく》なくんば人《ひと》をして痩《や》せしむ、竹《たけ》なくんば人《ひと》をして俗《ぞく》ならしむ、人《ひと》の痩《や》せたるは尚《な》お肥《こ》やすべし、俗士《ぞくし》は医《いや》すべからず」という。「雪梅」も、この蘇軾の詩にならって作ったものであろうか。よく似た表現、同じ脱俗の気分がある。

梅は古来文人に好まれ、よくうたわれた花であるが、この蘇軾にも梅をうたう作があり、その一つに「春来《はるきた》りて幽谷水潺潺《ゆうこくみずせんせん》、的皪《てきれき》たる（あざやかな白の）梅花《ばいか》草棘《そうきょく》の間《かん》、一夜《いちや》東風石《とうふういし》を吹《ふ》いて裂《さ》き、半《なか》ば飛《ひ》雪《せつ》に随《したが》って関山《かんざん》を度《わた》る」と、風雪に散りまじる梅を詠む。

わが国の和歌では、「はな」といえば桜の花を詠むことが多いのだが、これは平安朝以降のことで、上代の『万葉集』では、むしろ梅花が数多くうたわれている。そして、巻五の梅花三十二首の中には「わが園に梅の花散るひさかたの天《あめ》より雪の流れ来《く》るかも」とか、巻十の雪を詠むなかに「山高み降《ふ》り来る雪を梅の花散りかも来ると思ひつるかも」などと、梅を雪、雪を梅と見立てるものもある。

詩《し》と詞《し》

「詩」についての詳しい解説は巻末付録「漢詩入門」に譲り、ここでは「詩」と「詞」との違いを、「詞」の立場から説明することにする。

「詞《ツー》」は、唐代の末ごろから盛んになる。唐王朝は、いわゆるシルクロードを利用して、多くの国々との交渉をもつ。そこで、その通路にあたる西域のあたりから、文物と共に新しい音楽（胡《こ》楽《がく》）が流れ込む。とくに詩の全盛時代を生み出した玄宗《げんそう》（六八五～七六二）の治政下では、宮中でも盛んに音楽がもてはやされた。その新しい音楽にのせて歌う「ことば」（曲子詞《きょくしし》）というのが、「詞」の本来の意味であり性質である。

　変化のある音楽にのせるからには、詩のように一句の字数や句数が均整になりにくい。これが、一目見ただけでもはっきりわかる特徴である。ただし同じ曲であれば、内容は違っても同じ字数、同じ句数となる。そこで、のちには、そのあらかじめ決まっている枠の中へ文字を「塡《う》」めていくだけの作業となったので、「塡詞《てんし》」などと呼ばれた。

　文学としての詞の歴史は、晩唐の詩人温庭筠《おんていいん》（570頁）より始まる、といわれる。彼は、貴族の子弟と遊里へ入りびたっては妓女《ぎじょ》などとたわむれ、同じように歌をうたい、「詞」を作った。したがって、初めは、「聖人君子《せいじんくんし》」がまともにするべきではない、たわむれの遊びと考えられ、さげすまれていた。「詩余《しよ》」（詩の余り）という詞の別名は、そのことを暗示している。それが、唐王朝の滅亡とともに、五代へと受け継がれ、宋《そう》代に入って、はじめて文学としての正当な地位を得ることになる。つまり、「唐詩」に対して「宋詞」といわれるように、宋という時代の意識と情感とを、最も有効に表現しうるものとして詞の形式が選びとられたのである。

　詞は多くの男女間の思いを主題としてきた。民衆に親しまれるという点においては、六朝《りくちょう》における民歌や次の元代の戯曲、さらに明代の小説にも劣らないが、生命の躍動、新しい人間観の展開という点では、一歩譲らなければならない。新しさの中にこそ、限界がひそんでいたのである。

文天祥《ぶんてんしょう》 〔南宋〕〔一二三六～一二八二〕

字《あざな》は宋瑞《そうずい》、また履善《りぜん》、号は文山《ぶんざん》という。江西《こうせい》の吉水《きっすい》の人。体格がよく、色白、切れ長の目で、玉のような美男子であった。二十歳のとき、状元《じょうげん》（首席）で進士に及第した。のちに宰《さい》相《しょう》になったので、「状元宰相」と称され、文字どおり宋《そう》朝を代表する存在として自他ともに許した。寧海節度判官《ねいかいせつどはんがん》、軍器監などを経て、贛《かん》州《しゅう》知事となった翌（一二七五）年、元《げん》の軍が侵入した。彼は勤王軍募集の詔《みことのり》に応じて、大勢を集めてはせ参じ、右丞相《うじょうしょう》（宰相）に任ぜられた。最後に臨安《りんあん》を守って利あらず、講和のため元の丞相、伯顔《バヤン》と会見したが、口論して捕らえられた。その直後、宋は降伏した。彼は護送される途中、脱走し、宋の回復を計った。福州《ふくしゅう》で度宗《どそう》皇帝の子福王《ふくおう》を奉じて、福建《ふくけん》の汀州《ていしゅう》、漳州《しょうしゅう》、広東《カントン》の梅州《ばいしゅう》と転戦し、大いに抵抗したが、やがて元軍に捕らえられ、大都《だいと》（北京《ペキン》）に護送、土牢に幽閉された。元の世祖《せいそ》は彼の才を惜しみ、帰順させようとしたが、彼は応ぜず、獄中三年の後、刑死した。宋朝随一の忠誠の士として、後世に尊敬を集める。

過《グ》ニ零[1]丁洋《ヲ》一 （零丁洋《れいていよう》を過《す》ぐ） 文天祥《ぶんてんしょう》 **〈七言律詩〉**

辛[2]苦遭逢起《ル》[3]ニ一經《ヨリ》一● 辛苦《しんく》遭逢《そうほう》一経《いっけい》より起《おこ》る

干戈落落《タリ》[4]四周星● 干戈《かんか》落落《らくらく》たり四周星《ししゅうせい》

救国の苦心惨憺（さんたん）は、そもそも経書（けいしょ）を読んで進士に及第してからのこと。

干（たて）と戈（ほこ）とを取って戦闘するもま

山河破碎《シテ》風[5]抛《チ》絮《ヲ》
身[6]世飄[7]揺雨打《ツ》萍[8]《ヲ》
皇[9]恐灘頭説《キ》皇[10]恐《ヲ》
零丁洋裏歎《ズ》零[11]丁《ヲ》
人生自《リ》古誰《カ》無《カラン》死
留[12]取《シテ》丹[13]心《ヲ》照《サン》汗[14]青《ヲ》

山河破碎《さんがはさい》して風絮《かぜじょ》を抛《なげう》ち
身世飄《しんせいひょう》　揺雨萍《ようあめへい》を打《う》つ
皇恐《こうきょう》　灘頭皇恐《たんとうこうきょう》を説《と》き
零丁洋裏零丁《れいていようりれいてい》を歎《たん》ず
人生《じんせい》　古《いにしえ》より誰《たれ》か死《し》無《な》からん
丹心《たんしん》を留取《りゅうしゅ》して汗青《かんせい》を照《てら》さん

まならぬ四年間。
山河は荒れはて、柳絮（りゅうじょ）が風に舞うよう。
わが身はさすらい、雨が浮き草を打つよう。
さきに皇恐灘のほとりでは、国家滅亡の罪を恐れて説き、
いまは零丁洋のうえで、身の零落（れいらく）を嘆くばかり、
人生はむかしよりだれか死なないものなどあろうか。
どうせ死ぬこの身なら、この忠誠の赤心を留め残し、史上に輝かしたいもの。

1. 零丁洋　広東省珠江《カントンしょうしゅこう》の河口の海。**2. 辛苦遭逢**　国難に遭い苦労する。**3. 起二一経一**　経書《けいしょ》を修め進士に及第し、官吏となったこと。**4. 四周星**　四年。**5. 抛レ絮**　柳絮《りゅうじょ》、柳《やなぎ》の花わたが風に飛ばされる。**6. 身世**　わが身一代。**7. 飄揺**　漂う。さすらう。**8. 萍**　浮き草。**9. 皇恐灘**　贛水《かんすい》（江西省《こうせいしょう》）にある十八灘《たん》（難所）の一。**10. 皇恐**　惶恐《こうきょう》とも書く。恐れる。ここは危難を指す。**11. 零丁**　孤独で落ちぶれる。**12. 留取**　留《とど》めて後世に伝える。取は助字。**13. 丹心**　赤心、真心。**14. 汗青**　史書を指す。昔、竹簡《ちくかん》を火であぶり汗を出し、その上に文字を書いたのでいう（書きよくし、虫害を防ぐ）。

《鑑賞》「四周星」というように、文天祥は徳祐《とくゆう》元（一二七五）年に兵を起こし、祥興《しようこう》元（一二七八）年に破れるまで四年を経ている。捕虜となった時、一度は自殺を計ったが失敗した。敵将、張弘範《ちようこうはん》は潮陽《ちようよう》で彼に会い、客礼をもって待遇した。そして、厓山《がいざん》（宋《そう》滅亡の所）に伴い、宋将、張世傑《ちようせいけつ》に投降を勧める文章を、彼に書かせようとした。彼は応じなかった。強く要請されたため、途中通過した零丁洋《れいていよう》にちなみ、自己の心境を、この詩に作って示したのである。弘範も笑って許したという。

《補説》皇恐灘《こうきようたん》、零丁洋という地名を、自己の心情に結ぶあたりが、この詩の技巧。これには典拠がある。蘇軾《そしよく》（615頁）の「八月七日、初めて贛《かん》に入《い》り惶恐灘《こうきようたん》を過《よ》ぎる」に「山《やま》は喜歓《きかん》を憶《おも》うて遠夢《えんむ》を労《ろう》し、地《ち》は惶恐《こうきよう》と名《な》づけて孤臣《こしん》を泣《な》かしむ」とある。喜歓《きかん》は蜀道《しよくどう》の錯喜歓舗《さくきかんぽ》、山道が平坦になったと錯覚して喜ぶ所の意。地名を巧みにうたいこんでいる。

北京の獄中で作った「正気《せいき》の歌《うた》」は、五言六十句から成る彼の代表作である。悪気の充満する獄中にて、なおくじけぬ気力と、亡国の無念とを述べて、後世に強い影響を与えた。わが国でも、明治維新前後に、藤田東湖《ふじたとうこ》の「正気《せいき》の歌《うた》に和《わ》す」があり、また、吉田松陰《よしだしょういん》、広瀬武夫《ひろせたけお》など、「正気の歌」を作るものが少なくない。

真山民《しんさんみん》　〔南宋〕（生没年未詳）

姓名、出身地ともに不詳。宋《そう》末の遺民で世を逃れ、人に知られることを求めず、自分を「山民《さんみん》」と呼んだ。『四庫全書総目提要《しこぜんしょそうもくていよう》』では、李生喬《りせいきょう》が「乃《なんじ》の祖《そ》文忠西山《ぶんちゅうせいざん》（真徳秀《しんとくしゅう》と考えられる）に愧《は》じず」と嘆息《たんそく》したということから、その姓を「真」と推定している。また、『四庫全書簡明目録《しこぜんしょかんめいもくろく》』には、「その人迹《あと》を匿《かく》し声を鎖《け》し、実にその氏名を得ず。その詩の源は晩唐に出ず。而《しこう》して命に安んじ時に委《ゆだ》ね、一も怨尤《えんゆう》の語なし。志操識《しそうしき》量《りょう》みな及ぶべからず。宋《そう》代遺民の第一流か」と述べられている。一説に、本名は桂芳《けいほう》、括蒼《かっそう》（浙江省麗水県《せっこうしょうれいすいけん》の東南八里）の人。宋末に進士に及第す、とある。著に『真山民集《しんさんみんしゅう》』一巻がある。

山間ノ秋夜　（山間《さんかん》の秋夜《しゅうや》）　真山民《しんさんみん》　〈七言絶句〉

夜[1]色秋[2]光共ニ二一[3]闌●
飽クマデ収メテ二風[4]露ヲ一入ル二髀[5]肝ニ●一
虚[6]檐立チ尽ス梧[7]桐ノ影

夜色秋《やしょくしゅう》光共《こうとも》に一闌《いちらん》
飽《あ》くまで風露《ふうろ》を収《おさ》めて髀肝《ひかん》に入《い》る
虚檐《きょえん》立ち尽《つく》す梧桐《ごどう》の影《かげ》

ふけていく夜の気配と、秋のさえわたる月の光が、欄干(らんかん)を包んでいる。秋風に吹かれ、白露をあびて、夜気を心ゆくまで体内に吸いこむ。そうして、ひっそりとした軒端(のきば)の、あおぎりが影をおとしているあたりに立ち尽くしていると、

絡緯數聲山月寒[8]シ

絡緯《らくい》数声《すうせい》山月《さんげつ》寒《さむ》し

今まで静まり返っていたこおろぎが、突然鳴き出し、その声がさらに山月を寒々と感じさせるのである。

1. 夜色 夜の気配《けはい》。**2. 秋光** 秋の夜の月の光。**3. 一闌** 闌《らん》は欄《らん》と同じ。一つの欄干《らんかん》。**4. 風露** 秋風と白露《はくろ》。**5. 脾肝** 脾臓と肝臓。腹の中をいう。**6. 虚檐** (イ)高い軒《のき》、(ロ)りっぱな建物、(ハ)だれもいない軒、の三つの意味があるが、ここでは(ハ)の意味。**7. 梧桐** アオギリ。秋は、この木の葉が散り始めることによって知られる。**8. 絡緯** コオロギ。一説にはクツワムシ。

《鑑賞》 だれもいない、ひっそりとした軒端の、深まりゆく秋の夜の情景をうたった作品である。古来、秋の夜をうたった詩は数多い。この詩も、使われている「夜色」「秋光」「虚檐」「梧桐」「絡緯」「山月」などの、いわば常套《じょうとう》的な使い古されたことばからすれば、ややもするとマンネリズムにおちいる危険性をはらんでいる。さらに、盛り込まれた素材も、どちらかといえば多過ぎるきらいがある。それを救っているのが、第二句の「飽くまで風露を収めて脾肝に入る」である。ひんやりとした秋風に吹かれ、透き通るような白露を全身に受けて、秋の気を胸いっぱい、腹いっぱいに収める、という、そこには何の気取りもない。ただただこの秋の夜の山と、それを取りまく自然とにひたりこみ、一つになろうとする詩人のひたむきな姿があるばかりだ。この句があってはじめて、静寂で趣の深い山間の秋の夜が、読者の心に染み通るのである。

第四句は、柳宗元《りゅうそうげん》「漁翁《ぎょおう》」(404頁)の「欸乃一声山水緑」にもとづくものと思われる。それまで息をひそめていたこおろぎが、二声《ふたこえ》三声《みこえ》鳴いたことによって、あたりの静けさと山月の寒々とした感じが、さらにいっそう身に染みて感じられる。こうした句は、ともすると嫌みになりがちだが、ここではよく一編全体の趣を引きしめている。おそらく、作者は細かなコセコセしたことにとらわれない、天衣無縫《てんいむほう》の詩人であったろう。隠士《いんし》真山民の面目が、おのずと表れた作品といえる。

《補説》　山中の生活をうたった詩を二首紹介する。

「出レ門誰是伴／只約二瘦籐一行／一二里山逕／両三声暁鶯／乱峰相出没／初日乍陰晴／僧舎在二何許一／隔レ林鐘磬清（門《もん》を出《い》づれば誰《たれ》か是《こ》れ伴《ともがら》、只《た》だ瘦籐《そうとう》に約《やく》して行《ゆ》く、一二里《いちにり》の山逕《さんけい》、両三声《りょうさんせい》の暁鶯《ぎょうおう》、乱峰相出没《らんぼうあいしゅつぼつ》し、初日《しょじつ》乍《たちま》ち陰晴《いんせい》す、僧舎《そうしゃ》何《いず》れの許《ところ》にか在《あ》る、林《はやし》を隔《へだ》てて鐘磬《しょうけい》清《きよ》し）」〈暁行二山間一（暁《あかつき》に山間《さんかん》を行《ゆ》く）〉

（門を出て歩いていくのに、だれが自分の道連れかといえば、ただ細い籐《とう》の杖《つえ》ばかり。一里ばかりの山道をたどっていくと、明け方のウグイスが二声三声鳴いた。さまざまな形をした峰々が現れては消え、朝日はそれにさえぎられて暗くなったり、また明るくなったり。はて、どこに僧舎があるのやら。林の向こうから、鐘や磬石《けいせき》の清らかにひびいてくるのが聞こえるわい）

「我愛山中月／烱然掛二疎林一／為レ憐二幽独人一／流光散二衣襟一／我心本如レ月／月亦如二我心一／心月両相照／清夜長相尋（我《われ》は愛《あい》す山中《さんちゅう》の月《つき》、烱然《けいぜん》として疎林《そりん》に掛《かか》る、幽独《ゆうどく》の人《ひと》を憐《あわれ》むが為《ため》に、流光衣《りゅうこうい》襟《きん》に散《さん》ず、我《わ》が心本月《こころもとつき》の如《ごと》く、月《つき》も亦我《またわ》が心《こころ》の如《ごと》し、心月《しんげつ》両《ふた》つながら相照《あいてら》し、清夜《せいや》長《とこしえ》に相尋《あいたず》ぬ）」〈山中月（山中《さんちゅう》の月《つき》）〉

山中の月と自分との心の通いあいをうたった作品である。とくに、「月」ということばを四つも使っていながら、少しもくどさがなく、むしろ澄みきった清らかさを漂わせているところが見事である。

元好問《げんこうもん》　〔金〕（一一九〇〜一二五七）

字《あざな》は裕之《ゆうし》、遺山《いざん》と号した。太原《たいげん》の忻州《きんしゅう》秀容《しゅうよう》（山西省《さんせいしょう》）の人。祖先は拓跋魏《たくばつぎ》の出身で、家は金《きん》王朝に仕える士大夫《したいふ》であった。若くして詩名高く、元才子《げんさいし》と称された。

金は貞祐《ていゆう》二（一二一四）年、蒙古《もうこ》に攻められ燕京《えんけい》（今の北京《ペキン》）から汴京《べんけい》（開封《かいほう》）に遷都した。この時、蒙古は山西にも侵入し、多数の人が殺され、兄の元好古《げんこうこ》もこの時に死んだ。のちにも攻められ、彼は母とともに河南《かなん》に戦禍を避けている。

三十一歳で進士に及第。三十七歳から四十二歳に、鎮平《ちんぺい》、内郷《ないきょう》、南陽《なんよう》の知事を歴任し、軍備増強のための徴税に苦しんだ。四十二歳で尚《しょう》書省掾《しょしょうえん》となり汴京に出たが、四十五歳の時に、汴京は落とされ、城内の病弊や略奪の惨状をその目で見た。彼も捕虜となり、家族とともに聊城《りょうじょう》（山東省《さんとうしょう》）に三年間の拘禁生活を送る。都を出る前、蒙古の相《しょう》、耶律楚材《やりつそざい》に手紙を出し、金の文人の保護を求めている。

金滅亡の後、彼の文名は高かったが、元には仕えず、とくに努めて金の事績を記録し、『野《や》史《し》』と名付けた。また、金代諸家の詩文を集め、『中州集』とした。これには、詩でもって史を存するという意図があった。他著に『元遺《げんい》山《ざん》先生集』四十巻、『続夷堅志《いけんし》』四巻（金末の異事雑事を載せる）などがある。金第一の詩人であり、また史家でもあったわけである。

岐[1]陽　（岐陽《きよう》）　元好問《げんこうもん》　〈七言律詩〉

百[2]二関河草不横
十年戎[3]馬暗秦[4]京
岐陽西望無来信
隴[5]水東流聞哭声
野蔓有情縈戦[6]骨
残[7]陽何意照空[8]城
従誰細向蒼[9]蒼問
争[10]遣蚩[11]尤作五[12]兵

百二《ひやくに》の関河《かんか》草横《くさよこた》わらず
十年《じゆうねん》の戎馬秦京《じゆうばしんけい》暗《くら》し
岐陽西望《きようせいぼう》するも来信《らいしん》なく
隴水東流《ろうすいとうりゆう》して哭声《こくせい》を聞《き》く
野《の》の蔓《つる》は情《じよう》有《あ》りて戦骨《せんこつ》に縈《まと》い
残陽《ざんよう》は何《なん》の意《い》か空城《くうじよう》を照《て》らす
誰《たれ》に従《したが》いて細《こま》かに蒼蒼《そうそう》に向《むか》いて
問《と》わん
争《いか》でか蚩尤《しゆう》をして五兵《ごへい》を作《つく》らし
めしやと

百二といわれるほど守りの固い秦(しん)の地も、今や草もはびこらず、
十年の兵乱に、秦の都は暗く沈む。
西方はるか岐陽を望み見るも、何の連絡も来たらず、
隴の川は東に流れ、人々の慟哭(どうこく)となって聞こえる。
野の蔓草は、感情があるのか、戦場の白骨を抱いてからまり、
夕陽は、どういうつもりか、空っぽの街(まち)を照らす。
いったいだれにたよって、こと細かく天に向かって問うたらよいのか、
どうしてあの蚩尤などに五種の兵器を作らせたのかと。

1. 岐陽　陝西省《せんせいしょう》鳳翔《ほうしょう》。隋《ずい》の時、岐陽宮《きようきゅう》があった。**2. 百二関河**　百分の二の軍勢で守れる要害の地。秦《しん》の故地（陝西一帯）。関は函谷関《かんこくかん》、河は黄河《こうが》。秦に入るには、これらを越える。**3. 戎馬**　戦乱。**4. 秦京**　秦の都咸陽《かんよう》、西安《せいあん》。**5. 隴水**　隴《ろう》は秦の西部の地の総称。**6. 戦骨**　戦死者の白骨。**7.** 戦

残陽　夕日。**8．空城**　人気《ひとけ》のない城市《まち》。**9．蒼蒼**　天のこと。『荘子《そうじ》』に「天《てん》の蒼蒼《そうそう》たる、其《そ》れ正色《せいしょく》か」とある。**10．争**　なぜ。疑問の辞。**11．蚩尤**　神話中の人物。初めて武器を作り、黄帝と争い殺された。**12．五兵**　五種類の兵器。

《鑑賞》正大《せいだい》八（一二三一）年、蒙古《もうこ》は金を滅亡させようと、大軍を動かし、まず陝西の鳳翔を囲み、陥落させた。この悲報に接して作られたのがこの詩である。元好問は時に四十二歳、南陽（河南《かなん》）の長官であった。蒙古は抵抗した城市に対しては、住民を皆殺しにしたといわれる。空城《くうじょう》の語は、それを思わせる。そして神話中の無法者、蚩尤《しゆう》は、蒙古軍を指すと考えることもできよう。尾聯《びれん》の二句は、蒙古の侵略に苦しんだ、彼の天をのろう気持ちであろうか。

《補説》「岐陽《きよう》」の題は、杜甫《とほ》の「鳳翔《ほうしょう》に至《いた》り、行在所《あんざいしょ》に達《たっ》するを喜《よろこ》ぶ」の詩の「西《にし》のかた岐陽《きよう》の信《しん》を憶《おも》う」にちなんだものであろう。この作は三首連作のその二である。なお、第二句は、杜甫の「十年戎馬暗㆓南国㆒（十年《じゅうねん》の戎馬南国暗《じゅうばなんごくくら》し）」〈愁《うれ》い〉、第三句は前述の「西憶㆓岐陽信㆒（西《にし》のかた岐陽《きよう》の信《しん》を憶《おも》う）」、第四句は「白水暮東流／青山猶哭声（白水暮《はくすいゆうべ》に東流《とうりゅう》し、青山猶哭声《せいざんなおこくせい》あり）」〈新安《しんあん》の吏《り》〉など、全体に杜甫の影響が強い。元好問には、杜甫の詩による古今の詩の評「戯《たわむ》れに為《つく》る」六首を発展させた「論詩《ろんし》」三十首がある。

▽●印は押韻を示す。140頁参照。

高《こう》啓《けい》　〔明〕（一三三六～一三七四）

字《あざな》は季《き》迪《てき》、長洲《ちょうしゅう》（江蘇省蘇州《こうそしょうそしゅう》）の人。書は読まざるなし、という博学で、史書を好んだ。詩は漢魏《かんぎ》から唐宋《とうそう》まで、広い範囲から学び取っていた。

元の末に張士誠《ちょうしせい》の治下にいて、その重臣饒《じょう》介《かい》のサロンに招かれ、諸先輩大家の前で、真っ先に佳詩を作り、詩名をあげた。松江《しょうこう》の青邱《せいきゅう》に住んだので、青邱と号した。

妻はこの地方の豪家《ごうか》周子達《しゅうしたつ》の娘である。彼が十八歳の時に恋愛し、その詩才によって結婚を許された。周の一族は文学に理解があり、よき援助者であった。このころの作「青邱子歌《せいきゅうしか》」は、自己の文学論を述べてユニーク。森鷗外《もりおうがい》に文語調の訳詩がある。

明《みん》の洪武帝《こうぶてい》の初期、『元史』の編纂員の一人として、南京に招かれる。三年ののち、戸部右《こぶう》侍郎《じろう》（大蔵次官）の高官に抜擢《ばってき》されたが、なぜか辞退して青邱に帰った。洪武七（一三七四）年、この地方の長官魏観《ぎかん》が、府庁舎を改修し、謀反《むほん》と密告され死刑となる事件が起こった。高啓は以前から魏観と親交があり、府庁の上梁《むねあげ》文を書いていたため、連座して腰斬《ようざん》の刑に処せられた。かつて彼の詩「宮女図《きゅうじょず》」が帝《てい》を風刺していたので、帝は内心これを憎んでいたためともいう。

明《みん》代初期、呉《ご》の地方には詩人が多く、楊基《ようき》、張羽《ちょうう》、徐賁《じょひ》とともに呉中の四傑と称せられた。『高青邱全集《こうせいきゅうぜんしゅう》』十八巻、『鳧藻集《ふそうしゅう》』五巻などがある。

尋胡隠君[1]　（胡隠君《こいんくん》を尋《たず》ぬ）　高啓《こうけい》　**〈五言絶句〉**

渡水復渡水　水《みず》を渡《わた》り復《ま》た水《みず》を渡《わた》り
看花還看花　花《はな》を看《み》還《ま》た花《はな》を看《み》る
春風江上路　春風江上《しゅんぷうこうじょう》の路《みち》
不覚到君家　覚《おぼ》えず君《きみ》が家《いえ》に到《いた》る

川を渡り、また川を渡り、
花を見、また花を見ながら、
春風の吹く川沿いの路を、
いつのまにやら君の家に来てしまった。

1．胡隠君　隠君は隠者の敬称。胡《こ》という姓の隠士。その他のことは一切不明。

《鑑賞》　普通、一詩中に同一の文字を用いることはよくないとされるが、この詩では、「水を渡り」と「花を看る」を重ねたことが、一つの技巧になっている。川の多い江南の風景と、どこまでも花の咲いている温和な春景色、広々とした田園風景の中を、作者が飄飄《ひょうひょう》として行く、そういう気分を十二分にかもし出している。行き先も隠士だが、尋ねる本人も隠士である。これが権門富貴《けんもんふうき》を訪ねるのでは、趣意を損なうことというまでもない。「作者小伝」で述べたように、彼は出世などは望まなかったようで、仕えたのもわずか三年ほど、自由を好む隠者的人柄のようだ。その詩には田園の風物を詠むものが多い。例えば、采茶《さいちゃ》（茶つみ）、養蚕、牧牛、鴨を射《い》る、筍を焼く、大水のことなど。

水とは、自然の水であって、河川、湖水、沼沢をいう。また北方では川のことを黄河《こうが》のように「河」と呼び、南では、長江《ちょうこう》のように「江」と呼ぶ。「春風江上の路」はいかにも江南の水郷を思わせる。

花は、まずは桃花であろうが、ほかに李《すもも》、杏《あんず》、梨、海棠《かいどう》なども考えられる。ただ草花ではなく樹花であろう。もし早春であるなら、梅の花かもしれない。「梅花九首」の連作などを見ると、彼はことのほか梅花を好んだようである。

《補説》　隠者とは、才能がありながら世俗を避けて静閑な暮らしをする者である。歴代の詩には、この隠者を詠む系譜が見られる。まず『楚辞《そじ》』の「招隠士《しょういんし》」は、民間の賢士を招いて、政治に登用することを主旨としたものであったが、西晋《せいしん》のころ（三世紀後半）には、〝招隠《しょういん》〟はしだいに、隠者を山中に尋ねる過程で、自然の美をうたうという〝山水詩〟的なものになり、隠者を招くより自分自身が隠者生活の仲間入りをしたいという方向に展開する。晋《しん》の左思《さし》の「招隠詩《しょういんし》」がその代表的なものである。六朝《りくちょう》の斉《せい》から梁《りょう》のころには、道観《どうかん》（道教寺院）や仏寺を訪ね、道士や僧侶を尋ねる詩が多く現れる。これも、出家遁世《しゅつけとんせい》つまり脱俗の人であるから、一種の隠者である。そして、隋末唐初《ずいまつとうしょ》には、寺観を尋ねて、目的の人物に〝遇えなかった〟というテーマが出てくる。魏知古《ぎちこ》の「玄都観《げんとかん》に李先生《りせんせい》を尋《たず》ねて遇《あ》わず」の詩が、その嚆矢《こうし》である。この李先生は李耳《りじ》つまり老子に比擬される、まぎれもない隠者なのである。中唐の賈島《かとう》の「隠者《いんじゃ》を尋《たず》ねて遇《あ》わず」（522頁）に代表される、尋ねて遇わずの一連の詩は、尋ねる過程とか、どういう小道具立てで詩を構成するのか、ということが、詩のねらいとなっていて、隠者に遇えないのが残念というのでもない。かもし出される隠逸の趣がおもしろいのである。高啓のこの詩も、こういった系列上に位置する。

袁《えん》凱《がい》 〔明〕（生没年未詳）

字《あざな》は景文《けいぶん》、号を海叟《かいそう》という。松江《しょうこう》の華亭《かてい》（江《こう》蘇省《そしょう》）の人。元の末年、府の役人となったが、博学能弁で、しばしば議論して、その場の人を屈伏させる人柄であった。明《みん》の洪武《こうぶ》三（一三七〇）年、御史《ぎょし》（目付け）となる。このころ、明建国の初で、武臣が功を恃《たの》んで破目をはずし、罰せられる者が多かった。彼は「武臣は兵事には習熟しているが、君臣の礼に疎《うと》いから、経書《けいしょ》の講義を聴《き》かせて、礼儀作法を教え、罰を受けないようにさせたい」と上奏した。帝はこれを認め、武臣たちのために名士を招いて経書を講義させた。かつて帝が囚人を取り調べた時、皇太子は囚人を憐《あわ》れんで、罪を軽減しがちであった。帝は、自分と皇太子と、どちらが正しいかと問うたが、彼は「陛下《へいか》は法に厳正であり、東宮《とうぐう》は心に慈愛がある」と答えた。老獪《ろうかい》に両方を持ち上げたのを、帝は快く思わなかった。彼は罪の及ぶのを懼《おそ》れ、精神不安定と偽り、退職して故郷に帰った。ある時、楊維楨《よういてい》の詩酒の宴で、客の一人が自作の「白燕詩《はくえんし》」を出したところ、彼は微笑して、別に「白燕詩」を一編、即座に作ってさし出した。楊維楨は、その出来ばえに驚き、客たちに見せてまわった。人々はこれから、彼を袁白燕《えんはくえん》と呼ぶようになった。著に『海叟詩集《かいそうししゅう》』四巻がある。

京[1]師ニテ得タリ二家[2]書ヲ一（京師《けいし》にて家書《かしょ》を得《え》たり）　袁凱《えんがい》　〈五言絶句〉

江[3]水三千里　江水三千里《こうすいさんぜんり》

江水の向こう、道は三千里のかなたから、

家書十五行●
行行無ク㆓別[4]語㆒
只道[5]フ早ク歸レト㆑郷ニ●

家《か》書《しょ》十五行《じゅうごぎょう》
行行《ぎょうぎょう》別語《べつご》無《な》く
只《ただ》道《い》う早《はや》く郷《きょう》に帰《かえ》れと

ついた手紙はわずかに十五行。
どの行もどの行もほかのことは言わず、
ただただ、早く郷里に帰れ、というばかり。

1. 京師　都。このときは南京《ナンキン》。**2. 家書**　家、故郷からの手紙。**3. 江水**　長江《ちょうこう》。都の南京と、故郷の江蘇省松江県華亭とを隔てる川。**4. 別語**　ほかの言葉。**5. 道**　言う。

《鑑賞》「江水三千里」の長さと、「家書十五行」の短さとを対比させている。「三千里」は南京から長江をへだてて、作者の郷里、江蘇省の松江県華亭までの距離ということになる。しかし、長江を下り、呉淞江《ごしょうこう》を上る川沿いに道をとって、実際には、三千里（中国の一里は五百メートルほどであるから、約千五百キロメートル）もあるはずはない。「三千」というのは、「白髪三千丈《はくはつさんぜんじょう》」とか「後宮《こうきゅう》の佳麗《かれい》三千人」のように大きな数をいう慣用的な用法で、ここでは、故郷へ早く帰りたい気持ちが、故郷との距離を、よりいっそう遠いものに感じさせる、という意味あいをもつであろう。あるテキストに「一千里」となっているものがあるが、理屈に合わせたようで、かえって不自然である。

家書はたぶん妻からの便りであろう。「八行書」ということばもあるように、便箋はふつう一枚八行であるから、十五行というのは、二枚程度であり、久しぶりの家書としては、いかにも短いものといえよう。その中に、ただ「帰って下さい」ということばかりが書いてあるというのも、訥々《とつとつ》とした趣《おもむき》を受ける。それがかえって深い情愛やら、哀調やらを感じさせるようだ。二句末の「十五行」から続けて、三句目に「行行」と、行の字を三字連続させたところが一つの技巧で調子を与えている。

《補説》 唐の杜甫《とほ》の「春望《しゅんぼう》」の詩（295頁）「烽火三月《ほうかさんげつ》に連《つら》なり、家書万金《かしょばんきん》に抵《あた》る」の句を思い起こさせる。家書のありがたみを、ともに、数詞を使った巧みな対句《ついく》によって表現している。また、『古詩十九首《こしじゅうきゅうしゅ》』の「その十七」に「客《きやく》遠方《えんぼう》より来《きた》り、我《われ》に一書札《いっしょさつ》を遺《おく》る。上《かみ》には長《なが》く相思《あいおも》うと言《い》い、下《しも》には久《ひさ》しく離別《りべつ》すと言《い》う。書《しょ》を懐袖《かいしゅう》の中《なか》に置《お》き、三歳《さんさい》なるも字滅《じめつ》せず。一心《いっしん》に区区《くく》を抱《いだ》き、君《きみ》の識察《しきさつ》せざらんことを懼《おそ》る」とある。これは夫から妻へ与えた手紙で、自分はいつもおまえのことを思い浮かべて暮らしているが、ずいぶん長く会わないことだね、と書いてある。それだけだが、これを妻はお守りのように、肌身はなさず持っているというのである。気分としては似通っている。

だれしも家郷を離れていることはつらいことに違いない。袁凱《えんがい》が異郷にあって、その淋しさをいうものに次の詩がある。

「蕭蕭風雨満㆓関河㆒／酒尽西楼聴㆓雁過㆒／莫㆑怪行人頭白尽／異郷秋色不㆑勝㆑多（蕭蕭《しょうしょう》たる風雨《ふうう》関河《かんか》に満《み》つ。酒尽《さけつ》きて西楼雁《せいろうかり》の過《す》ぐるを聴《き》く。怪《あやし》む莫《な》かれ行人頭《こうじんこうべ》の白尽《はくじん》するを。異郷《いきょう》の秋色《しゅうしょくおお》多きに勝《た》えず）」〈淮西夜坐（淮西《わいせい》にて夜坐《やざ》す）〉

王士禎《おうしてい》 〔清〕（一六三四〜一七一一）

字《あざな》は貽上《いじょう》、号は阮亭《げんてい》という。また太湖《たいこ》の漁洋《ぎょよう》山《ざん》を好み、漁洋山人《さんじん》と号した。本名は士禛《ししん》であるが、彼の死後、世宗雍正《ようせい》帝の即位により、帝の諱《いみな》、胤禛《いんしん》を避けて、士正《しせい》と改められ、さらに乾隆《けんりゅう》三十（一七六五）年、詔《みことのり》により士禎と名を賜った。また諡《おくりな》して文簡《ぶんかん》という。山東省《さんとうしょう》の新城の人。代々進士の家柄で、父も国子監祭酒《こくしかんさいしゅ》（国立大学総長）である。

順治《じゅんち》十五（一六五八）年に進士となり、四十七歳で国子監祭酒、六十六歳で刑部尚書《けいぶしょうしょ》にまで出世した。

若くして詩才があり、兄の王士禄《おうしろく》、士祐《しゆう》とともに三王と称された。二十四歳の時、済南《さいなん》の太《たい》明湖《めいこ》で、秋色に染まる楊柳を「秋柳」七律四首に詠《よ》みあげ、この詩はすぐに多数の唱和者ができて、大いに詩名をあげた。明《みん》末の大学者銭謙《せんけん》益《えき》に重んじられ、しだいに学殖も深く、声望も高まり、康熙《こうき》年間第一の詩人として尊敬された。清《しん》朝詩壇の元祖である。朱彝尊《しゅいそん》と並称して王朱といわれる。

彼の提唱した詩論を神韻《しんいん》説という。これは、古語、典故を多用して品格を重んじ、無限の情緒、余韻を尊ぶという詩風である。この考えは康熙年間、盛行し、この一派を神韻派と呼ぶ。彼はこの詩説によって、唐詩を選び『唐賢三昧《さんまい》集』三巻を著したが、王維《おうい》を筆頭に孟浩然《もうこうねん》、高《こう》適《せき》らを多く採り、李《り》白《はく》、杜《と》甫《ほ》を採らない。また、自作の粋を集めた詩集『精華録《せいかろく》』十巻がある（考証学者、恵棟《けいとう》が注した『精華録訓纂《せいかろくくんさん》』がある）。彼の詩文は、『帯経堂集《たいけいどうしゅう》』九十二巻に集成されている。

再ビ過ル二露筋祠一[1]（再《ふた》び露筋祠《ろきんし》に過《よぎ》る）　王士禎《おうしてい》　〈七言絶句〉

翠羽[2]明璫[3]尚ホ[4]儼然タリ
湖雲祠樹碧ナリ[5]於煙ヨリモ
行人[6]繫イデ纜[7]ヲ月初[8]メテ堕チ
門外ノ野風開ク白蓮

翠羽《すいう》明璫《めいとう》尚《な》お儼然《げんぜん》たり
湖雲《こうん》祠樹《しじゅ》煙《けむり》よりも碧《みどり》なり
行人《こうじん》纜《ともづな》を繫《つな》いで月初《つきはじ》めて堕《お》ち
門外《もんがい》の野《や》風《ふう》白《びゃく》蓮《れん》開《ひら》く

（ここに祭られている露筋の女の像は）かわせみの羽の髪飾りに、美しい耳珠(みみだま)をして、いまもなお、けだかい品位がある。湖上の雲も、祠堂の木々も、朝霞(もや)のなか、より濃い紺色に浮かびあがる。旅枕の私がこの岸辺に舟をもやえば、ちょうど月が沈んで明け方となった。祠(ほこら)の門外に、わたり来た野の風がそよと吹き、白蓮はぽっかりと開きつつある。

1. **露筋祠**　祠廟《しびょう》の名。江蘇省高郵《こうそしょうこうゆう》の南にある。（鑑賞参照）　2. **翠羽**　翡翠《ひすい》（カワセミ）の羽で作った髪飾り。　3. **明璫**　璫《とう》は耳珠《みみだま》。　4. **儼然**　おごそかで、けだかい様。　5. **碧**　紺碧《こんぺき》、濃紺。　6. **行人**　旅人。ここでは作者自身を指す。　7. **纜**　舟をつなぐ綱。もやい。　8. **初**　たったいま……したばかり。

《**鑑賞**》　王士禎が揚州府推官《ようしゅうふすいかん》であった二十七歳の時の作である。『精華録訓纂』巻五上には、この露筋《ろきん》祠《し》のいわれを記して「露筋廟《ろきんびょう》は高郵《こうゆう》を去ること三十里、旧伝に、女子有り、夜此《ここ》に過《よぎ》る。天陰《くら》く、蚊《か》盛んなり。耕夫の田舎《でんしゃ》の在《あ》る有り、其《そ》の嫂《そう》は止宿すれども、姑《こ》は『吾《われ》、寧《むし》ろ死するも、肯《あえ》て節を失わじ』と曰《い》いて、遂《つい》に蚊《か》を以て死し、其の筋見《あら》わる」という。つまり、ミセス（嫂《そう》）とミス（姑《こ》）とが連れだっての旅に、ここで夜となり蚊の大群に悩まされた。ミセスは農夫の家に投宿したが、ミスは操《みさお》をあやぶみ、男のいる所には宿らなかったため、蚊に食われて死んだという。この烈女を祭るのが露筋祠である。第一句を見れば、娘の像があったものと思う。

「月初めて堕ち、門外の野風白蓮開く」は、作者得意の句であって、晩唐の陸亀蒙《りくきもう》の白蓮詩《びゃくれんし》「無情有《むじょうゆう》恨《こん》、何人《なんぴと》か見《み》る、月白《つきしろ》く風清《かぜきよ》く堕《お》ちんと欲《ほっ》するの時《とき》」の句から発想を得ている。王士禎は、この句は白《びゃく》蓮《れん》の神髄を伝えるもので、他の花にはあてはまらない、それなのに白牡丹《はくぼたん》を詠むものとしてもよいなどという説があるのは、とんでもないことだという。泥中にあって清らかに咲く白蓮は、無論、露筋の女を象徴するのである。

《補説》「再び過る」と題するのは、王士禎には、すでにこの詩より以前に「露筋祠」と題する五律があるから。これに先立って、彼の先輩銭謙益にも「露筋廟」の七言古詩があり、そして王士禎が二度もとりあげたためか、以来、清《しん》朝の詩人たちの間では、施閏章《しじゅんしょう》、査慎行《さしんこう》、王鳴盛《おうめいせい》など、露筋祠を詠《よ》む者が多い。

露筋とはどうも意味が明らかでない。肌を食い破られ、肉が出たのか。青筋暴露《せいきんばくろ》、つまり静脈が浮き出たというのか。いずれも蚊に食われた症状としては合わない。皮膚が真っ赤に腫れあがり、あたかも肉が露出したように見えたというところか。蚊に食われて、すぐ死ぬのも妙な話で、実はほかに、①これは鹿筋《ろくきん》であり、鹿が蚊に食われて死んだのを祭った、②炉金《ろきん》であって、冶金《やきん》で得た金を祭る、③五代の時の将、路金《ろきん》を祭る、などの諸説がある。

黄遵憲《こうじゅんけん》　〔清〕（一八四八〜一九〇五）

字《あざな》は公度《こうど》。広東省嘉応《カントンしょうかおう》の人。客家《ハッカ》（古く北から南へ移住した漢族の一派。南人と交わらず、異なる生活様式を守る）の出身。幼くして文才があり、十歳で佳詩を賦《ふ》したという。光緒《こうしょ》二（一八七六）年、挙人《きょじん》（地方試験及第者）となる。以来、外交官として日本、英米などに駐在した。これらの国の発展を目にした彼は、自国の改革を思い、康有為《こうゆうい》、梁 啓超《りょうけいちょう》と交際して、変法自彊運動《へんぽうじきょううんどう》に参加した。梁《りょう》のため資金を援助し、雑誌「時務報《じむほう》」を発刊した。日本へは明治十（一八七七）年、書記として来訪し、ほぼ四年間滞在した。この機会から、のちに『日本国志』四十巻を著した。これが徳宗に推奨《すいしょう》され、光緒二十四（一八九八）年、日本駐在公使を命ぜられたが、病気のため上海《シャンハイ》で療養した。この年、戊戌《ぼじゅつ》政変が起こり、変法派の康有為、梁啓超は失脚、日本に亡命し、彼も一時軟禁された。その後、郷里に引退し、後輩の教育に専念した。梁啓超と生涯親交を結び、引退後も手紙で、教育改革が根本である旨、述べている。梁も『飲冰室詩話《いんぴょうしつしわ》』二巻を書き、彼をたたえている。遵憲の詩は旧派（古典派）に属するが、多少、口語的なことばも入れている。その詩集『人境廬詩草《じんきょうろしそう》』十一巻は梁啓超により日本で刊行された。また、『日本雑事詩』二巻がある。

日本雑事詩（日本雑事詩《にほんざつじし》）　黄遵憲《こうじゅんけん》　〈七言絶句〉

玉[1]牆ノ舊國紀[2]シ二維新ヲ一●

玉牆《ぎょくしょう》の旧国《きゅうこく》維新《いしん》を紀《き》し

玉垣（たまがき）の風情にも知る伝統の国が、維新の政に成功し、

萬[3]法隨[4]ヒテレ風ニ倏[5]チ轉[6]輪●ス
杼[7]軸雖モレ空ト衣服粲タリ
東[8]人贏[9]チ得タリ似ルヲ二西人●ニ一

万法風《ばんぽうかぜ》に随《したが》いて倏《たちま》ち転輪《てんりん》す
杼軸空《ちょじくむな》しと雖《いえど》も衣服粲《いふくさん》たり
東人贏《とうじんか》ち得《え》たり西人《せいじん》に似《に》るを

何もかも、新しい風潮にそって、たちまちに変化した。国の財政は貧しいというのに、服装ばかり輝いている。これも日本人が、西洋人の猿真似(さるまね)をしただけのこと。

1.玉牆　玉垣《たまがき》。由緒あるという美辞。**2.紀ニ維新一**　明治維新の成功をおさめたこと。**3.万法**　仏教用語で、宇宙の万物。**4.随レ風**　風は世界の潮流をいう。**5.倏**　忽《たちまち》。たちまち。**6.転輪**　仏教用語。仏法により衆生《しゅじょう》を済度《さいど》する。**7.杼軸**　杼《ちょ》は機《はた》のひ（よこ糸を巻いたもの）、軸はたて糸を巻く。ここは世が改革変化すること。『詩経《しきょう》』（小雅《しょうが》・大東《だいとう》）に「杼柚其《ちょじくそ》れ空《むな》し」とあり、織物がないことから、国が貧しいことをいう。**8.東人**　東洋人（中国から見て）、つまり日本人のこと。**9.贏得**　結局のところ……だけが得たものとして残るの意。

《鑑賞》　原本の『日本雑事詩』は、『日本国志』を書く準備として、明治十二（一八七九）年に日本で作ったもの。作者の見聞した、日本の国勢、天文、地理、政治、文学、風俗、服飾、技芸、物産の百五十四項目につき、短文の解説とともに、それを詩に詠んだのである。その後、思考、評価も変化したので、約二十年後に八首削り五十四首増し二百首とし、解説文の一部も変えた定本を作っている。本詩は定本の十二番目の詩で、明治維新に対しその速やかな変革に驚き、また、はなはだしい欧化を批判しているようだ。この詩の解説（自注）は次のようにいう。

「既《すで》に夷《い》の攘《はら》うべからざるを知り、明治四年、乃《すなわ》ち大臣を遣《つか》わして欧羅巴《ヨーロッパ》・美利堅《メリケン》の諸国に使いせしむ。帰りて遂《つい》に鋭意、西法に学ぶ。之《これ》を令甲《れいこう》に布し、称して維新と曰《い》う。媺善《びぜん》の政、紛綸《ふんりん》を極《きわ》む、而《しこう》して通商してよりこのかた、海関の輸出の輸入を逾《こ》ゆる者、毎歳七八百万銀銭と云《い》う。然《しか》れども服色を易《か》え、宮室を治《おさ》め、煥然《かんぜん》として一新す」（夷―諸外国。令甲―法律。媺善―立派。紛綸―ごたごた。海関―税関。輸出と輸入は、金銀の出入をいう。当時は入超である。煥然―まばゆく）

《補説》 埼玉県新座市野火止《のびどめ》の平林寺《へいりんじ》には「日本雑事詩最初稿冢《にほんざつじしさいしょこうつか》」という石碑がある。これはもと浅草《あさくさ》今戸《いまど》の大河内輝声《おおこうちてるな》の邸内にあったものである。輝声は旧高崎の藩主、漢学好みの人物であった。明治初期、日本滞在の清《しん》国文人たちと、筆談を通じ、詩の贈答など文雅《ぶんが》な交際をした。それで黄遵憲とも親交があった。黄は日本との永い友誼《ゆうぎ》のため、「雑事詩」の初稿を劉蛻《りゅうぜい》の文塚《ふみつか》や懐素《かいそ》の筆塚《ふでつか》に倣い、大河内邸内の土中に埋めたのである。明治十二年九月、大河内邸にて雑事詩初稿を葬る会の酒宴が開かれ、両国の詩仲間が見守るなかで原稿を袋に入れ、穴に置き土をかけ酒を注いだ。その上に建てたのがこの石碑で、字は黄遵憲の自筆である。彼はその宴で詩を作っていう。

「一巻詩兮一抔土／詩与土兮共㆓千古㆒／乞㆓神物㆒兮護㆓持之㆒／葬㆓詩魂㆒兮墨江滸（一巻《いっかん》の詩《し》一抔《いっぽう》の土《つち》、詩《し》と土《つち》と千古《せんこ》を共《とも》にす。神物《しんぶつ》に乞《こ》い之《これ》を護持《ごじ》せん。詩魂《しこん》を葬《ほうむ》る墨江《ぼくこう》の滸《ほとり》）」〈日本《にほん》雑事詩《ざつじし》を葬《ほうむ》るの詩《し》〉

輝声はじめ参会の詩人たちは、みなこれに和韻した。

魯《ろ》迅《じん》〔現代〕（一八八一～一九三六）

本名は周樹人《しゅうじゆじん》。浙江省《せっこうしょう》紹興《しょうこう》の人。父の伯宣《はくせん》は、科挙の秀才であったが病弱で家におり、祖父の介孚《かいふ》が、内閣中書に出世し、事実上家を支えていた。彼はこの名家の長男に生まれ、若くしてやはり科挙の学問に努めた。しかし、十三歳の時に、祖父が贈賄《ぞうわい》の罪で入獄し、十六歳で、父も病死し、名家も一時に没落した。十八歳で江南水師学堂《こうなんすいしがくどう》に入学、ついで鉱務鉄路学舎《こうむてつろがくしゃ》に転校。一九〇二年、政府留学生として来日、東京弘文学院《こうぶんがくいん》で日本語を学んだ。二年後、仙台医学専門学校に入り、二年で退学。東京に戻り独学し、弟周作人《しゅうさくじん》と西欧の小説翻訳集『域外小説集』を自費出版した。一九〇八年帰国、郷里で教員生活をした。東京にいた時から革命運動に関係し、辛亥《しんがい》革命後、蔡元培《さいげんばい》の推挙で教育部の社会教育司第一科長となり、北京《ペキン》に移り十五年間勤務。この間、一九一八年「新青年」に処女作『狂人日記《きょうじんにっき》』を、一九二一年には新聞「晨《しん》報《ぽう》」に代表作『阿Q正伝《あキューせいでん》』を発表し、白話《はくわ》文学の確立を模索した。一九二六年段祺瑞《だんきずい》の弾圧のため北京を脱出。厦門《アモイ》大学ついで中山《ちゅうざん》大学に勤めたが、共産党大量逮捕事件が起こり、彼も監視されたため、上海《シャンハイ》に移り租界《そかい》に隠れ住んだ。ここで教え子の許広平《きょこうへい》と再婚し、以後約十年、死ぬまで評論活動を続けた。

自嘲（自嘲《じちょう》）　魯迅《ろじん》　〈七言律詩〉

運ハ交ヒ㆓華[1]蓋ニ㆒欲スル㆓何ヲカ求●メント㆒

運《うん》は華《か》蓋《がい》に交《あ》い何《なに》をか求《もと》めんと欲《ほっ》する

花笠(はながさ)をかぶる運命に出会い、いったい何を求めよう（一凡人として、そ

未敢翻[2]身已碰[3]頭
破帽遮顏過鬧[4]市
漏船載酒泛中流
橫眉冷對千夫指
俯首甘爲孺[5]子牛
躲[6]進小[7]樓成[8]一統
管他冬夏與春秋

未《いま》だ敢《あえ》て翻身《ほんしん》せざるに已《すで》に碰頭《ほうとう》す
破帽《はぼう》もて顔《かお》を遮《おお》い鬧市《どうし》に過《よぎ》り
漏船《ろうせん》に酒《さけ》を載《の》せ中流《ちゅうりゅう》に泛《うか》ぶ
眉《まゆ》を横《よこ》たえて冷《ひや》やかに対《たい》す千夫《せんぷ》の指《ゆび》
首《こうべ》を俯《ふ》して甘《あま》んじて為《な》る孺子《じゅし》の牛《うし》
小楼《しょうろう》に躲《のが》れ進《すす》みて一統《いっとう》を成《な》し
他《か》の冬夏《とうか》と春秋《しゅんじゅう》とに管《かかわ》らんや

の生を甘受するのみ)。
まだ、わが身を変身させて解き放たれぬうちに、〈目深(まぶか)にかぶった笠のため〉早くも頭をぶつけてしまった。
破れ帽子に顔を隠し、人ごみの街へと出てゆき、
水漏れのボロ船のうえ、うらぶれて酒を抱き、流れの中ほどに漂う。
千万の男どもの指弾さえ、眉を横ざまに冷静に対決しようも、
わが子のためには、首をたれて、甘んじて馬になろう。
世間を逃れ、陋屋(ろうおく)にわが天下をうちたて、
家外の世界の出来事は、我関せず。

1. 華蓋　花の笠《かさ》。和尚がかぶれば成仏《じょうぶつ》するが、俗人がかぶればかえって不幸になるという運命の笠。**2. 翻身**　変身。生まれかわること。口語。**3. 碰頭**　頭をぶつける。口語。**4. 鬧市**　にぎやかな街。**5. 孺子牛**　子どものため牛となり、四つんばいで背に乗せること。**6. 躲**　避けて隠れる。**7. 小楼**　妻子のいる家を指す。**8. 成一統**　よく整い治まった世界を作る。次の春秋《しゅんじゅう》（歴史とか治世を意味する）とともに『春秋公羊伝《くようでん》』の理想（大一統）を言語上借りたものであろう。

《鑑賞》魯迅は二十五歳の時、母の意思で朱安《しゅあん》と形だけの結婚をした。朱安については「母親がもらってくれたから、母親にあげた」と言っていたという。その後、四十六歳で、教え子の北京女子師範の学生であった許広平《きょこうへい》と恋愛から結婚に発展し、上海の租界《そかい》で生活した。四十九歳の時、海嬰《かいえい》という男児ができた。一種の逃亡生活では、荷厄介《にやっかい》ながら、生まれたからには育てねばなるまいと思う。孺子《じゅし》の牛とは『春秋左氏伝《しゅんじゅうさしでん》』にある、斉《せい》の景公が子のために牛となり、歯を折った、という故事を踏まえる。日本流にいえば、魯迅が海嬰の馬になるわけである。当時、家の外では八方敵ばかりの魯迅にとって、〝小楼〟内だけが自分の天下であり、妻子の存在が安らぎであったに違いない。

《補説》魯迅は、「旧詩は本来得意でない。已《や》むを得ず作ったものであり、原稿も残さなかった」と言っている。その作品は非常に少なく、『集外集』十四首、『集外集拾遺《しゅうい》』二十八首のほか、わずかに伝わるだけである。晩年には、古典の素養の上に、新しい言葉による新しい詩を模索していたようで、この詩もその一つといえよう。ただ、これからという時に、死んでしまった。

詩《し》経《きょう》〔西周初期〜春秋中期〕（前十二世紀〜前六世紀）

『詩経』は、中国最古の詩集である。もと周《しゅう》王朝の王室で用いていた詩と、政治の参考にするために各地から集めた歌謡とで三千余編あったが、孔子《こうし》（前五五一〜前四七九）が整理して現存の三百五編（ほかに題名だけのもの六編）にした、と伝えられている。が、編者や成立年代には異説が少なくない。

ところで、詩はもともとは神前や礼の場で、音楽や舞を伴いながら大勢の人々によってうたわれるものであった。また、そこに発生した詩は、やがて人間の幸・不幸を主題とするものへと変化してゆくけれども、やはりうたわれることを常とした。ところが、『詩経』に収録されたそれらの詩は、もっぱら思想家たちの論証に断片的に引用され、あるいは貴族たちの教養の対象として扱われるようになった。のちに『詩経』が経学《けいがく》という中国の伝統的な学問の一科とされたのも、そうしたいきさつによるものであった。しかもその学問は、常に政治的、道学的な見地によるものであったため、詩の解釈には多くの誤りが積み重ねられた。

こうした誤りが疑われ、着実に修正されるようになったのは、実に、二十世紀半ばになってからのことである。これは、文字学の発達はもちろんであるが、古代文化に関する宗教学や民俗学などの研究成果によるところも少なくない。しかも、それによって現代の民謡や歌謡との共通点が確認され、あるいは古くから伝わる習俗の祖型が少なからず発見されはじめている。その意味では、『詩経』は最も古い古典ではあるけれども、最も新しい学問の分野といえるであろう。

なお、『詩経』の詩は、詩の内容やうたわれた背景を踏まえて、風《ふう》・雅《が》（小雅《しょうが》・大雅《たいが》）・頌《しょう》に大別されている。本書に紹介する風の詩は、さらに周南《しゅうなん》・召南《しょうなん》のほか、邶《はい》・鄘《よう》・衛《えい》・王《おう》・鄭《てい》・斉《せい》・魏《ぎ》・唐《とう》・秦《しん》・陳《ちん》・檜《かい》・曹《そう》・豳《ひん》の十三カ国に分類されている。いずれも黄河《こうが》流域に位置した国々であり、それらの詩は国風《こくふう》(お国ぶり)としてとりわけ親しまれている。詩の形式は、ほとんどが四言句を基調とした、三章繰り返しである。内容的には、婚礼の祝い歌・男女の情愛をうたう歌・神の送迎をうたう歌・宴会や祭礼の歌などが多く、わが国の民情や風俗に、似かよう内容のものが少なくない。

關[1]雎(関雎《かんしょ》) 無名氏《むめいし》 周南《しゅうなん》 〈四言古詩〉

一章

關[2]關タル雎[3]鳩ハ 在[4]リ二河之洲一ニ
窈[5]窕タル淑女ハ 君[6]子ノ好[7]逑

二章

參[8]差タル荇[9]菜ハ 左右ニ流[10]ムレ之ヲ
窈窕タル淑女ハ 寤[11]寐求ムレ之ヲ

関関《かんかん》たる雎鳩《しょきゅう》は　河《かわ》の洲《す》に在《あ》り
窈窕《ようちょう》たる淑女《しゅくじょ》は　君子《くんし》の好《こう》逑《きゅう》

参差《しんし》たる荇菜《こうさい》は　左右《さゆう》に之《これ》を流《もと》む
窈窕《ようちょう》たる淑女《しゅくじょ》は　寤寐《ごび》之《これ》を求《もと》む

一章
カンカンと鳴きながら、みさごが河の中にある小島にやってきた。
しとやかなこの若い娘は、よき若者のすばらしいつれあいである。

二章
(これまでは)長く短くのびたあさざを、右に左にとり求め、
このしとやかな娘は、寝てもさめても、それをとり求めていた。

求之不得 寤寐思[12]服
悠[13]哉悠哉 輾[14]轉反側

三章

參差荇菜 左右采[15]之
窈窕淑女 琴[16]瑟友[17]之
參差荇菜 左右芼[18]之
窈窕淑女 鐘鼓樂[19]之

之《これ》を求《もと》めて得《え》ざれば　寤寐《ごび》思服《しふく》す
悠《ゆう》なる哉《かな》悠《ゆう》なる哉《かな》　輾転反側《てんてんはんそく》す

参差《しんし》たる荇菜《こうさい》は　左右《さゆう》に之《これ》を采《と》る
窈窕《ようちょう》たる淑女《しゅくじょ》は　琴瑟《きんしつ》もて之《これ》を友《すす》む
参差《しんし》たる荇菜《こうさい》は　左右《さゆう》に之《これ》を芼《に》る
窈窕《ようちょう》たる淑女《しゅくじょ》は　鐘鼓《しょうこ》もて之《これ》を楽《たの》しましむ

（それでも）いくら求めても得られないので、寝てもさめても思いこがれ、憂えてはなやみ、なやんでは憂えて、寝返りばかり打っていた。

三章

（今は）長く短くのびたあさざを、右に左にとることができて、このしとやかな若い娘は、琴や、瑟（おおごと）のしらべにのせてそれをすすめている。

（今は）長く短くのびたあさざを、右に左に料理して、このしとやかな若い娘は、鐘や太鼓のにぎわいで迎え人を楽しませている。

1．関雎　首句の二字をとって編名としたもの。『詩経』の編名は、すべて首句からとることをならわしとする。以下同じ。**2．関関**　鳥の鳴き声。**3．雎鳩**　ミサゴ。水辺に棲んで魚を捕食する鳥で、和名「みさご」。**4．在二河之洲一**　ミサゴが河の中にある小島にやってきたこと。なお、ここの最初の二句は、「興《きょう》」の詞である（700頁参照）。従来、君子と淑女がよきつれあいであることをたとえたもの、あるいは、次の句を言い起こすために眼前の景を写したもの、と解されている。が、実は、魚を求めてやってきたミサゴをうたって、妻をめとる迎え人のおとずれを祝賀した詞、と見る説（赤塚忠氏）に従うべきかと思われる。**5.窈窕淑女**　しとやかな若い娘のこと。**6.君子**　よき若者。**7.好逑**　よきつれあい。逑は仇《きゅう》（つれあい）の音を借りたもの。**8.参差**　ふぞろいな様。**9.荇菜**　沼に生える水草で、和名は「あさざ」。**10.流**　もとめる。求の音を借りたもの。**11.寤寐**　寝てもさめても。**12.思服**　思いこがれる。**13.悠哉悠哉**　悠々に同じで、憂えなやむ様。**14.輾転反側**　ごろごろと寝返りを打つ。**15.采**　摘み取る。採のもとの字。**16.琴瑟**　ともに糸をつまびいて鳴らす楽器。**17.友**　すすめる。侑《ゆう》の音を借りたもの。**18.芼**　煮る。あつものに料理すること。**19.楽レ之**　迎え人を歓待する。

《鑑賞》　『詩経』の巻頭を飾るこの詩は、かつては皇后の徳をたたえた歌である、と解されていたが、今日では、婚礼の祝い歌である、とするのがほぼ共通した見方である。

この詩の形式は三章構成。二・三章の各後半は、リフレインとなっている。うたわれる場所は、娘を嫁に出す家の宴席。迎え人のおとずれで幕あけとなる。すなわち、一章では、みさごが魚を求めて河の中にある小島までやってきたことをうたって、迎え人のおとずれを祝賀する詞とし、あわせてその花嫁となるしとやかな娘をほめたたえている。そのほめたたえがこの詩の主題である。二章では、一転して、かつて花嫁がその迎え人の若者に寄せる切ない恋心の日々に明けくれていたことをうたう。いわゆるひやかしで、これには花嫁も思わず頰を赤く染めざるを得ない。三章では、再び一転して、今はその切ない思いも乗りこえて、わが迎え人の若者に心をこめてごちそうをすすめている様をたたえてうたう。リフレインは、いずれも、全員ではやしたもので、そのにぎやかな歌声は、人生の門出を飾る花嫁にとって、最高の祝福であったであろう。

この詩を、『詩経』三百五編の巻頭に置いた編者の配慮も、おのずからしのばれるところである。

《補説》『詩経』では、女性が若菜を摘むことは、最愛の男性への思慕の情を表明する「興《きょう》」になっているが、この詩は、ほぼそれを踏まえてうたったものである。

また、わが国の鹿児島県には、「沖の鷗が今こそ見えた」という文句で始まる婚礼の祝い歌が伝えられているが、やはりこれも、花嫁の家に迎え人がおとずれたときの祝賀の詞としてうたわれるという。みさごと鷗という違いはあるが、いずれも魚を捕食する水辺の鳥ということで共通し、そのうたわれ方もきわめて似かようものがあるであろう。

なお、『詩経』に広く見られる「興」という修辞法は、三千年の歌謡史の中でも特殊である。これは、発生的にはわが国の古代歌謡に常用された「枕詞《まくらことば》」と似かようものがある。従来この興の詞は、次の句をうたい起こすためのものであるとか、単なる気分表象のためのものである、と考えられてきた。が、実は詩の主題を明らかにする重要な詞なのである。というのは、古代の人々は神前に祈願する際に、まずその対象に呼びかけ、その特性をほめたたえることを常としたが、興の詞には、その際の呪《じゅ》詞《し》が意外に多く残存しているのである。また、信仰の対象であった「物」や、呪的意味をもっていた「行為」などがうたいこまれている場合も少なくない。むろん、それらが負っていた意義をそのまま示すものばかりではない。そこから転用されて祝賀の詞となったり、瑞祥《ずいしょう》を表す詞となったり、はては単に慣用的に用いられているものもある。が、多くはそれらが負っていた意義が主題を表していたり、もしくは主題と直接的に関係しているのである。その意味では、興の正しい理解は、詩の主題を解き明かす鍵を手中に収めたといっても過言ではない。

幸い本書に紹介する国風の詩にはこの関雎《かんしょ》編をはじめとして、典型的な興の詞が見られる。詩の味わいどころの一つとしてよいであろう。
なお、『文選《もんぜん》』の『古詩十九首《こしじゅうきゅうしゅ》』（720頁参照）中にもその遺風らしき修辞法が用いられている。注目に値するであろう。

桃夭（桃夭《とうよう》）　無名氏《むめいし》　周南《しゅうなん》　〈四言古詩〉

一章

桃[1]之夭[2]夭タル　灼[3]灼タル其ノ華[4]●
之[5]ノ子于キ歸[6]ガバ　宜[7]シカランニ其ノ室[8]家●ニ

二章

桃之夭夭タル　有[9]蕡タル其ノ實▲
之ノ子于キ歸ガバ　宜シカランニ其ノ家室▲ニ

桃《もも》の夭夭《ようよう》たる　灼灼《しゃくしゃく》たる
其《そ》の華《はな》
之《こ》の子于《ゆ》き帰《とつ》がば　其《そ》の室《しつ》
家《か》に宜《よろ》しからん

桃《もも》の夭夭《ようよう》たる　有蕡《ゆうふん》たる其《そ》
の実《み》
之《こ》の子于《ゆ》き帰《とつ》がば　其《そ》の家《か》
室《しつ》に宜《よろ》しからん

一章
ももの木は若々しく、明るく咲き乱れるその花よ。
（まことにめでたやめでた）この子がお嫁にいったなら、きっと明るい家庭に似合うだろう。

二章
ももの木は若々しく、多くみのったその実よ。
（まことにめでたやめでた）この子がお嫁にいったなら、きっとにぎわう家庭に似合うだろう。

三章

桃之夭夭《タル》　其《ノ》葉蓁蓁[10]〇《タリ》
之《ノ》子于《キ》歸《ガバ》　宜《シカラン》二其《ノ》家人〇《ニ》一

桃《もも》の夭夭《ようよう》たる　其《そ》の葉《は》蓁蓁《しんしん》たり
之《こ》の子《こ》于《ゆ》き帰《とつ》がば　其《そ》の家《か》人《じん》に宜《よろ》しからん

三章
ももの木は若々しく、盛んに茂るその葉よ。（まことにめでたやめでた）この子がお嫁にいったなら、きっと栄える家族に似合うだろう。

1. 桃　モモの木。**2. 夭夭**　若々しい様。**3. 灼灼**　明るい様をいう。**4. 華**　はな。なお、この詩の各章初めの二句は、『詩経』の修辞法でいう「興《きよう》」の詞である。従来、モモの花や実や葉は、嫁ぎゆく若いむすめをたとえたもの、と解されている。が、実はこれは、もともとは懐妊や安産を祈願する際にモモの木をほめたたえる呪詞《じゆし》であり、それをうたって花嫁を祝賀する詞とした、と見るべきである。めでためでたの気分がでてくるのはそのためである。**5. 之子**　この子。むすめのこと。**6. 帰**　嫁の古語で、「とつぐ」と読む。**7. 宜**　よく似合う。**8. 室家**　先方の家庭。二章の家室や三章の家人も韻字の都合で変えただけで、意味はほぼ同じ。**9. 有蕡**　実の多い様。**10. 蓁蓁**　盛んに茂る様。

《鑑賞》　かつてはこの詩は、皇后の徳化によって男女の婚姻が正しく時を得ていることをうたった歌である、と解されていた。が、今日では、嫁ぎゆくむすめを祝福した婚礼の祝い歌である、とするのがほぼ共通した見方である。

この詩の形式は、三章繰り返し。詩句も平明で少ない。また、擬態語の多用による音調もよい。これは、大勢の人々がうたうことを条件としていたからであろう。すなわち、一章では、まず桃の木の若々しさとその花の明るく咲く様をうたって祝賀の詞とし、その幸いを身に受けて、この若いむすめが嫁いでいっても、きっと明るい家庭に似合うだろう、とうたう。そのほめたたえがこの詩の主題である。二章では、ももの実が多く実っていることを祝賀の詞とする。これはそのまま将来の子だくさんを予祝しているであろう。三章では、桃の葉が盛んに茂っている様を祝賀の詞とする。これは、にぎにぎしく栄える一族の繁栄を予祝しているであろう。このように、嫁ぎゆく若いむすめのしあわせや一族の繁栄が、桃の木とその花・実・葉によってもたらされる構成をとっているのは、かつてはそれが信仰の対象であったことを明らかにしている。したがって、桃の木のそれらがうたわれているのは、単に若くて美しいむすめをたとえたのではないのである（語釈参照）。

なお、この詩は中国では地方によっては今なおうたいつがれているという。民謡は生活の中から自然発生的に生まれるが、その生活に結びついた民謡とは、この詩のようなことをいうのであろう。

《補説》　『詩経』には、女性が桃や李《すもも》の実を男性に投げつける民俗をうたう詩がある。これは、果実の呪力《じゅりょく》によって想いを寄せる男性の心を射止めようとするもので、果樹に対する女性の信仰がその背景になっている。なお、わが国でも樹木は信仰の対象となっていた。松の木もその一つである。ことに、「めでためでたの若松様よ、枝も栄えて葉も茂る」とうたわれて婚礼の祝い歌として用いられているのは、桃夭《とうよう》編ときわめて似かようものがあるといえよう。

子衿（子衿《しきん》） 無名氏《むめいし》 鄭風《ていふう》 〈四言古詩〉

一章

青[1]青タル子ガ衿● 悠悠タル我[2]ガ心●
縦[3]ヒ我レ不[4]ルモレ往ケ
子寧[5]ゾ不ルレ嗣[6]ラレ音ヲ●

青青《せいせい》たる子《し》が衿《えり》 悠悠《ゆうゆう》たる
我《わ》が心《こころ》
縦《たと》い我《わ》れ往《ゆ》けざるも
子寧《しなん》ぞ音《たより》を嗣《おく》らざる

二章

青青タル子ガ佩[7]▲ 悠悠タル我ガ思▲
縦ヒ我レ不ルモレ往ケ 子寧ゾ不ルレ來▲タラ

青青《せいせい》たる子《し》が佩《はい》 悠悠《ゆうゆう》たる
我《わ》が思《おもい》
縦《たと》い我《わ》れ往《ゆ》けざるも 子寧《しなん》
ぞ来《き》たらざる

三章

挑[8]タリ兮達○タリ兮 在リ二城[9]闕○ニ一兮

挑《とう》たり達《たつ》たり 城闕《じょうけつ》に在《あ》り

一章
青い青いあなたの衿よ、待ちこがれて憂えなやむはわたしたちの心。
たとえわたしたちがあなたの所へ行けなくても、
あなたはどうして風のたよりだけでもくださらないのですか。

二章
青い青いあなたの佩(お)びひもよ、待ちこがれて憂えなやむはわたしたちの思い。
たとえわたしたちがあなたの所へ行けなくても、あなたはどうして、はやくきてくださらないのですか。

三章
きたぞきたぞ、ついにお城の門まできなさった。

[10] 一日不《レバ》レ見　如《カラン》二三月《○ノ》一兮　　一日見《いちじつみ》ざれば　三月《さんげつ》の如《ごと》からん

（お仕えするこれからは）一日でもお会いしなければ、三月も会わない思いでしょう。

1．青青子衿　かつては、青い衿《えり》は学生服の衿と見られていた。今日ではこれは、恋人の衿であるとも見られている。が、実は、青い衣装を着て春の神に扮《ふん》している若者の、そのとりわけ青い色の衿と見るべきである。したがって、ここの句は、それをたたえて春の神に呼びかけていることを意味する。**2．我心**　春の神を待ちこがれる乙女たちの心。**3．縦**　たとい。**4．不レ往**　ゆけない。神ならぬ身だからである。**5．寧**　なんぞ。**6．嗣レ音**　風のたよりをよこす。**7．佩**　腰に佩《お》び玉をつるすためのひも。**8．挑兮達兮**　きたぞきたぞ、の意。なお、挑《とう》は到《とう》（いたる）の音を借りたもの。**9．城闕**　お城の門。春の神はその東門から迎えられる。**10．一日不レ見如二三月一兮**　恋慕の情を表す慣用的な句。

《鑑賞》　かつてはこの詩は、学校のすたれたのをそしった歌である、と解されていた。つまり、青い衿の主を世の乱れとともに遊びふけっている学生と見なし、彼らに復学を呼びかけたものである、とするのである。のちに、男に恋心を寄せる女の歌である、と解されるようになり、その説は今日も行われている。

だが、実はこの詩は、春の神を迎える乙女たちの心をうたった歌、と見るべきである。

この詩の形式は三章構成。二章目が一章の繰り返し歌となっている。すなわち、一章では、春の色を象徴する青い色の衿をほめたたえて春の神への呼びかけとし、そのおとずれを待ちこがれる乙女心をうたう。その心がこの詩の主題である。二章では、それを繰り返しの形でうたうが、春の神を待ちこがれる思いは、一章にも増して高まっているであろう。三章では、前半の二章を受けて一転させ、きたぞきたぞ、ついにお城の門までおきなさった、とうたい、あわせて恋心を表明する。ことに初めの二句は、春の神を待ちこがれていた乙女たちの思わずの歓声である。しかもそれは、前半の静から後半の動への一転の働きをするものであり、それによる詩的効果も十分である。

これらのことからすると、この詩は春の神への恋歌であり、その形式をとった神迎えの歌、ともいえるであろう。

北国の冬は厳しくて、春は遅い。そこに住む人にしてみれば、この乙女たちの心はとりわけ伝わってくるものがあろう。

《補説》 中国の古代には、四季の神がいて、それぞれ季節ごとに交代すると考えられていた。子衿《しきん》編は、それを儀礼化した習俗にあわせてうたわれたものと思われる。『詩経』以後の時代にも、立春の日に天子が青い旗を立ててみずから青い衣裳をまとい、春気を東の郊外に迎えたとか、青一色の衣裳をまとった若者を東の郊外から迎える習俗のあったことが伝えられている。

なお、子衿編と同じ鄭《てい》風に収録されている出其東門《しゅつきとうもん》編は、従来さまざまに解されているが、近年、この子衿編と対応する春の神を送る歌であると指摘されている。

碩人（碩人《せきじん》）　無名氏《むめいし》　衛風《えいふう》　〈四言古詩〉

一章

碩人其頎[1]　衣[2]錦褧衣
齊[3]侯之子[4]　衛[5]侯之妻
東[6]宮之妹　邢[7]侯之姨[8]
譚公維私[9]

二章

手如柔荑[10]　膚如凝脂[11]
領如蝤蠐[12]　齒如瓠犀[13]
螓[14]首蛾[15]眉　巧笑倩兮
美目盼兮

碩人《せきじん》其《そ》れ頎《き》たり　錦《にしき》を衣《き》て褧衣《けいい》す
斉侯《せいこう》の子《こ》　衛侯《えいこう》の妻《つま》
東宮《とうぐう》の妹《いもうと》　邢侯《けいこう》の姨《い》
譚公《たんこう》は維《こ》れ私《し》なり

手《て》は柔荑《じゅうてい》の如《ごと》く　膚《はだ》は凝脂《ぎょうし》の如《ごと》し
領《くび》は蝤蠐《しゅうせい》の如《ごと》く　歯《は》は瓠犀《こさい》の如《ごと》し
螓首《しんしゅ》に蛾眉《がび》　巧笑《こうしょう》倩《せん》たり
美目《びもく》盼《へん》たり

一章

(碩人の登場) 碩人はまことにうるわしく、美しい錦の着物を着て、その上にはうす衣をまとっておられる。
その人は、斉の国の殿様の娘であり、わが衛の国の殿様の妃(きさき)であり、東宮殿下の妹であり、邢の国の奥方の妹であり、
譚の国の殿様は姉妹のご主人にあたられる。

二章

(碩人の容姿) 手は柔らかいつばなのようであり、肌はかたまった脂のようにつやつやかであり、
うなじはかみきり虫のように美しく、歯はひさごの種のように並びそろっていて、
ひたいは広くてしまった蟬のようであり、まゆげは蛾の触角のように美しく、にっこり笑えばパッと映え、
つぶらな瞳も、すずしいかぎり。

三章

碩人敖敖《トシテ》説《スル》[16]于農《ノ》[17]郊《ニ》
四[18]牡有《リ》驕《タル》朱[19]幩鑣鑣《タリ》
翟[20]茀以《テ》朝《エレバ》[21]大夫《ハ》夙《ニ》退《キテ》
無《シ》使《ムル》君《ヲシテ》勞《セ》

四章

河水洋[22]洋《トシテ》北《ニ》流《レテ》活活《タリ》
施《セバ》[23]罛《ヲ》濊濊《トシテ》鱣《ト》[24]鮪《トガ》發發《タリ》
葭[25]菼《ハ》揭揭《トシテ》庶[26]姜《ハ》孼孼《タリ》
庶士《ハ》有《ラン》朅《タル》

碩人《せきじん》敖敖《ごうごう》として　農《のう》の郊《こう》に説《いのり》する
四牡《しぼ》驕《きょう》たる有《あ》り　朱幩《しゅふん》鑣《ひょう》鑣《ひょう》たり
翟茀《てきふつ》もて朝《まみ》えれば　大夫《たいふ》は夙《つと》に退《しりぞ》きて
君《きみ》をして労《ろう》せしむる無《な》し

河水《かすい》洋洋《ようよう》として　北《きた》に流《なが》れて活活《かっかつ》たり
罛《こ》を施《ほどこ》せば濊濊《かつかつ》として　鱣《てん》と鮪《い》とが発発《はっはつ》たり
葭菼《かたん》は掲掲《けつけつ》として　庶姜《しょきょう》は孼孼《げつげつ》たり
庶士《しょし》は朅《けつ》たる有《あ》らん

三章

(碩人のつとめ) 碩人はまことにしなやかにして、里の社(やしろ)にお祈りされた。
お供する四頭の雄馬は勇ましく、朱色の飾りも美しくなびいている。
終えて、きじの羽車で国主にまみえて祝詞(のりと)を述べると、大夫らはすみやかに遠のいて、
国主の君をほねおらせることもない。

四章

(碩人のことば) この地の河川は水量も満ち満ちて、北に向かって勢いよく流れ、
その流れに網をうてばカッカッと手応(てごた)えがあって、大鯉(おおごい)小鯉がピチピチはねおどり、
川辺の蘆(あし)や荻(おぎ)もすくすくのびて、乙女らは美しく栄え、
若者らもたくましく栄えるであろう。

1. 碩人　従来、美人としてのほまれが高かった衛《えい》の国の荘公《そうこう》の夫人荘姜《そうきょう》を指す、と解されている。が、たとえ荘姜であるにしても、それは河水の神に扮《ふん》している者、と見るべきである。碩《せき》とは、すぐれている、りっぱである、の意。**2. 衣レ錦褧衣**　二つの衣はともに着る意。錦《にしき》は五色の糸で織った美しい衣。褧《けい》は麻糸で織ったうちかけ。**3. 斉侯**　斉《せい》の国の荘公を指す。**4. 子**　むすめ。**5. 衛侯**　衛の国の荘公を指す。**6. 東宮**　斉の国の太子で、得臣《とくしん》を指す。なお、東宮《とうぐう》は春宮《しゅんきゅう》ともいい、わが国でも皇太子の尊称として用いている。**7. 邢侯**　次の譚公《たんこう》とともに人物についての伝承は不明。なお、これらは前八世紀の人々である。**8. 姨**　妻の姉妹の意。**9. 私**　女性が姉妹の夫をいう語。**10. 柔荑**　つばな。美しい手をたとえる。**11. 凝脂**　固まったあぶら。なめらかな皮膚をたとえる。**12. 蝤蠐**　カミキリムシの幼虫。美しいうなじをたとえる。**13. 瓠犀**　ひさごの種。美しい歯をたとえる。**14. 螓首**　ムギワラゼミのひたい。美しいひたいをたとえる。**15. 蛾眉**　蛾の触角のような弓形の細長いまゆげ。**16. 説**　従来、化粧直しをすることとか、こし入れの車がとまってやどる、と解されている。が、実は、六祝《りくしゅう》（類・造・禬《かい》・禜《えい》・攻・説）の一つであり、「いのる」と読むべきである。**17. 農郊**　田作りの里の神社。**18. 四牡**　四頭の雄馬。**19. 朱幩鑣鑣**　朱色の飾りがなびく様。**20. 翟茀**　キジの羽で飾った車。**21. 朝**　従来、嫁いできた荘姜が、夫となる荘公に会った場面を意味する、と解されている。が、実は、河水の神である碩人《せきじん》が、神事にもとづく祝詞《のりと》を述べるためにまみえることを意味する、と見るべきである。中国ではこれを「朝賀」ともいっていた。したがって、四章はその際の詞として見るべきである。**22. 洋洋**　水が満ち満ちている様。なお、以下の句の活活・濊濊・発発・掲掲・孽孽などは、みな擬態語や擬声語である。これらは、音調の効果をあげるものだが、この章の特殊性をも示している。**23. 施レ罛**　魚をとるために投網《とあみ》すること。**24. 鱣鮪**　大鯉《おおごい》と小鯉《こごい》。なお、『詩経』では、魚がたくさんとれることは、子孫の繁栄や農作物の豊穣《ほうじょう》を予兆するものとして考えられていた。これは、魚が卵を多産することに由来する。**25・葭菼** アシ（蘆）とオギのこと。いずれも生命力が強い。**26・庶姜** 次の庶士《しょし》とともに、衛の国の乙女や若者たちの意。

《鑑賞》 かつてはこの詩は、斉から衛の国の荘公に嫁いできた荘姜をあわれんでうたった歌である、と解されていた。それは、荘公が他の女性に心をうばわれて、荘姜との間に子どもをもうけなかったので、人々は、彼女が嫁いできた時のにぎわしさをうたっては彼女をあわれんだ、とするものである。その裏には、荘公を非難する意思もあるという。また、今日では、単にこれは、荘姜が嫁いできた時の様をうたった歌である、とも解されている。が、『詩経』のほかの詩にうたわれている碩人もよく検討し、それらに見いだされる共通点にもとづいてこの詩を考えると、実はこの詩は、河水の神に扮《ふん》した碩人を迎えてまつるお祭りの歌、と見るべきである。

すなわち、この詩の形式は四章構成であるが、章を追うごとに主題が明らかにされていく。まず一章では、河水の神にふさわしい衣装をまとって登場した碩人の様と、それに扮する者の由緒や係累《けいるい》がうたわれている。二章では、物の生命の瑞祥《ずいしょう》を表す植物や薬物的効能がある虫の類をもって、みずみずしい碩人の容姿をたたえている。ここは、美人を形容することばの典拠になっているが、これらは、ただ碩人の美しさを形容しただけのものではなく、実は、その神秘性を表現するための詩的措置なのである。植物や虫を用いているのはそのためである。ついで三章では、この詩の主題とかかわる碩人の聖なる務め、すなわち土地の神をまつる「社《やしろ》」へのお祈りと、国主に祝詞を述べるためにまみえる様が、うたわれている。そして四章では、その祝詞がうたわれるのである。すなわち、まず農耕社会に生きる人々が最も望んでいる河水の豊かさと順調な流れからうたい起こし、それを受けて豊穣の予兆である魚の大漁へと展開させ、次には川辺の蘆や荻の生長へと転じさせ、それらの幸いを身に受けて、乙女たちは美しく、若者たちはたくましく栄えるであろう、とうたい結んでいるのがそれである。これらはいずれも予祝のことばであるが、人間社会の幸福が河水の恵みによるものであるという構成になっているのは、それを述べる碩人の本姿をおのずから明らかにしているであろう。

なお、この詩の一章から四章への展開は、一応起承転結の体をとり、かつそれは四章の句の展開にも顕著である。また、四章の音調に着目すれば、この章は碩人を迎えてまつる大勢の人々によって、にぎやかにはやされたであろう。擬態語や擬声語の多用は、それを裏付けていると思われる。

《補説》 この詩に見られるように、身分が高く由緒ある女性が神事をつかさどることは、古来よりいずれの国でも行われてきたことである。たとえば、わが国の歴代の皇后が、蚕殿《さんでん》を設け、みずから桑の葉をとって蚕《かいこ》を養い、みずからその糸を繰って神衣を織り、もってその年の養蚕を予祝し、事始めとしてきたことは、そのよい例であろう。

君子于役（君子于役《くんしうえき》）　無名氏《むめいし》　王風《おうふう》　〈四言古詩〉

一章

君[1]子于[2]キレ役メニ　不レ知ラ二其ノ期[3]ヲ一

君子《くんし》役《つと》めに于《ゆ》き　其《そ》の期《き》を知《し》らず

一章

わが夫は久しくつとめに行っているけれども、そのつとめの期限はわからない。

曷[4]カ至ル哉●　雞[5]ハ棲[6]ミ二于塒●ニ一
日ハ之レ夕ナラントスルニ矣
羊牛下[7]リ來●レバ　君子于キシコトレ役メニ
如[8]レ之レヲ何ゾ勿カランレ思●フ

曷《いつ》か至《いた》るや　鶏《にわとり》は塒《ねぐら》に棲《す》み
日《ひ》は之《こ》れ夕《ゆうべ》ならんとするに
羊牛《ようぎゅう》下《くだ》り来《き》たれば　君子《くんし》役《つと》めに于《ゆ》きしこと
之《こ》れを如何《いかん》ぞ思《おも》う勿《な》からん

いったい、いつになったら帰ってくるのであろうか。今日も、はや鶏はねぐらにやどり、日もまさに沈んでいこうとしているのに。

羊や牛たちがつれだちながら、しずしずと山野からおり下って帰りくるのを見ると、わが夫のつとめに行っていることが、どうしてしのばずにいられよう。

1. 君子　夫のこと。**2. 于レ役**　つとめに行く。**3. 期**　期限のこと。**4. 曷**　いつか。**5. 雞**　鶏の元の字で、にわとり。**6. 棲二于塒一**　ねぐらにやどる。**7. 下来**　おり下ってくること。**8. 如レ之何**　如と何と合わせて「いかん」と読む。ここの句は反語形で、意味が強い。

《鑑賞》　かつてはこの詩は、平王という王様をそしった歌と解されていた。それは、平王が人々を国境警備にかりだしても、期限を定めなかったからである、という。が、今日では、留守を守る妻が、久しくつとめに行っている夫をしのんでうたった歌である、とするのがほぼ共通した見方である。

この詩の形式は、二章繰り返し。ために、二章目は省略した。章の構成は、二句・三句・三句のつながりをとっている（従来、二・一・三・二で考えられている）。すなわち、初めの二句では、夫の帰りを案じる孤独な妻の心をうたう。これがこの詩の主題である。続く三句では、鶏がねぐらにやどる様や、日が沈もうとする眼前の景に引かれて、夫はいつになったら帰ってくるのであろうか、とうたう。それを倒置させているのは、そのかきたてられる思いがよほど強いからであろう。最後の三句ではそれを受けて、羊や牛たちがつれだって帰りくる様に、かえってわが身の孤独を感じ、なおさらわが夫をしのばずにはいられない、とうたう。ことにここは、孤独のあまりの「さけび」にもとれよう。

遠くへ出かせぎに出た夫を思う歌とすれば、今もなお切実に感じられるものがあるであろう。

《補説》この詩と同じく、王風に収録されている揚之《ようし》水《すい》編は、さきもりの立場からうたう歌である。そこでは、水の流れに若柴《わかしば》を投じ、早く家族に会えることを願う。が、現実にはそれは叶うことではなく、ために、かえって望郷の思いにかきたてられる。それを、いつになったら帰れるのであろうか、と絶望的な思いでうたうのである。その思いは、まさしく先の妻の思いに対応しているであろう。

なお、『万葉集』の「わが妻はいたく恋ふらし飲む水に影さへ見えてよに忘られず」というさきもりの歌は、その両者の心に通じているであろう。

碩鼠（碩鼠《せきそ》）　無名氏《むめいし》　魏風《ぎふう》　〈四言古詩〉

一章

碩[1]鼠ヨ碩鼠●　無カレ㆑食ム㆓我ガ黍ヲ㆒●

碩鼠《せきそ》よ碩鼠《せきそ》　我《わ》が黍《きび》を食《は》む無《な》かれ

一章　頭の黒い鼠よ鼠、もうわたしの黍を食べてはならぬ。

三[2]歳貫[3]フレドモ㆑女ニ●　莫㆔我ヲ肯テ顧㆒ミル●
逝ニ将ニ去[4]リテ㆑女ヲ●　適[5]カント㆓彼ノ楽[6]土㆒ニ●
楽土楽土　爰ニカ得㆓ン我[7]ガ所㆒ヲ●

三歳《さんさい》女《なんじ》に貫《つか》うれども　我《われ》を
肯《あえ》て顧《かえり》みる莫《な》し
逝《ここ》に将《まさ》に女《なんじ》を去《さ》りて　彼《か》の
楽土《らくど》に適《ゆ》かんとす
楽土《らくど》楽土《らくど》　爰《いずく》にか我《わ》が所《ところ》を
得《え》ん

だって長いことあんたに仕えてきたけれども、少しもわたしのことなど心にとめてくれぬもの。だから、これからはあんたを捨てて、あの楽土の地へ行くとしよう。楽土よ楽土よ、きっとどこかにわたしのやすらぎの場所もあろう。

1. 碩鼠　大きなネズミ。従来、重税を課して民を苦しめる君主、もしくは私腹を肥やす役人のたとえ、と解されている。が、実はこれは、亭主を皮肉ったことばと見るべきである。**2. 三歳**　長い年月のこと。三年と見てもよい。**3. 貫㆑女**　貫は、つかえる。女は汝《なんじ》に同じで、なんじ。つまり、あんたにつかえたけれども。**4. 去㆑女**　亭主を見捨てること。**5. 適**　ゆく。**6. 楽土**　ユートピア。**7. 我所**　わがやすらぎの場所。

《鑑賞》　従来この詩は、重い税に苦しむ人々がその国の君主をそしった歌である、と解されている。が、実は、妻が夫をやりこめて見物人の笑いを誘うお祭りの歌、と見るべきである。

この詩の形式は、三章繰り返し。ために、二・三章は省略した。詩句は、碩鼠《せきそ》といい楽土といい、即興的であり、内容を踏まえてみても、芸人の歌らしいことを思わせる。すなわち、初めの二句では、碩鼠よ碩鼠、と亭主へ皮肉って呼びかけ、もうわたしの作った黍《きび》は食べてはならぬ、とたたみかける。こうして亭主をやりこめるのがこの詩の主題である。ついで三句と四句では、事の次第を訴える。それを受けて、後半の四句では、亭主を捨ててあの楽土の地へ行こうとすることを表明する。並々ならぬ大げさな表現だが、ここが舞台上の見せ場でもある。そのくだりは、頭の黒い鼠にとっては頭のいたいことである。つまり、一方は得意満面に相手をなじり、一方は黙して語れず、というかけ合いが、この詩の面白いところなのである。むろん、なじられ役の亭主にも喝采《かっさい》がおくられたことであろう。

《補説》『詩経』の鄘風《ようふう》には、この詩と似かよう相鼠《そうそ》編が収録されている。これは、鼠でさえ皮があるのに、あんたには人としての風采《ふうさい》すらない。人としての風采すらないんだったら、死ぬよりほかにはすることがないじゃないか、とうたいなじる歌である。やはり芸人のかけ合いによって演じられたもので、原詩の語呂合わせには妙味がある。

なお、右の碩鼠編に見られる楽土は、二章では楽国、三章では楽郊という名称でうたわれている。これらは、古代の人々が日常生活のはるかかなたに想定していた理想郷のことで、古くから民間に語り伝えられていたものらしい。その具体的な社会の様子は、『老子《ろうし》』という書物の第八十章に見え、さらに志怪小説《しかいしょうせつ》の一つである陶潜《とうせん》（48頁）の『桃花源記《とうかげんき》』にも詳しく見える。陶潜のそれによれば、晋《しん》の太元（四世紀）のころ、道に迷った武陵《ぶりょう》の漁師によって発見される筋書きである。偶然にもたどりついたそこは、人がやっと通れるほどの洞穴のむこうにあって、明るい陽光のもとに、土地は平らかに広がり、家屋がきちんと並んでいる。肥えた田畑や美しい池、桑や竹などの林もある。あぜ道は整然と縦横に通じ、鶏や犬の鳴き声も聞こえてくる。そののどかな風情《ふぜい》の中で、人々は往来し、種まきや耕作にいそしんでいる。男女の服装はほとんどが異国の人のもののようで、年寄りや子どもも、みんなにこやかに楽しんでいる世界であった。要するに平和でのどかで得がたい世界なのである。ところが、碩鼠編のそれは、そんな世界へいともたやすく行こうとすることでミエを切る。お祭りにおける芸人の即興的なかけ合いとするゆえんである。

黄鳥（黄鳥《こうちょう》）　無名氏《むめいし》　秦風《しんぷう》　〈四言古詩〉

一章

交[1]交黄[2]鳥　止于棘[3]
誰従[4]穆[5]公　子[6]車奄息
維此奄息　百[7]夫之特[8]
臨[9]其穴　惴[10]惴其慄
彼蒼[11]者天　殲[12]我良[13]人
如可贖[14]兮　人百其身

交交《こうこう》たる黄鳥《こうちょう》は　棘《いばら》に止《と》まる
誰《たれ》か穆公《ぼっこう》に従《したが》う　子車奄息《ししゃえんそく》なり
維《こ》れ此《こ》の奄息《えんそく》は　百夫《ひゃくふ》の特《とく》なり
其《そ》の穴《あな》を臨《のぞ》めば　惴惴《ずいずい》として其《そ》れ慄《おそ》れん
彼《か》の蒼《そう》なる天《てん》　我《わ》が良人《りょうじん》を殲《ころ》す
如《も》し贖《あがな》うべくんば　人《ひと》をして其《そ》の身《み》を百《ひゃく》にせん

一章
コウコウと鳴きながらやってきた黄鳥が、今しもいばらにとまったが、
さてはまただれかが穆公に従って死ぬというのか。そうよ、こんどは子車家の奄息だとよ。
それ、この奄息は、百人もの男に匹敵するが、
それでも自分が入る墓穴を見るとなると、きっとぶるぶるふるえておそれるであろうに。
ああ、彼の蒼天は、またわがよき人を殺してしまうのか。
もし、身代わりがきくならば、百人の人をそれにあてたいものだ。

1. 交交　鳥の鳴き声。**2. 黄鳥**　コウライウグイス。**3. 棘**　イバラ。なお、ここの冒頭の二句は「興《きょう》」の詞である。従来これは、黄鳥の幸福な生活を描いておいて、次に殉死《じゅんし》の不幸を言い起こすための措置であるとか、あるいは、イバラにはとげがあるから黄鳥のねぐらに不向きであり、それに借りて殉死者が所を得なかったことをたとえたものである、と解されている。が、実は、死者のひつぎを挽《ひ》く者のおとずれをいう忌《い》みことばと見るべきである。黄鳥は、それ自身も霊魂を運ぶものであった。**4. 従**　従って死ぬ。つまり殉死すること。**5. 穆公**　春秋《しゅんじゅう》時代の秦《しん》の国の殿様。自国の風習により、自身の死（前六二一）に際して家臣百七十名に殉死を命じたという。**6. 子車奄息**　子車《ししゃ》が名字で、奄息《えんそく》が名。兄弟で殉死した。**7. 百夫**　百人の男。**8. 特**　匹敵する。**9. 臨二其穴一**　墓穴を見ること。**10. 惴惴其慄**　ぶるぶるふるえておそれる。**11. 蒼者天**　「蒼天《そうてん》」に同じで、大空の意。そこは万物の支配者である上帝のいるところでもある。者は蒼を強調するために置かれている。**12. 殲**　殺すこと。**13. 良人**　よい人。**14. 贖**　あがなう。つまり身代わりでうめあわせすること。

《鑑賞》　この詩は、秦の穆公《ぼっこう》に従って殉死した兄弟をあわれんでうたった歌である。『詩経』の挽歌《ばんか》として名高い。

この詩の形式は、三章繰り返し。章の構成は、初めの三句のうたい出しを受けて、四句から八句目まで別のうたい手（群）がうたい、九句目以下最後の四句で、再びもとのうたい手（群）と合唱する、と思われる。なお、二・三章では、奄息の兄弟である仲行《ちゅうこう》・鍼虎《けんこ》を同じようにうたうが、省略した。内容的には、冒頭の「興」の意味するものがわかれば平明な詩であるといえよう。すなわち、初めの二句で黄鳥がやってきていばらにとまったことをうたって、死者のひつぎを挽く者のおとずれを表明する。それは忌みことばであり、それに感傷する心がこの詩の主題でもある。ひつぎを挽く者のおとずれは、当然また新たな死者が出ることを予想させる。三句目は、それを受けての感傷である。聞けば、それは子車家の奄息であるという。答える者は、彼を百人もの男に匹敵するほどの人物であるとたたえるが、それでも死ぬことはおそろしかろうに、と悼《いた》む。九句と十句では一転して、不合理にもわが良き人の命を奪いとろうとする蒼天を訴える。これは、うたう者の詠嘆でもある。最後の二句もそれを受けているが、彼が百人もの男に匹敵するほどの人物であるという伏線をも受けて、それならば、百人の人をそれにあてたいものだ、とうたって結ぶ。哀調を帯びた歌声であるが、素朴な民情による語呂合わせ的な工夫もあって、いかにも民謡的な挽歌であるといえよう。

《補説》『詩経』には、黄鳥と題する詩がもう一編ある。小雅《しょうが》の黄鳥編がそれである。これは、結婚に破れた女性の不幸をうたう歌であるが、そこでは、黄鳥がその不幸を運びもたらした形でうたわれている。『詩経』の時代には、黄鳥は地方によっては招いてはいけない客だったのである。

なお、わが国でも地方によって、黄鳥のように意識されている鳥がある。カラスがそれである。ことに、墓所の木などに止まって、いわゆる「カラス鳴き」をすると、きまって不吉の前兆であると考えられている。黄鳥編のそれと、きわめて似かようものがあるといえよう。

屈原《くつげん》と楚辞《そじ》

屈原《くつげん》（前三四三？～前二七七？）は、戦国時代末期の楚《そ》の国の人である。名は平《へい》、字《あざな》が原《げん》（名を正則《せいそく》、字を霊均《れいきん》ともいう）。楚の国の王族の家に生まれ、左徒《さと》、三閭大夫《さんりょたいふ》にまで昇った。博覧強記《はくらんきょうき》で政治に明るく、議論上手であったので、懐王《かいおう》の信任を得たが、その才能をねたんだ上官大夫が讒《ざん》言《げん》したために王にうとんじられ、ついには次の頃《けい》襄王《じょうおう》の時、都から追放された。最後は失意のうちに洞庭湖《どうていこ》のあたりをさまよい、汨羅《べきら》の水に身を投げて死んだ。『楚辞《そじ》』は、この屈原を中心として、宋玉《そうぎょく》・淮南小山《わいなんしょうざん》・東方朔《とうぼうさく》・王褒《おうほう》・劉向《りゅうきょう》・王《おう》逸《いつ》などの手になる辞賦《じふ》十七編を収める。楚の辞《うた》という名は、楚の地方の民謡の形式や音調を用い、その地方特有の色彩を色濃く持っていることによる。ただ、屈原自身を主人公とする物語詩を屈原が作ったというよりも、むしろこれらは、伝承によって作りあげられた、いくつかの叙事詩と見るほうがよいように思われる。

屈原は、そのあまりにも清廉潔白《せいれんけっぱく》な性格のために、つげ口をされて非業の死をとげた、非運の英雄《ヒーロー》である。いわばわが国の源義経《みなもとのよしつね》であり、『楚辞』は、琵琶法師《びわほうし》によって全国津々浦々にまで運ばれ、語り伝えられ、一大叙事詩に作りあげられた『平家物語』に似ている。おそらくは、戦国時代の混乱のうちに朝廷から地方に流れていった名もない宮廷詩人や楽人たちによってうたわれ、語り継がれて発展していったものであろう。

中でも「離騒《りそう》」編をはじめとして、奔放な情熱や幻想世界をうたったものや、古代の神話・伝説・自然現象を含んだものも多く、後代の文学に大きな影響を与えた。各編名、作者は次のとおり。

①離騒経《りそうけい》第一（屈原）　②九歌《きゅうか》第二（屈原）
③天問《てんもん》第三（屈原）　④九　章《きゅうしょう》第四（屈原）
⑤遠游《えんゆう》第五（屈原）　⑥卜居《ぼくきょ》第六（屈原）
⑦漁父《ぎょほ》第七（屈原）　⑧九弁《きゅうべん》第八（宋玉《そうぎょく》）
⑨招魂《しょうこん》第九（宋玉）　⑩大招《たいしょう》第十（屈原、景差《けいさ》？）
⑪惜誓《せきせい》第十一（賈誼《かぎ》）　⑫招隠士《しょういんし》第十二（淮南小山）
⑬七諫《しちかん》第十三（東方朔）　⑭哀時命《あいじめい》第十四（厳忌《げんき》）
⑮九懐《きゅうかい》第十五（王褒）　⑯九歎《きゅうたん》第十六（劉向）
⑰九思《きゅうし》第十七（王逸）

〈洪興祖《こうこうそ》『楚辞補註《そじほちゅう》』による〉

文《もん》選《ぜん》

〈周代〜梁代〉（六世紀初めころ成立）

わが平安朝の清少納言《せいしょうなごん》の『枕草子《まくらのそうし》』に、「文《ふみ》は文集《もんじゆう》・文選《もんぜん》・はかせの申文《もうしぶみ》」と述べてあることでなじみが深い『文選』は、梁代《りよう》（六世紀）に編まれた中国最古の詞華集である。

編者は、梁の昭明太子《しようめいたいし》・蕭統《しようとう》（五〇一〜五三一）である。本書は、約八百編の作品を、賦《ふ》・詩《し》・辞《じ》などの三十九種の文体に分け、時代順に配列してある。

その特筆すべき功績は、「文学」作品と「非文学」作品（経書《けいしよ》・諸子《しよし》百家《ひやつか》の書・歴史書など）を、明確に区別し、正統な文学の粋を網羅する方針で編集したことにある。これは中国の文学史上最初の試みであり、その意味では記念碑的性格を持つものである。以後、『文選』は文人や教養人の必読書となる。

ことに、唐・宋《そう》のころは、官吏登用試験に詩文を課されたこともあって、『文選』に習熟すれば、合格はなかば達したことになる、といわれた。

また、わが国への伝来も早く、『万葉集』や聖徳太子（五七四〜六二二）の「十七条憲法」にもその影響が見られる。

なお、本書で紹介する『古詩十九首《こしじゆうきゆうしゆ》』は、『文選』の「雑詩」の部門に収録されているものである。

去[1]者日以疎（去《さ》る者《もの》は日《ひび》に以《もつ》て疎《うと》し）　無名氏《むめいし》　〈五言古詩〉

去ル者ハ日ニ以テ疎[2]マレ

去《さ》る者《もの》は日《ひび》に以《もつ》て疎《うと》まれ

別れて去りゆく者は、日ごとに忘れられ、

來《ル》者《ハ》日《ニ》以《テ》親《シマル》●
出《デテ》郭門《ヲ》直視《スレバ》
但《ダ》見《ル》邱[3]《ト》與《ヲ》墳●
古墓《ハ》犂《カレテ》爲《リ》田《ト》
松柏《ハ》摧《カレテ》爲《ル》薪《ト》●
白[4]楊《ニ》多《ク》悲[5]風
蕭蕭《トシテ》愁[6]殺《ス》人《ヲ》●
思《ヒ》還《ラント》故[7]里《ノ》閭《ニ》
欲《スレドモ》歸《ラント》道無《シ》因《ル》●

来《きた》る者《もの》は日《ひび》に以《もっ》て親《した》しまる
郭門《かくもん》を出《い》でて直視《ちょくし》すれば
但《た》だ邱《きゅう》と墳《ふん》とを見《み》る
古墓《こぼ》は犂《す》かれて田《た》と為《な》り
松柏《しょうはく》は摧《くだ》かれて薪《たきぎ》と為《な》る
白楊《はくよう》に悲風《ひふう》多《おお》く
蕭蕭《しょうしょう》として人《ひと》を愁殺《しゅうさつ》す
故里《こり》の閭《りょ》に還《かえ》らんと思《おも》い
帰《かえ》らんと欲《ほっ》すれども道因《みちよ》る無《な》し

通い来る者は、日ごとに親しまれる。城の門外に出てあたりを見つめると、目に映るのは、ただ大小様々の墓ばかりである。古い墓地は、いつしかすきかえされて田畑となり、青々としている松柏の木々も打ち砕かれて、やがて薪となるのが世のならい。はこやなぎに吹く秋風もひときわもの悲しく、さらさらとした葉音までが、人を深くもの思いに沈ませるのである。そんな時には、そぞろに故郷が恋しくなって帰りたく思い、いざ帰ろうとするけれども、今はその道さえ閉ざされてしまった。

1. 去者日以疎　『古詩十九首《こしじゅうきゅうしゅ》』の編名は、一首から十九首までの番号で示す場合もあるが、今は首句をとって編名とするならわしに従う。以下も同じ。**2. 疎**　関係が薄くなって忘れられること。次の句の「親」は、これとは対照的に親愛が深められること。**3.邱与レ墳** 大きな墓と、土まんじゅうのような粗末な墓。**4.白楊** ハコヤナギ。マツやコノテガシワの常緑樹と共によく墓地に植えられる木である。**5.悲風** もの悲しい秋風。**6.愁殺** 憂い悲しむ。殺は動詞のあとについて、その動作を強める助字である。**7.故里閭** 故郷の村里の入口にある門。ひいて故郷の意に用いる。

《鑑賞》 かつてこの詩は、死者を悲しむ詩である、と解されたことがある。が、今は長らく異郷の地を旅する者がたまたま古墓に人生流転《るてん》の相を見て、たちまち帰郷の思いにかられたその心をうたった歌である、とするのがほぼ共通した見方である。

この詩の冒頭には、人が疎遠にされることと親しまれることの、当時のことわざと思われる句がすえてあるが、その狭間《はざま》に揺れる旅人の心が、この詩の主題であるといえよう。それを展開していくのがこの詩の構成である。つまりこの詩の旅人――男は、日ましに故郷と疎遠になっていくことを意識しているのである。その行く末をたまたま古墓に実感し、このままではいけないと思う。時あたかも人恋しい秋である。男はそこで、せめて忘れられないうちに故郷へかえりたいと思う。が、そうは思うけれども、だいぶ疎遠になって、それがかえりの道をふさいでいるからなあ、と述懐するのである。ことに最後の二句は、聞く者をしてしみじみとさせる響きがあるであろう。

なお、このようなうたいぶりからすると、おそらくこの詩は、異郷の地を旅する人々が、旅のなぐさめを求めて集う居酒屋のはやり歌であった、ともいえるであろう。

《補説》「去《さ》る者《もの》は日々《ひび》に疎《うと》し」という有名なことわざは、この詩を出典とする。また、「古墓は犂かれて田と為り、松柏は摧かれて薪と為る」の二句は、人生流転の相をうたう後世の詩に好んで用いられている（劉希夷《りゅうきい》〈白頭《はくとう》を悲《かな》しむ翁《おきな》に代《かわ》る〉86頁など）。

なお、わが吉田兼好《よしだけんこう》の『徒然草《つれづれぐさ》』の第三十段は、この詩を発想のモチーフにしているといわれる。が、兼好はそこで、この詩の「去る者」を、死んで家から去る者と見ていた。当時のこの詩の解釈の一端がうかがわれよう。

生年不満百（生年百《せいねんひゃく》に満《み》たず）　無名氏《むめいし》　〈五言古詩〉

生年不満百
常懐千[1]歳憂●
晝短苦夜長
何不秉[2]燭遊●
爲樂當及[3]時▲
何能待來[4]茲▲

生年《せいねん》は百《ひゃく》に満《み》たざるに
常《つね》に千歳《せんざい》の憂《うれ》いを懐《いだ》く
昼《ひる》は短《みじか》くして夜《よる》の長《なが》きに苦《くる》しむ
何《なん》ぞ燭《しょく》を秉《と》って遊《あそ》ばざる
楽《たの》しみを為《な》すは当《まさ》に時《とき》に及《およ》ぶべし
何《なん》ぞ能《よ》く来茲《らいし》を待《ま》たん

あの人は、人の生きる年はたったの百にも満たないのに、
いつもその十倍の千年も先のことまで心配している。
昼が短くて夜が長すぎるといって苦しむなら、
どうして明かりを手にして共に遊ばないのか。
人生楽しむときはそれなりの好機というものがあるのだから、のがしてはならないのだ。
来年まで待とうなどと、どうしてそんなことができようか。

愚[5]者愛惜費
但為後世嗤
仙[6]人王[7]子喬
難可與等[8]期

愚者《ぐしゃ》は費《ひ》を愛惜《あいせき》して
但《た》だ後世《こうせい》の嗤《わら》いと為《な》る
仙人王子喬《せんにんおうしきょう》と
与《とも》に期《き》を等《ひと》しくすべきこと難《かた》し

愚かな者は、わずかのむだごとを惜しんで倹約家ぶっているが、
実は、むなしく一生を過ごして後の世の笑いぐさとなるだけなのだ。
あの仙人の王子喬と同じように、
いつまでも生きながらえることなど、できはしないぞ。

1. 千歳憂 千年も先のことまで心配すること。なお、千の数は前の句の百との対照による修辞上の技巧によるものである。**2. 秉レ燭** 灯火を手に持つ。**3. 及レ時** 好機をのがさない。**4. 来茲** 来年。**5. 愚者** 「千歳《せんざい》の憂いを懐《いだ》く」者。**6. 仙人** 神秘的能力を得ることによって不老不死となり、天地を自由に遊行する人をいう。**7. 王子喬** 周の霊王《れいおう》の太子晋《たいししん》をいう。彼は政務を見ず、笛の一種である笙《しょう》を好んで吹いて遊楽の生活を送っていたが、後に道士に導かれて仙人となり、白い鶴に乗って仙界に去り、ついに、永遠の生命を得たという。その故事はよく画題にもされる。**8. 等レ期** 同じように長生きすること。

《鑑賞》 従来この詩は、生命のうつろいやすいことを嘆き、青春の再び得難いことを惜しみ、千歳の憂いを抱く世の愚人をそしった歌である、とされている。また、享楽《きょうらく》主義を賛美した歌である、ともされている。いずれにしても、ほぼ共通した見方がなされている詩である。

人生を憂苦なものにしている愚かさを捨て去り、楽しむべきときには大いに楽しもうというのであれ

ば、おそらくこの詩は、祭りの場あたりで、さかずきをくみ交わしながらうたった歌であろう。その場合、酒席になじまない、ある堅物《かたぶつ》の男がいたのかも知れない。それを「千歳の憂いを懐く」者、「愚者」といってはなじり、そして酒の肴としたのであろう。それはともあれ、これが祭りを背景にしてうたわれていることは、三句から六句までの描写で明らかである。季節は「夜長」の一語からしても秋から暮れにかけてである。しかも、そのころにさかずきをくみ交わして享楽する祭り、といえば、ただちに豊年祭を想像してよいであろう。

なお、結びに伝説の主人公を配するあたり、みんなで声をそろえてはやしたてた雰囲気《ふんいき》が伝わる。

《補説》『楽府《がふ》詩集』には「西門行《せいもんこう》」という一編がある。これは、初冬のころの大飲烝《だいいんじょう》という豊年祭でうたわれた歌である、と見られている。ここの「生年百に満たず」の一編と極めて類似し、この前身をなす詩ともいわれている。また、陶潜《とうせん》の「雑詩《ざつし》」（56頁）の一編は、人生楽しむべき好機には大いに楽しめ、という点で、やはりこの詩と共通するものがあるであろう。

迢迢《タル》牽牛星　（迢迢《ちょうちょう》たる牽牛星《けんぎゅうせい》）　無名氏《むめいし》　〈五言古詩〉

迢[1]迢《タル》牽[2]牛星
迢迢《ちょうちょう》たる牽牛星《けんぎゅうせい》

皎[3]皎《タル》河[4]漢ノ女。
皎皎《きょうきょう》たる河漢《かかん》の女《じょ》

はるかかなたに輝く牽牛星、

こなたにきらめく織女（しょく・じょ）星。

纖[5]纖タル擢キ二素手ヲ一
札[6]札トシテ弄ブ二機[7]杼ヲ一●
終日不レ成サレ章ヲ
泣[8]涕ノ零ツルコト如シレ雨ノ●
河漢ハ清ク且ツ淺シ
相去ルコト復タ幾許ゾ●
盈盈タル一水ノ間
脈[9]脈トシテ不レ得レ語ルコトヲ●

纖纖《せんせん》たる素手《そしゅ》を擢《ぬ》き
札札《さつさつ》として機杼《きちょ》を弄《もてあそ》ぶ
終日《しゅうじつ》章《あや》を成《な》さず
泣涕《きゅうてい》の零《お》つること雨《あめ》の如《ごと》し
河漢《かかん》は清《きよ》く且《か》つ浅《あさ》し
相去《あいさ》ること復《ま》た幾許《いくばく》ぞ
盈盈《えいえい》たる一水《いっすい》の間《かん》
脈脈《ばくばく》として語《かた》ることを得《え》ず

かぼそく白い手をぬき出して、ササッササッと機（はた）の杼（ひ）を通わせて織っている。
しかし、一日かけてもあや模様の布はできあがらず、
あふれる涙はとめどもない。
天の川はきよらかで、しかも浅く、
彼らをへだてる距離もいかほどでもないであろうに。
満々と水をたたえた一本の川にへだてられ、
ただ見つめているだけで、語ることさえできない。

1．迢迢　遠くはるかな様。**2．牽牛星**　わし座の首星アルタイルの中国名。ひこ星ともいう。**3．皎皎**　明るく光る様。**4．河漢女**　織女《しょくじょ》星のことで、たなばた姫、おり姫などともいう。こと座の首星ベガ。なお、首句の「ひこ星」と、この「織女星」は、一年に一回、天の川をへだてて対する。これから生まれた両者の相会《そうかい》伝説は、中国では、すでに『詩経《しきょう》』（小雅《しょうが》・大東《だいとう》編）にも見える。**5．纖纖**

かぼそい様。**6.札札**　機《はた》を織る音。**7.機杼**　機の横糸を通す器具で、「ひ」という。**8.泣涕**　涙を流して泣くこと。**9.脈脈**　じっと見つめる様。

《鑑賞》　この詩は、ひこ星と織女星の伝説にかりて、男女相思うの情、あるいは、離別している夫を思う妻の心をうたった歌である、とされている。

迢迢《ちょうちょう》などの畳語《じょうご》を六つも重ねて、素朴で纏綿《てんめん》たる恋情をうたっている。『古詩十九首』の中で最も美しい歌だ。大きく分ければ思婦であり閨怨《けいえん》に属するが、はかない恋の伝説はいかにもロマンチックで、清らかな情趣がただよう。実際には、恋に悩む女のため息がこういう歌を作らせたのだろうが、それを天上の世界の物語に託したところに、庶民の心情がうかがわれるようだ。

《補説》　わが『万葉集』には、牽牛《けんぎゅう》・織女の相会伝説を踏まえ、ままならぬ恋心をうたった歌が少なくない。中でも、「ひこ星は織女星と天と地が別れた遠い昔から天の川に向きあって立ち、思う心も安らかでなく、嘆く心も安らかでなく、川の青い波のために会う望みは断たれてしまい、悲しみのために涙もつきてしまった」とうたう千五百二十番歌の前半は、右の詩を鑑賞するうえで参考となるであろう。

なお、中国における牽牛、織女の相会伝説の起源は、農耕民族に多大な恵みをもたらす水を、水神を結婚させることによって祭り、その際に行われた男神と女神の渡河《とか》（川を渡る）儀礼にあるといわれる。これはやがて一般の婚礼の儀式（川を渡って水に濡れる）や男女が誘う民俗的なあそびにも展開していくが、それを天上の世界に昇華させたのが二星の相会伝説である。ロマンチックで清らかなのはそのためといってもよい。

行《キ》行《キテ》重《ネテ》行《キ》行《ク》（行《ゆ》き行《ゆ》きて重《かさ》ねて行《ゆ》き行《ゆ》く）　無名氏《むめいし》　〈五言古詩〉

[1]行《キ》行《キテ》重《ネテ》行《キ》行《キ》
與レ君[2]生[3]《キナガラ》別離《ス》
相[4]去《ルコト》萬餘里
各在《リ》二天《ノ》一涯《ニ》一
道[5]路阻《タリテ》且《ツ》長《ク》
會[6]面安《クンゾ》可《ケン》レ知《ル》
胡[7]馬《ハ》依《リ》二北風《ニ》一
越鳥《ハ》巣《クフ》二南枝《ニ》一

行《ゆ》き行《ゆ》きて重《かさ》ねて行《ゆ》き行《ゆ》き
君《きみ》と生《い》きながら別離《べつり》す
相去《あいさ》ること万余里《ばんより》
各《おのおの》天《てん》の一涯《いちがい》に在《あ》り
道路《どうろ》阻《へだ》たりて且《か》つ長《なが》く
会面《かいめん》安《いず》くんぞ知《し》るべけん
胡馬《こば》は北風《ほくふう》に依《よ》り
越鳥《えっちょう》は南枝《なんし》に巣《す》くう

あなたはどんどん遠くに行ってしまって、
わたしはあなたと生き別れの身となってしまいました。
あなたとわたしとは万余里も離れてしまって、
まるで、それぞれ天のはてにいるようです。
あなたの所に行こうにも道は険しくかつ遠く、
お目にかかれることなど思いもよらないほどです。
南方に移された胡馬は北風に向かって身を寄せ、
北方に渡った越鳥は南側の枝に巣を作るといいますが、わたしたちもせめて心だけでもしのび寄せ合いたいものです。

相去《ルコト》日《ニ》已《ニ》遠《ク》
衣[8]帯日《ニ》已《ニ》緩《ム》
浮[9]雲蔽《ヒ》白日《ヲ》
遊子不顧返《セ》
思《ヘバ》君《ヲ》令《ム》人《ヲシテ》老《イ》
歳月忽《チニシテ》已《ニ》晩《レヌ》
棄[10]捐《ノコト》勿《カラン》復《タ》道《フ》[11]
努力《シテ》加[12]《ヘヨ》餐飯《ヲ》

相去《あいさ》ること日《ひび》に已《すで》に遠《とお》く
衣帯《いたい》日《ひび》に已《すで》に緩《ゆる》む
浮雲《ふうん》白日《はくじつ》を蔽《おお》い
遊子《ゆうし》顧返《こへん》せず
君《きみ》を思《おも》えば人《ひと》をして老《お》いしむ
歳月《さいげつ》忽《たちま》ちにして已《すで》に晩《く》れぬ
棄捐《きえん》のこと復《ま》た道《い》う勿《な》からん
努力《どりょく》して餐飯《さんぱん》を加《くわ》えよ

けれども別れてからの日々もますます遠く、
思いやつれて着物も日ましにゆるむばかりです。
浮き雲が照る日をおおうように、夫の心を奪うものがあり、
旅人（夫）はふりむいてはくれません。
このようにあなたのことを思いつめていると、わたしはどんどん老けこんでしまい、
年月だけがたちまちのうちに過ぎ去っていってしまいます。
もはやあなたに捨てられたなどとはもう申しません。
ただあなただけは、ご健勝でいてください。

1．行行重行行　どんどんと遠くに行ってしまうこと。それを誇張表現した句でもある。なお、以下の句にも誇張の表現が用いられている。**2．君**　わが夫のこと。頼りとする男性と見てもよい。**3．生別離**　生きながらに別れること。**4．相去万余里　各在天一涯**　遠くに別れ離れたことを誇張表現

したもの。隔絶の感がよく出ている句である。**5．道路阻且長**　夫の所在地までの道のりが険しくて遠いこと。**6．会面**　面会と同じ。**7．胡馬依㆓北風㆒**　**越鳥巣㆓南枝㆒**　ここの胡馬《こば》は、北方の胡の地方でとれた馬のことで、その馬は南方に移されると生地を懐かしんで、北風に向かって走るという。また、越鳥は、北地では生地である南国の越《えつ》をしのんで、木の南側の枝に巣を作るという。いずれも当時のことわざであるが、それを用いて、遠く離れている自分たちも互いに心をしのび寄せ合いたい、としたもの。**8．衣帯日已緩**　夫を思ってやせ細り、着物が日ごとにゆるくなったこと。**9．浮雲蔽㆓白日㆒**　**遊子不㆓顧返㆒**　夫の心（白日）をかくすもの（浮雲）があって、夫（遊子）は帰ろうとしない。後世の模擬作では、夫の心をかくすものは、よその土地の女だ、とするのがふつうである。なお、浮雲を邪臣にたとえて、遊子である夫が邪臣にさまたげられて、帰って来られないことをいうとされているが、従い難い。**10．棄捐**　ともに「捨てる」の意。**11．道**　言と同じで「いう」と読む。**12．加㆓餐飯㆒**　ご健勝でたくさんごはんを召し上がれ、の意。当時のあいさつことばである。

《鑑賞》『古詩十九首《こしじゅうきゅうしゅ》』の巻頭を飾るこの詩は、かつて、無実の罪により追放された忠臣の心をうたった歌である、とされていた。が、これは詩の裏面に無理に道義的なものや政治的なものを求めようとしたものであり、今日では、留守を守る妻の孤独な心をうたった歌、とするのがほぼ共通した見方である。

すなわち、この詩の冒頭には、夫が遠くに旅立っていることと、それによって生じた別れの状態を誇張表現した句を据えてあるけれども、そこから導き出される孤独な心がこの詩の主題なのである。そして、これを展開させるにあたっては、やはり誇張表現を用いては隔絶の感を表し、胡馬や越鳥の比喩《ひゆ》的対句《ついく》を用いてはしのび寄せ合いたい情を表し、かつ浮雲や遊子の句を配してはその不安と孤独な心をいっそう浮かび上がらせるという、意識的な修辞技巧がほどこされている。それらを通じて、夫との間に相寄る魂を期待しているのである。が、それも現実にはかなわないこと。そこで一転して、それならばわが身のことはともかくとしても、せめてあなただけはご健勝でいてください、と祈るのである。これは、前半に展開された高まる孤独感をみずから抑えての思いやりであるだけに、かえって痛々しく哀れである。この詩の味わいどころも、一にここにあるといってよいであろう。

《補説》『古詩十九首』が収録されている『文選《もんぜん》』の雑詩の部に、「結髪《けつぱつ》夫妻《ふさい》と為《な》り、恩愛《おんあい》両《ふた》つながら疑《うたが》わず……」をうたい出しとする詩がある。これは、戦役への旅立ちを直前にひかえた征夫の心をうたう歌であるが、愛妻と最後の一夜を睦まじく過ごした征夫ではあっても、これを最後に二度と会えないことになるかもしれないので、その別離の情はさすがに痛々しいものがある。また、この詩の後半には、征夫がみずからの気持ちをふるい立たせるかのように、美しい妻をいたわり励ますせりふを配してあるけれども、そのくだりは、「行行重行行」の詩の夫を思いやる妻の心に対応していて興味深いものがある。

なお、これまで明確な形で指摘されたものは見ないが、右の詩や「去《さ》る者《もの》は日《ひ》に以《もつ》て疎《うと》し」(720頁)や「生年百《せいねんひやく》に満《み》たず」(723頁)、「迢迢《ちようちよう》たる牽牛星《けんぎゆうせい》」(725頁)などの冒頭の句の据え方は、『詩経《しきよう》』の「興《きよう》」(700頁参照)の用法ときわめて似かようものがある。興の詞が、呪詞《じゆし》や呪謡《じゆよう》を背景にしているとすれば、『古詩十九首』に見られるそれは、伝説や故事やことわざなどを背景にしているということができる。ともに詩の主題を解く鍵として、また、詩の発生と展開を考えるうえで、見逃せない現象であろう。

楽《が》府《ふ》詩《し》集《しゅう》

〔漢～五代〕

『楽府《がふ》詩集』は、漢代のころから唐代を経て五代（一〇世紀）に至る間の、楽曲にあわせてうたうことを主として作られた詩の総集である。

楽府とはもともとは「がくふ」といい、漢代に設置された宮廷の音楽をつかさどる府（役所）の名であった。おかかえの楽人《がくじん》たちは、そこで盛んに国家的儀式用の詩を作っていた。また、民衆の声を政治の参考にするために、『詩《し》経《きよう》』（696頁）の国風にならって民間の歌謡をもそこに採集していた。のちに、それらの歌とそれらをまねて作った歌も楽府と呼称されるようになった。ただし、この場合は「がふ」というのがならわしである。

この詩集は、内容的には編者の独創によって十二分類されているけれども、天地や祖先をまつるもの、宮廷の宴会のためのもの、女性の苦悲をうたうもの、人生をなげくもの、経済苦をうたうもの、教訓や風刺をうたうもの、男女の情愛をうたうもの、などが主である。中でも民間の無名氏《むめいし》による民謡風のものや長編の物語詩（叙事詩）に傑作が多く、それが『楽府詩集』の特色の一つにもなっている。

全百巻より成り、総数五千二百九十首の作品を収録する。編者は北宋《ほくそう》の神宗《しんそう》時代（一一世紀）の郭茂倩《かくもせん》（生没年未詳）という人である。その事績については、この詩集を編み、豊富な文献資料を集めて個々の楽府に解題をほどこした以外は明らかでないが、その適切な解題は今日なお出色のできばえであるといわれる。

薤[1]露ノ歌　（薤露《かいろ》の歌《うた》）　無名氏《むめいし》　〈雑言詩〉

薤[2]上ノ露[3]　何ゾ易レキ晞[4]キ
露晞ケバ明朝更ニ復タ落[5]ツルニ
人死シテ一タビ去レバ[6]何レノ時ニカ歸ラン

薤上《かいじょう》の露《つゆ》　何《なん》ぞ晞《かわ》き易《やす》き
露晞《つゆかわ》けば明　朝《みょうちょう》更《さら》に復《ま》た落《お》つるに
人死《ひとし》して一《ひと》たび去《さ》れば何《いず》れの時《とき》にか帰《かえ》らん

にらの葉の上におりた露よ、どうしてそんなにかわきやすいのか。露はかわいて消えても、明日の朝になればまたおりるけれども、人間は死んでいったんこの世から消え去ってしまうと、再び帰ってくることはないのだ。

1.薤露歌　首句の二字をとって編名としたもの。名づけ方も『詩経《しきょう》』の方法にならっている。**2.薤**　オオニラのことである。ニラの類は香りが強いので、神霊を呼び降ろすための霊草として用いられることもあった。**3.露**　つゆのこと。露が葉上におりることは瑞祥《ずいしょう》の現れとも考えられていたが、ここでは生命のはかないことにたとえている。**4.晞**　日にさらされてかわくこと。**5.落**　露のおりるのをいう。**6.何時帰**　反語の形をとって意味を強めるので、詩句によく用いられる語句である。

《鑑賞》　この詩は、野辺《のべ》送《おく》りの際にひつぎの引き綱をとる人がうたう歌で、いわゆる挽歌《ばんか》である。古い注釈書によると、漢の初めの田横《でんおう》という英雄の自殺を門人が悼《いた》んで、悲しみの歌を二章作ったが、後に薤露《かいろ》・蒿里《こうり》の二曲に分け、前者は王公貴人の、後者は士大夫《したいふ》や一般の人の送葬にそれぞれ用いたという。が、今日ではその説は必ずしも信じられてはいない。

形式的にはこの詩は、三・三・七・七言の四句構成である。上二句と下二句に体《たい》のちがいがあるのは、うたい方に独特の節まわしがあったからかも知れない。古楽府《こがふ》といわれる古いものには、こうした形式が少なくない。内容的には、人間の生命を草葉の上におりる露と比較して、それよりもはかないものであるとうたう簡潔な詩である。それだけにかえって悲しみの余韻がひびくであろう。結句を見ると、一見、死を達観した者のようだが、それをひき出す前の句には、露のよみがえりをうらやむ思いがあるのがうかがわれる。その意味では、死というものを達観しきれない人間の、生へのしがらみをもあわせ表出している詩である。

なお、生命のはかなさを詠嘆《えいたん》しつつも、それを宿命として達観したことをうたう詩は漢代以降少なくない。人間にとって永遠のテーマであるからであろう。

《補説》 同じ挽歌でも、時代や作者によっておのずから歌声のひびきにちがいがある。その意味でも、『詩経』の挽歌である黄鳥編《こうちょう》（716頁参照）とあわせて鑑賞してほしい。

なお、薤露《かいろ》の語は文学作品によく用いられ、挽歌の代名詞としてすっかり定着している。わが国の夏《なつ》目《め》漱石《そうせき》（一八六七〜一九一六）に「薤露行《かいろこう》」の一編があるのも、その一例である。

蒿[1]里（蒿里《こうり》）　無名氏《むめいし》　〈七言古詩〉

蒿[2]里《ハ》誰《ガ》家《ノ》地《ゾ》

蒿里《こうり》は誰《た》が家《いえ》の地《ち》ぞ

蒿里はいったいだれがすみかとするところであろうか。

聚[3]二斂シテ[4]魂魄ヲ一無[5]シ二賢愚一
鬼[6]伯一[7]ニ何ゾ相催促スルヤ
人命不レ得ハ二少クモ踟[8]蹰スルヲ一

魂魄《こんぱく》を聚斂《しゅうれん》して賢愚《けんぐ》無《な》し
鬼伯《きはく》一《いつ》に何《なん》ぞ相催促《あいさいそく》するや
人命《じんめい》は少《しば》らくも踟蹰《ちちゅ》するを得《え》ず

そこには賢人愚人の区別なく、あらゆる死者のたましいが集めおさめられている。
死神(しにがみ)は、まあ何とせつせと催促することよ。
まったくこれでは人の命はしばらくの間も、この世にふみとどまっていられない。

1.蒿里　首句の二字をとって編名としたもの。**2.蒿里**　山東省《さんとうしょう》の泰山《たいざん》の南にある地名。死者の霊がここに集まるとうたわれたことから、墓地の代名詞になった。**3.聚斂**　集めおさめる。**4.魂魄**　人が死ぬと魂《こん》は天に上り、魄《はく》は地上にとどまって分離するという。あわせて「たましい」。**5.無二賢愚一**　賢人愚人の区別なく、だれでも彼でも、の意。**6.鬼伯**　死者のたましいをつかさどる神。いわゆる死神《しにがみ》のこと。**7.一何**　まあ、何と。詠嘆の語気をあらわす。漢から六朝《りくちょう》の歌謡によく用いられる。**8.踟蹰**　足ぶみしてとどまっている。躊躇《ちゅうちょ》と同じ。

《鑑賞》　この詩も、野辺《のべ》送《おく》りの際にひつぎの引き綱をとる人がうたう歌である。形式的にはこの詩は、五・七・七・七言の四句構成であり、「薤露《かいろ》」(732頁)の体《たい》と似ている。両者が一対《いっつい》にされるゆえんでもあろう。内容的には、前半二句で墓地に集めおさめられる無数のたましいを点出し、後半二句では、まるでベルトコンベヤーを使ってでもいるかのように死者のたましいを催促する死神を訴え、それに催促されなければならない人命のはかなさを嘆いて結ぶ、哀しい詩である。死の世界に対する恐怖や嫌悪の情が、簡潔な詩句の中にいたましくひびいているだけに、何ともやりきれない雰囲気《ふんいき》をかもし出す詩でもある。薤露の歌と並んで、挽歌《ばんか》の傑作とされるゆえんもここにあるのであろう。

《補説》 蒿里《こうり》の地が泰山の南にあることにちなんで、この詩は別名「泰山行吟《たいざんこうぎん》」ともいわれている。なお、この蒿里の地が死者の霊魂が集められる所だとすれば、わが青森県下北半島にある「恐山《おそれざん》」と似通う点があるであろう。この恐山の霊場では、今なお巫女《みこ》が死者の言葉を伝える奇習が行われている。

[1]十五《ニシテ》従《ヒテ》レ軍《ニ》征《ク》（十五《じゅうご》にして軍《ぐん》に従《したが》いて征《ゆ》く） 無名氏《むめいし》 〈五言古詩〉

十五《ニシテ》従《ヒテ》レ軍《ニ》征《キ》
八十《ニシテ》始《メテ》得《タリ》レ帰《ルヲ》
道《ニ》逢《フ》二郷里《ノ》人《ニ》一
[2]家中《ニ》有《リヤ》二阿誰《カ》一
[3]遥《カニ》望《ム》是《レ》君《ガ》家

十五《じゅうご》にして軍《ぐん》に従《したが》いて征《ゆ》き
八十《はちじゅう》にして始《はじ》めて帰《かえ》るを得《え》たり
道《みち》に郷里《きょうり》の人《ひと》に逢《あ》う
家中《かちゅう》に阿誰《たれ》か有《あ》りや
遥《はる》かに望《のぞ》む是《こ》れ君《きみ》が家《いえ》

十五の時に戦争にかりだされ、
八十になってやっと帰ってくることができた。
その道すがら故郷の知人に会ったので、
「わたしの家にはだれか住んでいますか」と聞いてみた。
その人がいうには、「はるかに見えるのがそれ、君の家だよ。

松[4]柏ノ冢纍纍タリ●
松柏《しょうはく》の冢累累《つかるいるい》たり
だけど、松柏の茂った墓がつらなっているだけだよ」と。

1.十五従レ軍征　首句をとって編名としたもの。別に「紫騮馬歌辞《しりゅうばかじ》」の名がある。**2.家中有二阿誰一**　従軍から帰ってきた兵士が、道で会った故郷の人に生家の安否をたずねたことば。阿誰《アスイ》とは特定の人を指さないでいう語。だれ、の意。**3.遥望是君家**　次の句とあわせて故郷の人が答えたことば。**4.松柏冢累累**　松柏はマツとコノテガシワのこと。共に常緑樹である。「冢」は「つか」と読み、墓の意。「累累」はつらなる様。

兎[1]ハ従リ二狗[2]竇一入リ
兎《うさぎ》は狗竇《くとう》より入《い》り
行ってみれば、野兎は土塀の犬くぐりから出入りし、

雉ハ従リ二梁[3]上一飛ブ●
雉《きじ》は梁上《りょうじょう》より飛《と》ぶ
雉は梁(はり)から飛び立つありさま。

中[4]庭ニハ生ジ二旅[5]穀一
中庭《ちゅうてい》には旅穀生《りょこくしょう》じ
しかも庭には雑穀が生え、

井[6]上ニハ生ズ二旅[7]葵一●
井上《せいじょう》には旅葵《りょき》生《しょう》ず
古井戸のあたりには野草が乱れ生えている。

1.兎　次の句のキジとともに、そこをすみかとする野生の獣や鳥の代表として登場させたもの。**2.狗竇**　犬がくぐれるように作った土塀の穴。犬くぐりという。**3.梁**　柱の上に置いて屋根組みを支える横木。はり。**4.中庭**　庭のまん中。**5.旅穀**　種をまかずに生えた野生の穀物。旅は、自然に生

える、の意である。**6．井上**　井戸のほとり。**7．旅葵**　種をまかずに生えた野生のアオイ。

烹[1]テレ穀ヲ持[2]ツテ作リレ飯ヲ
採ツテレ葵ヲ持ツテ作ルレ羹[3]ヲ
羹飯一[4]時ニ熟[5]スレドモ
不レ知ラ貽[6]ランカヲ二阿誰ニ一
出デテレ門ヲ東ニ向ツテ望メバ
涙落チテ沾ス二我ガ衣ヲ一

穀《こく》を烹《に》て持《も》って飯《はん》を作《つく》り
葵《き》を採《と》って持《も》って羹《こう》を作《つく》る
羹飯一時《こうはんいちじ》に熟《じゅく》すれども
阿誰《たれ》に貽《おく》らんかを知《し》らず
門《もん》を出《い》でて東《ひがし》に向《むか》って望《のぞ》めば
涙落《なみだお》ちて我《わ》が衣《い》を沾《うるお》す

その雑穀を煮て飯を作り、
その野草を摘んで、あつものを作ってみた。
飯やあつものはたちまち同時にできたけれども、
さて、だれにごちそうしたらよいやら。
やむなく、門から出て東の方をながめると、
ただ、涙が落ちてわたしの着物を濡らすだけであった。

1．烹　煮と同じ。にる、の意。**2．持**　以と同じ。もって、と読む。**3．羹**　野菜をまぜて煮た、ねっとりした汁もの。あつもの。**4．一時**　同時に、の意。**5．熟**　煮えあがる。**6．貽**　贈に同じ。おくる、と読む。ここではごちそうする、の意。ここの句は、その対象が一人もいないことを表したもの。

《鑑賞》　この詩は、年老いてやっと帰還することができた兵士の心の傷みをうたう歌である。これが民謡として伝承されていたものであることから考えると、あるいは村祭りの舞台上で、芸人がそれを演ず

るなどして、語り聞かせを行っていた歌であったかもしれない。

形式的には五言の十六句よりなり、六・四・六の句からなる三段構成である。内容的には、第一段の初めの二句で、久しく従軍してやっと帰還することができた喜びをいう。だが、そのなつかしのわが家には住む人なく、墓だけが累々とあることを知らされる。ギョッとするような意外性がある。第二段は、生家の荒れ果てた情景。犬くぐりから兎が飛び出し、梁《はり》には雉という意外性の追い打ちがかけられる。短いが四句によって荒廃の状は余すところがない。第三段は、心を取り直して雑穀雑草で食事など作るが、だれもともにする人はなく、孤独に打ちひしがれる様。何といっても哀れなのは、飯を作ってみたが、だれにあげたらよいか、という場面だ。六十五年の重みがドッと押し寄せる心地。東を向いたのはなぜだろう。墓を見たのか、あてもなく行く方向を望んだのか。

十五で従軍し八十で帰る、といえば、六十五年間も戦場に駆り出されたことになる。浦島太郎もよいところである。しかも、帰ってみれば家族はみんな死に絶えている、という悲惨さだ。昔は実際にこのように一家全員が死に絶えることが往々にしてあったらしい。陶潜《とうせん》（48頁）の「園田《えんでん》の居《きょ》に帰《かえ》る その四」にも、郊外を散歩していると人の住んでいた跡がある、たずねると、この家の人は死に絶えたのだ、という内容がうたわれている。疫病の流行ということもあったのだろう。

《補説》『詩経《しきょう》』（696頁）豳風《ひんぷう》の東山《とうざん》編は、東征より帰還する兵士が、その道すがらの難儀や故郷へはせる思いをうたう詩であるが、これも芸人によって演じられ、語り聞かせが行われた要素を持っている。社会的なものを反映して、流浪《るろう》する芸人には、戦役体験をテーマとする語り聞かせがあったのかもしれない。また、杜甫《とほ》（275頁）の三別《さんべつ》の詩といわれる中の「家無《いえな》き別《わか》れ」は、この「十五にして軍に従いて征く」の影響を受けたものであるといわれている。

なお、わが万葉歌人の柿本人麻呂《かきのもとのひとまろ》に、九州の大宰府《だざいふ》から妻のいない奈良の旧宅へ帰ってきて、その時の感慨をうたった詩が三首ある。そのうちの一首に、「我妹子《わぎもこ》が植《う》ゑし梅《うめ》の木《き》見《み》るごとにこころむせつつ涙《なみだ》し流《なが》る」とあるのは右の詩の終わりの場面と通うものがある。

戰城南[1]（城南《じょうなん》に戦《たたか》う）　無名氏《むめいし》　〈**雑言詩**〉

戰城[2]南　死郭[3]北
野死不葬烏可食
爲我謂烏
且爲[4]客豪
野死諒不葬
腐肉安能去子[5]逃

城南《じょうなん》に戦《たたか》いて　郭北《かくほく》に死《し》す
野《や》死《し》するも葬《ほうむ》られず烏《からす》食《くら》うに可《よ》し
我《わ》が為《ため》に烏《からす》に謂《い》え
且《しばら》く客《かく》の為《ため》に豪《ごう》せよ
野《や》死《し》するも諒《まこと》に葬《ほうむ》られざれば
腐《ふ》肉《にく》安《いずく》んぞ能《よ》く子《し》を去《さ》って逃《のが》れんやと

城壁の南で戦い、城壁の北で死んだ。
野に死がいをさらしても葬られないので、烏のほどよいエサとなる。
こころある者よ、わたしのために烏に告げてくれ、
「しばらくの間、黄泉(みよ)の客となる者のために悲しみ泣いてくれ、
野に死んで、もとよりちゃんと葬られることなどないのだから、
エサとなる腐った肉がどうしておまえから逃げていかれようか」と。

水聲激[6]激《トシテ》
蒲葦冥[7]冥○《タリ》
梟[8]騎《ハ》戰鬪《シテ》死《シ》
駑[9]馬《ハ》徘[10]徊《シテ》鳴○《ク》

水声激激《すいせいげきげき》として
蒲葦冥冥《ほいめいめい》たり
梟騎《きょうき》は戦闘《せんとう》して死《し》し
駑馬《どば》は徘徊《はいかい》して鳴《な》く

（野戦の地は）川の流れる音が激しく、
岸辺の蒲（がま）や葦（あし）が暗く生いしげっている。
強い兵士もすでに戦い死に、
乗り手を失ったのろ馬が、ただうさまよい歩いて鳴いているばかりである。

1.戦ニ城南　首句をとって編名としたもの。**2.城南**　城壁を築いた内側の南。**3.郭北**　城壁の外側の北。**4.為レ客豪**　黄泉《よみ》の客となる人のため悲しみ泣くこと。死者のために泣くことは、最高の手向《たむ》けであった。なお、豪を号（大声で泣く）の音を借りた文字と見ないで、豪侠《ごうきょう》（男気のあること）の意とする説もある。ただし、意味は通じ難い。**5.子**　人に対する敬称であるが、ここでは烏《からす》にそれを用いている。**6.激激**　水の激しく流れる音。**7.冥冥**　暗く生いしげる様。たそがれの情景。**8.梟騎**　強い騎兵、の意。梟《きょう》は大木のこずえに宿るフクロウのことであるが、音を借りて「強い」の形容詞としたもの。**9.駑馬**　動きのにぶい馬。**10.徘徊**　さまようこと。

《鑑賞》　この詩は、戦争のために死んだ者の悲惨さをうたった歌である。別に厭戦《えんせん》詩ともいうが、それを死者の口を借りて語っているところを見ると、もともとは巫女《みこ》が伝えていたのかもしれない。蒿里《こうり》の「補説」参照（736頁）。

形式的にはこの詩は、三言あり四言あり、あるいは五言あり七言ありといった、十一句よりなる不規則なものである。それだけに、集団でうたうのにはそぐわない独特な調子をもっていたと思われる。内容的には、最初の二句で不本意にも戦死したことをうたう。この二句は、「――南」「――北」とあって、単なる対句《ついく》的な組み合わせのように見うけられるが、実は激しかった戦闘のあとを端的に表しているのである。すなわち、当初は城壁の内側の南の地で敵を迎え撃っていたけれども、やがて形勢不利になって、逆に城壁の外側の北の地へ追いこまれ、そこで戦死した、という意なのである。戦争というのは、実にむごたらしい。野戦に散った者を丁重《ていちょう》に葬ってくれる者などいやしない。その死者の腐った肉を、烏が恰好《かっこう》のエサとしてついばむ。これがせめてもの弔《とむら》いなのである。しかも、弔いにはつきものの泣女《なきめ》の役まで烏にゆだねなければならない。それを、倒れ伏したままのどろ土の中から叫ぶのである。その悲しい叫びを聞きとれるのは烏ばかりなのか。最後の四句で、闇《やみ》にまぎれた戦場の広角的情景描写へ筆を転じているところを見ると、そのかたわらでは、はやくも烏たちによる〝丁重な葬儀〟が行われていたのかもしれない。が、含蓄を重んじ、余韻を味わうことを旨とする中国の詩は、そこまで描写することはしない。その意味では、乗り手を失った馬の哀調おびた鳴き声に、死者の心をすべて読みとるべきであろう。

《補説》この詩には、実は次のような後半が接続する。「梁《はり》もて室《しつ》を築《きず》くに、何以《なにゆえ》に南《みなみ》し、何《なに》ゆえに北《きた》するや、禾黍《かしょ》を穫《か》らざれば君《きみ》は何《なに》をか食《くら》わん、忠臣為《ちゅうしんた》らんと願《ねが》えども安《いず》くんぞ得《う》べけん、子《し》の良臣為《りょうしんた》らんと思《おも》う、良臣誠《りょうしんまこと》に思《おも》うべし、朝《あした》に行《ゆ》きて出《い》でて攻《せ》め、暮《く》るるも夜帰《よるかえ》らず」とあるのがそれである。が、これは前半とは意味的にガラリと変わり、つなげても無理がある。テキストによっては字句にも異同があり、確証はないが別な詩が混入したのかもしれない。あえて無理に訳さないゆえんである。

なお、のちに唐の李白《りはく》が作った「城南《じょうなん》に戦《たたか》う」（225頁）の一編は、この詩の替え歌として有名である。

陌上桑[1]（陌上桑《はくじょうそう》）

無名氏《むめいし》　〈五言古詩〉

日出東南隅
照我秦[2]氏樓[3]
秦氏有好女
自名爲羅[4]敷
羅敷善蠶[5]桑
采桑城南隅
素[6]絲爲籠[7]系
桂枝爲籠[8]鉤

日《ひ》東南《とうなん》の隅《ぐう》に出《い》でて
我《わ》が秦氏《しんし》の楼《ろう》を照《て》らす
秦氏《しんし》に好女《こうじょ》有《あ》り
自《みずか》ら名《な》づけて羅敷《らふ》と為《な》す
羅敷《らふ》蚕桑《さんそう》を善《よ》くし
桑《くわ》を城南《じょうなん》の隅《ぐう》に采《と》る
素糸《そし》を籠系《ろうけい》と為《な》し
桂枝《けいし》を籠鉤《ろうこう》と為《な》す

朝日は東南の方角に昇り出ると、まず、われらが秦氏の家の高殿を照らしだす。

秦氏の家には美しい娘がいた。

彼女は自分のことを羅敷といっていた。

羅敷は蚕（かいこ）を飼っては桑植えによく励み、

せっせとお城の南にある畑で桑摘みに精を出していた。

白地の糸で桑の葉を入れる籠のひもを編み、

しゃれた桂（かつら）の枝で籠の取っ手を作ってある。

頭上ニハ倭[9]墮ノ髻
耳中ニハ明[10]月ノ珠●
緗[11]綺ヲ爲シ二下[12]裙ト一
紫綺ヲ爲ス二上[13]襦ト一●

頭上《ずじょう》には倭墮《わだ》の髻《もとどり》
耳中《じちゅう》には明月《めいげつ》の珠《たま》
緗綺《しょうき》を下裙《かくん》と為《な》し
紫綺《しき》を上襦《じょうじゅ》と為《な》す

頭上には、あだっぽいもとどりがしてあり、
耳には明月のように美しい珠が飾ってある。
うす黄色のあや絹をスカートにし、
むらさき色のあや絹をブラウスにしてまとっている。

1.陌上桑　道の辺にある桑の意。この詩の舞台となっている場所と桑摘みのことにちなんで編名としたもの。別に「艶歌羅敷行《えんからふこう》」、あるいは「日出 東南隅行《にっしゅつとうなんぐうこう》」ともいう。**2.秦氏**　古代の歌謡に、よく美人の姓としてうたわれる。この姓には、美人が多いという伝承があったのであろう。**3.楼**　二階建て以上の建物。たかどの。**4.羅敷**　娘の名。もと、戦国時代（前四〇四～前二二一）の趙《ちょう》の国の女子の名といわれるが、わが「小町《こまち》」のように、美人の一般的名称としても用いられていたかもしれない。**5.蚕桑**　蚕《かいこ》を飼ったり桑の木を植えたりする仕事のこと。**6.素糸**　色染めする以前の白地の糸。**7.籠系**　籠を体につるすためのひも。**8.籠鉤**　籠をかけておくためのカギ状の取っ手。**9.倭墮髻**　なまめかしく、あだっぽいもとどり。髻は、髪を頭上に集めてつかねたところ。たぶさ。**10.明月珠**　真珠のイヤリング。**11.緗綺**　うす黄色の、あや絹の織物。**12.下裙**　裳《もすそ》のこと。スカート。**13.上襦**　腰までの短い衣服。ブラウス。

行者見羅敷
下擔[1]捋[2]髭鬚●
少年見羅敷
脱帽著[3]帩頭●
耕者忘其犂[4]
鋤[5]者忘其鋤●
歸來相[6]怒怨
但坐觀羅敷●

行《ゆ》く者《もの》は羅敷《らふ》を見《み》て
担《たん》を下《おろ》して髭鬚《ししゅ》を捋《な》で
少年《しょうねん》は羅敷《らふ》を見《み》て
帽《ぼう》を脱《だつ》して帩頭《しょうとう》を著《あら》わす
耕《たがや》す者《もの》は其《そ》の犂《すき》を忘《わす》れ
鋤《す》く者《もの》は其《そ》の鋤《すき》を忘《わす》る
帰《かえ》り来《きた》りて相《あ》い怒怨《どえん》するは
但《た》だ羅敷《らふ》を観《み》るに坐《よ》る

道を行く者は羅敷を見かけると、思わず、肩から荷物をおろしてひげをなで、

少年までも羅敷を見かけると、帽子をとって元服の証（あかし）であるもとどりを見せようとする。

田畑を耕す者まで農具を持ち忘れ、鋤とる者も、鋤を動かすことさえ忘れている。

あげくのはてに家に帰ってきてから夫婦げんかが始まるのは、ただ、羅敷を見たことが原因なのである。

1. 担　肩にかついだ荷物のこと。**2. 捋髭鬚**　ひげをなでて、立派なそぶりを示すこと。なお、髭《し》は口ひげ、鬚《しゅ》はあごひげ。**3. 著帩頭**　元服の時に髪の毛を集めて結んだもとどりを見せること。一人前の男らしく気取ること。**4. 犂**　牛に引かせて耕す農具。からすき。**5. 鋤**　土をおこしたり雑草を除く農具。すき。ここは動詞として読む。**6. 相怒怨**　夫婦で互いにののしりあうこと。

使[1]君、従《リ》レ南來《リテ》
五[2]馬立[3]《チドコロニ》踟躕●《ス》
使君遣《メ》二吏《ヲシテ》往《カ》一
問《フ》是《レ》誰《ガ》家《ノ》姝[4]●《ゾト》
秦氏《ニ》有《リ》二好女一
自《ラ》名《ヅケテ》爲《スト》二羅敷●《ト》
羅敷《ノ》年《ハ》幾何《ゾト》
二十《ニハ》尚《ホ》不《レドモ》レ足《ラ》
十五《ニハ》頗《ル》有《リト》レ餘●《リ》

使君《しくん》南《みなみ》より来《きた》りて
五馬《ごば》立《た》ちどころに踟躕《ちちゅ》す
使君《しくん》吏《り》をして往《ゆ》かしめ
問《と》う是《こ》れ誰《た》が家《いえ》の姝《しゅ》ぞと
秦氏《しんし》に好女《こうじょ》有《あ》り
自《みずか》ら名《な》づけて羅敷《らふ》と為《な》すと
羅敷《らふ》の年《とし》は幾何《いくばく》ぞと
二十《にじゅう》には尚《な》お足《た》らざれども
十五《じゅうご》には頗《すこぶ》る余《あま》り有《あ》りと

ある日、国の太守(たいしゅ)がやってきて、羅敷を見るや、五頭立ての馬車はたちまち足ぶみをした。

太守は役人を使いに出して、「この者はどこの家のかわいい娘であるか」とあたりの人々にたずねさせた。

ある人答えて、「秦氏の家にいる美しい娘さんです。彼女は自分のことを羅敷と申しております」という。

「羅敷の年齢は幾つであるか」とたずねると、

「二十歳にはまだ足りないけれども、十五歳よりは大分過ぎております」という。

1. **使君** 州の太守《たいしゅ》の尊称。 2. **五馬** 五頭立ての馬車のこと。ふつうは四頭立てであるが、太守には一頭を副《そ》え馬としているのでこういう。**3.立踟躕**　たちまち足が止まる。立は、ふつうは立ち止まるの意味に見られているが、文意からして「たちどころに」がよい。**4.姝**　かわいい娘、の意。

使君問羅敷
寧[1]可共載不
羅敷前致[2]詞
使君一何愚
使君自[3]有婦
羅敷自有夫

使君《しくん》羅敷《らふ》に問《と》う
寧《むし》ろ共《とも》に載《の》すべきや不《いな》やと
羅敷《らふ》前《すす》みて詞《し》を致《いた》す
使君《しくん》一《いつ》に何《なん》ぞ愚《ぐ》なる
使君《しくん》には自《おのず》から婦《ふ》有《あ》り
羅敷《らふ》にも自《おのず》から夫《おっと》有《あ》りと

太守が羅敷に直接たずねられた。
「どうじゃ、わしの車に一緒に乗ってみないかね」と。
羅敷が前にすすみ出て申し上げるには、
「太守さまはまた何とおろかなことを。
太守さまにはもともと奥さんがおられますし、
羅敷にももともと夫がございます」
と。

1.寧可共載不　直訳すると、いっそのこと一緒に車に乗った方がよいのではないかね、どうかね、となる。つまり、そんな桑摘みなんかさっさとやめて、自分についてこないか、の意。不は否と同じで、「いな」と読む。**2.致詞**　言葉を申し上げること。**3.自**　そちらはそちらで、こちらはこちらで、の意。

東方千餘騎
夫[1]壻居上[2]頭●
何用識夫壻
白馬從驪駒●
青絲繫馬尾
黄金絡馬頭●
腰中鹿[3]盧劍
可値千萬餘●
十五府小[4]史
二十朝大夫●

東方《とうほう》の千余騎《せんよき》
夫婿《ふせい》は上頭《じょうとう》に居《お》る
何《なに》を用《もっ》て夫婿《ふせい》を識《し》るや
白馬《はくば》驪駒《りく》を従《したが》え
青糸《せいし》を馬《うま》の尾《び》に繋《か》け
黄金《おうごん》を馬《うま》の頭《あたま》に絡《まと》う
腰中《ようちゅう》の鹿盧《ろくろ》の剣《けん》は
千万余《せんまんよ》に値《あたい》すべし
十五《じゅうご》にして府《ふ》の小史《しょうし》
二十《にじゅう》にして朝《ちょう》の大夫《たいふ》

（さらに申し上げるには）「東方の国の千余騎の軍隊は、
私の夫がその長官をいたしております」と。
「では、何で夫であるかを見分けるのか」とたずねると、
「（夫は）白馬と黒い若駒（まこ）を従え、
その馬の尾には青染めの糸で作ったしりがいがかけてあり、
頭には黄金のおもがいを飾り、
腰に帯びた鹿盧の剣は、
千万金余にも価するほどの名剣です。
しかも夫は十五歳で役所の小書記官となり、
二十歳で、朝廷の大夫（たいふ）となり、

三十侍中郎
四十専[5]城居
為人潔白晳
鬑[6]鬑頗有鬚
盈[7]盈公府歩
冉[8]冉府中趨
坐中数千人
皆言夫壻殊

三十《さんじゅう》にして侍中郎《じちゅうろう》
四十《しじゅう》にして城《しろ》を専《もっぱ》らにして居《お》る
人《ひと》と為《な》りは潔白晳《けっぱくせき》
鬑鬑《れんれん》として頗《すこぶ》る鬚《ひげ》有《あ》り
盈盈《えいえい》として公府《こうふ》に歩《あゆ》み
冉冉《ぜんぜん》として府中《ふちゅう》に趨《はし》る
坐中《ざちゅう》の数千人《すうせんにん》
皆夫婿《みなふせい》は殊《すぐ》れたりと言《い》うと

三十歳で、君主の側近である侍従職となり、
四十歳で、一城の主(あるじ)となっております。
(また)人柄は潔白で明るく、
ふさふさとした長い立派なひげも、とても生えています。
堂々と役所を歩きまわり、
さっさと役所中を走りまわります。
同座の数千人は、
皆、口をそろえて私の夫のことを、『とりわけすぐれたお方じゃ』と申します」と。

1. 夫壻　妻が夫を呼ぶことば。**2. 上頭**　先頭のこと。つまり長官として指揮をとる。**3. 鹿盧剣**　剣首に、玉《ぎょく》で作ったろくろ形の飾りをちりばめた剣。**4. 小史**　記録をつかさどる小役人のこと。以下の役職は、驚異的なスピード出世を物語る。**5. 専ㇾ城居**　一国一城の主《あるじ》となること。専とは、独占すること。**6. 鬑鬑**　ひげがふさふさとしている様。それが長くて豊かなことが紳士たる者の条件

である。**7. 盈盈** 満ちあふれるような堂々とした態度。**8. 冉冉** 漸漸《ぜんぜん》というのと同じ。すみやかに進む様。

《鑑賞》 この詩は、美しい人妻が桑摘みの時に好色な領主にいい寄られ、それを毅然《きぜん》と拒んだことをうたう典型的な「物語詩」である。おそらくこの詩も、芸人たちによって祭りの舞台上で演じられていた、その歌謡であったのであろう。

形式的にはこの詩は、五言五十三句よりなる一連の長編である。内容的には三段に構成され、さらに三段目は三節に分けられる。すなわち、幕あけの第一段は初めより十二句まで。ここでは、まずこの物語のヒロインとしての羅敷《らふ》の勤勉ぶりと美貌を描く。それを、彼女の家を照らす朝日ののぼることから描いて導入しているのは、舞台劇の効果を十分に意識してのことであろう。第二段は十三句より二十句まで。ここでは、このヒロインがいかに美しいかを、登場人物たちの動きやしぐさで浮かび上がらせている。しかも、その人物たちの一挙一動は、すべて観客の目を飽きさせないユーモラスなものである。それも夫婦げんかで結ぶあたりは、大衆演劇としての要素を備えたものであるといえよう。第三段は、この舞台劇の最高の脇役である好色な領主の登場である。その一節は二十一句より二十九句まで。ここは、羅敷がまだ二十歳《はたち》前の娘であるということを聞いて、鼻の下を長くする領主を描く。その二節は三十句より三十五句まで。ここは、領主がその気になって羅敷にいい寄るところ。が、しっかり者の人妻は、すかさず領主の痛いところをついて拒絶する。そして最後の三節は三十六句より終わりまで。ここは、前節のパンチにつづいて、好色な領主を完膚《かんぷ》なきまでにノックアウトする痛快な場面である。ここに描かれる夫の様子はつまり男性の理想像でもある。たたみかけるように述べたてて、最後に、「とりわけすぐれた人」とミエを切って幕になる。そこで観客席からはやんやの拍手。むろん、その脇役にも惜しみない声援がとぶのである。

　このような会話形式をとりながら、この詩は好色な領主を風刺することを大きな要素とするが、民衆の生活とその素朴な知恵をもうたいあげて見事である。また、物語の展開が軽快で登場人物も多い。その意味では、この詩はミュージカルの黎明《れいめい》を思わせるであろう。

《補説》この詩のヒロインは、男からの誘惑を巧みな弁舌で拒絶して難を逃れるが、これとは対照的なのが、『詩経《しきよう》』衛風《えいふう》の「氓《ぼう》」編のヒロインである。これは、男ぶりのよい流れ者の誘惑に応じたがために、不幸な生活を招くところとなった、その悲哀をうたう詩である。やはり、劇的構成の物語詩なのである。

「陌上桑《はくじようそう》」の作者は無名氏《むめいし》ながら、当然その氓編を意識していたであろう。

上邪[1]（上邪《じようや》）　無名氏《むめいし》　〈雑言詩〉

上邪[2]　我欲與君相知
長命無絶[3]衰
山[4]無陵　江水爲竭

上邪《じようや》我《わ》れ君《きみ》と相知《あいし》りしより
長命《ちようめい》絶《た》え衰《おとろ》うること無《な》からんと欲《ほつ》す
山《やま》に陵《りよう》無《な》くして江水《こうすい》為《ため》に竭《つ》き

わが愛するあなたよ、私はあなたと知りあってからというものは、命長らえいつまでも、心変わりなく愛し続けたいと思っています。山に丘がなくなり、河川の水がそのために涸(か)れ、

冬[5]雷震震《トシテ》夏《ニ》雨《リ》レ雪▲
天[6]地合《スレバ》乃《チ》敢《テ》與レ君絶▲《ヘナン》

冬雷震震《とうらいしんしん》として夏《なつ》に雪雨《ゆきふ》り
天地《てんち》合《がっ》すれば乃《すなわ》ち敢《あえ》て君《きみ》と
絶《た》えなん

冬には雷がゴロゴロあばれ、夏には雪がふって、
天と地が合わさるこの世の終わりとなったとしたら、その時こそやむなくあなたと別れましょう。

1. 上邪　首句をとって編名としたもの。**2. 上邪**　「上」に「天神」とか「君主」の意があることから、その意味で訳されることが多いが、それを踏まえてオーバーにいった「わが愛するあなたよ」の意。邪《や》は詠嘆の助字。**3. 絶衰**　愛情がとだえて薄れること。**4. 山無レ陵**　山に大きな丘がなくなること。次の句とあわせて山河の異変をいう。**5. 冬雷震震**　季節はずれの冬の雷がゴロゴロあばれること。震震《しんしん》はその音を表したもの。なお、中国では雷は二月に地上に出て、八月に再び地下に入るというのが伝統的な考え方であった。したがって、次の句とあわせて天象の異変をいう。**6. 天地合**　天変地異のそれを受けて、この世の終わりをいうのであろう。

《鑑賞》　この詩は、かつては君主に忠義を誓うことをうたった歌である、と見られていた。が、近ごろは永遠の愛を誓うことをうたった歌であるとも見られている。

この立場でこの詩を見ると、上邪《じょうや》という語の意味するものがオーバーで、それだけにほほえましい感じさえある。おそらくこの詩のもとになったものは、即興的な恋文のようなものではなかったか。やがてそれが詩としてうたわれるようになり、その舞台も巷《ちまた》の酒場あたりではなかったかと思う。今日でいえば、はやりの民謡といったところであろう。

形式的にはこの詩は、二言あり三言あり、四言あり六言ありといった、九句よりなる不規則なものである。ある意味では、いわゆる詩人にとってはとうてい作れない詩でもある。そのためにかえって素朴であり、巷の歌にふさわしい。内容的には、前半の三句がこの詩の主題である。すなわちこの三句で愛の心をうち明けるのである。後半六句ではそれを受けて、もし、山河や天象に異変が起こり、ついにこの世の終わりになったなら、その時はしかたがないから別れましょう、ということは、そんなことは絶対にないから、どんなことがあっても別れません、というのと同じである。お天道《てんとう》さまが西から出たら、という言い方と同じで、そこに庶民の素朴で強い愛の表白があるのである。

中国の詩に、古来より愛を主題とするものは少なくないが、熱烈さ、オーバーな表現という点では、この右にでるものはないであろう。

《補説》この詩を、君主に忠義を誓うことをうたった歌であると見ると、わが源実朝《みなもとのさねとも》の『金槐和歌《きんかいわか》集《しゅう》』に、「山《やま》は裂《さ》け海《うみ》はあせなむ世なりとも君に二心《ふたごころ》わがあらめやも」とあるのと似かようものがある。

源実朝は、あるいはこの「上邪」を読んでいたのかもしれない。

敕[1]勒ノ歌　（勅勒《ちょくろく》の歌《うた》）　無名氏《むめいし》　〈雑言詩〉

敕[2]勒ノ川　陰[3]山ノ下●

勅勒《ちょくろく》の川《かわ》　陰山《いんざん》の下《ふもと》

勅勒の川は、陰山のふもとを滔々（とうとう）と流れゆく。

天ハ似テ[4]穹廬ニ[5]籠蓋ス[6]四野ヲ
天ハ蒼蒼タリ　野ハ茫茫タリ
風吹キ草低レテ[7]見ル[8]牛羊

天《てん》は穹廬《きゅうろ》に似《に》て四野《しや》を籠蓋《ろうがい》す
天《てん》は蒼蒼《そうそう》たり　野《の》は茫茫《ぼうぼう》たり
風《かぜ》吹《ふ》き草《くさ》低《た》れて牛《ぎゅう》羊《よう》見《あらわ》る

天は円屋根のテントのように、四方の草原をすっぽりおおっている。
空は青々と澄みわたり、草原は果てしなく広い。
風がサアッと吹いて、草がなびきたれると、牛や羊の群れが現れる。

1. 勅勒歌　首句の二字をとって、編名としたもの。**2. 勅勒**　昔、中国の北方に住んでいたトルコ系種族の名。その土地の名でもある。**3. 陰山**　中国の北方にあって、中国と蒙古《もうこ》を画する山脈の名。**4. 穹廬**　遊牧民が住む円屋根形のテント。**5. 籠蓋**　すっぽりおおうこと。**6. 四野**　四方の野原、草原。**7. 低**　動詞で、たれる、と読む。**8. 見**　現と同じ。あらわれる。

《鑑賞》　この詩は、勅勒《ちよくろく》の地の大自然の中で、牧童《ぼくどう》が家畜の番をしながらうたった歌であると思われる。いわば、典型的な「牧歌」なのである。

形式的にはこの詩は、六句からなるが、句はふぞろいであり、韻の踏み方も不規則である。が、それがかえって素朴な自然発生的なものを感じさせる。その意味では、これもいわゆる詩人では作れないものの。最初の二句は、眼前の雄大な景色を大づかみにデッサンした趣である。次の句は、天空を円屋根のテントと見なす着想がおもしろいが、これは牧童の発想にふさわしいもののようだ。さしずめ最後の句なども、牛や羊の番をしないで、寝ころんでいても、風が吹いてくりゃ、ちゃんと見えるさ、というところから生まれたのかもしれない。

いずれにしろ、立体的でいかにも素朴で大らかな歌である。わずか数句ではあるが、描かれた大自然も、一幅《いっぷく》の絵画をはるかにしのぐものがあるであろう。

《補説》　この詩は、もともとは鮮卑《せんぴ》という種族の古謡であったものを、北斉《ほくせい》（六世紀）の斛律金《こくりつきん》（四八八～五六七）が漢訳して伝えたという。ほかにも説があるが、いずれも確証はない。

なお、中国の北方の地では、この詩からもうかがわれるように、古くから牧畜業が盛んであった。これは、その地が高地であり、気候的にも適していたからである。ところで、この詩はそうした放牧地の大自然をうたったものであるが、『詩経《しきょう》』にはその牧畜に生きる人々の生活や民俗をうたった詩が少なくない。その中に、小羊の皮を身にまとった者がたくさんのごちそうを食し、祭りの場から満足げに去っていくさまをうたった召南《しょうなん》の羔羊《こうよう》編がある。これは、羊を族神もしくは賓客神として祭った際の歌と見られる。これと似た民俗に、わがアイヌ民族に伝えられている「熊送り」の儀式がある。やはり、熊の皮を身にまとった者（熊神の尸《かたしろ》）が祭られるのである。羊も熊も人間社会に肉や毛皮を持ってきてくれると考えられたからであろう。

付録

目次

索引

漢詩入門

世界文学の華

詩は、中国文学の華、といわれる。その質と量と、息の長さは、まさに圧倒的なものがある。中国のみにとどまらず、世界文学の中でも他に例を見ない巨大な存在であること、今さら言うまでもないだろう。

われわれ日本人は、この世界文学の華を、自分の国のもののように享受してきた。こういう例も、他にないことである。汲《く》めども尽きぬその味わいを、十分に味わうために、基礎になる知識を得ておく必要がある。そこで、初めに、三千余年の流れをつかみ、次に、形やきまりを見ることとする。

なお、「漢詩」という語について、ちょっとふれておこう。中国では、漢詩というと、「漢代の詩」を、ふつう意味する。唐詩、というと唐代の詩になるのと同様である。中国の詩すべてを含めて「漢詩」というのは、日本の言い方である。和歌に対して漢詩、といったものである。一般に、日本では中国の古典詩を、日本人の模倣作も含めて、「漢詩」と言っているのである。

1　漢詩の流れ

悠悠《ゆうゆう》たる大河

漢詩の流れは、川の流れに似ている。いつのころよりか、西の崑崙《こんろん》の頂から、チョロチョロと泉があふれて、一筋の川の姿となったのが、『詩経《しきょう》』である。これが、およそ三千年前のこと。北を流れる『詩経』の流れが、南へ滲《にじ》み出し、沢地の水を誘い出して、『楚辞《そじ》』となる。両岸の風景も、荒涼たる黄土の原から、鳥鳴き花咲く沃野《よくや》へと移ってゆく。

少し水量が落ちた、秦《しん》・漢《かん》の谷間に、いずこからともなく、新しい歌の泉が流れこみ、〝五言詩〟の形をとるようになる。このころが、およそ二千年前。五言詩の流れは、見る間に早瀬となって、魏《ぎ》・晋《しん》の岸を洗う。このあたりから川は南へ傾くとともに、美しく澄み、とろりと南朝の淵《ふち》にたゆたう。淵の底から、ブクブクと〝民歌〟の泡《あわ》がふき出して、流れを活気づけ、取り残されていた北の、岩の間を噛《か》んで流れる谷川の水もこれに合わさり、一挙に唐の大河となる。
滔々《とうとう》たる唐の大河は、日夜天地を浮かべて流れゆく。それが中ほどを過ぎるあたりから、中洲《なかす》や入江をこしらえ、景色も複雑になる心地。これが、およそ千年前になる。景色の美しさに見とれるうちに、宋《そう》のあたりになると、川幅はいよいよ広がり、同時に浅くなってゆく。元《げん》・明《みん》・清《しん》、と下流に近づくにつれ、末は疏水《そすい》や運河に引きこまれて、本流の方はいつしか海に接し、ついに定かでなくなる。

2　最も古い詩歌

漢詩の、最も古いものは何であろうか。伝説では、尭《ぎょう》という皇帝の時、いなかの老人が、次のような歌をうたったとする。

日出而作　日出《ひい》でて作《たがや》し
日入而息　日入《ひい》りて息《いこ》う
鑿井而飲　井《い》を鑿《うが》ちて飲《の》み
耕田而食　田《た》を耕《たがや》して食《くら》う
帝力何有於我哉　帝力《ていりょく》 何《なん》ぞ我《われ》に有《あ》らんや

尭が位について五十年、世の中がよく治まっているかどうか、たしかめようと、おしのびでいなかに行った。すると老人が、口に食物をほおばりながら、土くれをたたいて、こううたっていたという。太古のよき時代の聖天子《せいてんし》のエピソードといったところだが、そもそも、尭の存在が伝説の世界のことだ。そのほかに、舜《しゅん》の時の歌なども伝わるが、みな真実のものではない。

今日、信ずることのできる最も古い文字の記録は、今から三千三百年ほど前の、殷《いん》代の「甲骨文字」といわれるものである。殷の人々は迷信深く、いろいろなことを卜《うらな》った。それを、亀の甲や、牛・羊などの肩胛《けんこう》骨に、鋭い刃物で刻みつけて記録した。それがたまたま、十九世紀の末になって、土の中から発見されたのである。甲骨文の解読は、今も進行中であり、古代の社会の様相が、このことによってかなりわかってきた。当時は、部族社会から国家の形成へ、牧畜から農耕へ、と進んできた段階であったこと、鉄器はまだだが、青銅器はすでに開発されていたこと、貨幣も流通していたこと、多くの神を信じて、迷信深かったこと等々。神の祭りには、歌や踊りはつきものであるから、必ずや、歌はあったに違いない。楽器に関する字も見られる。だが、何といっても甲骨文は、卜いの記録（卜辞《ぼくじ》という）だから、詩などがあったとしても、それを書き残すということにはならなかった、と思われる。そういう制約の中で、何か少しでも詩らしいものはないかと調べると、次のような卜辞が見つかった。

癸卯卜　　癸卯卜《きぼうぼく》す
今日雨　　今日雨《こんにちあめ》ふるか
其自西來雨　　其《そ》れ西《にし》より来《きた》り雨《あめ》ふるか
其自東來雨　　其《そ》れ東《ひがし》より来《きた》り雨《あめ》ふるか
其自北來雨　　其《そ》れ北《きた》より来《きた》り雨《あめ》ふるか
其自南來雨　　其《そ》れ南《みなみ》より来《きた》り雨《あめ》ふるか

要するに、今日は雨が降るか、降るとすればどこから降るか、ということを卜っているのだが、これを口誦《くちずさ》んでみると、おのずからリズムを生じ、歌をうたう調子になる。内容は、とても詩とは言えないにしても、歌の先祖とすることはできるだろう。

3　詩経

殷が滅びて、周《しゅう》が興《おこ》り、本格的な詩歌、『詩経《しきょう》』の時代となった。『詩経』は、周の初めの、紀元前十二世紀から、春秋《しゅんじゅう》時代に入った紀元前六世紀ごろまで、黄河の流域の諸国でうたわれた歌である。全部で三百五編伝わる。孔子《こうし》（前五五二〜前四七九）のころには、すでに古典として固定し、ほとんど増減なく、今日に伝わっているが、考えてみると、これはたいへんなことである。ただ、孔子学派が、経典《けいてん》として尊重したことから、歌の本来の意味が忘れられ、いろいろこじつけも行われてきた。今日では、甲骨文の解読など、古代社会の解明が進み、『詩経』も新しく見直されている。

『詩経』の三百五編は、内容から、三つに分類される。風《ふう》・雅《が》・頌《しょう》という。風とは国風《こくふう》で、国ぶりをうたうもの。十五に分かれているので、十五国風という。量も百六十編と過半数を占めて、最も主要なものである。雅は、小雅《しょうが》と大雅《たいが》に分かれる。やはり、民衆の歌にもとづくが、朝廷に取り入れられて、宴会や賓客《ひんきゃく》の送迎などにうたわれたという。大雅の中には、周の建国の伝説をうたった長編の叙事詩もある。頌は、周頌《しゅうしょう》・商頌《しょうしょう》・魯頌《ろしょう》の三つに分かれる。先祖の祭りにうたわれたものである。以上をまとめて図に示すと次のようになる。

詩経
- 風—十五国風—百六十編
- 雅—小雅・大雅—百五編
- 頌—周頌・商頌・魯頌—四十編

（計）三百五編

『詩経』の特色を知るために、典型的なものを一首掲げよう。

桃夭（桃夭《とうよう》）

（一章）

桃之夭夭
灼灼其華
之子于帰
宜其室家

桃《もも》の夭夭《ようよう》たる
灼灼《しゃくしゃく》たる其《そ》の華《はな》
之《こ》の子于《ゆ》き帰《とつ》がば
其《そ》の室家《しっか》に宜《よろ》しからん

（二章）

桃之夭夭
有蕡其實
之子于帰
宜其家室

桃《もも》の夭夭《ようよう》たる
有蕡《ゆうふん》たる其《そ》の実《み》
之《こ》の子于《ゆ》き帰《とつ》がば
其《そ》の家室《かしつ》に宜《よろ》しからん

（三章）

桃之夭夭
其葉蓁蓁
之子于帰
宜其家人

桃《もも》の夭夭《ようよう》たる
其《そ》の葉《は》蓁蓁《しんしん》たり
之《こ》の子于《ゆ》き帰《とつ》がば
其《そ》の家人《かじん》に宜《よろ》しからん

これは、国風の中の周南《しゅうなん》に属する（701頁参照）。「桃夭《とうよう》」という題は、詩の本文の最初の語にもとづく。ここに見られる特色を列挙してみると、

○一句が四字（四言詩）
○一章が四句
○一編が三章
○単純な繰り返し、素朴《そぼく》な表現

右のようなことになる。これはあくまで典型であって、一章の長さも長く、また何章にもわたるものもあれば、一句四言が字余り字足らずもある。ただ、大事なことは、『詩経』の基本は、四言の形であり、素朴な表現の古代民衆の飾らぬ感情の発露である、ということだ。

十五国風の中でも、周南は、この詩に見られるような明るいものが多いが、『詩経』全体を概観すると、地味な、暗い感じの歌が多いようである。だいたい、『詩経』のうたわれた黄河の流域は、殺風景な黄土の広がる地帯で、気候も厳しく、人々は大地にしっかり足を踏みしめて生きていく、というふうであるから、いきおい、その詩も調子が地味で、現実的になるのである。

『詩経』の詩は、すべて作者の名は伝わらない。古代社会の民衆の哀歓が、素朴な歌を生み、うたわれるうちに、当時のインテリの手が入って整えられ、朝廷や公式の場で演奏されるようになったものであろう。

ともあれ、古い時代の歌がそのまま伝えられているのは貴重なことで、現在は民俗研究資料としても、見直されている。

4　楚辞

中国の南半分の地を流れる長江（揚子江《ようすこう》）の一帯は、太古はジャングルだったと思われる。黄河流域と違って、温暖でよく雨が降るため、樹木が生い茂る。暗いジャングルの中には、恐ろしい猛獣も隠れていただろう。それが、文明の発展とともに、樹木は切り払われて、人が住むようになり、新しい国ができた。楚《そ》である。『詩経』の中には、「楚風《そふう》」というのはない。後進国ではあったが、もともと肥沃《ひよく》な土地を国土にしているので、春秋・戦国と、たちまち強大な国になった。それで、『詩経』の刺激を受けつつ、この地にも独自の詩が興《おこ》る気運となった。この時、楚の地に天才詩人が出現した。屈原《くつげん》という（以下、719頁コラム参照）。

屈原　屈原（前三四三？〜前二七七？）は楚の王族の出身で、本名は平《へい》、霊均《れいきん》という呼び名もある。楚の外交官として、当時の外交官の必須の教養となっていた『詩経』にも習熟していた。はじめ、王に信任されたが、才をねたむ大臣に讒言《ざんげん》され、漢水のほとりに流された。その後、もう一度洞《どう》庭湖《ていこ》の南へ流され、最後は汨羅《べきら》の淵に身を投げて死んだ。不遇な一生だったわけだが、その間に、悲しみ憤《いきどお》りを、詩に託することとなった。屈原は、楚にうたい継がれてきた歌謡の形をもとに三百七十五句に及ぶ長編の自伝的叙事詩「離騒《りそう》」（憂いにあう、の意）を作った。また、楚の地の伝説をうたいこんだ、壮大な神々の歌劇「九歌《きゅうか》」や、土俗信仰から出たと思われる天への問いかけの歌「天問《てんもん》」など、数々の作品を残している。これらは『楚辞《そじ》』と呼ばれ、宋玉《そうぎょく》・景差《けいさ》などの後継者に伝えられてゆく。

『楚辞』の特色を知るために、典型的なものを一部分掲げてみよう。

九歌・山鬼（九歌《きゅうか》・山鬼《さんき》）

若レ有レ人兮山之阿　人《ひと》有《あ》るが若《ごと》し山《やま》の阿《くま》
被二薜茘一兮帯二女蘿一　薜茘《へいれい》を被《き》女蘿《じょら》を帯《お》ぶ
既含レ睇兮又宜レ笑　既《すで》に睇《てい》を含《ふく》み又《また》笑《わら》うに宜《よ》し
子慕二予兮善窈窕一　子《きみ》は予《われ》の窈窕《ようちょう》に善《よろ》しきを慕《した》えり
乗二赤豹一兮従二文狸一　赤豹《せきひょう》に乗《の》り文狸《ぶんり》を従《したが》え
辛夷車兮結桂旗　辛夷《しんい》の車《くるま》 結桂《けっけい》の旗《はた》
被二石蘭一兮帯二杜衡一　石蘭《せきらん》を被《き》杜衡《とこう》を帯《お》び
折二芳馨一兮遺二所思一　芳馨《ほうけい》を折《お》りて所思《こいびと》に遺《おく》る
余処二幽篁一兮終不レ見レ天　余《われ》は幽篁《ゆうこう》に処《お》りて終《つい》に天《てん》を見《み》ず
路険難兮独後来　路険難《みちけんなん》にして独《ひと》り後《おく》れ来《き》たれり
（下略）

《大意》山のくまにだれかがいるらしい。かずらの衣を着て、つたの帯をしめて。流し目を含み、またにっこりと笑う美しさよ。「あのひとは、わたしのあでやかな様子を気に入っておられる」。赤豹《せきひょう》に乗り、文狸《ぶんり》を従え、辛夷《しんい》（こぶし）の車に桂枝《けいし》（肉桂《にっけい》）の旗。石蘭《せきらん》の衣に杜衡《とこう》（かんあおい）の帯。恋人に香草を手折《たお》ってきたが、山深くて空も見えない所から来たので、路も険《けわ》しくとうとう遅れてしまった。

山鬼《さんき》とは山の神である。女神《めがみ》らしい。男神と恋をして逢《あ》い引きをする場面のようである。不思議な動物や、いろいろの香草などが出てくる。ここに見られる特色を、試みに列挙してみると、

○一句が「兮《けい》」の字をはさんで三字プラス三字
○ただ調子をとるだけで、意味を持たない「兮」字の多用
○珍奇な動・植物が出てくる
○幻想的で華麗な表現
○長編の叙事詩

右のように、『詩経』の特色とは、好対照をなすものがある。ことに、三言を基調とするリズムは、四言の『詩経』とは、明らかに別系統の詩歌であることを示す。「兮」の字は、『詩経』でも、楚に近い漢水沿いの地方の歌には見られるが、これが使われていれば『楚辞』、というほどの独特のものである。

『詩経』と『楚辞』の違いは、北と南の風土や習俗の違いによってもたらされたものだろう。長江一帯は、黄河流域のような殺風景な自然とは異なり、山や沼地《ぬまち》や湖があり、気候は温暖で気象の変化に富む。また、後進国独特の土俗信仰も根強く残っている。こんなことから、幻想的でローマン的な歌が生まれ、不思議な動物・植物も登場することになる。

北の黄河流域の『詩経』と、南の長江流域の『楚辞』とは、以後の詩歌にさまざまな形で流れこんでゆく。いうなれば、中国詩歌の二大潮流をなすのである。

5 漢代の詩

戦国末期から、秦《しん》の十五年を経て、漢初に至る時代は、『楚辞』の時代ということができる。項羽《こうう》の「垓下《がいか》の歌《うた》」（23頁）や、高祖《こうそ》の「大風《たいふう》の歌《うた》」（20頁）など、ごく短編であるけれど、『楚辞』の調子の歌である。これを、楚調《そちょう》の歌といっている。

漢が興《おこ》って七、八十年、武帝《ぶてい》のころになると、『楚辞』の朗誦《ろうしょう》性、叙事性に、戦国の雄弁家のスタイル（物を敷き並べるように表現する形式）を合わせた、「賦《ふ》」という文学が起こる。これは、長いものは五千字にも及び、多くの字を駆使して作る大文学で、かつての屈原《くつげん》・宋玉《そうぎょく》らの長編の後を襲うものとなった。

一方で、賦が知識階級のエネルギーを費やしているとき、民衆の間では、新しい詩歌がうたわれだした。

楽府

おりから音楽好きの皇帝の武帝が立った。このころになると、漢の基礎も固まり、富

も蓄えられて、武帝はいろいろな事業に手を染める中で、新しい音楽を定めることを思いついた。もともと、音楽は、祭祀《さいし》や朝廷の儀礼に用いるものであって、新しい王朝には、それにふさわしい音楽があるべきだ、と考えたのである。そこで、楽府《がふ》という音楽を司《つかさど》る役所を設け、天才楽師李延年《りえんねん》を長官に任命した。李延年は全国的に民間歌謡を採集し、現代風にいうと、これをアレンジして、新しい音楽を制定した。従来の「雅声《がせい》」に対し、「新声《しんせい》」という。

民間の歌謡を採集したのは、かつて『詩経』が、そのようにして集められた歌からできた、と信じられていたためである（『詩経』では、采詩《さいし》の官が地方を回って歌を集めたと言い伝える。歌に民風が反映されているから、そうすることによって、政治のたすけにしようとした、というのである。今日では、『詩経』の采詩の官は事実ではない、とされる）。

いろいろな歌が集まった。恋愛の歌、葬式の歌、戦死者のむくろを烏《からす》がついばむ歌（以上、732頁参照）、孤児が兄夫婦にいじめられる歌、妻に死なれた夫の歌、富豪の贅沢《ぜいたく》な暮らしの歌等々。おもしろいのは、こうして定められた歌は、『詩経』と同様、固定してしまい、古典として後世に継承されることである。たとえば、戦死者のむくろを烏がついばむ歌（740頁「戦城南」）は、軍楽として朝廷で演奏され、後世に伝えられるようになる。こんな歌をうたったのでは、戦いの気勢が上がらないだろう、と思うのは今の考えかたなのだ。

五言詩の誕生

楽府で集められた歌謡には、いろいろなリズムを持つものがあった。先にふれた「戦城南」など、一句の字数が、三字あり、五字あり、七字ありと、一定しない。このことは、『詩経』の四言、『楚辞』の三言プラス三言のような、旧来のリズムとちがうリズムを持つ歌謡が、民間に行われていたことを示す。こういうリズムはどこから来たのか。北でもない、南でもない、となると、西からではないか、という考え方が出てくる。

秦の始皇帝の天下統一は、外国との交流もうながした。いわゆるシルク・ロードと呼ばれる西方ルートが、天山山脈《てんざんさんみゃく》の北と南に開け、砂漠を越えて、人も物も往来するようになった。西の遠くは、ペルシア・ローマから、珍しい品物も入ってくる。その中には、楽器もまじっていたから、当然音楽も入ってきたことだろう。どこの、どういう音楽が、どのように入ったのかは、わからないが、楽府の新声の中には、西の方からの影響がある、というのは不自然な考え方ではない。この後、隋《ずい》・唐の天下統一の際にも、西方ルートが活発になり、唐王朝の音楽制定には、西域諸国の音楽が積極的に採り入れられている。中国文化は、外来文化の注入・刺激を絶えず受けて発展してきたのである。

さて、多様なリズムの中からやがて、人々の好みに合ったものとして、五言のリズムが安定的な地位を獲得するに至る。それでも、全部が五言の形をとるものが、信ずべき史料に現れるのは、前漢の末、成帝（在位前三三～前七）代である。

成帝時歌謡　（成帝時歌謡《せいていじかよう》）

邪徑敗㆓良田㆒　邪径《じゃけい》は良田《りょうでん》を敗《やぶ》り
讒口亂㆓善人㆒　讒口《ざんこう》は善人《ぜんじん》を乱《みだ》す
桂樹華不㆑實　桂樹華《けいじゅはな》さけども実《みの》らず
黄雀巣㆓其顚㆒　黄雀《こうじゃく》其《そ》の顚《いただき》に巣《す》くう
昔爲㆓人所㆒㆑羨　昔《むかし》は人《ひと》の羨《うらや》む所《ところ》と為《な》るも
今爲㆓人所㆒㆑憐　今《いま》は人《ひと》の憐《あわれ》む所《ところ》と為《な》る

桂《かつら》の樹《き》に実がならない、というのは、漢の王室に後嗣《あとつ》ぎがないこと、黄色い雀《すずめ》がそのいただきに巣くう、というのは、王莽《おうもう》が漢王朝を乗っ取ろうとすること、だという。

これなどは、まだ詩というには当たらないほどの、簡単なものだが、五言でそろい、韻もきちんと踏んでいる。楽府の創設からここまで、およそ百年たっている。

こういう時期を過ぎて、六、七十年、後漢の初めに、文人の手になる〝五言詩〟が現れる。班固《はんご》（三二～九二）の「詠史詩《えいしし》」がそれである。

詠史詩　（詠史詩《えいしし》）

三王德彌薄　三王《さんおう》の徳弥《とくいよ》いよ薄《うす》く
惟後用㆓肉刑㆒　惟後肉刑《このちにくけい》を用《もち》う
太倉令有㆑罪　太倉《たいそう》の令罪有《れいつみあ》り

就レ逮長安城
自恨二身無一レ子
困急獨煢煢
小女痛二父言一
死者不レ可レ生
上書詣二闕下一
思レ古歌二雞鳴一
憂心摧折裂
晨風揚二激聲一
聖漢孝文帝
惻然感二至情一
百男何憒憒
不レ如二一緹縈一

逮《なわめ》に就《つ》く長安《ちょうあん》の城《まち》
自《みずか》ら身《み》に子《むすこ》 無《な》きを恨《うら》み
困急《こんきゅう》し独《ひと》り煢煢《けいけい》たり
小女《すえむすめ》 父《ちち》の言《げん》を痛《いた》む
「死者《ししゃ》は生《い》く可《べ》からず」とあり
上書《じょうしょ》もて闕下《けつか》に詣《いた》り
古《いにしえ》を思《おも》いて「鶏鳴《けいめい》」を歌《うた》う
憂心《ゆうしん》摧《くだ》け折《お》れ裂《さ》け
「晨風《しんぷう》」 激声《げきせい》を揚《あ》ぐ
聖漢《せいかん》の孝文帝《こうぶんてい》
惻然《そくぜん》として至情《しじょう》に感《かん》ず
百 男《ひゃくなん》何ぞ憒憒《かいかい》たる
一緹縈《いちていえい》に如《し》かず

《大意》太倉県《たいそう》の長官であった淳于意《じゅんうい》が捕らえられ、獄中で頼るべき男の子がいないのを嘆《なげ》いた。それを聞いた末娘の緹縈《ていえい》が上書し、漢の文帝はその娘の至情に打たれて、以後肉刑を廃止した。

この詩は、前の「成帝時歌謡《せいていじかよう》」にくらべると、内容は格段に進歩している。孝女が父のために上訴したという歴史上の事件を題材にして、整ったものである。『漢書《かんじょ》』を著した歴史家班固の面目が、ここにあらわれている、といえよう。しかし、班固が一方で精魂傾けて作る、「両都賦《りょうとふ》」や「幽通賦《ゆうつうふ》」のような大文学とは比較にならない小品で、まず、寝ころがって鼻唄でもうたいながら作ってしまう、といったものにすぎない。

とにかく、〝五言詩〟の歩みは、少しずつではあるが、確実に高みへ上っていった。班固の作品は、文人たちが、この新しい詩はおもしろいぞ、と関心を持ち始めたことを示すものである。文人の関心を惹《ひ》くようになると、進歩は加速がつく。それからまた、六、七十年たった後漢の半ば過ぎには、もう堂々たる文芸作品の『古詩十九首』が誕生する。

古詩十九首　これは、一人で作ったものではなく、また一時に作ったものでもないようだ。全部、読み人知らずだが、相当の文人が作ったことは、確かである。十九首、という数は、たまたまそれだけ伝わった、ということである。ただ、詩人の名が伝わらぬというのは、この形の詩歌がまだ市民権を獲得してはいなかったことを思わせる。つまり、作者にとってみれば、これは俺の作品だ、と主張する必要を認めなかったのであろう。本書に採らなかったものを一首掲げてみよう。

古詩十九首 其九（古《こ》詩《し》十九首《じゅうきゅうしゅ》その九）

庭中有奇樹
緑葉發華滋
攀條折其榮
將以遺所思
馨香盈懷袖
路遠莫致之
此物何足貴
但感別經時

庭中《ていちゅう》に奇《き》樹《じゅ》有《あ》り
緑葉《りょくよう》華滋《かじ》を発《ひら》く
条《えだ》に攀《よ》じて其《そ》の栄《はな》を折《お》り
将《まさ》に以《もっ》て思《おも》う所《ひと》に遺《おく》らんとす
馨香懐袖《けいこうかいしゅう》に盈《みつ》れど
路遠《みちとお》ければ之《これ》を致《いた》す莫《な》し
此物《このもの》何《なん》ぞ貴《き》とするに足《た》らん
但《た》だ別《わか》れて時《とき》を経《ふ》るに感《かん》ずるのみ

《大意》庭の珍しい木に美しい花が咲いている。その枝を手折《たお》って恋人に贈ろう。馥郁《ふくいく》たる香りが漂っているが、路が遠いので届けるすべもない。とくに高貴な花でもないが、あなたと別れて長く時がたったことに心が動いたから。

庭の美しい木の花を手折って、恋人に贈ろう、というのは、まさしく『楚辞』の世界であり、全体に、しっとりとした哀情が、抑えられた素朴な表現によってうたわれるのは、『詩経』の伝統を踏まえる。北と南の二大潮流が、新しい詩歌に流れこんで、みごとな結実を示した例、と見ることができる。また、先に掲げた班固の「詠史詩《えいしし》」と比較してみるまでもなく、文芸として格段の高みへ達していることが了解されよう。

『古詩十九首』は、当時の民衆の哀歓を、素朴な表現でうたう。技巧を凝《こ》らさない、自然な美しさや深さが人を打つ。その点、わが国の『万葉集《まんようしゅう》』の歌を思わせる。やがて次の時代になると、五言詩はさらに発展するが、『古詩十九首』の持ち味は失われてゆく。これまた、時代はずっと後だが、わが国の和歌の歴史が、『万葉』から『古今《こきん》』、『新古今《しんこきん》』と展開するのによく似ている。

6　魏晋南北朝の詩

建安時代

『古詩十九首』から五、六十年、西暦二世紀に入ると、五言詩は爆発的な発展をとげる。当時、後漢最後の年号の建安時代だが、実質的には、すでに魏《ぎ》の時代になっていた。

魏をうち立てた曹操《そうそう》、その子の曹丕《そうひ》と曹植《そうち》の父子三人（三曹《さんそう》と呼ばれる）を中心に多くの文人が、新しい都の鄴《ぎょう》（河南省臨漳県《かなんしょうりんしょうけん》）で活発な文学活動をくりひろげた。前漢・後漢四百年の沈滞を打ち破ろうとする風潮に、新しい詩歌である五言詩がアピールした。重々しく、マンネリ化した賦《ふ》は、もう一所懸命に作る気がしない。ちょうど、文芸の座を獲得しはじめていた五言詩に、インテリたちの目がいっせいに注がれたのである。

三曹の周囲に集まったのは、〝建安七子《けんあんしちし》〟に数えられる孔融《こうゆう》・陳琳《ちんりん》・徐幹《じょかん》・王粲《おうさん》・劉楨《りゅうてい》・阮瑀《げんう》・応瑒《おうよう》をはじめ、丁廙《ていい》・丁儀《ていぎ》・応璩《おうきょ》など、多士済々《たしせいせい》である。これだけの人物が一時に現れたのも、かつてないことであった。彼らは、詩を作っては批評しあい、王と臣、という身分の差を忘れて熱中したようだ。このころ書いた曹丕の文学批評『典論《てんろん》』論文《ろんぶん》では、「文章《ぶんしょう》は経国《けいこく》の大業《たいぎょう》にして、不朽《ふきゅう》の盛事《せいじ》なり」と喝破《かっぱ》して、文芸至上主義の時代の幕開けのラッパを高らかに鳴らしている。彼らが同時に活躍した時期はそれほど長くはなかったが、〝建安時代〟の名称は文学史に大きく跡を留《とど》めることとなった。

多くの文人のうち、最もすぐれるのはだれか、と言えば、文句なく曹植に指を屈する。王子に生まれながら、兄の曹丕との不仲に、不遇の人生を過ごした。放浪こそしなかったが、かの屈原にも似た境遇だった。その才はあふれるばかりで、後年、謝霊運《しゃれいうん》をして、「天下の才を一石《こく》とすれば、曹植の才はその八斗《と》を占める」と言わしめたほどだ。

今、本文に採らなかった一首を紹介しながら、見てみよう。

名都篇（名都篇《めいとへん》）

名都多二妖女一　名都《めいと》妖女《ようじょ》多《おお》く

京洛出二少年一
寶劍直二千金一
被服光且鮮
鬬レ雞東郊道
走レ馬長楸閒
馳騁未レ能レ半
雙兎過二我前一
攬レ弓捷二鳴鏑一
長驅上二南山一
挽レ左因レ右發
一縱兩禽連
餘巧未レ及レ展
仰手接二飛鳶一
觀者咸稱レ善
衆工歸二我妍一
歸來宴二平樂一

京洛《けいらく》少年《しょうねん》を出《いだ》す
宝剣《ほうけん》千金《せんきん》に直《あたい》し
被服《ひふく》光《ひか》り且《か》つ鮮《あざや》かなり
鶏《にわとり》を闘《たたか》わす東郊《とうこう》の道《みち》
馬《うま》を走《はし》らす長楸《ちょうしゅう》の間《かん》
馳騁《ちてい》未《いま》だ半《なかば》なる能《あた》わざるに
双兎《そうと》我《わ》が前《まえ》を過《す》ぐ
弓《ゆみ》を攬《と》りて鳴鏑《めいてき》を捷《はさ》み
長駆《ちょうく》して南山《なんざん》に上《のぼ》る
左《ひだり》に挽《ひ》き右《みぎ》に因《よ》って発《はっ》し
一縦《いっしょう》にて両禽《りょうきん》連《つら》なる
余巧《よこう》未《いま》だ展《の》ぶるに及《およ》ばず
仰手《ぎょうしゅ》して飛鳶《ひえん》を接《い》る
観《み》る者《もの》咸《みな》善《ぜん》と称《しょう》し
衆工《しゅうこう》我《われ》に妍《けん》を帰《き》す
帰《かえ》り来《きた》りて平楽《へいらく》に宴《えん》す

美酒斗十千
膾レ鯉臇二胎鰕一
寒レ鼈炙二熊蹯一
鳴レ儔嘯二匹侶一
列レ坐竟二長筵一
連翩擊二鞠壤一
巧捷惟萬端
白日西南馳
光景不レ可レ攀
雲散還二城邑一
清晨復來還

美酒《びしゅ》斗十千《とじっせん》
鯉《こい》を膾《なます》にし胎鰕《たいか》を臇《あつもの》にし
鼈《べつ》を寒《い》り熊蹯《ゆうはん》を炙《あぶ》る
儔《とも》に鳴《な》き匹侶《ひつりょ》に嘯《うそぶ》き
坐《ざ》に列《れっ》して長筵《ちょうえん》を竟《つく》す
連翩《れんぺん》として鞠《きく》と壌《じょう》を撃《う》ち
巧捷《こうしょう》惟《こ》れ万端《ばんたん》なり
白日《はくじつ》西南《せいなん》に馳《は》せ
光景《こうけい》攀《とど》むべからず
雲散《うんさん》して城邑《じょうゆう》に還《かえ》り
清晨《せいしん》復《ま》た来《きた》り還《かえ》らん

《大意》都洛陽《らくよう》の少年たちは美しく着飾り、闘鶏《とうけい》をしたり、乗馬をしたり、途中で見つけた二羽の兎《うさぎ》を一本の矢で射抜いたかと思えば、こんどは鳶《とび》を射落とした。見物はヤンヤの大喝采《だいかっさい》。御殿にもどれば、酒や肴《さかな》が美しく並び、口笛を吹いたり、蹴毬《けまり》をしたりの大騒ぎ。やがて日は西に傾き、時

は過ぎていく。ちりぢりに家へもどっていくが、
明日の明けがたにはまたもどってくるだろう。

繁華な都に、豪奢《ごうしゃ》な遊びをする游侠《ゆうきょう》の若者を生き生きと描いたものである。こういう題材は、漢の楽府《がふ》の中にもあった。曹植は、楽府の素朴な歌に、従来、賦文学に見られたような表現方法――物をきらびやかに敷き並べる――を取り入れ、活力を与えたのである。

若者の登場の前に、まず美女が出てくるのが、一つの工夫だ。美女に囲まれるハンサムな若者のイメージがくっきりと浮かぶ。以下、若者の美々しい服装、すばやい動作、ドッとほめそやす観衆、贅《ぜい》を尽くしたご馳走《ちそう》、宴が終わっての蹴鞠、やがて日が西に傾いて、明日もまた、と結ぶ。

漢代の賦が、都の繁華な様を、長大な文章を費やして述べたものを、五言の詩の形式に、みごとに構成してみせた。その創意と表現力には、全く驚くほかはない。五言詩もここまで来て、第一級文学の塁《るい》を摩《ま》するに至った、といえよう。天才の出現が、進歩を飛躍的にさせる、その典型的な例である。

曹植以外にも、孔融や王粲の作に、物を鋭く見つめる新しい視点がある。

三曹・七子の活躍したあと、時代は魏から晋《しん》へと入る。はじめの、

正始から太康へ

正始《せいし》（二四〇～二四九）の年号のころには、いわゆる〝竹林《ちくりん》の七賢《しちけん》〟の領袖《りょうしゅう》である阮籍《げんせき》と嵆康《けいこう》、あとの太康《たいこう》（二八〇～二九〇）の年号のころには、〝三《さん》張二陸両潘一左《ちょうにりくりょうはんいっさ》〟（張華《ちょうか》・張載《ちょうさい》・張協《ちょうきょう》・陸機《りくき》・陸《りく》雲《うん》・潘岳《はんがく》・潘尼《はんじ》・左思《さし》）の詩人たちが活躍した。この時代に、五言詩は深みと広がりに、修辞の洗練を加えてゆくことになる。社会は貴族の時代となり、貴族のサロンで詩が贈答されるようになることが、詩の進む方向を導いていくのである。

右に挙げた詩人たちの中で注目されるのは、阮籍と張協である。阮籍は建安七子の一人である阮瑀《げんう》の子として生まれた。ちょうど魏と晋の交代期に際し、両者の間にはさまって進退に苦しんだ。その苦悩が詩に陰影を与え、深みを加える結果となった。

詠懐　其十七（詠懐《えいかい》その十七）

獨坐空堂上　　独《ひと》り坐《ざ》す空堂《くうどう》の上《うえ》

誰可二與歡一者
出レ門臨二永路一
不レ見レ行二車馬一
登レ高望二九州一
悠悠分二曠野一
孤鳥西北飛
離獸東南下
日暮思二親友一
晤言用自寫

誰《たれ》か与《とも》に歓《よろこ》ぶべき者《もの》ぞ
門《もん》を出《い》でて永路《えいろ》に臨《のぞ》むも
車馬《しゃば》の行《い》くを見《み》ず
高《たか》きに登《のぼ》りて九州《きゅうしゅう》を望《のぞ》めば
悠悠《ゆうゆう》として曠野《こうや》分《わか》る
孤鳥西北《こちょうせいほく》に飛《と》び
離獣東南《りじゅうとうなん》に下《くだ》る
日暮《ひく》れて親《した》しき友《とも》を思《おも》い
晤言《ごげん》して用《もっ》て自《みずか》ら写《のぞ》かん

《**大意**》だれもいない部屋でただ一人、共に楽しむべき人もいない。門を出て遠くを眺《なが》めても車馬の影も見えない。高い所に立って見ても、はるかな野原が広がっているだけ。はぐれ鳥やけものが、西北へ飛び、東南へ走る。日暮れになると友が思い出され、ひとりごとをつぶやいて胸のわだかまりを消すのだ。

本文では「詠懐」その一を採ったが、この詩もよく似ている。ともに楽しむべき友もなく、外へ出てみると、車一台通らない長い路が見える、とは不安な前途を象徴するものだろう。広い野に飛ぶ孤独な鳥、群れを離れた獣は、いうまでもなく、作者の姿だ。短い構成ながら、一読して何か奥深いものを感じさせる。これなどは、それでもわかりやすい内容だが、中には思索や憂愁《ゆうしゅう》がうちに秘められて、晦《かい》渋《じゅう》なものもある。

張協は、作品も十数首しか伝わらず、評価は必ずしも第一流とは言えないが、「雑詩」連作十首の中に、注目すべき作品がある。一部を引用しよう。

雑詩　其四（雑詩《ざっし》その四）

朝霞迎二白日一
丹氣臨二湯谷一
翳翳結二繁雲一
森森散二雨足一
輕風摧二勁草一

朝霞白日《ちょうかはくじつ》を迎《むか》え
丹気湯谷《たんきようこく》に臨《のぞ》む
翳翳《えいえい》として繁雲《はんうん》結《むす》び
森森《しんしん》として雨足《うそくち》散る
軽風勁草《けいふうけいそう》を摧《くだ》き

凝霜竦㆓高木㆒
密葉日夜疎
叢林森如㆑束
（下略）

凝霜《ぎょうそう》高木《こうぼく》を竦《そばだ》たす
密葉《みつよう》日夜《にちや》に疎《そ》に
叢林森《そうりんしん》として束《つか》ぬるが如《ごと》し

《大意》朝もやの中に、日が昇ると、黒雲がやってきて雨が降り出す。やがて、風が吹き、霜もつく、といったように自然は絶えずめぐる。

　これは、秋の雨をうたったものである。省略した部分に、老年を嘆く主題があるのだが、ここに掲げた雨中の情景描写が目新しい。後世の目から見れば、この程度の描写では表現が類型的でおもしろみに乏しいけれど、詩の流れを上流の方から見てきた目には、新鮮に映る。つまり、自然に目を注いで、これを詩にうたおうとする動きが、このころに出てきたのである。

　これまで、『詩経』や『楚辞』にも、自然はうたわれてはいるが、いずれも人の事をうたう背景だったり、比喩《ひゆ》だったりで、自然をまともに詩の題材として詠じたものはなかった。それが、三世紀に入って、詩の進歩とともに新しい題材として取り上げられるようになったのである。中国では、自然を詠ずる詩を「山水詩」という。張協の作品は、いわば山水詩の先駆けをなすもので、百年後の陶潜《とうせん》・謝霊運を呼び起こすことになる。

　このほかに、主だった詩人を挙げれば、陸機・潘岳・左思になる。

　陸機は、楽府を継承し発展させた。彼の手にかかると、漢代のくすんだ詩が錬金術のようにきらびやかになる。詩の語を次々に作り出し、彼によって詩の修辞は一段と磨きがかかったといえる。それは同時に、〝六朝《りくちょう》修辞主義《しゅうじしゅぎ》〟といわれる時代の幕を開けた、ということになる。後世の批評家の中には詩は陸機より堕落が始まった、とするものもある。

　潘岳も、陸機と同様、修辞に傾く。特筆すべき作品は、妻の死を悲しんだ「悼亡詩《とうぼうし》」三首だろう。妻のいなくなったあとのさびしい場面や、妻を思う細《こま》やかな情は、これまでの詩になかった生面を開いている。また、友人石崇《せきすう》の別荘金谷園《きんこくえん》での野外の宴遊をうたった作は、山水詩としても目立ち、六十年後の、王羲之《おうぎし》の『蘭亭集《らんていしゅう》』に影響を与えた点も注目される。

左思は、修辞主義の中にあっては、骨太な作を残したとされる。中で、「招隠詩《しょういんし》」は、当時の隠逸を尊ぶ風潮の中から作られたものだが、後世の隠逸文学に大きな影響を及ぼす作品である。

建安から、正始・太康と、ちょうど西暦の三世紀にあたる百年は、詩の飛躍した時代である。五言詩は民間歌謡の域を突きぬけ、一直線に高級芸術へと進んだ。内容の深まり、題材の広がり、修辞の洗練にともなう詩語の増大が特記すべき事がらである。

詩語についていえば、従来、月をうたうのに、「明月」としか表現しなかったものを、「朗月《ろうげつ》」「皓《こう》月《げつ》」、さらには細い月を「繊月《せんげつ》」、朝の月を「晨月《しんげつ》」と、さまざまに表現するようになった。いわゆる「詩語」の開発は、この時期にほとんど成し終わった、の感が深い。

文字が作られて千年、秦の始皇帝の文字の統一があり、たくわえられたエネルギーが、賦となって爆発した。この時、ことばが飛躍的にふえた。これが第一回の爆発とすると、それから五百年、たくわえられたエネルギーが、新しい詩の誕生を機に、第二回めの爆発を起こした、と見ることができよう。なお、これから二百五十年、六朝末期に、三回めの小爆発があって、漢詩の詩語はすべて出そろうこととなる。

山水と田園

四世紀になると、晋は異民族に圧迫されて、都を建康《けんこう》（今の南京《ナンキン》）に移し、東晋となった。以後文化の中心は長江流域に移ることになる。

混乱の時期を経て、詩はしばらくの沈滞のあと、自然をうたう二大詩人を生み出す。もともと、長江流域は『楚辞《そじ》』の舞台だった。北にはない美しい風土が、今度は五言詩の新しい舞台となる。すでに、自然に目が向きつつあったところへ、地理的条件が加わったのであるから、大詩人の出現はむしろ必然ともいえよう。謝霊運と陶潜である。

謝霊運は名門貴族の出身であったが、政治的に不遇であったため、不満のはけ口を自然に求めた。美しい山水を尋ね歩き、ひたりこむ。あるいは山のいただきに山荘を建て、あるいは谷川の奥に舟をやる。朝、日の出とともに出て、日が沈んで帰る。といったように、それは、獲物を求める狩人《かりゅうど》にもたとえられようか。

登㆓江中孤嶼㆒（江中《こうちゅう》の孤嶼《こしょ》に登《のぼ》る）

江南倦㆓歴覧㆒　江南《こうなん》歴覧《れきらん》に倦《つか》れ
江北曠㆓周旋㆒　江北《こうほく》周旋《しゅうせん》に曠《ひろ》し
懐㆑新道轉迥　新《しん》を懐《おも》いて道転《みちうた》た迥《はる》かに
尋㆑異景不㆑延　異《い》を尋《たず》ねて景《ひ》延《の》びず
亂流趨㆓正絶㆒　乱流《らんりゅう》 正絶《せいぜつ》に趨《はし》り
孤嶼媚㆓中川㆒　孤嶼《こしょ》中川《ちゅうせん》に媚《こ》ぶ
雲日相輝映　雲日《うんじつ》相《あ》い輝映《きえい》し
空水共澄鮮　空水《くうすい》共《とも》に澄鮮《ちょうせん》たり
（下略）

《大意》川の両岸はすっかり見つくし、新しい所を求めて、この川の中にある島にやってきた。雲と日が照らし合い、空と川の水はともに澄みわたり、神々《こうごう》しいほどの美しさ。

川の中の高い島に登ると、真っ赤な夕日に雲も真っ赤、空も水も澄みわたっている。まさに恍惚《こうこつ》の一瞬である。謝霊運は、日の光の変化の微妙さに、初めて気がついた詩人である。「密林《みつりん》余清《よせい》を含《ふく》み、遠《えん》峰半規《ぼうはんき》を隠《かく》す」「林壑《りんがく》瞑色《めいしょく》を斂《おさ》め雲霞《うんか》夕霏《せきひ》を収《おさ》む」「巌下《がんか》雲《くも》方《まさ》に合《がっ》し、花上《かじょう》露《つゆ》猶《なお》滋《しげ》し」……。

光が刻々と変化すると、景色も多様な美しさを見せる。百年前、張協たちがやっと描いた自然描写と、それは天地の差があるといって過言ではない。

謝霊運を〝山水詩人〟の開祖といえば、陶潜は、〝田園詩人〟の宗家である。

陶潜は、ごく低い家柄の出身だったため、出世する望みはなかった。十三年間、役人生活をしたが、四十一歳の時に隠退して、故郷の田園に帰った。以後、六十三歳で死ぬまで、隠者の暮らしをし、その中から自然をうたっていった。謝霊運が美を求めて山水を経めぐったのに対し、陶潜は、田園の中に真を求めた。彼にとっての自然は、自分と一体のものであった。その真髄をうたうのが、次の詩である。

飲酒　其五（飲酒《いんしゅ》その五）

結㆑廬在㆓人境㆒　廬《いおり》を結《むす》んで人境《じんきょう》に在《あ》り

而無㆓車馬喧㆒
問㆑君何能爾
心遠地自偏
采㆓菊東籬下㆒
悠然見㆓南山㆒
山氣日夕佳
飛鳥相與還
此中有㆓眞意㆒
欲㆑辨已忘㆑言

而《しか》も車馬《しゃば》の喧《かまびす》しき無《な》し
君《きみ》に問《と》う何《なん》ぞ能《よ》く爾《しか》るやと
心《こころ》遠《とお》ければ地《ち》自《おのず》から偏《へん》なり
菊《きく》を東籬《とうり》の下《もと》に采《と》り
悠然《ゆうぜん》として南山《なんざん》を見《み》る
山気《さんき》日夕《にっせき》に佳《よ》く
飛鳥相与《ひちょうあいとも》に還《かえ》る
此《こ》の中《うち》に真意《しんい》有《あ》り
弁《べん》ぜんと欲《ほっ》すれば已《すで》に言《げん》を忘《わす》る

（大意は49頁参照）菊をまがきの下で摘《つ》み、やおらあたりを見わたすと、向こうに南山が見える。もやに吸いこまれるように、寝ぐらへ帰る鳥が二羽、三羽。この何気ない情景の中に、「真意」があるという。玄妙な世界である。淡々とした、質朴《しつぼく》なうたいぶりが、奥深さを感じさせる。そこに、詩人、としてのセンスのよさが光る。隠者にして詩人、という存在を主張した初めての人物が陶潜なのである。同じ自然をうたいながら、謝霊運とは、あらゆる意味で好対照をなすのはおもしろい。

陶潜の詩は、彼の時代には中くらいの評価しか得られなかったが、彼の創造した詩の世界は、唐になって理解され、多くの追随者を出した。謝霊運の詩が、山水描写以外の部分が難解のため、唐以後あまりもてはやされなくなったのと、これも対照的なことである。

民歌

五言詩が知識人の手に入ってどんどん洗練の度を加えるうち、民衆の間からは、また新しい歌声が起こってきた。五言の形をとるが、四句という短いもので、わが国の都々逸《どどいつ》・端唄《はうた》のたぐいである。四世紀の末に、子夜《しや》という娘がうたい出したという子夜歌を見てみよう。

子夜歌（子夜歌《しやか》）

春林花多㆑媚
春鳥意多㆑哀
春風復多㆑情
吹㆓我羅裳㆒開

春林《しゅんりん》花《はな》媚《こび》多《おお》く
春鳥《しゅんちょう》意《こころ》哀《かな》しみ多《おお》し
春風《しゅんぷう》復《ま》た情《こころ》多《おお》く
我《わ》が羅裳《らしょう》を吹《ふ》いて開《ひら》く

《大意》春の林には、美しい花がいっぱい。春の鳥は切ない気持ちでいっぱい。春風も思わせぶりに、わたしの衣を吹いて過ぎた。

　娘の恋心をうたったなまめかしいもので、南方の明るい風気が反映しているようである。これは子夜の歌そのものではなく、すでに詩人の手が加わったものだろう。このような恋の歌がたくさん作られた。また、長江沿いの港町あたりでうたわれたものもある。その一つ、今の南京の港の歌を見る。

長干曲　（長干曲《ちょうかんきょく》）

逆浪故相邀　逆浪《げきろう》故《ことさら》に相《あ》い邀《むか》うるも
菱舟不レ怕レ搖　菱舟《りょうしゅう》揺るるを怕《おそ》れず
妾家楊子住　妾《しょう》が家《いえ》は楊子《ようし》に住《す》む
便弄廣陵潮　便《すなわ》ち弄《もてあそ》ぶ広陵《こうりょう》の潮《しお》

《大意》逆波わざと寄せて来ても、わたしの船はビクともしない。わたしの家は楊子《ようし》のまちにあるの。広陵の潮でも思いのままよ。

　下町の生きのいい娘の歌、といったところ。

　一方、このころ、北の中国でも同じような形の歌がはやっていた。北は、遊牧民族出身の鮮卑系の王朝が支配していたが、国がらのせいで、男っぽい、荒々しい感じの歌である。南の明るいなまめかしさとは対照的で、この南北の風気の違いが、やがてまた二つの流れとなって、唐へ流れこむことになる。

宮体と詠物

　五世紀の末から、六世紀にかけて、修辞の洗練も、行きつくところまで行きついた。まず、詩の構成の面では、むだな表現を切りつめ密度の濃い内容にする努力が重ねられ、句数が短い詩が一般的になった。建安の曹植の作品は、二十八句〜三十四句くらいが普通だったが、謝霊運では十六句〜二十句となる。それが次第に、八句〜十二句となってきたのである。ことに、八句の詩が安定した形式として固定するようになる。これは、律詩の成立へと発展してゆく。

　また、音律の面では、中国語の特色である声調《せいちょう》の高低によって、配列に工夫が凝《こ》らされるようになる。中国語にはもともと、平《ひよう》・上《じよう》・去《きよ》・入《にゆう》の四声《しせい》があることが、このころ自覚され始めた。従来でも、発音してみて調子がよい、悪いということは経験的に知られていたのを、意識的に配列を工夫するようになった。沈約《しんやく》の「四声八病説《しせいはっぺいせつ》」の理論が、こうして生まれた。

八病《はっぺい》というのは、五言詩を作る上での、してはならない禁忌《きんき》が八つ、という意味で、平頭《へいとう》・蜂腰《ほうよう》などの名がついている。たとえば、平頭とは、一句めの最初と、二句めの最初とが、どちらも平声《ひようせい》であってはいけない、ということ。こういう理論が、すぐ守られたわけではなく、これがやがて唐の近体詩を生み出すことになるのである。

題材の面でいうと、詩が、貴族のサロンでの遊戯の具になって、二つの方向へ展開していった。

一つは、「宮体《きゆうたい》」といわれるものである。宮女《きゆうじよ》のさまざまな美しさをうたう詩で、本文に採った、謝《しや》朓《ちよう》の「玉階怨《ぎよくかいえん》」(71頁)は、この先駆的作品と言える。美人の舞う姿、琴ひく姿、化粧《けしよう》する姿、怨《うら》むさま、泣くさまと、あらゆる〝美〟が探し出される。五三〇年ごろには、歴代の女性美をうたった詩を集めた、『玉台新詠集《ぎよくだいしんえいしゆう》』が編纂《へんさん》されたほどである(玉《ぎよく》台《だい》とは宮女のいる御殿《ごてん》の意)。

もう一つは、「詠物《えいぶつ》」である。前のに関連して、宮女の持ち物である鏡、扇、小箱、櫛《くし》、屛風《びようぶ》などの小道具から、琴、笛などの楽器類と、どんどん広がってゆく。題材の新奇なものを追求することから、詩の精神より、語のおもしろさの方が主となり、ここに、詩語の増大がもたらされることになる。前に述べた、三回めの〝言葉の爆発〟である。

また、六朝の末になって、南北の交流が始まると、貴族のサロンで、「辺塞《へんさい》」詩が流行するのも、注目される現象である。辺塞とは、国境のとりで、の意で、要するに戦争の歌である。詩人たちは、見たこともない北の砂漠の荒涼たる風景を描き、戦場の緊張をうたう。一見、奇妙に思われるが、戦争の持つ〝非日常性〟が、新奇なものを追い求める目に、絶好の題材として映じたものなのである。

七言詩の興隆

一句が七言の形は、断片的には古くから見られるが、定型詩として現れるのは、六朝末の、梁《りよう》代のことである。一応、起源を尋ねてみると、漢の武帝の時、柏梁台《はくりようだい》という御殿に、武帝以下群臣が集まって、一人が七言一句ずつをこしらえたものがある。

日月星辰和四時　日月星辰《じつげつせいしん》四時《しいじ》を和《わ》す　（帝《てい》）
驂駕駟馬從梁來　驂駕《さんが》駟馬《しば》梁《りょう》より来《き》たる　（梁孝王武《りょうこうおうぶ》）
郡國士馬羽林材　郡国《ぐんこく》の士馬《しば》羽林《うりん》の材《ざい》　（大司馬《だいしば》）
總領天下誠難治　天下《てんか》を総領《そうりょう》す誠《まこと》に治《ち》し難《がた》し　（丞相石慶《じょうしょうせきけい》）

（下略）

こういった調子で、全体を見ると七言詩の格好になる。しかし、意識の上で彼らは詩を作っているわけではない。一句ずつ独立しているので、一句ごとに韻を踏む。この形を、「柏梁体《はくりょうたい》」と呼ぶようになった。

次に、建安のころ、魏の曹丕《そうひ》（文帝）に、「燕歌行《えんかこう》」がある。一人の手で作り通しているものの最初であるが、やはり柏梁体で、十五句という奇数仕立てになっている。五言詩よりも格の低い、卑俗な歌謡、の意識があるようだ。

降《くだ》って、宋《そう》の元嘉《げんか》（四二四〜四五三）のころ、鮑《ほう》照《しょう》が楽府体の七言歌行を作っているが、全部が七字の句ばかりではない。

かくして、梁代に入って、五言詩が爛熟《らんじゅく》の極に達すると、新奇なものを求める動きの中から、七言詩が注目されだし、柏梁体ではなく、普通の詩の形をしたものが作られた。梁の簡文帝《かんぶんてい》の「烏夜啼《うやてい》」が、その第一号であろう。

烏夜啼　（烏夜啼《うやてい》）

緑草庭中望明月　緑草《りょくそう》の庭中《ていちゅう》明月《めいげつ》を望《のぞ》み
碧玉堂裏對金鋪　碧玉《へきぎょく》の堂裏《どうり》金鋪《きんぽ》に対《たい》す
鳴弦撥捩發初異　鳴弦《めいげん》撥捩《はつれい》するも発《はつ》するの初《はじめ》に異《こと》なり
挑琴欲吹衆曲殊　挑琴《ちょうきん》吹《ふ》かんと欲《ほっ》するも衆曲《しゅうきょく》殊《こと》なる
不疑三足朝含影　三足《さんそく》の朝《あさ》に影《かげ》を含《ふく》むを疑《うたが》わず
直言九子夜相呼　直《た》だ九子《きゅうし》の夜《よる》に相《あ》い呼《よ》ぶを言《い》うのみ

羞レ言獨眠枕下涙　言《い》うを羞《は》ず独眠《ひとりね》の枕下《ちんか》の涙《なみだ》を
託下道單棲二城上一烏上　単《ひと》り城 上《じょうじょう》に棲《す》む烏《からす》に託《たく》し道《い》えり

《大意》草の生い茂った庭には満月の光。美しい御殿でベッドにひとり。琴をとり出し、ひと節ふた節つま弾《び》いてみても、心むなしくポツリポツリ。お天道《てんとう》さまにカラスがいると言うが、それよりも夜に九つの星が呼び交わしている、この夜の長さよ。ひとり寝の寂しさにこぼした枕の涙を言うのは恥ずかしいから、屋根で鳴くカラスさんよ、わたしのかわりにあのひとに伝えておくれ。

律詩の体に近いが、内容は民歌ふうで、修辞も練れていない。誕生したての子どもの姿といえばよい。

六世紀に入って、詩として認識され始めた七言詩は、この後急速に進展する。南北朝の庾信《ゆしん》、陳《ちん》の江《こう》総《そう》、隋に入って盧思道《ろしどう》、薛道衡《せつどうこう》となると、もう堂々たる一人前の姿となる。つまり七言詩は、五言で開発された技巧や修辞に便乗する形で、急成長を遂げたのである。

7　唐の詩

隋が陳を滅ぼして、二百七十年に及ぶ南北の分立の時代は終わった。それまでの南朝中心の文化が、北に舞台を移して、両者が融合する気運となった。隋はわずか三十年で滅びたので、新しい詩歌は唐に入って興《おこ》り、空前の繁栄をもたらすことになる。唐の二百九十年は、初・盛・中・晩の四期に分けて見るのが一般的である。

初　唐　唐初から睿宗《えいそう》朝まで（六一八〜七一〇）の約九十年。南・北の風気が融合して熟成に向かう時期である。初めは、南朝風の華麗な詩が、宮廷での応酬を中心に盛行したが、その中にも、いささか骨太なますらおぶりを感じさせるものも出現する。魏徴《ぎちょう》の「述懐《じゅつかい》」がその例である。

述懐（述懐《じゅつかい》）　魏徴《ぎちょう》

中原還逐レ鹿　中原《ちゅうげん》還《ま》た鹿《しか》を逐《お》い
投レ筆事二戎軒一　筆《ふで》を投《とう》じて戎軒《じゅうけん》を事《こと》とす

縦横計不レ就　縦横《じゅうおう》の計《はかりごと》は就《な》らざれども
慷慨志猶存　慷慨《こうがい》の志《こころざし》は猶《な》お存《そん》せり
（中略）
人生感二意氣一　人生意気《じんせいいき》に感《かん》ず
功名誰復論　功名《こうめい》誰《たれ》か復《ま》た論《ろん》ぜんや

中間にずっと対句《ついく》を用いる構成は前代のものだが、内にみなぎる感慨はすでに唐の風を思わせるものがある。このますらおぶりは、初唐末期の陳子《ちんす》昂《ごう》、張九齢《ちょうきゅうれい》を経て盛唐の李白《りはく》、高適《こうせき》に流れてゆく。

きらびやかな宮廷詩も、則天武后《そくてんぶこう》朝になると、いわゆる初唐の四傑《しけつ》が現れ、内容と修辞に均整のとれた、風格のある詩を生み出すようになる。四傑とは、王勃《おうぼつ》・楊炯《ようけい》・盧照鄰《ろしょうりん》・駱賓王《らくひんのう》である。本文には王勃の「滕王閣《とうおうかく》」を紹介したが、四傑の二位にランクされる楊炯の詩を一首みよう。

従軍行　（従軍行《じゅうぐんこう》）　楊炯《ようけい》

烽火照二西京一　烽火《ほうか》西京《せいけい》を照《て》らし
心中自不レ平　心中《しんちゅう》自《おのず》から平《たい》らかならず
牙璋辭二鳳闕一　牙璋鳳闕《がしょうほうけつ》を辞《じ》し
鐵騎繞二龍城一　鉄騎《てっき》竜城《りゅうじょう》を繞《めぐ》る
雪暗凋二旗畫一　雪暗《ゆきくら》くして旗画《きが》凋《しぼ》み
風多雜二鼓聲一　風多《かぜおお》くして鼓声《こせい》に雑《まじ》わる
寧爲二百夫長一　寧《むし》ろ百夫長《ひゃっぷちょう》と為《な》らんも
勝レ作二一書生一　一書生《いちしょせい》と作《な》るに勝《まさ》る

「従軍行」は六朝末以来流行したテーマであるが、空疎な言葉の遊戯に終始したのに対し、この詩は全体に力強いものが感じられ、明らかに一歩進んだものがある。また形の上からもほとんど完璧な成就を示し、律詩の完成を見る。

四傑を中心にこの時期の詩人が力を注いだものに、長大な歌行《かこう》がある。新しく詩歌の地位を獲得した七言の形をとって、パノラマのように絵巻をくりひろげる。それはあたかも唐王朝の勢を謳歌《おうか》するがごとく、絢爛《けんらん》として力にあふれている。中でも、駱賓王の「帝京篇《ていけいへん》」、盧照鄰の「長安古意《ちょうあんこい》」、劉希夷《りゅうきい》の

「公子《こうし》行《こう》」と「白頭《はくとう》を悲《かな》しむ翁《おきな》に代《かわ》る」は代表的なものである。

律詩の完成者として文学史に名を残すのは、沈佺《しんせん》期《き》と宋《そう》之《し》問《もん》である。沈宋《しんそう》と並称する。五言の律詩は、先に述べた楊炯の作もそうだが、この時代に完成したと見てよい。だが七言の律詩は、まだ民歌ふうの臭みを残しており、その完成は杜《と》甫《ほ》を待たねばならない。

この時代の一隅に、隠者の歌がある。王績《おうせき》がその代表であるが、これは陶潜《とうせん》の流れを汲《く》むもので、次の時期の王維《おうい》・孟浩然《もうこうねん》への橋渡しの役割を果たした。

盛唐

玄宗朝から代宗朝（七一二～七六六）の五十五年。あらゆる詩形が整い熟成した、詩の全盛期。唐朝が開かれて百年、文字どおり世界最大の帝国として、国運は隆盛に向かった。玄宗の開元年間三十年はその絶頂の時代。天宝と年号の変わるころより、政治はゆるみ始め、ついに安禄山《あんろくざん》の乱（七五五年）となって崩壊する。繁栄と崩壊、太平と動乱の時期である。この間、多くの詩人が輩出したが、李白、杜甫、王維の三大詩人に集約される。

李白は、蜀の山国から出て、一躍玄宗の宮廷詩人となった風雲児である。のちに、安禄山の乱の際には王子の反乱に加担したかどで投獄されるという、波瀾《はらん》の生涯であった。李白の特色は、当意即妙の七言絶句と、漢から六朝の民歌・楽府を基にした五・七言の歌行にある。絶句では、力感あふれる「早《つと》に白帝城《はくていじょう》を発《はっ》す」や、機知の「清平調詞《せいへいちょうし》」など、この形式は李白のためにある、といっても過言ではないほどである。ことに、「一杯一杯復一杯《いっぱいいっぱいまたいっぱい》」〈山中《さんちゅう》幽《ゆう》人《じん》と対酌《たいしゃく》す〉とか、「笑《わら》って答《こた》えず心《こころ》 自《おのず》から閑《かん》なり」〈山中問答《さんちゅうもんどう》〉などのように、仙骨を帯びるものがある。これは李白の持ち味で、後世「詩仙」と称されるゆえんである。歌行は李白の独擅場《どくせんじょう》で、いわゆる古い皮袋に新しい酒を盛る、というところ。「長干行《ちょうかんこう》」などは、もとはわずか四句の民歌だったものを、三十句の構成で情緒豊かにうたい上げているし、「城南《じょうなん》に戦《たたか》う」は原詩の持つ悲惨《ひさん》な調子を損なわず、さらにダイナミックに仕立て上げている。「将進酒《しょうしんしゅ》」「蜀道難《しょくどうなん》」など、奔放《ほんぼう》な筆遣いで人を圧倒する趣がある。本文に採らなかった「蜀道難」のさわりの部分を紹介しておく。

蜀道難（蜀道難《しょくどうなん》）　李白《りはく》

噫吁嚱危乎高哉　　噫吁嚱《あああ》危《あやう》い乎高《かなたか》い哉《かな》
蜀道之難難於上青天　　蜀道《しょくどう》の難《かた》きは青天《せいてん》に上《のぼ》るよりも難《かた》し
蠶叢及魚鳧　　蚕叢及《さんそうおよ》び魚鳧《ぎょふ》
開國何茫然　　開国何《かいこくなん》ぞ茫然《ぼうぜん》たる
爾來四萬八千歳　　爾来四《じらいし》万八千歳《まんはっせんざい》
不與秦塞通人煙　　秦塞《しんさい》と人煙《じんえん》を通《つう》ぜず
西當太白有鳥道　　西《にし》のかた太白《たいはく》に当《あた》って鳥道《ちょうどう》有《あ》り
何以横絶峨眉巓　　何《なに》を以《もっ》て峨眉《がび》の巓《いただき》を横絶《おうぜつ》せん
地崩山摧壯士死　　地崩《ちくず》れ山摧《やまくだ》けて壮士《そうし》死《し》し

（下略）

《大意》ああ危ういなあ、高いなあ。蜀へ入る道は天に上るより険難だ。開国の昔から隣国の秦とさえ交通がなかった。秦と蜀の間はわずかに鳥道があるのみ。が、ある時、蜀から秦へ五人の壮士が美女を迎えに行く途中、山が崩れて道が開け始めた。

冒頭から人の意表を突く表現で、蜀への道の険しさをぶつけるようにうたう。四言、五言、七言、九言、十一言とさまざまな句を駆使しており、李白のエネルギーが爆発したような趣さえある。

李白の詩風に近いものとしては、王昌齢《おうしょうれい》、高適《こうせき》、岑参《しんじん》らがいる。王昌齢は「詩家《しか》の夫子《ふうし》」と評された名手で、七言絶句を得意とした。高適はますらおぶりの詩風で、辺塞詩《へんさいし》（戦争の詩）にすぐれる。岑参も辺塞詩人の名が高い。ことに、実際に従軍して見聞した辺塞の風景を詠じた歌行は、一種の報道文学とも見ることができるユニークなものである。これらの歌行には、「天山雪歌」「火山雲歌」「走馬川行」「熱海行」などの目新しい題がつけられていて、都の人士の関心を惹《ひ》いたことだろう。

杜甫は、代々の士大夫《したいふ》階級の出身で、科挙に及第して政治に参画したい希望を持っていたが、結局及第せず、一生を困窮して過ごした。開元の治世に育ち、天宝の初めに都に出て、爛熟《らんじゆく》から崩壊に向かう過程をつぶさに見、安禄山の乱には賊軍につかまり、これを脱出するという非常の体験までした。さらに、中年以後は放浪の辛苦をなめている。こういう世に遭遇した杜甫の目は、いきおい鋭く現実を見つめることになり、いわゆる社会詩の傑作を生み出すに至る。三吏《さんり》三別《さんべつ》（新安吏《しんあんり》・潼関吏《どうかんり》・石壕吏《せきごうり》・新婚別《しんこんべつ》・垂老別《すいろうべつ》・無家別《むかべつ》）をはじめ、「兵車行《へいしやこう》」「麗人行《れいじんこう》」「哀王孫《あいおうそん》」など、五・七言の新しい歌行を続々と作った。杜甫によって作られた楽府なので、新楽府という。のちに白居易の新楽府へと流れてゆく。現実をえぐって描く杜甫の詩は、「詩史」といわれる。「麗人行」の一節を紹介しておく。

麗人行（麗人行《れいじんこう》）　杜甫《とほ》

三月三日天氣新　　三月三日《さんがつみつか》天気《てんき》新《あらた》なり
長安水邊多麗人　　長安《ちようあん》の水辺《すいへん》麗人《れいじん》多《おお》し
態濃意遠淑且眞　　態《たい》は濃《こまやか》に意《い》は遠《とお》く淑《しゆく》にして且《か》つ真《しん》
肌理細膩骨肉勻　　肌理《きり》は細膩《さいじ》にして骨肉《こつにく》は勻《ひと》し
繡羅衣裳照莫春　　繡羅《しゆうら》の衣裳《いしよう》は莫春《ぼしゆん》を照《て》らし
蹙金孔雀銀麒麟　　蹙金《しゆくきん》の孔雀《くじやくぎん》銀の麒麟《きりん》
頭上何所有　　頭上《ずじよう》には何《なん》の有《あ》る所《ところ》ぞ
翠爲匐葉垂鬢脣　　翠《すい》を匐葉《おうよう》と為《な》し鬢脣《びんしん》に垂《た》る
背後何所見　　背後《はいご》には何《なん》の見《み》る所《ところ》ぞ
珠壓腰衱穩稱身　　珠《たま》は腰衱《ようきゆう》を圧《あつ》して穏《おだや》かに身《み》に称《かな》う

（下略）

《大意》三月三日上巳《じようし》の節句、カラリと晴れて、都長安の曲江の辺りに遊ぶ大勢の美人。あでやかな姿、気品ある風情《ふぜい》、肌《はだ》はきめ細かく中肉中背。金糸銀糸で刺繡《ししゆう》したうすものの衣裳をまとい、翡《ひ》翠《すい》の髪かざりを鬢《びん》のところに垂らし、スカートの帯にはずっしりと真珠《しんじゆ》がある。

楊貴妃《ようきひ》の姉たちの栄耀栄華《えいようえいが》の様を皮肉をこめた筆

で描いている。権力のおごりとその蔭《かげ》にひそむ不吉な予感がここにうたわれて、さすが詩史の名に恥じないものがある。

杜甫の特色のもう一つは、格調正しい律詩である。李白の絶句と並び、「李絶杜律《りぜつとりつ》」の称がある。ことに七言律詩は杜甫によって完成し、杜甫以上の作はない、とされる。国を憂える態度と格調正しい詩風から、李白の「詩仙」とは対照的に「詩聖」と呼ばれる。いろいろな意味で対照的な李杜《りと》の二人が、並んで最高峰として文学史に名をとどめ、しかも同時に生きて交遊があったというのは、おもしろいことである。

王維は、李杜に対して「詩仏」の称がある。仏教に帰依《きえ》し、高級官僚の境遇にありながら、隠逸的な生活を好んだ。都にほど近い輞川《もうせん》に広大な別荘を構え、その自然にひたって遊んだ。陶潜・謝霊運の自然詩を継承し、より精密で幽玄な詩の世界を構築した。「鹿柴《ろくさい》」「竹里館《ちくりかん》」など、わずか二十字で、奥深い世界を描き出している。自然をうたう一派には、裴迪《はいてき》、孟浩然、儲光羲《ちょこうぎ》らがいる。

中唐

代宗朝から敬宗朝（七六七～八二六）までの六十年。詩は盛唐に至ってすべての形が出そろい、これ以後新しい形式は生まれない。詩そのものの発展も、盛唐をピークに下り坂になってゆく、というのが一般に認識されていることである。安禄山の乱後の朝廷では、大暦《たいれき》（七六六～七七九）の十才子《じっさいし》と呼ばれる才子たちが活躍した。その領袖《りょうしゅう》は銭起《せんき》である。彼らの詩風は、気がきいて美しいが、格調に乏《とぼ》しいというところで、李杜のような巨大な存在から見ると、小粒になって勢いが弱くなった印象はぬぐえない。

貞元《ていげん》・元和《げんな》のころ（七八五～八二〇）に活躍した詩人は、大きく分けて韓愈《かんゆ》の系列と、白居易の系列になる。韓愈は、盛唐の詩人がうたわなかった詩境をめざし、険峻《けんしゅん》（ことばがむつかしく、表現が古典的）といわれる詩を作った。この門下から、孟郊《もうこう》や賈島《かとう》らの苦吟派《くぎんは》が出る。賈島が一字の善し悪しに悩んで韓愈と知り合った〝推敲《すいこう》〟の話は有名である。中唐の鬼才といわれる李賀《りが》もこの系列に入る。

白居易は、盟友元稹《げんじん》とともに、平易な詩風を提唱し、元白体《げんぱくたい》と称された。ちょうど韓愈と逆の方向をめざしたのである。だれにでもわかる詩で、社会の矛盾をえぐった「新楽府《しんがふ》」五十首、「秦中吟《しんちゅうぎん》」十首など、諷諭詩《ふうゆし》に大きな足跡を残した。白居易の中年過ぎは、しだいに花鳥風月に傾いていわゆる風流な詩風となっていった。この方での先輩は韋応物《いおうぶつ》である。韋応物と、白居易と同時代の柳宗元《りゅうそうげん》の二人は、盛唐の王維、孟浩然と並んで、〝王孟韋柳《おうもういりゅう》〟と称される。劉禹錫《りゅううしゃく》も白居易と親友で、同じ系列に入る。

　中唐の詩人は、おおくは進士に及第した新興官僚階層である。つまり、時代の担《にな》い手が、貴族から官僚、それも科挙を通って来た階層へと移り、いきおい、政治や社会の動きに敏感に反応してくるようになる。これが必然的に諷諭詩を生み出す基盤となり、またグループを組んで一つの運動を起こすことにもなる。それが挫折《ざせつ》したときには、自然の中に遊ぶということも、物の表裏のように必然となるのである。

　また、この時期には詩の題材も広がっていった。茶の詩、酒旗（酒屋ののぼり）の詩、隠者の詩、月食の詩など、盛唐詩人のうたわなかったものを、どんどん詩に取り入れるようになった。

晩唐

　文宗朝から唐末まで（八二七〜九〇七）の八十年。この時期の初期に活躍したのは、杜牧《とぼく》、李商隠《りしょういん》、温庭筠《おんていいん》の三人である。杜牧は、盛唐の杜甫を老杜《ろうと》というのに対して小杜《しょうと》の称がある。七言絶句にすぐれ、叙情性と機知の勝った作品を残している。李商隠は七言律詩を得意とし、ガラス細工のように精巧な句作りで、歴史を詠じたり恋愛をうたったりする。温庭筠も律詩にすぐれる。彼らに共通していえることは、叙情性と繊細な（甘美なまでの）美意識が濃く存在する点だろう。また、すでに唐王朝の退勢を敏感にかぎとり、亡国のしらべがそこはかとなく感じられるのである。李商隠の「楽遊《らくゆう》原《げん》」（568頁）、杜牧の「秦淮《しんわい》に泊《はく》す」（549頁）などがその例となる。

　官僚社会の繁栄にともなって、州都や交通の要衝《ようしょう》の都市が発達し、その都市の妓楼《ぎろう》の女たちが、官僚詩人と詩のやり取りをするようになる。女流詩人の誕生である。中唐の末に薛濤《せっとう》、晩唐に入って魚玄機《ぎょげんき》の二人が双璧《そうへき》であろう。六朝《りくちょう》時代には貴族の娘が男に伍《ご》して詩を作ったが、唐になると、家庭の婦人は社交の場に出ず、詩を作ることなどほとんどない。

わずかに妓女《ぎじょ》が詩人とわたり合って名を伝えるのである。この二人は、女性らしい繊細さと情熱とで個性的な作品を残している。

唐末になると、韋荘《いそう》と韓偓《かんあく》が出た。韋荘は中唐の韋応物の玄孫だという。亡国の悲愁のこもった七言絶句を残す一方、長編の七言古詩「秦婦吟《しんぷぎん》」の作者として知られる。唐末、黄巣《こうそう》の乱のときの悲惨な情況をうたったもので、杜甫の社会詩の後を襲うものといえよう。韓偓は、女性の艶情をうたう詩にすぐれ、その集の『香奩集《こうれんしゅう》』から、香奩体《こうれんたい》の名が生じた。（香奩は化粧ばこの意）。また、陸亀蒙《りくきもう》と皮日休《ひじつきゅう》は諷諭詩の流れを汲んだ作を残している。両者の応酬の詩もたくさん伝わっている。

晩唐の詩は、表現がより緻密《ちみつ》になり、感覚が鋭くなる一面、弱々しく、また感傷的な気分がただよう、という特色が指摘できる。この特色を生かす方向として、詩の枠をはみ出し、詞《し》（詩余ともいう）の形式が新たに起こり、五代から宋へと急速に発展してゆく。

8　宋以後の詩

唐の滅亡後、宋が興るまでの六十年は、中原《ちゅうげん》には五つの王朝が相継ぎ、いわゆる五代の乱世となる。この時代には詞の方面で、南唐の後主李煜《りいく》が光った存在であったが、詩の方面では特に名をとどめるものはいない。

北宋

唐代には、貴族門閥から新興官僚階層へと勢力が移行する現象が、安禄山の乱を境に顕著になったが、唐末五代の戦乱を経て、古い貴族門閥は完全に潰滅《かいめつ》した。その結果、宋代の詩人は、科挙を軸として官僚社会の中にすべて組みこまれることになった。無論、科挙に失敗したり、拒否したりしてその埒外《らちがい》にある者もいるが、大多数の詩人は官僚機構の中にあった。蘇軾《そしょく》のように、政変があるたびに左遷と抜擢《ばってき》を繰り返す例が、往々にして見られる。また、総理大臣クラスの高官となった詩人も、欧陽修《おうようしゅう》、王安石《おうあんせき》、司馬光《しばこう》など数多くいる。

官僚機構の整備が地方都市の繁栄をもたらし、詩を作り鑑賞する層が増加した。これに拍車をかけたのが、木版技術の開発による出版業の発展である。

詩壇の裾野《すその》が広がり、また一人の作品の数も増加した。詩は日常のものとなったのである。詩人は、唐の先輩が詩にうたわなかったものをどんどん取りこんでいった。

北宋の初め、世を風靡《ふうび》したのは、晩唐風の詩であった。とりわけ、李商隠《りしょういん》の精巧緻密な詩は「西崑体《せいこんたい》」として宋初の詩壇にもてはやされた。宋朝が開かれて六、七十年たつころ、ようやく宋詩独自の風を標榜《ひょうぼう》する詩人たちが出現した。梅堯臣《ばいぎょうしん》、欧陽修である。その後をすぐ追う者として、王安石、蘇軾、黄庭堅《こうていけん》らがいる。彼らの詩を総じて言えば、唐詩を主情的とすれば主知的というべきものである。唐の詩人が激情に身をゆだねて高らかにうたったようなうたいぶりとは異なり、激情を抑え理性的に詩の世界を構築したのである。

また、詩が日常化した結果、手紙や日記のような、散文の範疇《はんちゅう》に入るべき類の詩も作られるようになる。

この時期を代表する詩人は、蘇軾である。のちに東坡居士《とうばこじ》と号する。唐の李白と同じ蜀（四川省《しせんしょう》）の出身。近い先祖は商人だったというのも似ている。父に連れられ、弟とともに都へ出、進士に及第した。その時の試験委員長の欧陽修は天才の出現を喜んだという。おりしも、新法党と旧法党との確執の激しい時期で、彼自身何回も政変に遭遇して、一時は死刑さえ覚悟するということもあった。晩年になっても広東《カントン》地方や、海南島《かいなんとう》へ流される目に遭っている。

そのころの作は、「東坡海外《とうばかいがい》の文《ぶん》」として、円熟の極致に達したものとされる。詩のほか詞、画、書もよくし、文は唐宋八大家《とうそうはちだいか》の一人に数えられる。行くとして可ならざるなき大才というべきであろう。詩風は、機知にあふれ比喩《ひゆ》にすぐれる。軽妙で豪快な趣である。最も機知に富んだ一首を見よう。

恵崇春江曉景二首
（恵崇《えすう》の春江暁景《しゅんこうぎょうけい》二首《にしゅ》）　蘇軾《そしょく》

竹外桃花三兩枝　竹外《ちくがい》の桃花《とうか》三両枝《さんりょうし》
春江水暖鴨先知　春江《しゅんこう》水暖《みずあたた》かにして鴨《かも》先ず知《し》る
蔞蒿滿地蘆芽短　蔞蒿《ろうこう》は地《ち》に満ち蘆芽《ろが》は短《みじか》し

正是河豚欲㆑上時　正《まさ》に是《こ》れ河豚《ふぐ》の上《のぼ》らんと欲《ほっ》する時《とき》

（大意は629頁参照）恵崇《えすう》という画僧が描いた絵に題した詩である。画面にあるのは竹やぶ、桃の花、春の川、鴨《かも》。それを目につく順序にうたい、蔞蒿《ろうこう》と蘆《ろ》芽《が》が出てきて東坡の機知はひらめく。この植物はおひたしにするとふぐの毒を消すということから、この絵には描いていないふぐを詠じ出して結びとするのである。

蘇軾以外には、王安石が大きな存在である。蘇軾とは党派を異にしたが、詩の才はお互いに認めあったという。王安石も機知の詩を得意とした。絶句では宋の第一人者の評を得ている。蘇軾の門下には黄庭堅が出た。彼は杜甫を最も尊崇し、言葉の錬金術師といわれるほど、語のはたらきをつきつめて作詩した。「換骨奪胎《かんこつだったい》」「点鉄成金《てんてつせいきん》」というのが、彼の作詩のスローガンであった。

北宋の詩人として名を残すものは、他に、蘇軾の弟の蘇轍《そてつ》、曾鞏《そうきょう》、林逋《りんぽ》、陳師道《ちんしどう》らがいる。

南宋

中原の地が金に支配されると、宋は南へ移って（都は臨安《りんあん》＝今の杭州《こうしゅう》）南宋となる。

南宋第一の詩人は、金を滅ぼして中原の地を回復することを叫び通した陸游《りくゆう》である。陸游は会稽《かいけい》の出身。父や叔父《おじ》の影響を受けて主戦論を叫んだ硬骨の人であった。彼の詩の柱の一つは夢にまで中原を望むという愛国詩人の面、もう一つの柱は、失意のおり、田園に隠退して閑適《かんてき》を愛する田園詩人の面である。八十五年の生涯をこの二つの柱が貫き、一万首に及ぶ作品を残している。詩風は李白にも、白居易にも似たところがある。豪放な、熱情的な詩人であった。生涯一人の女性（最初に結婚した妻。母に追い出された）を思い続けて詩を作っているのも珍しいことである。

沈園（沈園《しんえん》）　陸游《りくゆう》

夢断香消四十年　夢《ゆめ》は断《た》え香《こう》は消《き》えて四十年《しじゅうねん》
沈園柳老不㆑吹㆑綿　沈園柳《しんえんやなぎ》は老《お》いて綿《わた》を吹《ふ》かず
此身行作㆓稽山土㆒　此《こ》の身《み》行《ゆくゆく》稽山《けいざん》の土《つち》と作《な》らんも

猶弔㆓遺蹤㆒一泫然　猶《なお》遺蹤《いしょう》を弔《とむら》って一《ひと》たび泫然《げんぜん》たり

《大意》夢は消え、香りも失せてから四十年。沈《しん》園《えん》の柳は老いてしまい、綿を飛ばそうともしない。ゆくゆくは会稽山《かいけいざん》の土となってしまう、この身ではあるが、思い出のあとを尋ねれば、涙は流れるばかりである。

陸游と並ぶ詩人に、范成大《はんせいだい》と楊万里《ようばんり》がいる。二人とも宰相《さいしょう》にまでなったが、詩風は平易で叙情的な絶句にすぐれる。范成大には「四時田園雑興《しいじでんえんざつきょう》」七絶六十首がある。農村の日常が細大もらさず描き出されたユニークな連作である。

南宋の末期には、〝永嘉《えいか》の四霊《しれい》〟と呼ばれるグループが出た。彼らは中・晩唐の詩を尊崇し、中でも賈《か》島《とう》と姚合《ようごう》を模範とした。総じてこの時期には大詩人といわれるようなものは出ていない。市民層がグループを作って詩集を出版したりすることが盛行し、その中から幾人かの主だった人物が出たのである。

金・元

金も宋も、新たに興った蒙古の元に滅ぼされるが、宋の最後を飾るものとして文天祥《ぶんてんしょう》が出た。状元《じょうげん》（科挙に一番で及第した者）宰相として漢民族の誇りを貫き通し、ついにフビライに殺される。獄中で作った五言古詩「正気の歌《せいきのうた》」は、硬骨の雄編である。わが国では藤田東湖《ふじたとうこ》や広瀬武夫《ひろせたけお》にその模倣作《もほうさく》があることで知られている。

金の方には元好問《げんこうもん》が出た。その悲愴な調子の緻密な律詩は、杜甫の再来と評される。つぶさに体験した亡国の悲哀は読む者に迫るはげしさがある。

癸巳五月三日北渡　其三

(癸巳《きし》五月《ごがつ》三日《みっか》北《きた》に渡《わた》る　その三)　元好問《げんこうもん》

白骨縦横似㆓亂麻㆒　白骨《はっこつ》縦《じゅう》横《おう》乱麻《らんま》の似《ごと》し
幾年桑梓變㆓龍沙㆒　幾年《いくねん》ぞ桑梓《そうし》の竜沙《りゅうさ》に変《へん》ぜし
只知河朔生靈盡　只《た》だ知《し》る河朔《かさく》生霊《せいれい》の尽《つ》くるを
破屋疎煙却數家　破屋《はおく》疎煙《えんかえ》却って数家《すうか》

《大意》葬る人もないままにあちこちに白骨が乱れた麻のようにころがっている。故郷が砂漠になってから何年経《た》ったろう。黄河北方の人々は死に絶えたとばかり聞いていたが、思いがけず数軒のくずれかけた家、まばらな炊煙《すいえん》がみえた。

彼は詩によって歴史を伝えようとし、金詩の総集『中州集《ちゅうしゅうしゅう》』を編纂《へんさん》した。

明

明《みん》初に、唐風をもって鳴る才子高啓《こうけい》が出た。高啓は青邱子《せいきゅうし》と号する。蘇州《そしゅう》の人。抜擢されて戸《こ》部侍郎《ぶじろう》（大蔵次官）になったが、辞職して郷里に帰り、のち疑われて死罪となった。年三十九。短い生涯に二千余首の力作を残した。一方、朝廷の高官劉《りゅう》基《き》、宋濂《そうれん》も、非業《ひごう》の最期を遂げるが、風格ある詩を作っている。

明の半ばには、「台閣体」と呼ばれる、三人の宰《さい》相《しょう》、楊士奇《ようしき》・楊栄《ようえい》・楊溥《ようふ》（三楊《さんよう》）らの風の後、李夢《りぼう》陽《よう》らの復古派が台頭した。「古文辞派《こぶんじは》」という。李をはじめ何景明《かけいめい》・徐禎卿《じょていけい》らいわゆる〝前七子《ぜんしちし》〟が、文は秦漢、詩は盛唐を標榜《ひょうぼう》した。後には、李攀竜《りはんりょう》・王世貞《おうせいてい》らの〝後七子《こうしちし》〟が出て、古文辞派はいよいよ勢力を伸ばした。しかし、結局、才の足らない模倣は、虎を描いて猫に類するもので、しだいにその臭みがめだつようになっていった。わが国には、この古文辞派の主張が荻生徂徠《おぎゅうそらい》らによって提唱され、江戸の漢詩に大きな影響を与えることになる。

古文辞に反対する立場を唱《とな》えたものに、袁宏道《えんこうどう》三兄弟（兄宗道《そうどう》、弟中道《ちゅうどう》）の「公安派《こうあんは》」がある。彼らは師李贄《りし》（卓吾《たくご》）の影響を受けて、真詩《しんし》（純粋自由な詩精神の流露したもの）を主唱した。これと似た主張をしたものに「竟陵派《きょうりょうは》」がある。鍾惺《しょうせい》が「竟陵派」の領袖だが、「凄清幽独《せいせいゆうどく》」といった孤独な精神、鋭敏な感覚を重んじた。しかし、彼らの実際に作る詩は奇をてらって浅薄なものが多かったので、すぐあきられてしまった。

清

清《しん》初に出た大物は、銭謙益《せんけんえき》（牧斎《ぼくさい》）と呉偉業《ごいぎょう》（梅村《ばいそん》）である。これに龔鼎孳《きょうていじ》（芝麓《しろく》）を加えて〝江左三大家《こうささんたいか》〟と称する。銭謙益は、宋・元詩を尊重し、呉偉業は唐詩を尊重したが、ともに明末の空疎な模倣に終始した詩をしりぞけ、内容のある詩を主張した。

康熙《こうき》年間に、王士禎《おうしてい》（漁洋《ぎょよう》）が出た。彼は銭謙益に学びながら宋・元詩を好まず、唐詩を鼓吹《こすい》し、言外の余韻を重んじて「神韻説《しんいんせつ》」を唱えた。それに対して、乾隆《けんりゅう》・嘉慶《かけい》のころに出た沈徳潜《しんとくせん》は、詩は風格を尊ぶとて「格調説《かくちょうせつ》」を唱えた。沈と同時代の袁枚《えんばい》は、格調派の擬古的形式主義にあきたらず、精神の自由を尊ぶ「性霊説《せいれいせつ》」を唱えた。

清朝後期になると、龔自珍《きょうじちん》が出て奔放独自の詩を作った。いわゆる学者の詩の最高をゆくものである。一般にこのころは宋詩の風が流行し、特に黄庭《こうてい》堅《けん》（黄山谷《こうざんこく》）が尊重された。

清朝末期には、古典詩の革新を叫ぶ、詩界革命の勢いが盛んになった。中でも黄遵憲《こうじゅんけん》は日本に外交官として来、「日本雑事詩《にほんざつじし》」二百首を著した。その詩は、俗語や新造語を自由に用いて新思想を鼓吹《こすい》したものである。

現　代　清朝滅亡後、古典詩が急速に衰えて行く中で、魯迅《ろじん》の詩はユニークな位置を占める。新しい語、新しい感覚による古典形式の詩、というべきもので、今後の方向を示唆するものがあるようだ。また、漢俳《かんぱい》（漢字による俳句。五、七、五の形式を取る）と称する短詩型も生まれて、愛好者が増えている。こうした古典形式による新詩の行方は、今しばらく様子を見守る必要があるだろう。

9　漢詩の形式ときまり

漢詩にはいくつかの特色がある。そのおもなものを挙げてみると次のようになる。

1　定型をとる
2　脚韻を踏む
3　音の高低による語の配列の規則がある（平仄《ひょうそく》式）
4　対句《ついく》などの技巧を用いる
5　決まった題のもとに作るものがある（楽府《がふ》題など）

漢詩の特色　中国語は、一つの語が一つの字で表され（形）、一つの音を持ち（音）、一つの意味を持つ（義）という性質がある。一語は、形・音・義を合わせ持っているのである。テニヲハなどの助詞にあたる字はなく、ちょうど敷石を並べたように、あるいはレンガを積んだように、語が配列されるため、詩は自然に定型をとりやすい。また、それぞれの語が高低の音を固定的に備えているから、これらを配列することによって、自然に調子がつく。つまり、中国語は本質的に詩に向いた言語なのである。

これをわかりやすくするために、他の詩と比較してみると、わが国の俳句や和歌も定型をとるが、たとえば、「ふるいけや　かはづとびこむ　みづのおと」という句についてみれば、音声的には十七音あるけれど、「ふるいけや」は「古池や」のことで、「ふ」や「る」はそれだけでは意味をなさない。漢詩の場合、たとえば「江碧鳥逾白」は五音からなり、「江」や「碧」が「ふ」や「る」に当たるわけだが、「江」や「碧」は一つで一つの意味を持っている。同じ定型でも、ずっと漢詩のほうが密度が濃いことになる。ヨーロッパ語の詩でいえば、一語は一音とは限らず（英語の江《かわ》にあたるriverは二音）、表記する場合にはつづりの長さはいろいろであるから、定型といっても漢詩にくらべれば制約はずっとゆるい。

以上のように、漢詩は、形の面、音の面、意味の濃密の面からみて、世界の詩の中で最も整い、美しく、充実した内容を持つものだ、と言いうるのである。

形　式

漢詩の形式は唐代にすべて定まった。図で示すと次のようになる。

- 古体詩
  - 古詩（楽府）
    - 五言古詩
    - 七言古詩
    - （句数自由）
- 近体詩
  - 絶句
    - 五言絶句
    - 七言絶句
    - （四句）
  - 律詩
    - 五言律詩
    - 七言律詩
    - （八句）

右の六形式である。なお、このほか、古詩には、何言と決められないような字数のふぞろいのものもあり、「雑言」とすることもある（例―無名氏《むめいし》「城南《じょうなん》に戦《たたか》う」740頁）。絶句には、一句が六字の「六言絶句」もあるが（例―王維《おうい》「田園楽《でんえんらく》」166頁）、遊戯的なものにとどまり、作例は少ない。律詩には、中間の対句《ついく》の部分が増える「排律」がある（例―王維《おうい》「秘書晁監《ひしょちょうかん》の日本国《にっぽんこく》に還《かえ》るを送《おく》る」162頁）。これは五言が主で、七言排律というのは作例がほとんどない。

古体・近体（今体とも書く）は、唐を基準にしていったものである。絶句と律詩は唐になってから定まったので、それ以前の詩と区別してこういった。

10 絶句

五言絶句 絶句は西晋《せいしん》のころ（三世紀末）に民間歌謡から起こり、およそ四百年を経て、七世紀末に定まった。その起源として次のような歌謡がある。三世紀のものと思われる。

古絶句（古絶句《こぜつく》）

藁砧今何在　藁砧《こうちん》今《いま》何《いず》くにか在《あ》る
山上復有㆑山　山上《さんじょう》また山《やま》有《あ》り
何當㆓大刀頭㆒　何《いずれ》か当《まさ》に大刀《だいとう》の頭《かしら》なるべき
破鏡飛上㆑天　破鏡《はきょう》飛《と》んで天《てん》に上《のぼ》る

これは全句とも隠語から成っている。「藁砧」とはわらを切る石の台で、「砆《ふ》」ともいう。それで「夫《ふ》」（おっと）をかくしている。「山上また山有り」とは「出」の字のこと。「大刀の頭」とは刀のつかのところ。そこに「環《かん》」（わ）がはまっているので、「還《かん》」（かえる）の意をかくしている。「破鏡」は欠けた月。全体の意味は「夫は今どこにいるか。出かけてしまった。いつかえるの。月の十六、七日のころ」となる。詩というよりもっと卑俗な端《は》唄《うた》のたぐいである。

それが、「子夜歌《しやか》」（776頁）のような民謡となり、さらに貴族詩人の手に入って、謝朓《しゃちょう》の「玉階怨《ぎょくかいえん》」となる。これなどはもう卑俗な調子はなく、しっとりと雅《みや》びやかな趣が感じられるほどである。唐に入ると、この詩形は短いだけに、言外の趣、余韻を重んずるものとなる。

竹里館（竹里館《ちくりかん》）　王維《おうい》

獨坐幽篁裏　独《ひと》り坐《ざ》す幽篁《ゆうこう》の裏《うち》
彈㆑琴復長嘯　琴《こと》を弾《だん》じて復《ま》た長　嘯《ちょうしょう》す
深林人不㆑知　深林《しんりん》人《ひと》知らず
明月來相照　明月《めいげつ》来《きた》って相照《あいて》らす

右は七四〇年ごろの作品（本文170頁）。深い林の中の幽玄なる世界、高い精神の営みをみごとに描いている。これと、初めに挙げた「古絶句」とをくらべてみれば、同じ形式とは到底思われないほどの差に気づくであろう。この詩には汲めども尽きぬ余韻がただよっている。

七言絶句　七言詩は、六朝《りくちょう》の末になって詩の領域に入ってきたが、絶句は唐に入ってから、とずいぶんおそく姿を見せる。当初は、対句を多用したり、ことばのあやに頼ったりするところがあって、安定した形になるのは八世紀に入ってからになる。

蜀中九日　（蜀中九日《しょくちゅうきゅうじつ》）　王勃《おうぼつ》

九月九日望鄉臺　　九月九日望郷台《くがつここのかぼうきょうだい》
他席他鄉送客杯　　他《た》席他郷客《せきたきょうかく》を送《おく》るの杯《はい》
人情已厭南中苦　　人情《にんじょう》已《すで》に厭《いと》う南中《なんちゅう》の苦《く》
鴻雁那從北地來　　鴻雁那《こうがんなん》ぞ北地《ほくち》より来《きた》る

（本文77頁）　右は七世紀末の作品だが、「九月九日」とか「他席他郷」のような語呂《ごろ》を合わせるところや、前半も後半も対句仕立てにしているのが目立つ。なお、これと同時に作られた他の詩人の作も伝わっているが、どれもみな同じ方法をとっていることが知られ、興味深い。『唐詩選』に載せる杜《と》審言《しんげん》の「湘江《しょうこう》を渡《わた》る」や、本文の沈佺期《しんせんき》の「邙山《ぼうざん》」、張《ちょう》敬忠《けいちゅう》の「辺詞《へんし》」あたりにその風がまだ残っているのを見る。

初唐から盛唐になると、ようやく手なれてきて、五言より二字増えた分を活用した作品が現れる。なれてくると、それだけ場面が広くなるわけであるから、詩人の力量が縦横に発揮され、八世紀半ばには五言を凌駕《りょうが》して、もっともポピュラーな形式となる。

早發白帝城　（早《つと》に白帝城《はくていじょう》を発《はっ》す）　李白《りはく》

朝辭白帝彩雲間　　朝《あした》に辞《じ》す白帝彩雲《はくていさいうん》の間《かん》
千里江陵一日還　　千里《せんり》の江陵《こうりょう》一日《いちにち》にして還《かえ》る
兩岸猿聲啼不住　　両岸《りょうがん》の猿声《えんせい》啼《な》いて住《や》まざるに

輕舟已過萬重山　軽舟《けいしゆう》已《すで》に過《す》ぐ万重《ばんちよう》の山《やま》

（本文189頁）第一句に「白」と「赤」、第二句に「千」と「二」、第四句に「軽」と「重」のような技巧をこらし、神女の伝説や猿の声の効果をも盛りこんで、溢《あふ》れんばかりの躍動感がうたわれている。五言では到底出せない味で、李白の天才は七言絶句をまって花開いた、というべきであろう。

起承転結　絶句は短い詩であるから、短い中により効果的にうたうために、「起承転結」の構成法が考え出された。むろんこれは、だれかが考え出したものではなく、永年の知恵で定まったものである。杜甫の「絶句」に例をとって説明しよう（大意は331頁参照）。

絶句（絶句《ぜつく》）　杜甫《とほ》

江碧鳥逾白　江碧《こうみどり》にして鳥《とり》逾《いよいよ》白《しろ》く
山青花欲然　山青《やまあお》くして花《はな》然《も》えんと欲《ほつ》す
今春看又過　今春《こんしゆん》看《みすみす》又《また》過《す》ぐ
何日是歸年　何《いず》れの日《ひ》か是《こ》れ帰年《きねん》ならん

第一句はうたい起こしで、起句という。まず青く澄《す》む川と白い水鳥が鮮やかに描かれる。うたい起こしが平凡だと詩は生きない。第二句は承句で、起句を承《う》けて場面をより展開する。川の向こうの青々した山と、真っ赤な花も描かれて、風景は広がりと奥行きを加える。第三句は転句で、場面が転換する。前半二句の風景描写から、作者の感慨がここに引き起こされる。最後は結句で、転句の変化をうけつつ全体を締めくくる。見る間に春が過ぎてゆくという思いから、故郷へ帰れるのはいつだろう、という嘆きが呼び起こされ、望郷の悲しみに沈むのである。

このように、起承転結の法によって、短い詩が生き生きと躍動する。とくに、転句が肝心で、この変化によってアクセントがつけられる。たとえが変だが、しるこの中に塩を入れると甘みがグッと増すようなものである。この詩の場合、もし後半の二句も同じように風景描写をしたなら、短い詩だけにしまりがなくなってしまう。この転句の妙処《みようしよ》を、江戸時代の詩人頼山陽《らいさんよう》が、次のような端唄《はうた》によって弟子に説いたという。

（起）大坂本町　糸屋の娘
（承）姉は十六　妹は十四
（転）諸国諸大名　弓矢で殺す
（結）糸屋の娘は　目で殺す

転句で、大名が弓矢で殺す、などとおだやかでないことをいう。糸屋の娘に何の関係もない、と思わせて、殺すということにひっかけて、糸屋の娘が色っぽい目で人を悩殺する、と結ぶ。

11　律　詩

絶句が民間の端唄のようなものから出たのに対し、律詩は五言詩の本流の中からみがきぬかれてできた。五世紀初頭には、十二句〜二十四句ぐらいの長さが一般的であったのが、むだな表現を切りつめてしだいに短くなり、五世紀末から六世紀にかけるころに、八句の形をさぐり当てる。それに音声上の配慮も加えられて律詩の原形が誕生し、七世紀の末に形が定まるに至る。

律詩は、二句一組で一聯《れん》といい、四聯の構成をとる。第一句・第二句を首聯《しゅれん》、第三句・第四句を頷《がん》聯《れん》、第五句・第六句を頸聯《けいれん》、第七句・第八句を尾《び》聯《れん》という。身体の部分をとって名づけたものである。首（あたま）、頷（あご）、頸（くび）、尾（しっぽ）となる。そして、頷聯と頸聯が必ず対句《ついく》になるのが、律詩の重要なきまりになっている。温庭筠《おんていいん》の「商山《しょうざん》の早行《そうこう》」（本文570頁）を例に示そう。

商山早行　（商山《しょうざん》の早行《そうこう》）　温庭筠《おんていいん》

晨起動征鐸　晨《あした》に起《お》きて征鐸《せいたく》を動《うご》かす
客行悲故郷　客行《きゃくこう》故郷《こきょう》を悲《かな》しむ
雞聲茅店月　鶏声茅店《けいせいぼうてん》の月《つき》
人迹板橋霜　人迹板橋《じんせきばんきょう》の霜《しも》
槲葉落山路　槲葉山路《こくようさんろ》に落《お》ち
枳花明驛牆　枳花駅牆《きかえきしょう》に明《あき》らかなり
因思杜陵夢　因《よ》りて思《おも》う杜陵《とりょう》の夢《ゆめ》
鳧雁滿回塘　鳧雁回塘《ふがんかいとう》に満《み》つるを

首聯は旅立ちをうたう。この旅が楽しいものでないことが示される。頷聯は早朝の旅立ちの場を描く。頸聯は旅に出発した道の情景。この二つの聯には、上・下・奥行きなどの構図の配慮と、視覚・聴覚の効果の工夫がこらされている。尾聯はあとにしてきた故郷を思う情をうたう。四聯の構成は絶句の起承転結とはちがい、景（景色）と情（感情）の組み合わせになっているものが多い。律詩の見どころは、この構成の均斉美《きんせい》にある。絶句のようにひらめきによって一気《いっき》呵成《かせい》に作るというのではなく、じっくり練り上げて作るのである。

対句　律詩を理解するためには、対句《ついく》を知らなければならない。対句の善し悪しで詩の生命が決まるといっても過言ではない。すぐれた対句はそれだけで独立してもてはやされるものである。李白の「浮雲遊子《ふうんゆうし》の意《い》、落日故人《らくじつこじん》の情《じょう》」〈友人《ゆうじん》を送《おく》る〉、杜甫の「国破《くにやぶ》れて山河《さんが》在《あ》り、城春《しろはる》にして草木深《そうもくふか》し」〈春望《しゅんぼう》〉、孟浩然の「気《き》は蒸《む》す雲夢沢《うんぼうたく》、波《なみ》は撼《ゆる》がす岳《がく》陽城《ようじょう》」〈洞庭《どうてい》に臨《のぞ》む〉など、千古の絶唱といわれる。

対句は、句と句が向かい合って、たがいに釣り合った状態になっているものである。たとえば次のように、対《つい》になるものが等質でなければならない。

(1) 春風／秋雨　(2) 江碧／山青　(3) 花開日／葉落時　(4) 三五夜中／二千里外

相対するものが二字なら二字、三字なら三字と同数であるのは無論のこと、季節なら季節（(1)の例）、色なら色（(2)の例）、数字なら数字（(4)の例）のようになる。また(3)の例のように、

花開日（花開は花が主語で開が述語）↓日の修飾語
葉落時（葉落は葉が主語で落が述語）↓時の修飾語

と構成も同じでなければならない。

先に掲げた、温庭筠の「商山早行」を見ると（傍線は名詞）、

鶏声茅店月
人迹板橋霜　（頷聯）

鶏の声――人の跡（足あと）、茅《かや》（ぶき）の店（旅館）――板（じき）の橋、月――霜、というように相対している。

槲葉落山路
枳花明駅牆　（頸聯）

槲（かしわ）の葉――枳（からたち）の花、落ちる

――明らか（ともに状態を表す）、山の路――駅（宿場）の牆（かきね）と相対している。単に品詞が同じであるばかりでなく、植物同士、自然の物同士、動物同士というように類も同じくする。しかも、二つの句は一たす一が二になるのではなく、三にも四にもなるように工夫される。たとえば今の頷聯では、鶏《にわとり》の声（聴覚）と人の跡（視覚）の組み合わせと、茅ぶき屋根の上の月（上）と板の橋の霜（下）、さらにうす暗い中の黄色（月）と白（霜）という色彩効果もこらされていて、その場の情景がくっきりと描かれている。一句だけではよくわからないものが、二句対《つい》になってみて、はじめて立体的になるのである。

対句は、家の門柱にもたとえられようか。門柱は一つでは用をなさない。また、家の大きさ（うたう内容）にふさわしい間口（表現）でなければおかしい。やたらに門ばかり大きく家が小さいのも、その逆もだめである。対句は二組あるから対句どうしのはたらきも考慮に入れる必要がある。こう見てくるとなかなか難しく、それだけに律詩の見どころも単純ではない。しかし、いったんこの妙味がわかりだすと、もう病みつきになるほどおもしろくなる。わが平安朝の『和漢朗詠集《わかんろうえいしゅう》』は、朗詠に適する、中国と日本の名対句をたくさん集めているが、中には、詩の一部ではなく、対句だけ作ったものもある。今、その中の傑作を一つ紹介しよう。

早春（早春《そうしゅん》）　都良香《みやこのよしか》

氣霽風梳新柳髮　気《き》霽《は》れて風《かぜ》は新柳《しんりゅう》の髪《かみ》を梳《くしけず》り

氷消浪洗舊苔鬚　氷《こおり》消《き》えて浪《なみ》は旧苔《きゅうたい》の鬚《ひげ》を洗《あら》う

気―氷、風―浪の同類の名詞、霽―消、梳―洗の同類の動詞と緊密に対しているが、新柳の髪と旧苔の髭の対は実にみごとである。新―旧の対照と、どちらも植物を人間の毛に見立てているのである。あまりみごとなので、羅生門《らしょうもん》の鬼に教わったのだろう、という伝説まで生まれた。

平仄　右の対句の大事な点の一つに、音声上のきまりがある。多少専門的になるが、簡単に説明しておく。中国語の音の高低（声調《せいちょう》という）に四つの種類がある。これを「四声《しせい》」という。

平声《ひょうせい》——高く平らな調子
上声《じょうせい》——低いところから上がる調子
去声《きょせい》——高いところから下がる調子
入声《にっしょう》——語尾がつまる調子
（上声・去声・入声）仄声《そくせい》

中国語はすべて右のいずれかの声調をもつ。大きく分ければ、平らな調子（平声）と、平らでない調子（仄声——上・去・入声）との二つになる。

中国人が、自分たちのことばに四声があることに気づいたのは、五世紀のことである。ちょうどそのころ、八句の詩形が安定した形として見いだされて、平《ひょう》と仄《そく》を意識的に配列する律詩の原形が生まれたのである。

離夜（離夜《りや》）　謝朓《しゃちょう》

玉縄隠㆓高樹㆒
斜漢耿㆓層臺㆒
離堂華燭盡
別幌清琴哀
翻潮尙知㆑恨
客思渺難㆑裁
山川不㆑可㆑盡
況乃故人杯

玉縄《ぎょくじょう》 高樹《こうじゅ》に隠《かく》れ
斜漢《しゃかん》層台《そうだい》に耿《かが》やく
離堂《りどう》華燭《かしょく》尽き
別幌《べっこう》清琴《せいきん》哀《かな》し
翻潮《ほんちょう》 尚《な》お恨《うら》みを知《し》り
客思《かくし》渺《びょう》として裁《た》ち難《がた》し
山川《さんせん》尽《つ》くべからず
況《いわん》や乃《すなわ》ち故人《こじん》の杯《はい》をや

《大意》玉縄星《ぎょくじょうせい》は高樹にかくれ、天の川が斜めに、高殿の上に白く光っている。夜もふけてきた。送別の宴席の美しい燭《ともしび》も尽き、窓べには清らかな琴の音がかなしく響く。寄せては返す潮すらも、人の別れの恨みを知るごとく、旅ゆく人の思いは遥《はる》かに、綿々《めんめん》と絶ちがたい。山川が尽きることのない、それ以上に、友を送る杯はいつまでも酌《く》み交わされて名残は尽きない。

送別の詩である。内容的にはとくにすぐれるわけではないが、形の上できわめて律詩に近い、記念すべき作品である。この詩の音声を平《ひょう》（○）と仄《そく》（●）とに分けて調べてみる。

(1)　玉●縄○隠●高○樹●

(2) 斜○漢●耿●層○臺○
(3) 離○堂○華○燭●盡●
(4) 別●幌●清○琴○哀○
(5) 翻○潮○尙●知○恨●
(6) 客●思●渺●難○裁○
(7) 山○川○不●可●盡●
(8) 況●乃●故●人○杯○

五言の場合、二字めと四字めが節《ふし》になる。ここの平仄を逆にする、というのが近体詩の基本になる。右の詩でこの体例に合わないのは(1)と(5)であるが、ここは下の三字が●○●の形になっている。これは「挟平格《きょうへいかく》」といって許される形であるから、すべて規則どおり、ということになる。さらに、奇数番めの句と偶数番めの句の二・四の平仄が逆になっているのも、工夫の一つである。第二字めを横に見ると、

○●○●○●○●

ときれいに配置されている。これは後には、

○●●○○●●○

のように配置される。一句ずつ切れようとするのを、音声の上でつなげようという意識がはたらいたものと思われる。これを「粘法《ねんぽう》」という。

また、(4)(7)のように下三字が○○○、●●●となるのは、「下三連《しもさんれん》」といって、近体では禁忌《きんき》になっている。この詩はこういう点、完全ではないが、音声上の技巧として相当のところまで進んでいるといえよう。その他、(3)と(7)に「尽」の字が無意識に重複して出てくるのは、近体では禁忌になっていることである。対句の内容については、描写が平板で未熟な点を表してはいるものの、全体として近体に近似している。五言詩が詩歌の域に達してから、ここまでに三百年かかっており、ここから近体の完成まで、さらに二百年を要した。

七言詩の平仄

七言の平仄も、基本は五言と同じである。ただ二字多い分については、次のようになる。

早發二白帝城一	二 四 六	二四六
朝辭白帝彩雲間	○○●●●○○	○●○
千里江陵一日還	○●○○●●○	●○●
兩岸猿聲啼不住	●●○○○●●	●○●
輕舟已過萬重山	○○●●●○○	○●○

（千里江陵一日還・兩岸猿聲啼不住の二四六：粘）

六字めは二字めと同じで四字めと逆になる。これを

「二四不同《にしふどう》」「二六対《にろくつい》」と称する。

律詩の場合は、絶句に準じて考えればよい。第五句めは第四句めと「粘」して、そこから先は絶句の法と同じである。

登高　杜甫

	二		四		六			二四六
風急天高猿嘯哀	○	●	○	○	○	●	○	●○●
渚清沙白鳥飛廻	●	○	○	●	●	○	○	○●○
無邊落木蕭蕭下	○	○	●	●	○	○	●	○●○
不盡長江滾滾來	●	●	○	○	●	●	○	●○●
萬里悲秋常作客	●	●	○	○	○	●	●	●○●
百年多病獨登臺	●	○	○	●	●	○	○	○●○
艱難苦恨繁霜鬢	○	○	●	●	○	○	●	○●○
潦倒新停濁酒杯	●	●	○	○	●	●	○	●○●

粘　粘　粘

排　律　排律は長律ともいう。普通の律詩が対句の部分が二聯であるのに対して、三聯以上、つまり句数が十句以上になるものをいう。長いものでは二十句、四十句、百句になるものもある。通常は十二句が最も標準の形である。これは律詩が長くなったというより、六朝《りくちょう》時代、律詩の形を生み出す前の中編の詩が、修辞的・音声的技巧を凝らして整えられたもの、というべきである。律詩と並行して行われた。対句を重ねてゆくのであるから、ものものしく重厚なものになる。長大なものになると大変な力量を要するので、傑作といえるのは杜甫のものぐらいしかないといわれる。公式の場の応酬や科挙の答案（おおむね十句、十二句）など、よそいきの場に用いられることが多い。ここでは、比較的短くわかりやすいものを紹介しておく。

省試湘靈鼓㆑瑟
（湘霊瑟《しょうれいしつ》を鼓《こ》す）　銭起《せんき》

善鼓㆓雲和瑟㆒　善《よ》く雲和《うんわ》の瑟《しつ》を鼓《こ》するは
常聞帝子靈　常《つね》に聞《き》く帝子《ていし》の霊《れい》と
馮夷空自舞　馮夷《ふうい》は空《むな》しく自《みずか》ら舞《ま》い
楚客不㆑堪㆑聽　楚客《そかく》は聴《き》くに堪《た》えず
苦調凄㆓金石㆒　苦調《くちょう》は金石《きんせき》より凄《かな》しく
清音入㆓杳冥㆒　清音《せいおん》は杳冥《ようめい》に入《い》る

蒼梧來怨慕
白芷動芳馨
流水傳瀟浦
悲風過洞庭
曲終人不見
江上數峯青

蒼梧《そうご》より来《き》たりて怨慕《えんぼ》し
白芷《はくし》は芳馨《ほうけい》を動《うご》かす
流水瀟浦《りゅうすいしょうほ》に伝《つた》わり
悲風洞庭《ひふうどうてい》を過《す》ぐ
曲《きょく》終《お》わって人《ひと》見えず
江上《こうじょう》数峰青《すうほうあお》し

《大意》尭帝《ぎょうてい》の娘娥皇《がこう》と女英《じょえい》は舜《しゅん》に嫁《とつ》ぎ、湘水《しょうすい》の女神（湘霊）となって瑟《しつ》を奏《かな》でる。その調べは清らかで哀切の趣を帯び、河の神馮《ふう》の舞いも、楚客《そかく》屈原《くつげん》の憂いも越えて遥《はる》か奥深い所まで響く。それを聞いて蒼梧《そうご》の地に眠る舜の魂は二人を慕い、香草もよい匂いをさせる。瑟の調べは瀟水《しょうすい》、洞庭湖《どうていこ》に伝わる。曲が終わっても姿は見えず、長江の岸辺に立つ青い峰が見えるばかり。

12　古　詩

広くいえば、近体（絶句・律詩）以外のものはすべて古詩になる。ただし、『詩経《しきょう》』と『楚辞《そじ》』は除かれるのが通例である。古詩は二通りに分けられる。

A　近体詩成立以前の詩。伝説の尭舜時代の詩から、漢初の楚《そ》調の歌、読み人知らずの楽府《がふ》詩（古楽府《こがふ》という）、魏晋南北朝《ぎしんなんぼくちょう》の詩（ほとんどが五言詩）すべてが包括される。南北朝の末期には、近体詩成立への過渡的な詩（非常に近体に似ている）もある。

B　近体詩成立後の、近体のきまりに合わない詩。近体とは明らかに異なる形をしたものが多い。つまり、意識的に近体を避けるのである。いわゆる〝唐の古詩〟というべきもの。

古詩の規則というものはない。

(1)　句数自由。最短の四句から、二百句、三百句という長大なものまである（例・「長恨歌《ちょうごんか》」百二十句）。また、奇数の構成をとるものもある（例・「陌上桑《はくじょうそう》」五十三句）。

(2)　一句の字数も自由。だいたいは五言か七言だが、これに、いろいろまざったりすることもある（例・李白「城南《じょうなん》に戦《たたか》う」）。

(3)　平仄《ひょうそく》の規則もない。

(4) 押韻（後述）の法もいろいろ。

すべてに自由なのが古詩の特色であるが、短いものと長いものでは、おのずからねらいが違ってくる。総じて、長いものは叙事に向き、短いものは古雅な趣の叙情をうたうのに向く。

短い古詩　四句の形のものが最も短いが、四句は絶句の形式であるから、古詩独特の最短形式は六句になる。例を挙げてみよう。

送別（送別《そうべつ》）　王維《おうい》

問レ君何所レ之
下レ馬飲二君酒一　馬《うま》より下《お》りて君《きみ》に酒《さけ》を飲《の》ましむ
問レ君何所レ之　君《きみ》に問《と》う何《いず》くにか之《ゆ》く所《ところ》ぞと
君言不レ得レ意　君《きみ》は言《い》う意《い》を得《え》ずして
歸二臥南山陲一　南山《なんざん》の陲《ほとり》に帰臥《きが》せんと
但去莫二復問一　但《た》だ去《さ》れ復《ま》た問《と》うこと莫《な》からん
白雲無二盡時一　白雲《はくうん》尽《つ》くる時《とき》なし

（大意は174頁参照）この世に志を得ず南山に隠棲しようとする友を送る、という詩であるが、友とはだれかとか、どういういきさつがあったのかなどの穿《せん》鑿《さく》は無用である。つまりこの詩は、隠逸のムードをうたう詩なのである。君という字を三句たて続けに用いて格を破り、物にとらわれない飄々《ひょうひょう》とした味わいをかもし出す。問答も禅問答のように取りとめない。最後に、隠逸の象徴として「白雲」が点出される。読み終わったあとに漂う高い風格、余韻、こういった味わいは近体詩では出しにくいものである。李白の「子夜呉歌《しやごか》」、七言では柳宗元の「漁《ぎょ》翁《おう》」などが、六句の体で特色を出している。

長い古詩　五言の長い古詩は、修辞を凝らしたものが、律詩や排律に向かったあと、初唐の陳子昂《ちんすごう》あたりから始まって、李白の「古風《こふう》」五十九首となる。〝ますらお〟ぶりの慷慨《こうがい》の気の満ちた叙情的叙事詩の性格を持つものが主流になる。杜甫の「北征《ほくせい》」もその系列で、百四十句の大作である。

古風　其一（古風《こふう》その一）　李白《りはく》

大雅久不レ作　大雅《たいが》久《ひさ》しく作《おこ》らず

吾衰竟誰陳　　吾《われ》衰《おとろ》えなば竟《つい》に誰《たれ》か陳《の》べん
王風委蔓草　　王風《おうふう》は蔓草《まんそう》に委《い》し
戰國多荊榛　　戦国《せんごく》荊榛《けいしん》多《おお》し
龍虎相啖食　　竜虎《りゅうこ》相《あい》啖食《たんしょく》し
兵戈逮狂秦　　兵戈《へいか》狂秦《きょうしん》に逮《およ》ぶ
（以下二十句略）

《大意》『詩経《しきょう》』の大雅《たいが》のような典雅な詩が現れなくなって久しい。私が老衰したら一体だれがそれを復興するだろう。周の都が洛陽にうつり、戦国の世となり、王室の尊厳は落ち、狂暴な秦が天下を統一するまでになった。

七言の長い古詩は、初唐の四傑《しけつ》たちが精力的に作った歌行《かこう》が主流を占める。これは古くは「賦《ふ》」の分野で描いたもので、魏《ぎ》の曹植《そうち》の「名都篇《めいとへん》」などの体となり、唐へ入って新しい七言の形でうたわれたのである。はなやかな絵巻物をくりひろげる心地で、五言に出せない躍動感が見られる。

春江花月夜
（春江花月《しゅんこうかげつ》の夜《よる》）

張　若虚《ちょうじゃくきょ》

春江潮水連海平　　春江《しゅんこう》の潮《ちょう》　水海《すいうみ》に連《つらな》って平《たいら》かなり
海上明月共潮生　　海上《かいじょう》の明月《めいげつ》潮《うしお》と共《とも》に生《しょう》ず
灔灔隨波千萬里　　灔灔《えんえん》として波《なみ》に随《したが》う千万里《せんばんり》
何處春江無月明　　何処《いずこ》の春江《しゅんこう》か月明《げつめい》無《な》からん
江流宛轉遶芳甸　　江流《こうりゅう》は宛転《えんてん》として芳甸《ほうでん》を遶《めぐ》り
月照花林皆似霰　　月《つき》は花林《かりん》を照《て》らして皆霰《みなあられ》に似《に》たり
空裏流霜不覺飛　　空裏《くうり》の流霜《りゅうそう》飛《と》ぶを覚《おぼ》えず
汀上白沙看不見　　汀上《ていじょう》の白沙《はくさ》看《み》れども見《み》えず
（以下二十八句略）

《大意》春の長江の水は海に連なって平らかに流れ、海の上に輝く明月はその川波と共に昇った。月光は豊かにあふれ流れる波に従って千万里の彼方《かなた》まで流れ、春の長江の川面には月光がいっぱい。長江は花咲く野をぐるりとめぐって流れ、月光は林の花に照って霰《あられ》のよう。月光が明るいので空中を流れる霜もみぎわの白い砂もみえない。

春と花と月とが織り成されて、目もあやな情景が描かれる。こういう詩は中の意味を汲《く》むより、ムードに酔えばそれでよい。本文に載せた劉希夷《りゅうきい》の「白《はく》頭《とう》を悲《かな》しむ翁《おきな》に代《かわ》る」もそうである。この系列には李白の「将進酒《しょうしんしゅ》」「蜀道難《しょくどうなん》」、杜甫の「江頭《こうとう》に哀《かな》しむ」「麗人行《れいじんこう》」などがある。二字増えた分が力の備わった詩人たちに活躍の場を広げたこと、絶句・律詩と同様である。

13 押韻

順序が後先《あとさき》になったが、漢詩の押韻について述べておく。漢詩は必ず韻を踏む。これを「押韻」という。踏む場所は、一定の句の末尾に、同じ響の字を持ってくるのが基本である。形式によってきまりがあるので、順を追って説明する。

近体詩の押韻　五言の場合は、偶数句末に踏むのが「正格」で、第一句にも踏むのが「変格」である（●印は韻字）。

〈正格〉

絶句　杜甫

江碧鳥逾白
山青花欲然●
今春看又過
何日是歸年●

〈変格〉

春曉　孟浩然

春眠不覺曉●
處處聞啼鳥●
夜來風雨聲
花落知多少●

律詩の場合は、さらに六・八句めに踏むだけで、はじめの四句は絶句と同じである。

七言の場合は、第一句にも踏むのが「正格」で、第一句に踏まないのは「踏み落とし」といい、「変格」である。

〈正格〉

早發㆓白帝城㆒　李白

朝辭白帝彩雲間●
千里江陵一日還●

〈変格〉

江南逢㆓李龜年㆒　杜甫

岐王宅裏尋常見
崔九堂前幾度聞●

兩岸猿聲啼不住　輕舟已過萬重山●
正是江南好風景　落花時節又逢君●

古詩の押韻　古詩の押韻は近体に比して規則が緩《ゆる》く、種々の方法が許される。その特徴を挙げると、

1　近体が厳密に一首につき一種類の韻を用いる（一韻到底《いちいんとうてい》）のに対し、途中で別の韻に換えてもよい（換韻）。
2　幾種類の韻を用いてもよい。
3　近体の用いる韻は原則として平声《ひょうせい》に限るのに対し、古体は仄声《そくせい》（上《じょう》・去《きょ》・入声《にっしょう》）も用いる。
4　近似する数種の韻を一種の韻として混用することもある（通韻）。
5　毎句に押韻することもある（柏梁体《はくりょうたい》）。

大別すると、一韻到底格と換韻格の二つになる。

一韻到底　五言古詩の押韻法としてももっとも多く用いられる。杜甫の作例を見ると、五言古詩二百六十三首中、二百五十八首までが一韻到底格である。七言の場合は換韻が多く、一韻到底はむしろ少ない。七言古詩の平声の一韻到底は盛唐以後の新体であるとされる。この場合第一句にも踏むのが通例である（●印は韻字）。

江上吟《こうじょうぎん》　李白《りはく》　（平声尤韻《ゆういん》）

木蘭之枻沙棠舟●　玉簫金管坐兩頭●
美酒樽中置千斛　載妓隨波任去留●
仙人有待乘黃鶴　海客無心隨白鷗●
屈平詞賦懸日月　楚王臺榭空山丘●
興酣落筆搖五岳　詩成笑傲凌滄洲●
功名富貴若長在　漢水亦應西北流●

換韻　換韻は転韻ともいう。詩の途中で別の韻に換える法である。だいたい、解（一段落）や段ごとの切れめで換韻する場合が多い。いわゆる、韻の切れめが意味の切れめ、である。細かく見ればいろいろのタイプがあるが、主なものだけを見ることとする。

酒《さけ》を把《と》りて月《つき》に問《と》う　李白《りはく》

靑天有月來幾時●　我今停盃一問之●
人攀明月不可得　月行却與人相隨●

皎如飛鏡臨丹闕▲　綠烟滅盡清輝發▲
但見宵從海上來○　寧知曉向雲間沒▲
白兎擣藥秋復春○　嫦娥孤棲與誰鄰○
今人不見古時月　今月曾經照古人○
古人今人若流水●　共看明月皆如此●
唯願當歌對酒時　月光長照金樽裏●
（●▲○印は韻字。換韻している）

平声支韻《ひょうせいしいん》、入声月韻《にっしょうげついん》、平声真韻《ひょうせいしんいん》、上声紙韻《じょうせいしいん》と、平《ひょう》・仄《そく》を交互に換え、一解ごとに、1・2・4、1・2・4と規則正しくなっている。各解の第三句めは韻を踏まないところであるが、韻が平声のときは仄《そく》字《じ》、仄声のときは平字《ひょうじ》を置いている。この例は換韻の典型的な例である。

通韻　詩に用いる韻は、平声三十、上声《じょうせい》二十九、去声《きょせい》三十、入声《にっしょう》十七の合計百六韻（平水韻《へいすいいん》という）が基準である。これはさらに十五部に分部され、その同じ部に属する同じ声のものは、通常一つの韻として混用されるほか、いくつかの隣接する部にわたっても混用される場合がある。これを通韻という。近体詩は通韻する例（張籍《ちょうせき》「秋《あき》の思《おも》い」389頁）が少ないが、古詩は長編に多い。

なお、漢字二字からなる熟語で、「参差《しんし》」のようにそれぞれの語頭字音が同じものを「双声《そうせい》」といい、「窈窕《ようちょう》」のようにそれぞれの母音が同じものを「畳韻《じょういん》」という。

詩韻韻目表

四声		百六韻
平声（三十韻）□	上平（十五韻）	東冬江支微魚虞斉佳灰真文元寒删
	下平（十五韻）	先蕭肴豪歌麻陽庚青蒸尤侵覃塩咸
上声（二十九韻）□		董腫講紙尾語麌薺蟹賄軫吻阮旱潸銑篠巧皓哿馬養梗迥有寝感琰豏
去声（三十韻）□		送宋絳寘未御遇霽泰卦隊震問願翰諫霰嘯効号箇禡漾敬径宥沁勘艶陥
入声（十七韻）□		屋沃覚質物月曷黠屑薬陌錫職緝合葉洽

日本の漢詩

『魏志《ぎし》』倭人伝《わじんでん》に見える三世紀初の日本の姿は、まだ文化にはほど遠い未開のままであった。当時、すでに中国では曹操《そうそう》や曹植《そうち》が新しい詩歌に取り組んでおり、彼我《ひが》の差は天地ほどもあった。もしこのころに曹植の詩が耶馬台国《やまたいこく》に入ってきたとしても、それは猫に小判のようなもの、何のことだか少しもわからなかったに違いない。

日本人が、渡来人たちのリードで曲がりなりにも中国の文明を理解し、それを摂取しようとしたのは、五世紀に入ってからであったろう。倭《わ》の五王と呼ばれる五人の王が当時の中国の中心地建康《けんこう》（南《ナン》京《キン》）に使いを派遣して、将軍の称号をもらっている。もう未開の域は脱して、積極的に中国文化圏の一員として歩み始めたわけだ。

六世紀末から七世紀、聖徳太子《しょうとくたいし》が出て、時の皇帝隋《ずい》の煬帝《ようだい》に使いを派遣してから、中国文化の摂取は飛躍的に活発になる。それから三百年は、遣隋《けんずい》・遣《けん》唐《とう》船の十数度にわたる往来により、中国の高度な文明をすっかり吸収した時期であった。詩を理解するのすらやっと、という段階をぬけ、自分でも作ってみようとする段階に至ったのだから、その進歩の早さは驚くほどである。かくして最初の漢詩集である『懐風藻《かいふうそう》』が七五一年に編纂《へんさん》された。

懐風藻　近江朝《おうみちょう》から奈良朝へかけての貴族たちが精いっぱい作った詩が百二十首収められている。おおむね五言八句の類型的な作品で、中国では六朝《りくちょう》末から唐初にはやった風であった。百年から百五十年の遅れである。中でちょっと変わった詩を紹介しておこう。

在㆑唐憶㆓本郷㆒
（唐《とう》に在《あ》って本郷《ほんきょう》を憶《おも》う）　釈《しゃく》弁正《べんしょう》

日邊瞻㆓日本㆒　日辺日本《にっぺんにほん》を瞻《み》
雲裏望㆓雲端㆒　雲裏雲端《うんりうんたん》を望《のぞ》む
遠遊勞㆓遠國㆒　遠遊遠国《えんゆうえんこく》に労《ろう》し
長恨苦㆓長安㆒　長恨長安《ちょうこんちょうあん》に苦《くる》しむ

長安に留学していた僧侶の望郷の詩であるが、ことばのあやをきかせた遊戯的な作である。

勅撰三集　平安朝に入って、『凌雲集《りょううんしゅう》』『文華秀麗集《ぶんかしゅうれいしゅう》』『経国集《けいこくしゅう》』（これは詩文集）の三集が編纂された。九世紀の前半である。このころになると、七言が増えて唐の華麗な風があらわれてくる。有力な詩人としては、巨勢識人《こせのしきひと》・小野岑守《おののみねもり》・有智子《うちこ》内親王などが挙げられる。この当時、中国では白居易《はくきょい》が在世していたが、その『白氏文集《はくしもんじゅう》』は、留学生によって将来され、詩壇に大きな影響を与えた。

菅原道真　白居易の影響を受け、たくみにそれを取り入れたのが菅原道真《すがわらのみちざね》である。813頁にある「不レ出レ門（門《もん》を出《い》でず）」が、白居易の詩のたくみな模倣《もほう》であることはよく知られている。彼は最後の遣唐大使に任ぜられたが結局行かず、直接の往来も終わった。彼は、三百年にわたる中国文化摂取時代の掉尾《とうび》を飾ったことになる。

重陽後一日

（重陽後《ちょうようご》一日《いちにち》）　菅原道真《すがわらのみちざね》

去年今夜侍二清涼一　去年《きょねん》の今夜《こんや》清涼《せいりょう》に侍《じ》す

秋思詩篇獨斷腸　秋思《しゅうし》の詩篇《しへん》独り断腸《だんちょう》

恩賜御衣今在レ此　恩賜《おんし》の御衣《ぎょい》今此《いまここ》に在《あ》り

捧持毎日拜二餘香一　捧持《ほうじ》して毎日余《まいにちよ》香《こう》を拝《はい》す

《大意》去年の今夜、宮中の清涼殿に侍《はべ》って「秋思」という詩を作った。そのことを考えると断腸の思いだ。詩がよくできたとご褒美《ほうび》に頂いた着物は、今もここにある。捧《ささ》げ持って毎日着物に焚《た》きしめた香を懐かしく拝することだ。

漢詩は道真に至って、模倣から独自性へと進んだが、同時に、和臭《わしゅう》（日本のくさみ）も生じてくるのであった。

五山　遣唐使の往来がやんでから、吸収したものを消化して血肉とする時代となった。和歌・日記・随筆・小説と、わが国独自の文化が興隆する。漢詩は一時下火になった。その中で、鎌倉から室町にかけて、鎌倉五山《ござん》、京都五山の僧侶《そうりょ》たちの間に漢詩の伝統が受けつがれ、磨かれていった。五山の詩僧たちは、宋《そう》詩を尊崇し、黄庭堅《こうていけん》などの詩集を出版もしている。数あるすぐれた僧の中で、とりわけ傑出したのが絶海中津《ぜっかいちゅうしん》と義堂周信《ぎどうしゅうしん》である。彼らの詩の水準は非常に高く、和臭も少ない。しかし、どれもあまり個性が感じられず、詩としておもしろいものは多くない。絶海が中国に渡り、時の皇帝明《みん》の太祖と詩のやり取りをしているのは愉快な出来事である（816頁参照）。

　五山の詩僧は他に、虎関師錬《こかんしれん》、雪村友梅《せっそんゆうばい》、中巌円月《ちゅうがんえんげつ》、一休宗純《いっきゅうそうじゅん》らが有名である。

江戸初期　江戸時代は、わが国の漢詩文の水準が最も高まった時期である。徳川の文治政策が町人層にまでも及び、漢詩文は教養の大きなものとなった。初期のころは、五山文学の影響が残り、宋風が主流を占めた。藤原惺窩《ふじわらせいか》、釈元政《しゃくげんせい》、石川丈山《いしかわじょうざん》らが代表的存在である。

江戸中期　徳川幕府が開かれて七、八十年たつと、世の中もすっかり安定し、江戸時代風の漢詩が興隆する。中国の明代に盛行した古文辞派《こぶんじは》の主張が、二百年おくれてこのころもてはやされ、唐詩の風が一時に起こった。荻生徂徠《おぎゅうそらい》がその領袖《りょうしゅう》で、彼は江戸の茅場町《かやばちょう》に塾《じゅく》を開いたので〝蘐《けん》（かやの意）園《えん》派〟と呼ばれる。その門から服部南郭《はっとりなんかく》、高野蘭亭《たかのらんてい》、平野金華《ひらのきんか》ら才俊が多く出た。彼らは明の李攀竜《りはんりょう》の編纂した『唐詩選』を尊重し鼓吹《こすい》した。これはその後もずっと読まれて今日に至っている。

江戸後期　唐風を模した徂徠一派の雄大な風はやがてあきられ、細かく物を見てうたう宋風が起こってくる。山本北山《やまもとほくざん》あたりから宋風を主唱し、後期はこの風が一世を風靡《ふうび》する。その中の第一人者は頼山陽《らいさんよう》である。彼の場合、十分な漢詩文の力量の裏打ちがあって自由奔放に作った結果、日本的な独自のものが出ている。これは菅原道真の和臭とはちがう。〝日本の漢詩〟とでもいうべきものの完成である。「天草洋《あまくさなだ》に泊《はく》す」（826頁）はその代表的傑作だ。山陽以外にもこの時期の詩人には、独自の日本漢詩が見られる。菅茶山《かんさざん》、広瀬淡窓《ひろせたんそう》、梁川星巌《やながわせいがん》、藤井竹外《ふじいちくがい》等が主な詩人である。

明治以後　幕末の志士たちの漢詩にはすぐれたものは少ないが、江戸以来の詩社は明治になっても東京や地方都市で活動した。大沼枕山《おおぬまちんざん》、小野《おの》湖山《こざん》、森春濤《もりしゅんとう》、鱸松塘《すずきしょうとう》ら、いずれも高い水準である。しかし、大勢としては滔々《とうとう》たる欧化の中で、漢詩文の素養は次第に衰え、日清《にっしん》戦争以後、学校教育が普及するにつれ急速に下火になった。新聞から漢詩欄が消えたのが大正六年のことである。もはや漢詩は昔日の座を取りもどすことはない。

　ここで注目されるのが、夏目漱石《なつめそうせき》の漢詩である。もともと少年時代に素養はあったが、漢詩は素人《しろうと》である。晩年に大量の詩を作っており、深い思想性と禅味を帯びた独特の風趣は明治以後の最も個性ある漢詩として評価される。

大津皇子《おおつのみこ》（六六三〜六八六）

臨㆑終（終《おわ》りに臨《のぞ》みて）〈五言絶句〉

金烏臨㆓西舎㆒　金烏《きんう》西舎《せいしゃ》に臨《のぞ》み
鼓聲催㆓短命㆒　鼓声《こせい》短命《たんめい》を催《もよお》す
泉路無㆓賓主㆒　泉路《せんろ》賓主《ひんしゅ》無し
此夕誰家向　此《こ》の夕《ゆうべ》 誰《た》が家《いえ》にか向《むか》わん

　夕日が西に傾き、時を告げる鼓《つづみ》の音が死を促すように聞こえる。死出の旅路には主人も客もない（誰もみな死ぬ）。自分はこの夕べ、どこへ行くのだろうか。

《鑑賞》大津皇子は天武天皇の皇子。母は持統天皇の姉・大田皇女《おおたのひめみこ》。『懐風藻《かいふうそう》』に「幼年にして学を好み博覧にしてよく文を属《しょく》す。壮なるにおよびて武を愛し、多力にしてよく剣を撃つ」とあり、文武に優れ人望も厚かったとされる。天武元年（六七二）、十歳のとき壬申《じんしん》の乱が起こる。長じて国政に参加するが、朱鳥《しゅちょう》元年（六八六）、天武天皇が崩御《ほうぎょ》すると、謀反《むほん》の廉《かど》で死を賜《たまわ》った。「臨終」はその際に詠んだ詩である。『懐風藻』に詩四首を載せるうちの一首。

「金烏」は太陽のこと。第一句は夕日が沈もうとすることをうたう。烏《からす》は、ここでは不吉な鳥としての意味を持つようだ。からすが鳴き、太鼓がたたかれて、「短命を促している」とは、まことに切ない。第四句は「此夕離家向」（此《こ》の夕《ゆうべ》 家《いえ》を離《はな》れて向《むか》う）となっているテキストもあるが、「誰」の方が哀切《あいせつ》の情がにじみ出て、適切であろう。

なお、『万葉集』巻三に次のような辞世の歌が見える。「百伝《ももづた》ふ磐余《いわれ》の池《いけ》に鳴《な》く鴨《かも》を　今日《きょう》のみ見《み》てや雲隠《くもがく》りなむ」

菅原道真《すがわらのみちざね》（八四五～九〇三）

不㆑出㆑門（門《もん》を出《い》でず）〈七言律詩〉

一従㆔謫落就㆓柴荊㆒　　一《ひと》たび謫落《たくらく》せられて柴荊《さいけい》に就《つ》きしより
萬死兢兢跼蹐情　　万死《ばんし》兢《きょう》兢《きょう》たり跼蹐《きょくせき》の情《じょう》
都府樓纔看㆓瓦色㆒　　都府楼《とふろう》は纔《わず》かに瓦色《がしょく》を看《み》
觀音寺只聽㆓鐘聲㆒　　観音寺《かんのんじ》は只《ただ》鐘声《しょうせい》を聴《き》く
中懷好逐孤雲去　　中懐《ちゅうかい》は好《よ》し逐《お》わん孤雲《こうん》の去《さ》るを
外物相逢滿月迎　　外物《がいぶつ》は相逢《あいあ》う満月《まんげつ》の迎《むか》うるに
此地雖㆔身無㆓檢繫㆒　　此《こ》の地《ち》身《み》は検繫《けんけい》無《な》しと雖《いえど》も
何爲寸歩出㆑門行　　何為《なんすれ》ぞ寸歩《すんぽ》も門《もん》を出《い》でて行《ゆ》かん

ひとたび左遷され、配所の柴《しば》の戸を入ってからは、わが罪は万死にあたるを思い、戦々兢々《せんせんきょうきょう》（跼天蹐地《きょくてんせきち》）天地の間に身の置き所のない思いでいる。都府楼《とふろう》（大宰府《だざいふ》の高楼）は、その瓦《かわら》の色を居宅から望見するだけ、府庁の隣の観世音寺《かんぜおんじ》も、ただその鐘の音《ね》を聞くのみ。いずれも出かけることはない。胸の思いは、ままよ、ちぎれ雲のゆくのを追う。外物については、満月が自分を迎えるように空に出るのを見るばかりである。この地ではわが身を束縛《そくばく》されているわけではないが、どうして、一寸たりともこの門を出ることなどしようか。

《鑑賞》　道真は祖父以来の文章博士《もんじようはかせ》・大学頭《だいがくのかみ》の家柄に生まれ、自身も文名高く、三十三歳で博士となった。のち、宇多上皇《うだじようこう》に認められ、蔵人頭《くろうどのとう》、そして右大臣にまで上った。が、醍醐《だいご》帝の退位を計画したという罪（「万死兢兢」はそれを指す）で、大宰権帥《だざいのごんのそつ》に左遷された。これは無論、藤原氏の策謀による冤《えん》罪《ざい》である。この詩は、大宰府《だざいふ》での彼の深い嘆きが十分に読みとれる。彼は無実ではあったが、ひたすら受けた罪を恐れ、外出もせず、宿所の浄妙院《じようみよういん》に謹慎し、三年ほどで病没した。

この詩など、この間に作られた詩は、彼自身『菅《かん》家後集《けこうしゆう》』一巻にまとめ、門人の紀長谷雄《きのはせお》に送っている。

かつて渤海《ぼつかい》国の大使が入貢した時、これと詩を贈答し、道真は白居易の再来とほめられたことがあるが、白居易にもこの「不レ出レ門」と同題の詩がある。また、頷聯《がんれん》の「都府楼は纔かに瓦色を看、観音寺は只鐘声を聴く」は同じく白居易の「遺愛寺《いあいじ》の鐘《かね》は枕《まくら》を欹《そばだ》てて聴《き》き、香炉峰《こうろほう》の雪《ゆき》は簾《すだれ》を撥《かか》げて看《み》る」（499頁参照）から学ぶものであろう。

義《ぎ》堂《どう》周信《しゆうしん》（一三二五〜一三八八）

雨中對レ花
（雨中花《うちゆうはな》に対《たい》す）　〈七言絶句〉

三年不レ作二禁城遊一　　三年禁城《さんねんきんじよう》の遊《あそび》を作《な》さず
幾度東風喚二客愁一　　幾度《いくたび》か東風《とうふう》は客愁《かくしゆう》を喚《よ》ぶ
今日暮簷春雨裏　　今日《こんにち》暮簷《ぼえん》の春雨《しゆんう》の裏《うち》

對レ花猶認舊風流　花《はな》に対《たい》して猶認《なおみと》む旧風流《きゅうふうりゅう》

三年もの間、京の都（禁城）での花見の遊びをしないから、いくたびも、春風の吹くごとに都への郷愁を呼びさまされた。今日、夕暮れの軒端《のきば》に春雨《はるさめ》の降《ふ》るなか、庭の桜に向かっては、往時の花見の風流を思い出さずにはいられない。

《鑑賞》　義堂周信《ぎどうしゅうしん》は土佐の生まれ、夢窓疎石《むそうそせき》を師として禅学を修め、修行時代を京都で過ごした。のちいくつかの寺を移り、最後は南禅寺《なんぜんじ》に住した、五山の禅僧である。絶海《ぜっかい》とともに五山文学の双璧《そうへき》といわれる。特に学問に深く、文では「深耕説」「銅雀軒記《どうじゃくけんき》」など、名文として有名である。明《みん》の楚石琦《そせきき》は、彼の文章を見て、中華の者の作であろうと言ったが、これが日本人の作と知り、驚嘆したという。彼は空華道人《くうげどうじん》と号したので、その集を『空華集《くうげしゅう》』という。この詩もその中に収められる。この詩は、管領《かんれい》の足利基氏《あしかがもとうじ》に招かれ鎌倉に住むこと三年の時の作である。東風は春風のことだが、東の鎌倉から西の京に向かって吹く風という意味もあろう。暮簷は詩語で、夕暮れの軒《のき》、そこに春雨が降る。この雰囲気《ふんいき》は懐旧の情を起こし、異郷での孤独を感ずるのにふさわしい。同じく義堂の七言絶句「花《はな》に対《たい》して旧《きゅう》を懐《おも》う」にも、「紛紛《ふんぷん》たる世事《せじ》乱《みだ》れて麻《あさ》の如《ごと》し、旧恨新愁《きゅうこんしんしゅう》只自《ただみずか》ら嗟《なげ》く、春夢醒《しゅんむさ》め来《きた》って人見《ひとみ》えず、暮簷雨《ぼえんあめ》は洒《そそ》ぐ紫荊《しけい》の花《はな》」とある。紛紛たる世事とは、足利《あしかが》義満《よしみつ》の時、南北朝合流のごたごたのごたごた。旧恨新愁は、そのごたごたによる知人朋友の不幸であろう。紫荊は蘇芳《すおう》である。

絶海中津《ぜっかいちゅうしん》（一三三六〜一四〇五）

應レ制賦二三山一　（制《せい》に応《おう》じて三山《さんざん》を賦《ふ》す）　〈七言絶句〉

熊野峰前徐福祠　熊野《くまの》峰前《ほうぜん》徐福《じょふく》の祠《し》
滿山藥草雨餘肥　満山《まんざん》の薬草《やくそう》雨余《よ》に肥《こ》ゆ
只今海上波濤穩　只今《ただいま》海上《かいじょう》波濤《はとう》穏《おだ》やかなり

萬里好風須早歸
万里《ばんり》の好風《こうふう》須《すべか》らく早《はや》く帰《かえ》るべし

熊野《くまの》の峰の前に徐福《じょふく》の祠《ほこら》があり、その山いっぱいの薬草は雨上がり（雨余）に生《お》い茂っている。（徐福よ）今や海上は波も鎮《しず》まり穏やかで、万里どこまでも吹くよい風にのって、早く帰るがよい。

《鑑賞》 絶海中津《ぜっかいちゅうしん》は三十三歳の時、明《みん》に渡《わた》り、九年間を過ごした。この間、杭州《こうしゅう》の中竺寺《ちゅうじくじ》で全室和尚《ぜんしつおしょう》に師事した。高啓《こうけい》（681頁）も全室の門下で、彼と同歳であるが、対面してはいないようである。四十一歳の時、全室の紹介で、明初代の洪武帝《こうぶてい》に拝謁《はいえつ》した。この時、応制《おうせい》、つまり帝の命に応《こた》えて即席に作ったのがこの詩である。

三山《さんざん》とは蓬莱《ほうらい》三山のこと。東の海にあるという仙人の島であるが、ちょうど地理的に合致するので、日本に見立てたわけである。徐福は徐市《じょふつ》ともいうが、秦の始皇帝の時代の人である。当時、始皇帝は仙術に凝《こ》って、徐福に多くの若い男女をつけて、東海の蓬莱三山に不老不死の薬草を採りに行かせたのであったが、この一行は、始皇帝の暴政を嫌って二度と帰らなかったという。彼らは、実は日本の紀州に漂着したと伝えられており、今も徐福をまつる祠がある。この日中両国を結ぶ古伝説を巧みに用いて起句を起こし、承句では徐福が求めたところの薬草を詠《よ》む。転結は、徐福に向かって、かつて秦始皇帝の暴政（波濤）を嫌って逃げ出したあなた方だが、今は明の世となり、良い政治で世の中（海上）も穏やかである、といって帰国を勧める。明初の平和を讃美し、洪武帝にお世辞を言ったわけである。

絶海のこの詩に対し、洪武帝は返歌を作っている。「熊野《くまの》峰《ほう》は高《たか》し血食《けつしょく》の祠《し》、松根《しょうこん》の琥珀《こはく》も也《また》まさに肥《こ》ゆべし、当年徐福仙《とうねんじょふくせん》を求《もと》めしの処《ところ》、直《ただ》ちに如今《いま》に到《いた》って更《さら》に帰《かえ》らず」

雨後登樓

（雨後《うご》、楼《ろう》に登《のぼ》る）　〈七言絶句〉

一天過雨洗新秋
一天《いってん》の過雨《かう》新秋《しんしゅう》を洗《あら》う

携友同登江上樓
友《とも》を携《たずさ》えて同《とも》に登《のぼ》る江上《こうじょう》の楼《ろう》

欲寫仲宣千古恨
写《そそ》がんと欲《ほっ》す仲宣千古《ちゅうせんせんこ》の恨《うらみ》

断烟疎樹不レ堪レ愁　断烟疎樹《だんえんそじゅ》愁《うれ》いに堪《た》えず

サーッと通り雨が過ぎ、初秋の空を洗い浄《きよ》めた。友と連れ立って、川のほとりの高楼に上る。千年の昔、王粲《おうさん》（仲宣）は、「登楼《とうろう》の賦《ふ》」を作ったが、その千古の哀愁をはらおうと眺《なが》めれば、眼前は切れ切れの靄《もや》と、散って葉もまばらの木々のみ。愁いはますます深まるばかりだ。

《鑑賞》 絶海は土佐の藤原、津能氏という名門に生まれ、十三歳で天竜寺《てんりゅうじ》の夢窓疎石《むそうそせき》に師事し、前述の義堂周信に兄事した。最晩年は相国寺《しょうこくじ》を監督した。号を蕉堅道人《しょうけんどうじん》、義堂と並ぶ五山の代表人物である。その詩集を『蕉堅稿《しょうけんこう》』という。絶海・義堂は並称されるが、学殖《がくしょく》については義堂が勝《まさ》るものの、詩才については絶海がはるかに上で、上古から近世を通じ、第一等の詩人であるという。ことに日本人特有の和臭が見られないと、明人《みんひと》からもほめられる。

仲宣《ちゅうせん》は王粲（32頁）の字《あざな》である。王粲は建安七子《けんあんしちし》の一人で、「七哀《しちあい》の詩《し》」がよく知られるが、「登楼《とうろう》の賦《ふ》」も有名。後漢末の乱で、劉表《りゅうひょう》に従ったが重んじられず、望郷の懐《おもい》にうち沈むというもの。この詩は、楼に登るということから、この「登楼の賦」を思い、その悲哀を背景にしたのである。絶海自身の愁いは明確でないが、足利義満に忤《さから》い、摂津《せっつ》や讃岐《さぬき》に隠棲したことがあるから、そのころのことか、あるいは関東などの地方にいて、南北朝合流時の混乱を伝え聞く嘆きか。また、明にいたとき、日本に対する懐郷を述べたとする説もある。

上《うえ》杉《すぎ》謙《けん》信《しん》（一五三〇～一五七八）

九月十三夜陣中作

（九月十三夜陣中《くがつじゅうさんやじんちゅう》の作《さく》）　〈七言絶句〉

霜滿二軍營一秋氣清　霜《しも》は軍営《ぐんえい》に満《み》ちて秋気清《しゅうききよ》し
數行過雁月三更　数行《すうこう》の過雁月三更《かがんつきさんこう》
越山併得能州景　越山併《えつざんあわ》せ得《え》たり能州《のうしゅう》の景《けい》
遮莫家鄉憶二遠征一　さもあらばあれ家郷遠征《かきょうえんせい》を憶《おも》う

を

霜は陣営を真っ白におおい、秋の気配はすがすがしい。空には幾列かの雁《かり》が鳴きながら飛びすぎ、真夜中の十三夜の月はさえざえと照っている。越後、越中の山々と、手に入れた能州のこの風景とを併せて眺めうることは、まことに男子の本懐《ほんかい》。故郷にいる家族たちが、遠征のこの身のことを案じていたとしても、それはどうでもよい。

《鑑賞》　上杉謙信、名は景虎《かげとら》。長尾為景《ながおためかげ》の三男に生まれ、上杉憲政《のりまさ》の養子となり、関東管領《かんれい》となる。のちに出家して謙信と名乗り、不識庵《ふしきあん》と号した。武勇にすぐれるばかりでなく文芸を好み、四書五経や老荘を学び、また国学にも造詣《ぞうけい》が深かった。人口に膾《かい》炙《しゃ》している右の詩も、その素養がにじみ出て、ふと胸中より湧き出たものだろう。頼山陽《らいさんよう》の『日本外史』によれば、天正二年（史実は天正五年〔一五七七〕の誤りという）の九月十三日の夜、加賀に能登《のと》（ともに現在の石川県）を併せ得て、得意満面の謙信が、折からの皓々《こうこう》たる月光の下、将兵に酒を振る舞いながら作ったという。豪勇の面影のうちに、しみじみとした文雅《ぶんが》な情趣が漂う。

承句「月三更」の「更」は更代《こうたい》（あらため、かわること）から転じて、夜を示す。一夜を五更に分けて今の午後八時を初更とし、三更は午後十二時。「九月十三夜」の月見は、『和漢三才図会《わかんさんさいずえ》』に、保安二年（一一二一）、藤原忠通《ふじわらのただみち》の「月を翫《もてあそ》ぶの詩」に始まるとされるが、おおよそ平安末期の貴族文壇で始まったとすべきだろう。そもそも漢詩の世界で「明月《めいげつ》」（明るい月。「名月」は和語）をうたいこむのは漢代あたりからであり、当時は「孟冬《もうとう》（初冬）」の月を詠じた。それが「秋」と結びつくのは魏《ぎ》の曹丕《そうひ》（36頁参照）あたりからで、八月十五日「仲秋《ちゅうしゅう》の明月」が詩にうたわれるのは杜甫《とほ》より始まるという（宋の朱弁《しゅべん》の『曲洧旧聞《きょくゆうきゅうぶん》』による）。以後、仲秋の明月は詩題として固定していき、なかでも白居易《はくきょい》の極めつきの名句を生み出した。「八月十五日夜禁中独直対月憶元九」（468頁）の頷聯《がんれん》の対句《ついく》「三五夜中新月色／二千里外故人心」である。中国では仲秋の満月に極まった「月」の詩が、日本ではさらに気の澄む季秋《きしゅう》（晩秋）の、しかもまだ円《まる》くない十三夜の月へと発展していった。仲秋より季秋を清澄とする風土的なものが作用したか、「歓楽極《かんらくきわ》まりて哀情《あいじょう》多《おお》し」（漢・武帝の詩の句）を嫌い、盈満《えいまん》へと向かう心の弾《はず》みを良しとしたのか、いずれにせよ、「九月十三夜月」は、日本独自の感性の産物なのである。

石川《いしかわ》丈山《じょうざん》（一五八三〜一六七二）

富士山（富士山《ふじさん》）〈七言絶句〉

仙客來遊雲外巓　仙客《せんかく》来《きた》り遊《あそ》ぶ雲外《うんがい》の巓《いただき》
神龍棲老洞中淵　神竜《しんりゅう》棲《す》み老《お》ゆ洞中《どうちゅう》の淵《ふち》
雪如紈素煙如柄　雪《ゆき》は紈素《がんそ》の如《ごと》く煙《けむり》は柄《え》の如《ごと》し
白扇倒懸東海天　白扇《はくせん》倒《さか》しまに懸《かか》る東海《とうかい》の天《てん》

　雲の上にそびえる巓《いただき》には仙人が遊びに来て、洞穴《どうけつ》の深くよどんだ淵の中には神竜が棲《す》み老いている。富士山に真っ白に雪が積もっているさまは、まるで白絹《はっけん》のようであり、煙は柄《え》のようである。それはちょうど、白い扇をさかさまに東海の空にかけているようだ。

《鑑賞》石川丈山は江戸時代の詩人、名は重之《しげゆき》。三河《みかわ》（愛知県）の出身。大坂夏の陣に抜け駆けをしてとがめられ、のちに武士をやめ、京都比叡山《ひえいざん》の下の詩仙堂《しせんどう》に隠棲し、九十歳で没した。詩仙堂は、三十六歌仙にならって三十六人の詩仙の絵をめぐらせた屋敷。晩年は風流自適の生活を送ったが、丈山は一説に、幕府から京を監視する密命を帯びたお庭番（スパイ）だったともいわれる。

　漢詩の分野では富士はあまりうたわれず、江戸時代にならないと見るべき詩は出ない。中国には富士山のようなすっきりと気高《けだか》い山がないので、したがって詩がない。日本人にとってお手本のないものはうたいにくかったのであろう。江戸へ入って、まず口火を切ったのがこの詩である。

　前半は対句《ついく》仕立てになっている。仙人が舞い降りたり、神竜が棲みついたりと、富士山の神秘性を戯《ぎ》画《が》的なタッチで表現している。後半はさらに奇抜《きばつ》な表現で、富士山の姿を、青空に白扇を逆さに吊《つ》るした、と洒落《しやれ》のめした。

　丈山は三河の武士で、若い時は徳川家康に仕えて東海道を奔走《ほんそう》していたから、往来にしばしば富士山を仰《あお》ぎ見たに違いない。中国に例のないこの山の気高さをどううたえばよいか。『万葉集』にある山部《やまべの》赤人《あかひと》のあまりに有名な和歌「田児《たご》の浦《うら》ゆ打ち出《いで》て見ればま白にそ　富士の高嶺《たかね》に雪は降りける」の二番煎《せん》じはできない、と考えあぐねた末に、人の意表をつくこの「戯画」の手法を思いついたのではないだろうか。

　なお、第三句に「煙は柄の如し」と、富士山が噴煙をあげている様子をうたっている。事実、当時は常に薄煙をあげていたが、宝永四年（一七〇七）に噴火して以後はなくなった。

新井《あらい》白石《はくせき》（一六五七～一七二五）

即事（即事《そくじ》）〈五言律詩〉

青山初已曙　青山《せいざん》初《はじ》めて已《すで》に曙《あ》くれば
鳥雀出レ林鳴　鳥雀《ちょうじゃく》林《はやし》を出《い》でて鳴く
稚竹煙中上　稚竹《ちちく》は煙中《えんちゅう》に上《のぼ》り
孤花露下明　孤花《こか》は露下《ろか》に明《あき》らかなり
煎レ茶雲繞レ榻　茶《ちゃ》を煎《に》れば雲《くも》は榻《とう》を繞《めぐ》り
梳レ髪雪垂レ纓　髪《かみ》を梳《くしけず》れば雪《ゆき》は纓《えい》に垂《た》る
偶坐無二公事一　偶坐《ぐうざ》して公事《こうじ》無《な》し
東窓待二日生一　東窓《とうそう》日《ひ》の生《しょう》ずるを待《ま》つ

　青々とした山が明けそめると、鳥たちが林を出てさえずる。ことし筍《たけのこ》から伸びたばかりの青い竹が朝もやの中に伸び、露にぬれた葉の中に、ポツンと花が一つ咲く。茶を点《た》てると、よい香りの湯気が雲のように腰かけのあたりにただよい、髪をくしけずって冠《かんむり》をかぶろうとすると白髪が冠の纓《えい》（ひも）に垂れる。今朝はさしたる政務もない。近習《きんじゅ》と並んで座り、東の窓辺で日が高く昇るのを待つ。

《鑑賞》新井白石は六代将軍徳川家宣《いえのぶ》に仕えた儒官《じゅかん》

であり、いわゆる「正徳《しょうとく》の治《ち》」をもたらした政治家として知られる。また『読史余論《とくしよろん》』『古史通《こしつう》』『采覧《さいらん》異言《いげん》』などの著述を持つ学者、歴史家として当世一流の存在であった。だがその一方で、詩人としての名声が高い。嫡男明卿《あきのり》は、白石はまず経世家としてではなく詩によって名を知られたと述べている。

　右の詩は白石五十六歳の時刊行した『白石詩草《はくせきしそう》』にある。前二句を見ると、中唐の詩人・韋応物《いおうぶつ》の五言古詩「幽居」（382頁）を踏まえていることは明らかだ。白石の句は、「幽居」の第七・八句「青山忽已曙／鳥雀繞舎鳴」（青山忽ち《せいざんたちま》已《すで》に曙《あ》くれば、鳥雀《ちょうじゃく》舎《しゃ》を繞《めぐ》りて鳴《な》く）と酷似し、ほとんど剽窃《ひょうせつ》といってよいが、十二句の古詩中の二句を取って律詩の句に仕立て上げたのは、単なる剽窃とは異なるところである。この句を幕開きにして、詩は違う方向へと展開する。頷聯《がんれん》では、若竹は上に伸びて縦の方向、花は地上に咲いて横の方向と、縦横に景を描いて立体感をかもし出す。韋応物が景を象徴的にとらえているのに対し、庭の景を細かく見つめ、繊細な美をとらえる。頸聯《けいれん》は出仕《しゅっし》前の、一時の閑雅《かんが》なさま。まず一服《いっぷく》、茶を淹《い》れると湯気が床几《しょうぎ》に流れる。髪をととのえ冠をかぶれば白髪が冠の纓に垂れる。雲と雪が洒落た対になっている。尾聯《びれん》の「偶坐」は、閑適《かんてき》の風味を帯びる特殊な語。盛唐の詩人・賀知章《がちしょう》（119頁）の詩に「偶坐為林泉」（偶坐《ぐうざ》するは林泉《りんせん》の為《ため》なり）の句がある。白石の詩では同役と偶《なら》んで坐るのであろうが、この語により、のんびりとした気分が漂う。こう見てくると、韋応物の「幽居」を踏まえてはいるが、まったく違う趣の詩となっていることがわかるであろう。ここには、垢《あか》抜けて味の濃《こま》やかな日本的美意識がにじみ出ている。しかも、公務中の閑適という、閑適の新しい題材の発掘がある。

　新井白石は木下順庵《きのしたじゅんあん》（一六二一〜九八）の門に入り、ひたすら唐詩を奉じ、明《みん》詩に学んだ。その営為は当時一頭地を抜き、結果として次代への橋渡しの役を果たした。江戸の漢詩は、白石によって初期の段階から抜け出し、中期の盛に入ったと見てよい。

服《はっ》部《とり》南《なん》郭《かく》（一六八三〜一七五九）

夜下㆓墨水㆒
（夜墨水《よるぼくすい》を下《くだ》る）　〈七言絶句〉

金龍山畔江月浮　　金竜山畔江月浮《きんりゅうざんばんこうげつうか》ぶ
江揺月湧金龍流　　江揺《こうゆ》らぎ月湧《つきわ》いて金竜《きんりゅう》流《なが》る
扁舟不㆑住天如㆑水　　扁舟《へんしゅう》住《とど》まらず天水《てんすい》の如《ごと》し
両岸秋風下㆓二州㆒　　両岸《りょうがん》の秋《しゅう》風《ふう》二州《にしゅう》を下《くだ》る

金竜山《きんりゅうざん》のほとり、川面《かわも》に月が浮かび、江水はゆらゆらゆれて月が水面からさしのぼると、その光は金の竜が流れるようである。わが小舟は流れて滞らず、空は一面水のように澄みわたる。両岸の秋風に吹かれ、武蔵《むさし》・下総《しもうさ》の二州の間を下ってゆく。

《鑑賞》　服部南郭《はっとりなんかく》は、名は元喬《げんきょう》、南郭は号である。京都出身。柳沢吉保《やなぎさわよしやす》に仕えたが三十四歳で退き塾《じゅく》を開き繁盛した。その詩文は荻生徂徠《おぎゅうそらい》に学び、徂徠門下では太宰春台《だざいしゅんだい》と並び称せられた。春台の経学《けいがく》に対し、彼は詩文に優れる。古詩、律詩を得意とし絶句は劣るようだが、この詩はその中では佳作といわれる。徂徠派は唐詩を好み、彼の詩も全く唐風である。当時、この風が流行したのであった。

墨水とは墨田川《すみだがわ》を唐風にしゃれて呼んだもの。金竜山は浅草《あさくさ》の待乳山《まっちやま》のことだが、山名に借りて、川面の月光を金竜にたとえたところがこの詩の眼目となっている。この手法は「鳳凰台上《ほうおうだいじょう》鳳凰遊《ほうおうあそ》び、鳳《ほう》去《さ》り台空《だいむな》しくして江自《こうおのず》から流《なが》る」（李《り》白《はく》、229頁）あたりがヒントであろうか。月光のことを金波《きんぱ》という、また月光に映ずる金色の水波をも金波という。例えば、劉禹錫《りゅううしゃく》に「万頃《ばんけい》の金波《きんぱ》に明月湧《めいげつわ》く」の句があるが、これをひとひねりして、金竜へと発想を展開したものであろう。ここがおもしろい。

転結は「両岸《りょうがん》の猿声《えんせい》啼《な》いて住《や》まざるに、軽舟《けいしゅう》已《すで》に過《す》ぐ万重《ばんちょう》の山《やま》」（李白、189頁）を思わせる。「天水の如し」も「天階《てんかい》の夜色《やしょく》、涼《りょう》水《みず》の如《ごと》し」（杜《と》牧《ぼく》）とか、「碧天水《へきてんみず》の如《ごと》く夜雲軽《やうんかる》し」（温庭筠《おんていいん》）など唐詩によく見える表現。「二州を下る」も、「烟花《えんか》三月《さんがつ》揚州《ようしゅう》に下《くだ》る」（李白、197頁）や「渝州《ゆしゅう》に下《くだ》る」（李白、187頁。「峨眉山月《がびさんげつ》の歌《うた》」の詩に全体的に類似している）などの影響が感じられる。このように、発想といい用語といい、唐詩の換骨奪胎《かんこつだったい》という感じである。あまりに唐詩に接近するために、詩の印象は大陸の広大な光景を思わせるのがいかにも大袈裟《おおげさ》で、墨田川の実状に合わないのを難点とする。だが、墨江三絶《ぼくこうさんぜつ》（徂徠門下の平野金華《ひらのきんか》の「早《つと》に深川《ふかがわ》を発《はっ》す」、高野蘭《たかのらん》亭《てい》の「月夜三叉江《げつやさんさこう》に舟《ふね》を泛《うか》ぶ」とこの本詩の三つの七言絶句）の中では一番難が少ないといえよう。

高野《たかの》蘭亭《らんてい》（一七〇四〜一七五七）

月夜三叉口泛舟

（月夜《げつや》三叉口《さんさこう》に舟《ふね》を泛《うか》ぶ）〈七言絶句〉

三叉中斷大江秋　三叉《さんさ》中断《ちゅうだん》す大江《たいこう》の秋《あき》
明月新懸萬里流　明月《めいげつ》新《あら》たに懸《か》かる万里《ばんり》の流《ながれ》
欲下向二碧天一吹中玉笛上　碧天《へきてん》に向《む》かって玉笛《ぎょくてき》を吹《ふ》かんと欲《ほっ》すれば
浮雲一片落二扁舟一　浮雲《ふうん》一片《いっぺん》扁舟《へんしゅう》に落《お》つ

隅田川の、今戸川が合流する三叉《みつまた》のあたり、秋の気配が一入《ひとしお》だ。明月がさし上《のぼ》って、水に映る月影は万里流れていく。興のままに夜空に向かって玉笛を吹こうとすると、浮雲がひらりと一片、わが乗る舟に舞い下りてきた。

《鑑賞》　高野蘭亭は江戸中期、江戸に生まれた。父は俳諧の大家。幼時より荻生徂徠《おぎゅうそらい》の門に入り、抜群の才を謳《うた》われたが、十七歳のとき失明した。以後詩に専念し、『詩経《しきょう》』から唐・宋・明《みん》の作品まで暗誦。二十歳年長の服部南郭《はっとりなんかく》と、徂徠門下の双璧として鳴らした。この詩は服部南郭の「夜下墨水」（前頁）、同じ徂徠門下、平野金華《ひらのきんか》の「早発深川」（早《つと》に深川《ふかがわ》を発《はっ》す）とともに、「墨江三絶《ぼくこうさんぜつ》」に数えられる。

この詩はいかにも柄《がら》の大きい、唐風の表現である。

前半では、「大江の秋」、「万里の流」などと唐詩の句調を模《も》している。隅田川の実際と対比するとそぐわないほどだ。しかし後半には、「玉笛を吹かん」「浮雲一片……落つ」と、風雅な趣の方へ傾いていく。また、「白雲一片去悠悠」（白雲《はくうん》一片《いっぺん》去《さ》って悠悠《ゆうゆう》）とか、「誰家今夜扁舟子／何処相思明月楼」（誰《た》が家《いえ》か今夜《こんや》扁舟《へんしゅう》の子《し》、何《いず》れの処《ところ》か相思《あいおも》う明月《めいげつ》の楼《ろう》）とか、張若虚《ちょうじゃくきょ》の「春江花月夜」のイメージを借りているが、やはり全体に「墨東の風流」の味わいが濃い。「墨江三絶」はそれぞれに唐詩をよく模してはいるが、その詩趣は唐詩の「雄渾《ゆうこん》」「豪放」というより、日本独自の「風流」「雅趣」の方へ流れていくようである。

菅《かん》茶《ちゃ》山《ざん》（一七四八～一八二七）

冬夜讀書（冬夜読書《とうやどくしょ》）〈七言絶句〉

雪擁二山堂一樹影深　雪《ゆき》は山堂《さんどう》を擁《よう》して樹影深《じゅえいふか》し
檐鈴不レ動夜沈沈　檐鈴《えんれい》動かず夜沈沈《よるちんちん》
閑収二亂帙一思二疑義一　閑《しずか》に乱帙《らんちつ》を収《おさ》めて疑義《ぎぎ》を思《おも》う
一穂青燈萬古心　一穂《いっすい》の青灯《せいとう》万古《ばんこ》の心《こころ》

雪は山の庵《いおり》を覆《おお》い尽くし、雪に埋もれた樹木の影は深々《ふかぶか》と見える。軒先《のきさき》につるした鈴はことりともせず、夜はしんしんと更《ふ》けゆく。心しずかに、とりちらかした書籍をかたづけ、疑問のところを考えていると、稲穂のような燭台《しょくだい》の青い炎に、遠い昔の聖賢の心がだんだん明らかにわかる心地がしてくる。

《鑑賞》菅茶山《かんちゃざん》は本名は菅波晋帥《すがなみしんすい》。姓を詰めて菅《かん》といったのである。江戸の儒者はよく中国風に一字姓にした。茶山は号。備後《びんご》の神辺《かんなべ》の人である。京に出て勉学し、故郷に帰り、黄葉夕陽村舎《こうようせきようそんしゃ》という塾《じゅく》を開く。これは後年門弟が増えたため、阿部侯（福山藩）から費用を援助され、廉塾《れんじゅく》と名づけて藩校となった。備中《びっちゅう》の西山拙斎《にしやませっさい》や、大坂の中井竹山《なかいちくざん》、広島の頼春水《らいしゅんすい》（山陽《さんよう》の父）、さらに江戸の昌平黌《しょうへいこう》の博士たちとも親しく交わった。詩については、東の市河寛《いちかわかん》斎《さい》、西の茶山といわれ、学者らしい格調のある詩といえる。

この詩も茶山らしい学問読書のひそやかな楽しみを詠《よ》んだものである。「雪が擁する」とは、擁は抱《いだ》くの意味で、山堂を抱く、韓愈《かんゆ》に「雪《ゆき》は藍関《らんかん》を擁《よう》して馬前《うますす》まず」（393頁参照）の名句があるように、雪に埋もれることをいうのである。「夜沈沈」は夜の更ける様だが、蘇軾《そしょく》の「鞦韆院落夜沈沈《しゅうせんいんらくよるちんちん》」（636頁参照）を思い出す。起承の静かな雪の夜の雰囲気を受け、転結がこの詩の核心である。ここで読む書物は、儒学の経典《けいてん》の類の古典であって、そこには古昔の賢者たちの言葉が記されているわけである。何しろ時代を経たものであるから難解な点もある。それを黙然《もくねん》として考え込み、傍《かたわら》に立つ燭台の火を見つめるうちに、ハタと疑問が解ける。この「一穗の青灯」、じっと燃える小さな灯火によって静寂の中に集中してゆく精神を、実に巧みに表現している。

良寛《りょうかん》（一七五七～一八三一）

下翠岑（翠岑《すいしん》を下《くだ》る）〈五言絶句〉

擔薪下翠岑　薪《たきぎ》を担《にな》って翠岑《すいしん》を下《くだ》る
翠岑路不平　翠岑路平《すいしんみちたいら》かならず
時息長松下　時《とき》に息《いこ》う長松《ちょうしょう》の下《もと》
静聞春禽聲　静《しず》かに聞《き》く春禽《しゅんきん》の声《こえ》

薪《たきぎ》を背負って、緑一色の小高い山を下る。この緑の山路《やまみち》は険《けわ》しくて平《たい》らかではないから、時に大きな松の根もとで一息入れる。すると、そこここから春の鳥の鳴き声が聞こえ、心静かに耳を傾けるのだ。

《鑑賞》 良寛《りょうかん》は越後《えちご》の名主《なぬし》の長男に生まれたが、家は弟に譲り、出家して良寛と称し、大愚《たいぐ》と号した。国仙和尚《こくせんおしょう》に従って備中《びっちゅう》の玉島で十七年間修行したが、和尚の死後、越後に帰った。生家には戻らず、生涯あちこちの寺や草庵を転々とした。四十七歳から十三年間、山中に隠遁《いんとん》している。五十九歳で村里に下り、「霞立《かすみた》つ長《なが》き春日《はるひ》を子供《こども》らと手《て》まりつきつつ今日《きょう》も暮《く》らしつ」などの歌で知られるように、村の子どもの相手をして暮らしたが、彼はその子どもらの天真爛漫《てんしんらんまん》をこよなく愛した。そして、その逆の「気取り」を極度に嫌《きら》った。好まぬもの三つ、詩人の詩、書家の書、料理人の料理という。

漢詩については、技巧の詩を批判した詩に「心中《しんちゅう》の物《もの》を写《うつ》さざれば、多《た》と雖《いえど》も復《ま》た何《なに》をか為《な》さん」といい、詩の形式である押韻《おういん》や平仄《ひょうそく》などおかまいなしの破格ばかり作った。この詩も韻《いん》は踏んでいるが、平仄は無視した破格である。そして、「誰《たれ》か我《わ》が詩《し》を詩《し》と謂《い》う、我《わ》が詩《し》は是《こ》れ詩《し》に非《あら》ず、我が詩の詩に非《あら》ざるを知《し》り、始《はじ》めて与《とも》に詩《し》を言《い》うべきのみ」と、その主張を五言詩に作っている。

彼は曹洞宗《そうとうしゅう》の禅僧であり、その心中の物、つまり感懐を写すのだから、その詩は禅問答的なものが多い。この詩はその中では平易なものの一つであり、彼の隠者としての姿がよく表れている。破格であっても、それは作者が無教養で詩の素地がないとか、詩の趣意を失っているということでは無論ない。「翠岑」の語が尻取りのように繰り返されているが、これは六朝《りくちょう》時代の山水詩《さんすいし》などにも見られる手法であり、「翠岑」も立派な詩語である。長松の下に休息するというのも、どの木でもよいようなものだが、漢詩の世界では、松は隠者とか節操とかを表象するから、この場面にもっともふさわしいのである。

頼《らい》山《さん》陽《よう》（一七八〇〜一八三二）

泊㆓天草洋㆒

（天草洋《あまくさなだ》に泊《はく》す）　〈七言古詩〉

雲耶山耶呉耶越　雲《くも》か山《やま》か呉《ご》か越《えつ》か
水天髣髴青一髪　水天髣髴青一髪《すいてんほうふつせいいっぱつ》
萬里泊㆑舟天草洋　万里《ばんり》舟《ふね》を泊《はく》す天草《あまくさ》の洋《なだ》
煙横㆓篷窗㆒日漸没　煙《けむり》は篷窓《ほうそう》に横《よこた》わりて日《ひ》漸《ようや》く没《ぼっ》す

瞥見大魚躍㆓波間㆒　瞥見《べつけん》す大魚《たいぎょ》の波間《はかん》に躍《おど》るを
太白當㆑船明似㆑月　太白船《たいはくふね》に当《あた》って明月《めいつき》に似《に》たり

かなたに見えるのは、雲か、山か、呉の国か、越の国か。海と空の区別はさだかでなく、ただ間に、一筋の髪のような青い水平線があるだけ。遠く都を離れて舟泊まりをしていると、夕靄《ゆうもや》が窓辺にたちこめ、陽《ひ》もしだいに沈み行く。一瞬、大魚が波間に跳《は》ねるのが見えた。金星が舟の向こうに、月のように明るく輝いている。

《鑑賞》　山陽《さんよう》が三十九歳、九州を旅行して天草灘《あまくさなだ》に舟泊まりしたときの情景。天草島の西側から外海を望めば、ちょうど東シナ海をはさんで、対岸は上海《シャンハイ》あたり、呉（江蘇《こうそ》）や越（浙江《せっこう》）の地方となる。無論、実際に見えるわけではないが、海の向こうを思うことに雄大なスケールを感じさせる。作者は漢学者であるから、文献で読み慣れている中国の土地に対し、遥《はる》かな感慨もあるだろう。

青一髪は、なかなかしゃれた表現、宋《そう》の蘇軾《そしょく》の「青山一髪《せいざんいっぱつ》是れ中原《ちゅうげん》」（634頁参照）に学んだものかと思う。また、山陽の少し先輩、長崎の吉村迂斎《よしむらうさい》に「青天万里《せいてんばんり》国《くに》無きに非《あら》ず、一髪晴《いっぱつせい》は分《わか》つ呉越《ごえつ》の山《やま》」の句があるが、初二句の発想はこの句を踏まえる。

三句目の万里は、海を渡る万里だと外洋に出ることになり、おかしい。彼の居所の京都から万里に旅行しての意味であろう。煙横は、煙は夕靄であり、横はたなびくこと。全体に夕暮れの穏やかな海である。太白は金星の異名《いみょう》。だんだん暗くなる夕靄の中でひときわ光る宵《よい》の明星《みょうじょう》は、月のように明るく感じられたであろう。言外に旅愁を漂わせて余韻がある。

中国文化の中心地は大陸の内部だから、本場の漢詩には海を詠《よ》むものは少ない。日本人は海に親しむが、やはり海の漢詩が少ないのは中国の影響であろう。そのような中で、この詩は海を詠んで優れ、日本漢詩の代表の一つである。

送㆑母路上短歌

（母《はは》を送《おく》る路上《ろじょう》の短歌《たんか》）　〈雑言詩〉

東風迎㆑母來　東風《とうふう》に母《はは》を迎《むか》えて来《きた》り

北風送レ母還
來時芳菲路
忽爲二霜雪寒一
聞レ雞卽裹レ足
侍レ輿足槃跚
不レ言二兒足疲一
唯計二母輿安一
獻二母一杯一兒亦飲
初陽滿レ店霜已乾
五十兒有二七十母一
此福人間得應レ難
南去北來人如レ織
誰人如二我兒母歡一

北風《ほくふう》に母《はは》を送《おく》りて還《かえ》る
来《きた》る時《とき》芳菲《ほうひ》の路《みち》
忽《たちま》ち霜雪《そうせつ》の寒《かん》と為《な》る
鶏《とり》を聞《き》きて即《すなわ》ち足《あし》を裹《つつ》み
輿《こし》に侍《じ》して足《あし》は槃跚《ばんさん》
児《じ》の足《あし》の疲《つかれ》を言《い》わず
唯母《ただはは》の輿《こし》の安《やす》きを計《はか》るのみ
母《はは》に一杯《いっぱい》を献《けん》じて児《じ》も亦飲《またの》む
初陽店《しょようみせ》に満《み》ちて霜已《しもすで》に乾《かわ》く
五十《ごじゅう》の児《じ》に七十《しちじゅう》の母有《ははあ》り
此《こ》の福人間《ふくじんかん》に得《う》ること応《まさ》に難《かた》かるべし
南去北来人織《なんきょほくらいひとお》るが如《ごと》きも
誰人《たれびと》か我《わ》が児母《じぼ》の歓《かん》に如《し》かん

春風の吹くころ母を広島から迎え、共に京都に来た。北風の吹くころ、母を送り広島に戻る。京都に来た時、花がよい香りを放っていた道は、今や早くも霜が降《お》り雪の降る寒さとなった。鶏《とり》が時《とき》を告げるのを聞いてすぐに足ごしらえをし、母の乗る駕籠《かご》の側《かたわら》に付き従い、疲れて足はよろめく。しかし、子としては自分の足の疲れなど考えようか。ただ、母が駕籠に楽に乗っていられるよう気を配るばかりである。途中茶店で休み、母に酒を一杯差し上げ、自分も飲む。朝日は茶店一杯に差し込んで、霜はすでに乾いていた。五十歳の子は七十歳の母を持つ。この幸は、世の中にきっと得難いことだろう。南北に行きかう旅人は機《はた》を織るように絶え間がないが、一体だれが我々親子のような喜びを持つ者があろうか。

《鑑賞》 山陽《さんよう》は名を襄《のぼる》という。頼春水《らいしゅんすい》の長男として大坂で生まれたが、父が出身地広島の藩儒《はんじゅ》に召され、広島に移った。八歳の時、癇症《かんしょう》を起こし、これが持病となったため、甘やかされわがままに育った。親の手にあまり、十八歳、江戸の昌平黌《しょうへいこう》に学ばせたが、癇症と放蕩癖《ほうとうへき》のため遊びまわって、一年で帰郷してしまった。また無断で大坂に家出したため、脱藩《だっぱん》の罪で廃嫡《はいちゃく》となり、連れ戻されると座敷牢《ざしきろう》に幽閉された。しかし、若い時から詩文の才に優れ、幽閉中にも『日本外史』の稿を起こしている。

三十二歳の時、京都に出て塾を開き、のち居宅を山紫水明処《さんしすいめいしょ》と称《とな》えたころは、門人も多く名声が高かった。これより先、三十七歳の時、父春水が死に、不孝を悔いて以後態度を改め、母への孝養を決意する。母は名を静《しずか》、号を梅颸《ばいし》といい、芝居好きで酒や煙草《たばこ》をたしなみ、派手好みの性格であった。が、また彼女は『梅颸日記《ばいしにっき》』を書くなど才女でもあった。山陽は日ごろは慎《つつま》しい生活をしたが、母の接待には物惜しみせず、ある時は母子共に京島原の酒楼に登り、芸妓《げいぎ》をあげて盛大に遊んでいる。この詩の「母に一杯を献じ」も酒のことである。毎年、広島の母を京に迎え、あちこち見物するのが恒例となったが、この詩は広島に送る時の孝行ぶりを詠んでいる。

中島《なかじま》棕隠《そういん》（一七七九～一八五五）

鴨東雑詞　其三

（鴨東雑詞《おうとうざつし》　其《そ》の三《さん》）〈七言絶句〉

春風簾外賣レ花聲
睡起佳人妝未レ成
笑袖二金錢一街上去
踉蹡染屐拖來輕

春風簾外《しゅんぷうれんがい》花《はな》を売《う》るの声《こえ》
睡起《すいき》の佳人《かじん》妝《しょう》未《いま》だ成《な》らず
笑袖金錢街上去　　笑《わら》って金銭《きんせん》を袖《そで》にして街上《がいじょう》に去《さ》れば
踉蹡《ろうしょう》たる染屐《せんげき》拖来《たらい》軽《かろ》し

春風に乗って、すだれの外から花売りの声が聞こえる。寝覚めの床を出たばかりの姐《ねえ》さんは、まだお化粧もすんでいない。笑顔で小銭をたもとに入れ、通りへ出てゆくと、鼻緒《はなお》の色もあざやかな下駄でよろめきつつ歩く音が、軽《かろ》やかに響いてくる。

《鑑賞》「鴨東」は京都・鴨川の東。祇園《ぎおん》の花街をいう。京都の代々儒家《じゅか》の家系に生まれた中島棕隠は、二十歳のころより鴨川近辺の花街に出入りし、その風俗を七言絶句に詠みこんだ。三十代後半に至り、それらを『鴨東四時雑詞《おうとうしいじざつし》』として刊行すると、好評をもって迎えられ、「好事《こうず》儒者」の名を高めたという。この詩もその一つで、ある日の昼近く、目覚めたばかりの妓女《ぎじょ》（舞妓《まいこ》）の様子を印象深く詠じている。

「染屐」は色のついた鼻緒の下駄。おそらく棕隠の造語であろう。静かな街にひびく花売りの呼び声、妓女の下駄の音——と、聴覚の要素が強調されているが、結句の「踉蹡」（よろめくように歩く様子）の語によって、寝ぼけまなこの妓女のなまめかしさが巧みにとらえられている。京都らしい町の風情を小粋《こいき》に詠みこんだ詩である。

前半の「春風」「売花」「佳人」の語と、後半の「金銭」（この語は漢語として字面も音声も美しく、日本語の感覚と違い、美しい詩語である）「踉蹡」「染屐」とがうまく応じて味わいを豊かにしているのにも注意する。

なお、同時に京都に在住していた頼山陽《らいさんよう》（棕隠より一歳年少）は、棕隠の詩を品が悪いとけなしている。

広瀬《ひろせ》淡《たん》窓《そう》（一七八二～一八五六）

桂林荘雑詠示㆓諸生㆒

（桂林荘雑詠諸生《けいりんそうざつえいしょせい》に示《しめ》す）〈七言絶句〉

休㆑道他郷多㆓苦辛㆒
同袍有㆑友自相親
柴扉暁出霜如㆑雪
君汲㆓川流㆒我拾㆑薪

道《い》うを休《や》めよ他郷苦辛多《たきょうくしんおお》しと
同袍友有《どうほうともあ》り自《おのず》から相親《あいした》しむ
柴扉《さいひ》暁《あかつき》に出《い》づれば霜雪《しもゆき》の如《ごと》し
君《きみ》は川流《せんりゅう》を汲《く》め我《われ》は薪《たきぎ》を拾《ひろ》わん

言うものではない、他国に来て苦労が多いなどとは。一枚の綿入《わたい》れを共用するほどの親友も、やがてできるだろう。枝折戸《しおりど》をあけて、早朝外に出てみると、霜が一面におりて、まるで雪のようだ。君は川の水を汲《く》みたまえ、私は薪《たきぎ》を拾ってこよう。

《鑑賞》広瀬淡窓《ひろせたんそう》は、名を簡《かん》、のちに建《けん》と改めた。淡窓は号。大分《おおいた》の日田の人。福岡の亀井南冥《かめいなんめい》、昭陽《しょうよう》父子に学んだが、病気になって帰郷した。二十四歳、寺の学寮で塾を開き、二年後にはこの桂林荘《けいりんそう》を作った。この詩は、その塾生たちに示した雑詩四首の一である。のち、塾生も増えて手狭《てぜま》となったので、近くの村に咸宜園《かんぎえん》を作り、そちらに移った。彼の門下は四千人を超え、高野長英《たかのちょうえい》、大村益次郎《おおむらますじろう》や清《きよ》浦奎吾《うらけいご》といった知名の人材が輩出した。晩年、永年教育の功により幕府から賞され、士分として苗字帯刀《みょうじたいとう》を許された。

同袍《どうほう》は、袍《ほう》つまり綿入れを一緒に着合うこと。『詩経《しきょう》』にある言葉で、親友の交わりを意味する。柴扉《さいひ》からは、この桂林荘が粗末な学塾であることがわかる。しかも、戸外は霜がおりる冬である。この霜が勉学の場の厳しさを象徴している。そして、川流を汲み薪を拾うのは、塾生が共同で自炊の支度をするのである。物の乏しいなかで互いに分かち合って、合宿生活をしながら勉学をする。ここに養われる真の友情の温かみを述べるのに、背景に粗末な学舎と冬の朝を選んだのが、この詩のよさである。まことに、清貧は学問教育の場では決してマイナスではない。

塾は規則が厳しかったが、淡窓の人柄は温厚だったという。ホームシックにかかりがちの塾生をはげます気持ちがよく出ている。

梁川星巌《やながわせいがん》（一七八九～一八五八）

芳野懐古　（芳野懐古《よしのかいこ》）〈七言絶句〉

今來古往事茫茫　　今来古往事茫茫《こんらいこおうことぼうぼう》
石馬無㆑聲抔土荒　　石馬《せきば》声《こえ》無《な》く抔土《ほうど》荒《あ》る
春入㆓櫻花㆒滿山白　　春《はる》は桜花《おうか》に入《い》って満山《まんざん》白《しろ》く
南朝天子御魂香　　南朝《なんちょう》の天子《てんし》御魂《ぎょこん》香《かんば》し

昔から今と歳月は移り、当時のことはもはや遠くかすんでしまった。石の馬だけが声もなく立ち、御陵《ごりよう》は荒れ果てている。春が桜の花に入りこんで、山という山は真っ白。南朝の天子の御魂《みたま》も、さぞ香《かぐわ》しいことだろう。

《鑑賞》 梁川星巌は美濃《みの》に生まれ、江戸に出て寛政三博士の一人古賀精里《こがせいり》や山本北山《やまもとほくざん》に儒学を学んだ。のち唐詩に開眼、神田お玉が池に玉池吟社《ぎよくちぎんしや》を開き、優秀な門人を輩出。晩年には京都で頼三樹三郎《らいみきさぶろう》（鴨《おう》涯《がい》）らと交わり、尊皇攘夷を唱えた。

　幕末期、吉野の桜を背景に南朝の事蹟をうたう詩が盛んに作られるようになる（吉野を「芳野」とするのは、桜の名所ゆえの雅称）。この詩もその一つで、藤井竹外《ふじいちくがい》の「芳野懐古《よしのかいこ》」（833頁）、河野鉄兜《こうのてつとう》（一八二五〜一八六七）の「芳野」とともに「芳野三《よしのさん》絶《ぜつ》」とも称せられる。

　後醍醐《ごだいご》帝が吉野で崩御《ほうぎよ》してから五百余年、御陵はすっかり荒れ果てたと見える。「抔土」はもと「ひとつまみの土」の意だが、陵墓の意に転じた。「石馬」は実際には陵前にないが、中国の陵墓にはよく置かれるので、ここは中国式にいったもの。杜甫《とほ》「玉華宮《ぎよくかきゆう》」に、「当時侍金輿／故物独石馬」（当時《とうじ》金《きん》輿《よ》に侍するもの、故物《こぶつ》独《ひと》り石馬《せきば》のみ）とあるのを意識しているだろう。あえて「石馬声無く」といったところに、杜甫の句を連想させつつ、忘れられたような寂しい御陵のさまを表現しようとした意図が見える。

　転句の「春は桜花に入って」の表現は、北宋の詩人黄庭堅《こうていけん》（638頁）の詩「贈黔南賈島」の、「春入鶯花空自笑」（春《はる》は鶯花《おうか》に入《い》って空《むな》しく自《みずか》ら笑《わら》う）を踏まえていよう。庭堅の詩の春愁の気分を、星巌は「満山白」によって、愁《うれ》いを包みこむ温和な舞台装置に仕立て替えた。天皇の孤独な御魂《みたま》を、桜の花が温かく包んでお慰め申し上げる、という趣向である。典故《てんこ》を巧みに踏まえた上品な作品である。

　なお、「御魂」の語は漢語としては見慣れぬもので、和語の誹《そし》りを免《まぬが》れない。漢詩文を作るときに厳《げん》に慎《つつし》むべきは「和臭」の表現であり、星巌がそれをわきまえぬはずはない。星巌はそれを百も承知で、あえて「和風」を主張しようとしたのではあるまいか。

藤井《ふじい》竹外《ちくがい》（一八〇七〜一八六六）

芳野懐古（芳野懐古《よしのかいこ》）〈七言絶句〉

古陵松柏吼二天飆一
山寺尋レ春春寂寥
眉雪老僧時輟レ帚
落花深處說二南朝一

古陵《こりょう》の松 柏天飆《しょうはくてんぴょう》に吼《ほ》ゆ
山寺《さんじ》春《はる》を尋《たず》ぬれば春寂寥《はるせきりょう》
眉雪《びせつ》の老僧時《ろうそうとき》に帚《は》くを輟《や》めて
落花深《らっかふか》き処《ところ》 南朝《なんちょう》を説《と》く

古い御陵《ごりょう》のあたりに生《は》えた松や柏《はく》（檜《ひのき》の一種）は、春のつむじ風を受けてゴウゴウと鳴っている。山寺の風情《ふぜい》をたずねてみると、あたりはひっそりしている。眉《まゆ》さえ雪のように白い老僧が、一人掃除をしていたが、ときどき掃《は》く手を休め、花びらが散って積もったあたりに立ち、過ぎし昔の南朝の物語を説いてくれた。

《鑑賞》藤井竹外《ふじいちくがい》は、名は啓《ひらき》という。大坂の高槻藩《たかつきはん》の武士である。頼山陽に学び、特に七言絶句に優れ、〝絶句竹外《ぜっくちくがい》〟といわれた。晩年は京都に隠居し、酒好きで豪放な人柄という。梁川星巌《やながわせいがん》、広瀬淡窓《ひろせたんそう》などとも交際した文人である。

この詩は唐の元稹《げんじん》の「行宮《あんぐう》」（506頁）を翻案したものと見ることができる。「白頭《はくとう》の宮女在《きゅうじょあ》り、閑坐《かんざ》して玄宗《げんそう》を説《と》く」を「眉雪《びせつ》の老僧」と「南朝を説く」に替えたのであるが、玄宗皇帝の華やかな宮廷をしのぶのに、かつての美人、今はひっそりと離宮を守る老いた宮女というのは、歳月の推移を表しておもしろい。また、この「芳野懐古」は、南朝の後《ご》醍醐《だいご》帝の悲哀や、楠《くすのき》正成《まさしげ》などの武将たちの戦《いくさ》話だから、学者風で分別臭くもある老僧に語らせるのが、まことによく合う。老僧を表現するのに、眉雪といったのはなかなかうまい。ただ「行宮」の宮女は、彼女が若き日の実見を語るのに対し、こちらは五百年の昔話で、老僧の体験でないところが迫力に乏しいとする論評もある。老僧が掃くのは落花である。落花は無論、吉野名物、桜の花。この句により、竹外は〝藤落花《とうらっか》〟ともてはやされたほどである。

芳野懐古の詩は、多くの人が作っているが、それらの中で、竹外の作は最も親しまれる。河野鉄兜《こうのてっとう》の

「芳野《よしの》」、梁川星巌《やながわせいがん》の「芳野懐古《よしのかいこ》」（または頼杏坪《らいきようへい》の「芳野《よしの》に遊《あそ》ぶ」）と合わせて「芳野三絶《よしのさんぜつ》」と称している。「山禽叫断《さんきんきようだん》し夜寥《よるりようりよう》々、限《かぎ》り無《な》きの春風《しゆんぷう》恨《うら》み未《いま》だ銷《き》えず、露臥《ろが》す延元陵下《えんげんりようか》の月《つき》、満身《まんしん》の花影《かえい》南朝《なんちよう》を夢《ゆめ》む」（河野鉄兜〈芳野〉）

釈月性《しやくげつしよう》（一八一七〜一八五八）

將㆓東遊㆒題㆑壁

（将《まさ》に東遊《とうゆう》せんとして壁《へき》に題《だい》す）〈七言絶句〉

男兒立㆑志出㆓郷關㆒
學若無㆑成死不㆑還
埋㆑骨豈惟墳墓地
人間到處有㆓靑山㆒

男児《だんじ》志《こころざし》を立《た》てて郷関《きようかん》を出《い》づ
学《がく》若《も》し成《な》る無《な》くんば死《し》すとも還《かえ》らず
骨《ほね》を埋《うず》むる豈惟《あにただ》に墳墓《ふんぼ》の地《ち》のみならんや
人間《じんかん》到《いた》る処《ところ》青山《せいざん》有《あ》り

男がいったん志を立てて故郷を出たならば、学問が成就《じようじゆ》しないうちは、死んでも帰りはしないぞ。骨を埋《うず》めるのは、ただ祖先の墓のある故郷だけだろうか。いや、世の中には、至る所に青々とした美山があるではないか。

《鑑賞》 月性《げつしよう》は周防《すおう》の人で清狂《せいきよう》と号した。真宗の僧であるが、仏学を修めるだけで満足せず、各地の塾《じゆく》で学び、次第に斎藤拙堂《さいとうせつどう》、広瀬淡窓《ひろせたんそう》などの学者や、梁川星巌《やながわせいがん》、梅田雲浜《うめだうんぴん》また吉田松陰《よしだしよういん》といった幕末の志士たちと交際するようになった。当時、外国船の来航に対し、海防攘夷《じようい》の論を述べ、海防僧《かいぼうそう》月性の異名《いみよう》を得た。東西に旅行遊説《ゆうぜい》して故郷に落ち着かなかったのはこの詩の志のとおりである。これは、二十七歳、東遊して大坂の篠崎小竹《しのざきしようちく》の門下に入る時の決意を、故郷の壁に書きつけたもの。承句の「死不㆑還」は「不㆓復還㆒（復《ま》た還《かえ》らず）」に作るテキストもある。この方がまともな言い方だが、「死すとも」は実に強い表現で、月性にふさわしい。

全体的に宋詩の風趣であるが、転結の「骨を埋む」や「青山」は、蘇軾《そしょく》の「是《こ》の処《ところ》の青山《せいざん》、骨《ほね》を埋《うず》むべし」の句からヒントを得ているだろう。松柏《しょうはく》の茂る青山は骨を埋める墓地によい所。故郷で死ぬばかりが能ではない。男の死に場所は世間にいくらでもあるということ。しかし、青山の語のイメージからは、墓地の意味より、世間に出て力の限り活躍する希望にとることができ、むしろこの意味でこの結句は有名なのである。

乃《の》木《ぎ》希《まれ》典《すけ》（一八四九〜一九一二）

金州城下作

（金州《きんしゅう》城下《じょうか》の作《さく》）〈七言絶句〉

山川草木轉荒涼　　山川草木《さんせんそうもく》転《うた》た荒涼《こうりょう》
十里風腥新戰場　　十里風《じゅうりかぜ》腥《なまぐさ》し新戦場《しんせんじょう》
征馬不前人不語　　征馬《せいば》前《すす》まず人語《ひとかた》らず
金州城外立斜陽　　金州《きんしゅう》城外《じょうがい》斜陽《しゃよう》に立《た》つ

山も川も草も木も、戦火のため荒れ果てて寂しい様子である。十里四方はまだ風も血腥《ちなまぐさ》い新たな戦場。わが軍馬も進もうとせず、人も皆黙して語らない。この金州の城市《まち》はずれ、斜めに照らす落日の赤色の中に、ただ立ち尽くすのみである。

《鑑賞》 乃木希典《のぎまれすけ》は、日露戦争では旅順《りょじゅん》攻城の将軍として有名であるが、若い時は結城香崖《ゆうきこうがい》に漢詩文を学んだ文学好みの人でもあった。

金州は大連《だいれん》の北東にある。このはずれの南山は旅順攻略の要地で、大激戦が行われた。この戦いに彼の長男の勝典《かつすけ》が戦死した。彼はその十日ほど後の明治三十七年六月七日、軍を率いてこの南山に至り、戦没者の霊を弔《とむら》った。この詩はその時の作。将軍の日記では、起句は「山河草木」となっている。山河だと、杜甫《とほ》の「春望《しゅんぼう》」（295頁）が思い浮かぶ。のちに山川に改めたのだが、山川だと、転句の「征馬前まず」とともに、唐の李華《りか》の「古戦場《こせんじょう》を弔《とむら》う文《ぶん》」の「主客相搏《しゅかくあいう》ち、山川震眩《さんせんしんげん》す」や「征馬《せいば》も踟躕《ちちゅう》す」の句を踏まえることになり、戦場の印象に、より深い奥行きを加えることになる。この詩中、悲しみの情を直接にいうことはないが、長男の死や多数の兵を失った悲痛が、かえって情景を叙述するだけの中に十分に溢《あふ》れている。

彼は軍人の豪放さよりは、むしろ繊細な感受性の持ち主であろうか。それが苛烈《かれつ》な経験を通して自然に抜群の詩才として現れたものといえよう。「凱旋《がいせん》に感有《かんあ》り」でも「愧《は》ず我何《われなん》の顔《かんばせ》ありて父老《ふろう》に看《まみ》えん」というが、戦死者と遺族に対する自責は殊に深く、ふつうの凱旋将軍とは異質のものを感じさせる。

夏目《なつめ》漱石《そうせき》（一八六七～一九一六）

無題（無題《むだい》）

明治四十三年九月二十九日　〈五言絶句〉

仰臥人如ㇾ唖　仰臥人唖《ぎょうがひとあ》の如《ごと》し
黙然見㆓大空㆒　黙然大空《もくねんたいくう》を見《み》る
大空雲不ㇾ動　大空雲動《たいくうくもうご》かず
終日杳相同　終日杳《しゅうじつよう》として相同《あいおな》じ

仰向《あおむ》けに寝たまま、唖《おし》のように黙りこくっていると、大空が見えた。大空には雲がじっと動かずにいて、一日中、雲と私とは、果てしなく共にそこにあった。

《鑑賞》 漱石《そうせき》は明治四十三年八月六日、持病の胃潰《いかい》瘍《よう》の悪化で、伊豆修善寺《いずしゅぜんじ》に転地療養した。この詩はたびたびの吐血《とけつ》の後、ようやく快方に向かった時の、ある種の悟《さと》りの境地を詠む連作の一つ。『思《おも》ひ出《だ》す事《こと》など』二十に、この詩の心境を述べている。「……口を閉《と》ぢて黄金《こがね》なりといふ古い言葉を思ひ出して、ただ仰向けに寐《ね》てゐた。難有《ありがた》い事に室《へや》の廂《ひさし》と、向ふの三階の屋根の間に、青い空が見えた。其空《そのそら》が秋の露《つゆ》に洗はれつつ次第に高くなる時節であつた。余は黙つて此空《このそら》を見詰《みつ》めるのを日課の様にした。何事もない、又《また》何物もない此《この》大空は、其《その》静かな影を傾むけて悉《ことごと》く余《よ》の心に映じた。さうして余《よ》の心にも何事もなかつた。又《また》何物もなかつた。透明な二《ふた》つのものがぴたりと合つた。合つて自分に残るのは、縹緲《ひょうびょう》とでも形容して可《よ》い気分であった」

無題　(無題《むだい》)

大正五年十一月二十日夜　〈七言律詩〉

眞蹤寂寞杳難レ尋　真蹤《しんしょう》寂寞杳《せきばくよう》として尋《たず》ね難《がた》し
欲下抱二虚懐一歩中古今上　虚懐《きょかい》を抱《いだ》いて古今《ここん》を歩《あゆ》まんと欲《ほっ》す
碧水碧山何有レ我　碧水碧山《へきすいへきざん》何《なん》ぞ我有《われあ》らん
蓋天蓋地是無心　蓋天蓋地《がいてんがいち》是《こ》れ無心《むしん》
依稀暮色月離レ草　依稀《いき》たる暮色月草《ぼしょくつきくさ》を離《はな》れ
錯落秋聲風在レ林　錯落《さくらく》たる秋　声風林《しゅうせいかぜはやし》に在《あ》り
眼耳雙忘身亦失　眼耳《げんじ》双《ふた》つながら忘《わす》れ身《み》も亦失《またしつ》す
空中獨唱白雲吟　空中《くうちゅう》に独《ひと》り唱《とな》う白雲《はくうん》の吟《ぎん》

真の悟道は、ひっそりと空虚で、はるかにぼんやりと尋ねがたい。何ものにもとらわれぬ心で、古今を歩んでいこう。みどりの山河にはどうして私心などあろう。天地の全体は無心そのもの。ぼんやりとした暮色のなか、月は草原を離れて上り、いりまじる秋の物音のなか、風は林をゆるがす。眼も耳も、ともにその識力を失い、自分の身さえ忘れてしまい、虚空《こくう》に向かって、ただ白雲のごとき自由の詩をとなえよう。

《鑑賞》　漱石晩年の漢詩には、内心の感懐を吐き出すような、時には禅味を帯びた、思索の詩が多い。この詩のいわんとすることも、彼の称《とな》えた「則天去《そくてんきょ》私《し》」の境地である。漱石は絶筆となった小説『明《めい》暗《あん》』を書く毎日で、午前中はその執筆にあて、その俗な気分を払うために、午後は七言律詩の作詩に耽《ふけ》ったという。この詩は、そのように日課として作られた一連の詩の最後、つまり彼の人生の最後の漢詩である。大正五年十一月二十日の作であるが、十二月九日に亡くなっている。尾聯《びれん》の二句は、自分の死を予言するかのようである。

大《たい》正《しょう》天《てん》皇《のう》（一八七九～一九二六）

遠州洋上作

（遠州《えんしゅう》 洋上《ようじょう》の作《さく》）　〈七言絶句〉

夜駕艨艟過遠州
満天明月思悠悠
何時能遂平生志
一躍雄飛五大洲

夜艨艟《よるもうどう》に駕《が》して遠州《えんしゅう》を過《す》ぐ
満天《まんてん》の明月思《めいげつおも》い悠悠《ゆうゆう》
何《いず》れの時《とき》か能《よ》く平生《へいぜい》の 志《こころざし》 を遂《と》げ
一躍雄飛《いちやくゆうひ》せん五大洲《ごだいしゅう》

夜、軍艦に乗って遠州洋を行く。満天の月光を仰《あお》いで、思いは涯《は》てなく広がる。いつの日か平生《へいぜい》の志を遂《と》げ、世界に雄飛したいものだ。

《鑑賞》　大正天皇は、明治二十九（一八九六）年、まだ皇太子で満十七歳のときに三島中洲《みしまちゅうしゅう》（一八三〇～一九一九）が東宮侍講《とうぐうじこう》となってから漢詩を作り始め、大正六（一九一七）年までの約二十年間に千三百六十七首の漢詩を作られた。右の詩は明治二十九年の十月、沼津より軍艦浅間に乗り舞子《まいこ》に向かう艦上、遠州灘《えんしゅうなだ》を過ぎたときの作である。これは中洲の次の詩「磯浜望洋楼」を参考にしていると思われる。「夜登百尺海湾楼／極目何辺是米州／慨然忽発遠征志／月白東洋万里秋」（夜登《よるのぼ》る百《ひゃく》尺海湾《せきかいわん》の楼《ろう》。極目何《きょくもくいず》れの辺《へん》か是《こ》れ米州《べいしゅう》。慨然忽《がいぜんたちま》ち発《はっ》す遠征《えんせい》の志《こころざし》。月《つき》は白《しろ》し東洋万里《とうようばんり》の秋《あき》）。

起句、「遠州」という地名が、何気《なにげ》ないようだがよく効いている。遠いという字が結句の「五大洲」につながっていく。このような使い方は大変に上手というべきであろう。気宇壮大《きうそうだい》である。

当時、新聞紙上に掲載されて評判になったという。日清戦争に勝利して日本が上昇気流に乗っていた時機に、皇太子が世界に雄飛する志を軍艦の上で気宇壮大に詠じた、ということから、武威《ぶい》を海外に振るうという意に取った読者も多かったようである。しかし、それは誤解であろう。若い皇太子は外国へ行くことを強く望んでいたようだ。この詩は、広い海を望んで誰しもが抱く感慨を、ごく素直に吐《と》露《ろ》したものだろう。中洲の代表作として一世に喧伝《けんでん》された「磯浜望洋楼」の詩情が、相似た状況の下で、皇太子の胸中に萌《きざ》したのではあるまいか。

永井《ながい》荷風《かふう》（一八七九〜一九五九）

墨上春遊（墨上《ぼくじょう》 春遊《しゅんゆう》）〈七言絶句〉

黄昏轉覺薄寒加　黄昏《こうこん》転《うた》た覚《おぼ》ゆ薄寒《はくかん》の加《くわ》わるを
載酒又過江上家　酒《さけ》を載《の》せて又過《またす》ぐ江上《こうじょう》の家《いえ》
十里珠簾二分月　十里《じゅうり》の珠簾《しゅれん》二《に》分《ぶん》の月《つき》
一灣春水滿堤花　一湾《いちわん》の春《しゅん》 水満堤《すいまんてい》の花《はな》

たそがれどき、なんとなく薄ら寒さが増したように感じつつ、酒をたずさえて舟を漕《こ》ぎ出し、また隅田川に沿った家に立ち寄る。川のほとり十里に立ち並ぶ青楼《せいろう》、空にはみごとな満月。湾に満ちる春の水と、堤《つつみ》いっぱいの桜の花。

《鑑賞》 母は尾張《おわり》の詩人鷲津毅堂《わしづきどう》の娘。父・永井久一郎（号は禾原《かげん》）は毅堂門下の逸材《いつざい》で、明治政府に出仕《しゅつし》後、日本郵船上海《シャンハイ》支店長となり、彼《か》の地の文人と唱和して詩名を謳《うた》われた。荷風も、そういう家に生まれて自然に漢学の素養を身につけたであろう。ただ残念なことに手すさび程度で終わり、今日『荷風全集』に録されるのは三十余首のみである。

前半は、荷風先生、お気に入りの芸者を侍《はべ》らせての月見、という風情《ふぜい》。転句の「十里珠簾」は、杜牧《とぼく》の「贈別」第一首（557頁参照）に「珠簾《しゅれん》を捲《ま》き上《あ》げるも総《すべ》て如《し》かず」とあるのにもとづく。「二分月」は中唐の詩人徐凝《じょぎょう》の「憶揚州」に「天下《てんか》三分明月《さんぶんめいげつ》の夜《よる》。二分《にぶん》無頼《ぶらい》是《こ》れ揚州《ようしゅう》」とあるのによる。天下の明月の三分の二は無法にも揚州が占《し》めている、それほどに揚州の月夜は素晴らしい、の意である。さらに、後二句は上四字と下三字が同じ語法の表現で（数字の十と二、一と満の対比など、こうした句作りを「句中対《くちゅうつい》」という）滑《なめ》らかな調子を添える。

先人の句を巧みに踏まえ、墨田のほとりの料亭の賑《にぎ》わいと明月、そして傍《かたわ》らに美しい芸者、という艶《えん》冶《や》な「墨江情緒《ぼっこうじょうちょ》」が、粋《いき》にうたわれている。

詩書解題

・配列は、まず大きくジャンル別に二分し、次にほぼ時代順とした（成立年代順ではない）。
・参考文献は、比較的手に入れやすいものを中心に、できるだけ簡略化した。発行所については、一部省略した部分もある。

1 詩

詩《し》経《きょう》　中国最古の詩集。西周初期から春秋中期までの歌謡を集めたもの。三百五編。詳しくは本文696頁参照。

＊石川忠久『詩経』（新釈漢文大系110～112　明治書院）目加田誠『詩経・楚辞』（中国古典文学大系15　平凡社）橋本・青木『中国古典詩集』（世界文学大系　筑摩書房）吉川幸次郎『詩経国風』（中国詩人選集1・2　岩波書店）

楚《そ》辞《じ》　屈原《くつげん》、及びその弟子といわれる宋玉《そうぎょく》・景《けい》差《さ》などの詩を集めたもの。十七巻。詳しくは719頁コラム参照。

＊橋本・青木『中国古典詩集』（世界文学大系　筑摩書房）目加田誠『詩経・楚辞』（中国古典文学大系15　平凡社）星川清孝『楚辞』（新釈漢文大系34　明治書院）目加田誠『屈原』（岩波新書）小南一郎『楚辞』（中国詩文選6　筑摩書房）

全漢三国晋南北朝詩《ぜんかんさんごくしんなんぼくちょうし》　（民国《みんこく》）丁福保《ていふくほ》の編。五十四巻。漢の高祖から隋《ずい》に至るまでの六百二十九人の詩を集める。広く網羅していて便利である。一九一六年刊行。

＊伊藤正文『漢魏六朝詩集』（中国古典文学大系16　平凡社）

文《もん》選《ぜん》　（梁《りょう》）昭明太子蕭統《しょうめいたいししょうとう》の編。三十巻。古代から梁までの間の作者約百三十人、七百六十編の作品を集め、選んだもの。三十九の文体に分け、作品の成立年代順に配列している。後世、必読の書となり、わが国にも早くから伝来した。五三〇年ころ成立。詳しくは本文720頁参照。

＊斯波・花房『文選』（世界文学大系70　筑摩書房）花

房・小尾『文選』（全釈漢文大系26～32　集英社）内田・網『文選（詩篇《しへん》）』（新釈漢文大系14・15　明治書院）

陶《とう》淵《えん》明《めい》集《しゅう》　（晋《しん》）陶潜《とうせん》の詩文集。十巻。北斉《ほくせい》の陽休之《ようきゅうし》が梁《りょう》の昭明太子《しょうめいたいし》などのテキストを編集したものといわれる。宋《そう》版が伝わる。成立年代未詳。なお、注では清《しん》の陶澍《とうじゅ》『靖節先生集《せいせつせんせいしゅう》』十巻がすぐれる。

＊鈴木虎雄『陶淵明詩解』（弘文堂）一海知義『陶淵明』（中国詩人選集4　岩波書店）一海・興膳『陶淵明・文心雕竜』（世界古典文学全集25　筑摩書房）松枝・和田『陶淵明』（筑摩叢書72）吉川幸次郎『陶淵明伝』（新潮文庫）

古《こ》詩《し》源《げん》　（清《しん》）沈徳潜《しんとくせん》の編。十四巻。古代から隋《ずい》までの古詩・歌謡を集めたもの。格調説を唱えた編者の個性がよくつらぬかれ、風格を重んじて、技巧の勝った、雕琢《ちょうたく》の多い作品よりも、世の中の動きや人びとの生活をうたったものを選んでいる。一七一九年成立。

＊内田・星川『古詩源』（漢詩大系4・5　集英社）

古《こ》詩《し》賞《しょう》析《せき》　（清《しん》）張玉穀《ちょうぎょくこく》の編。二十二巻。古代から隋《ずい》までの詩を中心とした作品を、時代順にならべてくわしい評釈をつけたもの。一七七二年成立。

＊岡田正之『文章軌範・古詩賞析』（漢文大系　冨山房）

玉《ぎょく》台《だい》新《しん》詠《えい》　（陳《ちん》）徐陵《じょりょう》の編。十巻。漢より梁《りょう》にいたるまでの、男女の情愛をテーマとする「艶詩《えんし》」を集めたもの。梁の簡文帝《かんぶんてい》の命による。五五〇年ころ成立。

＊鈴木虎雄『玉台新詠集』（全三冊　岩波文庫）内田泉之助『玉台新詠』（新釈漢文大系60・61　明治書院）

全《ぜん》唐《とう》詩《し》　（清《しん》）康熙帝《こうきてい》勅命、彭定求《ほうていきゅう》ほか編。九百巻。唐代におけるすべての詩形式を集めたもの。作者二千二百余人、詩数四万八千九百余首にものぼる。一七〇六年成立。

＊小川環樹『唐代の詩人――その伝記』（大修館書店）

王《おう》右《ゆう》丞《じょう》集《しゅう》　（唐《とう》）王維《おうい》の詩文集。十巻。散逸をまぬがれた四百余首を、弟の王縉《おうしん》が集めたもの。七六三年成立。注としては、清《しん》の趙殿《ちょうでん》成《せい》『王右丞集箋注《おうゆうじょうしゅうせんちゅう》』二十八巻がすぐれている。

＊小川・入谷『王維詩集』（岩波文庫）都留春雄『王

維』（中国詩人選集6　岩波書店）　小林・原田『王維』（漢詩大系10　集英社）

李太白集《りたいはくしゅう》　（唐《とう》）李白《りはく》の詩文集。三十巻。友人の李陽冰《りようひょう》が集めた『草堂集《そうどうしゅう》』十巻などをもとにして、宋《そう》の曾鞏《そうきょう》が校定・編集したもの。注としては、清《しん》の王琦《おうき》『李太白文集《りたいはくぶんじゅう》』三十六巻がすぐれている。

＊青木正児《まさる》『李白』（漢詩大系8　集英社）　武部利男『李白』（中国詩人選集7・8　岩波書店）　前野直彬『李白』（中国詩人選3　集英社）　松浦友久『李白――詩と心象』（現代教養文庫　社会思想社）

杜工部集《とこうぶしゅう》　（唐《とう》）杜甫《とほ》の詩文集。二十巻。唐の樊晃《はんこう》『杜工部小集《とこうぶしょうしゅう》』六巻などをへて、編年体の宋《そう》の魯訔《ろぎん》『杜工部詩』ができた。注としては、清《しん》の銭謙益《せんけんえき》『杜工部集箋注《せんちゅう》』（銭注杜詩《せんちゅうとし》）二十巻、清の仇兆鰲《きゅうちょうごう》『杜詩詳註《とししょうちゅう》』（杜少陵集《としょうりょうしゅう》詳註）二十五巻がすぐれている。

＊鈴木・黒川『杜詩』（全八冊　岩波文庫）　目加田誠『杜甫』（漢詩大系9　集英社）　吉川幸次郎『杜甫篇』（全集　筑摩書房）　高木正一『杜甫』（中公新書）　黒川洋一『杜甫』（中国詩人選集9・10　岩波書店）

昌黎先生集《しょうれいせんせいしゅう》　（唐《とう》）韓愈《かんゆ》の詩文集。四十巻。外集十巻。遺文一巻。門人である唐の李漢《りかん》が集めたもの。のちに校訂・補遺がなされ、宋《そう》の廖瑩仲《りょうえいちゅう》注『世綵堂《せいさいどう》刊本』が最も原本の姿を伝えている。

＊清水茂『韓愈』（中国詩人選集11　岩波書店）　清水茂『唐宋八家文』（中国古典選35〜38　朝日新聞社）　前野直彬『韓愈の生涯』（秋山書店）　原田憲雄『韓愈』（漢詩大系11　集英社）

白氏文集《はくしもんじゅう》　（唐《とう》）白居易《はくきょい》の詩文集。七十一巻。『白氏長慶集《ちょうけいしゅう》』ともいう。前・後・続後集からなり、八二四年から八四五年にかけて成立した。前集は、友人の元稹《げんじん》が集めたもの。日本でよく読まれた。

＊高木正一『白居易』（中国詩人選集12・13　岩波書店）　平岡武夫『白居易』（中国詩文選17　筑摩書房）　田中克己『白楽天』（漢詩大系12　集英社）

李長吉歌詩《りちょうきつかし》　（唐《とう》）李賀《りが》の詩集。四巻。外集一巻。呉正子《ごせいし》（元《げん》）や劉辰翁《りゅうしんおう》（宋《そう》）の評注によるものをはじめ、王琦《おうき》（清《しん》）注のものが広く行われている。

＊荒井健『李賀』（中国詩人選集14　岩波書店）　斎藤晌『李賀』（漢詩大系13　集英社）　鈴木虎雄『李長吉歌詩集』（岩波文庫）

李《り》義《ぎ》山《さん》詩《し》集《しゅう》　（唐《とう》）李商隠《りしょういん》の詩集。三巻。清《しん》の朱《しゅ》鶴齢《かくれい》が改訂・増補した『李《り》義《ぎ》山《さん》詩《し》集《しゅう》輯評《しゅうひょう》』が最も古い注である。

＊高橋和巳『李商隠』（中国詩人選集15　岩波書店）

樊《はん》川《せん》文《ぶん》集《しゅう》　（唐《とう》）杜《と》牧《ぼく》の詩文集。二十巻。別集一巻。外集一巻。甥の裴延翰《はいえんかん》が集めたもの。ほかは、後人が補ったもの。

＊市野沢寅雄『杜牧』（漢詩大系14　集英社）　荒井健『杜牧』（中国詩文選18　筑摩書房）

唐《とう》詩《し》選《せん》　（明《みん》）李攀竜《りはんりょう》の編といわれる。七巻。盛唐を中心とした詩人百二十八人、詩四百六十五首を、詩体別に集めたもの。明末によく読まれ、わが国でもてはやされた。

＊前野直彬『唐詩選』（全三冊　岩波文庫）　斎藤晌『唐詩選』（漢詩大系6・7　集英社）　目加田誠『唐詩選』（新釈漢文大系19　明治書院）　吉川幸次郎『唐詩選』（筑摩叢書203）　松浦友久『中国詩選㈢』（現代教養文庫　社会思想社）

唐詩三百首《とうしさんびゃくしゅ》　（清《しん》）孫洙《そんしゅ》の編。六巻。唐詩を詩体別に分け、詩人七十五人、無名氏二人の作品三百十首を集め、注釈を施したもの。詩の初学者用に作られており、塾でよく利用され広まった。一七六〇年ころ成立。

＊目加田誠『唐詩三百首』（全三巻　東洋文庫　平凡社）

三《さん》体《てい》《(たい)》詩《し》　（宋《そう》）周弼《しゅうひつ》の編。三巻。唐詩の中で、七言絶句・七言律詩・五言律詩の三つの詩体の作品四百九十四首を集めたもの。もともと作詩の参考書として編まれたもので、中唐・晩唐詩が多く、李白《りはく》・杜甫《とほ》などは採られていない。わが国でよく読まれた。一二五〇年ころ成立。

＊村上哲見『三体詩』（中国古典選16・17　朝日新聞社）

宋《そう》詩《し》鈔《しょう》　（清《しん》）呉之振《ごししん》・呂留良《りょりゅうりょう》・呉爾堯《ごじぎょう》の共編。九十四巻。宋《そう》の詩人八十四人の詩集の中からその作品を抜き出したもの。有名な作者はすべて収めていて、便利である。一六六六年成立。

＊辛島・今関『宋詩選』（漢詩大系16　集英社）　小川環樹『宋詩選』（筑摩叢書74）　吉川幸次郎『宋詩概説』（中国詩人選集二集1　岩波書店）　蘆田孝昭『中国詩

選㈣』（現代教養文庫　社会思想社）　佐藤保『宋詩附金』（中国の名詩鑑賞8　明治書院）

臨川先生文集《りんせんせんせいぶんじゅう》　（宋《そう》）王安石《おうあんせき》の詩文集。百巻。現在伝えられるものは、宋の詹大和《せんたいわ》が一一四〇年に編集・校定したもの。

＊清水茂『王安石』（中国詩人選集二集4　岩波書店）　小野寺郁夫『王安石』（中国人物叢書　人物往来社）

東坡全集《とうばぜんしゅう》　（宋《そう》）蘇軾《そしょく》の詩文集。百十五巻。明《みん》の成化《せいか》年間に復刻されたものが刊本としては最も古い。『東坡七集《しちしゅう》』ともいう。

＊小川環樹『蘇軾』（中国詩人選集二集5・6　岩波書店）　竺沙雅章『蘇東坡』（中国人物叢書　人物往来社）　近藤光男『蘇東坡』（漢詩大系17　集英社）

剣南詩稿《けんなんしこう》　（宋《そう》）陸游《りくゆう》の詩集。二十巻。厳州《げんしゅう》の知事であった時、みずから作品を整理して作ったもの。一一八七年成立。

＊前野直彬『陸游』（漢詩大系19　集英社）　一海知義『陸游』（中国詩人選集二集8　岩波書店）　鈴木虎雄『陸放翁詩解』（上・中・下　弘文堂）

元詩選《げんしせん》　（清《しん》）顧嗣立《こしりつ》の編。初集百十四巻。二・三集各百三巻。元の詩人三百四人の作品を選んだもの。巻頭に作者小伝をつけ、詳細な考証をしている。一六九三・一七〇一・一七二〇年刊行。

＊吉川幸次郎『元明詩概説』（中国詩人選集二集2　岩波書店）　鈴木修次『元好問』（漢詩大系20　集英社）　福本雅一『元・明詩』（中国の名詩鑑賞9　明治書院）

列朝詩集《れっちょうししゅう》　（清《しん》）銭謙益《せんけんえき》の編。八十一巻。明《みん》代の詩人二千人の作品を集めたもの。中には、明代に中国に渡った日本人僧の作品も含まれている。一六五四年成立。

明詩綜《みんしそう》　（清《しん》）朱彝尊《しゅいそん》の編。百巻。明《みん》の詩人三千四百人あまりの作品を選んだもの。上は皇帝から下は僧侶・外国人まで、幅広く集められている。それぞれの詩人に評論をつけ、最後に編者の詩話をのせている。一七〇五年ころ成立。

＊吉川幸次郎『元明詩概説』（中国詩人選集二集2　岩波書店）　入矢義高『明代詩文』（中国詩文選23　筑摩書房）

清詩別裁集《しんしべつさいしゅう》　（清《しん》）沈徳潜《しんとくせん》の編。三十二巻。原名を『国朝詩別裁集』という。清初から乾隆《けんりゅう》時代までの詩人、九百余人、作品三千余首を集めたもの。一七六〇年刊行。

＊近藤光男『清詩選』（漢詩大系22　集英社）　村山吉広『清詩』（中国の名詩鑑賞10　明治書院）

2　楽府・詞・批評

楽府詩集《がふししゅう》　（宋《そう》）郭茂倩《かくもせん》の編。百巻。古代から唐、五代までの歌謡・楽府詩を集めたもの。民間歌謡から詩人の摸倣作まで、幅広い作品を収録し、十二部門に分類している。成立年代未詳。

＊倉石・須田『歴代詩選』（中国古典文学全集31　平凡社）　堀内公平『古楽府』（中国の名詩鑑賞2　明治書院）

花間集《かかんしゅう》　（五代《ごだい》・後蜀《こうしょく》）趙崇祚《ちょうすうそ》の編。十巻。晩唐から五代までの十八家の詞五百首を集めたもの。温庭筠《おんていいん》、韋荘《いそう》などの作品を多く収め、遊里での享楽や、男女の艶冶《えんや》な交情をうたったものが多い。九四〇年成立。

＊花崎采琰『花間集』（桜楓社）　中田勇次郎『歴代名詞選』（漢詩大系24　集英社）

宋名家詞《そうめいかし》　（明《みん》）毛晋《もうしん》の編。九十一巻。宋《そう》の詞人六十一人の詞集を集めた大規模なもので、汲古閣本《きゅうこかくぼん》をはじめ、広く行われた。

＊倉石武四郎『宋代詞集』（中国古典文学大系20　平凡社）　村上哲見『宋詞』（中国詩文選21　筑摩書房）

詩品《しひん》　（梁《りょう》）鍾嶸《しょうこう》の著。三巻。漢から梁までの五言詩の作者百二十二人を、上品《じょうひん》・中《ちゅう》品《ひん》・下品《かひん》に分け、批評を加えつつ、その流別を論じたもの。詩の批評書としては、最も早いものである。五一八年ころ成立。

＊目加田誠『文学芸術論集』（中国古典文学大系54　平凡社）　興膳・荒井『文学論集』（中国文明選13　朝日新聞社）　高松亨明『詩品詳解』（中国文学会）　高木正一『鍾嶸詩品』（東海大学出版会）

文心雕竜《ぶんしんちょうりゅう》　（梁《りょう》）劉勰《りゅうきょう》の著。十巻。中国における最も早い、体系的な文学批評書。文体論から修辞論、作文の方法に至るまで、幅広く論じ、この種のものでは、空前絶後といわれる。五〇〇年ころ成立。

＊一海・興膳『陶淵明・文心雕竜』（世界古典文学全集

25　筑摩書房）目加田誠『文学芸術論集』（中国古典文学大系54　平凡社）戸田浩暁『文心雕竜』（新釈漢文大系64・65　明治書院）

文鏡秘府論《ぶんきょうひふろん》　（日本）空海の撰。六巻。六朝《りくちょう》から唐初にかけての詩文の批評を整理して論じたもの。引用書の中には、中国には伝わらないものも多く、資料としても貴重である。

唐詩紀事《とうしきじ》　（宋《そう》）計有功《けいゆうこう》の編。八十一巻。唐の詩人千百五十人の詩・伝記・詩の背景となるエピソードなどを集めたもの。この書によってのみその作品や文献が知られる詩人も少なくない。成立年代未詳。

＊小川環樹『唐代の詩人―その伝記』（大修館書店）

本事詩《ほんじし》　（唐《とう》）孟棨《もうけい》の著。一巻。主に唐代の詩人が詩を作った際のエピソードを集めたもの。後代の詩話の先駆となった。八八六年成立。

滄浪詩話《そうろうしわ》　（南宋《なんそう》）厳羽《げんう》の著。一巻。詩弁・詩体・詩法・詩評・詩証の五門にわけて、詩について整然と論じたもの。一二三〇年代に成立。

＊荒井・興膳『文学論集』（中国文明選13　朝日新聞社）

歴代詩話《れきだいしわ》　（清《しん》）何文煥《かぶんかん》の編。五十七巻。『詩品《しひん》』から『夷白斎詩話《いはくさいしわ》』までの歴代の詩話二十七種を集めたもの。一七七〇年成立。なお、丁福保《ていふくほう》『歴代詩話続編』があり、二十九種を収めている。

人間詞話《じんかんしわ》　（民国《みんこく》）王国維《おうこくい》の著。二巻。詞についての近代的、体系的な評論書の先駆といわれる。李煜《りいく》をはじめとする五代・北宋《ほくそう》期の作品を高く評価し、「境界」説を主張した。一九二六年単行本出版。

＊近藤光男『人間詞話』（中国の名著　勁草書房）

中国文学史年表

▽詩人は、原則として生年によって掲げた。（〜　）は没年である。
▽*印は、本書に掲載した詩人及び詩集。
▽表中、「　」は作品名・雑誌名、『　』は書名。
▽書物に複数の著者・編者がある場合は、代表する人物をあげた。
▽〈　〉は、重要な政治・社会的事項を示す。

時代	帝王年号	西暦	中国文学史（詩人）	日本ほか
西周	武王	前一〇五〇ころ	〈周の武王、殷を滅ぼし、周の成立〉	『イリアス』『オデュッセイア』（ホメロス、前八五〇ころ?）。
		前九世紀	『詩経』*の一部が作られる。	
東周　春秋	定王	前六〇〇	このころまでに『詩経』*成立。	
	霊王	前五五一	孔子（〜前四七九）	
東周　戦国	顕王	前三四三	このころ屈原（〜前二七七?）「離騒」	イソップ没す（前五六〇ころ?）。
		前二五六	劉邦*（〜前一九五、漢の高祖）	
		前二三二	項羽*（〜前二〇二）	『マハーバーラタ』『ラーマーヤナ』の原型成る（前四世紀ころ）。
秦	始皇帝	前二二一	〈秦、斉を滅ぼし、天下を統一。秦王政、始皇帝となる〉	
前漢	高祖	前二〇二	〈垓下の戦い。項羽*敗れて自殺。劉邦*、天下を統一、帝位につく〔高祖〕。（前漢の成立）〉	
		前二〇一	賈誼（〜前一六九）「鵩鳥賦」『新書』	
	文帝	前一七九	司馬相如（〜前一一七）「子虚賦」「上林賦」	
	景帝	前一五六	劉徹*（〜前八七、〔のちの武帝〕）	
		前一四五	このころ司馬遷（〜前八六?）。『史記』	
	（宣帝）甘露元	前五三	揚雄（〜一八）「長楊賦」『法言』『方言』	
	（元帝）初元元	前四八	このころ班婕妤*（生没年未詳）	
新	（王莽）始建国元	八	〈王莽、即位。新の成立〉	

時代	帝王年号	西暦	中国文学史（詩人）	日本ほか
後漢	（光武帝）建武元	二五	〈劉秀、漢を再興、即位〔光武帝〕。〔後漢の成立〕〉	
	八	三二	班固（〜九二）「両都賦」『漢書』	
	（章帝）建初三	七八	張衡（〜一三九）「両京賦」	
	（和帝）永元一二	一〇〇	〔このころ『古詩十九首』*作られる〕	
	（桓帝）永寿元	一五五	曹操（〜二二〇、魏の武帝）「蒿里行」	
	（霊帝）熹平六	一七七	王粲*（〜二一七）	
	中平四	一八七	曹丕（〜二二六、魏の文帝）「燕歌行」『典論』	
	（献帝）初平三	一九二	曹植*（〜二三二）	
	建安一五	二一〇	阮籍*（〜二六三）「詠懐詩」	
（三国）魏・呉・蜀	（文帝）黄初元	二二〇	〈曹丕、受禅〔文帝〕。後漢滅び、魏成立〉	
	四	二二三	嵇康（〜二六二）「幽憤詩」	
	（斉王）正始八	二四七	潘岳（〜三〇〇）「秋興賦」	
	（元帝）景元二	二六一	陸機（〜三〇三）「文賦」	
西晋	（武帝）泰始元	二六五	〈司馬炎、受禅〔武帝〕。晋（西晋）成立〉	
	太康元	二八〇	〈呉滅び、晋の天下統一成る〉	
	（恵帝）永興二	三〇五	このころ左思（生没年未詳）没す。「三都賦」「詠史詩」	
東晋（五胡十六国）	（元帝）建武元	三一七	〈司馬睿、建康に即位〔元帝〕。東晋の成立〉	
	（哀帝）興寧三	三六五	陶潜*（〜四二七）	
	（孝武帝）太元九	三八四	顔延之（〜四五六）	
	一〇	三八五	謝霊運*（〜四三三）	
	（安帝）義熙八	四一二	このころ鮑照（〜四六五？）	『神の国』（アウグスティヌス、四一三〜四二六）
	（文帝）元嘉一八	四四一	沈約（〜五一三）『四声譜』『宋書』	

王朝	北朝	皇帝	年号	西暦	事項
宋	北魏		二一	四四四	江淹（〜五〇五）
		（孝武帝）	大明 八	四六四	謝*朓（〜四九九）
		（明帝）	泰始 四	四六八	このころ鍾嶸（〜五一八？）『詩品』
斉		（和帝）	中興元	五〇一	蕭統（〜五三一、梁の昭明太子）『文*選』
梁		（武帝）	天監 六	五〇七	徐陵（〜五八三）
			一二	五一三	庾信（〜五八一）「哀江南賦」
			中大通 二	五三〇	このころ『文*選』成る（昭明太子蕭統）。
	東魏／西魏	（簡文帝）	大宝元	五五〇	このころ『玉台新詠』成る（徐陵）。
陳	北斉／北周	（宣帝）	太建一二	五八〇	魏徴（〜六四三）「述懐」
隋		（文帝）	開皇元	五八一	〈楊堅、北周を滅ぼし、隋をたてる〔文帝〕〉
			五	五八五	このころ王績*（〜六四四）
			九	五八九	〈隋、陳を滅ぼし、天下統一す〉
			一〇	五九〇	このころ王梵志（〜六六〇？）
			仁寿元	六〇一	『切韻』成る（陸法言）。
		（煬帝）	大業 四	六〇八	上官儀（〜六六四）
唐		（高祖）	武徳元	六一八	〈煬帝、江南で殺され、隋滅ぶ。李淵、即位〔高祖〕。唐成立〉
			七	六二四	『芸文類聚』成る（欧陽詢）。
			九	六二六	〈玄武門の変。高祖退位し、李世民即位〔太宗・貞観の治〕〉
		（太宗）	貞観一一	六三七	このころ盧照鄰（〜六八〇？）「長安古意」
			一四	六四〇	このころ駱*賓王（〜六八四？）
			二二	六四八	このころ杜審言（〜七〇五？）「早春遊望」

時代	帝王年号	西暦	中国文学史(詩人)	日本ほか
唐	二三	六四九	王勃*(〜六七六)	
	(高宗)永徽元	六五〇	このころ楊炯(〜六九二?)「従軍行」	
	二	六五一	劉希夷*(〜六七九?)	
	顕慶元	六五六	このころ沈佺期*(〜七一三)、宋之問(〜七一二)「扈従登封途中作」	
	四	六五九	賀知章*(〜七四四)	
	五	六六〇	このころ張若虚(〜七三〇?)「春江花月夜」	
	竜朔元	六六一	陳子昂*(〜七〇二?)。李善(?〜六八九)、『文選注』を奉る。	
	麟徳元	六六四	上官婉児(〜七一〇) このころ張敬忠*(生没年未詳)	
	乾封二	六六七	張説*(〜七三〇)	
	咸亨元	六七〇	蘇頲*(〜七二七)	
	儀鳳三	六七八	張九齢*(〜七四〇)	
	永隆元	六八〇	このころ寒山*(生没年未詳)	
	(則天武后)垂拱三	六八七	このころ王翰*(〜七二六?)	
	四	六八八	王之渙*(〜七四二)	
	永昌元	六八九	孟浩然*(〜七四〇)	柿本人麻呂、活躍を始める(六八九ころ)。
周	天授元	六九〇	〈則天武后、唐を廃し周をたてる(武周革命)〉	
	久視元	七〇〇	このころ王昌齢*(〜七五五?)	
	大足(長安)元	七〇一	このころ王維*(〜七六一)。李白*(〜七六二)	
	長安二	七〇二	このころ高適*(〜七六五)	
	四	七〇四	このころ崔顥*(〜七五四)	

王朝	皇帝	年号	西暦	中国文学	日本
唐	（中宗）	神竜元	七〇五	〈武后（六二三〜）没す。中宗復位〉	
		景竜元	七〇七	*儲光羲（〜七六〇？）	
		二	七〇八	このころ*盧僎（？〜）没す。 このころ*常建（生没年未詳）	
		三	七〇九	劉長卿（〜七八五？）	
	（玄宗）	先天元	七一二	〈李隆基、即位〔玄宗・開元の治〕〉 *杜甫（〜七七〇）	『古事記』（太安万侶、七一二）
		開元三	七一五	このころ*岑参（〜七七〇）、*李華（〜七六六）	『播磨風土記』（七一四ころ）
		四	七一六	*裴迪（〜？）	
		六	七一八	『五臣注文選』成る（呂延祚）。	
		九	七二一	*張謂（〜七八〇？）	『日本書紀』（舎人親王、七二〇）
		一〇	七二二	銭起（〜七八〇？）	
		一一	七二三	元結（〜七七二）「春陵行」 『初学記』成る（徐堅）。	
		一八	七三〇	釈皎然（〜七九九）、このころ張志和（〜八一〇？）	
		二〇	七三二	*戴叔倫（〜七八九）	
		二二	七三四	*耿湋（〜？）	
		二三	七三五	杜佑（〜八一二）『通典』	
		二四	七三六	*韋応物（〜？）	
		二八	七四〇	*司空曙（〜七九〇？）	
		天宝七	七四八	*李益（〜八二七）、*盧綸（〜八〇〇？）	
		一〇	七五一	*孟郊（〜八一四）	『懐風藻』（七五一）
		一二	七五三	*張継（生没年未詳）、進士となる。	

時代	帝王	年号	西暦	中国文学史（詩人）	日本ほか
唐	（玄宗）	天宝一三	七五四	陸贄（～八〇四）	
		一四	七五五	〈安史の乱起こる（～七六三）〉	
	（粛宗）	至徳元	七五六	〈玄宗、蜀に亡命。楊貴妃（七一九～）、殺される。粛宗、即位〉	『万葉集』（七五九ころ）
	（代宗）	大暦三	七六八	韓愈*（～八二四）、このころ張籍*（～八三〇?）、王建*（～八三〇?）、薛濤*（～八三一?）	
		五	七七〇	このころ楊巨源*（～?）	阿倍仲麻呂（中国名・晁衡）、唐で没す（七七〇）。
		七	七七二	白居易*（～八四六）、劉禹錫*（～八四二）	
		八	七七三	柳宗元*（～八一九）	
		一四	七七九	元稹*（～八三一）、賈島*（～八四三）、牛僧孺（～八四七）	
	（徳宗）	建中元	七八〇	〈楊炎、両税法を施行〉	
				李紳*（～八四六）、このころ荊叔*（生没年未詳）	
		貞元六	七九〇	李賀*（～八一六）	
		七	七九一	許渾*（～八五四?）	
		一九	八〇三	杜牧*（～八五二）	
	（憲宗）	元和五	八一〇	于武陵*（～?）	
		七	八一二	このころ温庭筠*（～?）	
		八	八一三	李商隠*（～八五八）	『文華秀麗集』（八一八）
	（穆宗）	長慶元	八二一	高駢*（～八八七）	『文鏡秘府論』（空海、八二〇ころ）
	（敬宗）	宝暦二	八二六	白行簡（?～）没す。『李娃伝』	
	（文宗）	太和四	八三〇	〈牛李の党争――牛僧孺派と李徳裕派が政権を争う（～八四八）〉。このころ曹松*（～九〇一）	『日本霊異記』（景戒、八二三ころ）

唐		七	八三三	皮日休（〜八八一？）、羅隠（〜九〇九）	『経国集』（八二七）
		開成元	八三六	韋荘*（〜九一〇）	
		二	八三七	司空図（〜九〇八）『二十四詩品』	
	（武宗）	会昌三	八四三	魚玄機*（〜八六八）	
		四	八四四	韓偓（〜九二三）『香奩集』	
		六	八四六	杜荀鶴（〜九〇四）	菅原道真*（八四五〜九〇三）
	（懿宗）	咸通四	八六三	段成式（?〜）没す。『酉陽雑俎』	
	（僖宗）	乾符二	八七五	〈黄巣の乱起こる〉	
		中和元	八八一	陸亀蒙（?〜）没す。	
		四	八八四	〈朱温、黄巣を殺し、唐に降る。全忠の名を賜る〉	
	（昭宗）	天復三	九〇三	馮延己（〜九六〇）	『竹取物語』『伊勢物語』（九〇〇ころ）
		天祐元	九〇四	〈朱全忠、昭宗を殺す〉	
五代十国	（太祖）	開平元	九〇七	〈朱全忠、唐を滅ぼし、帝位につく〔後梁太祖〕。↓五代十国〉	『古今和歌集』（紀貫之ら、九〇五）
遼（契丹）	（末帝）	貞明二	九一六	〈耶律阿保機、帝を称す〔遼太祖〕〉 李璟（〜九六一）〔南唐中主〕	『土左日記』（紀貫之、九三五ころ）
	（高祖）	天福二	九三七	李煜（〜九七八）〔南唐後主〕	
		五	九四〇	『花間集』（趙崇祚）	『将門記』（九四〇ころ）
	（高祖）	天福元	九四七	〈劉知遠、帝位につく〔後漢高祖〕〉	
	（太祖）	広順元	九五一	〈郭威、帝を称す〔後周太祖〕〉	『大和物語』（九五一ころ）
	（世宗）	顕徳元	九五四	王禹偁（〜一〇〇一）	
宋（北宋）	（太祖）	建隆元	九六〇	〈趙匡胤、後周の恭帝を廃して即位〔太祖〕。宋成立〉	
		乾徳五	九六七	林逋*（〜一〇二八）『林和靖先生詩集』	

時代	帝王	年号	西暦	中国文学史（詩人）	日本ほか
宋（北宋） 遼（契丹）		開宝七	九七四	楊億（〜一〇三〇）『西崑酬唱集』	
	（太宗）	太平興国三	九七八	『太平広記』（李昉）	
		四	九七九	〈北漢を滅ぼし、燕雲十六州を残して、宋の中国統一ほぼ成る〉	
		七	九八二	『文苑英華』（李昉）	
		雍熙元	九八四	『太平御覧』（李昉）	『往生要集』（源信、九八五）
		四	九八七	このころ柳永（〜一〇五三？）	
		端拱二	九八九	范仲淹（〜一〇五二）	『宇津保物語』『落窪物語』（一〇世紀末ころ）
		淳化元	九九〇	張先（〜一〇七八）	
		二	九九一	晏殊（〜一〇五五）	
	（真宗）	咸平元	九九八	宋祁（〜一〇六一）	『枕草子』（清少納言、一〇〇〇ころ）
		五	一〇〇二	梅尭臣*（〜一〇六〇）	
		景徳元	一〇〇四	〈宋、契丹と澶淵の盟を結び、和平が成立〉	
		四	一〇〇七	欧陽修*（〜一〇七二）	
		大中祥符元	一〇〇八	蘇舜欽（〜一〇四八） 『広韻』（陳彭年）	『拾遺和歌集』（花山院ら、一〇〇七ころ）
		二	一〇〇九	蘇洵（〜一〇六六）	『源氏物語』（紫式部、一〇〇八ころ）
		四	一〇一一	邵雍*（〜一〇七七）	
		六	一〇一三	『冊府元亀』（王欽若、楊億）	『和漢朗詠集』（藤原公任、一〇一三ころ）
		天禧三	一〇一九	曾鞏*（〜一〇八三）、司馬光*（〜一〇八六）	
		五	一〇二一	王安石*（〜一〇八六）	
	（仁宗）	天聖九	一〇三一	晏幾道（〜一一一九）	

王朝	皇帝	年号	西暦	中国	日本・世界
宋（北宋）		景祐三	一〇三六	蘇*軾（〜一一〇一）	
		宝元二	一〇三九	蘇轍（〜一一一二）	
		慶暦五	一〇四五	黄*庭堅（〜一一〇五）	
		皇祐五	一〇五三	陳師道（〜一一〇一）	『本朝文粋』（藤原明衡、一〇六四ころ）
		嘉祐二	一〇五七	周邦彦（〜一一二一）	
	（神宗）	熙寧二	一〇六九	〈王*安石の新法始まる。新旧両法の争い起こる〉	『ローランの歌』（一一世紀ころ）
		元豊八	一〇八五	〈司*馬光、宰相となり、新法を廃止〉	
	（徽宗）	政和五	一一一五	〈女真の阿骨打、即位、国号を金とす〔金太祖〕〉	『今昔物語』（一二世紀初めころ）
金		宣和七	一一二五	〈金、天祚帝を捕らえ、遼を滅ぼす〉	
				陸*游（〜一二〇九）	『大鏡』（一一一九ころ）
	（欽宗）	靖康元	一一二六	范*成大（〜一一九三）	『金葉和歌集』（源俊頼、一一二五ころ）
宋（南宋）	（高宗）	建炎元	一一二七	〈徽宗・欽宗が金に捕らえられ、北宋滅亡（靖康の変）。高宗、即位して宋を復興（南宋成立）〉	
				楊*万里（〜一二〇六）、尤袤（〜一一九四）	
		四	一一三〇	朱*熹（〜一二〇〇）	
		紹興一〇	一一四〇	辛棄疾（〜一二〇七）	
		二〇	一一五〇	葉適（〜一二二三）	『アーサー王物語』（一二世紀後半）
		二五	一一五五	このころ姜夔（〜一二二一？）	
	（孝宗）	淳熙一四	一一八七	劉克荘（〜一二六九）	『保元物語』『平治物語』（一二世紀末〜一三世紀初ころ）
	（光宗）	紹熙元	一一九〇	元*好問（〜一二五七）、耶律楚材（〜一二四四）	
	（寧宗）	慶元六	一二〇〇	このころ厳羽在世。『滄浪詩話』	
		開禧二	一二〇六	〈テムジン、モンゴリアを統一し、チンギス汗と称す〉	『新古今和歌集』（藤原定家ら、一二〇五）
（モンゴル）	（理宗）	宝慶二	一二二六	謝枋得（〜一二八九）、このころ白樸（〜一二八五）	

時代	帝王	年号	西暦	中国文学史（詩人）	日本ほか
金		紹定 五	一二三三	周密（～一二九八？）	『方丈記』（鴨長明、一二一二）
（モンゴル）		端平元	一二三四	〈金、モンゴル・南宋軍に攻められ、滅亡す〉	
宋（南宋）		三	一二三六	文天祥*（～一二八三）	『正法眼蔵』（道元、一二四三～一二五三）
		淳祐一〇	一二五〇	『三体詩』成る（周弼）。	
		宝祐 二	一二五四	趙孟頫（～一三二二）	『古今著聞集』（橘成季、一二五四）
		景定元	一二六〇	〈フビライ、即位〔元の世祖〕。中統元年〉	
				このころ関漢卿、王実甫、馬致遠、楊顕之らの雑劇作家在世。	『歎異鈔』（一二六四ころ）
	（度宗）	咸淳 七	一二七一	〈モンゴル、国号を元とす〉	
		一〇	一二七四	〈元、日本に遠征す。失敗〉（文永の役）	『東方見聞録』（マルコ＝ポーロ、一二九九）
元	（端宗）	祥興 二	一二七九	〈厓山陥落し、南宋滅亡。元の中国統一〉	
				馬祖常（～一三三八）	『神曲』（ダンテ、一三二一）
	（成宗）	元貞 二	一二九六	楊維楨（～一三七〇）	
		大徳 五	一三〇一	倪瓚（～一三七四）	絶海中津*（一三三六～一四〇五）
	（武宗）	至大元	一三〇八	このころ薩都剌（～？）	
	（文宗）	至順 三	一三三二	高啓*（～一三七〇）	チョーサー（一三四〇～一四〇〇）『カンタベリー物語』
	（順宗）	至正一〇	一三五〇	高棅（～一四二三）	
		一一	一三五一	〈紅巾の乱（白蓮教系）おこる〉	
		一七	一三五七	方孝孺（～一四〇二）	『デカメロン』（ボッカチオ、一三五三）
		二五	一三六五	楊士奇（～一四四四）	
（北元）	（太祖）	洪武元	一三六八	〈朱元璋、即位〔太祖・洪武帝〕。明成立。徐達ら大都を攻略して元滅ぶ〉	

明		三	一三七〇	このころ袁*凱在世。	
	（恵帝）	建文元	一三九九	〈燕王反す（靖難の変）〉	
		四	一四〇二	〈燕王、南京を攻略、即位〔成祖・永楽帝〕〉	『風姿花伝』（世阿弥、一五世紀初ころ）
	（成祖）	永楽五	一四〇七	『永楽大典』（解縉）	
	（宣宗）	宣徳二	一四二七	沈周（〜一五〇九）	
	（英宗）	正統一二	一四四七	李東陽（〜一五一六）	
		一四	一四四九	〈土木の変起こる〉	
		天順四	一四六〇	祝允明（〜一五二六）	
	（憲宗）	成化六	一四七〇	唐寅（〜一五二三）、文徴明（〜一五五九）	
		八	一四七二	王守仁（陽明）（〜一五二八）、李夢陽（〜一五二九）	
		一一	一四七五	康海（〜一五四〇）	
		一九	一四八三	何景明（〜一五二一）	
	（孝宗）	弘治元	一四八八	楊慎（〜一五五九）	『新撰菟玖波集』（宗祇、一四九五）
		一四	一五〇一	李開先（〜一五六八）	
	（武宗）	正徳元	一五〇六	帰有光（〜一五七一）	
		九	一五一四	李攀竜（〜一五七〇）	
		一六	一五二一	徐渭（〜一五九三）	
	（世宗）	嘉靖三	一五二四	王世貞（〜一五九〇）	『ガルガンチュア物語』（ラブレー、一五三四）
	（穆宗）	隆慶二	一五六八	袁宏道（〜一六一〇）（公安派）	
	（神宗）	万暦二	一五七四	鍾惺（〜一六二四）（竟陵派）	
		一〇	一五八二	銭謙益（〜一六六四）	シェークスピア（一五六四〜一六一六）
		一三	一五八五	方維儀（〜一六六八）	

時代	帝王	年号	西暦	中国文学史（詩人）	日本ほか
明		三七	一六〇九	呉偉業（〜一六七一）	『ドン＝キホーテ』（セルバンテス、一六〇五）
		四一	一六一三	顧炎武（〜一六八二）	
（後金）		四四	一六一六	〈ヌルハチ、後金国を建てる〔清の太祖〕〉	
	（毅宗）	崇禎二	一六二九	朱彝尊（〜一七〇九）	
		四	一六三一	〈李自成、反乱に投ず〉	
		七	一六三四	王士禛*（〜一七一一）	『方法序説』（デカルト、一六三七）
		九	一六三六	〈後金、国号を清と改む〉	
		一七	一六四四	〈李自成、北京占領。崇禎帝、自殺。清、李自成を破り、北	『失楽園』（ミルトン、一六六七）
	（世祖）	（順治元）		京に遷都〉	
		一二	一六五五	納蘭性徳（〜一六八五）	『パンセ』初版刊行（パスカル、一六七〇）
清	（聖祖）	康熙元	一六六二	〈永明王朱由榔、殺され、明滅ぶ〉	
		一二	一六七三	沈徳潜（〜一七六九）	服部南郭*（一六八三〜一七五九）
				〈呉三桂、雲南に挙兵。三藩の乱（〜一六八一）起こる〉	
		三一	一六九二	厲鶚（〜一七五二）	『日本永代蔵』（井原西鶴、一六八八）
		三二	一六九三	鄭燮（〜一七六五）	『奥の細道』（松尾芭蕉、一六八九）
		四六	一七〇七	『全唐詩』（彭定求）	
		五〇	一七一一	『佩文韻府』	『ロビンソン・クルーソー』（デフォー、一七一九）
		五五	一七一六	袁枚（〜一七九七）	
				『康熙字典』	
	（世宗）	雍正三	一七二五	蔣士銓（〜一七八五？）	『ガリバー旅行記』（スウィフト、一七二六）
				『古今図書集成』	

王朝	帝	年号	西暦	事項
清		五	一七二七	趙翼（～一八一四）『甌北詩話』
	（高宗）	乾隆二六	一七六一	張恵言（～一八〇二）
		二九	一七六四	張問陶（～一八一四）
		三七	一七七二	張玉穀（?～）没す。『古詩賞析』
		五七	一七九二	龔自珍（～一八四一）
	（仁宗）	嘉慶一六	一八一一	曾国藩（～一八七二）
	（宣宗）	道光二〇	一八四〇	〈アヘン戦争起こる（～一八四二）〉
		二八	一八四八	黄遵憲*（～一九〇五）
	（文宗）	咸豊元	一八五一	〈洪秀全、太平天国運動を起こす（～一八六四）〉
	（徳宗）	光緒三	一八七七	王国維（～一九二七）
		七	一八八一	魯迅*（～一九三六、周樹人）
		一〇	一八八四	〈清仏戦争起こる（～一八八五）〉
		一八	一八九二	郭沫若（～一九七八）
		一九	一八九三	毛沢東（～一九七六）

ゲーテ（一七四九～一八三二）
良寛*（一七五八～一八三一）
『雨月物語』（上田秋成、一七六八）
頼山陽*（一七八〇～一八三二）
広瀬淡窓*（一七八二～一八五六）
バイロン（一七八八～一八二四）
『古事記伝』（本居宣長、一七九八）
藤井竹外*（一八〇七～一八六六）
ボードレール（一八二一～一八六七）
『ボバリー夫人』（フローベール、一八五七）
『レ・ミゼラブル』（ユーゴー、一八六二）
夏目漱石*（一八六七～一九一六）

時代	帝王	年号	西暦	中国文学史（詩人）	日本ほか
清		二〇	一八九四	〈日清戦争起こる（〜一八九五）。孫文、ハワイで興中会を組織〉	『戦争と平和』（トルストイ、一八六九）
		二二	一八九六	郁達夫（〜一九四五）	『女の一生』（モーパッサン、一八八三）
		二四	一八九八	〈戊戌の政変起こる〉田漢（〜一九六八）	
		二五	一八九九	聞一多（〜一九四六）	
				〈義和団の乱（〜一九〇〇）起こる〉	
		二六	一九〇〇	謝冰心（〜一九九九）	「明星」創刊（一九〇〇）
					『どん底』（ゴーリキー、一九〇二）
		三一	一九〇五	臧克家（〜二〇〇四）、馮至（〜一九九三）	
				〈孫文、東京で中国革命同盟会を結成す〉	『海潮音』（上田敏、一九〇五）
	（宣統帝）	宣統三	一九一一	〈辛亥革命〉	『青い鳥』（メーテルリンク、一九〇八）
中華民国			一九一二	何其芳（〜一九七七）	
				〈孫文、南京で臨時大総統就任を宣言。中華民国成立。宣統帝退位。清滅ぶ。孫文に代わり、袁世凱、北京で臨時大総統に就任〉	
			一九一六	田間（〜一九八五）	
			一九二一	〈創造社結成〉	
			一九二四	「語絲」創刊。	
			一九三〇	〈中国左翼作家連盟結成〉	
			一九三六	〈国防文学論争〉	
			一九三八	〈中華全国文芸界抗敵協会成立〉	

中華人民共和国

一九四二　「延安文芸座談会講話」（毛沢東、翌年公表）
一九四五　〈国共内戦始まる〉
一九四九　〈中華人民共和国成立。中華全国文学芸術工作者第一回代表大会〉
一九五一　〈文芸整風運動〉
一九五三　「人民中国」創刊。
一九五四　『紅楼夢』論争。
一九五六　〈百花斉放・百家争鳴運動〉
一九六六　〈プロレタリア文化大革命始まる〉
一九七一　『李白与杜甫』（郭沫若）
一九七五　『水滸伝』批判。
一九七六　「人民文学」「詩刊」復刊。

漢詩鑑賞地図

(唐) 洛陽地図

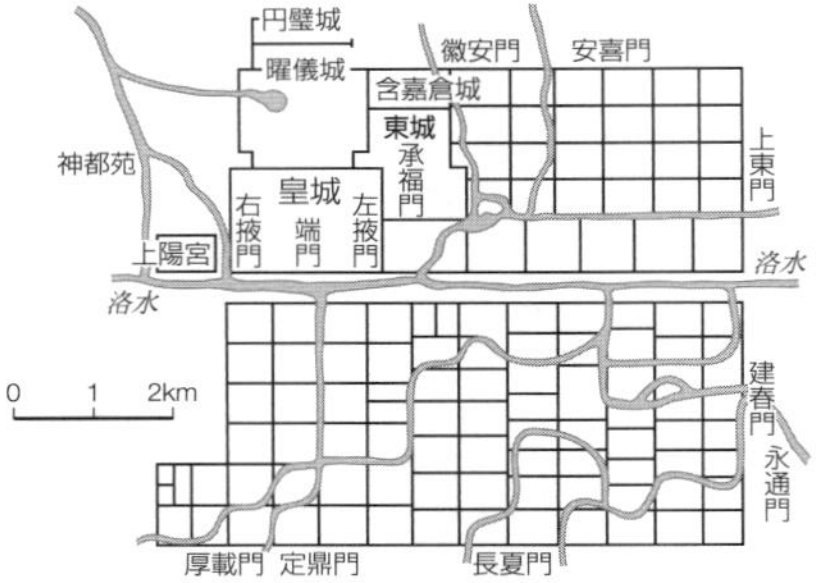

(唐) 長安地図

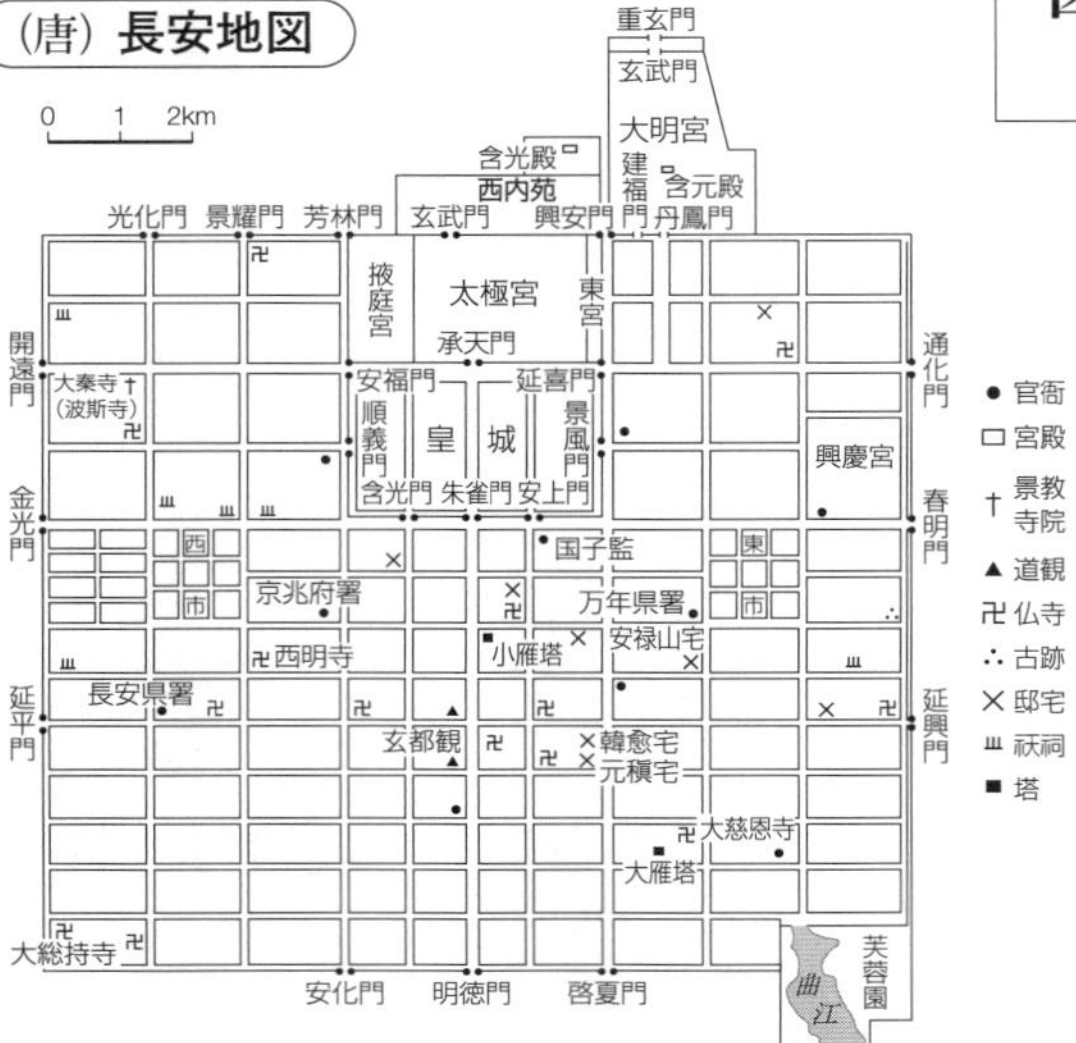

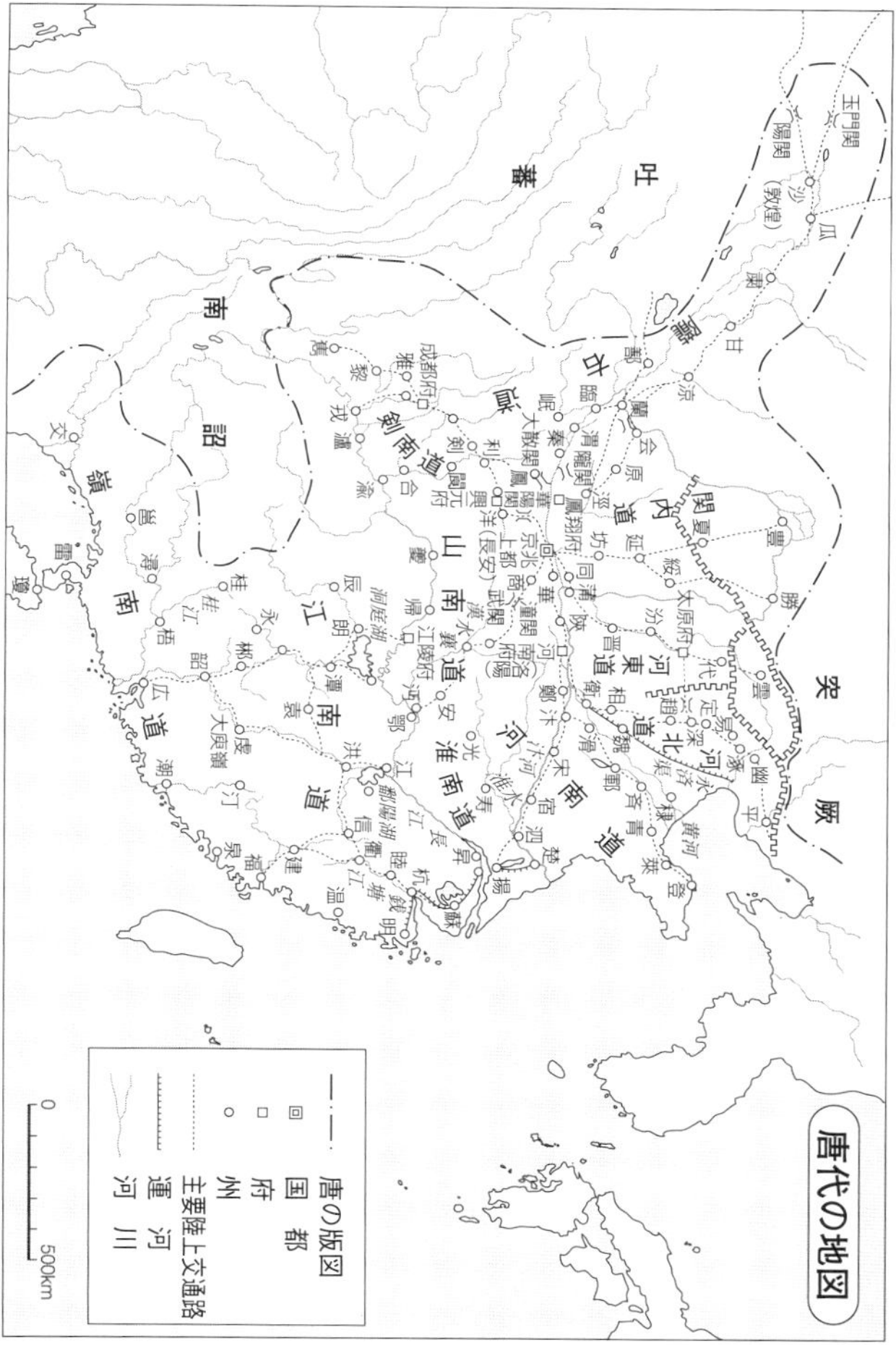
唐代の地図
唐の版図
国都
府
州
主要陸上交通路
運河
河川
0
500km
吐蕃
突厥
南詔
関内道
河東道
河北道
河南道
淮南道
山南道
剣南道
江南道
嶺南道
玉門関
陽関
沙（敦煌）
瓜
甘
涼
蘭
会
原
夏
豊
勝
綏
延
坊
鄜
同
蒲
華
潼関
京兆府（長安）
鳳翔府
大散関
隴関
秦
渭
臨
岷
武関
商
藍田
興元府
洋
閬
利
剣
成都府
雅
黎
戎
瀘
渝
合
巂
太原府
晋
汾
代
雲
幽
平
冀
恒
定
深
趙
魏
貝
滄
相
鄭
汴
河南府（洛陽）
宋
亳
宿
泗
楚
揚
徐
兗
鄆
斉
青
淄
莱
登
襄
江陵府
鄂
安
光
寿
沔
朗
潭
岳
洞庭湖
辰
永
衡
郴
韶
袁
洪
江
饒
宣
潤
昇
蘇
杭
越
明
睦
衢
婺
温
信
建
福
泉
汀
潮
虔
大庾嶺
広
梧
桂
容
邕
交
雷
瓊
黄河
長江
淮水
汴河
鄱陽湖
湘江

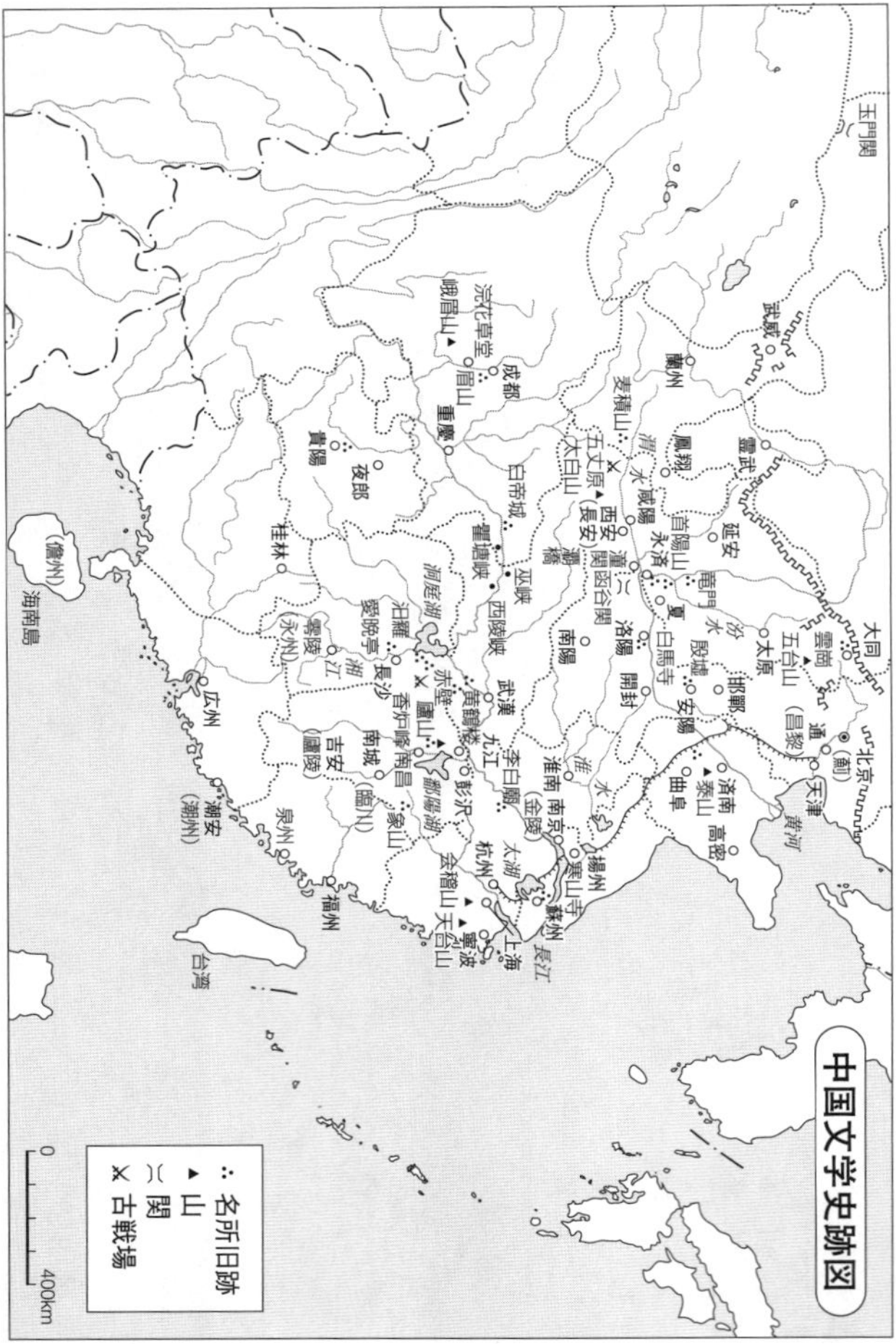
中国文学史跡図
名所旧跡
山
関
古戦場
0
400km
玉門関
武威
蘭州
霊武
延安
大同
雲崗
五台山
太原
北京
薊
通
昌黎
天津
黄河
邯鄲
安陽
殷墟
汾水
雁門
夏
白馬寺
洛陽
開封
済南
泰山
曲阜
高密
鳳翔
麦積山
五丈原
太白山
渭水
咸陽
西安
長安
首陽山
永済
潼関
函谷関
灞橋
南陽
淮水
淮南
南京
金陵
揚州
寒山寺
蘇州
長江
上海
寧波
天台山
会稽山
杭州
太湖
李白墓
九江
黄鶴楼
武漢
巫峡
西陵峡
瞿塘峡
白帝城
成都
浣花草堂
峨眉山
眉山
重慶
貴陽
夜郎
桂林
洞庭湖
汨羅
愛晩亭
長沙
赤壁
廬山
香炉峰
南昌
鄱陽湖
彭沢
南城
臨川
象山
吉安
廬陵
零陵
永州
湘江
広州
潮安
潮州
泉州
福州
台湾
海南島
儋州

作品索引

＊この索引は、本文掲載詩、引用詩を問わず、本書に収載されているすべての漢詩を、詩題および起句の書き下しの五十音順に配列した。
＊起句は「　」で示し、詩題と区別した。

〔あ・い〕

〔う・え・お〕

〔か〕

〔き〕

〔く・け〕

〔こ〕

〔さ〕

〔す〕

〔せ〕

〔な・に・ね・の〕

〔は〕

〔ひ〕

〔ふ・へ・ほ〕

〔ら・り〕

〔る・れ・ろ〕

〔わ〕

詩形別索引

＊この索引は、本文掲載詩二五〇編、および付録の「日本の漢詩」二四編、計二七四編を、詩形別で引けるよう、一〇項目に分類して収めた。

＊詩形の中での配列は本文掲載順とした。

〔四言詩〕

〔雑言詩〕

〔五言古詩〕

〔五言絶句〕

〔七言絶句〕

〔六言絶句〕

人物索引

＊この索引は、本文掲載詩の詩人および解説文中に出てくる人物で重要と思われるものを、五十音順に収めた。
＊本文掲載詩の詩人以外は、一字下げて区別した。

〔あ　行〕

〔か　行〕

〔さ 行〕

〔た 行〕

〔な 行〕

〔は 行〕

〔ま 行〕

〔や 行〕

主要成句索引

＊この索引は、本文掲載詩二五〇編および日本の漢詩二四編中、成語句として有名なものを五十音順に配列して収めた。
＊配列は、現代かなづかいによった。

〔あ　行〕

〔か　行〕

〔さ　行〕

〔た　行〕

〔な　行〕

〔は　行〕

〔ま　行〕

〔や　行〕

〔ら　行〕

〔わ　行〕

石川忠久（いしかわ　ただひさ）

1932年生まれ。東京大学文学部中国文学科卒業。同大学院修了。桜美林大学教授，二松学舎大学教授・同学長を経て，現在顧問・名誉教授。(財)斯文会理事長，全国漢文教育学会会長，全日本漢詩連盟会長等も務める。主な著書に『陶淵明とその時代』『新 漢詩の世界』『新 漢詩の風景』『石川忠久 漢詩の講義』『日本人の漢詩』『李白100選』『杜甫100選』『ＮＨＫ漢詩紀行(1)～(5)』など。2022年逝去。

講談社学術文庫

定価はカバーに表示してあります。

漢詩《かんし》鑑賞《かんしょう》事典《じてん》

石川忠久《いしかわただひさ》 編

2009年３月10日　第１刷発行
2024年１月29日　第21刷発行

発行者　髙橋明男
発行所　株式会社講談社
東京都文京区音羽2-12-21 〒112-8001
電話　編集（03）5395-3512
販売（03）5395-5817
業務（03）5395-3615

装　幀　蟹江征治
印　刷　株式会社広済堂ネクスト
製　本　株式会社若林製本工場
本文データ制作　講談社デジタル製作

ISBN978-4-06-291940-1

「講談社学術文庫」の刊行に当たって

これは、学術をポケットに入れることをモットーとして生まれた文庫である。学術は少年の心を養い、成年の心を満たす。その学術がポケットにはいる形で、万人のものになることは、生涯教育をうたう現代の理想である。

こうした考え方は、学術を巨大な城のように見る世間の常識に反するかもしれない。また、一部の人たちからは、学術の権威をおとすものと非難されるかもしれない。しかし、それはいずれも学術の新しい在り方を解しないものといわざるをえない。

学術は、まず魔術への挑戦から始まった。やがて、いわゆる常識をつぎつぎに改めていった。学術の権威は、幾百年、幾千年にわたる、苦しい戦いの成果である。こうしてきずきあげられた城が、一見して近づきがたいものにうつるのは、そのためである。しかし、学術の権威を、その形の上だけで判断してはならない。その生成のあとをかえりみれば、その根は常に人々の生活の中にあった。学術が大きな力たりうるのはそのためであって、生活をはなれた学術は、どこにもない。

開かれた社会といわれる現代にとって、これはまったく自明である。生活と学術との間に、もし距離があるとすれば、何をおいてもこれを埋めねばならない。もしこの距離が形の上の迷信からきているとすれば、その迷信をうち破らねばならぬ。

学術文庫は、内外の迷信を打破し、学術のために新しい天地をひらく意図をもって生まれた。文庫という小さい形と、学術という壮大な城とが、完全に両立するためには、なおいくらかの時を必要とするであろう。しかし、学術をポケットにした社会が、人間の生活にとってより豊かな社会であることは、たしかである。そうした社会の実現のために、文庫の世界に新しいジャンルを加えることができれば幸いである。

一九七六年六月

野間省一